JN329831

目次

拾遺抄注釈

拾遺抄注釈

竹鼻績
Takehana Isao

笠間書院

凡例

一　本書は、宮内庁書陵部蔵『拾遺抄』（四〇五 一一一）を底本として用いて本文を校訂し、校異、大意、語釈、補説、他出文献などを付したものである。

一　校異には、流布本系統の島根大学図書館蔵本（略称「島」）、異本系統の静嘉堂文庫蔵貞和本（略称「貞」）との異同を示した。なお、貞和本には他本との校合結果などが、朱筆で書入れられているが、それらをも便宜的に校異の項に示して、原本の状態ができるかぎりわかるようにした。

一　底本の本文を忠実に伝えるようつとめたが、次の処置をした。

1　底本の仮名遣いは歴史的仮名遣いとした。異体字は通行の漢字に改めたが、底本の仮名遣いはその右側に記した。また、当て字の箇所は仮名に改め、底本の当て字はその右側に記した。

2　底本の仮名を適宜漢字に改めたが、底本の仮名は振り仮名として残した。

3　底本の本文に、適宜、濁点・句読点をほどこした。

4　底本の誤脱と認められるものおよび送り仮名を補った場合は、その右側に・印（圏点）を付した。

5　底本の反復記号は、同じ文字をくり返して記し、その右側に底本の反復記号を記した。但し、漢字一字の場合のみ「々」を用いた。

6　底本の誤写・誤謬と認められる箇所には＊印を付して訂し、**【校訂注記】**の項に底本の本文を記した。

7　「む」「も」に当たる「ん」は、それぞれ「む」「も」に改め、底本の「ん」はその右側に記した。

8　底本の漢字で誤読されるおそれのあるものには、（　）内に読み仮名を補った。例えば、我《（われ）》、我《（わが）》など。

一　底本の校異・傍書・補入・見セ消チなどは【底本原状】の項に記し、必要に応じて【語釈】で説明した。
一　底本の本文を改めた箇所は、語頭に＊印をつけて【校訂注記】に示し、必要に応じて【語釈】で説明した。
一　底本の歌序に従い歌番号を付した。また、底本にはなく校合本にある歌を補い、「補1」のように歌番号を付したが、その位置を示す場合は、前歌の歌番号に一首追加する形、例えば「補1」は前歌の歌番号五一にAを追加した「五一A」で示した。補った歌が連続している「補4」「補5」の場合は「一四四A」「一四四B」で位置を示した。
一　【語釈】【補説】において引用した和歌は、万葉集を除き、特に断りのない場合は『新編国歌大観』により、必要に応じて『私家集大成』所収本や他の伝本を用いた。その際に次のように表示した。

1.　『私家集大成』所収本は「躬恒Ⅰ」「躬恒Ⅴ」などの呼称だけでは、手元に『私家集大成』がないとどういう本か判らないので、煩瑣ではあるが、広く知られている、伝本所蔵者、書写者などによる呼称を併記した。例えば、躬恒Ⅰは書陵部蔵光俊本（躬恒集Ⅰ）、躬恒Ⅴは歌仙家集本躬恒集（躬恒集Ⅴ）、小大君Ⅰは流布本系書陵部蔵小大君集（小大君集Ⅰ）、忠見Ⅱは時雨亭文庫蔵義空本忠見集などのように表示した。

2.　『私家集大成』所収本も、その親本と思われる伝本が明らかになったものや、より優れた本文を有する伝本が出現したものは、それに差し替えた。特に、本書の初稿執筆当時には公刊されていなかった冷泉家『時雨亭叢書』所収本は、今後の研究に不可欠のものと考え、これを利用したものが多い。

3.　万葉集は旧国歌大観番号によった。また、通読の便をはかって、適宜、表記を改めた。

一　『拾遺抄』は周知のごとく『拾遺集』と密接な関係にあり、両集の伝本研究も両書の先後関係・撰集過程・撰者等の問題と絡めて、活溌に行なわれ、一定の成果をあげてきた。本書でも、従来の研究成果を考慮して、『拾遺抄』『拾遺集』などの撰集上の問題を考える上でも、【校異】に続いて、次の事項を加えた。

①『拾遺抄』の【校異】に続いて、【拾遺集】の項を設けて、『集』の異本（宮内庁書陵部蔵堀川具世筆本）の

部立・歌番号・本文（全文を原文のまま）を示した。
②㊟として、『集』の定家本（久曽神昇氏編『藤原定家筆拾遺和歌集』汲古書院）の部立・歌番号・堀川具世本との校異を掲げた。

一 当該歌を所収する他の文献を【他出文献】として示したが、次の方針に従った。
1 とりあげた文献は主に平安時代までの私家集、撰集、歌合、秀歌選、歌論書などである。
2 私家集は主として『新編国歌大観』『私家集大成』によって本文の異同をも示したが、伝本の系統が異なる場合も、一本で代表させたものもある。
3 次に掲げる文献は、括弧内の略称を用いた。なお、金玉集、和漢朗詠集は、金一、朗詠集二五のように略称と歌番号を示した。
金玉集（金）　深窓秘抄（深）　和漢朗詠集（朗詠集）　三十六人撰（三）　前十五番歌合（前）　後十五番歌合（後）　九品和歌（九）

一 歌の作者については初出の歌に【作者】の項を設けて略伝を記し、以下ではそれを参照するように初出の歌の歌番号を示した。また、作者について問題のあるものは【作者】の項で検討を加え、その結果、作者名を改めたものもある。
詞書中の人物については【語釈】において説明した。

一 解説あるいは解題は付さない方針であったが、いくつかの問題については、個々に【補説】に記すよりも、一ヶ所に纏めて記した方がよいものがあるので、「補考」の項を設け、そこで説明した。

一 しばしば引用した参考文献と略称は次の通りである。
○小町谷照彦氏『拾遺和歌集　新日本古典文学大系』（岩波書店）…略称『新大系』
○増田繁夫氏『拾遺和歌集　和歌文学大系』（明治書院）…略称『和歌大系』

拾遺抄巻第一

春五十五首

平定文が家に歌合し侍りけるに　　壬生忠峯

1　春《はる》立《た》つといふばかりにやみ吉野《よしの》の山もかすみて今朝《けさ》は見ゆらむ

【校異】詞○侍けるに―侍ける（島）。

【拾遺集】春・一。

平定文か家の歌合によみ侍ける　　壬生忠岑

春たつといふはかりにや三吉野の山も霞て今朝はみゆらむ

定春・一。詞○家の歌合―家歌合。

平定文の家で歌合をしましたときに

立春になったというだけで、雪深い吉野山でさえも、霞んで今朝は見えているのだろう。

【語釈】○平定文―平好風の男。貞文とも。通称平中（仲）。多くの女性との交渉から、色好みの評判をとり、『平中物語』が書かれた。三七一［作者］参照。○歌合―「左兵衛佐定文朝臣歌合」のこと。廿巻本断簡には

「延喜五年四月二十八日定文家歌合」とある。○春立つといふばかりにや―暦の上で立春になったというだけで。「ばかり」は限定の意。○み吉野の山も―吉野の山。大和国の歌枕。現在の奈良県吉野郡の吉野川の南岸にある吉野山・青根ヶ峯・金峰山などの総称。「山も」の「も」は…でさえもの意。

【補説】 古今集時代には、吉野山は修験道の聖地であったところから隠棲の地としても詠まれているが、次に掲げるように雪を景物として詠まれることが多い。

神な月しぐるる時ぞみ吉野の山のみ雪も降りはじめける　（後撰・冬・四六五）
み吉野の山の白雪積るらしふるさと寒くなりまさるなり　（古今・冬・三二五　坂上是則）
いづことも春の光はわかなくにまだみ吉野の山は雪降る　（後撰・春上・一九　躬恒）
梅花咲くとも知らずみ吉野の山に友まつ雪の見ゆらん　（貫之集六〇）
わが宿の梅にならひてみ吉野の山の雪をも花とこそ見れ　（拾遺・春・九）
み吉野の吉野の山はもともとせの雪のみ積るところなりけり　（古今六帖八四三）

これらの歌から、十月、里に時雨が降るころに降り始めた吉野の山の雪は、里が春になっても依然として降っていた。それほど吉野山は雪深い所とみられていた。

また、春の到来と霞については、

冬過ぎて春立ちぬらし朝日さす春日の山に霞たなびく　（古今六帖六〇二）
昨日こそ年は暮れしか春霞春日の山にはや立ちにけり　（拾遺・春・三　山辺赤人）

などと詠まれているように、当時の人々は、霞の立つのを見て春の到来を感知した。しかし、雪深い吉野の山は春の兆しである霞が姿を見せるのも遅く、古今集時代には、

春霞立ち寄らねばやみ吉野の山に今さへ雪の降るらん　（貫之集二〇一）
春霞立てるやいづこみ吉野の吉野の山に雪は降りつつ　（古今・春上・三）

などと、立春になっても吉野の山には霞の姿はなく雪が降っていると詠まれている。このような当時の人々の吉野の山についての認識から、「山も」は極端に春の到来の遅い吉野の山でさえもの意を表す。春になっても雪の降る吉野の山さえも霞んで見えるというのは、暦の上の観念的な春の到来によって、明るく心弾む作者の気分がとらえた情景である。

この歌は歌合では「首春」の題で、『抄』五の躬恒の歌と番えられて持となっているが、公任が著した『和歌九品』には「これは詞たへにしてあまりの心さへあるなり」と評される「上品上」の例歌として掲げられている。さらに公任は『金玉集』『深窓秘抄』『和漢朗詠集』などの撰集や、『三十六人撰』『前十五番歌合』などの秀歌選にも選んでいて、高く評価していたことが知られる。

『抄』で立春の霞が巻頭に置かれてから、これを踏襲した『集』はもちろんのこと、その後の勅撰集でも、

吉野山峰の白雪いつ消えてけさは霞の立ちかはるらん（三奏本金葉・春・一　重之）

春のくるあしたの原を見渡せば霞もけふぞ立ちはじめける（千載・春上・一　源俊頼）

み吉野は山もかすみて白雪の降りにし里に春は来にけり（新古今・春上・一　摂政太政大臣）

あらたまの年もかはらで立つ春は霞ばかりぞ空にしりける（新勅撰・春上・一　御製）

年のうちに春立ちぬとや吉野山霞かかれる峰の白雪（続後撰・春上・一　俊成）

など、霞を景物とした歌が巻頭を飾るものが多くなった。

また、この歌の第一、二句の「（季節）立つ（来ぬ）といふばかりにや」という表現は忠岑の歌が嚆矢で、平安時代には類例はないが、中世になると忠岑の歌が数多くの歌書に引かれて著名であったためか、

春立つといふばかりにも霞むなる吉野の山のあけぼのの空（拾玉集二〇〇〇）

春来ぬといふばかりには霞めどもまだ雪深しみ吉野の山（千五百番歌合四六　越前）

夏来ぬといふばかりにやあしひきの山も霞の衣かふらん（秋篠月清集七二〇）

秋来ぬといふばかりにや吹く風も荻の上葉に音かはるらん（建長八年百首歌合三六）

冬来ぬといふばかりにや神無月今朝は時雨の降りまさりつつ（続後撰・冬・四五七　藤原信実）

などのように盛んに詠まれている。

なお、この歌の第五句は、公任の撰著の『三十人撰』『深窓秘抄』『和漢朗詠集』などに所収の歌では「けふは見ゆらん」とあり、『抄』『集』と相違する（『三十六人撰』のなかには『抄』と同じ本文のものがある）。

【作者】 底本には作者名表記が「忠峯」とある。『抄』には「忠峯」という表記は二〇・二六・八六の底本、島本、貞和本にある。その一方で、四〇八の詞書には底本のみに「忠岑」という表記がみられる。『集』については、久曽神昇氏編『拾遺和歌集』（汲古書院）には一・二一二・三六七に「忠岑」とあり、「忠峯」と表記したものは一首もない。『抄』『集』以外の複製本も「忠岑」とある。従って、本文以外の作者名は「壬生忠岑」に統一する。

壬生忠岑　生没年未詳。散位安綱の男。近衛番長を経て、延喜五年（九〇五）ごろは右衛門府生であった。延喜六年には御厨子所に膳部として仕え、延長八年（九三〇）ごろは摂津権大目であったらしい。『古今集』撰者の一人。三十六歌仙の一人。歌人として「是貞親王家歌合」「寛平御時后宮歌合」「左兵衛佐定文朝臣歌合」などに出詠。延喜五年二月には藤原定国四十賀の屏風歌を詠み、同七年九月の宇多上皇大井川御幸にも歌を献じている。延喜十三年の「亭子院歌合」にも出詠。『古今集』以下の勅撰集に八十二首入集。家集に『忠岑集』がある。

【他出文献】 ◇左兵衛佐定文朝臣歌合。◇時雨亭文庫蔵枡形本『忠岑集』（一六三）「さだぶんが家の歌合に」。◇三。◇前。◇金二。◇深、第五句「けふは見ゆらむ」。◇九。◇朗詠集八、第五句「けふはみゆらむ」。◇古今六帖四。

承平四年中宮の賀し侍りける時の屛風に　紀　文元

2　春霞立《た》てるを見ればあらたまの年《とし》は山より越《こ》ゆるなりけり

【校異】 **詞**○侍ける時の―侍ける（島）○文元―文幹（島）文幹〈右傍ニ朱デ「貫之ィ」トアル〉（貞）。

【拾遺集】 春・二。

承平四年中宮の賀し侍ける時の屛風に　紀　文幹

春霞たてるをみれはあら玉の年は山よりこゆるなりけり

定春・二。**詞**○屛風に―屛風のうた。○文幹―文幹。

承平四年中宮の算賀をしました時の屛風に

春霞が山に立っているのを見ると、新年は、山を越えて来るのであったよ。

【語釈】 ○中宮―藤原基経女穏子。醍醐天皇后。朱雀・村上帝の母后。延喜元年（九〇一）三月女御、延長元年（九二三）四月二十六日中宮、承平元年（九三一）十一月皇太后、天慶九年（九四六）四月太皇太后。天暦八年（九五四）一月四日昭陽舎で亡くなる。享年七十歳。「中宮」は令制では皇后・皇太后・太皇太后の総称であったが、平安時代には皇后の別称となる。穏子は皇太后・太皇太后になっても中宮と呼ばれた（貞信公記抄）。○賀―算賀。ここは中宮穏子の五十の賀。承平四年（九三四）三月二十六日に朱雀天皇が穏子五十の賀を催されたことは『西宮記』に「承平四三廿六、於常寧殿、有中宮御賀」とあり、また、同年十二月九日に左大臣忠平が催したことは『西宮記』所引の『貞信公記抄』に「九日、奉仕中宮御賀。御厨子六基、納雑物 御屛風六帖、之中四尺 二帖、献物百棒…」とみえる。○屛風―算賀には屛風を調進して賀筵に立てた。○あらたまの―年にかかる枕詞。

○山より越ゆるなりけり―山に霞が立って新年が来たことをいう。

【補説】承平四年に行なわれた中宮穏子の五十の賀に調進された屏風歌である。諸注は、この屏風歌は三月二十六日の五十の賀に詠まれたとみている。この賀が行なわれた常寧殿の鋪設について、『西宮記』には「母屋壁代上立屏風八帖北五尺四帖、東西四尺四帖」とある。この八帖の屏風が新調されたものであるかは明らかでないが、このときに屏風が調進されたことは、『伊勢集』（八二～八六）に、「后宮五十賀御屏風、内裏し給ひし」として三首、「これも同じ宮の御賀、おほきおとどのつかうまつり給ふ」として二首あり、二回の算賀が催されたことは確実である。しかし、文幹の歌がどちらの算賀の歌かは明確でない。現存資料にみえる穏子の五十の賀の屏風歌は『伊勢集』にみえるほかは、『抄』『集』にみえるだけである。ここでは当面の問題である詠歌事情に関係のある詞書のみを示すと、次の通りである。

①承平四年中宮の賀し侍りける時の屏風に　紀　文幹（抄二、集二・具世本二）

②承平四年中宮賀の屏風に　斎宮内侍（抄二七）

承平四年中宮賀したまひけるときの屏風に　斎宮内侍（集四七・具世本四九）

③承平四年中宮の賀し侍りける時の屏風に　斎宮内侍（抄一七三。集二七五・具世本二七八）

④同じ賀に竹の杖のかたをつくりて侍りけるに　大中臣頼基（抄一七四、集二七六・具世本二七九）

同じ院、うちに四十の賀たてまつり給ふ竹の杖の歌　（頼基集一〇）

⑤承平（底本ニ寛平トアル）四年中宮の賀し侍りける屏風に　藤原伊衡朝臣（抄一八八）

承平四年中宮の賀し侍りける屏風に　藤原伊衡朝臣（集二九三・具世本二九六）

このうち、④の頼基の歌は『頼基集』によると、醍醐天皇の四十の賀に宇多院が詠まれたもので、穏子の五十の賀の歌ではない。ここで注目されるのは、②の『集』の詞書である。『集』は『抄』を発展的に継承したもので、前掲①、③、⑤にみるごとく、『抄』の詞書にほとんど手を加えていない。しかし、②の詞書のみは『集』の詞書の一般的な傾向に背馳して、手を加えている。その最大の相違点は敬語表現にある。勅撰集などで敬語、とくに尊敬語が用いられるのは至尊の人物である。②において『集』の撰者が詞書を尊敬表現に書き改めているのは、この屏風歌が朱雀天皇の行なわれた五十の賀に詠まれたものであり、これに対して、①、③、⑤の方は忠平が行なった算賀の屏風歌であるという認識から尊敬表現を用いなかったのではなかろうか。

【作者】貞和本には［校異］に示したように作者を「貫之」とするイ本の書入れがあり、第一句「はるがすみ」の右傍に朱筆で「此哥異本無名」とある。文幹は底本に「文元」とある他は「文幹」とある。「紀氏系図」（尊卑分脈）は「幹」。『勅撰作者部類』には「文幹四位信濃守。参議紀淑光男。至天暦七年」とあり、父は長谷男の四男の淑光で従三位参議まで昇り、天慶二年（九三九）九月十一日に七十一歳で亡くなっている。母については系図類に記載はないが、天徳四年（九六〇）十一月に、祭主大中臣公節の異姓問題の詮議があり、そのとき「故淑光朝臣後家令中、雖聞故利世有養子之由、不知公節欤、他男欤」と証言したことが『村上御記』にみえる。これによると、淑光妻は大中臣家の出身で利世とは深い関係にあったことが知られる。しかし、この淑光妻が文幹の母であるという徴証はない。

『尊卑分脈』によると、淑光の子に文煥・文利・文実・文幹・文慶・文相・文輔がいた。系図の記載順が出生順であるならば文幹は淑光の四男となるが、文幹の兄弟の位官の昇進についてみると、文幹は兄弟のだれよりも官位の昇進ははやく、兄弟が五位に昇進したのは文幹よりもだいぶ後であり、系図の掲出順が出生順か疑問がある。淑光は貞観十一年（八六九）の誕生で、文幹の生年を淑光三十歳のときとみると、昌泰元年（八九八）の誕生となり、四十六歳のときに従五位下、信濃守になっていた。文幹が兄弟のなかで淑光からもっとも将来を嘱望されて寵愛されていたと思われる。文章生出身で蔵人を経て、従五位下で信濃守となり、大風のために国庁の庁舎が顛倒して圧死した。それは天慶七年（九四四）九月二日のことで、『扶桑略記』には「其日信濃守紀文幹到著国府、出居国庁、庁屋顛倒、圧殺守文幹」とある。勅撰集には『拾遺集』に一首入集。

題不知《だいしらず》　　平　祐挙

3　春立《はるた》ちて朝の原《はら》の雪《ゆき》見ればまだふる年《とし》のこゝちこそすれ

【校異】歌○また―なほ（島）。

【拾遺集】春・七。

題不知　　平　祐挙

春たちてあしたの原の雪みればまたふた年こゝちこそすれ

㊂春・七。歌○ふた年―ふる年。

題知らず

立春になって、朝、朝の原に降る雪を見ると、いまだ雪の降っていた旧年のような気がする。

【語釈】○朝の原―大和国の歌枕。現在の奈良県西和市王子町から香芝市香芝町にかけての丘陵。「片岡のあしたの原」（拾遺・春・一八）とも。歌では若菜・霞などを景物として詠まれることが多い。また、「あした」に「朝」の意を響かせる。○ふる年―新年から過ぎた年をさしていう語。旧年。「ふる」に「古る」と「降る」を掛ける。

【補説】立春になった朝、外の様子も春らしく一変しているかと思って見ると、依然として雪は降っている。その光景を「ふる年」を掛詞にして詠んでいるところに趣向がある。『俊頼髄脳』では「ひとへに優なる歌」の例歌としてあげている。

【作者】平祐挙　『勅撰作者部類』に「五位、駿河守。越前守平保衡男。至長和四年」とある。光孝平氏。正五位下越前守保衡の男（分脈）。母は未詳。父保衡は『尊卑分脈』に「正五下、越前守」と注記がある。史料によると天徳四年（九六〇）一月十二日に行なわれた師輔の大饗に奉仕し（九条殿記）、応和二年（九六二）五月には伊勢守で、同月二十六日に伊勢大神宮の造営の宣旨をくだされている（西宮記巻七裏書）。保衡が越前守であったことを裏付ける資料はない。

祐挙は生没年未詳で、『勅撰作者部類』に「至長和四年」とあるが、その根拠は不明。長和五年（一〇一六）五月十八日に行なわれた実頼忌日の法事に入礼した五位の人物の中に「祐挙」の名がみえる。『尊卑分脈』には他に祐挙という人物はみえないので、同一人の可能性が大きい。資料に最初に祐挙の名がみえるのは『改元部類』所引の『外記日記』天禄元年（九七〇）三月二十五日の条で、このころ祐挙は「中務少丞」であった。寛和二年（九八六）二月には式部大丞であり、その後、越中守となり、長保五年（一〇〇三）五月十五日に催された「左大臣道長歌合」に歌人として出席したときには前越中守であった。同年六月二十日の道長第の納涼では則友と囲碁をし、勝って懸物をえている（権記）。その後、寛弘七年（一〇一〇）から長和四年の間に駿河守になったようで、『玄玄集』にも「駿河守」と注記がある。勅撰集には『拾遺集』の他に『三奏本金葉集』に一首入集。（注）『三奏本金葉集』に入集の歌（三九七）は『深養父集』（六一）にある歌で、「詞　祐挙」と注記があるとおり、『詞花集』（二一三）にあり、『玄玄集』（九〇）にもある。

【他出文献】◇玄玄集八九。

4　延喜御時の月令《なみの》御屏風歌　素性法師

あらたまの年《とし》たちかへる朝より待《ま》たるるものは鶯《うぐひす》の声《こゑ》

【校異】詞○御時の―御時（島）○月令―月なみの（島）月次〈「次」ノ右傍ニ朱デ「令ィ」トアル〉（貞）○御屏風歌―御屏風に（島）御屏風歌〈「歌」ノ右傍ニ朱デ「ニィ」トアル〉（貞）。

【拾遺集】春・五。

延喜御時月令の御屏風に

あら玉の年立かへる朝よりまたるゝ物はうくひすのこゑ　素性法師

定春・五。詞○月令の―月令。

醍醐天皇の御代の月次の御屏風歌

新しい年に改まった朝から、おのずと待たれるものは鶯の初音であるよ。

【語釈】○延喜御時―醍醐天皇は寛平九年（八九七）七月から延長八年（九三〇）九月まで帝位にあったが、その間、延喜の年号は二十二年も続いたところから、醍醐天皇の御代をいう。○月令御屏風―一月から十二月までの、各月の行事・景物などを主題として描いた屏風。○あらたまの―「年」にかかる枕詞。「あら」に新しいの意を響かせる。○年たちかへる―「たちかへる」はもとの場所に戻る意。年が循環してもとに戻る。○鶯の声―春を告げる鳥として、「鶯の谷より出づる声なくは春くることをたれか知らまし」（古今・春上・一四　大江千里）「春来ぬと人はいへども鶯の鳴かぬかぎりはあらじとぞ思ふ」（古今・春上・一一　忠岑）などと詠まれている。

【補説】この歌は『素性集』の諸本に詞書を、

延喜御時月なみの御屏風に（冷泉家旧蔵本、素性集Ⅰ五〇）

延喜御時月なみの屏風に（歌仙家集本三二）

延喜の御時屏風に（尊経閣文庫本、素性集Ⅱ四一）

延喜御時御屏風（西本願寺本四九）

としてみえ、大きな異同はない。この屏風歌がいつ詠まれたかは明確でないが、『貫之集』には素性が生存していたと思われるころに詠んだ月次屏風歌として、

①延喜二年五月中宮の御屏風の和歌（一三九―一六〇）（注）「延喜」は「延長」の誤りか。四二参照。

②延喜六年月なみの屏風八帖が料の歌（三～二二）

などがある。②の屏風歌が詠まれた六年二月に素性は内裏の襲芳舎に於いて屏風に歌を書いている（三十六人歌仙伝所引『御記』）。このとき素性が書いた屏風歌は『貫之集』にある②の屏風歌であり、『素性集』にいう「月なみ屏風」も同じときのものではなかろうか。

『三十六人撰』には家持の歌として、

あらたまの年ゆきかへる春立たばまづわが宿に鴬は鳴け

という歌がある。この歌は『家持集』にはないが、『万葉集』（巻二十・四四九〇）に家持の歌としてある。この歌と素性の歌とは用語・詩想が酷似していて、素性は家持の歌を知っていて詠んだのではないかと思われる。

【作者】素性　生没未詳。良岑宗貞（遍昭）の男。俗名は玄利。清和朝には左近将監であったというが（夜鶴庭訓抄など）、確かでない。出家後は雲林院に住んだ。寛平八年（八九六）閏正月に宇多天皇が雲林院に行幸した日、度者一人（扶桑略記には二人）を賜った。その後、大和国石上の良因院に移り住み、昌泰元年（八九八）十月、宇多上皇の宮滝御幸に良因朝臣と名のって供奉して和歌を献じた。醍醐朝になっても歌人として活躍した。延喜九年（九〇九）十月に御前で屏風歌を染筆して禄を賜ったのが、資料で確認できる最後の消息である。「中将御息所歌合」「寛平御時菊合」「寛平御時后宮歌合」などに出詠。本康親王の七十賀や延喜五年二月の藤原定国四十賀に屏風歌を詠進している。三十六歌仙の一人。『古今集』以下の勅撰集に五十九首入集。家集に『素性集』がある。

【他出文献】◇素性集→［補説］。◇朗詠集七二。◇古今六帖一二。

定文が家の歌合《うたあはせ》に　　凡河内躬恒

5 春《はる》立《た》ちてなほ《を》降《ふ》る雪《ゆき》は梅《むめ》の花咲《さ》くほどもなく散《ち》るかとぞ見る

【校異】詞○定文か家のうたあはせに―平定文家歌合（貞）○凡河内躬恒―躬恒（島）。

【拾遺集】春・八。

定文か家の歌合に　　躬恒

春たちてなをふる雪は梅の花さくほともなく散かとそ思ふ

[定]春・八。**詞**○家の―家。**歌**○思ふ―見る。

定文家の歌合に

立春になっても依然として降る雪は、梅の花が咲いて間もなく散っているのかと見紛うことだ。

【語釈】○定文が家の歌合―一参照。○なほ降る雪―新年になっても依然として降っている雪。○梅の花―古今集以来、春の到来を告げるのは鶯の音と梅の花であった。雪と梅の花のまがいは初春の歌に多い。

【補説】春になっても相変わらず降る雪を梅の花の散るのに見立てて、花の咲くのを待ち望んでいる。雪を梅の花に見立てた歌は古今集時代以後、数多くあるが、

(イ)わが宿の冬木の上に降る雪を梅の花かとうち見つるかも（万葉・巻八・一六四五）

春立てば花とや見らむ白雪のかかれる枝に鶯ぞなく（古今・春上・六　素性）
いづれをかわきて折らまし梅の花枝もとををに降れる白雪（古今六帖四一三七　躬恒、躬恒集三七一）
むめが枝に降り重なれる白雪を八重咲く花と思ひけるかな（続古今・春上・三四　花山院）

(ロ)梅の花枝にか散ると見るまでに風に乱れて雪ぞ降りくる（万葉・巻八・一六四七）
嵐吹く山のふもとに降る雪はとく散る梅の花かとぞみる（興風集二四）
久方の空も曇りて降る雪は風に散りくる花にざりける（躬恒集三七九）

などと、(イ)枝に降り積もった雪を梅の花と見立て、(ロ)雪の降るのを花の散るさまに見立てている。後者の場合、雪と梅の花の関係が逆になった、花の散るのを雪の降るさまに見立てた歌としては、

鶯の花踏み散らすこのもとはいたく雪ふる春べなりけり（万代・春下・四二二　貫之）
あしひきの山のかひより吹く風に雪と見るまで花ぞ散りける（壬二集一四五〇）

などがある。前者は鶯の踏み散らした花で、降る雪とは時間的にずれはないが、後者の場合、家集によれば、花は桜の花であり、桜の花の散るころに雪が降ることは稀で、実景と見立ての景とが時間的にずれていて、観念的な見立てになっている。このような見立てで詠んだ歌は少数である。

立春になって花の咲くのを待ち望んでいたのに花はなく雪が降っている。雪の降っている眼前の景を、待ち望む花の咲く景であると幻視して詠んでいる。歌合によると首春の題で詠まれ、忠岑の歌（本集巻頭歌）とあわせられて持になっているので、当時の評価は相当なものであったと言えよう。

【作者】凡河内躬恒　生没不明。官歴も詳しくは明らかでないが、寛平六年（八九四）二月甲斐少目に任ぜられ、延喜五年（九〇五）ごろは散位で（古今集序）、延喜七年一月に丹波権目となり、同十一年一月に和泉権掾、同二十一年一月に淡路権掾として、任国に赴き、延長三年（九二五）に帰京した。『古今集』の撰者の一人。三十六歌仙の一人。『古今集』以下の勅撰集に約一七五首入集。家集に『躬恒集』がある。

【他出文献】◇左兵衛佐定文朝臣歌合。◇歌仙家集本（躬恒集Ｖ八九）、「へい中将の家の歌合にはじめの春」、第五句「ちるかとぞ思ふ」。◇古今六帖二〇、第五句「ちるかとぞ思ふ」。

天暦十年二月廿九日内裏歌合せさせ給ひけるに　　読人不知

6 鶯《うぐひす》の声なかりせば雪《ゆき》消《ゝ》えぬ山里いかで春《はる》を知《し》らまし

【校異】詞○内裏―内裏に（島）○歌合せさせ給けるに―歌合に（貞）○読人不知―中務（貞）。

【拾遺集】春・一〇。

天暦十年三月廿九日に内裏に歌合せさせ給ける時　　中納言朝忠卿

うくひすのこゑなかりせは雪消ぬ山さといかて春を知まし

定春・一〇。詞○廿九日に―廿九日。○内裏に歌合せさせ給ける時―内裏歌合に。○中納言朝忠卿―中納言朝忠。

天暦十年二月二十九日、内裏で歌合をなさいましたときに

鶯の鳴く音がしなかったならば、雪の消えない山里では、どうして春がきたことを知ることができようか。

【語釈】○二月廿九日―『集』には「三月二十九日」とある。これは次項に記すように、三月二十九日に開催された「斎宮女御歌合」と同一歌合とみたことによる。○内裏歌合―この歌合は『十巻本歌合巻』をはじめとする諸資料では「麗景殿女御歌合」の名称で呼ばれていて、『抄』『集』では「内裏歌合」の呼称が用いられている。この歌合と同年三月二十九日に催された「斎宮女御歌合」との関係については同一説と両度説がある。萩谷朴氏

によると、この歌合は麗景殿女御荘子女王が主催されたもので、これを「内裏歌合」と呼ぶのは村上天皇が開催の実権を握っていたことによるという（萩谷氏『平安朝歌合大成一』参照）。

【補説】この歌は歌合では「鶯」の題で詠まれたもので、十巻本によると、読人不知の「鏡山春くる影や見えつらむ谷の鶯出でて鳴くなり」という歌と番えられて、「勝」になっており、公任の数多くの撰著にも収められている。

雪の消えるのが遅い山里では、春の到来を鶯の鳴く音で知るということを、反実仮想を用いて詠んでいる。鶯によって春の到来を知るという発想の歌は、

鶯の谷より出づる声なくば春来ることを誰か知らまし（古今・春上・一四　大江千里）

鶯のなく声聞けば深山出でてわれよりさきに春は来にけり（忠見集一〇六）

山里の梅の園生に春立てば木伝ひくらす鶯の声（夫木抄一〇一七八　好忠）

降り積る雪きえやらぬ山里に春を知らする鶯の声（大斎院御集一）

などがある。『俊頼髄脳』には古歌を本歌として詠んだ歌で、本歌よりも優れた歌になっている例として、六の歌をあげ、前掲の『古今集』（一四）の千里の歌を本歌として詠んだものであることを指摘している。

【作者】『抄』の底本・島本に「読人不知」とあるが、『抄』の貞和本に「中務」とあり、『集』では具世本・定家本などに「中納言朝忠」とある。歌合では十巻本に「中務」、某家蔵断簡に「あつたゞ」とある。『集』の「朝忠」説は「あつたゞ」とする断簡と関係があるか。『三十六人撰』などの公任の撰著に「中務」とあるのに従うべきであろう。

中務は三十六歌仙の一人。生没未詳。父は宇多天皇第四皇子で中務卿、式部卿などをつとめた敦慶親王、母は伊勢。『三十六人歌仙伝』には「朱雀天皇以後、円融天皇御宇之間人也。年不詳。天元年中源順贈答和歌見家集」とあるのみ。「中務」の名は父敦慶親王が中務卿であったところからの命名。敦慶親王が中務卿になった年時は

明確でないが、前任者の敦固親王が中務卿親王として記録にみえる最後が延喜七年（九〇七）二月で、同十年一月には帥親王と呼ばれているので、この間である。また、敦慶親王が式部卿になったのは式部卿貞保親王が亡くなった延長二年（九二四）六月以後である。さらに敦慶親王室の均子内親王が延喜十年二月に亡くなっていることを考慮すると、中務は延喜十二年ごろの誕生で、延長二年六月には十三歳ですでに女房として世に出ていたことになる。一方、中務の最晩年については、前記の『三十六人歌仙伝』の記事は円融天皇の天元ごろとするが、書陵部蔵本（中務集Ⅱ）の巻末に「ため本しほちのもとへ十二首」と詞書のある歌群があるところから、為基が出家したと思われる一条帝の永祚年間ごろまで生きていたとする説がある（山口博氏「中務の家の人々」『平安文学研究』31輯、昭和38・12。稲賀敬二『中務』平成十二年、新典社）。これについてはなお検討の余地があるが、円融朝末までは生存したとみられる。この間、藤原実頼・同師輔・元良親王・源信明などと親密な関係にあり、特に信明とは深い関係にあったことは『信明集』にある二人の贈答歌から知られる。歌人として「天徳四年内裏歌合」「円融院御時扇合」などの歌合に出詠、屏風歌も多く、専門歌人として活躍した。『後撰集』をはじめとして勅撰集に七十首ほど入集、家集に『中務集』がある。

【他出文献】◇三、中務。◇前、中務。◇金四、中務。◇深、中務。◇朗詠集七四、中務。◇大斎院御集二、衛門かみ（朝忠）。

恒佐右大臣の家の屏風に　　　　　　　　　　貫《つら》之《ゆき》

7　野《の》辺《べ》見れば若《わか》菜《な》摘《つ》みけりうべしこそ垣《かき》根《ね》の草も春めきにけれ

【校異】詞○恒佐右大臣の家の―恒佐右大臣家の（島）恒佐右大臣家の〈「恒佐」ノ右傍ニ朱デ「ツネスケ」ト

アル〉（貞）。**歌**○うへしこそ―むへしこそ（島・貞）○春めきにけれ―はるめきにけり〈「り」ノ右傍ニ朱デ「れィ」トアル〉（貞）。

【拾遺集】春・二〇。

恒佐右大臣の家の屏風に　　　紀　貫之

野へみれはわかなつみけりむへしこそかきねの草も春めきにけれ

定春・一九。**詞**○紀貫之―つらゆき。

恒佐右大臣の家の屏風に

野辺を見ると、若菜を摘んでいるのであった。なるほどそれで、垣根の草も春らしくなったのだった。

【語釈】○恒佐右大臣―左大臣藤原良世の七男。延喜六年（九〇六）一月従五位上、蔵人頭、右近中将を経て、十五年（九一五）六月参議。二十三年一月権中納言となり、従三位に昇る。大納言、右大将となり、承平七年（九三七）一月二十二日右大臣、天慶元年（九三八）五月五日没。享年五十九歳。○家の屏風―『貫之集』の詞書には承平七年右大臣殿屏風歌とある。○うべしこそ―副詞「うべ」に副助詞「し」が接続したもの。「うべ」はもっともなことと同意する意を表す。なるほど。いかにも。平安中期以後には「むべ」「んべ」などと表記されることが多くなる。

【補説】この屏風歌について、『貫之集』（三五五）には「同じ（承平）七年右大臣殿屏風のうた」として、

梅花、わかなある所、女簾の前に出でてみる

野辺みれば若菜摘みけりむべしこそ垣根の草も春めきにけれ

とあり、承平七年（九三七）に詠まれたことが知られる。この年一月に恒佐は右大臣に任ぜられているので、こ

の屏風歌は恒佐の任大臣大饗に調製された屏風の歌かとする説もある。しかし、恒佐の任大臣大饗は右大臣に任官された当日に行なわれたので（初任大臣大饗雑例）、急遽、屏風を新調することは無理であろう。正月恒例の大臣大饗は天慶元年（九三八）一月五日に行なっている。このときの屏風を前年から用意したのであれば問題はなかろう。

野辺で若菜を摘んでいるのを見て、わが家の垣根の草が春めいているのを実感している趣向である。一般的には身近な事象から遠方や視界外の事情を類推するが、それとは逆の関係にある。生活的な実感よりも若菜摘みという年中行事が季節を知る基準になっている。

【作者】貫之　生年未詳。天慶九年（九四六）没。紀望行の子。童名を「内教坊阿古久曽」と号したと伝えられるところから、母は内教坊の伎女とする説がある。若くして大学寮に学び、延喜初め（九〇一）ごろに御書所預に任ぜられ、内膳典膳、少内記、大内記を経て、延喜十七年に従五位下に叙せられ、加賀介に任ぜられる。その後、美濃介、大監物、右京亮などを歴任し、延長八年（九三〇）に土佐守に任ぜられて下向、承平五年（九三五）帰京。天慶六年（九四三）に従五位上に昇り、同八年に木工権頭となった。歌人としては「是貞親王家歌合」「寛平御時后宮歌合」に出詠して、しだいに力量を認められて『古今集』撰者の一人として撰集実務を主導した。また、多くの貴顕の依頼をうけて五百首を超える屏風歌を詠んでいる。他に『土佐日記』『新撰和歌』の撰著がある。『古今集』をはじめとして勅撰集に四五〇首ほど入集、歴代歌人の中では定家についで多い。家集に『貫之集』がある。三十六歌仙の一人。

【他出文献】◇貫之集→［補説］。◇古今六帖三五四五、第五句「春めきにけり」。

題不知

中納言安倍*広庭

8　いにし年根《ね》こじて植《う》ゑ《へ》し我やどの若木《わかぎ》の梅は花咲《はなさ》きにけり

【校訂注記】「安倍」ハ底本ニ「安部」トアルノヲ、貞和本、『集』ノ具世本・定家本ナドニヨッテ改メタ。

【校異】詞○安部―阿倍（島）。

【拾遺集】春・二一。

題不知　中納言安倍広庭

いにし（「いにし」ノ右傍ニ「有春部可尋之」トアル）年ねこしてうへし我やとのわか木の梅は花さきにけり

定雑春・一〇〇八。

題知らず

先年、根こそぎ掘りとって植えた、わが家の前栽の若木の梅は花が咲いたことだ。

【語釈】○いにし年―過ぎ去った年。前年。先年。○根こじて―根のついたまま掘りとる。根こそぎにする。『万葉集』には「伊許自而（いこじて）」とある。「こじ」は活用の種類等不詳の動詞の連用形で、掘りとる意。「ねこじにも掘らば掘らなん女郎花人におくるる名をば残さじ」（榊原本和泉式部集四三）。

【補説】『万葉集』（巻八・一四二三）に、

去年春　伊許自而殖之　吾屋外之　若樹梅者　花咲尓家里

（こぞの春いこじて植ゑしわがやどの若樹の梅は花咲きにけり）

とある歌の異伝である。公任は『九品和歌』において、

中品中　優れたる事もなく悪き所もなくて、あるべき様を知れるなりという例歌として広庭の歌と忠岑の「春きぬと人はいへども鶯のなかぬかぎりはあらじとぞ思ふ」（古今・春上・一一）とを掲げている。

「伊許自而」という表現は『万葉集』にも一例のみで、「根こじ」も『抄』以前には「秋の野はねこじにこじてもてぬともいはほの種はのこしやはせぬ」（古今六帖三九一五）という例があるに過ぎない。この新奇な語についての関心が、『抄』ごろから高まり、この歌は中世においても『秀歌大体』『定家八代抄』などにとられ、これを本歌として、

花みんと根こじに植ゑしわが桜咲きにけらしも風な吹きこそ（顕季集五九）

鶯の声も若木の梅がえをねこじて植ゑし人ぞふりゆく（壬二集二〇六一）

春までの命はさだめなけれども若木の梅をねこじつるかな（師光集九七）

などと詠まれている。

なお、この歌は『集』具世本には一〇一七に重出、詞書・歌詞に異同なく、歌の右肩に「有春部可尋之」とある。

【作者】安倍広庭　右大臣阿倍朝臣御主人の子。和銅四年（七一一）四月正五位下、養老六年（七二二）二月参議、神亀四年（七二七）中納言に任ぜられ、天平四年（七三二）二月没す。享年七十四歳（懐風藻）。『万葉集』に短歌四首が伝えられ、漢詩人として『懐風藻』に五言詩二首がある。

【他出文献】◇万葉集→［補説］。◇九。◇朗詠集九三、安倍広庭、第二句「ねこじにうゑし」。

延喜御時《とき》の御屏風歌　躬《み》恒《つね》

9 降《ふ》る雪《ゆき》に色《いろ》はまがひぬ梅《むめ》の花香《か》にこそにたるものなかりけれ

【校異】詞○御ときの御屏風歌—御時の御屏風に（島）御時月代御屏風歌〈「時」ノ右傍下ニ朱デ「ノ」ト、「月代」ノ左傍ニ朱デ見セ消チノ符号ヲ付シテ右傍ニ朱デ「此両字異本無之」ト、ソレゾレアル〉（貞）。歌○ふるゆきに—ふるゆきに〈「ふる」ノ右傍ニ「或本ニ此哥アリ」トアル〉（貞）。

【拾遺集】春・一四。

同御時御屏風に　凡河内躬恒

ふる雪に色はまかひぬ梅の花かにこそにたる物なかりけれ

定春・一四。詞○凡河内躬恒—みつね。

醍醐天皇の御代の御屏風の歌

降る雪に花の色はまぎれてしまった。しかし、梅の花の香には匹敵するものはないのであった。

【語釈】○延喜御時—醍醐天皇の御代。［補説］に記すように延喜十七年（九一七）八月。○御屏風歌—承香殿女御のための屏風歌。○色は—花の色。第三句の「香に」に対応する。雪と花の色のまぎれについては五の躬恒の歌参照。○にたる—「にる」はそれと同等の価値がある、匹敵する、つりあうの意。

【補説】この歌の詠歌事情は『躬恒集』の諸本によって相違があり、次のように三つに分かれる。

(1)(イ)そきやう殿御屏風うた　書陵部蔵光俊本（躬恒集Ⅰ八八九）

(ロ)延喜十七年承香殿御屏風和歌　梅の木のもとに人ゐたり　時雨亭文庫蔵承空本（躬恒集Ⅲ一三七）

(ハ)同じ（延喜）十七年　　西本願寺本（躬恒集Ⅳ四八二）
(ニ)春　　西本願寺本（躬恒集Ⅳ一五二）
（西本願寺本一五五ノ左注ニ「已上延喜十七年仰せによりてたてまつる御屏風歌」トアル）

(2)（おなじ十五年斎院の御屏風の歌　春）　歌仙家集本（躬恒集Ⅴ二二）

(3)　延喜御時御屏風に　内閣文庫本（躬恒集Ⅱ一九九）

このうち、(3)は具体的な説明がなく、(1)(2)のどちらにも通じる書式である。結局、(1)(2)のどちらであるかが問題になるが、諸本に「延喜十七年」「承香殿」とあることを重視して、「延喜十七年承香殿御屏風歌」とみてよかろう。なお、この「承香殿御屏風歌」は西本願寺本『貫之集』（二六五）に「延喜十八年承香殿女御屏風の歌、依仰献歌」とあるものとは別のものである。一八参照。

「承香殿」は『一代要記』の醍醐天皇の項に「常明親王四品元将明。母女御和子。光孝源氏。号承香殿女御」とある源和子のことである。光孝天皇皇女で、仁和元年（八八五）源朝臣を賜姓。延喜二年（九〇二）以前に醍醐帝の後宮に入り、常明親王（同六年生）、式明（同七年生）、有明親王（同十年生）及び慶子（延喜三年生）、韶子、斉子内親王などの母。天暦元年（九四七）七月に没した。

歌は雪と梅の花のまぎれを基調にしながら、まぎれることのない香を詠んでいる。梅の香を賞美する歌は『古今集』時代から多く詠まれるようになった。『古今集』には梅を詠み込んだ歌が二十五首ほどあるが、それらの中で香を詠んでいる歌は十六首ある。梅の花の色と香は「あかぬ色香」（三七　素性）、「色をも香をも」（三八　友則）などと色・香ともに賞美するものから、「色よりも香こそあはれ」（三三　読人知らず）と香を称揚する歌が現れてくる。躬恒の梅の歌には色のまぎれを詠んだものも多いが、梅の香に重点をおいて詠んだ歌に、

①梅の花色は目なれて吹く風ににほひくる香ぞとこめづらなる（躬恒集Ⅳ二二八）
②月夜にはそれとも見えず梅の花香をたづねてぞ知るべかりける（古今・春上・四〇）

③春の夜の闇はあやなし梅の花色こそ見えね香やはかくるる（古今・春上・四一）
④香をとめてたれ折らざらむ梅の花あやなし霞立ちなかくしそ（躬恒集Ⅳ三〇三）
⑤目に見えで心にしむは梅の花ふきふきてくる香にぞありける（躬恒集Ⅳ二二五）

などがある。このなかで色が他の物にまぎれた場合や見えないときという視覚で把握できない梅の存在を嗅覚で把握するという詩想で詠んでいる歌に注目される。九の歌も、この詩想と同類であるが、その先蹤として、

花の色は雪にまじりて見えずとも香をだに匂へ人の知るべく（古今・冬・三三五　小野篁）

がある。

【作者】凡河内躬恒→五。

【他出文献】◇躬恒集→［補説］。◇古今六帖四一三八、第二句「色もまがひぬ」。

延喜御時依宣旨進歌中に　　貫　之

10　梅《むめ》が枝《え》にふりかか《ゝ》りてぞ白《しら》雪も花《はな》のたよりにを《お》らるべらなる

【校異】詞〇延喜御時―同御時（島）同御時〈「同」ノ右傍ニ朱デ「延喜ィ」トアル〉（貞）〇依宣旨―ナシ（島）〇中に―中（貞）。**歌**〇べらなる―べらなれ（島）べらなり〈「り」ノ右傍ニ朱デ「る」トアル〉（貞）。

【拾遺集】春・一三。

延喜御時宣旨にて歌たてまつれりけるなかに　　紀　貫之

梅か枝にふりかゝりてそ白雪は花のたよりに折らるへらなる

定春・一三。**詞**〇歌たてまつれりける―たてまつれる歌の。〇紀貫之―つらゆき。**歌**〇白雪は―白雪の。

醍醐天皇の御代、仰せごとによって献上した歌の中に白雪も梅の枝に降り掛かっていることで、梅の花らしく見えて、枝が折られるのであろう。

【語釈】○依宣旨進歌―『貫之集』によると、直前の歌（六六）の詞書に「延喜十七年八月宣旨によりて」とある。「進《タテマツル》」（類聚名義抄）。○花のたより―「たより」は縁故、ゆかり。梅の花のように見えることをいう。○べらなる―「べし」が形容詞型の活用をするところから、語幹「べ」に接尾語「ら」が付き、さらに「に」を伴って副詞形「べらに」ができ、それに「あり」が付いたもの。平安初期の訓点資料に用いられる一方で、古今・後撰時代の歌にも用いられているのは、古語とみる意識があったからとする説（森野宗明氏）がある。とくに貫之は好んで用い六十二首あるという（遠藤嘉基氏）。

【補説】延喜十七年（九一七）八月に貫之が献上した歌は二十四首（六六～八九）で、それらは四季にわたっているので、屛風歌であったと思われる。このうち「こぬ人を」（八〇）、「白波の」（八七）の二首は『抄』にないが、『集』の具世本に、

延喜十七年八月依勅よみ侍りける　紀　貫之

こぬ人を下にまちつつ久かたの月をあはれといはぬ夜ぞなき（雑賀・一二〇六〈定家本一一九五〉）

題不知　読人不知

白波はふるさとなれや紅葉ばの錦をきつつ立ちかへるらむ（雑秋・一一四一〈定家本一一三〇〉）

とある。「こぬ人を」の歌の詞書は具体的で家集に依っていると考えられるが、「白波は」の歌は初句に異同があり、作者も読人不知になっていて家集に依っているとは考えられない。この相違は『集』の撰者が複数いて、各歌の撰歌は別人であったのか、あるいは同一人でも一方は家集に依り、一方は記憶に依って撰歌したためであろ

うか。

歌は梅の花と白雪のまぎれを「花のたより」の語で表していると考えられる。したがって、この句の「たより」は関わり、ゆかりの意に解すべきで、ついでに、機会にの意に解したのでは、一首の情趣をつかみそこねる。

【作者】 紀貫之→七。

【他出文献】 ◇貫之集六七、第三句「白雪の」。◇古今六帖四一三四、第三句「白雪も」。

冷泉院御時の御屏風に、梅の花有る家《いへ》に人の来《き》たるところ　　兼盛

11 わがやどの梅のたち枝《え》や見えつらん思《おも》ひのほかに君が来《き》ませる

【校異】 **詞**○御屏風に―屏風の絵に（島）御屏風の絵に（貞）○梅の花―梅花（島・貞）○人の―客人（島・貞）○来たるところ―きたるかたかきたる所に（島）来形あるところに（貞）。

【拾遺集】 春・一五。

冷泉院の御時御屏風の絵に梅花ある所に客来かたある所に　　平兼盛

我やとの梅の立枝やみえつらむ思のほかに君かきませる

定春・一五。**詞**○御時―ナシ。○所―家。○客来かたある所に―客人きたる所。

冷泉天皇の御代の御屏風に、梅の花の咲いている家に人が訪れてくる図柄

わが家の高く伸びた梅の枝が見えたのであろうか、思いがけなくあなたがおいでになられた。

【語釈】○冷泉院御時―冷泉天皇は康保四年（九六七）五月二十五日から安和二年（九六九）八月十三日まで在位。○御屏風―内裏の屏風歌。○人―貞和本などには、客人。○たち枝―高く伸びた枝。この語は兼盛の時代から使われるようになった。「はやまなる柴の立ち枝」（好忠集二九二）「花咲かぬ梅の立ち枝」（清正集七六）。○思ひのほか―考えていたことと全く違っているさま。思いがけなく。

【補説】この歌は『兼盛集』では彰考館本（五七）の独自歌で、『新編国歌大観』所収の『兼盛集』の一五四と一五五の中間に、詞書を「梅の花のもとにまらうどきたり」としてみえる。

この歌の下句の解釈には二通りある。『新大系』は「家の主人よりも花見が目的の訪問を風刺して詠むのは、当時の類型的な発想」とあり、私に会うより花見の方が目的で来たのでしょうと風刺したと解する。これに対して『和歌大系』は「梅を見るためだ、と暗に梅の美しさをいう」と解している。『後拾遺集』（秋下・三五九）には、

山里の紅葉見にとや思ふらん散りはててこそとふべかりけれ

という公任の歌があり、紅葉のみごとなときに訪れると、主人に会うのが目的でも紅葉を見にきたと誤解されることを懸念している。これは花のときも同じで、それが当時の人々の受けとめ方であった。兼盛の歌でも家の主人は公任が懸念したように、会うためでなく花見に来たと受けとめたのであろう。絵柄が女の家を男が訪れたところであれば、なおさら風刺したという見方ができる。

ところで、『後拾遺集』（春上・五〇）には、

屏風絵に、梅花ある家に男きたるところをよめる　　平　兼盛

梅が香をたよりの風や吹きつらん春めづらしく君がきませる

という歌があり、語句に小異はみられるが、『兼盛集』の諸本にもある。この歌は『抄』一一の歌と酷似している。この歌では風に乗ってきた香によって梅が咲き誇っていることを知ったことになっているが、男が女のもと

を訪れた絵柄である。

『有房集』に「梅」の題で詠まれたとある、

わが宿の梅は立ち枝もなきものを香をたづねてや君がきませる（一五）

という歌は『抄』の兼盛の歌を本歌としていることは明らかであるが、下句は前掲の『後拾遺集』の歌をも本歌にしていると思われる。なお、この兼盛の歌を本歌とするものに、

知る知らぬ人まねきけり春はなほ梅の立ち枝ぞあるじなりける（林葉集七八）

香をとめてとはれやするとわが宿の梅の立ち枝に春風ぞ吹く（続千載・春上・四八　二品法親王覚助）

などがあり、後世への影響のほどが知られる。

【作者】平兼盛　生年未詳。光孝天皇の曾孫筑前守平篤行男。天慶九年（九四六）四月従五位下に叙せられ、越前権守、山城介、大監物を経て、康保三年（九六六）従五位上、天元二年（九七九）駿河守。正暦元年（九九〇）十二月没。三十六歌仙の一人。天暦十年（九五六）「麗景殿女御歌合」「天徳四年内裏歌合」貞元二年（九七七）「三条左大臣頼忠前栽歌合」などに出詠。多くの屏風歌を詠んでいる。源順、紀時文、恵慶、清原元輔、大中臣能宣、源重之などと歌を贈答。『拾遺集』以下の勅撰集に八十九首入集。家集に『兼盛集』がある。

【他出文献】◇彰考館本兼盛集→［補説］。◇三。

題不知　　読人不知

12　梅《むめ》の花《はな》よそながら見んわぎもこがとがむ許《ばかり》の香《か》にもこそしめ

【校異】詞○題不知―たいよみひとしらす（貞）。歌○とかむ―とかむ〈左傍ニ「又後撰」トアル〉（貞）。

【拾遺集】春・一六。

題不知　　　　　　　　　　　　　　　　　読人不知

梅の花よそながらみむわきも子かとかむはかりのかにもこそしめ

定春・二七。

題知らず

梅の花は遠く離れていながら眺めよう。私の愛しい人が咎めだてするほどの、香りに染まるかも知れないから。

【語釈】○よそながら―無関係な所にいるままで。遠くにいながら。○わぎもこ―「こ」は親愛の意を表す接尾語。男性が妻または恋人を親しみをこめていう語。愛しい人。○香にもこそしめ―「もこそ」は危惧、懸念を表す。「しむ」は匂いなどが深く入りこむ。染まる。

【補説】この歌は『後撰集』（春上・二七）にも「題知らず」「読人不知」として、歌句に異同なくみえる。また、諸注は『古今集』（春上・三五　読人知らず）にある「梅の花立ち寄るばかりありしより人のとがむる香にぞしみぬる」に依るとみる。この「梅の花」の歌は時雨亭文庫蔵資経本『兼輔集』（四〇）にも、

いと忍びたる移り香の人しるばかりありければ、その女に

梅の花立ち寄るばかりありしより人のとがむる香にぞしみぬる

とある。この歌の作者が兼輔か、読人不知かは明確ではないが、歌の「人」は作者の妻ということになる。梅の移り香が女がたきしめた薫物の香とまちがえられるほどであるというところは、『抄』も同じであり、『抄』では「人」を「わぎもこ」と具体的に詠んでいて、『兼輔集』の詞書にいう男女の世界と重なるものになっている。

【他出文献】◇後撰集↓［補説］。

桃園にすみ侍りける故《こ》前斎院の家の屏風に

13　白妙《しろたへ》のいもが衣《ころも》と梅《むめ》の花色《いろ》をも香《か》をもわきぞかねつる

【校異】詞○こ前斎院の家の―前斎院の（島）前斎院家（貞）○屏風に―屏風（島）御屏風に（貞）○作者名ナシ―平兼盛（貞）。歌○ころもと―ころもは（島・貞）○かねつる―かねつる〈「つ」ノ右傍ニ朱デ「ぬイ」トアル〉（貞）。

【拾遺集】春・一八。

桃園に侍けるさきの斎院の屏風に　　平《紀貫》つらゆき

白妙のいもか衣に梅花色をもかをもわきそかねたる

定春・一七。詞○侍ける―すみ侍ける。○斎院の―斎院。○平つらゆき―つらゆき。歌○かねたる―かねつる。

桃園に住んでおりました、亡くなった前の斎院の屏風に

純白で薫香をたきしめた愛しい人の衣と梅の花とは色も香も区別がつきかねる。

【語釈】○桃園―平安京の大内裏の北東に接した地域で、もとは天皇供御の蔬菜類を栽培した京北園のあった所で桃の木を植えたことから呼ばれた。早くから貴族の邸宅や別荘が営まれた。有名なのは桃園親王と呼ばれた清和天皇第六皇子貞純親王の邸宅で、この他に桃園兵部卿と呼ばれた敦固親王や克明親王、代明親王などの邸宅も

あった。〇故前斎院—この歌が貫之の作ならば、当時、桃園と関係があった斎院には恭子内親王、婉子内親王、宣子内親王などがいた。〇白妙—「白妙の」の形で枕詞としても用いられるが、ここは下の「梅の花」との関係から、色の白いこと。〇いも—男性が妻や恋人、姉妹などを親しんでいう語。〇香—衣についてはたきしめた薫香の香りのこと。

【補説】詞書の「故前斎院」が誰のことかは歌の作者とも関連する問題である。この歌の作者については「作者」の項参照。この斎院の屏風歌は『集』には、もう一首ある。

桃園の斎院の屏風に　　よみ人不知

梅の花春よりさきに咲きしかど見る人まれに雪の降りつつ（具世本、雑春・一〇一六〈定家本一〇〇七〉）

この歌は『抄』にはなく、西本願寺本『家持集』（家持集Ⅰ四五）に小異はあるがみえる。これも作者が判然としない。したがって、作者を手掛かりとして「前斎院」を究明することはできない。以下では、前斎院に想定しうる恭子内親王・婉子内親王・宣子内親王についてみていく。

恭子は延喜三年（九〇三）二月に卜定され、延喜十五年五月に母鮮子の喪により退下して葛井宮に遷居し、十一月に亡くなっている。西本願寺本『貫之集』に「延喜十五年閏二月二十五日に春斎院御屏風歌、依勅奉之」（四四）とある斎院にあたると思われる。同腹の婉子は承平元年（九三一）十二月に卜定、村上帝の死去によって康保四年（九六七）五月に退下し、二年後の安和二年九月七日に出家、十日に亡くなった。退下したときには同母兄の代明親王もすでに亡くなっていたが、代明親王の子の源保光が桃園中納言と呼ばれているところから、代明親王の邸宅も桃園にあり、同腹の婉子もそこを御所とされたともみられる。

宣子は延喜十五年（九一五）七月に卜定され、延喜二十年六月八日に病によって退下した。このことは『河海抄』所引の『醍醐天皇御紀』に、

斎院宣子内親王、自夜中所病困篤、及暁出院。至太宰帥（敦固）親王桃園家。

とある。敦固親王は宣子の叔父にあたり、異腹の姉慶子が嫁いでいた。宣子の場合、同腹の兄の克明親王も桃園に邸宅があり（『扶桑略記』延長五年二月二十五日の条）、桃園との関係から「前斎院」である蓋然性がおおきい。歌は梅の花と白妙の衣とのまぎれを、色（視覚）と香（嗅覚）の両面から詠んでいる。梅の花と衣の色のまぎれを詠んだ歌は、意外になく、次の歌があるに過ぎない。

白妙の衣ににたる梅の花めにみすみすもおとろふるかな（宇津保・春日詣）

視覚面では梅の花の色と雪とのまぎれを詠んだ歌が多く（九参照）、一三の歌のように「白妙の衣」とのまぎれを色・香の両面から詠んだ歌はない。

【作者】貞和本に「平兼盛」とあるが、底本・島本には作者名がなく、通例によって前歌と作者が同じであるとすると、島本は平兼盛、底本は読人不知ということになる。一方、『集』には「つらゆき」とあるが、異本系統の具世本は「平つらゆき」、多久本・天理本などには「兼盛」とある。他の文献に深養父・躬恒などとあるのも信憑できない。

【他出文献】◇書陵部蔵光俊本躬恒集（躬恒集Ｉ一三六）、第二句「いもがころもは」、第四句「いろをもかをぞ」。◇時雨亭文庫蔵承空本躬恒集（三五）第二句「いもがころもを」、第四句「色にも香にも」。◇深養父集九、第二句「いもが衣に」。◇古今六帖三三二七、第二句「いもがころもに」、第四句「かにもいろにも」。

題不知

14　朝《あさ》まだき起《お》きてぞ見《み》つる梅《むめ》の花夜《よ》の間《ま》の風のうしろめたさに

【校異】詞○題不知―題読人不知（島）。○作者名ナシ―元良親王〈「元」ノ右傍ニ朱デ「兵部卿イ」トアル〉

(貞)。歌○よのまの―よのまの〈右傍ニ朱デ「よるふくイ」トアル〉(貞)。
【拾遺集】春・三〇。

朝まだきおきてぞみつる梅の花夜のまの風のうしろめたさに　兵部卿元良親王
㊀春・二九。

題知らず
まだ朝にならないうちに起きて梅の花を見たことだ。夜間の風に散ったのではないか心配になって。

【語釈】○朝まだき―名詞形の連語とみるか、「まだき」を副詞とみるか、二通りの解がある。「まだき」はまだその時には早いの意で、前者の場合は、まだ朝には早いころの意。後者の場合は、「まだき」を下の「起き」にかかるとみて、まだ起きる時でないのに早くもの意にとる。後者では起きる時刻が基準になるので、その時刻が常に同じでなければならない。「まだき」が修飾する語が習慣的な行為をいう語の場合は副詞に解することもできるが、その他の場合には副詞にとることは無理である。たとえば同じ『抄』(賀・一六六)の「朝まだききりふの岡にたつ雉は千代の日つぎの始めなりけり」の歌では副詞と解することはできない。公任の「朝まだき嵐の山の寒ければ散る紅葉ばをきぬ人ぞなき」(抄・秋・一三〇)の歌の初句が、『公任集』に「あさぼらけ」とあることからも、名詞形とみてよかろう。○夜の間の風―貞和本には「よのまの」の右傍に朱で「よるふくイ」とある。○うしろめたさ―気がかりなこと。花が散ったのではないかと心配になること。
【補説】春の夜更け風の音が激しく聞えると、この風で夜の間に花も散ってしまうかもしれない、あの見事な光景を飽きることなく見ておけばと思うとなかなか眠れない。こうした経験をした者は多いと思うが、そのときの

花は梅ではなく、ほとんど桜の花である。これは平安時代でも同じで、

(イ)春風に夜のふけゆけば桜花散りもやするとうしろめたさに（時雨亭文庫蔵素寂本実方中将集二九三）

　ひるならば川辺の花もみるべきに夜半の嵐のうしろめたさよ（公任集四〇）

(ロ)木のもとに今宵は寝なむ桜花まだ夜こめても散りもこそすれ（西本願寺本躬恒集二九五）

　曇らずば月に見てまし折る人も花は夜の間もうしろめたさに（和泉式部続集一九二）

などと詠まれている。(イ)では、「うしろめたさ」には落花を気遣う気持ちと昼の間に飽きることなく眺めておかなかった悔恨の気持ちがこめられている。このような落花を気遣う気持ちから、(ロ)のように、ある者は花を折りとり、ある者は木の下で一夜を明かそうとする。桜の散るのを惜しむのは王朝人の美意識でもあった。

　これに対して梅の花の散るのを気遣い、惜しむ歌は、

　けふくればあすも来て見む梅の花はな散るばかり吹くな春風（西本願寺本兼盛集七二）

　吹く風に散らずもあらなむ梅の花わがかりごろも一夜やどさん（後撰・春上・二五）

　春風はややも吹かなむ梅の花散らぬものからにほふばかりに（林葉集七三）

など多くない。夜の間の風に散るのを気遣う歌は『抄』の歌以外にないようで、おそらく花といえば梅が主であった時代の歌であろう。この歌が『奈良御集』にみえることも示唆的である。

【作者】 この歌の作者は『抄』では貞和本には元良親王とあり、『集』では異本系統・定家本系統ともに「兵部卿元良親王」とある。しかし、『元良親王集』にはみえず、貞和本が何を根拠に元良親王としたか不明である。［補説］でふれたように、元良親王の時代は桜の散るのを惜しむ風潮が一般的であった。「奈良」の草体を「元良」と誤読したことによる誤りであろうか。

【他出文献】 ◇奈良御集二二、詞書ナシ。

斎院の屏風に　躬恒

15 香《か》をとめて誰《たれ》を《お》らざらん梅《むめ》の花あやなし霞《かすみ》立ちなかくしそ

【校異】 **詞**○斎院の屏風に―冷泉院御時御屏風に〈「時」ト「御」トノ間ニ補入ノ符号ガアリ、右傍ニ朱デ「斎院」トアル。マタ左傍ニ朱デ「延喜御時屏風」「イ本ニ只斎院御屏風トアリ」ノ書入レガアル〉（貞）。

【拾遺集】 春・一七。

斎院の御屏風に　凡河内躬恒

かをとめてたれ折らさらむ梅花あやなし霞たちなかくしそ

定春・一六。**詞**○斎院の―斎院。○凡河内躬恒―みつね。

斎院の屏風に

香を探し求めてきて、誰が手折らないことがあろうか、きっと折られてしまう梅の花だよ。だからつまらないことに、霞よ、立ちのぼって梅の花を隠しなどするな。

【語釈】 ○斎院―恭子内親王、宣子内親王などが考えられる。○あやなし―「文（あや）無し」の意。筋が通らない、無意味だ、つまらない。○立ちなかくしそ―「立ちかくす」は霞や霧がたって遮り隠すの意。

【補説】 梅の芳香がつよくて、霞が視界を遮って隠しても容易に探し求めることができるから、無意味なことはするなと、霞を擬人化して呼び掛けている。梅は目には見えなくとも、香によって存在が知られるという発想の歌は、躬恒の特徴でもあり（九［補説］参照）、「春の夜の闇はあやなし梅の花色こそ見えね香やは隠るる」（古今・春上・四一）がよく知られていて、この歌を本歌として詠まれた歌は多くある。

また、霞が花を立ち隠すという類型表現は桜の花について用いられ、梅の花に用いた例は、

梅の香をかりにきて見る人やあると野辺の霞は立ち隠すらん（順集二七八）

梅の花色をば霞こむれども匂ひはえこそ隠さざりけれ（久安百首一二〇五　待賢門院安芸）

立ち隠す霞のうちの梅の花匂ひはしるく春風ぞふく（宝治百首二五七　師継）

など多くはない。

詞書に「斎院の屛風」とある斎院が誰であるかは、この歌の詠作年時と関連する。この歌の詞書に詠作年時が記されているのは『躬恒集』の諸本のなかでは、次の二系統本である。

延喜十五年故斎院屛風歌　　　時雨亭文庫蔵承空本（一三二）

おなじ十五年斎院の御屛風の歌、春　　歌仙家集本（躬恒集Ｖ二一）

これらによると詠作年時は延喜十五年（九一五）である。西本願寺本『躬恒集』（躬恒集Ⅳ一四七〜一四九）には、

延喜十五年二月二十三日、仰せによりて奉る御屛風の歌、三つ

①わが宿の梅にならひてみ吉野の山の雪をも花とこそ見れ

②散りまがふかげをやともに藤の花池の心ぞあるかひもなき

③ほととぎす夜深き声は月待つと起きていも寝ぬ人ぞ聞きける

という三首があり、これも延喜十五年の屛風歌ではあるが、この三首が斎院の屛風であると特定できる根拠は見出せない。結局、『躬恒集』にある斎院の屛風歌は、前記の承空本に「延喜十五年故斎院屛風歌」（一三二〜一三五）とある四首である。

一方、『貫之集』（西本願寺本）には「延喜十五年閏二月二十五日に春斎院の御屛風歌、依勅奉之」と詞書のある歌群（四四〜五〇）がある。この詞書の「…二十五日に春」とある「春」が問題になるが、歌仙家集本には

「延喜十五年の春斎院の御屛風の和歌…」とある。西本願寺本は歌仙家集本のような本文に「閏二月二十五日」とあった傍注を本文化したものであろうか。この『貫之集』によれば、斎院の屛風歌は延喜十五年閏二月二十五日に詠進されたことになる。このように詠作年時を考えると、このとき斎院であったのは恭子内親王である。恭子は延喜三年（九〇三）二月内親王宣下、斎院に卜定され、延喜十五年五月に母鮮子の喪により退下している。一三、三〇、一二二参照。

【作者】凡河内躬恒→五。

【他出文献】◇躬恒集→［補説］。◇三。◇深。◇朗詠集九五。◇古今六帖四一三九。

題不知　　　　凡河内躬恒

16　吹く風をなにいとひけん梅《むめ》の花《はな》散《ち》りくる時ぞ香《か》はにほひける

【校異】詞〇題不知—たいよみひとしらす（島）。読人不知〈朱デ「読」ノ右傍ニ「イ無」トアル〉（貞）。歌〇かはにほひける—かはまさりける（島・貞）。

【拾遺集】春・三一。

吹風をなにいとひけむ梅の花散くる時そかけまさりける

[定]春・三〇。**詞**〇凡河内躬恒—みつね。**歌**〇かけ—かは。

題知らず

吹く風を花を散らすからとどうしてきらったのだろうか、梅の花は散り落ちてくるときにこそ香は匂うのだった。

【語釈】○いとひけん―いやだと思う。きらう。○散りくる―散り落ちてくる。

【補説】この歌は承空本（一三三）には前歌と同じ斎院の屏風歌の歌群中にあり、西本願寺本（躬恒集Ⅳ）には「春」と詞書のある歌群中（一一九）と三六六に詞書なく重出し、第五句は「かはまさりける」とある。書陵部蔵光俊本（躬恒集Ⅰ一〇九）には第二句を「いとひはててし」として、内閣文庫本（躬恒集Ⅱ二〇）には第二句を「いとひもはてじ」として屏風歌の歌群中にある。

梅の花が風をいとうと詠んだ歌は平安時代にはないようで、風に梅の花を散らすなと詠んだ歌も多くはない。王朝人は風は梅の香を運ぶものとして、吹く風と梅の関係を肯定的に捉えて、

梅の花色はめなれて吹く風に匂ひくる香ぞとこめづらなる（西本願寺本躬恒集二二八）

吹く風をしるべにはして梅の花今宵ばかりをしるべかりけり（重之集七九）

などと詠んでいる。それにもかかわらず、一六の歌の影響からか、中世には、

春の花いとひいとはぬ風なれや梅にはにほひ散るは桜に（拾玉集一二一二）

ぬしいかに風わたるとていとふらむよそにうれしき梅の匂ひを（山家集三八）

吹く風を軒端の梅にいとふかなほかの匂ひはさそひやはこぬ（壬二集九〇六）

梅が枝に風をいとへる春なればのどかに花も匂ふなりけり（和歌一字抄一五一　顕仲入道）

など、風をいとう梅の花の歌がある。

【作者】底本に作者名はなく、島本、貞和本は「読人不知」であるが、作者は前歌と同じ躬恒で、『躬恒集』にもあるので、躬恒の作であることに問題はない。凡河内躬恒→五。

【他出文献】◇躬恒集→［補説］。◇古今六帖三八二一、第二句「いとひもはてじ」、第五句「香はまさりける」。

大和守藤原長平

17　袖《そで》たれていざわが苑《その》に鶯《うぐひす》の木伝《こづた》ひちらす梅《むめ》の花見に

【校異】 **詞**○長平―永平朝臣（島）永平朝臣〈「永平」ノ右傍ニ朱デ「忠房イ」トアル〉（貞）。**歌**○その―やと〈右傍ニ朱デ「ソノィ」トアル〉（貞）。

【貞和本原状】 詞書ノ位置ニ朱デ「異本ニ延喜御時」トアル。

【拾遺集】 春・二八。

題不知　　大和守藤原永平朝臣

袖たれていさ我そのに鴬のこつたひ散らす梅の花みに

㊜春・二八。**詞**○大和守藤原永平朝臣―作者名ナシ。**歌**○花みに―花見む。

袖を垂らしてのんびりと歩いて、さあ、わが家に行きましょう。鶯が枝から枝に飛び移って散らす梅の花見に。

【語釈】○袖たれて―『和歌大系』に「袖に散る梅香が染まないように」袖を垂らすとある。『集』は第五句が「梅の花見む」とあり、「袖たれて」の句を「見む」を修飾するとみるところから、このように解釈したのであろうが、花を見る位置が同じであれば、香が染むことにあまり差はないだろう。これについて澤瀉久孝氏『万葉集注釈』には、武田祐吉氏『全譯万葉集』、同氏『万葉集全註釋』によって、全釋に「上代の袖は細く長かった。袖を垂れるとは、手を下げた下に袖が更に垂れた貌であろう。悠々たる漫歩の姿である」とあり、全註釋に「これは漢文の垂衣を譯したものであろう」とあることを紹介している。『集』の具世本に第五句は「梅の花みに」とあって、『抄』と同じであり、［補説］に掲げた『万葉集』にも「梅花見爾」とある。「袖たれて」の句は次の項に記すように、省略されている「行かむ」にかかるとみる。このように考えると「袖垂れて」は「行く」ときの情態を表していて、武田氏全釋にあるように、それは悠然と歩いていくことをいうのであろう。○いざ―人を誘ったり自分が行動を起こそうとするときに用いる語。これを承けて、勧誘・意志を表す語句が後にある場合が多い。この歌では花見に行こうと人々を勧誘しているので「行かむ」が省略されていると考えられる。○木伝ひ―「木伝ふ」は木の枝から枝へと飛び移る。もとは鶯についていったが、後には「百千鳥」（貫之集五七）「山ほととぎす」などにもいう。○ちらす梅の花―鶯の羽風で梅の花を散らす。

【補説】この歌は『万葉集』（巻十九）に「二十五日新嘗会肆宴応詔歌六首」と詞書のある歌群（四二七三～四二七八）のなかに、

袖垂而伊射吾苑爾鸎乃木傳令落梅花見爾（四二七七）
（袖垂れていざわが苑に鴬の木伝ひ散らす梅の花見に）
　右一首大和国守藤原永手朝臣

とある歌の異伝である。この歌は天平勝宝四年（七五二）十一月二十五日に行なわれた新嘗会の肆宴で詠まれた歌である。永手がわが家の梅の花を詠んで人々を勧誘したことについて、『万葉集古義』に「鸎は時にかなはぬ物なれど、梅をいはむ縁に設けたるのみなり」とあるが、井上通泰氏『万葉集新考』には「此時十一月二十五日なれば奈良の如き寒き処に鴬の啼かぬは勿論梅花はた咲くべきにあらず。さるをかく云へるは諸人をさそはむと設けて云へるなり」と仮構の歌とみている。歌が詠まれた十一月二十五日はグレゴリオ暦では一月八日に当るので、全く真実性のない仮構ではない。

この歌の第三句以下の「鶯の木伝ひちらす梅の花見に」という表現は『万葉集』では他に、

いつしかもこの夜の明けむうぐひすの木伝ひ散らす梅の花見む（巻十・一八七三）

とある。この表現は梅だけでなく、

うぐひすの木伝ひちらす桜花こや春の日のおそきなりけり（海人手古良集八九）

と桜についても用いられるようになり、さらにこれを鶯が花と睦れているさまと見て、「散らす」を「暮す」として、

山里の梅の園生に春たてば木伝ひ暮す鶯の声（好忠集三七二）

と詠まれてもいる。

「袖垂れて」の句を用いた歌は、平安時代以前には永平の歌とその異伝歌のみであるが、中世になると盛んに用いられていて、その用法は二通りある。

(1)袖たれて高間の野路を君行かば萩の花ずりすりやみだらん（国基集九六）

いざや子ら春のひぐらし袖たれてむかひの野辺におはぎ摘みてむ（林下集八）

袖たれていざ見にゆかん唐衣すそののま萩ほころびぬらし（玉葉・秋上・四九〇　前大僧正道玄）

(2)氷魚のよるときしきぬれば袖たれて網代もるめりまきのしま人（有房集二七七）

春日野の雪げの沢に袖たれて君がためにと小芹をぞ摘む（堀河百首七一　仲実）

春来れば雪げの沢に袖たれてまだうらわかき若菜をぞ摘む（風雅・春上・一七　崇徳院）

袖たれて渡りしものをふるせ川深くも人の思ひけるかな（夫木抄一一一四九　俊頼）

卯花のさかりなるらん袖たれてをちかた人の波を分けゆく（林葉集二〇四）

(1)は永手の歌と同じ用法で、野辺を逍遥して花を愛でたり、草を摘んだりしようと誘う歌である。(2)は沢・川・

波などの水に関わる語とともに用いられていて、⑴の歌における「袖たれて」の意味とは異なるようである。この語について『袋草紙』（古今歌合難）の「郁芳門院根合」の条には、

六番　五月雨　持　　孝善

五月雨のひましなければ袖たれて山田は水にまかせてぞ見る

匡房卿

常よりも晴れせぬころの五月雨は天の川原も水やますらむ

そでたれてといへる、なにごとともきこえず。天河原に大水出もあめしたためにくくや。

江記云、右方云、袖低ての儀、頗不優。又有棄由之義。可謂禁諱。又天河水や益れる、是後撰之歌也。尤不可為難云々。

とある。「そでたれてといへる…」という判詞は『新編国歌大観第五巻』や『進献記録抄纂』所収『中右記』（『大日本史料第三編之二』所収）などによって知られる歌合本文とは異なるが、注目すべきは「江記云」としてみえる右方の匡房の論難である。匡房は、「袖たれて」について、(イ)優美な表現とは言えない、(ロ)この語には、棄てるという意があり、これは尊貴な人の前では歌に詠むことは禁じられている語である、と難じている。「袖たれて」を棄てるの意に用いた例は見出だせなかったが、前掲⑵群の歌では水と関わる語として用いられていて、これらに共通するのは袖を濡らしている状態である。『類聚名義抄』には「液」に「タル、ホトボス」、「潜」に「タル、シヅク」などの訓があり、これらの「たる」と関係のある語か。いずれにしても⑵群の「たる」は⑴群の「たる」とは別語である。

永手の歌は『和歌体十種』には「此体、与比興混諸、以花為先、然猶求其外花麗以又礼拝也弁歟」と説明のある「華艶体」の例として掲げられている。

【作者】『抄』の底本、島本、貞和本、『集』の具世本に「大和守藤原長（永）平朝臣」とあり、『集』の定家本

には「読人知らず」とあるが、『万葉集』によれば、藤原永手の作である。
藤原永手　贈太政大臣藤原房前の男。母は牟漏王。和銅七年（七一四）誕生。天平九年（七三七）従五位下、天平勝宝二年（七五〇）従四位上、同四年十一月三日に大和守となる。その後、中納言、式部卿、大納言、右大臣などを歴任して、正一位左大臣まで昇り、宝亀二年（七七一）二月二十二日没。享年五十八歳。歌は『万葉集』に一首。

【他出文献】◇万葉集→［補説］。◇古今六帖四一二五、第二句「いざわが宿へ」。

延喜御時御屏風に、水辺梅花の開きたるかた有る所　貫《つら》之《ゆき》

18　梅《むめ》の花《はな》まだ散《ち》らねども行く水の底《そこ》にうつれる影《かげ》ぞ見《み》えける

【校異】詞○延喜御時御屏風に―延喜御時月次御屏風に〈「御時月次」ノ左傍ニ朱デ見セ消チノ符号アリ、右傍ニ朱デ「イ無」トアル〉（貞）○水辺梅花の―水のほとりに梅花（島）水辺梅花（貞）○かた有所―かたかける所に（島）あるところに〈右傍ニ朱デ「カタカケルィ」トアル〉（貞）。

【拾遺集】春・二七。

延喜御屏風にみつのへむにむめのはなのひらけたる所　紀貫之

梅の花またちらねともゆく水のそこにうつれるかけそみえける

定春・二五。詞○延喜―延喜御時。○みつのへむに―水のほとりに。○むめのはなの―梅花。○ひらけたる―見たる所。

醍醐天皇の御代の御屏風に、水辺に梅の花の咲いている絵柄のあるところに梅の花はいまだ散っていないけれども、流れゆく水の底に映っている花の姿が、散った花が浮かんでいるように見えることだ。

【語釈】〇延喜御時御屏風に―この歌は時雨亭文庫蔵承空本『貫之集』に「延喜十八年承香殿御屏風和歌自内裏奉之」とある歌群の最初に「水のほとりに梅の花さけり」（一七五）と詞書があってみえる。承香殿源和子のために新調した屏風の歌である。〇水辺梅花の開きたる―承空本に「水のほとりに梅の花さけり」、西本願寺本に「水辺に梅花さきたる」とあるのが歌の内容とも合致する。〇行く水の底にうつれる影―「うつれる」は映っているの意。第二句に「まだ散らねど」とあるので、「うつれる」に「移れる」を掛けているとみられる。

【補説】『貫之集』によると延喜十八年承香殿女御屏風歌である。このとき貫之が献上した屏風歌は十四首で、画題は四季にわたっている。

水面に映る花の姿を見て、あたかも散った花が浮かんでいるように見ているが、眼前の梅の花は満開である。水面にある姿を水底に映ると表現することは

藤波の影なる海の底きよみしづく石をも珠とぞわが見る（万葉・巻一九・四一九九）

水底に影のみ見ゆる紅葉ばは秋の形見に波やおるらん（頼基集六）

みな底にうつる桜の影みればこの川づらぞたちうかりける（伊勢集六四）

手もふれでここにはをれど藤の花底にうつれる波ぞたちける（忠見集五四）

など、万葉時代からあるが、特に貫之の歌（貫之集、土佐日記など）には、

水底に影しうつれば紅葉ばの色も深くやなりまさるらん（貫之集二六）

河辺なる花をしをれば水底の影もともしくなりぬべらなり（貫之集三〇〇）

篝火のかげしるければうばたまのよかはの底は水ももえけり（貫之集一〇）

藤波の影し映ればわが宿の池の底にも花ぞ咲きける（貫之集五〇六）

などと、「水底」の語を用いた歌のほかに、川の底、池の底、波の底などに映る影を詠んだ歌が二十首以上あり、貫之が好んで用いた表現方法であった。

【作者】 紀貫之→七。

【他出文献】 ◇貫之集。

題不知　　読人不知

19 摘《つ》みたむることのかたきは鶯《うぐひす》の声する野辺《のべ》の若菜《わかな》なりけり

【校異】 **詞**○題不知―たいよみひとしらす（島）。**歌**○のへ―かたの〈右傍ニ「ノヘィ」トアル〉（貞）。

【拾遺集】 春・二九。

つみたむることのかたきは鶯のこゑする方のわかななりけり　　読人不知

定春・二六。**歌**○方の―のへ。

題知らず

摘み取って集めることが困難なのは、鶯の鳴く音のする野辺の若菜であった。

【語釈】○摘みたむる―若菜などを摘み取ってたくさん集める。「摘みたむる若菜をみれば春日野に袖こそ春の雪間なりけれ」（夫木抄二三五）。○鶯の声する野辺の若菜―鶯は人が若菜を摘むことを嫌って鳴いた。

【補説】鶯の鳴く野辺の若菜はたくさん摘み取ることができないことを詠んでいるが、その理由の説明はない。『和歌大系』は「鶯の声の方に気が取られて、若菜を摘む手が止まる」からであると説明している。

『古今集』（誹諧歌・一〇一一）には、

梅の花見にこそ来つれ鶯のひとくひとくといとひしもをる

という歌があり、鶯は人が梅の花見に来ると、「人来、人来」と嫌がって枝に止まっているという。鶯は梅の花とは親密な関係にあり、それを妨げるものを恨んだ。とくに花を散らすのを恨み、悲しんだことは、次の歌から知られる。

吹く風をなきてうらみよ鶯はわれやは花に手だに触れたる（古今・春下・一〇六）

鶯のおのが羽風に散る花をたれにおほせてここら鳴くらん（古今六帖四三九九）

鳴くとても花やはとまるはかもなく暮れ行く春の鶯の声（躬恒集四〇三）

また、若菜については後世の歌であるが、一九の影響を受けて詠んだ、

鶯の声せぬ野辺はなきものをいかに摘むべき若菜なるらん（御裳濯和歌集・春上・二六　寂延法師）

という歌がある。この歌から寂延は一九の歌で鶯が鳴いたのは若菜を摘むことを嫌って鳴いたと解していると考えられる。若菜を摘みとられることを嫌って鳴く鶯の音を聞いて若菜を摘むことを躊躇する、王朝人の細やかな心情が窺われる歌である。

20　子日する野辺《のべ》に小松《こまつ》のなかりせば千代《ちよ》のために何《なに》を引《ひ》かま《猿》し　　忠　峯

【校異】詞○忠峯─忠峯〈「峯」ノ右傍ニ朱デ「規ィ」トアル〉（貞）。
【拾遺集】春・二五。
　題不知　　壬生忠峯
ねのひする野へに小松のなかりせは千世のためしになにをひかまし
定春・二三。詞○壬生忠峯─たゝみね。

子の日の遊びをする野辺に小松がなかったならば、千歳の長命にあやかる例に引くものとして、何をひいたものであろうか。

【語釈】○子日する─正月の初子の日、野に出て小松を根引き、長寿を祈った。平安中期ごろからは行事としての若菜とともに行なった。○千代のためし─松の寿命は千年とされた。「君がため松の千歳もつきぬべしこれよりまさん神の世もがな」（後撰・慶賀哀傷・一三七五）。「ためし」は例。千歳の例として。○何を引かまし─何を引いたものであろうか。「引く」は小松をひく意と例として引く意を掛ける。
【補説】この歌の作者については忠岑、その子の忠見とする二説がある。公任の編纂した秀歌撰などでは、『三十六人撰』『深窓秘抄』などに忠見、『金玉集』『和漢朗詠集』などに忠岑とあり、どちらとも決めかねる。また、『忠岑集』『忠見集』にもあり、詞書は時雨亭文庫蔵枡形本『忠岑集』（一六七）に「子日」とのみあるが、西本願寺本『忠見集』（八五）に「朱雀院の御屏風に」とある（時雨亭文庫蔵義空本『忠見集』には詞書はない）。この歌が『忠見集』にいうように朱雀院の屏風歌であり、朱雀院が建物でなく人物の呼称であれば、朱雀院は延長四年（九二六）の誕生であるので、忠岑の経歴からみて作者とはいえない。勅撰集である『拾遺集』によれば忠岑の作となる。一方、『忠見集』に「朱雀院の御屏風に」とある歌も、『頼基集』（一三）に、

　　朱雀院の御屏風に、子日の松引くところに鶯なく
　子日する野辺に小松をひきつれてかへる山辺に鶯ぞ鳴く

とある「朱雀院の御屏風」とも絵柄が異なり、別のものであろう。朱雀院の御屏風としては、他に『元真集』（一〜一六）にあるが、子日の絵柄はない。現存資料から『忠見集』にいうように、朱雀院の御屏風歌を忠見が詠進したことを確認することはできない。

　子日は野辺に出て小松を根引いて長寿長命を予祝する行事で、小松を根引くことで行事としての子日は成り立っている。その核をなす「千代のためし」の小松が野辺に生えていない情況など、だれも想到しないことである。それ故、この歌の「子日する野辺に小松のなかりせば」という仮想条件は、唐突で意表を突いたものになっている。この発想の斬新さが、この歌が注目され、秀歌撰などに取り上げられた理由であろう。

【作者】壬生忠岑→一。

【他出文献】◇忠見集→［補説］。◇忠岑集→［補説］。◇三、忠見。◇深、忠見。◇金八、忠岑。◇朗詠集三一、忠岑。◇古今六帖四二、忠岑。

21
　　入道式部卿親王の子日し侍りける時によみ侍りける　　大中臣能宣
千歳《とせ》までかぎれる松もけふよりは君に引《ひ》かれて万代《よろづよ》やへむ

【校異】詞○式部卿親王の―式部卿の（島）式部卿親王（貞）○し侍ける時に―し侍けるに（島）○よみ侍ける―ナシ（島）。

【拾遺集】春・二六。

入道式部卿宮子日し侍りける時　　大中臣能宣
千とせまて契れる松も今よりは君に引かれて万代やへむ

［定］春・二四。詞○式部卿宮―式部卿のみこの。○時―所に。歌○契れる―かきれる。○今―けふ。

入道式部卿親王が子日の遊びをしました時に詠みました

千年までと寿命が限られている松も、今日は万歳の齢の宮に根引きされ、宮にあやかってこれからは万年までも生きるのだろうか。

【語釈】○入道式部卿親王―能宣と同時代で、この呼称に該当する親王として敦実親王、為平親王がいる。敦実親王は宇多天皇の第八皇子で、寛平五年（八九三）誕生、延喜七年（九〇七）十一月元服して三品に叙され、上野太守、中務卿を経て、式部卿となる。『大鏡裏書』には「延喜七年十一月十三日元服、任式部卿」とあるが、「任式部卿」の前に脱文があり、延喜七年に式部卿になったとする説は誤りである。敦実親王が式部卿になったのは延長八年（九三〇）二月二十八日に式部卿敦慶親王が亡くなった後で、敦実親王が式部卿親王として古記録類に最初にみえるのは『吏部王記』の承平元年（九三一）七月二十日の条であるので、敦慶親王没後まもなく式部卿に任ぜられたのだろう。天暦四年（九五〇）二月出家、康保四年（九六七）三月二日亡くなる。享年七十五歳。諸芸に長じ、とくに音曲をこのんだ。一方、為平親王は村上天皇の第四皇子で、天暦六年誕生、康保二年八月元服、加冠役の源高明の女と翌三年十一月に結婚。上野太守、中務卿を経て式部卿となる。寛弘七年（一〇一

○）十月九日に出家し、十一月七日に亡くなる。この二人のうち、『抄』に「入道式部卿親王」とあるのを重視すれば、敦実親王ということになる。○子日—二〇参照。○千歳までかぎれる松—「かぎれる松」は『集』の具世本に「契れる松」、定家本に「かぎれる松」とある。第五句の「万代やへむ」との関係からは「かぎれる松」の方がよい。寿命が千年までと限られている松。○けふ—『集』の具世本に「今」とある。子日の今日。○君—式部卿宮親王。○引かれて—引き抜く意の「引く」に引き寄せる意の「ひく」を掛ける。根引きされ、宮にあやかって。○万代やへむ—「万代」は親王の寿命をいう。万歳の親王の寿命にあやかって松も万歳までも生きるという逆転の発想である。

【補説】この歌は時雨亭文庫蔵坊門局筆『能宣集』（八四）にも、

　入道式部卿の宮の子の日に

ちとせまでかぎりし松もけふよりは君にひかれてよろづよやへん

とあり、底本とほとんど同文である。

この「入道式部卿親王」がだれのことかは古くから問題になっていたようである。『定家八代抄』（六一四）には、「式部卿為平親王、子日し侍りけるに」と詞書があり、為平親王とみている。為平親王が康保元年（九六四）二月五日に北野で子日の遊びをしたことは『西宮記』『栄華物語』『大鏡』などに詳しく、よく知られている。しかし、「入道式部卿親王」が寛弘七年出家した為平親王であるとすると、それ以前に成立した『抄』に「入道」とあるのと齟齬する。一方、敦実親王が子日の遊びをしたことは史料にはみえない。西本願寺本『能宣集』（三）には「二月子日に入道の式部卿宮の野望所に、法師、ぞくかたがたにゐわかれてはべるに、ぞくのかたのかはらけとりて」とあるが、敦実親王であると特定はしていない。しかし、「入道の式部卿宮」とあるのが原型本文であれば、『能宣集』の成立時期から考えて為平親王をあてることはできない。

この歌をめぐっては『袋草紙』（雑談）に次のような話がある。

能宣、父頼基ニ語云、先日入道式部卿御子日ニ宣歌仕テ候。頼基問之、如何。能宣云、
　チトセマデカギレルマツモケフヨリハキミニヒカレテヨロヅヨヤヘム
世以称宣云々。頼基暫詠吟シテ、カタハラナル枕ヲトリテ、打能宣云、慮外、昇殿有帝王御子日之時、以何歌テ可詠カナ、ワザワヒノ不覚人哉云々。能宣須臾ニ起テ逐電云々。

これと同様の話は『悦目抄』『十訓抄』などにもある。この話について、頼基の没年を『三十六人歌仙伝』にあるように天徳二年（九五八）とみて、能宣の歌は康保元年（九六四）二月五日の為平親王の子日の遊びに詠まれたものでなく、敦実親王の子日のことであろうという説がある。しかし、これが実話であるという保証はないので、この話によって決めることはできない。

『抄』成立以前に親王が催した子日で史料にみえるのは、為平親王が康保元年二月五日に催した子日の遊びだけである。為平親王の場合は、元服の前年、親王十三歳のときである。親王は村上天皇の第四皇子であったが、村上帝から鍾愛され、輿望もあって、順調にいけば東宮に立つと上達部たちは思っていた。このような皇子であったからこそ、子日のことは村上帝・后安子自ら世話して行なわれた。『西宮記』所引の『佐忠私記』には「雲上有識、或依天気、或有宮令旨、多追従、逓闘華麗云々」とある。この子日には、後に掲げるように源寛信朝臣、源順、兼家（道綱母が代作）などが歌を詠んでいる。これに対して敦実親王は、元服前も成人後も、後楯になって子日の野遊びを世話してくれる大臣公卿もいなかった。敦実親王の野遊びのことは、唯一、『能宣集』に、それらしい記事がみえるだけである。

　子日は小松を根引き、松にあやかって長寿を予祝する行事である。このことは二〇の忠岑の歌に端的に表されている。この日に詠まれた歌はいずれも「千年の松」を長寿、繁栄のためしとする発想で詠まれている。現存資料によって知られる為平親王の子日の野遊に詠まれた歌をみると、次の三首がある。

　　康保元年の内裏の子の日に詠み侍りける

いつとなき野辺の小松はかくしつつ人にひかれて年ぞへにける（秋風和歌集・春上・二〇　源寛信朝臣）

　四の宮の御子日に、殿にかはりたてまつりて

峰の松おのがよはひの数よりもいまいく千代ぞ君にひかれて（道綱母集三）

　四のみこの北野に子日しに出で給へるに

いにしへのためしを聞けば八千代まで命をのべの小松なりけり（順集二二五）

このうち、道綱母の歌は主催者である親王に根引きされ、あやかって峰の松が千年以上も生き延びると詠んでいる。順の歌は親王を「小松」になぞらえているとも解せるが、道綱母と同じ発想で詠んでいるとも解せる。このように為平親王の子日の歌には、子日の遊びの主催者が至尊の者であるから、松までもそれにあやかって幾千代まで生き延びるという共通性がみられる。長寿の松にあやかるという一般的な子日の歌を逆転させた発想で詠まれている。能宣も、千年までと寿命が限られている松が親王の寿命にあやかって万代までも生き延びると、同じ発想で詠んでいる。これは前掲の『袋草紙』にある父頼基のことばのように、至尊の催す子日の歌としてふさわしいものである。当時の為平親王は至尊の身ではないが、前に記したように立坊が予断可能な情況にあったので、親王の長寿・繁栄を寿いだ歌を至尊の場合と同じ発想で詠んだと考えられる。能宣の歌は為平親王の子日の遊びにふさわしいものであるが、『能宣集』に「入道の式部卿宮」とある本文を無下に否定することもできない。

【作者】大中臣能宣　頼基の男。母は未詳。『三十六人歌仙伝』の没年から延喜二十一年（九二一）の誕生。天暦五年（九五一）一月に蔵人所の労により讃岐権掾に任ぜられた。この年の十月には梨壺に撰和歌所が置かれ、源順・清原元輔・紀時文らとともに寄人になった。時に能宣は三十一歳で、歌人として認められていたと思われる。天徳二年（九五八）神祇少祐となり、大祐、少副と昇進して、天禄元年（九七〇）従五位下に叙せられ、同四年伊勢神宮祭主に任じられ、位階も正四位下まで昇り、正暦二年（九九一）八月に七十一歳で亡くなった。歌人としては「天徳四年内裏歌合」「三条左大臣頼忠前栽歌合」「寛和二年内裏歌合」などに出詠、大嘗祭の屏風歌

を詠進している。三十六歌仙の一人。『拾遺集』をはじめとして勅撰集に一二七首入集。家集に『能宣集』がある。

【他出文献】◇能宣集↓［補説］。◇三。◇金九。◇前、第二句「ちぎりしまつも」。◇深、第二句「ちぎりしまつも」。◇朗詠集三二一、第二句「ちぎりしまつも」。

22　子《こ》にまかりお《を》くれて侍《はべ》りけるころ、東山にこもりて　　中務

咲《さ》けば散《ち》る咲《さ》かねばこひし山桜《ざくら》思《おも》ひたえせぬ花の上《うへ》かな

【校異】詞○こもりて―こもり侍て（島）こもり侍て〈「侍」ノ左傍ニ朱デ見セ消チノ符号ガアリ、右傍ニ朱デ「イ無」トアル〉（貞）。歌○山さくら―さくらはな〈「はな」ノ左傍ニ朱デ見セ消チノ符号ガアリ、「さくら」ノ「さ」ノ頭ニ補入ノ符号ガアッテ、右傍ニ朱デ「ヤマ」トアル〉（貞）。

【拾遺集】春・三七。

こにおくれて侍りけるころ東山にこもりて　　中務

さけはちるさかねはこひし山さくらおもひたえせぬ花のうへかな

定春・三六。詞○おくれて―まかりおくれて。

子に先立たれましたころ、東山の寺に籠もって

咲くと散るのが気掛かりであり、咲かないと見たいと思う、山桜よ、心を悩ますことが絶えない、花の身の上であるよ。

【語釈】○子にまかりおくれて―「まかりおくる」は死別するの謙譲語。先立たれる。中務の子として知られているのは伊尹に愛されて光昭を生んだ井殿がいた。また、歌仙家集本『元輔集』（元輔集Ⅱ八四）に「中務がむすめ中納言」とある中納言と名乗る女もいた。中務が子を亡くしたことは『拾遺集』（哀傷・一三一二）にも「むすめに後れ侍て」と詞書のある歌がみえる。○東山―東山にあった寺であろうが、詳しいことは不明。○咲けば散る―花は咲くと散る。「散る」に子が亡くなったことを響かせる。○こひし―眼前にない事物に心ひかれ、見たいと思いやる心情。○思ひたえせぬ―「思ひ」は気掛かりなこと。思い煩うことが絶えない。

【補説】詞書にいうような詠歌事情を斟酌すると、「さけばちりて物思はすと也。我子のあるはなく、なきは悲しき心を、花によそへてよめり」（八代集抄）ということになる。

ところで、二二は『中務集』では西本願寺本（中務集Ⅰ）になく、時雨亭文庫蔵資経本『中務集』には「正月山里にて十二首」（二一一〜二二二）と詞書のある歌群（十一首で一首不足）の六首目に「山桜」としてみえる。この歌群の「山里」が「東山」のことであれば、この歌群の歌が女を失ったころに詠まれたとも思われるが、歌題は「山桜」で、『抄』『集』に子に死別したころに詠んだとある詞書と相違し、『中務集』によるかぎり、「咲けば散る」の歌が子と死別したときの歌であるという確証はない。一方、資経本の巻末近くには「ため本しぼちのもとへ十二首」と詞書のある歌群（二八二〜二九三）があり、このなかに『拾遺集』（哀傷）に「むすめに後れ侍て」（一三一二）「むまごに後れ侍て」（一三一三）と詞書のある歌が含まれているが、『抄』二二の歌はなく、「子にまかりおくれて…」とある「子」と、『集』（一三一二）の「むすめに後れ侍て」とある「むすめ」との関係も定かでない。この為基新発意に送った十二首の個々の歌については、詳細に検討すべき点がある。

この二二の歌を含む歌群については『恵慶集』との関係で問題がある。時雨亭文庫蔵『恵慶集』（三七〜四六。以下、単に『恵慶集』と呼ぶ）には「中務の君のやまざとにゐて、春歌十ありけるをみる。その題は、峰の霞、谷の鶯、残雪、春の嵐、梅、桜をそし」と詞書のある歌がある。この「春歌十ありける」は中務の「正月山里にて十二首」(一一～二二、十一首で一首不足)とある歌群を指している。『恵慶集』には前記の六題のうち、「峰の霞」の歌はなく「柳、丘の松、恋」と「旅寝が草枕」の題で詠んだと思われる歌を加えて九題あり、『中務集』(二二)の「山里の月」の題を欠いているので、恵慶は十題十首について詠んでいる。これについては熊本守雄氏『恵慶集　校本と研究』に詳しいので、詳細はそれに譲り、当面問題の『抄』二二の歌についてみると、この歌は『中務集』には前記のように「山桜」の題でみえるが、これに対応する『恵慶集』の題は「桜おそし」とある。『恵慶集』の十題のうち、『中務集』の歌題と相違がみられるのは「山桜」と、一九「旅寝が草枕」が『恵慶集』には歌題がなくて歌のみある点である。

この恵慶の連作十首の詠歌年時については、

①永観・寛和・永延年間の頃(熊本氏前掲書)

②中務が山里で詠んだ十二首(現存十一首)は為基新発意に送った十二首と通じるところがあり、ともに晩年の中務が同じころに作成した(稲賀敬二氏『中務』新典社)

などがある。②は年時を示していないが、「為基新発意」という呼称から正暦二年(九九一)ごろより後に詠まれたことになる。この二説のうち②によれば、「咲けば散る」の歌が、『抄』二二の詞書に「子にまかりおくれて侍りけるころ、東山にこもりて」とあるような詠歌事情をもって世に広められるようになった時期も正暦二年ごろより後ということになろう。

【作者】 中務→六。

【他出文献】 ◇資経本中務集→［補説］。◇恵慶集→［補説］。◇三。

23

天暦九年三月廿九日内裏歌合に　　読人不知

咲《さ》き咲《さ》かずよそにても見む山桜峰《ざくらみね》の白雲立《た》ちなかくしそ

【校異】詞○三月―二月（島）二月〈右傍ニ朱デ「三イ」トアル〉（貞）○廿九日―廿九日に（島）廿九日〈「九」ノ右傍ニ「二イ」トアル〉（貞）。歌○よそにても―よそにても〈「にても」ノ右傍ニ朱デ「ナカライ」トアル〉（貞）。

【拾遺集】春・三九。

天暦九年二月廿九日内裏のうたあはせに　　読人不知

さきさかすよそなからみむ山さくら峯の白雲立なかくしそ

定春・三八。詞○二月廿九日―ナシ。○内裏のうたあはせ―内裏歌合。歌○よそなから―よそにても。

天暦九年三月二十九日の内裏歌合に

咲いたか、咲かないか、遠く離れた所からでも眺めよう。山桜を、峰の白雲よ、立ち上がって隠さないでおくれ。

【語釈】○天暦九年三月二十九日内裏歌合―「九年三月」は「十年二月」の誤り。十年二月二十九日に「麗景殿女御歌合」、三月二十九日に「斎宮女御歌合」が催され、両者の関係については同一説、両度説がある。六参照。

【補説】この歌は「麗景殿女御歌合」で「桜花」の歌題で左方が詠んだもので、歌合では「白雲のたつかとみゆる桜花山のまもなく散りやかふらむ」という歌と番えられて「勝」になっている。右方が「花」と「白雲」のまぎれを詠んでいるのに、左方は山桜と白雲のまぎれを前提に、「白雲」を擬人化して「立ちなかくしそ」と呼び掛けているところに、花に執着している作者の心情がうかがえる。

白雲と山の桜花とのまぎれは、

白雲と見えつるものを桜花けふは散るとや色ことになる（後撰・春下・一一九　貫之）

白雲のかかれる山と見えつるはこぼれて花のにほふなりけり（高遠集一六四）

白雲のやへたつ山の桜花いづれを花とわきて折りけん（時雨亭文庫蔵承空本道命阿闍梨集六二）

などと平安時代から詠まれ、中世にも多く、特に吉野山の桜と白雲との取り合せが詠まれるようになる。

一方、山桜を立ち隠すのは、

ふりはへて花見にくればくらぶ山いとど霞のたちかくすらん（興風集六九）

年ごとに来つつわが見る桜花霞もいまは立ちなかくしそ（中務集Ⅱ九二）

春霞立ちなかくしそ薄く濃く錦とみゆる山の桜を（恵慶集一八二　元輔）

などと詠まれているように霞であり、白雲が山桜を立ち隠すと詠んだ歌は、『抄』二三の歌以外になく、独自の表現といえよう。

この歌の「咲き咲かず」という表現は「散り散らず」に対応するもので、平安時代には他に、

咲き咲かずわれにな告げそ桜花人づてにやは聞かんと思ひし（後撰・春中・六一　大将御息所）

咲き咲かず告げよ吉野の山桜霞はれなばよそにても見む（元真集八二）

咲き咲かずおぼつかなしや桜花ほかの見たらむ人に問はばや（栄華・浅緑）

などがある。『後撰集』の歌の作者の「大将御息所」が実頼の女の慶子であれば、慶子は天暦五年（九五一）に亡くなっているので、二三よりも前に詠まれたことになり、これが最古例となる。元真の歌は『抄』二三の影響を受けているとみられる。この表現は中世にも用いられ、

咲きさかずおぼつかなしや白雲の絶えずかかれる峰の桜は（玄玉集・草樹歌上・四九二）

と詠まれている。この歌は平安和歌の類型的な詠法であるが、他の歌では対象となる花は桜から梅、卯の花、山吹などに多様化されていく。

【他出文献】◇麗景殿女御歌合→［補説］。

題不知

24　吉野山きえせぬ雪と見えつるは峰《みね》つゞき咲《さ》く桜《さくら》なりけり

【校異】ナシ。

【拾遺集】春・四二。

題不知　　　　読人不知

吉野山消えせぬ雪とみえつるは峯つゝきさくさくらなりけり

㊤春・四一。

題知らず

吉野山の消えることのない雪のように見えたのは、峰つづきに咲いている桜であった。

【語釈】○吉野山きえせぬ雪と―吉野山と雪との関係については一参照。○桜なりけり―雪と紛えられる花は時期的に近接する梅の花である。桜の時期に雪が降ることは実際にはほとんどないにも拘らず、歌では落花を雪の降るさまに見立てた歌は意外に多い。

【補説】吉野山の峰つづきに咲く桜を、消えることのない雪に見立てたところに一首の趣向がある。時期的に重ならない雪と桜との見立ては、雪深い吉野山であるからこそ有効であり、二四も紀友則の、

み吉野の山辺に咲ける桜花雪かとのみぞあやまたれける（古今・春上・六〇）

という歌をふまえている。しかし、桜の散るさまを雪の降るのに見立てることは、吉野山という場所的な限定なしに、

桜花みかさのやまのかげしあらば雪とふるともいかに濡れめや（新撰和歌八七）

惜しめどもとどまらなくに桜花雪とのみこそふりてやみぬれ（躬恒集九〇）

春来れば吹く風にさへさくら花庭もはだれに雪はふりつつ（躬恒集二一三）

しろたへの雪降り積むと見えつるは山の桜の散るにぞありける（時雨亭文庫蔵承空本道命阿闍梨集一九〇）

などと詠まれてもいる。

25

菅家の万葉集に

浅緑《あさみどり》野辺《のべ》の霞《かすみ》はつつめどもこぼれてにほふ山桜《ざくら》かな《哉》

【校異】詞○菅家の―菅家（島）。歌○あさみとり―あさみとり〈「みとり」ノ右傍ニ朱デ「マタキィ」トアル〉（貞）○にほふ―にほへ（貞）○山さくらかな―はなさくらかな（島）はなさくらかな〈「はな」ノ右傍ニ朱デ「ヤマイ」トアル〉（貞）。

【拾遺集】春・四一。

菅家万葉集中

あさみとり野への霞はつゝめともこほれてにほふ花さくらかな

定春・四〇。**詞**〇万葉集中―万葉集の中。

菅家編纂の万葉集のなかに

新芽で浅緑色になっている野原にかかる霞は桜の花を覆い隠しているが、霞の間から現れて淡紅白色に美しく咲いている山桜であるよ。

【語釈】〇菅家の万葉集―『新撰万葉集』のこと。菅原道真が編纂したと伝えられるところからいう。上、下巻とも春・夏・秋・冬・恋に分類された二七八首（流布本による）の歌を万葉仮名で記し、それを翻案したと思われる七言絶句が付されている。〇浅緑―浅緑色の草木の新芽。〇霞はつつめども―霞が覆い隠しているけれども。「つつむ」は何をつつむのか、二説ある。『和歌大系』は「新緑の野」、『新大系』は「花」とする。「つつむ」は「こぼる」に対応する語であるので、後者とみるのがよい。〇こぼれて―包み隠した霞の間から桜花が現われて。〇にほふ―視覚的に捉えるか、嗅覚的にとらえるか二通りの解釈がありうる。前者によると、淡紅白色の花の美しさが映えている意、後者によると、香気が漂う、よい香りがする意。〇山桜―底本のほかは「花桜」。

【補説】この歌の初出は『寛平御時后宮歌合』である。この歌を撰収した『新撰万葉集』には、次に掲げるように、万葉仮名で記した歌と、それを翻案した七言絶句が併記されている。

浅緑　野辺之霞者　裏鞆　己保礼手匂布　花桜鉋（上・春・三）

緑色浅深野外盈　　雲霞片片錦帷成

残嵐軽簸千匂散　　自此桜花傷客情

漢詩は、その作者の和歌の解釈を表しているものの、それが歌の作者の真意であるとは必ずしも言えない。この漢詩によれば、問題の「こぼれてにほふ」の「にほふ」は「千匂散」とあるので、香気が漂うの意になるが、歌の作者は、薄緑の野に淡紅白色の桜花を配し、陽春の色彩的な光景を詠もうとしたのではなかろうか。この歌を本歌として詠まれた、

白雲のかかれる山と見えつるはこぼれて花のにほふなりけり（高遠集一六四）

春の色は花ともいはじ霞よりこぼれてにほふ鶯の声（秋篠月清集五〇四）

などの歌でも花の色が詠まれている。

第一、二句の「浅緑野辺の霞」という表現は、

若菜摘むわれを人見ばあさみどり野辺の霞もたちかくさなん（貫之集六八）

浅緑野辺の霞のたなびくにけふの小松をまかせつるかな（経信集一）

などと慣用句的に用いられているが、平安後期には霞の色を「浅緑」と捉えていたという久保田淳氏の説（「霞の色は浅緑」『花のもの言う』所収）がある。

第五句「山桜」はこの歌を撰収する他の歌集には「花桜」とするものが多い。『源氏物語』の野分の巻には、夕霧が六条院で垣間見た紫の上のようすが「気高くきよらに、さとにほふ心地して、春の曙の霞の間より、おもしろき樺桜の咲き乱れたるを見る心地す」とある。この部分の文章の典拠として、『河海抄』などの注釈書は「浅みどり春の霞はつつめどもこぼれてにほふかば桜かな」の歌を掲げている。この歌は語句に小異はみられるが、『抄』二五と同じ歌である。この歌では「花桜」に相当する部分が「かば桜」となっている。「花桜」については『和歌大系』に「「桜花」をより洗練した歌語」との説明があるが、『万葉集』、三代集には「花桜」の用例は二例のみで、「桜花」が圧倒的に多い（私家集を加えると「花桜」の用例数は多くなるが、それでも「桜花」には及ばない）。「花桜」が洗練された歌語であるという認識があったならば、両語の使用頻度は逆転しているはずである。「花桜」が「山桜」「かば桜」と同一レベルの語であれば、桜の一品種とみることもできるが、そのよ

うに単純には言えないようである。用例をみると「桜花」が桜の花または木をいうのに対して、「花桜」は桜の「花」を強く意識した表現で、満開の桜をいう語であると考えられる。

【他出文献】◇新撰万葉集↓［補説］。◇寛平御時后宮歌合一一、第五句「はな桜かな」。◇古今六帖三五一四、第五句「花ざくらかな」。◇新撰朗詠集一一三、第二句「春の霞」、第五句「花桜かな」。

定文家の歌合に　　忠　峯

26　春《はる》はなほ《を》我にて知《し》りぬ花ざかり心のどけき人はあらじな

【校異】詞○定文家の―定文家（島）平定文家（貞）。

【拾遺集】春・四四。

平定文か家の歌合に　　壬生忠峯

春はなを我にてしりぬ花さかり心のとけき人はあらしな

［定］春・四三。**詞**○壬生忠峯―たゝみね。

平定文家の歌合で

春の人の心はどのようなものか、やはり自分の心から推して理解できた。満開の花が散らないかと気がかりで、のんびりした気分で眺めている人はいないだろうよ。

【語釈】○定文家の歌合―一参照。○春は―春の人の心は。○われにて知りぬ―自分自身の心から推してわかった。○心のどけき人―心が落ち着いてゆったりとしている人。花が散らぬかと気を揉まないで、のんびりと見ている人。

【補説】 この歌は『古今集』（春上・五三）にある「世の中にたえて桜のなかりせば春の心はのどけからまし」という在原業平の歌に依っている。春、人は爛漫と咲き匂う花に愛着して、風が花を吹き散らすことに気を揉み、風がなければとの思いから、

　吹く風をならしの山の桜花のどけくぞ見る散らじと思へば（後撰・春中・五三）

　嵐だに音せぬ春と思ひせばのどけく見まし四方の花々（恵慶集二五六）

と詠んでいるが、それは仮定のことで、現実には、

　桜花にほふともなく春くればなどか歎きのしげりのみする（後撰・春中・五五）

　春風の吹くたびごとに桜花心のどかに見るほどぞなき（元真集一二四）

というように、春は歎きのみまさり、心のどかに花を見ることはかなわなかった。業平の歌はそのような花への愛着を逆説的に詠んだものである。

　忠岑の歌では、自己の体験から人の心を類推して理解する「われにて知りぬ」という表現に工夫がみられる。この表現は、後の歌人たちの模倣するところとなり、

　なく声はわれにて知りぬきりぎりすうき世そむきて野辺にまじらば（恵慶集九五）

　暁はわれにて知りぬ山人もこひしきにより急ぐなりけり（和泉式部続集一五五）

　ひとりぬるわれにて知りぬ池水につがはぬ鴛鴦の思ふ心を（千載・恋三・七八七　公実）

など、多くみられる。

「春はなほ」の歌は『忠岑集』の諸本にもみえるが、この歌の前後の歌は諸本では詠歌事情が曖昧で、時雨亭文庫蔵桝形本『忠岑集』には詞書に「さだぶんが家の歌あはせに」（一六八）とあり、詠歌事情を正確に伝えてい

る。『抄』は『忠岑集』から撰収したのか、歌合から撰収したのか、明確ではない。

【作者】壬生忠岑→一。

【他出文献】◇忠岑集→［補説］。◇三。◇朗詠集二六。◇古今六帖五三。

承平四年中宮賀の屛風に

27 春《はる》の田《た》を人にまかせてわれはただ花に心をつくるころかな

【貞和本原状】「承和四年…」トアル詞書ノ右上カラ朱デ「山田作所ニ花イトヲモシロシ」トアル。

【校異】詞○賀の―御賀〈朱デ「御」ノ左傍ニ見セ消チノ符号ガアリ、右傍ニ朱デ「イ無」トアル〉（貞）○屛風に―屛風に田作所に（島）御屛風に（貞）。○作者名ナシ―斎宮内侍（島）斎宮内侍〈「内侍」ノ右傍ニ朱デ「女御ィ無」トアル〉（貞）。歌○ころかな―ころかな〈「ころ」ノ右傍ニ朱デ「ケフィ」、左傍ニ「ナリケリィ」トアル〉（貞）。

【拾遺集】春・四九。


承平四年中宮賀したまひける時の屛風に　斎宮内侍

春の田を人にまかせて我はたゝ花に心をつくるころかな

定春・四七。詞○中宮賀―中宮の賀。

承平四年の中宮穏子の五十の賀の屛風歌として

春の田に水を引いて苗代に種を播くことは人に任せて、私はひたすら花に心を寄せて面倒をみている、この頃である。

【語釈】○承平四年中宮賀の屏風―承平四年（九三四）三月二十六日に朱雀天皇が催した中宮穏子五十賀に調進された屏風。→二の［補説］○春の田―春に行なう田作りの農事としては、春田打、種播き、田掻きなどがある。このうちのどの農事をいうのかによって、次項の「まかす」の意に違いが生ずる。○人にまかせて―人に任せて。「まかす」に種を播く意の「播かす」、または水を引く意の「漑す」を掛ける。このどちらであるかは、前項の農事の何を任せるのかによって違いが生ずる。平安時代には花のころに苗代に種を播いたことが、「あしひきの山の桜の色みてぞをちかた人は種は播きける」（古今六帖一一〇九）という歌から知られるので、「まかす」は田に水を引いて苗代を作り、種を播くことを任せたのである。したがって、「まかす」に「漑す」と「播かす」とを掛けたとみる。○心をつくる―「心をつく」は心を寄せる、執着する。「つくる」に田の縁語の「作る」を掛ける。

【補説】穏子五十の賀に調進された屏風には、貞和本の朱筆書入れによると、「山田作る所に花いとおもしろし」という図柄があったという。山田に種を播く農夫と畔で花を見る男が描かれていたものと思われる。山田の図柄に付した屏風歌としては、『忠岑集』（一五一）に、

中宮の御屏風の歌、山田ある所

かはづなく井出の山田に播きしたね君まつなへと生ひ立ちにけり

という歌がある。この歌は穏子五十賀の屏風歌ではないが、「まつ」に「待つ」と「松」をかけて、早苗と千歳の松の生長を詠むことで中宮の末長い繁栄を寿いでいる。これに対して、斎宮内侍の歌には算賀を慶賀する祝意がこめられているのだろうか。『新大系』に「安穏な日々の中に、賀意を込めるか」とある。この歌には種を播く図と花に心を尽くる（花を作る）図が一つの場面として捉えられている。播いた種が生長して花を咲かせるま

での時間の経過を省略し、「花」に中宮の栄華と繁栄を暗示して、祝意を表したものであろう。

【作者】 底本に作者表記はないが、島本・貞本などに「斎宮内侍」とある。斎宮内侍は生没、出自など未詳。承平四年ごろの斎宮についてみると、延長八年（九三〇）九月に醍醐天皇が大漸のために朱雀天皇に譲位、同年十二月に斎宮柔子内親王が退下し、承平元年十二月二十五日に雅子内親王が卜定され、同三年九月伊勢に参向、同五年冬母の喪によって退下、同六年五月帰京した。斎宮内侍の出仕先としては柔子内親王、雅子内親王の二説が考えられる。出仕先が雅子内親王であれば、承平四年の御賀のときは斎宮内侍も伊勢にいたので、屏風歌を詠進できたか疑わしい。柔子内親王に仕えたのであれば、承平四年には在京したので、詠進することは可能である。現在のところ、斎宮内侍は斎宮柔子内親王に仕えた女房であるということしか分からない。

なお、『古今六帖』は貫之を作者としているが、貫之が土佐から帰京したのは承平五年二月で、御賀の当時は京にいなかったので、作者とは考えがたい。

【他出文献】 ◇朗詠集五六九。◇古今六帖一一〇八、貫之。

題不知　　　元方

28　春立《た》てば山田のこほりうちとけて人の心にまかすべらなり

【校異】 詞○元方—在原元方（島・貞）。歌○春たては—はるくれは〈「く」ノ右傍ニ朱デ「タティ」トアル〉（貞）○人心—ひとのこゝろ（島・貞）○まかすへらなり—まかすへらなり〈「すへらなり」ノ右傍ニ朱デ「セテソミルィ」トアル〉（貞）。

【拾遺集】 春・四八。

題不知　　　　　　　　　　　　　　　　　在原元方

春くれはあまたのこほりうちとけて人のこゝろにまかすへらなり

定春・四六。歌○あまた―山田。

題知らず

春になったので、山田の氷も解け、田打ちをして種を播くころになったが、主はのんびりとして、賎の男のしたいように任せているようだ。

【語釈】○春立てば―『集』には貞和本と同じく「春くれば」とある。○山田のこほり―冬の間水が溜まっていた田に張った氷。○うちとけて―「うちとく」は解ける、溶けるの意。気を許して親しむ意の「うちとく」を掛ける。また、「うち」は田の縁語で田を打ち返す意。「小山田の水田の氷うちとけて今朝はかはづもゆるになくなり」（源賢法眼集一）。○まかすべらなり―「まかす」は任せる。田の縁語の種を播く意の「播かす」を掛ける。「べらなり」は一〇参照。

【補説】この歌と二七とは関連があるようである。『集』では歌順が逆で、この歌の後に二七がある。この順序の方が、自然の推移に即応しているだけでなく、「人の心にまかすべらなり」の句を承けて、「春の田を人にまかせて」と、尻取り式に続いていく配列になっている。

この歌について『新大系』には「内容はむしろ恋歌」とあるが、前記のような、二七との関連性を考えると、春田の耕作について、土地の持ち主の立場で詠んだ歌であろう。

【作者】在原元方　生没年未詳。筑前守棟梁の男、業平の孫。『古今和歌集目録』によると、大納言藤原国経の養子になったという。正五位下（勅撰作者部類に六位とも）。中古三十六歌仙の一人。「寛平御時后宮歌合」「亭子院歌合」「平定文家歌合」などに出詠。『古今集』以下の勅撰集に三十三首入集。家集『元方集』は部類名家集切として断簡四葉が知られる。『古今集』の巻頭歌の作者として著名。

29

宰相中将敦忠朝臣家の屏風に、あれたる宿《やど》に人のまで来《き》て花見侍るかた侍るところに

貫《つら》之《ゆき》

29　あだなれどさくらのみこそふる里のむかしながらのものには有りけれ

【校異】 **詞**○敦忠朝臣家の屏風に―敦忠の朝臣ノ家ノ屏風に（島）敦忠の屏風に〈「の屏風に」ノ「の」ノ下ニ補入ノ符号ガアリ、右傍ニ朱デ「朝臣ノ家ノィ」トアル〉（貞）○人のまてきて―人きて（島）客人のまうてきて〈「客」ニ左傍ニ朱デ見セ消チノ符号ガアリ、朱デ「イ無」トアル〉（貞）○花見侍かた侍ところに―はなみたるかたかけりけるところに（島）はなみるかたある所に〈「るかた」ノ右傍ニ朱デ「タルカタ侍ケル所ニィ」トアル〉（貞）。**歌**○あたなれと―あたなれと〈「あ」ニ右傍ニ朱デ「アレタレトィ」トアル〉（貞）。

【拾遺集】 春・五〇。

宰相中将敦忠朝臣の家の屏風　　紀　貫之

あたなれとさくらのみこそふるさとのむかしなからの物にはありけれ

定春・四八。**詞**○朝臣の家―朝臣家。○屏風―屏風に。

宰相中将敦忠朝臣の家の屏風に、荒廃した宿に人がやって来て、桜の花を見ている絵柄があるところにはかないものであるけれど、桜だけは荒れ果てて住む人もない宿の、昔のままの変らないものではあったよ。

【語釈】○宰相中将敦忠―「敦忠」は二五七［作者］参照。敦忠が「宰相中将」であったのは天慶二年（九三九）八月から同五年三月二十九日までの間である。○あだなれど―「あだ」ははかないさま。○ふる里―古るびて荒れ果てた所。

【補説】この歌は陽明文庫本『貫之集』に「同じ年宰相の中将屏風の歌卅三首」と詞書のある歌群（四二五～四五七）のなかに、

ふる郷の花をみる

あだなれど桜のみこそふる郷の昔ながらのものにはありけれ（四三五）

とみえる。家集における、この歌群の前後の配列は、

(イ)天慶二年四月右大将殿御屏風の歌廿首（三七四～三九五）

(ロ)同年閏七月右衛門督屏風の料十五首（三九六～四一〇）

(ハ)おなじ御時うちの仰事にて（四一一～四二四）

(ニ)同じ年宰相の中将屏風の歌卅三首（四二五～四五七）

(ホ)同四年正月、右大将殿の御屏風の歌十二首（四五八～四六九）

となっている。この(イ)は陽明文庫本と同系統の歌仙家集本（貫之集Ⅰ）には「天慶三年四月…」とあるが、時雨亭文庫蔵素寂本（三七五）には「天慶二年四月…」とあり、陽明文庫本と同じである。(ロ)の詞書にいう「閏七月」があったのは天慶二年であるので、(イ)に「天慶二年」とある陽明文庫本、素寂本が正しい。したがって、(ニ)の「おなじ年」は天慶二年のことであり、敦忠を「宰相中将」と呼んでいるので、この屏風歌が詠まれたのは同年八月以後である。

この歌の画題は家集には「ふるさとの花を見る」とあるが、『抄』には「あれたる宿に人のまで来て花見侍る」

とあり、「ふるさと」は「あれたる宿」であり、「人」は桜の花を見て「むかしながらのものには有りけれ」と感懐を吐露している。「あだ」と言われる桜の花よりも人間の営為はむなしいものであった。

【作者】紀貫之→七。

【他出文献】◇貫之集→［補説］。

斎院の屏風に、春、山道をゆく人のかた有る所に　　伊勢

30　散《ち》り散《ち》らず聞《き》かまほしきをふる里の花見てかへる人もあらなん《南》

【校異】詞○屏風―御屏風〈「御」ノ右傍ニ朱デ「イ無」トアル〉（貞）○山道をゆく人のかた有―山路をゆく人かける（島）山道旅人行かたある〈「旅」ノ右傍に朱デ「イ無」トアル〉（貞）。歌○きかまほしきを―きかまほしきを〈「を」ノ左傍ニ朱デ見セ消チノ符号ガアリ、右傍ニ朱デ「ニ」トアル〉（貞）○あら南―あらなむ〈「ら」ノ右傍ニ朱デ「ハ」トアル〉（貞）。

【拾遺集】春・五一。

斎院の屏風にやまみちゆく人あるところを　　伊勢

ちり散らすきかまほしきをふるさとの花みてかへる人も有らむ

定春・四九。詞○斎院の―斎院。○ところを―所。歌○有らむ―あはなん。

斎院の屏風に、春、山路をゆく人の絵柄があるところに

花は散ったか、まだ散らないで残っているか、聞きたいと思っているので、古里の花を見て帰ってくる人も

いたらいいなあ。

【語釈】○斎院の屏風―延喜十五年（九一五）閏二月に調進された斎院恭子内親王のための屏風。一五参照。○散り散らず―桜の花が散ったか、散らないであるか。「咲き咲かず」に対応する表現。二三参照。○あらなん―貞和本書入れ本文は「あはなむ」とあり、『集』は異本系統に「あらなん」（具世本「有らむ」は「な」の誤脱か）、定家本には「あはなん」とある。山路を帰ってくる人のなかに、古里の花を見た人もいてほしいの意。

【補説】この歌は『伊勢集』の現存の三系統本には、次のようにみえる。

①西本願寺本系統（伊勢集Ⅰ九五）

　御屏風歌、山に花みにいそぎゆくところ

ちりちらずきかまほしきをふるさとのはなみてかへる人もあはなむ

②類従本系統（伊勢集Ⅱ九七）

　斎院の御屏風の歌、春山にゆく人あり

（歌ハ①ト異同ナイノデ省略）

③歌仙家集本系統（伊勢集Ⅲ九五）

　内の御屏風に、花見に行くところ

散ちらずきかまほしきをふる郷の花みてかへる人もあらなん（「あら」ノ「ら」ノ右傍ニ「は」トアル）

これら三系統本において問題になるのは、次の二点である。

㈠屏風歌である点は共通しているが、①は貴人のための屏風であるが、特定できない。それに対して②は斎院のための屏風で、③は内裏の屏風である。

㈡歌の本文のうち、『抄』と『集』とでは本文が異なる第五句は、③の一部写本に「人もあらなん」とある以外は「人もあはなん」とある。

まず、㈠については、『抄』には斎院の屏風と詞書のある歌が三首（一五、躬恒。三〇、伊勢）ある。一二二の伊勢の歌は家集の諸本には三〇の歌と連続してみえ、家集からは誰のための屏風歌か判断はできないが、『抄』の詞書の書式から一五の躬恒の歌と同じときの屏風歌と考えられるので、延喜十五年閏二月に調進された斎院恭子内親王のための屏風とみてよかろう。

㈡については、「人もあはなん」とあるのが原型本文であったと思われる。この本文では、主語は「人」で、この場合の「あふ」は「修業者あひたり」（伊勢物語第九段）と同じ用法で、先方が当方にたまたま出会う場合をいう。したがって、「人もあはなむ」の本文では「きかまほし」という願望が叶えられることはほとんど不可能である。そのために願望が叶えられる可能性のある「人もあらなん」という本文の方が原型であろうと考えて改めたのであろうか。

この歌が詠まれた屏風絵には、遠景に霞に覆われたように古里が描かれ、山道を登っていく人物と山を下ってくる人物が描かれていたであろう。山道を登っていく人物の心中は、古里の桜が散ってしまったのではないか、それとも散らずに残っているだろうかと、不安と期待とが交錯し、古里の花の様子を早く知りたいと思い、山道で行き交う人の中に、それを知っている人がいてほしいと願う。

【作者】伊勢　藤原継陰の女。生没未詳。宇多天皇の女御の温子のもとに出仕、間もなく温子の弟仲平と恋におちいったが、仲平は大将に婿取られて途絶えると、仲平の兄の時平らから求愛され、やがて宇多天皇の寵愛を受けて皇子を生む。寛平九年（八九七）に宇多天皇は退位し、皇子も夭折した。さらに中宮温子も延喜七年（九〇七）に他界。そののち温子所生の均子内親王に仕えたらしいが、均子内親王も延喜十年に他界。その後、伊勢は均子内親王の夫の敦慶親王に愛されて中務を生んだ。その親王も延長八年（九三〇）二月に亡くなった。伊勢は天慶元年（九三八）に勤子内親王を偲び哀傷歌を詠んでいるので、その頃までは確かに生存していた。『古今集』

以下の勅撰集に一八五首ほど入集。家集に『伊勢集』がある。

【他出文献】◇伊勢集→［補説］。◇三、第二句「きかまほしきに」、第五句「人もあはなむ」。◇深、第二句「きかまほしきに」、第五句「人もあはなむ」。◇金一九、第五句「人もあはなん」。◇前、第五句「人もあはなむ」。◇古今六帖一三〇二、第五句「人もあはなん」。◇今昔物語集巻二十四第三十一、第五句「人もあはなむ」。

題不知　　　　　　　　　　　　　　読人不知

31　桜狩《さくらがり》雨《あめ》は降《ふ》りきぬおなじくはぬるとも花の影(ママ)にかくれむ

【校異】詞○題不知―題読人不知（島）。

【拾遺集】春・五二。

題不知　　　　　　　　　　　　　　読人不知

さくらかり雨は降きぬおなしくはぬるとも花のかけにかくれむ

定春・五〇。

題知らず

桜の花見に山野を逍遥していると、花を賞美しないうちに俄に雨は降ってきた。どうせ雨宿りするならば、濡れようとも、花の下で雨宿りしよう。

【語釈】○桜狩―桜の花を見物するために山野を逍遥すること。○雨は降りきぬ―俄に雨は降ってきた。○おなじくは―雨宿りするのなら。○ぬるとも―花の隙間から滴る雨に濡れようとも。

【補説】山野を逍遥しながら桜見物をしていると、花を十分賞美しないうちに俄に雨は降りだした。花への愛着から、どうせ濡れるのであれば、花を見ながら桜の木の下で雨宿りをしようと思う。

この歌をめぐる説話が『撰集抄』（巻八第一八）にあり、それによると、殿上のおのこどもが東山に花見に出掛けたときに、俄に雨が降り、人々はあわてふためいたが、実方中将は木のもとに立ち寄って、この歌を詠んで、雨宿りしようとしなかったので、装束もぐっしょり濡れてしまった。この事を人々は「有興こと」と思ったが、この話を伝え聞いた行成が「歌は面白し、実方はをこなり」といったという。『抄』の成立時期と実方の生存時期から、歌の作者が実方であってもおかしくないが、この歌は『古今六帖』にもあり、実方の歌とは考えられない。『撰集抄』の話は虚構であるが、花のもとに立ち寄って歌を詠んだ行為を風流とみるのは当時の一般的な評価で、行成のように「烏滸」とみるのは興趣を理解しないと思われたであろう。

なお、「桜狩」の語は平安時代の用例は数すくない。『躬恒集』に「あしひきの山吹の花山ながらさくらがりにはあふ人もあらじ」（三七〇）とあるのがはやい例で、和泉式部、紫式部、道命阿闍梨などが用いている。この語が盛んに用いられるようになるのは新古今集時代からである。

【他出文献】◇朗詠集八五。◇古今六帖四五九、第五句「したにかくれん」。

32

天暦御時、麗景殿女御と中将更衣歌合し侍りけるに　　元輔

春霞《がすみ》立ち*なへだてそ花《はな》ざかり見てだにあかぬ山の桜《さくら》を

【校訂注記】「なへたてそ」ハ底本ニ「なへたそ」トアルノヲ、島本、貞和本ナドニヨッテ改メタ。

【校異】 詞○女御与―女御〈「御」ノ右傍下ニ朱デ「ト」トアル〉（貞）○中将更衣歌合―中将詞合〈「将」ト「詞」ノ間ニ補入ノ符号ガアリ、左傍ニ朱デ「更衣ト」トアル〉（貞）。○元輔―清原元輔（島・貞）。**歌**○へたて―へたて〈右ニ朱デ「カクシィ」トアル〉（貞）。

【拾遺集】 春・四三。

天暦御時麗景殿女御と中将更衣と歌合し侍けるに　清原元輔

春霞たちなへたてそ花さかりみてたにあかぬ山のさくらを

定春・四二。

村上天皇の御代、麗景殿女御と中将更衣とが歌合をしましたときに

春霞がたなびいて、山の桜を覆い遮るなよ、見ていてさえ飽きることのない、満開の花を。

【語釈】 ○天暦御時―村上天皇は天慶九年（九四六）四月から康保四年（九六七）五月まで帝位にあったが、その間、天暦の年号は十年続いたところから、村上天皇の御代をいう。○麗景殿女御―中務卿代明親王女。荘子女王。天暦四年（九五〇）十月二十日村上帝女御。具平親王、楽子女王を生む。康保四年七月十六日出家。寛弘五年（一〇〇八）七月十六日没。○中将更衣―萩谷朴氏『平安朝歌合大成』によると、「天徳四年内裏歌合」の左方人の頭としてみえる「中将更衣」が『村上天皇御記』に「更衣藤原修子」（天徳四年三月三十日の条）とある人物であるという。修子は『尊卑分脈』には藤原朝成女として「脩子天暦更衣御匣殿別当」と注がある。略伝などは未詳。○歌合し侍りける―この歌合は『抄』および『集』によって知られるのみで、他に資料はない。○立ちなへだてそ―貞和本の朱筆書入れによると、ィ本に「たちなかくしそ」とあるというが、『集』の諸本も「たちなへだてそ」である。

【補説】この歌は『抄』『集』の詞書によると「麗景殿女御・中将御息所歌合」の歌であるが、この歌合については元輔の歌以外に資料はない。また、『元輔集』諸本には、これと同じ歌はなく、類似の発想、語句を用いた、次のような歌がある。

　　河原の院といふ所に、花見に人々まかりたるに、そこに花見え侍らざりしに、山桜のはるかに見えしかば

　春がすみたちなゝかりそうすゝきにゝしきと見ゆる山の桜に（時雨亭文庫蔵坊門局筆本二〇一）

この歌の第二、三句の本文に損傷があって意が通じ難いが、歌仙家集本『元輔集』（元輔集Ⅱ一九六）には「たちなゝよりそうすくこき」とあり、『恵慶集』（一七二）にある元輔の歌には「たちながらこそうすくこく」とある。この歌と三二とは同一歌の異伝といえるほど類似していないうえに、詠歌事情も異なっている。

　三二の第二句については「立ちなかくしそ」という貞和本朱筆書入れのイ本の本文も否定することはできない。霞については、

㈠こぞの冬ことしの春のしるしには山の霞ぞたちへだてける（輔親集二）

　きのふより散るとぞ見えし山ざくらけさは霞のたちへだてつつ（道済集八九）

㈡たれしかもとめてをりつる春霞たちかくすらむ山の桜を（古今・春上・五八　貫之）

　花の色をやすくも見せずたちかくす霞ぞつらき春の山べは（古今六帖六一二）

　ふりはへて花見にくればくらぶ山いとど霞のたちかくすらん（興風集六九）

など、「たちへだつ」と「たちかくす」の二様の表現がみられ、平安時代には「たちかくす」の方がやや優勢であった。イ本の本文は、こうした情勢を反映している。

【作者】清原元輔　深養父の孫（一説に子）、父は下総守春光とも、下野守顕忠とも。清少納言の父。延喜八年（九〇八）誕生。天暦五年（九五一）に河内権少掾に任ぜられ、中監物、民部大丞などを経て、安和二年（九六

九）従五位下に叙せられ、天延二年（九七四）周防守、寛和二年（九八六）肥後守となり、正暦元年（九九〇）六月任国で没した。享年八十三歳。三十六歌仙の一人。天暦五年撰和歌所の設置にともない、源順、大中臣能宣などと『後撰集』の撰集と『万葉集』の訓読に従事した。九条家、小野宮家関係の屏風歌の詠作も多く、『拾遺集』以下の勅撰集に約一〇五首入集。家集に『元輔集』がある。

題不知　　読人不知

33　桜《さくら》色に我身《み》の内《うち》は成りぬ・らん心にしみて花をゝしめば

【校異】 **詞**〇題不知―たい（島）。**歌**〇みのうち―みのうへ（島）〇しみて―しみて〈「み」ノ右傍ニ朱デ「メイ」トアル〉（貞）。

【拾遺集】 春・五五。

題不知　　読人不知

さくら色に我身のうちはなりぬらむ心にそみて花を惜めは

㊜春・五三。**歌**〇我身のうち―わか身は深く。〇心にそみて―心にしめて。

題知らず

私の体のなかはきっと桜色になってしまったでしょう。深く心に留めて、花を愛惜したので。

【語釈】 〇桜色―春の襲の色目とする説もあるが、歌では多く「染む」という動詞を伴って用いられているので、襲の色目ではなく、桜の花のような色をいう。淡紅色。桜に愛着し、賞美したことを、桜色に染まったかのように表現した。○我身の内は―『集』の異本系は『抄』と同じであるが、定家本には「わか身は深く」とある。衣はいうまでもなく、体のなかはの意。○心にしみて―貞和本朱筆書入れのイ本は「こころにしめて」で、『集』の定家本と同じである。異本系の具世本は「心にそみて」であるが、天理甲本は底本と同じで、天理乙本は定家本と同じである。「心にしみて」は、色などがしみついて、鮮やかに心に残っての意。「心にしめて」の「しむ」は下二段活用の他動詞で深く心に刻み込んでの意。

【補説】衣ならぬわが身は桜色になったと、桜の花を十分に賞美、愛惜したことを詠んでいる。桜色に染めた衣は花の形見として、

桜色に衣はふかく染めて着む花の散りなむのちの形見に（古今・春上・六六　紀有朋）

と詠まれた。平安時代では恵慶・和泉式部などが用いていて、それらは更衣と関連させて、

桜色に染めし衣をぬぎかけて山ほととぎすけふよりぞ待つ（榊原本和泉式部集二一）

花散らむのちも見るべくさくら色に染めし衣をぬぎやかふべき（越桐喜代子氏蔵恵慶集六六）

などと詠んでおり、和泉式部の歌は『後拾遺集』の夏部の巻頭歌として撰収されている。

34　花見にはむれてくれども青柳《あをやぎ》の糸《いと》の本《（もと）》にはよる人もなし

【校異】歌○くれとも―ゆけとも（島・貞）○本には―もとへは〈「へ」ノ右傍ニ朱デ「ニ」トアル〉（貞）○よる人―くる人（島）よる人〈「よ」ノ右傍ニ朱デ「ク」トアル〉（貞）。

【拾遺集】春・三六。

読人不知

花みにはむれてくれともあをやきのいとのもとにはよる人もなし

花見には桜の木のもとに群がって来るけれども、青々と芽吹いた青柳の糸は縒る人もないように、柳の枝のもとには、見物に寄って来る人もいない。

定春・三五。歌○くれとも―ゆけとも。○よる―くる。

【語釈】○むれてくれども―『集』の異本系統も同文であるが、定家本は島本、貞和本と同じく「むれてゆけども」とある。「青柳」の方を基点としていうと「むれてゆく」になる。桜の木のもとに群がって来るけれども。○青柳の糸―青々と芽吹いた柳のしなやかな枝を糸に喩えていう語。○よる人―『集』の異本系統も同じであるが、定家本系統は島本に同じく「くる人」である。「よる」は寄る意に糸の縁語の「縒る」を掛けたことになり、定家本・島本の「くる人」であれば、糸の縁語の「繰る」を掛けたとみられる。

【補説】素性法師によって「見渡せば柳桜をこきまぜて都ぞ春の錦なりける」（古今・春上・五六）と詠まれた桜と柳であるが、桜ばかりが人々に賞美されて、柳は一向に顧みられなくなった世態人情を詠んでいる。

一首は「くる」「よる」という糸の縁語から成るが、第三句以下は、『古今六帖』（四一五八）に「よる人もなき青柳の糸なれば吹きくる風にかつ乱れつつ」とある第一、二句の「よる人もなき青柳の糸」という表現によっていると思われる。

古今集時代には「春の錦」を織りなした柳を花見にも行かずに賞美している歌が、『貫之集』（四八）に、

花見にもゆくべきものを青柳の糸てにかけてけふはくらしつ

とある。この歌は家集によれば延喜十五年（九一五）の斎院の屏風歌であるが、『古今六帖』（四一六四）では遍

昭の作になっている。しかし、時代が変ると柳は花と競いあう存在ではなくなり、顧みられなくなった。

躬《み》恒《つね》

35　青柳《あをやぎ》のはなだの糸《いと》をよりあはせてたえずも鳴《な》くか鶯の声

【校異】 **歌**○よりあはせて―よりかけて〈「かけ」ノ右傍ニ朱デ「アハセィ」トアル〉（貞）。

【拾遺集】 春・三五。

題不知　　凡河内躬恒

あをやきの花たのいとをよりあはせてたえすもなかく鶯のこゑ

［定］春・三四。**歌**○なかく―なくか。

青柳の縹色の、鶯の縒り合わせた糸が切れないように、間断なく鳴いている鶯の声よ。

【語釈】 ○はなだの糸―「はなだ」は「縹色」の略。薄い藍色。「こきまずる錦おれとや青柳のはなだの糸をまづはそむらん」（夫木抄八四二　定家）。○よりあはせて―糸などを縒って合わせて。「鶯の糸に縒るてふ玉柳吹きなみだりそ春の山風」（後撰・春下・一三一）。鶯が柳の風にみだれる細い枝の間を飛び交っているのを糸を縒り合せているさまにとりなした。ここまでは「たえず」を導く序詞。○たえずも―「たえず」は間断なく、いつもの意の副詞に、糸が切れない意の「絶えず」を掛ける。「わが宿の柳の糸はほそくともくる鶯のたえずもあるかな」（道綱母集一四）。

【補説】この歌は時雨亭文庫蔵承空本『躬恒集』（一四七）には、詞書を「同御時、中将の更衣麗景殿女御と歌合し侍しに」としてみえる。中将更衣と麗景殿女御とが催した歌合の歌は三二にもあり、それは村上天皇の時代のことで、躬恒の生存時期とは合わないので、信憑できない。『躬恒集』の他の伝本には詠歌事情は記されていない。

歌は「糸」「縒り合はす」「たゆ」という縁語と序詞とから成り、技巧的ではあるが、「はなだ」から実際の色とは無関係な「花」を意識させて、素性が「春の錦」（古今・春上・五六）と詠んだ春の光景をも連想させる。『抄』の撰者にとって、春の景物としての柳は花と結びついていた。そのために柳の歌は桜の歌群中にある。これに対して『集』は三二〜三五の柳を主題とする歌群は梅と桜の歌群の中間に配列されている。

【作者】凡河内躬恒→五。

【他出文献】◇躬恒集→［補説］。

36　とふ人もあらじと思《おも》ひし山里に花のたよりに人目《め》みるかな　　元　輔

【校異】詞〇元輔—清原元輔（貞）。

【拾遺集】春・五三。

清原元輔

とふ人もあらしとおもひし山さとに花のたよりにひとめみるかな

定春・五一。詞〇清原元輔—もとすけ。

訪れてくる人もあるまいと思っていた山里に、花見のついでに来る人の姿を見ることだ。

【語釈】○山里―洛外にある人の訪れも稀な閑静な山荘。○花のたよりに―「たより」は、ついで、機会の意。花見のついでに。山荘の主に会うためでなく花見が目的で訪れることをいう。○人目みる―「人目」は人の姿、人の顔の意。平安時代には「人目みる」という言い方は他に例がない。

【補説】この歌は時雨亭文庫蔵坊門局筆本『元輔集』（一七〇）に、

山里にまかりかよひしところにはべりしに、花見がてら人々まうできたりしかば

とふ人もあらじと思ふ山里に花のたよりにひとめみるかな

とあり、これに続いて、次の歌がある。

同じ山里にはべりしころ、人々とぶらはんとてまうできて、ものないひはべりて

をしからぬいのちやさらにのびぬらむをはりのけ（ぶ）りしむる宿にて

この「をしからぬ」の歌は『抄』（雑下・五四五）にもみえるが、「同じ山里」が「神明寺の辺に…」とあって著しく相違している。五四五参照。

日ごろ訪れない人が山荘の主に会うためでなく花見が目的で訪れたことを風刺した歌としては、

春来てぞ人もとひける山里は花こそ宿のあるじなりけれ（公任集一。抄・雑上・三八八）

がある。

【作者】清原元輔→三二。

【他出文献】◇元輔集→［補説］。

37　つげやらむまにも散《ち》りなば桜花《さくら》いつはり人に我や成りなむ　　読人不知

【校異】歌○我や成なむ―われやなりなん〈右傍ニ朱デ「ナリモコソスレィ」トアル〉（貞）。

【拾遺集】春・六〇。

題不知　　読人不知

つけやらむまにも散なは桜花いつはり人に我やなりなむ

定春・五八。

桜の花が咲いたことを知らせてやる間にも散ってしまったならば、きっと私は嘘つきだということになってしまうでしょう。

【語釈】○つげやらむまにも―桜の花が咲いたことを知らせてやる間にさえも。○いつはり人―嘘をつく人。

【補説】旅先などで趣深く感興を催す情景を見た場合、都に残してきた愛する者に知らせたいと思うのが、当時の人の人情であった。公任も青年時代に玉津島神社に参詣したときに「所々めぐりて見れば、いひやらん方なし、おもしろくをかしきを思ふ人にみせぬを、たれもたれも思ふべし」と記している。また、山路を逍遥していて咲き匂う桜花を目にしたときには、恋人あるいは妻に知らせようと思った。屏風歌ではあるが、『大弐高遠集』（三

三）には、

山の桜を見る人あり

いかでとくわが思ふ人に告げやらんけふ外山辺の花のさかりを

という歌もある。三七が高遠の歌と同じように、山路で桜を見て詠んだのか、自邸の桜を見て詠んだのか、明確でないが、本来は前者であったと思われる。また、この歌の主旨は桜の花のはかなさにあるのか、あるいは、思う人が見に来るまでは咲いていてほしいという、この歌の余情にあるのかも明確でない。男女の間で「いつはり人」になることは致命的で愛を失うことにもなることを思うと、本来の主旨は後者であったろう。しかし、詠歌事情を「題知らず」としているところから、撰者は前者を主旨とみて撰んだものと思われる。

この歌を本歌として詠んだものに、次の歌がある。

依花待客

桜花いまぞ盛りと告げやらむいつはり人になすな春風（重家集五一五）

この歌では「春風」に対して、花を散らさぬよう呼び掛けていて、桜のはかなさは問題にされていない。また、「いつはり人」は本歌の「いつはり人」のような重みはない。

38　朝ごとに我はくやどの庭桜《にはざくら》花散《ち》るほどは手《て》もふれで見む

【校異】 詞〇やとの―やとの〈「の」ノ右傍ニ朱デ「或本ニ」トアル〉（貞）〇ふれて―かけて〈右傍ニ朱デ「フレイ」トアル〉（貞）。

【拾遺集】 春・六三。

朝ごとに我はくやとの庭桜花ちるほとはてもふれてみむ

㊅春・六一。詞○詞書ナシ—延喜御時ふちつほの女御歌合のうたに。

毎朝、私が掃いている我が家の庭にある桜の、その花が散っている間は手も触れないで見ていよう。

【語釈】○やどの庭桜—「やど」は庭先、住みか。「庭桜」を植物の名とみるか、庭の桜の意とみるか、二通りのとり方ができる。［補説］に記すように、この歌は「近江御息所周子歌合」にみえ、歌題は「庭桜」であり、『古今六帖』にも「にはざくら」の項に掲げられていて、桜の一種のようにもとれる。『和名類聚抄』には「朱桜

本草云桜桃　一名朱桜和名波々加一云邇波佐久良」とあり、『類聚名義抄』『色葉字類抄』などにも「朱桜」に「ニハサクラ」の訓みが付されているが、これは『本草和名』に「桜桃…和名波波乃美一名加爾波佐久良乃美」とある「加爾波佐久良」の「加」の字を誤脱したもので、「ニハザクラ」と「カニハザクラ」とは別のものであるという（屋代弘賢『古今要覧稿』）。平安時代の歌の用例は、庭の桜の意である。

【補説】桜の花ははかないものではあったが、王朝人の桜への愛着はつよく、散る花をも見届けずにすますことはなかった。この歌でも花の散っている間は手も触れないで賞美しようとの思いを詠んでいる。詠歌事情は『抄』は「題不知」であるが、『集』には「延喜御時ふぢつぼの女御歌合のうたに」とある。しかし、この歌は廿巻本歌合巻所収の「近江御息所歌合」にある。「近江御息所」は醍醐帝の更衣の源周子のことで、周子は女御になることなく亡くなっているので、『集』の詞書は誤りである。この歌合は『平安朝歌合大成』によると、延喜初年以後、延長八年（九三〇）以前に行なわれたものという。歌合にも作者名はなく不明である。

これと類似の歌に忠見が詠んだ、

朝ごとにはきけむものを桜花けふよりのちやちりながら見む（忠見集九六）

がある。忠見は天暦八年（九五四）に御厨子所の定額膳部を命ぜられたのが、現存資料から知りうる最初の官職であるので、歌合所収歌の方が先に詠まれたもので、忠見はこれを模して詠んだものと思われる。『後拾遺集』（春下・一四八）にある和泉式部の、

にはに桜のおほく散りてはべりければよめる

風だにも吹きはらはずばにはざくら散るとも春のほどは見てまし

という歌は先行の三八と忠見の歌に依りながら、散り落ちた桜の花びらをも賞美しようという趣向である。

【他出文献】◇近江御息所歌合、庭桜。◇古今六帖四二三四、「にはざくら」。

39　天暦御時御屏風　藤原清正

散《ち》りぬべき花見るときは菅《すが》の根《ね》の長《なが》き春日《ひ》も短《みじ》かかりけり

【校異】詞○御時―御時之（島）御時の（貞）○御屏風―御屏風歌（島）御屏風に（貞）○清正―清正〈「清」ノ右傍ニ朱デ「景ィ」トアル〉（貞）。**歌**○ときは―ほどは〈右傍ニ朱デ「トキィ」トアル〉（貞）。

【拾遺集】春・五九。

天暦御時屏風に　藤原清正

散ぬへきはなみる時はすかのねの永き春日もみしかかりけり

定春・五七。**詞**○屏風に―御屏風に。

村上天皇の御代の御屏風の歌

今にもきっと散ってしまうだろう花を見ているときは、春の長い一日も短かく思われたことだ。

【語釈】〇天暦御時御屏風―「天暦御時」は村上天皇の御代。三二参照。「御屏風」と敬語が用いられているので、天皇の召しによる屏風である。坊門局筆の団家所蔵『清正集』（倉田実氏による複製本による。以下、単に『清正集』と呼ぶ）では六の「ある屏風歌」を承けて、「三月人々ちるはなをみるところ」と詞書があり、「天暦御時の御屏風」であるか明確でない。〇菅の根の―菅の根が長く、また絡みあうようにはびこっているところから、「長き」「乱る」などにかかる枕詞。「相思はぬ妹をやもとな菅の根の長き春日を思ひ暮らさむ」（万葉・巻十・一九三四）「山桜よそにみるとて菅の根のながき春日を立ちくらしつる」（貫之集六一）。

【補説】屏風絵には散る花を見ている人々が描かれていて、そのなかの人物の、散る花を惜しみながら見ている時の感懐を詠んでいる。『躬恒集』（二三九）に「菅の根のながき日なれど桜花散る木のもとは短かりけり」とある歌と詩想が酷似している。躬恒の歌では長い春の日も花の散る桜の木のもとでは短く感じられると、上句と下句とが長短の対照になっていて、そこに一首の趣向があるが、清正の歌では躬恒の歌の第三、四句を上句に、第一、二、五句を下句にした形になっており、躬恒の歌の影響を受けている。

三九は『清正集』には［語釈］にも記したように「ある屏風歌」として、次のようにある。

ある屏風哥

六いその神ふりにしさとをきてみればむかしかざしゝはなさきにけり

二月かへるかり

七さとゝほみくもぢすぎゆくかりがねもおなじたびとぞかへるこゑする

三月人々ちるはなをみるところ

八ちりぬべきはなみるときはすがのねのながきはる日もみじかゝりけり（伝坊門局筆本による）

ここで問題になるのは「ある屏風歌」とある六の歌である。この歌は『中務集』に「村上の先帝の御屏風に、国々の所々の名をかかせたまへる」とある名所屏風歌の歌群（二二一〜三一）中に、

いそのかみ

いそのかみふるきわたりをきてみればむかしかざしゝはなさきにけり（二四）

とある。第二句に小異はあるものの同じ歌で、中務の歌である。これがどのような事情で『清正集』に混入したか明らかでない。この歌は『和漢朗詠集』（下・五二九）に第二句に小異はみられるが、作者名はなく、これを資料にして撰んだ『新古今集』（春上・八八）にも「題不知」「読人しらず」とある。このようなことは、この歌が早い時期から『清正集』『中務集』の両集にあったためと思われる。このように作者については混乱はあったものの、この歌が「天暦御時の御屏風歌」であることは誤りなかろう。『抄』の編者も「いそのかみ」の歌が村上帝の御屏風歌であることを承知していて、この歌と同じ「ある屏風歌」に含まれる「ちりぬべき」の歌も、『中務集』にいう名所屏風絵の歌ではないが、「天暦御時御屏風歌」とみて撰んだのであろう。なお、『中務集』の名所屏風歌（二二一〜三一）については五一七参照。

『清正集』には、この歌に続いて「同じところ（「ころ」ヲ書キ損ジタカ）、藤壺の藤のがのえせられけるに」（九）と詞書のある歌がある。この詞書から、屏風歌の奉献と藤壺の藤の賀の宴とは同じころであったと考えられる。村上朝の藤花の宴は現存資料によると、次の二回が知られる。

①天暦三年四月十二日に催された藤花の宴。この宴のことは『日本紀略』に「於飛香舎有藤花宴。天皇出御。侍臣賦詩奏楽」とあるほかに、『西宮記』にも詳しい記事がある。

②天暦四年三月十四日に催された藤花の宴。この宴で詠まれた村上帝の歌が、『村上御集』（五）に「四年三月十四日ばかり、藤壺に渡らせ給ひて花をらせ給ふついでに」と詞書を付してあり、この歌は御集八二に「天暦四年三月十四日…」として重出し、『新古今集』（春下・一六四）にも「天暦四年三月十四日藤つぼにわたらせ給

て、花をしませ給ひけるに」として入集している。

このうち後者については古記録等によって確認できないが、屏風歌の奉献を藤壺で藤花の宴が催された天暦三年（九四九）ごろとすると、このころ屏風を調進するような慶事としては忠平の七十の賀があったので、そのときの屏風歌であったかと思われる。

【作者】藤原清正　中納言兼輔の二男。母は未詳。生年未詳。延長八年（九三〇）十一月従五位下に叙られ、紀伊権守、備前権守、右兵衛権佐などを歴任、天暦二年（九四八）一月に蔵人頭に補せられ、同三年一月従五位上に昇り、斎院長官、修理権亮を兼官、同四年二月近江介、同十年一月紀伊守になる。天徳二年（九五八）七月没。三十六歌仙の一人。屏風歌を多く詠む。天暦九年閏九月の「内裏紅葉合」などに出詠。『後撰集』以下の勅撰集に二十八首入集。家集に『清正集』がある。

【他出文献】◇清正集→［補説］。◇元輔集Ⅰ（二四三）、「三月はなゐいずるところ」。

あれはてて人も侍らざりける家に、桜《さくら》の花咲《さ》きて侍りけるを見侍りて

恵慶《京》法師

40　浅茅原主《あさぢはらぬし》なき宿《やど》の桜《さくら》花心やすくや風に散《ち》るらん《覧》

【校異】詞○侍らさりける家に―はへらぬところに（島）○さくらの花―桜花（島）さくらの（貞）○さきて侍けるを―さきて侍を（島）さきたるを〈「たる」ノ中間ノ右傍ニ朱デ「リケイ」トアル〉（貞）○見侍て―みて（島）みて〈「みて」ノ中間ノ右傍ニ朱デ「侍」トアル〉（貞）。

【拾遺集】春・六四。

あれて人も侍らさりける家にさくらのさきみたれて侍りけれは　　恵慶法師

あさち原ぬしなきやとの桜花心やすくや風に散覧

定春・六二。**詞**○あれて―あれはて丶。○侍りけれは―侍けるを見て。

（主が亡くなり）荒れ果てて人も住まなくなった家に、桜の花が咲いていましたのを見まして

雑草が生い茂って荒れ果て、住んでいた主が亡くなっていない家の桜の花が、誰に気兼ねすることもなく、風に散っているのだろうか。

【語釈】○人―住んでいた人。○浅茅原―丈の低い茅萱が一面に生い茂っている野原。邸宅などの荒廃したさまを表す。○主なき宿―主人が亡くなっていない家。

【補説】平安時代の「主なき宿」という語句の用例は少なく、

うちつけにさびしくもあるかもみぢばも主なき宿は色なかりけり（古今・哀傷・八四八　近院右大臣）

君がいにし方やいづれぞ白雲の主なき宿と見るがかなしさ（後撰・哀傷・一四一六　清正）

ひとりこそあれゆくことはなげきつれ主なき宿はまたもありけり（後拾遺・哀傷・五九四　赤染衛門）

あはれ知る人にはいかがみせざらん植ゑし主なき宿の桜を（行尊集一七一）

などがある。詞書によると、これらの歌の「主なき宿」の「主」は、その家の主人で亡くなった者のことで、地方官などで一時的に不在になるのとは異なる。

『源氏物語』早蕨の巻に、二条院の桜を眺めやる薫のことが、

花盛りのほど、二条院の桜を見やり給ふに、主なき宿のまづ思ひやられ給へば、「心やすくや」など独りごちあまりて、宮の御もとに参りたまへり。

と記されている。この部分は恵慶の歌によっていて、「主なき宿」は大君が亡くなった宇治の邸のことで、口ずさんだ「心やすくや」は恵慶の歌の第四句である。

　主人が亡くなり、住む人もなく荒廃してしまった邸の桜はいつもの年と同じように散っているが、散る花を見てはかないと歎く人がいないから気兼ねなく散っているのだろうととりなしている。

【作者】恵慶法師　出自・生没未詳。『中古歌仙三十六人伝』には「後拾遺集目録云、称播磨講師、寛和比人云々」とある。河原院の安法法師と親しく、そこに集う源順、能宣、兼盛、好忠、重之らと親交があった。歌人としては、百首歌の流行に応じて百首歌を詠み、「河原院歌合」に出詠、浄土寺で行なわれた探題歌会に参加。右兵衛督藤原忠君家の屛風歌や粟田山荘障子絵歌などを詠進。『拾遺集』以下の勅撰集に五十五首入集。家集に『恵慶集』がある。

【他出文献】◇時雨亭文庫蔵『恵慶集』三四、「むかし人の家ありける所のまへなりけるさくらのいとおもしろかりけるを見て」。

　　権中納言義懐家に、桜《さくら》の花《はな》をを《ゝ》しむ心《こゝろ》の歌よみ侍りける時に　　藤原長能

41　身にかへてあやな花をもを《お》しむかな《哉》いけらばのちの春もこそあれ

【校異】詞○義懐家―義懐か家（島）○さくらのはなを―桜花（島）さくらのはなを〈「のはな」ノ右傍ニ朱デ「イ無」トアリ、左傍ニ朱デ見セ消チノ符号ガアル〉（貞）○こゝろの歌―心（島）こゝろを〈「を」ノ左傍ニ朱デ見セ消チノ符号ガアリ、右傍ニ朱デ「ノ哥」トアル〉（貞）○侍ける時に―侍けるに（島）はんへりける〈「ける」ノ下ニ朱デ「ニ」ヲ補入〉（貞）。**歌**○花を―はなの（島）はるを〈「る」ノ右傍ニ朱デ「ナ」トアル〉（貞）。

【拾遺集】春・五六。

権中納言義懐卿家の桜花をおしむ歌よみ侍けるに　藤原長能

身にかへてあやなく花をおしむかないけらは後の春もこそあれ

定春・五四。詞○義懐卿家―義懐家。○桜花を―さくらの花。

権中納言義懐の家で、桜の花の散るのを惜しむ趣の歌を詠みましたときに

わが身が惜しくないと思うほどわけもなく桜の花にさえも愛着したことだ。生きていたならば、これから後に花咲く春もあるというのに。

【語釈】○身にかへて―わが身に代えて。わが身が惜しくないほどに思うさま。○あやな―筋が通らない。わけがわからない。○花をもをしむ―はかなく散る花にさえも愛着すること。○のちの春―これから後に来る春。

【補説】『俊頼髄脳』には「花を惜しみ、月をめづること、いくそばくぞ」として、この歌をあげ、「かやうに詠むと思ふに」と、花を惜しむ歌の典型的な例としている。長能が「身にかへて」と詠み出したとき、居合わせた人々は突飛で誇大な表現に仰天したことと思われる。これ以前に「身にかへて」と詠み出した例がなく、これが最初であった。その後、この歌を本歌にし、あるいは模して、

身にかへて惜しむにとまる花ならばけふやわが身のかぎりならまし（三奏本金葉・春・六七　源俊頼）

身にかへて花も惜しまじ君が代に見るべき春のかぎりなければ（新古今・賀・七三三　参河内侍）

身にかへて思ふもくるし桜花咲かぬみ山の宿もとめてむ（如願法師集三九七）

身にかへて花を散らさぬ世なりせばをしまぬ人やあやな見るべき（重家家歌合二六　賀茂政平）

など詠まれるようになった。また、これを恋の歌にも用いて「身にかへて思ふ…」と詠み出す歌も多くみられる。

このような後世への影響からみても、長能の歌は当時として斬新な詠み出しで、人々の耳目をひき、後世の人々の注視するところとなった。

この歌の詠歌事情については家集と『抄』などとは微妙な違いがある。家集によると、義懐が下﨟のころに、一条殿の桜を惜しむ歌を人々に詠ませたときの詠作である。義懐は天禄三年（九七二）十一月一日に父伊尹を失い、兄の義孝も挙賢とともに天延二年（九七四）九月に流行した疱瘡のため急逝して、一家の中心的存在になった。義懐が人々を招いて歌会を催したのは、はやくとも天延三年三月のことであろう。このとき義懐は十九歳で従五位下、侍従であった。この年三月十日には叔父の中納言為光が歌合を催し、義懐は「よしちか君」の呼称で左方一番で歌を詠んでいる。この歌合には長能も出詠していて、義懐とは以前から面識があったと思われる。

【作者】藤原長能　伊勢守藤原倫寧の男。母は刑部大輔源認の女。家集巻末の勘物で永観二年（九八四）に蔵人に補せられたとき、三十六歳とあるのによれば天暦三年（九四九）の誕生。天元五年（九八二）十月右近将監に任ぜられ、蔵人、図書頭を経て正暦二年（九九一）四月に上総介になり、寛弘二年（一〇〇五）一月に従五位上に叙せられた。寛弘六年一月二十八日に伊賀守に任ぜられたが、間もなく亡くなったらしい。歌人としては「一条大納言歌合」、「寛和元年内裏歌合」「寛和二年内裏歌合」「長保五年左大臣道長歌合」などに出詠、生涯花山院に仕え、花山院の『拾遺集』の撰集に関与したといわれる。中古三十六歌仙の一人。『拾遺集』以下の勅撰集に五十二首入集。家集に『長能集』がある。

【他出文献】◇流布本長能集（長能集Ⅰ二五）、「入道中納言下﨟におはせしとき一条殿の桜を惜心の歌人々によませ給しに」、第二句「あかなく春を」。◇異本長能集（長能集Ⅱ二九）、「入道中納言下﨟におはしける時一条殿の桜人々よみ侍しに」、第二句「あやなく花を」。

42
亭子院の歌合に

桜《さくら》散《ち》る木《こ》の下《した》風は寒《さむ》からで空《そら》に知《し》られぬ雪ぞふりける　貫《つら》之《ゆき》

【校異】詞○亭子院の歌合に―亭子院歌合（島）。

【拾遺集】春・六六。

亭子院歌合　紀　貫之

桜ちる木の下風はさむからて空にしられぬ雪そ降ける

定春・六四。詞○歌合―歌合に。

亭子院の歌合に

桜の花の散る木の下を吹く風は寒くはなくて、空には見たこともない雪が降っている。

【語釈】○亭子院の歌合―延喜十三年（九一三）三月十三日に宇多法皇が主催して亭子院で興行した歌合。判者は法皇。作者は歌合日記には左は興風・躬恒、右は貫之・是則とあるが、本文によると前記の四人の他に、法皇、伊勢、頼基、季方、雅固、兼覧王などがいた。歌題は二月（初春）、三月（季春）、四月（夏）、恋の四題、各十番で八十首であったが、夏と恋は各五番が省略されたので、披講されたのは三十番六十首であった。○木の下風―木の下を吹く風。この語は平安時代には貫之以外では安法法師、大江匡房などが用いているにすぎない。平安以後には、この歌を本歌としたり模倣した作が多い。○空に知られぬ雪―これと類似の表現として貫之には「人に知られぬ花」（古今・春下・九四）、「春にしられぬ花」（古今・冬・三二三）などがある。これらはいずれも現実にはありえない花である。ここは落花を雪に見立てて、今まで見たこともない雪といった。

【補説】この歌は貫之の代表的な名歌として、後に記すように諸書に取り上げられているが、「木の下風」「空に知られぬ雪ぞふりける」という特徴的な表現が注目されてきた。「木の下風」については［語釈］に記したように、平安時代以前には用例がなく、古今集時代になって貫之と躬恒が用いている。貫之は、この歌のほかに「延喜二年五月中宮の御屏風の和歌廿六首」と詞書のある月次屏風歌に、

六月すずみする所

夏衣うすきかひなし秋まではこのした風もやまずふかなん（貫之集一五〇）

と詠んでいる。この屏風歌の詞書の「延喜」は、時雨亭文庫蔵素寂本『貫之集』には「延長二年五月」とあり、『貫之集』の詠作年時順の配列からも、「延長」が正しいので、貫之が「木の下風」の語を用いたのは亭子院歌合が最初である。一方、『躬恒集』には、

女四宮の御屏風うた

ゆく道はまだ遠けれど夏山のこのしたかぜはすぎふ（うカ）かりけり（書陵部蔵光俊本、躬恒集Ⅰ九五）

という歌がある。この歌の「このしたかぜ」の部分は本文に問題がある。この歌は『抄』八二にもあり、第三句「このしたかぜは」が「このした影は」とあり、この方が次の「すぎ」とも呼応する本文になっている。したがって、躬恒が「木の下風」の語を用いたか疑義がある。たとえ用いたにしても、「女四宮の屏風歌」の詠進は延喜十八年二月で（貫之集九七詞書）、亭子院歌合より後であるので、この語を最初に用いたのは貫之で、貫之の造語と考えられる。

次に「空に知られぬ雪」という表現についてみると、同じ表現は平安時代には例がなく、当時の人々にも斬新な表現として注目されたようで、『貫之集』（九〇四、九〇五）には、

春源といふ大徳の桜の花をうすがみにつつみて

空しらぬ雪かと人のいふと聞く桜のふるは風にざりける

とある返し

吹く風に桜の浪のよる時はくれ行く春を空かとぞ思ふ

と、「空に知られぬ雪」の表現をめぐる、春源と貫之の応酬がある。これについては加藤幸一氏に「紀貫之の表現―『貫之集』所収贈答歌二組をめぐって―」（『中古文学』第四一号、昭和63・5）があり、これに対して渡辺秀夫氏「桂冠詩人への道―貫之の歌人形成」（『国文学』昭和63・11　学燈社）は別の読みを提示しているが、このことについては両氏の論稿を参照願いたい。

「空にしられぬ雪」という表現を用いた歌は、中世には、

雲のうへに散れる桜の花をもや空に知られぬ雪と見るらん（御裳濯和歌集・春下・一五七　空仁法師）

思ひきや空に知られぬ雪もなほ雲の上までちらむものとは（玉葉・春下・二四三　蓮生法師）

風吹けば空に知られぬ雪をさへまどにあつむる軒の梅が枝（現存和歌六帖・五五九　法印尊海）

などと詠まれ、さらにこれを変容させて「春に知られぬ雪」として、

谷深み春に知られぬ雪のみぞうき世に消えぬためしなりける（教長集六六）

夕日さすかた山かげの遅桜春に知られぬ雪かとぞみる（林下集五三）

などとも詠まれている。

この歌は貫之の代表的な名歌として多くの秀歌撰などにとられているが、『古今集』『後撰集』にとられなかったことについて、『拾遺抄註』には清輔の説を引いて、

清輔朝臣云、古今ハ四人撰之。故三人不珍歟。貫之撰玄之玄新撰也。時人云、後撰者除新撰之故不入之歟。又古今承均法師歌云、サクラチル花ノ所ハ春ナガラ雪ゾフリツヽキエガテニスル。初五文字并以花疑雪之条、同故不入之歟云々。私曰、是ハ俊成卿説也。新撰ニハ二首トモニ入之。不依此義歟。

とある。ここにいう俊成の説とは『古来風体抄』下に、

この歌は古今集の承均法師の、花のところは春ながらといへるうたの、ふるきさまなるを、やはらげてよみなしたれば、すゑの世の人のこゝろにかなへるなり。

とあるのをいうのであろう。承均法師の歌は『古今集』（春下・七五）に、

雲林院にて桜の花の散りけるをみてよめる

桜散る花の所は春ながら雪ぞふりつつ消えがてにする

とあり、詩想は同じであるが、承均の歌の表現が平凡であるのに対して、貫之の歌には前にみたように「木の下風」という新造語を用いた独自の洗練された表現や、「空にしられぬ雪ぞふりける」という工夫された表現がみられ、単純に承均の歌を模倣・翻案したものではない。

この歌についての先人の評価として、『亭子院歌合』では躬恒の、

わが心春の山べにあくがれてながながしひをけふもくらしつ

という歌と番えられて「勝」になっている。また、『俊頼髄脳』では秀歌について述べた後で、その具体例として、この歌を掲げている。公任がこの歌を『金玉集』をはじめとする秀歌撰に選入したことで貫之の代表歌に数えられ、中世には慈円、後鳥羽院が、この歌を本歌として、

散りつもる花こそ雪の色ならめ木の下風もなほ寒きまで（拾玉集四七三五）

雪のあした木のした風は寒けれど桜もしらぬ花ぞ散りける（千五百番歌合一九五〇　後鳥羽院）

などと詠んでいるので、高い評価を受けていたことが知られる。

【作者】紀貫之→七。

【他出文献】◇亭子院歌合→［補説］。◇貫之集八一八、「はる歌あはせさせ給ふに歌ひとつたてまつれと仰せられしに」。◇躬恒集（書陵部蔵光俊本、躬恒集Ⅰ五二）。◇新撰和歌八一。◇金一四。◇深。◇三。◇前。◇朗詠集一三一。◇古今六帖四一八二。

題不知　　　　　　　　　　　　読人不知

43　あしひきの山路《地》に散《ち》れる桜《さくら》花消《き》えせぬ春の雪かとぞ見る

【校異】 **詞**○題不知―題読人不知（島）。**歌**○ちれる―ちれる〈右傍ニ「シケィ」トアル〉（貞）。

【拾遺集】 春・六七。

題不知　　　　　　　　　　　　読人不知

あし引の山路に散れる桜花消せぬ春の雪かとそみる

［定］春・六五。**歌**○山路―山地。

題知らず

山道に散っている桜の花は、消えることなく残っている春の雪かと思った。

【語釈】 ○あしひきの―「山」「峰」などにかかる枕詞。後には「あしびき」とも。○山路―山道。『抄』には「山路」の語は五例あり、底本の表記は「山地」（四三、一二六）、「やま地」（一六一）、「山ち」（六九、一五〇）とある。校合に用いた島本、貞和本の該当箇所には「山地」「やま地」の表記はみられない。『抄』では底本固有の表記である。この五例の『集』の該当箇所の表記をみると、『集』の異本系統の具世本は「山路」であるが、定家本は五例とも「山地」である。これについて『新大系』には「定家本の文字遣い」と脚注にある。『集』の定家本には『抄』にない「やまぢ」の語を用いた歌が二首あるが、それらの表記も「山地」である。『集』以外でも定家本系統の伊達本『古今和歌集』、冷泉為相筆本『後撰和歌集』なども「やまぢ」に「山地」の表記を用いている。本書の底本である書陵部本に定家本特有の「山地」という表記がみられることから、書陵部本は定家がいうところの「拾遺抄証本」と関係があるのだろうか。〇消えせぬ春の雪―春になっても消えずにある雪。残雪。落花を「雪」に見立てた。

【補説】「消えせぬ雪」と桜花のまぎれは二四にもみえ、そこでは峰つづきに咲いている桜花で、吉野山を遠望して詠んだものであった。この歌では落花と消えせぬ雪のまぎれを詠んだもので、「山路（地）」は実景としては吉野山のような奥深い山であろう。『詞花集』（春・三七）には摂津の、

　桜花ちりしく庭をはらはねば消えせぬ雪となりにけるかな

という歌がある。詠歌事情は異なるが、散りしく落花を「消えせぬ雪」とみる着想は四三を模したものであろう。

　　北宮の裳着《ぎ》の時の屏風に

44　春深《はるふか》くなりぬと思《おも》ふを桜花《さくら》散《ち》る木《こ》のもと《本》はまだ雪ぞ降《ふ》る

【校異】 **詞**〇北宮―北院〈「院」ノ右傍ニ朱デ「宮」トアル〉（貞）〇裳きの時の―着裳の（島）御裳着の〈「御」ノ左傍ニ朱デ見セ消チノ符号ガアリ、右傍ニ「イ無」トアル。マタ「の」ノ下ニ補入ノ符号ガアリ、右傍ニ朱デ「時の」トアル〉（貞）〇屏風に―屏風哥（島）御屏風に〈「御」ノ左傍ニ朱デ見セ消チノ符号ガアル〉（貞）。**歌**〇おもふを―おもふに〈「に」ノ右傍ニ朱デ「ヲィ」トアル〉（貞）〇また雪そふる―なをゆきそふる〈「なを」ノ右傍ニ朱デ「マタィ」、「ふる」ノ右傍ニ朱デ「フリケルィ」トアル〉（貞）。

【拾遺集】 春・六五。

　北宮のもきの御屏風に　　読人不知

春ふかくなりぬとおもふをさくら花ちる木のもとにまた雪そふる

定春・六三。詞○御屏風に―屏風に。○読人不知―つらゆき。歌○もとに―もとは。

北宮の裳着の時の屏風に

春は深くなったと思うのに、桜の花が散る木のもとは、まだ雪が降っている。

【語釈】○北宮―醍醐天皇第十四皇女康子内親王。母中宮穏子。延喜二十年（九二〇）誕生。天暦八年（九五四）三月准三后、この年九月以後に師輔と結婚、翌九年に深覚を生む。天徳元年（九五七）六月六日に公季を生み、同日没。○裳着―女子が成人して初めて裳を着る儀式。康子の裳着は承平三年（九三三）八月二十七日に行なわれた。○雪ぞ降る―花が散るのを雪が降るのに見立てた。

【補説】この歌の作者は『抄』では前歌と同じく「読人不知」としていて、『集』の具世本にも「読人不知」とあるが、『抄』の貞和本には詞書と歌との間に「貫之イ」という朱筆の書入れがあり、『集』の定家本も作者を「つらゆき」とする。しかし、『貫之集』にはない。この屏風歌が詠進された承平三年八月には貫之は土佐守として赴任して都にはいなかったので、この屏風歌を詠進しなかったと思われ、作者は貫之ではないだろう。

この康子内親王の裳着の折の屏風歌は『抄』（夏・六九　公忠）、『集』（雑春・一〇〇三　右近）などのほか、西本願寺本『伊勢集』（七七）、『頼基集』（八）などにもある。このなかで詠歌事情を詳細に伝えているのは『伊勢集』で、「北の宮の御裳たてまつるに、かむのおとどの御送物の御屏風歌、ここにたてまつりたまふかぎり」とある。

この屏風歌については、北宮の御裳着のときに尚侍藤原満子が献進しようとした屏風の歌を詠んだとする『伊勢集』『公忠集』に対し、『頼基集』では、尚侍に御礼として贈られる屏風の歌を詠んだことになっている。康子内親王の裳着について記した『西宮記』（巻二十・内親王裳着）には「給尚侍物、四尺屏風一雙」とあり、『頼基集』にいうように尚侍に屏風が贈られている。

45　天暦御時の歌合　命婦少弐

あしひきの山がくれなる桜《さくら》花散《ち》り残《のこ》れりと風に知《し》らすな

【校異】詞○歌合―歌合に（島・貞）。

【拾遺集】春・七〇。

天暦御時の歌合に　少弐命婦

あしひきの山かくれなるさくら花散のこれりと風にしらすな

㊛春・六六。詞○御時の―御時。歌○しらすな―しらるな。

村上天皇の御代の歌合に

山隠れにある桜の花よ、まだ散り残っていると風に知らせるなよ。（風が知ると吹き散らしてしまうから）。

【語釈】○天暦御時の歌合―村上天皇の御代の天徳四年（九六〇）三月三十日に催された「天徳四年内裏歌合」。○山がくれ―山に隠れて見えないところ。山陰。○風に知らすな―『集』の定家本に「風にしらるな」とあるほかは、「風に知らすな」とある。定家本では「風に知られるな」と桜に呼び掛けているが、『抄』の「風に知らすな」の本文では「風に知らせるな」と桜に呼び掛けていることになる。本文としては「しらるな」の方がよいと思われる。

【補説】この歌は「天徳四年内裏歌合」では、七番右方の中務の「年ごとに来つつわが見る桜花霞もいまは立ちな隠しそ」という歌に番えられて勝になっている。その判詞には、

左歌いとをかしくて、さてもありなむ。右歌いづらに来つつは見るぞ、頗荒涼也。いまはといふことばよしなきことなり。仍以左為勝。

とある。

この歌の第五句については、この歌を本歌とする歌や模倣した歌などをみると、

まだ散らぬ花もやあると尋ねみむあなかましばし風に知らすな（小大君集四八）

みよし野の山下陰の桜花さきてたてると風に知らすな（金槐集・春・四七）

など、「風に知らすな」という本文が多く、第五句は「風に知らすな」が原型本文として受け入れられていた。しかし、平安時代の人々は、桜が風に「散り残れり」と知らせるとみていたのだろうか。

花はおのずから散る以外に、風にさそわれて散るとみて、

吹く風のさそふものとは知りながら散りぬる花のしひてこひしき（後撰・春下・九一）

ならひありて風さそふとも山桜たづぬるわれを待ちつけて散れ（山家集八四）

花さそふ風は吹くとも九重のほかにはしばし散らさずもがな（万代・春下・三二〇　謙徳公）

などと詠まれている。また、

山隠れ風に知られぬ花しあらば春はすぐとも折りてながめむ（好忠集八〇）

春風に知られぬ花や残るらんなほ雲かかるをはつせの山（雲葉集・春中・一九九　宜秋門院丹後）

などのように、風に知られない花が散り残っていると詠んでいて、桜の方からおのれの存在を風に知らせることはなかったと思われるので、「風に知らるな」の本文の方が理にかなっている。

【作者】少弐命婦　「坊城右大臣師輔前栽合」「天徳四年内裏歌合」『村上天皇御集』『九条右大臣集』『後撰集』

『拾遺集』『栄花物語』などにもみえ、萩谷朴氏（平安朝歌合大成二）によって、家系は不明であるが承平元〜五年（九三五）のころから宮仕えしていたので、天徳四年（九六〇）には四十を越した古参の女房であったこと、『勅撰作者部類』に滋野内侍と同一人としているが、別人かも知れないことが指摘されている。その後、山崎正伸氏「小弐命婦出自考」（『二松学舎大学人文論叢』12、昭和52・10）は『朝忠集』などを新たな資料として、少弐は橘公頼の女で、その生年は延喜七、八年（九〇八）であるといわれた。これによれば、村上天皇が生まれた延長四年（九二六）には推定年齢二十歳で、村上天皇の乳母にふさわしい年齢か疑問がある。『抄』一九八には、「命婦少弐」が豊前に下向するときに、村上帝が餞の宴を催され、被物を賜ったことがみえるが、これも「命婦少弐」が村上帝の乳母でなければありえないことである。この豊前に下向する人物を、山崎氏は公頼女の少弐乳母の夫の豊前守橘仲遠であるといわれているが、このことについては一九八の［補説］で取り上げるので、参照されたい。いずれにしても、公頼に少弐と呼ばれた女がいたことは知られるものの、それが『抄』の「少弐命婦」（または少弐乳母）と同一人であるかは確かでない。四五の歌は「天徳四年内裏歌合」で詠まれた歌であるので、少弐はその歌合に出詠した人物であるとしかいえない。

【他出文献】◇天徳四年内裏歌合（廿巻本、桜、七番左）。

46

大和《山と》にくだり侍りけるに、井手《で》といふ所に、山吹のいとおもしろく咲《さ》きて侍りけるを見侍《はべ》りて

恵慶《京》法師

山吹の花《はな》のさかりに井手《で》に来《き》てこの里《さと》人になりぬべきかな《哉》

【校異】詞○山とに―大和に〈右傍ニ朱デ「ヤマサトニィ」トアル〉（貞）○おもしろく―をかしう（島）○見

はへりて―みて（貞）。

【拾遺集】春・六九。

ゐてといふところにやまふきのいとおもしろくさきて侍りけるところに

恵慶法師

やまふきの花のさかりはゐてにきて此さと人になりぬへきかな

定春・六九。**詞**○やまふきの―山吹の花の。○いと―ナシ。○さきて侍りけるところに―さきたるを見て。**歌**○さかりは―さかりに。

大和に下向しましたときに、井手という所で、山吹がたいそう趣深く咲いていましたのを見まして

山吹の花盛りに井手にやって来て、（花に魅せられて、このまま）この里の住人になってしまいそうだ。

【語釈】○大和―旧国名。現在の奈良県。○井手―山城国の歌枕。京都府綴喜郡井手町大字井手。木津川に注ぐ玉川下流の扇状地。歌枕として、景物として山吹・蛙を詠み込んだ歌が多い。「かはづ鳴く井手の山吹散りにけり花のさかりにあはましものを」（古今・春下・一二五）。

【補説】この歌は時雨亭文庫蔵『恵慶集』（三六）に「やまとにまかるに、ゐでといふ所、いとおもしろし」と詞書があり、第四句を「このさと人と」とある。山吹の花に魅了されたことを、「この里人になりぬべきかな」と表現したところが、この歌のすべてであると言える。『続後撰集』（秋下・四二七）にある源倫子の、

見れどなほあかぬ紅葉の散らぬまはこの里人になりぬべきかな

という歌は恵慶の歌を模したものであろう。

【作者】恵慶→四〇。

【他出文献】◇恵慶集→［補説］。◇玄玄集三八。

天暦御時の歌合に　　源順

47 春《はる》ふかみ井手《ゐで》の川波《かはなみ》立ちかへり見てこそ行《ゆ》かめ山吹の花《はな》

【校異】詞○天暦御時の―天暦御時（島）天暦御時〈「御時」ノ左傍ニ朱デ見セ消チノ符号ガアリ、右傍ニ朱デ「三年ィ」トアル〉（貞）○歌合に―歌合に〈「に」ノ右傍ニ「イ無」トアル〉（貞）。

【拾遺集】春・七二。

天暦御時歌合に　　源順

春ふかみゐての河波立かへりみてこそゆかめやまふきの花

定春・六八。

村上天皇の御代の歌合で

春が深まって山吹が咲く時期となった。井手の川波が高く打ち寄せては返るように、井手の里に立ち戻って山吹の花を見てから帰ろう。

【語釈】○天暦御時の歌合―「天徳四年内裏歌合」。四五参照。○春ふかみ―春が深まり。歌合本文は十巻本、廿巻本ともに「はるかすみ」とある。○井手の川波―井手の玉川の川波。○立ちかへり―波が高く打ち寄せては返り。引き返す意の「たちかへり」を掛ける。

【補説】「天徳四年内裏歌合」（『平安朝歌合大成一』所収）において「欵冬」の題で詠まれた歌（一五）である。歌合では兼盛の「一重づつ八重山吹はひらけなむほどへて匂ふ花とたのまむ」（一六）という歌に番えられて「勝」になっている。歌合では第一句が「春がすみ」となっているが、その他の文献では『歌林良材抄』（一一四）に、

山城の井手の川波立ちかへり見てこそゆかめ山吹の花

とあるほかは「春ふかみ」とあり、これが平安時代に通行した本文であったようで、この歌を本歌として詠まれた、

春深み井手の川水影そはば幾重かみえん山吹の花（匡房集二八）
春ふかみ井手の川風のどかにて散らでぞなびく山吹の花（拾玉集七二〇）
春ふかみゐでの川波をりをえて盛ににほふ山吹の花（正治初度百首二一二〇　宜秋門院丹後）
春ふかみかはづのすだく声すなりゆきてやみましゐでの山吹（永久百首一二六　大進）

なども、初句は「春ふかみ」である。

【作者】源順　左馬助挙の男。延喜十一年（九一一）生。天暦七年（九五三）十月、四十三歳で文章生になり、勘解由判官、東宮蔵人、民部大丞などを経て、康保三年（九六六）一月従五位下に叙せられ、同四年一月に和泉守となる。天延二年（九七四）十一月従五位上に昇り、天元三年（九八〇）一月能登守に任ぜられ、永観元年（九八三）任地で没した。七十三歳であった。漢詩文にも優れ、『扶桑集』『本朝文粋』などに選ばれている。歌人としては、天暦五年十月に撰和歌所が置かれ、元輔・能宣らと寄人になり、『後撰集』の撰集と『万葉集』の訓読に従事した。「天徳四年内裏歌合」「三条左大臣頼忠前栽歌合」などに出詠、「規子内親王家歌合」の判者をつとめ、「源順馬名歌合」という異色の歌合を主催。この他、「あめつち歌」「双六盤歌」「碁盤歌」など新しい試みを行なう。三十六歌仙の一人。『拾遺集』以下の勅撰集に約五十首入集、家集に『順集』がある。

【他出文献】◇天徳四年内裏歌合、欹冬、第一句「春がすみ」。◇順集一八五。

題不知　　　読人不知

48 沢《さは》水にかはづなくなり《成・》山吹《やまぶき》のうつろふ色《いろ》や底《そこ》に見《み》ゆらん

【校異】詞○題不知―題読人不知（島） 歌○うつろふいろ―うつろふかけ〈「かけ」ノ左傍ニ朱デ「イロィ」トアル〉（貞）。

【拾遺集】春・七三。

題不知　　　読人不知

さはみつに河つなくなり山ふきのうつろふかけやそこにみゆらむ

定春・七一。歌○河つ―かはつ。

題知らず

沢の水たまりで蛙が鳴いているようだ。山吹の花の散る姿が映って水底に見えているからだろうか。

【語釈】○題不知―「亭子院歌合」で「季春（三月）」の題で詠まれた。○沢水―沢にたまっている水。沢の水の流れが淀んでいるところ。○かはづなくなり―蛙が鳴いているようだ。蛙が山吹の花の散るのを嘆き悲しんで鳴いているとみた。○うつろふ色―「うつろふ」は花が散っていく意の「移ろふ」と水面に映っている意の「映ろふ」の両義を表す。「色」は様子、姿の意。○底に見ゆ―水面に映る影を、水底にみえると表現した。一八参照。

【補説】この歌は延喜十三年（九一三）三月に催された「亭子院歌合」で「季春」の題で詠まれたもので、十巻本では右方の「散りてゆく方をだに見む春霞花のあたりは立ちも去らなむ」という歌に番えられて、「負」になっている（廿巻本は「散りてゆく」の歌が左方で「負」になっていて、十巻本とは逆になっている）。

沢で蛙が鳴いているのを山吹の花の散るのを嘆き悲しんでいると取り成して詠んでいる。蛙と山吹の取り合せは、

かはづ鳴く井手の山吹ちりにけり花の盛りにあはましものを（古今・春下・一二五）

しのびかね鳴きてかはづの惜しむをも知らずうつろふ山吹の花（後撰・春下・一二二）

あしひきの山吹の花散りにけり井手のかはづは今や鳴くらむ（新古今・春下・一六二　藤原興風）

などと、古今集時代から数多くある。顕昭は『六百番陳状』（蛙、寄煙恋）において、「只古詩歌の趣、蛙の鳴くを待ちて款冬咲くと見えたり」といっているが、山吹の花の散るのを惜しんで蛙が鳴いているという詩想の歌も多い。

また、川面に映る物を「底」に映るというのは古今集時代からの常套的表現で、山吹についても、

吉野川岸の山吹吹く風にそこの影さへうつろひにけり（古今・春下・一二四　貫之）

そこ清く井手の河瀬にかげ見えていまさかりなる山吹の花（流布本長能集一三五）

かはづなくみつのを川の水清み底にぞうつる岸の山吹（堀河百首二九二　源師頼）

などと詠まれている。

【他出文献】◇亭子院歌合→［補説］。◇古今六帖一六〇四、第四句「うつろふかげや」。

49　我やどの八重山吹はひとへだに散《ち》り残《のこ》らなん春のかたみに

【校異】歌○八重山吹は―やの山ふきは（島）やえやまふきの〈「えや」ノ間ニ右傍ニ朱デ「のィ」、「の」ノ右傍ニ朱デ「ハィ」トアル〉（貞）。

【拾遺集】春・七四。

我やとのやえ山吹のひとへたに散残なむ春のかたみに

㊀春・七二。歌○山吹の―山吹は。

わが家の庭先の八重山吹は、せめて一重だけでも散り残ってほしい。春の形見として。

【語釈】○やど―庭先の植込み。前庭。○八重山吹―ヤマブキの品種。花片が幾重にも重なって咲き、実は生らない。○ひとへ―花片が一枚ずつで重ならないこと。「八重」に対していう。八重山吹と一重山吹とは別の品種であるが、ここは花の付き方に注目して八重に一重を対比させた。○春のかたみ―春を思い出すよすがとなるもの。山吹は『古今集』以来、晩春の景物として詠まれているところから、「春のかたみ」と言った。

【補説】八重山吹の散るのを見て、せめて一重だけでも春の形見として散り残ってほしいと望む。「麗景殿女御歌合」において、「八重咲けるかひこそなけれ山吹の散らば一重もあらじと思ふに」と詠まれているように、八重山吹であっても、散るときには一重も残らずに散ることを承知していながらも、散り残ってほしいと望む気持ちが助詞「だに」によって表されている。

　この歌の作者は公任撰の『和漢朗詠集』では兼盛としているが、『兼盛集』にはない。この歌は「天徳四年内裏歌合」において、兼盛が、

一重づつ八重山吹はひらけなむほど経て匂ふ花とたのまむ（欵冬・右）

と詠んだ歌と関連があろう。この歌では八重山吹が咲くときの様子を「一重づつひらけなむ」と詠んでいるが、四九は散るときの様子を「ひとへだに散り残らなん」と詠んでいて、兼盛の歌とは開・落と逆の関係にあるが、着想は同じである。

【作者】兼盛は「麗景殿女御歌合」にも作者として参加していて、四九と関連のある歌が兼盛の周辺にあることから、四九の兼盛作者説が生じたものであろう。兼盛→一一。

【他出文献】◇朗詠集、一四三、兼盛。

亭子院歌合に　坂上是則

50 花色《はなのいろ》をうつしとゞめよ鏡《かゞみ》山春よりのちの影《かげ》や見ゆると

【校異】ナシ。

【拾遺集】春・七五。

亭子院歌合に　坂上是則

花の色をうつしとゝめよかゝみ山春より後のかけやみゆると

㊍春・七三。

亭子院歌合に

花の姿を映してとどめておいておくれ、鏡山よ、春が過ぎ去った後に花の姿が見られるようにと思うので。

【語釈】○亭子院歌合—四二参照。○花色—花の姿。○鏡山—近江国の歌枕。現在の滋賀県蒲生郡竜王町と野洲郡野洲町との境にある山。「鏡」の語をもつところから、「うつしとどめよ」といった。○春よりのちの影や—「影」は姿の意。春が過ぎ去った後の花の姿。しかし、映し留めた現在の「花の色」によって、どうして「春よりのちの影」が見えるのか、説明がつかない。ここは「亭子院歌合」の本文が「はるよりのちにかげやみゆる」(十巻本)、「はるのくれなむのちもみるべく」(廿巻本)などとあるように、「春よりのちに影や見ゆると」とあるのが原型本文であろう。逝く春を惜しんで、春が過ぎ去った後にも花の姿がどんなであったか見られるように鏡に映し留めてくれと詠んだものである。

【補説】この歌の詞書と作者名表記について、貞和本には朱筆で「此哥并作者次下ノ哥ニアリ」と注記があり、次の五一の詞書「題不知」の下にも朱筆で「前哥ノ詞名此哥ニアリ」との注記がある。これによると五〇の詞書と作者名は五一のものになるが、五〇は「亭子院哥合」に是則の作としてみえる。

「鏡山」を詠んだ歌は『古今集』から見られるようになる。作者には読人不知(古今・雑上・八九九)、素性(後撰・秋下・三九三)、貫之(後撰・秋下・四〇五)、忠岑(時雨亭文庫蔵枡形本『忠岑集』(八七))、黒主(古今・大歌所御歌・一〇八六、寛平九年作)などがいる。おそらく大嘗会の悠紀・主基に近江国が卜定されたときに詠まれた黒主の歌が古例と思われる。

【作者】坂上是則　左少将好蔭の男。生没年未詳。延喜八年(九〇八)一月大和権少掾、少監物、中監物、少内記などを歴任、延喜二十一年大内記となり、延長二年(九二四)一月従五位下に叙せられ、加賀介となる。歌人としては「寛平御時后宮歌合」「左兵衛佐定文朝臣歌合」「亭子院歌合」などに出詠。延喜七年九月十日の宇多法皇の大井川御幸に、躬恒、頼基、忠岑、貫之らと九題の和歌を詠む。『古今集』以下の勅撰集に約四十首入集。家集に『是則集』がある。

【他出文献】◇亭子院歌合→［語釈］。◇是則集五、第四・五句「春のすぎなんのちもみるべく」。

題不知　　読人不知

51　年中《としのうち》はみな春《はる》ながら暮《く》れなな《ゝ》む花見てだにも憂《う》き世《よ》過《す》ぐさん

【校異】詞○題不知―たいよみひとしらす（島）題不知〈右傍ニ朱デ「イ無」トアル。前歌［補説］参照〉（貞）○読人不知―読人不知〈右傍ニ朱デ「イ無」トアル〉（貞）。

【拾遺集】春・七六。

題不知　　読人不知

年のうちはみな春ながらくれなゝむ花みてたにもうき世過さむ

定春・七五。歌○過さむ―すくさむ。

一年中は春の花盛りのままで暮れてほしい。せめて花を見てだけでもして、つらいこの世を過ごそう。

【語釈】○みな春ながら―一年中は春の花盛りのままで。○花見てだにも―せめて花を見てだけでも。

【補説】この歌は「寛平御時后宮歌合」には「年のうちはみな春ながらはてななむ花をみてだに心やるべく」（一四）とあり、『新撰万葉集』（下・春・八）にも「年内　皆乍春　過那南　花緒見手谷　心可遣久」とあって、歌詞に相違がみられる。第三句「くれななむ」は歌合には「はてななむ」、『新撰万葉集』には「過那南」とあり、この部分は三様の本文がみられる。第四、五句は『新撰万葉集』も歌合本文に一致する。この歌を本歌として詠

んだ歌には、

　よき女藤の花をもてあそぶ

ひととせは春ながらにも暮れななん花の盛りをあくまでも見ん（歌仙家集本系統兼盛集一八一）

ひととせはみな春ながらすぎななんのどかに花の色をみるべく（伏見院御集一四七）

などがある。『兼盛集』は第三句が「暮れななん」で『抄』に一致し、『伏見院御集』は「すぎななん」で『新撰万葉集』に一致する。

　第五句は『抄』『集』とも「うき世過ぐさん」とあるが、歌合本文は「心やるべく」とある。「心やる」は鬱屈した感情を解放してはればれとさせることで、より積極性がみられるが、「憂き世過ぐさん」は消極的とも言える。

【他出文献】◇寛平御時后宮歌合→［補説］。◇新撰万葉集→［補説］。

補1　春霞《はるがすみ》たちわかれ行《ゆ》く山道《やまみち》は花こそぬさと散《ち》りまがひけれ

【校訂注記】コノ歌ハ底本ニナイガ、島本（五二）・貞和本（五二）ニアルノデ、島本ニヨッテ補ッタ。

【校異】歌○やまみちは―山みちに〈「に」ノ右傍ニ朱デ「ハィ」トアル〉（貞）。

【拾遺集】春・七七。

　春霞立ちわかれゆく山路には花こそぬさと散まかひぬれ

［定］春・七四。**歌**○山路には―山みちは。○まかひぬれ―まかひけれ。

春霞が立つように春が別れて立ち去っていく山道は、花が幣のように散り乱れていたことだ。

【語釈】○春霞―春霞が立つということから、「立つ」や「立つ」と同音を含む語にかかる枕詞。また、「春霞」は「春」を表徴するもの。○ぬさと―旅の安全を祈って道祖神などに手向ける物。布・帛・紙などを用いた。旅に出るときは幣を入れた幣袋を携行した。「と」は、…として、…のようにの意。○散りまがひけれ―「散りまがふ」は散り乱れるの意。幣として手向けた紙または布帛は細かく切断したものであったらしい。

【補説】この歌は『集』の諸本にもあり、底本の誤脱歌と考えられる。

春を擬人化して、行く春をあたかも旅人が旅立つように取り成し、春が過ぎて行く山道に散り乱れる花を幣に見立てて詠んでいる。道祖神に手向ける幣は、

白雲のこなたかなたに立ち別れ心をぬさとくだく旅かな（古今・離別・三七九　良岑秀崇）

と詠まれているように、布帛や紙などを細かく切ったものであった。また、過ぎ行く季節を旅人に見立てて、その時季の景物を幣として手向けて去ってゆくという類型の歌は、

神奈備の山を過ぎ行く秋なれば龍田川にぞ幣は手向くる（古今・秋下・三〇〇　清原深養父）
道知らば訪ねもゆかむ紅葉ばをぬさと手向けて秋はいにけり（古今・秋下・三一三　躬恒）
ふる雪を空にぬさとぞ手向けつる春のさかひにとしのこゆれば（新勅撰・冬・四四二　貫之）
足柄の山の手向にいのれどもぬさと散りかふ花ざくらかな（長秋詠草二一六）

などとあり、秋が紅葉ばを幣として手向ける例が圧倒的に多く、春が花を幣として手向けていくという歌は、平安中期までは「補一」の歌があるのみで、平安末期以後に、

惜しめどもとまらぬ春のゆくかたに花をぬさとも手向けつるかな（前斎院摂津集五二）
遅桜ぬさと散りかふ山里はなほ春とこそあやまたれけれ（為忠家初度百首一六七）

くれてゆく春の手向けやこれならむけふこそ花はぬさと散りけれ（新後撰・春下・一五五　後嵯峨院）
などと詠まれるようになった。

【他出文献】◇如意宝集・春。

延喜御時東宮屏風歌　　　　貫之

52　風吹《ふ》けば方《かた》も定《さだ》めず散《ち》る花をいづ方《かた》へ行く春《はる》とかは見む

【校異】詞○御時―御時の（島）○東宮屏風歌―御屏風に（島）春宮御屏風に〈「に」ノ右傍ニ朱デ「哥」トアル〉（貞）。歌○見む―みる〈「る」ノ右傍に「む」トアル〉（島）。

【拾遺集】春・七八。

延喜御時東宮の御屏風に　　　　紀貫之
風ふけはかたもさためすちる花をいつかたへゆく春とかはみむ

定春・七六。**詞**○東宮の―東宮。○紀貫之―つらゆき。

醍醐天皇の御代に東宮の屏風の歌

風が吹くと、風向きのまま行方も定めず舞い散る花を見て、春はどちらの方角に去って行くと見たらよいだろうか。

【語釈】○延喜御時―醍醐天皇の御代。四参照。○東宮屏風歌―醍醐帝時代の「東宮」としては保明親王・慶頼王・寛明親王がいた。この歌は［補説］に記すように延喜十九年（九一九）に詠進されたので、「東宮」は保明親王。○方も定めず―風向きのまま、どの方角ということなく。○いづ方へ行く―花の散っていく方角に春も去って行くとみている。

【補説】春は散りゆく花とともに、花の散りゆく方に去っていくという詩想である。これは川面に落ちた紅葉の流れゆく先を秋のとまりとみるのと類似の詩想であるが、秋の場合ほど受容されなかったようで、類例はない。

この歌は『貫之集』に「延喜十九年東宮の御屏風の歌、うちより召し十六首」と詞書のある歌群（一二七～一三八）の第二首目に「三月花散る」としてみえる。この歌群は西本願寺本（二七九～二九〇）には「延喜十九年春東宮御息所御屏風の料歌、依内仰献之」と詞書があり、「東宮」が「東宮御息所」となっている。

この東宮は保明親王のことであり、一方、「東宮御息所」は東宮の母である御息所の意で、東宮保明親王には穏子がこれに当る。穏子は延喜元年三月に女御になったが（日本紀略）、『貞信公記抄』では延長元年（九二三）四月二十六日に立后するまで、「御息所遷給西五条院」（延喜二十年五月十九日の条）などと「御息所」の呼称が用いられているので、「東宮御息所」は穏子のことである。

天皇が貫之に歌の献進を仰せられたのは、東宮または穏子のいずれにしろ、慶賀すべき事があったからであろう。穏子は仁和元年（八八五）の誕生であるので、延喜十九年には三十五歳で、本人の算賀はない。しかし、兄の忠平は四十歳であったので、穏子が忠平の四十の賀の祝いをすることはありうる。『貞信公記抄』の延喜十九年十月十一日の条には「東宮御息所有賀事」とあり、同様の事は『日本紀略』にも「女御藤原氏於東宮賀右大臣四十算」とみえる。この「東宮御息所」に『大日本古記録』は「藤原貴子」と傍注を施し、『日本紀略』にも「貴子」と傍注がある。貴子は忠平の女で、延喜十八年四月三日に東宮に参り、御匣殿別当（吏部王記、延長九年四月二十六日の条）から天慶元年（九三八）十一月に尚侍になっている。したがって、前掲『日本紀略』の「女御藤原氏」に貴子を当てることはできない。これに対し、穏子は前記のように、東宮御息所と呼ばれているので、前掲の『貞信公記抄』の「東宮御息所」には穏子を当てるべきである。そうすると、延喜十九年に穏子は東宮御所で兄忠平の四十の算賀を催し、その折に屏風を献進しようとしたと想定することは可能であるが、前掲の『貫之集』の詞書だけでは、その屏風歌を貫之が献進したと断定できない。『貫之集』には忠平四十の算賀に関する歌として、七〇四・七〇五に、

延喜十九年、春宮のみやす所の、右の大臣の御賀たてまつり給ふとて、御かざしのれう、保忠の右大弁のよませ給ふ

心ありて植ゑたるやどの花なれば千とせうつらぬ色にざりける

年ごとに花しにほへばかぞへつつ君が千世までをらんとぞ思ふ

とあり、保忠の依頼で貫之は挿頭の歌を詠んでいて、屏風歌は別の目的で詠まれたものと思われる。

それでは何のために屏風を新調しようとしたのだろうか。穏子にかかわることとしては皇子・皇女の出産が考えられる。穏子は保明親王、寛明親王（延長元年七月二十四日誕生）、成明親王（延長四年六月二日誕生）など以外に、康子内親王を生んでいる。康子内親王は『一代要記』に「延喜二十年七月二十七日為内親王、年二歳」とあり、これによれば、延喜十九年の誕生となるが、『一代要記』に「天徳元年六月六日薨、年三十八」とあるのによると、延喜二十年の誕生となる。これは東松本『大鏡』の裏書に「延喜廿年誕生。同年十二月十七日為親王年一」とあるのと一致する。屏風の新調は康子内親王を懐妊したことと関係があるともみられるが、『貫之集（西本願寺本）』に屏風歌を召したのが「延喜十九年春」とあることが問題として残る。

【作者】紀貫之→七。

【他出文献】◇貫之集→［補説］。

53

延喜御時月令御屏風歌

花《はな》もみな散《ち》りぬるやどはゆく春のふる里とこそなりぬべらなれ

【校異】詞○延喜御時―おなし御時の（島）同時（貞）○御屏風歌―御屏風の哥（島）御屏風に〈「に」ノ右傍ニ朱デ「ノ哥」トアル〉（貞）。

【拾遺集】春・七九。

同御時月次の御屏風に

花もみな散ぬるやとはゆく春のふるさとゝこそなりぬへらなれ

定春・七七。詞○同―おなし。○月次の―月次。

醍醐天皇の御代の月令の御屏風歌

花もみな散ってしまった家は過ぎゆく春の古里にきっとなるにちがいない。

【語釈】○月令御屏風歌―『貫之集』には「延喜六年月なみの屏風八帖がれうの歌四十五首、せじにてこれをたてまつる廿首」と詞書のある歌群中（三～二二）に「三月つごもり」（八）の題で詠まれた歌である。なお、天理図書館本（貫之集Ⅱ一～二〇）には詞書が「延喜二年倭月令御屏風之料歌四十五首之内依勅奉之」とあり、詠進年時に相違がみられる。○ふる里―かつて住んでいた所。

【補説】この歌の詠作年時については、延喜六年（九〇六）、延喜二年の二説があることは［語釈］に記した通りである。『抄』には「延喜御時月令屏風歌」と詞書のある歌が四・五九・七六・九四・一一四・三九五・四一七などにもあり、貫之以外の作者は躬恒（五九・三九五・四一七）・素性（四）・読人不知（七六）などである。

このうち素性・躬恒の歌は家集の詞書に詠作年時を知る手掛りになるようなものはないが、『三十六人歌仙伝』の素性伝に、延喜六年二月に素性が内裏の襲芳舎において屏風に歌を書いたとあるのが問題解決の参考になる。なお、時雨亭文庫蔵素寂本『貫之集』にも「おなじ六年月なみの御屏風八帖が歌四十五首うちのおほせごとにてたてまつる」とあるが、これも延喜六年説を補強する資料であっても、問題解決の決定的な資料とは言えない。四参照。

この歌は『金玉集』『三十六人撰』『深窓秘抄』などの秀歌撰などにもみえ、貫之の歌としてはよく知られていて、この歌を本歌として、

いまはとて暮れ行く春のふるさとに花散るやどとならんとすらむ（正治初度百首一一三）

と詠まれている。

【作者】 紀貫之→七。

【他出文献】 ◇貫之集。◇新撰和歌一一五、第二句「ちりぬるのちは」。◇金二二。◇三。◇深。◇朗詠集五七。◇古今六帖六四、素性。

三月に閏《うるふ》月侍《はべ》りけるつごもりの日《ひ》よみ侍りける　躬恒

54　常《つね》よりものどけかりつる春なれどけふの暮《く》るるはあかずも有るかな《哉》

【校異】 詞〇三月に—三月（島・貞）〇うるふ月はへりける—ふたつあるとしの（島）〇よみ侍ける—ナシ（島）。**歌**〇あかずも—あかずそ（島・貞）。

【拾遺集】 春・八〇。

[54]

三月潤月侍けるつこもりの日よみ侍りける　　凡河内躬恒

つねよりものとけかるへき春なれとけふの暮るはあかすそ有ける

定春・七八。**詞**○三月潤月―潤三月。○つこもりの日―つこもりに。○よみ侍りける―ナシ。**歌**○のとけかるへき―のとけかりつる。

三月に閏月がありました、その晦日に詠みました

閏月が加わったので、例年よりのんびりした春ではあるが、三月晦日の今日が暮れるのは、飽き足らず名残惜しいことだ。

【語釈】○つごもりの日―「つごもり」は陰暦で月の末ごろ、月の末日をいうが、月の末日は「つごもりの日」ということが多い。○のどけかりつる―『集』の異本系の具世本や『躬恒集』には「のどけかるべき」とある。閏月が加わったので例年よりも春が長いので、「のどけし」といった。○けふ―閏三月の末日。春の最後の日。

【補説】三月に閏月のある春を「常よりものどけかりつる春」と詠んでいるが、これと類似の表現が『後撰集』（春下・一三五）の貫之の歌に対する左大臣の返歌に「常よりものどけかるべき春なれど光に人のあはざらめやは」（一三六）とある。この「左大臣」は『貫之集』（九〇三）には「左大臣さねより」とある。貫之在世中で閏三月があったのは仁和元年（八八五）、延喜四年（九〇四）、天慶五年（九四二）である。「さねより」（小野宮実頼）が「左大臣」になったのは天暦元年（九四七）四月で、閏三月のあった年と重ならないが、実頼の経歴から『後撰集』の贈答歌が詠まれたのは天慶五年であったと考えられる。

一方、躬恒の歌は『躬恒集』諸本には詠歌事情が、

三月ふたつあるとし　　（書陵部蔵光俊本、躬恒集Ⅰ二四六。時雨亭文庫蔵承空本二七〇）

うるふ三月あるつごもりの日（歌仙家集本、躬恒集Ⅴ一六七）とある。躬恒が活躍した寛平六年（八九四）〜延喜二十一年（九二一）の間で、閏三月があったのは延喜四年である。したがって、左大臣実頼の「つねよりものどけかるべき春なれど」という上句は躬恒の歌を模したものと思われる。

また、閏月が季節の終り（閏三月、閏九月など）にあるときは、季節を満喫できたはずであるのに、季節の過ぎゆくのを「をしく」「あかずもある」と感じるのは「三月尽」「九月尽」にも共通するもので、常套的表現として、

閏九月に、内にてわかれをしむころ
秋の日の日数まされる年なれど今日のくるるはをしくぞありける（清正集四二）

うるふ九月つごもりの日
常よりも秋の数そふ月なれどくれゆくけふはあかずもあるかな（二条太皇太后宮大弐集六九）

などと詠まれている。

【作者】 凡河内躬恒→五。

【他出文献】 ◇躬恒集→［補説］。

（付）貞和本には春部の最後（貞和本五六）に次の一首がある。

屏風に　　　　能宣
ちりそむるはなをみすてゝかへらめやおぼつかなしといもはまつとも
〈歌頭ノ右傍ニ朱デ「此歌幷詞作者ィ無」トアル〉

この歌は『集』には春・五九に詞書、歌詞、作者名などに異同なくみえる。

拾遺抄巻第二

夏三十二首

冷泉院の東宮におはしましける時、百首の歌進りける中に　　順

55 花《はな》の色に染《そ》めし袂《たもと》のをしければ衣かへうき今日にも有るかな《哉》

【底本原状】第五句「今日にも」ハ、「日」ト「も」ノ間ノ右傍ニ「に」トアル。

【校異】詞○冷泉院の—冷泉院（島・貞）○百首の歌—百首歌（島・貞）○順—源重之（島）源重之〈「源」ノ前ニ朱デ補入ノ符号ガアリ右傍ニ「帯刀長ィ」トアル〉（貞）。

【拾遺集】夏・八三（具世本ハ八三ノ詞書ノ作者名ト歌及ビ次ノ八四ノ歌ノ詞書ヲ脱スルノデ、天理甲本ニヨッテ括弧内ニ補ウ）

冷泉院の東宮におはしましける時帯刀のおさにて百首の歌
よみてたてまつりけるなかに　　（源重之
はなのいろにそめしたもとの惜ければころもかへうきけふにもあるかな）

定夏・八一。詞○帯刀のおさにて—ナシ。○百首の歌—百首歌。○よみてたてまつりけるなかに—たてまつれとおほせられけれは。

冷泉院が東宮でいらっしゃったとき、百首の歌を進上したなかに
花色に染めた衣が手放しがたく思われるので、衣替えをするのがつらい更衣の今日であるよ。

【語釈】○冷泉院―第六十三代天皇。天暦四年（九五〇）五月二十四日誕生。寛弘八年（一〇一一）十月二十四日没。○東宮におはしましける時―東宮に立った天暦四年七月二十三日から康保四年（九六七）五月二十五日即位するまでの間。○百首の歌進りける―重之が百首歌を詠進したのは「帯刀長」であった時。○花の色に染めし袂―「花の色」は『日本国語大辞典』などの辞書類には「花染めの色、またはその色の衣」として、重之の歌を例歌としてあげている。一方、桜色の意にとり、花への愛着から桜色に染めて春の形見としたとする説（新大系）もある。○袂―もとは袖口のあたりをいったが、多く袖、または衣をいう。○をしければ―「をし」は愛着のあまり手放しがたい気持ちを表す。○今日―更衣の日。四月一日。

【補説】『抄』の夏部は「更衣」という歳時ではじまる。これは郭公の鳴く音を待つ歌ではじまる『古今集』とは異なり、更衣の歌ではじまる『後撰集』と同じである。

この歌は詞書にも記されているように、冷泉院の東宮時代に献上された百首歌のなかの一首である。この百首歌の作者は『抄』の底本に「順」とあるが、島本や貞和本に「源重之」とあるように、この歌を含む百首歌は西本願寺本『重之集』（二二一〜三二〇）に「たちはきのをさみなもとの重之、卅日のひをたまはりて、うた百よみてたてまつらんときはたはん（四字ママ）とおほせられければ、たてまつる」と詞書を付してみえ、帯刀長である重之が献上したものである。

この歌の初句の「花の色」については［語釈］に記したように二説あるが、「更衣」を詠んだ歌をみると、

夏衣たちきるけふは花桜かたみの色も脱ぎやかふらむ（天徳四年内裏歌合二三・首夏　中務）

花散らむのちも見るべく桜色に染めし衣をぬぎやかふべき（恵慶集二一六）

桜色に染めし衣をぬぎかへて山ほととぎすけふよりぞ待つ（後拾遺・夏・一六五　和泉式部）

かたみとて深く染めてし花の色を薄き衣にぬぎやかふらん（重之女集二〇）

など、春の形見として染めたのは「桜色」とあり、「花の色」とあるのは重之とその女の歌である。中世には、

かぎりあればひとへにかふる夏衣花の色には猶やそめまし（隆信集九四）

花の色にたもとは染めぬ身なれどもよそにもをしき衣がへかな（寂蓮集一四）

などと、「花の色」に染めたと詠んだ歌がある。

【作者】源重之　生没年未詳。清和天皇の曾孫。源兼信の男、伯父兼忠の養子。冷泉天皇の東宮時代に帯刀先生となる。その年時は明らかでないが、重之は伯父の参議源兼忠の猶子で、兼忠は天徳二年（九五八）七月に五十四歳で没しているので、それ以前に重之は春宮坊に仕えたものと推測されている（目崎徳衛氏「源重之について」『平安文化史論』昭和四十三年、桜楓社）。康保四年（九六七）右近将監となり、十一月に従五位下に叙せらる。貞元元年（九七六）相模権守。長徳元年（九九五）九月ごろ、陸奥守実方に随行して陸奥に下り、その地で没す。歌人としては「重之百首」を献じ、「三条左大臣頼忠前栽歌合」に出詠。三十六歌仙の一人。家集『重之集』があり、『拾遺集』以下の勅撰集に約七十首ほど入集。

【他出文献】◇重之集→［補説］。◇如意宝集、帯刀長源重之。◇朗詠集一四六。◇古今六帖七四、重之。◇玄玄集三二、重之。

56　夏のはじめによみ侍りける　　盛明親王

花散《ち》るといとひしものを夏衣《なつ》たつやおそきと風を待《ま》つかな《哉》

【底本原状】 第五句「風をまつ哉」ノ「まつ哉」ノ右傍ニ「こそまて」トアル。
【校異】 **詞**○よみ侍ける―ナシ（島）。
【拾遺集】 夏・八三。（具世本ハ詞書ヲ脱スルノデ、天理甲本ニヨッテ括弧内ニ補ウ）

（夏のはしめによみ侍ける）　　盛明親王

花ちるといとひし物を夏衣たつやをそきと風をまつかな

定夏・八二。**詞**○盛明親王―盛明のみこ。

夏のはじめに詠みました

花が散ってしまうといって、風を避けていたのに、夏衣を裁って着ると、吹き出すのが遅いと風を待つことだ。

【語釈】 ○夏のはじめ―夏になった最初の日。立夏の日。○いとひし―「いとふ」はいやなものとして避ける。春には花を吹き散らすということで風を嫌って避けたこと。○たつやおそき―「たつ」は夏衣を仕立てる布を裁断する意の「裁つ」と風が吹き出す意の「立つ」とを掛ける。

【補説】 一般に「風を待つ」のは初秋の歌においてで、この歌のように立夏に「風を待つ」と詠んだ歌は、平安時代にはなく、既成の美意識から逸脱しているが、独自のとらえ方である。花の季節、花を散らすものとして忌避された風が、夏の到来とともに早く吹くことを期待されているというように、同じ自然現象が季節によって対照的に受けとめられているところに、撰者の関心はあったと思われる。

この歌を本歌として詠まれた歌には、

夏くれば心がはりのいつの間に花にいとひし風をまつらん（正治初度百首二〇二四　小侍従）

散り残る花を見ながら夏衣心をかへて風を待つらん（宝治百首八二〇　蓮性）

などがある。本歌の風に対する対照的な受けとめ方を、「心がはり」「心をかへて」などとみている。

【作者】盛明親王　醍醐天皇第十五皇子。母は源唱女、更衣源周子。延長六年（九二八）誕生。天慶五年（九四二）十一月に十五歳で元服したときは「源氏盛明」（日本紀略）とあり、源氏賜姓後であった。『二十一代集才子伝』には「初賜源朝臣、授正四位下、拝大蔵卿」とある。『日本紀略』の康保四年（九六七）六月二十二日の条に「大蔵卿正四位下　源盛明為親王」とあるように親王に復籍し、七月五日に四品を授けられた。その後、上野大守に任ぜられ、寛和二年（九八六）四月二十八日出家、五月八日に亡くなった。五十九歳。『拾遺集』以下の勅撰集に五首入集。

【他出文献】◇如意宝集。

57
山里の垣根《かきね》の卯《う》の花に鴬のなき侍りけるを聞《き》き侍りて　判官代公誠

卯の花を散《ち》りにし梅にまがへてや夏の垣根《かきね》に鴬《うぐひす》のなく

【校異】詞○山里―やまさと〈「さと」ノ右傍ニ朱デ「ヒトィ」トアル〉（貞）○なき侍けるをきゝ侍て―なき侍けるに（島）なきけるをきゝて〈「て」ノ右傍ニ朱デ「侍て」トアル〉（貞）○判官代公誠―判官代平公誠（島）判官代平公城〈「城」ノ右傍ニ朱デ「誠ィ」トアル〉（貞）。歌○卯花を―うのはなと〈「と」ノ右傍ニ朱デ「ヲィ」トアル〉（貞）。

【拾遺集】夏・九〇。

山里の卯花に鴬のなき侍りけるを　判官代公誠

卯花を散にし梅にまかへてや夏の垣ねに鶯のなく

定夏・八九。詞○判官代―ナシ。○公誠―平公誠。

山里の垣根に咲く卯の花に鶯が止まって鳴きましたのを聞きまして

卯の花を散ってしまった白い梅の花に見違えてなのか、夏の垣根に鶯が鳴いている。

【語釈】○判官代―上皇・女院の院司の一つ。上皇の場合は別当の下位。在位中に五位、六位の蔵人であった者を当てた。○卯の花―うつぎの別名。また、その花。初夏に白い花が咲く。季節感を表す景物として時鳥ととり合わせて詠まれる。○梅にまがへて―「梅」は白梅。「まがふ」は下二段活用で、似ていて見違える。○鶯のなく―「鶯」は歌では春の素材で梅と取り合せて詠まれる。この歌のように鶯が卯の花と取り合せて詠まれることも『万葉集』以来ある。

【補説】「卯の花」は初夏の景物であるが、『古今集』の四季部には一首（一六四　躬恒）見えるのみで、晩夏の位置にある。『後撰集』になると初夏の景物として多く取り上げられ、垣根の卯の花、卯の花を「憂の花」ととりなして「憂し」を導く序詞として用いたり、花の白さから雪、月、白妙の衣などに見立てて詠まれている。『抄』においても卯の花の取り上げられ方は『後撰集』と同じで、相違する点は『抄』には卯の花とほととぎすとを取り合わせた歌がなく、『後撰集』には卯の花と鶯とを取り合わせた歌がない。『抄』において更衣・立夏に続いて卯の花がとりあげられているのは『古今集』とは異なり、『後撰集』の配列に近似している。これに対して『集』は更衣・立夏から藤花に続き、その後に卯の花がある。これは藤を夏の部立の巻頭に置く『古今集』の影響であろう。

鶯と卯の花とを取り合わせた歌は『万葉集』に、

鶯のかよふ垣根のうのはなのうきことあれや君が来まさぬ（巻十・一九八八）

という歌があるが、これには「ほととぎす鳴くをの上の卯の花のうきことあれや君が来まさぬ」（巻八・一五〇一）という類歌があり、ほととぎすと卯の花という取り合せになっている。平安時代に卯の花と鶯とを取り合せた歌に、

卯の花の色こそ梅にまがふとも香を忘れてや鶯の鳴く（続詞花・夏・九九　藤原尚忠）

卯の花の咲けるかきねに時ならでわがごとぞなく鶯の声（続古今・雑上・一五四三　小町）

などがある。『続古今』の歌は作者について確証はないが、この歌に「時ならで」とあるように、卯の花の咲く垣根で鶯が鳴くのは時節はずれに感じられていた。また、前歌では、卯の花と梅の色彩上のまぎれから鶯が来鳴くことに「香を忘れてや」と疑念をさしはさんでいて、卯の花と鶯の取り合せは特殊なものと思われていたようである。

【作者】平公誠　陸奥守元平の男。母未詳。生没年未詳。『尊卑分脈』によると、最終官位は従五位下、周防守。花山院の恪勤の者で、長保四年（一〇〇二）三月、花山法皇の播磨円教寺御幸に扈従した者たちのなかに「別当散位平朝臣公誠」とある。花山院の死後も、寛弘八年（一〇一一）八月に花山院の子の昭登親王、清仁親王などの元服の世話をしている。長和元年（一〇一二）閏十月の大嘗会御禊の前駆のなかに「五位公誠」の名がみえる。なお、長徳三年（九九七）四月、公任の牛童に濫行をした者として、花山院から差し出されたなかに「公誠朝臣并下手者四人」とある。天祿二年（九七一）生まれの天台座主院源は兄弟ともいう。

屏風に　　　　順

58　我やどの垣根《かきね》や春をへだつらむ夏きにけりと見《み》ゆる卯の花

【校異】詞〇順―源順（島・貞）。

【拾遺集】夏・八二。

屏風　　　　源順

我やとの垣ねや春をへたつらむ夏きにけりとみゆるうの花

定夏・八〇。詞〇屏風―屏風に。〇源順―したかふ。

屏風に

我が家の垣根が春を隔ててしまったのだろうか、垣根には夏がやって来たと見える卯の花が咲いている。

【語釈】〇屏風に―『順集』によると、応和元年（九六一）十二月十七日に行なわれた朱雀院皇女昌子内親王の裳着の屏風歌。〇垣根―空間的に連続しているものを遮断して隔てるものであるが、ここでは時間的に連続するものを遮断し隔てるものとして用いた。

【補説】この歌の詠歌事情は『順集』には「同年十二月、前朱雀院のひめ宮の御裳着の料に、御屏風調ぜさせ給ふ、人々歌たてまつらせ給ふに」と詞書のある歌群（一九〇～一九六）中に、「四月、卯花さけるところ」（一九一）としてみえる。この詞書の「朱雀院のひめ宮」は第一皇女昌子内親王のことで、裳着は応和元年十二月十七日に行なわれ、「人々歌たてまつらせ給ふ」とあるように、順のほかに朝忠、信明、中務、元輔などが屏風歌を献上している。

卯の花の垣根は『万葉集』（巻十・一九八八）にも詠まれており（五七〔補説〕参照）、平安時代になると、

卯の花の咲ける垣根はしら雲のおりゐるとこそあやまたれけれ（廿巻本亭子院歌合五四）

白妙に咲ける垣根の卯の花の色まがふまで照らす月かな（躬恒集二五七）

など多くみられる。また、「垣根の卯の花」は屏風絵の絵柄として描かれ、屏風歌にも詠まれている（貫之集一四七・恵慶集二〇など）。

この順の歌では卯の花の咲く垣根を春と夏とを遮り隔てるものとしているところが、智巧的で新味があり、これを本歌として詠まれた歌でも、

ちりねただあなうの花やさくからに春をへだつる垣根なりけり（拾遺愚草一二一）

時しらぬ身をうの花の垣根こそ春をばよそにへだてはてけれ（新続古今・雑上・一六六一）

山がつの垣根に咲ける卯の花は春をへだつるしるしとぞみる（建長八年百首歌合八一五）

など、春を隔てるものとしての卯の花の垣根に重点をおいて詠んでいる。

【作者】源順→四七。

【他出文献】◇順集→〔補説〕。◇三。◇朗詠集一四九。

延喜御時月令御屏風に　　躬恒

59　神まつる卯月に咲《さ》ける卯《う》の花は白《しろ》くもきねのしらげたるかな哉

【底本原状】第四句「しろくもきねの」ノ「の」右傍ニ「か」トアル。

【校異】詞○月令―月次ノ（島）月次〈「次」ノ右傍ニ朱デ「令」トアル〉（貞）。歌○うの花は―うのはなの

〈「の」ノ右傍ニ朱デ「ハィ」トアル〉（貞）。○きねの―きねか（島）きねの〈「の」ノ右傍ニ朱デ「カィ」トアル〉（貞）。

【拾遺集】夏・九二。

延喜御時月なみの御屏風に

神まつる卯月にさける卯花のひろくもきねのしらけつるかな　凡河内躬恒

定夏・九一。**詞**○月なみの―月次。○凡河内躬恒―みつね。**歌**○卯花の―卯花は。○ひろくも―しろくも。○きねの―きねか。○しらけつる―しらけたる。

醍醐天皇の御代の月次の御屏風の歌として

神を祀る卯月に咲いている卯花は、宜禰が杵で搗いて饌米を精白したように真っ白であった。

【語釈】○神まつる卯月―四月は平野祭・梅宮祭・松尾祭・日吉祭・賀茂祭などの神事が多く、屏風絵にも「四月神祭る」（貫之集三四二）「四月、神祭るところ、郭公なく」（恵慶集七）などの絵柄がみえる。○きね―神に仕え、託宣を伝えたり、死者の霊を招いたりする巫女。巫覡。宜禰。「きね」に「しらぐ」の縁で「杵」を掛ける。○しらげたるかな―玄米を精白する意の「しらぐ」に、白くなるの意の「しらく」を掛ける。

【補説】この歌は『躬恒集』諸本のうち、家集本体にあるのは書陵部蔵光俊本（躬恒集Ⅰ三四四）で、時雨亭文庫蔵承空本躬恒集（三六八）には「他本」による増補歌のなかに「延喜御時御屏風に」と詞書を付してあり、内閣文庫本（躬恒集Ⅱ二〇五）には勅撰集から増補された歌の中にある。『抄』には、この歌と同じように「延喜御時月令御屏風に」と詞書のある躬恒の歌が三九五・四一七にもある。この二首は『躬恒集』には「内御屏風」「御屏風」などとある歌群中にみえるが、五九はその歌群中にはなく、『躬恒集』の原型本にあったかも定かでない。

この歌の趣向は神祭り月に咲く卯の花の白さを宜禰が杵で搗いて饌米を精白した白さに見立てたところにある。卯の花を神祭る卯月と関連させて詠んだ歌に、

卯花の色みえまがふゆふしでてけふこそ神をいのるべらなれ（貫之集四三九）

ゆふかけてたれか見わかむみてぐらに咲き乱れたるやどの卯の花（道済集一二九）

などがある。これらの歌で卯の花の白さを神事にかかわる「木綿」に見立てているのは平凡で、躬恒の歌の斬新な見立てに及ばない。なお、この歌の「きねのしらぐ」の部分の解釈をめぐって『俊頼髄脳』に話がある。

【作者】 躬恒→五。

【他出文献】 ◇躬恒集→［補説］。○古今六帖八三、そせい法師。第四句「しろくもきねが」。

題不知　　　　読人不知

60 ・卯の花の咲《さ》ける垣根《かきね》はみちのくのまがきの島《しま》の波《なみ》かとぞ見る・

【校異】 **詞**○題不知―たいよみひとしらす（島）。**歌**○かきね―さかり（島）○なみかとぞ見―なみかとそみる〈右傍ニ朱デ「ココチコソスレィ」とある〉（貞）。

【拾遺集】 夏・九一。

題不知　　　　読人不知

卯花のさける垣ねはみちのくのまかきの嶋のなみかとそみる

定夏・九〇。

題知らず

卯の花の咲いている垣根は、陸奥にあるまがきの島にうち寄せる白い波ではないかと思って見ている。

【語釈】○まがきの島―陸奥の歌枕。宮城県の塩釜湾にある島。「まがき」と同音の、垣根をいう「籬」を連想させる。「わがせこを都にやりて塩釜のまがきの島の松ぞ恋しき」（古今・東歌・一〇八九）。○波―卯の花を白い波に見立てた。

【補説】垣根に咲く卯の花を見て、垣根をいう「籬」と同音をもつ「まがきの島」を連想し、卯の花をうち寄せる白波に見立てて詠んだ。大江匡房の、

卯の花の咲ける垣根は白波のまがきの島をこすかとぞみる（江帥集三七八）

という歌は、六〇とほとんど同じ趣向である。

『抄』の卯の花を景物とする歌は四首で、垣根の卯の花に夏の到来を見（五七・五八）、白い卯の花を宜爾が精白した饌米（五九）や白波に見立てた歌（六〇）を続けて配列している。これに対して『集』には卯の花を景物とする歌が七首あるが、その配列は、次のようである。（　）内は同じ歌の『抄』の歌番号である。

八〇（五八）…八九（五七）、九〇（六〇）、九一（五九）、九二、九三、九四

これによっても、『抄』と『集』の配列は別個の方式によっていることが知られる。

61　初声《はつ》の聞《き》かまほしきに郭公夜深《よぶか》く目《め》をも覚《さ》ましつるかな《哉》

【校異】歌○めをもさましつる哉―のみもおきあかすかな（島）のみもをきあかすかな〈右傍ニ朱デ「メヲモサマシツルカナィ」トアル〉（貞）。

【拾遺集】夏・九七。

初声のきかまほしさに時鳥夜ふかくのみもおき明すかな

定夏・九六。歌○のみもおき明すかな―めをもさましつる哉。

初音が聞きたかったので、時鳥よ、まだ夜明けには間があるのに目を覚ましてしまったことだ。

【語釈】○郭公―ほととぎすと郭公とは別物であるが、古くからほととぎすに「郭公」の字を当てた。『和名抄』には「鸜　和名保度々木須　今之郭公也」とあり、『類聚名義抄』では「郭公」「時鳥」の両方に「ホトヽキス」の訓がある。本書では原文の「郭公」以外は、「時鳥」「ほととぎす」と表記する。○夜深く―夜明けにはまだ間があるさま。この時間帯に時鳥は鳴いた。「さみだれにもの思ひをればほととぎす夜深く鳴きていづちゆくらん」（友則集一〇）「ほととぎす夜深き声は月待つと起きていも寝ぬ人ぞ聞きける」（躬恒集一四九）。

【補説】いち早く時鳥の初音を聞こうとした王朝人の生活感情を詠んだ歌である。『抄』の貞和本に作者を「重之」とするほかは『抄』『集』には「読人不知」とする。『重之集』には冷泉院に献上した百首のなかにあり（二四六）、重之の作とみて誤りなかろう。『抄』の編者が前歌と同じ「読人不知」とした理由は明らかでない。この歌と下句が全く同じ歌が『集』（一〇五）に作者を伊勢として、

ふたこえと聞くとはなしにほととぎす夜深く目をも覚ましつるかな

とあり（この歌は『後撰集』〈夏・一七二　伊勢〉にも重出）、重之は伊勢の歌の下句を利用したものであろう。なお、『抄』の島本・貞和本、『集』の具世本などの「よぶかくのみもおきあかすかな」とある下句の本文が何に

依ったものか明らかでない、

時鳥の初音は、まだ夜深い時間帯に鳴くとみられていたことは［語釈］に掲げた例歌からも知られるが、この時間帯に鳴く時鳥の音は珍重され、

　鶯の春の初音とほととぎす夜深く鳴くといづれまされり（朝光集三五）

などとも詠まれている。

【作者】『抄』『集』ともに「読人不知」とあるが、「重之百首」の歌であるので、重之の作である。源重之→五五。

【他出文献】重之集→［補説］。

　　夏《なつ》山をまかり侍るとて　　　くめのひろつな

62　家《いへ》にきてなにをかたらむあしひきの山郭公ひと声もがな

【校異】詞○まかり侍―まかる（島）○くめのひろつな―久米広縄（島）広縄〈「広」ノ上ニ補入ノ符号ガアリ、朱デ「久米ィ」トアル〉（貞）。歌○いへにきて―家にいきて（島）いへにいきて〈「いきて」ノ「い」ノ左傍ニ朱デ見セ消チノ符号ガアリ、朱デ「イ無」トアリ、右傍ニ朱デ「テモィ」トアル〉（貞）。

【拾遺集】夏・九八。

　夏山をまかるとて　　　久米広縄

家にきてなにをかたらむあし引の山時鳥一こゑもがな

定夏・九七。**詞**○まかる―こゆ。

夏山から帰ろうとして

家に帰って土産話に何をしたらよかろうか、山時鳥よ、一声でも鳴いておくれ（そうしたらそれを家への手土産にしよう）

【語釈】○夏山をまかり侍る―「を」は動作の経過する場所・時間を示す。「まかる」は貴人などの許可をえて家に帰るの意。『集』には「夏山をこゆとて」とある。○家にきて―作者が自宅に帰ってきて。○なにをかたらむ―旅の土産話として何を話したらよかろうか。○ひと声もがな―「もがな」は物事・状態の実現を望む意を表す「もが」に詠嘆の助詞「な」が接続したもの。上代語の「もがも」に代わって中古以後に用いられた。一声鳴いてくれるといいなあ。

【補説】時鳥は深山を出て里にやってくるので、山路では里の誰よりも早く鳴き声を聞くことができると思われていた。そうした通念を背景に成立した歌である。この歌は『万葉集』（巻一九・四二〇三）に、

恨霍公鳥不喧歌一首

家尓去而　奈尓乎将語　安之比奇能　山霍公鳥　一音毛奈家

（家にゆきて何を語らむあしひきの山ほととぎす一声も鳴け）

判官久米朝臣広縄

とある歌の異伝である。

第一句「家に去（ゆ）きて」は『抄』の島本、貞和本や『古今六帖』、『深窓秘抄』なども同じであるが、『集』の具世本、定家本には「家にきて」とあり、こちらが優勢である。第五句「一音も鳴け」は『深窓秘抄』も同じである。歌は宴席で詠まれたものと思われ、『抄』などにいうように、山路を散策して詠んだものではなかろう。

この歌の作者は底本に「くめのひろつな」、『抄』の島本、『集』に「久米広縄」、『深窓秘抄』に「久米広庭」とある。『万葉集』に「久米朝臣広縄」とあり、「広縄」には「ヒロナハ」「ヒロノリ」の両様の訓みが通用している。問題になるのは『深窓秘抄』の「久米広庭」である。こちらは唯一、『深窓秘抄』にみえるのみである。同名の万葉歌人に「安倍広庭」がおり、これと混淆したものとも思われる。

【作者】久米広縄　生没・家系など未詳。大伴家持の越中守時代、越中掾に転じた大伴池主の後任として越中掾として着任。天平二十年（七四八）三月に橘諸兄の使者として田辺福麿が越中にきたとき、布勢の海の遊覧に同行、自邸に福麿を招いて饗応しているので、このころ以前に着任したことが知られる。天平勝宝三年（七五一）二月に正税帳を太政官に届けるために出立、役目を果し、帰路、越前掾池主の館に立ち寄って、帰京する家持一行に会い、萩の歌を詠んで家持と贈答したのが知られる最後の歌である。『万葉集』に長歌一首、短歌八首入集、宴席で詠まれた歌が多い。勅撰集には『拾遺集』に一首入集。

【他出文献】◇万葉集→［補説］。◇深、久米広庭、第一句「家にいきて」、第五句「一声もなけ」。◇古今六帖四四二一、くめのくろなは、第一句「家にいきて」。

女四親王の屏風　　是則

63　山がつと人はいへどもほととぎすまづ初声《はつこゑ》はわれのみぞ聞《き》く

【校異】詞○女四親王の―女四内親王ノ（島）女四親王の〈「四」ト「親」ノ間ニ補入ノ符号ガアッテ、右傍ニ朱デ「内」トアル。マタ、「親王の」ノ左傍ニ朱デ見セ消チノ符号ガアリ、傍ニ朱デ「宮ィ」、右傍ニ「ィ無」トアル（貞）○屏風―屏風に（島・貞）。

145　［63］

【拾遺集】夏・一〇四。

女親王の家の歌合に

山かつと人はいへとも郭公まつはつこゑは我のみそきく

坂上是則

定夏・一〇三。詞〇女親王—女四のみこ。〇家の—家。

女四の宮の家の屏風歌

都人は山がつと賎しんでいうけれど、ほととぎすの初声は山村に住む私だけが都人より先に聞くことだ。

【語釈】〇女四親王—［校異］に示したように「女四内親王」（島本）の本文のほか、貞和本の書入れによると「女四宮」の本文もあった。是則が生存した延喜・延長のころに「女四内親王」と呼ばれた者に、(イ)光孝天皇第四皇女繁子内親王（延喜十六年五月二十六日没）、(ロ)宇多天皇第四皇女（孚子内親王）、(ハ)醍醐天皇第四皇女（勤子内親王カ）などがいた。ここは(ロ)(ハ)の二人のうちのどちらかであろう。〇屏風—『抄』の諸本には屏風歌とあるが、『集』の異本・定家本ともに歌合の歌になっている。『平安朝歌合大成一』は『拾遺集』を資料にして「某年女四宮勤子内親王歌合」の存在を想定している。〇山がつ—猟師、樵など山村に住む人。山村に住むために誰よりも早く時鳥の鳴き声を聞くことができた。〇まづ—「つ」の清濁二様の読みが想定でき、(イ)『新大系』は清音で読み、待つの意にとり、(ロ)『和歌大系』は濁音で読み、先にの意にとる。掛詞ともとれるが、一首が窮屈な感じがするので、(ロ)ととる。

【補説】詞書の「女四内親王」に当るのは宇多天皇第四皇女孚子内親王か、醍醐天皇第四皇女勤子内親王のいずれかである。孚子内親王は『本朝皇胤紹運録』では宇多帝の皇女の第四番目に載せられているので、第四皇女であったと思われる。寛平七年（八九五）十一月七日に内親王宣下、天徳二年（九五八）四月二十八日に亡くなった。桂宮と号し、『後撰集』(恋一・五二九)によると、異母兄の敦慶親王と恋仲であった。また、『元良親王御集』や『大和物語』などから、元良親王や源嘉種などとも関係があったことが知られる。これらの作品では孚子内親王に「桂のみこ」の呼称を用いているので、「女四内親王」「女四親王」などと呼ばれた蓋然性はすくない。

一方、勤子内親王は延喜八年(九〇八)四月五日に五歳で内親王宣下、天慶元年(九三八)十一月五日に亡くなった。『貫之集』(七一六)によると、宰相中将時代(承平五年二月~天慶元年六月)の師輔と結婚し、間もなく亡くなった。『伊勢集』『後撰集』などでは勤子内親王に「女四のみこ」、貞和本イ本本文と同じ「女四宮」の呼称などを用いていて「女四内親王」に当る人物としてふさわしい。

この歌は『抄』では屏風歌とあるが、『集』には女四内親王家の歌合の歌とあり、屏風歌か歌合歌か問題になる。これについては、『是則集』(九)には「夏ほとときす」と詞書があるのみで、どちらとも判断できない。しかし、『貫之集』には「延喜十八年二月女四のみこの御髪上げの屏風の歌、内の召しにたてまつる」という歌群(九七~一〇四)があり、貫之が「女四のみこ」のための屏風歌を献進したことが知られ、『集』には、一二九に「女四のみこの家の屏風に」と詞書のある躬恒が詠進した屏風歌がある。これに対して、歌合のことは『集』の具世本・定家本の詞書が唯一の根拠である。このように歌合説の根拠は脆弱で、屏風歌説の方が有力である。

山がつと賎しんで呼ばれているが、風流者たちが誰よりも早く聞こうと競い合う時鳥の初音を、真っ先に聞くというところに一首の趣向がある。このようにみると「まつ」は「まづ」と濁って読むのがよい。

【作者】 坂上是則→五〇。

【他出文献】 ◇是則集→[補説]。◇三。

寛和二年内裏の歌合に　　中納言道綱母

64 都《宮こ》人寝《ね》で待《ま》つらめやほとと《ゝ》ぎすいまぞ山辺を鳴《な》きて過《す》ぐな《成》る・

【校異】詞○寛和―寛平〈「平」ノ右傍ニ「和ィ」トアル〉（貞）○内裏の歌合に―内裏歌合（島）内裏歌合に（貞）。

【拾遺集】夏・一〇三。

寛平二年内裏歌合に　　大納言道綱母

みやこ人ねて待らめや郭公いまそ山辺をなきて出なる

[定]夏・一〇二。詞○寛平―寛和。○大納言―右大将。

寛和二年の内裏歌合に

都の人はほととぎすの初声を聞こうと寝ないで待っているのだろうか、今まさに鳴きながら山辺を出ていくところである。

【語釈】○寛和二年内裏の歌合―寛和二年（九八六）六月十日に花山天皇が主催した歌合。出詠した主要歌人は左方に能宣、長能、好忠、右方に公任、実方、惟成、道長らで、判者は中納言義懐であった。○中納言道綱母―道綱が中納言になったのは長徳二年（九九六）四月二十四日である。この歌合には「少将道綱」が右方歌人として出詠しているが、歌は道綱母の作で、それを流用したものと思われる。「廿巻本」では「都人」の歌の作者名は「道綱卿母」とある。『抄』における道綱の官位表記は『抄』の成立時期の問題と関係があるので、「補考」として別に記す。○都人寝で待つらめ―当時、都人はほととぎすの初声を聞こうと寝ないで待った。○過ぐなる―

歌合本文は「過ぐなる」で、鳴きながら飛んで行くの意。『集』の異本・定家本は「出づなる」で、山を出て人里に飛来するの意。ここは後者の方が本文としてはよい。〇いまぞ―ほととぎすは五月に鳴くものと思われていた。

【補説】 歌合では「郭公」の題で、左方の明理の「夏の夜は心もそらにあくがれぬ山ほととぎす鳴く里やあると」という歌と番えられて、「勝」になっている。この二首は対照的で、明理の歌が都人の立場で、時鳥の鳴く里を思って詠んでいるのに対して、道綱母の歌は「山辺」に住む山人の立場で、時鳥の飛来を待つ都人のことを詠んでいる。道綱母の歌のように、一首のなかに、時鳥を待つ都人と山辺に鳴く時鳥とを詠む趣向の歌では、

都には待つらむものをほととぎすけふひねもすに鳴きくらすかな（万代・夏・五七三　孝標女）

都人待つらむものを山里に聞きふるしつる郭公かな（在良集六）

都には待つらむものを郭公いづるを惜しむ深山べの里（頼政集一五〇）

などと、時鳥は山辺から去るのを惜しむかのように鳴きまわった後で山を出ていく。これらの歌からも、第五句「鳴きて過ぐなる」は「鳴きて出づなる」とある本文の方がよかろう。

なお、この歌は時雨亭文庫蔵『傅大納言母上集』（三八）には「絵の所に山里にながめたる女あり、時鳥鳴くに」と詞書がある。これが本来の詠歌事情で、この旧作を道綱が歌合に流用したものであろう。

【作者】 藤原道綱母　伊勢守倫寧女。長能の姉。藤原兼家と結婚して、道綱を生む。長徳元年（九九五）没。『蜻蛉日記』の作者。歌人としては「藤原師尹五十賀屛風歌」を詠み、正暦四年「帯刀陣歌合」に出詠。中古三十六歌仙の一人。『拾遺集』以下の勅撰集に三十七首入集。家集に『傅大納言母上集』がある。

【他出文献】 ◇寛和二年内裏歌合。◇傅大納言母上集→［補説］。

兼*盛

65　深山《みやま》いでて夜半《よは》にや来《き》つる郭公暁《あか月》かけて声の聞《きこ》ゆる

【校訂注記】「兼盛」ハ底本ニ「為兼」トアルノヲ諸本ニヨリ改メタ。

【校異】詞○詞書ナシ―天徳歌合〈右傍ニ朱デ「イ無」トアル〉（貞）。歌○声のきこゆる―こゑのきこゆる〈「のきこゆる」ノ右傍ニ朱デ「キコユナルィ」トアル〉（貞）。

【拾遺集】夏・一〇二。

み山いてゝ夜半にやきつる時鳥暁かけてこゑのきこゆる　　平　兼盛

定夏・一〇一。

山を出て夜半に人里に飛んで来たのか、時鳥は夜明け方までずっと続けて鳴いている声が聞える。

【語釈】○兼盛―底本に「為兼」とあるが、諸本に「兼盛」とする。諸資料からも兼盛の作と断定できるので、改めた。○深山いでて―時鳥は陰暦四月に山辺でかすかな音で鳴きだし、五月に山を出て人里に飛来することを「深山出で」といった。○夜半にや来つる―時鳥は人里には夜半に飛んできて鳴いた。「夜半にのみなど来鳴くらむほととぎす暮れ待つほどもさだめなき世に」（万代・夏・六一一　範兼）○暁かけて―「かけて」は時間を表す語を受けて、その間中ずっと続いての意。時鳥は夜明けまでは間のあるころ、「夜深き」ころに鳴いた。

【補説】この歌は「天徳四年内裏歌合」において、十三番「郭公」の題で左方の坂上望城の「ほのかにぞ鳴き渡るなるほととぎす深山をいづる今朝の初声」という歌（拾遺・夏・一〇〇）に番えられ、「左右歌共有興、いとをかし。仍為持」と判定されている。

『袋草紙』（雑談）には、

頼綱朝臣ハ遇能因云、当初能因住東山之比、人々相伴テ行向清談。能因云、…郭公秀歌ハ五首也。而相加能

因歌六首云々。件歌ハ、

郭公キナカヌヨヒノシルカラバヌルヨモコトヨアラマシモノヲ

予按之、彼五首歌何哉。若、貫之ガナク一声ニアクルシノヽメ、公忠ガ山路クラシツ、兼盛ガ暁カケテイマ

ゾナクナル、実方ガクラハシヤマノ郭公、道綱母ノミヤコ人ネテマツラメヤ郭公、是等歟。尤不審。

とある。郭公を詠んだ名歌が五首あることを能因から聞いたという源頼綱の話を紹介して、清輔は能因が言った五首の歌を推測してあげているが、その五首のなかに「兼盛ガ暁カケテイマゾナクナル」「道綱母ノミヤコ人ネテマツラメヤ郭公」など、『抄』六四と六五をあげている。兼盛の歌は第五句が「イマゾナクナル」とあって、『抄』とは異なるが、この歌を時鳥を詠んだ歌の典型的なものとみていたと言える。

深山から夜半に飛来して、夜明け方まで鳴くというのは時鳥の習性で、兼盛以前の歌人も、そのような習性を取り入れて、

み山いでてまづ初声は時鳥夜ぶかく待たむわが宿に鳴け（亭子院歌合四一　雅固）

深山出でていくよかきつる時鳥夜ぶかく鳴けば聞く人もなし（深養父集一〇）

などと詠んでいる（詳しくは四〇五［補説］参照）。兼盛も「内の屏風歌」では前掲の「亭子院歌合」の歌を模して、

み山いづるまつ初声は時鳥わが宿近くうちもなかなむ（兼盛集一六〇）

と詠んでいるが、「天徳四年内裏歌合」では、主観を排除して時鳥の習性を丹念に写し取って、姿のよい歌を詠んでいる。

【作者】平兼盛→一一。
【他出文献】◇天徳四年内裏歌合。◇兼盛集九八。◇深。◇三。

天暦御時歌合に

66 さよふけて寝覚《ねざ》めざりせば郭公人伝《づ》てにこそ聞《き》くべかりけれ

忠　峯

【底本原状】「忠峯」ノ「峯」ノ右傍ニ「見」トアル。
【校異】詞○天暦御時歌合に―ナシ（島）天暦御時歌合（貞）○忠峯〈「峯」ノ右傍ニ「見」トアル〉―忠見（島）壬生忠峯（貞）。
【拾遺集】夏・一〇五。

天暦御時歌合に

壬生忠峯

さ夜ふけてねさめさりせは郭公人つてにこそきくへかりけれ

定夏・一〇四。詞○御時―御時の。○壬生忠峯―壬生忠見。

村上天皇の御代の歌合に

夜更けて目を覚まさなかったならば、ほととぎすの初声は（聞くことができず）人から伝え聞くことになったにちがいない。

【語釈】○天暦御時歌合―「天暦御時」は村上天皇の御代。四五参照。「天徳四年内裏歌合」のこと。○忠峯―

この歌合のころには忠峯は生存していないので、島本や『集』の定家本に忠見とあるのがよい。○さよふけて―夜が更けて。深夜に。○人伝てにこそ聞くべかりけれ―時鳥の初声を聞いた人から、伝え聞くことになっただろう。

【補説】深夜に目を覚まさなかったならば、夜深く鳴く時鳥の初声を聞くことはできず、人から伝え聞くこととなっただろうと、初声を直接聞くことができたことに感動している。

この歌は歌合では十四番「郭公」の題で、右方の元真の「人ならば待ててふべきをほととぎす二声とだに聞かですぎぬる」という歌に番えられ、勝負は「持」になったが、『和歌童蒙抄』（巻十・歌合判）には、

天徳歌合左忠見右元真歌人也。判云　左聞かむとおもはで寝覚しけむあやし。右人なりといま一声聞かむとて待てとは、いかがいはむずる。ことたらぬここちす。いづれもおなじほどなりとて、持に定めらるる。後に人皆左歌ことのほかまさりたり、一日の論にあらずと申しけり。

とあって、後世の人はみな忠見の歌の方が優っているとみていた。公任も自身が編纂した秀歌撰や撰著に、この歌を収めていて高く評価していたことが知られる。

【作者】壬生忠見　『古今集』撰者の一人忠岑男。母、生没年など未詳。別名なた（名多）。天暦八年（九五四）御厨子所の定額膳部、天徳二年（九五八）摂津大目となった。歌人としては天暦七年「内裏菊合」「麗景殿女御歌合」「斎宮女御徽子女王歌合」「天徳四年内裏歌合」などに出詠。詠進した屏風歌も多い。三十六歌仙の一人。『後撰集』以下の勅撰集に三十八首入集しているが、忠岑と混同されている歌も多くある。家集に『忠見集』がある。

【他出文献】◇天徳四年内裏歌合。→［補説］。◇金二四、忠見。◇深、忠見。◇朗詠集一八五、忠見。◇前、忠見。◇三、忠見。

題不知　　　　読人不知

67　山里に宿《やど》らざりせばほととぎす聞《き》く人もなき音《ね》をや鳴《な》かまし

【校異】詞○題不知―たいよみひとしらす（島）。

【拾遺集】夏・一〇〇。

題不知　　　　読人不知

山さとにやとらさりせは郭公きく人もなき音をやなかまし

定夏・九九。

題知らず

もしも私が山里に泊まらなかったならば、時鳥は聞く人もいない鳴き声で鳴いたのだろうか。

【語釈】○山里に宿らざりせば―仮に私が山里に泊まらなかったならば。○聞く人もなき音をや鳴かまし―「音を鳴く」は鳴き声を出して鳴くの意。「聞く人もなき」は「音」を修飾する。当時の人は、聞く人がいる場合といない場合とでは、時鳥の鳴き声に違いがあると思っていたようで、「聞く人もなき音を鳴く」と表現した。「はるかなる深山がくれのほととぎすきく人もなき音をのみぞなく」（時雨亭文庫蔵資経本実方朝臣集（一二七）「女郎花かれゆく野辺のきりぎりすきく人もなき音をのみぞ鳴く」（明王院旧蔵本定頼集、定頼集Ⅱ三一一）。

【補説】この歌の作者は『抄』『集』の諸本に「読人知らず」とあるが、『伊勢集』の三系統本に「御屏風に」（伊勢集Ⅰ一七二）「屏風歌」（伊勢集Ⅱ一七七）「屏風」（伊勢集Ⅲ一七五）などと詞書を付してみえる。家集における配列位置から伊勢の作と思われる。屏風には山里に宿る男が描かれ、その男の立場で歌は詠まれている。

男ひとりが山里で時鳥の鳴き声を聞くことができたという満足感から、だれも聞く人がいない場合を想定して詠んでいる。

【作者】 伊勢→三〇。

【他出文献】 ◇伊勢集→［補説］。

敦忠朝臣の家の屏風のゑに、山里に郭公のかたある所に　　貫《つら》之《ゆき》

68　この里にいかなる人か家居《いへゐ》して山郭公たえず聞《き》くらむ

【校異】 **詞**○家の―家に〈「に」ノ右傍ニ朱デ「ノ」トアル〉（貞）○山里に―山さとゝ（島）○郭公のかた―郭公のかた〈「の」ト「か」ノ間ニ補入ノ符号ガアッテ、右傍ニ朱デ「ナキタルィ」トアル〉（貞）○つらゆき―紀貫之（貞）。**歌**○人か―人の〈「の」ノ右傍ニ朱デ「カィ」トアル〉（貞）。

【拾遺集】 夏・一〇八。

敦忠朝臣の家屏風に山里に郭公のかたある所に　　紀　貫之

このさとにいかなる人かはしゐして山郭公たえすきくらむ

定夏・一〇七。**詞**○家―家の。○山里に郭公のかたある所に―ナシ。○紀貫之―つらゆき。**歌**○はしゐ―いへゐ。

敦忠朝臣の家の屏風の絵に、山里に郭公のいる絵柄のある所に

この山里に、どのような人が山荘を構えて、時鳥の鳴き声をいつも聞いているのだろうか。

【語釈】○敦忠朝臣の家の屏風―二九参照。○かた―形状を模したもの。絵柄。○この里―時鳥が鳴いている山里。○家居して―住まいを構えて。ここは山荘を営むことをいう。○山郭公―この呼名については①山にいる時鳥。②五月になって山から人里に飛来した時鳥などと言われているが、正確な説明とは言えない。時鳥は山から人里にきても「山時鳥」と呼ばれ、人里の環境になれずに「里なれぬ」「まだうちとけぬ」などと言われているころを過ぎるまでは「山時鳥」と呼ばれた。

【補説】この歌は『貫之集』では「同じ年宰相の中将屏風の歌卅三首」と詞書のある歌群（四二五～四五七）中に、「山里に時鳥なきたり」（四四一）という題（時雨亭文庫蔵素寂本『貫之集』は題を欠く）で詠まれている。この詞書の「同じ年」が天慶二年（九三九）であることは二九の［補説］に記した。たまたま山里に泊まって時鳥の鳴き声を聞くことができただけでも満足すべきであるのに、山荘を構えて「たえず」聞いているのは、どのような人であろうかと、羨望の気持ちをもって推測している。歌は山里の時鳥から、そこに住む人に関心が移り、画題から逸れている感じであるが、これも時鳥の鳴き声に執心しているからである。

【作者】紀貫之→七。

【他出文献】◇貫之集→［補説］。◇古今六帖四四二六、第五句「常に聞くらん」。

69　北宮《きたの》の裳着《もぎ》の時の屏風に　　公忠朝臣

行きやらで山路《ぢ》暮《く》らしつほととぎすいま一《ひと》声の聞《き》かまほしさに

【校異】詞○きたの宮の―北院〈「院」ノ右傍ニ朱デ「宮ィ」トアル〉（貞）○もきの時の―裳きの（島）御裳着のとき（貞）。

【拾遺集】夏・一〇七。

北宮裳着時屏風　　　　　　　　　　　　源公忠朝臣

ゆきやらて山路暮しつ郭公いま一こゑのきかまほしさに

定夏・一〇六。詞〇北宮―北宮の。〇裳着―裳着の。〇時―ナシ。〇屏風―屏風に。歌〇山路―山地。

北宮の裳着の時の屏風に

そのまま通り過ぎることができなくて、山路で日が暮れるまで過ごしてしまった。時鳥のもう一声が聞きたくて。

【語釈】〇北宮の裳着の時の屏風―「北宮の裳着の屏風」については四四参照。〇行きやらで―「行きやる」は下に否定表現を伴って、どんどん行くの意。通り過ぎることができなくて。〇暮らしつ―日が暮れるまで時を過ごした。〇いま一声―時鳥の鳴き声は一声聞いても、もう一声聞くには辛抱強く待たねばならなかった。

【補説】この歌は公忠の代表作の一つで、公任編の秀歌撰や『和漢朗詠集』などにもみえ、『和歌体十種』には「高情体」として掲げている。また、藤原清輔は『袋草紙』において、ほととぎすを詠んだ名歌五首の中の一首として、この歌をあげている（六五の［補説］参照）。

『公忠集』の諸本には、

(イ)この宮のみくしげの御屏風に、山をこゆる人の時鳥聞きたるといふに（西本願寺本、公忠集Ⅰ八）

(ロ)きさいの宮の御はらにおはします姫宮をば、北宮となむ聞えける、その宮の裳たてまつるに、前の御息所におはします内侍のかみ、たてまつり給ふ御屏風に、郭公なく木のしたに人あるところ（書陵部蔵御所本、公忠集Ⅱ七）

(ハ)きさいの宮の裳たてまつるに、内侍のかみのたてまつる御屏風に（彰考館文庫本、公忠集Ⅲ八）

(ニ)郭公　山をこゆる人のほととぎすをききたるところに　北宮御着裳屏風（部類名家集切、公忠集Ⅳ一）

などと、詞書を付してみえる。屏風の絵柄は「山をこゆる人の時鳥聞きたるところ」とも、「郭公なく木のしたに人あるところ」ともある。いずれにしても、画中の人物は時鳥のもう一声が聞きたくて山路で日を暮らしてしまった。

時鳥は一声鳴いても続いて鳴かなかったようで、一声しか聞くことができないことを、

ほととぎす一声鳴きていぬる夜はいかでか人のいはやすく寝る（躬恒集一四三）

一声に明けぬるものを郭公小夜ふくるまでなに待たすらん（源賢法眼集一六）

夏の夜を待たせ待たせてほととぎすただ一声に鳴きわたるなり（嘉言集九〇）

待ちえてもただ一声を時鳥寝覚めがちにて明かすころかな（公任集五九）

などと詠んでいて、

人ならば待ててふべきをほととぎす二声とだにきかで過ぎぬる（天徳四年内裏歌合二八　元真）

夜を重ね寝ぬよりほかにほととぎすいかに待ちてか二声は聞く（千載・夏・一六六　道因）

などと、二声を聞くことを切実に欲している。画中の男がもう一声聞きたくて山路で日を暮らしてしまったのも、ほととぎすの鳴き声への執着からである。

【作者】源公忠　滋野井弁とも。信明、寛祐、寛信、観教の父。大蔵卿国紀男。寛平元年（八八九）生。延喜十三年（九一三）四月掃部助になり、蔵人、近江権大掾、修理権亮などを歴任、延長三年（九二五）一月従五位下に叙せられる。山城守、右中弁などを経て、天慶元年（九三八）従四位下、同四年三月近江守、同六年十二月に右大弁を兼ねるが、同八年病のために右大弁を辞し、天暦二年（九四八）十月二十八日に没す。六十歳。蔵人・弁官の経歴が長く、有能な官吏であった。歌人として、延喜二十二年「内裏菊合」に出詠、「康子内親王御裳着

屏風歌」を詠進。三十六歌仙の一人。『後撰集』以下の勅撰集に二十一首入集。家集に『公忠集』がある。

【他出文献】◇公忠集→［補説］。◇金二三。◇深。◇三。◇朗詠集一八四。◇前。◇古今六帖四四四三。

屏風に　　大中臣能宣

70 昨*日までよそに思《おも》ひしあやめ草けふ我やどのつまと見るかな《哉》

【校訂注記】「昨日まて」ハ底本ニ「昨まて」トアルノヲ、諸本ニヨッテ改メタ。

【校異】詞〇屏風―屏風絵〈「絵」ノ左傍ニ朱デ見セ消チノ符号ガアリ、右傍ニ朱デ「イ無」トアル〉（貞）。

【拾遺集】夏・一一〇。

屏風に　　大中臣能宣

昨日まてよそにおもひしあやめ草けふ我やとのつまとこそなれ

定夏・一〇九。**歌**〇つまとこそなれ―つまと見る哉。

屏風に

昨日までは関りないものと思っていたあやめ草であるが、五月五日の今日は、わが家の軒の端（つま）に葺かれ、妻と見ることだ。

【語釈】〇屏風に―西本願寺本『能宣集』（能宣集Ｉ）によると、右兵衛督忠君のための屏風であるという。〇昨日まで―「昨日」は五月五日の前日のこと。〇よそに思ひし―無縁のものと思っていた。〇あやめ草―香気が強く、邪気をはらうとされ、五月五日には軒端や車にさした。○けふ―五月五日の今日。○つまと見る―「つま」は軒、軒端の意の「端」に「妻」を掛ける。

【補説】この歌は西本願寺本には、「右兵衛督忠君の朝臣の月令の屏風のれう」としてみえる歌群（一三二～一四四）中に、「五月、人家に菖蒲つ（ふカ）き、をむななど出でゐたる所」（一三七）と絵柄の説明があってみえる。歌仙家集本（能宣集Ⅱ）にはなく、時雨亭文庫蔵坊門局筆本には「屏風の歌詠み侍るに」と詞書のある歌群（一九四～二一九）中に「五月さうぶふきたる家のはしに、人ながめてゐたるところ」（二〇一）としてある。しかし、この歌群が忠君の屏風歌であることは記されていない。この忠君の屏風歌は『順集』にも「右兵衛督忠君朝臣、新しく調ずる屏風の歌」として十二首（二二六～二三七）あり、五月は「五月五日、庭に馬を引かせてみる」とあって、絵柄が『能宣集』とは異なる。

忠君は藤原師輔の男、天徳二年（九五八）正月十九日に五位蔵人に補せられ、天徳四年十月右兵衛督に転じ、応和二年（九六二）正月に従四位下に叙せられて、殿上を去り、安和元年（九六八）に亡くなった（尊卑分脈）。生年、享年が不詳のため、忠君が何のために屏風を新調しようとしたのかわからない。

歌は、五月五日に軒端にあやめ草を葺く風習を取り入れ、軒端の意の「つま」に「妻」を掛けて、疎遠であったあやめ草が一日違いで親密な存在に変ったところに興趣を感じている。あやめ草が年に一度だけ妻とみられることを、たなばたによそえて、より機知的に、

　　たなばたのここちこそすれあやめ草年にひとたびつまと見ゆれば（実方集一二四）

　　けふごとに軒のつまなるあやめ草たなばたつめに劣らざりけり（公任集八〇）

などと詠んだ歌も、その発想の根源には能宣の歌があると言えよう。

【作者】大中臣能宣→二一。

【他出文献】◇能宣集→［補説］。◇如意宝集、「或人の屏風に」。◇朗詠集一五八。

題不知　　　　　　　　　　　　　延喜御製

71 あしひきの山郭公けふとてやあやめの草のねにたてて鳴く

【校異】ナシ。

【拾遺集】夏・一一二。

あし引の山郭公けふとてやあやめの草にねに立てなく　　　延喜御製

定夏・一一一。歌○草に―草の。

題知らず

山時鳥は今日が五月五日ということでか、あやめの根にちなんで音をあげて鳴いている。

【語釈】○延喜御製―「延喜」は醍醐天皇のこと。四参照。○けふ―「けふ」は端午の節句の今日。五月五日。○あやめの草の―根を賞するところから、同音の「音」を導く序詞。○ねにたてて鳴く―声をあげて鳴く。「ねにたてて鳴く」という言い方は、平安中期までは他に用例がなく、平安後期から用いられるようになった。「わが恋をねにたててなくものならばこたへもあへじをちの山彦」（林葉和歌集六八六）「心からつまごひすれやあふことのかた山きぎすねにたてて鳴く」（千五百番歌合四七九）。

【補説】ほととぎすは四月ごろは山辺で鳴きはじめ、

五月来ば鳴きもふりなむほととぎすまだしきほどの声を聞かばや（古今・夏・一三八　伊勢）

いつの間に五月来ぬらむあしひきの山時鳥今ぞ鳴くなる（古今・夏・一四〇）

などと詠まれているように、五月になると人里に飛来して鳴いた。このころのほととぎすは聞き馴れて新鮮さがなく、人々は初々しい鳴き声を聞こうとした。五月五日のほととぎすを詠んだ歌には次のような歌がある。

　ほととぎすいつかと待ちしあやめ草けふはいかなるねにかなくべき（新古今・恋一・一〇四三　公任）

　五月五日、人の家にさうぶ葺き、女どもほととぎすの声聞き侍るところ

ほととぎす軒にまぢかく鳴くなるはあやめの草のねにやむつるる（時雨亭文庫蔵坊門局筆本能宣集一四）

あやめ草引きかけたるはほととぎすねをくらべにやわがやどに鳴く（同前一五）

　五月五日、郭公の心を

けふとてや山ほととぎすあらはれてあやめのねさへ聞けば鳴くらん（輔尹集一六）

いずれも、この日袂にかけたり、軒端に葺いたあやめの「根」にほととぎすの「音」を掛けている。このうち輔尹の歌は七一と「けふとてや」「山ほととぎす」など表現に共通性があり、七一に依って詠んでいると思われる。この歌の作者名は『抄』『集』の諸本に「延喜御製」とある。貫之の編纂と言われる『新撰和歌』にも撰収されているので、古今集時代の歌であり、「延喜御製」とあるのも信憑性がある。

【作者】 醍醐天皇　第六十代天皇。諱は敦仁。宇多天皇第一皇子。母は藤原高藤女胤子。十三歳で即位。聡明で政務に専心、時平、道真が親政を補佐、その後も忠平が親政を補佐した。その政治は「延喜の治」と仰がれた。在位の間に『日本三代実録』『延喜式』を撰録させ、紀貫之、凡河内躬恒らに『古今集』を撰進させた。和歌に優れ『後撰集』以下の勅撰集に四十三首入集。家集に『延喜御集』がある。

【他出文献】 ◇新撰和歌一三五。◇時雨亭文庫蔵坊門局筆本元輔集（二二六）、「五月」。◇古今六帖九四、貫之、「五日」。

72　たが袖《そで》に思《おも》ひよそへて郭公花橘《はなたちばな》の枝《えだ》に鳴《な》くらむ　読人不知

【校異】歌○たかそてに―たか袖に〈右傍ニ朱デ「此歌イ本無之」トアル〉（貞）。

【拾遺集】夏・一一三。

たか袖におもひよそへて郭公花橘のえたに鳴らむ　読人不知

定夏・一一二。

ほととぎすは昔の恋人の袖と同じものとみなして、橘の花の枝で鳴いているのだろうか。

【語釈】○たが袖―だれの袖。かつての恋人の袖。○思ひよそへて―「思ひよそふ」は他のものになぞらえる、連想するの意。○花橘―『古今集』の「さつき待つ花橘の香をかげば昔の人の袖の香ぞする」（夏・一三九）によって、懐旧の表徴とされた。

【補説】ほととぎすと花橘を取り合せた歌は多く、いくつかの類型がみられる。

㈠⑴今朝来鳴きいまだ旅なるほととぎす花橘に宿は借らなむ（古今・夏・一四一）

⑵年ごとに来つつ声するほととぎす花橘やつまにはあるらん（貫之集三四四）

㈡⑶色かへぬ花橘にほととぎす千歳ならぶる声ぞきこゆる（中務集一三）

⑷ときはなる花橘にほととぎす鳴きとよめつつ千代もへぬかな（古今六帖二二五八）

⑸ときはなる花と思へばやほととぎす花橘に声のかはらぬ（古今六帖四二五一）

㈢⑹かばかりもとひやはしつるほととぎす花橘のえにこそありけれ（道綱母集三〇）

⑺ほととぎす花橘の香をとめて鳴くは昔の人や恋しき（和漢朗詠集一七四）

㈠はほととぎすが花橘を宿として里に止まっていることを詠んだ歌で、㈡は常世の国から橘を持ち帰ったという伝承から、ときはの橘にあやかって、時鳥も千世まで鳴きながらえるということを詠んだ歌、㈢は『古今集』の「さつき待つ」の歌をふまえて詠んだ歌である。七二は［語釈］に記したように『古今集』の「さつき待つ」の歌をふまえて、昔の恋人の香を懐かしんでほととぎすが橘の花の枝で鳴いているととりなしたものである。

天暦御時の屏風に、淀《よど》の渡りを過《す》ぐる人有る所に、郭公をかける　　忠峯

73　いづかたに鳴《な》きて行《ゆ》くらん郭公淀《よど》のわたりのまだ夜深《よぶか》きに

【底本原状】「忠峯」ノ「峯」ノ右傍ニ「見」トアル。

【校異】 **詞**○御時の屏風に―御時御屏風に（島・貞）○渡を―わたり（島・貞）○すぐる―する（貞）○郭公を―郭公（島）○かける―かける所に（島）かけるをみて〈「かけるを」ノ右傍ニ朱デ「ナケルヲィ」トアル〉（貞）○忠峯―忠見（島）忠視〈「視」ノ右傍ニ朱デ「峯ィ」トアル〉（貞）。**歌**○いつかたに―いつかたへ〈「へ」ノ右傍ニ「にィ」トアル〉（貞）○わたりの―わたりの〈「の」ノ右傍ニ朱デ「ハ」トアル〉（貞）。

【拾遺集】夏・一一四。

天暦御時屏風によとのわたりする人のかたかきたるところに　　壬生忠見

いつ方へなきてゆくらむ郭公よとのわたりのまた夜ふかきに

［定］夏・一一三。**詞**○屏風―御屏風。○人のかたかきたる―人かける。**歌**○いつ方へ―いつ方に。

村上天皇の御代の屏風に、淀の渡りを通り過ぎる人がいるところに、郭公を描いてある
郭公よ、どちらの方角へ鳴いて飛んでいくのだろうか。淀の渡りの辺りはまだ夜明けには間があるころに。

【語釈】○天暦御時―村上天皇の御代。三九参照。○淀の渡り―この句の語構成について、「淀の」を「淀」に格助詞「の」が付いたものとみるか、「淀の」を一語とみるか二通り考えられる。また、「渡り」も「辺り」ととるか、「渡り」ととるか二通りある。この組合せで「淀の辺り」「淀野辺り」「淀の渡り」の三組が実際の表現としてありうるが、「淀の渡り」ととるのが穏当である。この「淀の渡り」についても⑴『五代集歌枕』『八雲御抄』にいう歌枕とみるか、⑵『枕草子』にみえる舟渡しをいうとみるか、二通りの解釈が考えられる。底本のように「淀の渡りを過ぐる」という本文であれば、⑴となるが、『抄』の貞和本や『集』の異本・定家本などのように「よどのわたりする」の本文ならば、⑵となる。○淀のわたり―この「淀のわたり」は前項の⑴である。「わたり」に「渡り」と「辺り」とを掛ける。

【補説】この歌は時雨亭文庫蔵承空本『忠見集』に「御屏風たまはりて歌たてまつる」とある歌群中に「よどに人の家あり、ほととぎすなきわたる」（一〇）という画題を詠んだ歌としてみえる。この画題の説明は『抄』とは相違し、正確さに欠ける。『抄』『集』によるにしても「淀の渡りを過ぐる」の本文によるか、「よどのわたりする」の本文によるかで絵柄に違いが生じる。『新大系』には「渡りする」は渡船する意とあるのみで、『和歌大系』にも「右岸の淀と、左岸の美豆とを舟で渡る」とのみある。これらの説明では、淀の渡りで車から舟に乗り換えて渡る絵柄ということになる。これではわざわざ「淀の渡りする」という必要はない。ここは『枕草子』（「卯月のつごもりがたに」の段）に「初瀬にまうでて、淀の渡りといふものをせしかば、舟に車をかき据ゑて…」とある情景である。

淀では永祚元年（九八九）三月の春日社行幸には「桂河淀等結橋諸国所造自御舟渡給、御輿居舟…」（小右記）とあるように浮橋が設けられ、一般人には舟渡しが行なわれた。これは車から舟に乗り換えるのとは異なり、単なる渡船ではない。『枕草子』にあるように、舟に車を据えて渡るという、珍しい舟渡しであるからこそ屏風絵として取り上げられたのだろう。したがって、詞書は「よどのわたりする」とある本文の方がよい。この屏風絵では歌の作者は舟渡しの舟の上から、薄明の空を鳴き渡る郭公をみて詠むという設定である。

【作者】 この歌の作者は底本に「忠峯」とあるが、他の諸本には「忠見」とある。忠峯は詞書に「天暦御時」とある時代とも合わないので、作者は忠見である。壬生忠見→六六。

【他出文献】 ◇承空本忠見集一〇、第二句「なきわたるらん」、第四句「よどのわたりは」。

74

小野宮の大臣の家の屏風に、渡りしたる所に郭公鳴《な》きたるかた有る所に

貫《つら》之《ゆき》

かの方《かた》にはや漕《こ》ぎ寄《よ》せよ郭公道に鳴《な》きつと人に語《かた》らむ

【校異】 **詞**〇小野宮の大臣の家―小野宮大臣家（島・貞）〇渡したる―わたりして侍〈「て侍」の左傍ニ朱デ見セ消チノ符号ガアリ、右傍ニ朱デ「タル」トアル〉（貞）〇郭公―ほとゝきすを（島）郭公の（貞）〇なきたる―きゝたる（島）〇所に―ところに〈「ところに」ノ左傍ニ朱デ見セ消チ符号ガアリ、右傍ニ朱デ「に」トアル〉（貞）。**歌**〇道に―みちに〈「みちに」ノ右傍ニ朱デ「コヽニィ」トアル〉（貞）。

【拾遺集】 夏・一一五。

小野宮大臣の家屏風にわたりしたる所にほとゝきすなきたるかたあ

るに　　　　　　　　　　　　　　　　　　　　　　　　　　　　　　　　　貫之
かの方にはやこきつけよ郭公道になきつと人にかたらむ

小野宮の大臣実頼の家の屏風に、川を渡っている所に郭公が鳴いている絵柄のある所に
船を早く向こう岸に漕ぎ寄せなさい。道中で郭公の初声を聞いたと家人に知らせてやろうと思う。

㊜夏・一一五。**詞**○大臣の家―大臣家。**歌**○こきつけよ―こきよせよ。

【語釈】○小野宮の大臣の家の屏風―「小野宮の大臣」は藤原実頼。一〇五［作者］参照。「屏風」は天慶四年（九四一）正月に調進された。この時実頼は中納言で右大将を兼任していた。○渡りしたる所―ここは前歌のように「淀」と特定されていないうえに、［補説］に掲げる『貫之集』の詞書からも、舟に乗って川を渡るところの意。○かの方―向こう岸。○道に鳴きつと―道中で時鳥の初音を聞いたと。○人に語らむ―「人」は家人。六二に「家にきてなにをかたらむ…」とあるように、時鳥の初声のことを旅の土産話に家人に知らせようとした。

【補説】この歌は『貫之集』に「同じ四年正月、右大将殿の御屏風の歌十二首」とある歌群（四五八～四六九）中に、

男女の木のもとにむれゐたる所に、舟にのりて渡る人あるが、およびをさしてものいへるやうなり、其さま郭公をきけるに似たり
かのかたにはや漕ぎ寄せよ時鳥道に鳴きつと人にかたらん（四六二）

とある。「同じ四年」は天慶四年（九四一）のことで、この年に右大将であったのは藤原実頼である。『抄』『集』の詞書は屏風絵の画題の説明が簡略であるが、家集によると「木の許に男・女が大勢いる岸辺（船着場であろうか）で、舟に乗って川を渡っていく人がいる、舟の乗客が空の方を指さして何か言っているようである、おそら

く鳴きながら飛んでいく郭公の初声を聞いたらしい」といった絵柄が描かれていたようである。

【作者】紀貫之↓七。

【他出文献】◇貫之集↓［補説］。

題不知　　　　読人不知

75 五月雨《さみだれ》に寝《い》こそ寝《ね》られね郭公夜深《よぶか》く鳴《な》かむ声を待《ま》つとて

【校異】詞○題不知―たいよみひとしらす（貞）。歌○さみたれに―さみたれは（島・貞）。

【拾遺集】夏・一一九。

五月雨はゐこそねられね郭公夜ふかくなかむこゑを待とて

定夏・一一八。歌○ゐこそ―いこそ。○待―松。

題知らず

五月雨の降る夜にはゆっくりと寝ることはできない。時鳥が夜明けにはまだ間があるころに鳴く声を聞こうとして。

【語釈】○五月雨に―五月雨と時鳥の取り合せは万葉集時代からみられる。○寝こそ寝られね―睡眠の意の名詞「寝（い）」に助詞「こそ」を介して「寝（ぬ）」が接続、それに可能の助動詞「られ」と打消しの助動詞「ね」が付いたもの。体を横たえて寝ることはできないの意。

【補説】時鳥は五月雨の降るころに鳴くとされ、万葉の時代から、

かき霧らし雨の降る夜をほととぎす鳴きてゆくなりあはれその鳥（巻九・一七五六）

かくばかり雨の降らくにほととぎす卯の花山になほか鳴くらむ（巻十・一九六三）

五月雨に物思ひをればほととぎす夜深く鳴きていづち行くらん（古今・夏・一五三　紀友則）

五月雨の空もとどろに時鳥なにをうしとか夜ただ鳴くらむ（古今・夏・一六〇　貫之）

このごろは五月雨ちかみ郭公思ひみだれて鳴かぬ日ぞなき（貫之集六六一）

などと詠まれている。人は五月雨のころは物思いがますが、一層思いをつのらせるように時鳥ももの思いみだれて鳴くという類型的な発想で詠まれている。七五の上句に「寝こそ寝られね」とあるのも、時鳥の鳴き声を待っているためだけではなく、五月雨のころの物思いのために眠れないのである。

七一から七五まで、時鳥を景物として詠み込んだ歌である。『抄』では、まず、五月五日の節句と花橘の枝に鳴く時鳥の歌が配置される。前者は時節の景物である「あやめの根」との関わりで、後者は古歌との関わりで詠まれたもので、故事が背景にある。七三、七四は渡し場の光景の屏風歌、七五は五月雨のころの鳴き声で、時の推移に従って配列している『集』とは趣が異なる。『抄』の歌の『集』における位置も、時の推移に従って配列した後に一一一・一一二・一一三・一一五・一一八とほぼ一括して収められている。

【他出文献】◇如意宝集、夏、第一句「さみだれは」。

76

延喜御時月令《（つきなみの）》御屏風に

五月山《やま》木《こ》の下闇《したやみ》にともすひは鹿《しか》のたちどのしるべな《成》りけり

【校異】詞○御屏風に―屏風に（島）。○作者名ナシ―貫之（島・貞）。

【拾遺集】夏・一二八。

延喜御時月なみの御屏風

五月やみこの下やみにともす火は鹿の立とのしるへなりけり

定夏・一二七。詞○月なみの―月次。○御屏風に―御屏風。○作者名ナシ―つらゆき。歌○五月やみ―さ月山。

醍醐天皇の御代の月令の屏風に

五月の山の木陰の暗がりに燈す照射の火は、鹿の立っている場所を知らせる印であった。

【語釈】○延喜御時月令御屏風―四、五三、五九なども同じときの屏風歌である。四参照。○五月山―五月のころの山。○木の下闇―生い茂った枝葉で木の下が暗いこと。○ともすひ―夏の山中で松明をともして鹿をおびき寄せて射る猟で、火串《ほぐし》に挟んだ松明をともした明かり。○鹿のたちど―鹿狩りで、おびきよせた鹿の立っている所。

【補説】この歌は『貫之集』に「延喜六年つきなみの屏風八帖が料の歌四十五首、宣旨にてこれをたてまつる廿首」とある歌群（三〜二二）中に、「五月ともし」（九）として歌詞に異同なくみえるが、天理図書館蔵本（貫之集Ⅱ七）には詞書を「五月かり」として「さ月やみこのしたやみにともす火はしかのたちどのしるべなりけり」とあり、第一句が相違する。しかし、この歌を撰収する『古今六帖』にも第一句は「さ月山」とあり、これが原型本文であろう。

「五月山」の語は、『万葉集』（巻十・一九五三）に「五月山卯の花月夜ほととぎす聞けどもあかずまた鳴かぬかも」とあるのをはじめ、平安時代にも、

五月山梢を高みほとゝぎす鳴く音空なる恋もするかな（貫之集五九四）

ほとゝぎすつねにこぐらき五月山ことしはいとど道やまどへる（異本長能集、長能集Ⅱ一一三）

などと、卯花月夜・花橘・ほとゝぎすなどと取り合せて詠まれている。その一方で、「五月山」は若葉の茂った小暗い山の状態であるところから、照射の歌にも、

さつき山ともしにみだる狩人はおのが思ひに身をややくらん（重之集二五〇）

さつき山このもかのもにかくれかねはかなきものはともしなりけり（賀茂保憲女六四）

などと詠み込まれている。

【作者】底本には作者名がなく、前歌と同じく「読人不知」となるが、島本・貞和本には「貫之」とあり、『貫之集』にもあるので、作者は貫之である。紀貫之→七。

【他出文献】◇貫之集→［補説］。◇古今六帖一一六七。◇如意宝集、夏。

九条右大臣賀の屏風　兼盛

77 あやしくも鹿《しか》のたちどの見えぬかな《哉》小倉《をぐらの》山に我や来《き》ぬらん

【校異】詞〇右大臣―右大臣家の〈「右」ノ右傍ニ朱デ「左ィ」トアリ、「家」ノ左傍ニハ朱デ見セ消チノ符号ガアル〉（貞）〇賀の屏風―賀屏風に（島）賀の屏風に（貞）。

【拾遺集】夏・一二九。

右大臣師輔家の賀屏風　平兼盛

あやしくも鹿の立とのみえぬかなをくらの山に我やきぬらむ

㊄夏・一二八。詞○右大臣師輔家―九条右大臣家。○賀―賀の。○屏風―屏風に。

九条右大臣師輔の賀の屏風の歌

不思議なことに鹿の立っている場所が見えないよ、私は小暗いという名の小倉山に来ているのだろうか。

【語釈】○九条右大臣―藤原師輔。一八二［作者］参照。○賀の屏風―「賀」は師輔の算賀。○小倉山―山城国の歌枕。京都市右京区嵯峨にある山。大堰川を挟んで嵐山と対する。平安中期ごろまでは嵐山を小倉山と呼んだとする説もある。歌では同音の「小暗し」を掛ける。平安時代には鹿が景物として詠まれた。

【補説】この歌は『兼盛集』には彰考館文庫本にのみ、次のようにみえる。

九条の右大臣のいへの屏風に

あやしくもしかのたちどのみえぬかなをぐらの山にわれやきぬらん（一）

この本文のみでは、師輔の何歳の算賀か明らかでない。師輔の四十の賀は天暦元年（九四七）二月十七日に安子が行なったことは『九暦抄』に「女御為賀予四十算」とあり、五十の賀も安子が天徳元年（九五七）四月二十二日に行なったことは『日本紀略』『九暦』によって知られる。私家集などにも、九条右大臣の算賀の屏風歌のことは尊経閣文庫本『元輔集』（元輔集Ⅲ五二）に「右大臣の五十賀の屏風の和歌」とあり、『中務集』（六八）にも「坊城の右のおほいどのの五十賀中宮したまふ、村上の先帝の召したる」とあって、師輔五十の賀に屏風が調進されたことは確かである。この七七の兼盛の歌も『新大系』『兼盛集注釈』（高橋正治氏）は五十の賀の屏風歌とみており、『和歌大系』も断定はしていないが、五十の賀とみている。しかし、兼盛が師輔五十の賀の屏風歌を詠進した確実な徴証はなく、五十の賀の屏風歌であると断定はできないものの、その蓋然性は大きい。

【作者】平兼盛→一一。

【他出文献】◇彰考館本兼盛集→［補説］。

西宮右大臣の家の屏風に　　読人不知

78　郭公待《ま》つにつけてや照射《ともし》する人も山辺に夜《よ》を明《あ》かすらん

【校異】詞○右大臣の家の―左大臣家（島）左大臣の家の（貞）○屏風に―屏風五月ともしするところに〈「五月」ノ右傍ニ朱デ「已下無他本」トアル〉（貞）○読人不知―作者名ナシ〈朱デ「順ィ」、「読人不知ィ」トアル〉（貞）。歌○あかす―あす〈「あ」ト「す」ノ間ニ補入ノ符号ガアリ、右傍ニ朱デ「カ」トアル〉（貞）。

【拾遺集】夏・一二七。

右大臣高明家の屏風に　　源順

ほとゝきす待につけてやともしする人も山へに夜を明すらむ

定夏・一二六。詞○右大臣高明家の―西宮左大臣の家の。歌○待―松。

西宮右大臣家の屏風の歌として

郭公の鳴くのを寝ないで待つということで、照射をする者も山辺で夜を明かすのだろうか。

【語釈】○西宮右大臣―源高明。醍醐天皇第十皇子。延喜二十年（九二〇）に源朝臣を賜姓される。天慶二年（九三九）八月参議、中納言、大納言を経て、康保三年（九六六）一月右大臣に陞り、同四年十二月に左大臣に転ず。安和の変によって、大宰権帥に左遷され、天禄三年（九七二）召還される。『後拾遺集』以下の勅撰集に二十二首入集。家集に『西宮左大臣集』がある。○屛風―大饗の日の屛風。○郭公待つに―ほととぎすが鳴くのを寝ないで待つ。○照射する―鹿をおびき寄せるために、鹿の道に火串《ほぐし》に挟んだ松明をともす。

【補説】この歌は素寂本『順集』（順集Ⅰ四）に「西宮の源大納言大饗日たつる料に、四尺屛風あたらしく調ぜさしむる料の歌」とある歌群（四～二一）中に「五月ともしするところ」（一一）と詞書を付してみえる。この詞書の解釈は二通り考えられる。

㈠大納言高明が（自身の）大饗の日に立てる四尺屛風を、新しく調製させるために用いる歌。

㈡大納言高明が（某の）大饗の日に立てる四尺屛風を、新しく調製させるために用いる歌。

㈠の場合、大納言である人物が大饗を行なうことはなかった。高明も康保三年一月十六日に右大臣に任ぜられ、その日に任大臣大饗を行い、以後、四年一月十一日に大臣大饗を行い、五年は諒闇で行なわず、安和二年（九六九）は十一日に右大臣師尹の大饗はあったが、左大臣高明の大饗のことは史料にみえず、同年三月に事に坐して大宰権帥に貶謫された。結局、高明が大饗を行なったのは康保三年一月の任大臣大饗と康保四年の大臣大饗の二回だけである。

㈡の場合、大饗を行なうのは高明と親密な関係にある人物である。高明が大納言であった天暦七年（九五三）九月から康保三年一月までの間に、高明が屛風を新調して献ずるような者で、大饗を行なった者は見当らないので、㈡ではなかろう。結局、『順集』に「西宮の源大納言大饗日たつる料に……」とある「大納言」の官職によって作歌年時を明らかにできない。現在のところ、可能性があるのは康保三年一月十六日の任大臣大饗のときである。

照射のために山辺で夜明かしする者を、ほととぎすの鳴く音を待っているととりなしているところに一首の興趣がある。これはある動作・状態が別の目的・要因で起こっているのに、それを時鳥の鳴く音を聞くためであると一括りにする発想で、七五において、五月雨のころの物思いがちで眠れない状態を、時鳥が夜深く鳴く声を待っているからだとしているのと似ている。

【作者】『抄』の底本、島本に「読人不知」とあり、貞和本には朱で「順ィ」「読人不知ィ」とあるが、『集』の具世本、定家本には「源順」とあり、『順集』にもあるので、作者は順である。源順→四七。

【他出文献】◇順集→［補説］。◇古今六帖一一七〇。

東宮に*さぶらひける御絵《ゑ》に、倉《くら》橋山を書《か》けりけるに、郭公の飛《と》びわたりたる所に、人々歌つかまつるなかに　　実方中将

79　五月《さつき》闇《やみ》倉橋《くらはし》山の郭公おぼつかなくも鳴《な》き渡るかな

【校訂注記】「さふらひ」ハ、底本デハ「侍ける」ノ右傍ニ「さふらひ」トアルガ、島本・貞和本ニヨッテ改メタ。

【校異】**詞**〇御ゑ―ゑ〈「ゑ」ノ上ニ補入ノ符号ガアリ、右傍ニ朱デ「御」トアル〉（貞）〇かけりけるに―かけるに（島・貞）〇人々―人々の（島）〇つかまつるなかに―つかうまつりけるなかに（島）つかうまつれとけるに〈「れと」ノ左傍ニ朱デ見セ消チノ符号ガアッテ、右傍ニ朱デ「り」トアリ、「に」ノ右傍ニ朱デ「ナカ」トアル〉（貞）〇実方中将―藤原実方朝臣（島）藤原実方〈「方」の右下ニ朱デ「朝臣」トアル〉（貞）。

【拾遺集】夏・一二五。

東宮の御障子の絵にくらはしやまをほとゝきすとひたる所に　　藤原実方

五月やみくらはし山の郭公おほつかなくもなきわたるかな

定夏・一二四。**詞**〇東宮の御障子の絵に―東宮にさふらひける絵に。〇くらはしやまを―倉橋山に。〇とひたる所に―とひわたりたる所。〇藤原実方―藤原実方朝臣。

東宮のもとにございました御絵に、倉橋山を描いてあったところに郭公が飛んでいく絵柄に、人々が歌を詠みましたなかに

五月雨のころの闇夜、倉橋山のほととぎすは、その山の「暗」という名のように、はっきりしない声ながらも、鳴いて飛んで行くことだ。

【語釈】 ○東宮―居貞親王。冷泉天皇第二皇子。母は兼家女超子。貞元元年（九七六）生。寛和二年（九八六）七月東宮に立ち、寛弘八年（一〇一一）六月即位。三条天皇。○御絵―『実方集』には「御扇」とあり、扇絵とする。○倉橋山―大和国の歌枕（能因歌枕・和歌初学抄）。奈良県桜井市の東南端にある音羽山のことという。○飛びわたりたる所に―「所」は絵柄が描かれている所の意。『実方集』に「飛びわたりたるかたある所」とある。○五月闇―五月雨の降るころの夜の暗いこと。また、その暗闇。暗いところから「暗」と同音の「くら」にかかる枕詞。○おぼつかなくも―「おぼつかなし」ははっきりとしないほととぎすの鳴き声をいう。

【補説】 この歌は藤原清輔の『袋草紙』において、ほととぎすを詠んだ名歌五首の中にあげられている（六五の［補説］参照）。

『実方集』の諸本には、

㈠東宮にさぶらひける御扇に、倉橋山をかけりけるに、ほととぎすの飛びわたりたるかたある所に、人々みな歌つかうまつりけるに（時雨亭文庫蔵素寂本実方中将集一八九）

㈡くらはしやまをとびわたる郭公を（書陵部蔵丁本九三）

㈢五月ばかりに、くらはし山のほとゝぎすのなくをきゝて（時雨亭文庫蔵資経本実方集七五）

などと詞書を付してみえる。このうち、『抄』の詞書に近似しているのは㈠である。

歌は、時節の「さつき闇」の暗さを、地名の倉橋山の「倉」に掛けて、時鳥の鳴き声のおぼつかなさを詠んでいる。このような発想は、

①いかがせむ小暗の山の郭公おぼつかなしと音をのみぞ鳴く（後撰・夏・一九六　師尹）

②さつき闇暗部の山のほととぎす声はさやけきものにぞありける（六条修理大夫集二八六）

③さつき闇鞍馬の山にほととぎすたどるたどるや鳴きわたるらむ（時雨亭文庫蔵承空本道命阿闍梨集四〇）

などの歌にもみられる。とくに①は実方の祖父の師尹の歌で、実方は熟知していたと思われる。また、③は実方の歌の「倉橋山」を「鞍馬の山」に置き換えただけで、ほとんど同じである。

この実方の歌にも先蹤として、

さつき闇くらまの山のほととぎすおぼつかなしや夜半の一声（団家蔵坊門局筆清正集二一）

があり、実方の歌も独創的とは言えない。実方は清正の歌によりながら、祖父の師尹の歌を想起して詠んだと想像される。

実方の歌の第四句の「おぼつかなくも」は五月闇のため暗くたよりないさまをいうともとれる。実方の歌を模して詠んだ前掲③の道命の歌には「たどるたどる」とあるので、この解釈にたっている。しかし、実方は清正と同じように、時鳥のかすかな鳴き声を「おぼつかなくも」と詠んだのである。

【作者】藤原実方　藤原貞（定）時男。母は源雅信女。父の早逝によって、叔父の済時の養子となる。侍従・右兵衛権佐・左近少将などを歴任して、正暦二年（九九一）九月右近中将、長徳二年（九九六）正月に陸奥守となり、九月二十七日正四位下に叙せられて赴任、長徳四年十二月に陸奥で亡くなる。公任・道信・宣方などと親交があり、清少納言・馬内侍・小大君などとも親密な間柄であった。歌人として「寛和二年内裏歌合」に出詠。中古三十六歌仙の一人。『拾遺集』以下の勅撰集に六十七首入集。家集に「実方集」がある。

【他出文献】◇実方集→［補説］。◇玄玄集二三。

題不知　　読人不知

80 時鳥鳴《な》くや五月の短《みじ》か夜《よ》もひとりし寝《ぬ》れば明《あ》かしかねつも

此歌柿下人丸集にも入云々

【校異】詞○題不知―たいよみひとしらす（島）。左注○此歌柿下人丸集にも入云々―此歌柿下人丸か集にいれり（島）ナシ〈朱ノ小字デ「此哥人丸カナリ云々」トイウ書入レガアル〉（貞）。

【拾遺集】夏・一二六。

たいしらす　　読人不知

郭公なくや五月のみしか夜もひとりしぬれはあかしかねつも

［定］夏・一二五。

題しらず

ほととぎすの鳴く五月の短い夜も、ひとり寝をしていると、長く感じて明かすことができない。

【語釈】○時鳥鳴くや五月―『万葉集』以来、「五月」を時鳥が飛来して鳴く月として、「ほととぎす来鳴くさつき」という定型表現が形成された。○短か夜―短い夜。夏の夜についていう。○明かしかねつも―夜を明かすことはできなかった。「五月雨にみだれて物を思ふみは夏の夜をさへ明かしかねつる」（躬恒集二八一）。○此歌柿下人丸集にも入―この歌は『人丸集』（一七三）にもある。この一文は後人による注記である。

【補説】この歌は『万葉集』（巻十・一九八一）に、

霍公鳥　来鳴五月之　短夜毛　独宿者　明不得毛

（ほととぎす来鳴くさつきの短か夜もひとりしぬれば明かしかねつも）

とある歌の異伝である。『万葉集』には「ほととぎす来鳴くさつき」という定型表現が、

ほととぎす　来鳴くさつきの　あやめぐさ　花橘に　ぬきまじへ…（巻十八・四一〇一）

ほととぎす　来鳴くさつきの　あやめぐさ　よもぎかづらき…（巻十八・四一一六）

ほととぎす　来鳴くさつきに　咲きにほふ　花橘の　かぐはしき…（巻十九・四一六九）

などとあり、これが平安時代に継承され、「ほととぎす鳴くやさつきの」という変形した言い方も現れ、

ほととぎす来鳴くさつきの卯の花のうき言の葉のしげきころかな（金槐和歌集五二九）

時鳥鳴くやさつきの菖蒲草あやめも知らぬ恋もするかな（古今・恋一・四六九）

などと詠まれた。

【作者】この歌は平安時代に通行した『人麿集』の諸本にもあり、［他出文献］にあげた『古今和歌六帖』『和漢朗詠集』、『三十六人撰』などにも、作者を人麿とあり、平安時代には人麿の作とされていた。柿本人麿→九三。

【他出文献】◇万葉集→［補説］。◇古今六帖二六九九、人まろ。◇赤人集二六〇。◇人麿集Ⅰ（一七三）。◇人麿集Ⅱ（三〇）、時雨亭文庫蔵義空本人麿集（二四一）。◇和歌体十種、古歌体。◇三、人麿。◇和漢朗詠集一五四、人丸。

中　務

81　夏《なつ》の夜《よ》は浦島《うらしま》の子《こ》が箱《はこ》なれやはか無くあけてくやしかるらむ

【校異】歌〇くやしかるらむ―くやしかるらん〈「るらん」ノ右傍ニ朱デ「リケルィ」トアル〉（貞）。

【拾遺集】夏・一二三。

夏の夜は浦嶋のこかはこなれやはかなくあけてくやしかるらむ

㊟夏・一二二。

夏の夜は浦嶋の子の玉櫛笥であろうか、おろかにも開けてしまい残念な思いをしたように、あっけなく夜が明けて残念なことであろう。

【語釈】〇浦島の子が箱―浦島子の玉櫛笥。〇はか無くあけて―「あけ」は玉櫛笥を開ける意と夜が明ける意を掛ける。この二つの意に応じて「はか無く」も、「開けて」を修飾して、あさはかにも、おろかにもの意と、「明けて」を修飾して、あっけなく、束の間であるの意とをあらわす。

【補説】夏の夜があっけなく明けて悔しいさまを、浦嶋子がおろかにも櫛笥を開けて悔しい思いをしたことを例示として詠んでいる。浦島伝説は上代の『日本書紀』『丹後国風土記（逸文）』『万葉集』などにみえ、中古には漢文伝が書かれ、浦嶋子の故事が歌学書に引かれ、和歌の題材にもなった。この歌の作者は『抄』『集』ともに中務とするが、『中務集』にはない。『後撰集』（雑一・一一〇四）には中務の、

あけてだに何にかは見む水の江の浦島の子を思ひやりつつ

という歌があるが、この歌も『中務集』にはないので、家集に有る無しで、作者は決め兼ねる。八一の中務の歌と同様に、夜が明けた後のくやしさを詠んだ歌が、中務と交際があった師輔に、

秋の夜のあけての後のくやしきは浦島の子がはこにやあるらむ（九条右大臣集二一）

とある。この歌と八一の中務の歌とは発想が似ていて、何らかの関係があったと思われる。

【作者】中務→六。

【他出文献】◇俊頼髄脳、第一句「みづの江の」。

月令の御屏風に、旅人《たび》木《き》の陰《かげ》にやすみたる所　　読人不知

82 行末《するゑ》はまだとほ《を》けれど夏山の木《こ》の下《した》影は立ちうかりけり

【校異】詞〇月令—月次〈「次」ノ右傍ニ朱デ「令」トアル〉（貞）〇たひ人きのかけに—たひ人のなつ山のきのかけに〈「のなつ山の」ノ左傍ニ朱デ見セ消チノ符号ガアリ、右傍ニ朱デ「イ無」トアル〉（貞）〇やすみたる所—やすむ（島）やすみたるところに（貞）〇読人不知—読人不知〈右傍ニ朱デ「延喜御製ィ」トアル〉（貞）。歌〇うかりけり—うかりけり〈「り」ノ右傍ニ「るィ」トアル〉（貞）。

【拾遺集】夏・一三〇。

女四親王家の屏風に　　凡河内躬恒

ゆくするゐはまたとをけれと夏山の木下かけは立うかりけり

定夏・一二九。詞〇女四親王家—女四のみこの家。歌〇下かけは—したかけそ。

月令の御屏風に、旅人が木陰に休んでいるところ

これから旅をしていく道程はまだ遠いけれど、夏の山の木陰は涼しくて、立ち去るのがつらいことだ。

【語釈】〇月令の御屏風—『集』の異本・定家本には「女四親王」または「女四のみこ」の家の屏風とある。六三の「補説」参照。〇行末—旅の前途。〇木の下影—木陰。暑い季節に涼をとる場所。緑陰。〇立ちうかりけり

―その場から立ち去りづらい。

【補説】この歌は『躬恒集』の諸本に、

女四宮の御屏風うた（書陵部光俊本、躬恒集Ⅰ九五）、第一句「ゆくみちは」、第五句「すきふかりけり」。

延喜十八年五月女四宮屏風和歌（時雨亭文庫蔵承空本躬恒集一四二）、第一句「ゆくさきは」。

ゑき十二年女二宮の御屏風のわかなへ（「へ」ハ「つ」ノ誤リカ）（歌仙家集本、躬恒集Ⅴ三〇）、第一句「行さきは」。

などとある（躬恒集Ⅱ二〇二は拾遺集からの増補歌であるので省略）。『抄』には「女四親王の屏風」と詞書のある歌が六三にあった。そこに記したように「女四親王」「女四宮」などの呼称は醍醐天皇の第四皇女勤子内親王のことであり、『貫之集』によれば、延喜十八年二月の勤子内親王の髪上げのときの屏風歌である。

旅人が木陰で涼をとっているところが描かれている。画中の旅人は前途程遠く、早く旅立たなければと焦りながら、あまりの暑さに緑陰を離れがたく思っている。表現などに特別の趣向はないが、旅人の気持ちが自然に感得できる、率直な歌である。なお、貞和本には詞書と歌との間に朱で「或本ニ題不知」と書入れがある。

【作者】凡河内躬恒→五。

【他出文献】◇躬恒集→［補説］。◇古今六帖三九四、躬恒、第四句「この下かぜ」。

河原院の泉のもとに涼《すず》み侍りけるに＊・　　恵慶《京》法師

83　松影《かげ》の岩井《いは》の水を結《むす》びあげて夏なき年と思《おも》ひけるかな《哉》

【校訂注記】「泉のもと」ハ底本ニ「泉もと」トアルノヲ、島本・貞和本ニヨッテ改メタ。

【校異】ナシ。

【拾遺集】夏・一三二。

河原院のいつみにてすゝみ侍て　　　　恵慶法師

松陰のいわゐの水をむすひあけて夏なき年とおもひけるかな

㊁夏・一三一。詞〇いつみにて―いつみのもとに。

河原院の泉水のもとで涼んでおりましたときに

松の木陰にある岩井の清水を掬い上げて、あまりの冷たさに夏のない年と思ったことだ。

【語釈】〇河原院―源融の邸宅。六条大路の末、東京極大路と鴨川の間の河原にあった邸宅。別に左京の六条四坊十一町から十四町までの四町を占める広大な融の邸宅をも河原院とも、東六条院ともいった。融の没後に大納言昇によって宇多天皇に献上された。宇多上皇の没後は荒廃し、寺院として安法が住んで、恵慶・兼澄・能宣・元輔などの歌人が集い、風雅の交わりを結んだ。〇岩井の水―周囲を石組みにした井の水。また、岩の間から湧き出る清水ともいう。〇夏なき年―暑さを感じないので、夏が無い年と思った。恵慶の独自表現。

【補説】この歌は現存の『恵慶集』には見えず、『抄』が何を資料にして撰収したか明らかでない。

この歌を印象深いものにしているのは「夏なき年」という独特の表現で、中世の歌人もこれを模して盛んに用いている。

(イ)相坂の木の下水の関守は夏なき年をいく世へぬらん（壬二集六二五）

(ロ)松陰や夏なき年の清水にもげに秋風はけふぞたちける（秋篠月清集一一〇六）

(ハ)夕まぐれ岩井の水はむすばねど夏なき年の松風の声（仙洞影供歌合四九）

(ニ)かげしげみむすばぬさきの山の井に夏なき年と松風ぞふく（拾遺愚草員外五一六）

この中で注目されるのは、本歌である恵慶の歌では清水と松陰によって涼を感じて「夏なき年」と詠んでいるのに、(八)(二)では「松風」によって「夏なき年」と詠んでいることである。これは八三の歌の初句を「松風の」とする『後六々撰』の歌に依ったためであろうか、あるいは本歌にない独自性をだそうとしたことによるのだろうか。

【作者】 恵慶法師→四〇。

【他出文献】 ◇朗詠集一六七、恵慶、第三句「むすびつつ」。◇後六々撰、第一句「松風の」。

題不知　　　　読人不知

84　底清《そこきよ》み流《なが》るゝ川《かは》のさやかにも祓《はら》ふる事を神は知《し》らな南《ん》

【校異】 詞〇題不知―たいよみひとしらす（島）。歌〇さやかにも―せをはやみ（島）〇しら南―きかなむ（島・貞）。

【拾遺集】 夏・一三四。

題不知　　　　読人不知

そこ清みなかるゝ水のさやかにもはらふることを神はきかなむ

定夏・一三三。歌〇水―河。

川底が澄んで流れている水の清らかなように、清浄な心で祓えをしたことを、神は知ってほしい。

【語釈】 〇底清み流るる川の―川底まで澄んで流れている川のようすから、「さやかに」を導くための序詞。〇さやかに―心が曇りなく清らかであるさま。〇祓ふる事―川原で禊ぎをして、身の汚れを払い流すこと。ここは六月晦日に半年間の罪や汚れを除くために行なわれた大祓の神事のこと。八五参照。この歌の「祓ふる事」の「事」を「言」とみて、祓えをする際にとなえたことばとも解せるが、下に「神は知らなん」とあるので、「祓えをする事」と解した。ただし、『集』のように下が「神はきかなむ」であれば、「事」は「言」と解することになる。

【補説】六月の大祓を詠んだ歌である。「底清み流るる川」は祓をする川辺の清浄なさまをいうとともに、祓をする人の心も形容している。

この歌は『抄』『集』ともに作者は不明とあるが、『新大系』が「内裏の屏風歌で作者は凡河内躬恒か（躬恒集）」と指摘しているように、『躬恒集』諸本のうち、書陵部蔵光俊本（躬恒集Ⅰ一〇一）には「内御屏風和歌」としてみえる歌群中に、

六月はらへ

底みえて流るる水のさやかにもはらふることを神はきかなむ

という歌がある。この歌は内閣文庫本（躬恒集Ⅱ五）、時雨亭文庫蔵承空本躬恒集（五）などにも第一句「そこ見えて」としてあり、西本願寺本（躬恒集Ⅳ三五二）には上句「そらみえてながるゝかはのはやりしも」として、歌仙家集本（躬恒集Ⅴ三六）には第一句「空見えて」、第三句「はやけきも」としてある。このように『躬恒集』諸本に歌詞に小異はあるがみえ、これらと八四もほぼ一致するので、躬恒が内裏の屏風歌として詠進したものとみてよかろう。

この歌は『抄』『集』とも「題不知」とあるが、『躬恒集』によると、六月祓を詠んだものである。六月祓は宮廷行事としては、内裏の朱雀門に百官男女を集め、中臣が祓詞を宣り、罪や穢れをとり除くために祓を行なった。この大祓は内裏だけでなく、上皇や臣下も個人的に邸宅・河頭で人形に罪や穢れを移して川に流して邪気をはら

い、身を清めた。また、民間では、茅で作った輪をくぐって罪や穢れをはらい浄める菅貫をするようになった。一八七参照。これは宮廷行事の大祓とは別のものである。歌には、

　みなづきはらへ

禊ぎする河の瀬みればから衣ひもゆふぐれに波ぞ立ちける（歌仙家集本貫之集一一）

　六月祓へしに河原にまかりいでて、月のあかきを見て

賀茂河のみなそこすみて照る月をゆきて見むとや夏祓へする（後撰・夏・二一五）

　六月河原にはらへし侍るところ

川波もなごしの祓へするけふは浮かぶかげさへのどけかりけり（能宣集三九七）

などと詠まれ、歌材になっているのは宮中行事の六月大祓ではなく、私的に行なわれた六月祓である。

【作者】凡河内躬恒↓五。

【他出文献】◇躬恒集↓［補説］。◇古今六帖一一四、躬恒、第一句「そら見えて」、第五句「神はきかなん」。

長能

85　さばへなすあらぶる神もお《を》しなべて今日はなごしの祓《はらへ》な《成》りけり

【校異】詞○ナシ—みな月はらへのところに〈「みな」ノ右傍ニ朱デ「此詞イ無」トアル〉（貞）○長能—藤原長能（島）長能〈「長」ノ右傍ニ朱デ「藤原ィ」トアル〉（貞）。

【拾遺集】夏・一三五。　藤原長能

さはへなるあらふる神もおしなへてけふはなこしのはらへなりけり

五月の蝿のように騒がしい邪悪な神も、六月晦日の今日は一様に靡き穏やかになるなごしの祓えの日だったよ。

定夏・一三四。**歌**〇さはへなる―さはへなす。

【語釈】〇さばへなす―「さばへ」は五月の蝿の意、「なす」は…のようにの意の接尾語。五月の蝿のように騒がしいさま。「昼者如五月蝿〈五月蝿此云左魔陪〉、而沸騰之」（書紀・神代下）。邪悪な神の形容としても用いられる。〇あらぶる神―荒々しく振る舞う神。狂暴な神。上代文献では『古事記』（神代）、『日本書紀』（神代下）、『祝詞』（六月晦大祓・遷却祟神・出雲国造神賀詞）などに出てくる。これは「葦原の中つ国」「豊葦原の水穂の国」の「荒らぶる神」である。〇おしなべて―力をもって靡かせての意と、一様にの意とを表す。〇なごしの祓―陰暦六月晦日に行なわれる祓。名義については、「な（和）ごし」の意で邪神を祓いなごませる意とする説（八雲御抄）、夏の名を越えて相剋の災いを祓う意とする説（下学集）とがある。

【補説】この歌は流布本『長能集』（長能集Ⅰ六六）に、

屏風の絵にみなづきはらへしたるところ

さく（「く」ハ「者」ノ草仮名ヲ誤写シタカ）へなすあらぶる神もおしなべてけふはなごしのはらへなりけり

とあり、『俊頼髄能』には、

さばへといふは、あらき神のさばへのごとくに、多く集まり、人のために祟りをなす。これを祓へなごめてなむ、世はよかるべきといひて、水無月の晦の日は祓へなごむるなり。この事のおこり、日本紀にみえたり。

（以下略）

とある。豊葦原の中つ国の荒らぶる神を平定した神話が、この神事の起源とみる立場から、「夏越し」に「和し」を掛けたとみている。

「なごしの祓」の歌題は中古では『古今六帖』にみえるが、屏風の画題の説明としては「六月祓」「六月祓へする所」などとあり、「なごしの祓へ」の語は用いられていない。しかし、歌詞としては順、好忠、能宣、伊勢大輔、和泉式部など多くの歌人が用いている。なお、「なごしの祓」については一八七参照。

『抄』の「六月祓」の歌は二首ある。『古今集』にはなかった歌題で、『後撰集』では夏の巻軸に置かれている。

【作者】藤原長能→四一。

【他出文献】◇長能集→［補説］。◇後。

86

*右大将定国之四十賀、内裏より屏風を調じて給ひけるに　壬生忠峯

大荒木《おほあらき》の森《もり》の下《した》草茂《しげ》りあひてふかくも夏に成りにけるかな《哉》

此歌躬恒が集にあり

【校訂注記】「右大将」ハ底本ニ「右大臣」トアルノヲ、島本、貞和本ニヨッテ改メタ。

【校異】詞○定国之―定国が（島）定国〈「国」ノ右下ニ朱デ「カィ」トアル〉（貞）○賀―賀に（島・貞）○屏風を―屏風（島）屏風〈「風」ノ右下ニ朱デ「ヲィ」トアル〉（貞）○給けるに―たまはせけるに〈「はせけるに」ノ右傍ニ朱デ「ヒタリケルニィ」トアル〉（貞）○壬生忠峯―忠峯（島・貞）。歌○夏に―なつの（島・貞）。左注○此歌躬恒か集にあり―ナシ（島）ナシ〈朱デ「此哥躬恒集ニモ入云々」トアル〉（貞）。

【拾遺集】夏・一三七。

右大将定国四十賀に内より屏風調して給ひけるに　　壬生忠峯

大あらきの森の下草しけりあひてふかくも夏のなりにけるかな

定夏・一三六。詞○壬生忠峯―たゝみね。

右大臣定国の四十歳の算賀に、帝から屏風を新調してお与えになったとき

大荒木の森の下草が茂りあって草深くなり、夏がすっかり深まったことだ。

【語釈】○右大将定国―大納言藤原高藤の男。昌泰二年（八九九）二月参議、十二月中納言と進み、同四年一月右大将を兼ね、延喜二年（九〇二）一月大納言となる。同六年七月二日没。『公卿補任』には享年四十とあり、「生年貞観八年丙戌（然者四十一歟）」とある。泉大将。底本に「右大臣」とあるのは「右大将」の誤りであるので改めた。○四十賀―前項に記したように、貞観八年（八六六）丙戌の誕生であれば、四十賀は延喜五年のことになる。○内裏より―醍醐天皇の命により歌を詠進した。○大荒木の森―『万葉集』の歌では、奈良県五条市今井町の荒木神社のある森をいう。平安時代以降は京都市伏見区淀本町の与抒神社あたりの森とも。四〇六参照。「大荒木のもり」という言い方で「下草」「下」「草」などにかかることが多い。○ふかくも―「ふかし」は程度の進んでいるさま。ここは草深くなったことと夏が最盛期になったことをいう。○夏に―前項の「ふかくも」は「なりにける」にかかり、「なる」の主語は夏であるので、「夏の」とあるべきところ。『抄』の島本、貞和本や『集』に「夏の」とあるのがよい。

【補説】泉大将定国の四十の賀の屏風歌である。その詠進年時については、古記録などにはみえないが、『躬恒集』（四）に「延喜五年二月十日仰せごとによりてたてまつれる泉大将四十の賀の料屏風四帖、内よりはじめて内侍督殿にたまふ歌」とあり、西本願寺本『貫之集』（一）にも「延喜五年二月廿一日尚侍之被奉泉右大将賀之

時屏風、依内裏仰奉之」とあって、延喜五年二月のことであり、四十賀は定国の妹の満子（延喜七年二月八日任尚侍）が催したものである。

この歌の作者については忠岑・躬恒の両説がある。すなわち、この歌は『躬恒集』の諸本に、

右大将藤原朝臣四十賀屏風（書陵部蔵光俊本、躬恒集Ⅰ八二）

延喜八年右大将藤原朝臣四十賀屏風和歌（時雨亭文庫蔵承空本一四三）

延喜五年二月十日仰せごとによりてたてまつれる泉大将四十の賀の屏風四帖、内よりはじめて内侍督殿にたまふ歌（西本願寺本、躬恒集Ⅳ五）

延喜十四年二月十八日、おほせによりて奉る泉の大将の四十賀の屏風四帖、内より調じてつかはすに、書く料の歌（歌仙家集本、躬恒集Ⅴ一八）

などと詞書を付してみえる。催した年時などに相違はあるが、「右大将藤原朝臣四十賀屏風歌」という点は一致している。一方、『忠岑集』の諸本にも、

右大将四十賀の屏風に、夏（時雨亭文庫蔵伝為家筆本三）

右大将の四十の賀の屏風に、夏（西本願寺本、忠岑集Ⅱ五五）

詞書ナシ（時雨亭文庫蔵承空本八九）

右大将定国が四十の賀の屏風、内より調じてつかはしける（時雨亭文庫蔵桝形本忠岑集一六九）

などと詞書を付してある。このように両者の家集にあるので、これのみでは決定しかねる。家集以外の文献では「寛平御時中宮歌合」六番右に躬恒の作としてみえ、『古今六帖』（一〇五）も作者を躬恒とする。

「大荒木の森」を詠んだ歌は平安時代になって増加していくが、それらの歌の本歌となったのは、『古今集』（雑上・八九二）にある「よみ人知らず」の「大荒木の森の下草老いぬれば駒もすさめず刈る人もなし」という歌である。この歌を本歌として、躬恒は、

大荒木の森の下なるかげ草はいつしかとのみ光をぞ待つ（躬恒集Ⅰ九）

人につくたよりだになし大荒木の森の下なる草の身なれば（承空本躬恒集三〇三、後撰・雑二・一一八六）

いたづらに老いぬべらなり大荒木の森の下なる草葉ならねど（躬恒集Ⅰ三〇四、Ⅱ二三〇など、拾遺・雑春・一〇八一）

などと詠み、忠岑も

おはらぎの森の草とやなりにけんかりに来てとふ人のなき身は（時雨亭文庫蔵桝形本忠岑集六四、後撰・雑二・一一七八）

と詠んでいて、両人ともに「大荒木の森」を詠み込んだ歌に関心を持っていた。

八六の表現で注目されるのは、「ふかく」を掛詞として「ふかくも…の…かな」という構文である。これと全く同じ構文を用いて躬恒は、

枯れはてむのちをば知らで夏草の深くも人のおもほゆるかな（承空本躬恒集三一八、古今・恋四・六八六）

と詠んでいる。「大荒木の森」という歌語への関心の深さ、同じ構文を用いた歌の存在などは、八六の作者を「躬恒」とする根拠になりうるだろう。『抄』『集』ともに作者を「忠岑」としている根拠は明らかでないが、底本の作者名を尊重して改めないでおく。なお、「大荒木の森の下なる草」については四〇六の「大荒木の下草」参照。

【作者】壬生忠岑→一。

【他出文献】◇躬恒集→［補説］。◇忠岑集→［補説］。◇寛平御時中宮歌合、躬恒。◇古今六帖一〇五、躬恒。

拾遺抄巻第三

秋四十九首

秋のはじめによみ侍りける　安法々師

87　夏衣まだひとへなるうたゝ寝《ね》に心《こゝろ》して吹《ふ》け秋《あき》の初《はつ》風

【校異】 ナシ。

【拾遺集】 秋・一三八。

あきのはじめによみ侍ける　安保法師

夏衣またひとへなるうたゝねに心してふけ秋の初かせ

定秋一三七。**詞**○安保法師―安法々師。

秋のはじめに詠みました

秋になってもまだ単衣の夏衣を着たままの仮寝であるので、秋の初風よ、気をつけて吹いておくれ。

【語釈】 ○夏衣まだひとへなる―平安時代以降、更衣は主に四月一日と十月一日に行なわれたが、その間にも季節の変化にあわせて衣服を替えた。五月五日から帷子（かたびら）を着、涼しいときは単衣を重ねて着た。八月十五日から生絹（すずし）にかえ、綿入れは九月九日から着たが、秋の初めごろにはまだ夏用の単衣を着ていた。〇うたた寝―うとうとと眠ること。「仮寝《ウタタネ》」（類聚名義抄）。〇秋の初風―立秋に吹く風。「初風」は特に秋の初めごろの風をいう。

【補説】王朝人は秋の到来を風によって感知している。その一つは『古今集』秋部の巻首（秋上・一六九）の「秋きぬと目にはさやかに見えねども風の音にぞおどろかれぬる」のように、視覚ではとらえられないものを聴覚で感知している。「紅葉せぬ常盤の山は吹く風の音にや秋を聞きわたるらむ」（古今・秋下・二五一　紀淑望）も、その類型である。これに対し、『後撰集』秋の巻首は「にはかにも風の涼しくなりぬるか秋立つ日とはむべもいひけり」（秋上・二一七）と、聴覚ではなく皮膚感覚（触覚）によって感知している。『後拾遺集』の巻首の「うちつけに袂すずしくおぼゆるは衣に秋はきたるなりけり」（秋上・二三五）も触覚によっている。

八七は『安法法師集』（五〇）には「題どもして歌よむに、秋風を探りたりし」と詞書があり、探題で「秋風」を詠んだものである。当時は暦の上で秋になっても、まだ夏の単衣を着用していた。そのような季節の生活感情を「秋風」を題材にして詠んでいる。

この歌も後世の人から注目されたようで、これを本歌として、

夏衣かとりのうらのうたたねに浪のよるよるかよふ秋風（拾遺愚草一三三二）
夜のほどにはやふきたちぬ夏衣うたたね山の秋の初風（建長八年百首歌合二二　法印実伊）
うたたねは心せよともいふべきにおもひもあへぬ秋の初風（千五百番歌合一〇五五　丹後）

などと詠まれている。

【作者】安法法師　俗名源趁。左大臣源融の曾孫、内蔵頭適男。母は神祇伯大中臣安則女とも。生没年未詳。出家して融が造営した河原院に住み、恵慶、源順、清原元輔などと親交があった。応和二年（九六二）九月庚申の「河原院歌合」「河原院紅葉合」などを催した。『拾遺集』以下の勅撰集に十二首入集。家集に『安法法師集』が

ある。

【他出文献】◇安法法師集→［補説］。

延喜御時御屏風に　　貫之

88　を《お》ぎの葉のそよぐお《を》とこそ秋風《あきかぜ》の人に知《し》らるるはじめなりけれ

【校異】詞○御時―御時の（島）○御屏風に―月次屏風に〈「月次」ノ左傍ニ朱デ見セ消チノ符号ガアリ、右傍ニ朱デ「イ無」トアル〉（貞）○貫之―紀貫之（貞）。

【拾遺集】秋・一四〇。

延喜御時の御屏風に　　紀貫之

おきの葉にそよく音こそ秋風の人にしらるゝはしめなりけれ

定秋・一三九。詞○御時の―御時。○紀貫之―つらゆき。歌○おきの葉に―荻の葉の。

荻の葉がそよそよとたてる音によって、秋風が吹いていると、人に気付かれる最初であったよ。

醍醐天皇の御代の御屏風に

【語釈】○延喜御時御屏風―醍醐天皇の御代の御屏風。九、一八などにも「延喜御時の御屏風歌」「延喜御時御屏風…」とあったが、それらとは別の屏風である。○をぎの葉―イネ科の多年草。水辺や湿地に自生する。薄（すすき）に似ているが、葉や穂は大きい。歌には『万葉集』に「葦辺なる荻の葉さやぎ秋風の吹き来るなへに雁なき渡る」（巻十・二一三四）と、秋風にそよぐ葉が詠まれ、平安時代には風にそよぐ葉の音から秋の到来を知るという趣向で詠まれることが多い。〇人に知らるるはじめ―秋風が吹いていることを、秋の到来を人に知られる端緒とみている。

【補説】この歌は『貫之集』に「延喜十八年二月女四のみこの御髪あげの屛風の歌、内の召しにたてまつる」とある歌群（九七～一〇四）中に、「七月」（一〇〇）としてみえる。この屛風歌は『抄』には、

女四内親王の屛風（六三　坂上是則）

月令の御屛風に、旅人木の陰にやすみたる所（八二　読人不知）

などと詞書があってみえ、「女四の親王」が勤子内親王であることなどは六三の［補説］に記したので参照されたい。

荻の葉を初秋の景物として詠んだ歌は『古今集』にはなく、『後撰集』には、

いとどしくもの思ふやどの荻の葉にあきと告げつる風のわびしさ（秋上・二二〇　読人知らず）

秋風の吹くにつけてもとはぬかな荻の葉ならばおとはしてまし（恋四・八四六　中務）

などとある。しかし、諸家集によると、古今集時代から詠まれていて、

①をぎの葉の吹きいづる風に秋来ぬと人に知らるるしるべなりける（西本願寺本躬恒集四四八）

②をぎの葉のそよと告げずは秋風を今日から吹くとたれかいはまし（西本願寺本躬恒集七〇）

③をぎの葉のそよぐ音こそ秋風の人にしらるるはじめなりけれ（貫之集一〇〇、書陵部蔵光俊本、躬恒集Ｉ一九九）

④いつも聞く風をば聞けど荻の葉のそよぐ音にぞ秋は来にける（貫之集三八五）

⑤吹く風のしるくもあるかな荻の葉のそよぐなかにぞ秋は来にける（貫之集五一一）

などがある。このうち③は八八と同じ歌で、『抄』『集』とも作者を貫之としているが、『躬恒集』にもあり問題

になるのでひとまず措き、他の四首の詠作年時をみると、①②は具体的な年時は明らかでないが、躬恒が亡くなったと推定される延長四年（九二六）秋以前の作である。一方、貫之の歌は④は天慶二年（九三九）四月、⑤は天慶五年の詠作で躬恒の歌よりだいぶ後のもので、どちらも第三句以下の表現がほとんど同じで、歌の出来栄えは平凡で感心できない。この四首のみでいうならば、秋の歌材として荻の葉を取り上げて詠んだのは躬恒が先であったと言える。それでは貫之が延喜十八年（九一八）二月に詠んだ③の歌はどうかという問題である。この歌は書陵部蔵光俊本『躬恒集』にみえるものの、他の文献は貫之の作としていて、これに誤りなかろう。

この貫之の③の歌と躬恒の①②とをみると、全体的には貫之の歌は①の歌と類似している。「人に知らるる」のが①では「秋来ぬ」であるが、貫之の歌では「秋風」とある。躬恒の「秋来ぬ」は前掲『後撰集』の「あきと告げつる」に通じるものである。一方、躬恒は②の歌で「秋風」を取り上げ、反語表現を含む反実仮想法を用いて、貫之の歌と似た内容を詠んでいる。このように躬恒の①②は貫之の③とは表現上の小異はあるが、詩想は似ている。躬恒の歌の特徴として、既成の歌語や表現を利用していることが指摘されているが、そのような見方によると、①②は貫之の③を利用して詠んだとみることができる。一方、貫之にしても先行歌の歌語・表現を利用しているので、貫之が躬恒の①②を利用したともみられる。あるいは、この二人の歌の源泉になった歌が存在したという想定も否定できない。

③を貫之作とすると、貫之は秋の歌材として荻の葉を取り上げて③を詠んでから、二十年以上も経た天慶になって続けて二首、荻の葉のそよぐ音を取り上げて、「秋風」ではなく「秋来ぬ」に重心を置いて詠んでいる。この二首は屏風歌であるから、歌材は規制されるので、二十年という歳月の隔たりは貫之の意思とは無関係なのだろうか。

【作者】 紀貫之→七。

【他出文献】 ◇貫之集→［補説］。◇新撰和歌八。◇古今六帖三七一六、おなじ人（貫之）。

河原院にて、荒《あ》れたる宿《やど》に秋は来《き》にける心を、人〳〵のよみ侍りけるなかに

恵京法師

89 八重葎《やへむぐら》しげれる宿《やど》のさびしきに人こそ見えね秋は来《き》にけり

【校異】詞○秋はきにける―あきのきたる（島）秋きたる（貞）○心を―心（貞）ところを〈「と」ノ右傍ニ朱デ「コィ」トアル〉（貞）○侍けるなかに―侍けるに（島・貞）○恵京―慧慶（島）恵慶（貞）。

【拾遺集】秋・一四一。

河原院にてあれたるやとに秋きたるといふ心を人々よみ侍ける　恵慶法師

八重葎しけれるやとのさひしきに人こそみえね秋は来にけり

定秋・一四〇。詞○秋きたる―秋来。○侍ける―侍けるに。

河原院で、荒れ果てた宿に秋がやって来たという題の歌を、人々が詠みましたなかに

葎が群がって生い茂っているさびしい宿に、訪れる人の姿は見えないが、秋はやって来たことだ。

【語釈】○河原院―源融の旧宅。八三参照。○荒れたる宿に秋は来にける心―「心」は歌の題、主題。この歌は「河原院紅葉合」で「荒れたる宿」の題で詠まれた。この宿を河原院とみる説（八代集抄）もある。○八重葎しげれる宿―「八重葎」は幾重にも生え茂っている葎。多く住まいの荒廃を表す。葎の宿。○さびしきに―「に」を場所を示す助詞とみて「さびしい宿に」と解す。○人―訪れる人。

【補説】この歌は時雨亭文庫蔵資経本『恵慶集』に、

九月五日、あるところのもみぢあはせするに、人々よみ侍り、その題に、旅の雁、夜の嵐、荒れたる宿、草

むらの虫、深き秋

と詞書のある歌群（九九～一〇三）中に「荒れたる宿」（一〇一）の題で詠まれたものである。この紅葉合が何年の「九月五日」に催されたのか不明であるが、河原院では応和二年（九六二）九月五日庚申に歌合を行なっている。

この歌について『八代集抄』には「玄旨云、融公の栄えも夢のやうにて、昔忘ぬ秋のみ帰る心を、哀と打ことはりたるさま、たぐひなくや。三光院御説、八重葎の閉たる宿は人見えたりともさびしかるべきに、人影は見えずして、結句物佗しき秋さへきたるよと、三重にみるべしとぞ」と、『百人一首』の注釈書『百人一首抄（幽斎抄）』を引いている。また、『応永抄』以来の諸注は、この歌は今は荒廃しているが、昔の融の豪奢な住まいを思い浮かべて詠んでいると説いている。この歌の詠歌事情は、河原院の荒廃した有様を詠むことではなかった。恵慶には、この歌とは別に「河原院あれたる心、人々よむ」と詞書のある、

草しげみ庭こそ荒れて年へぬれ忘れぬものは秋の夜の月（一三一）

という歌がある。この歌こそ河原院の荒廃を詠んだもので、「秋の夜の月」は幽斎のいう「昔忘ぬ秋のみ帰る」に当る。廃園に秋の月という構図は八九と相似形である。八九では「人こそみえね」「秋は来にけり」と人と自然とを対比させているところが眼目であるが、これは契沖（百人一首改観抄）がいうように、『貫之集』に「三条右大臣屏風の歌」と詞書のある歌群中（一九九～二一七）にある、

とふ人もなき宿なれど来る春は八重葎にもさはらざりけり（二〇七）

という歌に依っている。この歌のように、人の往来はなくなっても、自然の運行に従い季節のみが訪れるという詩想は類型化し、季節名を具体的な景物に置き換えて、

けぶり絶えものさびしかる庵には人こそ見えね冬は来にけり（好忠集二八一）

たまかづらくる人もなき柴のいほにただ有明の月のみぞすむ（能宣集二四一）

人のあとも見えずなりゆくわが宿にとひ来るものは雪にぞありける（公任集一六〇）
などと詠まれてもいる。

【作者】恵慶法師→四〇。

【他出文献】◇恵慶集→［補説］。◇後。◇玄玄集三四。

題不知

補2　秋《あき》たちていくかもあらねどこの寝《ね》ぬる朝《あさ》けの風《かぜ》はたもとさむしも

安貴王

【校訂注記】コノ歌ハ底本ニナク、島本（九一）、貞和本（九二）ニアルノデ、島本ニヨッテ補ツタ。

【校異】詞○安貴王―安貴大君〈「貴」ノ右傍ニ朱デ「芸ィ」トアル〉（貞）。歌○さむしも―すゝしも（貞）。

【拾遺集】秋・一四二。

題不知

秋立ていくかもあらねどこのねぬる朝けの風はたもとさむ（左傍ニ「すゝ」）しも

安貴王

定秋・一四一。歌○さむしも―すゝしも。

題知らず

秋になってまだ幾日もたたないけれど、この寝て起きた夜明けの風は袂に涼しく感じられる。

【語釈】○この寝ぬる―「この寝て起きた朝の」と下に続ける。この歌の特徴的表現。○朝けの風―「朝け」は

「朝あけ」の約で、早朝、夜の明けるころをいう。「このころの秋のあさけに霧ごもり妻よぶ鹿の声のさやけさ」（万葉・巻十・二一四一）。

【補説】この歌は『万葉集』（巻八・一五五五）に、

秋立而　幾日毛不有者　此宿流　朝開之風者　手本寒母

（秋立ちて幾日もあらねばこの寝ぬるあさけの風はたもと寒しも）

とある歌の異伝である。「あさけ」という時間を表す語は、『万葉集』では「けさ」という一日のなかの時間を表す語と結びついて、「けさのあさけ」という言い方で、

けさのあさけ秋風寒し遠つ人雁がきなかむときちかみかも（巻十七・三九四七　大伴家持）

けさのあさけかりがね聞きつ春日山もみちにけらしあが心いたし（巻八・一五一三　穂積皇子）

けさのあさけかりがね寒く聞きしなへ野辺の浅茅ぞ色づきにける（巻八・一五四〇　聖武天皇）

などと詠まれていた。安貴王の「このねぬるあさけ」という言い方も「けさのあさけ」に変化をもたせた表現で、こちらの方が後世に受け入れられたようで、安貴王の歌を模して、

このねぬる朝けのかぜのをとめごがそでふる山に秋やきぬらん（続後撰・秋上・二三八　後鳥羽院）

このねぬる朝けの風は身にさむし今やきなかむ衣かりがね（新千載・秋下・四八三　藤原雅顕）

袂には露もおきあへずこのねぬる朝けの風に秋はきにけり（前摂政家歌合一七〇　大僧都良済）

などと詠まれている。また、「あさけの風」は、

このねぬる夜のまに秋は来にけらしあさけの風のきのふにも似ぬ（新古今・秋上・二八七　季通）

秋きぬといふばかりなるよもぎふにあさけの風の心がはりよ（拾遺愚草一五三一）

などと、秋の到来を知らせるものとして詠まれている。

この歌の第五句は島本に「たもとさむしも」、貞和本に「たもとすゞしも」とある。この二様の本文は平安時

代は前者が、中世は後者が通用していた。平安時代の『敏行集』（二〇）、『深窓秘抄』、『和漢朗詠集』（二一一）などには「たもとさむしも」とあり、中世の『和歌童蒙抄』、『詠歌大概』、『秀歌大体』などの歌学・歌論書には「たもとすずしも」とある。

【作者】安貴王　『万葉集』の作者。春日王の子。志貴皇子の孫。生没年未詳。神亀六年（七二九）三月従五位下、天平十七年（七四五）一月従五位上。『万葉集』に長歌一首、短歌二首がある。勅撰集には『拾遺集』に一首、『新勅撰集』に一首入集。

【他出文献】◇万葉集→［補説］。◇敏行集。◇深。◇朗詠集二一一、志貴皇子。

延喜御時屏風歌　　躬恒

90　彦星《ひこぼし》のつままつ宵《よひ》の秋《あき》風に我さへあやな人ぞ恋《こひ》しき

【校異】詞○屏風歌―屏風に（貞）○躬恒―凡河内躬恒（島）。**歌**○あき風に―秋風は〈「は」ノ右傍ニ朱デ「ニイ」トアル〉（貞）。

【拾遺集】秋・一四三。

延喜御時屏風歌　　躬恒

ひこほしのつま待つよひの秋風に我さへあやなつまそこひしき

定秋・一四二。**歌**○つまそ―人そ。

醍醐天皇の御代の屏風歌

〔90〕

牽牛星が訪れるはずの織女星を待っている宵の、秋風によって、私までがわけもなく人恋しく思われる。

【語釈】○延喜御時屏風歌―「延喜御時」は醍醐天皇の御代。五参照。「延喜御時屏風歌」と詞書のある歌は九・八八にもあったが、それらとは別の屏風歌である。○彦星の―「彦星」は牽牛星のこと。この部分の本文は書陵部蔵光俊本『躬恒集』（躬恒集Ⅰ一〇三）、内閣文庫本（躬恒集Ⅱ七）には「たなばたの」とある。○つままつ宵―「つま」は七月七日の夜に彦星が会う織女星。「まつ宵」は訪れることになっている人を待つ宵。○秋風―秋風は人恋しい思いをさせるものと思われていた。「秋風の稲葉もそよに吹くなへにほに出でて人ぞ恋しかりける」（貫之集五八一）「玉章ももてこぬものを秋風の吹きくるごとに人ぞこひしき」（古今六帖三三七三）。

【補説】『抄』には「延喜御時の屏風歌」と詞書のある躬恒の歌は三首ある。このうち九は延喜十八年承香殿女御屏風歌で、そのほかの九〇は「御屏風歌」（時雨亭文庫蔵承空本躬恒集七）、「内御屏風の歌」（歌仙家集本、躬恒集Ⅴ三八）、一一七は「内御屏風和歌」（躬恒集Ⅰ一〇四、Ⅴ三九）、「御屏風歌」（躬恒集Ⅱ七、承空本八）などと詞書のある歌群中にあり、年時や誰のための屏風かなど、具体的なことはわからない。なお、九〇、一一七と同じ屏風の歌が『抄』には「延喜御時の月令御屏風歌」と詞書を付して三九五・四一七にある。

九〇の第一句が『躬恒集Ⅰ』（一〇三）、『躬恒集Ⅱ』（七）には「たなばたの」とあることは［語釈］にも記したが、この本文によると、織女星が彦星を待つことになる。わが国の七夕は中国の二星会合の伝説が伝来したもので、それによれば天の河を渡ってくるのは織女星である。わが国でも七夕の詩では渡河するのは織女星である。しかし、『万葉集』の歌では僅かの例外はあるが、天の川を舟で渡ってくるのは牽牛星である。これは中国の伝説のように織女星が渡河するのでは、わが国古来の妻問いの風習に反するところから、渡河するのは男星であると変えて詠まれた。躬恒の歌の初句が「たなばたの」とあるのも、『万葉集』以来の和風化された二星会合伝説によっている。こうしたなかで、古今集時代の七夕歌には、

大空を我もながめて彦星の妻待つ夜さへひとりかもねむ（貫之集二八八）

彦星も待つ日はあるをいまさらにわれをいつとも人のたのめぬ（貫之集六七六）

久方の天の川霧たつときは棚機女のわたりなるらむ（躬恒集二七一）

たなばたを渡して後は天の川波高きまで風も吹かなむ（時雨亭文庫蔵資経本兼輔集六八）

彦星のつま待つ舟のひきづなのたえんと君にわが思はなくに（人丸集九三）

など、天の川を渡るのは織女で、彦星は織女を待っているという、中国風の二星会合伝説の原点に立ち戻って詠んだ歌があらわれてきた。九〇もそのような歌の一つである。

【作者】凡河内躬恒→五。

【他出文献】◇躬恒集→［補説］。◇古今六帖一六二一。

題不知　　貫《つら》之《ゆき》

91　秋風に夜《よ》のふけゆけば天《あま》の川川辺《がはかはべ》に波《なみ》の立ちゐこそ待《ま》て

【校異】歌〇かはへに―かはへに〈「へ」ノ右傍ニ朱デ「せィ」トアル〉（貞）。

【拾遺集】秋・一四四。　紀貫之

秋風に夜のふけゆけば天河かはせの波のたちゐこそまて

定秋・一四三。**詞**〇紀貫之―つらゆき。**歌**〇かはせの―かはせに。

題知らず

夜が更けていくと天の川の河瀬には秋風で波が立ち、彦星の訪れを立ったり座ったりして待ち焦がれている

【語釈】○題不知―『集』の定家本には「延喜御時屏風歌」とある。○秋風に―この句を「秋風の吹くさなか」「秋風が吹くなかで」などと現代語訳しているが、これらの訳では、この句のかかるところがはっきりしない。この句は「波の立ち」にかかるとみる。○波の立ちゐ―「立ち」に波が立つ意の「たち」とを掛ける。「立ちゐ」は立ったり座ったりしての意で、待ち焦がれているさまをいう。「天の川岩こす波のたちゐつつ秋の七日のけふをしぞ思ふ」（家持集二一二）。○待て―天の川を渡って会いに来るのを待っている。

【補説】この歌は『貫之集』には「延喜六年月なみの屏風八帖が料の歌四十五首、宣旨にて、これを奉る二十首」とある歌群（三～二二）中に、「たなばた」の題（一三）で詠まれた歌としてみえ、天理図書館蔵本（貫之集Ⅱ一一）、伝行成筆自撰本切（貫之集Ⅲ二九）などにもあり、貫之の編纂した『新撰和歌』にも撰収されている。この屏風歌から『抄』には、五三・七六・九四・一一四が「延喜御時の月令御屏風歌」として、一六〇が「延喜御時御屏風」として入集している。『和歌大系』には「この歌は藤原定国四十賀の屏風歌」とあるが、時雨亭文庫蔵素寂本『貫之集』、承空本『貫之集』なども、定国四十賀の屏風歌は巻頭にある二首で、その中に九一は含まれていない。

この歌について『新大系』には「牽牛星を待つ織女星の焦燥」を詠んだものとある。渡河してくるのが牽牛星か織女星か明確でなく、貫之にも中国の二星会合伝説によって、牽牛星が織女星を待っている歌があり、九〇の［補説］に二首あげておいた。そのうちの「彦星も」の歌の詠作年時は明らかでないが、「大空を」の歌は「延喜の末よりこなた延長七年よりあなた…」（二八〇）と詞書のある二十七首の中にあり、九一よりも後年の作である。また、『古今集』には中国の二星会合伝説に依った歌がないことから、九一が詠まれた延喜六年（九〇六）

ごろも、いまだそのような歌は詠まれていなかったと思われるので、『新大系』の説も否定はできない。

【作者】紀貫之↓七。

【他出文献】◇貫之集↓［補説］。◇新撰和歌一八、第四句「かはせになみの」。◇古今六帖一五〇、貫之。◇家持集Ⅱ二〇八。

湯原王《おほきみ》

92 彦星《ひこぼし》のおも＊ひますらん事よりも見る我《われ》くるし夜《よ》のふけゆけば

【校訂注記】「おもひます」ハ底本ニ「おもひよす」トアルノヲ、島本、貞和本ナドニヨッテ改メタ。

【校異】詞〇湯原おほきみ―湯原王〈右傍ニ朱デ「河原大君ィ」トアル〉（貞）。

【拾遺集】秋・一四八。

湯原王

ひこほしの思ますらむ事よりもみる我くるし夜の深ゆけは

㊁秋・一四七。

一年に一夜の逢瀬に彦星の恋の思いは満たされずに、嘆きがつのることよりも、夜が更けていくので、天の川を眺めている私の方がつらく思われる。

【語釈】〇おもひますらん―「おもひますらん」は底本に「おもひよすらん」とあるが、島本・貞和本、『集』

などには「思ひますらん」とある。「おもひよす」は思い合わせる、比べて考えるの意で、「おもひます」は思いがつのる意で、本文としてはこの方がよい。○くるし―つらく思われた。○夜のふけゆかば―夜が更けていって、二星の別れのときが近付いてくるので。

【補説】この歌は『万葉集』（巻八）に、「湯原王七夕歌二首」と題詞のある牽牛・織女の二星を詠んだ歌のなかで、

牽牛之　念座良武　従情　見吾辛苦　夜之更降去者（一五四四）

（ひこぼしのおもひますらむこころより見る吾苦し夜の更けゆけば）

とある歌の異伝である。第二句は「おもひますらむ」とあり、これが原型本文で、『抄』の底本の「おもひよす」は「おもひます」の「ます」を書写過程で字形の類似から「よす」と誤写したものであろう。

一年に一度だけ織女に会う牽牛の思いは、『万葉集』（巻十・二〇三二）にも、次のように詠まれている。

一年になぬかのよのみ逢ふ人の恋も過ぎねば夜の更けゆくも（一云、尽きねばさ夜ぞあけにける）

一年に一度だけ会う牽牛と織女の恋もみたされないのに、夜が更けていくと嘆いている。この嘆きがいよいよつのることを「思ひますらむこと」といったのだろう。

【作者】湯原王　志貴皇子の子。生没年未詳。万葉歌人。経歴等不明。『万葉集』に短歌十九首がある。『拾遺集』以下の勅撰集に四首入集。

【他出文献】◇万葉集→［補説］。◇古今六帖一六三、「ゆけのわらうき《ゆはらの大きみ或本》」、第二句「思ひますらん」。

93　年《とし》に有りて一夜《ひとよ》いもにあふ彦星《ひこぼし》の我にまさりて思《おも》ふらんやぞ　人丸

【校異】 歌〇ひこほしの―たなはたも（島）ひこほしも（貞）〇おもふらんやそ―おもふらむやは（島）物おもふらん〈「物」ノ右傍ニ朱デ「イ無」トアリ、「らん」ノ下ニ朱デ「ヤハ」トアリ、「ハ」ノ右傍ニ「そィ」トアル〉（貞）。

【拾遺集】 秋・一四九。

年にありて一夜いもにあふ七夕は我にまさりて思ふらむやそ　柿本人丸

［定］秋・一四八。**詞**〇柿本人丸―人麿。**歌**〇七夕は―彦星も。

一年待って一夜だけ恋人に会う彦星が、私以上に恋人に会えないでつらい思いをしているだろうか、私ほどにはつらい思いをしていないだろう。

【語釈】 〇年に有りて一夜―一年の間に一夜あること。〇いも―男性が女性を親しんでいう語。主に妻・恋人・姉妹にいう。〇彦星―『抄』の島本、『集』の異本などに「たなばた」とあるが、上に「いもにあふ」とあるので、「彦星」とあるのがよい。〇我にまさりて思ふらんやぞ―「やぞ」は係助詞「や」に係助詞「ぞ」が接続したもので、和歌の文末に用いられ、強い疑問、反語の意などを表す。本居宣長（詞の玉緒・四）の指摘したように後撰集・拾遺集時代にのみ見られる。私以上に妹に会えない、つらい思いをしてはいないだろう。

【補説】 この歌は『万葉集』（巻十五）に「七夕仰観天漢、各陳所思作歌三首」と詞書のある第二首目に、

等之尓安里弖　比等欲伊母尓安布　比故保思母　和礼尓麻佐里弖　於毛布良米也母（三六五七）
（年にありて一夜妹に逢ふ彦星もわれにまさりて思ふらめやも）

とある歌の異伝で、作者は遣新羅大使の一行のひとりである。『万葉集』によると、遣新羅大使の一行は旅中で「当所誦詠古歌」とあるように古歌を誦詠したが、その古歌は人麿の歌であった。このような事から、作者不詳の三六五七も人麿の作とする伝承が生じ、それが流布して、『人麿集』『古今六帖』など作者を人麿とする文献が平安時代になって現われたのであろう。

歌は遣新羅大使一行の男が妻に会えないつらい思いを、一年に一夜しか妹に会えない彦星と対比させて、詠んだものである。人麿の作と断定できないが、『抄』『集』ともに人麿の作とするのに従っておく。

【作者】 柿本人麿　出自・生没年等未詳。持統天皇三年（六八九）四月の日並皇子の殯宮の挽歌をはじめとして、文武天皇四年（七〇〇）明日香皇女の殯宮の挽歌にいたるまで、宮廷歌人として活躍し、長歌二十首、短歌七十首の他に、「人麻呂歌集」として短歌三四八首、長歌が三首ほどあるが、この中には人麿の歌でないものもある。代表作に持統天皇の吉野行幸に従駕した歌、高市皇子の殯宮の挽歌などがある。羇旅歌にも優れた詠作が多い。三十六歌仙の一人。『集』には「人麿」の歌として一〇四首撰収されているが、『抄』には十首ほどである。

【他出文献】 ◇万葉集→［補説］。◇散佚前西本願寺本人丸集一七四。◇古今六帖一四二、第三句「ひこぼしも」、第五句「思ふらめやは」。

延喜御時月令御屏風歌　　貫　之

94　たなばたにぬぎてかしつる唐衣《からころも》いとど涙《なみだ》に袖や濡《ぬ》るらむ

【校異】詞○月令―月なみの（島）月次〈「次」ノ右傍ニ朱デ「令」トアル〉（貞）○御屏風歌―屏風歌（島）御屏風に〈「に」ノ右傍ニ朱デ「ノ哥ィ」トアル〉（貞）。

【拾遺集】秋・一五〇。

延喜御時月次屏風　紀貫之

七夕にぬきてかしつるから衣いとゝ涙に袖やぬるらむ

定秋・一四九。詞○屏風―御屏風に。○紀貫之―つらゆき。

醍醐天皇の御代の月次の御屏風の歌

私が脱いで織女に貸した衣は、別れを惜しんで流す涙でいっそう濡れているだろうよ。

【語釈】○延喜御時月令御屏風歌―同じ詞書をもつ歌は八首ほどあるが、九四と同じ屏風歌は四・五三・七六・一一四の四首（九一も同じ屏風歌であるが、詞書は「題不知」である）で、それらは延喜六年（九〇六）二月の内裏月次屏風の歌である。四、五三参照。『和歌大系』には『貫之集』（一二）に「延喜五年二月泉の大将四十賀屏風の歌」と詞書があると記してあるが、『貫之集』には、九四も延喜五年二月定国四十賀の屏風歌とする伝本はなく誤りである（九一［補説］参照）。○たなばた―織女星。○ぬぎてかしつる―七夕には竹竿に糸を張り、それに衣を掛けて、手芸の上達を祈願した。それを二星の衾に見立てて「衣をかす」といった。○いとど―一段とまして。貸したときにはすでに涙で濡れていたことになる。○涙―一夜の逢瀬の後の別離を惜しんで流す涙。

【補説】貴族の私邸などで行なわれた七夕の行事によって、年に一夜の二星の逢瀬も思いがみたされないままに別れなければならないつらさを思いやって詠んでいる。

平安時代、七夕の行事の主たるものは、二星会合を見ることと乞巧奠の二つであった。この歌の背景にある乞巧奠の行事は宮中のものとは異なり、貴族の私邸などで行なわれたものである。七夕の朝、女性たちは庭に出て、何かに糸を引き渡したり、尾花に掛けたりし、また、竿を渡して衣をかけなどして手芸が巧みになることを願った。これを歌では「かしつる糸」、「かす衣」などと詠んだ。「かす」は供える意と解するものが多いが、「かす」に供えるの意はない。「かす」は貸すの意であるから、後掲の①③のように衣を「かへす」と詠んだ歌もある。

織女星に衣をかすと詠んだ歌では、

①たなばたにわがかすけふの唐衣たもとのみこそ濡れて返へさめ（躬恒集二四七）

②たなばたにかせる衣の露けさにあかぬけしきをそらに知るかな（二度本金葉・秋・一六三　国信）

③たなばたの涙や添へてかへすらむわが衣手もけさは露けし（千五百番歌合一一四一　越前）

などと、かした衣はたなばたの涙で濡れているとあり、九四にも「袖や濡るらむ」とある。これは「あかぬ別れのかなし」（歌仙家集本系統兼盛集一八五）さに流す涙のためであった。

【作者】紀貫之→七。

【他出文献】◇貫之集一二、第五句「袖やくちなむ」。

右衛門督源清蔭家屛風歌

95　一年《ひとゝせ》に一夜《ひとよ》と思《おも》へどたなばたのあひ見ん秋のかぎりなきかな

【校異】詞○清蔭家―清蔭か家の（貞）○屛風歌―屛風に（島・貞）。歌○おもへと―おもひし〈「ひし」ノ右傍ニ朱デ「へトィ」トアル〉（貞）○あひ見ん―あひみん〈「ん」ノ右傍ニ朱デ「ルィ」トアル〉（貞）。

【拾遺集】秋・一五一。

右衛門督源清蔭家の屏風

一とせに一夜とおもへと七夕のあひみる秋のかきりなきかな

定秋・一五〇。詞○屏風—屏風に。歌○あひみる—あひ見む。

右衛門督源清蔭の家の屏風の歌

二星の逢瀬は一年に一夜だけで少ないと思うけれど、織女星が彦星とともに過ごす秋は無限にやってくることだよ。

【語釈】○右衛門督源清蔭—清蔭は陽成天皇第一皇子。延長三年（九二五）一月参議、承平五年（九三五）二月二十三日右衛門督を兼ね、天慶二年（九三九）十二月二十七日権中納言となる。○屏風—『貫之集』に「同年（天慶二年）閏七月右衛門督殿屏風のれう十五首」（三九六）とある。○あひ見ん—彦星と対面して夜を共に過ごす。○かぎりなき—際限がないさま。これからいつまでも続くさま。

【補説】この歌は『貫之集』には、天慶二年閏七月右衛門督清蔭家屏風歌（三九六〜四一〇）のなかに「七月七日」（四〇四）と詞書を付してみえる。この年清蔭は五十六歳で自身は算賀とは関係ない年令である。天慶二年には実頼の四十の賀、忠平の六十の賀などがあったが、清蔭とは無関係である。あえて探せば、異母弟の元良親王が五十歳であったので、その算賀に清蔭が屏風を贈ったのかもしれない。いまのところ、この屏風が新調された事情は明らかでない。

この世の男女は一年に何回も会えるが、それに比べて、二星の逢瀬は一年に一夜しかない。しかし、二星が会う秋はこれからも無限にやってくると、はかない逢瀬を祝意を表す千秋万歳に力点をおいて逆転させている。はかない織女星の逢瀬と千秋万歳の祝意という、相反する要素を一首に詠み込んだ歌には、

君が代の果てしなければたなばたのあひ見むほどの数ぞ知られぬ（道命阿闍梨集三五）
よろづ代に君ぞ見るべきたなばたのゆきあひの空を雲の上にて（二度本金葉・秋・一五八　土佐内侍）
などがあり、貫之の歌の影響かと思われるものもある。

【作者】 紀貫之→七。

【他出文献】 ◇貫之集→［補説］。◇古今六帖一五四、第四句「あひ見る」。◇朗詠集二一九。

修理大夫懐平*家の屛風に、たなばた祭《まつり》のかたかける所に　恵慶《京》法師

96　いたづらに過《す》ぐる月日《つきひ》をたなばたのあふ*夜《よ》の数《かず》と思《おも》はましかば

【校訂注記】 ①「懐平」ハ底本ニ「義懐」トアルノヲ、島本・貞和本ナドニヨッテ改メタ。②「あふよ」ハ底本ニハ「ぬるよ」ノ右傍ニ「あふ」ト並記サレテアルノヲ、島本、貞和本ナドニヨッテ「あふよ」ト改メタ。

【校異】 **詞**○かける—ある〈「ある」ノ右ニ朱デ「カケルィ」トアル〉（貞）。**歌**○すぐる—すくす〈「す」ノ右傍ニ朱デ「ルィ」トアル〉（貞）○おもはましかは—おもはましか（島）。

【拾遺集】 秋・一五二。

修理大夫懐平か家の屛風に七夕まつりのかたかけるところに　恵慶法師
いたつらにすくす月日を七夕にあふ夜の数とおもはましかは

［定］秋・一五一。**詞**○修理大夫—左兵衛督。○懐平か家の—藤原懐平家。○七夕まつりのかたかけるところに—ナシ。**歌**○すくす—すくる。○七夕に—たなはたの。

修理大夫懐平の家の屏風に、たなばた祭りの絵柄が描いてある所に

（織女星が彦星に会う夜の数は一年に一夜であるが）もし無為に過ごしている月日の数を、二星が会える夜の数と思うことができるならば、どんなにかうれしいことだろう。

【語釈】○修理大夫懐平―底本に「義懐」とあるが、義懐には修理大夫の経歴はなく、『抄』の島本、貞和本、『集』の具世本、定家本などに「懐平」とあるのがよい。懐平は藤原斉敏の四男。永観元年（九八三）十二月に修理大夫となり、寛和二年（九八六）十二月に従三位に叙せられて非参議になっても兼官、長徳四年（九九八）十月参議になるまで、その官職にあった。『集』定家本にあるように「左兵衛督」であったのは寛弘元年（一〇〇四）十二月二十九日から寛弘六年三月四日に右衛門督に任ぜられるまでの間である。○いたづらに過ぐる月日―「過ぐる」とあるのは『抄』と『集』の定家本で、『集』の具世本は「すぐす」である。「過ぐる」は自動詞で月日が経過する意で、人の意思にかかわりなくむなしく月日が過ぎていくことをいう。一方、「過ぐす」は他動詞で月日を経過させる、暮らすの意で、人の意思で無為に月日を過ごすことをいう。ここは「すぐす」の方が適切な本文であろう。

【補説】この歌は『抄』『集』のほかは、同時代の文献にはみえない。『恵慶集』にも、これと同じ歌はなく、時雨亭文庫蔵本（桐越喜代子氏蔵本の上巻に当るもの）には、「七月、七夕」（六九）として、

たなばたのあふ夜の数をいたづらに過ぐす月日になすよしもがな

という歌がある。この歌は九六の第一・二句と第三・四句とを倒置したような形であり、両首は何らかの関係があると思われる。このどちらの形にしても一首の主旨ははっきりしない。九六は前掲のように解したが、家集の歌は、織女星が牽牛星に会う夜の数は一年に一夜であるが、その数を無為に過ごしている月日と同じ数にする、手立てがあったらいいなあの意であろう。一方が反実仮想を用いて実現したときのことを想定し、一方は実現さ

せるための手段・方法の存在を希求するという、叙法の違いはあっても、無為に過ごしている月日の数だけ、織女星が彦星と会う夜があれば、二星もみたされない思いをしないで幸せだろうと、同情して詠んだものであろう。

九六と第一・二句が同じ歌は次に掲げるものがあり、それらの歌でも「過ぐす」か「過ぐる」かが問題になる。

①いたづらに過ぐす月日はおもほえで花見て暮らす春ぞすくなき（古今・賀・三五一　興風）

②いたづらに過ぐす月日はおほかれど今日しもつもる歳をこそおもへ（元真集一六）

③いたづらに過ぐす月日は年をへてわが身につもるものと知らなむ（相模集三七九）

④いたづらに過ぐす月日をかぞふれば昔をしのぶねぞなかれける（三奏本金葉・雑上・五八八　師頼）

⑤いたづらに過ぐる月日のおなじくはありし昔にたちかへれかし（月詣集・雑下・八六二　弁）

⑥…もしほのからの　いたづらに　すぐる月日は　元結の　深紫の　霜となり…（江帥集三一四）

この内、①の興風の歌は『興風集』『和漢朗詠集』などには第二句は「すぐる」とあり、二つの表現はその違いを自覚的に意識して使われていない例もあるが、②③④の「過ぐす」は無為に月日を過ごしたことについての悔恨、反省の気持ちが含まれているようである。

なお、詞書において懐平の官職を『抄』に「修理大夫」、『集』に「左兵衛督」とあることは、それぞれの成立時期との関連から注目されてきた。この問題については「補考」として別に記す。

【作者】恵慶法師→四〇。

【他出文献】◇新撰朗詠集二〇二、第二句「過す月日を」。

七夕庚申にあたりて侍りける年　　清原元輔

97 いとどしくいも寝《ね》ざらんと思《おも》ふかな《哉》けふの今宵《こよひ》に会《あ》へるたなばた

【校異】詞○七夕―七月七日〈「七月」ノ左傍ニ朱デ見セ消チノ符号ガアリ、右傍ニ「イ無」トアル〉（貞）。歌○ねさらんと―ねさるらんと（島）ねらしと〈「らしと」ノ右傍ニ朱デ「サルラムトィ」トアル〉（貞）。

【拾遺集】秋・一五三。

七夕庚申にあたりて侍けるとし　　清原元輔

いとゝしくいもねさるらむとおもふかなけふのこよひにあへるたなはた

定秋・一五二。詞○清原元輔―もとすけ。

七月七日が庚申にあたっていました年

いつもにましていっそうゆっくり眠れないだろうと思うよ。庚申の日の今宵、彦星にあった織女星は。

【語釈】○七夕庚申にあたりて―「庚申」は五一四参照。元輔の生存中、七月七日が庚申であったのは永観元年（九八三）である。○いとどしく―ある状態に同じような状態が加わって、いっそう度合いがひどくなる意。いよいよはなはだしい。いっそうひどい。○いも寝ざらん―「い」は居ねむり、睡眠の意。助詞「の」「も」「ぞ」「こそ」などを介して「寝（ぬ）」に続く形で用いられる。体を横たえてゆっくり眠れないだろう。この当時、庚申には徹夜する風習があった。○けふの今宵―「けふ」は庚申の日のこと。庚申の日の今宵。

【補説】この歌は時雨亭文庫蔵坊門局筆『元輔集』（一七一）に詞書を「七月七日からしにあたりてはべりしに」としてみえる。七夕と庚申とが重なったのは、元輔生存中では永観元（九八三）年七月七日である。この日、元輔は九七を自邸で詠んだのだろうか、それともどこか別の場所で詠んだのだろうか。この日行なわれた庚申の遊びには、次のような資料がある。

①東宮師貞親王（花山院）の御所で庚申の遊びが行なわれたことは、書陵部蔵『惟成弁集』（惟成弁集Ⅰ三三）に、

花山院の御かむしに、七月七日たなばた

年ごとに待つもすぐるもくるしきにあきはこよひのなからましかば

とあり、時雨亭文庫蔵承空本『道命阿闍梨集』（三四）にも、

花山院、歌会せさせ給ひしに、題あまたたまはせたりしに、七夕庚申にあたりたりしに

待ちえたる宿やなからんたなばたは今宵は人の寝ぬ夜とかきく

とある。書陵部蔵『道命阿闍梨集』に「歌合せさせ給ひしに」とある「歌合」は、「歌会」の誤りであろう。このほか、時雨亭文庫蔵素寂本『実方中将集』（一〇三）にも、

七月七日かうしにあたりたるに、殿上人々歌詠むに

たなばたの緒にぬくたまもわがごとや夜半に起きゐて衣かすらむ

とあるのも、花山院の歌会で詠んだものであろう。永観元年、花山院はまだ十六歳であったが、自身で歌題をだされ、惟成・道命阿闍梨のほか、花山院が寛和元年（九八五）、同二年に主催された二回の歌合に出詠している公任・長能なども七夕の庚申の歌会に参加していたと思われる。元輔は参加していなかったと考えられる。

②花山院の御所とは別に、河原院でも庚申の遊びが行なわれたようで、時雨亭文庫蔵資経本『安法法師集』（七三・七四）には、

庚申に題を探りて、雁待つ心を

衣うつ音にあはする雁がねはいづくばかりにかりは来ぬらん

其庚申夜は七月七日也けり。七夕の心

彦星のあかぬ別れの涙ゆへ天の川浪たちやそふらん

とある。「其庚申夜……」の文は「七夕の心」に続くのではなく、七三の歌の左注とみる。この庚申の遊びは安法法師の河原院で行なわれたのであろう。探題の歌会で安法は「雁待つ心」と「七夕の心」の二題を詠んだのであろう。元輔も河原院に出入りして、安法・兼澄などと歌を詠んでいるので、この庚申の遊びに参加した可能性はあり、その夜、「七夕の心」の題で詠んだのが九七であるとも考えられる。

七夕が庚申に当るという稀にしかない機会をとらえ、織女星に焦点を合わせて、「いとどしくいも寝ざらん」と簡潔に表現したところは晩年の元輔らしい熟達した詠みぶりである。

【作者】清原元輔→三二。

【他出文献】◇元輔集→［補説］。

天禄四年五月廿一日、仁和帝一品宮に渡《わた》らせ給《たま》ひて、乱碁《らご》とらせ給《たま》ひける負態《まけわざ》を、七月七日にかの宮より内の大盤所*にしてたてまつられける扇《あふぎ》にはりて侍りける薄物《うすもの》に、お《を》りつけて侍りける

中《なか》務《つかさ》

98 天《あま》の川《がは》かは〳〵辺涼《べすず》しきたなばたにあふぎの風をなほ《を》やかさまし　猿

【校訂注記】「大盤所にして」ハ底本「大盤所して」ヲ島本、貞和本ニヨッテ改メタ。

【校異】詞○廿一日―廿一日〈「日」ノ下ニ補入ノ符号ガアリ、右傍ニ朱デ「ニィ」トアル〉（貞）○帝―帝ノ

（島）御門の〈「御門」ノ右傍ニ朱デ「帝ィ」トアル〉（貞）○一品宮に―一品宮（島）○らこ―乱碁（島）乱囲碁（貞）○たまひけるまけわさを―たまひけるにまけわさに〈前ノ「に」ノ左傍ニ朱デ見セ消チノ符号ガアッテ、右傍ニ朱デ「ィ無」トアリ、後ノ「に」ニハ右傍ニ朱デ「ヲィ」トアル〉（貞）○たてまつられける―たてまつらせれける（島）たてまつりける〈「まつり」ノ「り」ノ左傍ニ朱デ見セ消チノ符号ガアリ、右傍ニ朱デ「ラレィ」トアル〉（貞）。

【拾遺集】雑秋・一〇九九。

天禄四年五月廿一日、円融院王一品宮にわたらせ給て、らんことらせ給けるにまけわさを七月七日に彼宮より内大盤所にたてまつりける扇にはられて侍りけるうす物におりつけて侍りける

中　務

天の河かは辺涼しき七夕にあふきの風をなをやかさまし

定雑秋・一〇八八。**詞**○円融院王―円融院のみかと。○給けるに―給ける。○内大盤所に―内の大はん所に。○たてまつりける―たてまつられける。

天禄四年五月二十一日、円融天皇が一品宮の御座所にお渡りなさって、乱碁の遊びをなさったときの負態の贈物を、七月七日に一品宮から上の台盤所に持参して献上なさった、その贈物の扇にはられてありました羅に織って付けてありました歌

天の河の川辺に涼しい風が吹いている七夕に、扇の風をやはり貸してやろうかしら。

【語釈】○仁和帝―円融天皇。寛和元年（九八五）八月落飾、九月十九日に堀河院から御願寺の円融寺に入られた。円融寺は仁和寺を本寺とするところから、仁和帝と呼ばれた。「仁和寺ノ御門トハ円融院也」（拾遺抄註）。

「円融院時人雖称仁和帝、又不注同記（皇代記）。件号見実方集」（袋草紙・上・人麿難及大同朝事）「にわじのみかど失せ給ひてのころ…」（時雨亭文庫蔵資経本実方集七六）。○一品宮に渡らせ給ひて―「一品宮」は村上天皇皇女の資子内親王。天禄三年（九七二）三月二十五日、昭陽舎において藤花宴が催されたときに、一品に叙せられた（日本紀略）。この乱碁とりのために右近司から還り参り、御座所の梅壺に渡られた。○乱碁とらせ給ひける―「乱碁」は投石（いしなどり）と同じ遊戯であるともいわれるが、「貝おほひ、いしなどり、らんごなどやうの遊び事をも」（たまきはる）とあるので、別の遊戯であろう。「乱碁とる」というので、撒き散らした碁石または石を、投げ上げた石が落ちてくる間に、素早く取る遊戯であろう。○負態―勝負事で負けた方が勝った方に、饗応したり贈物をしたりする事。○かの宮―一品宮。○内の大盤所にして―底本は「内の大盤所して」とあるが、島本・貞和本によって改めた。「にして」は格助詞「に」にサ変動詞「す」の連用形「し」と接続助詞「て」とが接続したもので、場所を表し、…に、…での意。内の台盤所で。○薄物―羅・紗・絽など、薄く織った織物。○おりつけて―歌を織って付けて。

【補説】円融帝と一品宮とが行なった乱碁とりで、宮が行なった負態の贈物の扇の歌である。この乱碁の勝態と負態の詳細は「円融院扇合」によって知られる。それによると、六月十六日に梅壺（親信卿記には藤壺（壺カ））に帝が渡御して勝態を行なわれ、扇が贈られた。一方、負態は七月七日に藤壺の上の御局で行なわれ、負態の贈物の扇を殿上人が藤壺から上の台盤所に持って参上した。銀製の桧扇十枚を入れた沈の箱の心葉には葦手書きで、

天の川扇の風に霧はれて空すみわたる鵲の橋

という歌が添えられていた。この歌は「円融院扇合」には作者を中務とするが、『集』の定家本（一〇八九）には作者を元輔としてある。九八は、扇の銀の骨を沈の木のように塗って、二藍の裾濃の羅を二重張りにし、片面は万葉仮名、片面は平仮名で織りつけられた。

西本願寺本『中務集』（中務集Ⅰ一二五）には詞書を「七月七日、一品宮ごのまけもののれう、とうの少将た

てまつる、葦手のぬひものして」としてみえるが、時雨亭文庫蔵資経本『中務集』（一三〇）には「七月七日一品宮の御ごのまけわざのあふぎのれうに」と簡単に記してある。このどちらも正確ではなく、事の詳細は「円融院扇合」の記述によるほかない。

歌は、五月二十一日の乱碁の負態が季節が変った秋になってしまったので、贈物の扇も季節外れになってしまったが、折しも七夕で、七夕には織女星にいろいろな物を貸すので、この扇の風も貸そうかしらと、時宜にあわせるように言いなして言い訳した趣である。

【作者】中務→六。

【他出文献】◇中務集→［補説］。◇円融院扇合。◇深。◇三。◇朗詠集二〇一。

題不知　　　　　　　　　　読人不知

99　我祈《いの》る事はひとつぞ天《あま》の川《がは》そらに知《し》りても違《たが》へざらなむ

【校異】詞○題不知―題読人不知（島）。歌○いのる―おもふ（島）。

【拾遺集】秋・一五五。

我おもふことはひとつぞ天河空にしりてもたかへさらなむ

定秋・一五四。**歌**○おもふ―いのる。

題しらず

天の川よ、私が祈願することは一つである、天空にあってうわのそらで聞いても、私の願いを違えないでほしい。

【語釈】○祈る事はひとつぞ―七夕の夜に祈願する事は一つである。その一つの事とは二星のように愛する者に会えることである。○そらに知りても―「そらに」は天空にあっての意とうわのそらの意を掛ける。天空でうわのそらで聞いて。

【補説】空にある天の川に、掛詞を用いて「そらに知りても」といっているところが眼目である。この歌と同じように「そらに」を用いた歌が『相模集』（二五五）に、

　星あひのかげをながめて天の川そらに心のうかびつるかな

とある。この歌でも「そらに」は天空にの意とうわのそらにの意とを掛けている。

「祈る事はひとつぞ」について『八代集抄』には「七夕に願ふ事、富寿子などなるに、唯得乞一、不得兼求と風土記にあり。其心にて、我いのる事は一つぞと読り」とあり、周処の『風土記』の説を引いている。それは、七夕には富貴・寿命・子のない者は子の、三つの中の一つだけを乞うことになっているという説であるが、乞巧奠には九四の［補説］に記したように、手芸の上達を願うのが平安時代の風習であり、他には二星の逢瀬にあやかろうとする者もいた。ここでは富寿子に限定する必要はなかろう。

100　会《あ》ひ見《み》ても会《あ》はでも思《おも》ふたなばたのいつか心ののどけかるべき

【校異】歌○おもふ―なけく（島）なけく〈右傍ニ朱デ「ヲモフィ」トアル〉（貞）。

【拾遺集】秋・一五四。

題不知　　　　　　　　　　　　読人不知

あひみてもありぬもなけく七夕のいつか心ののとけかるへき

定秋・一五三。歌〇ありぬも―あはても。〇七夕の―たなはたは。

彦星に会っても一夜だけの逢瀬をつらく思い、会わなくてもまたつらく思う織女星が、いつになっても心が落ち着くことはないだろう。

【語釈】〇会ひ見ても会はでも―彦星に会っても一夜だけのはかない逢瀬をつらく思い、会わなくても次に会えるのは一年後であることをつらく思っている。「会ひ見ても会はでもつひに別れぬるしばしばかりのよをな恨みそ」（清正集六四）。〇思ふ―底本以外は「なげく」。この方が感情が具体的に表現されている。

【補説】この歌は延喜十六年（九一六）七月七日の庚申に行なわれた「亭子院殿上人歌合」で「たなばたのあひての後おもふらむこと」を題にして詠まれたもので、四番、右方の「あはずしておもひしよりもたなばたはあかず別れてのちぞわびしき」と番えられて「勝」になっている。

この歌は牽牛星に会ったときも会わないときも歎く織女星の心中を思いやって詠んだものであるが、この歌合には

あひみてぞいとどこひしきたなばたの慰むばかりあらぬよなれば（亭子院殿上人歌合九）

年ごとにこりずやあるらむたなばたのあひてこひしき別れのみする（亭子院殿上人歌合一）

などと、二星の会合の後も慰められることなく、恋しさのつのる別離を毎年繰り返している織女星の思いが詠まれていて、一〇〇は、そのような思いを一首に集約したものと言える。これは愛しあう者たちに共通の認識で、この歌に依って、

なぐさめんかたこそなけれあひ見てもあはでも嘆く恋のくるしさ（時雨亭文庫蔵承空本重之女集七九）
あひみてもあはでも同じ嘆きにてちかひしことはかかはりはてぬる（拾遺愚草員外七四六）

などと詠まれている。

【他出文献】◇亭子院殿上人歌合、四番左、第二句「あはでもなげく」。第四句「いつか心は」、第五句「のどけかるらむ」。

101　秋風のうち吹《ふ》くごとに高砂《たかさご》のを《お》のへの鹿《しか》の鳴《な》かぬ日《ひ》ぞなき

読人不知

【校異】ナシ。

【拾遺集】秋・一九三。

秋風のうち吹ことにたかさこのおのへのしかのなかぬ日そなき

㊤秋・一九一。

秋風がさっと吹く度ごとに高砂の峰の鹿が鳴かない日はないのだった。

【語釈】○うち吹く―「うち」は接頭語。風が起こる。この語は平安時代の歌では、秋風について用いられている。「まねくかと見て立ち寄れば花すすきうちふく風になびくなりけり」（続後拾・秋上・二七二）「秋風のうち吹くからに花も葉もみだれても散る野辺の草木か」（是貞親王歌合三二）。これらの用例から「うち吹く」は風が瞬間的に勢いよく吹くさまで、さっと吹くの意である。したがって、秋でも初秋のそよぐ風ではなく、秋の最盛期から紅葉して葉が散るころの風である。〇高砂のをのへ―「高砂」は播磨国の歌枕。現在の兵庫県高砂市。加古川の河口付近の砂山。風光明媚で、歌には松・鹿を景物として詠むことが多く、松は「高砂の尾の上の松」といわれた。また、『後撰集』の素性の歌（春中・五〇）から、普通名詞として高い砂丘、山をいうといわれる（俊頼髄脳、奥義抄等）。「高砂とはよろづの山をいふなるべし。その故は本文云、積砂成山といへり。然ればいふなるべし」（隆源口伝）。「をのへ」は「を（峰）の上」で、山の頂。峰。

【補説】この歌は『抄』では七夕の歌に続いてあり、この歌の後に八月ごろの雁の歌、駒迎え、八月十五夜が続いている。これに対して『集』は、駒迎え、八月十五夜、九月九日と続いた後に配置されていて、『抄』とは逆になっている。他の勅撰集における鹿の歌の位置は、『古今集』では月、初雁の後（秋上・二一八）にあり、『後撰集』では駒迎の後（秋下・三七二）に、『後拾遺集』でも駒迎えの後（秋上・二八二）にあり、おおよそ八月半ば過ぎに配置されている。このように『抄』のみが八月以前の位置にある。この歌には「秋風のうち吹く」ごとに鹿が鳴くとあるが、「秋風のうち吹く」ころは、「秋風のうち吹くからに山も野もなべて錦に織りかへすかな」（後撰・秋下・三八八、忠岑集九）とあるように、紅葉し始めるころで、それは「奥山にもみぢ踏みわけ鳴く鹿の声聞くときぞ秋はかなしき」（古今・秋上・二一五）と詠まれている時候である。このようにみてくると、この歌の『抄』における配列位置は妥当とは言えない。

また、「秋風」と「鹿」とを取り合せて、秋の寂寥感を詠んだ歌は中世には数多あるが、『抄』の成立以前には、当該歌の他には、西本願寺本『能宣集』（能宣集Ⅰ四七三）に、

　　白波の打出の浜の秋風に鹿の初音をそへて聞くかな

という歌があるのみである。この能宣の歌は、永延二年（九八八）に行なわれた藤原兼家の六十賀の屏風歌で、『抄』の歌との先後関係は明確でないが、両首は相互に関係はなかったと思われる。おそらく、『抄』の撰者には

「秋風の」の歌の方が印象的であったのだろう。

102　紅葉《もみぢ》せぬ常磐《ときは》の山にすむ鹿《しか》はおのれ鳴《な》きてや秋を知《し》るらん　　大中臣能宣

【底本原状】「すむ」ノ右傍ニ「たつ」トアル。

【校異】 **詞**○大中臣能宣―能宣（島）。**歌**○すむ（「すむ」ノ右傍ニ「たつ」トアル）―すむ〈右傍ニ朱デ「タツイ」トアル〉（貞）。

【拾遺集】 秋・一九二。

もみちせぬときはの山にすむ鹿はおのれなきてや秋をしるらむ

定秋・一九〇。

紅葉によって秋であることがわかるが、紅葉しない常磐の山に住む鹿は、自分の鳴き声で秋であることを知るのであろう。

【語釈】○常磐の山―松・杉などの常緑樹ばかりが生えている山。普通名詞ではなく、京都市右京区御室双岡の西南にある山という説もある。○すむ鹿―「すむ」は底本には右傍に「たつ」と書入れがあるが、本文としては「すむ」とあるものが多い。

【補説】 この歌は『能宣集』諸本にはなく、西本願寺本『重之集』（二六）に詞書を「又、かうしの歌、れいの人」としてみえ、歌仙家集本（一六）には「またむかし恵京れいの人」とある。このどちらにしても「れいの人」が誰を指しているのか、判然としない。『抄』をはじめとして、公任の撰著の『三十六人撰』『金玉集』『深窓秘抄』などは能宣の作としている。

一首は季節の代表的景物である紅葉によって秋を知ることができない常磐の山であるから紅葉以外の景物で秋を知るという発想で詠まれている。この歌と同じように、第一句、第二句に「紅葉せぬ常磐の山」という表現を用いて、同じ発想で詠まれた歌に、

紅葉せぬ常磐の山は吹く風の音にや秋を聞きわたるらん（古今・秋下・二五一　紀淑望）

がある。この紀淑望の歌は『集』（具世本一九一、定家本一八九）に重出し、作者を大中臣能宣とする。能宣と交遊のあった恵慶には、心変わりの喩えである松の下紅葉を取り入れて、

紅葉せぬ常磐の山の常磐木も秋は下葉ぞけしきばむらし（恵慶集二三九）

と詠んだ歌もある。また、能宣には前掲の『古今集』の歌と同じ発想を春に用い、秋の代表的景物である紅葉に替えて花を、鹿に替えて鶯を、鹿の鳴く音に替えて霞をとりあげて、

花咲かぬ常磐の山のうぐひすは霞をみてや春を知るらむ（能宣集一一五）

と詠んでいて、季節は異なるが一〇二とは相似形をなしている。このように一〇二は能宣ならば詠んだであろうと推測させる状況証拠はある。

この歌は前記のように公任の撰著にあるほか、歌学書類にもみえて人々によく知られていたようで、新古今時代の家隆、定家などは、この歌を本歌として、

鹿の音もまだしきほどはときは山おのれ秋しる峰の松風（壬二集一九六八）

高砂の松はつれなきをのへよりおのれ秋しるさを鹿の声（拾遺愚草一九三七）

などと詠んでいる。

【作者】大中臣能宣→二一。
【他出文献】◇三、能宣、第三句「たつしかは」。◇深、能宣。◇金二九、能宣。◇朗詠集三三六。

読人不知

103 君こずはたれに見せましわがやどの垣根《かきね》に咲《さ》けるあさがほの花

【校異】ナシ。
【拾遺集】秋・一五六。
君こすはたれにみせまし我やとの垣ねにさける朝かほの花
定 秋・一五五。

あなたがおいでにならないならば、誰にみせましょうか、わが家の垣根に咲いている朝顔の花（私の寝起きの顔）を。

【語釈】○君―対称の代名詞。上代では主として男性に対して、中古以後は親密な関係にある男女いずれにも用いた。ここは「君こずは」とあるので、女性から男性を呼んだもの。○あさがほの花―古来「あさがほ」と呼ばれた植物は(イ)桔梗。「桔梗　二八月採根曝干。阿佐加保」（新撰字鏡）。(ロ)木槿。「槿《アサカホ》」（類聚名義抄）。(ハ)牽牛子。現在の朝顔。「牽牛子和名阿佐加保」（和名抄）「牽牛子《アサガホ》」（類聚名義抄）などがあり、時代や詠者によって指示する対象に相違があった。一〇三では「垣根に咲ける」とあるので、木槿、または現在の朝顔であると考えられる。『拾遺集』（哀傷・一二八三）の道信の歌の「あさがほ」は現在の朝顔であると思われるので、ここも同じものとみておく。

【補説】 この歌について『新大系』には「親愛する人に、秘蔵の花を見せたい、とする類型的な発想のもの」とある。「たれにみせまし」という慣用句的な表現を用いた歌をみると、

　　家に咲きて侍りける撫子を人のがりつかはしける

　いづこにも咲きはすらめどわが宿のやまとなでしこたれにみせまし（拾遺・夏・一三二。伊勢集一二〇）

　　さて後、ひと春いとをかしき花につけ、これより

　山がくれ人はたづねず桜花春さへ過ぎぬたれにみせまし（異本系赤染衛門集、赤染衛門集Ⅱ二三）

など、「をかしき花」を親愛する人に見せようとして送ったときの歌である。

これと同じように、花や月などにかこつけて日ごろは途絶えがちな恋人を、誘おうとした歌もある。屏風絵や障子絵を見て詠んだ歌ではあるが、

　今こむと契りし人のおなじくは花のさかりをすぐさざらなむ（後拾遺・春上・八八　兼澄）

　待つ人に告げややらましわが宿の花は今こそ盛りなりけれ（公任集三〇六）

などがある。これらでは「花の盛り」にかこつけて、恋人を誘おうとしていて、これも類型的な発想である。一〇三が、このどちらの類型に属するかによって、花の名の「朝がほ」の取り方に違いがある。ここは後者とみて女の寝起きの朝の顔を暗示していると解した。

104　手《て》もたゆくうゑ《へ》しもしるく女郎花色《いろ》ゆゑ《へ》君《きみ》が宿《やど》りぬるかな

【校異】歌〇しるく―しるへ〈「へ」ノ右傍ニ朱デ「クィ」トアル〉(貞)〇やとりぬる―やとりする〈「す」ノ右傍ニ朱デ「ヌィ」トアル〉(貞)。

【拾遺集】秋・一五八。

てもたゆくうへしもしるく女郎花色ゆへ君かやとりぬるかな

定秋・一五七。

手もだるくなるほどに苦労して植えた甲斐があって女郎花は美しい花を咲かせたので、その花の美しさにひかれて、あなたが泊まってくださったのですね。

【語釈】〇手もたゆく―「たゆく」は疲れて力のないさま。手もだるくなるほどに。「あやめ草ひく手もたゆく長き根のいかで浅香の沼におひけん」(二度本金葉・夏・一二九)。〇うゑしもしるく―「しるし」は結果としてはっきり現われている、その甲斐がある。ここは苦労して植えた甲斐があっての意。慣用句的に用いられた。「心してうゑしもしるく撫子の花の盛りをいまも見るかな」(寛和二年六月内裏歌合・瞿麦　惟成)「花の木をうゑしもしるく春くればわが宿過ぎてゆく人ぞなき」(兼盛集一七八)。〇女郎花―和歌では女性に見立てるのは常套的詠法。〇色ゆゑ―「色」は女郎花の花の妖艶な美しさ。

【補説】平安時代、八月初旬ごろになると人々は嵯峨野に出かけて前栽を掘り、貴顕に献上したり、自邸に持ち帰って植えなどした(拙著『公任集注釈』一二九頁参照)。ここも女が苦労して女郎花を前栽に植えたのであろう。その女郎花が美しく咲いたというのは、女自身の容姿も艶麗になったことを暗示している。

105
梔子《くちなし》の色をぞたのむ女郎花《をみなへし》花にめでつと人にかたるな

小野宮おほいまうちぎみ

【校異】詞○おほいまうちきみ―左大臣（貞）。
【拾遺集】秋・一五九。

くちなしの色をそたのむ女郎花はなにめてつと人にかたるな

小野宮太政大臣

㊁秋・一五八。

花がくちなし色だから、人に喋らないのを頼みにしているのだ。女郎花よ、花の美しさにひかれて愛してしまったと人に話しますな。

【語釈】○小野宮おほいまうちぎみ―「おほいまうちぎみ」は令制で太政官の上官。太政大臣、左大臣、右大臣、内大臣の称。「大臣於保伊万宇知岐美」（和名抄）。ここは太政大臣藤原実頼のこと。○梔子の色をぞたのむ―「梔子」はアカネ科の常緑低木。花は白色、実は紅黄色で黄の染料として用いた。実が熟しても口を開かないところからの命名と言われ、歌では「口無し」を掛けて用いる。「梔子の色をぞたのむ」とは、女郎花の花が梔子色であるところから、「口無し」（ものを言わないこと、人に喋らないこと）を頼みにしているの意。○花にめでつ―「めづ」は美しいと思い賞美する。愛する。
【補説】この歌は時雨亭文庫蔵『小野宮殿集』（八七）に詞書を「八月二十八日、嵯峨野の花御覧じて」としてみえ、これに続けて、

かへり給ふとて

帰りなばうらみもぞする女郎花今宵は野辺にいざとまりなむ（八八）

とあり、嵯峨野に花見に出かけたときの詠作と知られる。これと似たような状況の歌として、『古今集』（秋上・二二六）に次のような遍昭の歌がある。

名にめでて折れるばかりぞ女郎花我おちにきと人にかたるな

この歌は、女郎花の名から艶麗な女性を連想して手折ってしまったことを、僧籍にありながら女性に心奪われて堕落したと、戯れて詠んだものである。実頼の歌でも、女郎花の美しさに魅せられて手折ってしまったのだろう。妖婉な美しさの女性に魅せられたことを人に知られないようにと、女郎花のくちなし色を頼みにしていると戯笑的に詠んでいて、僧籍の遍昭とは立場は異なるが、謹厳実直で融通のきかない性格の実頼ならばこそと思われる。

【作者】藤原実頼　関白忠平の長男。昌泰三年（九〇〇）生。左右大臣を経て、康保四年（九六七）六月関白左大臣、同年十二月十三日太政大臣となり、安和二年（九六九）八月摂政。醍醐・朱雀・村上・冷泉の四代に仕え、天禄元年（九七〇）五月没。有職故実に通暁、歌は『後撰集』以下の勅撰集に三十五首入集。家集に『清慎公集（小野宮殿集）』がある。

【他出文献】◇小野宮殿集→［補説］。

女郎花咲《さ》きて侍りける家に人〳〵まで来《き》て、前栽のあたりにたゝずみて　能宣

106　女郎花《をみなへし》にほふあたりにむつるればあやなく露《つゆ》の心《を》おくらむ

【校異】 **詞**○家に―所に〈「所」ノ右傍ニ朱デ「家ィ」トアル〉（貞）○たゝすみて―たゝすみ侍（島）。**歌**○つゆの―つゆや（島）露や〈「や」ノ右傍ニ朱デ「ノィ」トアル〉（貞）。

【拾遺集】 秋・一六〇。

　女郎花おほくさける家のにはにたゝすみ侍りて　　大中臣能宣

女郎花にほふあたりにむつるれはあやなく露や心をくらむ

定秋・一五九。**詞**○家のにはにたゝすみ侍りて―家にまかりて。

　女郎花が咲いておりました家に人々がやって来て、植込みの近くにしばらく立ち止まって

女郎花が色美しく咲いているあたりに、近付いて親しげに触れたので、誤解して露がわけもなく警戒しているのだろうか。

【語釈】 ○ただずみて―同じ場所にしばらく立ちどまる。また、同じ場所を行ったり来たりする。「彷徨《タタズム》」（書陵部本名義抄）。○むつるれば―「むつる」は親しみまつわりつく、なつくの意。○あやなく―いわれなく。わけもなく。○露の心おくらむ―「心おく」は用心する、警戒する。露が女郎花と歌の作者との関係を疑って、女郎花に近寄る作者を警戒するだろうの意。

【補説】 この歌は詞書の説明的な文体から屏風歌であると思われる。西本願寺本『能宣集』（能宣集Ⅰ二三二）には「同じところに人々の家あり、前栽のもとに人々などゐてはべるに」と詞書があってみえる。

　この二三二は二二九の詞書に「屏風に、すみよしのかたかきてはべるところ」とある屏風歌と一括りの歌群に属するものとみられる。二三二の詞書の「同じところ」は『能宣集Ⅰ』の配列では前歌「いかだおろし」の歌（二三一）の詞書に「大井河…」とあるのを承けていることになるが、歌仙家集本（能宣集Ⅱ三二）では直前の

「秋ごとに」の歌（三二）には「嵯峨野に蔵人所の人々まかりて、おまへの前栽掘りに出でて」と詞書があり、「同じところ」は嵯峨野ということになる。この方が「大井河」よりも適当であるので、『能宣集Ⅰ』は二三二の前に「秋ごとに」の一首を脱しているものと考えられる。また、書陵部本（能宣集Ⅲ）は「いかだおろし」「秋ごとに」と続いているが「女郎花」の歌を欠いている。この三首について言えば、諸本の中では『能宣集Ⅱ』が配列は原型の姿をとどめている。如上のことから、この歌は嵯峨野にある家の前栽の女郎花が咲いていて、その近くに人々がいる絵柄の屏風絵を詠んだものである。

平安和歌では女郎花を女性に見立てるのは常套的詠法で、これに対する露は男性に見立てられ、睦まじい関係にあるものとして、

はるかにぞ花見にきつる女郎花あだなる露にうつろふなゆめ（歌仙家集本系統兼盛集二〇一）

白露のおくつまにする女郎花あなわづらはし人な手ふれそ（拾遺・秋・一六〇）

などと詠まれている。一〇六に「露の心おくらむ」とあるのは、画中の男が親しげに女郎花に触れているのを、露は恨みに思い、心配して見ている構図である。

【作者】大中臣能宣→二一。

【他出文献】◇能宣集→［補説］。

107　嵯峨《さが》の野に前栽掘《ほ》りにまかりて　藤原長能

日暮《ひぐらし》に見れどもあかず女郎花《をみなへし》野辺《のべ》にや今宵《こよひ》旅寝《ね》しなまし（猿）

【校異】詞〇さかの野に―嵯峨野に（島）さかの院〈「院」ノ左傍ニ見セ消チノ符号ガアリ、「院」ノ下ニハ補入

ノ符号ガアッテ、右傍ニ朱デ「ニィ」トアル〉（貞）○藤原長能―長能（島・貞）。**歌**○しなまし―してまし（貞）。

【拾遺集】秋・一六二。

さかのに前栽ほりにまかりて　　藤原長能

日暮しにみれともあかす女郎花野へにやこよひ旅ねしなまし

㊁秋・一六一。**詞**○さかのに―嵯峨に。

嵯峨野に前栽を掘りに出かけて

一日中見ていても見飽きない女郎花である、今夜はこの野で一夜を過したいものだ。

【語釈】○嵯峨の野―京都市右京区嵯峨のあたり一帯。平安時代には嵯峨天皇の嵯峨院をはじめ、貴族の別邸や大寺が造営された。また、禁野として貴族は狩猟に興じ、秋には草花が咲き乱れて、前栽を掘りに出かけた。○前栽掘り―秋に庭先に植えるために野の草花を掘りとること。平安時代には、殿上人が嵯峨野に出かけて前栽を掘り採って、貴顕に献上したり、自邸に持ち帰って植えなどした。一〇四［補説］参照。○見れどもあかず―いくら見ても見飽きることがない素晴らしさを賞賛していう、『万葉集』以来の慣用句的表現。万葉時代には「見れどあかぬ」「見れどもあかず」の形で用いられることが多い。○旅寝―常の住まい以外の所で寝ること。

【補説】この歌は異本『長能集』（長能集Ⅱ七〇）にも詞書を「嵯峨野に前栽掘りにまかりて」としてみえる。

この歌では女郎花を賞賛して「見れどもあかず」といい、そのために「野辺にや…旅寝しなまし」と思うところに、趣向がある。まず、「見れどもあかず（ぬ）」という表現は、柳・桜・梅・藤・紅葉・萩・女郎花・撫子などの樹木、花卉を対象に、主に花を賞美して言った例が多い。なかでも、長能には一〇七のほかに、

ひぐらしに見れどもあかぬもみぢ葉はいかなる山のあらしなるらん（流布本長能集、長能集Ⅰ八九）

みちゆきにみれどもあかぬもみぢかなむべこそ人も家居せりけれ（同右九八）

などとあり、前者は第一・二句が一〇七に一致する。

この「ひぐらしに見れどもあかぬ」という慣用的表現は、天暦十一年（九五七）二月に催された「蔵人所衆歌合」に、「ひぐらしに見れどもあかぬ青柳の糸をばよるも思ひこそやれ」とあるのが最古例で、それを長能は利用したものであろう。この歌（長能集Ⅰ八九）は『拾遺集』（冬・二二五）には第一句が「ひねもすに」とある。長能は花山院を助けて『集』を編纂したといわれ、第一句を「ひねもすに」と改めたのも、長能自身であるとも考えられる。この「ひねもすに見れどもあかぬ」という表現は、『万葉集』（巻十八・四〇三七）にも「乎敷の崎こぎたもとほりひねもすに見とも飽くべき浦にあらなくに」という大伴家持の歌が唯一あるのみで、平安時代には『忠見集』（二六）に「ひねむすにみれどもあかず…」とある以外は例がなく、これも長能独特の表現とも言えよう。

また、草木の花の美しさや鳥の音に魅せられて、野に旅寝するという発想の歌には、

花にあかでなに帰るらむ女郎花多かる野辺にねなましものを（古今・秋上・二三八　平貞文）

見てかへる心あかねば桜花咲けるあたりは宿やからまし（興風集六七）

野辺ならば旅寝してまし花薄まねくたもとに心とまりて（大弐高遠集一三九）

鶯の声をしるべに鳴き暮らし知らぬ山辺にやどりをやせむ（忠見集一〇七）

などがある。長能には他にも、

旅寝してけふは帰らじ小倉山紅葉のにしきあけて見るべく（異本長能集、長能集Ⅱ七五）

という類似の発想の歌があり、ここにも長能の好みがみられる。

【作者】 藤原長能→四一。

【他出文献】 ◇長能集Ⅱ七〇→［補説］。◇長能集Ⅰ六七、第一句「みくらしに」。◇新撰朗詠集二六七。

八月ばかりに雁《かり》の声を待つ心の歌よみ侍りけるに　恵慶《京》法師

108　を《お》ぎの葉もややうちそよぐほどなるをなど雁《かり》がねのお《を》となかるらむ

【校異】詞○かりの声を―鴈の声〈「声」ノ下ニ朱デ補入ノ符号ガアリ、右傍ニ「ヲィ」トアル〉（貞）。歌○おきの葉も―をきのはも〈「も」ノ右傍ニ朱デ「ノィ」トアル〉（貞）○ほとなるを―ころなるを〈「ころ」ノ右傍ニ朱デ「ホトィ」トアル〉（貞）。

【拾遺集】秋・一六三。

八月はかりにかりのこゑをまつ心の歌よみ侍けるに　恵慶法師

荻の葉もやゝうちそよくほとなるをなと鴈か音のをとなかるらむ

定秋・一六二。詞○こゑを―こゑ。○心の歌―うた。

八月ごろに雁の鳴き声を待つという題の歌を詠みましたときに

荻の葉もしだいにそよそよと音をたてるころであるのに、どうして雁の鳴く声が聞えてこないのだろうか。

【語釈】○ややうちそよぐ―「やや」はしだいに程度が増していくさま。少しずつ。だんだん。「うちそよぐ」はかすかな音をたてる、そよそよと音をたてるの意。○ほどなるを―この部分の解釈には、(イ)そよぐ音をたてるころになったと解する説（新大系）、(ロ)荻の葉が少しそよぐほどに延びると解する説（和歌大系）とがある。(イ)は「ほど」をある時点の前後に広がりをもった時間を表す意ととり、(ロ)は事物の度合いや程度を表す意ととっている。(ロ)説にいうように、荻の葉は中秋のころにならないと、そよぐほどに延びないとは考えられない。「荻の葉に風のそよめく夏しもぞ秋ならねどもあはれなりける」という好忠の歌（好忠集一七一）もある。また、本集八八には初秋の風にそよぐ荻の葉が詠まれていた。〇雁がね―雁の鳴き声の意から、雁の異名。

【補説】 この歌は『恵慶集』（七九）に「おなじ人、雁の声をまつ」という詞書を付し、第四句「などかかりがね」としてみえる。詞書の「おなじ人」は歌の配列順を尊重すれば、七八の詞書に「八月、遠くまかる人に…」とある人物と同一人となる。また、七九の詞書を「おなじ人」が雁の声を待っているところを恵慶が詠んだと解したが、別解として、「おなじ人」が「雁の声まつころ」の題で詠んだととると、「おなじ人」は歌の作者ともとれ、この歌は恵慶の作ではなくなる。このように詞書は判然としないところがある。

歌は、荻の葉のさやぐ音から秋の到来したことが知られるのに、雁はまだ飛来していないと、季節の順調でない様子を詠んでいる。これは『万葉集』（巻十・二一三四）に「葦辺なる荻の葉さやぎ秋風の吹きくるなへに雁鳴きわたる」とある歌が順調に季節が推移していくさまを詠んでいるのと対照的である。この『万葉集』の歌は『古今六帖』（四三五八）に作者を人丸として、また、『麗花集』断簡（土橋氏蔵香紙切）にも作者を人丸としてみえ、恵慶も知っていたと推測されるので、この歌を意識して一〇八を詠んだ蓋然性はおおきい。

【作者】 恵慶法師→四〇。

【他出文献】 ◇恵慶集→［補説］。

題不知　　　　読人不知

109　来《こ》てふにもにたるものかな花薄《すゝき》恋しき人に見すべかりけり

【校異】 詞〇題不知―たいよみひとしらす（島）。

【拾遺集】 雑秋・一一一四。

題不知
こてふにもにたる物かな花すゝき恋しき人にみすへかりけり
定雑秋・一一〇三。

題しらず
こちらに来なさいと言って人を招く姿にも似ているものだ。この花薄を恋しく思う方に見せるべきであったなあ。

【語釈】○来てふにも―「来てふ」はカ変動詞「く」の命令形に「といふ」の約である「てふ」が接続した形。来なさいといって人を招く姿にも。○花薄―穂が長く伸びて、旗のようになびいている薄をいう「はだすすき」の子音が交替（d→n）したもの。『万葉集』には「めづらしき君が家なるはなすすき（波奈須為寸）穂にいづる秋の過ぐらくをしき」（巻八・一六〇一）という一例のみで、平安時代にはもっぱら「はなすすき」の形で「穂」と同音をもつ「ほにいづ」「ほのか」などにかかる枕詞として用いられることが多い。詳しくは二五二［補説］参照。

【補説】薄の穂が風に揺れるさまを人を招く姿に見立てた歌は、『古今集』には「秋の野の草のたもとか花薄穂に出でて招く袖とみゆらむ」（秋上・二四三　在原棟梁）の一首のみで、『後撰集』にはないが、『拾遺集』では「花薄」を詠み込んだ五首のうち四首が招く姿に見立てて詠まれている。それらの歌の作者は問題のある一一〇三（抄一〇九）と作者を好忠とする二一三を除いて二首は「読人知らず」である。一〇九は『抄』には「読人不知」とあるが、『集』では前歌（一一〇二）の作者に貫之とあり、通常の作者名表記の原則からは、作者名の表記がない次の歌も貫之の作ということになる。しかし、『貫之集』の諸本には一〇九はない。

貫之には「花薄」を詠み込んだ歌が六首あるが、その半数の三首は、

招くとて来つるかひなく花すすきほに出でて風のはかるなりけり（二三）

出でてとふ人のなきかな花薄われはかりかと招くなりけり（三六九）

つとめてぞ見るべかりける花薄招く方にや秋はいぬらん（五一六）

などと「招く」とともに詠まれている。この三首の詠作年時は延喜十三年（九一三）十月、承平七年（九三七）、天慶五年（九四二）で、いずれも屏風歌である。

貫之と同時代の『躬恒集』には「花薄」を詠み込んだ歌が五首あり、そのうち三首は「招く」とともに、

山のほとりたづぬる道に僧の家あり、紅葉散りみちて、残りの花まがきにあり、花薄風にしたがひてなびく、人を招くに似たり、源少将馬よりおりて

人知れぬ宿にな植ゑそ花薄まねけばとまる我にやはあらぬ（一八八）

しろたへのいもが袖して秋の野にほに出でて招く花薄かな（二〇七）

すぎがてに野辺に来ぬべし花薄これかれ招く袖と見ゆれば（四六六）

などと詠まれている。特に「人知れぬ」は延喜十八年九月二十八日に殿上人たちと遊覧に出かけたときの歌で、作者は躬恒ではないが、詞書に「花薄風にしたがひてなびく、人を招くに似たり」とある点に注目される。

このように花薄が風になびくのを人を招く姿に見立てて詠んでいるのは、読人知らずを除くと在原棟梁、伊勢などがいるが、貫之、躬恒は歌数も多く時期的にはやい方であり、貫之が一〇九の作者に擬せられているのも首肯できる。

亭子院の御前《おまへ》に前栽うゑ《へ》させ給《たま》ひて、これよめと仰《おほ》せ事ありければ　伊勢

110　うゑ《へ》たてて君が注連《しめ》結《ゆ》ふ花《はな》なれば玉の見えてや露もお《を》くらむ

【校異】 **詞**○これ—これを〈「を」ノ左傍ニ朱デ見セ消チノ符号ガアリ、右傍ニ「イナシ」トアル〉（貞）。**歌**○玉の—たまと（島・貞）○見えてや—みよとや〈「よと」ノ右傍ニ朱デ「エティ」トアル〉（貞）。

【拾遺集】 秋・一六八。

亭子院御前に前栽うへさせ給ひてこれよめとおほせ事ありけれは　伊勢
うへたてゝ君かしめゆふ花なれは玉とみえてや露もをくらむ

定秋・一六七。**詞**○亭子院—亭子院の。

亭子院が御座所の前庭に草花を植えられなさって、この花のことを詠みなさいとおっしゃられたので

この花は上皇が植えられて、ご自身のものになさっている花なので、露までも玉と見えるように遠慮して置いているらしい。

【語釈】 ○亭子院—宇多天皇の御所。七条坊門小路の北、西洞院大路の西二町にあった（拾芥抄）。もとは淳和天皇の女御永原原姫の住居で、後に宇多天皇の中宮藤原温子の御所となった。延喜七年（九〇七）六月八日に温子が亡くなった後は宇多天皇に伝領されたところから、宇多天皇を「亭子院」と称した。○うゑたてて—「うゑたつ」の「たつ」は接尾語。植え込む。○注連結ふ—「注連」は神や人の占有地であることを示すしるし。「結ふ」は印となるものを結ぶ。○玉の見えて—「の」は動作の対象を表す用法。…と。露の置くさまをいう。○露

もおくらむ―「おく」は露の縁語。隔てやある思いをおく、心を隔てる、気をおくの意に露が置く意を掛ける。

【補説】この歌は類従本系『伊勢集』（伊勢集Ⅱ一三四）には詞書を「御門、前栽植ゑさせ給ひて、和歌詠めと仰せられければ」としてみえ、『抄』『集』とほぼ同じであるが、歌仙家集本（伊勢集Ⅲ一三三・一三四）には、

亭子のみかどの御まへに前栽うゑ給ひて、朝露おけるをめでさせ給ひて、歌よめとの給ひければ

うゑたてゝ君がしめ結ふ花なれば玉と見えてや露もおくらん

これは御かへし

しら露のかはるもなにかをしからんありての後も世はうき物を

と贈答歌になっている。西本願寺本（伊勢集Ⅰ一三五・一三六）も贈答歌の形で、

亭子院の御前にて、花おもしろく露おきたる、めしてみせさせ給ふとて

白露のかはるもなにかをしからむありてのゝちもよはうき物を

御かへし

うゑたてゝ君がしめゆふ花なれば玉と見えてや露もおくらん

とあり、歌仙家集本とは逆に帝の歌が贈歌になっている。この贈答歌は『後撰集』（秋中・二七九、二八〇）にもあり、西本願寺本と同じ形で、詞書もほぼ一致する。

これらには詠歌事情に違いがみられるものもある。『抄』や類従本系の詞書には露のことがまったく記されていないが、西本願寺本には「花おもしろく露おきたる」とあり、歌仙家集本にはさらに「朝露おけるをめでさせ給ひて」とある。このことに留意して、伊勢の歌を解する必要がある。歌は花に露が置いているのを詠んだものであるが、この花は帝の占有物であるので、たとえ露であっても勝手に置くわけにはいかないはずである。それ故、露も恭敬して遠慮がちに、しかも珠玉に見えるように精一杯美しく置いたのである。このような情態を伊勢

は掛詞「おく」を用いて表現したのであろう。

【作者】伊勢→三〇。

【他出文献】◇伊勢集→［補説］。◇後撰集。◇古今六帖五六二、第三、四句五句「野べなれば玉とも見よと露のおくらむ」。

家の前栽に鈴虫《すゞむし》をはなち侍りて・

111　いづこにも草の枕《まくら》を鈴虫《すゞむし》のここを旅《たび》とは思《おも》はざらなん南

【校異】歌〇いつこ―いつく〈「く」ノ右傍ニ朱デ「こィ」トアル〉（貞）〇すゝむしの―すゝむしは（島・貞）〇たひとは―たひとも（島）。

【拾遺集】秋・一八〇。

前栽にすゝむしはなちて侍りて　　伊勢

いつくゐも草の枕をすゝむしはこゝを旅とも思はさらなむ

定秋・一七九。詞〇すゝむし―すゝむしを。歌〇いつくゐも―いつこにも。

わが家の前栽に鈴虫を放しまして

どこにいても草を枕にしている鈴虫が、わが家の前栽を旅先とは思わないで、いつまでもここにいてほしい。

【語釈】〇いづこにも―どこにでも。〇草の枕を―「草の枕」は旅寝の枕、旅寝のこと。鈴虫が草叢に生息しているところからいう。次の「鈴虫」の語頭の「す」にサ変動詞「す」を掛けて、「草の枕をす」と続く。〇鈴虫―屋代弘賢『古今要覧稿』には、延喜のころは、チンチロリンと鳴くのを松虫といい、リンリンと鳴くのを鈴虫といったが、『源氏物語』のころから、リンリンと鳴くのを松虫、チンチロリンと鳴くのを鈴虫というようになったという。このような認識が現在でも一般的であるが、確定的なことはいえない。〇ここ―わが家の前栽。

【補説】 この歌は『敏行集』(二一)には詞書なく第一句を「いづらへも」、第三句を「すずむしは」としてみえるが、『伊勢集』の諸本にもあり、詞書はそれぞれ、

　鈴虫とりて前栽にはなつとて(西本願寺本、伊勢集Ⅰ一四二)
　家の前栽に鈴虫はなちたる夜、いたうなけば(類従本系、伊勢集Ⅱ一四〇)
　鈴虫とりにやりて前栽のなかにはなちたりける夜(歌仙家集本、伊勢集Ⅲ一三九)

とあり、大略一致している。伊勢の子の中務の家集にも、

　　前栽に鈴虫をはなちたるに、いたくなきしに
　草枕ぬるをりもなく鈴虫は鳴くを旅寝にあかすなりけり(時雨亭文庫蔵資経本中務集一一一)

という歌があり、詠歌事情がほとんど同じうえに、主要な歌詞も同じで(鈴虫、草枕、旅などの語を一首に詠み込んだ歌はきわめて少ない)、中務は母伊勢の歌を念頭において詠んでいると思われる。

なお、この歌は『如意宝集』の断簡にも、

　　　はべりて
　　いづくへもくさのまくらをすゞむしの
　こゝをたびとはおもはざらなむ

とある(『久曽神昇博士還暦記念研究資料集』風間書房、昭和48年)。『抄』『集』ともに詞書の文末は「侍りて」であるので、『如意宝集』の「はべりて」も詞書の文末の語句で、これに続いて作者名があるはずであるが、断簡に

ないのは前歌と作者が同じ伊勢であったためと思われる。

【作者】 伊勢→三〇。

【他出文献】 ◇伊勢集→［補説］。◇敏行集→［補説］。◇如意宝集→［補説］。

屏風に　　　貫《つら》之《ゆき》

112　秋来《く》れば機《はた》おる虫《むし》の有るなへに唐錦《からにしき》にも見*ゆる野辺《のべ》かな《哉》

【校訂注記】「見ゆる」ハ底本ニ「見」トアルノヲ、島本、貞和本ニヨッテ「見ゆる」ト改メタ。

【校異】 **詞**〇屏風に―屏風に〈「に」ノ右傍ニ朱デ「ヲィ」トアル〉（貞）。**歌**〇からにしきにも―からにしきとも〈「と」ノ右傍ニ朱デ「ニィ」トアル〉（貞）。

【拾遺集】 秋・一八一。

屏風に　　紀貫之

秋くれははた織虫のあるなへにからにしきともみゆるのへかな

［定］秋・一八〇。**詞**〇紀貫之―つらゆき。**歌**〇からにしきとも―からにしきにも。

屏風に

秋になると、野には機織る虫が生息しているのにつれて、野辺の草花も唐錦を織ったようにみえることだ。

【語釈】 〇屏風に―『貫之集』によれば、承平七年（九三七）右大臣恒佐殿家の屏風歌。〇機おる虫―螽蟖

（きりぎりす）の鳴き声が、機を織るとき緯（よこいと）を巻いて梭（ひ）に入れる道具である管に巻く音に似ているところから螽蟖の古名。「雁がねは風を寒みや機織女管まく音のきりきりとする」（寛平御時后宮歌合）。「機」は「唐錦」と縁語関係にある。○有るなへに―「なへに」は接続助詞で、一つの動作・状態と同時に、他の動作・状態が成立することを表す。『万葉集』では「なへ」「なへに」両形がみられるが、平安時代には「なへに」がもっぱら歌に用いられる。…と同時に。…と共に。…につれて。○唐錦にもみゆる―野辺の秋の草花を舶来の錦に見立てた。野辺に機を織る虫がいるので、唐錦が織られたとする。「唐錦」は一三四参照。

【補説】この歌は時雨亭文庫素寂本『貫之集』に「おなじ七年一条の右大臣殿の屏風の歌」とある歌群（三五六〜三七四）中に「くるまむまにのりておほく野にあそぶ、ももくさの花、いつゝ、たね（「たね」ノ右傍ニ「本」トアル）」（三六七）と詞書があり、歌詞に異同なくみえる。

この屏風歌から『抄』には二首とられ、それらの詞書は、

恒佐右大臣の家の屏風に（七）

恒佐の右大臣の家の屏風に、臨時祭のかたあるところに（四二六）

とあり、画題の有無は措いて、恒佐右大臣家の屏風に書かれた歌であることは共通している。これに対して、一二二は「屏風に」とあるのみで、詳細は記されていない。このことは七・四二六の二首と一二二とは撰歌にあたって依拠した資料が別であったためと考えられる。

『抄』の時代までに「はたおる虫」を詠んだ歌人は、貫之のほかに曽禰好忠、千穎、賀茂保憲女、源重之、小大君などがいた。その中で虫の名から「織る」行為や錦を詠んでいるのは、

霧はたつ雲はおりゐる秋山ははたおる虫のこゑぞたえせぬ（千穎集二三）

たれかかく錦はかけし神無月はたおる虫の声もたえにき（小大君集一三〇）

などである。千穎の歌には「たつ」「おり」が掛詞になっていて、はたおる虫が機を織っていることが暗示され

ている。一方、小大君の歌は、前の紅葉した木を見て詠んだ歌で、美しい錦を木に懸けたので、はたおる虫の鳴き声もしなくなったと、声なきはたおる虫を詠むことで、この虫が錦を織る虫であることが暗示されている。

「はたおる虫」の語とともに、貫之は野に咲く多彩な色の草花を、虫が織った「唐錦」であると詠んでいるが、当時は紅葉を「唐錦」に見立てて詠むのが一般的で、野の種々な色の草を「唐錦」に見立てた歌は、ほとんど例がなく、やや時代が下って常夏や萩を「唐錦」に見立てた歌が現れてくる。いまのところ、貫之の歌に近いのは延長五年（九二七）ごろに催された「東院前栽合」に「欄（にら）」の題で詠まれた、

虫の音はまだおるとしも聞えぬを唐錦にもみゆる物かな

という歌がある。貫之の歌は前記のように承平七年の作で、「東院前栽合」の歌よりも後に詠まれたものであるが、貫之はこの前栽合の負態に歌を詠んでいるので、「虫の音は」の歌を知っていたと思われる。一一二は既成の歌を利用し、機を織るという名の「はたおる虫」を詠み込んで、新たな屏風歌として再生させたのである。

【作者】 紀貫之→七。

【他出文献】 ◇貫之集→［補説］。◇古今六帖四〇一八、「はたおりめ」。

113

少将に侍りける時駒迎《こまむかへ》にまかりて　　左衛門督高遠

逢坂《あふさか》の関《せき》の岩《いは》かど踏《ふ》みならし山立ち出《い》づる桐原《きりはら》の駒《こま》

【校異】 詞〇まかりて—まかり侍て（島）〇左衛門督高遠—右兵衛督高遠（貞）。

【拾遺集】 秋・一七〇。

少将にて侍りける時こまむかへにまかりて　　大弐高遠卿

あふ坂のせきのいわかとふみならし山立いつるきり原のこま

定秋・一六九。**詞**○少将にて―少将に。○高遠卿―高遠。

少将でありました時、駒迎に逢坂の関にまいりまして
逢坂の関のあたりの岩角がごつごつしている道を平らにするように踏みしめ、蹄の音を響かせて、霧のたちこめる逢坂山から立ち去っていく桐原牧の駒よ。

【語釈】○少将に侍りける時―高遠は安和二年（九六九）一月右少将に任ぜられ、天禄元年（九七〇）八月左少将に転じ、天延二年（九七四）十月以前に左少将を辞したようである。○駒迎―陰暦八月、甲斐、武蔵、信濃、上野などの諸国から朝廷に貢進する馬を、近衛府の官人が逢坂の関まで迎えに出ること。○左衛門督高遠―高遠は底本、島本に「左衛門督」とある経歴はなく、貞和本に「右兵衛督」とあるのが正しい。永延元年（九八七）七月右兵衛督に任ぜられ、永祚二年（九九〇）一月従三位に叙せらるまで、その職にあった。○岩かど―『拾遺抄注』に「セキノイハカドトハ、石ノ廉ナリ。石門ニハアラズ」とあり、(イ)岩角で、岩の尖った角とする説。(ロ)石のように堅固な門、石の門とする説とがあった。前者については橘為仲の「あづまぢにことづてやせしほとぎす関の石門いまぞすぐなる」（橘為仲集一七四）という歌をあげて、「故人ハ如此事モ委不沙汰歟。当世人モ石門トヨマレタルコト侍キ。石門、巌門ナド云コトノアルマジキニハアラズ。此高遠卿歌ハ、一定石廉也ト可得意ナリ」とある。顕昭は石門説を全面的に否定はしてはいないが、高遠の歌の「岩かど」は石廉であると(イ)説をとっている。『源氏物語』夕霧巻の歌に「関の岩門」の句があり、関の戸の意で用いた例もあるが、高遠の歌では(イ)説である。○踏みならし―踏んで平らにする意と踏んで鳴らす意とを掛ける。ただし、馬が岩角を踏んで平らにすることは実際にありえず、馬が力強く歩むのを誇張した表現である。○山―逢坂山。○立ち出づる―「立ち

出づ」は立って出て行く、その場から立ち去っていくの意。「桐原」の「桐」に「霧」を掛けたとみると「たつ」は霧の縁語。○桐原の駒―「桐原」は信濃国筑摩郡、現在の松本市入山辺桐原にあった牧。「桐」に「霧」を掛ける。

【補説】この歌の詠歌事情は『大弐高遠集』（四）には「こまむかへにいきて」とあり、『抄』『集』に「少将に侍りける時」とある部分がない。この駒迎については古記録や故実書などに関連記事が乏しくて詳しくはわからない。駒迎は行事としては駒牽と一連のもので、駒迎の後、宮中では駒牽が行なわれた。この駒牽は勅旨牧などから貢進された馬を天皇が御覧になり、東宮・貴族らに分給される行事で、『九条年中行事』『小野宮年中行事』などには、次の八つの駒牽が記されている。

八月　七日　牽甲斐勅旨御馬事　　十三日　牽武蔵・秩父御馬事
　　十五日　牽信濃勅旨御馬事　　十七日　牽甲斐穂坂御馬事
　　二十日　牽武蔵小野御馬事　　二十三日　牽信濃望月御馬事
　　二十五日　牽武蔵勅旨御馬事　　二十八日　牽上野勅旨御馬事

これらの駒牽が毎年行なわれたかは、史料に制約されるところがあり、確認はできない。この駒牽に先立って駒迎のことがあった。公任の『北山抄』には駒迎のことが、次のようにある（西宮記第九にも駒迎事がある）。

前一日、告当巡次将、当日未明、率騎射所官人以下、迎御馬、左右近衛府馬寮、於便所令近衛等騎、見之而帰。〔昔至会坂関迎、仍随身餅、至於山科用之云々〕若忽有故障、雖不行向、猶送府餅乎。（第九・分取諸牧御馬事）

これによると、一条帝のころには逢坂の関までは行かなかったようで、『小右記目録』天元二年（九七九）十月五日の条には「近衛官人向粟田口、迎取御馬事」とあり、実資自身も永観二年（九八四）十月二十二日の甲斐勅旨駒牽のときの駒迎に従事したときの事を「迎真衣御馬、向粟田口、即帰宅。不給餅手等、依厳制也」と書留めている。

駒迎は近衛の次将が従事したので、少将高遠が駒迎に行ったことは確かであるが、どの駒牽の時であろうか。この歌を解説した書のなかには、八月十五夜に行われる信濃国の駒迎に従事したときとか、このころは陰暦八月十六日であったとか、記したものがある。仮に信濃勅旨駒牽のこととしても、その式日は故実書には「本八月十五日也、而依朱雀院御国忌、改用十六日」とある。信濃勅旨駒牽が朱雀院御国忌に当るようになったのは天暦七年（九五三）からである。その前後の信濃勅旨駒牽の行なわれた日を調査すると、天暦六年以前は八月十四日、十六日、十八日などに行なわれた年もあるが、十五日を式日とみていた。一方、天暦七年以後は八月十五日、十七日に行なわれた年もあるが、十六日に行なわれた年が多く、この日を式日とみていたようである。高遠の歌が信濃勅旨駒迎の詠作ならば、高遠の少将時代（安和二年～天延二年）の信濃勅旨駒牽は、史料にみえるのは次の三年のみである。

天禄元年八月十六日　甲斐・信濃勅旨駒牽（西宮記・八月駒牽事）

天禄三年八月十五日　牽進信濃諸牧御馬三十疋、上卿不被参不取之（親信卿記）

　八月十六日　民部卿参弓場、令奏御馬解文（親信卿記）

天延二年八月十六日（信濃勅旨）駒牽（日本紀略）

これによっても式日は八月十六日であったとみられる。しかし、ここで問題になるのは、一一三の歌は信濃勅旨駒迎の詠作であるか、どうかである。『延喜式』の「左右馬寮」に記されている信濃国勅旨牧のなかに桐原牧の名はないので、信濃勅旨駒迎の際の詠作であるか疑義がある。それでは信濃勅旨駒牽とは別に桐原駒牽が行なわれたのであろうか。ここで注目されるのは『北山抄』（巻二・八月七日牽甲斐勅旨御馬事）にある次の記事である。

近衛次将候御前令取例〔応和元年十一月四日、召桐原駒廿疋、於南殿覧之。延光朝臣持御劔候御前、召左中

将重光朝臣、右近権少将清遠、令分取、後院牧御馬、多如此、又不召馬寮〕

これによると、桐原牧の駒牽は応和元年（九六一）には十一月四日に行われていて、八月に行われる勅旨牧の駒牽とは別のもので、後院牧の駒牽であった。『西宮記』（駒牽）には後院牧の駒牽と思われるものが、

承平元年八月十五日　牽朱雀院秩父御牧御馬。
天暦八年十月七日　召後院蕗原御馬。
応和元年九月十日　覧後院小笠原御馬。
応和三年十月二十三日　覧後院利山萩原御馬。

などとある。これら秩父、蕗原、小笠原、利山萩原は桐原と同じように『延喜式』の「御牧」のなかにはみえない牧である。このように高遠の歌は八月十五日あるいは十六日の詠作であると安易に決めることはできない。

この歌は高遠の代表的な歌として、公任の撰著にも入っていて、次の駒迎を詠んだ貫之の歌と比較され、二首にまつわる説話まで形成された。『八代集抄』には『愚秘抄略註』からの引用として、

此両首を詠じ合せてみるに、一二返は霧原の歌まさりて聞え、三四返になれば、事の外に清水の歌まさりて聞え侍るはいかなる事ぞと、高遠公任卿に聞給へるに、公任卿云、貫之歌は、させるふしもなくなびらかにいひくだせり。霧原の歌は、詞の余情工み也。さる程に、一二返まではまさりて聞ゆれど、聞ざめする成べし云々。

とある。これは『愚秘抄』『西公談抄』などにある話の簡要な紹介である。この話自体は虚構の話であるが、高遠の歌について「詞の余情工み也」とある部分は『西公談抄』には具体的に「関の岩かどふみならしと云より、山たちいづる霧原の駒とまで、詞よせたくみなる」とある。霧が立ちこめる逢坂山に、岩かどを踏みならすように蹄の音がだんだんと大きくなって、霧の中から桐原の駒が雄姿を現し、山を越えて京に向かって去って行く。まだ野性的なところをとどめている勇壮な駒の姿を髣髴させるような歌である。駒の歩みにしたがい、聴覚的把

握から視覚的把握へと移動していく趣向である。

【作者】藤原高遠　藤原斉敏の子で、実資の兄。公任の従兄。天暦三年（九四九）誕生。内蔵頭、兵部卿、左兵衛督などを歴任して、寛弘元年（一〇〇四）十二月大宰大弐に任ぜられ、同二年四月に正三位に叙せられたが、長和二年（一〇一三）五月十六日没（御堂関白記）。『公卿補任』には長和五年まで非参議として掲出。管弦に長じ、笛の名手で一条天皇の笛の師。歌人としては康保三年（九六六）閏八月の「内裏前栽合」、貞元二年（九七七）八月の「三条左大臣頼忠前栽合」に出詠。中古三十六歌仙の一人。『拾遺集』以下の勅撰集に二十七首入集。家集に『大弐高遠集』がある。

【他出文献】◇大弐高遠集→［補説］。◇金二六。◇古今六帖一八〇。◇後十五番歌合。◇玄玄集三九。

延喜御時月令の御屏風に、駒迎《こまむかへ》のかた有る所に　　貫　之

114 逢坂《あふさか》の関《せき》の清《し》水に影見えていまや引《ひ》くらむ望月《もち》の駒《こま》

【校異】詞〇月令の―月令（島）月次の〈「次」ノ右傍ニ朱デ「令」トアル〉（貞）。

【拾遺集】秋・一七一。

延喜御時月なみの御屏風に　　紀貫之

あふ坂のせきの清水にかけみえて今や引らむもち月のこま

定秋・一七〇。詞〇月なみの―月次。〇紀貫之―つらゆき。

醍醐天皇の御代の月次の御屏風に、駒迎の絵柄が描いてあるところに

逢坂の関の清水に鹿毛の駒の姿が映って見えて、いま駒迎の官人は引いているだろうか、望月牧の駒を。

【語釈】○延喜御時月令の御屏風―延喜六年（九〇六）二月の内裏月次屏風。四、五三参照。○駒迎―一一三参照。○関の清水―逢坂の関の付近にあった走り井（清水）のこと。所在地については鴨長明の『無名抄』に三井寺の円実坊阿闍梨の説が紹介されているが、当時すでに水も枯渇し、見所もなくなっていたという。○影―馬の姿をいう「かげ」と馬の毛色の名である「鹿毛」とを掛ける。○望月―信濃勅旨牧十六の中の代表的牧。現在の東御市（旧北御牧村、旧東部町）、小諸市、佐久市（旧望月町、旧浅科村）におよぶ御牧ヶ原台地が相当する。

【補説】この歌は延喜六年二月の内裏月次屏風の歌であるので、この歌を解釈するに当っては、延喜六年以前の望月の駒の駒迎・駒牽の行事について正確に理解している必要がある。

『延喜式』の「左右馬寮」によると、信濃国の勅旨牧からの貢馬数は「信濃国八十疋諸牧六十疋 望月牧廿疋」とあり、十六牧で毎年八十疋、その内二十疋が望月牧から貢進された。信濃勅旨牧駒牽は貞観八年（八六六）から八月十五日になったが（天暦七年から十六日に変る）、仁和元年（八八五）以後は信濃諸牧とは別に八月二十三日に望月牧の駒牽が行なわれるようになったので、貫之がこの月次屏風歌を詠んだときも、望月牧の駒牽は八月二十三日に行なわれていた。

次に駒迎の一行が逢坂の関に到着した時刻も問題になる。駒迎の一行は、前歌の［補説］に引いた『北山抄』によると「当日未明」（西宮記には「当日鶏鳴」）に京を発っている。『西宮記』にいう「鶏鳴」は『黒川本色葉字類抄』に「鶏鳴《アカツキ》」とある。あかつきには「五更」の字も当てるが、「五更」は午前三時から五時の間である。したがって、一番鶏が鳴く夜明け前の時刻で、深更から夜明け近いころをいう。この時間帯の月を「あかつき月」「あかつき月夜」といった。陰暦十七、八日以後は月の出が遅いために暁に月が残っているので、「あかつき月夜」といい、十二、三日以前は月の出が早くあかつきには月はないので「あかつき闇」といった。

こうした事を念頭において貫之の歌を解釈すべきであろう。まず、望月の駒も信濃諸牧と同じ八月十五日に引かれたとして、貫之の歌を解説している書もある。信濃諸牧駒牽の場合でも、逢坂の関の駒迎は十五日の未明で、十五夜の前に、駒牽は終わっている。これとは対照的に、望月牧の駒牽は八月二十三日であるから満月ではないことを承知のうえで、貫之の歌から駒迎のときに満月のごとき明るい月光が射している情景を読み取って、それは「望月」「影見えて」の縁語関係によって、暗示的に表現されたものであると解する説もある。

はたして、貫之はどのような画面を見て詠んだのだろうか。逢坂の関での駒迎の様子が描かれていたことに問題はないが、空については皓々と輝く満月が描かれていたとみる説と、八月二十三日の事であるから満月などは描いてないとみる説がある。逢坂の関での駒迎は早朝のことであるので、満月はもちろん月も描かれていなかったと思われる。この歌から皓々と輝く満月を想像するのは、貢馬の牧の名が十五夜をいう望月と同じであるからである。前の高遠の歌と比べて、貫之の歌は公任の『九品和歌』では「上品中」に挙げて「ほどうるはしくて余りの心あるなり」といわれ、『愚秘抄』にも「させるふしもなく、なびらかにいひくだせり」とある。関の清水に影を映す駒は静的で、高遠の歌の駒とは全く異なる。

【作者】紀貫之→七。

【他出文献】◇貫之集→［補説］。◇金二五。◇深。◇三。◇九→［補説］。◇古今六帖一七六。

屏風に、八月十五夜に池《いけ》有る・家《いへ》にて遊《あそ》びたるかた有る・所に　　源　順

115 水の面《おも》に照《て》る月なみを数《かぞ》ふれば今宵《こよひ》ぞ秋の最中《も》な《成》り・ける

【校異】詞○十五夜に―十五夜〈「夜」ノ下ニ補入ノ符号ガアリ、右傍ニ朱デ「ニィ」トアル〉（貞）○いへにて

―家に（島）所にて〈「所」ノ右傍ニ朱デ「家ィ」トアル〉（貞）○あそひたるかた―あそひしたるかた（島）あそひたる〈「ひ」ノ下ニ補入ノ符号ガアッテ、右傍ニ朱デ「シィ」トアリ、「たる」ノ下ニ補入ノ符号ガアリ、右傍ニ朱デ「カタアルィ」トアル〉（貞）○有所に―ところに（貞）。

【拾遺集】秋・一七二。

屏風の絵に八月十五夜にいけあるいゑに人々あそひたるかたかける所に　　　源　順

水のおもにてる月なみを数ふれはこよひそ秋のもなかなりける

定秋・一七一。**詞**○屏風の絵に―屏風に。○十五夜に―十五夜。○人々―人。○あそひたるかたかける所に―あそひしたる所。

屏風に、八月十五夜に池のある家で管弦の遊びをしている絵柄があるところに

小波の立つ池の面に映っている月の姿の、その移り変りの数を数えると、今宵こそが秋の真ん中の八月十五夜であった。

【語釈】○屏風―天元二年（九七九）十月詠進の屏風歌。○遊びたるかた―書陵部蔵『歌仙集』（順集Ⅱ二八七）に「男おんなこころごころにあそぶ」とある。○水の面に―時雨亭文庫蔵素寂本『順集』（一四三）に「池水に」、『順集Ⅱ』（二八八）に「池の面に」とある。○照る月なみを数ふれば―池の水面に映る月の姿の、移り変わりの数を数えると。「月なみ」は『集』の定家本に「月浪」と表記されていて、その系統本を底本とする『新大系』に「波の立つ池に映る月。「月次」を掛ける」とあり、『和歌大系』は「月光に照らされて輝く波の数を数えると」と解し、「月浪」に「月次」を掛けたとみている。底本の表記は「月なみ」で、池の表面に映る月の姿のこ

とで、毎月、月毎、月の数の意の「月次」を掛ける。○秋の最中―秋の真中。八月十五夜。

【補説】この歌は素寂本に「天元二年十月、依宣旨たてまつらする御屏風の歌」と詞書のある歌群（一二九〜一四八）中に、「八月十五日の夜、人の家の池にはちす生ひたり、木の葉浮かぶ、月影おちたり、おとこ女ところどころにあそぶ、簾（すだれ）を隔てて物語するもあり」と絵柄の説明があり、

はちすばももみぢもしける水の面に底まで見よと照れる月影（一四二）

池水にてれる月なみかぞふればこよひぞ秋の最中なりける（一四三）

とある。「池水にてれる月なみ」の右傍には「水のおもにてる月なみを」と書き入れがある。この本文は『順集Ⅱ』（二八八）の本文と同じである。この二首とも屏風絵の構図としては、十五夜の月が水面に影を落としている池を詠んでいて、画中の人物には全く触れていない。

歌の「月なみ」の語は、明快な表現とはいえない。そもそも「月浪」の語は『抄』成立以前に限っていえば、順の歌のみにみられるものであるが、この歌の原表記が「月浪」であったかは疑わしい。「月なみかぞふれば」とあるので、「月なみ」に月次の意が込められていることは確かであり、池の面には小波が立っていたのだろう。水上月の歌は貞元二年（九七七）八月十六日に催された「三条左大臣頼忠前栽歌合」で、「水上秋月」の題で詠まれたものが早い時期のものである。このときに詠まれた歌で波を詠み込んだ歌は一首のみで、その歌には波の詠まれる必然性があった。この歌合には順も出詠していて、この屏風歌はその二年後の作である。

「月なみ」の語は中世では、次のように詠まれている。

(1)こよひより千代のかげをぞかぞへつる照る月なみの秋の中半に（建仁元年八月撰歌合二　讃岐）

(2)唐崎やにほの水うみ水の面に照る月なみを秋風ぞ吹く（同歌合四七　後鳥羽院）

(3)唐崎や秋のこよひをながむれば照る月なみに浦風ぞ吹く（同歌合五二　雅経）

この三首とも源順の歌を本歌として詠まれているが、(1)は「月多秋友」の題で詠まれたもので、「月なみ」は

「月次」に「月波」を掛けている。(2)(3)は「湖上月明」の題で詠まれたもので、二首とも「月なみ」に風が吹いているようすを詠んでいるので、湖上に小波が立ち、そこに映る月を「月なみ」といったものであろう。

【作者】源順→四七。

【他出文献】◇順集→［補説］。

延喜御時に、八月十五夜後涼殿のはさまにて、蔵人所の男ども月の宴し侍りける

藤原経臣

116　ここにだに光さやけき秋《あき》の月雲の上《うへ》こそ思《おも》ひやらるれ

【校異】詞○十五夜―十五夜〈「夜」ノ下ニ補入ノ符号ガアリ、右傍ニ朱デ「ニィ」トアル〉（貞）○侍ける―侍けるに（島・貞）○藤原経臣―藤原信臣（島）藤原経臣〈「臣」ノ左傍ニ朱デ見セ消チノ符号ガアッテ、右傍ニ「信朝臣ィ」トアル〉（貞）。

【拾遺集】秋・一七六。

延喜御時八月十五夜弘徽殿のはさまにて蔵人所のおのことも月の宴し侍りけるに

藤原経臣

こゝにたにひかりさやけき秋の月雲のうへこそおもひやらるれ

［定］秋・一七五。詞○弘徽殿のはさまにて―ナシ。

醍醐天皇の御代に、八月十五夜に後涼殿のはざまで、蔵人所の男たちが月見の宴を催しました

私どもがいる所にさえ、清く澄んだ秋の月がさしている、まして帝の御前ではどんなに清らかであることかと思いやられます。

【語釈】○延喜御時―醍醐天皇の御代。四参照。○後涼殿―平安内裏の殿舎の一つ。清涼殿の西にあった。身舎の中央に東西に馬道があり、その両側に納殿がある。東廂には女官や内侍の曹司があった。○はさま―室町以後は「はざま」。殿舎と殿舎との間の渡殿・廊下など。ここは後涼殿の東の簀子。○蔵人所の男ども―蔵人所の雑色、所衆、出納、小舎人などの雑役に従事した人々。○月の宴―月を観賞しながら催す酒宴。○ここに―蔵人所の男たちのいる所。○雲の上―皇居・宮中をいうが、ここは後涼殿の東隣にある、帝の常の御座所のある清涼殿。また、帝の御前。

【補説】この蔵人所の月の宴の詳細については明らかでないが、蔵人所に仕える者たちにとっては、殿上で観る月は特別の感慨があったものと想像される。同じような経験した者たちも、

　前蔵人にて侍りける時、対月懐旧といふ心を人々よみ侍りけるに　源師光
つねよりもさやけき秋の月をみてあはれこひしき雲の上かな（後拾遺・雑一・八五四）
　殿上ゆるされにけるころ、月のくまなく侍りけるをみてよめる　大宰大弐重家
つねよりも月の光のさやけきは雲の上にてみればなりけり（新千載・秋上・四〇二）

と、「さやけき秋の月」を格別なものとしている。
これらの歌では「光さやけき秋の月」と「さやけき秋の月」と二様の言い方をしているが、次の三首では、
①水の上に光さやけき秋の月よろづよまでの鏡なるべし（為頼集七九）
②くまごとにこころさやけき秋の月小倉の山のかげはいかにぞ（好忠集二三〇）
　建長二年八月十五夜鳥羽殿歌合に、月前風　院少将内侍

③山のはを出でてさやけき月に猶光をそへて秋風ぞ吹く（続拾遺・秋上・二八一）

①③が中秋の名月を詠んだものであるが、③「さやけき月」と、①「光さやけき秋の月」とでは、①の方が皓々と輝く満月の印象が強く、二者には明るさの違いがあるように感じられる。

【作者】この歌の作者については、『抄』の島本には「藤原信臣」とあり、公任の撰著の『和漢朗詠集』も同じであるが、『金玉集』には「藤原信直」とある。信臣・信直の名は『蔵人補任』にもみえず、所伝もない。一方、藤原経臣は『勅撰作者部類』に「経臣五位肥前守。大学頭藤原佐高男」とある。『尊卑分脈』によると、蔵人を経て肥前守となり、正五位下まで昇った。子に雅材、元命がいた。工藤重矩氏「藤原経臣」（『平安時代史事典』角川・平成六年）は、経臣男の雅材の安和二年粟田左府尚歯会詩の自注によって、生年は昌泰三年（九〇〇）であることを明らかにされた。以下、諸史料から知られるところを記すと、承平二年（九三二）二月二十三日の成明親王の読書始に文章得業生で尚復をつとめ、八月には方略試をうけ（貞信公記）、同年九月式部丞に任ぜられて（除目大成抄）、承平四年四月には蔵人式部少丞であった（西宮記・巻三）。天慶五年（九四二）四月二十五日に従五位上に叙せられたが、それ以前に丹後守に任ぜられていたことは『本朝世紀』に「丹後守従五位下藤原朝臣経臣」とあるところから知られる。その後、肥前守になり、正五位下まで昇った。

現在までに知り得る経臣の経歴は以上の通りであるが、経臣が文章得業生になったのは延長四年（九二六）、経臣二十七歳ごろであった。経臣の歌は、その年以前の八月十五夜の詠作で、経臣が文章生で蔵人所の雑役に奉仕していたころであろう。

【他出文献】◇金六二、「月宴のついでに勅ありてたてまつる」、蔵人藤原信直。◇朗詠集五二七、蔵人所衆信臣。

同じ御時の御屏風に　　躬恒

117　いづこにか今宵《こよひ》の月の見《み》えざらむあかぬは人の心《こゝろ》なり《成》けり

【校異】詞○御屏風に―屏風に（島）。

【拾遺集】秋・一七七。

おなし御時御屏風に　　凡河内躬恒

いつこにかこよひの月のみえさらむあかぬは人のこゝろなりけり

定秋・一七六。詞○凡河内躬恒―みつね。

醍醐天皇の御代の御屏風に

今宵の月の見えない所はどこにもないだろう。それなのにいくら見ても見飽きないと思うのは人の心であった。

【語釈】○同じ御時―延喜御時。醍醐天皇の御代。○御屏風―書陵部蔵光俊本『躬恒集』（躬恒集Ⅰ）には「内御屏風和歌」とある。○あかぬは―いくら月を見ても満足できないのは。

【補説】この歌は『躬恒集Ⅰ』では「内御屏風和歌」の歌群中に「八月十五夜」（一〇四）の画題でみえ、第一句は「いづくにか」とある。また西本願寺本（躬恒集Ⅳ）では画題は「八月十六夜」（三五五）とある。

この歌の「あかぬは人の心なりけり」について、『八代集抄』には「あかぬは人の心にて、方々にあくがるる事よと也」とあり、『新大系』『和歌大系』などはこれを承けていて「その月に見飽きない思いをするのは、人の心のせいなのだ。それなのに、あちこち月の名所を求め歩いたりして」（和歌大系）と説明している。これらに対して藤岡忠美・徳原茂美氏『躬恒集注釈』（平成十五年、貴重本刊行会）は、「八月十六夜」とある西本願寺本を底本として、「昨日は十五夜の月を一晩中眺め、今日もまた眺めつづけているが飽きることがない、という状況が想像できよう」と説明している。前者の場合、屏風にはどのような図柄が描かれていたのか、明確でないので確定的なことは言えない。

「あかぬは人の心なりけり」という下句は、後世、慣用句的に用いられ、

しのぶぐさしのびしをりもありにしをあかぬは人の心なりけり（赤染衛門集五一〇）

ほととぎすあかぬは人の心にて聞きてしもこそなほ待たれけれ（隣女集一〇七六）

などと詠まれている。

十五夜はどこにいても明月を眺めることができる状況にあるから、場所によって感じ方が変るはずはないのに、いくら見ても見飽きないと思うのは、月に寄せる人の心のなせるわざであるという。

【作者】 凡河内躬恒→五。

【他出文献】 ◇躬恒集→［補説］。◇古今六帖一七五。

屏風に　　　　平　兼盛

118　夜《よ》もすがら見てを明《あ》かさん秋の月今宵《こよひ》は空《そら》に雲なかりけり

【校異】 **詞**○平兼盛―兼盛（島・貞）。**歌**○なかりけり―なからなむ（島・貞）。

【拾遺集】 秋・一七八。

題不知　　　　平　兼盛

夜もすからみつゝあかさむ秋の月こよひは空に雲なからなむ

㊄秋・一七七。**詞**○平兼盛―かねもり。**歌**○みつゝあかさむ―見てをあかさむ。○こよひは―こよひの。

屏風に

一晩中、眺めていて、夜を明かそう、秋の月よ。今宵は空に雲はないのだった。

【語釈】○屏風に―［補説］に記すように「内裏の御屏風」である。○夜もすがら―「すがら」は接尾語で、始めから終りまでずっと続く意を表す。夜を徹して。一晩中。○見てを―「を」は間投助詞。文中に用いるときは、修飾句に付き、それを受ける願望、意志などの表現と呼応する。○雲なかりけり― 底本の独自本文。これでも意は通じるが、下句は上句にいう動作・行動をするための前提であるので、上句と下句の時制は一致していなければならない。したがって、「なかりけり」は「なからなむ」とあるのがよい。

【補説】この歌は歌仙家集本系統『兼盛集』に「内の御屏風四帖わか」とある歌群（一五四〜一七〇）中に、「八月十五夜」として、

夜もすがら見てをあかさん天の原こよひの月を雲なかくしそ（一六五）

とあり、西本願寺本『兼盛集』（兼盛集Ⅱ）には「内御屏風八でうが和歌」とある歌群（四九〜六五）に、

よもすがら見てをあかさんあまのはらこよひのつきはくもなかりしに（六〇）

とある。この「くもなかりしに」の本文は底本の「雲なかりけり」と近似している。

中秋の月を存分眺めて夜を明かしたいので、今夜は空に雲がかからないでほしいと思いながら、皓々と輝く月を眺めている人物が描かれていたのだろう。

【作者】平兼盛→一一。

【他出文献】◇兼盛集→［補説］。

陽成院御屛風に小鷹狩《こたかがり》したる所に

貫之《つらゆき》

119　かりにのみ人の見ゆれば女郎花《をみなへし》花の袂《たもと》ぞ露けかりける

【校異】詞○陽成院―陽成院ノ御時ノ（島）陽成院の〈「の」ノ下ニ朱デ補入ノ符号ガアリ、右傍ニ朱デ「御時」トアル〉（貞）。

【拾遺集】秋・一六七。

陽成院御屛風に小鷹かりのところに

かりにのみ人にみゆれは女郎花はなのたもとそ露けかりける

〔定〕秋・一六六。詞○小鷹かりのところに―こたかゝりしたる所。歌○人に―人の。

陽成院の御屛風に小鷹狩りをしているところに

狩りをするためだけに、かりそめに人は姿を見せるので、女郎花の花はあたかも涙でぬれたように、露っぽくなっていることだ。

【語釈】○陽成院御屛風―陽成院の第一皇子元良親王の四十賀の屛風。○小鷹狩―小形の鷹を使って、鶉・雀・雲雀などの小鳥を捕獲する秋の鷹狩。陰暦の八月中頃に行なう。○かりにのみ―「かり」に「狩」と「仮」とを掛ける。狩をするためにだけに、かりそめに。○花の袂―花を衣の袂に見立てていう場合は春の歌で、秋に露が置く場合は花の枝・葉などを袂に喩えたものと思われる。〇露けかりける―「露けかり」は露気があるさま。涙がちである。

【補説】この歌は『貫之集』には「延喜十年十月十四日、女八宮、やうぜい院の一のみこの四十賀つかうまつる時の屏風てうぜさせ給ふ仰せにてつかうまつる」と詞書のある歌群（二六八～二七九）の二七五にある。この歌群の詞書は時雨亭文庫蔵素寂本には「えんぎ十七年十月十四日…」とあって、「えんぎ十七年」の右傍に「延長七年」という書入れがある。また、「同（天慶）五年亭子院御屏風のれうに歌廿一首」とある歌群（四九八～五一八）の五一五に重出する。こちらは素寂本（四九九）には「やうぜい院の御屏風のうた」と詞書があり、これは『抄』の詞書に近い。

このうち「延喜十年十月十四日、女八宮…」とある詞書にいう、陽成院の第一皇子元良親王の四十賀は、素寂本にあるように延長七年（九二九）十月十四日に行なわれたことは『日本紀略』にみえ、二六八を収める『玉葉集』（賀・一〇五三）にも「延長七年十月元良親王四十賀、女八のみこし侍りける時の屏風にうちのおほせによりて」とある。「女八宮」は醍醐天皇の第八皇女の修子（日本紀略ニハ脩子。詳しくは三二［語釈］参照）内親王である。

屏風絵では小鷹狩は九月の画題で（順集一七九、能宣集九〇）、狩りをする野の様子が描かれていたのであろう。小鷹狩を詠んだ歌をみると、

秋の野にかりぞ暮れぬる女郎花今夜ばかりの宿はかさなん（貫之集一五）
花の色を久しきものとおもはねばわれは山路をかりにこそみれ（貫之集一一〇）
もも草の花は見ゆれど女郎花咲けるがなかにをりくらしてん（貫之集三八八）
かりにとてわれは来つれど女郎花みるに心ぞおもひつきぬる（古今六帖一二〇二）

などとあり、狩場の秋の野には女郎花が描かれていたようで、歌は「狩」に「仮」を掛ける常套的な詠法も用い

られている。また、貫之には一一九の「かりにのみ人の見ゆれば」と類似の表現を用いた、

女郎花うつろひがたになる時はかりにのみこそ人は見えけれ（貫之集八二）

という歌もある。

一一九の歌に用いられている「花の袂」という語は、次のような用法がある。

(1)花への愛着から桜色に染めた衣の袂を言い、春の衣として更衣を詠んだ歌に用いられている。

夏衣花の袂にぬぎかへて春のかたみもとまらざりけり（千載・夏・一三六　匡房）

春とても花の袂になれぬ身は衣かへうきことのなきかな（後葉・夏・八四　隆源法師）

いつしかとかへつる花の袂かな時にうつるはならひなれども（玉葉・夏・二九四　俊成）

(2)花を衣の袂に見立てて詠む。

霞しくこのめ春雨ふるごとに花の袂はほころびにけり（新勅撰・春上・五三　顕季））

女郎花花の袂に露おきてたが夕暮の契りまつらん（続古今・秋上・三三七　後鳥羽院）

一一九の「花の袂」は(2)の用法である。なお、『新潮日本古典集成』所収の『貫之集』には、「かりにのみ」の歌の頭注に「花の枝・茎・葉・房などを袂に喩えたもの」とある。

「花の袂」という語の使用例は院政期以後に多く、最古例は一一九の貫之の歌で、貫之の創始した用語と考えられる。

【作者】 紀貫之→七。

【他出文献】 ◇貫之集→［補説］。◇古今六帖三六七一、第四句「色のたもとぞ」。

題不知　　　読人不知

120 来《こ》で過《す》ぐす秋はなけれど初雁《はつかり》の聞《き》くたびごとにめづらしきかな《哉》

【校異】詞○題不知―たいよみひとしらす（島）。歌○すくす―すくる〈「る」ノ右傍ニ「すィ」トアル〉（貞）○はつかりの―雁かねの〈「雁」ノ右傍ニ朱デ「ハツ」トアリ、「かね」ノ左傍ニ朱デ見セ消チノ符号ガアリ、右傍ニ朱デ「イナシ」トアル〉（貞）。

【拾遺集】秋一六九。

題不知　　　読人不知

こて過す秋なけれと初かりのきくたひことにめつらしきかな

定秋・一六八。歌○秋なけれと―秋はなけれと。

題知らず

雁が飛んでこないで過ごす秋はないけれど、初雁の鳴き声を聞くときはいつも、清新に感じられることだ。

【語釈】○来で―雁が飛んで来ないで。○初雁の―「の」は格助詞で、動作の対象を表す用法。…を。○聞くたびごとに―接尾語「ごと」によって、毎年のことである意を表す。○めづらしきかな―「めづらし」は賞美すべき価値がある状態をいう語。ここは目新しい、新鮮で心ひかれる、清新だの意。

【補説】初雁の歌である。『古今集』では初雁の歌は「秋上」の、虫の音、蜩の後、鹿鳴の前にあるが、月の歌のなかに雁を詠み込んだ歌が初雁とは別に虫の音の前にある。『後撰集』では「秋下」の、秋草の後、駒牽の前にある。『抄』は小鷹狩の後、秋萩の前である。

初雁の鳴き声は春の帰雁から半年ぶりに聞くもので、毎年聞きなれているとはいえ、清新な感じがしたのだろう。古今集時代から、

待つ人にあらぬものから初雁の今朝なく声のめづらしきかな（古今・秋上・二〇六　在原元方）

雨雲のよそのものとは知りながらめづらしきかな雁の初声（貫之集一〇一）

ことのうへにひきつらねたる雁がねのおのが声々めづらしきかな（重之集二五）

秋霧のたつたの山ももみづらんけさ雁がねの声めづらしき（高遠集三五三）

というように「めづらしき」というのが、慣用的表現であった。

121　露けくて我衣手《ころもで》は濡《ぬ》れぬともを《お》りてを行かむ・秋萩《はぎ》の花　躬《み》恒《つね》

【校異】○島本ハコノ歌ヲ欠ク。校異ナシ。

【拾遺集】秋・一八三。

凡河内躬恒

露けくて我衣てはぬれぬとも折てそゆかむ秋萩のはな

定秋・一八二。**詞**○凡河内躬恒―みつね。**歌**○折てそ―折てを。

露けがあって、私の袂は濡れてしまおうとも、手折ってでも、行こうと思う秋萩の花を。

【語釈】○露けくて―「露けし」は秋萩に露が置いて露っぽいさま。「秋萩に置ける白露朝な朝な玉とぞみゆるおける白露」（人丸集一二〇）。○衣手―袖。○をりてを―「を」は感投助詞。一一八［語釈］参照。

【補説】この歌は西本願寺本『躬恒集』（躬恒集Ⅳ）に「あき」と詞書のある歌群の中（六二）にある。歌は、袂が濡れるという犠牲をはらっても、花を手折って行きたいと思うほど、秋萩が美しく咲いているさまを詠んでいる。

萩は『万葉集』以来、

秋萩のうへに白露置くごとに見つつぞしのぶ君が姿を（万葉・巻十・二二五九）

折りてみば落ちぞしぬべき秋萩の枝もたわわに置ける白露（古今・秋上・二二三）

秋萩の枝にかかれる白露をあやしく玉とわが思ひける（恵慶集二八七）

またや見むまたや見ざらむ白露の玉おきしける秋萩の花（壬二集二三八一）

などと、露と結びついて詠まれるのが常套的詠法である。

【作者】凡河内躬恒→五。

【他出文献】◇躬恒集→［補説］。

122　斎院御屏風の絵《ゑ》に　伊勢

うつろはんことだにを《お》しき秋萩《はぎ》に*をれるばかりもお《を》ける露かな

【底本原状】底本ニハ「こと」ノ右傍ニ「いろ」トアル。

【校訂注記】「をれるばかりもをける露かな」ハ底本ニ「玉とみるまでをけるしらつゆ」トアルノヲ、貞和本ナドニヨッテ改メタ。

【校異】島本ハコノ歌ヲ欠ク。詞○斎院御屏風のゑに―斎院の屏風に〈「風」ノ下ニ補入ノ符号ガアリ、右傍ニ朱デ「ノヱィ」トアル〉（貞）。歌○をれるはかりもをける露かな―をれるはかりもをける露かな〈「をれる」ノ「る」ノ右傍ニ「ヌィ」トアル〉（貞）。

【拾遺集】秋・一八四。

亭子院御屏風に　　　　伊勢

うつろはむことたにをしき秋萩に折れぬはかりにをける露かな

定秋・一八三。歌○秋萩に―秋萩を。○はかりに―許も。

斎院の御屏風の絵に

花の色が褪せていくことだけでも残念に思われる秋萩の花に、いまにも枝が折れそうな程に置いている白露だよ。

【語釈】○斎院御屏風―類従本系統『伊勢集』（伊勢集Ⅱ九八）には「斎院の御屏風の歌」として「萩の花みたるところ」の画題でみえ、歌仙家集本（伊勢集Ⅲ九六）には「内の御屏風に」として「まひ女」の画題でみえる。『集』には「亭子院御屏風」とある。○うつろはん―「うつろふ」は花の色が褪せていく、また、花が散るの意。『八代集抄』には「露に色かはる也」とある。萩の花の色が褪せていく。○をれるばかりもおける露かな―萩の枝がいまにも折れそうな程に置いている露であるよ。

【補説】この歌は伊勢の代表的な歌の一つで、貫之の『新撰和歌』や公任の撰著などにもみえるほか、『源氏物語』の東屋で、左近少将が二条院の匂宮に伺候した折の体験を語った場面で、兵部卿宮が口ずさんだ「ことだに惜しき」という句も、この伊勢の歌であり、当時、人口に膾炙していたことが知られる。

この歌は［語釈］に記したように『伊勢集』には「斎院の御屏風の歌」とするものと、「内の御屏風」の歌とするものと二様ある。斎院の屏風の歌は『抄』には一五（躬恒）、三〇（伊勢）の二首がある。この二首は延喜十五年閏二月に調進された斎院恭子内親王のための屏風歌である（一五、三〇参照）。家集では一二二は三〇と並記されているので、一二二も斎院恭子内親王のための屏風歌とみてよかろう。

この歌の下句は『抄』の底本のみが「玉と見るまでおける白露」とあり、貞和本、『集』、『伊勢集』には、

をれるばかりもをける露哉（伊勢集Ⅲ九六、『抄』貞和本）

をれぬばかりもおける露かな（伊勢集Ⅰ九六、伊勢集Ⅱ九八、『集』定家本）

折れぬばかりにをける露かな（『集』異本）

などとある。［他出文献］の項に記すように、他の文献でも下句は「をれぬばかりもおけるつゆかな」とあるものが多く、『抄』の底本のように、下句が「玉と見るまでおける白露」という本文をもつものはない。この下句は『万葉集』に「さをしかの朝たつ野辺の秋はぎに玉とみるまで置ける白露」（巻八・一五九八　大伴家持）とある歌の下句と一致し、平安時代には家持の歌が『新撰和歌』（六〇）、『和漢朗詠集』（三四〇）に選収され、曾禰好忠も「まろこすげしげれる宿の草のうへに玉と見るまでおける白露」（好忠集四三三）と詠んでいるが、当時流行し、慣用的表現になっていたとは言えず、『抄』一二二の本文とすることは問題である。この下句は［他出文献］に示したように、『抄』の撰者とされる公任の撰著である『三十六人撰』『深窓秘抄』『和漢朗詠集』などには「をれぬばかりもおけるつゆかな」とあって、これが公任の指向していた本文である。本文を改訂した所以もここにある。

【作者】伊勢→三〇。

【他出文献】◇伊勢集→［補説］。◇新撰和歌二六、第四・五句「をれぬばかりもおける白露」。◇深、第四・五

句「をれぬばかりもおけるつゆかな」。◇三、第四・五句「をれぬばかりもおけるつゆかな」。◇朗詠集二八四、第四・五句「をれぬばかりもおけるつゆかな」。◇古今六帖三六五七、第四・五句「をれぬばかりもおける露かな」。

題不知　　　躬恒

123　長《なが》月の九日《こゝぬか》ごとに摘《つ》む菊《きく》の花《はな》もかひなく老《お》い《ひ》にけるかな《哉》

【校異】 **歌**○つむきくの—つむきくは〈「は」ノ右傍ニ朱デ「ノィ」トアル〉（貞）○おひにけるかな—をける露かな〈右傍ニ朱デ「ヲイニケルカナィ」トアル〉（貞）。

【拾遺集】 秋・一八六。

永月の九日ことにつむ菊の花もかひなくおひにけるかな　凡河内躬恒

定秋・一八五。**詞**○詞書ナシ—題しらず。

題知らず

毎年の九月九日に延命を願って飲む菊酒をつくるために摘む、菊の花のかいもなく、老いてしまったことだ。

【語釈】 ○題不知—書陵部蔵光俊本『躬恒集』（躬恒集Ｉ二六一）には「九月九日」と詞書がある。○長月の九日ごとに—毎年の九月九日の重陽の節句に。中国では、この日に邪気をはらい延命を願って菊酒を飲む風習があり、わが国の重陽の宴でも、群臣に菊酒と氷魚を賜わった。○摘む菊の―重陽の節句に飲む菊酒のために菊を摘んだ。

【補説】九月九日の重陽の節句に菊酒を飲む風習を取り上げて詠んでいる。この日に飲む菊酒については、『本朝文粋』の紀長谷雄の詩序に「賜禁闈之菊花。以和仙厨之竹葉」（九日侍宴賦観賜群臣菊花応製、紀納言）とあり、また、重陽宴の詩題に「盃（盞）酒泛花菊」とあるのによれば、盃に菊の花を浮かべた酒である。そのために菊の花を摘んだ。菊の花を摘んで造った菊酒の効験もなく老いてしまったという、嘆老の歌である。菊には人を若返らせ、長寿をもたらす霊威があるとされ、そこに重陽の節句が行なわれる意義もあった。それなのに、躬恒の歌は、それを否定するような内容で、「九月九日」の歌としてふさわしくない。家集に「九月九日」と詞書があるのに、『抄』に「題不知」とあるのはそのためであろうか。躬恒には、この歌のように不老長寿の菊が効験を発揮しえないことを詠んだ、

何せむに菊を植ゑけむ老ゆるまであらむと君が思ひけるかな（躬恒集二八三）

という歌もあり、これらの歌には、菊酒の霊威も及ばずに老いていく現実の姿を凝視している覚めた意識がみられる。

【作者】凡河内躬恒→五。

【他出文献】○躬恒集→［補説］。○古今六帖一八八、作者「ほふわう」。

東山に紅葉《もみぢ》見にまかりて、又の日のつとめてまかり帰《かへ》るとてよみ侍
・りける

恵慶《京》法師

124
昨日より今日《けふ》はまされる紅葉《もみぢ》ばの明日《あす》の色をば見《み》でや帰《かへ》らん

【校異】詞○まかりかへるとて―まかりかへりて〈「まかり」ノ左傍ニ朱デ見セ消チノ符号ガアリ、右傍ニ朱デ「イナシ」トアル。マタ、「かへりて」ノ右傍下ニ朱デ「ヨミ侍ケルィ」トアル〉（貞）。歌○昨日より―昨日まで〈「まて」ノ右傍ニ「よりィ」トアル〉（貞）○かへらん―ゝみ南（島）かへらん〈右傍ニ朱デ「ヤミナムィ」トアル〉（貞）。

【拾遺集】秋・二〇一
　東山にもみちにまかりて又の日つとめてかへらむとよみ侍りける　恵慶法師
昨日よりけふはまされる紅葉はのあすの色をは見てや帰らむ
定秋・一九九。詞○もみちに―もみち見に。○又の日―又の日の。○かへらむと―まかりかへるとて。歌○帰らむ―ゝみなん。

　東山に紅葉見物に出かけて、翌日の早朝に洛内に帰ろうとして詠みました
昨日よりも今日の方が一段とすばらしい色の紅葉の葉の、明日の色を見ないで帰るのだろうか。

【語釈】○東山―時雨亭文庫蔵藤原定家等筆『恵慶集』には「東山」で詠んだ歌が五〇、七四にあり、桐越喜代子氏蔵本の二五にも東山の浄土寺で詠まれた歌がある。恵慶と親交のあった『安法法師集』にも四三・八一などに東山で詠んだ歌がある。○まされる―紅葉の色がより美しいさま。○見でや帰らん―『八代集抄』に「見てやは、不見してや也。にごりてよむべし」とある。

【補説】「昨日」「今日」「明日」と時間の経過を明確に示す語を連ねて、日を追うごとに見事な色に紅葉してい

くさまを暗示し、今日よりも一段と見事な明日の紅葉を見ないで帰る残念さを詠む。一首に「昨日」「今日」「明日」という連続する日を詠み込んだ歌は、すでに『万葉集』に、

明日よりは春菜つまむとしめし野に昨日も今日も雪は降りつつ（巻八・一四二七）

とある。平安時代には『赤染衛門集』『相模集』などにも、

いつはりにきのふ頼めしけふの日を暮れなば明日をまたや待つべき（赤染衛門集五四）

昨日けふ嘆くばかりのここちせば明日にわが身やあはじとすらむ（相模集六八）

などと詠まれているが、一二四の恵慶の歌のように巧妙ではない。桜の花を、

きのふにもけふはまされる花なれば明日の匂ひを思ひこそやれ（和歌一字抄二九〇）

と詠んだ永源の歌は、上句が恵慶の歌とほとんど同じで、恵慶の歌を意識して詠んだものと思われる。

紅葉見物に出かけた「東山」で、恵慶と関係のあるのは、次のような場所である。

㈠前斎宮寮頭もちきの朝臣の住居

『安法法師集』（五三）に、

前斎宮の寮頭もちきの朝臣、法師になりて東山にありけるに、侍従のおもとのもろともにありて、かく心ぼそきすまひをなむし侍るとて、おくに

世を捨つる人におくれぬ人のすむ秋の山辺を思ひこそやれ

とある。この「もちき」「侍従のおもと」は天禄三年（九七二）八月二十八日に催された「規子内親王前栽歌合」に「橘もちきの朝臣」「侍従御許」とみえる。規子内親王は天延三年（九七五）二月二十七日に斎宮に卜定され、貞元元年（九七六）九月二十一日に野宮に入り、同二年九月十六日に群行、永観二年（九八四）八月二十七日に円融帝の譲位によって退下、寛和元年（九八五）三月十一日に迎斎宮使が発遣され、四月三日に入洛した。「もちき」は斎宮群行に先立つ九月七日に行なわれた斎宮寮官の除目で斎宮寮頭に任ぜられたのであ

ろう。「もちき」が出家したのは斎宮入京後のことと思われる。恵慶、安法法師などは規子内親王の母徽子女王と交渉があったので、「もちき」も旧知の間柄であったと思われる。

(二)雲居寺

藤原定家等筆『恵慶集』（七四）には、次のような歌がある。

久方は手にとるばかりなりにけりくものゐるてふ寺にやどりて

この下句の歌詞に「くものゐるてふ寺」とあるので、雲居寺（現在の高台寺の辺にあった）に宿泊したことが知られる。この他にも浄土寺や中務の住居などがあった。

【作者】恵慶法師→四〇。

125

竹生島《ちくぶしま》に詣《まう》で侍りける時、紅葉《もみぢ》のいとおもしろく水うみに影の映《うつ》りて侍りければ　法橋観教

水うみに秋の山辺を映《うつ》しては機張《はたば》り広《ひろ》き錦とぞ見る

【校異】詞〇まうて侍ける時―詣侍て（島）まいりてける時〈「て」ト「け」ノ間ニ朱デ補入ノ符号ガアリ、右傍ニ「侍ィ」トアル〉（貞）〇いと―色（島）〇水うみに影のうつりて侍けれは―水にかけうかひて侍けれは（島）みつうみにうつりて侍けれは〈右傍ニ朱デ「ミツニカケノウツリテ侍ケレハィ」トアル〉（貞）。歌〇錦とそ見る―にしきとやみむ（島）にしきとやみん〈「や」ノ右傍ニ「そ」、「ん」ノ右傍ニ「るィ」トアル〉（貞）。

【拾遺集】秋・二〇五。

竹生嶋にまうて侍ける時にもみちのかけの水海にうつりて侍りけれは

視教法師

みつ海に秋の山辺をうつしてははたはりひろきにしきと（「を」ヲ見セ消チニシテ「と」トスル）そみる

定秋・二〇三。**詞**○時に―時。○水海―水。○視教法師―法橋観教。

竹生島に参詣しました時、紅葉の影がたいそう趣深く湖に映っていましたので

湖面に秋の紅葉した山辺を映して、あたかも幅広い錦の織物であると思って見ることだ。

【語釈】○竹生島―滋賀県の琵琶湖の北部にある島。竹生島観音や日本三弁才天の一つをまつる弁天堂のある宝厳寺、竹生島明神をまつる都久夫須麻神社がある。○機張り―織物の幅の広さ。古くは「はたはり」か。「幅ハタハリ」（類聚名義抄）。

【補説】この歌は『俊頼髄脳』に「風情あまりすぎたる様なる歌」の例歌としてみえる。対象自体が琵琶湖の湖面に映る紅葉した山辺という広大な風景であるので、「機張り広き錦」という過大な表現が見られる。作者の観教が別当を勤めた崇福寺は琵琶湖の南部にあり、竹生島とは対照的な位置にある。しかし、『抄』の成立から勘案して、観教が竹生島に参詣したのは崇福寺別当になる前のことであった。

【作者】観教　公忠の子。『僧綱補任』には信孝男とある。長和元年（一〇一二）十一月二十六日に七十九歳で没しているので、承平四年（九三四）の誕生。俗名信輔。元蔵人所雑色で、村上朝の終りごろ、三十歳を過ぎたころに出家したと思われ、兄勝観阿闍梨の弟子となり、永祚元年（九八九）九月法橋上人位に叙せられ、長徳四年（九九八）十二月崇福寺別当。同五年法眼、長和元年権大僧都となる。勅撰集には『拾遺集』のほか『新続古今集』（雑下・二〇六二）に入集。『後十五番歌合』に選ばれ、『和歌色葉』では「名誉歌仙」として僧七十四人のなかに数えられる。なお、二五二［作者］勝観を参照。

【他出文献】◇後、第一句「水のうへに」。◇玄玄集八五、第二、三句「秋の山辺のうつれるは」、第五句「にしきとや見む」。

題不知　　読人不知

126 秋霧《ぎり》の立《た》たまくを《お》しき山路《地》かな紅葉《もみぢ》の錦お《を》り積《つも》りつゝ

【校異】詞○題不知―題読人不知（島）。歌○をりつもりつゝ―おちつもりつゝ（島）をちつもりつゝ〈「ち」ノ右傍ニ朱デ「リィ」トアル〉（貞）。

【拾遺集】秋・一九八。

題不知　　読人不知

秋霧の立まくをしき山路かな紅葉のにしきちりつもりつゝ

定秋・一九六。歌○ちりつもりつゝ―をりつもりつゝ。

題知らず

紅葉を隠す秋霧が立つであろうことが残念であるが、その場から立ち去るのが惜しい山路であるよ。紅葉の錦を織っては積み織っては積みと繰り返しているのに。

【語釈】○立たまく―「まく」は推量の助動詞「む」の未然形「ま」に準体助詞「く」が接続したもの。上代語で平安時代では訓点語に名残りがみえる程度である。「立つ」は霧が立ちのぼる意にその場を離れる意の「発つ」

を掛ける。さらに「錦」の縁語の「裁つ」をひびかす。○おり積りつつ―「おり」は底本に「をり」とあり、「折り」が当たるが意が通じない。ここは錦の縁語の「織り」を当てるべきである。「織り積る」は織ったものが重なって量が多くなる意。「つつ」は反復を表す。錦を織っては重ねることを繰り返して。

【補説】 山路を行きながら、錦を織っては積み重ねることを繰り返して、全山を紅葉の錦で織り上げた景色を見て、霧が立ち隠すであろうことを残念に思いながら、立ち去るのが惜しいと思っている。この歌の表現の重点は「紅葉の錦おり積りつつ」という下句にある。なかでも「おり積る」という語は平安和歌では唯一の例である。これとは別に「おり積む」という語があり、こちらも用例は極めて少ないが、

①唐錦織り積む峰のむらもみぢ見そむるけふはあからめもせず（時雨亭文庫蔵資経本恵慶集九三）

②秋くれば野もせに虫の織り積める声のあやをばたれか着るらん（古今六帖三九七〇）

などとある。①は家集には「もみぢをはじめて見るころ」の詞書がある。麓から峰まで群がっている紅葉を、織って積み重ねた唐錦に見立て詠んでいる。②では野原の虫たちの鳴き声で織っては重ねて分量が多くなった綾を「声のあや」といっている。この歌は『後撰集』（秋上・二六二）には藤原元善の作として、第三句は「織りみだる」とある。なお、「秋霧」と「紅葉」との関係については、一二七の［補説］参照。

延喜御時中宮御屏風に　　貫之

127 散《ち》りぬべき山の紅葉《もみぢ》を秋霧《ぎり》のやすくも見せで立《た》ち隠《かく》すらん

【校異】 **詞**○中宮―中宮之（島）○御屏風に―御屏風のゑに〈「御」「のゑ」ノ左傍ニ朱デ見セ消チノ符号ガアリ、右傍ニ朱デ、ソレゾレニ「イナシ」「イ無」トアル〉（貞）。**歌**○見せて―みせす（島）みせて〈「て」ノ右傍ニ朱

デ「スィ」トアル〉（貞）○かくすらん―かくすかな〈「かな」ノ右傍ニ朱デ「ラムィ」トアル〉（貞）。

【拾遺集】秋・二〇八。

延喜御時中宮御屏風　　紀　貫之

ちりぬへき山のもみちを秋霧のやすくもみせて立かくすらむ

㊢秋・二〇六。詞○屏風―屏風に。歌○見せて―見せす。

醍醐天皇の御代の中宮の御屏風に

散ってしまうにちがいない山の紅葉を、秋霧が安易に見せないで遮り隠しているのだろう。

【語釈】○延喜御時―醍醐天皇の御代。○中宮御屏風―『貫之集』によると、延長二年（九二四）五月の中宮穏子の御屏風歌。○散りぬべき―「ぬべし」は「べし」の意味を強調する。きっと散るにちがいない。○やすく―容易に。たやすく。○立ち隠すらん―「らん」は直接見ている事実について、原因・理由を推量する。どうして立って遮り隠しているのだろう。

【補説】この歌は『貫之集』に「延喜二年五月中宮の御屏風の和歌二十六首」とある歌群（一三九～一六〇）の中に「九月きり山をこめたり」（一五六）という画題で見える。この歌群の詞書の「延喜二年」は時雨亭文庫蔵素寂本『貫之集』に「延長二年」とあり、四二の［補説］に記したように「延長二年」が正しい。穏子は延長元年四月二十六日に中宮に立っているので（二参照）、「中宮」を穏子とみると「延喜二年」は明らかに誤りである。延長二年中宮穏子は四十歳であったので、この年に四十の賀宴が催されたと想定することもできるが、この年は醍醐天皇も四十歳で、中宮穏子は十二月二十一日に天皇四十の御賀を清涼殿で催された。この時に中宮が御屏風を献進され、その屏風歌を貫之が詠んだものと想定することも可能である。

一二六、一二七の二首は秋霧と紅葉とを詠み込んでいるが、紅葉に関わりのある秋霧の用法には、次の三種がある。

①視界を遮るように立ちこめて、山の紅葉を遮蔽してしまう。これは春霞が花を覆い隠すのと同じで、単純に思い付く発想である。

たがための錦なればか秋霧の佐保の山辺を立ち隠すらむ（古今・秋下・二六五　友則）

おぼつかななにきつらん紅葉見に霧のかくせる山のふもとに（小大君集八）

紅葉見にやどれるわれと知らねばや佐保の川霧立ちかくすらむ（拾遺・秋・一九三　恵慶）

など、この類の歌は多くみられる。

②秋霧は木々の紅葉を色あざやかにするものとしても詠まれている。

あづさ弓いるさの山は秋霧のあたるごとにや色まさるらん（後撰・秋下・三七九　宗于）

千鳥鳴く佐保の川霧たちぬらし山の木の葉も色かはりゆく（拾遺・秋・一八六　忠岑）

秋の霧山をちぐさに染めたればもみぢたがはぬ錦とぞみる（夫木抄五三九二）

③その一方で、紅葉を散らしてしまうものとして、

秋霧のたちしかくせばもみぢ葉はおぼつかなくてちりぬべらなり（後撰・秋下・三九二　貫之）

秋霧の峯にも尾にもたつ山は紅葉の錦たまらざりけり（拾遺・秋・二一一　能宣）

などと詠まれている。

『抄』の二首は①の用法であるが、『集』には三種の用法がみられ、『抄』より多様化していることが知られる。

【作者】 紀貫之→七。

【他出文献】 ◇貫之集→［補説］。◇古今六帖六六〇、第四句「やすくも見えず」。

題不知　　　　僧正遍昭

128　秋山の嵐《あらし》の声を聞《き》くときはこの葉ならねど我ぞかなしき

【校異】歌○ときは―時（島）からに〈右傍ニ朱デ「トキハィ」トアル〉（貞）○我―われ〈左傍ニ「物ィ」トアル〉（貞）。

【拾遺集】秋・二〇九。

題不知　　　　僧正遍照

秋山の嵐のこゑをきく時は木葉ならねと我そかなしき

㊂秋・二〇七。歌○我そ―物そ。

題知らず

秋の山の荒々しく吹く嵐の音を聞くときは、わが身は嵐に散らされる木の葉ではないが、かなしいことだ。

【語釈】○秋山―秋の山。○嵐の声―荒々しく吹く嵐の音。「嵐」に「荒らし」を掛ける。○この葉ならねど―わが身は嵐に吹き散らされる木の葉ではないが。

【補説】この歌は西本願寺本『遍昭集』（遍昭集Ｉ二八）には、

もみぢを見はべりて

あきやまのあらしのかぜにきくときはこの葉ならねどものぞかなしき

とあり、第二句「あらしのかぜに」は独自異文である。時雨亭文庫蔵『花山僧正集』（二八）は詞書は同じであるが、歌詞は『集』の定家本と同じである。

「あらしの風」という表現は平安時代には『古今集』（雑下・九八八）をはじめとして、貫之、忠岑、元輔など多くの歌人たちが用いている。これに対して「嵐の声」は、平安時代には遍昭以後では能宣、能因が、

冬されば嵐の声も高砂の松につけてぞ聞くべかりける（拾遺・冬・二三六。能宣集一九六、第一句「ゆふぐれは」）

神無月ねざめに聞けば山ざとのあらしのこゑは木の葉なりけり（能因集三八。後拾遺・冬・三八四）

などと詠んでいるにすぎず、「嵐の声」は遍昭の独創的表現といってよかろう。

【作者】遍昭　俗名良岑宗貞。花山僧正。大納言良岑安世男。弘仁六年（八一五）生。承和十一年（八四四）蔵人、同十二年従五位に叙せられ、左近少将、蔵人頭を歴任。親しく仕えていた仁明天皇が嘉祥三年（八五〇）三月二十一日に亡くなると、その七日後の二十八日に出家。比叡山の慈覚大師に師事し、元慶三年（八七九）権僧正、仁和元年（八八五）僧正、寛平二年（八九〇）一月十九日没。元慶寺（花山寺）を建立。六歌仙・三十六歌仙の一人。『古今集』以下の勅撰集に三十五首入集。家集に『遍昭集』がある。

【他出文献】◇遍昭集→［補説］。

129　秋の夜《よ》に雨《あめ》と聞《きこ》えて降《ふ》りつるは風に乱《みだ》るる、紅葉《もみぢ》成・なりけり　　貫《つら》之《ゆき》

【校異】歌○よに―よの〈「の」ノ右傍ニ朱デ「ニィ」トアル〉（貞）○ふりつるは―ふりつるは〈「つる」ノ右傍ニ朱デ「モノィ」トアル〉（貞）○もみち―このは〈右傍ニ朱デ「モミチィ」トアル〉（貞）。

【拾遺集】秋・二一〇。

秋の夜に雨ときこえて降つるは風にみたる丶紅葉なりけり

紀　貫之

定秋・二〇八。詞〇紀貫之―つらゆき。歌〇降つるは―ふる物は。〇風にみたる丶―風にしたかふ。

秋の夜に、雨音のように聞えて降っているのは、風に吹かれて散り乱れる紅葉の音であった。

【語釈】〇雨と聞えて降りつるは―「と」は状態を示して下へ続ける。…のように。…というふうに。雨のように聞えて降っているのは。〇風に乱れるる―風に吹かれて散り乱れる。『集』の定家本は「風にしたがふ」という独自本文で、風が吹くのにつれての意。

【補説】この歌は『貫之集』の諸本にないが、「寛平御時后宮歌合」（十巻本九五）には、作者名はなく、

秋の夜の雨と聞えてふりつるは風に散りつる紅葉なりけり

とあり、第四句は「風に散りつる」とある。また、『新撰万葉集』（下・秋・一〇）にも第四句は「風にちりける」とある。さらに『後撰集』（秋下・四〇七）に重出し、本文は『抄』と同じであるが、作者は「よみ人しらず」である。『抄』が何によって作者を貫之としたのか明らかでない。

この歌のように、落葉を雨声に喩える手法については小島憲之氏『古今集以前』（昭和五十一年、塙書房）、三木雅博氏「聴雨考」（『中古文学』昭和58・5）などが、一二九の他に、

夏の夜の松葉もそよと吹く風はいづれか雨の声にかはれる（寛平御時后宮歌合六四）

雨降ると吹く松風は聞ゆれど池のみぎはまさらざりけり（貫之集一二〇）

などの例歌をあげ、漢詩の表現によるものであること、また貫之の歌の特徴的な趣向であることを指摘している。

これらは聴覚的に把握した歌であるが、視覚的に把握した歌に、公任の「紅葉ばは雨とふれども空はれて袖よ

りほかは濡れずぞありける」（公任集三三七）という歌がある。この歌の「紅葉ばは雨とふれども」という表現は躬恒の、

立ちとまり見てをわたらむもみぢばは雨と降るとも水はまさらじ（古今・秋下・三〇五。躬恒集四六八）

という歌に類似しており、この歌の影響を受けたものである。公任の子の定頼も、

水もなく見えこそ渡れ大井川岸のもみぢは雨と降れども（後拾遺・秋下・三六五）

と同じ表現を用いて詠んでいるが、これらはいずれも紅葉の散るさまを詠んだ歌である。

【作者】紀貫之→七。

【他出文献】◇寛平御時后宮歌合→［補説］。◇新撰万葉→［補説］。◇後撰集→［補説］。

補3　心《こゝろ》もて散《ち》らむだにこそを《お》しからめなどかもみぢに風《かぜ》の吹《ふ》くらん

【校訂注記】コノ歌ハ底本ニナク、島本（一三一）、貞和本（一三三）ニアルノデ、島本ニヨッテ補ッタ。

【校異】歌〇こゝろもて―こゝろとて〈「と」ノ右傍ニ「もィ」トアル〉（貞）〇なとか―なとか〈「か」ノ右傍ニ朱デ「ナィ」トアル〉（貞）。

【拾遺集】秋・二一一。

心もて散らむたにこそをしからめなとか紅葉に風の吹らむ

定秋・二〇九。

紅葉が自分から散るのでさえも惜しく思われるだろうのに、どうして紅葉に風が吹いているのだろうか。

【語釈】○心もて―自分の心から。自分から。「心もておふる山田のひつぢ穂は君まもらねど刈る人もなし」（後撰・秋上・二六九）。○散らむだに―「だに」は仮定の表現の中に用いて、限定の意を表す。散ることだけでも。

【補説】この歌は『貫之集』に「延喜十年十月十四日、女八宮陽成院の一のみこの四十賀つかうまつる時の屏風てうぜさせ給ふ、おほせにてつかうまつる」と詞書のある歌群（二六八～二七九）の二七六に、初句を「心とて」としてある。この屏風歌からは「かりにのみ」の歌が『抄』に撰収されていて（一一九）、そこで記したように「延喜十年」は時雨亭文庫蔵素寂本『貫之集』（二六八）にあるように、正しくは「延長七年」である。また、陽成院の第一皇子元良親王の四十賀のことも一一九に記したので参照されたい。その一一九の歌も貫之の作で、「陽成院御屏風に…」と詞書があるのに、補三には詞書がない。これは撰集の際に用いた資料が別個のものであったためと思われる。

【作者】紀貫之↓七。

【他出文献】◇貫之集↓［補説］。

右衛門督公任朝臣

嵐《あらし》の山のもとをまかりけるに、紅葉《もみぢ》のいたう散《ち》り侍りければ

130　朝《あさ》まだき嵐《あらし》の山の寒《さむ》ければ散《ち》る紅葉《もみぢ》ばを着《き》ぬ人ぞなき

【校異】詞○もとを―ふもとを（島）許を〈「許」ノ上ニ補入ノ符号ガアリ、右傍ニ朱デ「フ」トアル〉（貞）○ちり侍けれは―ちり侍けれは〈「侍」ノ左傍ニ朱デ見セ消チノ符号ガアリ、右傍ニ「カヽリィ」トアル〉（貞）。

【拾遺集】秋・二一二。

あらしの山のふもとにまかりけるにもみちのいたくちり侍りければ

右衛門督公任卿

朝またき嵐の山のさむければ散る紅葉はをきぬ人そなき

定秋・二一〇。詞○ふもとに―もとを。○公任卿―公任。歌○散る紅葉はを―紅葉の錦。

嵐山の麓に行きましたときに、紅葉がたいそう散りましたので

朝にはまだ早いころの嵐山は寒いので、山風に舞い散る紅葉の葉を着ない人はいないことだ。

【語釈】○嵐の山―嵐山。大堰川の西岸にある山。紅葉の名所として知られる。歌では「あらじ」「嵐」と掛詞にして詠まれることが多い。○もとを―『集』の具世本には「ふもとに」とある。格助詞「を」を経由する場所・時間を示す用法とみるか、格助詞「に」と同じように動作の対象を示す用法とみるか、二様のとり方ができる。ここは後者とみておく。○右衛門督公任―公任が右衛門督になったのは長徳二年（九九六）七月十四日。公任の「右衛門督」という官職表記の問題については「補考」として別に記す。○朝まだき―朝まだ早いころという時間的表現。『公任集』には「朝ぼらけ」とある。この本文では、夜のほのぼのと明けるころを言い、単なる時間的表現ではなく夜明けごろの明るさをも表す。なお「朝まだき」については一四参照。○散る紅葉ばを―「嵐の山」から嵐を連想させて「散る紅葉ば」と続けた。『集』定家本は「紅葉の錦」。○着ぬ人ぞなき―紅葉が散りかかるのを、あたかも紅葉を着ているととりなした。もみじ葉を錦に見立てることは古今集時代からあり、「錦をきぬ人ぞなき」という表現も先例があるので、「紅葉ばをきぬ人ぞなき」という表現の方が公任には斬新に思えたのであろう。

【補説】この歌については拙著『公任集注釈』に詳しく記したので、以下では、それによって要点のみ記す。こ

の歌を『抄』『集』の成立とからめた説話が『袋草紙』『三代集之間事』などに、また、三舟の故事と結びついた説話が『大鏡』『十訓抄』などにみえ、公任の代表的な歌として知られているが、諸書により歌句が若干相違する。

朝まだき嵐の山の寒ければ散る紅葉ばをきぬ人ぞなき（『抄』、『集』堀河具世筆本）
朝まだき嵐の山の寒ければ紅葉の錦きぬ人ぞなき（『集』定家本）
小倉山嵐の風の寒ければ紅葉の錦きぬ人ぞなき（大鏡）

このうち第四句の異同については、『集』と『抄』の成立に関連させて、『袋草紙』（故撰集子細）には、

拾遺撰之時、公任卿チルモミヂバヲキヌ人ゾナキト云歌ヲバ、花山院モミヂノニシキキヌ人ゾナキト直テ可入之由、有勅定。不可然之由被申ケレバ、如本ニテコソ被入タルニ、近代之人諸事如此。

とある。この話は顕昭の『拾遺抄注』には、

花山法皇此集ヲ令撰給之時、此歌第四句、紅葉ノ錦トナヲシタランハ勝歟ト仰合之時、四条大納言不許云々如何。故顕輔卿語云、花山院以長能為御使、仰合公任之時、彼卿申云、依詞悪不被入者常事也、作者所存相違為遺恨歟。如此事誰人ノ申給乎、汝等ノ和讒歟、不便事也云々。長能閇口起去畢云々。

とあり、類話が『後拾遺抄注』『三代集之間事』『井蛙抄』などにもある。この説話によれば、「散る紅葉ゝを」とあったのを、花山院が『拾遺集』を撰集するときに（『拾遺抄註』デハ『拾遺抄』ヲ撰集スルトキトスル）、「紅葉の錦」に変えようとしたところ、公任が許さなかったという（類話では『拾遺集』に「紅葉の錦」という形で入れられたことに憤慨して、公任は『拾遺抄』を編纂して「散る紅葉ばを」と改めたとある）。

これらの説話は全くの虚構と思われないところもある。『拾遺集』を撰集する際に公任は「紅葉の錦」と変えることを許さなかったという『袋草紙』の説話を裏付けるように、『拾遺集』の原型に近い堀河具世筆本には「散る紅葉ばを」とある。おそらく、この説話にいうように「紅葉の錦」より「散る紅葉ばを」の形が原型であ

ろう。

紅葉を錦に見立てた歌は『古今集』以来、数多くみられるが、紅葉を錦の衣として身にまとっているさまを詠んだ歌も、

神奈備の三室の山を秋ゆけば錦たちきるここちこそすれ（古今・秋下・二九六）
もみぢばを分けつつ行けば錦着て家へ帰ると人や見るらん（古今六帖三五二三）
白浪のふるさとなれやもみぢばの錦を着つつたちかへるらん（貫之集八七）

など多くあり、朱買臣の故事をふまえた歌もある。公任自身も晩年には、

名に高き岡の嵐は寒からじ紅葉の錦みにしきたらば（公任集一四六）

と詠んでいるので、「紅葉の錦」の比喩的表現を全く否定していたとはいえない。しかし、公任は「散る紅葉ばを着ぬ人ぞなき」という表現の方が独自性があり、斬新であると考えて、手を加えなかったのであろう。

【作者】藤原公任　関白太政大臣頼忠男。母中務卿代明親王女厳子。康保三年（九六六）誕生。天元三年（九八〇）二月、十五歳で清涼殿において元服、正五位下に叙せられ、即日昇殿を聴された（公卿補任）。永祚元年（九八九）二月蔵人頭、正暦三年（九九二）八月参議となり、左兵衛督、検非違使別当、中納言などを歴任、寛弘六年（一〇〇九）三月権大納言となり、同九年十二月に正二位に昇るが、万寿二年（一〇二五）十二月官を辞し、翌年正月に長谷の解脱寺で出家、長久二年（一〇四一）正月に死去。中古三十六歌仙の一人。寛和元年（九八五）八月の「内裏歌合」同二年六月の「内裏歌合」に出詠。長保五年（一〇〇三）「左大臣道長歌合」の判者をつとめる。また、長保元年十一月彰子入内の屏風歌、同三年十月東三条院詮子四十賀の屏風歌などを詠進。『拾遺集』以下の勅撰集に九十首ほど入集。家集に『公任集』があるほか、『前十五番歌合』『三十六人撰』『金玉集』『深窓秘抄』『和漢朗詠集』『新撰髄脳』などの多くの撰著があり、『抄』の撰者ともいわれる。

【他出文献】◇公任集一三九、「法輪にまうで給ふ嵐の山にて」、第一句「朝ぼらけ」。

二条右大臣の粟田《あはた》の山庄の障子の絵《ゑ》に、旅《たび》人の紅葉《もみぢ》有るところに宿《やど》りたるかた有るに

恵慶《京》法師《し》

131
今《いま》よりは紅葉《もみぢ》のもとに宿《やど》、とらじをしむに旅《たび》の日数《ひかず》へぬべし

【校異】詞○あはたの山庄―山庄〈「山」ノ上ニ朱デ補入ノ符号ガアリ、右傍ニ「アハタノィ」トアル〉(貞)○有ところに―ある所に〈「所」ノ右傍ニ朱デ「家ィ」トアル〉(貞)。歌○やと、らし―やとりせし〈「せ」ノ右傍ニ朱デ「トラィ」トアル〉(貞)。

【拾遺集】秋・二〇六。

二条左大臣の家のあれかの山里の障子の絵にたひ人もみちのしたにやとりたるかたあるをみて

恵慶法師

いまよりは紅葉のもとにやとからしをしむに旅の日数へぬべし

定秋・二〇四。詞○左大臣―右大臣。○家の―ナシ。○あれか―粟田。○かたあるをみて―所。歌○やとからし―やとりせし。

二条右大臣道兼殿の粟田山荘の襖の絵に、旅人が紅葉のある所に野宿をした絵柄のある所に

これからは見事に紅葉した木のもとに宿をとるまい。紅葉に愛着して離れられずに、旅の日数が経つにちがいないから。

【語釈】○二条右大臣―藤原道兼。摂政太政大臣兼家の四男。正暦二年(九九一)九月内大臣、同六年八月右大臣に転ず。長徳元年(九九五)四月二十七日関白、五月八日没。邸宅が二条の北、町小路西にあったところから、

二条殿、町尻殿と呼ばれ、また、粟田に山荘を所有したところから粟田殿とも呼ばれた。〇粟田の山庄―現在の京都市東山区粟田口辺にあった山荘。〇障子の絵―道兼の粟田山荘には数寄を凝らした障子絵があった。〇紅葉有るところに宿りたるかた―紅葉した木のもとに野宿している絵柄。〇今よりは―これから先は。現在の旅のこれから先はの意か、これから先に経験する旅ではの意か、二様のとり方ができる。時雨亭文庫蔵『恵慶集』（一二九。以下、単に冷泉家本という）には第一句が「ゆくするゑも」とある。〇宿とらじ―『集』具世本は「宿からじ」、『抄』貞和本、『集』定家本は「宿りせじ」、『恵慶集』は「やどとらじ」。〇をしむ―紅葉に愛着して離れられないでいる。

【補説】この歌は『恵慶集』には「障子のゐに」とある歌群（一二七～一三二）中に詞書を「おなじゐにたびゆく人、十月ばかりに、もみぢのもとにやどりたるを」とし、第一句を「行くするゑも」としてある。家集の詞書からだけでは、この歌群が粟田山荘障子絵の歌であることはわからないが、『恵慶集』には、これらの歌以外にも、粟田山荘障子絵の歌群があることが、熊本守雄氏（「粟田山荘障子絵と和歌と漢詩」『国語と国文学』昭和42・7）によって明らかにされた。それは桐越喜代子氏蔵『恵慶集』（四三～五五）に「或所の御屏風の歌」と詞書のある歌群である。（以下、桐越本は尊経閣叢刊の複製本による）。この屏風歌を『江吏部集』にみられる大江匡衡が粟田山荘障子絵に賦した漢詩と対比すると、配列の順序までが一致し、「粟田山荘障子和歌」であることが明らかになった。

この障子和歌と冷泉家本一二七以下の六首とはどのような関係にあるのだろうか。いま『抄』に撰収されている一二九についてみると、この歌と関連があると思われるのは『江吏部集』（上・地部）の「林下晩眺 同作中其十一」と題する漢詩である。一方、この漢詩に対応する障子和歌は桐越本五三の、

秋こゝゐのもりにもみぢみる人あり

人の親の思ふ心やいかならむこゝゐのもりの秋のゆふぐれ

という歌であるという。さらに熊本氏は冷泉家本一三二の、

もみぢにとりのゐたる所

もみぢ見てかへらむかたもおぼえぬをよぶこどりさへなくやまぢかな

という歌も同じ絵を詠じたものとみている。結局、一つの絵柄に対して、『抄』の歌（一三一）をいれて三首の歌を詠んだことになる。この三首の詞書によると、『抄』の歌は紅葉のある所に野宿する旅人であり、桐越本五三は「ここひの森」で紅葉を見ている人物、冷泉家本一三二では山路で紅葉をみている人物である。これら三首が同一画面を詠んだとみると、どのような絵柄が描かれていたのか、また、その絵の主題はどこにあったのか、絵の自立性とも関連して疑問がある。

この三首は同一画面を詠じたとみるには共通性、統一性がない。障子絵の十五の絵柄について複数の歌があるのではなく、複数の歌があるのは前掲の第十一の「林下晩眺」と題する絵のほかに、第四の「春遊原上」と題する絵（桐越本四六、冷泉家本一三〇）、第六の「過海浦」と題する絵（桐越本四八・冷泉家本一二七・冷泉家本一二八一）、第十の「田家秋音」と題する絵（桐越本一八八、冷泉家本一三一）などの四画面のみで、このことについても明快に説明することはできない。当初、障子絵の絵柄は構想の段階では、現在知られる十五面以外にもあったのではなかろうか、「障子のゐに」と詞書のある冷泉家本一二七以下の六首は障子歌と同じ絵柄を詠んだとは限らず、最終段階では恵慶が詠んだ歌の絵柄のなかには描かれなかったものもあったのではなかろうか。このように考えないと説明がつかない。

【作者】恵慶法師→四〇。

【他出文献】◇恵慶集→［補説］。

題不知　　　読人不知

132　とふ人も今《いま》はあらしの山風に人まつ虫《むし》の声《こゑ》ぞ聞《きこ》ゆる

【校異】詞○題不知—たいよみひとしらす（島）。歌○山風に—やまさとに〈「さと」ノ右傍ニ朱デ「カセィ」トアル〉（貞）○人まつ—たれまつ〈「たれ」ノ左傍ニ朱デ見セ消チノ符号アリ、右傍ニ朱デ「ヒトィ」トアル〉（貞）○こゑそきこゆる—こゑそかなしき（島）こゑにかあたらん〈左傍ニ朱デ「或ハコヽラナクラム」、「にかあたらん」ノ右傍ニ朱デ「ソカナシキィ」トアル〉（貞）。

【拾遺集】秋・二〇七。

題不知　　　読人不知

とふ人も今はあらしの山風に人まつ虫のこゑそかなしき

定秋・二〇五。

紅葉も散って今は訪れる人もいないだろう。嵐山の山風の吹く音とともに、人を待つ松虫の鳴く音が聞えてくる。

【語釈】○今は—「今」は嵐が吹き荒び紅葉も散ってしまった時節をいう。○あらしの山風—「あらし」は「あらじ」と「嵐」とを掛ける。「嵐の山」は山城国の歌枕の嵐山。「あらじ」と「あらし」とを掛けた例に「かれはてて我よりほかにとふ人もあらしの風をいかが聞くらん」（和泉式部日記　敦道親王）「見る人もあらしにまよふ山里に昔おぼゆる花の香ぞする」（源氏・早蕨）。○人まつ虫—「まつ」に「待つ」と「松」を掛ける。松虫は今の鈴虫であるという一般的認識が必ずしも正しくないことは一一一参照。「秋の野に人まつ虫の声すなりわれかとゆきていざとぶらはむ」（家持集二五六）「夕されば人まつ虫のなくなへにひとりある身ぞ恋ひまさりける」（貫之集六四五）。

【補説】秋の末、紅葉も散り、蕭々と吹く山風に交じって松虫の鳴き声が聞えてくる。第五句は底本では「声ぞ聞ゆる」と客観的に詠んでいるが、『抄』の島本、『集』などに「こゑぞかなしき」とある。歌では「まつ虫の声」は、

君しのぶ草にやつるるふるさとは松虫の音ぞかなしかりける（古今・秋上・二〇〇）

こむといひしほどや過ぎぬる秋の野にたれまつ虫ぞ声のかなしき（後撰・秋上・二五九　貫之）

しづはたにこひはすれども来ぬ人をまつ虫の音ぞ秋はかなしき（是貞親王家歌合六六）

おほかたの秋の別れもかなしきに鳴く音な添へそ野辺の松虫（源氏・賢木）

など、古今集時代から「かなし」いものと感受されてきた。これらの松虫の歌の部類は「秋上」であるが、一三二は『集』でも秋の末の方に配置されいて、この歌と同じように嵐と松虫を詠み込んだ大江嘉言の、

寝覚めする袖さへ寒く秋の夜の嵐吹くなり松むしの声（新古今・秋下・五一一）

という歌を「秋下」に部類分けしている『新古今集』などの中世の勅撰集の先駆けをなしている。

暮《く》れの秋《あき》源重之が消息《せうそく》し侍りける返《かへ》り事に　　兼盛

133　暮《く》れて行く秋《あき》の形見《かたみ》にお《を》くものは我元結《(わが)もとゆひ》の霜にぞ有りける

【校異】詞〇くれのあき―暮秋（島・貞）〇かへり事に―返事（貞）。

【拾遺集】秋・二一七。

くれの秋重之か消息して侍りけれは　平　兼盛

暮てゆく秋のかたみにをく物は我もとゆひの霜にそ有ける

㊛秋・二一四。詞○侍りければ—侍ける返ことに。

九月、源重之が消息をしてまいりましたのに対する返事に

過ぎ去って行こうとする秋が偲ばせるものとして置いていくのは、私の元結の白髪であった。

【語釈】○暮れの秋—秋の終り。晩秋。また、「暮秋」の訓読語で、陰暦九月の異称。○源重之—五五［作者］参照。○暮れて行く—季節・年月が終りに近づく。秋が過ぎ去って行こうとする。○秋の形見—過ぎ去った秋を偲ばせるもの。○元結の霜—「元結」は頭上で髪を束ねるために用いる糸。組み糸・麻糸、または糊で固めた紙縒を用いた。また、元結で髪を束ねたところ。「霜」は白髪の喩え。鬢の白髪。

【補説】この歌は『兼盛集』『重之集』などにはなく、公任の撰著である『三十六人撰』『金玉集』（三二）、『深窓秘抄』（五二）、『和漢朗詠集』（二七八）などにみえるが、詞書がなく、『抄』の詞書にいう詠歌事情が何に依っているか明らかでない。兼盛と重之の交遊を示すものとして、同一の贈答歌が両人の家集にみられる例がある。それは兼盛が駿河守になった天元二年（九七九）八月以後に詠まれた贈答歌である。現存資料によれば、兼盛と重之とは貞元二年（九七七）八月に催された「三条左大臣頼忠前栽歌合」に歌人として招かれて面晤の機会があり、それから二人の交遊が始まったと思われる。一三三は貞元二年八月以後、日常的に歌を贈答しているようであるので、天元二年八月駿河守に任ぜられ、下向する以前の詠作であろう。このころ兼盛は六十歳代後半から七十歳になっていたと推定され、歌に鬢が白髪であると詠んでいるのに合致する。公任は少年期に二人がわが家を訪れたときから関心をもっていたと推測される。一三三のように本人の家集にない歌の詠歌事情を克明に記すこ

とができるのは公任以外にいないであろう。

この歌は『八代集抄』に「くれゆく秋のかたみに、わが白髪をえたると也。秋の暮るに付ても老の数そふなげきを、重之のせうそこの返事のついでに、いへるなるべし」とあるように、あたかも秋の形見のように、白髪が増えた感慨を詠んだものである。藤原俊成は『古来風体抄』でこの歌を取り上げて「これこそあはれによめる歌に侍めれ」との評を加え、「俊成三十六人歌合」では兼盛の代表歌三首に選び、自らも『久安百首』（八五〇）に、

もとゆひの霜おきそへて行く秋はつらきものからをしくもあるかな

と、兼盛の歌を本歌として詠んでいる。このような俊成の思い入れのためか、この歌は中世ではよく知られていたようで、「前摂政家歌合」の百卅番右方の、

冬の色はまだあさ霜のさのみなどわがもとゆひにおきそはるらん

という、右衛門督雅永の歌には、

右歌、拾遺兼盛歌、くれてゆく秋のかたみにおくものはわがもとゆひの霜にぞありける、と侍るもおもひ出でられ侍れば、勝つべきにこそ。

という判詞がみられる。

【作者】 平兼盛→一一。

【他出文献】 ◇金三一。◇深。◇三。◇朗詠集二七八。

拾遺抄巻第四

冬三十首

残《のこ》りの紅葉《もみぢ》を見侍りて・　　僧正遍昭

134 唐錦《からにしき》枝《えだ》にひとむら残《のこ》れるは秋《あき》の形見《かたみ》をたゝぬなり成けり・

【校異】詞○のこりのもみち―残紅葉（島）のこれるもみち（貞）○僧正遍昭―遍照僧正（島）。

【拾遺集】冬・二二三。

ちりのこりたるもみちをみて　　僧正遍照

唐にしき枝に一むらのこれるは秋のかたみをたゝぬなりけり

定冬・二二〇。詞○みて―見侍て。

残りの紅葉を見まして

唐錦が一匹枝にあるように紅葉が一かたまり残っているのは、過ぎゆく秋を偲ばせるものをとどめておこうというのであった。

【語釈】○唐錦―唐織の錦。中国から渡来した錦。古今集時代から紅葉の喩えとして用いられた。「音羽山秋としなれば唐錦かけたるごとも見ゆる紅葉か」（是貞親王家歌合五）。〇ひとむら―「むら」は同類のものが一かたまりになっている状態。これに「錦」の縁語の、二反分を一巻きにした織物を数える語の「匹《むら》」を掛ける。〇たたぬなりけり―「たつ」はなくす、やめるの意。これに「錦」の縁語の、裁断する意の「たつ」を掛ける。

【補説】散り残る紅葉を一匹の唐錦に喩えて秋の形見にとりなしている。歌は［語釈］にも記したように、掛詞・縁語などの修辞的技巧を用いた、六歌仙時代の特徴的詠風である。

平安時代には紅葉を錦に喩えた歌は多いが、単に「錦」といったときは、どのような錦を指しているのかわからない。『延喜式』の「織部司」には、当時織られていた二十数種の錦の名がみえる。錦は主に奈良時代に唐土との交通が盛んになって輸入されたものであるが、「唐錦」の名称は『万葉集』にはみえず、渡来の錦は「高麗錦」と呼ばれ、「高麗錦紐の結びもときさけずいはひてまてどしるしなきかも」（万葉・巻十二・二九七五）と詠まれている。

「唐錦」の語が歌に用いられるようになったのは平安時代からで、「是貞親王家歌合」に二首（五・三四）、『古今集』に二首（八六四・読人不知、一〇〇二・貫之）、個人では遍昭の歌が現在知りうるもののなかで最も早く、古今集の撰者時代には貫之をはじめ忠岑、躬恒などが用いている。「是貞親王家歌合」の二首は紅葉の喩えとして用いられ、『古今集』の二例は錦の縁語の「裁つ」と同音の「たつ」にかかる枕詞として用いられている。『抄』の一一二には、野辺に咲く秋草の美しさを「唐錦」に喩えて詠んだ歌があったが、秋の色付いた木の葉を喩えた歌が最も多く、織物としての錦を詠んだ歌には、朱買臣の故事をふまえた兼澄の、

　雲の上をおりての後は唐錦着て帰るべきほどはいつぞは（松平文庫本兼澄集一三五）

という歌がある。

【作者】遍昭→一二八。

【他出文献】◇遍昭集二九、「残りの紅葉を」、第四句「あきのかたみに」。◇如意宝集巻第四「のこりのもみち

をみ待て」、僧正遍照。

百首歌のなかに　　重之

135　葦《あし》の葉《は》に隠《かく》れて見えじ我やどのこやもあらはに冬ぞ来《き》にける

【校異】 **詞**○百首歌のなか―百首歌中（島・貞）。**歌**○見えし―すみし（島・貞）○我やとの―つの国の〈右傍ニ朱デ「ナニハエノィ」トアル〉（貞）。

【拾遺集】 冬・二二六。

百首歌中に　　源重之

あしの葉にかくれてすみし津のくにのこやもあらはに冬は来にけり

定冬・二二三。**詞**○百首歌中―百首歌の中。

百首歌のなかに

生い茂る葦の葉に隠れて見えないだろう我が家の小屋も、葦が枯れてあらわに見える冬がはっきりと到来した。

【語釈】 ○百首歌のなかに―重之の百首歌については五五参照。○隠れて見えじ―『抄』の島本・貞和本、『集』は「かくれてすみし」、後掲の「重之百首」にも「かくれてすみし」とあり、底本のみ「かくれて見えじ」とある。○我やどの―『抄』の貞和本に「つの国の」、『集』の異本系統の具世本、定家本も「つの国の」である。

「つの国の」ならば「こや」に掛かる枕詞。○こや―「我やどの」に続く場合は「小屋」、「つの国の」に続く場合は「昆野」。「昆野」は摂津国の歌枕。現在の兵庫県伊丹市南部から尼崎市北部にかけての地。歌では「小屋」「来や」「此や」などを掛ける。○あらはに―小屋が隠れなく人の目につくさまと、冬の到来が明白であることとを表す。

【補説】この歌は「重之百首」に、

あしの葉にかくれてすみしわがやどのこやもあらはに冬ぞきにける（重之集二八七）

とある。［語釈］にも記したように、この歌の本文は底本と『抄』の島本・貞和本、『集』などとでは相違がある。まず、第二句「かくれて見えじ」についてみると、これは底本の独自本文で、典拠である「重之百首」には「かくれてすみし」とあり、この重之の歌の影響を受けた好忠百首の歌にも「葦の葉に隠れてすめば難波女のこやは夏こそ涼しかりけれ」（好忠集一一三）とあるので、「かくれてすみし」が原型本文であったと考えられる。次に問題になるのは第三句「我やどの」の本文である。これも『抄』の底本、島本のみの本文であるが、『拾遺抄註』に「此歌第三句、ツノ国ノト書ル本モアリ。サレド多本ニハ我ヤドトアリ」とある。この「多本」とは顕昭が披見しえたものをいうのか、当時、世間に流布していたものをいうのか、明確ではないが、『和歌童蒙抄』（第二・初冬）、『千五百番歌合』（一九二九番判詞）に所載の歌には「わが宿の」とあり、『雲玉集』（三二五）、『六華集』（一〇〇九）、『新撰朗詠集』（三三五）に所載の歌には「つのくにの」とあり、『抄』『集』の本文も「つの国の」の方が優勢であるので、これが原型本文であろう。

【作者】源重之→五五。

【他出文献】◇重之集→［補説］。

屏風に

136　あしひきの山かき曇《くも》りしぐるれど紅葉《もみぢ》はいとど照《て》りまさりけり　貫　之

【校異】歌○しくるれと―しくるれは（島）しくるれは〈「は」ノ右傍ニ「トイ」トアル〉（貞）。

【拾遺集】冬・二一八。

延喜御時賀尚侍賀屏風に　紀　貫之

あし引の山かきくもりしくるれと紅葉はなをそてりまさりける

定冬・二一五。詞○御時賀―御時。○尚侍賀―内侍のかみの賀の。歌○なをそ―いとゝ。○まさりける―まさりけり。

屏風に

山はにわかに曇って時雨が降っているけれど、紅葉は散るどころか、前にもまして一段と色が照り輝いていることだ。

【語釈】○屏風に―『集』には「延喜御時、尚侍督の賀の屏風に」とある。『貫之集』には「補説」に記すように、延喜十三年十月の尚侍の四十賀の屏風歌としてみえる。○かき曇り―にわかに曇って。すっかり曇って。○しぐるれど―時雨が降るけれど。「ど」は逆接の接続助詞。「ど」を用いた理由については「補説」参照。

【補説】この歌は西本願寺本『貫之集』に「延喜十三年十月十四日尚侍四十賀屏風歌、依内裏仰、奉之」とある歌群（二三～二八）中に「紅葉の山にみちてしきりにふりそゝぎおつる」（二七）という画題（歌仙家集本は「山のもみぢしぐれたる所」）で、第二句を「山かきくもり」としてみえる。これは『西宮記』（巻十二・賜女官賀事）に「延喜十三年十月十四日、賜尚侍藤原朝臣四十賀」とある従三位藤原満子の四十賀のことで、このときに屏風四帖、四季各一帖が新調されたという。これとは別に清貫による四十賀のことが一八一などにみえる。

歌は、にわかに空が曇って時雨が降っているが、紅葉はますます色美しく輝いている光景を詠んでいて、第二句の「山かき曇り」と第五句の「照りまさりけり」とを対照的状況とみて、曇ると照るとを対照させた趣向であるといわれている。それならば逆接の接続助詞「ど」をどのように考えるのだろうか。「ど」は「しぐる」を承けて下に接続している。この「ど」によって時雨の降っているさまと紅葉が鮮やかに照り輝いているさまとが、逆接の関係で繋がっているのである。したがって、ここでは時雨によって紅葉が鮮やかになるという説明は通用しない。

「しぐれ」は『万葉集』では、

夕されば雁の越えゆく竜田山しぐれにきほひ色づきにけり（巻十・二二一四）

しぐれの雨まなくし降れば三笠山こぬれあまねく色づきにけり（巻八・一五五三）

などと、晩秋の景物として木の葉を紅葉させるものと考えられていた。このような「しぐれ」についての認識からは、一三六のように「山かき曇りしぐる」と「紅葉はいとど照りまさる」という二つの状況を表す句が逆接関係で繋がることはありえないはずである。これは平安時代になって、「しぐれ」についての認識に変化が生じたからである。すなわち、『俊頼髄脳』には「春の雨をば春さめ、夏の雨をばときの雨、といふべきなり。されど、十月の雨をば時の雨と書きて、しぐれとは申すぞかし」とあり、平安時代には「しぐれ」は十月、すなわち初冬の景物といわれるように変った。それゆえ「しぐれ」は、

かみなづきしぐるる空のもみぢばは秋を手向くるぬさと散りけり（元真集五〇）

しぐれの降るに、紅葉の散りまがひけるをみて

大空にこずゑや心あはすらん時雨とともに木の葉散りしく（安法法師集三二）

しぐれつつ人目まれなるわが宿は木の葉の散るをたれかとぞ思ふ（好忠集二八〇）

などと、木の葉を散らすものという認識が一般化した。このような認識からは、一三六では、時雨が降るという状況のもとでは、紅葉がますます美しく照り輝くという状況はありえないはずである。それゆえ、二つの状況は「ど」という逆接の接続助詞を用いて繋ぐことになる。一三六は「しぐれ」の平安時代的な把握・認識の上に成り立っている。この貫之作とされる歌と類似の歌が『素性集』には、

ながつきのつごもりかたに、かがみの山こえて、ものあはれにて

①かゞみやま〳〵かきくもりしぐれどもみぢのいろはてりまさりけり（冷泉家旧蔵本、素性集Ⅰ二五）

②かゞみやま〳〵かきくもりしぐるれどもみぢはあかくぞ秋はみえける（尊経閣文庫本、素性集Ⅱ四〇）

とある。①と②とでは第四、五句に相違はあるが、この歌を撰収した『後撰集』（秋下・三九三）は②と、『古今和歌六帖』（八八一）は第四句が「紅葉はなほぞ」とあるほかは①と同じで、二様の本文が流布していたようである。

①は第一句を除き、貫之の歌にほぼ一致していて、その先後、影響関係が問題になる。

素性については、生没未詳であるが、延喜九年（九〇九）十月に御前で屏風歌を染筆して禄を賜ったのが、資料で確認できる最後の消息で、延喜十三年の「亭子院歌合」に出詠していないので、これ以前に亡くなったものと推測される。このようにみると素性の歌が貫之に先行して詠まれたことになる。

一三六の「しぐれ」についての把握・認識は貫之のそれとはずれがある。貫之が「しぐれ」を冬の景物とみていたことは、「しぐれ降る神無月」（貫之集三九一）のように一首のなかに「神無月」と「しぐれ」を詠み込んだ歌が家集の四九二、五一七、『古今集』一〇一〇などにあることから明らかであるが、「しぐれ」は木の葉を紅葉させるものとして、「降るときはなほ雨なれど神無月しぐれぞ山の色は染めける」（三九三）のように詠まれていて、一三六の「しぐれ」についての認識とは異なる。

また、『貫之集』（二六四）には、

もみぢばは照りて見ゆれどあしひきの山はくもりてしぐれこそ降れ

という歌がある。この歌の第一、二句と第三句以下とを倒置すると、一三六とほぼ一致する。この歌は「京極の権中納言の屏風のれうの歌廿首」とある歌群中にあり、藤原兼輔家の屏風歌である。この詞書の「権中納言」が詠作時の兼輔の官職であれば、延長五年（九二七）一月から同八年一月土佐守として赴任するまでの間の詠作で、一三六より後のものである。これらの事から、一三六は素性の歌が原作で、貫之はそれを屏風歌に流用したものと思われる。そのために一三六には貫之の「しぐれ」についての認識とのずれがみられるのだろう。

【作者】 紀貫之→七。

【他出文献】 ◇貫之集→［補説］。

兼盛

137 時雨《しぐれ》ゆゑ《へ》かづく袂《たもと》をよそ人は紅葉《もみぢ》をはらふ袖かとや見る

【校異】 **歌**○よそ人は―よそ人〈「よそ」ノ右傍ニ朱デ「モロィ」トアル〉（貞）○もみちを―もみちに（島）○見る―みむ（島・貞）。

【拾遺集】 冬・二二五。

屏風に　　平兼盛

時雨ゆへかつくたもとをよそ人はもみちをはらふ袖かとやみる

定冬・二二二。**歌**○みる―見ん。

時雨が降っているために頭上にかざしている袖を、はたで見ている事情を知らない者は、散りかかる紅葉を振り払おうとしている袖であると見るだろうか。

【語釈】○かづく―雨、雪などを避けて、衣や袂などを頭上にかざす。○よそ人―事情を知らない第三者。傍観者。○紅葉をはらふ―散りかかる紅葉を払い除けようとしている。紅葉を払い除けるのは無風流な行為であるとみている。○袖―前に「袂」とあるので、同語の反復を避けて、言い換えた。

【補説】この歌は彰考館本『兼盛集』に「九条の右大臣の家の屏風に」とある歌群中（三）にあるほか、西本願寺本『能宣集』（能宣集Ⅰ）に、

　十月、馬にのれる人川を渡るに、時雨のすれば、袖をかづく、もみぢ散れり

もみぢばもしぐれも降れば渡る瀬の色さへふかくなりまさるかな（四〇二）

　また

しぐれゆへかづく袂をよそ人は紅葉をはらふ袖かとぞみる（四〇三）

　本のまゝと本に　この歌はこと人のとおぼゆれど

しぐるればもみぢの色も渡る瀬のみぎはも深くなりまさるかな（四〇四）

とある。この三首の関係は明確ではないが、まず四〇三の後の「本のまゝと本に」と「この歌はこと人…」とは四〇三の左注とみてよかろう。また、四〇四は四〇二の異伝歌であり、もとは四〇三の詞書の「また」に続いて四〇四があったところに、兼盛の作である四〇三を能宣の作と誤って補入したのであろう。能宣には四〇三と発想が類似した、

　しぐれする木の下露をはらふまに紅葉いとふと見えぬべきかな（能宣集三八六）

という歌があったので、四〇三も能宣の作とみなされて補入されたと考えられる。

【作者】平兼盛→一一。

【他出文献】◇彰考館本兼盛集→［補説］。◇能宣集→［補説］。

時雨《しぐれ》し侍りける日《ひ》よみ侍りける　　　　貫之

138 かきくらししぐるる空《そら》を眺《なが》めつつ思《おも》ひこそやれ神なびの森《もり》

又神な月《づき》しぐるる空《そら》をとも

【校異】詞〇しくれし侍けるひ—しくれして侍ける（島）時雨のし侍けるひ（貞）〇よみ侍ける—ナシ（島）。**歌**〇そらを—袖を〈右傍ニ朱デ「ソライ」トアル〉（貞）。**左注**〇又—又ハ（島）ナシ（貞）〇神なつきしくるゝ—ナシ（貞）〇そらをとも—そらをともいふ（島）ナシ（貞）。

【拾遺集】冬・二一九。

時雨はへりける日　　　　読人不知

かき暮らし時雨る空をなかめつゝおもひこそやれ神なひの森

定冬・二一七。**詞**〇はへりける日—し侍ける日。〇読人不知—つらゆき。

時雨が降っていました日、詠みました

辺りを暗くして時雨が降っている空を眺めながら、かならず思ひをはせることだ、神なびの森（の紅葉）に。

また、（第一、二句は）「神な月しぐるる空を」とも。

【語釈】〇貫之―『集』の異本には「読人不知」、定家本には「貫之」とある。〇かきくらし―「かき」は接頭語。辺りを暗くする。〇思ひこそやれ―「おもひやる」を強調した表現。きまって遠くにあるものを思う。〇神なびの森―神のいます森の意の普通名詞とみる説、歌枕としては大和（八雲御抄）、山城（和歌初学抄）、摂津（能因歌枕）などの説がある。

【補説】時雨が降ると、空を眺めながら、遠く離れた神なびの森（の紅葉）に思いをはせるという。時雨と神なびの森・紅葉との切り離せない関係のうえに、この一首は成立している。『万葉集』においては、「神なびの森」の語句はみえず、「神なび山」を詠み込んだ歌が多いが、紅葉をも詠み込んだ歌は、

ひとりのみ見れば恋しみ神なびの山のもみぢば手折りけり君（巻十三・三二二四）

なが恋ふる　うつくし妻は　もみぢばの　散りまがひたる　神なびの　この山辺から　ぬばたまの　黒馬に乗りて（巻十三・三三〇三）

の二首があるに過ぎない。神なびの森・紅葉・時雨の三者を一首に詠み込んだ歌は平安時代には早くから、

神無月しぐれもいまだ降らなくにかねてうつろふ神なびの森（古今・秋下・二五三　読人知らず）

神無月しぐれにそめてもみぢばを錦に織れる神なびの森（貫之集五一七）

神無月しぐれとともに神なびの森の木の葉は降りにこそ降れ（後撰・冬・四五一、新撰和歌一三〇）

などと詠まれている。とくに貫之の作は典型的な例で、この歌から、時雨の空を眺めて神なびの森を思いやったのは、神なびの森の時雨に染まった紅葉の錦のことを思ったからであると知られる。

また、この歌は「寛和二年内裏歌合」には「時雨」の題で、作者を実方として、左方の好忠の「初時雨ふるの山里いかならし住む人さへや袖の湿づらむ」という歌と番えられて、判定は「持」となっている。この歌の作者について、萩谷朴氏は、

この歌は貫之集の「神無月時雨にそめてもみじ葉を錦に織れる神なびの森」の第五句と元真集の「神無月時雨るる空の紅葉をば秋を手向くる幣と散りける」の第二句とをそれぞれとっているものと思われるが、……しかも、拾遺抄に第一二句を「神無月時雨るる空を」としていることは、貫之集や元真集の類歌により近くなるもので、……拾遺集と拾遺抄とが共に、伝写の間に作者名を誤るとは考えられないから、やはり歌32の原作者を貫之と見て、本歌合において、実方が貫之の古歌を流用もしくは盗用したものと考えねばならないだろう。十巻本に「此歌在貫之集、不載実方集」と註しているのはそのためであろう（『平安朝歌合大成』二）。

と言われている。この歌は現存『貫之集』にも『実方集』にも見えず、作者は貫之か、実方か明確でないが、神なびの森・紅葉・時雨の三者を一首に詠み込んだ前掲の『貫之集』（五一七）の歌がよく知られていたところから貫之作者説が生じたものであろう。

【作者】紀貫之→七。

【他出文献】◇寛和二年内裏歌合→［補説］。

寛和二年清涼殿の御障子の絵に網代《あじろ》をかける所に　　読人不知

139　網代木《あじろぎ》にかけつつ洗《あら》ふ唐錦《からにしき》ひをへて寄《よ》する紅葉《もみぢ》なりけり《成》・

【校異】詞○清涼殿の―清涼殿（島）○あしろをかける所に―あしろをかけるに（島）あしろをかけるかたある所を〈「かたある」ノ左傍ニ朱デ見セ消チノ符号ガアリ、右傍ニ「イ無」トアル〉（貞）○読人不知―読人不知〈「知」ノ右傍ニ朱で「或本元輔」トアル〉（貞）。

【拾遺集】冬・二二〇。

寛和二年清涼殿の障子にあしろかける所に　　読人不知

あしろ木にかけつゝあらふからにしき日をへてよする紅葉なりけり

定冬・二一六。詞○障子―みさうし。○所に―所。

寛和二年清涼殿の衝立障子の絵に網代を描いた所に

網代木に引っ掛かりながら川波が洗う唐錦は、何日間も流れ寄せた紅葉であった。

【語釈】○清涼殿の御障子―清涼殿の東孫廂の北端に立てられた衝立障子。南面に手長、足長、北面に宇治の網代が墨書きで描かれていた。手長、足長の絵柄から荒海の障子と呼ばれた（禁秘抄）。○網代をかける所に―屏風歌や障子絵歌の場合は、その絵柄を詠んだ歌を色紙形などに書き入れるので、「…をかける所に」という言い方をする。この歌の場合、衝立障子の網代を描いた所を詠んでも、その歌を書き入れるわけではないので、「所に」という言い方は適切ではない。「所を」「所」という本文ならば問題はない。「網代」は氷魚を捕るために、網を引く形に木や竹を編み列ねて立て、その端に簀を取り付けた仕掛け。○網代木―網代を仕掛ける杭。○唐錦―中国から渡来した錦。一三四参照。○あらふ―『八代集抄』に「文選蜀都賦に、貝錦斐成、濯色江波云々。蜀江にて錦をあらへば、其文彌あざやかなる事あれば也」とあり、蜀の江水で錦を洗うと色鮮やかになるという。ここは網代にひっかかっている紅葉を水に晒す錦に見立てたもの。○ひをへて―日を重ねて。何日間も。「ひを」に「日を」と網代で捕獲する「氷魚」とを掛ける。

【補説】この歌は「寛和二年内裏歌合」では「網代」の題で能宣が詠み、右方の惟成の「水上に滝の白糸みえつるは網代に氷魚のよればなりけり」と番えられ、廿巻本では「勝」になっている。『能宣集』にも「うちの御歌合に」とある歌群中に「あじろ」（三一二）の題でみえる。

この歌の詠歌事情と作者は『抄』『集』と『能宣集』「寛和二年内裏歌合」とでは相違する。まず、『抄』と『集』とは、清涼殿の衝立障子に描かれている網代を見て詠んだ歌で作者は「読人不知」とする。これに対して『能宣集』には「寛和二年内裏歌合」で能宣が詠んだことになっている。この歌合には公任も出詠していて、この歌は歌合の席上でも披講され、公任もよく知っていたと思われるが、公任が撰集したといわれる『抄』に正しい詠歌事情が記されていないのは不審であり、あらためて「補考」で取り上げることとする。

【作者】 諸資料を勘案すると、作者は能宣である。大中臣能宣→二一

【他出文献】 ◇寛和二年内裏歌合→［補説］。◇能宣集→［補説］。

屏風の絵《ゑ》に　兼盛

140　ふしづけし淀《よど》のわたりを今朝《けさ》見ればとけん期《ご》もなく氷しにけり

【貞和本原状】 貞和本ハコノ歌ヲ欠キ、朱デ「屏風ノヱニ平兼盛フシヅケシヨドノワタリヲケサミレバトケムマモナクコホリシニケリ」トアル。

【校異】 詞○屏風のゑに―屏風絵に（島）。

【拾遺集】 冬・二三七。

屏風　平兼盛

ふしつけしよとのわたりを今朝みれはとけむこもなくこほりしにけり

［定］冬・二三四。**詞**○屏風―屏風に。**歌**○わたり―渡。

屏風の絵に

柴漬けをした淀の渡りの辺りを今朝見ると、いつになったら解けるか分からないほどに氷が張ってしまった。

【語釈】○屏風の絵―この歌は彰考館本『兼盛集』には「九条の右大臣のいへの屏風に」と詞書のある歌群中（二一）にある。○ふしづけ―冬、柴の束を水中につけておき、集まってきた魚を囲いの中で捕らえること。また、その仕掛け。○淀のわたり―淀の渡り。「わたり」に「渡り」と「辺り」とを掛ける。七三参照。○とけん期もなく―解ける時期もわからないほど。『僻案抄』には「とけんごもなくは期もなくといへり。期、うち任せたる歌の詞にあらねども、かやうにつかふ事もあり」とある。「もえはてて灰となりなん時にこそ人を思ひのやまむ期にせめ」（拾遺・恋五・九二九）。

【補説】この歌は彰考館本『兼盛集』には、九条右大臣師輔家の屏風歌としてみえ、『抄』『集』にも屏風歌とあるが、流布本『長能集』（長能集Ⅰ）には「花山院の歌合にめしゝかば」と詞書のある歌群（一三〇～一四〇）中に「冬」（一三九）としてみえ、歌の右肩に「兼盛歌也如何」とある。異本『長能集』（長能集Ⅱ）にも「いづれの年にかありけむ、花山院、九月九日歌合せさせ給はむとてありけるとまりにけれど、歌は人々たてまつれとおほせられければ」とある歌群（三〇～四八）中に「冬」（四六）としてある。この花山院歌合のことは『長能集Ⅰ』には「七夕」「露」の二首が別個に「いづれの年にかありけむ、花山院に八月三日歌合せさせ給はむとてありしかど、とまりにしに、歌どもは各々たてまつれとおほせられしかば、たてまつりし」として七六、七七にある。

これらによると、花山院歌合は某年八月三日（長能集Ⅰ）と九月九日（長能集Ⅱ）と二回開催を企てたが実現しなかったようで、萩谷朴氏（『平安朝歌合大成三』）は、『長能集』（流布本・桂宮本）のほかに『和泉式部集』『道命阿闍梨集』（桂宮本）および『小右記』（寛弘二年八月五日の条）などを資料にして、寛弘二年（一〇〇五）

八月五日（流布本ノ「八月三日」ヲ誤リトスル）に花山院から仰せ出だされた歌合が、紆余曲折の後、九月九日を最終的な期日として準備されたものの、九月九日にも何らかの支障を生じて和歌のみを提出せしめて事は終わったものとされた。したがって、歌合として現存しているわけではない。

この「ふしづけし」の歌が寛弘二年八月に花山院が企図した歌合のために長能が詠んだものであれば、『抄』の成立時期を長保以前とする説と齟齬する。萩谷氏も指摘されているように、この歌合に長能が提出した歌の中には、天延三年（九七五）の「一条中納言歌合」に詠んだ「底清き井手の川瀬に影見えて今盛りなる山吹の花」という旧作も含まれており、「他の各歌の放漫な用語修辞と共に、頗る緊張を欠いた態度であるといわねばなるまい」と言われている。「ふしづけし」の歌も旧作であるならば、前記の『抄』の成立時期と齟齬する問題も解消する。しかし、「ふしづけし」の歌が長能の作であるならば、花山院を補佐して『集』を撰進したといわれる長能が、自作の詠歌事情・作者について、誤ったまま撰収されることを黙止したことになる。これらを整合させて把握するには、「ふしづけし」の歌は九条右大臣師輔家の屏風歌として兼盛が詠んだもので、それを何らかの事情があって長能が流用したとみなければならない。なお、「補考」参照。

【作者】平兼盛→一一。

【他出文献】彰考館本兼盛集→［補説］。◇長能集→［補説］。

題不知　　　　読人不知

141　冬寒《さむ》みこほらぬ水はなけれども吉野の滝《たき》はたゆるよもなし

【校異】詞○題不知―たいよみひとしらす（島）題不知〈三字ノ左傍ニ朱デ見セ消チノ符号ガアル〉（貞）。

【拾遺集】冬・二三八。

題不知　　　　　　　　読人不知

冬さむみこほらぬ水はなけれとも吉野の滝はたゆるよもなし

定冬・二三五。

題知らず

冬の寒さで凍らない水はないけれども、吉野川の早瀬では流れが途絶える時はない。

【語釈】○吉野の滝―「滝」は水が激しく流れている所。急流。吉野川の激流。○たゆるよもなし―「たゆる」は流れが途絶えるの意。冬の寒さで水が凍って吉野川の早瀬の流れが途絶えることはない。

【補説】冬の寒さで水は凍ってしまうのに、吉野川の激流は凍ることなく流れているという永続性、不変性を詠んだ歌で、賀歌的性格のみられる歌である。算賀の屏風歌である蓋然性が大きい。

吉野川の早瀬が凍ることなく流れているという光景が実感的に受容されるのは、激流の印象が強いためであろう。実際に吉野川の激流が凍るか、凍らないか、歌には両面が詠まれている。

①氷とく春たち来らしみよしのの吉野の滝の声まさるなり（寛平御時中宮歌合）

②氷こそいまはすらしもみよしのの山のたきつせ声も聞えず（後撰・冬・四七七）

③さゆる夜も音こそたえね岩がねにちる玉こほるみよしのの滝（千五百番歌合一九六二　宮内卿）

①は春になって氷が解け水嵩の増す吉野の滝のようすで、②は冬に結氷して流れの水音もしないさまで、一四一とは逆である。③は判詞に、

左歌よしの丶滝、後撰には氷こそいまはすらしもみよしの丶山の滝つせこゑもきこえずとよみ、拾遺抄には、

こほらぬ水はなけれども吉のゝ滝はたゆるよもなしとよめり。今歌はちる玉こほるとよめれば、たゆるよなくとも、おちくらん。水玉となどかこほらざらむ。

とある。宮内卿の歌は、冴える夜も奔流の音は絶えないが、飛沫は凍ることを詠んでいる。このように吉野の滝が凍るか、凍らないかは、どちらか一方に決めることではない。

一条のおほいまうちぎみの家の障子に　　元輔

142　たかさごの*松にすむ鶴《つる》冬くればをのへの霜《しも》やおきまさるらむ

【校訂注記】「たかさこの」ハ底本ニ「たこさこの」トアルノヲ島本、貞和本ナドニヨツテ改メタ。

【校異】詞〇一条のおほいまうちきみ—一条大臣（島）一条右大臣（貞）〇家の—家（貞）〇障子に—障子（島）障子ゑ〈「ゑ」ノ左傍ニ朱デ見セ消チノ符号ガアリ、右傍ニ「ニィ」トアル〉（貞）〇元輔—清原元輔（島）。

【拾遺集】冬・二四〇。

一条摂政大臣家障子に　　清原元輔

高砂の松にすむ鶴冬くればおのへの霜やをきまさるらむ

㊟冬・二三七。詞〇一条摂政大臣家障子に—詞書ナシ。〇清原元輔—もとすけ。

一条大臣為光公の家の襖に

高砂の松に棲んでいる鶴は、冬になると山の頂に霜が多く置くように、尾の辺りに霜が一段と多く置いているることだろう。

【語釈】〇一条のおほいまうちぎみ―「おほいまうちぎみ」は大臣。「大臣於保伊万宇知岐美」（和名抄）。一条に邸宅のある大臣のこと。該当する人物としては、一条摂政伊尹、一条左大臣雅信、一条右大臣為光などがいる。ここは為光のこと。〇障子―襖障子のこと。〇たかさご―播磨の国の歌枕。一〇一参照。〇をのへ―山の頂の意の「をの上」に、鶴の尾の辺の意の「尾の辺」を掛ける。〇おきまさる―一段と多く置く。

【補説】この歌の詞書の「一条のおほいまうちぎみ」の部分は、『抄』の貞和本に「一条右大臣」、『集』の異本に「一条摂政大臣」、定家本には前歌の詞書に「恒徳公」とある。「一条右大臣」「恒徳公」はともに為光のことである。まず、藤原伊尹について『抄』の表記をみると、「一条摂政おほいまうちぎみ」（四五三詞書）、「一条摂政」（三八四、四一五、四六〇作者名。一七九、四六五、五三二詞書）などの呼称が用いられている。一方、「一条のおほいまうちぎみ」という呼称は一四二詞書の他に、三八〇詞書に「故一条のおほいまうちぎみ」とある。後者は『集』によると「小一条のおほいまうちぎみ」のことである。一四二は尊経閣文庫本『元輔集』（元輔集Ⅲ）には「永観元年八月ついたちころ一条の大納言の家のさうじの歌」と詞書のある歌群（九八〜一〇八）中に、「冬、たかさご」の題（一〇六）でみえる。これによると、「一条のおほいまうちぎみ」は永観元年（九八三）八月に大納言であった藤原為光のことである。為光は寛和二年（九八六）七月右大臣、正暦二年（九九一）九月に太政大臣に任ぜられ、翌年六月没している。

この歌について『八代集抄』には「白鶴を霜にまがへて、おきまさるとにやと也。一説、冬くれば松の鶴声せぬ事をよめり。霜には鶴の声を絶る本文あれば也。朗詠に声々已断花亭鶴云々」とある。『新大系』にも「鶴と霜との色のまぎれ」を詠んだとみているようで、大意に「尾上に霜が置いて色が増さるのか、一層白く見える」とあるところから、「まさる」を色が一層白くなる意に解しているようである。

ここで明確にしておく必要があるのは、「高砂の松に棲む鶴」とある「鶴」をツル科の一種とみているが、鶴は湿原や草地に棲み、松の上に棲むのはコウノトリである。「鸛《カウノトリ》」（書言字考節用集）は『和名抄』に「鸛和名於保止利水鳥似鵠而巣樹者也」とあり、平安時代には「おほとり」と呼ばれ、樹上に営巣することは知られていた。それにもかかわらず、「松に棲む鶴」と詠んだのは、漢詩文では「鶴棲松」の題でよまれたり、松と鶴とを配合した作品が数多くあり、それが和歌の世界においても常識的な組合せとして受容され、古今集時代から、

　　わが宿の松のこずゑにすむ鶴は千世の雪かと思ふべらなり（貫之集五一）

　　　寛平法皇の四十の御賀のとき、楽のことばつくりてたてまつり侍りける

　　鶴のすむ松の林の風の音は君がよごとに千代とこそふけ（秋風集・賀・六四三）

　　松のごと千年をかけて生ひしげれつるのかひごのすともなるべく（歌仙家集本元輔集六五）

などと詠まれている。

それでは「松に棲む鶴」は障子絵や屏風絵には、どのような鶴が描かれていたのだろうか。一四二の歌から想像されるのは松の梢に佇立する鶴であろう。しかし、描かれた鶴がツル科の鶴であったのか、鸛であったのか、全く判らない。鸛は大きさや全体の形が鶴に似ていて、遠近・大小にもよるが、区別がつかない。鸛は翼の先端が黒く、佇立しているときは尾が黒く見える。鶴の仲間にも尾が黒いように見えるものがある。このような尾の特徴を考えに入れて「おきまさる」を解釈すると、「尾の辺りに霜が一段と多く置いているようで、いつもは黒くみえる尾が白くみえる」ということになろう。

【作者】清原元輔→三二。

【他出文献】◇元輔集→［補説］。

143
題不知　　　　貫之
冬寒《さむ》み佐保《さほ》の川原《かはら》の川霧《かはぎり》に友《とも》まどはせる千鳥鳴《な》くなり《成》・

【校異】詞○貫之—友則（島）紀友則〈「友則」ノ左傍ニ朱デ見セ消チノ符号ガアリ、右傍ニ朱デ「貫之」トアル〉（貞）。歌○冬さむみ—ゆふされは（島）ゆふされは〈「れは」ノ右傍ニ朱デ「ムミ」トアル〉（貞）。

【拾遺集】冬・二四一。
題不知　　　　紀　友則
夕されはさほの河原の河霧に友まとはせる千とりなくなり
定冬・二三八。

題知らず
冬が寒くて、佐保川の川原に立つ霧にまぎれて、友の姿を見失った千鳥が鳴いているようだ。

【語釈】○貫之—『抄』の島本、貞和本、『集』に「友則」とある。○冬寒み—『抄』の島本、貞和本、『集』のほか、『友則集』『新撰和歌』や公任の撰著などには「ゆふされば」とある。○佐保の川原—「佐保」は佐保川のこと。佐保川は奈良市東方の春日山の山中に発し、北の山裾を迂回して、法華寺の南方で南流して大和川に注ぐ川。歌では『万葉集』以来、川霧・千鳥などを景物として詠み込むことが多い。「千鳥鳴く佐保の川瀬のさざれ波やむときもなしわが恋ふらくは」（万葉・巻四・五二六）「千鳥鳴く佐保の川霧立ちぬらし山の木の葉も色まさりゆく」（古今・賀・三六一）。○友まどはせる千鳥—「まどはす」は迷わす、見失わせるの意。仲間にはぐれた千鳥。

【補説】この歌は『友則集』に「寛平御時、殿上人歌合せしにかはりて」と詞書のある歌群（一七〜二一）中に「ゆふされば佐保の川原の川霧にともまどはせる千鳥鳴くなり」（二一）とあり、『新撰和歌』（一四〇）も第一句は「ゆふされば」である。これに対して『古今六帖』（四四五五）には第一句が「秋くれば」とある。公任の撰著では『金玉集』（三四）『深窓秘抄』（四八）『前十五番歌合』（一三）などに作者を友則とし、第一句「ゆふされば」としてみえ、これが原型本文であると考えられる。

「友まどはせる千鳥」という表現は多くありそうに思えるが、友則の歌以外に用例はない。中世になると、友にはぐれた千鳥は「ともなし千鳥」といわれ、

ひさぎおふる清き河原に月さえてともなし千鳥ひとり鳴くなり（林葉和歌集六六二）

風さむしともなし千鳥こよひ鳴けわれもいそねに衣片敷く（秋篠月清集二五七）

などと詠まれている。友にはぐれた千鳥は友をもとめて鳴くとみて、

さよなかに友呼ぶ千鳥ものおもふとわびをるときに鳴きつつもとな（万葉・巻四・六一八）

さよ千鳥友よびかはす声すなり佐保の川霧たちやへだつる（教長集五八六）

などと友を呼ぶ千鳥の歌がある。

「友まどはせる」という表現は千鳥・雁などの群鳥や雌雄の仲睦まじい鹿・鴛鴦などのほか、はこどり・虫などについて用いられ、紀友則・菅原道真が早い時期の使用者で、友則には、

声たててなきぞしぬべき秋霧に友まどはせる鹿にはあらねど（後撰・秋下・三七二）

という歌もあり、一四二と同じように「霧に友まどはせる」と詠まれている。この「友まどはせる」という表現を用いた歌をみると、季節は秋・冬が多く、霧を詠み込んだ歌が実朝にもあり、友則の歌を規範にしていると思われる。

【作者】紀友則　宮内少輔紀有朋の男。生没年未詳。四十歳過ぎまで無官で、寛平九年（八九七）正月土佐掾、

同十年正月少内記、延喜四年正月大内記となり、『古今和歌集』の撰者に任命されたが、完成をみることなく亡くなる。歌人としては「寛平御時菊合」「寛平御時后宮歌合」「宇多院歌合」などに出詠。三十六歌仙の一人。『古今集』以下の勅撰集に六十五首入集。家集に『友則集』がある。

【他出文献】 ◇友則集→［補説］。◇新撰和歌。◇金→［補説］。◇深→［補説］。◇前→［補説］。◇三、友則、第一句「ゆふされば」。◇古今六帖四四五五→［補説］。

読人不知

144　夜《よ》を寒《さむ》み寝覚《ねざ》めて聞《き》けばにほ鳥のうらやましくもみなるなる《成》かな

【校異】 歌○にほ鳥の―をしそなく〈右傍ニ朱デ「ニホトリノィ」トアル〉（貞）○うらやましくもみなる成かな―はらひもあへす霜やおくらん〈右傍ニ朱デ「ウラヤマシクモミナルナルカナィ」トアル〉（貞）。

【拾遺集】 冬・二三〇。

夜をさむみねさめてきけはおし鳥のうらやましくもみなる〳〵かな

［定］冬・二二六。

夜が寒くて、熟睡できずに夜半に目を覚まして聞いていると、鳰鳥がうらやましいことに水に馴れ親しんで仲睦まじくしているようだ。

【語釈】 ○にほ鳥―水鳥の一種。かいつぶり。池沼にすみ、水に潜って巧みに魚をとり、繁殖期には雌雄並んでいる。『集』には「をし鳥」とある。○みなるなる―「みなる」は水に親しみなれる意の「水馴る」に、むつまじくする意の「見馴る」を掛ける。「なる」は鴛鳥の鳴き声を聞いて推定したことを表す。「をしどりのみなるる音はつれなきを下苦しとは知るらめや人」（天理図書館蔵曽禰好忠集、好忠集Ⅰ五五六）。

【補説】この歌は［校異］の項に記したように、『抄』の伝本のうちでは貞和本は著しく相違した本文である。

(1)夜をさむみねざめて聞けば鴛鳥のうらやましくもみなるなるかな（底本、島本）

(2)夜をさむみねざめて聞けば鴛鴦ぞなくはらひもあへず霜やおくらん（貞和本）

この二首は元来別の歌として伝えられてきたものを、貞和本筆者は同一歌の異伝とみて校合した結果である。『集』には(1)(2)は別の歌として撰収されている。(2)はすでに『後撰集』（冬・四七八）に入集した歌であり、こちらの方がよく知られていたようで、公任の撰著の『金玉集』（三六）『和漢朗詠集』（三七三）などにもみえ、『古今六帖』（二一四）には第一句を「冬の夜を」として撰ばれている。(1)(2)のうち『抄』の撰者は『後撰集』と重出しないように配慮して、(1)のみを撰収したのであろう。

冬の夜、あまりの寒さに寝覚めて鴛鴦の鳴き声を聞いたときの歌には、

うちはらふ友なきころの寝覚めにはつがひしをしぞ夜はに恋しき（紫式部集一一八）

このごろの夜半の寝覚めを思ひやるいかなるをしか霜はらふらん（小大君集二〇）

寝覚めする心のそこのわりなきにこたへてもなくをしの声かな（拾玉集七六六五）

などがあり、鴛鳥の鳴く音を詠んだ歌は多くはなく、『抄』一四四の「にほ鳥の」とある部分は「をしどりの」とある『集』の本文の方が一般的である。

補4　おもひかねいもがりゆけば冬《ふゆ》の夜のかはかぜ寒《さむ》み千鳥《ちどり》なくなり　貫之

【校訂注記】コノ歌ハ底本ニナク、島本（一四五）、貞和本（一四七）ニアルノデ、島本ニヨッテ補ウ。

【校異】ナシ。

【拾遺集】冬・二二七。

題不知　紀貫之

おもひかねいもかりゆけは冬の夜の河風さむみ千鳥なくなり

定冬・二二四。詞〇紀貫之―つらゆき。

恋しい思いに堪えかねて、いとしい人のもとに行くと、冬の夜の川風が寒く身にしみ、千鳥も友を呼んで鳴いているようだ。

【語釈】〇おもひかね―思いに堪えられない、恋しさを抑えきれない。〇いもがり―「いも」は男が女を親しんでいう語。「がり」はその人のいる所への意。「いもがりと佐保の川べをわけゆけばさよやふけぬる千鳥なくなり」（異本長能集一九七）。〇千鳥なくなり―「なり」は聴覚に基づく不確かな判断を表す。「千鳥なく」は友を呼ぶ千鳥の鳴き声である。

【補説】この歌の詠歌事情は『抄』の島本、貞和本、『集』などに「題しらず」とあるが、『貫之集』（三三九）には「同じ六年春左衛門督殿屏風歌、冬」と詞書がある。「同じ六年」は「承平六年（九三六）」のこと、「左衛門督」は藤原実頼で、左衛門督実頼のための屏風歌である。また、この歌は貫之の晩年の代表歌で、公任の撰著の『金玉集』『深窓秘抄』『三十六人撰』『新撰髄脳』『和漢朗詠集』などに撰収されているほか、『和歌体十種』『俊頼髄脳』『無名抄』『井蛙抄』などの歌学書にもみえる。

『俊頼髄脳』には「気高く遠白き歌」の例歌としてあげられ、『無名抄』の「俊恵歌躰定事」の条には、この歌をあげて、「この歌ばかり面影ある類はなし」と、情景を想像させる視覚的な歌として高く評価されている。

【作者】紀貫之→七。

【他出文献】◇貫之集→［補注］。◇金三五。◇深。◇三。◇新撰髄脳。◇朗詠集三五八。◇古今六帖四四六二。

補5　流《なが》れくる紅葉《もみぢ》をみれば唐錦《からにしき》滝《たき》の糸《いと》してお《を》れるなりけり

【校訂注記】コノ歌ハ底本ニナク、島本（一四七）、貞和本（一四八）ニアルノデ、島本ニヨッテ補ウ。

【校異】ナシ。

【拾遺集】冬・二二四。

延喜御時、女四宮家屏風に　　紀　貫之

なかれくる紅葉はみれは唐にしき滝のいとして織るなりけり

定冬・二二一。**詞**○女四宮―女四のみこの。○家―家の。○紀貫之―つらゆき。**歌**○いとして―いともて。

川を流れてくる紅葉をみると唐錦のようで、それは滝の糸を用いて織ってあるのだった。

【語釈】○流れくる紅葉を―「紅葉を」は『集』に「紅葉ば」とある。川面に落ちた紅葉の葉が流れてくる光景。

○唐錦―紅葉の喩え。一三四参照。○滝の糸―滝の流れ落ちる水を白い糸に見立てた表現。「滝の白糸」とも。「水上にもみぢ流れて大井川むらごに染むる滝の白糸」（入道右大臣集四一）。

【補説】この歌は底本にはなく、島本、貞和本にあるが、貞和本には歌の後に朱で「此二首異本ニナシ」とある。ここに補った補四、補五の二首の、島本の位置は「夜を寒み」の歌と「水鳥の」の歌の間に補入された形で、底本は島本のような配列から二首脱落した形態である。この配列を歌の内容からみる（景物によって示す）と、島本は鳰鳥、夜寒、紅葉、水鳥の順で二つの水鳥を分断するような形になっている。これに対して貞和本では「夜を寒み」の歌の前に二首が補入された形で、こちらは夜寒、紅葉、鳰鳥、水鳥とつながっていき、整然とした配列になっている。補五には島本、貞和本とも詞書はなく、前の歌の「題不知」を承けているとみられる。一方、『集』には「延喜御時女四宮家屏風に」と詞書がある。『貫之集』には「延喜十八年二月女四のみこの御髪上げの屏風の歌、内の召しにたてまつる」とある歌群（九七〜一〇四）中に「十月」（一〇三）としてみえる。「女四のみこ」は醍醐天皇第四皇女勤子内親王のことである。六三の［補説］参照。

この歌の趣向は、川面に散り落ちて流れる紅葉の葉を、滝の糸で織った唐錦に見立てているところにある。紅葉の流れるさまを「唐錦」に喩えた歌は他に、

唐錦あらふとみゆる竜田川大和の国のぬさにぞありける（兼輔集六〇）

紅葉さえ来寄る網代のてにかけて立つ白波は唐錦かも（順集二二二）

などがあるが、紅葉ばを滝の糸で織った唐錦であるとみる発想は、貫之の独自のものである。四四一［補説］参照。

【作者】紀貫之→七。

【他出文献】◇貫之集→［補説］。◇古今六帖四〇七〇、第二句「もみぢばみれば」。

145　水鳥の下《した》やすからぬ思《おも》ひにはあたりの水もこほらざりけり

【校異】詞○作者名ナシ―かけあきら〈左傍ニ朱デ見セ消チノ符号ガアル〉（貞）。歌○水鳥の―みつちとりの（貞）○おもひには―思をは〈「をは」ノ右傍ニ朱デ「ニモィ」トアリ、サラニ右傍ニ「ハィ」トアル〉（貞）○水も―みつも〈「も」ノ右傍ニ朱デ「ハィ」トアル〉（貞）。

【拾遺集】冬・二二九。
　水とりの下やすからぬおもひにはあたりの水もこほらさりけり

定冬・二二七。

　水面下で脚をいそがしく動かす水鳥の、内心穏やかでない思いの「ひ」によって、辺りの水も凍らないのだった。

【語釈】○水鳥―水辺または水上に棲息する鳥の総称。鴨・鴛鴦をいうことが多い。和歌では枕詞として、水の上に浮いたまま寝たり、また飛び立つ習性から「浮き寝」と同音の「憂き寝」や、「立つ」にかかる。○下やすからぬ―『八代集抄』に「したやすからぬとは、水鳥の足のいとまなくおよぐ心づかひに、あたりもとどこほらぬさまを云也」とある。『新大系』にも「下やすからぬ」の注に「足を動かすので、水が落ち着かない。もだえる動作」とあり、大意には「水鳥が思慕に堪えず、足を絶え間なく動かすので、水が滞ることなく凍らない…」とある。『和歌大系』にも「水面下の見えない所で、水をかくせわしない動作をしている、雄の水鳥の心。内心のつよく妻を恋う心を表徴する」とある。両者ともに水鳥のせわしない動作を思慕の情を表徴するものと解しているようである。○思ひ―「思ひ」の「ひ」に「火」を掛ける。

【補説】この歌の第一句は『古今六帖』（一四九七）に「にほどりの」とあるほかは、『紫明抄』『河海抄』『六百番陳状』などにも「みづとりの」とある。この「水鳥」は特定の鳥をいうのではなく、汎称として用いられているが、実際の用例を閲すると、「鳰鳥」を詠んでいると思われる。『後撰集』（春中・七二　宮道高風）に「春の池の玉もに遊ぶにほどりのあしのいとなき恋もするかな」という歌がある。春の池に遊ぶ鳰鳥ものんびりしている様子に見えるが水面下の脚はいそがしく動かしていることを「あしのいとなき」と詠んでいる。このときの鳰鳥の気持ちの動揺や不安感を「下やすからぬ」といったものであろう。

にほどりの下の心はいかなれやみなるる水の上ぞつれなき（榊原本和泉式部集三〇三）

身をつめばしたやすからぬ水鳥の心の内を思ひこそやれ（散木奇歌集六三三）

などとも詠まれているように、「下」は「下の心」でもあり、「心の内」すなわち、心の奥、心中をもいう。したがって、「下やすからぬ」は水面下でいそがしく脚を動かす不安な様子と、内心の穏やかでないさまを掛けた表現である。

いそがしく水を掻いている鳰鳥の心情を「下やすからぬ」と表現したところから、池水が凍らない理由を「思ひ」の「ひ」によると、恋歌めかして詠んでいるところに趣向がある。この歌とは逆に、池の氷が厚くなることを鳰鳥の動作との関わりで詠んだ、

鳰鳥のしたこぐ波もたたぬかな池の氷やあつくなるらん（異本長能集八〇）

という長能の歌もある。

【他出文献】◇古今六帖一四九七、初句「にほどりの」。

146

平定文家の歌合に

霜《しも》の上《うへ》に降《ふ》る初《はつ》雪の　朝氷《あさごほり》とけずも物を思《おも》ふころかな

【校異】 **詞**○平定文家の―平定文家（島）文定家（貞）。**歌**○ふる―ふれる〈「れ」ノ左傍ニ朱デ見セ消チノ符号ガアッテ、右傍ニ朱デ「ルィ」トアル〉（貞）○はつ雪の―はつゆき〈「き」ノ下ニ補入ノ符号ガアッテ、右傍ニ朱デ「ノィ」トアル〉（貞）。

【拾遺集】 冬・二三二。

霜のうへにふる初雪の朝こほりとけすも物をおもふころかな

定冬・二二九。**詞**○詞書ナシ―さたふんか家の歌合。

平定文家の歌合に

霜とその上に降った初雪とが朝方に凍りついた氷がとけないように、気持ちがなごむことなく、物思いをしている、このごろであるよ。

【語釈】 ○平定文家の歌合―「左兵衛佐定文朝臣歌合」。一参照。○朝氷―朝に張る薄い氷。この語を詠み込んだ歌は勅撰集には九首（うち重出一首）みえるが、八代集では『拾遺集』に三首（重出一首）みえるだけである。この九首のうち『拾遺集』以外の勅撰集では冬部、雑部にある。『拾遺集』には恋部に二首、この内一首（『抄』一四六）が冬部に重出する。また、私家集についてみると、『順集』の三首は屏風歌、『恵慶集』『好忠集』の各一首は百首の冬の歌で、『能宣集』『千穎集』『馬内侍集』などの各一首は恋の歌である。これらのことから「朝氷」を恋歌の比喩表現に用いるようになったのは『後撰集』以後のことと思われる。ただし、一四六の「朝氷」

は初冬の朝の薄く張った氷ではなく、『八代集抄』に「雪の朝こりかたまりし也」とあるように、霜とその上に降った雪とが凍りついたものである。○とけず―氷が解けない意とうちとけない意とを表す。

【補説】この歌は詞書にいうように、延喜五年（九〇五）四月二十八日に催された平定（貞）文家の歌合の歌で、歌合には「初冬」の題で、下句を「とけむほどこそひさしかりけれ」として、右方の躬恒の「かみなづきもみぢの色は吹く風と谷のみづとぞおとしはてつる」という歌に番えられて判は「持」になっている。また、これより前に催された「寛平御時中宮歌合」にも「冬」の題で、右方の「いつのまにふりつもりけむみよしのの山の峡よりくづれ落つる雪」という歌に番えられている。「霜のうへ」の歌は第四句の「とけむほど」が「とけむころ」とあるほかは異同がない。「寛平御時中宮歌合」は廿巻本原本が散逸して証本はなく、神宮文庫本などによって知られるにすぎない。この歌合について萩谷朴氏（『平安朝歌合大成一』）は神宮文庫本を詳細に検討されて、延喜五年二月に行なわれた藤原定国の四十賀の屏風歌や昌泰元年十月の宇多法皇吉野御幸の歌など、明らかに寛平以後の歌があるところから、その資料性に問題のあることを指摘されている。

一四六は、流布の過程で歌句に異同が生じたようで、現在は、次のような三つの形が知られる。

(イ)霜のうへにふる初雪のあさごほりとけむほどこそひさしかりけれ（左兵衛佐定文朝臣歌合）

(ロ)しものうへにふるはつ雪のあさごほりとけずも物をおもふころかな（抄・冬。集・冬・二二九、同、恋三・八四六）

(ハ)霜の上にふる初雪の朝氷とけずも見ゆる君が心か（古今六帖六九六）

このうち(イ)は歌合において「冬」「初冬」の題で詠まれていて、冬の部立に属するが、(ロ)(ハ)は内容的には恋の歌である。このように歌句に異同が生じた過程については全く明らかでない。三つのなかでは(イ)が本来の形として、広く伝えられたようで、この歌の下句と類似の表現をもつ歌が『重之子僧集』（三八）に、

あられ降るみやまがくれのあさ氷とくるほどこそひさしかりけれ

とみえる。上句は氷が解けるまでに長い時間を要するような寒さの厳しい環境を設定したもので、上句を変奏することで類歌が容易にできあがる。ここで注意すべきは、

霜の上にけさ降る雪のさむければ人をかさねてつらしとぞ思ふ（重之集二八六）

という歌である。この歌の霜の上に降る雪という上句の設定は、重之の活躍した時代から考えて、(イ)の歌の影響であるとみて誤りなかろう。このようにみてくると、重之の周辺では(イ)のような本来の形で流伝していたと推測される。

『抄』はこれとは別個の過程で流伝したものである。こちらは上句は解けないものの比喩的表現で、「とけず」を言い出す序詞的な働きをしている。なお、『新編国歌大観』の索引によれば、「あさ氷とく」と続けた歌が多い。

【他出文献】◇左兵衛佐定文朝臣歌合→［補説］。◇寛平中宮歌合→［補説］。◇古今六帖→［補説］。

初雪《はつゆき》を見侍りて　　景《かげ》明《あきら》

147　都《宮こ》にてめづらしく見《み》る初《はつ》雪を吉野の山はふりやしぬらむ

【校異】詞○かけあきら—源景明（島）ナシ〈朱デ「源景明」トアル〉（貞）。**歌**○めつらしく—めつらしと（島）○みる—みる〈「る」ノ右傍ニ朱デ「シィ」トアル〉（貞）○はつ雪を—初雪を〈「を」ノ右傍ニ朱デ「ノィ」トアリ、サラニ右傍ニ「ハィ」トアル〉（貞）○吉野の山は—よしの丶山に（島・貞）。

【拾遺集】冬・二四六。

初雪をよめる　　源　景明

宮こにてめつらしと見る初雪は吉野の山に降やしぬらむ

定冬・二四三。

初雪を見まして

都で清新に感じられる初雪を、吉野山では前から降っているので、古びてしまっているのではなかろうか。

【語釈】○めづらしく見る—「めづらし」は目新しい、清新に感じられるさま。冬期に最初に降る雪であるから新鮮に感じられ、「めづらしといふべけれども初雪のむかしふりにしけふぞかなしき」（小大君集四三）「めづらしくけふふりそむる初雪に網代の氷魚もこころよりけり」（伊勢大輔集五二）などと詠まれている。○吉野の山は—「吉野の山」は一参照。底本「吉野の山は」とあるが、『抄』の島本、貞和本、『集』などは「吉野の山に」とある。○ふりやしぬらむ—「ふり」は雪が降るの「降り」と古くなる意の「古り」とを掛ける。

【補説】吉野山は雪深いところとみられ、

かみな月しぐるる時ぞみよしのの山のみ雪も降りはじめける（後撰・冬・四六五）

と詠まれているように、里で時雨が降るころに雪が降りはじめた。都の初雪と吉野山の古る雪とを対比させ、都と吉野山の初雪の降る時間差を、「吉野の山はふりやしぬらむ」と表現したところに、この歌の趣向がある。

【作者】源景明　従五位下大蔵少輔兼光男。生没年未詳。右衛門尉、長門守などを歴任。従五位下に至る。『中務集』によると讃岐に下向したこともあり、『兼澄集』には筑紫に下ったことがみえる。頼忠家の紙絵の歌を詠む。勅撰集には『拾遺集』に六首、『新古今集』に一首入集。五四六［補説］参照。

【他出文献】◇朗詠集三八一、第一、二句「みやこにはめつらしとみる」、第四句「よしのの山に」。

入道摂政の家の屏風に　兼盛

148 見渡《わた》せば松の葉白《しろ》き吉野《よしの》山いくよ積《つも》れる雪にか有るらむ

【校異】詞○摂政の家―摂政家（島・貞）。歌○いくよつもれる―いくよをつめる（島）いくよをつめる〈「をつめ」ノ左傍ニ朱デ見セ消チノ符号ガアリ、右傍ニ朱デ「ツモレ」トアル〉（貞）。

【拾遺集】冬・二五三。

入道摂政家屏風　平兼盛

みわたせは松の葉しろき吉野山いくよつもれる雪にかあるらむ

定冬・二五〇。詞○入道摂政家屏風―入道摂政の家の屏風に。○平兼盛―かねもり。

入道摂政家の屏風に

遠く望み見ると、松の葉の白くなっている吉野山は、どれほど長い年月の間積っている雪なのだろうか。

【語釈】○入道摂政―藤原兼家。寛和二年（九八六）六月二十四日摂政。七月二十日右大臣を辞し、永祚元年（九八九）十二月二十日太政大臣に任ぜられ、正暦元年（九九〇）五月五日に摂政太政大臣を辞し、関白の詔書があったが、同月八日に関白を返し、病によって入道。同年七月二日没。○松の葉白き―松の葉に雪が降り積っているさま。中世の歌では春の光景として詠まれている。○いくよ積れる―『抄』の島本、貞和本、『和漢朗詠集』、『兼盛集』などは「いくよをつめる」とあり、これが原型本文か。「いくよ」はどれほどの年月。計り知ることのできない長い年月をいうことが多い。

【補説】この歌は『兼盛集』（五六）に「大入道殿御賀の御屏風の歌」と詞書があり、兼家の算賀の屏風歌である。同じ折に詠まれた屏風歌が『能宣集』（四六二～四八四）に、詞書を「東三条大関白殿の賀の四尺屏風六帖が歌いれる十六巻」として見える。この算賀の催された年時については『兼盛集』『能宣集』や他の資料にも明記されていない。兼家は康保五年（九六八）四十歳、貞元三年（九七八）五十歳、永延二年六十歳で、通例ならば三回算賀を行なっているはずである。しかし、古記録や史料にみえるのは永延二年三月二十五日に常寧殿において行われた六十の賀のことのみで、その算賀の屏風歌のことも『栄華物語』（さまざまな悦び）に「御屏風の歌ども、いとさまざまにあれど、物さわがしうて書きとどめずなりにけり」とあるにすぎない。『兼盛集』『能宣集』の兼家関係の屏風歌が、六十の賀に献進されたものであるという確証はないが、能宣の「君がよのなからと聞けばはしをさへつくるよなしとむべもいひけり」（能宣集四六八）という歌の第一、二句を、人の寿命を百二十歳とする仏教の考え方に依っているとみると、「なから」は六十歳となるので、六十の賀の屏風歌とみることはできる。

雪で常磐の松の葉が白く見えるさまを唐突に「松の葉白き」と表現したのは意表を突いているが、明るく色彩的で、早春の雰囲気とともに慶賀の気分をよく表している。この表現はあまり例がなく、中世には兼盛の歌を本歌として、

吉野山ことしも雪のふるさとに松の葉白き春のあけぼの（秋篠月清集七〇一）

芳野山松の葉白き雪のうへに落ちてさやけき有明の月（壬二集二六四二）

みよし野の松の葉しろき山のはにかかりもやらぬうす霞かな（後鳥羽院御集六〇八）

などと、曙・有明月・霞を配して詠まれている。

【作者】平兼盛─一一。

【他出文献】◇朗詠集四九八、第四句「いくよをつめる」。◇三。

屏風の絵《ゑ》に、越《こし》の白山のかたをかきて侍りける所に　　藤原佐忠朝臣

149　我ひとり越《こし》の越《こし》路《地》をこしかども雪ふりにけるあとをこそ見れ

【校異】詞〇屏風のゑに—屏風のゑに〈「のゑ」ノ左傍ニ朱デ見セ消チノ符号ガアリ、右傍ニ朱デ「ィナシ」トアル〉（貞）〇こしの白山—こしの山（島）〇かたを—かた（貞）〇侍ける所に—侍けるに（島）〇佐忠朝臣—輔尹朝臣（島）佐忠〈「忠」ノ右傍下ニ朱デ「朝臣」トアル〉（貞）。歌〇こし地を—やまちに（島）やまちを〈「を」ノ左傍ニ「にィ」トアリ、「やまちを」ノ右傍ニ朱デ「シラヤマィ」トアル〉（貞）〇あとをこそみれ—あとをこそみれ〈「こそみれ」ノ左傍ニ「見るかなィ」トアル〉（貞）。

【拾遺集】冬・二五一。

　屏風の絵にこしのしら山かきて侍りけるところに　　藤原佐忠朝臣

　我ひとりこしの山路をこしかとも雪ふりにけるあとをみるかな

定冬・二四八。歌〇山路を—山地に。

　屏風の絵に、越の国の白山の絵柄を描いてありました所に

私ひとりが越の国の白山を登ってきましたけれども、雪の降ったあとを見ると、先に登った人の跡があったことだ。

【語釈】〇屏風—『輔尹集』に「東三条院の御賀屏風の絵に…」という詞書を付してみえる。〇越の越路を—島本に「こしのやまぢに」、貞和本に「こしのやまぢを」とあり、『集』では具世本は貞和本と、定家本は島本と、それぞれ一致する。このほか源承筆本・伝公任筆切なども島本と同じで、「越の越路」は底本の独自本文であり、

他の私家集、撰集などにもない。諸本を参照すると「越の山路」の本文が原型本文であろう。「越の山路」は詞書によれば、越の白山のこと。〇雪ふりにけるあと―『八代集抄』には「只白山と名におもふ旧跡を見ると也」とあって、「ふりにけるあと」の「ふり」に雪の降る意と古くなる意とを掛けたとみている。『新大系』もこれによっているようである。一方、［補説］に記すように、『輔尹集』の詞書に「人ののぼるさきにまた人のとをくゆく」とあるのを参考にすると、「雪ふり」は雪の降る意と行って触れる意の「行きふり」とを掛けて、雪の降った跡に、先にそれに触れた（雪を踏んだ）人の痕跡があったの意になる。前掲の大意はこれによった。

【補説】彰考館文庫蔵『輔尹集』（五九）に、

東三条院の御賀屏風のゐに、こしのしらやまのかたかきたる、人ののぼるさきにまた人のとをくゆく

われひとり入りにしこしのしらやまにゆきふりにたる人をみるかな

とある歌は一四九の異伝歌であろうか。この『輔尹集』の詞書にいう「東三条院の御賀」は長保三年（一〇〇一）十月九日に行われた東三条院詮子の四十の賀のことであるが、『輔尹集』にいうところを全面的に認めると、『抄』の成立は長保三年十月以後ということになり、問題が生ずる。このことについてはつとに『袋草紙』（故撰集子細）で問題にしている。

東三条院詮子の四十の賀では輔尹、兼澄、輔親などが屏風歌を詠進したことが『権記』にみえる。『輔尹集』には、このときの屏風歌が前掲の歌のほかに七首ある（三九〜四四、五六）。このとき新調されたのは月次屏風で、依頼された歌人は十二か月分十二首を詠進した。輔尹以外では、道済の屏風歌が家集（七五〜八六）にみえる。この十二首のなかには『輔尹集』五九と同じ画題を詠んだとみられる歌はない。このことと、『抄』の島本以外は歌の作者を藤原佐忠とすることとを勘案すると、「われひとり」の歌は佐忠が某の屏風に詠んだ歌であったが、輔尹が東三条院の四十の賀の屏風歌を詠んでいるのが周知のことであったために、「われひとり」の歌も

輔尹の作と見なされて、家集に後補されたのであろう。「われひとり」の歌が家集では東三条院の屛風歌の歌群（三九〜四四）とは別の位置（五九）にあるのも不自然で、家集が自撰であればありえないことである。このことからも後補の疑いがもたれる。

この問題について、平野由紀子氏「拾遺抄の「すけただ」歌について」（『国文』54、昭56・1　お茶水女子大学国文学会）も『輔尹集』の性格について詳細に検討された結果、家集は他撰本で、「われひとり」の歌は佐忠の歌を誤ってとりいれたものとされた。

【作者】この歌の作者は輔尹ではなく、佐忠である。佐忠の生没は未詳である。藤原魚名の三男末茂の曽孫である出羽守連茂の男。母は右兵衛督忠君女（二十一代集才子伝）。天慶八年（九四五）ころは六位蔵人、木工権助で（蔵人補任）、中使として忠平邸を訪れている。翌天慶九年十二月には式部丞に転じていて、天暦元年（九四七）六月二十日以前に朱雀院の判官代で肥後権守を兼ねていた（醍醐寺要書上）。同三年六月六日には、院の下人と諸衛の舎人の諍いに巻き込まれ、諸衛の舎人数百人の群党に、院の御厨預で中務丞であった佐忠宅が毀されるという事件があった（日本紀略）。同五年十月十七日には摂津守になっていた（朝野群載雑文上）。その後、応和元年（九六一）には右中弁になり、同二年五月四日に催された「内裏歌合」では、暁更に献じた男女歌人の和歌を右中弁佐忠が講師役になって読み上げている。翌年の八月には広平親王が元服したが、そのことを記した『村上天皇御記』の八月二十日の条に「別当佐忠」とある。この佐忠が右中弁佐忠と同一人であるかは明らかでない。その後康保二年（九六五）に大宰大弐に任ぜられたが（二中歴都督歴）、すぐには赴任せず、翌三年閏八月十五夜に行われた「内裏前栽合」に参加して歌を詠んでいる。そして十月二十日に赴任の由を申して、御前に召されて酒肴を賜り、右中将元輔をして御衣を賜っている（西宮記　臨時八）。召還されたのは天禄元年（九七〇）三月二十三日であった（類従符宣抄八召大弐事）。その後、天延ごろは勘解由長官で、これを最後に官を辞したようで、『権記』長保二年（一〇〇〇）四月九日の条には「頼任云々、故勘解由長官佐忠朝臣孫」とある。

【他出文献】◇輔尹集五九↓［補説］。

此歌柿*本人丸集に有り。或本には三方沙弥がともはべり

150　あしひきの山路《ぢ》も知《し》らず白樫《しらかし》の枝にも葉《は》にも雪の降《ふ》れれば

【校訂注記】底本ニ「柿下」（島本モ同ジ）トアルノヲ、「柿本」ト改メタ。

【校異】詞○人丸集―人丸か集（島）○有―いてたり（島）○ともはへり―のよめるともいへり（島）。歌○枝にもはにも―えたにもはにも〈「えたにも」ノ「に」ノ右傍ニ朱デ「モトヲヲニ」トアル〉（貞）。

（注）貞和本ノ詞書ハ［補説］参照。

【拾遺集】冬・二五五。

柿本人丸

あしひきの山路もしらす白河（右傍ニ「かし」トアル）の枝もとをゝに雪のふれゝは

定冬・二五二。詞○柿本人丸―人まろ。歌○白河―しらかし。○枝もとをゝに―枝にもはにも。

この歌は柿本人丸集にある。或本には三方沙弥の歌ともあります

白樫の枝にも葉にも雪が降り積って一面真っ白であるので、山路もどこかわからない。

【語釈】○柿本人丸集―『万葉集』編纂の資料になった歌集。巻二、三　七、九、十、十一、十二、十三、十四に、その歌集から採録された歌がある。人麿の自作のほかに他人の歌も含む。○三方沙弥―伝未詳。園臣生羽の

女を娶る（万葉集・巻二・一二三）。○白樫―ブナ科の常緑低木。葉の裏が白っぽく、樹皮は黒く、「くろかし」とも呼ばれる。○枝にも葉にも―『集』の具世本に「枝もとを〻に」、『万葉集』（巻十・二三一五）も「枝もとを〻に」とある。「とを〻に」はたわむほどにの意。

【補説】底本・島本には、左注に相当する文章が詞書の位置にあり、貞和本（一五九）には、次のようにある。

イ本ニ此詞并名ナシ（朱）

曽佐のをのみことの出雲国にいたるときの哥にいはく　人麿

或本詞云此哥人丸カ集ニイレタリ　或本ニハ三方沙弥ノヨメルトモアリ（朱）

また、底本には書写者の勘案した文と思われるものが「あしひきの山ちも……」とある歌の右傍に、

此歌集云人丸万葉第十云柿本朝臣人麿集出、或本云三方沙弥云々。此註可載此歌左歟。

とある。この文は『万葉集』（巻十・二三一五）にある、この歌の左注に、

右柿本朝臣人麿之歌集出也。但件一首或本云三方沙弥作。

とある文によっている。結局、底本・島本の「此歌柿本人丸が……」という文は『万葉集』（二三一五）の左注の要点を記したものである。

これに対して貞和本は全く別の詠歌事情である。片桐洋一氏『拾遺抄』（昭和五十二年、大学堂書店、一三六頁）は、この詞書から作者を「曽佐のをのみこと」と「人麿」とみる二通りの伝承が交錯していると解している。しかし、この詠歌事情と同じ内容の文が『枕草子』の「花の木ならぬは」の段に、

白樫といふものは、……三位、二位の袍染むるをりばかりこそ、葉をだに人の見るめれば、をかしきこと、めでたきことに取り出づべくもあらねど、いづくともなく雪の降りおきたるに見まがへられ、素盞烏尊出雲の国におはしける御ことを思ひて、人丸がよみたる歌などを思ふに、いみじうあはれなり。

とある。貞和本の詞書を「素盞烏尊…を思ひて、人丸がよみたる」とあるように解すれば、作者は人麿となる。

清少納言が何に依って書いたのか明らかでないが、清少納言が『抄』の貞和本にあるような口伝を承知していた蓋然性は大きい。

底本の注記では、作者が人麿か三方沙弥かが問題になるが、三方沙弥は伝未詳のため決めかねる。この問題について、中世の歌学書『和歌色葉』（中・難歌会釈）には、「山をあしひきといふに四つの義あり」として、

一には三方沙弥が悪日に山をこえけるに、大雪にあひて道をうしなひたりける時、

あしひきの山べもしらずしらかしの枝もたわゝに雪のふれゝば

と詠じければ、悪日のゆゑに、山をあしひきといふなり。

という説を書き留め、歌の作者を三方沙弥としている。

なお、歌仙家集本『人丸集』（六四）、時雨亭文庫蔵資経本『家持集』（二七九）などに「やまのかひそこともみえずしらかしの枝にも葉にも雪のふれれば」という歌があり、第三句以下が一五〇と一致するが、異伝歌であろうか。

【作者】人麿説と三方沙弥説とがあるが、平安時代は人麿説の方が有力である。柿本人麿→九三［作者］。

【他出文献】◇万葉集→［補説］。◇古今六帖六八二。◇人丸集一五九、第四句「えだもたわわに」。

題不知　　　読人不知

151　水の上《うへ》と思《おも》ひしものを冬の夜《よ》の氷《こほり》は袖《そで》のものにぞ有りける

【貞和本原状】「題不知」ノ前ニ朱デ「或本ニコノ哥カケリ」トアル。コノ「コノ哥」ハ前ノ「あしひきの」ノ歌ノコトカ、「みづのうへと」ノ歌ノコトカ明確デナイ。

【校異】詞○題不知―題読人不知（島）○読人不知―読人不知〈「読」ノ右傍ニ朱デ「イ無」トアル〉（貞）。歌○水のうへと―みつのうへと〈「と」ノ右傍ニ「にィ」トアル〉（貞）○ものにそ有ける―ものにさりける（島）。

【拾遺集】冬・二三六。

題不知　　　　読人不知

水のうへとおもひし物を冬の夜のこほりは袖の物にそ有ける

定冬・二三三。歌○水のうへと―水のうへに。

題しらず

氷は水面に張るものと思っていたけれど、冬の夜の氷は恋人のつれなさに流す涙で濡れた袖の上のものだった。

【語釈】○水の上と―氷が張るのは水面であるとばかり思っていた。○冬の夜―この「冬の夜」は恋人の訪れもなく、独り夜を過ごすような冬の夜のこと。○袖のもの―氷は袖の上に張るもの。恋人のつれなさに流す涙で濡れた袖が凍ることをいう。「えこそ寝ぬ冬の夜ふかく寝ざめしてさえまさるかな袖の氷の」（相模集二〇）。

【補説】氷は水面に張るものであるという常識に対して、袖の上に張るというのは突飛な発想であるが、それは恋人のつれない振る舞いで流す涙で袖を濡らすという恋歌の常套的発想・表現を介して、「袖のもの」であったと実感されるようになる。また、この歌に依って「袖の氷」の語が流通するようになり、

おもひつつねなくに明くる冬の夜の袖の氷はとけずもあるかな（後撰・冬・四八一）

冬の夜の袖の氷のこりずまに恋しきときはねをのみぞなく（兼盛集四五、一条摂政御集一二九）

などの歌が詠まれるようになったと思われる。

152
霜《しも》お《を》かぬ袖だに冴《さ》ゆる冬の夜《よ》は鴨《かも》の上毛《うはげ》を思《おも》ひこそやれ

右衛門督公任朝臣

【校異】詞○右衛門督―右兵衛督（貞）○公任朝臣―公任〈「任」ノ右下傍ニ朱デ「朝臣」トアル〉（貞）。歌○よは―よに〈「に」ノ右傍ニ朱デ「ハイ」トアル〉（貞）。

【拾遺集】冬・二三三。

題不知　　右衛門督公任卿

霜をかぬ袖たにさゆる冬の夜の（右傍ニ「に」）かものうはけをおもひこそやれ

定冬・二三〇。詞○公任卿―公任。歌○夜の―夜に。

霜の置いてない袖でさえも寒々と冷える冬の夜に、霜のおいている鴨の上毛はどんなかと思いやられることだ。

【語釈】○右衛門督公任朝臣―藤原公任。長徳二年（九九六）七月十四日右衛門督。○霜おかぬ袖―霜が置くことがない袖というのは、屋内にいることを表す。○冴ゆる―「さゆ」はいかにも寒々とする、冷えるの意。袖が冴えることを詠んだ歌は、冴えることで屋外の様子を類推している。「うはまだら今朝しもねやの見えつるはむべこそ夜半に袖はさえけれ」（好忠集四〇八）「道芝に霜やおくらむさ夜更けて片敷く袖のさえまさるかな」（堀河百首九二二）。○鴨の上毛―「上毛」は鳥や獣の表面の方の毛、または羽。歌では鴨・鴛鴦・鴫などの冬の水鳥の上毛を詠んだものが多く、他には鴬や小男鹿に用いた歌もある。

【補説】この歌は『公任集』（二一〇）に「題あまたして歌詠みけるに」と詞書を付してみえる。「鴨の上毛」は、

冬の池の鴨の上毛におく霜のきえて物思ふころにもあるかな（後撰・冬・四六〇）
浮きてぬる鴨の上毛に置く霜の消えてもの思ふころにもあるかな（興風集四八）
おきながら明かしつるかなともねせぬ鴨の上毛の霜ならなくに（和泉式部続集二三八）
などと、払い兼ねて霜の置いているものとして詠まれている。また、［語釈］にも触れたように、袖が冴えるという屋内の状態から屋外の寒さを思いやるという発想は類型的で、公任には、
白山に年ふる雪やまさるらん夜半に片敷く袂さゆなり（公任集一九七）
という歌もある。『万葉集』（巻十・二三一九）に、
夕されば衣手寒し高松の山の木ごとに雪ぞ降りたる
とある歌も、同様の発想で詠まれていて、その発想の原型は『万葉集』まで溯ることになる。
【作者】藤原公任→一三〇。
【他出文献】◇新撰朗詠集三三八。

読人不知

153　冬の池《いけ》の上《うへ》は氷《こほり》に閉《と》ぢたるをいかでか月の底《そこ》に見ゆらむ

【校異】歌○とぢたるを―とけたるを〈「け」ノ左傍ニ朱デ見セ消チノ符号ガアッテ、右傍ニ「チィ」トアリ、サラニソノ右傍ニ「られてイ」トアル〉（貞）。○そこに見ゆらむ―袖にみゆらむ〈右傍ニ朱デ「月ノソコニイツラムィ」トアリ、「みゆらむ」ノ左傍ニ朱デ「イリケムィ」トアル〉（貞）。
【拾遺集】冬・二四四。

題不知　　　　　　　　　　　　読人不知

冬の池のうへは氷にとちたるをいかてか月のそこにみるらむ

定冬・二四一。**歌**〇とちたるを―とちられて。〇そこにみるらむ―そこに入らん。

冬の池の水面は氷で閉ざされているのに、どうして月が水底に見えているのだろうか。

【語釈】〇池の上―池の表面。〇氷に閉ぢたるを―氷で閉じられているのに。〇底に見ゆるらむ―水面の映像を底にあると表現するのは、常套的詠法であった。一八、四八参照。

【補説】初冬の池に薄氷が張って、水底に月が映って見える情景をみて、実景のままを詠まずに、池の表面は氷で閉じられているのに、月が水底にあるのはどうしてかと、理屈っぽく戯れて詠んだ。『夫木抄』（六六六〇）に、

池水の底にやどれる月影はとづる氷にさはらざりけり

とある歌は「いかで…底に見ゆらむ」という疑問に恰も応答しているようである。

一五三は「寛平御時后宮歌合」（十巻本）には「冬歌二十番」の十番の左に、作者を是則として、

冬の池の上は凍りて閉ぢたるをいかでか月の底にすむらむ

とみえるほかに、

冬の池の上は凍に閉ぢつるをいかでか月の底に入りけむ（新撰万葉集・下・四二六）

冬の池の上は氷に閉ぢたるをいかでか月のそこに見ゆらむ（是則集二四）

冬の池の上は氷に閉ぢたるをいかでか月のそらにいるらん（古今六帖三一五）

などとあり、歌句に微妙な相違がみられる。

【作者】『抄』『集』には「読人不知」とあるが、『古今六帖』では三一一二に紀淑光と作者名があり、三一一六の作

者は貫之とある。通常の作者表記の原則を適用すれば、その間の三一三～三一五などの三首は三一二と同じ紀淑光の作ということになる。しかし、『古今六帖』の場合、常に原則を適用できるか疑問があり、紀淑光の作と断定しかねる。現在のところ、「寛平御時后宮歌合」などによって是則の作とするのが穏当なところであろう。坂上是則↓五〇。

【他出文献】◇寛平御時后宮歌合↓［補説］。◇是則集↓［補説］。◇新撰万葉集↓［補説］。◇如意宝集、第五句「そこにいるらむ」。◇古今六帖↓［補説］。

冬の月を見侍りてよみ侍りける　恵慶法師《えきやうほふし》

154 天《あま》の原空《はらそら》さへ冴《さ》えや渡《わた》るらん氷と見《み》ゆる冬《ふゆ》の夜《よ》の月

【校異】詞〇冬の月―冬月（島・貞）〇よみ侍ける―ナシ（貞）。

【拾遺集】冬・二四五。

月をよみ侍ける　恵慶法師

天の原空さへさえてわたるらむ氷とみゆる冬の夜の月

定冬・二四二。詞〇よみ侍ける―見てよめる。歌〇さえて―さえや。

冬の月を見まして詠みました

広大な空までが一面に冷えこんでいるのだろうか。氷のようにみえる冬の夜の月である。

【語釈】〇空さへ冴えや渡るらん―「冴え渡る」はあたり一面に冷えこむの意。〇氷と見ゆる―氷のように見える。「と見ゆ」はAをBに見立てる言い方。ここは「冬の夜の月」を「氷」に見立てた。「冬の夜の氷と見ゆる月の色は身にしみてこそさえわたりけれ」（重之子僧集三九）。

【補説】一首は下句の、冬の夜の月が氷のように澄みわたっている理由を、上句で説明する趣向になっている。時雨亭文庫蔵『恵慶集』には「十二月ある所の歌合せさせ給ひしに」と詞書のある四首（一〇〇～一〇三）のうち、「冬の夜の月」（一〇三）の題で詠まれた、

天の原空さへ冴えやまさるらむ氷とみゆる冬の夜の月

という歌と第三句に小異がみられるが、ほぼ一致する。しかし、この歌合の主催者・開催年時など全く不明で、『平安朝歌合大成 二』にも「某年十二月　或所歌合」として『恵慶集』の四首をあげている。また『今昔物語集』（巻二十四第四十六）の話では「冬ノ夜月ノ極ク明カリケル」夜に安法法師が詠んだとあり（古本説話集モ同ジ）、第二句は「そこさへさゆや」とある。さらに『古今六帖』（三一九）では貫之の作になっている。このように様々に伝誦されているが、多くの歌集には恵慶の作とあって、それに誤りなかろう。

『古今集』には冬の月を詠んだ「大空の月の光し清ければ影見し水ぞまづこほりける」（冬・三一六）という歌はあるが、「冬の夜の月」という語を用いて詠んだ歌はない。しかし、同時代には「冬の夜の月はとほくやわたりけん影見し水のまづしこほれば」（寛平御時中宮歌合二二）という、前掲の『古今集』の歌と下句が全く同じ歌があり、冴えた月影を映した水が凍ったと詠んでいる。

冬の月を氷に見立てた歌は［語釈］に掲げた重之の子の僧の歌のほかには、「冬の夜の氷とみゆる月よりも秋のかげにはしかじとぞ思ふ」（行宗集三一四）という歌があり、院政期以後は、

くまもなきみそらに秋の月すめば庭には冬の氷をぞしく（千載・秋上・二七九　雅頼）

月清み都の秋を見わたせば千里にしける氷なりけり（長秋詠藻二四五）

など、秋の月と氷とを配合した歌が多くなる。
【作者】恵慶法師→四〇。
【他出文献】◇恵慶集→［補説］。◇如意宝集。◇古今六帖三一九、貫之。◇玄玄集三六。恵慶法師。◇今昔物語集。

冷泉院御時屏風に　兼盛

155 人知《し》れず春をこそ待《ま》て払《はら》ふべき人《ひと》なきやどに降《ふ》れる白雪《しらゆき》

【校異】詞〇冷泉院御時―冷泉院御時の（島）冷泉院の〈「の」ノ下ニ補入ノ符号ガアリ、右傍ニ朱デ「御時ィ」トアル〉（貞）〇兼盛―兼盛〈「盛」ノ右下傍ニ朱デ「朝臣」トアル〉（貞）。歌〇はらふへきひと―人しれすひと〈「しれすひと」ノ左傍ニ朱デ見セ消チノ符号ガアリ、「人」ノ右傍ニ朱デ「ハラフヘキィ」トアル〉（貞）。
【拾遺集】冬・二五七。
冷泉院御時屏風に　平兼盛
人しれす春をよそまてはらふへき人なきやとにふれるしら雪
定冬・二五四。詞〇屏風に―御屏風に。〇平兼盛―かねもり。歌〇よそまて―こそまて。

冷泉院の御代の屏風に
人に知られることなくひっそりと春を待っているが、今日も雪を払うことができる人のいない家に盛んに降り積っている白雪である。

【語釈】○冷泉院御時屏風―一一に「冷泉院御時の御屏風に…」とあった。冷泉院の御代の内裏屏風歌。○人知れず―人に知られることなく。人里離れた山中に住んでいるのであろう。「人しれず待ちしもしるく鶯のこゑめづらしき春にもあるかな」（兼盛集一五五）。○払ふべき人―雪を取り除くべき人。除雪すべき人。

【補説】この歌は歌仙家集本系統『兼盛集』に「内の御屏風四帖和歌」とある歌群（一五四～一七〇）中に、

　十二月雪おほうつもるいへ
人しれず春をこそ待てわが宿に降り積む雪をはらふ人なみ（一七〇）

とある歌とは第三句以下の語順に相違がある。しかし、『兼盛集』の諸本のなかで彰考館本のみは、

　十二月ゆきはくいへ
人しれず春をこそまてはらふべき人なきやどにふれるしらゆき（七三）

とあり、歌の本文は『抄』と一致している。この歌は『如意宝集』にもあったが、某家蔵の断簡は「冷泉院御時御屏風に／兼盛」と詞書と作者名のみで、歌の本文がどのようなものであったかは不明である。おそらく『如意宝集』も『抄』と同じであったと思われる。彰考館本の「ゆきはくいへ」の画題は歌とは一致しないが、西本願寺本（兼盛集Ⅱ六五）にも「ゆきはらふところ」として、歌は第三句に「わがやどは」とあるほかは歌仙家集本系統に一致する。

【作者】平兼盛→一一。

【他出文献】◇兼盛集→［補説］。◇如意宝集→［補説］。

山井に雪《ゆき》の降《ふ》りかかるを見て　伊勢

156 あしひきの山ゐに降《ふ》れる白雪《しらゆき》は摺《す》れる衣の心地《こゝち》こそすれ

【校異】 **詞**〇山井に―山あひに（島）〇ゆきの―ゆき〈「き」ノ下ニ補入ノ符号ガアリ、右傍ニ朱デ「ノ」トアル〉（貞）〇ふりかゝるを―ふりかゝりて侍けるを（島・貞）〇見て―みはへりて（島）。**歌**〇山ゐ―やまあひ（島）。

【拾遺集】 冬・二四八。

山あひに雪のふりかゝりて侍けるを　伊勢

あしひきの山ゐにふれる白雪はぬれる衣のこゝちこそすれ

定冬・二四五。**詞**〇山あひ―山あゐ。**歌**〇ぬれる―ふれる。

山中の清水が湧き出た所に雪が降りかかっているのを見て

山中の清水のあたりに降っている白雪は、あたかも山藍で摺った青摺の衣のような感じがすることだ。

【語釈】 〇山井―『抄』の島本、『集』の具世本に「山あひ」、『集』の定家本に「山あゐ」とある。これは歌詞の「山ゐに」の部分とも関連する問題である。定家本を底本にする『新大系』と『和歌大系』とでは、前者は「山間」、後者は「山藍」と異なった漢字を当て、意味も前者は山と山との間と解し、後者は詞書に「雪のふりかかり」とあるのは「山藍に積った雪であろう」とある。以上のことは「山ゐ」「山あひ」の文字についての考え方であるが、底本のように「山井」とある場合は、如上の説明では十分とは言えない。まず、「山井」の「井」を水を汲み取る所の意を表す漢字とみるか、草仮名とみるかで、意味が異なる。後者であれば、「やまあゐ（山藍）」

の約の「やまゐ」となるが、前者であれば、山中の清水が湧き出ている所の意となる。これについて『拾遺抄注』には「或人ノ云、ヤマキハ所名ナリ。水アル所ハキエ、無水ノ所ハ不消シテ斑ニミユルヲ、スレル衣ニタリトヨメリト侍リ」とある。私見もこれと同じである。詳しくは［補説］を参照。〇山ゐに降れる―「山ゐ」は「山井」に「山藍」を掛ける。歌の重心は「山藍」に移っていく。〇摺れる衣―山藍を用いて摺った衣。

【補説】 この歌は『伊勢集』（天理図書館蔵定家等筆本三九九）に、

　　山ゐにゆきのふりかゝりて侍けるを見て

　あしひきのやまあゐにふれるしらゆきはすれるころもの心ちこそすれ

とあり、本文は『抄』とほとんど同じである。

歌は山井に雪が降り掛かっている光景を、山井から山藍を連想して、白い布に山藍を用いて摺った青摺の衣に見立てている。『満佐須計装束抄』によると、青摺には二通りあり、一つは束帯の上に着るもので、「その摺り青くて梅、雉を摺る」とあり、もう一つは「狩衣の尻長きに山藍といふものして、竹桐に鳳凰を摺りたり」とある。前者は小忌衣のことで、後者は祭の舞人の装束である。その摺り方は『餝抄』に「摺様〈形木文小草・梅・柳水・蕨・雉・蝶・小鳥等也〉続飯ヲ裏布テ、形木上ヲ叩テ、布ノ面ヲ上ニテ押付テ、覆物踏之。其後形ノ上ニ山藍ヲ葉許取集テ摺之」とある。これを簡単にいうと「しろき布をはりて、山藍といふ草にてかた木を摺物なり」（代始和抄）ということになる。

　平安時代の臨時祭や五節に詠まれた歌には、

　あしひきの山井の水のこほれるをいかでか紐のとくるなるらん（清少納言集Ⅰ二九）

　いにしへの山ゐの水に影みえてなほそのかみの袂こひしも（実方集五二）

　はやくみし山井の水のうは氷うちとけざまはかはらざりけり（伊勢大輔集五六）

　雲の上にひかげかざししかひもなく山井の氷とけでやみにし（続詞花・恋上・五二一　平経章）

と、「山井の水」「山井の氷」が詠み込まれている。この「山井」は同音の「山藍」からの連想だけで詠まれているのではない。「山井」は青摺と何らかの関係があったようである。『小大君集』（一〇）に「かくばかりとくとはすれどあしひきの山井の水はなほぞこほれる」とある歌は、青摺の作業中のことを詠んでいるが、前掲の青摺の摺り方から、山井の水は染料を溶かすために用いたのではない。この摺り方ではまず続飯を形木に付けて布を形木に密着させて、すりつぶした山藍の葉を包んだタンポで形木を叩きながら摺染し、染めあげて乾かした布を水に晒して水洗いした。このことは山崎青樹氏「青摺衣は山藍で摺った」（『古代染色二千年の謎とその秘訣』平成十三年、美術出版社）に詳しい。小大君の歌で氷がついたのは、最後の仕上げに水に晒して水洗いする段階で、青摺には「山井の水」が必要で、「山井」が凍っていたのでは青摺はできあがらない。四二七参照。

一五六の詞書に「山井に雪の降りかかる」とある「山井」も山の湧き水のたまっているところである。『康資王母集』（三四）の詞書に「同じ夜ふりける雪の山ゐにはつもらざりしかば」とある「山ゐ」は山井であろう。この山井の青い水の辺りに白雪が降りつもっている光景は、白い布に山藍を用いて摺った青摺の衣のように感じられたのだろう。これとほぼ似た光景を『四条宮下野集』（一六三）には、

　日かげさす山井の雪のむら消えは今日さへきたるすれる衣か

とあり、「山井の雪のむら消え」を青摺の衣になぞらえて詠んでいる。

【作者】伊勢→三〇。

【他出文献】◇伊勢集→［補説］。

女《をんな》を語《かた》らひ侍りけるが、年ごろに成りけれどうとく侍りければ、雪の降《ふ》り侍りける日《ひ》

元輔

157
降《ふ》るほどもはかなく見《み》ゆるあは雪のうらやましくもうちとくるかな《哉》

【校異】 **詞**○成けれと―なり侍けれと（貞）○うとく―ことの（島）うとくのみ（貞）○雪の―雪（島）○ふり侍けるひ―ふりけるに〈「り」ノ下ニ補入ノ符号ガアリ、右傍に朱デ「侍ィ」トアル〉（貞）。**歌**○ふるほとも―ふるほとは〈「は」ノ右傍ニ朱デ「モィ」トアル〉（貞）○あは雪の―あきはきを〈「きは」「を」ノ各左傍ニ朱デ見セ消チノ符号ガアリ、各右傍ニ「ハユ」「ノ」トアル〉（貞）。

【拾遺集】 冬・二四七。

女をかたらひ侍けるかとしころになり侍にけれとうとくのみ侍りけれは雪のふりにける日　清原元輔
ふるほともはかなくみゆるあは雪のうらやましくもうちとくるかな

定冬・二四四。**詞**○うとくのみ―うとく。○ふりにける日―ふり侍けるに。○清原元輔―もとすけ。

女に言い寄っていましたが、長年たちましたけれど、親密になれませんでしたので、雪の降りました日
降っているときにもすぐに消えてしまいそうにみえる淡雪が、親密になれない私たちと違い、羨ましいことに地上に降ると、すぐ打ち解けることだ。

【語釈】 ○年ごろに成りけれど―「年ごろに成る」は長年になる、数年になるの意。○うとく侍りければ―「うとし」は親密でないさま、疎遠なさま、親しみのもてないさま。○ふるほど―「ふる」は雪が降る意の「降る」に時が経つ意の「経る」を掛ける。○はかなく―雪がすぐにも消えそうなさま。二人については、頼りない関係。○あは雪―底本をはじめ諸本の仮名遣いは「あは」であるので、漢字表記は「淡雪」とみるのが通例である。

『万葉集』には「淡雪」と表記した例はなく、すべて「沫雪」で、巻十六に一例ある他は、巻八、巻十に集中して十三例あり、春の歌に詠まれたのは三例、他は冬の歌である。「沫雪」は『和名抄』に「沫雪　日本紀云沫雪阿和由岐其弱如水沫」とあり、雪を泡のように消えやすく柔らかなものと認識していたようである。平安時代になると、仮名表記は「あわゆき」「あはゆき」の両様がみられる。『古今集』にある一例（五五〇）について、現存写本の表記をみると、元永本・永暦本・基俊本などは「あわゆき」、三条西家旧蔵本・雅俗山庄本・永治本・前田本・高松宮家旧蔵本などは「あはゆき」とある。古辞書には「沫雪」の「沫」は「沫音末アワ・水—」（色葉字類抄）とあるが、「沫雪」は『類聚名義抄』『色葉字類抄』にはともに「沫雪《アハユキ》」とあり、漢字表記は「沫雪」で仮名表記は「あわゆき」から「あはゆき」に変っている。それにともない語義も変化したのかはっきりしない。辞典類には「あわゆき」と「あはゆき」を別語として、「あわゆき」は漢字表記を「沫雪」とし、「あはゆき」は漢字表記を「淡雪」として、後者は春の降ってもすぐ消える雪のことを言うとあるが、次のような例外もある。「あはゆきのにはに降りしく寒き夜をたまくらまかでひとりかもねん」（古今六帖二七〇一）「あはゆきの朝日さすがに消えもせでたれによりては今までも降る」（輔尹集一七）。○うちとくる——「うちとく」は雪が溶ける意に、隔てなく親しむ意の「うちとく」を掛ける。

【補説】この歌は『抄』『集』ともに作者を清原元輔とするが、『元輔集』の諸本にみえず、出典未詳の歌である。元輔に関わりのある歌で「あはゆき」を詠み込んでいる歌には、次のものがある

あはゆきのふる山里はながめつつきゆる待つ間の身とや頼まん（尊経閣文庫蔵元輔集、元輔集Ⅲ一四六）

あふことのしばしもふればあはゆきのつもる思ひに消えぞしぬべき（続後撰・恋四・九三九　元輔）

前者は元輔の作か他人の作か判然としない。後者は時雨亭文庫蔵坊門局筆本『元輔集』（二〇七）、歌仙家集本（元輔集Ⅱ二一六）などに、歌詞に小異のある歌があるが、第三句「あはゆきの」が「白雪の」となっている。この二首は内容的には恋の歌である。「ふる」に「降る」と「経る」の掛詞を用いている点など修辞的に共通す

るところもあるが、格別のことではなく、一五七を元輔の作とみる根拠はない。
「あはゆき」は恋の歌では、

かつ消えてそらにみだるるあはゆきは物思ふ人の心なりけり（後撰・冬・四七九　藤原蔭基）

あひおもはぬ人の心をあはゆきのとけてしのぶるわれやなになり（実方集二四三）

などと詠まれているように、消え入る思いと乱れる思い、うちとけて心を許すさまなど、恋する人の心情を比喩的に表現しうるものを「あはゆき」の様態に見出だしている。一五七もその一つである。

【作者】 作者を元輔とすることに問題はあるが、『抄』『集』の作者名表記によって元輔とする。清原元輔→三二。

題不知　　兼盛

158　山里は雪降《ふ》り積《つ》みて道《みち》もなしけふ来《こ》ん人をあはれとは見む

【校異】 ナシ。

【拾遺集】 冬・二五四。

題不知

山さとは雪ふりつみて道もなしけふこむ人をあはれとはみむ

定冬・二五一。

題知らず

山里は雪が降り積って道もどこかわからない。このような日に訪れてくる人を、心の優しい友だと思うだろう。

【語釈】○山里―山中にある人里。山の中の里。平安時代には洛外の粟田から山中の人里まで山里と呼ばれた。○道もなし―雪に埋もれて道が見えなくなったさま。○けふ来ん人―今日のように雪の降り積った日に訪れて来る人。○あはれとは―殊勝な友だと。人情を解する、優しい心を持った人。

【補説】この歌は『兼盛集』にはなく、出典不明の歌である。山里に雪が降り積り、訪れる人もいないので、道も埋もれて見えないという冬の山里の様子は、

わがやどは雪ふりしきて道もなしふみわけてとふ人しなければ（古今・冬・三二二）

道もなく雪ふりにけり山里はただ山びこのこたへのみして（道済集二七）

みやこにはふりやしぬらん山里の道もなきまでつもる白雪（万代・冬・一四九二　道済）

などと詠まれている。これらの歌では「雪降りつみて道もなし」「道もなきまでつもる雪」などと類似の表現を用いて詠まれている。一五八も上句は、これらの歌と同じで何の変哲もないが、下句で「けふ来ん人」はと転じたところに、この歌の見所があり、後世の歌人たちも、

常よりもけふこむ人をあはれとやつもれる雪に神もみるらむ（広田社歌合八　源師光）

庭の雪にけふこむ人をあはれとも踏みわけつべきほどぞ待たれし（続後撰・冬・五一六　寂蓮）

山里にけふこん人をあはれとは霧の朝もみつべかりけり（壬二集一〇六五）

わがかどはけふこむ人にわすられぬ雪の心に庭をまかせて（拾遺愚草一五五五）

などと、「けふこむ人をあはれと」という表現に強い関心を示し、一五八を本歌にして詠んでいる。

【作者】平兼盛→一一。

【他出文献】◇新撰朗詠集三五六、作者「兼盛」。

ただまさの妹《いもうと》の更衣《かうい》に

159 年《とし》ふれば越《こし》の白《しら》山老《お》いにけりおほくの冬《ふゆ》の雪つもりつゝ

【校異】詞○たゝまさのいもうとのかういに―ナシ（島・貞）○作者名ナシ―弾正尹親王妹更衣（島・貞）。歌○としふれは―くものゐる〈右傍ニ朱デ「トシフレハイ」トアル〉（貞）○おほくのふゆ―おほくのとし（貞）。

【拾遺集】冬・二五二。

題不知　　壬生忠峯

年ふれはこしの白山おひにけりおほくの年のゆきつもりつゝ

定冬・二四九。詞○壬生忠峯―たゝ見。歌○おほくの年―おほくの冬。

ただまさの妹の更衣に

長い年が経って越路のしら山は年老いてしまった。多くの年の冬が行き過ぎ、雪が積りに積って。

【語釈】○ただまさの妹の更衣に―『抄』の底本では詞書であるが　島本・貞和本・書陵部蔵伝源承筆拾遺抄などには作者名として「弾正尹親王妹更衣」とある。「錦木帖」所載の『如意宝集』の断簡も「弾正親王妹のかうい」とある。このどちらも史料にみえず、現在のところ未詳。○越の白山―越前の歌枕。現在の石川・岐阜の両県境にある白山（はくさん）。越の白嶺。雪深い越路にあり、万年雪で知られる。「君をのみおもひこしぢの白山はいつかは雪のきゆるときある」（書陵部蔵光俊本、躬恒集Ⅰ二八五）。○老いにけり―山の頂に雪が積って白く見えるのを白髪に見立てた。○冬の雪つもりつつ―「雪」に過ぎ行く意の「ゆき」を掛ける。

【補説】この歌は西本願寺本『忠見集』（忠見集Ⅰ）に「御屏風に」としてある歌群（一～一五）中に「こしの

しらやま」（一五）として、第四句に小異はあるがみえる。この屏風のことは時雨亭文庫蔵義空本『忠見集』（三）に「御屏風たまはりて、歌たてまつる」とある歌群中（一九）にある。高貴な方に献進したものであるが、それがだれなのかは不明である。詞書に「ただまさのいもうとの更衣」とあるのが屏風を献進された人物であろうか。この「ただまさ」が島本などにいう「弾正尹親王」と同一人物であるかなど、まったくわからない。

歌は越の白山に積もる万年雪を白髪に見立てて、あたかも山が年老いたものとみている。

この歌の作者は『集』の具世本に忠岑とあるが、この歌は『忠岑集』になく、類似の表現が西本願寺本『忠岑集』（八〇）の長歌に「こしのくになる　しらやまの　かしらはしろく　なりぬれど…」とある。

【作者】『抄』は『如意宝集』を撰集資料として用い、底本では「弾正尹親王妹更衣」を詞書とし、作者名はないので、前歌と同じ兼盛となる。これに対して島本、貞和本、伝源承筆本では作者名としている。一方、『忠見集』には屏風歌の歌群中にあり、『集』の定家本も忠見作とする。公任も『深窓秘抄』では忠見作である。壬生忠見→六六。

【他出文献】◇深、たたみ、第一句「くものゐる」、第四句「おほくのとしの」。◇朗詠集四九七、第一句「くものゐる」、第四句「おほくのとしの」。◇忠見集→［補説］。

延喜御時の御屏風に、仏名したるかた有る所に　　貫之

160　年の中に積《つも》れる罪《つみ》はかきくらし降《ふ》る白《しら》雪とともに消えなん《南》

【校異】詞〇延喜御時の御屏風―延喜御屏風〈「喜」ノ下ニ補入ノ符号ガアリ、右傍ニ朱デ「御時ィ」トアル〉（貞）〇かた有―かたかきたる（貞）。

【拾遺集】冬・二六一。

延喜御時御屏風に　　紀　貫之

年のうちにつもれるつみはかきくらしふる白雪とともにきえなむ

定冬・二五八。詞○御時―御時の。○御屏風―屏風。○紀貫之―つらゆき。

醍醐天皇の御代の御屏風に、仏名を行なっている絵柄のある所に

年内に積った罪障は、辺りを暗くして降る白雪とともに、きっと消えるでしょう。

【語釈】○延喜御時の御屏風―一八に「延喜御時御屏風に」とあった屏風とは別のもの。五三、七六、九四、一一四などに「延喜御時月令御屏風歌」とあった延喜六年（九〇六）の月令屏風の歌である。五三参照。○仏名―陰暦十二月十五日（後に十九日）から三日間、朝廷・諸国の寺院で仏名経を読誦、諸仏の名号を唱えて、懺悔滅罪をする法会。わが国における初例については諸説あるが、『続日本後記』の承和五年（八三八）十二月十五日の条に、「天皇於清涼殿修仏名懺悔、限以三日三夜…内裏仏名懺悔自此而始」とあり、この年から内裏の仏名懺悔は始まり、以後は毎年恒例となった。○かた―絵柄。絵図。○かきくらし降る白雪―辺りを暗くして降る雪。懺悔滅罪の功徳によって、一年間に積った罪も白雪とともに消えるだろうと確信している。

【補説】この歌は『貫之集』には「延喜六年月次の屏風八帖がれうの歌四十五首、宣旨にてこれをたてまつる廿首」とある歌群（三〜二二）中に「十二月仏名」（二二）としてみえる。

この歌の「かきくらし降る白雪…消え」という表現は、貫之と同時代の壬生忠岑の歌にも、

ある女のもとにつかはしける

かきくらし降る白雪のしたぎえに消えてものを思ふころかな（忠岑集三九）

とある。この歌は『古今集』（恋二・五六六）にも入集し、下句は「消えてもの思ふころにもあるかな」とあって、歌詞に小異があるが、時雨亭文庫蔵承空本『忠岑集』（四〇）の歌は下句が『古今集』に一致する。ここで注目すべきは忠岑の歌は『古今集』が完成奏上された延喜五年（九〇五）四月十八日（これを奉勅日ととる説もある）以前の詠作である。したがって、「かきくらし降る白雪」という表現は延喜六年に詠まれた貫之の歌よりも前に忠岑が用いていて、忠岑の独創的表現とも言えるものであった。

一六〇の詠法は仏名会の主眼である滅罪を雪の縁語の「積る」「消え」を用いて詠んでいるところにある。貫之は身近にあった忠岑の歌を巧みに利用して画題の仏名会を詠んだのであろう。

【作者】紀貫之→七。

【他出文献】◇貫之集→［補説］。◇古今六帖二三三二。

161　屏風の絵《ゑ》に、仏名の朝に梅《むめ》の木《き》のもとにて、導師とあるじと別《わか》れ惜《を》しみたるかた有るところに　　大中臣能宣

雪深《ふか》き山路《地》へなにか帰《ゝへ》るらん春待《はるま》つ花の蔭《かげ》にとまらで

【校異】**詞**〇屏風のゑ―屏風絵（島）屏風のゑ〈「屏」ノ上ニ補入ノ符号ガアリ、右傍ニ朱デ「御ィ」トアル〉（貞）〇もとにて―したにて（貞）〇大中臣能宣―能宣（貞）。**歌**〇山地へ―やまちへ〈「へ」ノ右傍ニ朱デ「ニィ」トアル〉（貞）〇なにか―なに、（島）なにか〈「か」ノ右傍ニ「にィ」トアル〉（貞）。

【拾遺集】冬・二六二。

屏風のゑに仏名の後朝に梅の木のもとにて導師といゑぬしとかはら

けとりてわかれをしみたる所　　大中臣能宣

雪ふかき山路へなにゝかへるらむ春まつ花のかけにかくれて

定冬・二五九。詞○後朝―あした。○もとにて―もとに。○いゐぬし―あるし。○大中臣能宣―よしのふ。歌○山路へ―山地に。

屏風の絵に、仏名の翌朝に梅の木の辺りで、導師と家の主人とが別れを惜しんでいる絵柄があるところに

雪深い山にどうして帰るのでしょうか、春の到来を待って咲く、この梅の木のある、私の邸に留まらないで。

【語釈】○仏名―一六〇の［語釈］参照。○導師―法会・供養などのとき、衆僧のなかで首座となって事を行なう僧。内裏の御仏名では導師は定額僧とも呼ばれる三人が勤めた。三日間、初夜・半夜・後夜と時間を定めて、導師・唄・散花の役を交替して勤め、第三夜の咒願は第一の導師が勤めた。○山路―山道。また、山のこと。ここは山中の僧の住居。○春待つ花の蔭―春を待って咲く梅のもと。「雪深き山」に対して、導師を招いた、梅の木のある主の邸。

【補説】この歌は西本願寺本『能宣集』（能宣集Ⅰ四〇六）には詞書を「十二月、仏名」として、時雨亭文庫蔵坊門局筆本『能宣集』（二一九）には詞書を「おなじいへの仏名のあしたに、導師のかへりはべるむめのきのもとにすゑて、ものなどかづけはべるところ」としてみえる。後者は『抄』の詞書に類似している。仏名会の翌朝、梅の木の辺りで、導師と家の主人とが別れを惜しんでいる絵柄である。

仏名会は内裏のほか、東宮・中宮・院・私邸などでも行なわれたが、それらについては詳細な記録はなく不明な点が多い。永観二年（九八四）十二月二十二日の堀河院御仏名の導師三人は、同年の内裏御仏名の導師二人と

次第僧とが勤めた（小右記）。この三人は二十五日の中宮御仏名にも勤仕している。さらに永祚元年（九八九）十二月十五日の兼家第の仏名にも、例の三人が奉仕している。私邸の御仏名は摂関家の例が知られるだけである。この屏風絵の絵柄では、主人と導師は別れを惜しみながら、被物を授受しているところから、私邸で行なわれた仏名会の翌朝の光景で、私邸の仏名会の資料として注目される。主人は摂関のような貴顕ではなく庶民風の人物で、導師も一人で名のある大寺の僧侶とは思われない。

歌は家主の立場で詠まれているが、家主は相手の僧が「雪ふかき山路」に帰るか、「春待つ花の蔭」に留まるか、どちらでも自由に選択できる立場にあることを前提にして発問している。換言すれば、そのような前提がなければ、家主の発問は意味をなさない。このように考えると、この僧は住持ではなく、寺に拘束されない自由な立場にあるとみられる。それでいて導師として罪障消滅の法会に勤仕しうる人物である。はたして、このような僧はいたのであろうか。結論から先に記すと、これに相当するのは「野臥」と呼ばれた僧を措いていないと思われる。

内裏の御仏名には定額僧三人、次第僧三人以外にも法会に参加した僧がいた。それは野臥（伏）と呼ばれる者で、『帝王編年記』仁明天皇・承和五年（八三八）の条に、御仏名の起源について記して、

召件僧令行御仏名。而僧一口不足之処。一人僧臥内野芝上。相尋処、僧云、可被行御仏名之由伝承、為聴聞欲参行、日暮暫臥芝上。即召此僧畢。号野臥是也。

とある。附会の伝承であるが、「野臥」と呼ばれる僧が仏名に参加していたことは、『集』の具世本（五四〇）にも、

健秀法師仏名に野臥にはじめてまゐりたりける年、房にいひつかはる

中将源経房朝臣

山ならぬすみかあまたときく人の野ぶしにさへもなりにけるかな

とみえる。この「野臥」については『新大系』に「仏名に野外で奉仕する僧」とあり、『和歌大系』に「野外の儀式を勤めるという」とある。はたして、仏名会に野外で儀式が行なわれたのだろうか、筆者には得心できる説明ではなく、『新大系』『和歌大系』ともに正確で明解な注とはいえない。「野臥」のことは山中裕氏『平安朝の年中行事』（塙書房）も触れているが解明されているとは言えない。いま僅かに知りえた古記録の記事を、次に掲げる。

㈠仰左大臣者、(又)中平能事。仰云、至于野臥非有定事、為試其能臨時所召也（権記長保二年十二月十九日）

㈡次僧□□参上、僧数如何、大納言斉信云、一夜被行之時不召野臥様、（小右記寛弘八年十二月十九日）

㈢御仏名、有御導師闕、事了後以阿闍梨慧寿被補、件僧此度参初野臥、而従前者頗宜、仍被補也（御堂関白記・長和四年十二月二十三日）

㈣御仏名始也。…御導師四人、野臥二人昇（左経記・長元七年十二月十九日）

㈤(イ)唯今所候御導師三人也、而先例有権御導師、仍被加補、尤可吉也、野臥今一人可止也（春記・長暦二年十二月二十二日）

(ロ)初夜御導師方算、半夜慶寿野臥、後夜良昭権御導師（春記・長暦三年閏十二月二十日）

(ハ)初夜方算三定額半夜慶寿一野臥後夜良昭権御導師（春記・長久元年十二月二十七日）

(ニ)初夜御導師蓮勢二定額半夜範盛野臥後夜恵寿一定額（春記・長久元年十二月二十八日）

これらから、野臥の実態がおぼろげながらもみえてくる。御仏名の導師・次第僧は固定化しつつあったが、㈢で御導師に補せられた野臥の慧（恵）寿は長久元年（一〇四〇）にも一の定額僧として導師を勤めており㈤の(ニ)、『左経記』の同日の記事には「御導師慧寿勤仕此役也及二十余年、々歯已傾、尤可哀憐、所望申是法橋上人也」とある。恵寿のような例は極端ではあるが、定額僧・次第僧に、より能力のある僧侶を登用しようとして、野臥なる者を加えたものと思われる。㈠には、野臥については規程があるのではなく、その能力をみるために臨時に召したとある。その中で能力を認められた者が導師に補せられた。しかし、時代が下ると、導師四人と野臥二人で勤めた年もあり、野臥も恒常的に召されるようになって、所期の目的が忘れられてしまったようだ。このような「野臥」であれば、生活の場は寺院に限定されないので、家主の発問も意味がある。「雪深き山路」は「野臥」の生活の場でもあり、厳しい修行の場でもあった。

なお、この歌に続けて貞和本には朱筆で、

或本云屏風ニ　アタラシキハルサヘチカクナリヌレバフリノミツモルトシノユキカナ　此哥或本ニ書入タリ

とある。この「あたらしき」の歌は『集』の定家本（二五五）に「能宣」の作としてある。

【作者】 大中臣能宣→二一。

【他出文献】 ◇能宣集→［補説］。

師走《しはす》の晦日《つごもり》の夜《よ》よみ侍り・ける　　兼盛

162 数《かぞ》ふれば我身に積《つも》る年月《としつき》を《を》おくりむかふとなに急《いそ》ぐらむ

【校異】 **詞**〇しはすのつこもりのよ―十二月晦日夜（貞）。

【拾遺集】 冬・二六四。

し月晦夜

かそふれは我身につもる年月をおくりむかふとなにいそくらむ

定冬・二六一。**詞**〇し月晦夜―斎院の屏風に十二月つこもりの夜。

十二月の晦日の夜に詠みました

送り迎えた年月を数えてみると、それは私自身の齢として身に積るものなのに、行く年を送り、新年を迎えるなどと、どうして慌しく準備しているのだろうか。

【語釈】○数ふれば―「数ふ」は、ここは送り迎えた年数を数えるの意。「数ぞふればとまらぬものをとしといひて今年はいたく老いぞしにける」（古今・雑上・八九三）「数ぞふれば年こそいたくおいにけれよへて見つる月のつもりに」（続古今・雑下・一七四一　道命法師）。○我身に積る年月―年齢として自分の身に積る年月。自分自身が齢を重ねること。○おくりむかふ―行く年を送り、来る年を迎える。新旧の年が交代する歳暮をいう。○急ぐ―忙しくしている。支度している。歳暮に慌しく準備に追われている様子を「おくりむかふと急ぐ」と表現したのは兼盛が最初である。

【補説】この歌は歌仙家集本系統『兼盛集』には「内の御屏風のれう」と詞書のある歌群（一七七〜一九三）中に「十二月仏名する家」（一九三）としてみえる。この「内の御屏風」についての詳細は不明であるが、仏名の歌とある点は『和漢朗詠集』（三九六）も同じである。一方、『集』の定家本には「斎院の屏風に十二月つごもりの夜」とあり、調進されたのは斎院の屏風で、絵柄も十二月晦日の夜とある。このことについて『和歌大系』には「もとは仏名の歌だが、歳末の歌として配列した」とある。配列上の問題だけならば、そのような説明も可能であるが、この説明では『集』の詞書に「斎院の屏風に十二月つごもりの夜」とある問題を解消できない。もとは内の屏風の仏名を詠んだ歌であったが、斎院の屏風の十二月晦日の夜を詠んだ歌であると伝承されるようになったのだろうか。しかし、そのような簡単なことではなさそうである。

諸歌集に収める仏名の歌は、仏名会を主題に詠んだものや、その翌朝の導師との別れを詠んだものとがある。さしあたって問題になるのは前者である。仏名会を詠んだ歌では法会の主題の懺悔滅罪との関係から、清浄なイメージを表す時節の景物の白雪・霜をとりあげ、その縁語で、「罪」とも関係のある「積る」「消ゆ」などの語を用いて罪障消滅を詠んでいる。このような一般的な詠法上の特徴は一六二にはみられず、また、仏名の歌であると特定できるものはない。

一方、歳暮の歌では、水の流れのように止まることなく迅速に過ぎていく年月を詠んだ歌や、その年月がどこへいくのかという問いに応えるかのように、

十二月晦

いたづらに過ぐす月日はおほかれどけふしも積る歳をこそ思へ（元真集一六）

はての冬

いたづらに過ぐす月日は年を経てわが身につもるものとしらなむ（相模集三七九）

讃岐院百首歌に、歳暮を

たちかへる年のゆくへをたづぬればあはれわが身につもるなりけり（教長集六三一）

などと、年月はわが身に積って、人は齢を重ねてゆくと詠まれている。一六二も前半は、これらの歌と同じ発想で詠まれていて、仏名よりも歳暮の歌にふさわしい。

いま一つの見方は『抄』の詞書のように、屏風歌ではなく、個人の歳暮の実感を詠んだ歌と解する見方もできる。源賢法眼が老いを嘆いた、

年老いぬることをなげきて

年月の過ぎにし方をたづぬればわが身につもるものにざりける（源賢法眼集二九）

という歌は前掲の歳暮の歌と類似していて、兼盛のような卑官の者には、歳暮の述懐は嘆老になりがちであるが、年を送り迎えることで人は齢を重ねて老いていくのに、忙しなく越年の用意をしていると、世人の矛盾した行為を客観的に詠んでいるところに、嘆老という個人的な述懐を越えて、独自性がみられる。いずれにしても、一六

二は歳暮の歌である。

この歌は諸書に引かれたこともあって、「おくりむかふと…いそぐ」という表現は、後世の歌人たちの関心を集めたようで、

都にておくりむかふといそぎしを知らでや年のけふは暮れなむ（千載・冬・四七五　親範）

人はみなおくりむかふといそぐ夜をしめのうちにてあかしつるかな（玉葉・神祇・二七五九）

年のうちに春はきぬるをなにをまたおくりむかふといそぐなるらん（月詣・雑上・六六六　丹波重長女）

何しかもおくりむかふといそぐらむまたこむ年も同じうき世を（万代・雑一・二九六六　俊恵法師）

年暮れておくりむかふるひとごとはいづれをいそぐいそぎなるらん（千五百番歌合二〇四一　越前）

などと詠まれている。

【作者】平兼盛→一一。

【他出文献】◇兼盛集→［補説］。◇新撰髄脳。◇金三九。◇三。◇前。◇朗詠集→［補説］。

題不知　　読人不知

163　*ゆきつもるおの《を》が年《とし》をば知《し》らずして春をば明日《あす》と聞《き》くぞうれしき

【校訂注記】底本ニ「行」トアルノヲ、島本、貞和本ナドニヨッテ「ゆき」ト改メタ。

【校異】詞○題不知―村上御時百首歌めしけるなかに（島）。○読人不知―作者名ナシ（島）。

【拾遺集】冬・二六五。

題不知　　読人不知

ゆきつもるおのか年をはしらすして春をはあすときくそうれしき

定冬・二六二。詞○題不知―百首歌の中に。○読人不知―源重之。

題しらず

雪が降り積るように、ゆく年がわが齢に積み重なっていくことを気付かずに、新春を明日くると聞くのはうれしいことだ。

【語釈】○題不知―『抄』の島本、『集』の定家本には百首歌として詠んだものとある。○読人不知―島本には作者名の記載なく、通例によれば、前歌と同一人ということになり、兼盛の作となるが、『集』の定家本には作者を「源重之」とする。○ゆきつもる―島本、貞和本、『集』などは「ゆきつもる」とある。「ゆき」に「雪」と年月がゆく意の「行き」を掛ける。雪が積るように、過ぎていく年が身に積る。「雪つもる君が年をもかぞへつつ君がわかなをつまんとぞ思ふ」（公任集一八三）。

【補説】この歌は『宗于集』（三〇）にも重出しているが、『宗于集』は『集』から他人の歌を増補しているので、参考資料にならない。［語釈］に記したように、『集』の定家本には、重之が詠んだ百首歌とある。時雨亭文庫蔵坊門局筆『源重之集』には、「帯刀先生源重之、卅日暇給、東宮読給和歌百首」とあり、「ゆきつもる」の歌は、百首歌の「冬廿」の最後（三〇〇）にある。

これは歳暮の歌である。歳暮は明暗二面をもっている。一六二の［補説］にも例歌を掲げたように、過ぎゆく年はわが身に積り、一つ齢を重ねて老いてゆくという暗の面と、一夜明けると、万物が生命力に溢れた、老いとは対照的な春が到来するという明の面である。このように相反する二面を持っているのが歳暮であるが、人はとかく明の面に心を奪われて、暗の面を忘れがちである。そのような大晦日の人の心裡を詠んでいる。

【作者】源重之↓五五。
【他出文献】◇重之集↓［補説］。◇宗于集三〇。

拾遺抄巻第五

賀五十一首

天暦御時斎宮の下《くだ》りけるに、長奉送使にてお《を》くりつけ侍りて、帰《かへ》り侍らんとするほどに、女房など杯《さかづき》さして、別《わか》れ惜《を》しみ侍りけるに　中納言藤原朝忠

164 万代《よろづよ》の始《はじ》めとけふを祈《いの》りお《を》きて今行《ゆ》く末《すゑ》は神ぞ知《し》るらん

【校異】 **詞**○くたりけるに―くたり侍ける時（島）くたりける〈「りけ」ノ間ニ補入ノ符号ガアリ、右傍ニ朱デ「侍ィ」トアル〉（貞）○長奉送使にて―をくりにつかひて〈八字ノ左傍ニ朱デ見セ消チノ符号ガアリ、右傍ニ「トキ長奉送使ィ」トアル〉（貞）○をくりつけ侍て―をくり侍て（島）をくりつけて（貞）○かへり侍らん―かへらむ（島）○ほとに―に（島）○女房なと―女房（島）○さして―さして〈右傍ニ朱デ「イタシィ」トアル〉（貞）○侍けるに―けるに（島）侍ける〈「る」ノ下ニ朱デ「ニィ」トアル〉（貞）○藤原朝忠―朝忠朝臣（島）朝忠卿〈「朝」ノ上ニ補入ノ符号ガアッテ、右傍ニ朱デ「藤原ィ」トアリ、「卿」ノ左傍ニ朱デ見セ消チノ符号ガアッテ、右傍ニ朱デ「イ無」トアル〉（貞）。**歌**○しるらん―かそへむ（島・貞）。

【拾遺集】 賀・二六六。

天暦御時斎宮くたり侍けるに長奉送使にてまかりてかへらむとて　中納言朝忠朝臣

よろつ代のはしめとけふを祈をきていまゆくすゑは神そかそへむ

定冬・二六三。詞○侍けるに―侍ける時の。○まかりて―まかり。○朝忠朝臣―朝忠。歌○かそへむ―しる覧。

村上天皇の御代斎宮が下向したときに、長奉送使として斎宮を伊勢の斎王宮まで送り届けまして、帰京しようとしました際に、女房などが杯に酒をついで勧めて、別れを惜しみました席で

万代まで栄える御代の始めであると、今日を祈っておいて、これから先いつまで御治世なさるかは、神が知っているだろう。

【語釈】○天暦御時―村上天皇の御代。三三参照。○斎宮の下りけるに―「斎宮」は伊勢神宮に奉仕する未婚の皇女で、内親王または女王から、天皇の即位ごとに、また、斎宮が親の死などのために退下したときに卜定された。初斎院と野宮で潔斎の後、卜定後三年目の九月上旬の吉日を選び、伊勢に下った。これを群行と言う。村上天皇在位中は天暦元年（九四七）二月二十六日に悦子女王が斎宮に卜定され、天暦三年九月二十三日に群行、長奉送使は中納言藤原在衡であった。天暦八年九月に斎宮の父である重明親王が亡くなったために退下。翌九年七月十七日に楽子内親王が卜定された。ここはその時のことである。○長奉送使―斎宮群行に際して、都から伊勢国多気郡にあった斎王宮まで送った勅使。中納言または参議、弁、史、中務丞の四人が任ぜられた。○おくりつけ侍りて―前項に記したように、伊勢国多気郡にあった斎王宮まで送り届けた。○女房―『延喜式』の「斎宮寮」には命婦、乳母、女孺などの女官がみえ、史料には女別当、内侍、宣旨などもみえる。○中納言藤原朝忠―「中納言」は朝忠の最終官職で、詠作時は参議であった。○万代―限りなく多くの年月。永遠。長寿や繁栄を寿ぐ賀歌の常套表現。○始め―斎宮は御代の始めに卜定されるところからいう。○今行く末―これから先の斎宮の在任年数。それは天皇の在位年数でもある。○神ぞ知るらん―神が知っているであろう。

【補説】この歌は『朝忠集』（五三）に「村上の御時、斎宮くだり給ふに、長ぶそうしにとてくだりて、いまは

かへるとて」と詞書があり、第五句は「神ぞかぞへん」とある。［校異］に示したように、『抄』の島本、貞和本、『集』の異本なども第五句は「神ぞかぞへん」とあり、本文としては、この方が原型かと思われる。

楽子内親王の場合、群行に先立ち、天徳元年（九五七）八月二日に斎宮寮の除目がおこなわれ、八月十二日に長奉送使等を定めたが、長奉送使の中納言が辞退したために、同月二十九日に改めて参議朝忠を長奉送使に任じた。長奉送使は多気宮まで送り届けて帰京したが、その際、斎宮の御前で饗応があった。一六四はその席で詠まれた。このようなことは通例になっていたようで、時雨亭文庫蔵素寂本『順集』（一二五）にも、

伊勢規子斎内親王長奉送使広幡の中納言京にかへりたまふ、斎王の
御前にて饗まうけ、禄たまふに、男女歌よむにたてまつる

神のます山田の原の鶴の子はかへるよりこそ千代はかぞへめ

とみえ、この歌は第五句が「千代はかぞへめ」とある。

【作者】藤原朝忠　三条右大臣定方の男。母は中納言藤原山陰の女。延喜十年（九一〇）生。延喜十七年十月昇殿、延長二年（九二四）左近将監、四年従五位下に叙せられる。侍従、蔵人、左近衛中将などを経て、天暦六年（九五二）参議、応和元年（九六一）十二月に従三位に叙せられ、三年五月四日中納言となる。康保二年（九六五）十一月に病のために右衛門督、検非違使別当を辞し、三年十二月二日没す、五十七歳。土御門中納言と号す。三十六歌仙の一人。後撰集以下の勅撰集に二十一首入集、家集に『朝忠集』がある。

【他出文献】◇朝忠集→［補説］。◇三、第五句「かみぞしるらむ」。

はじめて平野祭にを《お》とこ使《づかひ》立《た》てし時、うたふべき歌とてよませたりし　大中臣能宣

165　ちはやぶる平野《ひらの》の松の枝《えだ》しげみ千代《よ》も八千代《やちよ》も色は変《かは》らじ

【校異】詞○平野祭―ひらの丶祭（貞）○たてし―たてられし（貞）○よませたりし―よませられしに。○大中臣能宣―能宣（貞）。

【拾遺集】賀・二六七。

はじめて平野祭に男使立し時うたふへき歌とてよめる　大中臣能宣

ちはやふるひらの丶松の枝しけみ千世もやちよも色はかはらし

㊁賀・二六四。詞○立し―たてし。○歌とて―うた。○よめる―よませしに。

はじめて平野祭に男使を立てたとき、東遊にうたうにふさわしい歌として詠ませた

平野神社の松の枝が繁茂して、千年も幾千年も、いつまでも色は変ることはあるまい。

【語釈】○平野祭―陰暦四月、十一月の上の申の日に行なわれた平野神社の例祭。臨時祭は花山天皇の寛和元年（九八五）四月十日に始められた。殿上の五位から選ばれた使、左右近衛府の官人から選ばれた舞人・陪従を遣わして、東遊・走馬を奉った。○をとこ使立てし時―最初の臨時祭には「蔵人惟成」（小右記）が使となった。以後、殿上の五位が使になった。「をとこ使」については、『和歌大系』には「八代集抄に、社の造営時に内侍を遣わした例があり、ここはそれに対して勅使をいうとする」とあるが、『八代集抄』には『公事根源』を引いて「平野祭、延暦に此神社を造立有て、貞観に彼祭礼を始行せらる。上卿、弁内侍むかふ云々」とあり、上卿、弁内侍を遣わしたのは社の造営時ではなく、「祭礼を始行せられ」たときである。『新大系』にも「只勅使の事也」という『八代集抄』の説を引いている。賀茂神社、春日神社、平野神社などの祭に朝廷から勅使として遣わされ

た典侍または掌侍を「女使」というのに対して、近衛の中将、少将や、殿上の五位などのなかから選ばれて遣わされた勅使を「男使」という。〇うたふべき歌—新たに行われることになった平野臨時祭の東遊で、求子歌としてうたう歌。〇平野—現在の京都市上京区平野宮木町に鎮座する平野神社。

【補説】この歌は現存の『能宣集』にはみえない。『能宣集』（一一四）には石清水臨時祭にうたう歌を献進したことがみえる。平野祭のことは『延喜式』（神祇・四時祭）に「平野神四座祭」としてみえ、「夏四月。冬十一月上申日祭之」とある。［語釈］に記したように、『八代集抄』には「公事根源云」として、平野祭は延暦に神社を造立して、貞観に祭礼を行い始め、上卿と弁内侍がむかったとある。『日本三代実録』によると貞観初年には四月と十一月に平野祭は行なわれていて、その後の平野祭のことは「如常」とあるのみで詳しくは記されていない。

「をとこ使」「をんな使」のことは賀茂祭の故実について記した『西宮記』（賀茂祭事）に、

◎延喜十年四月十四日、賀茂祭饗、依内蔵寮穢、…行事所院司、共催禊祭料、男女使等餝物、…

◎出居昇、男女使馬手振次第渡、内蔵、近衛、馬寮宮々男使、命婦、蔵人、宮々使…

などとあり、『醍醐天皇御記』にも

◎召男女使飾馬覧之云々。使内侍藤原長子、令申依病不得騎馬状。不許云々（延喜七年四月十五日）

などとみえる。女使は賀茂神社、春日神社に奉幣のために朝廷から遣わされた勅使で、「幣使内侍」（西宮記巻六・大原野祭、春日祭。江家次第・上申日春日祭事）、「春日使内侍」（西宮記巻六、裏書）などともいわれている。平野祭にも内侍が勅使として遣わされたことは、『北山抄』（第一・上申日平野祭事）に「承平四年十一月十二日、内侍有障不参、以女史命婦敦子為代官、先例也」とあることから知られる。この「女使」も遣わされた夏、冬の平野祭とは別に、新たに行われる平野臨時祭には「男使」が立てられたのである。

臨時祭の東遊の歌のことは『八雲御抄』（作法部・作者）に、

東遊等歌又被召事歌人一也。近儒者多献之。是非儒者役。自然事也。賀茂臨時祭敏行、八幡臨時祭貫之、平野女（男ノ誤）使能宣、松尾行幸兼澄、……又船岡今宮祟尊時長能詠之。

とあり、東遊の求子歌は元来の歌詞が失われて宮廷歌人が新たに詠んだ歌で代用したといわれる。平野臨時祭は新しく始められたので、東遊の求子歌はなかった。そこで能宣が歌を献じたのだろう。

【作者】『能宣集』にはないが、『抄』の底本、島本、『集』の具世本、定家本などに「大中臣能宣」とあり、貞和本にも「能宣」とあるので、能宣の作としてよかろう。大中臣能宣→二一。

贈皇后の御産屋《うぶや》の七日《なぬか》に、兵部卿致平親王の白銀《しろがね》の雉《きじ》たてまつるとて、よませ侍りける　　元輔

166　朝《あさ》まだききりふの岡《をか》に立つ雉《きじ》は千代《ちよ》の日《ひ》つぎの始《はじ》めなりけり

【校異】 **詞**○御うふやの―うふやの（島）御産の〈「御産の」ノ左傍ニ見セ消チノ符号ガアリ、右傍ニ「イ無」トアル〉（貞）○なぬかに―七夜に（貞）○しろかねのきし―雉（島）○たてまつるとて―たてまつるとき〈「き」ノ左傍ニ見セ消チノ符号ガアリ、右傍ニ「ティ」トアル〉（貞）○元輔―清原元輔（島）。

【拾遺集】 賀・二六九。

贈皇后宮うふやの七夜兵部卿致平親王しろかねのきしのかたをつくりて御前にたれともなくて歌をつけて侍りける　　清原元輔

朝またきちりふの山に立きしは千世のひつきのおものなりけり

定賀・二六六。**詞**○贈皇后宮―贈皇后宮の。○うふや―御うふや。○七夜―七夜に。○致平親王―致平のみこの。○しろかねの―ナシ。○御前に―ナシ。**歌**○ちりふの山―ゝりふのをか。○おものなりけり―始なりけり。

贈皇后が御子をお生みになった七夜の祝宴に、兵部卿致平親王が銀製の作り物の雉を献上しようとして、詠ませました

まだ朝には早いころ、霧の立つ桐生の岡に立っている雉は、幾久しく日毎に献上する御贄の始めであることだ。

【語釈】○贈皇后―元輔が歌人として活動した村上、冷泉、円融、花山朝で、皇后の身位を追贈されたのは藤原懐子である。懐子は摂政藤原伊尹の女で、東宮憲平親王（後の冷泉天皇）の更衣となる。康保四年（九六七）九月四日女御、天延三年（九七五）四月三日三十一歳で亡くなる。その間、康保元年十月十九日に第一皇女宗子内親王、同三年第二皇女尊子内親王、安和元年（九六八）十月二十六日に師貞親王（後の花山天皇）などを生む。永観二年（九八四）十二月十七日皇太后宮の身位を追贈された。○御産屋の七日―「御産屋」は住居とは別に造った産所をいうが、ここは子が誕生して三日目、五日目、七日目、九日目などの夜に行う祝宴のこと。お七夜。○兵部卿致平親王―村上天皇第三皇子。天暦五年（九五一）誕生。康保二年十月二十八日十五歳で元服。天禄二年（九七一）十二月十五日兵部卿、二十一歳。天元四年（九八一）五月三十歳で出家。○白銀の雉―『集』の具世本に「しろかねのきしのかた」とある。銀製の雉の作り物。○よませ侍りける―「よませ」は致平親王が元輔に詠ませた。○朝まだき―まだ朝にならないうち。一四参照。○きりふの岡―歌枕として『能因歌枕』には肥後、『夫木抄』には近江とあるが未詳。○日つぎ―日ごとに献上する食物。毎日の贄物。「日嗣ぎ」を掛ける。「日嗣ぎ」は皇位を継承すること、また、その皇位。

【補説】この歌は『元輔集』の現存諸本にないが、『如意宝集』の断簡に作者名を「清原元輔」としてみえる。詠歌事情については、「贈皇后」を懐子とすると、歌から男御子が誕生したときと思われるので、安和元年（九

六八）十月二十六日に誕生した第一皇子師貞親王の七日の産養に詠まれたものであろう。当時、致平親王は「兵部卿」でなく、『抄』が成立したときは出家していた。『本朝皇胤紹運録』によれば、明王院宮、法三宮などと呼ばれ、『小右記』の寛仁元年十月二十九日の条には「入道三宮」ともある。詞書には、出家前の最終官職である「兵部卿」の呼称を用いたのであろう。致平親王は新生の皇子の叔父に当るところから、慶賀の品を贈ったのである。

【作者】 清原元輔→三二。

【他出文献】 ◇如意宝集。

ある藤氏の産屋《うぶや》に

167　二《ふた》葉よりたのもしきか《哉》な春日野《かすがの》のゝ木高《こだか》き松の種《たね》と思《おも》へば

【校異】 **詞**○藤氏―藤原氏（貞）○作者名ナシ―能宣（島・貞）。**歌**○かすかのゝ―かすかのゝ〈「のゝ」ノ右傍ニ「山ィ」トアル〉（貞）。

【拾遺集】 賀・二七〇。

藤原氏のうふやにまかりて　　大中臣能宣

二葉よりたのもしきかな春日のゝこたかき松のたねとおもへは

定賀・二六七。**詞**○藤原氏―藤氏。○大中臣能宣―よしのふ。**歌**○春日のゝ―かすか山。○たねと―たねそと。

ある藤原家の産養のときに

若芽のころから頼もしく思われることだ。春日野の高く繁っている松の種と思うので。

【語釈】○産屋―産養。前歌参照。○二葉―草木の若芽を出したばかりの状態。人の幼少期に喩えていう。ここは生まれたばかりのみどり児。○春日野―奈良市東方にある春日山麓一帯の野。初春の若菜摘み、子の日の小松引きなどの情景が詠まれた。ここには藤原氏の氏神の春日大社がある。『集』の定家本は「かすか山」。○木高き松の種―高く繁っている松の種。栄華をきわめる藤原氏の子女をよそえる。

【補説】この歌の作者名は底本にはなく、歌集の通例ではその前の歌と同一作者とされるので、元輔ということになる。しかし、島本・貞和本に作者を「能宣」とする。西本願寺本『能宣集』（二三）には詞書を「やむごとなき家の七日夜」として、第五句は「たねぞとおもへば」とある。また、時雨亭文庫蔵坊門局筆本『能宣集』（一八九）には詞書を「からけのうぶやにいりて」として、第三句「かすがやま」とあり、『集』の定家本と一致する。

ここで問題になるのは原型本文は「春日野」か「春日山」かという問題である。まず、平安時代に春日野の松を詠んだ歌を、次に掲げる。

①春日野のけふの御幸をまつばらの千歳の春は君がまにまに（京極御息所歌合三一　躬恒）
②春日野にいま萌え出づる千代の松木高きかげとはやもならなむ（西本願寺本能宣集一六三）
　藤氏の家の産屋にまかり侍りて
③春日野のときはの松は霜雪のふるとしごとにいろまさりつつ（歌仙家集本能宣集五）
④ひく松の千歳のほどは春日野の若菜もつまむものにやあらぬ（西本願寺本能宣集八三）
⑤いづれをかわきて引かまし春日野のなべて千歳の松の緑を（栄華物語・根合　顕房）
⑥春日野に子日の小松ひきつれて神にぞ祈る君が千歳を（堀河百首二八　永縁）

月次の御屏風に、野辺の小松原に子日したる所を、長保の昔を思ひて
⑦千代ふべき春日の野辺の姫小松長くたもてる例にぞ引く（玄玉・時節上・三七三　左大臣）
⑧春日野のけふの子日の松をこそ千世のためしに引くべかりけれ（長秋詠藻六一四）
これをみると、平安中期以前には春日の野辺の松を詠み込んで慶賀を表す歌がみられるが、以後には春日の野辺の松は子の日の小松引きを詠んだ歌にみられるようになる。子の日の小松引きに春日の野辺の松を詠んだ歌は⑦の詞書によれば、平安中期の長保ごろからあったようで、その早い例が④の能宣の歌である。一方、平安中期以後は、子の日の歌以外で慶賀を表す歌には、次に掲げるように春日山の松が詠まれるようになる。
⑨春日山いはねの松は君がため千歳のみかは万代ぞへむ（後拾遺・賀・四五二　能因）
⑩春日山枝さしそふる松のはは君が千歳の数にぞありける（永承六年内裏根合八）
⑪君が代はかねてぞしるき春日山二葉の松のかみさむるまで（嘉保元年師実歌合六四　正家）
⑫幾千代と契りおきけん春日山枝さしかはす嶺の松原（長秋詠藻五三八）
⑧と⑫は藤原俊成の作であるが、「春日野の松」と「春日山の松」とを使い分けているようである。
「春日野の松」と「春日山の松」とが詠まれる大勢は以上のようで、これによれば一六七では「春日野の」とあるのが原型であろう。能宣は一六七以外にも、前掲②③のように「春日野の松」を取り入れた賀歌を詠んでいることも、その論拠になろう。『集』の定家本は定家の時代の傾向によって本文が改定されたものではなかろうか。

【作者】 大中臣能宣→二一。

【他出文献】 ◇能宣集→［補説］。◇如意宝集。

168
君《きみ》が経《へ》んやほ《を》万代《よろづよ》を数《かぞ》ふればかつがつ《〳〵》今日《けふ》ぞ七日《なぬか》な《成・》りける

【校異】歌○かつ〳〵けふそなぬか成ける―ふたはのまつそみたひをふへき〈右傍ニ朱デ「カツ〳〵ケフソナヌカナリケルィ」トアル〉（貞）。

【拾遺集】賀・二七一。

うふやにて
君かへむやをよろつ代をかそふれはかつ〳〵けふそなぬかなりける

定賀・二六八。詞○うふやにて―うふやの七夜にまかりて。

若君がこれから生きていく八百万年の年月を数えると、ようやく今日は七日経ったのだった。

【語釈】○君が経ん―「君」は新生の児。「経ん」は歳月を送るだろう。若君がこれから生きていかれるだろう。「ときはなる松のみどりこ君がへむ千歳のかげにあらざらめやは」（夫木抄一六五六五　花山院）。○やほ万代―八百万年。極めて長い年月。「君はなほやほよろづよを数へつつありへむ秋のまだとほきかな」（西本願寺本能宣集一二〇）。○かつがつ―やっと。ようやく。わずかに。

【補説】この歌は『集』によれば産養に詠まれたものであるが、作者名がないので、通例によると前歌と同じ大中臣能宣の作ということになる。しかし、『能宣集』には全く同じ歌はなく、詠歌事情が異なり、歌詞にも小異のある歌（西本願寺本四五五）が、

一条右大臣、東三条摂政の賀に、前の物してまゐりたまふに、はし
のだいにかくべきうたとめせば

きみがへむよろづよのかずかずふればかつがつけふぞちとせなりける

とある。この歌と第四句の歌詞に異同のある歌が歌仙家集本系統『兼盛集』（七六）にも、

御はしのだいあるをしきのおもてに

君がへんよろづよのかずかぞふればただかたはしの千とせなりけり

とある。この二書は兼家の御賀の歌とある詠歌事情や、歌詞も一六八とは肝腎の箇所が相違している点など共通している。とくに両集に共通してある御賀の歌が他にもあるので、御賀の歌を蒐集した資料から撰収したものと思われる。これに対して、公任の撰になる『金玉集』（雑・六六）には、

産の七夜にまかりて　　よしのぶ

君がへんやほよろづよをかぞふればかつがつけふぞなぬかなりける

とあり、『抄』『集』と詠歌事情・歌詞ともに一致している。公任は家集とは別の経路で伝流したものを資料にして撰収したのであろう。『抄』と『金玉集』の撰集資料が共通している点は『抄』の撰者を考定するうえで参考になる。

【他出文献】◇金→［補説］。◇能宣集→［補説］。◇兼盛集→［補説］。

宰相誠信朝臣の元服し侍りけるによみ侍りける　　源順

169　老《お》いぬればおなじ事こそせられけれ君は千代《ちよ》ませ＊君は千代《ちよ》ませ

【校訂注記】底本ニハ第五句ハ繰返符号（〱）デアルガ、第四句ト同ジ本文デ示シタ。

【校異】詞○宰相―参議（島）宰相〈右傍ニ朱デ「参議ィ」トアル〉（貞）○朝臣の―朝臣（島・貞）○侍ける

〔169〕

によみ侍ける―侍ける夜（島）侍けるに〈「に」ノ右傍ニ朱デ「ヨミ侍ケルィ」トアル〉（貞）。**歌**○おなし事―おなしこと（島・貞）。

【拾遺集】 賀・二七四。

　参議藤原誠信元服し侍ける夜よみ侍りける　　源　順

おいぬれはおなしことこそせられけれ君は千世ませ君は千世ませ

〔定〕賀・二七一。**詞**○参議―ナシ。○よみ侍りける―よみける。

　宰相誠信朝臣が元服しました夜に詠みました

年老いたので、おのづと同じことばかりを口にしてしまうことだ。若君は千代までも生き長らえてください、千代までも。

【語釈】 ○宰相誠信朝臣―誠信は右大臣藤原為光の一男。源為憲の『口遊』の序に「第一小郎小名松雄君」とある。康保元年（九六四）誕生。天延二年（九七四）十一月十八日従五位下。寛和元年（九八五）十一月二十日従四位上、同年十二月蔵人頭。永延二年（九八八）二月二十七日参議。長保三年（一〇〇一）九月三日没。○元服―誠信は幼時より聡敏の聞えあり、天延二年に十一歳で従五位下に叙せられている。同年十一月十一日に元服した兼通の子の用光も即日従五位上に叙せられているので、誠信も元服した日に従五位下に叙せられたものと推定される。○おなじ事こそせられけれ―「事」は人間のする行為や仕事の意で、「おなじ事」は島本、貞和本に「おなじこと」とあるのがよい。『順集』に「おなじことこそいはれけれ」とあるのを参考にすると、「こと」はことばの意、「せられ」の「せ」はサ変動詞で、言うの意、「られ」は自発。年老いると同じことばを繰り返し口にしてしまう。○千代ませ―「ませ」は「あり」の尊敬語「ます」の命令形。千年もの長い間いらっしゃる。

【補説】 この歌は『抄』の底本、貞和本は元服に詠んだとあり、『抄』の島本、『集』には元服の夜に詠んだとあり、微妙な違いがある。時雨亭文庫蔵素寂本『順集』(九四)には、

宰相中将藤原朝臣太郎松を君、後漢書光武紀よみをへたる日、わたり粥の饗まうけて詩つくりなどしけるまたの朝に、祝ひの心の歌人々よみしに

老いぬればおなじことこそいはれけれ君は千代ませ〳〵

とあり、詞書には、これが通過儀礼としての「読書始」のことであるという説明がない。「後漢書光武紀よみをへたる日」とあるのを「読書始」と解することができるだろうか。

『左経記』長元七年(一〇三四)十月十一日の条には「今日酉刻東宮一御子初被読御注孝経」という記事がある。ここには「読書始」であるという説明はないが、年少の者は「読書始」に『御注孝経』を読むことが多い事を知っている者には「読書始」であることが容易にわかる。藤原頼長の子の兼長の「読書始」のことは『台記』久安六年(一一五〇)四月二十八日の条に「此日、皇后権大夫初読五帝本紀」とある。この時、兼長は十三歳であったからだろうか、『御注孝経』や『古文孝経』などでなく『史記』の五帝本紀を読んでいる。この兼長と同じように、誠信も『後漢書』の光武紀を「読書始」に読み、それを「後漢書光武紀よみをへたる日」といったとみることはできよう。

『兵範記』久寿二年(一一五五)十二月一日の条の裏書に「御書始例」として、歴代天皇の読書始のことが記されているが、その中に、

冷泉院
天暦十年四月十九日辛巳、於凝華舎始読御注孝経歳八
学士従四位上式部大輔紀在昌

尚復本宮非蔵人式部丞橘為政
天徳四年八月二十二日、於飛香舎読後漢書
学士敏通

とある。この「天徳四年…」は冷泉院が「読書始」に御注孝経を読んだこととは別に、「後漢書」を読んだというのだろうか。そうだとしたら、誠信も「読書始」とは別に後漢書を読んだことになる。しかし、この『兵範記』の記事には問題がある。「天徳四年…」の部分は『大日本史料』などにも該当する記事がなく、まったく確認することはできない。冷泉院の次の帝の円融院は天徳三年（九五九）の誕生で、読書始は康保三年（九六六）八月二十日に、弘徽殿に於いて御注孝経を読んでいて、「天徳四年…」の記事には該当しない。このころは東宮以外の皇子も読書始を行なっていて、『日本紀略』の天徳四年三月十九日の条には「今日第四為平親王、於飛香舎初受御註孝経於右中弁菅原文時」とある。このことから、『兵範記』の著者の平信範が歴代天皇の読書始のことを、「御書始例」として抄出しようしたときに用いた原史料に並記されていた某親王の読書始の記事が、「天徳四年…」の部分だったのであろう。

結局、前に掲げた『順集』（九四）は誠信の「読書始」のときに詠まれたとみてよかろう。『後漢書』の光武紀を読んだ誠信の「読書始」は元服間近のころにおこなったので、順の歌は元服の日に詠んだとも、元服の夜に詠んだとも言われることになったのであろう。誠信の元服は［語釈］に記したように、従五位下に叙せられた天延二年十一月十八日であったと考えられる。ここで問題になるのは前掲の『順集』に誠信の父為光を「宰相中将藤原朝臣」と呼んでいることである。為光が「宰相中将」であったのは参議になった天禄元年（九七〇）十二月から権中納言になった天禄四年一月二十八日までの間で、誠信が元服したと推定される天延二年には為光は権中納言である。この「宰相中将」の呼称も『順集』の錯誤であれば問題は解消する。誠信が元服した年に順は六十四歳になっているので、初句に「老いぬれば」とあることとは矛盾しない。

【作者】源順→四七。
【他出文献】◇順集→［補説］。

三善佐忠がかうぶりし侍るに　能宣

170 結《ゆ》ひ初《そ》むる初元結《はつもとゆひ》の濃紫《こむらさき》衣《ころも》の*いろにうつれとぞ思ふ

【校訂注記】「いろ」ハ底本ニ「うら」トアルノヲ、島本、貞和本、『集』ナドニヨッテ改メタ。
【校異】詞○侍に―侍けるに（島・貞）。
【拾遺集】賀・二七五。

三善佐忠元服夜　大中臣能宣

ゆひそむる初もとゆひのこむらさき衣の色にうつれとぞおもふ

定賀・二七二。詞○元服夜―かうふりし侍ける時。

三善佐忠が元服しましたときに

元服して初めて髪を結ぶ元結の濃い紫色が、衣の色に移って、将来出世してほしいと思う。

【語釈】○三善佐忠―『新大系』に未詳とあり、『和歌大系』には「家系未詳。大学頭に至り、長徳三年（九九七）頃卒去」とある。詳しくは［補説］参照。○かうぶりし侍るに―「かうぶりす」は元服するの意。○初元結―元服のときに初めて髻を結ぶために用いる紫の組紐。○濃紫―濃い紫色。濃い紫は「衣服令」では一位の袍の色。正暦ごろから四位以上の袍は黒になったといわれる（拙著『公任集注釈』五九九〜六〇一頁参照）。「結びつる心も深き元結に濃き紫の色しあせずは」（源氏・桐壷）。〇衣のいろにうつれ―『抄』の島本・貞和本、『集』の諸本は「衣のいろ」とあり、これが原型本文であろう。「うつる」は色が他のものにつく、染まるの意。濃い紫色に衣が染まることは公卿になることをいう。

【補説】この歌は『能宣集』の現存諸本にはなく、家集には能宣と佐忠との関係を窺わせるものは全くない。佐忠は［語釈］に記したように、家系、生没年など未詳で、断片的な史料から、次のような官歴が知られる程度である。

『小右記』によると、永祚元年（九八九）六月七日には大内記で、正暦元年（九九〇）十二月九日には式部少輔であった。正暦四年一月の内宴に文人として出席、長徳二年（九九六）九月四日には擬文章生の試詩の評定に博士の一人として参入している。『和歌大系』に「大学頭に至り、長徳三年（九九七）頃卒去」とあるのは何を根拠としているか不明であるが、『権記』の長保二年（一〇〇〇）八月十三日、二十八日、三十日の各条に、

中先日所下給故大学寮頭佐忠所放寮返抄事、後家掌侍義子愁申之旨。（十三日）

大学寮返抄依義子申、以佐忠所放可免給歟。（二十八日）

亦仰大学寮佐忠任返抄物、依義子申可下宣旨之由。（三十日）

などとある「大学寮頭佐忠」を三善佐忠のこととみると、亡くなったのは長保二年頃である。佐忠の年令等を知る手掛りはないが、一族の三善清行でさえ従五位下大内記になったのは四十一歳であったので、佐忠が大内記になった永祚元年には五十歳近い年齢になっていたと推定すると、元服は天暦末年（九五六）ごろであろう。能宣も歌人として、その名が世に知られるようになったころで、三善家からの依頼に応じたものであろう。なお、安和二年（九六九）三月の粟田山荘尚歯会で詩を賦した学生三善輔忠が佐忠のことであれば、このときには三十歳前後となる。

【作者】 大中臣能宣→二一。

天暦の帝《みかど》の四十になりおはしましける年《とし》、山階《しな》寺に金泥寿命経四十巻を、かの寺に書《か》き供養《くやう》して、御巻数《（くわんじゅ）》を添《そ》へてたてまつらせたりけるに、州浜《すはま》を作《つく》りて鶴《つる》を立《た》てて、御巻数をくはせたりけり、その州浜《すはま》の台《だい》の敷物《しきもの》ゝ葦手《あしで》にあまたの歌を書《か》けりける中に　　兼盛

171　山階《しな》の山の岩《いは》ねに松を植《う》ゑてときはかきはに祈《いの》りをぞする

【校異】 **詞**〇天暦のみかとの―天暦のみかと（島）天暦御宇〈「御宇」の左傍ニ朱デ見セ消チノ符号ガアリ、右傍ニ「帝ィ」トアル〉（貞）〇なりおはしましける―ならせ給ける（島）なりをはしましける〈右傍ニ朱デ「ナラセ給ケルィ」トアル〉（貞）〇山しな寺に―やましなてらに〈右傍ニ朱デ「イ無」トアル〉（貞）〇四十巻を―四十巻〈「巻」ノ右下ニ朱デ「ヲ」トアル〉（貞）〇かの寺に―かのてらにて〈右傍ニ朱デ「イ無」トアル〉（貞）〇かきくやうして―かき供養たてまつりて（島）かき供養して〈「て」ノ上ニ朱デ補入ノ符号ガアリ、右傍ニ朱デ「タテマツリィ」トアル〉（貞）〇そへて―そへ〈左傍ニ朱デ見セ消チノ符号ガアリ、右傍ニ「イナシ」トアル〉（貞）〇たてまつらせたりけるに―たてまつらせけるに（貞）〇くはせたりけり―くはへさせて〈「へさ」「て」ノ左傍ニ朱デ見セ消チノ符号ガアリ、「せ」ノ右傍下ニ「タリケリ」トアル〉（貞）〇しきもの、あしてに―しきものに〈「に」ノ下ニ朱デ補入ノ符号ガアリ、右傍ニ朱デ「アシテニ」トアル〉（貞）〇あまたの―あまた〈「た」ト「歌」ノ中間右ニ朱デ「ノ」トアル〉（貞）。**歌**〇松をうへて―松うへて〈「松」ノ右下ニ朱デ「ヲィ」トアル〉（貞）〇いのりをそする―いのりをそする〈「をそする」ノ左傍ニ「つるかなィ」トアル〉（貞）。

【拾遺集】賀・二七六。

天暦帝四十になりをはしましけるとしやましなてらに金泥寿命経四十巻書写供養したてまつりて御巻数鶴にくわせてすはまにたてたりけるにそのすはまのたいのしき物にあまたのうたをあしてにてかけりけるなかに

平　兼盛

山しなの山のいわねに松をうへてときはかきはにいのりをそする

定賀・二七三。詞○とし―時。○四十巻書写―四十巻をかき。○たてたりけるに―たてたりけり。○たいの―ナシ。○うたを―うた。○あしてにてかけりける―あし手にかける。○平兼盛―かねもり。歌○いのりをそする―いのりつる哉。

村上帝が四十歳におなりになった年、興福寺では金泥で書いた寿命経四十巻を、その寺で書いて供養し、御巻数を添えて献上なさいましたときに、州浜を造って鶴を立たせて、御巻数を銜えさせたのでした、その州浜の台の敷物に葦手書きでたくさんの歌を書いた中に

山階の山の大地に根を下ろした堅固な岩に松を植えて、永遠に変ることのないさまを祈ったことだ。

【語釈】○天暦の帝―村上天皇。村上天皇の在位二十一年間のうち、天暦の年号が十年続いたところから、村上天皇をいう。○四十になりおはしましける年―康保二年（九六五）。十二月四日に天皇四十賀が行われた。○山階寺―興福寺。もと山城国山科にあった藤原鎌足邸にはじまり、飛鳥へ移って厩坂寺と改称、平城京に遷都のとき現在地に移され興福寺と改めた。藤原氏の氏寺として隆盛をきわめた。○金泥寿命経四十巻―「金泥」は金粉を膠の液に溶かしたもので、書画を書くのに用いた。「寿命経」は「金剛寿命陀羅尼経」一巻または「一切如来

金剛寿命陀羅尼経」一巻の略称。「四十巻」は四十部で、年齢にちなむ。○御巻数―願主の依頼で僧侶が読誦した経文や陀羅尼の題名、度数などを記した文書。「くゎんず」とも。○州浜―州が出入りしている海浜を形どった盤の上に、木石花鳥など季節の景物をあしらった飾物。「天徳内裏歌合」の殿上日記には「州浜ノ中ハ奇妙多端。人形鳥獣水樹巌石、皆其ノ用ウル所ハ金銀沈香等ノ類ヒ…」と州浜の体が具体的に記されている。○敷物の―貞和本や『集』のように「敷物に」とあるのがよい。○葦手―歌を草仮名などで水辺に葦が生え乱れているように書いたもの。また、水辺の光景を描いた絵に岩、水鳥などを絵文字化して歌などを書いたもの。○山階の山―興福寺の近くの三笠山。○岩ねに松を植ゑて―「岩ね」は大地に根を下ろしたような岩。堅固なことをいう。「松」は不変なものとして、長寿を表す。堅固な岩の上に不変の松を植えるというのは、帝の長寿と幾久しい繁栄を表す。○ときはかきは―「ときは」は永久に変らない岩、転じて、永遠に変らないさま。「かきは」は堅固な岩、転じて、永久に変らないさま。もとは「ときはかちは」で、音韻同化により「ときはかきは」と誤ったという。

【補説】「岩ねに松を植」ゑ、「ときはかきは」に祈ると、永久不変なさまを表す語句を用いて、帝の長寿と繁栄を詠んでいる。

この歌は彰考館本『兼盛集』にのみある。彰考館本の巻頭の六首は『集』にある歌で、『集』から増補したものと思われるが、この歌の詞書の本文は『集』とは相違し、『抄』と大略一致している。

村上帝の四十賀は康保二年十二月四日に行われ、和歌を献じた。そのとき藤原後生が書いた和歌序が『本朝文集』にある。『日本紀略』の康保二年十二月九日の条に「興福寺賀天皇四十御賀」とあるが、この詞書にいう興福寺から村上帝の四十賀を賀し金泥寿命経などを献上したのは十二月二十日である。『西宮記』巻十二の「天皇御賀」の裏書には「同（十二月）廿日興福寺奏仏経、巻数等、副倭歌、仰詞同山、禄（僧都白褂、律師赤褂、所司被、雑人布）」とある。「仰詞同山」とあるのは、十五日に天台座主らが巻数を花足の函に納めて奏したときと同じ仰詞（おおせことば）があっ

たことをいう。『大日本史料』（第一編之十一）に引く、「伏見宮御記録」の「代々御賀仏経事」には、

　村上天皇四十御賀

　二十日、興福寺奏巻数、図釈迦像、寿命経四十巻、色紙、（以下欠文）

と、「寿命経」のことが記されている。

【作者】平兼盛→一一。

【他出文献】◇彰考館本兼盛集→［補説］。

172　声たてて三笠《みかさ》の山《やま》ぞよばふなる天《あめ》の下《した》こそたのしかるらし　仲算法師*

【校訂注記】底本、島本ニ作者名ハナイガ、貞和本ニハ「中算法師」トアリ、右傍ニ朱デ「イ無」トアル。『集』ノ諸本ヲ参考ニ「仲算法師」ヲ補ウ。

【校異】歌○声たてゝ—こゑたかく（島）こゑたかく〈右傍ニ朱デ「ヨロツヨト」トアル〉（貞）○たのしかるらし—たのしかりけれ〈「りけれ」ノ右傍ニ朱デ「ルラシィ」トアル〉（貞）。

【拾遺集】賀・二七七。

　こゑたかみみかさの山そよはふなるあめの下こそたのしかるらし　仲算法師

定賀・二七四。**歌**○こゑたかみ—声たかく。○よはふ—よはふ。

声に出して「万歳」と三笠の山が叫んでいるようだ。天下は平安で、万民は満ち足りているらしい。

【語釈】○声たてて―『抄』の島本・貞和本や『集』の定家本などに「声たかく」とあり、貞和本の朱書入れ、『和漢朗詠集』には「よろづよと」とある。「声たてて」は声を出すの意。「声たかく」は高い声を出すの意。この二つはともに「よばふ」を修飾するが、何を「よばふ」のか明らかでない。これらに対して「よろづよと」は「よばふ」の内容を表していて、歌の主意がよくわかる。○三笠の山―興福寺の東方にある若草山のこと。○よばふなる―「よばふ」は　大勢で呼ぶの意。○たのしかるらし―「たのしかる」は物心ともに満ち足りているさま。

【補説】この歌は前歌とともに彰考館本『兼盛集』にあるが、作者名はない。これも彰考館本が増補したときに『抄』を資料としたことを示している。

この歌の第一句の異同については［語釈］に記したが、「よろづよと（山ガ）よばふ」という定型的表現を用いたものに、次のような歌がある。

村上の御時、天慶九年大嘗会主基方参入音声、備中高倉山をよめる

雲の上に万代とのみ聞ゆるはたかくら山の声にぞありける（新千載・慶賀・二三六二）

よろづよとおほとみ山ぞよばふなる久しく君をさかゆべしとか（顕輔集一一四）

吹く風は枝もならさでよろづよとよばふ声のみ音たかの山（長秋詠藻二九〇）

これらは大嘗会の際にうたわれたものである。これについては『奥義抄』（中釈）に「山嘎万歳といふことのあるなり。世のまつりごとゝ、のほれるときの事也。見史記。」というように、『史記』（孝武本紀）に、

三月遂東幸緱氏、礼登中嶽（嵩山）太室、従官在山下、聞若有言万歳云、問上上不言、問下下不言、於是以三戸封太室奉祠、命嵩高邑

とみえ、武帝が東方の緱氏に幸して嵩山の太室に登り、従者らが山下にいると、「万歳」と叫ぶような声が聞えたという故事によっている。前掲の「雲の上に」の歌は仲算法師よりも前に詠まれたもので、仲算も同じ故事によって詠んだと思われ、第一句は「よろづよ」とあるのがもっとも整然とした形である。

【作者】 この歌の作者については、『抄』の貞和本、書陵部蔵源承筆本などに「中算法師」「仲算法師」、『集』には「仲算法師」とある。仲算法師は家系未詳。承平五年（九三五）誕生。興福寺の少僧都空晴の弟子。康保四年（九六七）十月十日の維摩会の竪義、天延元年（九七三）西大寺別当。貞元元年（九七六）十月十九日入滅、四十二歳。『法華経釈文』『四分義私記』などの著書がある。勅撰集には拾遺集に一首入集。

【他出文献】 ◇彰考館本兼盛集五。◇朗詠集七七七、第一句「よろづよと」。

承平四年中宮の賀し侍りける時の屏風に　　斎宮内侍

173 色《いろ》かへぬ松と竹《たけ》との末《すゑ》の世《よ》をいづれ久《ひさ》しと君のみぞ見む

【校異】 **詞**〇中宮の―中宮（貞）。

【拾遺集】 賀・二七八。

承平四年中宮賀し侍りける時屏風に　　斎宮内侍

色かへぬ松と竹とのすゑのよをいつれひさしと君そみるへき

定 賀・二七五。**詞**〇中宮―中宮の。〇時―時の。**歌**〇君そみるへき―君のみそ見む。

承平四年中宮の五十の賀をしました時の調進した屏風に

色を変えない常緑の松と竹との末来を、どちらが永いかと、長命なわが君だけが見ることができるでしょう。

【語釈】○承平四年中宮の賀し侍りける時—承平四年（九三四）に行われた中宮穏子の五十の賀。二参照。○色かへぬ—松、竹ともに葉の色を変えることなく、常に緑であるところから、ともに不変なものとされた。○末の世—幾千代も後の行く末。○君のみぞ見む—末永く長命なわが君だけが見るであろう。

【補説】この中宮穏子の五十の賀について、『新大系』『和歌大系』ともに承平四年三月二十六日に行われたとみている。この歌とまったく同じ詞書の歌が二にもあった。その［補説］に記したように、算賀の屏風は三月二十六日に朱雀天皇が催された賀のときと、十二月九日に左大臣忠平が催した賀のときと二回献進されたと考えられ、一七三は十二月九日に献進された屏風歌である。

慶祝の歌に竹と松とを詠み込んだものには、

　右近大将定国四十賀の屏風に

うゑてみる松と竹とは君が代に千歳ゆきかふ色もかはらじ（続後撰・賀・一三五四　素性）

わが宿の松と竹とのなかりせば千世といふことはほかにぞあらまし（公忠集四九）

　承平六年春、左大臣殿の御親子同じ所に住み給ひける、へだての

　障子に、松と竹とをかかせ給ひて、上らせ給ふ

同じ色の松と竹とはたらちねの親子ひさしきためしなりけり（陽明文庫本貫之集三三三）

など、古今集時代からみられる。このうち、素性の歌の詞書にある右近大将定国の四十の賀が行なわれた年時については、このときに屏風歌を詠進した躬恒、貫之などの家集には、次のように詳しい詠歌事情が記されている。

　延喜五年二月十日、仰せごとによりて奉れる泉大将四十の賀の屏

　風四帖、内よりはじめて内侍督殿に給ふ歌

山高み雲井にみゆる桜花心のゆきてをらぬ日ぞなき（西本願寺本躬恒集、躬恒集Ⅳ四）
　延喜五年二月廿一日、内侍のかみのし給ふ泉の大将の四十の賀の
　屛風、内裏の仰せにて奉る
　　木のもとに旅人とありてやすむところ
夏山の蔭をしげみやたまぼこの道行く人も立ちどまるらむ（時雨亭文庫蔵素寂本貫之集一）
『躬恒集』と『貫之集』では屛風歌を詠進した日に小異はあるが、この四十の賀は尚侍藤原淑子が延喜五年（九〇五）二月に催したものである。これによって、素性の歌は延喜五年二月の作であると知られるが、公忠の歌の詠作年時は不明である。貫之の歌は承平六年の詠作で、家集九〇六に重出する歌では第一句が「色かへぬ」となっていて、こちらは斎宮内侍の歌の第一、二句と同じであるが、内侍の歌の方が先に詠まれている。
【作者】斎宮内侍→二七。

　　おなじ賀《が》に竹のつゑ《え》のかたを作《つく》りて侍りけるに　　大中臣頼基
174　一節《ひとふし》に千代《ちよ》をこめたる杖なればつくともつきじ君が齢《よはひ》は

【校異】詞〇かたを―かた（島）〇侍けるに―侍に（島）。
【拾遺集】賀・二七九。
　　同賀にたけのつえをつくりてはへりけるに　　大中臣頼基
一ふしに千世をこめたる杖なれはつくともつきし君かよはひは
定賀・二七六。詞〇同賀―おなし賀。〇たけのつえを―竹のつゑ。

同じ賀に竹の杖の形を造ってありましたのに

一節に千代をこめた杖であるので、いくら杖を突いてもわが君の齢は尽きることはないでしょう。

【語釈】○おなじ賀―現存本の配列のままだと、前歌の承平四年の中宮の賀のことになる。○竹のつゑのかた―「竹のつゑ」は算賀の祝いの品として贈った。「かた」は形状を模したものの意。実物の竹ではなく、金銀などを用いて装飾を施したもの。一七七［補説］参照。○千代をこめたる―「千代」は千年、千年の寿命。「よ」に竹の節と節の間の「よ（節）」を掛ける。○つくともつきじ―諸注「つく」あるいは「つき」は、杖を「突く」に「尽く」を掛けると説明しているが、文脈としては「つく」は杖を突くの意であり、「つき」は尽きるの意で、複線構造にはなっていないので、厳密には掛詞とはいえない。

【補説】この歌は『頼基集』（一〇）に、詞書を「おなじ院、うちに四十の賀たてまつりたまふ、たけのつゑのうた」としてあり、詠歌事情に違いがみられる。この詞書の「おなじ院」は家集の配列順を尊重すると、直前の歌の「うだの院」のことで、「うち」は宇多院の子の醍醐天皇を指すことになり、延長二年（九二四）正月二十五日に宇多法皇が天皇四十の算賀を行われた（貞信公記抄、日本紀略など）ときに詠まれたことになる。ただし、この御賀のことに言及した『西宮記』『河海抄』所引の「御賀御記」などには、頼基の歌のことなどはみえない。

この歌に関連して『袋草紙』の「雑談」には、

又明尊僧正ノ九十賀ハ、宇治殿ノセサセタマフナリ。杖歌ハ召伊勢大輔、

ヨロヅヨヲ竹ノ杖ニゾ契リツルヒサシクツカム君ガタメニト

頼基ハ承平中宮御賀杖歌ヲヨム。能宣ハ大入道殿御賀ニヨム。二代勤此役。依重代召之。定励侍ケレドモ、是又不入物歌也。

とあって、頼基の歌は『抄』にあるように中宮の賀に詠まれたとみている。問題は『抄』が『頼基集』を撰収資料にしているか、どうかである。『抄』には頼基の歌はこの一首のみであるが、その詞書は『頼基集』の諸本には、次のようにある。

おなじ院、うちに四十の賀たてまつりたまふ、たけのつゑのうた（西本願寺本）

同院の、中宮に四十賀たてまつり給ふ、たけのつゑのうた（歌仙家集本）

おなじ院の、内に四十賀たてまつりたまふ、たけのつえのうた（時雨亭文庫蔵承空本）

このうち歌仙家集本のみが『抄』の詞書を意識したような文で、これによると、宇多院が延長二年に四十歳になった中宮穏子の算賀を催されたことになる。『貫之集』には延長二年の中宮穏子の屏風歌があり、そのなかの一首（一五七）は『万代集』（一〇三五）に「延長二年中宮御賀月次屏風に」として撰収されていて、この年に穏子四十の賀が行われなかったと否定することもできない。頼基の歌の詠歌事情は歌仙家集本にある通りで、それを『抄』では承平四年の五十の算賀の歌と誤って「おなじ賀に」と詞書を記したとみることもできよう。

【作者】大中臣頼基　生年未詳。備後掾輔道男。延長元年（九二三）六月神祇少祐に任ぜられ、神祇権大祐、神祇権少副を経て祭主となり、天慶四年（九四一）一月従五位下、天暦五年（九五一）従四位下、天徳二年（九五八）没。歌人としては延喜七年（九〇七）九月、宇多上皇の大井川御幸に扈従して和歌を詠み、「亭子院歌合」に出詠、右大臣師輔の五十賀の屏風歌を詠進。三十六歌仙の一人。『拾遺集』以下の勅撰集に十首入集。家集に『頼基集』がある。

【他出文献】◇頼基集→［補説］。◇如意宝集。◇三。◇古今六帖二三一八、きんもと、第一句「ひとつよに」。

《追記》本書の原稿を見直し中に、山崎正伸編『大中臣頼基集全注釈』をみたところ、『抄』にこの歌の詞書が「おなじ賀（前歌ニ「承平四年中宮の賀」トアル）に竹の…」とあることについて、

『拾遺抄』には「承平四年の中宮の賀」のものとする。これは、皇太后穏子の五十の賀をさすと考えられる。

…穏子の賀が五十の賀であることによって、『拾遺抄』『拾遺集』の詞書は誤りであることが知られる。

と書いてあった。一読したとき、穏子の五十の賀であると、なぜ『抄』『集』の詞書が誤りになるのか、理解できなかったが、これは山崎氏の認識不足であるとわかった。私は、穏子は延長元年（九二三）四月中宮となり、承平元年（九三一）十一月に皇太后になって以後も、後宮に中宮、皇后がいなかったので、中宮と呼ばれていたと認識していたので、穏子が承平四年に中宮と呼ばれることに、何の違和感もなかった。結局、山崎氏の『抄』『集』の詞書が誤りであるという指摘は、穏子についての氏の認識不足によるものであった。

小野宮大臣の五十賀し侍りける時の屏風に　　元輔

175　君《きみ》が世《よ》を何《なに》にたとへんさざれ石の巌《いはほ》とならん程もあかねば

【校異】詞○小野宮―をのゝ宮の（島）○大臣の―おほいまうち君の（島）右大臣〈右傍ニ朱デ「ヲホヒマウチキミィ」トアル〉（貞）○時の―とき（貞）。歌○ならん程もあかねは―なりてこけのむすまて〈右傍ニ朱デ「ナラムホトモアカネハィ」トアル〉（貞）。

【拾遺集】賀・二八〇。

清慎公五十賀侍ける時屏風

君か世をなにゝたとへむさゝれ石のいわほとならむほともあかねは

定賀・二七七。詞○侍ける―し侍ける。○時―時の。○屏風―屏風に。○作者名ナシ―もとすけ。

小野宮大臣の五十の算賀をしました時の屏風に

わが君の寿命を何に喩えることができようか、小石が巌となるくらいの長い歳月だといっても十分に言い表すことはできないので。

【語釈】 ○小野宮大臣―藤原実頼。一〇五［作者］参照。○五十賀―実頼は昌泰三年（九〇〇）誕生、天暦三年（九四九）に五十歳になったが、実頼の五十の算賀が行われた記録はない。この年、父の忠平は七十歳で、三月十日には算賀を祝って延暦寺で法会を修し、十五日には法性寺で法会を修している。その忠平は八月十四日に病のために亡くなった。そのために実頼の五十の賀は取り止めになったとも考えられる。○さざれ石の巌とならん―小石が巌になるだろう。久しい歳月の喩え。「わが君は千代に八千代にさざれ石の巌となりて苔のむすまで」（古今・賀・三四三）「浜千鳥あとふみつくるさざれ石の巌とならんときを待て君」（躬恒集二九三）。○程もあかねば―「程」は動作が行われるうちに経過した時間の長さをいう。そのような長さでは言い表わすことはできないので。

【補説】 この歌は尊経閣文庫本『元輔集』（元輔集Ⅲ一三）に、詞書を「天徳二年右大臣もゝの賀の屏風歌」、第五句を「ほどもあかぬを」としてある。これを承けて『新大系』は「他出文献一覧」に「元輔集Ⅲ［天徳二年右大臣桃の賀の屏風歌］」とあり、『和歌大系』にも「尊経閣文庫本元輔集・一三には「天徳二年右大臣（藤原師輔）桃の賀の屏風歌」として見える」とのみある。『元輔集Ⅲ』に「天徳二年右大臣もゝの賀の屏風歌」と詞書のある歌群については、次のような二説がある。

⑴「天徳二年」を「天徳元年」の誤りとみて、天徳元年（九五七）に五十歳になった右大臣師輔の賀の屏風歌とみる説……菅根順之氏「前田家本元輔集考」（『二松学舎大学論集　昭和46年度』昭和47・3）、藤本一恵氏『清原元輔集全釈』（平成元年、風間書房）など。池田亀鑑氏『元輔集（尊経閣叢刊）』（昭和十七年、育徳財団）も同じ説とするものがあるが、池田氏は、「きみがよを」の歌について、

「天徳二年右大臣もゝの賀の屏風哥」の「もゝ」の如く読み得る字は「五十」を書損じたのであらう。(『前田本元輔集解説』)

と記しているのみで、天徳二年が誤りであるという肝腎な点に言及していないので、同列にみなせない。

⑵安和二年師尹五十賀の屏風歌とみる説……萩谷朴氏「清少納言の父元輔の閲歴」(『国学院雑誌』昭和51・12)藤田一尊「『蜻蛉日記』〈小一条左大臣五十賀の屏風歌〉に関する一考察—『元輔集』との関連から—」(大東文化大学『日本文学論集』11　昭和62・3)など。

この二説のうち後者に従うべきである。

『元輔集』の「天徳二年右大臣もゝの賀の屏風歌」と詞書のある歌群は、歌仙家集本に「小一条の右のおとゞの五十賀し侍しに…」と詞書のある三首(一四九〜一五一、詞書のある一四八の歌を欠く)を含み、『蜻蛉日記』(安和二年八月の条)の師尹五十賀の屏風歌群と絵柄、歌材が一致する歌から成るので、安和二年(九六九)の師尹五十賀の屏風歌で、それが詠まれたのは『蜻蛉日記』によれば、安和二年八月のことであるが、師尹は安和二年三月二十六日に左大臣に転じているので、それ以前のこととなる。この歌の詠歌事情は以上の通りであるが、検討すべき問題がある。まず、『抄』は何に依って、この歌を小野宮大臣の五十の賀の屏風歌としたのであろうか。『蜻蛉日記』によると、この屏風は左衛門督であった頼忠が叔父の師尹に進上したものである。頼忠は実頼の二男であるが、長男の敦敏が早世したので、嗣子の立場にあった。当時は子が親の算賀を祝って屏風を調進することはよくあることだったので、頼忠が屏風歌の詠作を依頼したのは実頼の算賀のためであると早合点したことによる誤りであろうか。このような錯誤が『抄』の撰者の公任がしたのであれば、一番身近な人たちが関っている歌を誤ったまま撰収したことになり、あらためて問題となる。

次に、この歌には上記のように尊経閣文庫本『元輔集』に「天徳二年右大臣もゝの賀の屏風歌」とあり、「もゝの賀」とあることが問題である。前掲の池田氏の解説に「もゝ」は「五十」を書き損じたものとあり、この説に従う者が多いが、はたして書き損じたのだろうか。尊経閣文庫本には、読み解き難い箇所は「本」「本のまま」と注記した部分もあるのに、そのような処置をせず、また「五十」の部分が読み解き難いのであれば、原拠本の字体に似せて書き写したであろうが、複製本によってみても、明確に「も丶」と読めるように書写してあるので、とうてい書き損じとは思われない。尊経閣文庫本に「も丶の賀」とある本文については、改めて考えてみる必要がある。

高田信敬氏「朱雀院の行幸」（『源氏物語の展望第十輯』三弥井書店、二〇一一年）には賀の例として尊経閣文庫本『元輔集』の「も丶の賀」をあげ、和歌は詞書の「も丶の賀」となんら脈絡をもたず、このままでは存疑とする他あるまいと述べている。

この歌の詞書に「も丶の賀」とある事情は明確ではないが、私案としては、次のように考えている。この「も丶の賀」の本文は「師尹の賀」と関係あろう。「師尹」の名乗は「モロマサ」「モロタダ」の両様あったと思われる。後者の名乗であれば、「師尹の賀」は「もろた丶の賀」となる。この「ろた」の箇所が、誤写・誤読など何らかの事情で欠字となり、「も丶の賀」となったのではなかろうか。確実な論拠のない思いつきにすぎないが、一案として提示しておく。

【作者】 清原元輔→三二。

【他出文献】 ◇元輔集Ⅲ→［補説］。

176　わがやどに咲《さ》ける桜《さくら》の花盛《はなざか》り千歳《ちとせ》見るともあかじとぞ思ふ

兼盛

【校異】 ナシ。

【拾遺集】 賀・二八二。

我やとにさける桜の花さかり千とせみるともあかしとそ思ふ

定賀・二七九。**詞**○作者名ナシ―かねもり。

わが家に咲いている桜の花盛りは、たとえ千年の間見るとも、十分だと満喫しないだろうと思う（それと同様にわが君の長寿と繁栄はどんなに長久であっても十分ではないだろうと思う）。

【語釈】 ○咲ける桜―屏風絵の絵柄には爛漫と咲き匂う桜が描かれていたのであろう。○千歳見るともあかじ―はかないものの例示として詠まれる桜の花を、千年の間続けて見ても見飽きることはないと、長久の例示としているのは、逆転の発想である。

【補説】 この歌は彰考館本『兼盛集』（六）に詞書を「をの〻宮の大まうちぎみの五十がしはべりし屏風に」としてみえる。彰考館本の巻頭部分は『集』によって増補したとみられるが、詞書は『集』とは異なり、『抄』に大略一致するので、本文は『抄』によっていると考えられる。

この歌も一七五と同じく、実頼の五十の賀の屏風歌であるか疑問がある。『集』は二七七（『抄』一七五）と二七九（『抄』一七六）の間に、

青柳の緑の糸をくり返しいくらばかりの春をへぬらん（二七八）

という元輔の歌を増補しているが、「青柳の」の歌は『元輔集』諸本には詞書が、

延喜二年十二月九、太政大臣の七十賀の屏風に、春（尊経閣文庫本、元輔集Ⅲ三五）

をの〻宮の太政大臣七十賀御屏風の歌、あをやぎ（歌仙家集本、元輔集Ⅱ一五六）

などとある。『日本紀略』によれば、実頼の七十の賀は安和二年（九六九）十二月九日に行われているので、尊経閣文庫本の詞書の「延喜」は「安和」の誤りで、「青柳の」の歌は実頼の七十の賀の屏風歌である（一七七参照）。実頼の七十の賀の屏風歌は『能宣集』にもあるが、一七六と同じ絵柄を詠んだと推定される歌はなく、一七六を実頼の七十の賀の屏風歌であると断定できる根拠はない。

兼盛の歌の主意は、爛漫と咲く桜花を千年の間見続けても見飽きないというところにある。兼盛にはこれと同じように何千回の春もわが君は桃の花を見るだろうと長寿を祝福している歌が、

三月三日ももの花ある家に

みちとせにひらくる桃の花ざかりあまたの春は君のみぞ見む（歌仙家集本系統兼盛集一七五）

とある。花を歌材として賀意を表わした歌は一八三にもある。

【作者】平兼盛→一一。

【他出文献】◇彰考館本兼盛集→［補説］。

同《おな》じ人の七十賀し侍りけるに、竹の杖《つゑ》のかたを作《つく》りて侍りけるに　能宣

177 君《きみ》がため今日《けふ》きる竹の杖《つゑ》なればまたつきもせぬよよぞこめたる

【校異】詞○人の—大臣の（島）同人（貞）○つゑのかたをつくりて侍けるに—つゑをつくりて侍けるに〈「を」以下ノ右傍ニ朱デ「ノカタヲツクリタリケルニィ」トアル〉（貞）。**歌**○またつきもせぬ—またつきもせぬ〈「た」ノ右傍ニ朱デ「ツィ」トアリ、「たつ」ノ間ニ補入ノ符号ガアッテ、左傍ニ「モ」トアル。サラニ「も」ノ左傍ニ見セ消チノ符号ガアリ「イ無」トアル〉（貞）○よゝそこめたる—よをそこめたる〈「を」ノ右傍ニ朱デ「よ」

トアリ、「めた」ノ右傍ニ朱デ「モレ」トアル〉（貞）。

【拾遺集】賀・二八三。

おなし人七十賀し侍ける時竹のつえつくりて侍けるに

君かためけふきる竹の杖なれはまたつきもせぬよゝそこもれる

大中臣能宣

定賀・二八〇。詞○人―人の。○し侍ける時―し侍けるに。○つえ―つゑを。○つくりて侍けるに―つくりて。○大中臣能宣―よしのふ。歌○またつきもせぬ―またもつきせぬ。

同じ清慎公の七十の賀をしましたときに、竹の杖の形を模したものをつくりました時に

わが君のために今日切ってさし上げる竹の杖なので、節々には、特別に突いても尽きない長久の世々がこもっていることだ。

【語釈】○同じ人―小野宮太政大臣。実頼。○七十賀―実頼は安和二年（九六九）七十歳。同年十二月九日に頼忠が七十の算を賀して屏風を調進、十三日には村上天皇から算賀を賜った。○竹の杖のかた―『抄』の貞和本、『集』には「竹のつゑ」とある。「竹のつゑのかた」は一七四参照。○また―格別。特に。○つきもせぬよよ―「つき」に「突き」と「尽き」とを、「よよ」に「節々」と「世々」とを掛ける。

【補説】この歌は『能宣集』にあり、次に掲げるように諸本により詞書に相違がある。

(1)同じ賀おこなはるるに、宰相中将延光、御たけのつゑつくりてたてまつるにそふべきなり。小一条さだのぶのきみの賀の御つゑの歌は、ちちよりもとなむよめりける。その□□つがむとおほせはべりしに（西本願寺本、能宣集Ⅰ一二五）

(2)おなじるいのたけのつゑそへ侍る（歌仙家集本、能宣集Ⅱ六）

(3)おなじたびのたけのつゑにそへてはべる（時雨亭文庫蔵坊門局筆本能宣集一一）

これらの「同じ」は前の歌群の詞書に「小野宮太政大臣の七十の賀給しに左大臣し給てよませ給ける御屛風歌」（歌仙家集本一）などとあるのを承けているが、(1)は詠歌事情が詳細で、竹の杖は頼忠室の兄の宰相中将延光が奉るもので、それに添える歌を、能宣は頼基の跡（二字分ノ空白箇所ハ「あと」デアロウ）を継ぐようにとのことで詠んだという。

竹の杖のことは不明な点が多いが、算賀に杖を贈ることは、上代の「優老賜杖」の慣習と関係があると思われる。天平十三年（七四一）七月十三日に巨勢朝臣奈氏麿に賜ったのは「金牙餝斑竹御杖」（続日本紀）とあり、装飾を施した竹の杖であった。算賀では『続日本後紀』嘉祥二年（八四九）十一月二十二日の条に、

皇太子上表、奉賀天皇四十宝算…其献物、机二前前居御挿頭花 前置純金御杖

とあり、金製の杖を献上したことがみえる。その後、算賀に杖を奉った歌をみると、杖を贈られる者は七十歳以上が多く、四十歳に贈ったという確かな例は前掲の仁明天皇の例のみである。また、杖の素材は竹だけでなく、榊を用いたものもあり、金銀を用いた作り物の杖を贈った例が平安初期にみられる。一七七の詞書に「竹の杖のかた」とあるのも金銀を用いた作り物の杖であったのだろう。竹の杖の歌は多くの場合、杖の袋に書かれた。一七八［補説］参照。

【作者】大中臣能宣→二一。

【他出文献】能宣集→［補説］。

178　くらゐ《ひ》山峰《みね》までつけるつゑ《え》なれば今万代《よろづよ》のさかのためにぞ　元輔

【底本原状】「つえなれは」ノ「は」ノ右傍ニ「と」トアル。マタ、「さかのためにそ」ノ「にそ」ノ右傍ニ「なり」トアル。

【校異】歌○つえなれは―つゑなれは〈「は」ノ右傍ニ朱デ「ト」トアル〉（貞）○ためにそ―ためにそ〈「にそ」ノ左傍ニ「なりィ」トアル〉（貞）。

【拾遺集】賀・二八四。

くらゐ山みねまでつける杖なれはいまよろつ世のさかのためにそ　元輔

㊅賀・二八一。**詞**○元輔―ナシ。**歌**○杖なれは―杖なれと。○さかのためにそ―さかのため也。

位山の峰をきわめた杖であるが、これからあとは万代までの長寿の坂を登るための杖でございます。

【語釈】○元輔―定家本には作者名はないが、この歌は［補説］に掲げるように『元輔集』にもあり、元輔の作であろう。○くらゐ山―岐阜県大野郡久々野町にある山。イチイの原生林で知られる。「位山クライヤマ」（文明本節用集）。『古今六帖』（八九五）には「信濃なる位の山は」と詠まれ、信濃の歌枕ともいう。また、位を一つずつ上がることを山に喩えていう。○峰―この算賀のときに実頼は摂政太政大臣で、最上の官職にあることを峰に喩えた。○今―新たに、あと、さらになどの意を表す副詞。○さかのためにぞ―「さか」は万代までの長寿を喩えた。

【補説】この歌は『元輔集』の諸本のうち、尊経閣文庫本（元輔集Ⅲ三九）に詞書を「つゑ」、第二句「みねにつきつる」、第五句「さかのためしぞ」としてある。また、歌仙家集本（元輔集Ⅱ）には「小野宮の太政大臣七十賀、御屏風の歌」と詞書のある二首に続いて「うづえ」（一五八）として「位山みねにつきぬる杖みればたゞゆくすゑのさかのためには」とある。ともに『抄』『集』の本文と小異がある。『元輔集Ⅱ』に「うづえ」とあるのは、屏風歌であれば問題ないが、歌の内容からは算賀の歌と考えられるので、「うづえ」は誤りということになる。しかし、「卯杖」の歌にも、

正月賀茂のみやしろにこもりて、御殿開にたまはれるうづゑを母のもとへつかはすとて

千歳まで君につけとてちはやぶる神のみつゑをたまふとをしれ（頼輔集七七）

卯杖

いくたびか千歳にもわがうづゑつき君がさかゆく春にあふべき（二条太皇太后宮大弐集三）

などのように長命を祈念した歌があり、「千歳」「坂」など共通した歌詞を用いているので、「杖」または「つゑ」とあった詞書を書写の過程で誤解して「うづえ」としてしまったのだろうか。

問題は杖の歌が能宣、元輔と二首あることで、この二首を①一本の杖に添えて献上したのか、②どちらかは献上品の納器に書かれたのか、あるいは③二首は別個に献上された杖に添えられた歌なのか、明確でない。算賀で祝の品を献上するのは被賀者の親族などであるので、まず③はありえないと思われる。①は西本願寺本『能宣集』（能宣集Ⅰ四五九、四六〇）には東三条兼家の六十の賀の杖の歌が二首あり、時雨亭文庫蔵坊門局筆本『兼盛集』（七九、八〇）には「御つゑのふくろに」として杖を納めた袋に書いた歌が二首あるので、能宣、元輔の二人が杖の歌を詠んだとみることもできる。また、②のように杖の歌と杖の袋の歌とであるとみることもできる。この場合、二人のどちらが杖の歌を詠んだかというと、該当歌の家集の詞書からは能宣が杖の歌を詠んだとみる

のが穏当である。

【作者】清原元輔→三二。

【他出文献】◇元輔集→［補説］。

一条摂政の中将に侍りける時、父《ちゝ》の右大臣の賀し侍りける屏風の絵《ゑ》に、松原に紅葉《もみぢ》の散《ち》りまで来《き》たるかた侍りける所に

小野好古朝臣

179 吹風によその紅葉《もみぢ》は散《ち》りぬれどときはのかげはのどけかりけり

【校異】 **詞**○摂政の中将―摂政少将〈「少」ノ右傍ニ朱デ「ノ中ィ」トアル〉（貞）○右大臣の―右大臣（島）右大将〈「将」ノ右傍ニ朱デ「臣ィ」トアル〉（貞）○もみちの―もみち（貞）○ちりまてきたる―ちりたる（貞）。**歌**○ちりぬれと―ちりくれと（島）ちりぬとも〈「ぬとも」ノ右傍ニ朱デ「ケレトィ」トアリ、ソノ右傍ノ「ぬ」ノ位置ニ「くィ」トアル〉（貞）○ときはのかけはのとけかりけり―ときはのかけはのとけかりけり〈右傍ニ「君かときはのかけそのとけきィ」トアル〉（貞）。

【拾遺集】賀・二八五。

謙徳公の中将にて侍ける時父大臣ためたかゝ屏風　　小野好古朝臣

吹風によその紅葉は散くれと時はのかけはのとけかりけり

定賀・二八二。**詞**○謙徳公の―一条摂政。○中将にて―中将に。○父大臣―父の大臣の。○ためたかゝ―五十賀し侍ける。**歌**○時はの―君かときはの。○かけは―影そ。○のとけかりけり―のとけき。

一条摂政が中将でありましたとき、父の右大臣師輔殿の五十の賀をしました、その屏風の絵に、松原に紅葉が散って飛んで来ました絵柄がありましたところに

吹く風でよその紅葉は散って舞ってくるけれど、常緑の松の陰はのどかで、そのようなわが君の常盤の姿は穏やかである。

【語釈】〇一条摂政―藤原伊尹。三四三の［作者］参照。天禄元年（九七〇）五月二十日摂政、翌年二年十一月に摂政太政大臣になったが、天禄三年十月に官を辞し、十一月に没した。〇中将に侍りける時―天暦九年（九五五）七月左近権中将に任ぜられ、康保四年（九六七）一月権中納言に任ぜられるまで中将であった。〇父の右大臣―伊尹の父師輔が右大臣であったのは天暦元年（九四七）四月から天徳四年（九六〇）五月に五十三歳で没するまで。〇賀―伊尹が中将のときに行われたのは天徳元年の五十の賀である。〇まで来たる―「まで来」は「まうで来」の転。「来」の丁寧表現。散って飛んで来ました。〇ときはのかげ―常緑の松の影。これは被賀者の師輔の常盤に変ることのない姿をいう。

【補説】この歌は詞書によると、中将伊尹が父師輔の五十の賀に屏風を調進したときの屏風歌である。師輔の五十の賀のことは『日本紀略』の天徳元年四月二十二日の条に、

　女御安子於藤壷、賀右大臣五十算。天皇渡御、右大臣以下諸卿有飲宴之礼。賀算事、毎事盡美、（以下略）

とあり、女御安子が飛香舎に於いて五十の算賀を行ったのである。このときに詠進された屏風歌には詠歌事情が、

　先代の皇后の、九条の右大臣殿の五十賀奉れ給ふ御屏風に、竹ある

　家

ながきよを思ひしやれば呉竹のくれゆく冬もをしからなくに（頼基集一五）

　坊城殿五十賀中宮のし給ふに、村上の先王のおほせにて召ししかば、

屏風のれう

吹く風ににほひかはらぬむめの花たが染めかけし色にかあるらん（時雨亭文庫蔵資経本中務集八五）

などとあって、屏風歌は村上帝が召されたものであった。一七九もこのときの屏風歌とみて、『新大系』には「天暦十一年（九五七）四月二十二日、藤原師輔五十賀屏風歌」とある。

しかし、一七九は詞書によれば、中将伊尹が父師輔の五十の賀に屏風を調進したときの屏風歌で、前掲の安子が奉った算賀とは別のときである。伊尹が師輔五十の算賀を催したことは史料にはみえないが、このときの屏風歌は一七九のほかに、団家所蔵の『清正集』（二〇）にも、

みぎのおとどの御賀、とうの中将のしたまひける屏風に

夏の夜も涼しかりけり山河は波の底にや秋はやどれる

とあり、詞書の「頭中将」は伊尹を指している。これについて後藤祥子氏『元輔集注釈』には「伊尹主催というより安子や村上帝の手足となって屏風調達の責任者であったことを示すものと思われる」（四二一頁）とある。『清正集』だけでなく、一七九の『抄』『集』の詞書にも伊尹が師輔の「賀し侍りける屏風」とあり、この詞書をも同様に解するのだろうか。

師輔五十の賀のあった天徳元年には師輔家には禍福両方の出来事があった。安子主催の算賀が終った後、五月十一日には師輔室の康子内親王の平産祈願が行われたが、その効験もなく六月六日に坊城第で亡くなった。七月二十二日に七七忌の法要が行われるまでは、一家にとっては多端な日々であった。伊尹主催の算賀の方は延期または中止を余儀なくされ、結局、予定されていた賀筵はなく、祝賀の屏風の調進のみで終ったのではなかろうか。伊尹主催の算賀の屏風歌とするものが、清正、好古の二人にある事実を軽視すべきではなかろう。

【作者】小野好古　大宰大弐葛絃の男、小野篁の孫。元慶八年（八八四）生。延喜十二年（九一二）讃岐権掾に任ぜられ、中宮大進、右衛門権佐、右少将などを経て、天慶二年（九三九）正月に正五位下に叙せられ、同三年

正月に純友の乱の追捕使に任命されて反乱鎮圧に貢献、同四年五月従四位下に昇り、左中弁、山城守、大宰大弐などを経て、天暦元年（九四七）四月参議となり、天暦四年正月まで大宰大弐を兼任。応和二年（九六二）正月従三位、康保四年（九六七）七月七日致仕、翌五年二月十四日没、八十五歳。『後撰集』以下の勅撰集に六首入集。

右大将保忠がめの賀し侍りける に　　源公忠朝臣

180　万代《よろづよ》もなほこそあかね君《きみ》がため思《おも》ふ心のかぎりなければ

【校異】 **詞**○侍けるに―侍けるに〈「る」ト「に」ノ間ニ朱デ補入ノ符号ガアリ、右傍ニ「トキ」トアル〉（貞）○源公忠朝臣―公忠（貞）。

【拾遺集】 賀・二八六。

権中納言敦忠卿めの賀し侍けるに　　源公忠朝臣

よろつ代もなをこそあかね君かためおもふ心のかきりなけれは

㊏賀・二八三。**詞**○敦忠卿―敦忠。○めの―母の。

右大将保忠殿が奥方の算賀をなさいましたときに

限りなく永い寿命があっても、まだ十分とは思われない。あなたのために思う気持ちは限りがないので。

【語釈】 ○右大将保忠―藤原時平の一男。延喜十四年（九一四）八月参議、右大弁。延喜二十二年一月中納言、

延長八年（九三〇）十二月大納言、承平二年（九三二）八月三十日右大将を兼ねる。同六年七月十四日、四十七歳で亡くなるまで右大将であった。○め―『尊卑分脈』には保忠の子孫の記載はなく、妻のことも不明。○あかね―十分でない、満ち足りない。

【補説】 この歌は『公忠集』の諸本にあり、詞書は次のようにある。

(1)八条の大将のために賀しけるに（西本願寺本一八）

(2)八条大将の女の賀しけるに（御所本二四）

(3)右大将に（彰考館文庫本、公忠集Ⅲ一〇）

(2)の「女」は漢字表記とみて「むすめ」ととるか、「め」の仮名表記とみて「妻」ととるか二通りの解がありうるが、［語釈］に記したように保忠には子孫がいたか未詳であるので、『抄』の詞書を参考にすると、後者ということになる。(3)は簡略でいかようにもとれるが、歌は算賀の歌であるので、(1)と同じに解してよかろう。結局、一八〇の詠歌事情は、

(1)にあるように、八条大将保忠の四十賀に詠まれた。

(2)にあるように、八条大将保忠の妻の賀に詠まれた。

のいずれかになるが、それを明らかにするために、保忠の妻についてみていく。

［語釈］で触れたように保忠は結婚したかも明確でないが、西本願寺本『貫之集』（二二三）には「おなじとしのなつ八条大将の北の方、本院の北の方七十の賀したまふ時のみ屏風の歌、大将おほせたまふときに」とあり、時雨亭文庫蔵素寂本『貫之集』（三四〇）にも「同じ八年のなつ、八条の右大将の北の方の、本院の北の方の七十賀せらるる時の屏風の歌、大将の御せうそこによりてたてまつる」と、ほぼ同文でみえ、「八条の右大将の北の方」が時平の室で保忠の母の廉子女王の七十の賀を催したとある。この詞書に誤りなければ、保忠の北の方はいたことになる。しかし、この詞書は歌仙家集本『貫之集』（貫之集Ⅰ三四一）には「おなじ八年八条の右大将

本院の北方七十賀せらるる時の屏風」とあり、保忠が母の七十の賀を催したことになっていて、こちらの方が筋の通った詞書である。しかし、これにも大きな問題がある。それは詞書の「おなじ八年」は家集の配列順によると、「承平八年」になり、この年には保忠はすでに他界しているからである。和歌文学大系『貫之集』の脚注には「同じ八年」について「六年の誤りであろう」とある。これは保忠が承平六年（九三六）七月に亡くなっているので、「七月以前の実施であれば可能である」と考えてのことである。しかし、校注者は七十の賀が行なわれた年時を把握していないばかりか、肝腎なことを見逃している。それは被賀者の廉子女王が承平五年二月に亡くなっていることである。このことから、廉子女王七十の賀は承平五年二月以前のことで、実際には後に記すように、承平五年一月に行なわれたと考えられる。従って、歌仙家集本の詞書に「八条の右大将本院の北方七十賀せらるる時の屏風」とあることは信憑できるが、保忠の北の方の存在は依然として明らかでない。

保忠に北の方がいなかったとすると、⑵よりも⑴の方が蓋然性は大きい。保忠の生年は『公卿補任』によると、台閣に列した延喜十四年に二十三歳とあるので、寛平四年（八九二）生れとなるが、承平六年に亡くなったときの年齢が『公卿補任』に四十七歳とあるのによると、寛平二年生れとなる。前者によれば四十の賀は承平元年、後者によれば延長七年（九二九）となる。このどちらかも史料で決定できない。

『抄』、『公忠集』などの詠歌事情に対し、『集』には敦忠の母（定家本）、または妻（堀河具世本）の算賀の折に詠まれたとある。敦忠の母は『尊卑分脈』には保忠と同じ本康親王女廉子とあり、『公卿補任』には在原棟梁女とある。敦忠は天慶六年（九四三）三月七日に亡くなったが、『本朝文粋』所収の四十九日の諷誦文には「在原氏為亡息員外納言四十九日修諷誦文」とあり、敦忠の母は在原氏で、棟梁女であった。この母の算賀を敦忠が催したとも考えられる。それを裏付ける史料はないが、歌仙家集本『貫之集』（貫之集Ｉ四一六）に「おなじ年（天慶三年）宰相の中将屏風の歌二十三（正しくは「三十三」）首」とあり、敦忠が屏風新調のための歌を貫之に依頼している。これは母の算賀のための屏風であるとみることができよう。このように一八〇については問題があり、決定的な史料がなく、確定的なことは言えない現状である。
最後に廉子女王七十の賀が催された年時について追記しておく。歌仙家集本『貫之集』（貫之集Ⅰ五一）には、

延喜十五年十二月保忠左大弁□（「之」カ）左大臣北方被奉五十賀時屏風和歌

わが宿の松の木ずゑにすむ鶴は千世の雪かと思ふべらなり

という歌がある。この歌は西本願寺本にも「延木十五年二月三日、右大弁保忠の君の故中御門の左大殿の北の方の御ために奉り給ふ五十賀の屏風歌」（五一）と詞書があり、月日に相違がある以外は同じである。保忠は延喜十五年当時は右大弁であり、「故中御門の左大殿」は延喜九年（九〇九）に亡くなった時平のことで、書かれていることに誤りはないので、詞書は信憑できる。これによると廉子女王の五十賀は延喜十五年に行われ、七十の賀は承平五年（九三五）のことで、この年二月に廉子王女は亡くなっているので、承平五年一月に行なわれたことになる。

【作者】源公忠→六九。
【他出文献】◇公忠集→［補説］。◇三。

五条尚侍の賀を清貫がし侍りける屏風に　伊勢

181　大空《おほぞら》に群《む》れたる鶴《たづ》のさしながら思《おも》ふ心のありげなるかな

【校異】詞○尚侍の賀を―尚侍賀を〈「侍」ト「賀」ノ中間右傍ニ朱デ「ノ」トアリ、「を」ノ左傍ニ朱デ見セ消チノ符号ガアリ、右傍ニ朱デ「平ィ」トアル〉（貞）○清貫―きよさね（貞）。**歌**○むれたる―むれたる〈「た」ノ右傍ニ朱デ「キィ」トアル〉（貞）。

【拾遺集】賀・二八七。

五条尚侍の賀を民部卿藤原清貫のし侍ける屏風に　　伊勢

おほ空にむれたるたつのさしながらおもふ心のありけなるかな

定賀・二八四。詞○尚侍―内侍のかみ。○賀を―賀。○藤原清貫の―清貫。○し侍ける―し侍ける時。

五条尚侍の賀を清貫が催しましたときの屏風に

大空に群がっている鶴が、あのように飛んでいく方を目指しながらも、尚侍の君の長久を寿いでいるように見受けられる。

【語釈】○五条尚侍―藤原満子。内大臣藤原高藤の女。宇多天皇女御胤子（醍醐天皇生母）の妹。延喜七年（九〇七）二月七日尚侍、十七年十一月に従二位に叙せられ、承平七年（九三七）十月十三日亡くなる。同月十八日に正一位を追贈される。○賀―満子の算賀としては延喜十三年（九一三）十月十四日に行われた四十賀がよく知られている。○清貫―貞和本に「きよさね」とある。『集』には「民部卿清貫」とある。清貫は藤原保則の四男、母は在原業平の女。貞観九年（八六七）生。寛平八年（八九六）一月兵部少丞、左中弁、蔵人頭を経て、延喜十年一月四十四歳で参議となる。十三年一月従三位権中納言、二十年九月五十三歳で民部卿、二十一年一月正三位大納言、延長八年（九三〇）六月二十六日没、六十四歳。清貫が民部卿であったのは延喜二十年九月から延長八年六月二十六日没したときまで。○さしながら―そのように群がりながら。飛んでいく方向をめざす意の「指しながら」を掛ける。○思ふ心―尚侍の長寿を寿ぐ心。

【補説】この歌は西本願寺本『伊勢集』に「五条の内侍のかみ御四十賀を清貫の民部卿のつかまつり給ふ屏風のゑに」と詞書のある歌群（六二～七三）の中に「たづむれて雲にあそぶところ」（六九）としてみえる。鶴が群がって無心に空を飛んでいく光景を詠んでいるが、慶賀を表す鶴をさらに「おもふ心ありげ」だと見ているところに、一首の趣向がある。

尚侍満子は延喜十三年十月十四日に醍醐天皇から四十賀を賜り、また、正三位の宸筆の位記をも賜った。この日、屛風四帖が新調され、その屛風歌を紀貫之らが詠進した。西本願寺本『貫之集』（二三）には「延喜十三年十月十四日尚侍四十賀屛風歌、依内裏仰奉之」と詞書があって屛風歌が六首（二三〜二八）ある。また、西本願寺本『兼輔集』に「こ内侍のかみの賀みかどのせさせ給ふに、屛風の絵に雲るにかりのとべる所」（四八）と詞書のある歌や、「こないしのかみの御屛風に」（五二）と詞書のある歌なども、このときの屛風歌である。

この『貫之集』の六首と『伊勢集』の十二首とを照合すると、同一の絵柄を詠んだ歌はなく、『伊勢集』にいう賀は延喜十三年十月十四日に行われたものとは別のものである。『伊勢集』の御賀は清貫が主催したもので、その催された月日は不明である。そもそも、血縁関係にない満子の賀をなぜ清貫が主催したのかも疑問である。このことに関して関根慶子氏（『伊勢集全釈』風間書房）は、

㈠十月十四日の賜賀の後宴に、定方以外の公卿では清貫だけが勅許をえて出席している。

㈡延喜十三年の春の除目で、定方は六人を超えて参議から中納言に昇進しているが、清貫も同時に六人を超えて参議から権中納言に進んでいる。

㈢十二月九日、菊合の負物を献上したとき、夜に天皇が侍所に出御、定方と清貫を相手に飲酒された。

などと、清貫が定方と近い関係をもって、共に天皇に近侍していたことをあげ、清貫は満子の夫だったのではあるまいかと言われている。それはともかくとして、清貫は定方と共に天皇の信任をえていて、立場は違うが、定方も前年十二月二十二日、年内立春の日に賀を行っている。

【作者】伊勢→三〇。

【他出文献】◇伊勢集→［補説］。◇朗詠集四五二。◇古今六帖二二四三。

補6 春《はる》の野のわかなならでも君《きみ》がため年《とし》の数《かず》をもつまむとぞ思《おも》ふ

【校訂注記】 コノ歌ハ底本ニナク、島本（一八五）、貞和本（一八七）ニアルノデ、島本ニヨッテ補ウ。

【校異】 **詞**○詞書ナシ―わかなつめりける所に〈「わ」ノ右傍ニ「此詞イナシ」トアル〉（貞）。**歌**○はるのゝの―かすかのゝ〈「かすか」ノ右傍ニ朱デ「ハルノイ」トアル〉（貞）○わかなゝらでも―わかなゝらねと（貞）。

【拾遺集】 賀・二八八。

春の野のわかなならねと君かため年の数をもつまんとそ思ふ

㊁賀・二八五。

あなたの寿命の長久を願って、春の野の若菜でなくても、長寿の年の数を積もうと思う。

【語釈】 ○春の野の―『抄』『集』では、貞和本のみが「かすがのゝ」とある。一方、『伊勢集』では西本願寺本系のみ「春野に」とあるが、「春の野の」とあるのがよい。○わかな―子の日には野に出て若菜を摘み、小松を根引く風習があり、宮中では正月の初めの子の日（後世は正月七日）に内蔵寮、内膳司から、その年の新菜を羹にして天皇に奉った。○つまむ―「つむ」に若菜を「摘む」と年を「積む」とを掛ける。

【補説】 この歌も前歌と同じときの屏風歌である。『抄』では底本に欠くが、貞和本には「わかなつめりける所」と詞書があり、『伊勢集』には「若菜摘むところ」（六二）とある。麗らかな陽光をあびながら、浅緑の野辺で若菜を摘む絵柄が描かれていたのだろう。「春の野のわかなならねど」という歌い出しは唐突で、眼前の絵柄を無視しているようであるが、「年の数をもつまむ」と掛詞を効果的に用い、一転して長寿を予祝している。屏風絵には若菜を摘む行為が描かれているだけで、その人物の意識までは描かれていないが、作者は人物が若菜を積むことは年を積むことだと思ってやっていると、画中の人物の意識までも詠んでいる。

【作者】伊勢→三〇。

【他出文献】◇伊勢集→［補説］。◇古今六帖二三〇九、第二句「わかなならねと」。

康保三年三月に内裏に花宴有りける時　九条右大臣*

182 桜《さくら》花こよひかざしにさしながらかくて千歳《ちとせ》の数《かず》をこそ積《つ》め

【校訂注記】「九条右大臣」ハ底本ニ「九条右大将」トアリ、「将」ノ右傍ニ「臣」トアルノヲ、島本ニヨッテ改メタ。

【校異】詞〇内裏に―内裏にて（貞）〇有ける時―ありけるに（島）〇右大臣―右大臣〈右傍ニ朱デ「大マウチキミ」トアル〉（貞）。歌〇かす―はる（島・貞）〇つめ―へめ（島）みめ（貞）。

【拾遺集】賀・二八九。

天徳三年三月に内裏に花の宴せられける時　右大臣師輔

さくら花こよひかさしにさしながらかくて千とせの春をこそつめ

[定]賀・二八六。**詞**〇三月に―ナシ。〇せられける時―せさせ給けるに。**歌**〇つめ―へめ。

康保三年三月に内裏で花の宴があったとき

桜の花を今宵は挿頭として挿し、そうしたままで、千歳の年月を過ごすことにしよう。

【語釈】○康保三年三月―『集』には「天徳三年三月」（具世本）「天徳三年」（定家本）とある。○花宴―梅、桜、藤、菊などの花を観賞しながら、詩を賦し、歌舞を演じなどして宴を催すこと。弘仁三年（八一二）二月、嵯峨天皇が神泉苑に行幸して催したのが最初という。○かざし―草木の花や枝を折って、髪や冠に挿したもの。もとは草木の生命力にあやかる呪術的な意味があったが、しだいに装飾となった。○さしながら―「さし」に挿頭として挿す意の「さし」と、副詞「さ」にサ変動詞「す」が接続して、そのようにするの意を表す「さし」を掛ける。○かくて―桜を挿頭に挿した良宵のままで。○千歳の数をこそ積め―「積め」の部分が『抄』では「校異」に示したように「経め」「見め」と異なる。さらに『集』は「千歳の数」が「千歳の春」とある。千歳の年月を過ごしたいの意。

【補説】この歌は『師輔集』には巻末に勅撰集から増補した歌群中（九六）にある。この歌が詠まれた花の宴について、『抄』には康保三年（九六六）三月とあり、『集』には天徳三年（九五九）、または天徳三年三月とある。まず、『抄』についてみると、康保三年三月十一日（日本紀略は十日とする）に花の宴が行われたことが『北山抄』（巻三・花宴事）に、

同月十一日、殿庭桜花盛開、御又庇倚子、召左右大臣以下、令候東簀子敷、召侍臣及楽所歌管者四五人、候東庭奏絲竹、内蔵賜酒肴。于時月明風和、侍臣折花、挿公卿以下冠、左大臣令延光朝臣立、令各読和歌。

とあり、一八二の世界を髣髴とさせるような記述がみられるが、これには問題がある。それは歌の作者である九条右大臣師輔が、この催しより前の天徳四年五月四日に没していることである。しかし、このことは歌の作者が師輔以外であれば問題にならない。実際、この歌は『師輔集』の原型本になく、師輔作の積極的な根拠はないものの、師輔以外の人物の詠作とする資料もない。『抄』の底本にも作者名は「九条右大臣」ともあったが、当時の「右大将」は師尹で、『新大系』には「十日の花宴の藤原師尹の詠か」とある。しかし、師尹に「九条右大将」の呼称はない。

これに対して『集』の詞書は問題がないかというと、こちらは天徳三年に花の宴が催されたことが古記録等にみえないことである。この場合、年時の方は資料の裏付けがないと書けないが、宴の内容に厳密な規程がなければ、類似の宴に同じ名称が用いられることもありうるので、花の宴だけでなく類似の宴がなかったかをみておく必要がある。

そこで天徳三年の春に行われた文雅の催しについて史料をみると、

(イ)二月二十二日　内宴。題云、春樹花珠顆、式部権大輔国光朝臣為序者、有歌舞。(日本紀略)

(ロ)三月三十日　召文人於祕書閣、令賦春被鶯花送之詩、有御製。(日本紀略)

(ハ)同三年　内裏華宴。(帝王編年記)

などがある。(ハ)の『帝王編年記』は一三〇〇年ごろの編纂で、これは『拾遺集』の詞書に依拠していると考えられ、資料性に問題があるので、そのまま信憑することはできない。この中では(イ)の内宴が注目される。内宴は元来一月二十一日から二十三日のうち、一日を選んで行われた。その実際をみると、醍醐朝では内宴の記事がない年を除くと通例どおり一月二十一日に行われた年が多く、二十、二十二、二十三日の年もあり、朱雀朝も記事がない年を除き一月二十二、二十三、二十四日に行われていた。村上朝になると内宴の記事のない年が多くて実態を把握し難いが、内宴の記事のない年には三月に花の宴が行われていることが多く、内宴も二月二十一日、二十二日に行われている。これらの年では内宴について後朝に宴があった。前掲(イ)の場合、史料には内宴のことのみで、後朝の宴のことはないが、『帝王編年記』には「二月二十二日、内裡華宴」とあるので、内宴が花の宴に見做されている。康保三年二月二十一日の内宴の後朝の宴は盛大で、『河海抄』(四花宴)には、二十二日の宴の記事を「花宴事」として引いている。こうした内宴の実態から、『帝王編年記』のように内宴のことを花の宴と書いた可能性がある。このように『抄』と『集』の詞書を検討してみると、内宴の後朝の宴でも時節の花を観賞し、詩を賦しているので、これをも花の宴と呼んだとみるのがもっとも穏当であると思われる。したがって、『集』

に「天徳三年、内裏に花宴せさせ給けるに」とあるのが事実を伝えていると考えられる。

【作者】藤原師輔　別称、九条右大臣、坊城大臣。関白忠平第二子。母源能有女昭子。延喜八年（九〇八）生。延長元年九月従五位下。侍従、右兵衛佐、蔵人頭等を歴任、承平五年（九三五）二月参議。権中納言、大納言を経て、天暦元年（九四七）四月右大臣、位階は正二位まで昇り、天徳四年（九六〇）五月没、享年五十三歳。官人として資質に富み、兄の実頼よりも人望があって、「一くるしき二」と言われた。日記『九暦』以外に、著作に『九条殿年中行事』『九条殿遺誡』などがある。歌人として、『後撰集』以下の勅撰集に三十五首入集、家集に『師輔集』がある。

題不知　　　　読人不知

183　かつ見つゝ千歳《ちとせ》の春を過《す》ぐすともいつかは花《はな》の色《いろ》にあくべき

【校異】詞○題不知―題読人不知（島）題不知〈右傍ニ朱デ「イ無」トアル〉（貞）。

【拾遺集】賀・二九〇。

題不知　　　　読人不知

かつみつゝ千とせの春を過ともいつかは花の色にあくへき

定賀・二八七。

題知らず

年年に花を見ながら、たとえ千年の春を過ごすとしても、いつになっても花の美しい色合に見飽きることはないだろう。

【語釈】○かつ見つつ―「かつ」は次から次との意。年年花を見ながら。○千歳の春―千年の春。千代の春。この語句によつて祝意を表す。「けふとくる氷にかへて結ぶらし千歳の春にあはむ契りを」（後拾遺・賀・四二五源順）。○花の色―「色」は単に色彩の意でなく、色調、色あいをいう。○あくべき―「あく」は見飽きる。

【補説】この歌の詠歌事情は明らかでないが、時雨亭文庫蔵資経本『是則集』（四）に「花をしむところにて」と詞書があり、第三句は「くらすとも」とある。

「かつみつつ」という句で始まる歌は、『抄』にはもう一首、斎宮女御の、

かつ見つつかげ離れ行く水のおもにかく数ならぬ身をいかにせん（恋下・三一〇）

という歌があるが、一八三に近い心情を詠んでいるのは、

かつみつつあかずと思へば桜花ちりなんのちぞかねてこひしき（西本願寺本貫之集二五七）

という貫之の歌である。この歌でも、花を飽きるほど見続けていながらも見飽きない思いがするという心情が詠まれている。貫之の歌は家集によると、延喜十八年（九一八）四月に詠進した東宮の屏風歌で、是則の歌との先後関係などは明らかでないが、是則の歌は貫之の歌とともに「かつ見つつ」を初句にもつ早い時期の詠作である。

後世になると、「かつ見つつ」の句を「かつ見ても」と変えて、

かつみてもあかずおぼえしふるさとの花の盛りにとほくきにけり（道済集一七七）

かつ見てもあかぬ心の色ならばうつるばかりや花にそめまし（続古今・春下・一〇六　侍従行家）

などと詠まれている。

また、桜の花を千歳の春見て過ごしても、見飽きることがないという、この歌の主意は一七六に「千歳見るともあかじとぞ思ふ」とある兼盛の歌に通じる。「花の色」を見飽きることがないのは、

心ありてうゑたるやどの花なれば千歳うつらぬ色にざりける（西本願寺本貫之集五三〇）
花もみな君が千歳をまつなればいづれの春か色もかはらん（二度本金葉・賀・三三一　長実）
とあるように千歳も色が変らないからで、こうした歌は「花契遐年」「花契千年」などの結題の世界に通じる。

【他出文献】◇是則集↓［補説］。

亭子院歌合に

184 三千年《みちとせ》になるてふ桃《もゝ》の今年《ことし》より花咲《はなさ》く春にあひぞしにける

【校異】詞○歌合に―歌合（島）○作者名ナシ―躬恒（島）みつね〈下ニ朱デ右ニ「イ本是則」、左ニ「イ本無名」トアル〉（貞）。歌○みちとせに―みちよへて（島）みちよへて〈「よへて」ノ右傍ニ「とせにィ」トアル〉（貞）○なるてふ―なるてう〈「う」ノ右傍ニ「ふィ」トアル〉（貞）○あひぞしにける―あひそしにける〈「そしにける」ノ右傍ニ「にけるかなィ」トアル〉（貞）。

【拾遺集】賀・二九一。

亭子院の歌合　　忠　峯

三千世へてなるてふもゝのことしより花さく春にあひそしにける

定賀・二八八。詞○亭子院の歌合―亭子院歌合に。歌○三千世へて―みちとせに。○あひそしにける―あひにける哉。

亭子院の歌合に

三千年を経て実がなるという桃が、今年から花の咲くという、その春に出会うことができたのだった。

【語釈】○亭子院歌合―宇多天皇が主催して亭子院で行った歌合。四二参照。○三千年になるてふ桃―三千年に一度実が成るという桃。西王母という崑崙山に住む仙女が不老長寿を願う漢の武帝に献じた桃。めでたいものや長寿の喩えにいう。○今年より花咲く春に―三千年に一度実がなる桃が今年から花が咲くというのは、今年が実のなる三千年までの最初の年ということになる。○あひぞしにける―出会うことができた。

【補説】この歌は「亭子院歌合」には、左方の躬恒の「きつつのみなく鶯のふるさとは散りにし梅の花にざりける」という歌と番えられて「負」となり、判詞には「としとよむべきことをよといへりとて、まく」とある。二十巻本には初句「みちとせに」とあり、この本文では判詞にいうようなことはありえないので、歌合の原型本文は「みちよへて」であった。この歌は諸家集にも、

(イ)みちとせになるてふ桃のことしよりはなさく春にあひにけるかな（時雨亭文庫蔵資経本是則集六）

(ロ)みちとせになるてふ桃のことしより花開春にあひにける哉（内閣文庫本、躬恒集Ⅱ二一一）

(ハ)三千歳へてなるてふもものことしより花さくはるになりにけるかな（時雨亭文庫蔵伝為家筆本忠岑集四八）

(注)(ロ)は家集の巻末に『拾遺集』から増補された歌で、原型本にはなかったものである。

などとある。(イ)(ロ)は「亭子院歌合」の歌とあるが、(ハ)には「三月三日ある所にてかはらけとりて」と詞書があり、歌詞も第一句は(イ)(ロ)に「みちとせに」、(ハ)に「三千歳へて」、第五句は(イ)(ロ)に「あひにけるかな」、(ハ)に「なりにけるかな」と小異がある。ただし、『忠岑集』諸本をみると、

みちよへてなるといふももはことしより花さくはるになりぞしにける（西本願寺本、忠岑集Ⅱ七七）

みちよへてなるてふ桃のことしよりはなさくはるになりにけらしも（時雨亭文庫蔵承空本一一）

みちよへてなるてふ桃のことしよりはなさくはるにあひぞしにける（時雨亭文庫蔵桝形本一四九）

と、第一句は同じであるが、第五句は伝本によって小異がある。家集以外では、

みちとせになるてふ桃のことしよりはなさく春になりぞしにける（古今六帖五八）

みちとせになるといふ桃のことしより花さく春にあひそめにけり（和漢朗詠集四四）

などとある。前者は作者を忠岑としているが、『忠岑集』とは初句が相違する。後者は第五句が諸本と相違し、独自本文である。このように細部には相違はあるが、歌合判詞の影響で「とし」に直した本文は「みちとせに」で、『忠岑集』のみが「みちよへて」という原型本文を伝えている。しかし、『忠岑集Ⅱ』の詞書に「ある所にてかはらけとりて」とあるように、賀宴の席で朗誦されたためか、第五句の本文は伝本によって異なっている。

この歌は平安時代に広く知れわたったために、同じ故事による類歌が多く詠まれている。

①みちとせになるてふ桃の百かへり君がためにと植ゑし山人（海人手古良集七八）

②みちとせになるてふ桃の百かへりそれを待ちいでてきこしめせ君（時雨亭文庫蔵花山僧正集四四）

③みちとせにさくてふ桃の花ざかりいくたび波もおらんとすらん（尊経閣文庫本元輔集、元輔集Ⅲ一一五）

④みちとせにひらくる桃の花ざかりあまたの春は君のみぞ見む（歌仙家集本系統兼盛集一七五）

⑤みちよへてなりけるものをなどてかはももとしもはたなづけそめけん（後拾遺・春下・一二八　花山院）

⑥みちよへてなるてふ桃の末の世の花の盛りは君のみぞみん（続古今・賀・一八七二　紀時文）

これらをみると、初句が「みちとせに」とある歌では、第二句までが前掲(イ)(ロ)の是則、躬恒の歌と同じもの（①②）と、第二句が「咲くてふ桃」と、花に重点を置いた新しい形の表現（③④）と二通りある。また、初句が「みちよへて」とあるのは二首で、その内の一首は紀時文が『抄』の撰者といわれる公任の父の頼忠（廉義公）に送った歌で、他の一首は『集』の撰者に擬せられる花山院の詠作である。『抄』『集』に関係があると思われる二人の周辺では、「みちよへて」という歌合本文がはじめは重視されていたようであるが、歌合の判詞の影響からか、『抄』では島本、伝源承筆本の「みちよへて」が書陵部本（底本）で「みちとせに」となり、『集』では異

本系統の具世本の「みちよへて」が定家本で「みちとせに」と本文が変っている。
【作者】忠岑、躬恒、是則が作者とされているが、どれも確証はない。
【他出文献】◇亭子院歌合→［補説］。◇忠岑集→［補説］。◇朗詠集→［補説］。◇古今六帖→［補説］。◇是則集→［補説］。

康保三年正月二日、内裏にて子日せさせ給ひけるに、殿上の人〳〵
和歌つかうまつりけるに　　右兵衛佐藤原信賢

185 めづらしき千代《よ》の子《ね》の日《ひ》のためしにはまづ今日《けふ》をこそひくべかりけれ

【校異】詞○子日せさせ給けるに―ねのひしたまひけるに〈「し」ノ左傍ニ朱デ見セ消チノ符号ガアリ、右傍ニ「セサセ」トアル〉（貞）○和歌つかうまつりけるに―歌よみけるに〈右傍ニ朱デ「和歌ツカウマツリケルニィ」トアル〉（貞）○信賢―宣忠〈右傍ニ朱デ「信賢ィ」トアル〉（貞）。**歌**○千よのねのひのためしには―ちよの子日のためしとは（島）ちよのためしのねのひとは〈「と」ノ右傍ニ「にィ」トアル〉（貞）○ひく―きく〈「き」ノ右傍ニ「ひ」トアル〉（島）。

【拾遺集】賀・二九二。
康和三年正月二日内裏にて子日せさせ給けるに殿上のおのことも和
歌つかうまつりけるに　　右兵衛佐藤原信賢
めつらしき千世のねの日のためしにはまつけふをこそ引へかりけれ

定 賀・二八九。**詞**○康和―康保。○正月二日―ナシ。○右兵衛佐―ナシ。○信賢―のふかた。**歌**○ねの日のためしにはーはしめの子日には。

康保三年正月二日に内裏で子の日をなさいました日に、殿上の侍臣たちが和歌を詠んで献上しましたときに

千年先までの子の日のめったにない賞賛すべき前例として、真っ先に今日の子の日を引くべきであろう。

【語釈】○康保三年正月二日―康保三年（九六六）の正月の子の日は十日、二十二日、二月は五日、十七日、二十九日で、正月二日は子の日ではない。○内裏にて子の日せさせ給ひけるに―内裏で子の日の遊びが行われたのは二月五日である。「子の日」は二〇参照。○殿上の人々―内裏の殿上の間にのぼることを許された人々。また、院や東宮の御所の殿上にのぼることを許された者。『集』には「殿上のをのこ」とある。これによると侍臣のこと。○めづらしき―めったになく賞美すべきさま。賞賛すべきさま。○千代の子の日のためしには―この部分異文があり、貞和本に「ちよのためしの子の日とは」とあり、『集』定家本に「ちよのはじめの子日には」とある。「ためし」は手本となる前例。千年先まで子の日のよき前例には。貞和本によると、千年続くよき前例の子の日としての意。○まづ―手本となる前例として真っ先に。子の日の縁語の松を意識させる。○ひくべかり―前例として引く意の「ひく」に、子の日の縁語の松を引く意の「ひく」を掛ける。「春日野のけふの子日の松をこそ千世のためしにひくべかりけれ」（長秋詠藻六一四）。

【補説】この歌が詠まれた康保三年の子の日のことは、『日本紀略』二月五日の条に、

庚子。令守平親王及小童等於東庭有子日之戯。其後召侍臣、於梅樹下給酒、奏絃歌。

という簡単な記事がある。歌は侍臣を召して、梅樹の下で遊宴を行ったときに詠まれたのであろう。

この歌は［校異］に示したように『集』の定家本に「めづらしき千世のはじめの子日にはまづけふをこそひく

べかりけれ」とあり、上句は独自本文である。この上句に『和歌大系』は「今後千年も続く賞賛すべき治世の最初の子の日としては」と注を施し、『新大系』は「内裏で子の日の行事をするというこの珍しい催しは、これから千代にもわたって継続するであろうが、その最初の例として」と大意を記している。前者では、村上帝が催した子の日の遊宴であれば、このように解することもできようが、この子の日の遊びを行ったのは第五皇子守平親王（後の円融帝）で、康保三年当時、まだ立坊するかどうかさえもわからない親王のことを「今後千年も続く…治世」などというはずがなかろう。この点、後者は無理のない解釈のように思えるが、康保三年以前、朱雀帝の天慶六年（九四三）一月九日に「於御前有子日之興」（日本紀略）とあるように、御前で子の日を行った例があり、この子の日のことは「朱雀院の子日」として知られていたと思われるので問題がある。このように定家本本文は過剰な解釈をしても無理がある。これは『集』成立当時の円融天皇像によって上句の本文が改定されているからであろう。ちなみに、円融天皇は兼家による藤原北家隆昌の基盤を確立する上で重要な位置にいた帝であり、兼家の政治的陰謀は花山院の治世にも大きな影響をあたえた。そのような円融天皇像ができあがった後であれば、定家本による『和歌大系』の解釈もありえよう。

【作者】『抄』の底本、島本、『集』の具世本などに「右兵衛佐藤原信賢」とあり、『集』の定家本に「藤原のふかた」とある。『勅撰作者部類』には「信賢五位左兵衛佐。藤原。先祖可尋」とあり、『小右記』長徳三年（九九七）九月九日の重陽の節会の作文の序を書いた「信賢朝臣」のこととみているようであるが、この信賢が右兵衛佐であったことは確認できない。これに対し「のぶかた」は藤原伊尹の二男の「惟賢」であるとする説がある（『一条摂政御集注釈』塙書房）。この惟賢は時代的にも、「右兵衛佐」の官歴からも適合する。

『尊卑分脈』によると、母は代明親王女の恵子女王。最終官位は正五位下右兵衛佐。康保二年三月に「右兵衛佐」であったことは『西宮記』（巻八裏書）から知られる。

【他出文献】◇新撰朗詠集二九、作者名ナシ。

小野宮のおほいまうちぎみ後院にて子日し侍りけるに、人々歌よみ
侍りけるに
三条太政大臣

186
行末《すゑ》も子《ね》の日《ひ》の松《まつ》のためしには君がよはひをひかんとぞ思《おも》ふ

【校異】 **詞**○小野宮のおほいまうちきみ―小野宮大臣（島）小野宮太政大臣（貞）○後院にて―後院にて〈「後」ノ右傍ニ朱デ「閑ィ」トアル〉（貞）○人々歌よみ侍けるに―人〳〵歌よみけるに〈「人」ノ右傍ニ朱デ「此詞ィナシ」トアル〉（貞）。**歌**○行すゑも―ゆくすゑの〈「の」ノ右傍ニ「もィ」トアル〉（貞）○よはひ―よはひ〈右傍ニ「ちとせィ」トアル〉（貞）。

【拾遺集】 賀・二九三。
清慎公家にて子日し侍けるに下﨟に侍し時よみ侍ける
三条太政大臣廉義公
ゆくすゑのねの日の松のためしには君か千とせを引かむとそおもふ
定賀・二九〇。**詞**○清慎公―小野宮太政大臣。○侍し―侍ける。○廉義公―ナシ。**歌**○ゆくすゑの―ゆくすゑも。

小野宮太政大臣が後院で子の日の遊をしました日に、人々が歌を詠みましたときに
これから先も千歳の齢を祈って子の日の松を引いたあかしとして、殿の千歳の寿命を引き合いにだそうと思います。

【語釈】 ○小野宮のおほいまうちぎみ―「おほいまうちぎみ」は一〇五参照。ここは太政大臣藤原実頼のこと。実頼は一〇五［作者］参照。○後院―天皇の在位中に定めた譲位後の御所。ここは累代の後院であった冷泉院をいう。実頼は天禄元年（九七〇）五月十八日に亡くなったが、その約一箇月前に冷泉院は焼亡し、冷泉上皇は朱

雀院に移徙している。〇三条太政大臣―藤原頼忠。→［作者］。〇松のためしには―「ためし」はしるし、証拠の意。子日に千歳の齢を祈念して小松を根引いたしるしには。〇よはひをひかん―殿の寿命の長久を例として引く。「ひく」は子の日の松の縁語。この子の日の当時、実頼は七十歳であった。

【補説】小野宮太政大臣の子日のことは、時雨亭文庫蔵坊門局筆『元輔集』（三八）に、

安和二年二月五日、とうの中将さねすけの朝臣、小野宮の太政大臣、

子の日しにつかはししによみて侍りし

おいのよにかかる子の日はありきやとこだかき峯の松にとはばや

とあり、『大日本史料第一編之十二』にも前掲の『元輔集』と同じような資料をあげているが、『元輔集』（三八）の小野宮の太政大臣の子の日と一八六の詞書に「小野宮のおほいまうちぎみ後院にて子日し侍」るとある子日とは別のものである。『元輔集』（三八）にいう子の日については雑上四六五で改めて取り上げるが、それとは別に、坊門局筆『元輔集』（三三）には

小野宮の太政大臣子日し侍りしに

ちとせつむやどの子の日の松をこそほかもためしにひかんとすらめ

という、小野宮太政大臣家の子の日の歌がある。安和二年（九六九）二月五日は壬子で、この日に実頼の後院で子日の遊びが行なわれたことは誤りなかろう。その年の歳末に算賀の祝宴を控えた実頼七十歳の春であった。この日には坊門局筆『元輔集』（三〇）に「一条の大まうち君の白河の院にて子の日侍りしに」とあって、小一条師尹の白河院でも子日の遊びが催されていた。（詞書の「一条の大まうち君」を伊尹ととる説は誤りである）。

【作者】藤原頼忠　関白太政大臣実頼の二男。母は左大臣藤原時平女。延長二年（九二四）誕生。右兵衛佐、右大弁などを経て、応和三年（九六三）九月参議となり、中納言、権大納言・右大臣を経て、貞元二年（九七七）正二位関白左大臣、天元元年（九七八）太政大臣となり、寛和二年（九八六）関白を辞し、永祚元年（九八九）

六月二十六日、六十六歳で没する。諡を廉義公という。『大鏡』（頼忠伝）に「三条よりは北、西洞院より東に住み給ひしかば、三条殿と申す」とある。貞元二年に「三条左大臣頼忠前栽歌合」を主催。勅撰集に四首入集。公任、遵子、諟子の父。

題不知　　　　読人不知

187 水無月《みなづき》のなごしの祓《はらへ》する人は千歳《ちとせ》の命《いのち》のぶといふなり

【校異】 **詞**○題不知―たいよみ人しらす（島）○読人不知―人丸〈右傍下ニ朱デ「読人不知ィ」トアル〉（貞）。**歌**○のふといふなり―のふとこそきけ〈「こそきけ」ノ右傍ニ朱デ「イフナリ」トアル〉（貞）。

【拾遺集】 賀・二九五。

題不知　　　　読人不知

みな月のなこしのはらへする人は千とせのいのちのふといふなり

㊎賀・二九二。

題知らず

六月のなごしの祓をする人は、その効験で寿命が千年も延びるということだ。

【語釈】 ○読人不知―貞和本にのみ「人丸」とあるが、この歌は『人麿集』などにない。○なごしの祓―陰暦六月晦日に行われる祓。名義については、「なご（和）し」の意で邪神を祓いなごませる意とする説（八雲御抄）、

「名越し」で、夏の名を越えて相剋の災いを祓う意とする説（下学集）とがある。この日宮廷で行う大祓とは別儀であるが、諸書には混一して説明されている。夏越の祓は民間信仰に基づく年中行事で、祓具として茅輪（菅貫）を用いる。茅輪は茅を輪の形にして紙をまいたもので、これをくぐったり、腰につけて穢れ、災厄、疫病などを祓い除くと説明されるが、腰につけるのは後世のことである。茅輪は頭上から足下に後方から抜くように通して身を祓い清めることは、『年中行事絵巻』の摸本からも知られ、『為信集』（一四〇）に「祓するくさ人形の菅貫はしりへしぞきぞまづせられける」とある歌に、「しりへ（後方）しぞ（退）く」とあるのも、くぐって通り抜ける後世のやり方とは異っていたことがわかる。また、この日に人形《ひとがた》で身体を撫で清めて、茅輪などとともに川に流した。なお、この祓は平安末期には宮廷行事の大祓のなかにも取り入れられたようで、『江家次第』（第七・大祓・六月晦日）には「延久三年十二月、四年六月、依勅定改直御座敷、今夜殿上并大盤所料令進人形菅抜等」と、人形・菅抜などの祓具のことがみえる。八五参照。

【補説】この歌は『古今六帖』（一〇九）に「なごしのはらへ」の題でみえる。また、後世のものであるが、『皇太神宮年中行事』には六月晦日輪越神事にうたわれたことがみえる。このように一八七は、元来、民間信仰に発した夏越の祓の行事とともに伝誦されてきたのではなかろうか。「夏越の祓」は『古今六帖』において歌題化して詠まれるようになるが、屏風絵の画題にはみられないのも、民間信仰に発した行事であるからであろう。しかし、歌語としてはしばしば用いられ、月次屏風歌の「六月、はらへ」の題で詠まれた歌にも、

　岩波のたちかへりせば井堰よりなごしの祓すとや聞くらん（順集二三一）

などと用いられている。

また、「みなづきのなごしのはらへ」という慣用句的な表現を用いた歌に、

　ゆふだちにやや暮れにけり水無月のなごしの祓せでやすごさん（天理図書館蔵曽称好忠集五〇三）

　水無月のなごしの祓するせぜにあさはなだなるそぬぎ見ゆらし（千穎集二一）

などがある。好忠、千穎の二人は奇抜な用語、表現を多用する共通性をもっている。この二人であるから、従来の伝統的な歌材や表現に拘束されずに、伝誦されてきた歌謡的な夏越の祓の歌の表現を自由に用いて詠んでいるのであろう。

【他出文献】◇古今六帖一〇九↓［補説］。

188　＊承平四年中宮の賀し侍りける時の屏風に　　藤原伊衡朝臣

禊《みそぎ》して思《おも》ふ事をぞ祈《いの》りつるやほ《を》万代《よろづよ》の神《かみ》のまにまに〱

【校訂注記】底本ニ「寛平」トアルノヲ島本ニヨッテ改メタ。

【校異】詞〇承平―寛平〈「寛」ノ右傍ニ朱デ「承ィ」トアル〉（貞）〇屏風に―屏風（島）〇伊衡朝臣―伊衡（貞）。

【拾遺集】賀・二九六。

承平四年中宮の賀し侍ける屏風に　　参議藤原伊衡卿

みそきしておもふことをそいのりつるやをよろつ代の神のまに〱

定賀・二九三。**詞**〇屏風に―屏風。〇参議藤原伊衡卿―参議伊衡。

承平四年中宮の五十の賀をしましたときの屏風に

身を清める禊をして、心の中の願いを神に祈ったことだ。万代の長寿をすべて八百万の神の御心に任せて。

【語釈】○承平四年中宮の賀―「承平」は底本に「寛平」とあるが、『抄』の島本、『集』の具世本、定家本などに「承平」とあるのが正しいので改めた。「承平四年中宮の賀」は承平四年（九三四）の中宮穏子の五十の賀。二参照。○藤原伊衡―伊衡は敏行の三男。貞観十八年（八七六）誕生。春宮帯刀の労により、醍醐天皇の寛平九年（八九七）七月、二十二歳で右兵衛少尉となり、宮内少輔、左兵衛権佐、左中将、内蔵頭を歴任して承平四年十月十一日五十九歳で参議となり、天慶元年（九三八）十二月十七日に没す、享年六十三歳。『後撰集』以下の勅撰集に七首入集。宇多法皇の大井河御幸に供奉して歌を詠み、延喜十三年（九一三）十月十四日に清涼殿で行われた尚侍藤原満子の四十の賀筵では和歌の題を奉っている。○禊して―「禊」は身に罪やけがれのあるときや神事の前などに、川原に出て身を洗い清めること。○やほ万代の神―「やほ万代」は永久に栄える世の意で、数量を表す語ではないので、「神」の連体修飾語にはなりえない。数量を表すときは、数が限りなく多いこと、無数の意を表す「やほ万」を用いて「やほ万の神」という。この部分について『新大系』は、八百万の神に「代」という時間意識を加えたもので、「時空を通じた、多数の神」と解し、『和歌大系』は、この下句を「願いがかなうか否かは、過去未来、八百万世の神の御心にまかせて」と解している。ここは量的なものに時間性を加えた表現とみて、永久に栄える世に存在する無数の神々の意で、「万代」に中宮の長久を寿ぐ心を表したのだろう。類似の表現を用いた歌に「清き瀬になごしのはらへしつるより八百万代は神のまにまに」（榊原本和泉式部集三二一）があり、これならば問題なく理解できる。

【補説】この歌は西本願寺本『伊勢集』（伊勢集Ⅰ八二）には詞書を「后宮五十賀御屏風、内裏し給し」として、第一句は「みそぎつつ」とある。歌仙家集本（伊勢集Ⅲ八一）にも「きさいの宮の五十の賀せさせ給に、御屏風に、はらへするところ」と詞書があり、第一句は「みそぎつつ」である。『新大系』『和歌大系』ともに第一句に小異があるために、『伊勢集』にもあることに気付かなかったようで、そのことに言及していない。『伊勢集』には同じときに詠んだ屏風歌が、この他に二首あるので、この歌も伊勢の作であろう。

歌は歌仙家集本の詞書にあるように「はらへする所」を画題にした屏風絵である。［語釈］にも記したが、「やほ万代の神」という表現は、『伊勢集』以前になく、以後では、

おほやしま国しろしめすはじめよりやほよろづよの神ぞまもれる（栄華物語・日蔭の蔓　輔親）
すべらぎをやほよろづよの神もみなときはにまもる山の名ぞこれ（千載・神祇・一二八五）
君が代はやほよろづよの神ごとによはひをゆづるほどと知らなん（若狭守通宗朝臣女子達歌合二八）
みそぎするやほよろづよの神もきけ我こそさきにおもひそめしか（狭衣物語・巻三）

など、特に、大嘗会の歌などでは常套表現のように用いられている。

【作者】この歌の作者は『抄』『集』ともに藤原伊衡とするが、算賀の当事者である中宮穏子との関係や、この屏風歌についての『伊勢集』の資料性を重視すると、作者は伊勢であると思われる。当初の資料に作者名は「伊勢」とあったのを「伊衡」と誤ったのであろう。伊勢と伊衡については、『今昔物語集』巻二四第三一に、醍醐天皇が伊衡を使者として伊勢の邸に遣して、『抄』三〇の「散り散らず」の歌を詠進させたという話がある。こうした話も混淆の要因になっているのだろう。伊勢↓三〇。

【他出文献】◇伊勢集↓［補説］。◇古今六帖一一一、第一句「みそぎつつ」。

天暦御時前栽の宴せさせ給ひけるに　　小野宮大臣

189　万代《よろづよ》に変《かは》らぬ花の色《いろ》なればいづれの秋《あき》か君がみざらん

【校異】詞○宴―宴を（貞）○小野宮大臣―小野宮太政大臣〈「太政大臣」ノ右傍ニ朱デ「大臣ィ」トアル〉（貞）。

【拾遺集】賀・二九七。

天暦御時前栽の宴せさせ給ける時　　小野宮太政大臣清慎公

よろつよにかはらぬはなの色なれはいつれの秋か君かまさらむ

定賀・二九四。歌○まさらむ—見さらん。

村上天皇の御代前栽の宴をなさいましたときに

万代にわたって変ることのない花の色合なので、いつの秋もわが君がご覧になられないことがありましょうか、これから先、万代までもご長命でご覧になることでしょう。

【語釈】○天暦御時—村上天皇の御代。三三参照。○前栽の宴—前栽合と同じとみる説もあるが、「前栽の宴」は前栽に植えた草花を賞美しながら遊宴を催すことであろう。ここは天暦元年（九四七）八月八日のことと考えられる。○小野宮大臣—藤原実頼。一〇五［作者］参照。○いづれの秋か君がみざらん—いつの年の秋にわが君がご覧にならないことがあろうか。長久の寿命のわが君はご覧にならない秋はない。

【補説】この歌は時雨亭文庫蔵『小野宮殿集』に

天暦御時前栽のえせさせたまけるに

よろづ世にかはらぬ花の色なればいづれの秋かきみが見ざらむ（七九）

とある。『抄』に「前栽の宴」とある「宴」が「え」と撥音無表記形になっている以外は同じである。この「前栽の宴」を前栽合と同じとみることができるであろうか。『平安朝歌合大成』によると、村上天皇の御代に行われた前栽合には、

(1)天暦十年八月十一日　坊城右大臣師輔前栽合

(2)　或所前栽合（元真集）

⑶天暦十一年以前　内裏前栽合（清正集）
⑷天徳三年八月二十三日　前栽合（元真集）
⑸康保三年閏八月十五夜　内裏前栽合
⑹康保三年十月二十二日　内裏後度前栽合

などがある。このうち、御前で行われたのは⑶⑸⑹で、⑸の前栽合に出詠した藤原国光の歌が歌仙家集本『元輔集』（元輔集Ⅱ七二）に詞書を「壷前栽の宴せさせ給ふに人にかはりて」としてみえるところから、「壷前栽の宴」を前栽合の後宴とみる説がある（平安朝歌合大成）。しかし、「前栽の宴」という語は、『八代集抄』に「花の宴とおなじく、前栽を賞して御遊などあるなりとぞ」とあるように前栽合の後宴とは別のものであろう。

「前栽の宴」が行われたという史料はないが、『日本紀略』の天暦元年八月八日の条に「左大臣候官奏。此日殿庭翫草花、侍臣献和歌」とある記事が注目される。この記事について『小野宮殿実頼集全釈』（風間書房）には、

「殿庭」は実頼邸とおもわれ、当該歌の「天暦御時、前栽のえせさせたまけるに」という詞書では、前栽の宴は内裏で帝が行ったと読めるので、当該歌が詠まれたのを同日のこととするのは疑問である。

とある。これは「殿庭」の語を正確に理解したうえでの批判とは思われない。この語の用例は故実書などを読んでいると、容易に探しだすことができる。

主殿寮樹幔於殿庭東西。（儀式巻五・奏御卜儀）
左右馬寮各牽青馬、入自延明門自顕陽堂後北上、入自逢春門経殿庭西度、出自承秋門。（内裏式・上・七日会式）
其日近衛次将令所司鋪設於殿庭。（内裏式・上・八日賜女王祿式）
有菊花曲宴、……召侍臣堪属文之者。賜座於殿庭花下。（北山抄・巻三・花宴事）
同月十一日、殿庭桜花盛開、御又庇倚子、召左右大臣以下、令候東簀子敷。（北山抄・巻三・花宴事）

これらの「殿庭」は内裏の中の庭のことであり、『小野宮殿実頼集全釈』とは逆に、この語から実頼の私邸で行われたとみることはできない。したがって、前掲の『日本紀略』の記事によって、一八九の「前栽の宴」が行われたのは天暦元年八月八日であるとみることもできる。

この歌は上句で、万代まで変らない花という悠久不変のものを提示して、その生命力や呪力にあやかって、「いづれの秋か君がみざらん」と、これから先の秋にも花を見続けるという発想で、長寿を予祝している。これと同じ発想で類似の下句をもつ歌に、

八月十五夜、せざいなどううるところ

ことしより植ゑはじめたるわがやどの花をいづれの秋かみざらん（時雨亭文庫蔵坊門局筆元輔集二五五）

せんざいううる家

露をだにおとさで掘りつ女郎花植ゑばいづれの秋か見ざらむ（時雨亭文庫蔵資経本中務集八〇）

などがある。この二首とも屏風歌で、画題も大略同じである。一八九は歌人としての元輔の名が宮廷社会に知られるようになったころに詠まれたものであり、元輔も中務も実頼の歌を知っていて詠んだものと思われる。この発想は貫之が天慶二年（九三九）閏七月の右衛門督（清蔭）の屏風歌に詠んだ、

祈りつつなほ長月の菊花いづれの秋か植ゑて見ざらん（貫之集四〇六）

という歌まで遡ることができよう。

【作者】 藤原実頼↓一〇五。

【他出文献】 ◇小野宮殿集↓［補説］。◇清慎公集、「天暦御時えむせさせ給ひけるに」。

三条太政大臣に歌よみどもして歌よませ侍りけるに、草叢《むら》の夜《よる》の虫《むし》
といふ題《だい》を　兼盛

190　千年とぞ草叢《くさむら》ごとに聞《きこ》ゆなるこや松虫《むし》の声《こゑ》には有るらむ

【校異】 **詞**○太政大臣に―太政大臣家に（島・貞）○歌よみ―うたよみ〈右傍ニ朱デ「歌十人」トアル〉（貞）○ともして―ともして〈「も」と「し」ノ間ニ朱デ補入ノ符号ガアッテ、右傍ニ「メィ」トアリ、「て」ノ下ニ補入ノ符号ガアリ、右傍ニ「歌ヨマセ侍ケルニィ」トアル〉（貞）○たいを―題にて（島）ことをよみ侍けるに〈「こと」ノ左傍ニ朱デ見セ消チノ符号ガアッテ、右傍ニ「題ィ」トアッテ、「よみ侍けるに」ノ右傍ニ朱デ「ィナシ」トアル〉（貞）。

【拾遺集】 賀・二九八。

廉義公か家にて歌よみともして歌よませけるに叢の夜のむしといふ
題を　平兼盛
千とせとそ叢ことにきこゆなるこや松むしのこゑにはあるらむ

定賀・二九五。**詞**○廉義公か家―廉義公家。○歌よみともして―人々。○叢の―くさむらのなかの。

三条太政大臣邸に歌詠みたちを召して歌をよませましたときに、「草叢の夜の虫」という題をチトセ、チトセと、どの草叢からも虫の鳴き声が聞えてくることだ。これこそが千年の寿命を保つ松の名を負う松虫の鳴き声であるようだ。

【語釈】 ○三条太政大臣―藤原頼忠。一八六［作者］参照。○歌よみどもして歌よませ侍りける―貞元二年（九

七七）八月十六日に催された「三条左大臣頼忠前栽歌合」のこと。「歌よみども」は当日出詠した歌人。左方として大中臣能宣、清原元輔、紀時文、藤原為頼など、右方として平兼盛、源重之、源順、菅原輔昭など、当代有数の歌人たち。〇草叢の夜の虫―菅原文時が選定した当日の歌題。他に「水上の秋の月」「岸の辺の秋の花」の題が選定された。〇千年とぞ―松虫の鳴き声を松を連想して「チトセ」と聞きなしたもの。

【補説】この歌が詠まれた「三条左大臣頼忠前栽歌合」は、萩谷朴氏（平安朝歌合大成二）がいうように、歌合というよりも「歌合に類似した形式」の歌会であるといえる。左右に分かれて三題の歌を詠んだのは、錚々たる歌人たちで、後世、三十六歌仙に数えられる者が五人もいた。この歌の作者の兼盛も、その一人で、この歌は歌仙家集本系統『兼盛集』（七九）に「草むらの虫」の題である。

この兼盛の歌は、松虫の鳴き声の擬音語を「松」の寿命の千年にとりなしているところに一首の趣向があり、機知にとんだ歌である。後世の慈円に、

いつしかと春のはじめに鶯の君が千年をももいろとなく（拾玉集六八）

千年ふるちとせの松の枝にゐてももいろと鳴くももちどりかな（拾玉集二〇三）

という歌がある。「ももちどり」は鶯の異名で、「ももいろ」は鶯の声を長く引いて鳴くさまと言われる。この二首は兼盛の歌と同じ趣向である。

【作者】平兼盛→一一。

【他出文献】◇兼盛集→［補説］。◇三条左大臣頼忠前栽歌合。

源光の右大臣家に前栽合し侍りける負態《まけわざ》を、内舎人《うどねり》橘《たちばな》のすけなかがし侍るとて、州浜《すはま》に千鳥のかたなど作《つく》りて侍りけるによませ侍りけ

る

191　たが年《とし》の数《かず》とかは見《み》るゆきかひて千鳥鳴《な》くなる浜《はま》の真砂《まさご》を　　貫《つら》之《ゆき》

【校異】 **詞**○源光の―光（島）○右大臣家に―右大臣の家に（貞）○し侍ける―し侍けるに（貞）○し侍とて―し侍とそ（貞）○すはまに―すはまの（貞）○かたなと―かたを（貞）○侍けるに―侍けるに〈右傍ニ朱デ「ィ無」トアル〉（貞）。**歌**○みる―みる〈「る」ノ右傍ニ「んィ」トアル〉（貞）○ゆきかひて―ゆきかひて〈「ひて」ノ右傍ニ「へりィ」トアル〉（貞）。

【拾遺集】 賀・二九九。

右大臣源光か家にて前栽あはせし侍ける時のまけわさうとねりたち花のすけなかゝし侍けるにすはまに千鳥のかたなとつくりける時よませ侍ける　　紀　貫之

たかとしの数とかみゆるゆきかいて千とりなくなるはまのまさこを

定賀・二九六。**詞**○源光か家にて―源のひかるの家に。○まけわさ―まけわさを。○すけなか―すけみ。○し侍けるに―し侍ける。○すはまに―ナシ。○かたなと―かた。○つくりける時―つくりて侍けるに。○紀貫之―つらゆき。**歌**○数とかみゆる―かすとかは見む。○ゆきかいて―ゆきかへり。

左大臣の家で前栽合をしました、その負態を、内蔵助多治助縄がしようとして、州浜に千鳥の作り物などを作ってありましたところに詠ませました

どなたの年齢の数であると見るでしょうか。千鳥が行き来して鳴いている海浜の真砂の数は。

【語釈】○源光の右大臣家―「源光」は仁明天皇第三皇子。貞観二年（八六〇）十一月十五歳で従四位下に叙せられ、次侍従、美作守、左兵衛督などを経て、元慶八年（八八四）四月一日参議となる。その後、中納言、権大納言を歴任、昌泰四年（九〇一）正月に道真の左遷の後をうけて右大臣となり、延喜十三年（九一三）三月十二日没、同十八日贈正一位。享年六十五歳。死因については光の没後、三十四歳の若さで台閣の首座となった忠平に暗殺されたとの説もある。西三条右大臣と号したことから、邸宅は右京三条にあったと思われる。源光の生存時期と前栽合が行なわれた延長五年（九二七）とは重ならないので、「源光の右大臣家」とあるのは誤り。○前栽合し侍りける負態―「負態」は歌合、物合、各種の競技などで、負け方が勝ち方に饗応したり物品を贈ったりすること。○内舎人―中務省に属する文官。帯刀して宿衛、雑役に当り、行幸のときには警護に当った（令義解・中務省）。○橘のすけなか―『集』の定家本には「すけみ」、［補説］に掲げる『貫之集』には「内蔵助多治のすけなは」とある。○千鳥のかた―作物の千鳥。○ゆきかひて―『集』定家本は「ゆきかへり」。「ゆきかふ」は行ったり来たりする。「ゆきかへり」は行って帰ってくる。往復する。○浜の真砂―浜にある砂。数の多いことを喩えていう。

【補説】この歌は歌仙家集本『貫之集』（貫之集Ⅰ六八八）に、「延長五年九月、右大臣殿せざいのあはせ負態、内舎人橘のすけなはつかうまつる州浜にかける」と詞書のある歌群中に、「千鳥」（六九四）の題で詠まれた歌としてみえる。この『貫之集』の詞書も伝本によって相違がある。天理図書館蔵本（貫之集Ⅱ七三）には「右大臣殿」が「左大臣」とあり、「内舎人橘すけなは」が「内舎人橘すけなか」、西本願寺本（五三三）に「内蔵助多治のすけなは」などとある。いまこれらをも考慮して『貫之集』の詞書から知られることは、

(1)前栽合の負態は延長五年九月（天理図書館蔵本ハ「九月二十四日」）に行われた。

(2)(1)を前提とすると、「右大臣殿」は藤原定方、「左大臣」は藤原忠平となる。

(3)負態に州浜を調進した人物は「内舎人橘すけなは」「内蔵助多治のすけなは」または「すけなか」である。

という三項目である。この三項目を『抄』『集』とつき合せても、収拾がつかなくなるので、ここでは『貫之集』に限定して三項目を検討する。

まず、⑶の「すけなは」という人物は歌仙家集本貫之集（貫之集Ⅰ七三〇）にも「おなじ人（陸奥守平惟扶）のむまのはなむけに、橘すけなはが装束おくるとてくはへたる」とあり、これについて萩谷朴氏（平安歌合大成一）は、天慶二年（九三九）八月十七日に忠平の白河邸で行われた陸奥守平惟扶の餞の宴（貞信公記抄）のことであるといわれている。このことから「すけなは」は忠平周辺の人物であると知られる。そこで改めて『貞信公記抄』をはじめ、当時の史料をみると、

助縄交易物持来。（貞信公記抄・延喜二十年六月二十九日）
加賀解文四枚給助縄、有官奏。（貞信公記抄・承平元年二月二十日）
多治助縄為従五位下。（新儀式・承平四年三月二十八日）
数種之銭、内蔵助助縄真人宿納彼寮也。（九条殿御記・天慶七年三月四日）
政所事可令触知中将之状、仰助縄真人。（貞信公記抄・天慶八年一月十二日）
北辺巻調度書等給助縄、令返随時。（貞信公記抄・天慶八年八月五日）
三赤毛帙文（秩父）鵤差助縄貢進内裏。夜御衣一重賜助縄。（貞信公記抄・天慶九年七月九日）
自殿差助縄真人、仰云、明日饗事如何。（九条殿御記・天暦二年正月四日）
助縄真人為左閤御使来云。（九暦逸文・天暦六年七月二十一日）
以宣命授内蔵使助縄云々。（村上御記・応和元年四月十七日）

などと「助縄」の名がみられる。これらによると、承平四年（九三四）三月二十八日に従五位下に叙せられ、天慶七年三月以前に内蔵助になり、応和元年（九六一）四月十七日の賀茂祭に内蔵使になっているので、このころも内蔵寮の官人であった。また、忠平の使者として、諸方に命を伝える役を果たし、忠平家の家司のような人物

であった。さらに「助縄真人」とあるので、真人姓の多治比氏（貞観八年〈八六六〉に多治に改正）であった。『将門記』には天慶二年三月二十五日に将門謀反の実否を訊ねる摂政忠平の御教書の記事があるが、そこに「中宮少進多治真人助真」の名がある。この「助真」は他の史料に見えず、「助縄」を誤ったものと思われ、中宮穏子の「中宮少進」を兼任していたことが知られる。助縄について知りえたことから、この前栽合は助縄の主君である忠平が催したもので、(2)は「左大臣」とあるのが正しく、(3)の「たちはな」は「たち（多治）」とあった本文を「たち花」の「花」を脱したとみたところから生じた本文とも考えられる。結局のところ、『抄』の詞書は誤りで、もっとも史実に近いのは西本願寺本『貫之集』（五五三）の「延長五年九月左大臣殿前栽合の負態、内蔵助多治のすけなはがつかまつれる州浜にかける」とある詞書であるということになる。

【作者】紀貫之→七。

【他出文献】◇貫之集→［補説］。◇古今六帖二二八三、第四句「ちごゐなくなる」。

192　鏡調《てう》ぜさせ侍りてよみ侍りける、うらに鶴《つる》を鋳付《いつ》けさせ侍《はべ》りてよみ侍りける　　伊勢

千年ともなにか祈《いの》らんうらにすむ鶴《たづ》の上《うへ》をぞ見《み》るべかりける

【校異】詞〇侍てよみ侍ける—侍ける（島・貞）〇つるを—つるのかたを（島・貞）〇いつけさせ—いさせ〈「い」ト「さ」ノ間ニ朱デ補入ノ符号ガアリ、右傍ニ朱デ「ツケイ」トアル〉（貞）。

【拾遺集】賀・三〇一。

かゝみ調せさせ侍けるにつるのかたをいつけさせ侍て　　伊勢

千とせともなにかいのらむ浦にすむたつのうへをそみるへかりける

定賀・二九八。**詞**◯調せさせ―いさせ。◯侍けるに―侍けるうらに。

鏡をこしらえさせました、その鏡の浦に鶴の姿を鋳て付けさせまして詠みました

千年まで生きられるようにと、何に祈ろうか。鏡の浦に鋳付けた鶴を浦に棲む鶴と思い、その鶴の身の上にあやかって長寿であるように、見ていればよかったのだった。

【語釈】◯調ぜさせ―「調ず」は拵える。◯侍りてよみ侍りける―諸本は「侍りける」とある。文末に「よみ侍りける」とあるので、重複しない諸本の方がよい。◯鋳付け―「鋳」は「鋳る」の連用形。溶かした金属を鋳型に入れて品物を製造する意。鶴の姿を鋳て付けて。◯千年とも―千年の寿命といっても。◯うらにすむ―「うら」に鏡の「裏」と鶴のすむ「浦」とを掛ける。◯上―身の上。『八代集抄』には「物の表裏をうらうへといえばうらにすむたづのうへを見るといふに、鏡のおもてを見る事をそへたる」という説を記している。

【補説】この歌は類従本系『伊勢集』（伊勢集Ⅱ五〇二）に、詞書を「鏡調ぜさせ侍けるに、うらに鶴のかたを鋳付けさせて」として、第四句を「つるのこゑをぞ」とあり、歌仙家集本『伊勢集』（伊勢集Ⅲ一〇七）には詞書が「鏡のうらにつるのかたをゐつけて侍ければ」とある。

【作者】伊勢→三〇。

【他出文献】◇伊勢集→［補説］。

題不知　　　　読人不知

193 君《きみ》が代《よ》は天《あま》の羽《は》衣まれにきて撫《な》づとも尽《つ》きぬ巌《いはほ》ならなむ

【校異】詞〇題不知—題読人不知（島）。歌〇つきぬ—つひぬ〈「ひ」ノ右傍ニ「き」トアル〉（島）。

【拾遺集】賀・三〇二。

題不知　　読人不知

君か代はあまのはころもまれにきてなつともつきぬいわほならなむ

定賀・二九九。

題知らず

わが君の寿命は、天の羽衣を着た天人が稀に下りて来て、撫でても尽きることのない巌のように長くあってほしい。

【語釈】〇題不知—この歌は時雨亭文庫蔵資経本『是則集』（二五）に「祝　こけ　いはほ」の詞書を付してみえる。〇天の羽衣—天人が着て空を飛ぶことができる衣服。たなばたの歌では織女星の衣を言う。〇まれにきて—「まれに」は劫の石の故事によると百年に一度のこと。「きて」は天の羽衣を着る意の「きて」と来る意の「きて」とを掛ける。〇撫づとも尽きぬ巌—薄い天の羽衣で長い時間撫でても、尽くすことができない巌のこと。

【補説】この歌は『是則集』のほか、天徳四年（九六〇）三月の「内裏歌合」において、左の歌の州浜の覆いに、葦手文字を刺繍にした歌五首のなかにある。この五首のうち二首は『貫之集』の歌であるので、新たに詠まれたものではなく、古歌を用いたと思われる。したがって、「君が世は」の歌も是則の作を用いたかとも思われるが、

『是則集』の成立などが明らかでなく、確定的なことは言えない。
歌は仏説の劫の故事によっているが、根本的な所は相違している。仏説の故事は『大智度経』には、
四十里石山有長寿人、百歳過持細軟衣一来払拭、令是大石尽。劫故未尽。
とあり、方四十里の大石を長寿の人（天人）が百年に一度ずつ薄い衣（天の羽衣）をもって払って、この大石が摩滅しても、まだ終ることのない時間を劫というのだという。仏説では巌は劫に至る前に消滅してしまうが、一九三では巌は永劫に撫で尽くせないものとして「君が世」の喩えにされている。これは『古今集』の賀歌の巻頭にある「わが君は千代に八千代にさざれ石の巌となりて苔のむすまで」の歌と根本的な考え方は共通している。「わが君は」の歌では、巌は細れ石が千代に八千代という長久の時をへて形成されたもので、永劫の表徴である。したがって、仏説にいうように撫でて摩滅してしまうわけにいかず、「撫づとも尽きぬ巌」でなければならなかった。平安時代に劫の故事を用いて詠んだ歌をみると、
天つ人巌を撫づる袂にや法の塵をばうちはらふらん（増基法師集二五）
衣して撫づる巌の尽くるまで君が齢を知らざらめやは（海人手古良集七九）
うごきなき巌のはても君ぞ見むをとめの袖の撫で尽くすまで（拾遺・賀・三〇〇、尊経閣文庫蔵元輔集五七）
いとけなき衣の袖はせばくとも劫の石をば撫で尽くしてん（公任集五五五）
君が世に天の羽衣おりきつついくつの石をなでつくしけむ（重家集四六八）
などの歌では、劫の故事をふまえて、巌は撫で尽きるものと詠まれている。ここには巌を永劫の表徴とする見方はない。これらの歌に対して一九三は仏説の故事を用いながらも、「わが君は」の歌の思想を承けていて、この歌が『是則集』に入っていても違和感はない。この歌は「わが君は」の歌に劣らず、未来永劫の長寿を詠んだ賀歌として知られていたようで、『新撰朗詠集』『宝物集』『奥義抄』などにもみえる。

【他出文献】◇是則集→［補説］。◇天徳内裏歌合→［補説］。

拾遺抄巻第六

別三十四首

春ものへまかりける人の、暁《あかつき》に出で立ち侍りける所にて、とまり侍りける人のよみ侍りける

読人不知

194 春霞《はるがすみ》立つあか月を見るからに心ぞそらになりぬべらなる

【校異】 **詞**○所にて―ところにて〈「て」ノ左傍ニ朱デ見セ消チノ符号ガアル〉（貞）○とまり侍ける―とまりける（貞）○読人不知―ナシ（島）。**歌**○心ぞ―こゝろも〈「も」ノ右傍ニ朱デ「ソィ」トアル〉（貞）。

【拾遺集】 別・三〇四。

はるものへまかり侍ける人のあかつきにいてたち侍りけるところにてとまり侍ける人のよみ侍ける　読人不知

春霞たつ暁をみるからに心そ空になりぬへらなる

定別・三〇一。**詞**○まかり侍ける―まかりける。○いてたち侍りける―いてたちける。

春、地方へ下った人が、まだ夜も明けきらないころに出立しました所で、京に留まりました人が詠みました

春霞が立つころ、あなたが都を出立する明け方の月を見ただけで、私の心も虚ろになってしまいそうです。

【語釈】○ものへまかりける人―「まかる」は尊貴の所から他所へ、また、京から地方へ行く意の謙譲語。「もの」は目的地である場所を漠然と指していう語。ここは地方官として下る人であろう。○暁―夜明け前のまだ暗いころ。○出で立ち侍りける―「出で立つ」は出発する。○とまり侍りける人―京に留まっている人。見送る人。○春霞―春の景物であるとともに、春霞が立つところから「たつ」や「たつ」と同音を含む語にかかる枕詞。「立つ」は出立する意。「ゆかん人こむ人しのべ春霞たつたの山のはつ桜花」（家持集五七）「かへる山ありとは聞けど春霞立ち別れなば恋しかるべし」（古今・離別・三七〇　紀利貞）。○あか月―平安時代には払暁に旅立ちした。「紀のむねさだが東へまかりける時に…あかつき出で立つとて…」（古今・離別・三七七詞書）「あか月、ものへまかり侍りし人を、別をしみて」（林葉集九九〇詞書）「今暁左府被参長谷寺」（小右記・長徳三年九月二十日）。「あか月」は旅立つ時刻をいうとともに、有明の月を暗示。○見るからに―「からに」は、ちょっと…するだけで、…したばっかりになどの意。○心ぞそらになりぬ―心が浮いて落ち着かなくなる。うわの空になる。「そら」は「霞」の縁語。「別れゆく道の雲居になりゆけばとまる心もそらにこそなれ」（後撰・離別　羇旅・一三二四）。

【補説】この歌は「ものへまかりける人」を見送る人が詠んだ歌である。「ものへまかりける人」という表現は一九七にもみえるほかに、

①ものへまかりける人につかはしける（後撰・離別　羇旅・一三三九　伊勢）
②ものへまかりける人のおくり関までし侍りて帰るとてよみ侍りける（拾遺抄・別・二〇四　貫之）
③やよひのころ、ものへまかりける人に（続後撰・羇旅・一二九二　大納言忠家母）
④ものへまかりける人のもとに、こうちぎにつけてつかはしける（続古今・離別・八三一　大中臣能宣）

⑤ものへまかりける人のもとへ、鏡つかはすとて詠み侍りける（続古今・離別・八五三　恵慶法師）などとある。このうち、①は西本願寺本『伊勢集』（二一二）には「つくしへゆく人に」と詞書があり、②は詞書に「おくり関までし侍りて」とあって、逢坂関まで見送っている。④は歌に「手向けの幣」の語が用いられており、⑤は時雨亭文庫蔵定家等筆本『恵慶集』（六五）の詞書に「遠き国へまかるに」とあって、ともに地方へ下る旅であったことがわかる。平安時代、官人が京から地方へ下るのは官吏として職務を成し遂げるため、地方官として赴任するため、許可をえて物詣でに出掛けるためなどである。官人の場合、地方に下る理由、目的が判然としていたので、「もの」というだけで理解された。この歌でも地方官として下るのであろう。

春霞の立つ時節、暁の空に有明けの月があるころ、都を出立する男を見送る女が詠んだ歌であろう。離別の悲しみを直截的に詠むのではなく、月を見たばっかりに心も上の空になってしまいそうだという。有明けの月を見て上の空になると詠んだ歌に、

思ひやる心もそらになりにけりひとり有明けの月をながめて（大弐高遠集二五七）

思へただ雲間の月をながめても心ぞそらになりはてぬべき（四条宮下野集一八七）

などがある。前者は長恨歌の摘句を詠んだ歌であるが、後者は離別の歌で、筑紫に下る式部命婦が詠んだ歌である。暁の離別は後朝の別れを思わせるような場面でもある。

題不知　　読人不知

195 桜花《さくら》露《つゆ》にぬれたるかほ見ればなきて別《わか》れし人ぞ恋《こひ》しき

【校異】 **詞**○題不知―たいしらす（島）○読人不知―ナシ（島・貞）。**歌**○かほ―かを（貞）。

【拾遺集】 別・三〇五。

題不知

桜花露にぬれたるかをみれはなきてわかれし人そこひしき

定別・三〇二。

題しらず

桜の花が露に濡れている様態をみると、泣いて別れた人の顔が思い出されて恋しいことだ。

【語釈】 ○桜花露にぬれたるかほ―「かほ」は花の形を顔に喩えた語。『類聚名義抄』には「貌」に「カホ」「カタチ」の訓みを付している。桜の花が露に濡れた姿形。美しい女性の泣き顔に見立てた表現。○なきて別れし人―泣いて別れた女性のこと。この「別れ」を『和歌大系』は「露にぬれたるかほ」とあるので、「女と別れて帰ってきたばかりの朝、女を思って詠んだ」とみている。このように解すると、この歌は別部ではなく恋部の歌となり、ここに置かれているのは適当とは言えない。この歌が別部にあるところから、作者は女と別れて旅に出たのであろう。

【補説】 花の姿形を「花のかほ」と表現した歌は稀で、早い時期のものには、

きのふ見し花のかほとてけさ見ればねてこそさらに色まさりけれ（時雨亭文庫蔵伝阿仏尼筆中納言兼輔集六〇）

日闌くれば消えやしぬらんうたがはぬ花のかほをも今朝は見るかな（朝光集九五）

などがあり、院政期の百首歌に、

秋萩は去年にかはらぬ色なれどなほめづらしき花のかほかな（堀河百首五九五　国信）

郵　便　は　が　き

料金受取人払郵便

神田局
承認

1330

差出有効期間
平成 28 年 6 月
5 日まで

101-8791

504

東京都千代田区猿楽町 2-2-3

笠間書院 営業部 行

■ 注 文 書 ■

◎お近くに書店がない場合はこのハガキをご利用下さい。送料 380 円にてお送りいたします。

書名　　　　冊数

書名　　　　冊数

書名　　　　冊数

お名前

ご住所　〒

お電話

読者はがき

●これからのより良い本作りのためにご感想・ご希望などお聞かせ下さい。
●また小社刊行物の資料請求にお使い下さい。

この本の書名＿＿＿＿＿＿＿＿＿＿＿＿＿＿＿＿＿＿＿＿

本はがきのご感想は、お名前をのぞき新聞広告や帯などでご紹介させていただくことがあります。ご了承ください。

■本書を何でお知りになりましたか（複数回答可）

1. 書店で見て　2. 広告を見て（媒体名　　　　　　　　　　　）
3. 雑誌で見て（媒体名　　　　　　　　　　　）
4. インターネットで見て（サイト名　　　　　　　　　　　）
5. 小社目録等で見て　6. 知人から聞いて　7. その他（　　　　　　　　　　　）

■小社PR誌『リポート笠間』（年2回刊・無料）をお送りしますか

はい　・　いいえ

◎上記にはいとお答えいただいた方のみご記入下さい。

お名前

ご住所　〒

電話

ご提供いただいた情報は、個人情報を含まない統計的な資料を作成するためにのみ利用させていただきます。個人情報はその目的以外では利用いたしません。

紅に咲き乱れたる岩つつじまたありがたき花のかほかな（久安百首二一八　教長）

などと詠まれている。

また、花が露に濡れているさまは、撫子の花について詠んだ歌が、

心あらむ人に見せばや朝露に濡れてはまさるなでしこの花（彰考館文庫蔵嘉言集一二五）

よそへけむ昔の人を見るににて露にぬれたるなでしこの花（夫木抄三四三一　小侍従）

故郷となりにし小野の朝露に濡れつつにほふやまとなでしこ（夫木抄三四六八　鎌倉右大臣）

などとあるが、桜花について詠んだものはない。これについては『奥義抄』（中）に、一九五をあげて、「百詠云、裹哀露似啼粧、花の露にぬれたるは人のなきけるかほににたるなり」とあり、『和歌色葉』（下・難歌会釈）にも、『奥義抄』と同じ説明に続けて、「長恨歌云、玉顔寂寞涙瀾汗、梨花一枝春帯雨云々。是は梨の花の雨にぬれたるを、人のなける顔にたとふる也」とある。この二書に引く『百詠和歌』には「嘉樹部　桃」の項に、

裹露似啼粧　梁冀妻孫寿みめ形人に勝れたり、よて愁ふる眉啼粧をいつはりなせり、見るもの心をまどはさずといふ事なし、桃花の露に濡れたる、美人のなけるよそほひに似たり、すべて桃花の滴をのむに、百病を除きて、かほの色光あり

朝露に紅にほふ花のかほこぼるる色ぞ涙なりける（七二）

とある。これには「桜花」ではなく「桃花」となっている。いずれにしても、露に濡れた花は「美人のなけるよそほひ」に喩えられている。

【他出文献】◇如意宝集。

196　散《ち》る花《はな》は道見えぬまで埋《うづ》まなん別《わか》るゝ人の立《た》ちや止《と》まると

【校異】ナシ。

【拾遺集】別・三〇六。
ちる花は路みえぬまて埋なむ別人の立やとまると
定別・三〇三。歌〇別人の―わかるゝ人も。

散る花は道がわからなくなるほどに覆って埋めてほしい。別れて去って行く人が立ち止まるかと思うので。

【語釈】〇道見えぬまで―道がわからなくなるほどに。〇埋まなん―「埋む」は物で覆って見えなくする。うずめる。〇立ちや止まると―立ち止まるかと思うので。

【補説】嫌いになったわけでもない人が去って行く。引き止めるすべもないままに、折から散る桜花に、道を埋めるほど散り敷いて、あの人を少しの間でも立ち止まらせてほしいと願う。『新大系』は散る花が道を埋め隠すという趣向の例として、『古今集』の「しひて行く人をとどめむ桜花いづれを道とまどふまで散れ」（離別・四〇三）をあげている。旅立つ人を止めるには、散る花が道を隠して通行不能な状態にすることである。歌の表現で言えば、「たちとまる」のは「道みえぬ」状態にすることである。それは、

つくば山いとどしげきにもみぢばは道見えぬまで散りやしぬらむ（三十六人撰　頼基）
枝ごとに花散りまがへいまはとて道のすぎゆく道みえぬまで（和泉式部続集三六七）
桜花道みえぬまで散りにけりいかがはすべき志賀の山越え（後拾遺・春下・一三七　橘成元）
さらでだにとふ人もなき山里に道見えぬまで降れる白雪（二条太皇太后大弐集七六）

などと詠まれているように、散る花、散る紅葉、降る雪などによって生ずる。特に散る花は「道みえぬ」状態でなくとも、

山風に桜ふきまきみだれなむ花のまぎれにたちとまるべく（古今・離別・三九四）

桜花けふ散りくもれあかずしてわかるる人も立ちとまるべく（古今六帖二三七八）

などと人を立ちとまらせるものとして詠まれている。

197

春ものへまかりける人に、あひ知《し》りて侍りける人々まうできて餞し侍りける所に、かはらけとり侍りてはべりけるほどに、鴈の鳴《な》き侍りければよみ侍りける

曾禰好忠

雁《かり》がねの帰《かへ》るを聞《き》けば別路《わかれぢ》は雲居《くもゐ》はるかに思《おも》ふばかりぞ

【校異】 **詞**○人にあひしりて侍ける人々―ひとにあひしりて侍ける人々の（島）人にあひしりて侍ける人々の〈「にあひしりて侍ける」「の」ノ左傍ニ朱デ見セ消チノ符号ガアリ、右傍ニ「ノモトニ」トアル〉（貞）○餞し侍ける―宴し侍ける〈「宴」ノ右傍ニ　朱デ「餞ィ」トアリ、「ける」ノ右傍ニ「ホトニ」トアル〉（貞）○所に―所に〈左傍ニ見セ消チノ符号ガアル〉（貞）○かはらけとり侍てはへりけるほと―かはらけとりて侍けるほと（島）かはらけとり侍けるほと〈左傍ニ見セ消チノ符号ガアル〉（貞）○なき侍けれは―なき侍けれは〈右傍ニ朱デ「コヱヲキヽテヨミ侍ケル」トアル〉（貞）。**歌**○わかれちは―わかれちの（島）わかれちも〈「も」ノ左傍ニ見セ消チノ符号ガアリ、右傍ニ朱デ「ハ」トアル〉（貞）。

【拾遺集】 別・三〇七。

ものへまかりける人のもとにまかりてかはらけとり侍りて　曾禰好忠

かりかねのかへるをきけは別路の雲ゐはるかに思ふはかりそ

定別・三〇四。詞〇まかりて―人〳〵まかりて。〇とり侍りて―とりて。歌〇別路の―わかれちは。

春地方に下りました人に、互いに親しく付き合っていた人達が参りまして、送別の宴を催しました所で、盃をとり酒を酌み交わしていましたときに、鴈が鳴きましたので詠みました

北国に帰る鴈の鳴き声を聞くと、別れて行く先の道は遥かかなたであると思い、心も落ち着きません。

【語釈】〇ものへまかりける人―地方官として下る人。一九四参照。〇かはらけとり侍りてはべりけるほどに―盃を交わしていましたときに。「とり侍てはべり」とあるのが過剰な表現で、島本のように「とりて侍」とある方が簡潔でよい。〇帰るを聞けば―北国に帰る鴈の鳴き声を聞くと。「帰る雁くもゐはるかにきくときは旅のそらなる人をこそ思へ」（躬恒集二四九）。〇別路―別れて行く先の道。「別路の草葉の露もはらへとてやがてかわかぬ衣をぞやる」（元真集一九二）「別路はかくてはるかになりぬとも忘るなよとねをのみぞ泣く」（千穎集六二）。〇雲居はるかに思ふばかりぞ―「雲居はるかに」は、雲のはるかかなた、非常に遠いさま。『和歌大系』は「別路」を別れて行く先の国ととり、この歌の下句を「雲の彼方の国と思うだけだ（想像できない遠国だ）」と解している。「雲居はるかに思ふ」という表現には、［補説］に記すような、当時の人々の思いがこめられていた。

【補説】この歌は『好忠集』にはなく、『如意宝集』に、

はるものへまかりけるひとに、あひしりてはべりけるひとのまうできて、せしはべりけるところに、かはらけとりてはべりけるほどに、かりのなきはべりければ　　それのよしただ

かりがねのかへるをきけばわかれぢはくもゐはるかにおもふばかりぞ

とあり、詞書はほとんど同文で、『抄』の編纂資料であったといわれる（『久曽神昇博士還暦記念研究資料集』所収「如意宝集」）。

下句の解釈については「語釈」に記した『和歌大系』の説があるが、『八代集抄』には「此人の別の雲居遥なる事を思ふ也」とある。ことばの表面的な意味は、『八代集抄』の言う通りであるが、「雲居はるかに」の語句には、見送る人の心情が託されていると思われる。雲居遥かに隔たると、人はどのような思いになるのだろうか。それを知るために、次の歌は参考になろう。

ひさかたのくもゐはるかにありしよりそらに心のなりにしものを（左兵衛佐定文歌合三六）

ほどもなく雲居はるかに別るればあるにもあらぬここちこそすれ（輔親集一四五）

あふことは雲居はるかになる神の音にききつつ恋ひやわたらん（貫之集五五一）

あふことは雲居はるかにへだつとも心かよはぬほどはあらじを（輔親集一四六）

前二首には雲居遥かに隔たると、「そらに心のなり」「あるにもあらぬここち」がするとある。心が落ち着かず、生きている気もしない状態になるというのである。その一方で後の二首にいうように、恋い慕い続け、心が通じるようになるという。このような王朝人の心情を「雲居はるかに思ふばかり」という表現にこめているのであろう。

【作者】曾禰好忠　世系、生没年未詳。官職は丹後掾であったところから曾丹後、曾丹と呼ばれた。天徳四、五年ころに百首歌を創始、さらに一月を三分して各一〇首ずつ三六〇首に、各季の初めに長歌・反歌を置き、合計三六八首から成る「毎月集」や「つらね歌」などの新形式を創案した。貞元二年（九七七）「三条左大臣頼忠前栽歌合」、寛和二年（九八六）「内裏歌合」、長保五年（一〇〇三）「長保五年左大臣道長歌合」などに出詠。永観三年（九八五）二月に円融院が紫野で子の日の御遊をされた時に、召されもしないのに参入して、追い出された事件は有名である。源順、源重之、大中臣能宣、恵慶などと交際があり、大きな影響を与えた。中古三十六歌仙の一人、『拾遺集』以下の勅撰集に九十四首入集。家集に『好忠集（曾丹集）』がある。

【他出文献】◇如意宝集→［補説］。

天暦御時、命婦少弐が豊前《ぶぜん》に夏ごろ下《くだ》り侍りけるに、大盤所にて餞たまふに、被物《かづけもの》たまふとて　御製

198　夏衣たち別《わか》るべき今宵《こよひ》こそひとへにをしき思《おも》ひそひぬれ

【校異】詞○少弐か―少弐〈「弐」ノ下ニ補入ノ符号ガアリ、右傍ニ朱デ「カ」トアル〉（貞）○ふせんに―豊前国へ（島）かひへ〈「かひ」ノ右傍ニ朱デ「豊前ィ」トアル〉（貞）○くたり侍けるに大盤所にて餞たまふに―まかりくたり侍けるに〈「まかり」「侍」ノ各左傍ニ朱デ見セ消チノ符号ガアリ、「に」ノ右傍ニ朱デ「大盤所ニテ餞タマフトテ」トアル〉（貞）○たまふとて―たまはすとて（貞）。**歌**○たちわかるへき―たちかへるへき〈「かへる」ノ左傍ニ見セ消チノ符号アリ、右傍ニ朱デ「ワカル」トアル〉（貞）。

【拾遺集】別・三〇八。

天暦御時少弐命婦か豊前にまかり侍ける時大盤ところにて餞たまう（「ら」ヲ見セ消チニシテ「う」トアル）にかつけもの給とて　御製

夏ころも立わかるへき今夜こそひとへにおしきおもひそひぬる

定別・三〇五。**詞**○少弐命婦か―少弐命婦。○餞たまうに―餞せさせたまふに。**歌**○そひぬる―そひぬれ。

村上天皇の御代、命婦小弐が豊前の国に夏ごろ下向しましたとき、清涼殿の台盤所で送別の宴を催しなさいまして、被物をくださろうとして

夏衣を裁つ夏になって、あなたが別れて行くだろう今宵は特に、一途に名残惜しい気持ちが祝儀の単衣にも付け加わることだ。

【語釈】〇天暦御時―村上天皇の御代。〇命婦少弐―四五［作者］参照。〇豊前―夫が豊前守として赴任するのに同道して下向したか。〇大盤所―台盤所。清涼殿の西庇に南から鬼間、台盤所、朝餉間と並んであった。女房の詰め所で、御膳棚・唐櫃・火櫃などが置いてあった。〇餞たまふに―天皇が主催して送別の宴が行われた。「餞《セン》酒食送人也」（色葉字類抄）。〇被物―その場で祝儀として与える品物。多くは衣類で、もらった者はそれを肩にかけるところからいう。〇夏衣―夏に着用する衣服。衣の縁語の「裁つ」「着る」「裾」などの語と同音の語や同音を含む語にかかる枕詞。「なつ衣たちてし日より時鳥とく聞かんとぞ待ちわたりつる」（貫之集五二七）。〇たち別るべき―「たち別る」は別れて行くの意。「たち」に衣の縁語の「裁ち」を掛ける。〇ひとへに―一途に。全く。衣の縁語の「単衣（ひとへ）」を掛ける。「夏衣うすくはさらに思はぬをひとへに人のつらしといふらん」（続後拾遺・恋四・九五〇　在原元方）。

【補説】この歌は『村上御集』（一一三）に、詞書を「天暦御時、小弐命婦豊前へまかり侍りけるに、大ばん所にて餞せさせ給ふに、かづけ物たまふとて」としてある。この詞書は『集』の詞書に大略一致する。『村上御集』は『集』から増補したものであり、『集』の母胎である『抄』が何を資料として撰収したか、まったくわからない。この歌の詞書の豊前守については、山崎正伸氏『「小弐命婦」出自考』（『二松学舎大学人文論叢』12、昭和52・10）は橘仲遠とみているので、この歌の詠作年時は豊前守仲遠が赴任の由を奏上した天暦元年（九四七）八月二日ごろということになるが、山崎氏は「八月二日の奏上以前、七月中に村上天皇と小弐命婦との別れの宴が

催されたとなれば」「夏衣たちわかる」という詞の状況が明確になるといっている。

しかし、これには問題がある。まず、七月中に別れの宴があったとすると、仲遠本人が赴任のことを奏上する一箇月以上も前に小弐との別れの宴が催されたことになる（この年は七月が閏月である）。山崎氏はこのことに気付かずに、七月中に別れの宴が催されたといっているようである）。これが事実であれば、赴任の日を決めながら、一箇月以上も奏上しないままでいた仲遠は怠慢ということで天機を損ねることになりかねない。

次に、別れの宴が七月中であると、「夏衣たちわかる」という詞の状況が明確になるといっていることである。これも筆者には理解しかねる。「夏衣たちわかる」というのは［語釈］に掲げた貫之の歌からもわかるように、夏になり（夏立ち）、夏衣を裁つころをいう詞で、天暦元年では四月十日の立夏のころが、山崎氏のいう「詞の状況が明確になる」時期である。この詞からも八月二日に赴任のことを奏上した仲遠は一九八の詞書の「豊前守」に該当しない。この豊前守は四月十日ごろに赴任した人物であるが、現存の史料には限界があり、人物を特定できず、したがって詠作年時も某年四月十日ごろとしか言えない。

【作者】村上天皇　第六十二代天皇。諱は成明。醍醐天皇第十四皇子、母は藤原基経女中宮穏子。延長四年（九二六）生。天慶九年（九四六）即位。詩歌、琵琶に長ず。康保四年（九六七）没。「村上御時菊合」「天徳四年内裏歌合」などを主催。『後撰集』以下の勅撰集に五十七首入集。『村上御集』がある。

【他出文献】◇村上御集→［補説］。

題、読人不知

199 忘《わす》るなよ別路《わかれぢ》におふる葛《くず》の葉《は》の秋風吹《ふ》かば今かへりこん

【校異】詞○題読人不知―題不知（貞）。歌○くすのはの―くすの葉に（島）。

【拾遺集】別・三〇九。

題不知　　　　　　　　　　　　読人不知

わするなよ別路に生るくすのはの秋風吹かはいまかへりこむ

定別・三〇六。

題知らず

忘れないでほしい、別れて行く路に生えている葛の葉が、秋風が吹くと裏返るように、秋風が吹いたならば、すぐにも帰ってこよう。

【語釈】○葛の葉―「葛」はマメ科の多年生つる草。山野に自生し、葉は大きく、表は緑が濃くて裏は白く、秋風にひるがえって、白い裏葉を見せる。歌では「裏見」に「恨み」掛けることが多く、葉がひるがえるところから「翻る」に「帰る」を掛けて詠むこともある。○今かへりこん―「今」は今すぐの意。秋風で葛の葉が翻るように、すぐにも帰ってこよう。

【補説】この歌は時雨亭文庫蔵資経本『是則集』（四一）に詞書を「かぜ　わかれ」としてみえ、『六華集』（一一四一）には作者を「源重之」とする。いずれも確証はない。

歌は葛の葉を素材として、秋風に翻る葛の葉から、旅からすぐにも帰って来るという約束を詠んでいる。平安和歌では、葛の葉は「秋風の吹きうらがへすくずの葉のうらみてもなほうらめしきかな」（古今・恋五・八二三平貞文）というように、秋風に裏返るさまから「恨み」「うらがなし」「うらさびし」などが掛けられ、恋愛関係における愁怨の情を表現する素材として用いられる例が多く、裏がえる意の「返る」に「帰る」を掛けた歌は

院政期以前には一九九のほかにはないようであるが、中世には一九九を本歌にして、

秋風と契りし人はかへりこずくずのうら葉の霜がるるまで（玉葉・雑一・二〇三六　中務卿宗尊親王）

かへりこむ契りやしけん秋風にくるる夜ごとに松虫のなく（為家集五三二）

などと詠まれている。

【他出文献】◇是則集→［補説］。

200　時しもあれ秋《あき》しも君が別《わか》るればいとゞ袂《たもと》ぞ露けかりける　　貫《つら》之《ゆき》

【校異】 **詞**〇詞書ナシ―あひしりて侍けるひとのもとへまかりけるに〈右肩ニ朱デ「此詞或本無」トアル〉（貞）〇つらゆき―紀貫之（島）。**歌**〇君か―君に〈「君」ノ右傍ニ「人のィ」トアリ、「に」ノ左傍ニ朱デ見セ消チノ符号ガアッテ、右傍ニ朱デ「カ」トアル〉（貞）〇露けかりける―露けかるへき〈「るへき」ノ左傍ニ見セ消チノ符号ガアリ、右傍ニ朱デ「リケル」トアル〉（貞）。

【拾遺集】別・三一一。

時しもあれ秋しも君か別れはいとゝたもとそ露けかりける

定別・三〇八。**歌**〇君か―人の。

時もあろうに、ただでさえむやみに悲しくなる秋にあなたが別れて行ったので、露に濡れた袂も別れの涙でますますしめっぽくなることだ。

【語釈】〇貫之—『抄』の諸本には作者として「貫之」「紀貫之」とあるが、『集』にはない。歌は『貫之集』諸本にもみえない。〇時しもあれ—他にそうすべき時があるのに、時もあろうにの意。秋に別れたことを強く意識した表現。「時しもあれ秋やは人の別るべきあるをみるだにあかぬ心を」（時雨亭文庫蔵枡形本忠岑集一六一）「時しもあれ秋ふるさとをきてみれば庭は野辺ともなりにけるかな」（公任集九四）。〇いとど—いよいよ、ますます、いっそう。秋の露と別れの涙とで、他の季節よりもいっそう袂が湿っぽいさま。

【補説】秋に人と離別するときの歌である。平安時代の人たちは秋という季節に悲哀の情を催し、「かなし」と表現している例が多い。『古今集』一八四から一八九までの六首は、「心尽くしの秋」から始まり、秋のかなしさを詠んだ歌を並べて、「もの思ふことのかぎり」であると詠まれている。漢詩の離合のように遊戯的な歌ではあるが、藤原季通は秋思を「ことごとにかなしかりけりむべしこそ秋の心をうれへといひけれ」（千載・秋下・三五一）と詠み、西行も「おぼつかな秋はいかなるゆゑのあればすずろに物のかなしかるらん」（山家集二九〇）と、論理的に明確に説明できない秋思を詠んでいる。このような人々の抱く秋思を前提にして、「ときしもあれ」と詠み出したのである。

【作者】貫之の詠作と断定できる根拠はないが、『抄』の諸本に貫之とあるのに従っておく。紀貫之→七。

天暦十一年九月十五日に斎宮の下《くだ》り侍りけるに　　御製

201　君《きみ》が世《よ》をなが月とだに思《おも》はずはいかに別《わか》れの悲《かな》しからまし

【校異】詞〇十五日に—十五日（島・貞）。歌〇おもはすは—おもひせは（島）。

【拾遺集】別・三一二。

天暦十一年斎宮くたり侍ける時

御製

君か世をなか月とたに思はすはいかに別のかなしからまし

㊁別・三〇九。**詞**〇天暦十一年―天暦御時九月十五日。〇侍ける時―侍けるに。

天暦十一年九月十五日に斎宮が伊勢に下りましたときに

「なが月」の名にあやかって、せめてあなたの御世を長いとだけでも思わなかったならば、どんなにか別れが悲しいことでしょうか。

【語釈】〇天暦十一年九月十五日―『九暦』『日本紀略』には九月五日とある。この日のことは『抄』四四三にもあり、そこには「九月五日」とある。四四三参照。〇斎宮の下り侍りけるに―「斎宮」は村上天皇第六皇女、楽子内親王。この日、斎宮は西河で禊をして伊勢に参向した。〇君が世―この語のとり方には二通りある。まず、「君が世」を斎宮の御世とする説で、『八代集抄』には「斎宮の御世を長月と思召慰めばこそあれ」とあり、『新大系』も同じである。これに対して、「君が世」を村上天皇の治世ととる説がある。『和歌大系』は上句を「(私の)治世を長かれと思ってくれることでもなければ」と解している。「君」は至尊の人物に用いられた尊称で、天皇自身が自称に用いた例を確認できないので、前者に従う。斎宮の御世とは斎宮として在任している期間のこと。斎宮は天皇の退位か死去、父母の死去、本人の過失などがないと退下できなかった。順当にいけば一代に一人であるので、天皇の治世と斎宮として仕える期間は同じである。〇なが月―斎宮が伊勢に参向した「なが月」の「なが」に「長し」の語幹を掛ける。

【補説】この歌は『村上御集』に詞書を「天暦御時九月十五日斎宮くだり侍りけるに」(一一四)としてみえ、

『集』と一致している。『村上御集』では、この歌の前後はいずれも『集』にある歌で、巻末に『集』から増補されたものである。

この斎王は楽子内親王であることは［語釈］に記したが、斎王の母は麗景殿女御と呼ばれた庄子女王で、公任の母の厳子女王と姉妹であり、斎王は公任とは従姉妹の間柄である。康保四年（九六七）五月二十五日に父の村上天皇が亡くなって退下、同年十一月に帰京のため奉迎使が遣わされた。長徳四年（九九八）九月十七日に四十七歳で亡くなった。これによると天暦六年（九五二）誕生で、斎宮に卜定された天暦九年七月十七日は四歳、伊勢群行の天暦十一年は六歳であった。

この歌は斎宮群行の日、天皇が大極殿に出御され、通例どおり黄楊木の小櫛を斎王の髪に挿される「別れの御櫛」の儀が行われ、そのときに詠まれたものであろう。六歳のおさな児を伊勢に遣わす父親としての天皇の胸中は察するにあまりあり、仮定条件のもとでしか、痛切な離別の悲しみを忘れることができなかったことも理解できる。

【作者】村上天皇→一九八。

【他出文献】◇村上御集→［補説］。

題不知　　　　読人不知

202　別《わか》れてふ事はたれかは始《はじ》めけむ苦《くる》しき物と知《し》らずや有りけむ

【校異】詞○題不知―題読人不知（島）。歌○わかれてふ―わかれてう〈「う」ノ右傍ニ「ふィ」トアル〉（貞）。

【拾遺集】別・三一〇。

わするてふことはたれかはしめけむくるしき物としらすやありけむ

（注）具世本ハ歌頭ノ右傍ニ「本此哥書別紙推之」トアリ、三一五ニ重出シテ「別てふ事はたれかはしめけむくるしき物としらすやありけむ」トアル。

定別・三〇七。歌〇わするてふ―別てふ。

題知らず

別れということはだれが始めたのだろうか、その者は別れが苦しいものだとわからなかったのだろうか。

【語釈】〇別れてふ事―別れということ。「てふ」は「といふ」の約。平安時代に主として和歌に用いられた。「別れてふことは色にもあらなくに心にしみてわびしかるらん」（貫之集七二二、古今・離別・三八一）。〇たれかは―「かは」は係助詞「か」と「は」が複合したもの。平安時代に現れ、反語に用いられることが多い。ここは疑問。

【補説】別れの苦しさから、だれが始めたことかと、その始原を問い、その者は苦しいものだと知らなかったのだろうかと素朴な疑問を呈している。

離別を主題にした歌は、平安時代になってからは、勅撰集では『古今集』に「離別歌」の部立が設けられ、『後撰集』では「離別　羇旅」、『抄』『集』では「別」が部立としてある。また、『古今六帖』（第四）や『貫之集』にも「別」の部類がある。それらに選入された歌は、現実に地方へ下る人の餞の宴や、旅立ちに詠まれた歌であり、二〇二の歌のように離別について観念的に詠んだ歌ではない。ここでは「別」の歌を数多く詠んでいる貫之の歌から、別離についての心情を詠んでいるものをみると、

人のむまのはなむけによめる

①をしむから恋しきものを白雲の立ち別れなば何心地せん（貫之集七二〇、古今・離別・三七一、古今六帖二三三七）

人に別れけるによめる

②別てふ事は色にもあらなくに心にしみてわびしかるらん（貫之集七二二、古今六帖二三三八）

音羽の山のほとりにて人にわかるとて

③音羽山こだかく鳴きて郭公君が別れををしむべらなり（貫之集七二三、古今六帖二三四二）

とほく行く人に別をしみて

④またもこそかくゆく人とわかれをしめ涙のかぎり君になきつる（貫之集七二八、古今六帖二三四四）

旅出立ちする所にある女ども別れをしめる

⑤をしみつつわかるる人を見るときはわが涙さへとまらざりけり（貫之集四二九、古今六帖二三三九）

いで立つ人の返し

⑥かねてより別れををしとしれりせばいでたたんとは思はざらまし（貫之集四三一、古今六帖二三四一）

思ふ人とどめて遠く別るれば心ゆくともわが思はなくに

などがある。⑤⑥は「別」の部類の歌ではなく、屏風歌であるが、歌の主題は離別である。これらの歌で心情を表現した語は①「恋し」②「わびし」、①③④⑤「をしむ」、⑥「をし」などである。これらは旅立つ人に対する、後に留まる人の心情を表していて、やむをえず別れなければならないという、喪失による心情である。これは二〇二の歌の「苦し」という漠然とした心情とは異なり、現実生活の離別における心情であるので具体性がある。

二〇二の作者も観念的にならないように、「…かは…けむ。…や…む」という疑問文を重ねた形で、あたかも呟いているような感じで、離別の苦哀の耐え難く、どうしようもない気持ちを表そうとしている。

203
別《わか》れてはあはんあはじぞ定《さだ》めなきこの夕暮《ゆふぐれ》や限《かぎ》りなるらん　覧

【校異】ナシ。

【拾遺集】別・三一六。
別路は逢はむあはしそさためなき此夕暮やかきりなるらむ

定別・三一二。歌〇別路は―別ては。

ひとたび別れると、会えるか会えないかは、はっきり決まっていない。この夕暮があなたに会える最後でしょう。

【語釈】〇別れては―ひとたび別れてしまうと。〇あはんあはじ―「ん」は可能推量。「じ」はその否定形。会えるだろうか、会えないだろうか。「秋にまたあはむあはじも知らぬ身は今宵ばかりの月をだに見む」（詞花・秋・九七　三条院）。〇定めなき―決まっていない。確かでない。〇夕暮―男女が会う時。〇かぎり―最後。最終。

【補説】無常な人生ゆえ、離別後のことはわからないので、この夕暮の出会いが最後かもしれないという。この「夕暮」は、歌では人恋しく思う時であり、

唐衣ひもゆふぐれになるときは返す返すぞ人はこひしき（古今・恋一・五一五）

夕ぐれは雲のはたてに物ぞ思ふあまつそらなる人を恋ふとて（古今・恋一・四八四）

あはんとて待つ夕暮と夜をこめてゆくあかつきといづれまされり（時雨亭文庫蔵枡形本忠岑集一〇八　躬恒）

と詠まれているように、恋人の来訪を待ち、出会うときでもある。この二人は恋人同志のようで、「この夕暮や限りなるらん」というのは恋人との離別をいう。

ものへまかりける人のお《を》くり関《せき》までし侍りて、帰《かへ》るとてよみ侍りける

貫《つら》之《ゆき》

204　別《わか》れ行く今日《けふ》はまどひぬ逢坂《あふさか》は帰《かへ》り来《こ》ん日《ひ》の名《な》にやあるらん

【校異】 **詞**○をくり―をくりに（貞）○せき―せきやま（島・貞）○し侍て―し侍て〈「侍」ト「て」ノ間ニ補入ノ符号ガアリ、右傍ニ朱デ「ケルト」トアル〉（貞）○かへるとてよみ侍ける―かへり侍とてよみ侍ける（島）かへり侍とて〈「かへり侍とて」ノ左傍ニ見セ消チノ符号ガアル〉（貞）。**歌**○わかれ行―わかれちは〈朱デ「ちは」ノ左傍ニ見セ消チノ符号ガアリ、右傍ニ朱デ「ユク」トアル〉（貞）○なにやあるらん―なにやあるらん〈「やあるらん」ノ右傍ニ「こそ有けれィ」トアル〉（貞）。

【拾遺集】 別・三一八。

物へまかりける人のおくりにせきやまゝてし侍てよみ侍りける　紀　貫之

別ゆくけふはまとひぬあふ坂はかへりこむ日の名にやあるらむ

定別・三一四。**詞**○おくりに―をくり。○し侍て―し侍とて。○よみ侍りける―ナシ。**歌**○名にやあるらむ―なにこそ有けれ。

地方へ下る人の見送りを逢坂の関までしまして、京へ帰ろうとして詠みました

あなたが別れて行く今日は、会うという「あふ坂」という名にとまどいました。「あふ坂」の関はあなたが京へ帰って来て会う日のための名前だったのだろうか。

【語釈】○ものへまかりける人―地方に下る人。一九四参照。○関―山城と近江の国境にある逢坂山にあった関所。京から東国への出入り口に当り、歌では同音の「逢ふ」を掛けて詠まれることが多い。○帰り来ん日の名―「逢ふ」という名をもっている逢坂の関は京へ帰って来る日にふさわしい名である。

【補説】この歌は『抄』『集』ともに作者を貫之とするが、『貫之集』にはない。歌は、逢坂の関まで見送って別れるという行為（＝実）と、その場所の「逢ふ坂」という名との矛盾を根底にして、その矛盾を説明することで成り立っている。「逢坂」という地名が歌の成立する必須条件になっている。換言すれば、逢坂の関で人と別れるという詠歌事情があれば、類似した歌が詠まれ、矛盾をどのように説明するかに歌の重点が置かれるようになる。そのような歌に、

尾張守藤原のおきかたといふ人のめを、あふさかの関までをくり給はむとて、兵衛佐藤原兼通の君の詠ませ給へるにたてまつる

(1)いでてゆく道と知れれどあふさかの迎へんときの名にこそありけれ（天理図書館蔵貫之集、貫之集Ⅱ二三）

藤原惟岳が武蔵介にまかりけるときに、送りに逢坂を越ゆとて詠みける

(2)かつ越えて別れも行くかあふ坂は人だのめなる名にこそありけれ（古今・離別・三九〇、陽明文庫本貫之集七二五）

逢坂にて人を別れけるときによめる

(3)あふさかの関しまさしき物ならばあかず別るる君をとどめよ（古今・離別・三七四　難波万雄）

などがある。東国に下る人を逢坂の関まで見送る風習は平安時代を通してあったが、逢坂の関の名と実の矛盾を

詠んだ歌は矛盾の説明に新味がなくなると、歌の興趣もなくなり、次第に詠まれなくなる。この種の歌が平安初期に集中しているのも、そのためであり、平安中期以降では、

越えずても越えてののちもあふ坂はなほまどはるる道にぞありける（時雨亭文庫蔵藤原定家等筆兼澄集二六）

なにしかもなほたのみけんあふさかの関にてしもぞ人はわかるる（散木奇歌集七三二）

などがあるにすぎない。

ところで、二〇四と同じ歌は『貫之集』にはないが、前掲の(1)の歌の第三句以下は、二〇四の第三句以下に類似している。このことから、二〇四の作者を貫之とする説が生じたものと思われる。(1)の歌は詞書に「兵衛佐藤原兼通の君」、「尾張守藤原興方」とある。兼通が左兵衛佐であったのは、天暦二年（九四八）五月二十九日から天暦九年七月二十九日までの間である。一方、「尾張守藤原興方」とある興方が尾張守であったのは、天慶六年（九四三）から同九年ごろまでの間である。この二つの時期は重ならず、前者の時期は貫之が亡くなった後であるので、(1)の詠作年時は天慶六年三月以後から同九年ごろまでの間で、貫之晩年の作と考えられる。一方、(2)は武蔵介藤原惟岳が武蔵に下った昌泰元年（八九八）十月二十日以後まもないころの詠作で、貫之の青年時代の作である。この二つを比べても出来栄えにそれほど差はなく、(1)は青年期に詠んだ二〇四を改作したものであろうか。

【作者】紀貫之→七。

題不知　　　　　　　　　　　　　　読《よ》み人も

205 別路《わかれぢ》は恋《こひ》しき人の文《ふみ》なれややらでのみこそ見まくほしけれ

【校異】詞○題不知―たいよみひとしらす（島）○よみ人も―よみひとしらす（貞）。

【拾遺集】別・三一七。

別路はこひしき人のふみなれややらでのみこそみまくほしけれ

定別・三一三。

題知らず

別れは恋しく思う人の手紙のようなものであろうか。手紙を破りすてないで見ていたいように、あの方も遠くに遣ることなくていつまでも見ていたいものだ。

【語釈】○別路―ここは離別の意。○文なれや―手紙のようなものでしょうか。○やらで―手紙を破る意の「破らで」と人を行かせないでの意の「遣らで」とを掛ける。

【補説】この歌は流布本系書陵部蔵『小大君集』（小大君集Ⅰ）の巻末に「たほんのうた」として増補された歌群中に、

同じ人のもとにいかんとするに

別れ路はわが思ふ人の文なれややらでのみこそ見まくほしけれ（一五一）

とある歌と第二句が異なるのみで他は一致するので、同一歌の異伝とも思われる。

この歌の上句は「ＡはＢなれや」という構文になっている。このような表現方法は『古今集』に多くみられ、平野由紀子氏「古今和歌集表現論」（『古典和歌論叢』明治書院）に詳しく論究されている。この「AはBなれや」という表現では、AはBに喩えられることを断定的に表現せずに軽く疑問を添えて言い、下句で喩えられる理由や二者の共通性が説明される形である。二〇五では、意表を突いて別れを手紙に喩え、下句で「やる」を掛詞に用いて、文も人も「やら」ないで、いつまでも見ていたいと共通性を詠んでいる。

【他出文献】◇小大君集一五一→［補説］。

206　旅《たび》なれば袖《そで》こそ濡《ぬ》るれもる山の雫《しづく》にのみは負《お》ほせざらなん《南》

【校異】 **歌**○たひなれは—たひゆけは（島）たひゆけは〈「け」ノ右傍ニ「かイ」トアル〉（貞）○しつくにのみは—しつくにのみも〈「も」ノ左傍ニ朱デ見セ消チノ符号ガアリ、右傍ニ「ハ」トアル〉（貞）。

【拾遺集】別・三四五。

題不知　　読人不知

旅ゆけは袖こそぬるれもる山のしつくとのみはおもはさらなん

[定]別・三四一。**歌**○旅ゆけは—たひゆかは。○しつくと—しつくに。○おもはさらなん—おほせさらなん。

旅にあるので何かと袖は濡れるけれど、（涙で濡れたものまで）その責めを守山の雫にばかり負わせないでほしい。

【語釈】○旅なれば—島本、貞和本、『集』の具世本は「たびゆけば」、定家本は「たびゆかば」とあり、底本のみが「旅なれば」とある。旅であるので。○袖こそ濡るれ―『八代集抄』には「旅の悲しみに袖ぬるれば」とあるが、それぱかりなく、旅で難儀した場合も袖をぬらすことがある。○もる山―近江国の歌枕。一説に遠江とも。現在の滋賀県守山市。琵琶湖東岸にある。歌では「洩る」を掛けて詠むことが多い。「おさふれどあまる涙はもる山のなげきにおつるしづくなりけり」（三奏本金葉・恋下・四四五　藤原忠隆）。○負ほせざらなん―「負ほす」は責任などを負わせる。

【補説】旅は行く人も、見送ってあとに残る人も、離別のかなしさに袖を濡らしたことを、

旅をゆく草の枕の露けさはおくるる人の涙とをしれ（時雨亭文庫蔵唐草装飾本高光集九）

別路の草葉をわけむ旅衣たつよりかねてぬるる袖かな（後葉・別・二五六　法橋有禅）

などと詠んでいる。

二〇六で、涙で袖を濡らしたのを、守山の雫のせいにばかりしないでほしいと詠んだのは、どういう立場の人物であろうか。すなわち、「負ほせざらなん」の「なん」は誰が誰にあつらえ望んでいるのだろうか。これには二通りの考え方ができる。

⑴旅行く人が京にいる人に言ったと解する。すなわち、袖が濡れているのは旅で難儀しているからだとばかり思わないでほしい。それはやるせない旅情のためであると詠み送ってきたとみる。

⑵京にいる人が旅行く人に言ったと解する。袖が濡れているのは、旅で難儀しているからだとばかり思わないでほしい。それは京にとどまった私の涙のためであると詠み送ったとみる。

このどちらをとるかは難しいが、前掲の高光の歌を念頭において詠んだとみると、⑵のように解するのがよかろう。二一二の「女蔵人三河」の歌も参考になろう。

207
源の嘉種《よしたね》が参河守にてまかりけるに、とまり侍りける女《むすめ》に母《はゝ》のよみて遣《つか》はしける
もろともに行《ゆ》かぬ三河《みかは》の八橋《やつはし》を恋《こひ》しとのみや思《おも》ひ渡らむ

【校異】 **詞**○参河守にて―みかはのかみに（島）みかはの守にて〈「に」ト「て」ノ間ニ補入ノ符号ガアッテ、「て」ノ左傍ニ朱デ見セ消チノ符号ガアリ、右傍ニ「ナリテ」トアル〉（貞）○とまり―とまり〈「と」ノ上ニ補入ノ符号ガアッテ、右傍ニ朱デ「京ニ」トアル〉（貞）。**歌**○やつはしを―やつはしは〈「は」ノ右傍ニ朱デ「ヲ」トアル〉（貞）。

【拾遺集】 別・三二一。
源のよしたねか三河のすけにてくだり侍りける女のもとには丶のよみてつかはしける
もろともにゆかぬみかはのやつはしを恋しとのみやおもひわたらむ
定別・三一七。**詞**○すけにてくたり侍りける―すけにて侍ける。

源嘉種が三河守として下向したときに、京に残った女に母が詠んでやった
あなたと一緒に三河の八橋には行かないが、あなたのことを愛しいとばかり思い続けながら日を過ごすことだろう。

【語釈】 ○参河守―『集』に「みかはのすけ」とある。○まかりけるに―嘉種が三河に下ったときに。○とまり侍りける女―京にとどまったむすめ。歌の内容からむすめは三河に下ったとみられ、詞書と整合しない。○もろ

ともに行かぬ―母親は京にとどまり、むすめに同行して三河に行かなかった。〇三河の八橋―『伊勢物語』などで知られる参河国の歌枕。杜若の名所で、『伊勢物語』には「水ゆく河の蜘蛛手なれば、橋を八つ渡」したところからの命名とある。むすめをよそえる。〇思ひ渡らむ―思い続けながら日を過ごすだろう。「渡る」は橋の縁語。

【補説】 この歌に詠まれた内容と詞書とは整合しない。［語釈］でも触れたように、詞書には「とまり侍りける女」とあるが、歌からは、京に残ったのは母で、むすめは三河に下向したことになる。この齟齬を改めようとして、『集』の詞書は、

源の嘉種が三河のすけにてくだり侍りける女のもとに母の詠みてつかはしける（具世本）

源の嘉種が参河のすけにて侍けるむすめのもとに母の詠みてつかはしける（定家本）

とある。このうち定家本の「むすめのもとに」という本文だと、嘉種は妻（むすめの母）を京に残し、むすめを連れて下向したことになり、『抄』にみられた詞書と歌との不整合はなくなる。しかし、具世本の「女」という本文では問題は解消されたとは言えない。それは「女」を「め」の草体とみると、「女」は嘉種の妻のこととなり、「母」は妻以外の人物、妻の母親のような者の存在を想定しなければならない。『和歌大系』には「妻を連れて参河介として赴任していた時、京の妻の母が詠んだ歌」とあり、ここに登場するのは嘉種、妻、むすめという三者に代わって、嘉種、妻、妻の母親という三者となり、文意は通じる。しかし、この想定で問題になるのは、妻の母が何故に「もろともに行かぬ」と詠んだかである。むすめの夫の赴任先に妻の母が同行しないのが普通で、あらためて「もろともに行かぬ」と言う必要もないことである。嘉種、妻、妻の母親という三者を想定することは、『集』はともかくとして、『抄』の解釈には有効ではない。『抄』の詞書は「とまり侍りける母のむすめによみて遣はしける」とあるべきところである。

詞書に登場する「源嘉種」について、『新大系』『和歌大系』には、『尊卑分脈』から知られる事柄がまとめら

れてある。『尊卑分脈』の「清和源氏」に従三位刑部卿源長猷の男の「嘉樹」に「改―種」とある。これには「嘉種ト改ム」、「嘉種ヲ改ム」という二通りの訓みがあり、『和歌大系』は後者であるが、私見は、『貞信公記』の延長三年（九二五）正月八日の条、『大和物語』などに「嘉種」とあるので前者である。

父長猷は『一代要記』（醍醐天皇非参議）によると、延喜六年（九〇六）従三位に叙されたときは五十二歳とあるので、斉衡二年（八五五）の誕生である。貞観十五年（八七三）賜姓、元慶三年（八七九）十一月従四位下に叙され、備前守となる。長猷は従三位まで昇ったが、参議になれずに、延喜十八年九月二十九日に六十五歳で亡くなった。

また、嘉種には「清遠」という子がいた（刑部卿となった清遠とは別人）。この清遠は天慶五年（九四二）四月二十七日に行われた石清水臨時祭の六位の舞人のなかに左衛門権少尉源清遠とある。さらに天暦元年（九四七）六月二十五日には、八十島祭の使として典侍滋野幸子と蔵人左衛門尉清遠とが発遣されることになっていたが、内裏の穢によって召還された（『日本紀略』）。この当時は六位の蔵人であった。

これら嘉種の家族の官歴などから、生年のおおよそのところを推定することができよう。まず、嘉種の子の清遠が天慶五年に六位の舞人として奉仕したとき、五位の舞人であった敦敏は延喜十二年（九一二）、藤原元輔は延喜十四年の誕生である。清遠は六位であるが、年齢は前記の二人よりやや上であったと思われ、延喜十年ごろの誕生であろう。このときの父嘉種の年齢を三十歳ほどとみると、嘉種は元慶四年（八八〇）ごろの誕生と推定される。

『大和物語』第七十六段、七十七段、百十七段には嘉種が桂皇女に懸想した話がある。この桂皇女は宇多天皇皇女の孚子内親王で、皇女は仁和三年（八八七）誕生の敦慶親王とも関係があった。嘉種が通っていた頃、皇女の母の御息所が聞き付けて皇女を嘉種から遠ざけようとしたので、当時の嘉種は二十五、六歳で、位階も低かったのであろう。

嘉種の官歴については、『尊卑分脈』には「正五下、美作守」とあり、『勅撰作者部類』には「五位、美濃守」

とあって、三河介のことは見えない。『貞信公記抄』の延長三年一月八日の条には宇多法皇の使者として忠平室の源順子の病気見舞いに遣わされたことがみえる。嘉種の弟の嘉生は『本朝世紀』によると、天慶二年（九三九）七月には秋田城司介になり、天慶五年閏三月八日に触穢のことで召問されたときには前出羽介であった。この嘉生の官歴から、嘉種が三河介になったのは醍醐朝の延長ごろと推定される。

【作者】源嘉種妻　世系、生没年など未詳。三河介源嘉種と結婚。醍醐朝頃の人。勅撰集には『拾遺集』に一首入集。

信濃《しなの》の国《くに》へまかりける人によみて遣《つか》はしける　　貫《つら》之《ゆき》

208　月影《つきかげ》をあかず見るとも更科《さらしな》の山の麓《ふもと》に長居《ながゐ》すな君

【校異】詞○くにへ―くに丶（島・貞）○人に―人に〈「に」ノ左傍ニ朱デ見セ消チの符号ガアリ、右傍ニ朱デ「ノカリ」トアル〉（貞）。

【拾遺集】別・三二三。

しなの丶かみにてくたり侍りける人によみてつかはしける　　紀　貫之

月かけをあかすみるともさらしなの山のふもとになかゐすなきみ

定別・三一九。**詞**○しなの丶かみにて―しなの丶くに丶。○くたり侍りける人に―くたりけるひとのもとに。○よみて―ナシ。○紀貫之―つらゆき。**歌**○月かけを―月影は。

信濃国へ下った人に詠んで遣った

皓々と輝く月をたとえ飽きることなく見るとも、更級の姨捨山の麓にいつまでも月を眺めて留まりなさいますな。

【語釈】〇信濃の国へまかりける人―信濃国へ下った人。『集』の具世本には「信濃の守にて下り侍りける人」とある。当時、信濃国の国府は筑摩にあった。「筑摩豆加万国府」（和名抄）。〇月影―皓々と輝く月。〇あかず見る―見飽きることなく眺める。「あかずして月のかくるる山もとはあなたおもてぞ恋しかりける」（古今・雑上・八八三）。〇更科―信濃国更級郡更級。現在の長野県千曲市。「更級左良之奈」（和名抄）。〇山の麓―「山」は更級にあった姨捨山。「わが心なぐさめかねつ更級や姨捨山に照る月を見て」（古今・雑上・八七八）。『大和物語』の棄老伝説で有名になる。「山の麓」は国府のあった場所を漠然といったもの。筑摩のあたり。〇長居すな―見飽きることのない月を眺めて、国庁に長く留まるな。早く京都に帰って来てほしいという気持ち。

【補説】この歌は陽明文庫本『貫之集』（七六三）に、詞書を「しなのへ行く人におくる」として、第一句は「月影は」とあり、『集』の定家本と一致する。一方、西本願寺本（五九〇）には第一、二句が「月影をわかずみるとも」とある（第二句の「わかす」は「あかす」の誤写であろう）。この第一句は『抄』に一致している。

歌は月に心を奪われていつまでも信濃国に留まらぬよう、帰京を促すことによって、姨捨山の月の美しさを表している。信濃国の国府は平安初期に小県郡から筑摩（つかま）郡に移された。その位置は現在の松本市惣社（そうざ）にある伊和神社の辺りと推定されている（『日本地名辞典長野県』角川書店）。ここは姨捨山が北北東に見える位置にあり、照る月を見飽きることなく眺めることができたと思われる。姨捨山の月は平安初期には貫之以外にも伊勢、躬恒、忠見などが詠んでいる。

【作者】紀貫之→七。

【他出文献】◇貫之集→［補説］。

伊勢よりのぼりけるに、忍《しの》びてもの言《い》ひ侍りける・女《をんな》の東《あづま》にまかり下《くだ》りけるが、逢坂《あふさか》の関《せき》にまかり会《あ》ひたりければ、よみて遣《つか》はしける　　能宣

209　行末《ゆくすゑ》の命《いのち》も知《し》らぬ別路《わかれぢ》はけふあふさかや限《かぎ》り成・なるらむ

【校異】詞〇のほりけるに—のほり侍けるに（島）〇あつまに—みのへ〈「みの」ノ左傍ニ朱デ見セ消チノ符号ガアリ、右傍ニ「アツマ」トアル〉（貞）〇まかりくたりけるか—まかりくたり侍けるか〈「まかり」ノ左傍ニ朱デ見セ消チノ符号ガアル〉（貞）〇あひたりけれは—あひたりけるは〈「ける」ノ「る」ノ左傍ニ朱デ見セ消チノ符号ガアリ、右傍ニ「レ」トアル〉（貞）〇能宣—大中臣能宣（島）。歌〇しらぬ—しらす（島）。

【拾遺集】別・三一九。

いせよりのほりけるにしのひてものいひはへりける女のあつまへまかりくたりけるかあふさかのせきにあひたりけれはよみてつかはしける　　大中臣能宣

ゆくすゑはいのちもしらぬ別路はけふあふ坂やかきりなるらむ

定別・三一五。詞〇のほりけるに—のほり侍けるに。〇まかり—ナシ。〇あふさかのせきに—相坂に。〇あひたりけれは—まかりあひて侍けるに。〇よみて—ナシ。歌〇ゆくすゑは—ゆくすゑの。

伊勢から上京したときに、人目を忍んで思いを寄せていた女で、東国に下ってゆく者が、たまたま逢坂の関までやって来て出会ったので、詠んで遣った

これから先どれだけ生きられる命かわからない、あなたとの別れは、たまたま今日逢坂の関で出会ったのが最後になるのだろうか。

【語釈】○伊勢よりのぼりけるに―伊勢から上京したときに。○もの言ひ侍りける女―「もの言ふ」は男女がことばをかわして親しくなる、男女が契りをかわすの意。三四三［語釈］参照。○東にまかり下りけるが―東国に下向する女が。女は国守の妻となって東国に下向するところであったのだろう。○行末の命も知らぬ―これから先いつまで生きていられる命かわからない。○けふあふさかや―今日たまたま逢坂の関で出会ったのが。関の名の「あふさか」の「あふ」にたまたま出会う意の「会ふ」を掛ける。○限り―最後。

【補説】この歌は西本願寺本『能宣集』（能宣集Ⅰ）、時雨亭文庫蔵坊門局筆『能宣集』に詞書がそれぞれ、

かたらふ女の東へまかり侍に、あふさかまでおくりし侍に、女の、いのちあらばのちにもとまししかば（三四二）

人しれずかたらふ女の、とほき所へゆくともしらぬに、あふさかにて見けり、たれならんとも知らでゆきすぐるにくるまより人をおこせて、にはかにかくてなむまかる、いのちあらばゆくすゑもと、いひたるに（一四二）

とあり、『抄』『集』などと相違している。

能宣は伊勢神宮の祭主を世襲する大中臣家の出で、天徳二年（九五八）閏七月に神祇少祐に任ぜられてから、同四年正月大祐、応和二年（九六二）神祇権少副、天禄三年（九七二）閏二月大祐、同年四月祭主となった。その職掌から伊勢へは奉幣使として下ることも多く、『抄』『集』の詞書にいうように、伊勢からの帰途、逢坂の関で東へ下る女にたまたま出会うこともあったと思われる。

歌は、「あふ」という名をもつ逢坂の関での、たまたまの出会いが最後かも知れないという。関の名との矛盾を核として詠まれている。

【作者】大中臣能宣→二一。

【他出文献】◇能宣集↓［補説］。

天暦御時に、御乳母《めのと》備後が出羽国にまかり下《くだ》りけるに、餞たまひけるに、藤壺《つぼ》より装束つかはしけるに添《そ》へられたりける

読人不知

210 行《ゆ》く人のとどめがたみの唐衣《からころも》たつより袖《そで》の露《つゆ》けかるらん

【校異】詞○御めのと―めのとの〈「め」ノ前ニ朱デ補入ノ符号ガアッテ右傍ニ「御」トアリ、「と」ノ次ノ「の」ノ左傍ニ朱デ見セ消チノ符号ガアル〉（貞）○備後―ひこ（貞）○装束―装束し〈「し」ニ朱デ見セ消チノ符号ガアル〉（貞）○読人不知―中務〈作者名ノ下ニ朱デ「或本ニヨミ人不知」トアル〉（貞）。歌○ゆく人の―ゆくひとを（島・貞）。

【拾遺集】別・三二五。

天暦御時御乳母肥後守か出羽へくたり侍りけるに餞たまひけるにふちつほより装束にそへられたりける

読人不知

ゆく人をとゝめかたみのから衣立より袖の露けかるらむ

定別・三二一。詞○肥後守―肥後。○出羽へ―いてはのくにゝ。○装束に―さうそくたまひけるに。

村上天皇の御代に、帝の乳母の備後が出羽国に下っていったときに、帝が送別の宴を催してくださった席で、藤壺の御方から装束をくださったのに添えられた歌

下ってゆく人で、止めることができない人に遣わす形見の唐衣は、仕立てて、旅立つとすぐに袖が涙で濡れるようだ。

【語釈】○天暦御時―村上天皇の御代。○御乳母備後―「御乳母」は村上天皇の御乳母。「備後」は貞和本には「ひこ」と仮名書きで、「びんご」の撥音無表記形とも、「ひご（肥後）」ともとれる。○餞たまひけるに―村上天皇が送別の宴を催してくださった。この送別の宴は盛大に催されたようで、同輩の女房たちが詠んだ歌が『抄』にも続いて撰収されている。○藤壺―宮中五舎の一つ。飛香舎。村上天皇の代に、ここを居所としたのは皇后安子。安子は右大臣師輔女。母は藤原経邦女の盛子。延長五年（九二七）生。天慶三年（九四〇）四月十日、東宮成明親王（村上帝）の後宮に入り、康保元年（九六四）四月二十九日に亡くなる。五五三参照。○とどめがたみ―「がたみ」は困難なことの意の「難み」に形見の品の意の「形見」を掛ける。京に止めることが難しい人への形見。○唐衣―旅の装束。○たつより―「たつ」は衣を作るために布を裁断する意の「裁つ」に、旅に出発する意の「発つ」を掛ける。○露けかるらん―離別の涙に濡れる。

【補説】乳母の呼称については資料によって表記に相違がみられることは［語釈］でも記したが、これを整理して示すと次のようになる。

(イ)「備後」と漢字表記のもの…『抄』の底本、島本、一条摂政御集。
(ロ)「ひこ」と仮名表記のもの…『抄』の貞和本。
(ハ)「肥後」と漢字表記のもの…『集』の具世本、定家本。

このうち、「ひこ」は「びんご」の撥音無表記形とも、「ひご（肥後）」ともとれる。もとは「ひこ」と仮名表記されていた本文に「備後」「肥後」の漢字を当てるようになったものであろうが、資料によって、乳母を特定できないので、確かなことは判らない。

村上天皇の御代に藤壺を居所とした人物は藤原安子である。成明親王（村上帝）は飛香舎で安子との婚儀を行なった。その後の安子の居所は明らかでないが、天慶の末年には梨壺を居所としていたので、梨壺、梨壺女御と呼ばれた（九暦逸文）。その後天暦二年（九四八）に藤壺に移ったようで、二年八月十九日に高光が童殿上したときのことが「小童自上東門令入、先参藤壺、此間天皇御此舎」（九暦抄）とあり、安子が藤壺を居所としていたと思われる。天暦三年には「藤壺女御」の呼称が用いられている（日本紀略）。その後、御産の時を除き、藤壺に住まわれ、天徳四年（九六〇）五月に父師輔の死によって伊尹の一条宅に移り（日本紀略）、同年十二月十五日に東院に（日本紀略）、応和元年六月三日に東院から冷泉院に、十二月十七日に新造の内裏へと移り、弘徽殿を居所とした。その後も出産のために居所を移したが、康保元年（九六四）四月二十四日に皇女選子内親王を出産、その五日後に亡くなった。このような皇后安子の移徙から、藤壺を居所としたのは天徳四年九月二十三日に内裏が焼亡するまでであるが、応和元年十二月に新造の内裏の弘徽殿を居所とするまでは藤壺の呼称を習慣的に用いたと思われる。なお、この送別の宴の開催年時については二一二の［補説］参照。

この備後の乳母《めのと》の餞に殿上人も女房も歌よみ侍りける中に　　御乳母《めのと》少納言

211　をしむことかたしや我が心《こころ》なる涙《なみだ》をだにもえやはとゞめぬ

【校異】詞〇この備後の―ひこの〈「ひ」ノ上ニ補入ノ符号ガアリ、右傍ニ朱デ「コノイ」トアル〉（貞）〇殿上人も―殿上の人とも（島）〇よみ侍ける―歌よみける（貞）〇御めのと―乳母（貞）。歌〇おしむこと―をしむとも（貞）〇我か―わかれ（貞）〇とゝめぬ―とゝむる（島・貞）。

【拾遺集】別・三二六。

おなし御めのとの殿上のおのことも女とも歌よみ侍りけるに　　御乳母命婦少納言

おしむともかたしや別こゝろなる涙をたにもえやはとゝむる

定別・三二二。詞○めのとの―めのとのせんに。○女とも―女房なと。○歌よみ―わかれおしみ。歌○別―わかれ。

この備後の乳母の送別の宴で殿上人も女房も歌を詠みました中に

名残を惜しむことはできないことだよ。自分の心のままになる涙をさえも、どうして止めることができようか、それさえもできないのだから。

【語釈】○をしむこと―別れを惜しむこと。この部分『抄』の貞和本、『集』の諸本に「をしむとも」とあり、後文との続き具合からは、この方が意が通じる。○我が心なる―この部分は底本に「我がこゝろなる」、島本に「われがこゝろなる」とあるほかは、『抄』の貞和本、『集』の諸本に「わかれ心なる」とある。後者の場合、「わかれ」は「かたしや」の主語で、「心なる」に直接続かない。前者の場合、「我（わ）が心なる涙」という表現は後世の歌であるが、「ほしわびぬ我が心なる涙だにたがゆかりとてつれなかるらん」（河合社歌合五六　行家）「いかにせむわが心なる涙だにしのばともに浮名もらすな」（後二条院御集一〇三）などの用例がある。ただし、「我が」を「わが」と訓むと一字足らず韻律が整わなくなり、島本のように「われが」とあると、前記の用例は適応しなくなる。ここは『集』のように「わかれ心なる」とある方が文意も通じ、韻律も整った本文である。「心なり」は心のままだ、心しだいだの意。「心なる涙」という表現は、これも後世のものであるが、「心なる涙さへこそとどまらねことしはけふを限りと思へば」（堀川百首一一二〇　河内）とある。

【作者】少納言　村上天皇の乳母の命婦。家系・生没不明。『九暦逸文』によると、天暦四年（九五〇）五月二十四日に憲平親王が誕生したとき、師輔は「少納言乳母」に書状を託し、「男皇子平安産之由」を村上帝に報告し、二十七日には少納言乳母が来て皇子を見て、帝の言葉を師輔に伝え、「件命婦其用意勝他人」ということで、内裏に帰参するときに過分の禄を贈られている。その後も皇子誕生について天機を伝えている。また、御魚味始のことを記した天暦五年十月二十六日の条にも「内裏乳母少納言料件乳母、今暁女御御共参来」とあり、帝・女御安子・師輔の信任が厚かったことが知られる。勅撰集には『拾遺集』に一首入集。

女蔵人参河

212　東路《あづまぢ》の草葉《くさば》をわけん人よりもお《を》くるる袖ぞまづは露けき

【校異】ナシ。

【拾遺集】別・三二七。

東路の草葉を分む人よりもおくるゝ袖そまつは露けき

女蔵人三河

定別・三二三。

東国への草葉の生い茂った道を踏み分けながら下ってゆくあなたよりも、京にとどまるわたしの袖が何よりもまず涙で露っぽいことです。

【語釈】○女蔵人―宮中に奉仕した下級の女房。内裏の貞観殿内の御匣殿を詰所として、殿上の清掃、御膳の供進などの日常的な雑用のほか、御剣の捧持、即位のときの褰帳などにも奉仕した。○東路の草葉をわけん人―東路を草葉を分けて下ってゆく人。出羽国に下る備後のこと。「草葉」は「露」の縁語。○おくるる袖―「おくる」

は後に残る、とどまるの意。京にとどまるわたしの袖。〇まづは―まず第一に。何よりもまず。

【補説】これも送別の宴で詠まれた歌である。参河（以下デハ「三河」ト表記スル）は備後や少納言命婦よりも下級の女房で、職務上では関係は無かったが、歌の才能があると認められていたのであろう。この三河の歌は後世の人の目にとまり、『平家物語』には、この歌を模した、

あづま路の草葉をわけん袖よりもたたぬ袂ぞ露けかりける（延慶本平家・巻五・惟盛以下東国向事）

という歌がみえる。また、法橋有禅が地方に下る弟子の童に装束を遣わすときに添えた、

わかれぢの草葉をわけむ旅ごろもたつよりかねてぬるる袖かな（詞花・別・一七九）

という歌も、備後の送別の宴で詠まれた二一〇と三河の歌とを意識して詠んでいる。

村上天皇が催された備後の餞別の宴は盛大に行われたようで、『抄』『集』に撰収されている三首のほかに、諸資料から、次に掲げるような歌が知られる。

(一)　御乳母のとほき所にまかりけるに、装束たまはすとて

旅ごろもいかでたつらんとおもふよりとまる袖こそつゆけかりけれ（続古今集・離別・八二一　天暦御製）

（注）『村上御集』には勅撰集から後補した部分に、詞書・歌詞が同文でみえる。

(二)　備後のめのといではの国にくだりけるに、上のせせさせ給ひけるに、殿上の人も歌詠みけるを、いかでかききけん

人知れずおもふ心の深ければいはでぞしのぶやそしまの松（一条摂政御集四五）

（注）『夫木抄』一〇五二三には「やそしま　八十　陸奥又壱岐」と表題があり、詞書を「備後乳母紀伊国へ下りける時餞せさせ給ふとて」としてある。

(三)　びごの乳母くだるに、餞たまはするに、人の歌よむに

旅をゆく草の枕の露けくはおくるる人の涙とをしれ（時雨亭文庫蔵唐草装飾本高光集九）

この餞別の宴が催された年時については『西宮記八』（帥大弐下付受領赴任）の裏書に、

康保三、天皇御乳母下出羽国、給酒肴御衣、或有倭歌。

とあって、康保三年（九六六）中の事とし、『大日本史料』（第一編之十一）も「康保三年是歳」の項に引いている。『一条摂政御集注釈』は前掲㈡の詞書の「いかでかききけん」との関係で、さまざまな憶測を記しているが、『西宮記』に「康保三年」とあることの信憑性についての検討はなされていない。

この餞別の宴の開催年時を「康保三年」とすると、康保四年二月十一日の除目で、散位実忠が出羽守になっているので（魚魯愚鈔四）、備後の夫が出羽守として下向したのであれば、着任一年で辞任したか、出羽で亡くなったことになる。しかし、餞別の宴の開催年時を「康保三年」とすることには別の問題がある。

まず、『抄』二一〇の詞書に「藤壷より装束つかはしける」とある「藤壷」が皇后安子のことであれば、安子は康保元年四月二十九日に亡くなっているので、康保三年開催と齟齬し、開催年時は康保元年二月中頃に安子重悩のための修法が行われる以前のことと考えなければならない。さらに問題となるのは、前掲㈢の高光の歌である。この歌は『続後撰集』（羇旅・一二七七）には詞書を「旅にまかる人につかはしける」として、備後の出羽下向とは無関係の歌のように取り扱っているが、『後葉和歌集』（別・二五五）にも詞書が「肥後の乳母下るに餞給ふとて、人々歌詠みけるに」とあり、詠歌事情は『高光集』と大略同じである。この高光は応和元年（九六一）十二月五日に出家していて、餞別の宴が康保三年の開催であれば、出席できなかったと思われる。これらのことから、餞別の宴の開催年時は応和元年十二月以前となる。このころ出羽国の国守が闕官であった時期は、天徳四年（九六〇）十二月ごろである。『西宮記八』（大宰帥大弐赴任付受領赴任）の裏書に、

天徳四年十二三、廃務。出羽守在滋申罷由、禄給之。著任三日卒。

とあり、出羽守在滋（姓不明）が赴任の由を申し、着任三日で亡くなった。そのために翌応和元年正月二十五日の除目で出羽守も新任されたと思われるが、誰が任ぜられたか不明である。備後の夫が任ぜられたのであれば、

「康保三年」は「応和元年」を誤ったのであろう。それはともかく、備後の餞別の宴が催されたのは高光が出家した応和元年十二月以前のことであろう。このときの伊尹は三十八歳で、前年の八月に参議になっていたので、餞別の宴のことは知りうる立場にあった。

【作者】三河　村上天皇の御代の女蔵人。家系、生没等未詳。天徳四年（九六〇）「内裏歌合」の左方の方人に「参河蔵人」とある。また、『夫木抄』（八八九）の歌の作者として「選子内親王家三河」の名がみえる。これは村上天皇から信任された女蔵人三河が安子没後の選子内親王の傅育に当り、そのまま選子内親王に仕えるようになったものと思われる。勅撰集には『拾遺集』に一首入集。

213

共政朝臣備後守に成りて下《くだ》り侍りける時に、妻《め》肥前《ひぜ》がまかり下《くだ》りけるに、筑紫櫛《つくしぐし》、御衣《ころも》などたまふとて　　御製

別《わか》るれば心《こころ》をのみぞつくし櫛さして会《あ》ふべき程を知《し》らねば

【校異】詞○共政朝臣―ともまさのあそむの〈「のあそむの」ノ左傍ニ朱デ見セ消チノ符号ガアリ、右傍ニ朱デ「カ」トアル〉（貞）○備後守―肥後守（島）ひこのかみ（貞）○に成て―にて〈「て」ノ左傍ニ朱デ見セ消チノ符号ガアリ、右傍に朱デ「ナリテ」トアル〉（貞）○くたり―まかりくたり〈「まかり」ノ左傍ニ朱デ見セ消チノ符号ガアル〉（貞）○侍ける時に―侍ける時（島）侍けるとき〈「とき」ノ左傍ニ朱デ見セ消チノ符号ガアリ、右傍ニ朱デ「ニ」トアル〉（貞）○め―めの〈「めの」ノ左傍ニ朱デ見セ消チノ符号ガアル〉（貞）○ひせか―備前か（島）ひせんに〈「に」ノ右傍ニ朱デ「カ」トアル〉（貞）○まかりくたりけるにつくしくし御ころもなとたまふとて―まかりくたりけるに櫛御衣なとたまふとて（島）御そなとたまふとて〈「御そ…とて」ノ左傍ニ朱デ見

セ消チノ符号ガアリ、右傍ニ朱デ「マカリクタリケルトキニ御衣ニクシナトシテツカハストテ」トアル〉（貞）
○御製―天暦御製（島）。

【拾遺集】別・三二四。

共政朝臣肥後守になりてくたり侍りけるにめのひせんかまかりけれ
はつくしくし御衣なとたまうとて　　天暦御製

わかるれは心をのみそつくしくしさしてあふへきほとを知らねは

定別・三二〇。詞○肥後守になりて―肥後守にて。○めの―妻の。○まかりけれは―くたり侍けれは。

共政朝臣が備後守になって下向しました時に、妻の肥前が同行して下っていきましたので、筑紫櫛や御衣などを下さろうとして

別れるとなると、様々に気ばかり揉めることだ。これから先、何時と指定して再会できるか、その時を知らないので。

【語釈】○共政朝臣―『尊卑分脈』によると、藤原連茂の孫、佐衡の子。母は藤原正倫女。「正四下、美乃守」。また、『権記』長徳四年（九九八）九月一日の条によると、天慶元年（九三八）以前の誕生で、村上天皇の御代に蔵人に補せられたこと、進士になったこと、式部省の官吏、検非違使などを歴任したこと、大宰大弐、数国の国守を歴任したことなどが知られる。○備後守―この「備後」についても二一〇の乳母の名の表記と同じ問題がある。ここも底本の表記に従って「備後」と記す。なお、この問題については［補説］を参照。○妻の肥前―『集』一三〇五に「藤原共政朝臣妻」、四八七に「妻肥前」とある。『尊卑分脈』には佐衡の孫で共政の子の親重には母の記載がない。同書の文徳平氏の、平安直の女に「命婦　共政朝臣妾」とあるが、藤原敦敏の二女と結婚

したとする説もある。後者の場合、敦敏の長女と結婚した藤原為光は天暦五年（九五一）誕生で、二女と結婚した共政は承平五年（九三五）ごろの誕生といわれるので、十七歳年齢差がある。また、共政の子の親重は永祚元年（九八九）ごろに左馬助で一子を残して没したが、このときの共政妻の年齢は為光と同年の誕生とみても四十歳（厳密には三十九歳）ほどで、親重の行年を有利になるよう仮に二十五歳としても、十五歳で親重を生んだことになり、敦忠二女と共政の結婚は年齢条件的にかなり難しい（敦忠女が親重の実母とみての推定）。しかし、どういう事情があったのか、二人は結婚したようである。〇筑紫櫛―筑紫で産する櫛。〇心をのみぞつくし櫛―「心をつくす」は様々に気を揉む。「つくし」に「尽くし」と「筑紫櫛」の「筑紫」を掛ける。〇さして―「さす」は指し示す、指定するの意。櫛の縁語の「挿し」を掛ける。

【補説】『集』には「共政」の名が(1)「共政朝臣」（三二〇）、(2)「共政の朝臣の妻肥前」（四八七）、(3)「共政朝臣妻」（一三〇五）と三箇所にみえる。『新大系』には、このうちの(1)(2)は同一人であるが、(3)は別人かとあり、増淵勝一氏（「藤原共政の涙」『平安文学成立の研究散文編』笠間書院）も別人説である。増淵氏は(1)の「共政が妻の肥前を伴って肥後守（ママ）として赴任」した当時、(3)の共政は「蔵人式部丞であって、西国下向など思いもよらないからである」というのが、別人説の論拠で、客観的な根拠があってのことではない。

まず、共政が備後守として赴任したのは、村上天皇の御代という以外、具体的な年時がわかっているわけでなく、もう一人の共政が蔵人式部丞であった時期と同じころであると決め付けるのは恣意的である。(3)の共政については、『蔵人補任』（続群書類従完成会）に、応和三年（九六三）から康保三年（九六六）まで六位蔵人として、「正六位上藤原共政」の名がみえる。その間、康保三年三月には式部少丞になっていた。この年閏八月十五日に催された「内裏前栽合」に参加した人物のなかに「式部丞藤原共政」の名がみえる。村上天皇在位期間で共政の名が史料にみえる最後のものは康保三年十月七日に主上が殿上の侍臣等の楽舞を御覧になったことを記した『村上天皇御記』に「右衛門志秦良助太鼓、共政鉦鼓、左馬允永原守節、播磨掾藤原公方唱歌」とある記事である。

この楽舞御覧以後、共政の動静は史料にみえず、『親信卿記』の天延二年（九七四）閏十月二十五日の条に検非違使が津廻を行なった記事に「右佐共政」とあり、当時、右衛門（権）佐であったことが知られる。また、『二中歴』の「靫負佐」に「共政文右 大和如元」とあるので、すでに大和守に任ぜられていた。結局、康保三年十月七日から冷泉天皇の天延元年までの間、約七年間、共政の消息は不明であり、この間に備後守になったとみることもできる。「蔵人式部丞であって、西国下向など思いもよらないからである」という思い込みだけで、否定はできないだろう。

この「備後守」については、二一〇の「御乳母備後」の本文の異同と同様の問題がある。その異同は次のようになる。

①備後守…『抄』の底本。
②ひこのかみ…『抄』の貞和本。
③肥後守…『抄』の島本、『集』の具世本、定家本。

これも乳母名と同じように、どちらかに確定はできない。共政が備後守になった年時などを記した資料はないが、二一三は村上天皇の御製である。『一代要記』には康保四年五月十四日に天皇不予・出家のことがみえ、二十五日に亡くなっている。従って、共政が備後守となったのであれば、おそらく康保四年一月二十日の除目においてで、それからしばらくして赴任したものと推測されよう。

【作者】村上天皇↓一九八。

【他出文献】村上御集。

大江為基が三河《みかは》へまかり下《くだ》りける時に、扇《あふぎ》など調じてたれがともなくてさしお《を》かせ侍りける

衛門赤染女《むすめ》

214　を《お》しむともなき物ゆゑ《へ》にしかすがのわたりと聞《き》けばただ《ゝ》ならぬかな

【校異】 **詞**○みかはへ―参川守へ（島）みかはへ〈「へ」ノ左傍ニ朱デ見セ消チノ符号ガアリ、右傍ニ朱デ「ノ守ニ」トアル〉（貞）○まかりくたりける時に―まかりくたりてけるに〈「りてけるに」ノ左傍ニ朱デ見セ消チノ符号ガアリ、右傍ニ朱デ「ルニ」トアル〉（貞）○たれか―たれ〈「れ」ノ下ニ朱デ補入ノ符号ガアリ、右傍ニ朱デ「カ」トアル〉（貞）○さしをかせ侍ける―をとして侍ける〈「をと」「て」「ける」ノ左傍ニ朱デ見セ消チノ符号ガアリ、右傍ニ朱デ「サシヲカセケルィ」トアル〉（貞）○衛門赤染むすめ―衛門〈右傍ニ「赤染時用之女」トアル〉（島）赤染衛門（貞）。**歌**○わたり―わたる〈「る」ノ左傍ニ朱デ見セ消チノ符号ガアリ、右傍ニ朱デ「り」トアル〉（貞）。

【拾遺集】 別・三二〇。

大江為基あつまへまかりくたり侍りける時あふきつかはすとて　赤染衛門

おしむともなき物ゆへのしかすかのわたりときけはたゝならぬかな

定別・三一六。**詞**○くたり侍りける時―くたりけるに（島）。○あふき―あふきを。**歌**○ゆへの―ゆゑに。

大江為基が三河の国へ下向しました時に、扇などを調達して、誰が贈ったとも言わないで、差し出しました

あなたとの別れを惜しむというわけでもないが、そうはいうもののさすがに、あなたがしかすがの渡りを渡ると聞くと、平気ではいられません。

【語釈】○大江為基―四九九［作者］参照。○三河へまかり下りける時に―為基が三河守になった年時を史料によって確認できないが、弟の定基、源満仲などとの関係から、永観元年（九八三）であったと推定される（拙著『公任集注釈』解説参照）。○扇など調じて―扇は餞別の贈り物として用いられた。「みちのくにへまかりける人に、あふぎ調じて歌絵にかかせ侍りける」（後撰・離別羇旅・一三二四詞書）「筑後守の下るにあふぎやるにくはへたる」（貫之集七五四詞書）。○たれがともなくてさしおかせ侍りける―『赤染衛門集』にも「そこともいはでさし置かせたれば」とある。誰が贈ったとも言わないでなにげなく置かせました。○衛門赤染女―右衛門志赤染時用の女。赤染衛門のことを、このように表記することは稀である。○しかすがのわたり―三河国の歌枕。現在の愛知県宝飯郡、豊川の河口付近にあった渡し場。「そうはいうものの」の意を表す「しかすが」を掛ける。○ただならぬ―普通の状態でないさま。尋常でないさま。

【補説】この歌は流布本系統『赤染衛門集』（赤染衛門集Ⅰ一五～一七）には、

　此人三河になりて下りしに、あふぎしてやりしに、州浜にかきつけし

惜しむべき三川と思へどしかすがの渡りと聞けばただならぬかな（一五）

　そこともいはでさし置かせたれば、絵師どもを呼びて見せければ、其人のかかせしといひければ、かくいひける

惜しまぬにただにもあらぬ心して別れをわぶる人を知らなむ（一六）

　とあるに、なほ知らずがほにて、そのころはじめて通ふ人ありと聞きしかば、いひし

ただならぬ別れをわぶる心をば惜しまぬよその人も知れとや（一七）

という贈答歌としてみえる。異本系統『赤染衛門集』（赤染衛門集Ⅱ一一七～一一八）には「ただならぬ」の歌

はなく、歌の本文も相違する箇所があり、一五の第一、二句は「惜しむともなきものゆゑに」とあって、『抄』と一致する。
歌は「をしむともなき物ゆゑに」と虚勢とも、男の気を引こうとする手練とも思えるような詠み出しであり、これも当時、為基に新しい恋人ができたという事情があったからだろう。その一方で、「しかすがのわたり」と聞くと平然としてはいられないと心は動揺する。
赤染衛門がこの歌を詠んだころより前に「しかすがのわたり」を詠んだ歌には、
ゆけばありゆかねば苦ししかすがのわたりに来てぞ思ひわづらふ（西本願寺本中務集二九）
ゆきやらず帰りやせましかすがのわたりに来てぞ思ひたゆたふ（西本願寺本能宣集一三一）
思ひたち急ぎこしかどしかすがのわたりに来てぞいまは恋しき（松平文庫本兼澄集、兼澄集Ⅱ一二四）
などがある。いずれも「しかすがのわたり」に副詞「しかすがに」を掛けて、躊躇・逡巡する気持ちを表す。この三首とも「しかすがのわたりに来て」思い迷い、都に残して来た人を愛しく思うという類型的な歌である。これが当時の人々が「しかすがのわたり」という地名を聞いて抱いた印象であった。
【作者】赤染衛門　右衛門志赤染時用女。母はもと平兼盛の妻で、みごもったまま時用と再婚したので、実父は兼盛という。大江為基、源時叙などとの恋愛を経て、大江匡衡と結婚、挙周、江侍従を生む。道長室倫子に仕え、鷹司倫子七十賀屏風歌を詠進、「賀陽院水閣歌合」「弘徽殿女御歌合」に出詠。『拾遺集』以下の勅撰集に九十三首入集。家集に『赤染衛門集』がある。『栄華物語』正編の作者に擬せられる。
【他出文献】◇赤染衛門集→［補説］。

215
陸奥国《みちの》の守《かみ》これのぶがめの下《くだ》り侍りけるに、弾正の親王《みこ》の内方の香
薬つかはし侍りけるに　戒秀法師

亀山《かめ》にいく薬《すり》のみありければとゞめん方《かた》もなき別《わか》れかな

【校異】 **詞**○みちの国の―みちのくの（島）○めの―めのと〈「と」ノ左傍ニ朱デ見セ消チノ符号ガアル〉（貞）○弾正のみこ―弾正宮のみこ（島）○内方の香薬つかはし侍けるに―ないはうたにものなとつかはしける〈右傍ニ朱デ「キタノカタ香薬ツカハストテイ」トアル〉（貞）。**歌**○かめ山に―かめやまは（島）○とゝめん―とゝむる〈「むる」ノ右傍ニ朱デ「メムィ」トアル〉（貞）。

【拾遺集】 別・三三五。

みちのくにのかみこれのふかめのくたり侍けるに弾正尹親王のかう
やくつかはしけるによませ侍ける　戒秀法師
かめ山にいくくすりのみありけれはとゝめかたくもなき別かな

定別・三三一。**詞**○これのふかめの―これともか。○くたり侍けるに―まかりくたりけるに。○弾正尹親王―弾正のみこ。○よませ侍ける―ナシ。**歌**○とゝめかたくも―とゝむる方も。

陸奥国守維叙の妻が下向しましたときに、弾正宮為尊親王の奥方が香薬を遣わそうとしまして

蓬莱山に生く薬（不死の薬）ばかりあるように、東国に行く薬ばかりがあるので、止めようもない別れであるよ。

【語釈】 ○陸奥国の守これのぶ―「これのぶ」は『集』の天理甲本・定家本などに「これとも」とあるが、「こ

れのぶ」が正しい。『和歌大系』の「人名一覧」には「これとも→維叙（『これのぶ』の誤）。」「これとも→維叙」と二箇所に同じ項目があるが、「維叙」は立項されておらず、『新大系』の「人名索引」も、知りうる情報はほとんどない。維叙は『尊卑分脈』によると、平貞盛の子で、「上野、常陸、陸奥等守。右衛門尉、従四下」とあり、「実右大将済時卿男」の注記がある。右衛門少尉を経て、永観元年（九八三）八月に従五位下で肥前守となる（類聚府宣抄）。その後、陸奥守となり、長保元年（九九九）十二月には常陸介（小右記）、長和元年（一〇一二）閏十月には上野介で、同四年八月に上野介を辞退（御堂関白記）、同五年五月十五日出家（小右記）。寛仁元年（一〇一七）九月までは生存が確認できる（御堂関白記）。陸奥守任官年時については［補説］参照。○め―『集』の定家本には「め」がない。「め」は妻、むすめの二通りのとり方ができる。維叙の妻については家系・伝等未詳。むすめは『尊卑分脈』の源忠隆の子の重隆に「母上野介惟（維）叙女」とあり、忠隆の妻となったことが知られる。○弾正の親王―全国の非違を弾劾、上奏し、風俗の粛正を司った弾正台の長官（弾正尹）である親王。○内方―他人の妻の敬称。貞和本には「ないはう」とある。この「内方の」の語句は『集』にはなく親王が香薬を遣わしたとある。○香薬―『抄』の底本・島本に「香薬」、『集』の具世本・定家本に「かうやく」とある。「香薬」「膏薬」ともに字音仮名は「カウヤク」で、『色葉字類抄』には「香薬カウヤク」「合薬医方部ガウヤク」とある。従って、『集』の「かうやく」はどちらをいうか明確でないが、『抄』の漢字表記に従う。「香薬」は香りのよい香料。女性同士の贈物にふさわしい品である。○亀山―巨大な霊亀の背に負われて聳え立っているところから、蓬莱山の異名。○いく薬―「生く薬」で不死の薬。「いく」に「行く」を掛ける。

【補説】 詞書の「維叙」が「陸奥守」になった年時を記した史料はないが、諸資料から大体の年時は知られる。『今昔物語集』巻十九第三十二に維叙が陸奥守時代の説話があり、それによって実方の前に陸奥守になったことが知られる。また、『北山抄』（巻十古今定功過例）には、

陸奥守維叙着任之後、前司国用所申請、交替使主計頭忠臣着国。……維叙受領畢。

とあり、維叙は正暦元年（九九〇）八月ごろ陸奥守であった国用の後に陸奥守となり、長徳元年（九九五）正月十三日に実方が任ぜられて交替した。結局、維叙が陸奥守であったのは正暦二年正月から同五年末までの間である。

この間に弾正尹となった親王が詞書にいう「弾正の親王」である。『八代集抄』には「花山院の御子清仁親王にや、四品弾正尹也」とあり、『和歌大系』は冷泉院の皇子為尊親王とする。まず、諸史料によって二人の経歴をみると、清仁親王は寛弘八年（一〇一一）八月二十三日に元服、同年九月十日四品に叙せられているので、長徳末年（九九八）に成立した『抄』に、「弾正の親王」の呼称で出てくるはずがない。

もう一方の為尊親王は貞元二年（九七七）の誕生で、永祚元年（九八九）十一月に元服、同年十二月二日に四品に叙せられた。『和歌大系』の「人名一覧」には「太宰帥、上野守を経て二品弾正尹」とあるが、二品に叙せられたのは、正暦四年正月一日の朝賀に左方の威儀親王として奉仕し、『小右記』に「左親王為尊親王弾尹、忽叙二品云」とあるように、この日二品に叙せられた。『権記』の長保四年（一〇〇二）六月十五日の条には「元服年叙三品、後任弾正尹、正暦朝拝為威儀、叙二品、兼大宰帥、遷上野大守」とあって、正暦元年から四年正月の間に弾正尹に任ぜられた。その年時は明らかでないが、正暦元年九月二十二日に二品弾正尹章明親王が亡くなっているので、その後に弾正尹になったのが為尊親王で、その年時は正暦元年十月十日に行われた小除目のときかと思われ、維叙が陸奥守になった正暦二年春には、為尊親王も弾正尹になっていた。

『抄』では弾正親王の内方が香薬を遣わしたとある。為尊親王の内方に当る女性に一条摂政伊尹の九の君がいた。『栄華物語』（見はてぬ夢）には、九の君と為尊親王との結婚のことが記されている。伊尹の北の方と九の君とが住んでいた東院に、花山院がかりそめに通うようになったが、院は乳母の女の中務を寵愛するようになって寺にも帰らず東院に住みつき、その一郭に住居を新造、同母弟の弾正宮を語らい九の君と結婚させたという。その時期は『栄華物語』では記事の年次が入り組んでいて問題があるが、院が東院の九の君に通うようになったのは、院が熊野から帰京した正暦三年六月以降であろうという。これによると、為尊親王と九の君の結婚は正暦三年内であったと思われる。

また、戒秀法師が歌を詠んでいることについて、『新大系』は「作者名索引」の「戒秀」の項に「『花山法皇東院歌合』に参加。為尊親王・平雅（維ノ誤カ）叙らと交渉があった」とある。戒秀と維叙との交渉を示す資料を見出しえなかったので確かなことは言えないが、交渉がなくても問題なかろう。歌を戒秀に依頼したのは『集』では為尊親王であり、『抄』では為尊親王の北の方であるからで、問題は戒秀と為尊親王またはその北の方との関係である。特に、戒秀と北の方は「花山法皇東院歌合」において夏草・瞿麦・祝の歌題で詠んだ歌が番えられ、互いに歌の力量をよくわかっていた間柄である。現存の資料からは、戒秀に歌を依頼したのは北の方とみるのが自然で、『集』より『抄』の詠歌事情の方が事実に近いと考えられる。

【作者】戒秀　清原元輔の子。天元三年（九八〇）九月の延暦寺中堂供養に右方梵音衆の頭を務める。内裏の御仏名の導師をしばしば務める。寛弘元年（一〇〇四）六月に道長が祇園感神院に参詣したとき、別当として奉仕。長和四年（一〇一五）閏六月十二日落雷のために幾日も経ずして死去。花山院の「東院歌合」に出詠。『拾遺集』『詞花集』『続後撰集』に各一首入集。

帥にて橘の公頼が下《くだ》り侍りけるに、馬のはなむけに装束調じて遣《つか》はしける　紀＊　貫之

216　あまたには縫《ぬ》ひ重《かさ》ねねど唐《から》衣思《おも》ふ心《こゝろ》は千重《ちへ》にざりける

【校訂注記】底本ニ作者名ハナイガ、島本、貞和本、『集』ニアリ、島本デ補ッタ。

【校異】詞○帥―大宰帥（貞）○くたり侍けるに―くたり侍けるにとしたねかまゝはゝの典侍に（島）くたり侍けるにとしたねかまゝはゝの内侍のすけに〈「のすけ」ノ左傍ニ朱デ見セ消チノ符号ガアル〉（貞）○つかはしける―つかはしけるに（島・貞）。歌○ちへにさりける―ちへにそありける（島・貞）。

【拾遺集】別・三三一。

橘公頼か大宰帥にてまかりくたりける時に敏貞か継母内侍のすけの
もとにむまのはなむけし侍けるにそへてつかはしける　紀貫之
あまたにはぬひかさねともから衣おもふ心は千重にそ有ける

定別・三二七。詞○公頼か―公頼。○大宰帥にて―帥になりて。○時に―時。○もとに―ナシ。○そへて―さうそくにそへて。歌○ぬひかさねとも―ぬひかさねゝと。

大宰の帥として橘公頼が下向しましたときに、餞別の品として装束を調製して遣わしました贈る袿を数多く縫って、何枚も重ねはしないけれど、あなたのことは深く深く思っています。

【語釈】○帥―令制で大宰府の長官。公頼が任ぜられたのは大宰権帥。○橘の公頼―贈中納言橘広相の六男、母は左馬頭従四位下惟風王女。元慶元年（八七七）生。蔵人、斎院長官、中務少輔などを経て、延喜六年（九〇六）九月大宰大弐となる。その後、左少弁、右京大夫、左中将などを歴任、延長五年（九二七）正月十二日参議、承平二年（九三二）正月正四位下に昇り、同三年二月左衛門督、同五年二月二十三日大宰権帥を兼ねる。天慶二年（九三九）八月中納言、同四年二月二十日没。○馬のはなむけに―公頼の大宰府赴任にかかわる餞別の宴は、現存資料から、二回あったことが知られる。㈠承平六年十一月七日に殿上で餞を賜わり、従三位に叙されたとき、㈡敏貞が継母のために餞別の宴を催したときである。『抄』の底本の詞書では、このどちらにしても説明が不十分である。㈠のときとしては敬語の使用がなく、㈡としては肝心の人物が登場しない。現存諸資料から考えて、底本の詞書は原型を伝えていないと思われる。〇装束―［補説］に掲げた『貫之集』によれば、薬、かつら、装束などを餞別の品として贈っている。これらの品から、贈られた人物は女性であり、公頼でないことがわかる。このようにみてくると、『抄』の底本はこの部分に脱落があると思われる。〇紀貫之―『抄』の底本には作者名はないが、『抄』『集』の諸本に作者を貫之とし、歌は『貫之集』にもあるので、作者名として「紀貫之」を補った。〇縫ひ重ねねど―「縫い重ぬ」は重ねて縫い合わせる意という。装束を仕立てるのに重ねて縫うことはあるのだろうか。歌の第五句に「千重」とあるところから、この装束は女性の上衣に当る袿である。平安時代には多くの袿を重ねることが華麗、豪奢で女房の誇りでもあった。このことから「縫ひ重ねねど」は「縫ひ、重ねねど」と読むべきで、「袿を縫って、何枚も重ねないけれど」の意であろう。〇心は千重にざりける―贈る装束は多くの袿を重ねたものでないが、あなたのことは深く深く思っているの意。

【補説】 この歌は歌仙家集本『貫之集』（貫之集Ⅰ七二二～七二四）には「橘の公頼の帥の筑紫へ下るとき、そのころあはの守としたゞの朝臣継母のないしのすけにおくる物どもにくはへたる歌」として、贈った品物それぞれについて詠んだ歌がある中に「さうぞく」の題で、

あまたにはぬひかさねゝど唐衣思ふ心はちへにざりける（七二四）

とある。

底本の詞書に脱落があることは［語釈］にも記したが、『抄』の島本、貞和本には該当部分は、

くたり侍けるに「としたねがまゝはゝの典侍に」むまのはなむけ…

とある（底本ニハ「　」内ガナイ）。この部分は『集』にも、

くだりける時に「敏貞が継母内侍のすけのもとに」むまのはなむけ…

とあり、『抄』の「としたね」が「敏貞」とある以外は同じである。この部分は前掲の『貫之集Ⅰ』には、

下るとき「そのころあはの守としたゞの朝臣継母のないしのすけに」おくる…と、「としたゞ」の説明が詳細になっている。上掲の「　」内の文は現存資料に共通してあるので、これを欠く底本は誤脱したものと考えられる。上掲の文に「としたね」「敏貞」「としたゞ」とある人物は、『尊卑分脈』に「敏仲、敏通、敏貞」とある公頼の三人の子のなかの、敏貞のことで、『集』の「敏貞」が正しい名である。「敏貞」は『尊卑分脈』には「相模守、正五下」とあり、『九暦逸文』には天慶九年（九四六）十月の大嘗会御禊の前駆の中に「前加賀守従五位下橘朝臣敏貞」とあるので、『貫之集』にいうように承平六年（九三六）に「あはの守」であったならば、その後、加賀守になったのであろう。

【作者】紀貫之↓七。

【他出文献】◇貫之集↓［補説］。

源のひろかずがものへまかりけるに、装束調じて給ふとて　太皇太后御歌*

217 旅人《たびびと》の露はらふべき唐衣《からごろも》まだきも袖の濡《ぬ》れにけるかな

【校訂注記】底本ニ「太皇大后」トアルノヲ「太皇太后」ニ改メタ。

【校異】詞〇ひろかすか―ひろかすかむすめ〈「むすめ」ノ左傍ニ朱デ見セ消チノ符号ガアリ、右傍ニ朱デ「イ無」トアル〉（貞）〇調して―して（貞）〇給とて―つかはすとて（貞）〇太皇太后―大皇太后宮（島・貞）〇御歌―より〈左傍ニ朱デ見セ消チノ符号ガアリ、右傍ニ朱デ「イナシ」トアル〉（貞）。歌〇またきも―またきに〈「に」ノ右傍ニ朱デ「モ」トアル〉（貞）。

【拾遺集】別・三三〇。

源弘景かものへまかりける装束給とて　　三条大皇太后宮

旅人の露はらふへきから衣またきも袖のぬれぬへきかな

定別・三二六。詞○弘景か―弘景。○まかりける―まかりけるに。○三条大皇太后宮―三条太皇太后宮。歌○ぬれぬへきかな―ぬれにける哉。

源弘景が地方に下りましたときに、装束を調製して下さろうとして

旅を行くそなたが草葉の露を払うはずの衣が、そなたがまだ袖を通さないうちに、別れの悲しさに流した私の涙で濡れてしまいました。

【語釈】○源のひろかず―『集』は「源弘景」。弘景は文徳源氏。『尊卑分脈』によると、相国の子に「弘景従五下因幡守」とあり、忠直の子に「弘景蔵」ともある。現存資料に所見なく、昌子内親王との関係も未詳。○ものへまかりける―地方に下ったとき。因幡守として下ったときと断定はできない。○太皇太后―『集』に「三条太皇太后宮」とある。昌子内親王。○まだきも―未だ旅立ってもいないうちに。○袖の濡れにける―離別が悲しく、私の涙で袖が濡れてしまった。

【補説】詞書にある「源ひろかず」に該当する人物は『尊卑分脈』のほかに資料はなく、『集』に従って「源弘景」とみてよかろう。この弘景も生存時期を知る手掛りに乏しい。まして『尊卑分脈』のように弘景の血縁的位置が曖昧ではどうしようもない。そこで別の角度からみていく。相国の一族では、相国の兄の相職父子の生没が明らかである。すなわち、相職は中納言当時の三男で、当時三十四歳の延喜元年（九〇一）の誕生で天慶六年（九四三）に四十三歳で没し、子の惟正は相職二十八歳の延長六年（九二八）の誕生で、天延二年（九七四）二月に参議になり、天元三年（九八〇）に五十三歳で没した。『公卿補任』によると、天延元年（九七三）七月に

関係系図

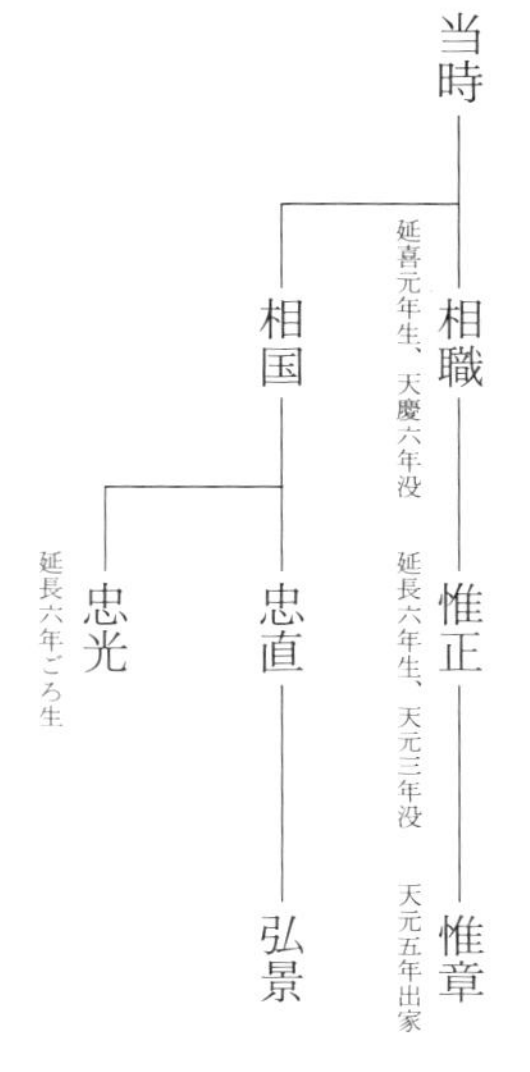

は修理大夫を辞し、代わって子の惟章が右兵衛佐（イ少将）に任ぜられた。『小右記』の天元五年正月十二日の条には「去七日少将惟章令産男子」とあって子が生まれている。この惟章は兄の右近将監遠理と天元五年六月に出家している。これら相職一家の動静から、相国一家のことを推測すると、相国は『尊卑分脈』では当時の六男であるので、早くとも延喜四年の誕生である。相国の子の忠光は『政事要略』（巻八十二 議請減贖）にある天慶九年（九四六）八月七日付の太政官符に「権大尉正六位上源朝臣忠光」とある。相職の子の惟正も天慶九年十九歳で左兵衛権少尉であったので、この時の忠光の年齢を惟正と同年かやや上とみると、忠光は相国二十五歳の延長六年ごろの誕生となり、忠光の兄の忠直は遅くとも相国二十四歳の延長五年には生まれていたとみなければならない。また、『尊卑分脈』では惟正の四男になる惟章が天延元年右少将となっているところから、その誕生は天暦七、八年（九五四）ごろで、子を儲けた天元五年には三十歳に近かったと推定される。忠直の子の弘景も惟章とほぼ同じころ天暦五年前後の生れであろう。

弘景の生年を上記のように推定すると、昌子内親王も同じころの誕生で、弘景の母は乳母として内親王に仕えたのではなかろうか。弘景が地方官として下向したのは『抄』の作者表記が単に「太皇太后」とあるところから、寛和二年七月に昌子内親王が太皇太后になって間もないころであろう。

この歌は西本願寺本『忠見集』（忠見集Ⅰ一二九）にあるが、前後の歌も関連があるので、煩をいとわずに掲げる。

こしのかたへゆく人に

忘れずはいまはこしぢと思へどもいまはかへるの山をたのまむ（一二七）
行く道をうみぢとのみはわびはてじかへるの山のまつをたのみて（一二八）
この歌三条のおほいきさいの宮のおほむ歌あり
ものにまかる人にきぬゝさたまふとて
旅人の露はらふべきかりころもまだきも袖のぬれにけるかな（一二九）
君がためなでしもしるくこのたびの手向の神となるぞうれしき（一三〇）
これも同じ宮のおほむ歌とあり

この二群の歌は別の詠歌事情を有するが、ともに左注には、これらの歌は三条の太皇太后の詠作であるとある。一二九の歌は時雨亭文庫蔵義空本『忠見集』（三二）にもあり、「君がため」（一三〇）と贈答歌になっていて、こちらには左注もなく、三条太皇太后宮の歌であるという説明もない。忠見は生没・伝未詳で、昌子内親王が皇后に冊立された康保四年（九六七）九月に生存していたかさえも明らかでなく、忠見が三条太皇太后宮に代わって詠んだとみることは無理であろう。

【作者】昌子内親王　朱雀天皇第一皇女。天暦四年（九五〇）誕生。同年八月内親王。康保四年（九六七）九月冷泉天皇の皇后となる。寛和二年（九八六）七月太皇太后。長保元年（九九九）十二月一日、橘道貞の三条第において亡くなる。正暦元年（九九〇）十月四日に資子内親王家から本宮に遷られた道順から、本宮は三条坊門北、万里小路西にあったことが知られる（本朝世紀）。信仰心厚く、岩倉の大雲寺内に観音院を創建した。『拾遺集』に二首入集。

藤原雅正が豊前守に侍りける時、為頼《ためより》がおぼつかなく侍るとて、下《くだ》り侍りけるに馬のはなむけし侍りけるとて

清正

218 思《おも》ふ人ある方《かた》へ行《ゆ》く別路《わかれぢ》をしむ心《こゝろ》ぞかつはわりなき

【校異】 **詞**○雅正か―雅忠（貞）○豊前守に侍ける―豊前守にて侍ける〈「て」ノ左傍ニ朱デ見セ消チノ符号ガアリ、右傍ニ朱デ「ナリィ」トアル〉（貞）○おほつかなく侍とて―おほつかなしとて（島）おほつかなく侍て（貞）○し侍けるとて―し侍けるに（島）し侍てとて（貞）。**歌**○こゝろそ―心の〈「の」ノ右傍ニ「そィ」トアル〉（貞）。

【拾遺集】 別・三三六。

藤原まさたかゝふせんのかみに侍りける時にためよりかおほつかなしとてくたり侍けるをしみ侍て

藤原清正

思ふ人ある方へゆく別路をおしむこゝろそかつはわりなき

定別・三三二。**詞**○まさたか―まさたゝ。○時に―時。○侍ける―侍けるに。○をしみ侍て―むまのはなむけし侍とて。

藤原雅正が豊前守でありました時、子の為頼が父雅正のことを気掛かりであると思って、豊前に下向しました折に送別の宴をしましたと言って

気遣っている父親のいる地に行く人との別れを惜しむのは、一方では道理に会わないことだ。

【語釈】 ○藤原雅正―中納言藤原兼輔男。刑部大輔、周防守、豊前守などを歴任、従五位下となる。右大臣藤原

定方の女と結婚、為頼、為長、為時を儲ける。『後撰集』に七首入集。応和元年（九六一）十一月十六日に頓死したという。○為頼―雅正の男。五三九［作者］参照。○おぼつかなく侍る―「おぼつかなし」は気掛かりだ、心配だの意。○別路―人と別れていく路。また、人と別れること。○わりなき―しかたがない。どうしようもない。親の身を案じて行くのであるから別れを惜しむのは道理にあわないという気持ち。

【補説】雅正の頓死については、『江家次第』（五節帳台試）の書入れに「無帳台試例、応和元年十月六日初点周防守雅正女、而子曰父頓死、仍左大臣忽責之、依事俄不能調云々」とある。「十月六日」とあるのは「十一月十六日」の誤りで、周防守雅正女が帳台試の日に父が頓死したと言って舞姫を辞退したという。これによって、このころ雅正は亡くなったとみられる。

この歌は『清正集』にはなく、『如意宝集』に、

（藤原雅正が豊前守に侍ける時、ためよりがおぼつかなく侍とて）
くだりはべりけるに、むまのはなむけしはべりとて　清忠
おもふひとあるかたへゆくわかれぢをしむこゝろぞ（「を」ヲ見セ消チニシテ「そ」ト訂ス）かつはわりなき
（注）詞書ノ（　）内ハ『抄』ノ底本ニヨッテ補ウ。

とある。雅正は応和元年（九六一）十一月に周防守在任中に亡くなっているが（江家次第）、豊前守、周防守と続けて任命されたとすると、亡くなったのが周防守に任命された年であれば天徳元年（九五七）、周防守在任四年目であれば天暦八年（九五四）に豊前守に任命されたことになる。清正が歌を詠んだのも、その間のことである。

【作者】藤原清正→三九。

【他出文献】◇如意宝集→［補説］。

219

*肥後守にて清原の元輔がまかりくだりけるに、源満仲朝臣の餞《せん》し侍りけるにかはらけとりて

元輔

いかばかり思《おも》ふらんとか思《おも》ふらむ老《お》いて別《わか》るゝとほき道《みち》をば

【校訂注記】「肥後守」ハ底本ノ「丹後守」ヲ『抄』ノ島本、貞和本、『集』ノ具世本、定家本ナドニヨッテ改メタ。

【校異】詞○元輔か―もとすけ（貞）○まかりくたりけるに―くたりはへるに（島）。歌○みちをは―みちをは〈右傍ニ「別をィ」トアル〉（貞）。

【拾遺集】別・三三七。

肥後守にて元輔くたり侍りける時に満中朝臣餞し侍けるにかわらけとりて

清原元輔

いかはかりおもふらむとや思らむおひて別る遠き道をはきわかれを。

定別・三三三。詞○元輔―清原元輔。○時に―に。○満中朝臣―源満中。歌○とや―とか。○遠き道をは―とをきわかれを。

肥後守として清原元輔が下っていきましたときに、源満仲朝臣が送別の宴をなさいました席で、盃を手にして

私がどれほどか別れを悲しんでいると思っていらっしゃるでしょうか。年老いて別れて遠く離れた地に赴くことを（思うと再会もままならないでしょう）。

【語釈】○肥後守―底本は「丹後守」とあるが、『抄』『集』の諸本に「肥後守」とある。元輔が丹後守になったことは資料にみえず、肥後守になったのは寛和二年（九八六）正月である（三十六歌仙伝）。三二［作者］参照。○源満仲―二二〇［作者］参照。○思ふらんと―この別離を悲しいことと思っていると。○老いて―当時の元輔の年齢は七十九歳（三十六歌仙伝）。○道―道のり。行程。

【補説】この歌は歌仙家集本『元輔集』（元輔集Ⅱ二五五）に、

ある人に

いかばかり思ふらんとはおもふらん老いてわかるる遠き道をば（「道をば」ノ右傍ニ「わかれを」トアル）

とあり、「ある人」は旅行く人とも、京にとどまる人ともとれ、『抄』のように詠歌事情が詳細ではない。時雨亭文庫蔵坊門局筆本『元輔集』（一五一）には、

満仲が常陸守になりてまかり下らんとせしに、よみはべりし

つくば山つくづくものを思ふかな君を見ざらん程の心よ

という、満仲が常陸介になったと思われる天元二年（九七九）ごろの歌がある。これより前から元輔と満仲とは親密な関係にあったと思われ、その関係は元輔が肥後守として赴任するときまで続いていた。

『如意宝集』には、『抄』二一八の清正（断簡ニハ「清忠」）の歌に続いて、

ひごのかみにて清原元輔がまかりけるに源の満仲の朝臣餞侍りける

までが一葉に収められている。この文は『抄』とほぼ一致していて、両書が密接な関係にあることを示している。

【作者】清原元輔→三二。

【他出文献】◇元輔集→［補説］。◇如意宝集→［補説］。

返《かへ》し　満中朝臣

220 君はよし行末《すゑ》とほしとまる身の待《ま》つほどいかが有らむとすらむ

【校異】詞○満中朝臣―みつなか（島・貞）。

【拾遺集】別・三三八。

返　源満中朝臣

君はよしゆくすゑとをしとまる身の待ほといかゝあらむとすらむ

定別・三三四。歌○待―松。

返歌

貴殿はよい、肥後までの道程も長く、これからの人生も長い。それに引き替え、京に留まる私は、貴殿の帰京を待つ間、どのようにして生きているのだろう。

【語釈】○行末とほし―「行末」はこれから旅をする目的地までの道程の意と、生きて行く先、将来の意とを表す。○とまる身―都に留まる身。満仲自身のこと。○待つほど―貴殿の帰京を待っている間。○いかが有らむ―「有り」は生きているの意。

【補説】前歌に対する満仲の返歌。このとき元輔は七十九歳、満仲は出家の身であったが七十五歳で、「行末とほし」というのは満仲の方である。満仲は「行末」の語の空間的な意義を時間的な意義にとりなして「行末とほし」と詠んでいて、この語がもつ二義を用いた機知によって、旅立ちの祝意を詠んでいる。

この歌は『元輔集』になく、現存する『如意宝集』の断簡にもないが、前歌の詞書の一部が現存の断簡にみえるところから、この満仲の返歌も『如意宝集』にあったと推測される。
【作者】源満仲　清和源氏、経基王の男。延喜十二年（九一二）四月生。安和二年（九六九）三月に安和の変の陰謀密告の賞として正五位下に叙せられる（日本紀略）。越前守、武蔵守、常陸介、摂津守などを歴任したが、在京すること多く、武勇によって知られ、天禄元年（九七〇）に摂津国河辺郡に多田院を建立。永延元年（九八七）八月に多田で出家した。この日のことは『小右記』逸文に「永延元年八月十六日、前摂津守満中朝臣於多田宅出家云々、同出家之者十六人、尼卅余人云々、満中殺生放逸之者也、而忽発井（ぼだい）心所出家也」とあり、出家した者は十六人、尼は卅余人いた。長徳三年（九九七）没。勅撰集には『拾遺集』の一首のみ入集。

221
前日向守に侍りける人の、筑紫《つくし》へまかり侍りけるに、言《い》ひ遣《つか》はしける　　橘倚平
昔《むかし》見しいきの松原《ばら》ことゝはば忘《わす》れぬ人もありとこたへよ

【校異】詞○侍ける―侍けるとき（貞）○まかり侍けるに―まかり侍ける人に（島）まかりけるに（貞）○倚平―頼平（島）頼平〈「平」ノ右傍下ニ朱デ「ィ信平」トアル〉（貞）。
【拾遺集】別・三四一。
つくしへくたりける人につかはしける　　橘倚平
むかしみしいきの松原ことゝはゝ忘ぬ人も有とこたへよ
定別・三三七。詞○くたりける―まかりける。○人に―人のもとに。○つかはしける―いひつかはしける。

前日向守でありました人が、筑紫へ下向しました人に、言ってやりました

昔私も見たいきの松原が、都人のことを尋ねたならば、お前のことをいつまでも忘れない人もいると答えてほしい。

【語釈】○前日向守に侍りける人―『抄』の詞書では、この人物が「筑紫へまかり侍りける」の主語のように解せるが、「前日向守」は歌の作者の橘倚平のことであろう。橘倚平には日向守の経歴がある。○筑紫へまかり侍りけるに―『集』の詞書から、この文は「筑紫…侍りける人に」とあるべきところである。○橘倚平―詞書を前記のように解すると、この作者名は無くてもよい。○いきの松原―筑前国の歌枕。現在の福岡県西区の博多湾にのぞむ浜。歌では「今日まではいきの松原生きたれどわが身のうさに嘆きてぞ経る」（拾遺・雑賀・一二〇八）のように、「いき」と同音の「行き」「生き」を導く序詞として用いられる。○こととはば―「こととふ」は尋ねる、質問するの意。

【補説】この詞書を率直に読むと、［語釈］でも記したように、前日向守であった人が筑紫に下ったことになる。しかし、『集』の詞書には「前日向守」という人物のことは全く記されていない。ここは詞書中に歌の作者が登場する場合で、例えば五二八に、

橘の忠幹が人のめにしのびてもの言ひ侍りけるころ、遠き所にまかり侍とて、この女のもとにいひつかはして侍ける　ただもと

忘るなよほどは雲井になりぬとも空ゆく月のめぐりあふまで

とあるのと同じである。この場合も歌の作者は橘忠幹で、「ただもと」という作者名は『抄』の島本や『集』の諸本のように無くてもよいところである。

なお、時雨亭文庫蔵素寂本『実方中将集』の巻頭にある、

宇佐使せしたまふ日、さきのを思ひ出でて

昔見し心ばかりをしるべにて思ひぞおくるいきの松原

という歌は、橘倚平の歌の表現をかりたとする説もあるが、実方の歌は、宇佐使として赴く者に自身が経験したことを道案内として餞に贈ることを詠んだもので、倚平の歌とは歌の趣旨が異なる。

【作者】 橘倚平　従五位下飛騨守橘是輔の男、字を橘宣という（桂林遺芳抄）。応和三年（九六三）三月に三善道統宅で行われた「善秀才宅詩合」に右方詩人として出詠。康保元年（九六四）三月十五日にはじめて行われた勧学会の会衆となり、康保二年十月に省試に及第して文章生となった。『江談抄』には省試の折に清水寺に参詣し観音の霊験で及第したという逸話がある。式部丞の後に、天延二年（九七四）八月に日向守であったことが、『本朝文粋』所収の慶滋保胤の「勧学会所牒贈日州刺史下館」という文章から知られる。『本朝麗藻』所収の有国の「初冬感李部橘侍郎見過懐旧命飲」という文章に「予天元五載、石州秩罷…如彼前日州橘大守、桂下菅太夫…命先朝露、恨深夜台矣…」とあるので、天元五年以前に亡くなった。

題不知　　右衛門源兼澄女子

222 命《いのち》をぞいかならんとは思《おも》ひこしありて別《わか》るる、世《よ》にこそ有り・けれ

【校異】 詞○右衛門―衛門〈右傍ニ朱デ「右衛門尉兼澄女ィ」トアル〉（貞）。歌○ありて―いきて（島）ありて〈「あり」ノ右傍ニ「いきィ」トアル〉（貞）。

【拾遺集】 別・三四〇。　右衛門

いのちをそいかならむとは思こし有てわかるゝ世にこそありけれ

定別・三三六。歌〇有て―いきて。

題知らず

あなたと別れることは、悲しみのために命はどのようになるのだろうかと思ってきたが、あなたとは（再会を頼みにして）生きて別れる間柄であった。

【語釈】〇右衛門―『抄』の各本に注記がある。底本には「源兼澄女子」、島本に「源兼澄之女」、貞和本の朱筆書入れに「右衛門尉兼澄女ィ」とある。〇命をぞいかならんとは―命をこそどのようになるだろうかと。〇ありて別るる世―あなたとは再会を頼みに、生きて別れる仲であった。

【補説】この歌の大意を、『八代集抄』には「かねては命はかなければ、死別もやとこそ思ひこしに、生別する事よと也」とある。『新大系』は「無常の世の中、はかない命をこそどうなるだろうかと思ってきたが、死別どころか、生きて別れる世の中だったのだ」と、『八代集抄』とほぼ同じように解している。これに対して『和歌大系』は「あなたとの別れは私の命の終わる時で、いつまで生きられるか、とは思ってきた」「それなのに、こうして生きたまま別れるあなたとの仲だったのだ」と解している。別部の歌は生死の別れを主題としているのではなく、離別が主題である。従って、『八代集抄』のようにはとらない。「命をぞいかならん」というのは、あなたと離別することは、悲しみのために私の命はどのようになるのだろうか（死んでしまうのでは）と思ってきたというのである。しかし、生きて別れる仲なればこそ、再会を期することができる。この歌の下句は「命ありてわかるる道はおのづからまたあふ末をたのむばかりぞ」（新後拾遺・離別歌・八五九）という歌に通じる。

【作者】作者の「右衛門」には『抄』の各本に兼澄女の注記があるが、『集』にはない。『尊卑分脈』には兼澄女として、陽明門院（禎子内親王）乳母で歌人の命婦乳母と、右衛門とを掲げている。ここで注意すべきは前者には「歌人号命婦乳母」とあるのに、後者には「号右衛門」とあって「歌人」の二字がない。これによれば、右衛門は歌人と評価されるほどの人物でなかったのだろう。父の兼澄は天暦九年（九五五）の誕生で、命婦乳母は長和二年（一〇一三）七月二十二日に禎子内親王の乳母として出仕した。『御堂関白記』には「今日宮御乳母兼澄朝臣女子参、是周頼朝臣妾也」とある。御乳付には東宮の乳母の近江内侍が召されて奉仕したが、東宮の許へ帰参したので、命婦乳母が参上して「やがて夜のうちに御乳きこしめさせ」た（栄華物語・つぼみ花）。『栄華物語』によると、研子周辺の乳母を望む大勢の中から信頼されての抜擢であったようなので、命婦乳母は三十歳前後になっていたと思われる。仮に三十歳であったとすると、永観二年（九八四）、兼澄三十歳のときの誕生となる。その妹の右衛門は姉との年齢差が最小の場合、寛和元年（九八五）の誕生で、『抄』が成立した長徳末年（九九八）には十三、四歳ほどで、『抄』において「右衛門」と呼ばれるにはふさわしくない。従って、この右衛門は兼澄女とは別人であろう。

長徳末年以前で右衛門の名がみえるのは、

①九条右丞相集（書陵部本）一二　　右衛門
②天徳内裏歌合　左方方人　　右衛門
③義孝集一八イ本　　右衛門内侍
④三条左大臣頼忠前栽合　女方　　右衛門
⑤小右記　永祚元年八月二十日ほか　右衛門乳母

などである。このうち資料性から確実に実在したと思われるのは②④⑤で、⑤の右衛門乳母は『小右記』の寛弘・長和ごろの記事に頻出し、『御堂関白記』にも右衛門典侍とあり、貞元元年（九七六）誕生の三条帝の乳母である。②は内裏の女房、④は家の女房で別人であるが、問題の右衛門は②④のいずれかであろう。

読人不知

223　君《きみ》をのみ恋《こ》ひつつ旅《たび》の草枕《くさまくら》露しげからぬ暁《あかつき》ぞなき

【校異】詞○読人不知―ナシ（島）。

【拾遺集】別・三五〇。

題不知　　読人不知

君をのみ恋つゝ旅の草枕露しけからぬ暁そなき

定別・三四六。

あなたをばかり恋い慕いながら、旅寝の草枕は涙の露でぐっしょり濡れない明け方はないことだ。

【語釈】○旅の草枕―「草枕」は草を枕として寝ること、旅寝をすること。「旅の草枕」というのは冗長な表現である。○露しげからぬ―「露」は涙の比喩。涙がしきりに流れない。○暁―夜明け前のまだ暗い時分。女の家に泊まった男が家に帰るころ。

【補説】恋する女を置いて旅に出た男の歌であろう。旅にあっても女のことを一時も忘れられないばかりか、ますます恋しさがつのり、涙がしきりに流れない暁はなく、旅寝の枕はいつもぐっしょりと濡れている。これも以前の逢瀬と変らない。「旅の草枕」という表現は、同時代の用例としては他に、

ひとりねのわびしき旅の草枕草のゆかりにとふ人もなし（西本願寺本元真集三二七）

とあるにすぎないが、平安後期以後にはしばしば用いられ、

なく雁の涙や空にこぼるらむ露けき旅の草枕かな（田多民治集七三）

東路やみな冬枯れになり果ててさびしき旅の草枕かな（拾玉集二二七五）

などの他に「続詞花集」（旅・七三一　永実）、「経正集」（一〇一　登蓮）、「千載集」（羈旅・五一四　安芸）、「宝治百首」（三八三五）などにもある。

224

人の国《くに》へまかり侍りけるに、海人《あま》のしほたれ侍りけるを見《み》侍りて　恵慶《京》法師

ふるさとを恋《こ》ふる袂《たもと》も乾《かは》かぬに又しほたるる海人《あま》も有りけり

【校異】 **詞**○人のくにへ―ゐ中へ〈右傍ニ朱デ「人ノクニヘィ」トアル〉（貞）○まかり侍けるに―まかりけるに（貞）○み侍て―みて（貞）。**歌**○たもとも―たもとは〈「は」ノ右傍ニ朱デ「モ」トアル〉（貞）○かはかぬ―かはらぬ〈「ら」ノ右傍ニ朱デ「カ」トアル〉（貞）。

【拾遺集】 雑恋・一二五七。

人の国へまかりけるにあまのしほたれ侍けるをみて　恵慶法師

ふるさとをこふるたもともかはかぬにまたしほたるゝあまも有けり

定雑恋・一二四六。

地方へ出掛けましたときに、海人が潮水で袖を濡らしているのをみて

ふるさとを恋しく思って流した涙で濡れた袂も乾かないのに、一方で、潮水に袖を濡らしている海人もいたのだったなあ。

【語釈】○人の国―特に、都を中心として、よその国。地方。田舎。○しほたれ侍りける―「しほたる」は『類聚名義抄』に「泣シホタル」とあり、涙を流して泣く意。「潮垂る」を語源とみて、潮水に濡れて雫を垂らす、また、雨露に濡れる意を表す用法もある。「ながめかるあまのすみかと見るからにまづしほたるる松が浦島」（源氏・賢木）「しほたるる伊勢をの海人の袖だにもほすなるひまはありとこそ聞け」（千載・恋三・八一五　親隆）。○ふるさと―なじみの土地。以前住んだことがあったり、行ったことのある土地。ここは都。○又―事物・事柄を付加して並べる用法。その上に。一方。

【補説】この歌は時雨亭文庫蔵資経本『恵慶集』（六六）に詞書を「あまのしほやにとまりてしほたるゝを見て」として、第二句は「こふるたもとは」とある。

旅先で望郷の念から袂を濡らす作者が、自身とは違って労働によって袖を濡らしている海人を見出だした。これは都にいたのでは見ることもない光景である。都人の感覚では、袖を濡らすのは労働とは関係のない、主として情動によるものである。「泣」を「シホタル」と訓むのも、都人にのみ通じるものである。海士の袖が濡れているのは、おそらく涙とは関係がなく、海中での苛酷な労働のためであったろう。それを自身の旅愁の涙と対置させているのは都という閉鎖的空間に生活している者の感覚でしかない。

【作者】恵慶法師→四〇。

【他出文献】◇恵慶集→［補説］。

みちの国の守《かみ》にてまかり下《くだ》りける時に、三条太政大臣の餞給ひける時によみ侍りける　　藤原為長

225
武隈《たけくま》の松を見つゝやなぐさめむ君が千歳《ちとせ》のかげにならひて

【校異】詞○みちの国のかみ―みちのくのかみ（島）陸奥守（貞）○まかりくたりける時に―くたり侍けるに（貞）○餞給ける時に―餞し侍けるに〈「侍」ノ右傍ニ朱デ「給」トアル〉（貞）○よみ侍ける―よめる〈右傍ニ朱デ「トキヨミ侍ケルィ」トアル〉（貞）。歌○なぐさめむ―なくさまん（貞）。

【拾遺集】別・三四二。

みちのくにのかみにてくたりける時三条左大臣餞し侍けるによみて侍ける

藤原為永

たけくまの松をみつゝやなくさめむ君が千とせの陰にならひて

定別・三三八。詞○みちのくにのかみ―陸奥守。○くたりける―くたり侍ける。○左大臣―太政大臣の。○し侍けるに―し侍けれは。○よみて―よみ。○藤原為永―藤原為頼。

陸奥国の国守として下向しました時に、三条太政大臣頼忠公が送別の宴を催してくださったときに詠みました

陸奥国では武隈の松を殿と思って見ながら、心を慰めようか。長年の間、恩恵に浴することになれてしまったので。

【語釈】○三条太政大臣―藤原公任の父の頼忠。一八六［作者］参照。○餞給ひける―「餞」は餞別、送別の宴。頼忠が赴任に先立ち送別の宴を催してくださった。○武隈の松―陸奥国の国府である武隈の舘にあった二本松。「武隈の松もひともと枯れにけり風にかたぶく声のさびしさ」（重之集一九九）とあるように一株は枯れてしまっ

た。○見つつや―松を殿と思って見ながら。○千歳のかげ―「千歳」は松の縁語で長い間の意。「かげ」は恩恵の意。

【補説】 この歌は流布本系書陵部蔵『小大君集』（小大君集Ⅰ四九）に詞書を「ためながみちの国の守にてくだるに、三条大臣おほせ給ふに」、第五句を「かぜにならひて」としてある。詞書の「おほせ」は「おほんせ（御餞）」であろう。この歌を詠んだ陸奥守は、『抄』に藤原為長、『集』の具世本には藤原為永、定家本には「藤原為頼」とある。

為頼は為長の長兄で、早くから小野宮家の庇護を受け、実頼の没後はその子の頼忠と関係を深め、頼忠の信任も厚く、公任の粉河寺参詣には旅の万事を任されたほどで（拙著『公任集注釈』六九六～七〇〇頁）、小大君とも親交があった。しかし、為頼が陸奥守になったことを裏付ける史料はないが、拙著『小大君集注釈』に記したように、『小右記目録』に「天元三年十一月三日陸奥守為長餞事」とあって、為長は陸奥守になっていて、三手文庫蔵『為頼朝臣集』（四五）に、

はらからの陸奥守なくなりてのころ、北の方のなまみるおこせたりしに

磯におふるみるめにつけて塩釜のうらさびしくも思ほゆるかな

とあるように、陸奥の地で亡くなっている。

なお、為長が陸奥守に任ぜられたとき、頼忠は太政大臣であったので、『集』の具世本に「三条左大臣」とあるのは史実に合わない。

【作者】 藤原為長　藤原雅正男。母は右大臣定方女。生没年未詳。紫式部の父の為時の兄。『尊卑分脈』には「従五位上、陸奥守」とあり、天元三年（九八〇）十一月三日に送別の宴が催されて陸奥守として赴任、任地で没した。なお、天元五年二月七日に検非違使に藤原為長が補せられたが、その選衡にあたり為長について、『小

右記』には「同府尉藤原為長、一道成業者、又為勘解由判官十二年、其後罷遷左衛門尉」（二月四日の条）と記されている。この検非違使に補せられた為長を同一人とみる説（平安時代史事典）もあるが、陸奥守の為長は寛和元年（九八五）四月二十四日にも陸奥守であったので、検非違使に補せられたのは別人の為長である。勅撰集には『拾遺集』に誤って為頼詠とする一首のほか、『後拾遺集』に一首入集。

【他出文献】◇小大君集↓［補説］。

226

みちの国の白川《しらかは》の関《せき》越《こ》え侍りける日《ひ》よみ侍りける

兼盛

たよりあらばいかで都《宮こ》へ告《つ》げやらん《覧》今日《けふ》白川《しらかは》の関《せき》は越《こ》えぬと

【校異】詞○こえ侍ける日―こえ侍けるひ〈「ひ」ノ右傍ニ朱デ「トテ」トアル〉（貞）。

【拾遺集】別・三四三。

白河せきこえける日　　平　兼盛

たよりあらはいかて都へつけやらむけふ白河のせきはこえぬと

定別・三三九。詞○白河せき―みちのくにの白河関。○こえける日―こえけるに。

みちの国の白川の関を越えました日に詠みました

都へ言づてするつてがあったならば、なんとかして知らせてやりたい、今日、白川の関を越えたと。

【語釈】○白河の関―陸奥国と下野国との境に置かれた関所。現在の福島県白河市旗宿関の森にあったという。

勿来関、念珠関とともに奥州三関の一つで、歌枕として多くの歌人に詠まれた。○越え侍りける日―『抄』『集』の詞書によると、兼盛が実際に白河の関で詠んだことになる。○たより―都合のよい折。機会。ついで。また、知らせる手掛かり。言づてする手掛かり。○告げやらん―「告げやる」は言ってやる、知らせてやるの意。

【補説】この歌の詠歌事情については、『抄』『集』では兼盛が白川の関を越えたときに詠んだことになっている。兼盛が陸奥国に下向したという史料はないが、『大和物語』（五十八段）には、みちの国で黒塚という所に住む重之の女ども（『抄』・雑下・五三六では重之の妹たち）に歌を詠みおくった話がある。この話も史実か疑わしい。『大和物語』は天暦六年（九五二）ごろの成立で、兼盛が陸奥に下向したとすれば、それ以前である。一方、重之は伯父兼忠の猶子となったが、兼忠は延喜四年（九〇四）の誕生で、天徳二年（九五八）七月に五十四歳で亡くなっている。このときの重之の年齢を三十歳前後とすると、生年は延長・承平の交（九三〇）ごろで、天暦五年には二十二歳前後で、数人の女がいたとは思えない。まして兼盛の陸奥下向を天慶九年（九四六）叙爵以前とすると、重之十六歳以前のことになり、相手の女性を重之の女とするのはますます無理であり、『抄』にいうように重之の姉妹であっても問題は残る。

この歌は公任の撰著である『金玉集』（七二）には詞書を「屏風のゑに白川の関にいる人かきたるところに」としてみえ、『麗花集』の断簡には、

麗花集第十　雑
をのゝみやのおほいまうち君のいゑの屏風に、
白かはのせきこえたるところ　かねもり
たよりあらばいかで宮こにつげやらむけふ』（岡谷家蔵香紙切）
（白河のせきはこえぬと）

麗花集第十　雑部
をのゝみやのおほいまうち君のいゑの屏風に、
白かはのせきこえたる所　かねもり
たよりあらばみやこへいかでつげや覧
今日しらかはのせきはこえぬ□』（古筆名葉集所載　八幡切）

とある（久曽神昇氏「麗花集（研究・翻刻）」『久曽神博士還暦記念研究資料集』風間書房）。これによれば小野宮実頼

家の屏風歌であった。実頼家の屏風歌は『抄』には、
①七四　天慶四年一月　右大将実頼家の屏風歌。
②一七五　天暦三年　左大臣実頼五十賀の屏風歌。
③四九八　天慶二年四月　四十賀の屏風歌。
などがある。また、家集には、
④西本願寺本能宣集一一五～一二四・三七七　安和二年十二月　小野宮太政大臣七十賀の屏風歌。
⑤西本願寺本能宣集一二六～一三一　小野家の屏風歌。
⑥彰考館本兼盛集六　左大臣実頼五十賀の屏風歌（この歌は『抄』一七六にある。一七六［補説］参照）。
などの実頼家の屏風歌があるが、二二六はこれらの屏風歌とは別のものであると思われる。
なお、順徳院の、
たよりあらばみやこへ告げよかりがねにけふぞ越えつる白川の関（建保名所百首。夫木抄四九一六）
という歌は二二六に拠っている。
【作者】平兼盛→一一。
【他出文献】◇麗花集→［補説］。◇金→［補説］。◇深、第二句「みやこへいかで」。◇三。◇朗詠集六四九、第二句「みやこへいかで」。

227
流《なが》され侍《はべ》りて後、めのもとに言《い》ひおこせて侍りける　贈太政大臣
君がすむやどの梢《こずゑ》をゆく〳〵とかくれしまでにかへり見しはや

【校訂注記】「めのもと」ハ底本ニ「めのとのもと」トアルノヲ、島本、貞和本ニヨッテ改メタ。

【校異】詞○めのもと―めのもと〈右傍ニ朱デ「女ノカリ」トアル〉（貞）○をこせて侍ける―をこせ侍ける〈右傍ニ朱デ「ツカハシケルィ」トアル〉（貞）。歌○かくれし―かくる丶（島・貞）○見しはや―みしかな（貞）。

【拾遺集】別・三五五

（なかされ侍ける時めのもとにおこせて侍ける）　贈太政大臣菅

君かすむやとの梢をゆく〱とかくれしまてにかへりみしはや

（注）具世本ニ詞書ヲ欠クノデ、天理乙本ニヨッテ補ッタ。

定別・三五一。詞○侍ける時―侍てのち。○めのもとに―ナシ。○おこせて―いひをこせて。歌○梢を―梢の。○かくれし―かくる丶。

流されまして筑紫到着後に、妻のもとに言ってよこしました

あなたが住む家の庭の木の梢を、去って行くにしたがい見えなくなった時まで、振り返って見たことだ。

【語釈】○流され侍りて後―菅原道真は延喜元年（九〇一）正月二十五日に右大臣の職を解かれ、大宰権帥に左遷され、二月一日に都を発って筑紫へ向った。○めのもと―『抄』の島本、貞和本、『集』の天理乙本などには「めのもとに」とあり、定家本はこの部分がなく「いひをこせて侍ける」とある。道真の「乳母」のことは未詳であるが、五十七歳の道真の乳母ならば、七十五歳以上になっていて、生存していたかも疑わしい。ここは諸本の「めのもと」という本文が原型であろう。「め」は妻の意。道真の妻は島田忠臣の女の宣来子、大宰府に同行を許されず都に残された。『抄』以後のものであるが、『大鏡』（時平伝）には「やがて山崎にて出家せしめ給ひて、都遠くなるままに、あはれに心細くおぼされて」詠まれたとある。○ゆくゆくと―立ち去って行きながら。

○かくれし―『抄』の島本・貞和本、『集』の定家本には「かくるゝ」とある。

【補説】この歌の詠歌事情については資料によって微妙な違いがある。［語釈］に記したように「めのとのもとに」詠んでよこしたとあるのは『抄』の底本のみで、「めのとのもと」は「めのもと」とあった本文から派生したものであろう。この部分について、諸資料をみると、

(1)流され侍りて後、めのもとにいひにおこせて侍ける（『抄』島本）

(2)ながされ侍てのち、いひおこせて侍ける（『集』定家本）

(3)つくしよりふるさとにおくりけるうた（金玉集五五）

(4)なかされ侍ける時めのもとにおこせて侍ける（『集』異本・天理乙本）

(5)やがて山崎にて出家せしめ給ひて、都遠くなるままに、あはれに心細くおぼされて（大鏡・時平伝）

などとある。まず、(1)(3)は筑紫に到着した後で北の方、または旧宅に送ってよこしたとあり、(4)は北の方のもとに、筑紫に到着した後ではなく、旅の途上に送ってよこしたようである。(2)は筑紫に到着した後に送ってよこしたが、宛先は明確でない。(1)〜(4)は歌を詠んだ時点・場所が明確でないのに、(5)は山崎を過ぎた所で詠んだことになっている。このことから、北の方は現在の南区吉祥院政所町にあった吉祥院を住居とされていたという伝承が生じ、道真がふりかえって見た森は「見返りの杜」と呼ばれている。このように詠まれた時・所は明確ではないが、『抄』の詞書からは筑紫に到着した後で送ってよこしたことになる。

また、第四句の「かくれしまでに」も、［語釈］に記したように「かくるるまでに」とあるものが多く、公任の撰著でも、『金玉集』、『深窓秘抄』（八三）などに第四句は「かくるゝまでに」とある。この部分に関して言えば、『抄』の底本は『集』異本と、『抄』島本・貞和本は『集』定家本と、それぞれ密接な関係にある。

【作者】菅原道真　参議是善男、母は伴氏。承和十二年（八四五）生。貞観元年（八五九）三月十五歳で元服、貞観四年文章生、同九年文章得業生となり、下野権掾に任ぜられる。同十二年三月に対策に及第、貞観十三年一

月玄蕃助となり、少内記、式部少輔、文章博士などを経て、仁和二年（八八六）一月十六日に讃岐守に任ぜられて任国に下った。寛平三年（八九一）蔵人頭に補され、同五年参議に任ぜられて式部大輔、左大弁、春宮権大夫などを兼ね、中納言、権大納言となり、寛平九年醍醐天皇即位の日に正三位、昌泰二年（八九九）右大臣、同四年一月七日従二位に叙せられるが、同月二十五日にわかに大宰権帥に左遷され、延喜三年（九〇三）二月大宰府で没した。正暦四年（九九三）正一位太政大臣を贈られる。若くして文名は高く、『菅家文草』『菅家後草』の詩文集がある。『古今集』以下の勅撰集に三十四首入集。

【他出文献】◇金五五、第五句「かへりみしかな」。◇深、第二句「やどのこずゑの」、第五句「かへりみしかな」。◇大鏡・時平伝、第四句「かくるゝまでも」。

拾遺抄巻第七

恋上六十五首

天暦御時歌合　　　　　　　　　　　　　　　　　　　忠見

228 恋すてふわが名《な》はまだき立《た》ちにけり人知《し》れずこそ思《おも》ひそめしか

【校異】詞○歌合—歌合に（貞）○忠見—壬生忠見（島・貞）

【拾遺集】恋一・六三三

天暦御時歌合　　　　　　　　　　　　　　　　　　壬生忠視

こひすてふ我名はまたき立にけり人しれすこそ思ひそめしか

定恋一・六二一・詞○忠視—忠見。

村上天皇の御代の歌合の歌

恋をしているという私の噂は早くもたってしまったことだ。だれにも知られないように、あの人を思慕しはじめたのに。

【語釈】○天暦御時歌合—「天暦御時」は三三参照。村上天皇の御代の天徳四年（九六〇）三月に行われた「内裏歌合」。判者は藤原実頼。○わが名―「名」は評判、名声、噂などの意。ここは噂。私についての世間の噂。
○まだき―まだその時でないさま。はやくも。第三者に感知されるほど様態が進んでいないうちに噂になった。
○人知れず―人に知られないで。○思ひそめしか―近世までの諸注は、文末の「か」について、『後陽成抄』に
は「かは哉にてはなし。思ひそめし物をなど云心也」とあり、『宇比麻奈備』（真淵）にも「此歌の終りのかは濁
る也」とある。ここは言うまでもなく、「しか」は「こそ」の結びで、過去の助動詞「き」の已然形である。こ
の歌は上句と下句とが倒置された形で、「こそ……已然形」の係り結びが逆説的な関係で、上句の「恋すてふ…」
に続いていく。したがって、「思ひそめしか」は「思い初めたのに」の意となる。

【補説】この歌は「天徳四年内裏歌合」において、「恋」の題で詠まれ、次の二二九の平兼盛の歌と番えられて
「負」になっている。この歌合の忠見と兼盛の歌の判定について、廿巻本には、

少臣奏云、左右歌伴以優也。不能定申勝劣。勅云、各尤可歎美。但猶可定申之。小臣譲大納言源朝臣敬屈不
答。此間相互詠揚、各似請我方之勝。少臣頻候天気、未給判勅。令密詠右方歌。源朝臣密語云、天気若在右
歟者。因之遂以右為勝。有所思、暫持疑也。但左歌甚好矣。

とあり、判者の小野宮実頼が勝負の判定に混迷、苦慮した様子が知られる。優劣定めがたい旨を奏上したところ、
どちらも感歎すべき出来栄えであるが、やはり判定せよといわれた。困り果てて右方の源大納言高明に判定を譲
ろうとしたが、ひたすら平身低頭して答えなかった。その間左右の人々は互いに声をあげて歌を詠じ、自分たち
の勝を求めた。実頼は天気をうかがった。帝もいまだご判断をなさらなかったが、ひそかに右方の歌を詠じられ
た。源朝臣が帝のご判断はもしかしたら右方だろうとひそかに語ったので、右の勝にしたが、実頼にも思うとこ
ろがあり、暫くは持ではないかと疑った。それほど左の歌はたいそうよかったと、実頼は述べている。「左歌甚
好矣」の部分には「右歌甚好矣」という異文もあるが、実頼の忠見の歌に対する評価は高く、兼盛の歌に拮抗す
る作であると思い、判定に苦慮したのであろう。

歌は格別の技巧もなく、発想も斬新とはいえず、「忍恋」の思いを率直に表出している。そのためか、この歌は公任の秀歌撰などには採られていない。久曽神昇氏『日本歌学大系別巻六』（風間書房）には秀歌撰集がまとめられてあるが、「恋すてふ」の歌を忠見の代表歌の一つとしているのは『古三十六人歌合〔丁〕』で、ここでは能宣の「千歳までかぎれる松もけふよりは君にひかれて万世やへん」と番えられている。以下、『古三十六人歌合〔戊〕』『古三十六人歌合〔己〕』などにもみえる。この他『古来風体抄』『俊成三十六人歌合』『新時代不同歌合』などにもある。『百人一首』の注釈書のなかでは『応永抄』が「此の両首は歌合のつがひ也。おくはすこしまされりけるとぞ」と、忠見の歌を高く評価している。

敗者への同情からか、忠見を毀謗する者もいない。『袋草紙』（雑談）には

忠見ハ貧敞ニテ住田舎者也。而天徳歌合之時、有勅、被召上テ朱雀門ノ曲殿ニ宿ス。田舎ノ装束ノママニテ柿ノ小袴衣ヲ于今持テ懸肩云々。

とある。卑官、貧困の忠見にとって、この歌合において自身の歌が高く評価されることを熱望していたが、期待に反した結果となり、たいへん落胆したことと思われる。後世の説話集『沙石集』（巻第五末、「歌ユヘニ命ヲウシナウ事」）には、兼盛が勝ったので忠見は欝結した状態になり、不食の病となって亡くなったという。話は「執心コソヨシナケレドモ、道ヲ執スル習ヒアワレニコソ」という評語で結ばれている。

【作者】壬生忠見→六六。

【他出文献】◇天徳四年内裏歌合。◇古来風体抄。◇俊成三十六人歌合。

229　忍《しの》ぶれど色《いろ》に出《い》でにけりわが恋《こひ》はものや思《おも》ふと人《ひと》のとふまで　兼盛

【校異】詞○兼盛―平兼盛（貞）。歌○いてにけり―てにけり（島）。

【拾遺集】恋一・六三四。

おなしき時歌合　平兼盛

忍ふれと色にいてにけり我恋は物や思ふと人のとふまて

定恋一・六二二。詞○おなしき時歌合―ナシ。

恋い慕う思いを人に知られないように抑えていたけれど、素振りに現われてしまった。何か悩んでいるのかと、周りの人があやしんで尋ねるほどに。

【語釈】○忍ぶれど―恋心を人目につかないように抑えているが。○色に出でにけり―「色に出づ」は心に秘めていた思いが外見やそぶりに現われる意を表す慣用表現。○ものや思ふと―「ものや思ふ」は人が尋ねたことば。なにか悩んでいるのか。直接話法の会話文である。

【補説】この歌は「天徳四年内裏歌合」で前歌と番えられ勝になった。その判定の経緯については前歌の［補説］に引いた判詞に詳しい。この歌は第二句までと第三句が倒置されいて、第四句以下を連結する働きをもしている。忠見の歌に比べて、直接話法の会話文を取り入れて、変化させるなど工夫がみられ、技巧的な歌である。この歌も公任の評価はあまり高くなかったようで、『三十六人撰』をはじめ、公任の撰著には採られていない。また、後世の評価もよいとは言えない。『奥義抄』には「盗古歌證歌」として、

恋しきをさらぬがほにてしのぶればものやおもふとみる人ぞみる　無名

拾遺　しのぶれど色に出にけりわが恋はものや思ふと人のとふまで　兼盛

とある。また、『俊頼髄脳』には「歌を詠むに、古き歌に詠み似せつればわろきを、いまの歌詠みましつれば、あしからずとぞうけたまはる」として、例をあげている中に、

しのぶれど色にでにけりわが恋はものや思ふとみる人ぞみる
しのぶれど色にでにけりわが恋はものや思ふと人のとふまで

と二首を並記して示し、これらを総括して「これがやうに、詠みまさる事のかたければ、かまへて詠みあはせじとすべきなり」とある。

さらに『和歌童蒙抄』（巻十・歌合判）の「勝劣難決例」に、

人は物や思ふといふ歌は、こよなくまさりたりとぞ申すめる。又、このものや思ふといふことは、古歌に同じやうに詠まれたる歌を、その折おぼえられざりけるにやとぞ、帥大納言（経信）、伯母の歌論の返事には書かれたる。

とある。ここにいう「伯母の歌論の返事」とは、寛治八年（一〇九四）八月に行われた「前関白師実歌合」（「高陽院七番歌合」とも）において、筑前の詠んだ「紅の薄花桜」の歌の判定をめぐって経信と筑前との間で論難があり、そのときの経信の返事のなかに、「人は物や思ふといふこと、こよなくまさりたりとこそは侍めれ。又、この物や思ふといふことは、古き歌におなじやうに詠まれたる歌も侍れど、その折はおぼえざりけるにやあらむ」と、前掲の『和歌童蒙抄』に引かれたことが書かれている。このように後世の歌学書には、兼盛の歌は古歌を盗作したものとする意見が多い。これが事実であっても、古歌には「ものや思ふとみる人ぞみる」とあり、会話文を取り入れた兼盛の趣向は、独自性として評価できる。

【作者】平兼盛→一一。

【他出文献】◇天徳四年内裏歌合。◇時雨亭文庫蔵坊門局筆本『兼盛集』一一〇。◇古来風体抄。◇俊成三十六人歌合。◇俊頼髄脳。◇奥義抄。

題不知　　　　　　　　　　　　　貫之

230　色《いろ》ならばうつるばかりも染《そ》めてまし《猿》思《おも》ふ心《こころ》を知《し》る人のなき

【校異】詞○貫之―紀貫之（貞）。**歌**○人のなき―人のなさ（島）ひとそなき〈「そなき」ノ右傍ニ朱デ「ノナサイ」トアル〉（貞）。

【拾遺集】恋一・六三五。

たいしらす　　　　　　　　　　紀貫之

色ならはうつるはかりもそめてましおもふ心をしる人のなき

定恋一・六二三。**歌**○しる人のなき―しる人のなさ（右傍ニ「後撰えやは見せける」トアル）。

題知らず

私の恋心が仮に色であるならば、深く染みつくほどまでも染めてしまいたい。しかし、色ではないから、私の深い思いをわかってくれる人はいないことだ。

【語釈】○色ならば―恋い慕う思いが色であるならば。下の「まし」と呼応して反実仮想となる。○うつるばかりも―「うつる」は色が染みつく、深く染まるの意。○染めてまし―「まし」は非現実的な事態を述べて、希望、意志などの意を表す。染めてしまいたい。〇人のなき―「人」は恋の相手の女。「なき」は『抄』の島本、『集』の定家本に「なさ」とある。

【補説】 この歌は時雨亭文庫蔵承空本『貫之集』（八五六）に歌詞に異同なくあり、伝行成筆自撰本切『貫之集』（貫之集Ⅲ二一）には、

いひかはすをむなのもとより、なほざりにいふぞなどいへるかへりごとに
いろならばうつるばかりもそめてましおもふこゝろをえやはしりける

とある。『後撰集』（恋二・六三一）にも詞書を「いひかはしける女のもとより、なほざりにいふにこそあんめれといへりければ」、第五句を「えやは見せける」としてある。また、『桂宮本叢書第二巻』所収の『深養父集』（四六）にも詞書なく、歌は第五句が「くる人のなさ」とある。

『古今集』には、人の心は花染めの色のように移ろいやすく、色にも現われないであせてしまうから、なまじっか心を染めなければ色あせても口惜しがることはあるまいとして、

世の中の人の心は花染めのうつろひやすき色にぞありける（恋五・七九五）
心こそうたてにくけれ染めざらばうつろふことも惜しからましや（恋五・七九六）

などと詠まれているが、これと対極にあるのが二三〇の「色ならばうつるばかりも染めてまし」という表現である。

貫之は、

色もなき心を人に染めしよりうつろはむとは思ほえなくに（家集に「思はざりしを」トアル）（古今・恋四・七二九）
別れてふことは色にもあらなくに心にしみてわびしかるらむ（古今・離別・三八一）

などと、心状、情意、情感を「色」という語を用いて巧みに表現している。二三〇もその一つである。また、

君恋ふる涙しなくは唐ころも胸のあたりは色燃えなまし（古今・恋二・五七二）

紅の振り出でつつ泣く涙には袂のみこそ色まさりけれ（古今・恋二・五九八）
白玉と見えし涙も年ふれば韓紅にうつろひにけり（古今・恋二・五九九）
など、涙についても、漢語の血涙を意識し、涙に色を見ている。

【作者】紀貫之↓七。

【他出文献】◇貫之集↓［補説］。◇後撰集↓［補説］。◇深養父集↓［補説］。◇古今六帖二六五九、つらゆき、第五句「しる人のなさ」。

231　あふ事をまつにて年《とし》のへぬるかな身は住江《すみのえ》におゐぬものゆゑ

【校異】詞○作者名ナシ―読人不知（島・貞）。

【拾遺集】恋一・六三九。
逢事のまつにて年のへぬるかな身はすみの江にをひぬ物ゆへ

㊅恋一・六二六。歌○逢事の―あふことを。

あなたに逢う事を待つことで、松のように長い年月がたってしまったことだ。我が身は住江の松のように、住江で育ったわけではないのに。

【語釈】○まつにて―「まつ」は「待つ」に住江の景物の「松」を掛ける。○身は―我が身は。○おいぬものゆゑ―「ものゆゑ」は逆接の確定条件を表す。「おいぬ」の仮名遣いは、島本に「おひぬ」、貞和本、『集』具世本に「をひぬ」、定家本に「おひぬ」とある。年をとる意の「老ゆ」の連用形は「おい」、生育する意の「おふ」の連用形は「おひ」である。「をふ」という動詞はないので、「をひ」は「おひ」と同じとみると、底本は「老い」、他は「生ひ」であるが、上句に「まつにて年のへぬる」とあるので、第五句は「生ひぬものゆゑ」が適当である。

【補説】この歌は萩谷朴氏『平安朝歌合大成』には、神宮文庫蔵「寛平御時中宮歌合洞院」の十四番右にあり、左方の「逢事をいづくなりとも知らぬ身の我たましゐの猶まどふ哉」という歌に番えられて、勝になっている。しかし、萩谷氏は神宮文庫本を仔細に検討され、本文批判の結果、信用し難い不純な合成本であると言われ、この歌合の主催者は醍醐帝の母后藤原胤子、成立を胤子が亡くなった寛平八年（八九六）六月以前として、名称を寛平八年六月以前「后宮胤子歌合」とされた。萩谷氏の本文批判の結果からは『抄』が歌合を資料としているかは判然としない。

歌は住江の景物である「松」によって、逢瀬を待つことで、松のように年老いてしまったが、わが身は住江で生育した松ではないけれどと、理詰めで物をいう傾向がみられ、知巧的、観念的な歌風が形成される過程の歌である。この点では「后宮胤子歌合」に収められている歌らしい詠風と言えよう。

「まつ」に「待つ」と「松」とを掛けて、「あふ事をまつに」という表現は平安時代前期にも、

あふ事をまつにかかれる白雪の久しきほどに消えぞしぬべき（朝忠集三）

白雪にあらぬわが身もあふ事をまつはのうらにけふはへぬべし（元良親王集三九）

逢ふ事をいまやいまやと住江のまつによはひはおいぞしにける（敦忠集三七）

などと詠まれているが、なかでも敦忠の歌は「住江のまつ」に「待つ」をかけ、待つ間によはひは老いたとあり、二三一にみられた「おひ」と同音の「おい」を用いている。家集には敦忠の歌に対して、

住江の松ともみえずわすられておふとて岸に立てりと思へば

という返歌がある。このように贈答歌としてみると、敦忠たち二人の脳裏には二三一の歌があったように思われ

る。

【他出文献】◇寛平御時中宮歌合。

大嘗会の禊《みそぎ》に、もの見侍りける所に童《わらは》の侍りけるを見侍《みはべ》りて、またの朝につかはしける

寛祐法師《し》

232　あまた見し豊《とよ》の明《あか》りのもろ人の君しも物を思《おも》はするかな

【校異】詞○みそき―御禊に〈「御禊」ノ右傍ニ朱デ「ミソキィ」トアル〉（貞）○みはへりて―みて（貞）。歌○とよのあかり―とよのみそき（島・貞）。

【拾遺集】恋一・六七四。

大嘗会御禊にものみ侍ける所にわらはの侍けるをみ侍りて又のあした
につかはしける

寛祐法師

あまたみしとよのみそきのもろ人の君しも物をおもはするかな

定恋一・六六二。詞○大嘗会―大嘗会の。○み侍りて―見て。○又のあしたに―又の日。

大嘗会の禊の日に、見物していました所に童がおりましたのを見まして、翌朝に詠んで遣りました

たくさんの人を見た大嘗会の御禊の見物人の中で、あなたが特に私に物思いをさせることだ。

【語釈】○大嘗会の禊―「大嘗会」は天皇即位後はじめての新嘗祭。即位が七月以前ならばその年の、八月以後

ならば翌年の、十一月の下の卯の日（卯の日が三回あるときは中の卯の日）に行なった。これに先立ち、十月下旬に天皇は賀茂川で禊祓を行ない身を浄めた。これを御禊という。歌の作者の寛祐法師の在世中の大嘗会は［補説］に記すように、村上天皇から一条天皇まで五回ほどあったと思われる。○もの見侍りける所―御禊を見物しました所。○童―『八代集抄』には「わらは」の右傍に「美少年なるべし」とある。○あまた見し―『八代集抄』には「けふの御禊をあまた見し人の中に…」とあり、『和歌大系』は「上句は、沢山の大嘗会の御禊見物の人々の中で、の意」と解しているので、『八代集抄』と同じと言える。『新大系』は「諸人」にかけて、「私が数多く見た、大嘗会の御禊を見物した人々の中で」と解しているが、「私が数多く見た」は何を数多く見たのか、御禊を見物した人を数多く見たのであれば、『和歌大系』と違いがないように思われる。○豊の明り―『抄』の島本、貞和本、『集』の具世本、定家本には「とよのみそぎ」とある。「豊の明り」は新嘗祭の翌日（辰の日）に、天皇がその年の新穀を食し、群臣にも賜った儀式。大嘗祭のときは辰の日の節会、巳の日の節会が行なわれ、丑の日に「豊の明り」が行なわれた。したがって、大嘗会の禊とは時間的に隔たりがあり過ぎる。一方、「とよのみそぎ」の本文であれば、「大嘗会の禊」と同じ意であるので、問題はない。○もろ人―多くの人。『日葡辞書』には「モロモロノヒト〈訳〉すべての人々。歌語」とある。和歌文献には多くの用例は見られるが、『源氏物語』などの散文資料には用例は稀である。

【補説】この歌は「後十五番歌合」では戒秀の「かきつめしねたさもねたし藻塩草思はぬ方に煙たなびく」という歌に番えられている。詞書の「童」を少年ととると、歌の「君」も少年ということになり、作者の僧侶が稚児に想いを懸けるという若衆道のような特異な情愛を取り上げたことになる。このような題材を詠んだ歌は『抄』の時代には珍しいが、『後拾遺集』になると、恋三には七三三の律師慶意の歌、七四一の僧都遍救の歌、七四三の前律師慶暹の歌など、僧侶の稚児を恋の対象とした歌があり、珍しくなくなる。

作者の寛祐法師は［作者］の項に記すように村上朝から一条朝の初めごろまでの人物と思われるので、寛祐が

在世中の「大嘗会の御禊」としては、
村上天皇　天慶九年（九四六）十一月十六日
冷泉天皇　安和元年（九六八）十一月二十四日
円融天皇　天禄元年（九七〇）十一月十七日
花山天皇　寛和元年（九八五）十一月二十一日
一条天皇　寛和二年（九八六）十一月十五日

など、五代の天皇の大嘗会のときのことであろう。さらに、寛祐の推定年齢四十歳過ぎごろのこととすると、円融天皇かそれ以後の天皇の大嘗会のときのことであろう。

【作者】寛祐　光孝源氏、公忠の子。生没年等未詳。兄弟に信明、信孝、勝観、観教などがいる。観教は『抄』一二五の［作者］に記したように、承平四年（九三四）の誕生で、父公忠が六十歳で亡くなったとき、信明は三十九歳、観教は十五歳で、年齢差があり過ぎると感じたためか、『僧綱補任』には「将軍信孝男」ともある。『尊卑分脈』では勝観、寛祐は観教の弟になっているが、その通りであれば勝観、寛祐の二人は公忠五十歳頃の誕生となり、信明との年齢差など不自然である。さらに『僧綱補任』には、観教は出家して勝観阿闍梨の弟子になったとあるので、勝観と寛祐の二人は観教の兄であったと考えられる。寛祐は公忠が亡くなった天暦二年（九四八）に勝観とともに叡山に昇り出家したのであろう。『勅撰作者部類』には寛祐は法印とあるが、『和歌色葉』の「名誉歌仙」には「寛祐法師」とあり、定家本『拾遺和歌集』の勘注にも「寛祐法師」に「公忠朝臣子」とあるのみで、法印であったことはみえない。正暦元年（九九〇）ごろまで生存したとみると、出家して四十年ほど経たことになり、仮に二十歳で出家したとみると、約六十歳となり、父の享年とほぼ同じになる。勅撰集には『拾遺集』に一首入集。

【他出文献】◇古今六帖二六四三、第二句「とよのみそぎ」。◇後。

題不知　　読人不知

233
命《いのち》をば逢《あ》ふにかふとか聞《き》きしかどわれやためしに逢《あ》はぬ死《しに》せん

【校異】詞○題不知―たいよみひとしらす（島）。歌○かふとか―かふとそ〈「そ」ノ右傍ニ「かィ」トアル〉（貞）。

【拾遺集】恋一・六九三。

いのちをは逢にかふとはきゝしかと我やためしにあわぬしと（「と」ノ右傍ニ「にィ」トアル）せん

〔定〕恋一・六八二。歌○かふとは―うふとか。○しと―しに。

題知らず

命を恋人と逢うことと引き替えにするとか聞いたけれど、私は命を逢うことと引き替えない先例として、恋い焦がれても逢わないで死ぬことをしよう。

【語釈】○命をば逢ふにかふ―「かふ」は取り替える。命を恋人に逢うこととひき替えにする。○聞きしかど―世間でそのように言われていると聞いているけれど。「命をば逢ふにかふ」は恋歌の慣用的表現として世間に流布していたことをいう。○われやためしに逢はぬ死せん―「逢はぬ死」は逢わないで恋い焦がれて死ぬこと。この下句についての解釈には問題があるので、あらめて［補説］で取り上げる。

【補説】この歌の「命をば逢ふにかふ」という慣用的表現は、『抄』ではもう一箇所（恋上・二三七）に「逢ふには身をもかふ」とある。二箇所とも、この言葉を人から伝聞したこととして言っているが、「命をば逢ふにかふ」という成句のように整った言い方でなくとも、この言葉を意識して詠んだ歌は『抄』以前に、

命かは（「かは」ノ右傍ニ「本」トアル）なにぞは露のあだものをあふにしかへばをしからなくに（時雨亭文庫蔵友則集五〇）

（注）古今・恋二・六一五には第一・二句「命やはなにぞは露の」、第五句「惜しからなくに」とある。

いたづらにたびたび死ぬといふめればあふには何をかへんとすらん（後撰・恋三・七〇七　中務）

命あらば逢ふよもあらむ世の中をなど死ぬばかり思ふ心ぞ（寛和二年内裏歌合　惟成）

などがある。『抄』において「命をば逢ふにかふ」という成句の形で詠まれると、これ以後は、

命をば逢ふにかへんと思ひしを恋ひ死ぬとだに知らせてしがな（千載・恋二・七三四）

命をば逢ふにかへむといひひて今朝はちとせを契るべしやは（重家集四六七）

命をば逢ふにかへんと待つものを猶いたづらに先立ちねとや（林葉和歌集八三一）

命をば逢ふにかへてしなかなればあるものとだに人は思はじ（続千載・恋四・一四七九）

など、成句的表現を用いた歌が詠まれるようになった。

この歌の下句の解釈について、『和歌大系』には「私はその前例と違う、逢えずに恋い焦がれ死ぬことになるのだろうか」とある。「その前例と違う」とあるのは「ためしにあはぬ」を「例に合はぬ」と解したことによるが、「例に合はぬしに」を「逢えずに恋い焦がれ死ぬこと」というのは過剰な解釈ではなかろうか。この下句を『新大系』のように「我やためしに逢はぬ死せん」と読み、「逢はぬ死」を「〈恋死〉を言い換えたもの。逢うことができず、恋い焦がれて死ぬこと」と解するならば問題はない。古今集時代には「恋ひ死に」という表現はあったが、「恋ひ死にせん」という表現はなかった。それに近い表現が見られるのは『後撰集』（恋六・一〇三六）の、

恋ひわびて死ぬてふことはまだなきを世の例にもなりぬべきかな

という歌で、作者は「忠岑」とあるが、『忠岑集』の諸本にはない。また、『曽禰好忠集』の「源順百首」の中にも、

いさやまだ恋にしぬてふこともなし我をやのちのためしにはせん（天理図書館蔵伝為氏筆曽祢好忠集五八〇）

と、前掲の忠岑の歌と同じように、恋する思いに苦しんで死ぬ先例になるということを詠んでいる。これらは「我やためしに逢はぬ死せん」という二二三の下句とも共通していて、同時代の産物であろう。ちなみに、「逢はぬ死にせん」という表現は『殷富門院大輔集』（一一三）に、

かひなくて生けるぞつらきわびぬれば逢はぬ死にせん名をも惜しまず

とある。

『八代集抄』には「我はあはで恋死て、あはで死ぬるためしにならんと也」とある。「われや…死せん」と強調表現となる係結びの文を用いているので、「ん」は強い意志を表す。命を逢うことと引き替えるということをしない、その先例となるように、恋い焦がれても逢わないで死ぬことにしようという作者の強い意志を詠んだ歌であると考える。これを「命を賭けて逢うのならばともかく、むなしく恋死しそうだと、自嘲的に詠んだもの」とみる『新大系』の説もあるが、恋死を自ら選び、その先例になろうというのが、この歌が詠まれた当時の風潮であったとはいえ、それなりの思いで詠んだ歌であろう。

234　人知《し》れぬ心《こゝろ》のほどを見《み》せたらば今《いま》までつらき人はあらじな　　よみ人しらす

【校異】 歌○こゝろのほと—心のほと〈「ほと」ノ右傍ニ「ウチィ」トアル〉（貞）。

【拾遺集】 恋一・六八四。

人しれぬ心のほとをみせたらはいままてつらき人はあらしな

相手に知られていない心のなかの深い思いを、もし見せていたならば、今に至るまで薄情な振る舞いをする人はいないだろうよ。

定恋一・六七二。**詞**○詞書ナシ—題しらす。○よみ人しらす—作者名ナシ。**歌**○心のほと—心の内。

【語釈】○人しれぬ—相手に知られていない。○心のほど—貞和本に書入れのィ本と定家本には「心のうち」とある。「心のほど」は心の有様。心の深い思い。○つらき人—「つらし」は相手の冷淡な振る舞いを堪えがたく思うさま。薄情である、思いやりがないなどの意。これに対して、「つれなし」は対人関係において他からの働きかけに何の反応もないさまで、すげない、そっけない、さりげないなどの意。

【補説】心の中の思いを恋する相手に見せることができないために、相手はつれない振る舞いをしていると思っているが、忍恋と心底の思いを伝えることは二律背反の関係にあり、後世の歌ではあるが、

恋しともいはばおろかになりぬべし心を見する言の葉もがな（久安百首八六五　恋　顕広）

わが恋をいはで知らするよしもがなもらさばなべて世にもこそちれ（久安百首九六三　恋　清輔）

人知れず思ふ心をちらすなとけふぞいはせの杜のことの葉（続拾遺・恋一・八一六　刑部卿頼輔）

などと詠まれていて、他者の理解をうることはむずかしく、

人知れぬ思ひのみこそわびしけれわが歎きをば我のみぞしる（古今・恋二・六〇六）

人知れぬ思ひは深くそむれども色にいでねばかひなかりけり（続千載・恋一・一〇五〇）

などと、ひとり懊悩せずにはいられない絶望感が詠まれている。

天暦御時歌合に　　右衛門督朝忠

235　逢《あ》ふことの絶《た》えてしなくはなかなか《〱》に人をも身《み》をも恨《うら》みざらまし

【校異】 **詞**○歌合に―歌合（島）○右衛門督朝忠―右衛門督藤原朝忠（島）朝忠卿〈「朝」ノ右傍上ニ朱デ「右衛門督」トアル〉（貞）。

【拾遺集】 恋一・六八九。

天暦御時の歌合に　　中納言朝忠卿

逢事のたえてしなくは中〳〵に人をも身をもうらみざらまし

定恋一・六七八。**詞**○天暦御時の歌合に―天暦御時歌合に。○中納言朝忠卿―中納言朝忠。

村上天皇の御代の歌合に

逢うことが全くないならば、むしろ相手の薄情さもわが身のつたなさも恨んだりすることはないだろうのに。（しかし、実際には逢うことがあるので、相手のつれなさもわが身のつたなさも恨めしい）。

【語釈】 ○天暦御時歌合―村上天皇の御代の内裏歌合。二二八参照。○絶えてしなくは―「絶えて」を続いていたものが切れる、途絶えるという意にとる説もあるが、ここは下に打消の語を伴って、全く…ないの意を表す副詞。「し」は強意の副助詞。全くないならば。○なかなかに―仮定の表現に対応して、現状に反する事柄をむしろよいとする意を表す。かえって。○人をも身をも―「人」は相手の恋人、「身」は自分自身で、相手のつれなさもわが身のつたなさをも。

【補説】 この歌は「天徳四年内裏歌合」では、「恋」の題で詠まれ、元真の「君恋ふとかつは消えつつ経るものをかくても生ける身とや見るらむ」と番えられて「勝」になっている。判者実頼の判詞は「左右歌いとをかし。されど左の歌は詞清げなりとて、以左為勝」（廿巻本）とある。

「天徳四年内裏歌合」で「恋」の題で詠まれた歌には、

人づてに知らせてしがな隠れ沼のみこもりにのみ恋や渡らむ（十六番左　朝忠）

人知れず逢ふを待つ間に恋ひ死なば何にかへたる命とかいはむ（十八番左　本院侍従）

恋すてふわが名はまだき立ちにけり人知れずこそ思ひそめしか（二十番左　忠見）

などがあり、これらは忍恋でも、こちらの思いが相手にはいまだ知られていない恋であり、もちろん、逢ってはいない「未逢恋」の歌である。『抄』における配列も、前後の歌からいまだ逢ってはいないと思われる。

このことに関して『八代集抄』には「此歌百人一首にては、逢不会恋と古人説也」とあって、『応永抄』は「人を思ひ初てあはれいかにと思へども、人はつれなくして年月を過るに、からうじて玉さかにあへる人の、又たえはてて、いとどやらん方なき思ひのあまりにうち返し、たえてしなくは中々にといへる也」と、逢不会恋の歌として解している。これは定家が『定家八代抄』において、この歌を「逢不会恋」の歌群に配置していることによる。『応永抄』にいうように、思いそめた女がつれなくて年月を経て、やっとのことで逢うことができたものの、その後は関係も途絶えて、なまなか逢っただけにどうしようもなく恨めしくて詠んだとする注釈書が多数である。

後世の文献では『進献記録抄纂巻十』所収の『中右記』（『大日本史料第三編之二』所収）の寛治七年（一〇九三）五月五日の条にある「郁芳門院根合」の「五番恋」の師忠の判詞に「右方之歌詞中に無恋字。…右方申云、昔天徳之歌合之中に、あふことのたえてしなくはなかなかに人をも身をもうらみざらまし者、此歌無恋字」と、証歌として引かれて問題にされたことがあるが、このことについては『八雲御抄』（正義部）には「天徳朝忠が、人をもみをもなど引例歟。近代は恋字あるはすくなし。…更々非難云々」とある。

【作者】藤原朝忠→一六四。
【他出文献】◇天徳四年内裏歌合→［補説］。◇朝忠集。◇金四五。◇深。◇三。◇前。

236　女《をんな》の許にをとこの遣《つか》はしける　読人不知

人知《し》れぬ涙《なみだ》に袖《そで》はくちにけり会《あ》ふよもあらばなにゝつゝまん

【校異】詞○おとこの―ナシ（貞）。歌○くちにけり―くちはてぬ〈「はてぬ」ノ右傍ニ朱デ「ニケリ」トアル〉（貞）。

【拾遺集】恋一・六八五。

女のもとにつかはしける　よみ人しらす

人しれぬ涙に袖はくちはてぬあふよもあらはなにゝつゝまむ

㊛恋一・六七四。歌○くちはてぬ―朽にけり。

女のもとに男が持たせてやった

あなたのことが恋しくて、人に知られることなく流した涙で袖は朽ちてしまった。思いがかないあなたに逢う夜もあったならば、その喜びを何に包んだらよかろうか。

【語釈】○人知れぬ涙―あなたを恋しく思って、あなたに知られないように流す涙。○くちにけり―「朽つ」は物が腐って形を失う。○なににつつまん―袖が朽ちてしまったので、何に包んだらよかろうか。「ん」は適当の意を表す助動詞。

【補説】この歌では、「涙」「袖」「朽つ」「つつむ」の語が相互に関連して一首を形成していると言えよう。まず、「涙」と「袖」とは、相手を恋慕して流す涙で袖を濡らすという発想がある。この発想は早く『万葉集』にみられ、次のような歌がある。

①六月の地《つち》さへ割けて照る日にもわが袖乾《ひ》めや君に逢はずして（巻十・一九九五）

菅の根のねもころごろに照る日にも乾めやわが袖妹に逢はずして（巻十二・二八五七）

②ぬばたまのその夢にだに見え継ぐや袖乾《ふ》る日なくわれは恋ふるを（巻十二・二八四九）

わが背子をあひ見しその日けふまでにわが衣手は乾るときもなし（巻四・七〇三）

今よりは逢はじとすれや白栲のわが衣手の乾るときもなき（巻十二・二九五四）

③妹に恋ひわが泣く涙敷栲の木枕とほり袖さへ濡れぬ（巻十一・二五四九）

君に恋ひわが泣く涙白栲の袖さへひちて（「ぬれて」トモヨム）せむすべもなし（巻十二・二九五三）

万葉時代には涙で袖が濡れていることを①「照る日にもわが袖乾めや」、②「乾るとき（乾る日）なし」などと言い、③のように「濡る（ひづ）」と言った例もある。また、流す涙は愛している女性に逢えないためであり、恋焦がれているのに、相手の気持ちがはっきりしないときで、二人の関係が思うようにいっていない状況である。

平安時代になっても、この発想で、

つれづれのながめにまさる涙河袖のみぬれて逢ふよしもなし（古今・恋三・六一七　敏行）

君により濡れてぞわたる唐衣袖は涙のつまにざりける（貫之集六二二）

君恋ふとぬれにし袖のかわかぬは思ひのほかにあればなりけり（後撰・恋一・五六二）

などと詠まれているが、思慕の情が激しくなって、流す涙も絶えることとなくなると、袖は乾く間もなく、新たに「袖」に「朽つ」という変化が加わることになり、

唐衣袖朽つるまで置く露はわが身を秋の野とや見るらん（後撰・秋中・三一三）

忍び音にまたしのびねのかさなりてひるまなくなく袖くちぬべし（海人手古良集五七）

何にてからちも払はむ君恋ふと涙に袖はくちにしものを（一条摂政御集一八三）

かぎりぞと思ふにつきぬ涙かなおさふる袖も朽ちぬばかりに（後拾遺・恋四・八二八　盛少将）

などとある。止め処なく流れる涙で袖が朽ち果ててしまうと、涙はもちろん「あふ」うれしさも「つつむ」ものがなくなり、

つつむべき袖だに君はありけるをわれは涙にながれはてにき（一条摂政御集五）

つつむべき袖の朽ちなばうれしさもつひになき身となりもこそすれ（宇津保・菊の宴）

などと詠まれている。

「袖」「涙」「朽つ」「つつむ」の語を用いた忍恋の歌をみてきたが、「涙」と「袖」とによって、恋して流す涙で袖が濡れるという発想で詠まれた歌は、「袖」が「朽つ」という状態に発展し、その結果、「包む」という袖の機能も変化してきた。二三六は、このような忍恋の歌の変化の過程を一首に集約したような歌である。そのためか、後世の歌人からも注目されたようで、

いかにせむ涙に袖の朽ちはててむなしき恋を何につつまむ（教長集六五一）

こひこひて逢ふうれしさをつつむべき袖は涙にくちはてにけり（千載・恋三・八〇八　藤原公衡）

など、この歌の一部の歌詞を用いたり、この歌を意識して詠んだと思われる歌がある。

返《かへ》し

237　君はただ袖ばかり《許》をやくたすらむ逢《あ》ふには身をもかふとこそ聞《き》け

【校異】 ナシ。

【拾遺集】 恋一・六八六。

かへし

君はたゝ袖はかりをやくたすらむ逢には身をもかふとこそきけ

定恋一。六七五。

返し

あなたは逢いたいと泣いて、ただ袖だけを涙で濡らして朽ちさせているらしい。二人が逢うには身を引き替えにすると世間では言われていると聞いていることだ。

【語釈】 ○ただ袖ばかりを―いちずに袖だけを。○くたすらむ―朽ちさせている。泣いてばかりいることをいう。○逢ふには身をもかふ―二三三の「命をば逢ふにかふ」と同じことをいう。二三三［補説］参照。

【補説】 女の返歌について、『八代集抄』には「袖はくちにけりと、いふをとがめたり。逢には身をもかゆるに、袖ばかりくちたりけんは浅しと也」とあり、『新大系』『和歌大系』も男の愛情の程度をいったものと解している。男が詠んできた歌から、忍ぶ思いを秘めて泣いてばかりいて、袖を朽ちさせていると、安穏とした消極的な男の姿勢を責め、男の愛情に絶対的な信頼をおいていない。むしろ、男の愛情の深さを疑っている。わが身を逢うことと引き替えにすると世間で言われていることを引き合いに出し、男が積極的に深く熱い愛情を示してくれることを求めている。

この贈答歌の返歌について、『俊頼髄脳』には「歌の返しは、本の歌に詠みましたらば、いひいだし、劣りなば、かくして言ひいだすまじきとぞ、昔の人申しける」として、「返しよき歌」の例として、二三七をあげている。俊頼も、「涙に袖はくちにけり」という男の消極的な態度は愛情も浅く感じられるのに、「逢ふには身をもかふ」という女の積極的な態度に愛情の深さを感得したのであろう。女の歌は「涙で袖はくちにけり」という男の歌の句を捉え、否定的に応酬している。

【他出文献】◇俊頼髄脳→［補説］。

題不知

238 いかにせん命《いのち》は限《かぎ》り有るものを恋はわりなし人はつれなし

【校異】 **歌**○恋はわりなし—恋はわすれす（島）こひはわすれす〈「わすれす」ノ右傍ニ朱デ「ワリナシィ」トアル〉（貞）。

【拾遺集】 恋一・六五五。

いかにせむいのちはかきりある物を恋はわれす（「れす」ノ右傍ニ「りなくイ」トアル）人はつれなし

定恋一・六四二。**歌**○恋はわれす—こひはわすれす。

題知らず

どうしたらよかろうか、どうしようもない。命はいつか尽きる時があるのに、恋の思いはなすすべもなく、あの人は何の反応もなく冷ややかである。

【語釈】〇命は限り有るものを―『八代集抄』は「吾生也有涯（かぎり）、而知也（おもふことは）無涯。以有涯随無涯、殆已（あやふきのみ）」という荘子のことばを引いているが、この文は『荘子』（内篇・養生主第三）には「吾生也有涯、而知也無涯、以有涯随無涯、殆已。已而為知、殆而已矣」（吾が生や涯有りて、知や涯無し。涯有るものを以て、涯無きものに随へば、殆（かつ）るるのみ。のみにして知を為す者は、殆るるのみ）とある。〇恋はわりなし―『抄』の底本以外は「恋はわすれず」とある。「わりなし」は道理や理性が通用しないさまで、なすすべがない、どうしようもないの意。「恋はわすれず」は恋の思いはいつまでも忘れられないの意。〇人はつれなし―「人」は恋している相手。「つれなし」は対人関係における働きかけに何の反応も示さないさま。平然としている。そっけない。

【補説】［語釈］の『荘子』のことばの訓読は市川安司氏（『新釈漢文大系』）によったが、市川氏は、ここで荘子が言おうとしていることは、人の知り得ることは、ごく一部分にすぎず、それも真実であるか、どうかも疑わしいということを言っているのだと解説されている。

『抄』の底本の本文によれば、命は有限であるのに、人を恋い慕うことは理性ではどうにもならず、相手もこちらの思いに応えてくれない。命あるうちに恋を成就させようとしているが、「いかにせん」と思案にくれているさまを詠んだ歌である。「恋はわりなし」「人はつれなし」は対句的で、韻を踏んでいるような表現である。これに対して、『抄』の島本、貞和本、『集』の定家本には「恋はわすれず」とあり、限られた命であるのに、恋は忘れられず、相手の態度も冷淡で、どうしようもないと嘆いている歌となる。

239　恋ていへば同《おな》じ名《な》にこそ思《おも》ふらめいかで我身を人に知《し》らせむ

【校異】歌○恋ていへは―こひてへは（島）こひといへは（貞）。

【拾遺集】恋一・六八八。

こひといへはおなし名にこそおもふらめいかて我身を人にしらせん

定恋一・六七七。

恋といえばみな同じ実態をいう名目だと思うだろう。なんとかして私自身の恋の思いの深さをあの人に知らせたいものだ。

【語釈】○恋ていへば―「ていへば」という言い方はなく、「といへば」を誤写したものとも思われるが、島本には「こいてへば」とあり、この本文では「てへば」は「といふ」が熟合してできた「てふ」の已然形「てへ」に「ば」が接続したものとなる。○同じ名―同じ内容をいう名目。他の人と異なる我身の深い愛情。

【補説】恋といっても、人それぞれに違いがあるのに、「恋」と言っただけでは、それぞれの恋の実相はわからないので、陳腐なものになってしまう。藤原顕広（俊成）は「恋しともいはばおろかになりぬべし心をみする言の葉もがな」（久安百首八六五）と、「恋し」という切実さの感じられないことばではなく、自身の心のうちを見せることができることばがあったらと冀望している。二三九の作者も自身の恋の思いがどんなものかを、相手に知らせたいと願っている。しかし、「恋」という同じことばでは、自ずから表現される内容に限界があり、ことばに対する絶対的な信頼がないと、それによって人の心は動揺する。愛情が深ければ深いほど既存の表現に満足できないでいる。

【他出文献】◇如意宝集、第一句「こひてへば」。

女《をんな》の許に遣《つか》はしける　　小野宮大臣

240　人知《し》れぬ思《おも》ひは年《とし》を経《へ》にけれど我のみ知《し》るはかひなかりけり

【校異】詞○小野宮大臣―をのゝ宮のおほいまうち君（島）小野宮右大臣〈「右大臣」ノ右傍ニ朱デ「太政大臣」トアル〉（貞）。歌○としを―としも（島）としの〈「の」ノ右傍ニ「もィ」トアル〉（貞）○しるは―しる（島）。

【拾遺集】恋一・六七一

女につかはしける　　小野宮太政大臣

ひとしれぬおもひはとしもつもれともわれのみしるはかひなかりけり

（注）具世本ハコノ歌ヲ欠クノデ、異本系統ノ北野天満宮本ニヨッテ示シタ。

定恋一・六七三。詞○女に―女のもとに。歌○つもれとも―へにけれと。

女の許に詠んでやった

あなたに知られることなく、心にひめた私の恋の思いは、何年も経ちましたけれども、私一人だけが知っているのは甲斐のないことだ。

【語釈】○女の許に―時雨亭文庫蔵『小野宮殿集』（二）には、前歌の「女御にきこえはじめ給ふとて」とある詞書を受けて、「又」としてある。「女」は醍醐天皇の女御で、三条御息所と呼ばれた能子のことである。○人知れぬ思ひ—人に知られていない恋の思い。心に秘めた恋慕の情。○我のみ知る—私だけが知ってる。「人知れぬ」と同じことを他者と自身と角度を変えて表現した。○かひなかりけり—相手に知ってもらわないと何の甲斐もないことだ。

【補説】心に秘めた恋する思いが相手に通じないことを嘆いている。「人知れぬ思ひ」であるので、当事者が秘めている限りは相手に通じないのに、あえて、心に秘めて嘆いているのは、二人の関係を周囲の者に知られたくなかった事情があったのだろうか。まず、この歌を詠んだ時に実頼がどのような状況にあったかをみておく。それを知る資料に『大和物語』（為家本九十四、九十五、九十六段、百二十段）がある。

九十五段によると、三条御息所は醍醐天皇が亡くなった延長八年（九三〇）九月以後に式部卿宮敦実親王と関係をもつようになったが、どのような事情があったのか、通って来なくなったという。この後に実頼が三条御息所と相知ることになるが、そのことに触れているのが九十四、九十六段である。この二段には定方の九の君と実頼の弟の師尹との結婚話が取り上げられていて、それに付随するように実頼と三条御息所のことが語られている。九十四、九十六段の師尹と九の君の結婚のことは拙著『実方集注釈』（解説、五一四〜五一五頁）でも触れたことがあるが、ここでは実頼と三条御息所（能子）の関係に重点をおいてみていく。

①九十四段によると、承平六年（九三六）三月に北の方（定方女）を亡くした代明親王は幼子らと定方邸に身を寄せていて、喪があけたならば、定方の女の九の君と再婚しようと思ったが、師尹が九の君と消息を交わしているという噂を耳にして断念したという。それは師尹が侍従であった時（承平五年二月〜承平七年三月。師尹十六歳〜十八歳）のことであった。したがって、代明親王の北の方が亡くなった承平六年三月十八日以後、師尹が侍従を辞した承平七年三月までの間の出来事であった。

②九十六段には師尹が結婚したころに右衛門督の実頼が能子に消息を送っていたとあり、百二十段には「左の大臣の中納言わたりすみ給ひ」とあって、実頼の中納言のときのこととある。しかし、この二つの時期は齟齬し

ている。実頼は承平三年五月右衛門督となり、同四年十二月中納言となって右衛門督を兼ね、承平五年二月二十三日左衛門督に転じた。それと同じ日に師尹は侍従になっているので、実頼の右衛門督時代と師尹の侍従時代とは重ならない。したがって、九十六段に「右衛門督」とあるのは「左衛門督」の誤りとみなければならない。実頼が左衛門督であったのは承平五年二月から天慶元年（九三八）六月右大将になるまでで、これは師尹の侍従時代と重なる。

③実頼は承平三年正月に頼忠らの母である北の方（時平女）を失い、その後、源氏姓の女性を室としたが、この女性も承平六年四月に亡くなった。実頼が公然と能子と関係をもつことができたのは、忌み明けの承平六年六月以後のことであろう。

結局、①②③の条件が重なる承平六年六月から同七年三月までの間であれば、師尹と九の君の結婚も、実頼が能子の許に通うこともありえたことになる。『大和物語』の話で、実頼が能子に詠み送った歌は九十六段にある一首のみである。この歌を詠んだのは弟の師尹が定方（この時には定方は亡くなっていた）の婿に迎えられたと聞いたころで、このころ能子のもとに式部卿宮は通って来なくなっていて、実頼が詠み送ったのは、

　波の立つ方も知らねどわたつみのうらやましくも思ほゆるかな

という歌で、実頼の心に秘めた恋の思いを詠んだものではないが、「弟があなたと義理の姉弟となったことが羨ましい」と、能子に好意を持っていることを暗示的に詠んでいる。それは承平六年の初秋ごろのことで、これを契機に実頼の能子への恋情は深まっていったものと推測される。二四〇に「年を経にけれど」とあるので、歌は天慶の初めごろに詠まれたもので、当時の実頼は四十歳、能子は四十三歳ほどであったと思われる（注）。ともに分別ある年齢で若い者のように、その場の勢いで心底の思いを吐露することもなく、色に現われることもなかったので、なかなか相手に心底の思いは通じなかったのだろう。『新千載集』（恋一・一〇一三）には、

　恋しきを人にはいはで人しれずよひよひごとに思ひいづるかな

という実頼の歌があるが、恋慕の情を相手には言わずに、毎晩、思い起しているという、歌の内容から、このころ詠まれたものではないかと思われる。

二四〇も実頼と三条御息所能子との恋という話題性もあって、後世の人々にはよく知られていて、「若狭守通宗朝臣女子達歌合」（九番、恋、左）に、

人しれぬ思ひに年のへぬるかないきのをたえばさてややみなん

とある歌の判詞には、

左の歌、人しれぬ思ひにとしへぬといへる事、いひふるしたることなり、われのみしるはなどいひつべくこそ歌めきたるはふる事なればにや。

とある。「われのみしるは」は実頼の歌の第四句であるので、左方の歌は実頼の歌を本歌として詠まれたものである。このほか、

人知れぬ思ひは深くそむれども色にいでぬはかひなかりけり（六百番歌合・恋一、忍恋　藤原兼宗）

年へてもかひなき物は人知れず我のみなげく思ひなりけり（続拾遺・恋一・八〇一　宗尊親王）

年をへてわれのみ知るはくれなゐの袖にふりぬる涙なりけり（続千載・恋一・一〇四九）

なども二四〇を本歌として詠まれている。

（注）能子は延喜十三年十月八日に更衣から女御になっていて、この年の父定方の年齢は、貞観十五年（八七三）生れとすると、四十一歳である。能子の誕生を定方二十五歳のときとすると、寛平九年（八九七）の誕生で、延喜十三年には能子は十七歳である。昌泰三年（九〇〇）生れの実頼より、三歳年長ということになる。

【作者】藤原実頼→一〇五。

【他出文献】◇小野宮殿集→［語釈］。◇定家八代抄八七六、「女につかはしける」。◇時代不同歌合。

題不知　　　　　　　　　　　　　　　　　　　読人も

241　嘆《なげ》きあまりつひに色《いろ》にぞ出《い》でぬべき言《い》はぬを人の知《し》らばこそあらめ

【校異】詞○題不知―たいよみひとしらす（島）。歌○なけきあまり―おもひあまり〈「おもひ」ノ右傍ニ朱デ「ナケキ」トアル〉（貞）○つゐに―つひに〈「ひ」ノ右傍ニ「ゐィ」トアル〉（貞）○いはぬを―いはぬに（島）いはぬに〈「に」ノ右傍ニ「をィ」トアル〉（貞）。

【拾遺集】恋一・六三八。

題不知　　　　　　　　　　　　　　　　　　　よみ人しらす

なけきあまりつゐに色にそ出ぬへきいはぬに人のしらはこそあらめ

㊅恋一・六二五。歌○いはぬに―いはぬを。

題知らず

心に秘めている苦しさを嘆くあまりに、表情や態度に現してしまうに違いない。口に出して言わないのを、あの人が判ってくれるならば、心に秘めたまま言わないでいよう。（言わなければ判ってもらえないのだろうか）。

【語釈】○嘆きあまり―心の中に秘めている苦しさを嘆く余りに。○色にぞ出でぬべき―「色に出づ」は心に秘めている思いが表情やそぶりに現われる意を表す慣用表現。○人の知らばこそあらめ―あの人が判ってくれるならば、このままでいよう。逆接で続くべき句を表現しないで、余情として表している。

【補説】この歌では「人の知らばこそあらめ」の文の解釈が問題となる。『新大系』は「こそあらめ」を「…ならば…でよいのだが、そうでないから…」の意を表す連語ととって、「自分が思いを口にだして言わないのを、あの人が察知してくれるのならば、このまま心中に秘めておいて言わなくてもよいのだが」と大意を記し、「そうでないから…」の部分は大意には記されてない。『和歌大系』には、「こそあらめ」については言及されていないが、「うち明けて言わないのを、あの人が判ってくれたら、言わずにいるのだけれども（それはあり得ないから）」とある。こちらは「人の知らばこそあらめ」という係り結びを逆接の条件句として下に続くものとみているが、下に続くべき句が表現されていないために、括弧内を補足したものであろう。しかし、この係り結びが文末にあるとみると、「口にだして言わないのを、判ってもらえるといいですね」という意で、「言わなければ判ってもらえないだろうな」という気持ちが一首の余情として表されているとも考えられる。

このような余情があるとみると、心の中に秘めている思慕の情をなかなか判ってもらえない嘆きを詠んだ歌となる。『続拾遺集』（恋一・七六五）には、弘長百首で「初恋」の題で詠まれた、衣笠内大臣（家良）の、

知らせても猶つれなくはいかがせんいはぬをとがに人や恋ひまし

という歌がある。この歌は二四一とは直接的には関係ないが、秘めた思いを判ってもらえないことを嘆くだけでなく、たとえ非難されようとも何も言わずに恋い慕う、二四一とは対照的な初恋のありさまを詠んでいる。

【他出文献】◇定家八代抄九八三。

242　いかでかと思《おも》ふ心のあるときはおぼめくさへぞうれしかりける

【校異】ナシ。

【拾遺集】恋一・七〇三。

いかてかとおもふ心のある時はおほめくまてそうれしかりける

なんとかして逢いたいと思うときは、相手がこちらの思いをわかっているかどうか、はっきりしない応対をするのまでが嬉しく思われるのだった。

定恋一・六九三。**歌**○おほめくまてそ―おほめくさへそ。

【語釈】○いかでかと思ふ―「いかでか」は、なんとかしてぜひという強い願望を表す。なんとしても逢いたいと思う。「いかでかと思ふ心はほりかねの井よりもなほぞ深さまされる」(伊勢集三九四)。○おぼめくさへぞ―「おぼめく」の語意のとり方で二説ある。『八代集抄』に「しらずがほにあへしらふも嬉しきと也」とあるのは、「おぼめく」を、しらばくれる、そらとぼけるの意と解していて、『新大系』も同じである。これとは別に、『和歌大系』はぼかすの意とみて、「曖昧な返事」と解している。これは所業とことばと、どちらに重点をおいて解するかの相違であろう。

【補説】何とかして逢いたいと願っているときは、相手の些細な反応も嬉しく思われるという。「六百番歌合」(恋一・聞恋)には「いかでもと思ひし妹が有様は語る人までなつかしきかな」という歌がある。こちらは逢いたいと思った女性についての話を聞くだけでも嬉しく思われることを詠んだ歌で、その心情には類似したところがある。

女《をんな》のもとに遣《つか》はしける　　大中臣輔親

243　いかでいかで《〳〵》恋《こ》ふる心《こゝろ》をなぐさめて後《のち》の世《よ》までのものを思《おも》はじ

【校異】歌○ものをおもはし―ものもおもはし（島）ものを思はし〈「し」ノ右傍ニ朱デ「ムイ」トアル〉（貞）。

【拾遺集】恋五・九五一。

女のもとにつかはしける　　藤原輔相イ本大中臣輔親 能宣

いかて〳〵こふる心をなくさめて後の世までに物を思はし

定恋五・九四一。詞○女のもとに―女に。○藤原輔相―大中臣能宣。歌○後の世までに―のちの世までの。

女に詠んでやった

何としてもどうにかして恋慕する気持ちを鎮めて、亡くなった後まで恋するほどに思い悩むことはしたくない。

【語釈】○いかでいかで―願望の意を表す「いかで」を反復して強調した。何としてもどうにかして。○なぐさめて―気分を晴らして。気持ちをなだめて。○後の世までのものを思はじ―亡くなった後まで恋に執着して思い悩むことはしたくない。妄執を断ち切らないと極楽往生できないと考えられた。

【補説】この歌は時雨亭文庫蔵承空本『大中臣輔親集』の裏表紙裏に、

ヲムナノモトニツカハシケル
イカデ〳〵コフル心ヲナグサメテ
ノチノヨマデノモノヲヽモハジ

ヒトノシリテイフウタ
アシヒキノヤマホト、ギスサトナレテ
タソカレドキヲナノリスラシモ

と、『集』（雑春・一〇七六）の歌とともにみえる。「イカデ〳〵」の歌は『集』の定家本では能宣の作とあるが、『抄』に輔親作とあり、「アシヒキノ」の歌は『集』には「題しらず」で輔親の作、『抄』（雑上・四〇五）には底本以外は輔親の作とある。このことから、この二首は『抄』によって確認できる輔親の歌を増補したものと考えられる。範兼の『後六々撰』には、輔親の代表歌三首として「いづれをかわきて折らまし山桜心うつらぬ枝しなければ」（後拾遺・春上・八九）と、前掲の「いかで〳〵」「あしひきの」の二首とをあげている。

【作者】大中臣輔親　祭主能宣男、母は越前守藤原清兼女。天暦八年生。寛和二年（九八六）十月文章生、永延二年（九八八）八月勘解由判官、正暦二年（九九一）九月従五位下。美作守、伊勢神宮祭主、神祇権大副、神祇伯などを歴任、長元九年（一〇三六）正三位に叙せられ、長暦二年（一〇三八）六月二十二日伊勢下向の途中に亡くなる。八十五歳。三条、後一条、後朱雀帝の三代の大嘗会和歌を詠進。長保五年（一〇〇三）「左大臣道長歌合」に出詠、「長元八年五月関白左大臣頼通歌合」に判者、左方歌人として参加。また、長元六年の鷹司殿倫子七十賀の屏風歌を詠進している。勅撰集には『拾遺集』以下に三十一首入集。家集に『輔親集』がある。

【他出文献】◇承空本大中臣輔親集→［補説］。◇後六々撰→［補説］。

題不知　　　源　経基

244　あはれとし君だにいはば恋《こ》ひわびてしなん命《いのち》の惜《を》しからなくに

【校異】歌○あはれとし―あはれとし〈「し」ノ右傍ニ「もイ」トアル〉（貞）。○いのちの―いのちも（島）。
【拾遺集】恋一・六九七。

あはれとも君たにいはゝこひわひてしなむいのちもおしからなくに

源　経茂（「茂」ノ右傍ニ「基イ」トアル）

定恋一・六八六。歌○あはれとも―あはれとし。

題知らず

いとしいとあなただけでも言ってくれるならば、恋い慕っても思い通りにいかずに死ぬだろう命が惜しくはないのに。

【語釈】○あはれとし―「あはれ」は愛着・恋慕などを感じるさま。いとしい。「し」は強調する意。「あはれとし思はぬ人は別れじを心は身よりほかのものかは」（続詞花・別・六七九）。○君だに―せめてあなただけでも。○恋ひわびて―「わぶ」は、上の動詞の表す動作などが思い通りにできなくて、困惑し、やる気をなくしている意を表す。恋しても思い通りにいかず、どうしようもなくなる。○惜しからなくに―「なくに」は打消の助動詞の未然形に準体助詞「く」と助詞「に」が付いた連語。主として和歌に用いられて、「…ないのに」の意。惜しくはないのに。

【補説】少しでも愛情の感じられることばを掛けてくれるならば、命も惜しくないという切実な思いを詠んだもの。特に「恋ひわびてしなん命の惜しからなくに」という表現に作者の思いが集約されている。この表現は後世の歌人たちにも強い印象をあたえたようで、

恋ひわびてたえむ命ぞをしからぬそをだに君がゆかりとおもはむ（林下集二一五）

恋ひしなむ命をだにも惜しまぬにたがためつつむ心なるらむ（新後拾遺・恋一・九五九　惟宗光吉朝臣）

後の世をあはれと君がいふならばしなん命もなにか惜しまむ（隆房集五九）

恋ひわびてなどしなばやと思ふらん人のためなる命ならぬに（続古今・恋二・一〇九三　中納言為氏）

などと、二四四の表現を模したり、意識した歌が詠まれている。

【作者】 源経基　六孫王。清和源氏。父は清和天皇第六皇子貞純親王。母は右大臣源能有女。『尊卑分脈』（第四篇）に記す没年、享年によれば延喜十七年（九一七）誕生、「小笠原系図」（続群書類従所載）には寛平二年（八九〇）誕生などとあるが、生年未詳。承平八年（九三八）二月には武蔵介として任国にあって、足立郡司判官代武蔵武芝と争い、平将門が調停して一旦は解決したが、武芝の配下に営所を囲まれ、経基は京に逃げ帰って、将門らの謀反を訴えた（将門記）。その後、天慶三年（九四〇）正月九日武蔵介源経基は凶賊平将門が謀反の由を告げ、従五位下に叙せられ（日本紀略）、天慶三年二月征夷副将軍として平将門の乱鎮圧のため坂東に下向（扶桑略記）、同年十一月二十一日に追捕次官として純友追討のため西国に下向（扶桑略記）。同四年には大宰権少弐、追討凶賊使（十一月廿五日ノ条ニハ「警固使」トアル）として豊後国の賊徒桑原生行を捕えた（本朝世記）。応和元年（九六一）十一月四日没（尊卑分脈）。勅撰集には『拾遺集』に二首入集。『尊卑分脈』には信濃、伊予、美濃、但馬、武蔵などの国守や、式部丞、左馬頭、兵部少輔などを歴任したとあるが、それを裏付ける史料はない。

読人不知

245　あひ見《み》ては死《し》にせぬ身《み》とぞなりぬべき頼《たの》むるにだにのぶる命《いのち》を

【校異】 ナシ。

【拾遺集】恋一・七〇二。

あひみてはしにせぬ身となり（「り」ハ補入）ぬべきたのむるにたにのふるいのちは

定恋一・六九二。

あなたと契りを結ぶことができたならば、その喜びのあまり不死身となるにちがいない。あなたが逢瀬を期待させることを言っただけでも、延びる気がする私の命であるよ。

【語釈】○あひ見ては—『新大系』は「逢ひ見て」と漢字を当て、大意に「あなたに逢い見ることができたならば」とあり、『和歌大系』も「逢ひ見て」と漢字を当てて、「あなたに逢い姿を見たら」とある。「あひ見る」は二八三にも記すように、『万葉集』には「あひ」を「逢」と表記した例はなく、「相見」「安比見」「阿比見」などと表記し、語義も互いに見る、顔を合わせる意である。一方、平安時代には「逢ひ見る」は男と女が逢う、男女が関係を結ぶ、契りを結ぶ意である。『新大系』『和歌大系』ともに、「逢ひ見る」の本文によって、逢って姿を見ると解していて、曖昧である。また、「あひ見ては」の語構成は、①「あひ見る」の連用形に接続助詞「て」と係助詞「は」が付いたものとみて、…したからにはの意を表すとみる。②「あひ見る」の連用形に完了の助動詞「つ」の未然形「て」と接続助詞「ば」が付いたものとみて、…たならばの意を表すとみる、という二通りの見方が考えられる。語構成は②であることは一致しているようである。「あひ見る」の語義は「相見る」と「逢ひ見る」のどちらであるかを個別的に見分けるほかない。○死にせぬ身—「死にす」は死ぬの意。死なない身、不死身。「いつまでか世にながらへて世とともにうきに死にせぬ身をばなげかむ」（行宗集七九）。○頼むるにだに—下二段活用の「頼む」は多くの場合、男性が女性に対して、頼りにさせる、期待させるの意となる。男が会いましょうと、期待させるようなことを言っただけでも。「いまははや恋ひ死なましをあひ見むと頼めしことぞ命なりける」（古今・恋二・六一三）。

【補説】 この歌は歌仙家集本『素性集』（七五）に、

あひみてはしにせぬ身とぞ成ぬべきたのむるにだにのぶる命を

とある。しかし、『素性集』の古写本にはなく、素性の作であると断定できる徴証はない。「頼む」の用法から女の歌であろう。

この歌の「あひ見て」は、「あひ見て」後には喜びのあまり不死身になるにちがいないと思うほどで、それは男が期待させることを言っただけでも命が延びる気がするからであるという。したがって、この歌は①「あひ見る」ことは「死にせぬ身」になること、②「頼むる」ことは命の「のぶる」ことであるという二段階構造になっている。②の「頼むる」ことは逢瀬を約束することであるので、「あひ見る」は顔をあわせるだけでなく契りを結ぶことをいうのであろう。

後世の人はこの歌の「頼むるにだにのぶる命」という措辞に注目して、これを用いて、

成契久恋

頼むるにのぶる命も年ふれば限りしあれやなほぞけぬべき（林葉和歌集七八九）

ももとせもあひみてのちは過ぎやせむ頼むるにだにのぶる命は（鳥羽殿北面歌合・恋　行宗）

成契久恋

頼むるにのぶる命も限りあるをいまいくとせを待てとかは思ふ（時雨亭文庫蔵言葉集・恋上・三二）

などと詠んでいる。

【他出文献】 ◇歌仙家集『素性集』→［補説］。

246

ちはやぶる神の社《やしろ》もこえぬべし今《いま》は我身《み》の惜《を》しげなければ

人丸

【校異】 **詞**〇人丸―柿下人丸（島）。**歌**〇やしろも―いかきも〈「いかき」ノ右傍ニ朱デ「ヤシロ」トアル〉（貞）〇をしけなければ―おしけくもなし（島）をしけくもなき（貞）。

【拾遺集】 恋四・九三四。

柿下人丸

ちはやぶる神のやしろ（「やしろ」ノ右傍ニ「イカキイ」トアル）もこえぬへしいまは我身のおしけくもなし

定恋四・九二四。**詞**〇柿下人丸―柿下人麿。**歌**〇やしろ―いかき。

恋の思いの激しさから、神聖な神の社の瑞籬さえも越えてしまいそうである。今となってはわが身が惜しいという気持ちはないので。

【語釈】 〇ちはやぶる―（霊力のある意から）神、または広く神に関係のある語にかかる枕詞。〇神の社もこえぬ―「神の社」とあるのは『抄』の底本、島本、『集』の具世本などで、『抄』の貞和本、『集』の定家本には「いかき」とある。「やしろ」は「屋代」の意とも「家代」の意ともいう。『和訓栞』には「家代の意。…上古、地を払ひ、斎場を設けて神を祀る」とあり、古代、祭祀に際して神を迎える仮の小屋を設けた土地をいったが、のちに仮屋がそのまま残されて神が常在すると考えられ、その仮屋自体をやしろというようになったという。これに対して「いがき」は『和名類聚抄』に「瑞籬俗云美豆加岐 一云以賀岐」とあるように、神聖なものを祀った周囲に巡らす垣で、これを越えることは禁忌とされた。「こゆ」は中間に介在する標縄・垣など障害となるものの向こう側へ行く意であるので、「社」より「いがき」についていう語である。したがって、本文としては「いがき」の方がよいことになるが、一方、［補説］にあげた『万葉集』の類歌（巻七・一三七八）では「神社」を「もり」と訓み、同様の例に「哭沢（なきさは）の神社（もり）に神酒（みわ）する祈れどもわご王（おほきみ）は高日知らしぬ」（巻二・二〇二）がある。また、『類聚名義抄』にも「社」に「ヤシロ」の他に「モリ」の訓みがある。これは神は高い木立のある所に来臨するという古代人の考えの反映である。これらを参考にすれば、この「やしろ」も神の森の垣の意であろうか。〇今は―こうなった今は。今となっては。〇惜しげなければ―『抄』の島本、『集』の具世本、定家本に「お（を）しけくもなし」、『抄』の貞和本に「をしけくもなき」とあり、底本の独自本文である。惜しいという気持ちはない。

【補説】この歌は『万葉集』（巻十一・二六六三）に、

　千葉破　神之伊垣毛　可越　今者吾名之　惜無

（ちはやぶる神の斎垣も越えぬべし今はわが名の惜しけくも無し）

とある歌の異伝である。また、平安時代の他の文献には、

　ちはやぶる神のいかきも越えぬべし今はわが身のおしけくもなし（西本願寺蔵補写『人麿集』一九六）

　ちはやぶる神のいかきも越えぬべし今はわが身の惜しからなくに（古今六帖一〇六五）

などとある。また、『万葉集』の諸注は、この歌の類歌として、

　木綿懸けていつくこの神社《もり》越えぬべく思ほゆるかも恋の繁きに（巻七・一三七八）

という歌をあげている。

この歌の「神の社もこえぬべし」という表現はどういうことを言い表そうとしているのだろうか。『和歌大系』には「恋しさの余りどんなことでもしそうだ、の意」とあり、『万葉集』の諸注もこれと同じであるが、伊藤博氏『万葉集釈注』は独自の解釈をしている。それによると、「ちはやぶる神の斎垣も越えぬべし」は、当時禁忌

とされた恋に踏み入ることの譬喩、つまり、人妻に対する恋をさすものと解している。伊藤説は、この歌の『万葉集』における配列を重視した解釈であり、『抄』の二四六の「ちはやぶる神の社もこえぬべし」の句を同じように解釈することはできないだろう。ここは神の斎垣を越えてはならぬという禁忌を破ってまでも、恋の思いを遂げようという激しさをいい、その結果、神罰を蒙って身を滅ぼすことになるのをも覚悟している。

【作者】人麿作とする徴証はないが、『抄』『集』に人麿作とあり、当時は人麿作とみられていた。柿本人麿→九三。

【他出文献】◇万葉集→［補説］。◇人麿集→［補説］。◇古今六帖→［補説］。

247 恋ひ死《し》なん後《のち》はなにせん生《い》ける日《ひ》のためこそ人を見まくほしけれ　太宰監大伴百世

【校異】詞○大宰監―ナシ（貞）。歌○ひの―ひの〈「ひ」ノ右傍ニ朱デ「ミィ」トアル〉（貞）○人を―人の（島）人は（貞）○見まく―みなく（貞）。

【拾遺集】恋一・六九六。

恋しなむのちは何せむいける身のためこそ人は（「は」ノ右傍ニ「もイ」トアル）みまくほしけれ　大宰監大伴百世

定恋一・六八五。詞○大宰監―ナシ。歌○身の―日の。○人は―人の。

恋い焦がれて死んでしまうようなら、後では逢えたとしても何にもならない。生きている日のためにこそあなたと逢いたい。

【語釈】○大宰監—大宰府の第三等の官。大監・少監各二人いた。○恋ひ死なん—「恋ひ死ぬ」は恋い焦がれて死ぬ。○後はなにせん—死んでしまった後では、逢えたとしても何にもならない。○見まくほしけれ—「見む」のク語法「見まく」に形容詞「ほし」が接続したもの。見ることがのぞましい。見たい。平安時代に「まくほし」から助動詞「まほし」ができた。

【補説】この歌は『万葉集』（巻四・五六〇）に詞書を「大宰大監大伴宿祢百代恋歌四首」として、第二首目に、

孤悲死牟　後者何為牟　生日之　為社妹乎　欲見為礼

（恋ひしなむ後は何せむ生ける日のためこそ妹を見まくほりすれ）

とある歌の異伝である。『万葉集』（巻十一・二五九二）には、

恋死　後何為　吾命　生日社　見幕欲為礼

（恋ひしなむ後は何せむわが命生ける日にこそ見まくほりすれ）

という歌もあり、こちらは「正述心緒」の分類に属し、出所不明の歌群中にあり、百代の歌は、この歌に依拠していると思われる。なお、書陵部蔵『柿本集』（人麿集Ⅱ四五一）に「恋しなん後は何せむわが命生きたる日こそみまくほしけれ」とある歌も百代の歌ではない。この歌は時雨亭文庫蔵義空本『柿本人麿集』（四〇八）にもあり、その歌の後に、「大宰監百代が、恋しなむのちはなにせむいけるひのためこそいもをみまくほしみぬれと云歌にあひにたり」とある。

『万葉集』には恋い焦がれて死ぬことを詠んだ歌が二十例ほどある。それらは「恋ひ死ぬ」「恋ひて死ぬ」「恋ひは死ぬ」「恋に死ぬ」などと表現されているが、万葉時代に恋い焦がれて死ぬと詠んでいるのは、次のような場合である。

⑴配流になった相手の帰りを待ちわびている女性や、遣新羅使節を見送る女性の離別を悲しんで詠んだ歌。

わがやどの松の葉見つつあれ待たむ早帰りませ恋ひ死なぬとに（巻十五・三七四七）

ひと国は住みあしとぞいふすむやけく早帰りませ恋ひ死なぬとに（巻十五・三七四八）

⑵現にも夢にも逢えなかったり、訪れてもくれない、恋の苦しみを詠んだ歌。

夢（いめ）にだに見えばこそあらめかくばかり見えずしあるは恋ひて死ねとか（巻四・七四九）

人もなき古りにしさとにある人をめぐくや君が恋に死なする（巻十一・二五六〇）

⑶相手を忘れない、あだし心をもたない、恋する人の名を口外しない、恋していることを顔に表さないなど、相手との約束を必ず守る誓いを表明した歌。

恋ふといへば薄きことなり然れどもわれは忘れじ恋ひは死ぬとも（巻十二・二九三九）

荒磯越しほかゆく波のほかごころわれは思はじ恋ひて死ぬとも（巻十一・二四三四）

わたつみの沖に生ひたる縄苔の名はかつてのらじ恋ひは死ぬとも（巻十二・三〇八〇）

高山のいはもとたぎちゆく水の音には立てじ恋ひて死ぬとも（巻十一・二七一八）

こいまろび恋ひは死ぬともいちしろく色には出でじ朝顔の花（巻十・二二七四）

⑷相手が「恋死にしたければ死んでしまえ」と思っているとして、妻が夫を恨み、男が女を恨む歌。

恋ひ死なば恋ひも死ねとやたまぼこの道ゆく人のことものらなく（巻十一・二三七〇）

恋ひ死なば恋ひも死ねとやわぎもこがわぎへのかなと過ぎてゆくらむ（巻十一・二四〇一）

⑸人の目や人の噂などは恋死にするならつらくはなく、気にすることもないと詠んだ歌。

恋ひ死なむそこも同じぞ何せむにひとめひとごとこちたみ吾せむ（巻四・七四八）

里人も語り継ぐがねよしゑやし恋ひても死なむ誰が名ならめや（巻十二・二八七三）

これらの用例の大半は巻十一、十二所収の歌で、正述心緒、寄物陳思などの部類に属し、詠作時期も明日香・藤原から奈良前期までといわれ、類歌が多い。百世の歌も前掲の巻十一・二五九二の類歌といえるものである。

【作者】大伴百世　世系、生没年未詳。『万葉集』（巻四・五六七）の左注から、天平二年（七三〇）六月に大宰帥大伴旅人のもとで、大宰大監であったことが知られる。天平十年閏七月七日兵部少輔、同十三年八月美作守、同十五年十二月鎮西副将軍、十八年四月従五位下に叙せられ、同年九月豊前守、天平十九年正月正五位下。『万葉集』に短歌七首があり、勅撰集には『拾遺集』、『続古今集』に各一首入集。

【他出文献】◇万葉集→［補説］。◇古今六帖一九八一、第四句「ためこそ人は」。◇俊頼髄脳。

人丸

248　恋《こ》ひつつも今日《けふ》は暮《く》らしつ霞立つ明日《あす》の春日《はるひ》をいかで暮《く》らさむ

【校異】歌○こひつゝも―こひつゝも〈「こひ」ノ右傍ニ朱デ「ワヒイ」トアル〉（貞）。

【拾遺集】恋一・七〇五。

柿本人丸

こひつゝもけふは暮しつ霞たつあすの春ひをいかて暮さん

定恋一・六九五。**詞**○柿本人丸―人まろ。

恋しく思いながらも今日は一日を過ごした。霞の立つ明日の春の長い一日を、どのようにして暮らしたらよいのだろう。

【語釈】○恋ひつつも―恋しく思い続けながら。○今日は―ひとまず今日は。何とか今日は。脳裏には明日のことを思案している言い方。「松蔭に今日は暮らしつ明日よりは行く末遠きここちこそすれ」（大弐高遠集一八一）。○霞立つ―「春日（かすが）」「春日（はるひ）」などにかかる枕詞。「霞立つ春日の里の梅の花山の嵐にちりこすなゆめ」（万葉・巻八・一四三七）。

【補説】この歌は『万葉集』（巻十・一九一四）に、

恋乍毛　今日者暮都　霞立　明日之春日乎　如何将晩
（恋ひつつも今日はくらしつ霞立つ明日の春日をいかにくらさむ）

とある歌の異伝である。『万葉集』では「春相聞」の部立のうち、「霞に寄す」の分類中にある。

また、『万葉集』（巻十二・二八八四）には、

恋ひつつも今日はあらめどたまくしげ明けなむ明日をいかにくらさむ

という類歌がある。この歌は女性の身近にある「玉櫛笥」を枕詞に用いているので、作者は女性であると思われる。

『万葉集』（二八八四）の歌は『集』では『抄』二四八の歌に続いてあり、作者名はないが、通例では前歌と同じ人麿の作ということになる。これと同じ配列になっているのは西本願寺蔵補写『人麿集』（久曽神昇氏『西本願寺本三十六人集精成』所収）で、

こひつつもけふはくらしつ霞立つ明日の春日をいかがくらさん（一九四）
恋ひつつもけふはありなん玉櫛笥あけなん明日をいかがくらさん（一九五）

とある。『新編国歌大観』所収の『人麿集』は書陵部蔵本（五〇六・八）を底本に用いていて、配列は西本願寺蔵補写本と同じであるが、本文に相違があり、

①わびつつも今日はくらしつ霞立つ明日の春日をいかでくらさん（一九三）

②恋ひつつも今日はありなん玉櫛笥あけなん明日をいかでくらさん（一九四）

とある。『抄』二四八に当る①の第一句が「わびつつも」とあるほかは、①②とも第五句が「いかでくらさん」とあるのは『抄』『集』に一致している。①の歌は書陵部蔵柿本人丸集（人麿集Ⅰ一八九）、書陵部蔵柿本集（人麿集Ⅱ二八七）などに第一句は「こひつつも」とある。『人麿集』が『万葉集』を主要な資料として編纂されたのであれば、①の第一句は「こひつつも」となるはずである。それにもかかわらず「わびつつも」とあるのはなぜだろうか。これには二通りの考え方ができる。

(1)は、第一句が「わびつつも」とある本文をもった歌が『抄』の伝本のなかにあり、それに②の類歌を増補したとする見方である。ここで注目されるのは、二四八の第一句を「わびつつも」とした歌の存在が貞和本に書入れられたイ本によって想定できることである。このイ本の本文をもった『抄』を根幹にして歌を増補したならば、『集』は前掲の書陵部蔵『人麿集』（五〇六八）と同じ配列・本文になるので、両者は直接関係にあるとみる。

(2)は、現存『集』の定家本は、

わびつつも昨日ばかりは過ぐしてき今日やわが身の限りなるらん（六九四）

恋ひつつも今日はくらしつ霞立つ明日の春日をいかでくらさん　人麿（六九五）

恋ひつつも今日はありなん玉櫛笥あけなん明日をいかでくらさん（六九六）

という配列になっている。この定家本から人麿作の二首を抜書しようとして、目移りして第一句を前の歌の「わびつつも」と書いてしまったとみることもできる。

このどちらにしても『人麿集』の伝本のなかには、『集』に依拠して歌を増補したものがあったと思われる。

【作者】作者は未詳であるが、平安時代には人麿の歌とみられていたようで、『抄』『集』ともに人麿作とする。

柿本人麿→九三。

【他出文献】◇万葉集→［補説］。◇人丸集→［補説］。◇赤人集一九五、第三句「かすみつつ」。◇古今六帖二

七一、第三句「あかねさす」。◇古今六帖六三〇。

249　わびつつも昨日ばかりは暮《く》らしてき今日《けふ》や我身《み》のかぎりな《成》るら《覧》ん　読人不知

【貞和本原状】コノ歌ハ貞和本ニハナク、「こひつつも」ノ歌ト「いつしかと」ノ歌トノ間ニ朱デ、

ワヒツヽモキノフハカリハスコシテキケフヤワカヨノカキリナルラム　読人不知

トアル。［校異］ニハ、コノ本文トノ異同ヲ示シタ。

【校異】歌○くらしてき—すくしてき（島）すこしてき（貞）○我みの—わかよの（島・貞）。

【拾遺集】恋一・七〇四

わびつゝも昨日はかりは過してきけふや我世のかきりなるらむ

定恋一・六九四。歌○我世の—わか身の。

あなたに逢うこともできず、つらい思いをしながらも、昨日までは恋死せずに暮らすことができた。今日は私の命の尽きる日になるのだろう。

【語釈】○わびつつも—「わぶ」は思いどおりにできないで、困惑、失意、落胆の気持ちを態度やことばで表す。○昨日ばかりは—昨日までだけは。○暮らしてき—『抄』の貞和本補入歌、『集』には「過してき」とある。「て

き」は過去に実現した事がらを回想していう。

【補説】この歌は、こちらの思いが通じないまま、失意のうちに堪え忍んで暮らしてきたが、もはや限界に達して、今日は命が尽きる日になるだろうという思いを詠んでいる。「わびつつ」は「恋ひつつ」とは違い、ほとんど望みのない状態で、それがもはや限界に達したことを「昨日ばかりは」が表している。「今日や」とあるので、歌は「今日」詠まれたもので、なんとか昨日までは恋死せずに過ごせたが、いつ命尽きるかわからないという思いから、「今日や」と強調表現を用いて言った。これを前歌（二四八）の「けふもくらしつ」「あす…をいかでくらさむ」というように「今日」から「明日」のことを推察するのと比べると、深刻さ、切迫感に大きな違いが感じられる。

この歌は『集』では「こひつつも」の歌の前に位置しているが、この配列では恋い慕って暮らしながら、日を追って思いが昂じていくという流れにならない。切迫した深刻な歌の後に、春の一日を悠然とどのように過ごそうかと思案している歌が続くことになり、対照的な歌を配列しようという意識があったとしても、適切な措置とは言えない。

よみ人しらす

250　いつしかと暮《くれ》を待《ま》つ間《ま》の大空《おほぞら》は曇《くも》るさへこそうれしかりけれ

【校異】〇島本ハコノ歌ヲ欠ク。校異ナシ。

【拾遺集】恋二・七三二。

いつしかと暮を待間のおほ空はくもるさへこそうれしかりけれ

定恋二・七二二。詞○詞書ナシ―題しらす。

早く暮にならないかと待っている間の大空は、曇ることさへ逢瀬の時が早くきたのかと思われてうれしいことだ。

【語釈】○いつしかと―（これから起ることについて）期待・願望の意を表す。早く…しないか。ここは早く暮になることを待望する。○暮―男女が逢う時間。逢瀬の時。「暮」の語は日、月、年についてもいうので、単独で用いた例は、三代集には『後撰集』に一首、『拾遺集』に二首あるのみで、逢瀬の時は「夕暮」の語が用いられている。○曇るさへこそ―曇ることまでも。曇ると辺りが暗くなって、日暮が早くきたように思う。

【補説】男女が逢う暮を待つ歌である。王朝人の恋を中世の歌人は「暮を待ち明くる惜しみしいにしへはそをだに物を思ふとやせし」（万代・恋五・二七三〇　平重時）と詠んでいる。まことに逢瀬の暮と暁の別れに恋の思いは集約されると言えよう。それ故に、王朝人も「くやくやと待つ夕暮といまはとて帰るあしたといづれまされり」（元良親王集一）と優劣論議をしているほどである（二五六参照）。

この歌では、一刻も早く暮になることを待望して、空が曇ることまでがうれしく思われるというのである。この歌の趣向は、明度が暗く、物の輪郭がぼんやりとしたさまになるという共通性をもつ「暮」と「曇る」によって、一刻も早い逢瀬の到来を仮想したところにある。

この歌も後世の歌人から注目されて、歌詞の一部を模したり、本歌とした歌に、

いつしかとくれを待つだにありつるをこはいかにしてかへすなるらん（重家集一八七）

いつしかとけさは暮をぞ待つべきにゆくへも知らぬなげきすべしや（為忠家初度百首六一九　藤原忠成）

あやにくにものぞ悲しき待ちし日はくもる空さへうれしかりしを（隆信集五三五）

曇るさへうれしと見えし大空のくるるもつらくいつなりにけん（新後拾遺・恋四・一一五四　公経）などがある。

251　身をつめば露をあはれと思《おも》ふかなあかつき《月》ごとにいかでおく《を》らん　読人不知

【校異】ナシ。
【拾遺集】恋二・七四一。
身をつめは露をあはれと思ふかな暁ことにいかてをくらむ
㊆恋二・七三〇。

私の暁起きの経験になぞらえて思うと、露をかわいそうに思うことだ。つらく思うことなく、毎日暁にどうして置き、暁起きを続けているのだろう。

【語釈】〇身をつめば―「つむ」は抓る意。わが身を抓って、相手の痛みを知ることから、自分の身に比べて、他者に同情する。自分になぞらえて他者のことを思う。ここは暁起きの経験から、自分と同じように暁に置く露のことを思っている。〇いかでおくらん―どうして、つらく思わずに、置いているのだろう。「置く」に「起く」を掛け、露も暁起きをしているととりなした。
【補説】「身をつめば」という表現は、俗諺に基づく慣用表現で、平安時代の散文や和歌に用いられていて、自

分の経験などから、自分と同じ状況にある相手の苦痛・心痛などを切実に感じることをいう。歌には、
身をつめばあはれとぞ思ふ初雪のふりぬることもたれにいはまし（後撰・恋六・一〇六八　右近）
ほどもなく消えぬる雪はかひもなし身をつみてこそあはれと思はめ（拾遺・恋一・六五四　中務）
身をつめばあはれとぞ聞く時鳥よをへていかがおもへはかなし（増基法師集九九）
身をつめばあはれなるかな嘆きつつひとりや寝ぬるかかる霜夜に（彰考館文庫蔵嘉言集一四一）
身をつめばもの思ふらし時鳥なきのみまどふ五月雨のやみ（時雨亭文庫蔵素寂本順集一六五）
身をつみてながからぬ世をしる人はひとへに人を恨みざらなん（義孝集五四）
など詠まれ、「身をつめばあはれと思ふ」という類型表現として用いられることが多い。
男は女との逢瀬の暁に、いつも別れがつらくて床から起きることができないでいた。おそらく、男は女の家からの帰路、道草に置く露をみて、わが身になぞらえて、つらい思いをしながら暁に置いている露を思いやりながら、暁の別れのつらさを詠んだものであろう。

252　忍《しの》ぶれば苦《くる》しかりけり花薄《はなすゝき》秋の盛《さか》りに成りやしなまし　勝観法師

【校異】詞〇勝観―証観（貞）。
【拾遺集】恋二・七八〇。
忍ふれはくるしかりけり花すゝき秋のさかりになりやしなまし　勝観法師

定恋二・七七〇。詞○詞書ナシ―題しらす。歌○花すゝき―しのすゝき。

相手に知られないようにひそかに恋しているのはつらいことであった。花薄が穂の出る秋の盛りになり、心中にひめていた思いを告白してしまおうか。

【語釈】○忍ぶれば―「忍ぶ」は相手に知られないようにひそかに恋している意。○花薄―穂の出た薄。「はなすすき」の語は『万葉集』には一例（巻八・一六〇一）あるだけで、他は「はたすすき」「はだすすき」とある。「はなすすき」が一般的となるのは平安時代になってからである。「草聚生曰薄新撰万葉集和歌云波奈須々木」（和名抄）「薄ハナススキ」（類聚名義抄）「花薄ハナス、キ」（色葉字類抄）。○秋の盛りに―薄の穂がでる秋の盛りに。ひそかに心中に秘めた思いを告白する時期になった。○成りやしなまし―「なまし」は確定的な予想を表す。なってしまうだろうか。なってしまおうか。

【補説】この歌は「後十五番歌合」（十二番）には、

忍ぶればくるしかりけりしの薄秋のさかりになりやしなまし

と、『集』と同じ「しの薄」の本文で、恵慶の「八重むぐら」の歌に番えられている。

秋の盛りに花薄が穂に出るようになったので、恋する思いを心中に秘めている苦しさに堪えかねて、告白してしまおうかと迷い躊躇している。心の中の思いが表に現われる比喩表現としての「穂に出ず」の語を直接的には用いず、「秋のさかりに成る」ということで表している。

この歌の「はなすすき」については［語釈］に簡単に記したが、「すすき」は上代には、その形状から「はた（だ）すすき」と呼ばれて、『万葉集』では、

旗すすき　本葉もそよに　秋風の　吹きくるよひに　天の河（巻十・二〇八九）

はだすすき　穂に出づる秋の　萩の花　にほへるやどを（巻十七・三九五七　家持）

などのように、秋の野の実景を詠んだ歌のほかに、

①はだすすき穂には咲き出ぬ恋をわがする玉かぎるただ一目のみ見し人ゆゑに（巻十・二三一一）

②はだすすき穂にはな出でと思ひてある心は知らゆわれも寄りなむ（巻十六・三八〇〇）

③わぎもこに相坂山のはだすすき穂には咲き出でず恋ひわたるかも（巻十・二二八三）

などと、「穂に出づ」にかかる枕詞（①②）や序詞（③）として用いられている。

平安時代になると、「はた（だ）すすき」の語は見られず、専ら「はなすすき」が用いられるようになるが、その用法は基本的には『万葉集』と同じで、『古今集』でも、

人目もる我かはあやな花すすきなどか穂に出でて恋ひずしもあらむ（恋一・五四九　読人不知）

花すすき穂に出でて恋ひば名を惜しみ下ゆふ紐のむすぼほれつつ（恋三・六五三　小野春風）

花すすきわれこそ下に思ひしか穂に出でて人に結ばれにけり（恋五・七四八　藤原仲平）

など、「穂」と同音を含む「穂に出づ」「ほのか」などにかかる枕詞として用いられるとともに、穂が風に靡くさまをあたかも人を招く袖に見立てて、

まねくとてきつるかひなく花薄穂に出でて風のはかるなりけり（貫之集二三）

過ぎがてに野辺にきぬべし花薄これかれ招く袖と見ゆれば（躬恒集四六六）

などと詠まれるようになり、次第に多様化していく。

勝観の歌の「花薄」は前記の「花薄」の用法とは異なって、「穂に出づ」という表現を用いずに、「秋の盛りにな」るという措辞で「穂に出づ」ということを表そうとしている。ここで検討しておかなければならないのは、『集』の定家本には「花薄」の箇所が「篠薄」とあることである。「篠薄」の語は、『万葉集』（巻七・一一二一）に「しのすすき（細竹為酢寸）」とあるが、これは篠や薄と解する説が有力で、「篠薄」の確かな例とは言えない。

平安時代には『古今集』の墨滅歌のなかに「わぎもこに相坂山の篠すすき穂には出でずも恋ひわたるかな」（巻第十一）とあり、西本願寺本『宗于集』（二八）にもあるが、これは『万葉集』（巻十・二二八三）に「わぎもこに相坂山のはだすすき（皮為酢寸）穂には咲き出でず恋ひわたるかも」とある歌の異伝である。これと類似の例に『古今六帖』（三七一〇）の「めづらしき君が家なるしのすすき穂にいでて秋の過ぐらくをしも」という歌がある。この歌も『万葉集』（巻八・一六〇一）にある石川広成の歌の異伝で、『万葉集』には「はなすすき（波奈須為寸）」とある。これらの問題のある歌を用例とみることはできないが、古今集時代から「篠すすき」の語が流布していたことは否定できない。平安時代の用例をみると、

あふことをいざほに出でなん篠薄しのびはつべき物ならなくに（後撰・恋三・七二七。敦忠集一七）

秋風のやや吹く野辺のしのすすきほに出でぬ恋はくるしかりけり（古今六帖三七一三）

しのすすきほに出でずともゆく秋を招くといはばそよとこたへよ（古今六帖三七一四）

しのすすきしのびもあへぬ心にてけふは穂に出づる秋と知らなん（後拾遺・恋一・六一九　輔親）

などと詠まれている。これらの歌から篠薄の穂がでる時期を明確に知ることはできない。一方、花薄も、

めづらしき君が家なる花すすきほに出づる秋の過ぐらくをしも（万葉・巻八・一六〇一）

今よりは植ゑてだに見じはなすすきほに出づる秋はわびしかりけり（古今・秋上・二四二）

はなすすきほに出づることもなきものをまだき吹きぬる秋の風かな（後撰・恋四・八四〇）

などと詠まれていて、穂がでる時期を明確に知ることはできない。花薄にせよ、篠薄にせよ、秋の盛りに穂が出るのは自明のことと認識していたのかも知れないが、平安後期以後には、

(1)花すすきまだ露ふかしほにいでては眺めじと思ふ秋の盛りを（新古今・秋上・三四九　式子内親王）

たのまじな秋の盛りの花薄おもふ心は風によすとも（新千載・恋四・一五二三　藤原為家）

誰かこむ憂きは嵯峨野の花薄秋のさかりと人まねくとも（夫木抄四三九七　藤原為家）

(2)ひともるわがかよひぢのしのすすきいつとか待たむ秋の盛りを（新勅撰・恋二・七八二　藤原知家）
思ひいる心のうちのしのすすき秋の盛りをいつとまたまし（洞院摂政家百首・忍恋　藤原信実）
しのすすきほにいでやらぬ草むらに秋の盛りとおける露かな（新撰和歌六帖一九七八　藤原知家）
(3)たまくらにこよひぞむすぶ初尾花秋の盛りはいかがとおもへば（万代・秋上・八七八　藤原隆祐）
忍山すそののすすきいかばかり秋の盛りを思ひわぶらん（拾遺愚草四四〇）

など、勝観の歌をふまえて詠んだ歌がある。(1)の「花すすき」とある三首は『抄』、(2)の「しのすすき」とある三首は『集』に依っていると思われる。(3)の二首は、どちらの薄か分明でないが、勝観の歌を意識して詠んでいると思われる。

勝観の歌は、『一条摂政御集』にある、

しのぶればくるしやなぞと花薄いかなる野辺に穂には出づらん（一二）

という歌と措辞が似ている。「しのぶればくるしや」も勝観の歌の第一、二句も、現在の心境そのものを詠んだもので、格別のことはない。伊尹の歌では、態度を表に出せずに忍んでいる自身に「なぞや」と問い掛ける花薄の「穂に出づ」姿を羨望しているが、勝観も花薄のように「穂に出づ」ことを願望している。勝観の歌に即していえば、「花薄秋の盛りになりやしなまし」ということになる。

【作者】勝観法師　光孝源氏、公忠の子。生没年等未詳。兄弟に歌人の信明、信孝（歌人兼澄の父）、拾遺集の作者の観教、寛祐などがいる。このうち、勝観との関連で注目されるのは観教である。興福寺本『僧綱補任』によると、観教は永祚元年（九八九）九月十八日に法橋上人位に叙せられているが、その出自、経歴について「天台宗。延暦寺。勝観阿闍梨弟子。将軍信孝男」とあり、別に朱で「元蔵人所雑色。俗名信輔」という注記がある。天暦二年（九四八）十月に父の公忠が六十歳で亡くなったとき、観教は十五歳、嫡男の信明は三十九歳であった。この二人の年齢差があり過ぎるところから観教は「将軍信孝男」といわれたのであろう。このことから、『尊卑分脈』では観教の弟として出ている勝観、寛祐の二人は観教の兄ではなかろうか。十五歳で父と死別した信輔は官吏になろうとして、蔵人所の雑色になりはしたが、その後の道は開けずに村上朝の終りごろ、三十歳を過ぎたころに出家して、兄の勝観阿闍梨の弟子になったのだろう。このように考えると、勝観、寛祐の兄弟は公忠が亡くなった天暦二年末に仏門に入ったものと思はれる。『勅撰作者部類』には寛祐は法印とあり、勝観は法師とあるが、補訂として大僧都を加えているものもある。しかし、『和歌色葉』の「名誉歌仙」には「勝観法師　公忠弁息」「寛祐法師　同弟」と二人を並記しているが、僧官名は記されていない。定家本『拾遺和歌集』には人物に簡単な勘注が加えられているが、「勝観法師」「寛祐法師」に「公忠朝臣子」とあるのみであり、二人が法印や大僧都になったことは『僧綱補任』によっても確認できない。

【他出文献】◇後↓［補説］。

読人不知

253　よそに見て有りにしものを花薄《すゝき》ほのかに見てぞ人は恋しき

【校異】歌○よそに見て―よそにても（島）よそにても〈「ても」ノ右傍ニ朱デ「ノミ」トアル〉（貞）○有にし―ありこし〈「こ」ノ右傍ニ朱デ「に」トアル〉（貞）。

【拾遺集】恋二・七四二。

よそにてもありにし物を花すゝきほのかにみてそ人は恋しき

定恋二・七三二。

自分とは関係ないものと見てずっと過ごしてきたのに、ほのかにお逢いしてからはあの方がたまらなく恋しい。

【語釈】〇よそに見て―自分とは関係ないものと見て。『抄』の島本、貞和本、『集』の具世本、定家本などに「よそにても」とある。こちらは男女の関係がない間柄で、他人の関係での意。〇有りにしものを―「ありにし」はずっとその状態でいるの意。「ものを」は逆接の確定条件を表す。「かからでもありにしものを白雪のひと日もふればまさるわが恋」（拾遺・恋二・七二八）。〇花薄―前歌の［補説］に記したように、「穂」と同音をもつ「ほのか」「ほに出づ」にかかる枕詞。

【補説】第一句については「よそに見て」とあるのは『抄』の底本の独自本文で、『抄』の島本、貞和本、『集』の具世本、定家本などは「よそにても」とある。「よそにても」は血縁関係や男女の関係がない、無関係なさまをいう語であり、「よそに見て」は自身とは関わりがないと思って見ていることで、二人の関係が生ずる前の状態としては、「よそに見て」の方がふさわしい表現であろう。第三句以下は、ほのかに見た人を恋しく思うことを枕詞を用いて表現している。これと類似の表現形式を用いた歌に、

①山川の霞隔ててほのかにも見しばかりにや恋しかるらん（伊勢集四三六）
②山桜霞の間よりほのかにもみてし人こそ恋しかりけれ（古今・恋一・四七九、貫之集五四七）
③片岡の雪間にねざす若草のほのかにみてし人ぞ恋しき（新古今・恋一・一〇二二　曽禰好忠）
（注）『曽禰好忠集』（二二）には「片岡の雪間にきざす若草のはつかに見えし人ぞ恋しき」とある。
④つれづれの春日にまよふかげろふのかげ見しよりぞ人は恋しき（古今六帖八二七）

などがある。①では「山川の霞隔てて」が「ほのかに」を導く序詞で、②は二句までが序詞、③④も第三句までが序詞になっていて、①～④の四首は序詞を含む句によって導き出された語が、女を見た状態を表している。二

五三も、このような表現を承けて詠まれたものであるが、これらの歌と異なるのは、上句で二人の関係が生ずる前の情況が詠まれていることである。

254　あふことはか*たわれ月《づき》の雲がくれおぼろけにやは人は恋しき

よみ人しらず

あふ事はかたわれ月の雲かくれおほろけにやは人は恋しき

あなたに会うことは難しい。半月が雲に覆われておぼろに見えるように、いい加減な気持ちであなたを恋していたわけでなく、並々ならぬ気持ちで恋しているのだ。

定恋三・七八四。

【拾遺集】恋三・七九四。

【校異】歌○あふことは―あふことの（島）○人は恋しき―ひとの恋しき（島）人はこひしき〈「は」ノ右傍ニ「のィ」トアル〉（貞）。

【校訂注記】「かたわれ」ハ底本ニ「かたはれ」トアルノヲ島本、『集』ノ具世本・定家本ナドニヨッテ改メタ。

【語釈】○かたわれ月の雲がくれ―「かたはれ月」は別語。「かたわれ月」は半月を月が半分に割れたように見立てた語。半月。「かた」に難しい意の「難」を掛ける。半月が雲に覆われておぼろに見えるさまから、「おぼろけに」を導く序詞を形成している。○おぼろけに―（下に打消、反語などの否定的表現を伴って）ごく普通であるさま。いい加減であるさま。「五月雨のたそかれどきは月かげのおぼろけにやはわが人を待つ」（躬恒集九四）。

【補説】容易に会えない女への激しい恋慕の情を詠んでいる。この歌のように月の状態によって、恋する者の心情などを詠んでいる歌に、

①あふことをはつかに見えし月影のおぼろけにやはあはれともおもふ（新古今・恋四・一二五六　天暦御歌）

（注）『村上御集』（九五）は第二句「はるかに見えし」、第五句「あはれとはおもふ」。

②三日月のさやけくもあらず雲隠れ見まくぞほしきうたてこのごろ（人丸集二二四）

（注）『拾遺集』（恋三・七八三）は第二句「さやかに見えず」。

③秋の夜の月かも君は雲隠れしばしも見ねば君ぞ恋しき（人丸集一五六）

（注）『拾遺集』（恋三・七八五）は第五句「ここら恋しき」。

などがある。①は第二句の「はつかに」に二十日月（宵の間は月が出ず闇である）を掛けて、第二、第三句が「おぼろけ」を導く序詞になっていて、二五四の序詞と同じ働きをしている。②は第三句までが姿を見せないためになかなか見ることのできない恋人の比喩表現で、第四句を導く序詞になっている。③も第三句までは姿を見せない恋人を秋の月の雲隠れに喩えることを断定的に表現せずに「月かも」と軽く疑問を添えていったものである。二五四もこれらと同じ詠歌技法であるが、掛詞、序詞、反語表現などを用いて、より洗練された表現になっている。

255　あひ見ても有り・にしもの《物》をいつの間《ま》にならひて人の恋しかるらむ

【校異】ナシ。

【拾遺集】恋二・七二二。

あひみてもありにし物をいつのまにならひて人の恋しかるらむ　読人不知

定恋二・七一二。

互いに顔を会わさないでも、そのままの状態でいられたものを、いつの間にか顔を合わせることに慣れて、
あなたが恋しくなったのだろう。

【語釈】○あひ見でも―「あひ見る」については、「あひ」を①接頭語とみると、互いに顔をあわせる、対面するの意。②動詞「逢ふ」の連用形とみると、男女が出会う、契りを結ぶの意。ここは①で、顔を合わせることがなくてもの意。○有りにしものを―ずっと顔を合わせない状態でいられたものを。○ならひて―顔を合わせることに慣れて。

【補説】「あひ見る」をどのように解するかについて明確にしておく必要がある。『新大系』は「逢ひ見で」の本文で、「逢い見ることがなく」と解し、『和歌大系』は「あひ見で」の本文で、「逢わずともいられたのに」と解している。これでは「逢ひ見る」と「あひ見る」とでは違いがあるのかどうか明確でない。また、「逢い見ることがなく」と「逢わずともいられた」という訳の「逢う」は「会う」と同じか、どうかもはっきりしない。こうしたことについて語義を明確にしたうえで解釈した方が、誤解が生じないですむ。

辞典類にも曖昧なものがあるが、私見としては、［語釈］に記したように、「相《あひ》見る」は互いに顔を合わせる、対面するの意、「逢ひ見る」は男女が関係を結ぶの意に解することとするが、本文が仮名表記の場合が多く、どちらとみるかは、詞書や、一首全体から判断することになる。また、現代語訳では「逢う」には古典語の

ような厳密な違いはないが、誤解をされないように別の措辞を用いるようにする。
この歌は『集』の配列では、『抄』二五七の敦忠の後朝の歌の後にあり、「あふ」は一夜を共にする意に解することができるが、『抄』は顔を合わせる意であろう。

256

はじめて女《をんな》のもとにまかりて、又の朝に遣《つか》はしける　能宣

あふことを待《ま》ちし月日《つきひ》のほどよりも今日《けふ》の暮《くれ》こそ久《ひさ》しかりけれ

【校異】 **詞**○又の朝につかはしける―またのあしたに〈「に」ノ下ニ朱デ「ツカハシケル」トアル〉（貞）○能宣―大中臣能宣（島）。

【拾遺集】 恋二・七二四。

はじめて女のもとにまかりてまたのあしたにつかはしける　大中臣能宣

あふことを待し月ひのほとよりもけふの暮こそひさしかりけれ

定恋二・七一四。**詞**○またの―ナシ。○大中臣能宣―よしのふ。

はじめて女の許に出掛けて、翌朝に手紙を書いてやった

逢瀬を待ち続けてきた月日の間の長さよりも、あなたと一夜をともにできた翌朝に、夕暮になるのを待つ間の方が長く思われることだ。

【語釈】 ○又の朝―女の許に出掛けた翌日の朝、すなわち、女の許から帰って来た朝である。○遣はしける―後

朝の歌を詠んで遣った。○あふこと—男と女が対面する。詞書から、男は女と一夜をともに過した。○待ちし月日のほど—「ほど」は時間的な一定の範囲をいう。待ち続けてきた月日の間の長さ。○今日の暮—あなたに対面できた翌朝に、夕暮になるのを待つ間の長さ。二五〇参照。

【補説】 この歌は現存の『能宣集』にはなく、『抄』の撰者が何によって撰収したか明らかでない。『八代集抄』に「後朝也。ゆきみん暮を待わぶる心也」とあり、『新大系』にも「暮を待つや待つ宵は、暁の別れと共に後朝の歌の典型的な主題」であるという適切な指摘がある。

『抄』以前の歌では、『忠岑集』(時雨亭文庫蔵桝形本)に「躬恒、忠岑がかたみに思ひけることを問ひ答へける」(九六〜一四五)とある歌群中(一〇八、一〇九)に、

あはんとてまつゆふぐれとよをこめてゆくあか月といづれまされり　みつね

まつほどはたのみもふかしよをこめてゆくあか月のことはまされり　ただみね

という問答歌がある。この二首は時雨文庫蔵承空本『躬恒集』にも「忠峯、これひら、とひこたふ」(二一八〜二五五)とある歌群中(二四四、二四五)にもある。躬恒の歌の「よをこめてゆくあか月」は、まだ夜の明けないうちに男が女の家から帰っていくことで、躬恒は夕暮になる待ち遠しさと、暁の別れの名残惜しさの優劣を尋ねたのである。この問いに忠岑は暁の別れの方が切なく、こちらが優っていると答えている。これと同じ優劣論が『元良親王集』(一、二)にもある。監命婦のもとから帰ろうとして元良親王が、

くやくやと待つ夕暮といまはとて帰る朝といづれまされり

と詠むと、女は、

今はとて別るるよりも高砂のまつはまさりて苦してふなり

と応答したので、興あることと思って、他の女たちにも返歌を詠ませたことがみえる。『後撰集』（恋一・五一〇、五一一）には、元良親王の歌と、それに対する藤原かつみの、

夕暮はまつにもかかる白露のおくる朝や消えは果つらむ

という、『元良親王集』にない歌がある。

これらの優劣論議も、

有明のつれなく見えし別れより暁ばかり憂きものはなし（古今・恋三・六二五　忠岑）

暁のなからましかば白露のおきてわびしき別れせましや（後撰・恋四・八六二　貫之）

などと、暁の別れの「憂き」「わびしき」という情緒が詠まれて、おのずから優劣が決まったような状態になり、終息した。その一方で、二五六と同じように、今日の暮れを久しく感じている者もいた。『千載集』（恋三・七九七）には、後白河院が皇太后宮忻子に遣わした、次のような歌がある。

位の御時、皇太后宮初めて参り給へりける後朝につかはしける

よろづ世を契りそめつるしるしにはかつがつけふの暮ぞ久しき

これも後朝の歌で、永遠の愛を契った翌朝、今日の日暮を待つ時間の長く思われることを詠んでいる。

【作者】この歌は『抄』『集』とも、作者は能宣とある。しかし、当該歌は『能宣集』の諸本になく、『抄』の撰者が何を資料に撰収したか明らかでない。大中臣能宣→二一。

257　あひ見《み》ての後《のち》の心にくらぶれば昔《むかし》はものも思《おも》はざりけり

権中納言藤原敦忠

権中納言敦忠卿

あひみての後の心にくらふれはむかしは物を思はさりけり

あなたと一夜を過ごした後のいやまさる恋情に比べると、それ以前の物思いは、物思いをしたうちにはいらないものであったよ。

定恋二・七一〇。**詞**○権中納言敦忠卿―権中納言敦忠。**歌**○物を―物も。

【拾遺集】 恋二・七二〇。

【校異】 **歌**○むかしはものも―むかしはものを〈「を」ノ右傍ニ「もィ」トアル〉（貞）。

【語釈】 ○あひ見て―歌集における通則から前歌（二五六）の詞書「はじめて女のもとにまかりて、又の朝に遣はしける」は、この歌にも掛かることになる。このように考えると、これは後朝の歌で、「あひ見る」も相手と関係を結ぶ、契りを結ぶの意。○後の心―契りを結んだ後の恋情。○昔は―契りを結ぶ以前は。「はじめて女のもとにまかりて…」という詞書がなければ、「昔」のとらえ方も違ってくる。契沖（百人一首改観抄）は「昔はといへる所後朝の歌にはあるべからず」と言っているが、契沖には後朝の歌と認めない解釈（［補説］に記すような藤平氏の三通りの解釈の(二)に当る）が先にあって、このように言ったもので、的確な指摘とは言えない。○ものも思はざりけり―「ものも」は『抄』の貞和本、『集』の具世本には「ものを」とあるが、「ものも」が原形本文である。

【補説】 この歌は『抄』では明らかに後朝の歌といえるが、『集』には『抄』のような詞書がなく、「題しらず」の歌群（七〇八～七一三）の三首目にある。その位置は『抄』と同じ「はじめて女のもとにまかりて…」という詞書をもった能宣の歌（七一四）より前にある。この能宣の歌は後朝の歌であるので、詞書の有無だけで後朝の歌でないと断定はできない。この歌については『百人一首』の古注のなかには「逢不逢恋」の歌とみるものもあり、島津忠夫氏『百人一首』（角川文庫）には「この哥逢不逢恋といへる」という東山文庫蔵『百人一首註』の説が引かれている。この歌を後朝の歌とみるか、「逢不逢恋」の歌とみるかで、歌の解釈にも違いがあり、藤平春男氏は『鑑賞日本古典文学第7巻』（昭和五十年　角川書店）所収の『拾遺和歌集』において、敦忠の歌を取り上げて、解釈がいく通りかあるとして、

㈠初めて女のところに通った翌朝に贈った後朝の歌の心とする。
㈡関係を結ぶと、結ぶ以前には知らなかった複雑な心配が生じる。その悩みを言っているとする。
㈢第二とある程度同じだが、関係を結びながら、周囲の事情で逢えないと、逢う以前よりも切ない恋心を感じさせられる、その心を表しているとする。

など、三通りの解釈をあげ、『抄』は第一であるが、『集』は「題しらず」と改め、配列上も「逢不逢恋」として扱っているらしいので、第二か第三としていると思われるとして、『敦忠集』について検討され、西本願寺本『敦忠集』（敦忠集Ⅰ）には「御匣殿の別当にしびて通ふに、親聞きつけて制すと聞きて」という詞書で、「いかにしてかく思ふて（ふ）ことをだに人づてならで君に語らむ」（一四二）の次に並んで「あひみての」の歌があり、もともとは後朝の歌ではないようなので、本来は、前記の三つのうちでは第三の解が該当すると思われると述べている。しかし、西本願寺本によってのみ、このように結論を導くのは性急で、広く『敦忠集』の諸本を精査すべきであった。

　時雨亭文庫蔵『権中納言敦集』（冷泉家本については、すでに久曾神昇氏『西本願寺本三十六人集精成』に簡単ではあるが紹介されていた。また、明治四十三年に複製も刊行されている）は西本願寺本と同系統本であるが、冒頭部の十一首を欠き、西本願寺本の一二番から始まっている。西本願寺本と同じ詞書をもつ部分は、

　みくしげ殿のわたりにしのびてかよふに、おやきゝつけてせいすと

きゝて

いかにしてかく思ぞといふ事をだに人づてならで君にしらせむ（「しらせむ」ノ右傍ニ「かたらん」トアル）（一二八）

かりにくときくにこゝろの見えぬればわがたもとにはよせじとぞ思ふ（一二九）

あひみてのゝちのこゝろにくらぶればむかしはものをおもはざりけり（一三〇）

となっていて、「いかにして」の歌に西本願寺本一四五の別の詠歌事情をもつ歌が続いてあり、「あひみての」の歌は、それに続いて巻末にある。

また、容易に見ることができる『御所本敦忠集』（昭和四十六年複製刊）は一三一首からなり、西本願寺本一三一と同じ歌で終っていて、巻末には他本として十首の歌が付載されている。「いかにして」の歌は付載された十首の最後に、

みくしげどのゝべたうにいみじうしのびてかよふにおやいみじうせいすときゝしかばやりし

いかにしてかくおもふことありとだに人づてならできみにかたらむ

とあり、「あひみての」歌はない。

このような『敦忠集』の伝本の実態からは、藤平氏のように「いかにして」と「あひみての」の歌が並んで配列されていることから、「あひみての」の歌は、本来は第三の解が該当すると簡単には言えないようである。

この歌は公任の『三十六人撰』『深窓秘抄』（七〇）などにもみえ、『落書露顕』には、

あひみての後のつらさにくらぶれば昔は物を思はざりけん

是は、逢不遇恋の心なるべし。

とある。［語釈］で触れた契沖の解釈も「相見て後はいとゞ見まくほしさもまさり、…人はいかに思ふらん、契りし事のかはりやせまし。世の人はいかにいはむと、更に物思ふこゝろのいとまなければ」とあり、前掲㈡の複

雑な心配や悩みを取り上げている。

【作者】藤原敦忠　左大臣時平の男。母は在原棟梁の女か。延喜六年（九〇六）誕生。延喜二十一年従五位下、延長六年（九二八）従五位上、右衛門佐・左近権中将などを経て、承平五年（九三五）蔵人頭となり、天慶二年（九三九）一月従四位上に昇り、八月参議に任ぜらる。同五年三月従三位に叙せられ、中納言に任ぜられたが、翌六年三月七日、三十八歳で亡くなる。和歌・管絃に優れ（大鏡）、『大和物語』によると右近（『抄』四五一参照）、斎宮雅子内親王などと交渉があったという。三十六歌仙の一人。『後撰集』以下の勅撰集に三十首入集。家集に『敦忠集』がある。

【他出文献】◇三。◇深。◇古今六帖二五九八、第四句「むかしはものを」。

題不知　　読人も

258　あひ見てもなほ《を》なぐさまぬ心かな《哉》いくちよ寝《ね》てか恋のさむべき

【校異】詞○題不知―たいよみひとしらす（島）○読人も―読人不知（貞）。歌○恋の―恋は（島・貞）○さむへき―さむらし（島）さむへき〈「へき」ノ右傍ニ朱デ「ラム」トアル〉（貞）。

【拾遺集】恋二・七二六。

読人不知

あひみてもなをなくさまぬ心かないくちよねてかこひのさむへき

定恋二・七一六。詞○読人不知―つらゆき。

題知らず

契りを結んでも依然として私の心は満ちたりない。いったいどれほど多くの夜を共寝して、恋の思いはさめるのだろうか。

【語釈】○読人も―これと同じ作者名表記は二四一、三〇四などにもあり、三〇六の［作者］の項にまとめて記したので、参照されたい。○なほなぐさまぬ―「なぐさむ」は気分が晴れる、心がしずまる。依然として心が平静にならない。「相見ては恋なぐさむと人は言へど見て後にぞも恋ひまさりける」（万葉・十一・二五六七）。○いくちよ寝てか―「いくちよ」はどれくらい多くの夜。「幾千代」はどれくらい多くの年で意味は異なる。

【補説】この歌は［語釈］に引いた『万葉集』の歌と類想の歌であるが、『万葉集』の歌では「相見て」は厳密には互いに顔をあわせる意である。

二五八は「麗景殿女御荘子女王歌合」において、「会恋」の題で、左方の忠見の、

夢のごとなどか夜のみ君をみむ暮るる待つまもさだめなきよを

の歌に番えられて「勝」になっている。忠見の「夢のごと」の歌は『抄』二六四に撰収されている。この歌合の題に「会恋」とあり、『抄』では後朝の歌の後にあるので、「会不会恋」の歌ということになるが、次の二五九の歌と同じように、思慕の情の激しさを詠んだとみることができる。なお、「麗景殿女御荘子女王歌合」については問題があり、二六四の［補説］であらためて取り上げる。

【作者】『抄』には「読人不知」であるが、『集』の定家本では、暁の別れを詠んだ貫之の「暁の」の歌に続いて、作者名はなくあるので、通例ならば「貫之」の作ということになるが、『貫之集』にもなく、まして、「麗景殿女御荘子女王歌合」の歌であれば、貫之没後のことであり、作者は貫之ではない。ここは『抄』に「読人も（不知）」とあるのに従ってよい。

【他出文献】◇麗景殿女御荘子女王歌合。

259
我恋《こひ》はなほ《を》あひ見《み》てもなぐさまずいやまさりなる《成》心地《こゝち》のみして

【校異】歌○なをあひみても―あひみてもなを〈「あ」ノ前ニ補入ノ符号ガアッテ、右傍ニ「なをィ」トアリ、「なを」ニハ左傍ニ見セ消チノ符号ガアッテ「ィ」トアル〉（貞）。

【拾遺集】恋二・七二三。
我恋はなをあひみてもなくさますいやまさりなる心ちのみして
㊁恋二・七一三。

私の恋い慕う思いは契りを結んでも依然として心は満ちたりず、ますます思いはつのるばかりである。

【語釈】○なほあひ見ても―貞和本には［校異］に記したように「あひみてもなを」という本文に「なをあひみても」という「イ本」が校合されている。この貞和本の本文は前歌に「あひみてもなほなぐさまぬ」とある措辞と一致する。○いやまさりなる―「いやまさり」はいよいよ程度が激しくなること。ますます盛んになること。ここは恋慕の情がますますつのること。

【補説】この歌も前歌と同じく、契りを結んでも心は慰まず恋い慕う思いはいよいよ増すことを詠んでいる。これは「会不会恋」とは微妙な相違がある。このような恋の思いは『万葉集』にも、
葦辺より満ち来るしほのいやましにおもへか君が忘れかねつる（巻四・六一七）

みなとみに満ち来るしほのいやましに恋はあまれど忘らえぬかも（巻十二・三一五九）
あひみてばしましく恋はなぎむかとおもへどいよよ恋ひまさりけり（巻四・七五三）
あひみては恋ひ慰むと人はいへど見て後にぞも恋ひまさりける（巻十一・二五六七）

などと詠まれ、平安時代になると、

東路のさよの中山なかなかにあひみてのちぞわびしかりける（西本願寺本宗于集一）
あひ見ての後こそ恋はまさりけれつれなき人をいまはうらみじ（後拾遺・恋二・六七四　永源法師）
あひ見ての後つらからば世々をへてこれよりまさる恋にまどはん（二度本金葉・恋上・三九八　皇后宮式部）
あひ見ての後さへもののかなしくはなぐさめがたくなりぬべきかな（西本願寺本中務集一三五）

などと、「あひ見ての後」の心慰まぬ複雑なもの思いも詠まれている。

260　朝《あさ》寝《ね》髪《がみ》我はけづらじうつくしき人の手枕《たまくら》ふれてしもの《物》を　　人　丸

【校異】ナシ。

【拾遺集】恋四・八五九。　柿本人丸

朝ねかみわれ（「われ」ノ右傍ニ「ケサイ」トアル）はけつらしなつか（「なつか」ノ右傍ニ「ウツクイ」トアル）しき人のたまくらふれてし物を

[定]恋四・八四九。**詞**○詞書ナシ―題しらす。○柿本人丸―人麿。**歌**○なつかしき―うつくしき。

寝起きのままの乱れ髪をくしけずるまい。いとしい方の手枕が触れた髪なのだから。

【語釈】○朝寝髪―朝、起きたままの寝乱れた髪。寝起きのままの梳いてない髪。「ぬばたまの　よ床かたさり朝寝髪　掻きも梳らず　出でてこし…」（万葉・巻十八・四一〇一）。○うつくしき―『集』の具世本には「なつかしき」とあり、『万葉集』の本歌は「うるはしき」と訓むものが多いが、大野晋氏は『万葉集一』（日本古典文学大系）の四三八の補注において、ウツクシとウルハシの差異について、仮名書きのウツクシは「父母、妻子、夫婦、また恋人に対する愛情を表現している」。これに対してウルハシは「風光に対する形容として用いられ」、人については、「相手を儀礼的に賞揚する場合などに用い」、平安時代には「端麗なとか、儀式ばっているとか、外から見た印象を表現するようになり、ウツクシとは全く離れてしまう」といわれ、『万葉集』の「愛」という形容詞も、ウツクシとウルハシとに訓み分けることができるとして、［補説］にあげる二五七八の「愛」を「うつくしき」と訓んでいる。大野氏の見解は大筋において認められる。具世本の「なつかし」はなれ親しみたい気持ちを表し、心ひかれて離れがたい、寄り添っていたいの意。

【補説】この歌は『万葉集』（巻十一・二五七八）にある作者不詳の、

朝宿髪　吾者不梳　愛　君之手枕　触義之鬼尾

（朝寝髪われは梳らじうるはしき君が手枕触れてしものを）

とある歌の異伝である。平安時代には、この異伝歌と一部歌詞の異なる『抄』の歌が『人麿集』（八）、『古今六帖』（三二七五）などにもある。

この歌は『集』には柿本人丸の歌とあるが、歌は一夜を共にした後朝、男を送り出した女の感慨を詠んだものであろう。男と過ごした甘美な時間を、男の手が触れた髪の乱れを梳らないままとどめておこうという、女の切ないまでの思いが詠まれている。
「朝寝髪」という語を用いた歌は『万葉集』にはもう一首、
ぬばたまの　夜床片さり　朝寝髪　かきも梳らず　出でてこし　月日よみつつ　嘆くらむ（巻十八・四一〇一）
とある。この歌は「大伴宿祢家持依興作」と左注のある歌であるが、旅に出た男の帰りを待つ女の姿を詠んでいて、「朝寝髪かきも梳らず」という句は、すでに定型表現になっていたようである。
平安時代になると、「朝寝髪」を詠み込んでいるのはほとんどが男性歌人である。それらの歌は、
㈠寝起きの髪が枕などで撓んだようにくせがついている形状から、青柳の風に乱れる形容に用いている歌。
猿沢の池に波よる青柳は玉藻かづきし朝寝髪かも（清輔集三〇）
青柳のかづらき山の朝寝髪たがたわつけて春風ぞ吹く（壬二集一七九六）
㈡寝乱れたように老人の白髪が乱れている形容として用いた歌。
秋くれて露むすぼほる朝寝髪のこらず霜になりぬべきかな（入道右大臣集四五）
朝寝髪さこそは老いの乱るらめ鏡の影のかはるすぢにも（頼政集五六五）
などの特別なものを除くと、ほとんどが恋の歌である。その中で『抄』二六〇に依っている歌は、
朝寝髪たが手枕にたわつけてけさは形見とふりこして見る（二度本金葉・恋上・三五八　津守国基）
後朝恋
朝寝髪人のたまくらおきわかれ乱れてのちぞものはかなしき（壬二集一五〇一、洞院摂政家百首）
など、多くはない。また、女性の歌は平安時代には、
宮に修理の蔵人とてさぶらひし人の、台盤所にひとりありけるを、
それとらえよと行頼に仰せられければ、とらへて、さらにゆるさで、

その夜ふしぬるを、夜一夜いとほしと思ひふして、起きて行く程にいひける

ながかれよ朝寝の髪のするゐ結ぶちぎりとみればあはれなりけり（小大君集三〇）

久しくなりぬ、御ぐしまゐらんといふ、いらへはあやしや

いとどしく朝寝の髪は乱るれどつげのをぐしはささまうきかな（和泉式部続集五八二）

という二首があるに過ぎない。後者は『抄』の歌を踏まえていると思われる。

この他には、中世には康永二年（一三四三）「院六首歌合」で詠まれた、

夢かなほ乱れそめぬる朝寝髪またかきやらんするゐも知らねば（恋始・三十五番右）

という永福門院右衛門督という女性の歌があるのみである。

【作者】 この歌は女性の歌であるが、男性が女性の立場から詠んだともみられる。『万葉集』では作者不詳であるが、平安時代には人麿の歌とみられていたようで、『抄』『集』ともに人麿の作とあり、『人麿集』の諸本にもある。柿本人麿→九三。

【他出文献】 ◇万葉集→［補説］。◇古今六帖。◇人麿集。

261 かくばかり恋《こひ》しき物と知《し》らませばよそにぞ人を見《み》るべかりける

【校異】 歌○よそにそ―よそに（島・貞）○人をみるへかりける―みるへくありけるものを（島）みるへくありける物を〈「みるへく」ノ右傍ニ朱デ「モミツヽ」トアル〉（貞）。

【拾遺集】 恋三・八八四。

かくはかり恋しき物としらせはや（「せはや」ノ右傍ニ「マサハ」トアル）よそにもみえて（「みえて」ノ右傍ニ「ミルヘク」トアル）ありける物を

定恋三・八七四。歌○しらせはや―しらませは。○よそにもみえて―よそに見るへく。

これほどまでに恋をして悩むものだと判っていたらば、遠く離れてあなたは自分とは関係無いと思って見ていればよかった。

【語釈】○かくばかり恋しき物と―『八代集抄』には「逢てのち、かやうに恋しからんとしらば、あはであらん物をと也」とある。この部分を『和歌大系』も「(逢えないでいると)こんなにも恋しくなるものだと、もし判っていたら」と解している。この異伝歌のもとである『万葉集』の歌に依ると、これほどまでに恋をして悩むものだと判っていたならの意。○よそにぞ―「よそ」は離れた所。また、無関係なさま、男女の関係がないの意。遠く離れて、関係がない人と思って。

【補説】この歌は『万葉集』(巻十一・二三七二)に、

是量　恋物　知者　遠可見　有物

(かくばかり恋ひむものぞと知らませば遠くみるべくありけるものを)

とある歌の異伝である。この歌は『万葉集』では巻第十一の「正述心緒」二三六八から「問答」二五一六までの百四十九首の『柿本臣人麿之謌集』とあるなかにあり、平安時代の『人麿集』にも、

かくばかりこひしき我としらませばよそにもみべくありけるものを(散佚前西本願寺本『人麿集』、人麿集Ⅰ一九八)

かくばかりこひしきものとしらませばよそにぞみつゝ有けるものを(書陵部蔵『柿本集』、人麿集Ⅱ二九〇)

かくばかりこひしきものとしらま（「らま」ノ右傍ニ「れり」トアル）せばよる（「る」ノ右傍ニ「そ」トアル）にみるべくありけるものを(時雨

亭文庫蔵義空本『柿本人麿集』、人麿集Ⅲ五八二）
など、歌詞に異同はみられるがある。
この異伝歌を含む『柿本朝臣人麿之歌集』の冒頭歌（二三六八）は、
たらちねの母が手放れかくばかりすべなきことはいまだせなくに
とある。この歌の「母が手放れ」は「母の手を離れ一人前の女となって以来の意」（佐伯、藤森、石井校注『日本古典全書』）というように女の作とみられていて、この『柿本朝臣人麿之歌集』の歌はすべて男性の立場から詠まれた歌とは限らない。二三七二の歌も、男女いずれの歌かを決定できるものはない。この歌には諸注が指摘しているように、
かくばかり恋ひむものぞと思はねば妹が袂をまかぬ夜もありき（巻十一・二五四七）
かくばかり恋ひむものぞと知らませばその夜はゆたにあらましものを（巻十二・二八六七）
などの類歌があり、これらは男の歌であり、二三七三も男の歌と思われる。
【作者】『抄』の撰者は前歌に続けて、この歌も人麿の作とし、『集』も前歌と同じ人麿の作とする。『万葉集』では『柿本朝臣人麿之歌集』の歌とあり、『人麿集』の諸本にもある。これも人麿の作であるという確証はないが、『抄』の時代には人麿の歌と思われていた。柿本人麿→九三。
【他出文献】◇万葉集→［補説］。◇人麿集→［補説］。

読人不知

262　夢《ゆめ》をだにいかでかたみに見てしがなあはで寝《ぬ》る夜《よ》のなぐさめにせん

【校異】歌〇かたみに―たしかに〈「たしかに」ノ右傍ニ朱デ「カタミニィ」トアル〉（貞）。

【拾遺集】恋三・八一八。

ゆめをたにいかてかたみにみてしかなあはてぬるよのおもひ出（「おもひ出」ノ右傍ニ「ナクサメイ」トアル）にせむ

定恋三・八〇八。歌〇おもひ出―なくさめ。

せめて夢だけでも、何とかしてお互いに見たいものだ。会えないで寝る夜も夢の中に現われることで愛情を確かめることができて、心が平静になるだろう。

【語釈】〇夢をだに―下の「てしがな」と呼応して、最小限望ましい事柄であることを表す。せめて夢だけでも。〇かたみに―『八代集抄』に「かたみは形見也」とあり、『新大系』も「かたみ」に「形見」を当て、「逢瀬の思い出の品物。古今六帖では、恋歌の歌語（五・雑思）としている」と語注がある。これに対して『和歌大系』は「お互いに」の意に解している。当時、相手が自分のことを思ってくれると夢の中に現われるという俗信があったので、お互いが夢の中に現われることは互いに相手を思っていることになる。〇なぐさめにせん―お互いに夢の中に現われることで、お互いの思いが確認できて心が休まる。気持ちが平静になる。

【補説】現実には恋人に会えずに、心穏やかでない思いを、夢についての俗信によって晴らそうとする。この歌と類似の発想で詠まれた歌に、

夢をだに人のおもひにまかせなんみるは心のなぐさむものを（団家蔵伝坊門局筆本興風集三〇）

暮るる夜の夢をぞいまは頼みける人の契りもうつつならねば（続拾遺・恋三・九一二　藤原為行）

などがある。「夢をだに」という第一句には、現実についての消極的な姿勢と諦めが感じられるが、当事者はそのようには思っていなかったらしい。興風は夢とうつつについて、次のように詠んでいる。

あひみてもかひなかりけりむばたまのはかなき夢に劣るうつつは（団家蔵伝坊門局筆本興風集四三）この歌は「むばたまの闇のうつつはさだかなる夢にいくらもまさらざりけり」（古今・恋三・六四七）という歌を本歌として詠まれたもので、興風の真意ではないともとれるが、これが興風の歌であることも事実であり、うつつははかない夢におよばないという思いも興風の真意であろう。二六二の作者も興風と同じ思いであったのではなかろうか。

263　夢《ゆめ》よりもはかなき物はかげろふのほのかに見《み》えし影《かげ》にざりける

【校異】歌○かけにさりける―かけにそありける（島・貞）。

【拾遺集】恋二・七四三。
ゆめよりもはかなき物はかけろふのほのかにみえしかけにそありける

㊟恋二・七三三。

夢よりもはかないものは、陽炎のように、ほんのわずかに見たあの人の姿であった。

【語釈】○夢よりもはかなき物―夢がはかないものであると詠んだ歌は、「夢のごとはかなきものはなかりけりなにとて人にあふとみつらん」（後撰・恋三・七六五）など数多くある。○かげろふのほのかに見えし―「かげろふ」は空気が強い日光であたためられて密度にむらができ、そのために光が不規則に屈折してゆらゆら揺れて見える現象で晴れた春の日に多くみられる。歌では、春の景物として詠まれ、「かげろふの」の形で序詞的に

「燃ゆ」を導く言い方をする。また、ほのかに見えるものの実体がないので、「あるかなきか」「ほのかに」「ほのめく」などを導く序詞や喩えとしても用いられる。「かげろふのほのめきつれば夕暮の夢かとのみぞ身をたどりつる」（後撰・恋四・八五六）「たまさかにあひ見そめてはかげろふのほのかにとはた思はじものを」（古今六帖二五七七）。○ほのかに見えし影―「影」は相手の女の姿。

【補説】「夢よりもはかなき物」を詠んだ歌としては、忠岑の、

　夢よりもはかなきものは夏の夜の暁がたの別れなりけり（忠岑集一五九）

という歌があり、『後撰集』（夏・一七〇）にも撰ばれていた。これは短い夏の夜の暁の別れを詠んだ歌であるが、二六三は、『維摩経』方便品第二で、人の身のはかなさの喩えとしてあげた炎（類聚名義抄「カケロフ」）・夢・幻・泡・電（和名抄「以奈豆末」）などのなかで、炎と比較している。これと同じように、十喩の中で「夢よりもはかなき物」を取り上げて詠んだ歌は、平安時代にはなく、中世には「電」を詠んだ

　夢よりも猶はかなきは秋の田のほなみのつゆにやどるいなづま（続後撰・雑上・一〇六六　大納言道方）

という歌があるにすぎない。また、十喩には加えられていないが、はかないものとして周知の「露」を比較の対象とした歌は、

　夢よりもはかなき露の秋の夜にながきうらみや消え残りけむ（後堀河院民部卿典侍集四一）

という一首のみである。

「夢よりもはかなきものは」という表現形式を用いていないが、「夢」と「かげろふ」とを詠み込んだ歌に、

　かげろふのほのめきつれば夕暮の夢かとのみぞ身をたどりつる（後撰・恋四・八五六）

　おぼつかな夢かうつつかかげろふのほのめくよりもはかなかりしか（古今六帖二五九二）

などがあり、「かげろふ」は夢よりもはかないというのが当時の人の認識であった。

264
天暦御時歌合　　　　　　　　読人不知

夢《ゆめ》のごとなどか夜《よる》しも君を見《み》む暮《く》るゝ待つ間《ま》も定《さだ》めなき世《よ》に

【校異】詞○天暦御時歌合―天暦御時謌合に〈「に」ノ右傍ニ朱デ「或本無此詞」トアル〉（貞）。歌○さためなきよに―さためなきよを（島）さためなきよに〈「に」ノ右傍ニ朱デ「ヲ」トアル〉（貞）。

【拾遺集】恋二・七四四。
天暦御時歌合に
ゆめのことなとか夜しも君をみむくるゝまつまもさためなきよを
定恋二・七三四。詞○作者名ナシ―たゝみ。

村上天皇の御代の歌合の歌
夢のように、なぜ夜だけに限ってあなたにお会いできるのだろうか、（昼間でもお会いしたいのに）。逢瀬の日暮を待つ間にもどうなるか判らない無常な世の中なのに。

【語釈】○天暦御時歌合―「天暦御時」は村上天皇の御代。具体的には天暦十年（九五六）に催された「麗景殿女御歌合」。この歌合については［補説］に記すような問題がある。○夢のごと―夜にだけ対面することを、夜の例示として夢を用いて表現した。○などか夜しも君を見む―「君を」の「を」は格助詞「に」と同じ意を表す。どうして特に夜だけに限ってあなたにお会いできるのだろうかの意。「などか」は逢瀬は夜だけであることに疑問を投げ掛け、昼間でも対面したいという。○暮るる待つ間―『新大系』は『古今集』（哀傷・八三八）の貫之の「明日知らぬわが身と思へど暮れぬ間の今日は人こそ悲しかりけれ」という歌を引いて、「日暮までが今日という時間意識」というが、大意には「日が暮れるのを待つ間」とのみある。「暮るる待つ間」は逢瀬の時である日暮を待つ間の意。無常な世であるから、何時死ぬかも判らないことをいう。

【補説】この歌は、十巻本に「天暦十年三月比麗景殿女御御方闘歌」とある歌合の「会恋」の題で左方にあり、右方の「あひみてもなほなぐさまぬ心かないくちよねてか恋はさむらむ」という歌と番えられて負けになっている。『忠見集』（西本願寺本）には「麗景殿の歌合に、ひだりかたにて、霞を」（五九）とある歌をはじめとして、「あひてのこひ」（八一）まで、二十三首あり、歌仙家集本には「天暦十年三月廿九日、れいけい殿の女御（斎宮女御也）の歌合によめる、かすみ」（四六）から「あひての恋」（六八）まで二十三首ある。このうち、十巻本の証本にあるのは左方三首と右方一首の、計四首のみである。

『袋草紙』の「雑談」の「歌合事」には、

或物云、宇治殿下（頼通）被仰云、斎宮女御歌合ハ左右歌忠見一人読之云々。予見彼家集実也。左料右料共ニ読之。又同女御天暦十年歌合（号麗景殿女御歌合）、左歌ハ兼盛、右歌中務、各一人デ読之云々。

と、頼通の説を記し、清輔は『忠見集』をみて頼通の説を肯定し、麗景殿女御歌合は左は兼盛一人、右は中務一人が読んだものであると記している。この記事にいう、斎宮女御歌合と麗景殿女御歌合とを、同一の歌合とみる説と、別度のものとする両度説とがあり、萩谷朴氏（『平安朝歌合大成』）は後者である。両度説によると、二六四の「天暦御時歌合」はどちらの歌合を指しているのか、明確でない。

なお、この歌は西本願寺本『忠見集』（六九）に詞書を「あひてのこひ、いりてぢ」、第五句を「定めなきよを」としてあり、歌仙家集本『忠見集』（五七）には詞書を「あひてのこひ」、第五句は「定めなきよに」とあり、二六四と同じである。また、『新拾遺集』（恋三・一一六六）には、詞書は「恋歌中に」、第五句は「定めなき世を」とあって西本願寺本と同じである。

【作者】『抄』は「読人不知」、『集』の具世本は作者名はないが、前歌と同じとみると、配列位置から「読人不知」ということになる。一方、『集』の定家本は作者を「忠見」とする。『忠見集』などからも忠見の作と断定できる。壬生忠見→六六。

【他出文献】◇麗景殿女御荘子女王歌合→［補説］。◇忠見集→［補説］。

能宣

265　恋しきをなにゝつけてかなぐさめん夢《ゆめ》だに見《み》えず寝《ぬ》る夜《よ》なければ

【校異】ナシ。

【拾遺集】恋二・七四五。

大中臣能宣

こひしさをなにゝつけてかなくさま（「ま」ヲ見セ消チニシテ「め」トスル）む夢たにみえすぬる夜なけれは

定恋二・七三五。詞◯大中臣能宣―したかふ。歌◯こひしさを―こひしきを。

このたまらなく恋しく思う気持ちを、何にことよせて平静にできようか、あなたは夢にさえ見えない、物思いのために寝る夜もないので。

【語釈】◯恋しき―たまらなく恋しいと思う気持ち。◯なにゝつけてか―何にことよせて。◯なぐさめん―激しい感情を鎮める。気持ちを平静にする。◯夢だに見えず―『抄』『集』に異文はないが、『能宣集』『金玉集』には「夢にだに見ず」、「天徳四年内裏歌合」の十巻本は『抄』と同文、廿巻本は「夢にも見えず」とある。「だに」

はただそれだけと限定する意を表す。「夢だに見えず」は夢さえ見ることはできないの意で、「夢にだに見ず」は夢にさえも見ることはないの意で、微妙な違いがある。当時、相手が自分のことを思ってくれると夢の中に現われるという俗信があったので、「夢にだに見ず」という本文の方がよい。

【補説】この歌は「天徳四年内裏歌合」で、右方の中務の「君恋ふる心はそらに天の原かひなくて経る月日なりけり」という歌と番えられて「勝」になっている。

この歌と発想、表現などが類似している『抄』以前の歌には、

夢をだに人の思ひにまかせなむみるは心のなぐさむものを（興風集三〇）

夢にだにみることぞなき年をへて心のどかにぬる夜なければ（後撰・恋一・五三八）

夢にだにつれなき人の面影を頼みもはてじ心くだくに（忠岑集五三）

などがあり、これらの歌が能宣の歌に何らかの影響を与えているとも思われる。

【作者】この歌の作者は『抄』と『集』の具世本に「能宣」とあるが、『集』の定家本のみに「順」とある。しかし、「天徳四年内裏歌合」に能宣の作とあり、『能宣集』にもあるので、能宣の作とみて誤りない。彰考館文庫蔵『金玉集』（六九）などには作者を「源順」とする。定家本は公任の『金玉集』によって、作者を「順」としたものと思われる。大中臣能宣→二一。

【他出文献】◇天徳四年内裏歌合、恋、十七番左、第四句「ゆめにもみえず」。◇能宣集（三三〇）、第四句「ゆめにだにみえず」。◇彰考館文庫蔵『金玉集』、第四、第五句「ぬる夜なければ夢にだに見ず」。

読人不知

266　うつゝにも夢《ゆめ》にも人に夜《よる》しあへば暮《く》れ行くばかりうれしきはなし

【貞和本原状】詞書ノ位置ニ朱デ「亭子院哥合」、作者名の位置ニ「ミツネ　或本読人不知」ト書入レガアル。

【校異】ナシ。

【拾遺集】恋二・七三五。

読人不知

うつゝにもゆめにも人の（「の」ヲ見セ消チニシテ「に」トアル）よるしあへは暮ゆくはかりうれしきはなし

定恋二・七二五。

目が覚めているときも夢のなかでも、恋しい人に夜には会えるので、日が暮れていくほど、うれしいことはない。

【語釈】○うつつ―（夢・死などに対して）目に見えて存在する状態。目が覚めている状態。現実。○人―恋い慕っている人。○暮れ行くばかりうれしきはなし―日が暮れて行くほど、うれしいことはない。夕暮れは逢瀬の時であり、現実に会えなくとも夜には夢のなかでも会えるのでうれしく思う。

【補説】この歌は貞和本の朱筆書入れにあるように、「亭子院歌合」（二十巻本）には「恋」の題で右方の、

玉藻刈る海人とはなしに夜とともにわが衣手の乾く時なき

の歌に番えられて負けになっている。また、歌仙家集本『躬恒集』（躬恒集Ⅴ八八）には「おなじ院の歌合の、左方にてよめる」と詞書のある歌群中に、本文に異同なくある。

この歌で作者の心情を表しているのは、「暮れ行くばかりうれしきはなし」の句である。『万葉集』（巻十二・二九二二）にも、これと類似の表現をもつ、

夕さらば君にあはむと思へこそ日の暮るらくもうれしかりけれ

という歌があるが、この歌では「こそ…うれしかりけれ」という係り結びを逆接の条件句として、「しかし、あなたは来なかった」という、下に続く句が省略されている。「日が暮れていくのがうれしかったのに」と恋人が来ないで一人過ごした夜のやるせなさ、怨みを訴えている。結果的には期待を裏切られたが、日の暮れ行くのをうれしく思う心情に変りない。『抄』『集』に撰収された歌のなかにも、

いつしかと暮れを待つ間の大空は曇るさへこそうれしかりけれ（『抄』・恋上・二五〇）

暁の別れの道を思はずは暮れゆく空はうれしからまし（『集』・恋二・七二六）

など、日暮をうれしく思う心情が詠まれている。

【作者】『抄』『集』ともに「読人不知」とあるが、「亭子院歌合」に作者は躬恒とあり、歌仙家集本『躬恒集』にもあるので、作者は躬恒であろう。凡河内躬恒→五。

【他出文献】◇亭子院歌合。◇躬恒集→［補説］。◇古今六帖二一四二。

267　題不知　藤原有時

逢《あ》ふことのなげきのもとを尋《たづ》ぬればひとりねよりぞおひ《い》はじめける

【校異】歌○おい—をひ（貞）。

【拾遺集】恋五、九六二。

あふことのなけきのもとをたつぬれはひとりねよりそおいはしめける

（注）具世本ニハ作者名ハナク、「抄藤原有時」トイウ細字書入レガアル。

定恋五・九五二。詞○作者名ナシ―藤原有時。

題知らず

逢うことがない歎きの原因を探ってみたところ、それは独り寝をすることから始まったのだった。

【語釈】○逢ふことのなげき―「なげき」の「な」に「無し」の語幹の「無」を掛け、逢うことの無い歎きの意。また、「なげき」の「き」に「もと」「ね」「生ふ」などの縁語の「木」を掛ける。○もと―原因の意の「もと」に、「木のもと」の「もと」を掛ける。○ひとりね―寝る意の「ね」に「木」の縁語の「根」を掛ける。○おひはじめける―底本・島本に「おい」、貞和本「をひ」、『集』の具世本・定家本は「おい」。「おい」は年をとる意の「老ゆ」の連用形、「おひ」は生育する意の「おふ」の連用形である。『抄』『集』とも「おい」が優勢であるが、「老ゆ」では意味が通じず、「おひ」とあるべきところである。「おふ」は生ずる、成長する。

【補説】この歌の作者である有時の歌は『集』には二首入集していて、もう一首は、

投げ木こる山地は人もしらなくにわが心のみ常にゆくらん（恋五・九七〇）

という歌である。この歌は『貫之集』の諸本にも、次のようにある。

①なげきこる山路は人もしらなくに我心のみつねに行らん（歌仙家集本系、貫之集Ⅰ五五〇）

②なげきこる山ぢは人もしらなくにわがこころのみつねにゆくらむ（西本願寺本系三八六）

③なげきこる山ぢはひともしらなくにわがこころのみつねにこゆらむ（時雨亭文庫蔵承空本八〇三）

③の承空本のみが第五句に小異があるほかは、『集』の有時の歌と一致する。それでは、この歌の作者はだれで

あろうか、『貫之集』の諸注には、

㈠萩谷朴氏『土佐日記・紀貫之全集』（日本古典全書）には「なげき樵る」の歌の頭注に、「拾遺集巻十五、有時。不詳だが、暫く貫之作から除外する」とある。

㈡木村正中氏『土佐日記　貫之集』（新潮日本古典集成）には五五一の頭注に、「『拾遺集』恋五に見え、作者を藤原有時とする。貫之が代作したのかもしれない」とある。

㈢田中喜美春氏『貫之集』（和歌文学大系）には、五五〇の脚注に、「逢ふことの」の歌（拾遺・恋五・九五二藤原有時）があるため「本来貫之の作であるこの歌が有時歌とされたか」とある。

などとある。このうち㈠は有時の作でないと断定できないという消極的な理由から貫之作を保留にし、㈢は有時に類似の語句を用いた歌があったという偶然的な理由から、有時の作とされたのではないかという。これらに対して㈡の貫之代作説は有時との関係に留意されていて、注目される。

歌仙家集本『貫之集』（七二六）には、

　陸奥守藤原有時がむまのはなむけ、宰相の中将のし給ふに、よめる

見てだにもあかぬ心にたまぼこのみちのおくまで人の行くかな

とあり、「藤原有時」という人物が登場する。貫之代作説が成立するには、この詞書の「藤原有時」と二六七の作者の「藤原有時」とは同一人物であることを確認しなければならない。『抄』『集』の作者の有時については、『勅撰作者部類』には「有時五位左馬介。左少将藤原恒興男」とあり、「あふことの」の歌の作者の藤原有時に、定家本には「左馬助左少将恒興子」という勘物がある。これらによれば、有時は左少将藤原恒興の子で、最終官職は「五位左馬介」であった。

また、前掲の歌仙家集本（七二六）の詞書が史実を正確に伝えているか疑わしい。「見てだにも」の歌の詞書は西本願寺本、時雨亭文庫蔵承空本には、次のようにある。

(イ)みちのくの将軍ありときが馬のはなむけ、宰相中将のしたまふ日よめる（西本願寺本五七二）
(ロ)道のくにのさうく藤原のありときかむすめのはなむけ、宰相中将のし給かよめる（承空本六三八）

これらには藤原有時は「みちのくの将軍」、すなわち、鎮守府将軍とある。ここにおいて注目されることは、これら二系統本でも餞の宴を催している人物は「宰相中将」とある。貫之生存中に宰相中将であった人物としては、

兼輔　延喜二十一年正月〜延長五年正月
実頼　承平元年三月〜承平三年五月
師輔　承平五年三月〜天慶元年六月
敦忠　天慶二年八月〜天慶五年三月

などがいた。このうち、貫之との関係からは兼輔、師輔の二人が想定されるが、兼輔のころに有時が陸奥守、またはは鎮守府将軍に任命されるような地位にいたであろうか。

『延喜式』（民部上）によると、陸奥国は「大国」とされ、『職原鈔』には「大国」は「守権。相当従五位上」とあり、従五位上の者が任命された。また、鎮守府将軍については、

鎮守府　将軍一人相当従五位上。
古来尤為重寄。非武略之器者不当其仁。…中古以来、為陸奥守者多兼鎮府。不可必然事歟。守者宜擇吏幹之才。将者須用藩鎮之器故也。

とあり、鎮守府将軍は陸奥守と同等の官位であり、守とは違って「藩鎮之器」であることが望まれた。このことを考慮すると、兼輔が宰相中将であったころのこととは思われない。貫之との関係から「宰相中将」は師輔であるとみられる。［作者］の項に記すように師輔の『九暦』には有時のことがみえ、師輔とは密接な関係にあったとも思われる。しかし、このころの有時のことは史料に全くみられず、真偽のほどを確かめることはできない。

結局、『貫之集』諸本から知りうることは、有時の陸奥下向に際して、師輔が餞の宴を催し、貫之が歌を詠ん

だということである。このように貫之と有時とは直接的な関係にないので、前掲の「なげ木こる」の歌の作者についての『貫之集』の諸注の説明も㈠㈡は否定される。㈢については偶然的な理由ではなく、有時の歌が詠まれるうえで、因果関係があったように思われる。有時は貫之の「なげ木こる」の歌を承知していたことは明らかで、自身が「なげきのもと」と詠んだときに、貫之の「なげ木こる」の歌が脳裏をかすめ、「なげき」に「なげ木」を掛け、「もと」「根」「生ふ」などの縁語を用いて一首を構成しようとしたのであろう。あるいは、第三者が有時の詠歌過程を、前述のように推定したとも考えられる。このように「なげ木」の語は一首が詠まれるうえで重要な役割を果たしていたことから、後世、「なげ木こる」の歌の作者を有時とする言い伝えが生まれたのであろう。

【作者】 藤原有時　父は藤原恒興、母は未詳。生没年未詳。父恒興の最終官職は「左少将」（勅撰作者部類）、「左近将監」（尊卑分脈）などとあるが、いずれも正確でない。恒興は元慶三年（八七九）正月七日に従五位下に叙せられたが、このときには右近将監になっていた。その後、元慶六年六月二十六日に相撲司を任ぜられたときには従五位下右馬助で、同八年五月二十九日には左兵衛権佐となり、仁和三年（八八七）正月七日に従五位上に任ぜられた。現在知ることができる恒興の最高官位は従五位上左兵衛権佐である。有時は恒興の晩年の子であったようで、仁和元年ごろの誕生と思われる。

有時の名が史料に最初に出てくるのは『貞信公記抄』延喜十三年（九一三）六月二十一日の条に「霹靂亭子院、藤原有時従者童死」とある記事である（有時推定年令三十歳頃）。この日、宇多上皇の御所の亭子院に落雷があり、有時の従者の童が亡くなっているが、この事から、当日、有時は宇多上皇の御所に伺候していたことが知られる。これに次ぐ史料は、延喜十七年三月六日に常寧殿で行なわれた花宴のことを記した『醍醐天皇御記』（河海抄所引）で、そこには「蔵人所藤原有時吹篳篥」とあるが、蔵人所での官職などは明らかでない。これより前に行なわれたと推測される「保明親王帯刀陣歌合」に出詠した者のなかに「藤原のありとき」の名がみえるが、保明親王の帯刀舎人であったかは不明である。延喜十七年以後、有時の動静は明らかでなく、『九条殿記』の天慶七年（九四四）五月五日の節会の記事中に「左馬助藤原有時朝臣騎馬在官馬前」とあり、九月十四日の信濃諸牧駒牽には「今日御馬迎助有時朝臣也。而依有上卿之勘事、…」とあり、このころ左馬助であった（推定年令六十歳）。この後、天暦四年（九五〇）十月八日の残菊宴には「楽前大夫左馬助有時」、同五年十月二十六日の憲平親王（後の冷泉帝）御魚味始の記事中にも有時の名前がみえる（推定年令六十七歳）。『尊卑分脈』には位階は従五位上まで昇ったとあるが、これを史料によって確認できない。ちなみに左馬助は正六位相当官である。武蔵守、鎮守府将軍であったかも定かでない。管絃を能くし、歌は『拾遺集』に二首入集、他に「保明親王帯刀陣歌合」に一首あるのみ。

【他出文献】◇貫之集↓［補説］。

268

入道摂政のまかりたりけるに、門《かど》をおそく開《あ》け侍《はべ》りければ、立《た》ちわづらひぬと言《い》ひ入《い》れて侍りけるに　右大将道綱母

嘆《なげ》きつつひとり寝《ぬ》る夜《よ》のあくる間《ま》はいかに久《ひさ》しきものとかは知《し》る

【校異】詞○侍けるに―侍ければ（貞）○右大将道綱母―右大将道綱（島）。歌○ひさしき―さひしき〈「さひ」ノ右傍ニ朱デ「ヒサイ」トアル〉（貞）。

【拾遺集】恋四・九一二。

入道摂政のまかりて侍けれとかとおそくあけゝれはまちわひぬと侍りけるを　大納言道綱母

なけきつゝひとりぬる夜のあくるまはいかに久しき物とかはしる

定恋四・九一二。**詞**○摂政の―摂政。○まかりて侍けれと―まかりたりけるに。○かと―かとを。○まちわひぬ―たちわつらひぬ。○侍りけるを―いひいれて侍けれは。○大納言道綱母―右大将道綱母。

兼家が退出して来たときに、門をいつまでも開けなかったところ、立ち続けて待ちくたびれたと、門外から取り次ぐ者に言わせたので

嘆きながらひとり寝する夜が明けるまでの間が、どれほど長いものか、お分かりになりましたか。門を開けるのが遅くて、あなたは待ちくたびれたとおっしゃいますが。

【語釈】○入道摂政―藤原兼家。寛和二年（九八六）六月二十四日摂政、永祚二年（九九〇）五月五日摂政太政大臣を辞し、同八日に病によって入道。一四八［語釈］参照。○まかりたりける―「まかる」は尊貴の所から他所に行く意の謙譲語。退出する。○立ちわづらひぬ―門が開くのを立ち続けて待って疲れた。立ちくたびれた。○言ひ入れて―門の外から下部に取り次がせた。

【補説】『蜻蛉日記』によると、道綱母と兼家との結婚は天暦八年（九五四）秋のことで、それから一年後の天暦九年十月すぎに、この歌は詠まれている。その詠歌事情について、日記には、

二三日ばかりありて、あかつきがたに門をたたく時あり。さなめりと思ふに、憂くて開けさせねば、例の家とおぼしきところにものしたり。つとめてなほもあらじと思ひて、

なげきつつひとりぬる夜のあくるまはいかに久しきものとかは知る

と、例よりはひきつくろひて書きて、移ろひたる菊にさしたり。

とある。『百首異見』には、

此門たたき給へる事をつひに明ずしてかへしまゐらせて、明るあしたにこなたよりよみてつかはせしやうに書るはひが事なり。ひとりぬるよの明る間はといひ、いかに久しきといへるは、門あくるあひだの遅きを、侘給ひしにくらべたる也。つひに明ずしてやみたらんには、何にあたりてか、明るまはとも、久しきともよみ出べき。

とあり、『抄』『集』の方が正しい詠歌事情を伝えているとみている。

「あくる間は」の「あく」は『抄』『集』によれば、独り寝した夜が明ける意と門が開く意とを掛け、夜が明けるまでと戸が開くまでの、時間の長短を対照的に表しているが、『蜻蛉日記』では門を「開けさせねば」とあるので、掛詞にはならないが、かえって、切実な嘆きを訴えたものになっている。

【作者】 藤原道綱母→六四。

【他出文献】 ◇蜻蛉日記→［補説］。◇前。

題不知　　　　読人不知

269　たたくとて宿《やど》の妻戸《つまど》を開《あ》けたれば人もこずゑの水鶏《くひな》なりけり

【校異】 詞○題不知―たいよみひとしらす（島）。

【拾遺集】 恋三・八三三。

たゝくとてやとのつまとをあけたれは人も梢の水鶏なりけり

定恋三・八二二。

題知らず

待っていた恋人が戸をたたくのかと思って妻戸を開けたところ、訪ねて来た恋人の姿はなく、梢で水鶏が鳴いていた。

【語釈】○たたくとて―水鶏の鳴き声を、来訪を約束していた恋人がきて、戸をたたいているのかと思った。○妻戸―出入り口の両開きの板戸。○こずゑ―梢の「こず」に「来ず」を掛ける。○水鶏―クイナ科の鳥の総称。歌に詠まれているのは、ヒクイナ（ナツクイナ）で、鳴き声が戸をたたく音に似ているところから、鳴くことを「たたく」という。

【補説】「水鶏」は『日本書紀』皇極元年に「以国勝吉士水鶏可使於百済。水鶏、此云倶毗那」とあるのが最古例であるが、『万葉集』には詠まれていない。平安時代になると『和名抄』『類聚名義抄』などをはじめ、散文作品では『蜻蛉日記』（中巻・天禄二年六月）に「水鶏はそこと思ふまでたたく」とあり、この頃すでに水鶏の鳴くことを「たたく」といっていた。水鶏を詠んだ歌で詠歌年時のおおよそのところが知られるのは、次の歌である。

(1)「花山法皇東院歌合」に二首あるが、この歌合は正暦年間に催されたという（萩谷朴氏『平安朝歌合大成二』）。

(2)『仲文集』の水鶏を詠み込んだ贈答歌（五一・五二）は『国用集』に当る部分にあり、国用は三五五の「補説」に記すように、正暦元年（九九〇）末まで陸奥守で、秩満後まもなく没したと思われるので、どんなに遅くとも、正暦元年以前の詠作である。

このことから、正暦ごろには水鶏を詠むことは珍しくなくなったが、円融・花山朝ごろにはあまり多くは詠まれなかったようで、このころ成立した『古今六帖』には「第六　鳥」に、

くひなだにたたけば明くる夏の夜を心短き人やかへりし（四四九三）

という歌があるにすぎない。一条朝になると、水鶏を詠んだ歌が多くなる。このころ水鶏を詠んだ歌人は和泉式

部、紫式部、大斎院選子内親王、斎院女房進、同宰相、賀茂保憲女などで、水鶏は女性歌人たちによって歌の世界に広められたといってよい。これら歌人たちの歌をみると、

①夏の夜は月みるほどもなきものをあけよとたたくくひななりけり（大斎院前御集一七〇　宰相）
②やすらひて見るほどもなき五月夜をなにをあかずとたたく水鶏ぞ（大斎院前御集一七一　選子内親王）
③まきの戸もささでやすらふ月影になにをあかずとたたく水鶏ぞ（紫式部集七三）
④水鶏だにたたく音せばまきの戸を心やりにもあけてみてまし（榊原本和泉式部集七九八）
⑤人待てばたたく水鶏をそれかとてはかなくあくる夏の夜ぞうき（賀茂保憲女集四六）

などとあり、時間的には夏の夜で、戸をたたく音に似た水鶏の鳴き声から、戸を開ける「開く」に同音の「明く」を掛けている。とくに④⑤は恋人の来訪を待ち続けたものの期待を裏切られた歌である。

後朱雀朝ころになると、水鶏は男性歌人にも詠まれるようになる。その早い時期のものに、

⑥たたくともしばし閉じなむ天の戸はあくれば隠る水鶏なりけり（故侍中左金吾家集一〇）

　　天王寺阿闍梨、こんといひてみえざりしかば

⑦よもすがらたたく水鶏の声ごとにこむと頼めし君かとぞとふ

返し

⑧うちたたく水鶏をあやなわれとてや天の岩戸にしめをかくらん（明王院旧蔵本定頼集二九二、二九三）

などがある。このうち⑦の定頼の歌は前記の女性歌人などと同じ詠み口であるが、⑥頼実と⑧天王寺阿闍梨の歌には、今までに無かった「天の戸」「天の岩戸」などが取り合せて詠まれている。これは後にふれるように平安末期の女性歌人に受け継がれることになる。

院政期以降には、水鶏を詠み込んだ男性歌人の歌が多くみられるようになるが、次に掲げるように、そのほとんどは歌会における題詠歌である。

くひなをば鳴くをたたくと聞きなしてわれをばとはでそらをたづぬる（散木奇歌集一一七二、寄水鶏恋）

夏くればいく夜くひなにはかられて竹のあみ戸をあけてとふらん（散木奇歌集三五三、暁水鶏）

くひなぞと人は聞けとて忍び妻たたきもすらんとはずしもあらじ（林葉和歌集七六五、寄水鶏恋）

くひなとは思ひもあへずあけにけり人待つやどの夜半の戸ざしは（頼政集一六〇、水鶏）

月影のさすほどもなき夏の夜をいかにあけよとたたく水鶏ぞ（教長集二五四、月夜水鶏）

しのび来てまれにも妹やたたくとてさのみ水鶏にはからるるかな（教長集二五六、連夜水鶏）

これらの歌は恋の歌で、水鶏の鳴き声を待ち人が来て戸をたたく音に聞きなしている。

このころ水鶏を詠んだ女性歌人として、郁芳門院安芸（二首）、肥後（二首）、二条院讃岐（一首）、小侍従（一首）などがいるが、その歌をみると、

天の戸もたたくくひなや聞ゆらむいそぎぞあくる夏のしののめ（郁芳門院安芸集一二）

夏の夜は天の岩戸のあくるまでたたくくひなにいやはねらるる（肥後集七八）

夜もすがらたたくくひなにおどろきてあけぬとみゆる天の岩かど（小侍従集三九）

などと、天の岩戸を取り合せて詠んでいる。これは平安時代の男性歌人でも、頼実や天王寺阿闍梨などの歌にみられた詠み口で、このように稀にしかみられない「天の岩戸」を取り合せた歌を、前記の女性歌人三人が詠んでいることは注目される。

「水鶏」を詠んだ歌の移り変りをみてきたが、二六九では水鶏の鳴き声が戸をたたく音にきこえることが前提になっている。これは一条朝に水鶏を詠んだ女性歌人の詠み口と同じであるが、二六九には、それらに無かった新たな工夫がみられる。それは掛詞を巧妙に用いた「人もこずゑの水鶏」という表現である。この表現技法は、後の歌人たちから注目され、模倣されて、

かきたえて人もこずゑの歎きこそはてはあはでの杜となりけれ（新千載・恋五・一五四八　紫式部）

もてはやす人もこずゑの山桜ひとりをりてや今日をくらさん（肥後集二二）
契りおきし人もこずゑの木の間よりたのめぬ月の影ぞもりくる（二度本金葉・恋下・四七〇　摂政家堀河）
山里の人もこずゑの松がうれにあはれに来居る時鳥かな（山家集一四四八）
うつろひし心のはなに春くれて人もこずゑに秋風ぞ吹く（秋篠月清集四七四）
咲かぬ間は人もこずゑのさびしさに花をのみ待つ柴の庵かは（玄玉・草樹歌上・五四三　権律師定範）

などと詠まれている。また、大僧正行尊には、

神山といふ所にて、くひなにたたきおこされて
柴の戸をたたくと思ひておきたれば人もこずえの水鶏なりけり（書陵部蔵行尊大僧正集異本、行尊集Ⅱ一〇六）

という歌がある。この歌は二六九の歌と比べると、

①下句は両者は完全に一致している。
②「柴の戸をたたくと思ひて」という第一、二句も、二六九の「たたくとて宿の妻戸を」という語順を変えただけである。
③唯一の相違点は第三句が「おきたれば」とあるところである。これも『夫木抄』（三一八三）にある歌には「あけたれば」とあり、二六九の第三句と一致する。これまでにみてきた水鶏の歌でも、戸をたたく音に似た水鶏の鳴き声から、戸を「開く」または同音の「明く」を掛けて詠んでいて、「おきたれば」よりも「あけたれば」の方が自然な詠み口である。「おきたれば」では詞書の「たたきおこされて」と重複して冗長な表現となる。

このような事から、行尊の歌は二六九を換骨奪胎したものであると言える。換言すれば、それほどまでに二六九は後世の人々から関心を持たれた歌であった。

270　衣だになかに有りしはうとかりきあはぬ夜《よ》をさへへだてつるかな

【校異】ナシ。

【拾遺集】恋三・八〇八。

題不知　　　　柿本人丸（「丸」ノ右傍ニ「読人不知イ」トアル）

ころもたになかにありしはうとかりきあはぬ夜をさへ隔つるかな

〔定〕恋三・七九八。**詞**〇柿本人丸―よみ人しらず。

衣でさえも二人が共寝をするときに間にあるのは、親密でなく思われたのに、いまでは逢わない夜までが二人の間を遠ざけ妨げることになった。

【語釈】〇衣だになかに有りしは―「だに」はただそれだけと限定する意を表す。「衣」は身体を覆う夜着。「ころもだにへだてし宵はうらみしに簾のうちの声ぞかなしき」（中務集一九二）。〇うとかりき―親密でなかった。疎遠に思われた。〇あはぬ夜をさへへだてつるかな―逢わない夜をさえも二人の間を疎み遠ざけることになった。男女の間を遠ざけ妨げる。

【補説】共寝をするときに二人の間にある衣さえもどかしく思っていた仲が、今では逢わない夜までが二人の間を遠ざけ妨げることになったと、時の経過による愛情の変化を詠んでいる。

「衣だになかに有り」という表現について、『新大系』には「源氏物語に数例見られる「中の衣」と関連するか」とある。「中の衣」の語は『源氏物語』に、

つつむめる名やもり出でん引きかはしかくほころぶる中の衣に（紅葉賀）

かたみにぞかふべかりける逢ふことの日数へだてん中の衣を（明石）
いろいろに身のうきほどの知らるるはいかに染めける中の衣ぞ（乙女）
みなれぬる中の衣とたのみしをかばかりにてやかけ離れなむ（宿木）

などとある。これらの「中の衣」は明石の歌は二人の仲を隔てるものであるが、他は親しい二人の仲の例示、比喩である。このような「中の衣」とはどのようなものであろうか。『日本国語大辞典』には、

⑴直衣の下、単衣の上に着る衣服。
⑵共寝をするときの夜着。

とある。⑴は『源氏物語』の諸注にも「直衣の下、単衣の上に着る中着」とある。これは直衣装束を念頭においた説明である。直衣装束の構成は冠（烏帽子）・直衣・袙・単衣・指貫から成るというが、『西宮記』には「上﨟者直衣下着下襲」（巻十七、十九）とあり、下襲を加える説もある。これによると「直衣の下、単衣の上に着る中着」は袙に当る。袙は下襲の下、単衣の上に着用するので、これを「中の衣」と呼んだのだろう。⑵の「共寝をするときの夜着」とあるのは、『正徹物語』（上・一六）に「ただ人と添寝する時きる衣をば夜の衣とも中の衣ともいふ也」とあるのに拠っているが、これは『源氏物語』の「中の衣」とは異なる。

ところで、『河海抄』は宿木の巻の「みなれぬる中の衣とたのみしをかばかりにてやかけはなれなん」という歌の典拠として、「衣だに中にありし…へだてつる哉人丸」という『抄』二七〇と同じ歌をあげている。しかし、これは『河海抄』の誤解によるもので、『抄』二七〇の「衣」と「中の衣」とでは表現内容が全く異なり、別のものである。『抄』の「衣」は明らかに同衾の場面で用いられているので、衾のような夜着であろう。

秘すべき閨房内のようすを露骨に表現したような上句は後世の人々に強い印象を与えたようで、この歌に依拠して、

いつまでのつらさなりけむから衣中に隔てし夜半のうらみは（宝治百首三一四一、寄衣恋）

今宵だに中にもあらばうきものをたれたなばたに衣かすらむ（延文百首二二三七、七夕）
わが中はうとき衣の関するゑてあふ夜をいとどへだてはてつつ（延文百首二六七五、寄関恋）
ぬる夜さへ中にありつるから衣うらみかはらでおき別れつつ（新拾遺・恋三・一一九五）
重ねてもなれにし中のさよ衣へだつる物といつなりにけん（新拾遺・恋四・一三一六）

などと詠まれている。

【作者】『抄』の諸本、『集』の定家本は前歌と同じ「読人不知」としているが、『集』の具世本は作者を「柿本人丸」とする。人麿の作とすべき徴証はなく、読人不知である。

大伴坂上郎女

271　黒髪《くろかみ》に白髪《しろかみ》まじりおふるまでかゝる恋にはいまだあはざる

【校異】 **詞**○大伴坂上郎女—坂上郎女（島）。**歌**○あはさる—あはざるに（島）あはさりき〈「りき」ノ左傍ニ「るにィ」トアリ、「き」ノ右傍ニ朱デ「ツ」トアル〉（貞）。

【拾遺集】 恋五・九七六。

くろかみに白かみましりおふるまてかゝる恋にはいまた逢さる　坂上郎女

㊖恋五・九六六。**歌**○逢さる—あはさるに。

黒髪に白髪が交じって生えている年になるまで、このような恋にはいまだあったことはなかった。

【語釈】〇白髪―『万葉集』では「白髪」をシロカミのほかにシラガとも訓んでいる。この歌では「黒髪」に対して用いている。〇おふるまで―『万葉集』の歌では「至者（老ゆるまで）」とあるので、ここは「おゆるまで」とあるべきところであるが、『万葉集』の歌に訓をつけた者が、「白髪」が生えているの意とみて「おふる」と訓んだものである。

【補説】この歌は『万葉集』（巻四・五六三）に「大伴坂上郎女歌二首」としてある中に、

黒髪二　白髪交　至者　如是有恋庭　未相尓

（黒髪に白髪交じり老ゆるまでかかる恋にはいまだあはなくに）

とある歌の異伝である。

この歌の解釈については、問題になる点が二箇所ある。第一は「黒髪に白髪交じりおふるまで」の部分である。この句を『八代集抄』は「若きより老に至る迄」と解し、『新大系』にも語注に「若い時から年老いるまで」とある。『和歌大系』も「若い黒髪のころから、白髪の生え交じる齢になる今に至まで」と同様の解釈をしている。これらは「黒髪」＝若い時、とみているようであるが、「黒髪に白髪まじりおふる」は一纏りの表現として、「黒髪に白髪が混じって生えている」現在の頭髪の状態を言い表したものである。

第二は「かかる恋」の部分で、『和歌大系』に「こんなに激しく恋い焦がれる思い」とあるが、『新大系』は「恋の内容については、つらいもの、心ときめくものと、いずれも考えられるが、前者か」とあり、両者は対照的とも言える相違がある。作者の坂上郎女の経歴をみると、『和歌大系』にいうように、彼女が「激しく恋い焦れる」ような恋をしたのは、三十歳前のことであり、黒髪に白髪が混じって生えている齢のころとは思われない。彼女の晩年の恋歌は、ほとんどが戯れの恋の歌である。「かかる恋」は、初老の今の恋のことで、これは今まで体験しなかったもので、「いまだあはざる」ものと言われるほど、想像もできないものであったようだ。

武田祐吉『万葉集全注釈』は、この坂上郎女の歌は直前にある大伴百代（世）の歌に和したものと推測している。それは「大宰大監大伴宿禰百代恋歌四首」とある歌で、この四首の中には『抄』二四七の歌も含まれている。百世は大宰帥大伴旅人のもとで、大宰大監の役職にあった。一方、坂上郎女は神亀五年（七二八）に妻を亡くした異母兄の旅人のいる筑紫に下り、天平二年（七三〇）に帰京した。この間に百世と歌を詠み交わす機会があったと思われる。その百世の詠んだ歌のなかにも、

こともなく生ひこしものを老いなみにかかる恋にも吾はあへるかも（巻四・五五九）

という、『抄』二七一に類似の歌がある。いずれにしても百世とは「いまだあはざる」ものと言われるほど、想像もできない関係であった。

【作者】大伴坂上郎女　奈良時代の歌人。坂上郎女は通称で、本名は未詳。父は大伴安麻呂、母は内命婦石川邑婆。生没年未詳。十代半ばで穂積皇子と結婚したが、皇子が和銅八年（七一五）七月に他界した。その後、藤原麻呂に愛されたが、異母兄の大伴宿奈麻呂と結婚、家持の妻となった大伴坂上大嬢を生む。その宿奈麻呂も神亀五年（七二八）に亡くなった。このころ三十三歳ほどであったという。この年に妻を亡くした異母兄である大宰帥旅人のいる筑紫に下った。旅人や家持の世話をするためであったという。天平二年（七三〇）に帰京した。天平勝宝二年（七五〇）までの歌が知られている。『万葉集』には長歌六首、短歌七十七首、旋頭歌一首がある。『拾遺集』以下の勅撰集に十五首入集。

【他出文献】◇万葉集→［補説］。◇俊頼髄脳。

272　みなと入《い》りの葦分《あしわけ》小舟《をぶね》さはりおほみ恋しき人にあはぬころかな　　人丸

【校異】 **歌**○さはり―さわり〈「わ」ノ右傍ニ「ハィ」トアル〉（貞）。○恋しき人―こひしき人〈「こひしき」ノ右傍ニ朱デ「ワカヲモフィ」トアル〉（貞）。

【拾遺集】 恋四・八六三。

みなといりのあし分小舟さはりおほみ恋しき人に逢はぬ比かな　　柿本人丸

〔定〕恋四・八五三。**詞**○詞書ナシ―題しらす。○柿本人丸―人まろ。**歌**○恋しき人―わか思ふ人。

港に入ろうと葦を押し分けるようにして進む小舟のように、邪魔が多くて、恋い慕う人にはなかなか逢えないこのごろである。

【語釈】 ○みなと―『万葉集』では、水門・湊などと表記され、河口、湾口などの水の出入りするところをいい、なかでも、河口などで船の碇泊に適した所をいう。「水門の葦のうら葉をたれか手折りし…」（巻七・一二八八）「みなと（美奈刀）の葦が中なる玉小菅…」（巻十四・三四四五）「湖葦（みなとあし）に交じれる草の知草の…」（巻十一・二四六八）などと詠まれているように、河口などには葦が生え茂り、それに交じって菅なども生えていた。○葦分小舟―生い茂っている葦を押し分けるようにして進む舟。「みなと入りの葦分小舟」は「さはりおほみ」の序。○さはりおほみ―舟の進行を妨げるものが多いように、邪魔が多くて。

【補説】 この歌は『万葉集』（巻十一・二七四五）に、

湊入之　葦別小船　障多見　吾念君尓　不相頃者鴨

（湊入りの葦わけ小船さはりおほみあがおもふ君にあはぬころかも）

とある歌の異伝である。巻十一には「寄物陳思」の部類が二箇所にある。一つは二四一五から二五〇七までの、「人麻呂歌集」所出のものと、いま一つは二六一九から二八〇七までの、出所不明のものである。前掲の二七四五は「人麻呂歌集」所出のものではないが、二七二は『抄』『集』ともに作者を人丸とし、散佚前西本願寺本『人麿集』（人麿集Ｉ二三〇）にもある。この歌には巻十二（二九九八）に、

湊入の葦別小船さはりおほみいまこむわれをよどむと思ふな

或本の歌に曰く、湊入に葦別小船さはりおほみ君にあはずて年ぞへにける

とある「或本の歌」のような類歌もあり、万葉時代にはよく用いられた表現であったと思われる。

平安時代には、「葦別小船」の語は用いていないが、

わがごとやかなしかるらんさはりおほみあしまわけゆく船の心地は（一条摂政御集一七四）

あしま漕ぐ舟ならねどもあふことのいやましにのみさはりおほかる（斎宮女御集一五三）

きのふけふ葦間の小舟さはりきてあすをあふ夜とまた契るかな（続千載・恋三・一四〇四　中臣祐春）

湊入りのあしまを分けて漕ぐ舟もおもふなかにはさはらざりけり（新拾遺・恋二・一〇二三　藻壁門院但馬）

など、『万葉集』の歌の異伝である『抄』の歌や『人丸集』に依拠した歌がある。ところが、中世になると、「葦別小船」の語は、

つらしなほ葦分小舟さのみやはたのめし夜半のまたさはるべき（続拾遺・恋三・八九九　前摂政左大臣）

霜枯れの葦分小舟ひまはあれど冬は氷にまたさはるなり（文保百首一〇五八）

うたてなど葦分小舟あさきえにかよひし道のさはりはてけん（延文百首八八九）

などと障害が多くて難儀する喩えとして詠まれる一方、難波の景物として、

いかにせんこや津の国の難波潟葦分小舟よそに見捨てて（拾玉集二八七〇）

難波潟うきて思ひのいかばかり葦分小舟さはりあるらん（和歌口伝・句のかかりよろしからぬ歌）

うきながらよるべをぞ待つ難波江の蘆分小舟よそにこがれて（新千載・恋一・一〇五三）

などと詠まれている。

【作者】『万葉集』では作者未詳である。人麿の作とする徴証はないが、『抄』『人丸集』など人麿の作としてあり、『抄』の時代には人麿の作と思われていたのだろう。柿本人麿↓九三。

【他出文献】◇人丸集↓［補説］。

273　忍《しの》ばんに忍《しの》ばれぬべき恋ならばつらきにつけてやみもしなまし　猿

読人不知

【校異】ナシ。

【拾遺集】恋五・九五〇。

忍はむに忍はれぬへき恋ならはつらきにつけてやみもしなまし

定恋五・九四〇。

堪え忍ぼうとすると、堪えることができるに違いない恋であるならば、相手の薄情な態度に応じて、諦めてしまうだろう。

【語釈】○忍ばんに忍ばれぬべき―「に」は順接の接続助詞。堪え忍ぼうとすると、堪えることができるに違いない。○つらきにつけて―「つらし」は相手の冷淡な振る舞いを堪えがたく思うさま。相手の薄情な態度によって。○やみもしなまし―「なまし」は仮定条件句の結びに用いて、事実に反する事態についての推量を強調的に表す。…してしまうだろう。止めてしまうだろう。

【補説】現実には諦めきれない激しい恋情を反実仮想法を用いて詠んだ歌である。堪え忍ぼうと思って堪えることができるならば、相手の薄情な態度によって諦めてしまうが、現実は相手の冷淡な態度にもめげることない激しい慕情であるというのである。反実仮想法を用いたり、また、「忍ばん」「忍ばれ」という同語の反復や、「つらき」「つけて」、「しなまし」など同音の反復によって、律動的な韻律となるような工夫がみられ、技巧的な歌である。

『続古今集』にある九条道家の、

つらからばつらきになしてやみもせでしたの思ひのなにしたふらん（恋四・一三〇三）

という歌の上句は二七三の下句に倣ったものであろうか。

274

五月五日に、ある女《をんな》の人のもとにいひ遣《つか》はしける

いつかとも思《おも》はぬ沢《さは》のあやめ草ただつくづくとねこそなかるれ

【校異】詞○をんなの人―をんな（島）女（貞）。歌○ねこそなかるれ―ねをのみそなく〈「のみそなく」ノ右傍ニ朱デ「コソナカルレィ」トアル〉（貞）。

【拾遺集】恋二・七七七。

五月五日ある女の人のもとにつかはしける

いつかとも思はぬ沢のあやめ草たゞつく〴〵とねこそなかるれ

定恋二・七六七。詞○女の人―女。○作者表記ナシ―よみ人しらす。

五月五日に、ある女の人のもとに詠んで遣わした

五月五日になったとも思えない、引かれることなく沢の菖蒲が沼水で根が洗われて流れに漂っているように、いつになったらあなたに逢えるとも思えない頼りないありさまで、ただしんみりと声に出して泣かれるばかりである。

【語釈】○いつかとも思はぬ―「いつか」に五月五日の「五日」を掛ける。この部分は人（歌の作者）については、五月五日になったのに、いつになったらあなたに逢えるとも思えないという情態と、物（沢のあやめ）については、五月五日になったとも思えない、引かれることなく沢にある菖蒲のありさまとを詠んでいる。「あふことをいつかと待つにあやめ草いとどこひぢにしげるめるかな」（麗花集二九）。○あやめ草―サトイモ科のショウブの古名。根は白く長かったので、長命を願うしるしとした。「あやめ草根長き命つげばこそ今日としなれば人のひくらめ」（貫之集一三二）。歌では「根」にかかる序詞を形成する。「あやめ草根にあらはるる今日こそはいつかと待ちしかひもありけれ」（蜻蛉・下・天禄三年五月）。○ねこそなかるれ―「ね」に「根」と「音」を掛け、「なかるれ」に「泣かるれ」と「流るれ」とを掛け、上句の人については、おのずと声に出して泣かれるの意を、物については、沼水で根が洗われて流れに漂っている意とを表し、一首全体としても、人と物とが対応する複線構造になっている。

【補説】この歌は、五月五日になっても、引かれることなく、沼水に根を洗われて漂っているあやめ草のように、いつになったら恋人に逢えるとも思えないたよりない情態で、ただしんみりと声に出して泣くばかりだ、という恋の嘆きを詠んでいる。

『抄』成立以前に詠まれた歌で、この歌と類似の表現をもつものは、［語釈］に引いた歌を除くと、

あふことをいつかと知らぬあやめ草ひくことのねもかひなかりけり（時雨亭文庫蔵資経本中務集二〇〇）

さつききてながめまさればあやめ草思ひたえにしねこそなかるれ（拾遺・哀傷・一二八〇）

などで、予想に反して意外に少ない。歌材としての「あやめ草」は貫之、躬恒なども詠んでいるが、類似の表現はみられない。

第五句の「ねこそなかるれ」という表現も、「根こそ流るれ」と「音こそ泣かるれ」とを掛けた用法は『抄』以前には、『集』にある村上帝のころの女蔵人兵庫の歌のみであり、この用法を用いた歌がみられるのは中世になってからで、次のような歌がある。

契りのみあさかの沼のあやめ草ふかき恨みにねこそなかるれ（新続古今・恋五・一四九〇　賀茂遠久）

ひく人のなきにつけてもあやめ草うきに沈めるねこそなかるれ（新後拾遺・雑春・六七九　卜部兼直）

ひく人もなきみがくれのあやめ草時を知らでもねこそなかるれ（続門葉・雑上・六六七　法印静運）

ひく人もなくて年ふる隠れ沼に生ふるあやめのねこそなかるれ（続現葉・夏・一八七　藤原重綱）

このうち『新続古今集』は恋の歌であるが、他の三首は「ひく人もなき」の句で詠み出し、「ひく」にあやめ草の根を引く意と贔屓する意とを掛け、自身を「あやめ草」の根に喩えて、だれからも引かれずに時を失うさまを詠んだ述懐歌である。

なお、一首の主旨は異なるが、下句のみが二七四と一致する歌が

恋ひしともたれかいはむと思ふにもただつくづくとねこそなかるれ（拾玉集一六七）

をぐら山ふもとにひびく鐘の音のただつくづくとねこそなかるれ（為家集一五〇四）

などとある。これが二七四に倣ったものか、どうかは明確でない。

【他出文献】◇定家八代集抄九九〇。◇和歌初学抄。

題不知　　　　躬恒

275 おふれども駒《こま》もすさめぬあやめ草かりにも人の来《こ》ぬがわびしさ

【校異】歌○おふれとも—をふれとも〈「ふれ」ノ右傍ニ朱デ「モヘ」トアル〉（貞）。

【拾遺集】恋二・七七八。

凡河内躬恒

おもふともこまもすさめぬあやめ草かりにも人のこぬかわひしき（「さ」ノ右傍ニ「き」トアル）

定恋二・七六八。**詞**○詞書ナシ—題しらす。○凡河内躬恒—みつね。**歌**○おもふとも—おふれとも。○わひしき—わひしさ。

題知らず

成長しても駒さえも避けて口にしないあやめ草を刈りに来ないように、かりそめにも男が訪ねて来ないのはつらいことだ。

【語釈】○おふれども—『新大系』に「草木が成長する意」とあり、『和歌大系』は芽生える意に解している。

「生ふ」は植物などが生長する、伸びるの意で、「生ゆ」は芽生える意。○駒もすさめぬ―「すさむ」は心を寄せる、賞玩するの意と、いとい嫌う、嫌って避けるの意と、正反対の意を持つ。この表現については［補説］に記すように、『袖中抄』に説がある。○わびしさ―「わびし」は物事が思い通りにならずに、つらく、心細い思いをするさま。

【補説】この歌について、『八代集抄』には「上句は、序歌也。かりそめにも思ふ人の来ぬが侘しきと也」とある。『新大系』にも「上句は、「刈り」に掛けて、「仮」を導く序詞」とある。成長しても馬さえも避けて口にしないあやめ草をかりそめにも人が刈りに来ないさまに、思いを懸けた男が訪れても来ない失意のわが身を擬らえて、男のつれなさを嘆いている。

この歌の用語で早くから問題にされたのは「すさむ」という語である。文治二、三年（一一八七）ごろの成立といわれる再撰本『袖中抄』（第十一）では、「あやめ草こまもすさめず」の項に、『抄』と同じ躬恒の歌を取り上げて、

顕昭云、是は躬恒が歌、入拾遺。あやめ草をば馬のくはねば駒すさめずとは云也。世俗語には不許容をすさむとは云を、和歌には許容するをすさむとは云也。古今歌云、

やまたかみ人もすさめぬ桜花物なおもひそわれは見はやさん

又は里遠み人もすさめぬ山ざくら 末同歟。

此も人の見ぬをすさめぬとは詠る也。又、後拾遺、恵慶法師歌に、

香をとめてとふひとあるを菖蒲草あやしくこまのすさめざりけり

難後拾遺云、あやめをば馬すさめずとはよむらむや云々。今案に、是は経信卿の後拾遺を難ずる書也。不被考上件躬恒詠歟、如何。尤以遺恨歟云々。

とある。顕昭は『後拾遺抄註』（寿永二年〈一一八三〉成立）でも、恵慶の「香をとめて」の歌（時雨亭文庫蔵

恵慶集六六）について、「すさめぬは不許容也。菖蒲をば馬くはずと云事あり」と、『袖中抄』と同じことを記している。しかし、『拾遺抄註』（寿永三年成立）には、この歌は取り上げられていない。

あやめ草を「駒すさめず」と詠んだ歌は、前掲の躬恒、恵慶以外に、

こまなべてすさめぬ沢のあやめ草今日にあはずはなほやからまし（西本願寺本元真集九）

こまだにもすさめずといふあやめ草かかるは君がすさびとぞきく（義孝集三八）

わがこまのつねはすさめぬあやめ草ひきならべてはけふこそは見れ（時雨亭文庫蔵恵慶集八）

　同日、せい少納言

こますらにすさめぬ程におひぬればなにのあやめもしられやはする（榊原本和泉式部集四九五）

　かへし

すさめぬにねたさもねたしあやめ草ひきかへしてもこまかへりなん（同前四九六）

その駒もすさめぬ草と名にたてる汀のあやめ今日やひきつる（源氏・蛍）

などがあり、これらは躬恒の歌の影響を受けている。

一方、「こまもすさめぬ」という表現は躬恒の歌のほかに、『古今集』（雑上・八九二）に、

大荒木の森の下草おいぬれば駒もすさめず刈る人もなし

という歌があり、躬恒はこのよみ人しらずの歌のことばを利用して詠んだといわれている。それだけでなく躬恒には、

　　延喜御時うれへ文たちて奏せよとおぼしくて、女ばうの本につかはしける

　（中略）

大荒木のみやの下なるかげ草はいつしかとのみ光をしまつ（時雨亭文庫蔵承空本躬恒集一八八）

（注）この歌を含む歌群は書陵部蔵光俊本にもあり（躬恒集Ⅰ一二〜一六）、詞書は「またこれも内にたてまつれる」とある。

貫之にあひかたらひて兼輔の卿に、なづきとはせはべりけるに、貫之にをくり侍ける

人につくたよりだに□《な》し大荒木の森の下な□《る》草の身なれば（時雨亭文庫蔵承空本躬恒集三〇三）

などと、わが身を大荒木の森の下草に擬らえて、老いてだれからも顧みられない失意のわが身を嘆き訴えている。これらの歌の詠歌年時は明確ではないが、前者に「延喜御時」とあり、後者は藤原兼輔に呈する名簿の取り次ぎを貫之に依頼するときの歌である。藤岡忠美氏『紀貫之』（学術文庫版）によれば、貫之は延喜十二年（九一二）ごろに兼輔の家人となったというので、躬恒の依頼を受けたのも、それ以後のことである。一方、躬恒の官歴などからは、貫之を介して兼輔に名簿を呈したのは、延喜十五年ごろのことであったらしい。「大荒木の」の歌は延喜十五年以前の詠作であろう。

【作者】凡河内躬恒→五。

【他出文献】◇躬恒集。

読人不知

276　しのゝめに鳴《な》きこそ渡《わた》れほとゝぎすもの思《おも》ふやどはしるくや有るらん・

【校異】ナシ。

【拾遺集】恋三・八三二。

よみ人不知

しのゝめになきこそわたれ郭公物おもふやとはしるくやあるらむ

㊅恋三・八二一。詞〇よみ人不知―作者表記ナシ。

東の空が白み、夜が明けようとするころ、ほととぎすが鳴きながら飛んで行く。物思いのために眠らずに夜を明かした私の家では、その鳴き声がはっきりと聞こえたのだろうか。

【語釈】〇しののめ―東の空がわずかに白み、夜がようやく明けようとする時。暁でも曙に近い頃。「しののめのほがらほがらと明けゆけばおのがきぬぎぬなるぞかなしき」（古今・恋三・六三七）「夏の夜の臥すかとすれば時鳥鳴く一声に明くるしののめ」（古今・夏・一五六）。〇もの思ふやど―もの思いにふけっている家。夏の短夜を恋のもの思いのために眠れなかった家。〇しるくや有るらん―この句について『八代集抄』には「郭公の鳴は、かくおもふ宿と知て弔ひ鳴かとの心也」とあり、これを承けて『新大系』には「大意」に「物思いをしている家は、そのようにはっきりと分かって、慰めにやってくるのだろうか」とある。これに対して『和歌大系』には「その声が特に耳につくのだろうか」と解している。この問題については改めて［補説］で取り上げる。

【補説】この歌については検討すべき問題点が二つあると思われる。まず、第一は「しののめに鳴きこそ渡れ」と、郭公が鳴きながら飛んでいく時間を「しののめ」としていることである。［語釈］にあげた貫之の歌にも「鳴く一声に明くるしののめ」とある。郭公の鳴く時間を詠んだものには、次のような歌がある。

①五月雨にもの思ひをればほととぎす夜深く鳴きていづち行くらむ（古今・夏・一五三　友則）

②さみだれにいこそ寝られねほととぎす夜深くなかむ声を待つとて（拾遺抄・夏・七五）

③ふた声と聞くとはなしに郭公夜深くめをも覚ましつるかな（後撰・夏・一七二　伊勢）

④ほととぎす夜深き声をあやめ草まだねもみぬに聞くよしもがな（応和二年庚申内裏歌合　右近命婦）
⑤ほととぎす夢かうつつか朝露のおきて別れしあかつきの声（古今・恋三・六四一）
⑥待ちわびてさよふけぬめりほととぎす暁をだに過ぐさざらなむ（応和二年庚申内裏歌合　馬命婦）
⑦みやまいでて夜半にや来つるほととぎすあかつきかけて声のきこゆる（歌仙家集本系統兼盛集九八）
⑧あかつきになりやしぬらんほととぎす鳴きぬばかりもおもほゆるかな（一条摂政御集一一五）
⑨しののめにかたちな見せそほととぎす夜半の声は（「をば」ノ「を」ヲ脱スルカ）きつつ鳴くとも（西本願寺本能宣集四三二）

①～④は「夜深き」ころ、⑤～⑧は「あかつき」である。「夜深き」はまだ夜が深い意で、明け方からみて、夜明けまでにまだ間がある時間をいう。「あかつき」は一一四の［補説］でも触れたが、『色葉字類抄』に「鶏鳴《アカツキ》」とあり、『万葉集』では「あかとき」を「五更」と表記しているので、午前三時から五時ごろで、夜明け前のまだ暗いころをいう。このように平安時代には、ほととぎすは夜明けまでに間があるころに鳴く鳥としてとらえられていた。⑨の能宣の歌にも、ほととぎすに「しののめにかたちな見せそ」と詠んでいる。能宣は夜深いころに鳴いてしののめまで留まって姿を見せている時鳥を嫌ったのであろう。村上・円融朝ごろの王朝人の美意識からは、そのような時鳥を認めることはできなかったのであろう。一方、公任はしののめに鳴くほととぎすを詠んだ貫之の歌の方に関心があって、貫之と同じ趣向の二七六を選んだのであろう。

　第二の問題は［語釈］でも触れた「しるくや有るらん」の解釈である。『八代集抄』や『新大系』のように、物思いをしている家は、はっきりと分かって、慰めにくると解するのは、論拠となるような歌か何かがあるのだろうか。

　物思うやど（物思う人の所）にほととぎすが飛来して鳴くという歌は、『抄』以前には、

　ひとりゐて物思ふ宵にほととぎすこゆ鳴きわたる心しあるらし（万葉・八・一四七六）
　ひとりゐて物思ふ我をほととぎすここにしも鳴く心あるらし（後撰・夏・一七七）

などがある。後者は前者の異伝とも思われる歌であるが、前者については、武田祐吉氏『万葉集全註釈』には、

　霍公鳥の声が物思ひを催すといふのが、常型であるのに、慰めるといふのが変ってゐる。中臣宅守の、「心無き鳥にぞありける霍公鳥もの思ふ時に鳴くべきものか」（巻十五、三七八四）と全然反対なのがおもしろい。

とある。その後に刊行された澤瀉久孝氏『万葉集注釈』には「口譯」に「霍公鳥も心があって自分を慰めるつもりであろう」とあり、「心あるらし」の「心」は自分に同情する心の意と思われるとある。近年に刊行された校注本もほとんどが、「心」は思慮・分別の意で、作者の気持ちをよく察し、慰め顔であることをいうと解している。文字通りに解すれば、そのようにもとれるが、当時の人々がほととぎすはもの思う人に同情して鳴いてくる鳥であると認識していたか疑問である。

　したがって、二七六の「しるくや有るらん」の解釈に、「ひとりゐて」の歌を援用することは無理であろう。結局、『和歌大系』にいうように、「恋の物思いで眠らなかった」から、ほととぎすの鳴き声をはっきりと聞くことができたと解するのが妥当であろう。

277　水無月《みなづき》の土《つち》さへさけて照《て》る陽《ひ》にも我袖《そで》ひめや妹《いも》にあはずて　　柿本人丸

【校異】歌○ひめや―ひめは（貞）○あはすて―あはすして（島）あはすして〈「し」ノ左傍ニ朱デ見セ消チノ符号ガアル〉（貞）。

【拾遺集】恋三・八三六。

みな月のつちさへさけて照日にも我袖ひめやいもにあはすて

［定］恋三・八二五。**詞**○柿本人丸―ナシ。**歌**○あはすて―あはすして。

六月の、地面までが干割れるほど烈しい陽射しにさえも乾くことはないだろう、私の涙に濡れた袖は。あの方に逢わないでは。

【語釈】○土さへさけて―「さく」は分かれにくいものが割れ目ができて二つに分離する。「裂サク、ワル、ヒハル」(類聚名義抄)。強烈な日差しで地面までが干割れる状態をいう。○ひめや―「ひ」は上代には上二段活用であった「ふ(干・乾)」の未然形。乾くことはないだろう。

【補説】この歌は『万葉集』(巻十・一九九五)に、

寄日

六月之　地副割而　照日尓毛　吾袖将乾哉　於君不相四手

(みな月の地《つち》さへ割けて照る日にもわが袖ひめや君にあはずして)

とある歌の異伝である。この歌の第五句は、『人麿集』では書陵部蔵『柿本集』(人麿集Ⅱ四〇七)に「いもにあはずて」とあるのみで、その他の『人麿集』は「いもにあはずして」とある。また、『赤人集』(二六八)にも「この歌人丸集にあり」という左注を付して、詞書を「日によす」、第五句を「いもにあはずして」としてあるが、『古今六帖』(一〇七)には、

みな月のつちさへわれて照る日にも我が袖ひめやいもにあはずて

とあり、第五句の本文に小異はあるが、歌は『抄』の時代に広く知られていた。

愛する妹にあえないで泣き濡れた袖は強烈な日差しでも乾くことがないという、男の深い愛を詠んだ歌には、

菅の根のねもころごろに照る日にもひめやわが袖妹にあはずして（万葉・巻十二・二八五七）

という類歌があり、万葉時代の類型的な発想であった。

【作者】『抄』の諸本、『集』の定家本は、前歌と同じように、「読人不知」とするが、『集』の具世本には「柿本人丸」とある。具世本は書陵部蔵『柿本集』と第五句が「いもにあはずて」と同文であるところから、その系統本の影響を受けたものであろう。

【他出文献】◇万葉集→［補説］。◇人丸集→［補説］。◇赤人集→［補説］。◇古今六帖。

278　侘《わび》びぬれば常《つね》はゆゆしきたなばたもうらやまれぬる物にぞ有りける　　柿本人丸

【貞和本原状】底本、島本ニ詞書ハナイガ、貞和本ニハ朱デ「男侍ケル女ヲケサウジテ七月七日ツカハシケル」トイウ詞書ガアル。

【校異】歌〇ゆゝしき―ゆゝしき〈「ゝ」ノ右傍ニ朱デ「カ」トアル〉（貞）〇物にそ有ける―ものにさりける（島）。

【拾遺集】恋二・七八三。

わひぬれはつねにゆゝしき七夕もうらやまれぬる物にぞありける

㊂恋二・七七三。**詞**〇柿本人丸―ナシ。**歌**〇つねに―つねは。

恋しくても思うように会えず、どうしようもなくなったので、いつも年に一度しか会えないことをいまわしく思われる二星の会合も、年に一度は会えるのだから、羨ましく思われるものであった。

【語釈】○侘びぬれば―物事が思うようにいかず、どうしようもなくなるさま。○常は―『抄』の島本、貞和本、『集』の定家本には「つねは」とある。「常は」はいつもは、普段はの意。○ゆゆしきたなばたも―「ゆゆし」は神聖で触れるのがおそれ多い、慎まれるの意であるが、ここは不吉である、いまわしい、うとましいの意。牽牛、織女の二星は年に一度しか会えないところからいう。○うらやまれぬる―「うらやむ」は他者の自分より優れているのをねたむ意と自分より優れている他者のようになりたいと思う意があり、ここは後者。羨望する。

【補説】一年に一度の二星の逢瀬をいつもうとましく思っていたが、今のわが身は逢うこともかなわず、どうしようもなくなり、二星の逢瀬がうらやましく思われると嘆いている。

たなばたをゆゆしと思う歌をみる前に、牽牛、織女の二星が会う日のことを詠んだ歌をみると、

七月七日九条殿に君だち参り給へるに、さうざうしきに、今日の心

詠めと仰せられしに

（中略）

①あすよりはゆゝしかるべきたなばたのあなうらやまし今宵ばかりは（時雨亭文庫蔵唐草装飾本高光集二七）

七月六日

②あすは人ゆゆしといふなり天の川あけぬこなたにあひ見てしかな（相如集七）

七月七日、待つ人のもとに

③そのほどと契らぬなかは昨日までけふをゆゆしと思ひけるかな（榊原本和泉式部続集二五二）

などがある。まず、①からは、七月七日は二星の逢瀬の日であるから今宵だけは羨ましく思われるが、それが過ぎた明日からはうとましく思われると、「ゆゝしかるべきたなばた」と詠んでいる。②では七月七日に恋人に逢

うことは、「あすは人ゆゆしといふなり」とあるように、世人は「ゆゆし」（慎むべきである）と言っているので、夜が明ける前（六日のうち）に会いたいと詠んでいる。③も七月七日に会おうと約束しないうちは、二星の逢瀬の日には逢うことは「ゆゆし」と昨日までは思っていたとある。これらの歌のほかにも、七月七日の夜は、年に一度しかない二星の会合に同情して、

たなばたにわがかすものはまたもなし今宵ばかりはあはぬものなり（時雨亭文庫蔵唐草装飾本兼輔中納言集五三）

たなばたにかしつと思ひしあふことをその夜無き名のたちにけるかな（小大君集八八）

などと、逢うことを遠慮したり、逢うことをたなばたに貸し供えたと詠んだ歌もある。

前掲の七月七日の二星会合の歌のうち②③では、七日の夜に恋人たちが逢うことは慎むべきである、禁忌すべきであるという意味で「ゆゆし」を用いているが、①では七日以後の二星について、不吉である、いまわしい、うとましいの意で「ゆゆし」を用いている。後者の例は

七月七日、女にはに出でてたなばたまつるところに、まらうど来て、

木のもとに立ちやすらふ

（中略）

たなばたのあかぬ別れのゆゝしきを今日もなどかは君がきませる（西本願寺本兼盛集、兼盛集Ⅱ八一）

ゆゆしとも思はざりけりたなばたの忘れぬ仲のあらまほしさに（西本願寺本中務集、中務集Ⅰ一八九）

などがある。結局、王朝人は七月七日の二星会合には好意的で、それにあやかろうとするが、七日が過ぎると年に一度しか会えないことをうとましく思った。二七八では、会うこともかなわず、思うようにいかない今のわが身には、年に一度しか会えない二星さえも羨ましく思っている。

この歌には「貞和本原状」に記したように、貞和本には朱で「男侍ケル女ヲケサウジテ七月七日ツカハシケ

ル」という詞書があるが、『桂宮本叢書第二巻』所収の『深養父集』（三二）には「七月七日ものいひやりける人のきかざりけるにいひやる」という詞書を付し、第二句は「つねはゆゝしき」とある。

【作者】『抄』の諸本は読人不知であるが、『集』の具世本に「柿本人丸」とある。しかし、これを徴する資料はない。また、『深養父集』にあり、『古今六帖』も作者を深養父とするが、これも確かでない。

【他出文献】◇深養父集→［補説］。◇古今六帖一三五、ふかやぶ、第二句「つねはゆゆしき」。

279　思《おも》ひきや我待《ま》つ人をよそながらたなばたつめの会《あ》ふを見んとは

よみ人しらす

【校異】歌○まつ人を―まつひとは（島・貞）○よそなから―よひなから〈「ひ」ノ右傍ニ朱デ「ソ」トアル〉（貞）。

【拾遺集】恋二・七八一。

おもひきや我まつ人はよそなから七夕つめの逢をみんとは

定恋二・七七一。

このようなことになるとは思ってもみなかったことだ。私が待っている人はよそにいて会えないままで、年に一度の織女星の逢瀬を見るだろうとは。

【語釈】○思ひきや―「や」は反語。考えてもみなかった。思ってもみなかった。○待つ人をよそながら―底本以外は「待つ人は」とある。「よそながら」は他の所にいるままで、離れていながらの意。待つ人はよそにいて会えないままの状態。〇たなばたつめの会ふを見んとは―自身は待つ人に会えずに、一年に一度の織女星の会合を見ようとは。織女星よりも会うことが稀になったことを嘆く。

【補説】 この歌は『宇津保物語』の「藤原の君」巻に、

かくて七月七日になりぬ。賀茂川に御髪すましに、大宮より始め奉りて、小君たちまで出で給へり。…その日、節供河原にまゐれり。君だち御髪すましはてて、御琴しらべて棚機に奉り給ふほどに、春宮より大宮の御もとに、かく聞え給へり

思ひきやわが待つ人はよそながら棚機つめのあふを見むとは

（注）本文は古典文庫『宇津保物語』により、表記を改めた。

とあって、春宮があて宮の母の大宮に詠み送った歌である。この歌をめぐって、『宇津保物語』の成立事情に論及した三谷栄一氏「宇津保物語の成立事情とその増益」（『宇津保物語新攷』所収。昭和四十一年、古典文庫）がある。『拾遺集』と『宇津保物語』との関係については、この歌の他にも問題になっている歌があり、それらを含めて検討されなければならないが、『宇津保物語新攷』には中村忠行氏「物語歌の一側面」もあり、中村氏は前掲の三谷論文とほぼ同じ見解を三谷氏から雑談中に聞いたとして、この問題をとりあげて、三谷説を批判しているように、問題は多岐にわたるので、今は立ち入らないこととする。

この歌で注目されるのは、第一句の「思ひきや」の句を、第五句で「……とは」で結ぶ構文である。「思ひきや」を用いた歌のほとんどは、この構文であるが、それ以外の「思ひきや」を用いている歌をみると、三つの型がある。

①「思ひきや」の句を第二～四句のいずれかに用いていても、第五句は「……とは」で結ぶもの。

忘れては夢かとぞ思ふ思ひきや雪踏みわけて君を見むとは（古今・雑下・九七〇）

紫の雲のかけても思ひきや春の霞になして見むとは（後拾遺・哀傷・五四一　朝光）

②第一、第二句に考えた内容を詠み、「…とは思ひきや」または「…と思ひきや」で受けるもの。平安後期からみられる。

うき人をしのぶべしとは思ひきやわが心さへなどかはるらむ（久安百首一〇七一　待賢門院堀川）

年たけてまた越ゆべしと思ひきや命なりけり佐夜の中山（西行法師家集四七六）

③歌の最後尾（第五句の末）に用いて締め括るもの。平安前期にみられる。

玉すだれあくるも知らで寝しものを夢にも見じとゆめおもひきや（伊勢集五五）

遠近の人目まれなる山里に家居せむとは思ひきや君（後撰・雑二・一一七二）

二七九はもっとも多い「思ひきや…とは」という構文である。この構文を(イ)とし、その他は前記のように①②③に分類して、三代集の「思ひきや」を用いた歌をみると、次のような結果になる。

古今　二首　(イ)一首　篁　①一首　業平

後撰　五首　(イ)二首　信明　師輔　①二首　忠平　伊勢　③一首　兼盛

『集』三首　(イ)三首　読人不知　伊勢　国章

『抄』一首　(イ)一首　読人不知

これと同様のことを、同時代の私家集についてみると、次の通りである。

元輔集一首　(イ)一首　信明集一首　(イ)一首　元真集一首　(イ)一首　仲文集一首　(イ)一首

斎宮女御集一首　(イ)一首　九条右大臣集一首　(イ)一首　清少納言集一首　(イ)一首　馬内侍集二首　(イ)二首

源賢法眼集一首　(イ)一首　賀茂保憲女集一首　(イ)一首　和泉式部続集三首　(イ)三首

業平集一首　①一首　実方集一首　①一首

この中で『業平集』と『実方集』の歌だけが相違している。『業平集』は時代的にみて除外してよい。『実方集』

の歌は①の例にあげた『後拾遺集』の朝光の歌と同じ歌で、家集では、円融院葬送の夜に実方が詠んだことになっている。この歌は倒置法を用いた歌であるとみると、平安前期にみられた③の形とみることもできる。この二首を除くと『抄』成立の前後には(イ)の用法が一般的であったことになる。

ちなみに、『後拾遺集』にある六首のうち、(イ)は五首で元輔、源賢、懐寿のほか、後拾遺時代の橘俊宗、蓮仲の歌である。残るは①一首で作者は朝光であるが、これはすでに説明した通りである。

以上みてきたことから、「思ひきや」の用法は『抄』時代から(イ)に固定化しつつあったとみることができよう。

【他出文献】◇宇津保物語→［補説］。

280　今日《けふ》さへやよそに見るべき彦星《ひこぼし》の立《た》ちならすらむ天《あま》の川波《かはなみ》

【校異】歌○ひこほしの―たなはたの〈「たなはたの」ノ右傍ニ朱デ「ヒコホシノ」トアル〉（貞）。

【拾遺集】恋二・七八二。

けふさへやよそにみるつきひこほしの立ならすらむ天の河なみ

㊪恋二・七七二。歌○みるつき―みるへき。

二星が会合する七夕の今日でさえ恋人に会えない自分は、二星の会合を無関係なこととして見るのだろうか。彦星は天の川の川波を踏みならすように行き来しているようである。

【語釈】○今日さへ―牽牛、織女の二星が会合する今日でさえ。「さへ」によって、自身は恋人に会えないことを類推させる。〇よそに見る―自身とは無関係なこととしてみる。平安時代の七夕の行事の主たるものは乞巧奠と二星の会合にあやかるよう観望することであった。恋人に会えない作者には二星の会合はよそごとであった。〇立ちならす―地を踏んで平らにする。転じて、常に往来する、行き来する。牽牛星が川波を踏みならすように行き来する。

【補説】七夕の今日さえも恋人に会えない作者が、彦星が天の川の川波を踏みならして織女星のもとに行き来しているのを、自身とは無関係なこととして見るような情態になったことを嘆いている。

この歌は恋人に会えないで、年に一度の織女星の逢瀬をみることになった二七九と、同じ趣向である。二七九が年に一度の逢瀬がかなう織女星を取り上げているのに対して、二八〇では、川波を踏みならして天の川を渡って織女星のところに通う彦星を取り上げて、二星の逢瀬を詠んで、ともに恋人に会えないわが身を嘆いている。

281　あしひきの山より出づる月待《つきま》つと人にはいひて君をこそ待《ま》て　人丸

【校異】ナシ。

【拾遺集】恋三・七九二。

あし引の山よりいつる月まつと人にはいひて君をこそまて　柿本人丸

定恋三・七八二。**詞**〇詞書ナシ―題しらず。〇柿本人丸―人まろ。

山から出る月を待っていると周りの者には言い訳しながら、本当は約束したあなたが来るのを待っているのだ。

【語釈】○月待つと人にはいひて―夜が更けるまで起きているのを、周囲の者に見咎められて、山から出る月を待っていると、言い訳をして。○君をこそ待て―「君」は対称の代名詞的用法として、上代では、女性が男性に対して用いるのが原則（時代別国語大辞典）で、中古以後は男女とも用いた。［補説］に引く『万葉集』の類歌には「妹まつわれを」「君まつわれを」の二通りみられる。

【補説】『袖中抄』（第十九・いさよふ月）には、この歌に関連する、次のような記事がある。

又六帖歌に、

山のはにいでずいさよふ月まつと人にはいひて君まつわれぞ

此歌はいでずいさよふと有ば、いでぬ義にいだす人あれど、是はひが事也。万葉に、

悪日来の山よりいづる月まつと人にはいひていもまつ我を

此歌を書なせる也。拾遺にもいれり。

顕昭が引いた六帖（古今六帖）の歌は、『新編国歌大観』などの通行本（二八一八）には第一句「山たかみ」、第五句「君まつわれを」とある。

顕昭の説明によれば、二八一や『古今六帖』の歌は『万葉集』（巻十二・三〇〇二）にある作者未詳の、

足日木乃　従山出流　月待登　人尓波言而　妹待吾乎

（あしひきの山より出づる月待つと人には言ひて妹待つわれを）

とある歌の異伝である。この歌とほとんど同じ句が『万葉集』（巻十三・三二七六）の作者未詳の長歌の末尾に、

足日木能　山従出　月待跡　人者云而　君待吾乎

（あしひきの山より出づる月待つと人には言ひて君待つわれを）

とあり、第五句は「君待つわれを」で、『古今六帖』の通行本と一致する。『人麿集』は、義空本『人麿集』にはなく、書陵部蔵『柿本人丸集』（人麿集Ⅰ二〇〇）、書陵部蔵『柿本集』（人麿集Ⅱ四一八）などは、『抄』と同じである。

この歌は『抄』『集』に撰収されて、後の歌人から注目され、これを意識した歌が詠まれた。

①月待つと人にはいひてながむればなぐさめがたき夕暮の空（千載・恋四・八七三　範兼）

②月待つと人にはいひしいつはりの今やまことの夕暮の空（壬二集二四八四）

③月待つといひなされつる宵のまの心の色を袖にみえぬる（山家集六一六）

④月待つといはでぞたれもながめつるねやにはうとき夏の夜の空（拾遺愚草員外二九）

①～③の三首は月の出を待っていると人には言い繕っていたが、恋人は来るあてもなく、やるせない思いであることを詠んでいる。とくに西行の歌では「心の色を袖にみえぬる」と巧妙に表現している。

【作者】『万葉集』では作者未詳歌であるが、『抄』『集』ともに人麿の作とあり、平安時代には人麿の歌とみられていたのだろう。柿本人麿→九三。

【他出文献】◇万葉集→［補説］。◇『人麿集』→［補説］。

282

三百六十首なかに　曽祢善忠

我背子《せこ》が来《き》まさぬ宵《よひ》の秋風《あき》は来《こ》ぬ人よりも恨《うら》めしきかな《哉》

【校異】 **詞**○なかに―中（島）中に〈「中」ノ右傍ニ朱デ「哥」トアル〉（貞）。**歌**○我せこ―わきもこ〈「きもこ」ノ右傍ニ朱デ「カセコ」トアル〉（貞）。

【拾遺集】恋三・八四四。

三百六十首哥中に　　曽祢好忠

わきも（「きも」ノ右傍ニ「カセ」トアル）子かきまさぬよひの秋風はこぬ人よりもうらめしきかな

定恋三・八三三。詞○哥中に―のなかに。歌○わきも子―わかせこ。

三百六十首の歌のなかに

私のいとしい人がおいでにならない、独り寝の夜の秋風は肌寒く身にしみて、物悲しさもひとしおで、訪れて来ない人よりも恨めしいと思われる。

【語釈】○三百六十首なか―各月を初・中・終に分け、各十首、一年で三百六十首を連作形式で詠み、さらに各季節の冒頭に長歌と反歌を配した。『好忠集』の一部をなす「毎月集」。「なか」は「中」を訓読したもの。○我背子―女性が男性を親しんで呼ぶ語。多く「わがせこ」の形で、女性からみて、同母の兄弟、または夫や恋人である男性を親しんで呼ぶ語。○来ぬ人よりも恨めしきかな―『八代集抄』には「こぬ夜の秋風の、身にしみて、物悲しさも一入まされば也」とあり、『和歌大系』には「（独り寝の秋風の肌寒さは堪えられず）来ないあの人よりも更に恨みたいことだ」と括弧内を補足して解していて、『新大系』も「秋風」の注に「独り寝の夜は、わびしさや寂しさを一段と感じさせる」とある。

【補説】この歌の核をなしているのは「こぬ人を待つ宵の秋風」である。これを用いた歌として、『古今集』には、

来ぬ人を待つ夕暮の秋風はいかにふけばかわびしかるらむ（恋五・七七七）

とある。この歌は『古今集』では作者は「よみ人しらず」であるが、書陵部蔵光俊本『躬恒集』（躬恒集Ⅰ三五六）、時雨亭文庫蔵承空本『躬恒集』（三八〇）などにもある。この歌が躬恒の作であるとはいえないが、躬恒には中国の二星会合伝説に基づいて、

ひこぼしのつま待つよひの秋風にわれさへあやな人ぞ恋しき（承空本七）

と詠んだ歌があり（躬恒集Ⅰ一〇三ニハ第一句「たなばたの」トアル）、躬恒は「こぬ人を待つ宵の秋風」という句に関心をもっていた。『抄』二八二の好忠の「我背子が来まさぬ宵の秋風は」という上句も前掲の『古今集』や躬恒の歌の流れを汲んだものである。

藤原範兼は「三十六人撰」をうけて、その後の三十六人（中古三十六歌仙）について、各人の評価に従って一〇首から二首選んで「後六々撰」を編纂した。その中に好忠の歌は、次の六首が選ばれている（本文は家集と相違するものもある）。

①三島江につのぐみわたる葦の根は一夜の程に春はきにけり（好忠集三）
②さかきとる卯月になれば神山のならの葉がしはもとつ葉もなし（好忠集九五）
③みたやもり今日は五月になりにけり急げや早苗おいもこそすれ（好忠集一二五）
④鳴けや鳴けよもぎがもとのきりぎりす過ぎゆく秋はげにぞかなしき（好忠集二四二）
⑤わが背子がきまさぬよひの秋風はこぬ人よりもうらめしきかな（好忠集二三四）
⑥あぢきなしわが身にまさる物やあると恋せし人をもどきしものを（好忠集四一五）

以下では、この六首を中心に、秀歌撰・私撰集などに好忠のどのような歌が選ばれているかをみていく。

前掲の六首のなかで、「後十五番歌合」「相撲立詩歌合」『玄玄集』『新撰朗詠集』などに選ばれているのは⑤であり、残りの五首のうち①②④が『新撰朗詠集』に選ばれているにすぎない。この六首以外では、

みなかみの定めてければ君が代にふたたびすめる堀川の水（和漢朗詠集・下　水付漁父）

という歌が「相撲立詩歌合」と『玄玄集』に選ばれている。これらのことを総合してみると、好忠の歌で高い評価を受けているのは、⑤「わが背子」と「みなかみの」の二首である。この二首は公任が『抄』と『和漢朗詠集』とに選んだ歌であり、公任の選歌の眼の確かさがわかる。小西甚一氏は『日本文学史』（昭和二十八年、弘文堂）で、拾遺集時代の和歌について、

　顕著な方向を採りあげると、相反する両様の立場になるようである。そのひとつは、きわめて平淡な表現のなかに智巧性を溶解してしまい、やすらかな自然さにおいて良さを求めようとするものであり、他のひとつは、これまでに無かった表現を自由に駆使して、新鮮な把握をめざすものである。前者は藤原公任によって代表され、後者は曾禰好忠がひとりで代表する。

と説かれている。作歌の面では相反する二人であるが、公任は好忠の歌を評価し、自らの撰著に採り入れているが、公任が評価した歌は「これまでに無かった表現を自由に駆使して、新鮮な把握をめざ」した①④のような歌ではなく、『古今集』以来の流れを汲んだ、「自然さにおいて良さ」を求めたともいえる歌であり、評価においても、公任自身の考えがあきらかに見て取れる。

【作者】曾禰好忠→一九七。

【他出文献】◇後。◇玄玄集。◇後六々撰。◇相撲立詩歌合。◇新撰朗詠集。

題不知　　　読人不知

283　あひ見てはいくひささにもあらねども鞆年月《としつき》のごとおもほゆるかな

【校異】詞○題不知―たいよみひとしらす（島）。

柿本人丸

【拾遺集】恋二・七五四。

あひみてはいくひさゝ（「ひさゝ」ノ右傍ニ「ラヒサゝイ」トアル）にもあらねとも年月のことおもほゆるかな

定恋二・七四四。詞○柿本人丸―人まろ。

題知らず

あなたと知合ってからは、それほどの長い間も経ていないけれども、多くの年月が経たように思われることだ。

【語釈】○あひ見ては―「あひ見る」の「あひ」を、①接頭語とみると、互いに顔をあわせる、対面するの意。②動詞「逢ふ」の連用形とみると、男と女とが面会する、契りを結ぶの意。『万葉集』では「あひ見る」は「相見」「安比見」「安必見」「阿比見」と表記していて、「逢ひ見る」と表記したものはない。○いくひささ―「久如イクビサゝ」（類聚名義抄）とも。どれほどかの長い間。相当長い間。「いくひささ我ふりぬれや身にそへる涙もももろくなりにけるかな」（古今六帖二五五三）。○年月のごと―長い年月が経ったように。「見まつりていまだ時だにかはらねば年月のごと思ほゆる君」（万葉・巻四・五七九）。

【補説】この歌は『万葉集』（巻十・二五八三）に、

相見而　幾久毛　不有尓　如年月　所思可聞
（あひ見てはいく久さにもあらなくに年月のごとおもほゆるかも）

とある歌の異伝である。この歌の上句と類似の表現を用いたものに、

相見ぬはいくひささにもあらなくにここだくわれは恋ひつつもある（万葉・巻四・六六六）

という大伴坂上郎女の歌がある。
二八三は万葉歌の異伝であるため、歌詞に「いくひささ」「年月のごと」など、万葉時代の表現が用いられている。なかでも「年月のごと」は平安時代以後では、二八三に依拠して詠んだ藤原家隆の、

いつの間に年月のごと思ふらんあふは一夜の今朝の別れを（壬二集二六九〇）

という歌があるだけである。一方の「いくひささ」も、この表現を用いた歌は多くはなく、［語釈］に引いた『古今六帖』（二五五三）のほかには、

夕暮はなほたのむかな忘られていくひささにもならぬ別れは（壬二集一五〇六）
いその松いくひささにかなりぬらんいたく木高き風の音かな（金槐集六九五）

などと、家隆、源実朝が用いているだけである。特に、家隆の万葉歌に対する関心の深さに注目される→二九五。

【作者】『抄』には「読人不知」とあるが、『集』の具世本に「柿本人丸」、定家本に「人丸」とある。『万葉集』では『柿本人麿歌集』所出のものでは無く、出所不明の歌であるので、人丸作とは言えない。

【他出文献】◇古今六帖二七七三、人丸、第三句「あらなくに」。

284　頼《たの》めつつ来《こ》ぬ夜《よ》あまたに成りぬれば待《ま》たじと思《おも》ふぞ待《ま》つにまされる　　人丸

【校異】ナシ。
【拾遺集】恋五・一〇〇七。　　柿本人丸

たのめつゝこぬ夜あまたになりぬれはまたしとおもふそ待にまされり

訪れると約束してあてにさせながら、約束をやぶって来ない夜が度重なったので、つらい思いをするのなら待つまいと思うことは、訪れるのを待っていたときのつらさよりつらいことだ。

定恋三・八四八。**詞**○詞書ナシ—題しらす。○柿本人丸（細字書入）—人麿。**歌**○まされり—まされる。

【語釈】○頼めつつ—頼みに思わせながら。期待させながら。訪れると約束してあてにさせる。○来ぬ夜あまた—約束をやぶって来ない夜がたび重なる。○待たじと思ふぞ—もう待つまいと思うこと。期待を裏切られてつらい思いをすることに堪えかねて待つまいと思う。○待つにまされる—訪れを待っていたときのつらさよりもつらい。

【補説】この歌は時雨亭文庫蔵義空本『柿本人麿集』をはじめ、『人丸集』の現存諸本に歌詞に異同なくある。また、公任が編纂した秀歌撰や歌集にも収められていて、平安時代にはよく知られていた歌である。しかし、『万葉集』にはこれに相当する歌がなく、『人麿集』に収められた経緯は明らかでない。『古今六帖』（二八三五）には、

こむといひてこざりし夜もありしかば待たぬしもこそ待つにまされる

という二八四と類似の表現をもつ歌がある。おそらく平安前期には、この類いの歌が数多く伝播されていたものと思われる。

歌の主題は「待たじと思ふぞ待つにまされる」という句にある。待つつらさから待たじと思い切ることはなおつらいと、待つ恋のつらさを詠んでいる。『抄』では、この後にも待つ恋の歌が続いている。

なお、この歌は『和歌体十種』では「此体者志在于胸難顕、事在于口難言、自想心見、以歌写之、言語道断玄又

玄也。況与余情混其流、与高情交其派、自非大巧可以難決之」と説明されている「写思体」にあげている。また、『俊頼随脳』では、秀歌について説いた後に、その例歌の一つとしてあげられていて、高く評価されている。

【作者】柿本人麿→九三。

【他出文献】◇朗詠集七八八、人丸。◇三、人麿。◇深七一、ひとまろ。

285　百羽《もゝは》がき羽《はね》かく鴫《しぎ》も我ごとく朝《あした》わびしき数《かず》はまさらじ

貫《つら》之《ゆき》

【校異】歌○我ことく―ある物を〈右傍ニ朱デ「ワカコトク」トアル〉(貞)。

【拾遺集】恋二・七三四。

もゝはかきはねかくしきも我ことくあしたわひしき数はまさらし

紀　貫之

定恋二・七二四。詞○詞書ナシ―題しらす。○紀貫之―つらゆき。

暁に頻繁に羽ばたきをする鴫も、私の共寝をした暁のつらい別れの数に比べたら、羽ばたく数は及ばないだろう。

【語釈】○百羽がき羽かく鴫も―「鴫」はシギ科に属する鳥の総称。旅鳥として、春と秋に飛来し、干潟や河口に群棲。足や嘴が長く、小魚や虫を食す。「羽かく」は鴫がはばたくことを言い、「百羽がき」は回数の多いさま、頻繁にすることの喩え。なお［補説］参照。○朝わびしき―共寝をした翌朝、別れて帰ってゆく恋人を見送るときのつらさ。○数はまさらじ―鴫のはばたく数の多さも、私のつらい暁の別れの回数には及ばないだろう。前歌の第五句が「待つにまされり」とあるのに対して、「数はまさらじ」と対応する関係で配列した。

【補説】 この歌は『貫之集』（五七一）に歌詞に異同なくあり、『古今集』（恋五・七六一）に、

暁の鴫の羽がき百羽がき君がこぬよはわれぞ数かく

とある歌をふまえている。この「鴫の羽がき百羽がき」については平安末期の歌学書に、

(1)しぎははねかくことのしげき也。さればももはがきとはいふなり。人のこぬ夜の数をかくしげさなむ彼しぎのももはがきのやうなるとよめり。（奥義抄下釈・七二）

(2)しぎと云鳥は暁はとぶ羽音のこと鳥よりもしげくきこゆれば百はがきとは読也。（袖中抄十八・しぢのはしがき）

(3)鴫と云ふ鳥は暁になれば、ひまもなく羽をかくなり。しげきことにいふをもも羽がきともよむなり。羽かくとは羽をたたくなり。（色葉和難集巻九・しぎの羽がき）

などとある。現行の古語辞典類は「しぎのはねがき」を鴫が嘴で羽根をしごくことと解しているものが多いが、平安末期の歌学書には「羽をたたく」、「とぶ羽音」とあり、はばたくことと解して、「百羽がき」は回数の多いさま、頻繁にするさまの喩えとみている。そして『古今集』の「暁の鴫の羽根がき百羽がき君がこぬ夜は我ぞ数かく」の歌を、

昔あだなる男をたのむ女ありけり。来ぬ夜の数は多く、来る夜の数はすくなかりければ、彼来ぬ夜の数を書事なん暁の鴫と云鳥のはねかくよりもおおかると云なるべし。（袖中抄十八）

と解している。近年は鴫の羽ばたく動作からの連想として、眠られずに床の中でもじもじしている、寝返りをうつなどと解する説が有力である。

二八五の「朝わびしき」を恋人の訪れがなく、逢えずに明けた朝のわびしさと解く説もあるが、「我ごとく朝わびしき数」とあるので、鴫が暁に頻繁に羽ばたく回数と、自分が今まで経験した暁のつらい別れの回数とを比べて、鴫の羽ばたく数も暁のつらい別れの回数より多くないだろうと詠んだものと解する。

【作者】紀貫之→七。

【他出文献】◇貫之集。◇古今六帖二五九一。

をとこ《お》のとひ*侍らざりければ遣《つか》はしける　読人不知

286　ありへんと思《おも》ひもかけぬ世《よ》の中はなかなかく身をぞうらみ*ざりける

【底本原状】第五句ノ「うらみ」ノ右傍ニ「なけか」トアル。

【校訂注記】「とひ」ハ底本ニ「こ（右傍ニ「と」歟トアル）ひ」トアリ、島本、貞和本ニモ「とひ」トアルノデ、ソレニヨッテ改メタ。

【校異】詞○つかはしける―をんなのつかはしける（島）女のよみてつかはしける（貞）。歌○うらみさりける―なけかさりける（島）なけかさりける〈右傍ニ朱デ「ウラミサラマシィ」トアル〉（貞）。

【拾遺集】恋五・九四一。

おとこのとひ侍りけれは女

ありへむとおもひもかけぬ世の中は中〳〵身をも（「も」ノ右傍ニ「そ」トアル）恨さりけり

定恋五・九三一。詞○おとこのとひ侍りけれは女―ナシ。歌○身をも―身をそ。○恨さりけり―なけかさりける。

男が訪ねてきませんでしたので詠んで遣った
いつまでも生き長らえようと思いもしないこの世で（あなたにつれなくされるなら、世を捨てようと思うので）かえってわが身の不運を恨みに思うこともないことだ。

【語釈】○とひ侍らざりければ―「とひ」は底本には「こひ」とあり、「こひ」を思慕する意の「恋ひ」と解することは無理があるので、「とひ」に改め、訪れる意と解する。男は疎遠な関係になりつつある。○ありへんと思ひもかけぬ世の中は―「ありふ」は生き長らえる、生き続ける。長く生きようと思ってもいないこの世では。「今までも世にありへむと思はぬをそむく道にも後れぬるかな」（栄華物語・きるはわびしと嘆く女房）。○なかなか身をぞうらみざりける―第五句「うらみざりける」は『抄』の島本、貞和本、『集』の定家本などに「なげかざりける」とある。この本文では、かえって身の不運を嘆くこともないことだの意。

【補説】詞書に「をとこのとひ侍らざりければ」とあるので、男の来訪は途切れ、疎遠な状態にあり、女は男との関係が破綻寸前であることを自覚している。このような状況になって、女は「ありへんと思ひもかけぬ世の中は」と思った。つまり女は思う人につれなくされているので、この世を捨てようと思ったのだろう。これは流布本『長能集』に「ありへてもかかるうき世になぞやともけふぞわが身をさだめはつべき」（五六）とあるのに通じる心境である。そう思うと、男が訪れてこないという、わが身の不運を恨みに思うこともなくなった。
「ありへむ」などの語を用いた歌は、詠歌事情は同じではないが、
　言の葉にそひて命のたえにせばありへてつらき人をみましや（西本願寺本能宣集二一二）
　をしと思ふ折やありけむありふればいとかくばかりうかりける身を（榊原本和泉式部集二九三）
　いくよしもありへむものと知らぬ身はうきもつらきもなにかなげかむ（住吉社歌合一〇二）
など、生き長らえることを「つらし」「うし」と受けとめている。

なお、この歌は『俊頼随脳』では「げにと聞ゆる歌」の例歌としてあげられている。

【他出文献】◇俊頼随脳。

題不知

287 夕占《ゆふけ》とふ占《うら》にもよく有り・こよひだに来《こ》ざらん人をいつか頼《たの》まむ

【校異】 **歌**○よく有―よくある〈「くある」ノ右傍ニ朱デ「カル」トアリ、「る」ノ右傍ニハ「りィ」トアル〉（貞）○こよひたに―こよひさへ（島）こよひたに〈「たに」ノ右傍ニ朱デ「サへ」トアル〉（貞）○人を―人を〈「人」ノ右傍ニ「君ィ」トアル〉（貞）○いつかたのまむ―いつとかまたむ〈「またむ」ノ右傍ニ「まつへきィ」トアル〉（貞）。

【拾遺集】 恋三・八一七。

ゆふけとふうらにもよくありこよひたにこさらむ君をいつかたのまむ（「たのまむ」ノ右傍ニ「マツヘキイ」トアル）

定恋三・八〇七。**歌**○たのまむ―まつへき。

題知らず

夕暮に辻占いをして、その占いにもよい結果がでた、そのような今夜でさえも訪れて来ないあなたを、訪れるのを何時のことと思って頼りにしたらよかろうか。

【語釈】○夕占とふ―「夕占」は古代占法の一つ。夕暮の辻に立って吉凶をうらなう占い。辻占。この占法については『二中歴』『拾芥抄』などに解説があるので、［補説］に記す。○よく有り―よい結果である。吉であった。『万葉集』の本歌には「のれる」とあり、『古今六帖』にも「つげる」とある。これによれば、来るというお告げがあったことをいう。○こよひだに―訪れるというお告げがあった今夜でさえも。○いつか頼まむ―『抄』の貞和本には「いつとかまたむ」とあり、『集』定家本には「いつかまつべき」とある。何時のことと思って頼りにしたらよいのだろうかの意。

【補説】この歌は『万葉集』（巻十一・二六一三）「正述心緒」にある作者不詳の、

夕卜尓毛　占尓毛告有　今夜谷　不来君乎　何時将待

（ゆふけにもうらにものれる今夜だに来まさぬ君をいつとか待たむ）

という歌の異伝である。この歌は平安時代の『人麿集』『古今六帖』などには、

ゆふけにも夢にもみえよこよひだにこざらん人をいつとか待たむ（書陵部蔵『柿本集』、人麿集Ⅱ四六三）

ゆふけにもうらにもつげる今夜だにきまさぬ君をいつとか待たむ（古今六帖二八三七）

とあり、占いに吉とでたとあるのは『古今六帖』で、『人麿集』は吉とでることへの強い願望がうかがえる。

女は夕暮に辻に立って占いをした。それは『二中歴』によれば、「布奈止佐倍、由不介乃加美尓毛乃止八々、美知由久比止与宇良末佐尓世与」と、この歌を三度誦えて、町辻の区域に米をまき、櫛の歯を鳴らし、その後に町辻に来る人や、その区域の人の言語を聞いて吉凶を判断するという。『拾芥抄』には、「問夕食歌」として、歌は「フナトサヤユフケノ神ニ物トヘバ道行人ヨウラマサニセヨ」とある。女児が「黄楊櫛を持った女三人が三つの辻に向かい吉凶を問へ」、また「午歳の女が午の日に吉凶を問へ」とも言ったという。この後に「今案」として、『二中歴』にあるように、散米や櫛の歯を鳴らすなどの説明がある。崇徳院が『久安百首』で「しもつけのはな」という題の物名歌を「挿櫛もつげの歯なくてわぎもこが夕占の占を問ひぞわづらふ」（九九）と詠んでいるので、『拾芥抄』にいうように黄楊櫛を占いに用いたのであろう。

こうして夕占を行い結果は吉とでたものの、男は訪れて来なかった。女は今夜の逢瀬を期待していたが、期待は裏切られてしまった。そのときの女のわびしい思いを詠んだ歌である。

【他出文献】◇古今六帖↓［補説］。

万葉集和し侍りける　　順

288 思《おも》ふとも心《こゝろ》のうちを知《し》らぬ身は死《し》ぬばかりにもあらじとぞ思《おも》ふ

【校異】詞○万葉集―万葉集の（島）○侍ける―侍けるに（島・貞）○順―源順（島）みなもとの順（貞）。歌○おもふとも―おもふらん（島）おもふとも〈「とも」ノ右傍ニ「覧ィ」トアル〉（貞）○身は―まは（貞）。

【拾遺集】恋二・七六七。

万葉集和し侍けるに　　源順

おもふとも心のうちをしらぬ身はしぬはかりにはあらしとそ思ふ

定恋二・七五七。歌○おもふとも―おもふらむ。○しぬはかりには―しぬ許にも。

万葉集の歌に追和しました

あなたが私を恋しているとしても、あなたの心中を知らない私には、恋焦がれて死ぬほどでもあるまいと思っていた。

【語釈】○和し侍りける―『八代集抄』には「順、万葉を和しける時、其中の歌の返歌を読也。袋草子云、万葉の歌を本歌として、詠返歌也」とある。この説明に「順、万葉を和しける」とあるのは、順など梨壺の五人が『万葉集』を訓読したことをいう。これも「和す」の意味の一つである。また「其中の歌の返歌」とは「万葉の歌を本歌として、詠返歌也」と同じことをいうとみると、単に訓読した『万葉集』の歌に返歌を詠んだというのではなく、『万葉集』の中の、他の人が作った歌に応えて歌を詠んだという意にとれる。いわゆる、追和したの意であろう。なお、この問題については『袋草紙』に説があるので、［補説］に記すこととする。○思ふとも―『抄』の島本、『集』の定家本に「おもふらむ」とある。「おもふとも」はあなたが私のことを恋していてもの意。○心のうちを知らぬ身―「心のうち」は相手の心中。「身」は作者のこと。○死ぬばかり―「死ぬ」は恋いこがれて死ぬこと。

【補説】 この歌の詞書の「和し侍りける」について、『袋草紙』の「故撰集子細」には、次のようにある。

花山院勅撰云々。此集中ニ源順和万葉集歌ト云物アリ。或万葉ノ古語ヲ翻和ニナセルナリ云々。或万葉歌ヲ為本歌詠返歌也。予案之、返歌儀歟。一ハ藤経衡和後撰歌ト云物アリ。後撰中ニ優歌ヲ百首許書出、其返歌ヲ詠也。以之思之、後順ガ所為ヲ模歟。一ハ万葉集ニ是ヲ和タルトミユル歌ナシ。是ヲ返タルト見歌ハ間々アリ。所謂、順和万葉集歌云、

オモフトモ心ノウチヲシラヌ身ハシヌバカリニモアラジトゾ思

万葉、

アサギリノホノニアヒミシヒトユヘニイノチシヌベク恋ワタル哉

コヒシナン後ハナニセンイケルミノタメコソ人ハ見マクホシケレ

（以下略）

是等ノ類也。

これが清輔の説であるが、まず、「和す」は返歌する意ととり、『万葉集』の歌をもとに返歌を詠んだものと考え

て、そのもとになった『万葉集』の歌を指摘している。

これについて、顕昭は『拾遺抄註』において、「万葉集和し侍けるに」の詞書をとりあげて、

> 或人云、万葉集ノ歌ノコハキヲ和ラゲヨミナシタル歟。清輔朝臣云、万葉集ノ歌ヲ少々書出テ、返ヲシタルナリ。和トイフハ即返也。…顕昭云、万葉中ニ、此集ニ入順歌三首ガ本歌ト見ユル歌モ無如何。又ヤハラグト見タル歌モ無之。

と、或人、清輔のどちらの説にも当てはまる歌が『万葉集』にはないと説いている。いずれにしろ、『万葉集』の歌との関係が明確でないので、「和せる」の意も決めかねるが、『万葉集』に「後の人の追ひて和(こた)ふる詩(うた)」（巻五・八六一詞書）とあるように、追和した歌の意であろう。なお、三一三、三六一参照。

【作者】源順→四七。

【他出文献】◇袋草紙。

289　題不知　読人不知

生《い》き死《し》なんことの心《こころ》にかなひせばふたたびものは思《おも》はざらまし

【校異】詞○題不知―たいよみひとしらす（島）。歌○ものは―ものを（貞）。

【拾遺集】恋五・九三八。

いきしなむことの心にかなひせは二たひ物はおもはさらまし

定恋五・九二八。

題知らず
生きることと死ぬことが思いのままになるならば、二度も思い悩むことはないだろう。

【語釈】○生き死なんこと—「生きなんこと」と「死なんこと」を合成した表現。○心にかなひせば—「心にかなふ」は思う通りになる、思いのままになる。「命だに心にかなふものならばなにか別れの悲しからまし」（古今・離別・三八七）。○ふたたび—同じ動作や状態が重なること。ここは恋い焦がれて苦しくとも逢うまでは「生きなん」という思いと、恋することの苦悩から「死なん」という思いをいう。○ものは思はざらまし—思い悩むことはないだろう。

【補説】人は生死、いずれの場面でも、思い悩むことが多い。恋をしているときには、相手の対応次第で、「生きなん」という思いと「死なん」という思いが交差する。こうした思いも、誰にも共通してあるとはいえない。

死なましを心にかなふ身なりせば何をかねたる命とかふる（好忠集四七八）

と、生死が「心にかなふ身」であれば、死んでしまってもよいと、身のつたなさを嘆く者がいる一方で、

恋すればうき身さへこそ惜しまるれ同じ世にだにすまむと思へば（詞花・恋上・二二四　心覚法師）

と、人を恋すると、惜しくもないはずの憂き身まで、死ぬのが惜しいと思う人もいる。このように思うにまかせないのが人の世で、二八九の作者も、そのことに想い到っているから、反実仮想法を用いて詠んでいるのである。

290
行《おこな》ひすとて山寺に籠《こも》り侍りけるを《お》とこの、女《をんな》のもとに遣《つか》はしける

人にだに知《し》られで入《い》りし奥《おく》山に恋《こひ》しさいかでたづね来《き》つらん

【校異】詞〇作者名ナシ―よしのふ〈右傍ニ朱デ「イナシ」トアル〉（貞）。歌〇おく山に―をく山の〈「の」ノ右傍ニ朱デ「ニ」トアル〉（貞）。

【拾遺集】恋四・九二四。

おこなひし侍とて山寺にこもり侍りけるひとのもとよりいひつかはしける

人にたにしられていりしおく山に恋しさいかてたつねきつらむ

定恋四・九一四。詞〇おこなひし侍―をこなひせん。〇山寺―山。〇侍りける―侍けるに。〇ひとのもとより―さとの人に。〇いひつかはしける―つかはしける。歌〇しられて―しらせて。

仏道修業をしようとして山寺に参籠しました男が、女の所に詠んでやりました

人にさえ知られないで移った山奥の寺に、世俗に捨ててきた人恋しく思う気持ちが、どうして尋ねてきたのだろうか。

【語釈】〇をとこの―「をとこ」は歌の作者で、「遣はしける」の主語。具世本では連用修飾句の一部で、定家本では「をとこ」の語はどこにもない。これと似たことは『抄』五二八の詞書と定家本との間でもみられる。五二八［補説］参照。〇人にだに―「人」は第四句の擬人化した「恋しさ」に対して言った語。〇知られで―『集』の定家本のみが「しらせで」とある。定家本の本文であれば、知らせなかった人は限定され、第一句の「人」は恋人と特定できる。〇恋しさ―人恋しくなる気持ち。「恋しさ」を擬人化して、「恋しさ」が奥山に尋ねてきたといった。

【補説】仏道修業のために俗世を捨てて奥山に入ったけれど、人恋しく思う心は消えさらない。出家としての己

れの未熟さを述懐した歌である。

この歌の趣向は、人恋しい気持ちになることを、「恋しさ」を擬人化して「たづね来つらん」と詠んでいるところにある。この歌と同じように擬人化を用いた歌に、

世を捨ててあるにもあらぬ身となれり何しか老いの尋ねきつらん　（秋風抄三二一　知家）

がある。また二九〇を本歌とした歌に、

恋しさに忍びしかどもはるばると旅の空までたづね来にけり　（堀河百首一二二〇　師頼）

がある。

冬比叡《ひえ》の山にのぼりて、春までお《を》とづれ侍らざりける人の許に　清正女《むすめ》

291 ながめやる山辺はいとど霞《かす》みつつおぼつかなさのまさる春《はる》かな

【校異】 **詞**〇侍らさりける人の許に―侍らさりけれはまたのとしのはるつかはしける〈「けれは」ノ右傍ニ「けるィ」トアリ、「また」ノ右傍上ニ朱デ「人ニ」トアル〉（貞）〇清正むすめ―藤原清正（島）藤原清忠女〈「忠」ノ右傍ニ朱デ「正」トアル〉（貞）。**歌**〇はるかな―はるかな〈「はる」ノ右傍ニ朱デ「コロ」トアル〉（貞）。

【拾遺集】 恋三・八二七。

冬ひえのやまにのほりて春まてをとせぬ人のもとに　藤原清正娘

なかめやる山へはいとゝかすみつゝおほつかなさのまさる春かな

定恋三・八一七。**詞**〇冬―冬より。

冬、仏道修業のために比叡山に登って、春まで音沙汰がなかった人の許に物思いにふけりながら、遠方の山をみると、山辺は霞がかかってますますおぼろに霞んで心もとなく、不安な思いがつのるばかりである。

【語釈】○比叡の山にのぼりて―仏道修業のために山に登ったのだろう。この人物は出家ではなく、在俗の人であろう。○おとづれ侍らざりける人―音沙汰がありませんでした人。○ながめやる―物思いにふけりながら遠くの方をみる。○おぼつかなさ―長い間音沙汰がなく、相手のことがはっきりつかめないでもどかしいこと。心もとないこと。

【補説】冬から春まで、比叡山に登って消息のない男の身を案じて詠みおくった歌である。男の様子がわからずに不安で気掛かりであるが、山は季節の景物の霞でおぼろに霞んで心もとなく、不安や気掛かりな思いをますますつのらせるという趣向である。詞書の詠歌事情が歌の「いとど」「まさる」の語に活かされている。

この歌は『和歌初学抄』の「秀句」の項の「霞」の条に例歌として引かれ、『定家八代抄』にも収められてる。歌は表現面で後世に影響を与えるようなところはないが、『源氏物語』の鈴虫の巻で、秋好中宮を訪れた源氏に中宮が「九重の隔て深うはべりし年ごろも、おぼつかなさのまさるやうに思ひたまへらるるありさまを…」と話すなかの、「おぼつかなさのまさる」の部分は、二九一の歌を引いたものとみる説（紫明抄、河海抄等）がある。

【作者】『抄』の島本に「藤原清正」、貞和本に「藤原清忠女」とある以外は「清正女」とある。貞和本の「清忠女」は単純な誤りであるが、島本の「藤原清正」説は男女逆転するので、詞書や歌の解釈に影響してくる。この歌は『清正集』の現存諸本にみえず、西本願寺本『清正集』（三）によると、清正が正月に山寺に籠ったことはあったが、当該歌とは関係なく、家集から清正作者説の論拠は見出だせない。

『尊卑分脈』の良門孫流には、清正の子として、「光舒修理少進」と「女子拾遺作者」の二人をあげている。光舒は貞元二年（九七七）八月十六日に催された「三条左大臣頼忠前栽歌合」に作者として参加、「修理進光舒」とみえる。この歌合には頼忠の信任厚い為頼も歌人として参加していて、従兄弟の為頼の慫慂で光舒も参加できたのであろう。こうした経緯を考えると、公任自身も為頼から光舒兄妹の情報を手に入れることができたと思われる。結局、この歌の作者は清正女であることは確かであるが、彼女については、村上、冷泉、円融朝ころの人で、『拾遺集』に一首入集していること以外は未詳である。

絶《た》えて年《とし》ごろになりにける女の許にまかりて、つとめて雪の降《ふ》り侍りければ　　源　景明《かげあきら》

292　み吉野《よしの》の雪にこもれる山人《やま》もふる道《みち》とめてねをやなくらん覧

【校異】詞○なりにける―なり侍にける（島）なる（貞）○女の許に―をんなのもとへ（島）○まかりて―まてきて〈「てきて」ノ右傍ニ朱デ「カリテ」トアル〉（貞）○ふり侍けれは―ふり侍けるにつかはしける〈「るに」ノ右傍ニ朱デ「レハイ」トアリ、「つかはしける」ノ左傍ニ朱デ見セ消チノ符号ガアル〉（貞）。

【拾遺集】恋三・八五八。

たえてとしころになり侍りける女のもとにまかりて侍けれは　　源　景明

みよしの丶雪にこもれる山人もふるみちとめてねをやなくらん

㊀恋三・八四七。詞○なり侍りける―なりにける。○侍けれは―雪のふり侍けれは。

仲が絶えて何か年にもなりました女の許に出掛けまして、翌朝早く雪が降りましたので

吉野山の雪に閉じ込められている山人も、そこから抜け出そうと、雪の降るなかを古道を探しあぐねて、声をあげて泣いているだろうか。

【語釈】○絶えて―仲が途絶えて。○年ごろになりにける―何か年も経ってしまった。ここ数年になってしまった。○み吉野―大和国の歌枕。「吉野」に美称の接頭語「み」がついた語。ここは吉野山のこと。一参照。○山人―吉野山に住む人。○ふる道とめて―「とむ」は探し求める。「認《トム》求也」（色葉字類抄）。雪の降るなか、以前は人が通っていた古い道を探して。「古」に「降る」を掛ける。○ねをやなくらん―声を出して泣く。「ねをやなく」は三四八［補説］参照。

【補説】『抄』一四七には都の初雪と吉野の山の古る雪とを対比させて詠んだ景明の歌があったが、この歌に関連して、稲賀敬二氏『中務』（日本の作家6　新典社）は景明の歌について、情趣より着想のおもしろさで勝負する傾向があるといわれている。このことは二九二の歌についてもいえる。

まず、第一に仲が途絶えていた女の許を訪れた翌朝に降る雪に閉じ込められた作者自身を、冬の間雪に閉じ込められている吉野山の山人になぞらえるという着想である。山人は、

山人の露とむすべる草のいほり雪踏みわけてたれか訪ふべき（好忠集三四三）

と詠まれているように、冬の間は訪れる者もなく、外界とは交渉もなく、まして他の女の所に通ってなどいないことを暗示している。

第二は、以前に人が通っていた「古道」に着眼したところである。この「古道」は今は人が通っていないところから、中絶えの表徴であるが、かつては二人を結ぶ道であった。その「古道」を探すというのは、現在の雪に閉じ込められた状態から抜け出そうとしているからであるが、これは二人の関係でも現在の状態から脱却して、以前のような関係になろうと望んでいることを表す。

この歌は着想のおもしろさに特徴があるところから、後世、これを模して詠んだ歌はないようである。

【作者】源景明→一四七。

女の許にを《お》とこの文遣《ふみつか》はしけれど、返りごともせず侍りければ　　読人不知

293　山彦《びこ》もこたへぬ山の呼子《よぶこ》鳥我ひとりのみなきや渡《わた》らん

【校異】詞○せす侍けれは―せさりけれは（貞）。

【拾遺集】恋一・六五六。

女のもとにおとこのふみつかはしけれと返事もせさりけれは

山ひこもこたへぬ山のよふこ鳥我ひとりのみ鳴きやわたらむ

定恋一・六四三。詞○つかはしけれと―つかはしけるに。○せさりけれは―せす侍けれは。

女の許に男が手紙を書き送ったけれども、女は返事もしないでいましたので

山彦も返事をしない山の呼子鳥のように、私は自分ひとりだけが、あなたの返事ももらえないで、鳴き続けるのだろうか。

【語釈】○呼子鳥―『万葉集』には呼子鳥を詠んだ歌が九首あり、そのうち四首は、「答へぬにな呼びとよめそ呼子鳥佐保の山辺を上り下りに」（巻十・一八二八）という歌のように、人を呼ぶように鳴いているさまを詠んでいて、現在の郭公のことといわれているが、実体は明らかでない。古今伝授では三鳥（ほかには百千鳥、稲負

鳥）の一つとして、『毘沙門堂本古今集注』には、①鳶、「キトコキトコ」と鳴く声が子を呼ぶ声に似ているから。②はこどり、「ハコハコ」と鳴く。「伯撰」という書物によると、鷲に攫われた女の子が「ハヤコハヤコ」と泣きながら死んで鳥になったので、呼子鳥と名づけたという。③雀。などの説が記されているが、確かなことはわからない。〇我ひとりのみ—「我」は返事をしてもらえない男。返事をもらえない自分だけが。

【補説】この歌では、手紙を書き送った男を呼子鳥に、返事をしない女を山彦によそえて、上句は下句の序の働きをしている。呼子鳥と山彦を取り合せた歌は、この歌のように、文を遣る人と返事をしない人という設定で詠まれている。たとえば、『馬内侍集』（一五二）には、

ゑじたる人のもとに文をやりたりければ、返りごともせぬに

山彦も答へぬ春の呼子鳥鳴けとや声のたえぬかぎりは

とあり、二九三と人物の設定は逆である。このように一首のなかに呼子鳥と山彦とを取り合せて詠む以外に、贈答歌の形で、呼子鳥と山彦を別個に詠んだものもある。たとえば、『小馬命婦集』（三六、三七）には、

この度は返りごとなければ、男

山彦の答ふる声の聞えねばながむる空はまどはるるかな

かへし

呼子鳥いく声鳴きぬ山彦の答ふばかりはあらずぞありける

とあり、男が呼子鳥、女が山彦によそえられている。

呼子鳥と山彦とを取り合せた歌では、

山彦の答へざりせば呼子鳥むなしき音をや鳴きてすぎまし（初度本金葉・春・四二　静命法師）

おしなべて答へぬ山の山彦をうはの空にも呼子鳥かな（散木奇歌集一〇八〇）

あしびきの山の山彦答へずは友よぶこどりたれとなかまし（久安百首一三一四　小大進）

などと、二九三のように山彦は答えないのが通例である。これが呼子鳥と山彦とを取り合せた歌の類型的表現であり、二九三は、その典型的な歌と言えよう。

題不知

294 山彦《びこ》は君にもにたる心《こゝろ》かな我《(われ)》声《こゑ》せねばお《を》とづれもせず

【校異】ナシ。

【拾遺集】恋一・六五七。

やまひこは君にもにたる心かな我こゑせねは音つれもせす

[定]恋一・六四四。**詞**○詞書ナシ―題しらす。

題知らず

山彦はあなたとも似ている性向であるよ。私が声を掛けなければ、音信もしない。

【語釈】○君にも―名詞「君」は女からみて愛する男性をいう。対象の代名詞「君」は上代は主に男性に、中古以後は親愛な関係にある男女いずれにも用いたので、歌の作者は女とも、男ともとれる。○心―性向。気質。○我声せねば―『新大系』『和歌大系』とも「我」を「わが」と読んでいるが、この歌の異伝と思われる［補説］にあげた『古今六帖』の歌では「われとひやめば」とあるのに従い、「われ」と読む。「声せねば」は声をかける、便りをするの意。○おとづれもせず―音信もしない。

【補説】山彦の性向は愛する人に似ているということを、「我声せねばおとづれもせず」という下句によって説き明かす趣向の歌である。返事をくれない者に山彦を詠み込んで送った歌には、次のようなものがある。

返事せぬ人につかはしける

①うちわびてよばはむ声に山彦のこたへぬ空はあらじとぞ思ふ（後撰・恋五・九六九）

ものいひ侍る女の返事もし侍らざりしかば

②わがためはあたごの山の山彦もおもふといへばおもふとぞいふ（松平文庫蔵兼澄集、兼澄集Ⅱ八七）

返事せぬ女につかはしける

③山彦はこたふるだにもあるものを音せぬ人をまつがくるしさ（続古今・恋二・一一一八　朝光）

同じやうなる人の返事はし侍らぬに

④聞かずしもあらじをなどか山彦のおとなふ声にこたへざるらん（西本願寺本能宣集、能宣集Ⅰ三〇五）

このたびは返り事なければ、男

⑤山彦のこたふる声の聞えねばながむる空はまどはるるかな（小馬命婦集三六）

これらの歌から知られることは、

(イ)これらの歌で返事をしないのは女で、歌は男の歌である。的確な例が見つからなかったが、男が返事をしなかった場合も少数ながらあるものの、返事をしないのは女の場合が多い。二九四は「君」の語の使用などから女の歌ともとれるが、下句の「我声せねば」は男が主格と思われ、また、前掲の諸例からも男の歌とみてよかろう。

(ロ)これらの歌では、男には女が山彦のように応答するものだという思い込みがあり、応答しない女をつれなく思い、返事を待つことが苦しく、苛立ちを覚えている。こうした経験から、これらの歌の作者にも、女は山彦と同じではないという認識をもつようになった者がいたと思われる。

二九四でも、女は男のいうことに応答することもあるという認識があって、それを①～⑤の歌の作者たちのように山彦に擬するのではなく、山彦を女に擬するという発想の転換をしている。それに応じて、男が声を掛けなければ、女は返事をしないという否定的な側面から、男と女と関り方をみている。これでは返事をしないことが女の意思によるものか、どうかは判然としない。この歌の異伝と思われる『古今六帖』の

山彦は君にぞあるらし心みにわれとひやめばおとづれもせず（九九四）

という歌では、微妙な言いまわしで、山彦を女に擬することは女の主体的な判断を認め、女の意思的な行動を重視しようとしていることを表している。山彦には意思的なものはなく、音にたいしては無差別に反応するが、女は主体的に判断してから応答していて、当然のことながら、山彦とは違っている。そこで発想の転換をして山彦を女に擬している。一首は着想のおもしろさに主眼があるとも言える。

【他出文献】◇古今六帖→［補説］。

295　あしひきの山下《した》とよみゆく水の時ぞともなく恋《こ》ひやわたらん

【校異】歌○時そとも―ときそとも〈「ときそ」ノ右傍ニ朱デ「コトソィ」トアル〉（貞）○こひやわたらん―恋わたるかな（島・貞）。

【拾遺集】恋一・六五八。

あしひきの山したとよみゆく水の時ぞともなくこひわたるかな

定恋一・六四五。

山の麓を響かせて絶え間なく流れて行く水のように、いつと時を定めずに慕い続けることだろう。

【語釈】○山下とよみ―「山下」は山の下の方、山の麓、山裾。あるいは、山の草木におおわれた下陰のところとも。「とよむ」は下二段動詞で、鳴り響かせる。山の麓を響かせて。「あしひきの山下とよみ落ちたぎち流る辟田の川の瀬に」（万葉・巻十九・四一五六）。○時ぞともなく―いつと定まった時がなく。○恋ひやわたらん―『抄』の島本、貞和本、『集』は「恋ひわたるかな」とある。この歌の本歌である『万葉集』の歌も「恋ひわたるかな」とある。

【補説】この歌は『万葉集』巻十一の「寄物陳思」の歌群に、

悪氷木之　山下動　逝水之　時友無雲　恋度鴨（二七〇四）

（あしひきの山下とよみゆく水の時ともなくも恋ひわたるかも）

とある、作者未詳の歌の異伝である。また、この歌の異伝と思われるものに、

あしひきの山下とよみゆく水の時ぞともなくこふるわが身か（散佚前西本願寺本『人麿集』、人麿集Ⅰ一八〇）

あしひきの山下とよみゆく水の時ぞともなくおもほゆるかな（古今六帖一四五二）

などがある。これらの歌では第三句までは、「時ぞともなく」を導く序詞であり、歌は心のなかで常に激しく思慕し続ける恋を詠んだものである。

『万葉集』には「山下とよみ」という成句を用いた歌は五例あり、巻十一の二七〇四のほかに、巻十二の「寄物陳思」歌群中の歌（三〇一四）は山麓を流れ行く川の情景を比喩的に用いた恋の歌であり、巻八の「秋相聞」の歌（一六一一）は、山麓で鳴く鹿の鳴声に寄せた恋の歌である。他の二首は「秋雑歌」の「蝦《かはづ》を詠む」という題の歌（巻十・二一六二）と家持が鵜飼をみて詠んだ歌（巻十九・四一五六）である。これらは万葉人の

生活のなかから生み出されてきた表現である。

この成句を用いて、平安時代になっても、

秋萩にうらびれをればあしひきの山下とよみ鹿のなくらむ（古今・秋上・二一六　読人不知）

あしひきの山下とよみなく鳥もわがごとたえず物思ふらめや（後撰・雑四・一二九九　山田法師）

嵐吹く山下とよみなく鹿のつまこふるねに我ぞかなしき（部類名家集本堤中納言集四一）

風さむみはだれ霜ふる秋の夜は山下とよみ鹿ぞなくなる（堀河百首七一五　基俊）

五月雨の雲を梢にせきかけて山下とよむ谷川の水（壬二集二八）

谷風に山下とよみ鳴く鹿の声もたまらず散る木の葉かな（壬二集二五一九）

などと詠まれ、鹿の鳴声を詠み込んで「山下とよみなく鹿」という類型的表現の歌が多い。特に、藤原家隆はここでも、二八三の［補説］に記したように、万葉歌に関心が深かったようである。

なお、この表現は平安京の風土に馴染まなかったためか、しだいに用いられなくなって、王朝人の激しい恋情を表す「山下水」という新しい歌語が生まれ、伊勢、貫之、元真、能宣らをはじめ多くの歌人が用いるようになった。

二九五の第五句「恋ひやわたらん」は底本の独自本文である。『万葉集』には第五句に「恋ひやわたらん」とある歌はなく、「恋ひわたるかな」で結ぶ歌は巻四、巻十一、巻十二に集中的に多数あって、これが類型的表現であった。

【他出文献】◇万葉集→［補説］。◇柿本人丸集→［補説］。◇古今六帖→［補説］。

旅《たび》に思《おも》ひをのぶといふ心をよみ侍りける　石上乙麿《おとまろ》

296　あしひきの山越《こ》え暮《く》れて宿《やど》からば妹《いも》立《た》ち待《ま》ちていも寝《ね》ざらんかも

【校異】 **歌**○いもねさらんかも―いねさらむかも（島）いねさらめかも〈「めかも」ノ左傍ニ「んかもィ」トアリ、右傍ニ朱デ「ムヤモ」トアル〉（貞）。

【拾遺集】 恋三・七九一。

たひにおもひをのふといふこゝろをよみ侍りけるに　石（右傍ニ「磯カ」トアル）上乙丸

あし引の山こえくれてやとりせ（「りせ」ノ右傍ニ「カラ」トアル）はいも立よら（「よら」ノ右傍ニ「マチ」トアル）ていねさらむかも

定恋三・七八一。**詞**○たひに―たひの。○こゝろをよみ侍りけるに―ことを。**歌**○やとりせは―やとからは。○よらて―まちて。

旅においてその感慨を述べるという題を詠みました

山路を越えようとして日が暮れてしまって、宿を借りるようなことになったならば、妻は門に立ったまま私の帰りを待って、眠らずにいるだろうなあ。

【語釈】 ○旅に思ひをのぶ―『万葉集』では、「羈旅作詞」と題のある歌のなかにある。旅においてその感慨を述べる。○心―歌の内容、主題。○越え暮れて―「越え暮る」は山などを越えているうちに、日が暮れてしまう。○宿からば―『抄』には異文はないが、『集』の具世本のみ「やどりせば」とある。宿を借りるならば。○妹―男性が女性を親しんで言う語。妻、恋人、姉妹にいう。○立ち待ちて―家では妻が門に立って待っていて。○いも寝ざらんかも―「い」は眠ることの意。この語は他の語と熟合する場合を除いて、助詞「を」「も」などを介して「寝（ぬ）」に続き、「いを寝（ぬ）」「いも寝」などの形で用いられる。眠らずにいるだろうなあ。

【補説】 この歌は『万葉集』（巻七・一二四二）に、

足引之　山行暮　宿借者　妹立待而　宿将借鴨

（あしひきの山行き暮し宿借らば妹立ち待ちて宿かさむかも）

とある歌の異伝である。『万葉集』では「雑詞」の「羈旅作詞」と題詞のある歌のなかに、詞書、作者名なくある。『万葉集』の歌では、男は山路を行き日が暮れたので、宿を借りようとしたときのことを想定して、そのときいとしい人は門に立って待っていて、宿を貸してくれるだろうかなあ、というのが男が想定した内容である。したがって、妹も想定した存在である。『万葉集』の諸注も、このような立場で解釈している。

この『万葉集』の本歌と異伝歌である『抄』とでは、第五句の「宿かさむかも」が「いも寝ざらんかも」とあり、宿を貸してくれる妹が門に立って一晩中眠らずにいるということはありえないので、『八代集抄』にいうように「山路に暮て旅宿せば、故郷の妻の寝ずして待んと思遣る也」という、夫婦愛の歌になる。これはあたかも土佐に配流となった乙麿が都の久米若売のことを思い遣っているようである。この歌が『万葉集』では作者未詳歌であるのに、『抄』に乙麿の作とあるのも、このようなことを連想したからであろう。

【作者】 この歌の作者は『抄』『集』とも石上乙麿とあるが、『万葉集』の本歌の作者は未詳で、何を根拠にして乙麿作としているのか、明らかでない。

石上乙麿（乙麻呂）は贈従一位左大臣麻呂の第三子。母は未詳。父の麻呂は霊亀三年（七一七）三月、七十八歳で亡くなった。乙麻呂は神亀元年（七二四）二月に正六位下から従五位上に叙せられ、天平四年（七三二）正月従五位上、九月丹波守となる。その後、位階は順調に昇進、天平十年正月には従四位下、左大弁となったが、十一年三月二十八日に久米連若売を姦した事に坐して土佐に配流され、しばらくして赦され、天平十五年五月従四位上になり、その後、西海道巡察使、治部卿、常陸守、右大弁を歴任、二十年二月に従三位、天平勝宝元年

（七四九）七月中納言となり、同二年九月一日亡くなる。ときに中納言従三位兼中務卿であった。漢詩文に優れ、土佐配流時代の漢詩集『銜悲藻』は散逸、『懐風藻』に詩四首を残す。歌は『万葉集』に一首、勅撰集には『拾遺集』に一首のみ入集。

【他出文献】◇万葉集→［補説］。

題不知　　　　　　　　　　　　赤　人

297 わが背子《せこ》をならしの山の呼子鳥《よぶこどり》君呼《きみよ》び返《かへ》せ夜《よ》の*ふけぬまに

【校訂注記】「ふけぬまに」ハ底本ニ「ふけまに」ノ「ま」ノ右傍ニ「と」トアルガ、島本、貞和本、『集』ナドニ第五句ガ「夜のふけぬとき」「夜のふけぬさき」トアルノヲ参考ニシテ、ヒトマズ「ふけぬまに」トシテオク。

【校異】詞○赤人—山辺赤人（島）。**歌**○ふけぬまに—ふけぬとき〈「とき」ノ右傍ニ「まに」トアル〉（島）ふけぬさき〈「さき」ノ左傍ニ朱デ「トキ」トアリ、右傍ニ朱デ「マニィ」トアル〉（貞）。

【拾遺集】恋三・八二九。

山辺赤人

我せこをならしの山のよふこ鳥いも（「いも」の右傍ニ「キミ」トアル）よひかへせ夜のふけぬとき（「とき」ノ右傍ニ「マニ」トアル）

定恋三・八一九。**歌**○ならしの山—ならしの岡。○いも—君。

題知らず

私の親愛なる方を馴れ親しませるという、ならしの山の呼子鳥よ、あの方を呼び返しておくれ、まだ夜が更けないうちに。

【語釈】○わが背子を―「背子」は男性を親しんで呼ぶ語。二八二［語釈］参照。ここは「ならしの山」の「ならし」に「馴らし」を掛けて、「あの方を馴れ親しませる」の意から、「ならしの山」を導く枕詞のように用いた。○ならしの山―『能因歌枕』には土佐国とあり、『歌枕名寄』は大和国に「奈良師岡　山」とあり、『後撰集』（春中・五三）の歌を例歌に引いている。契沖の『勝地吐懐編』も「那良志山」として『後撰集』の歌と「わかせこをならしの岡の」という『拾遺集』の歌の一部を例歌に引き、「八雲御抄第五、山　なこしの大桜、喚子鳥。かく載たまへり。桜をなこし山によめる歌はなければ、此歌なこしの山なりけるを、ならしとかきあやまてるなるべし。……」とある。契沖は『勝地通考目録』では大和国に「那良志未詳所属郡」としてあげていて、大和説が有力であるが、正確な所在地は明らかでない。○呼子鳥―二九三の［語釈］参照。○夜のふけぬまに―［校訂注記］に記したように、底本は「ふけまに」と「ふけとに」の二様の本文となり、島本、貞和本には「まに」「とに」の部分は、「とき」「さき」などと異同があり、本文を確定できずに揺れ動いている感じである。その原因は、この歌の本歌である『万葉集』の歌の本文の「とに」にある。このことについては、改めて［補説］に記す。夜がふけないうちに。

【補説】この歌は『万葉集』（巻十）に「春雑歌」のなかの「詠鳥」十三首のなかに、

吾瀬子乎　莫越山能　呼子鳥　君喚変瀬　夜之不深刀尓（一八二二）

（わが背子をな越しの山の呼子鳥君呼びかへせ夜のふけぬとに）

とある歌の異伝である。この異伝歌は小異はみられるが、

わがせこをならしの山の呼子鳥君よびかへせ夜のふけぬとき（西本願寺本赤人集、赤人集Ⅰ一二七）

わがせこをならしの山の呼子鳥妹よびかへせ夜のふけぬとき（西本願寺本伊勢集、伊勢集Ⅰ三八九）

人をとどむ　　　　　　　　　　　　　　　　あか人きの女郎とも

わがせこをなごしの山の呼子鳥君よびかへせ夜のふけぬとき（古今六帖三〇四二）

わがせこをならしの岡の呼子鳥君よびかへせ夜のふけぬとき（書陵部蔵柿本集、人麿集Ⅱ一四）

などとあり、第五句が「夜のふけぬとき」となっているところが共通している。これは平安時代には「とに」の意味が解らなくなっていて、「とき」を誤ったものとみて改めてしまったのだろう。その中で『抄』の底本に「よのふけまに」と傍書があることは注目される。「とに」を「とき」と同じとみることは、「時」の「ト」は乙類であるのに「とに」の「ト」は甲類で合わない。大野晋氏は『日本古典文学大系万葉集三』の「補注」で宣長の説を引き、「と」は外の意であるとされ、『岩波古語辞典』では「と（外）」は「自分に疎遠な場所だという気持ちが強く働く所。時間に転用されて、多くは未だ時の至らない以前を指す」として、「先」の訳語を当てている。これは語感としては「まに」に近く、「ふけぬとき」とするよりも適切な本文と言えよう。ここに安易に「とき」としなかった『抄』の撰者の秀抜な言語意識がみられる。

なお、この歌を引く平安時代以後の文献で、『色葉和難集』（巻五・なごし）だけが、

わが背子をなごしの山の呼子鳥君呼びかへせ夜のふけぬとに

と、正確に引いている。

『万葉集』の本歌に「な越しの山」とあるのが、『抄』には「ならしの山」、『集』の定家本に「ならしの岡」とあり、『古今六帖』に「な越しの山」、『人麿集』は伝本により「ならしの山」「ならしの岡」と異なっている。

「な越しの山」は『万葉集』には一八二二の一例のみであり、「ならしの山」は『万葉集』には無く、「ならしのをか」は一四六六（志貴皇子）、一五〇六（坂上大嬢）の二首ある。この地名に限って言えば、『抄』と関係あるのは『赤人集』である。島田良二氏（『平安前期私家集の研究』昭和四十三年、桜楓社）によると、西本願寺本『赤人集』の一一七～三五四の歌群（歌仙家集本の一～二三一の歌群と共通する）が原赤人集で、これは「源順らに

よって訓点された万葉集巻十の古点歌である」という。これによれば、『抄』は源順らの古点歌を撰集資料にしているとも考えられる。

【作者】 山辺赤人　姓は宿禰、明人とも。生没年、出自など未詳。『万葉集』のなかで作歌年時のわかっているものは神亀元年（七二四）から天平八年（七三六）まで、特に神亀年間に集中している。神亀元年紀伊国玉津島、同二年吉野離宮、難波宮、同三年播磨国印南野などへの行幸に従駕しての詠作や、伊予温泉、駿河国などを旅して詠んだ歌もあり、『万葉集』には長歌十三首、短歌三十七首がある。三十六歌仙の一人、家集に『赤人集』があり、『拾遺集』以下の勅撰集に約四十八首入集。

【他出文献】 ◇万葉集→［補説］。◇赤人集→［補説］。◇人麿集→［補説］。◇伊勢集→［補説］。◇古今六帖→［補説］。

298　はるかなるほどにも通《かよ》ふ心《こころ》かなさりとて人の知《し》らじものゆゑ《へ》

読人不知

【校異】 歌○人の―人は（貞）○しらし―しらぬ（貞）。

【拾遺集】 恋四・九一八。

はるかなるほとにもかよふ心かなさりとて人のしらぬ物ゆへ

定恋四・九〇八。

遥かに遠く離れているあなたの所にも、恋焦がれて私の体内からあくがれ出て通う魂よ。それほど恋焦がれていても、あの人は知らないだろう。

【語釈】○はるかなるほどにも―遥かに遠く隔たっているあなたの所にも。○通ふ心かな―あなたに恋焦がれて体内から抜けだして通う魂。○さりとて―そのように恋焦がれていても。○知らじものゆゑ―「しらし」は貞和本、『集』の具世本・定家本とも「しらぬ」とある。「ものゆゑ」は接続助詞で逆接の確定条件を表す。平安時代以後は打消の意を表す語に接続することが多い。「じ」と「ぬ」とでは「ぬ」に接続するものが圧倒的に多い。…のに。知らないだろうのに。

【補説】この歌は歌仙家集本『伊勢集』（伊勢集Ⅲ五〇八）に、歌詞は『集』に異同なくあるが、同系統の天理図書館蔵『伊勢集』、時雨亭文庫蔵資経本『伊勢集』などには、二九八を含む巻末の二十八首を欠いていて、それがこの系統の原型とみる説もあり、安易に『伊勢集Ⅲ』（五〇八）の本文を参照することはできない。したがって、『抄』の第五句が「知らじものゆゑ」か「知らぬものゆゑ」かは決めかねる。［語釈］にも記したように、「ものゆゑ」は「ぬ」に接続するものがほとんどで、『抄』の時代ごろに「じ」に接続した例は、

おもへばや下ゆふひものとけつらん我をば人のこひじものゆゑ（一条摂政御集一二〇）

露とけて思ひもおかじものゆゑにしたにこがれて何かしのぶる（馬内侍集八六）

とふがごととふ人もあらじものゆゑにいくたびあとを我たづぬらん（榊原本和泉式部続集六二三）

など、僅かではあるがみられるので、「知らじものゆゑ」の本文も否定はできない。

この歌では、上句の「はるかなるほどにも通ふ心」の部分の解釈が問題である。「通ふ心」とは肉体から遊離してさまよい通う魂のことである。この時代、人を恋したりすると、魂が肉体から遊離するというように考えていた。このことを「あくがる」ということばで言い表し、

おもひあまり恋しき時は宿かれてあくがれぬべきここちこそすれ（西本願寺本貫之集四五二）

飛ぶ鳥の心は空にあくがれてゆくへも知らぬものをこそ思へ（天理図書館蔵伝為氏筆曽祢好忠集四四二）
物思へば沢の蛍もわが身よりあくがれいづるたまかとぞみる（宸翰本和泉式部集、和泉式部集Ⅲ一二五）
あくがれてわが身にそはぬ心こそ恋のただぢのしるべなりけれ（新続古今・恋一・一〇二五）
などと詠んでいる。二九八では「あくがる」の語を用いてはいないが、遥か遠く隔たっている、恋する人の所に心が通っていくのは、「あくがる」と同じ考えによっている。
一首は、魂が肉体から遊離して心が空虚になるほど恋焦がれても、相手にはわかってもらえない悩みを、さらりと詠んだものである。
【作者】『抄』の諸本に「読人不知」とあり、『集』の具世本には「よみ人しらず」の歌群の最後にあり、定家本は配列からは、九〇六と同じ伊勢の歌となる。『伊勢集』の歌仙家集本については、すでに記したように問題があって、伊勢の作と決定し兼ねるので、底本のように「読人不知」とみておく。
【他出文献】◇伊勢集→［補説］。

とほき所に思《おも》ひ侍りける人をおきて　　経基

299　雲井なる人をはるかに恋《こ》ふる身は我心《こころ》さへそらにこそなれ

【校異】詞〇おもひ侍ける人を―おもふ心を〈「心」ノ右傍ニ朱デ「人」トアル〉（貞）〇をきて―をき侍て（島）、きて侍て（貞）。**歌**〇こふる身は―こふる哉〈「こふる哉」ノ右傍ニ「思ふにはィ」トアリ、「哉」ノ右傍ニ朱デ「ミハ」トアル〉（貞）。
【拾遺集】恋四・九一九。

とをき所におもひける人をゝきて　　　　　　　源　経基

雲井なる人をはるかにこふる身は我こゝろさへ空にこそなれ

定恋四・九〇九。詞〇おもひける―思ふ。〇人をゝきて―人をゝき侍て。歌〇こふる身は―思ふには。

遠い京の地に愛する人を置いて

空に漂う雲ほど遠くにいる人を、遥か彼方から思い慕っているわが身は、心までが身から抜け出して虚ろになってしまうことだ。

【語釈】〇とほき所―この歌の作者が、この歌をどこで詠んだかによって違ってくる。仮に地方で詠んだとみると、「とをき所」は京である。逆に京で詠んだとすれば、「とほき所」は地方ということになる。地方暮らしが長かった経基のことを考えると、地方にあって詠んだ歌であろう。〇雲井なる人―遥か遠くにいる人。〇心さへそらにこそなれ―「そらになる」は心が空虚になる、うつろになるの意。「そら」は雲の縁語。心までが身から抜け出してうつろになる。

【補説】この歌は地方に下った作者が京に残してきた女に詠み送った歌であろう。経基は二二四の［作者］に記したように、『尊卑分脈』によると、数多くの国守を歴任したとあるが、確実性のある地方官は武蔵介、上野介、大宰権少弐で、この他には天慶年間に凶賊追討のために坂東、西国に下向して、一生の大半は地方暮らしであった。この間に経基と関係のあった女性としては、『尊卑分脈』に経基の子たちの母として名のあがっている、

①武蔵守藤原敏（敦イ）有女。

②橘繁古女。『群書類従』所載の「小笠原系図」には「橘繁忠女」とある。

この二人の女性の父親のことは他に所見なく、出自などは明らかにしえないが、①の「武蔵守藤原敏有女」は経

基が武蔵介であった朱雀朝の承平・天慶（九三五〜九四〇）ごろに、任地で知合った女性であろう。②は嫡男の満仲などの母親とされる女性で、満仲の生まれた延喜十二年（九一二）前後に在京していたと思われる。この二人のうちでは経基の経歴から①である蓋然性が大きい。

歌は、遠く離れている人を遥か彼方から慕っていると、心までがあこがれ出てうつろになると、なかなか通じ難い思いを詠んでいる。「心のそらになる」という表現を用いた歌に、

ひさかたの雲井はるかにありしより空に心のなりにしものを（左兵衛佐定文朝臣歌合）

別れゆく道の雲井になりぬればとまる心もそらにこそなれ（古今六帖二三七五）

ほととぎす雲井になきてすぎぬれば聞く心さへそらになるかな（中宮権大夫家歌合　藤原敦光）

雲路をや暮れゆく秋はかへるらんしたふ心の空になるかな（玄玉集・時節下・四四〇　顕昭）

などがある。

【作者】源経基→二四四。

【他出文献】◇和歌一字抄一一六八。

題不知　　読人不知

300　やほか行く浜《はま》の真砂《まさご》と我恋《こひ》といづれまされり沖《おき》つ島守《しまもり》

【校訂注記】「やほか」ハ『抄』『集』ノ諸本ハ「やをか」トアルガ、「やほか」ガ正シイノデ改メタ。

【校異】詞○題不知―題よみ人しらす（島）。**歌**○まさこと―まさこを〈「を」ノ右傍ニ朱デ「ト」トアル〉（貞）○おきつしまもり―をきつしらなみ〈「らなみ」ノ右傍ニ朱デ「マモリ」トアル〉（貞）。

【拾遺集】恋四・九〇〇。

やをかゆくはまのまさこと我恋といつれまされりおきつしらなみ（「らなみ」ノ右傍ニ「マモリ」トアル）　よみ人しらす

定恋四・八八九。詞〇よみ人しらす―作者名ナシ。歌〇おきつしらなみ―おきつしまもり。

題知らず

歩いて八百日もかかる長い浜の真砂の数と、私の深い愛と、どちらの数がまさっているか、沖つ島の番人よ
（答えてほしい）

【語釈】〇やほか行く―「やほか」は『抄』『集』の諸本とも仮名遣いは「やをか」とあるが、『類聚名義抄』（観智院本）には「六百ムホ」「八百ヤホ」とあり、天理図書館蔵『三宝類字抄』にも「六百ムホ」「八百ヤホ」などとあり、「やほか」が正しいと考えられるので、本文をあらためた。八百日の意で、非常に多くの日数をいう。「やほか行く」は非常に多くの日数をかけて歩いて行く。〇真砂―『類聚名義抄』には「イサコ」の訓のみで、「まさご」はなく、『色葉字類抄』には「沙サ・イサコ水散也俗作砂」「砂スナコ又マサコ」「砂マナコ繊砂マナコ」とあって、「イサゴ」「スナゴ」「マサゴ」「マナゴ」の四つの名称がある。また、『和名類聚抄』（十巻本）には「砂　砂水中細礫也和名以左古又須奈古」「繊砂　日本紀私記曰万奈古繊細也」などとある。風で飛ぶような細かな砂。〇いづれまされり―浜の真砂の数と深い愛と、どちらがまさっているか。「わが恋はよむ（数エル）とも尽きじ荒磯海の浜の真砂はよみ尽くすとも」（古今・仮名序）。〇沖つ島守―「島守とは島を守る神也」（和歌色葉・難歌会釈）とあるが、沖の島の番人。

【補説】この歌は『万葉集』（巻四・五九六）に「笠女郎贈大伴宿祢家持謌廿四首」とある歌群中に、

八百日往　浜之沙毛　吾恋二　豈不益歟　奥嶋守

（やほか往く浜の沙《まなご》もわが恋にあに益さらじか沖つ島守）

とある歌の異伝である。『抄』の異伝歌のほかに、平安時代前期には、

なぬかゆく浜のまさごとわが恋といづれまされり沖つ白波（新撰和歌・恋　雑・二三二）

なぬかゆく浜のまさごとわが恋といづれまされり沖つ白波（古今六帖一九八八　かさのらう女ある本）

と、第一句と第五句とが『抄』の本文と異なる形で伝えられていた。『抄』の時代に「なぬかゆく」の歌に依拠して、

つつぎみの生まれ給ひけるに、七夜の夜聞きつけて、夜中にいひおこせける、中将道綱

①知らずして七日ゆくまでなりにける数まさるなる浜の真砂を（時雨亭文庫蔵素寂本実方中将集一六四）

安芸守の婦、子うみたるここぬか、ちごの衣やるとて

②なぬかゆく浜の真砂をかすかにて（「かすにして」歟）ここぬかさへもかずへつるかな（榊原本和泉式部集五〇一）

などと詠まれている。この二首に共通している点は、本歌の「なぬか」を七夜の祝いにとりなして、本来は恋の歌であったものを祝賀の歌としているところである。この二首の詠歌年時は明確ではないが、①は正暦三年（九九二）に誕生した実方の子のつつぎみ（賢尋）の七夜の祝いの歌である（拙著『実方集注釈』二五四頁参照）。②は「安芸守」を藤原季随のこととみると、季随は長徳四年（九九八）には安芸守であり、長保二年（一〇〇〇）には秩満しているので、安芸守になったのは長徳元年または同二年である。したがって、和泉式部の歌の詠歌年時は長徳二、三年ごろであろう。正暦から長徳二、三年ごろまでに詠まれた歌が「なぬかゆく」の歌に依拠しているのは、「やほか行く」の歌を撰収している『抄』が成立、流布するまでは、「なぬかゆく」の歌の方が広く通行していたからであろう。

平安末期の歌学書には「なぬかゆく」の歌はなく、「やほかゆく」の歌のみで、

③第四句が「いづれまされる」とある……奥義抄（中釈・拾遺抄）
　第四句が「いづれかまさる」とある……定家八代抄
④『抄』と一致する……和歌初学抄（喩来物）、和歌色葉（難歌会釈・拾遺抄）
（古来風体抄ハ『万葉集』ノ項ニ載セルタメ万葉ヲ訓読シタモノニ同ジデアル）
などとあり、『奥義抄』と『定家八代抄』とに僅かな異同がみられるに過ぎない。
　この時期に『抄』の「やほかゆく」に依拠した歌に、
　やほか行く浜の真砂を君が代の数にとらなむ沖つ島守（新古今・賀・七四五）
　やほか行く浜の真砂にゐる千鳥君が千世をやそへてかぞへん（壬二集五七五）
　やほか行く浜の真砂もつきぬべし君がよはひを空にかぞへん（壬二集六八六）
　やほか行く浜の真砂にくらぶとも猶君が代の数やまさらむ（久安百首七八三）
などがあり、これらは至尊の長久を慶賀する歌である。
【作者】この歌の作者は『抄』『集』ともに「読人不知」とするが、『万葉集』（巻四・五九六）には作者を「笠女郎」とする。
　笠女郎は生没未詳で、出自については笠朝臣金村の女、笠朝臣御室の女など、諸説ある。歌は『万葉集』に大伴家持に贈った短歌が二十九首ある。このうち巻四・五八七〜六一〇の家持に贈った二十四首は、その配列位置から天平三年（七三一）以後の作といわれている。このほか巻八・一四五八の家持に贈った歌は天平五年閏三月に詠まれた歌より前に配置されているので、それ以前の作であり、同じく一六一六の歌は天平十一年八月に詠まれた歌の前に配置されているので、それ以前に詠まれたものである。万葉第三期の代表的女流歌人。
【他出文献】◇万葉集→［補説］。◯新撰和歌→［補説］。◇古今六帖→［補説］。

道《みち》をまかり侍りて詠《よ》み侍《はべ》りける　　乙《おと》麿《まろ》

301　よそにありて雲井に見ゆる妹《いも》が家に早《はや》く到《いた》らむあゆめ黒《くろ》駒

【校異】 **詞**○まかり侍て―まかりて〈「りて」ノ右傍ニ朱デ「ルトテ」トアル〉（貞）○おとまろ―人丸〈「人」ノ右傍ニ朱デ「乙ィ」トアル〉（貞）。**歌**○くろ駒―くろ小馬（貞）。

【拾遺集】 恋四・九二一。

みちをまかり侍てよみける　　柿本人丸

よそに有て雲井にみゆるいもか家にはやくいたらむあゆめくろこま

定恋四・九一〇。**詞**○まかり侍て―まかりて。○よみける―よみ侍ける。○柿本人丸―ひとまろ。

地方に下って行って詠みました

遠く離れた所にいて、雲のある彼方に見える、愛しいあなたの家に早く着きたい、歩め黒駒よ。

【語釈】 ○道をまかり侍りて―地方への道を下って行きまして。○よそにありて―『万葉集』の本歌には「遠有而」とある。愛する人から遠く離れた所にいて。○雲井に見ゆる―「雲井」は雲のある彼方の意から、遠く離れた所をいう。遥か彼方に見える。「見ほしきは　雲井に見ゆる　うるはしき　鳥羽の松原」（万葉・巻十三・三三四六）。○あゆめ―「ありく」は移動することに重点があるが、「あゆむ」は足を動かして歩行する意。歩く。○黒駒―黒毛の馬。黒駒は奈良時代には『日本書紀』に「赦の使を甲斐の黒駒に乗せ、馳せて、刑所にいたらしめ、止めて赦し給ひて…」（雄略十三年）とあり、「甲斐の黒駒」が駿馬としてよく知られていた。この歌の黒駒も甲斐の黒駒とみると、歌の解釈にも影響があると思われるので、あらためて［補説］で取りあげる。

【補説】 この歌は『万葉集』（巻七・一二七一）に「行路」の題で、

遠有而　雲居尓所見　妹家尓　早将至　歩黒駒

（遠くありて雲居に見ゆる妹が家に早くいたらむ歩め黒駒）

とある歌の異伝である。作者名はないが、左注に「右一首柿本朝臣人麿之歌集出」とある。平安時代には、

とほくありて雲井に見ゆる妹が家にはやくいたらんあゆめ黒駒（古今六帖一四二九　ひとまろ）

よそにして雲るにみゆる妹が家にはやくいたらんあゆめ黒駒（散佚前西本願寺本『人麿集』人麿集Ⅰ二一三）

など、第一句に小異のある歌もみられる。

この歌の黒駒は［語釈］に記したように「甲斐の黒駒」であろうか。『日本書紀上』（日本古典文学大系）には、雄略十三年の条に、「甲斐の黒駒」について詳しい「補注」（六三五頁）があり、甲斐の貢馬は奈良時代初期からであるが、甲斐が良馬の産地になったのは天智朝ころからであろうとある。この甲斐の貢馬が朝廷に奉献された後、どのように取り扱われたか、明らかでない。

『万葉集』には「黒駒」が前掲の巻七・一二七一のほかに、巻十三・三二七八に、

赤駒を　厩に立て　黒駒を　厩に立てて　そを飼ひ　わが行くが如…

とある二例のみであり、それらは甲斐の黒駒とは考えられない。この他に『万葉集』には「黒馬《くろま》」という語を用いた歌が、

佐保川の小石ふみわたりぬばたまの黒馬の来る夜はとしにもあらぬか（巻四・五二五）

この山辺から　ぬばたまの　黒馬にのりて　川の瀬を　七瀬渡りて…（巻十三・三三〇三）

川の瀬の石ふみ渡りぬばたまの黒馬の来る夜は常にあらぬかも（巻十三・三三一三）

などとある。これも黒毛の馬で、庶民が乗用している。このように個人で飼育した馬を、三〇一の作者も地方へ

の往還に用いたとは考えられない。まして作者が官人であれば、そのようなことはないはずである。当時、全国的な交通制度として駅制があり、交通機関として駅馬（諸官庁の急使が利用）と伝馬（地方官の赴任、囚人の護送などに利用）とがあって、官人のみが使用を認められていた。この歌の作者が官人であれば、伝馬を利用したはずである。駅馬や伝馬は牧で飼育されて、乗用に堪えるものを軍団に授け、それを駅馬、伝馬に充てていたので、遠方からも相当の速さで歩み続けることができたと思われる。このことと「黒駒」とは直接的には関係ないが、奈良時代には旱魃には祈雨のために畿内の群神に帛を奉幣し、祈雨・止雨の神を祀る丹生川上神社（大和国吉野郡に鎮座）には黒毛の馬を加えて奉納しており、公用には黒毛の駒が用いられていたと思われる。「黒駒」はみるからに逞しく活力があるような印象を人々に与え、威厳も感じられたのだろう。それが「黒駒」が詠み込まれた要因であろう。

なお、この歌と類似した歌が『万葉集』（巻十四・三四四一）に、

ま遠くの雲井に見ゆる妹が家にいつか到らむあゆめあが駒

とある。この歌にも「柿本朝臣人麿歌集曰、等保久之弖。又曰、安由売久路古麻」という左注があり、「柿本人麿歌集」には第一句は「とほくして」、第五句は「あゆめくろこま」とあるという。特に、私用の馬である「あが駒」の箇所が「柿本朝臣人麿歌集」に「黒駒」とあることは、「黒駒」が私用の「あが駒」と対応関係にある語で、「黒駒」が私用の馬でなく、公用の馬であることを示唆している。

【作者】この歌は作者未詳の歌であるが、『抄』の底本、島本は乙麻呂の作、『抄』の貞和本、『集』は人麿の作とする。この歌の左注に「柿本朝臣人麿之歌集出」とあるところから、平安時代には人麿の作とみられていて、『人丸集』『古今六帖』などにも人麿の作として収めている。これに対し、乙麻呂は歌人としての実績は乏しく、むしろ漢詩人として著名である（二九六［作者］参照）ので、ここは人麿の作としておく。柿本人麿→九三。

【他出文献】◇万葉集→［補説］。◇人丸集→［補説］。◇古今六帖→［補説］。

題不知

302　我ごとくもの思《おも》ふ人はいにしへも今行末《すゑ》もあらじとぞ思ふ•　読人不知

【校異】詞○題不知―たいよみひとしらす（島）。歌○行すゑ―ゆくさき〈「さき」ノ右傍ニ朱デ「スヱ」トアル〉（貞）。

【拾遺集】恋五・九七五。

我ことく物おもふ人はいにへもいまゆくすゑもあらしとそおもふ　読人不知

定恋五・九六五。詞○読人不知―作者名ナシ。

題知らず

私のように一途に物思いをしている人は過去にも今から後にも決していないだろうと思う。

【語釈】○もの思ふ人―一途に物思いをしている人。○今行末も―今を起点として後をいう。今より後。これに対して「行末」には、次のような二通りの意義・用法がある。①（時間的に）将来、未来。「ゆくすゑのしるしばかりに残るべき松さへいたくおいにけるかな」（拾遺・雑上・四六一）。②（空間的に）指して行く先、目的地。「をしへおくことたがはずはゆくすゑの道遠くともあとはまどはじ」（後撰・慶賀　哀傷・一三七九）。貞和本の「ゆくさき」も「ゆくすゑ」と同じ意。

【補説】この歌は、私ほど一途に激しく物思いをする人は、過去にも、これから先にもいないだろうという自負する気持ちを詠んでいる。『新大系』には『長能集』の「いにしへも今もあらんや我が如く思ひ尽きせぬ別れする人」という類歌をあげている。これは『私家集大成』所収の流布本『長能集』(長能集Ⅰ八一) によって、示されたものであろう。この『長能集』で注意される点は「いにしへも」「今も」とあることで、三〇二の「いにしへ」「今行末」の方が、より悠久な時間を表し、「あらじ」という自負心が強調される。

ここで「いにしへも今行末も」という表現についてみると、平安時代には、

いにしへも今ゆくさきもみちみちに思ふ心あり忘るなよきみ (宇津保物語・国譲上)

いにしへも今もまれなる君が代は水さへ澄める宿にもあるかな (栄華物語・御裳着)

などと一定していないが、中世になると、

こしかたも今行末もならの葉のひろきめぐみを頼むばかりぞ (別雷社歌合一二五　実国)

こしかたも今行末も罪消えて三世の仏の名をぞとなふる (政範集二二八)

こしかたも今行末も里遠み草の枕をいく結びしつ (洞院摂政家百首一四九三)

きしかたも今行末も遠ければ中空にのみさそはるるかな (行宗集八七)

など、「いにしへも」は用いられなくなり、かわって「こしかたも」「きしかたも」が用いられるようになった。これは「こしかたも今行末も」という表現が、前の二首は時間的、後の二首は空間的というように、広く用いられるようになったからであろう。

これらの歌をみても、時間的には過去と将来しか詠まれていない。仏教では正・像・末と三つの時代区分があり、『三宝絵』の序では題名、巻数について記した箇所に「三巻に分かてる事は三時のひまにあてたるなり」とあって、「三時」は過去・現在・未来の総称と言われている。また、「三世」の語は過去・現在・未来の称としても用いられている。このように時間の流れを三つに区分して表現することも可能であり、前掲の歌にも「いにしへも今も」というように、過去と現在とを意識したものもあったが、「三世」に相当するものはなく、「いにしへも今行末」「こしかたも今行末」がほとんどである。将来をいう「今行末」の語は現在という時間意識をも包含

したものであると考えられていたのであろうか。

拾遺抄巻第八

恋（下）七十四首

303

女《をんな》の許に遣《つか》はしける　藤原惟成

人知《し》れずおつる涙《なみだ》の積《つも》りつゝ数《かず》かく許《(ばかり)》なりにけるかな

【校異】歌〇つもりつゝ―つもりゐて〈「ゐて」ノ右傍ニ「ツヽ」トアル〉（貞）。

【拾遺集】恋四・八八八。

女のもとにつかはしける　藤原惟成

人しれすおつるなみたのつもりつゝ数かくはかりなりにけるかな

㊖恋四・八七八。

女の許に詠み送った

あなたに知られることなく流れおちた涙が積り積って、数をかくことができるほどの深さの流れになってしまったことだ。

【語釈】〇人知れずおつる涙―人に知られることなく流れ落ちる涙。この類型的表現を用いた歌として、「瓜作るそのふも知らず人知れずおつる涙やそぼつなるらん」（書陵部蔵小大君集、小大君集Ⅰ八五）「人しれずおつる涙のおとをせば夜半の時雨に劣らざらまし」（後拾遺・雑一・八九六）「人知れずおつる涙にしほれつつ恋にぞ袖のかわかざりける」（堀河院艶書合四二）などがあり、流れ落ちる涙は「そぼつ」ほどであり、流れ落ちる音は時雨にも劣らぬほどで、袖は乾くことがないほどである。このように多量の涙が積って「数かく許」の流れになる。○数かく許―「数かく」は『日本国語大辞典』には「物の数を数えながら線を書きつける。数取りのために線を引く」とあるが、「数かく」の単独例はなく、「水に数かく」の形で用いられている。『八代集抄』に「かずかくばかりとは、行水の如く成しと也」とあるように、数を書くことができるほどの水の流れをいう。

【補説】「数かく」の語を用いた歌として、よく知られているのは、次の二首である。

水の上に数かくごとき吾が命妹にあはむとうけひつるかも（万葉・巻十一・二四三三）

ゆく水に数かくよりもはかなきはおもはぬ人を思ふなりけり（古今・恋一・五二二）

この二首では「水（の上）に数かく」という行為は「吾が命」の例示であり、「はかなき」の比較の対象であって、「水（の上）に数かく」という行為自体が何かの目的でなされるわけではない。「数かく」は『語釈』に記したように、物の数を数える際に、心覚えに線を書き付けたといわれる。これを水の上に書いたならば、忽ち流れによって消滅して跡形もなくなる。前掲の『万葉集』の歌の解釈にあたって契沖が『万葉集代匠記』に、『涅槃経』に「是身無常、念々不住。猶電光暴水幻炎。亦如画水随画随合」（是身無常ニシテ念々住マラザルコト、猶シ電光ト暴水ト幻炎トノ如シ、亦水ニ画クニ随ヒテ画ケバ随ヒテ合フガ如シ）とあるのを引いているのも首肯できる。「水（の上）に数かく」ことははかないことの喩えであるが、惟成の歌の「数かくばかり」は流れ落ちた涙が川のような水量になったことを喩えた表現である。これと類似の歌に後世のものであるが、

わが袖に数かくばかり行く水やはかなき恋の涙なるらん（続拾遺・恋二・八四九　権僧正実伊）

という歌がある。これは惟成の歌を本歌としていると思われるほど共通性があり、惟成の歌でも「数かくばか

り」の涙によって、はかない恋を暗示したともとれる。

【作者】藤原惟成　右少弁藤原雅材男、母は摂津守藤原中正女。天暦七年（九五三）生。東宮師貞親王（花山天皇）の東宮学士、侍読で、永観二年（九八四）八月に即位すると、左少弁で五位蔵人に補せられ、永観三年正月左衛門権佐、寛和二年（九八六）正月権左中弁を兼ねて三事兼帯、藤原義懐とともに若い天皇を補佐して、政治改革を行なった。同年六月二十三日に花山天皇が退位、出家すると、翌日義懐とともに出家した。法名悟妙（寂空とも）。永祚元年（九八九）十一月没、三十七歳。天延三年（九七五）三月一条中納言為光歌合、寛和元年八月内裏歌合、同二年六月内裏歌合などに出詠。『拾遺集』以下の勅撰集に十六首入集、家集に『惟成弁集』がある。

題不知　　　　　　　　　　読人も

304　君恋《こ》ふる涙《なみだ》のかかる冬の夜は心《こゝろ》とけたるいやは寝《ね》らるる

【校異】詞○題不知―たいよみひとしらす（島）○読人も―読人不知（貞）。歌○かゝる―こほる〈右傍ニ朱デ「カヽル」トアル〉（貞）。

【拾遺集】恋二・七三七。

君こふる涙のかゝる冬の夜はこゝろとけたるいやはねらるゝ

㊝恋二・七二七。歌○かゝる―こほる。

題知らず

あなたを恋慕して流す涙が袖にふりかかる、このような冬の夜は、心やすらかに眠りにつくことはできない。

【語釈】〇涙のかかる―「かかる」の本文は『抄』の底本、島本、『集』具世本で、「こほる」の本文は『抄』の貞和本、『集』の定家本である。「かかる」はふりかかる意の「かかる」に、こんな、こういうの意の連体詞「かかる」を掛けたもの。涙が袖にふりかかる、このような冬の夜と続く。「こほる」は涙が凍る。〇心とけたる―「心とく」は疑惑・怒り・恐怖などが解け、心やすらかになる、気持ちがなごむ、うち解けるの意。「とく」は氷の縁語。〇いやは寝らるる―「い」は眠ること。「いも寝」「いだに寝られず」などのように助詞を介して「寝（ぬ）」に続く。ここは反語の意を表す助詞「やは」を介した表現。就寝することができない。

【補説】底本の本文によるにしても、定家本の本文によるにしても、歌は、心安らかに眠りにつくことはできない冬の夜の独りねのわびしさを詠んでいる。表現上からは、定家本の方が「こほる」の縁語「とく」を用いて、整った表現になっている。

冬の夜の涙にこほるわが袖の心とけずもみえしころかな（時雨亭文庫蔵伝阿仏尼筆本中納言兼輔集七八）

という類似の歌もあるが、「涙のこほる」「涙のかかる」のどちらが原型であるのかは容易に決めかねる。

『源氏物語』（空蟬）には、

女は、さこそ忘れ給ふをうれしきに思ひなせど、あやしく夢のやうなることを、心に離るるをりなきころにて、心とけたるいだに寝られずなむ、昼はながめ、夜は寝覚めがちなれば、…

と、空蟬の心の葛藤を書いた部分があり、「心とけたるいだに寝られず」の部分は、「君恋ふる」の歌に依っているとして、『紫明抄』は、

君こふる涙のこほる冬のよは心とけたるいやはねらるる

という『集』の定家本の歌を引き、『河海抄』は、

君こふる涙のかかる冬の夜は心とけたるいやは寝らるる

という『抄』の歌を引いている。

女の許に遣《つか》はしける　大中臣能宣

305 朝氷《こほり》とくるまもなき君によりなどてそぼつる袂《たもと》な《成》るらん・

【校異】詞○大中臣能宣―よしのふ（貞）。

【拾遺集】恋二・七三九。

女の許につかはしける　大中臣能宣

朝こほりとくる夜もなき君によりなとてそほつるたもとなるらむ

[定]恋二・七二九。詞○女の許に―女に。○大中臣能宣―よしのふ。歌○夜もなき―まもなき。

女の許に詠み送った

朝氷のように、うちとけてくれる時もないあなたによって、どうしてしっとりと濡れる私の袂なのだろう。

【語釈】○朝氷―朝に張る薄い氷。「とく」を導く序詞。一四六参照。○とくるまもなき―「とく」は氷が解ける意の「とく」に、警戒心やわだかまりなどがなくなる、うちとけるの意の「とく」を掛ける。わだかまりがなくなる時もない。○そぼつる袂―「そぼつ」は古くは第二音節は清音で「そほつ」といった。しっとりとするの意。

【補説】 女の許を訪れても、わだかまりがとけずに会えないで帰ってきた暁がたに、うっすらと凍っている庭の光景を眺めながら悲嘆にくれて、女の許に詠み送ったのだろう。女が朝氷のようにうちとけてくれないのに、袖がぐっしょりと濡れているのを、「などて」と疑いをさし挟む、機知的な趣向が一首の眼目である。

「朝氷」については一四六に記したが、ここで補足的な説明を追記しておく。「朝氷」の語は延喜五年（九〇五）四月に催された平定文家の歌合で用いられて以来、『抄』成立ごろまで、屏風歌や百首歌に用いた例が多く、恋の歌としては、

こひわたる涙の川の朝氷ふきもとかなむ春の初風（千穎集五一）

霜の上にふる初雪の朝氷とけずも見ゆる君が心か（古今六帖六九六）

今朝見れば露むすぼほる朝氷とくるものとももたのみけるかな（三手文庫蔵馬内侍集一五〇）

朝氷とくとくけふはくれななむそらにものおもふ身をばまかせて（西本願寺本能宣集、能宣集Ⅰ一八一）

などがある。このうち千穎の歌は、人を恋して流した袖の涙が凍った朝氷を詠んだものであり、『古今六帖』の歌は『抄』一四六の異伝歌である。「朝氷」の用法が三〇五と同じものは能宣と馬内侍の歌である。馬内侍の歌では、冬の朝の実景を序詞にして「とく」を導く働きをしている。これに対して、三〇五や「朝氷とくとく」の能宣の歌では「朝氷」は冬の朝の実景とはほとんど関係なく、「とく」を導く序詞として用いられているという共通性がみられる。しかし、三〇五は現存の『能宣集』にはなく、「朝氷とくとく」の歌には「おなじやうなる人につかはす」という詞書がある。この詞書の「おなじやうなる人」は家集の前歌（一八〇）の詞書に「人にものいひはべりて、あかつきにかへりて」とある「人」で、能宣の通っていた女と思われ、詠歌事情は三〇五によく似ている。

この三〇五は時雨亭文庫蔵素寂本『業平集』付載の「他本」（一〇二）に、

女のもとにつかはす

あさごほりとくるまもなき君によりなどてそほつるたもとなるらむ

とあり、第一句の右傍に「拾　能宣也」と注記がある。この歌は業平の作ではなく、何らかの事情で混入されたものであろう。三〇五は「朝氷」の用法に能宣らしさがみられるが、能宣作とする確実な根拠はない。

【作者】大中臣能宣→二一。

【他出文献】◇業平集一〇一→[補説]。

題《だい》知《し》らず　　読《よみ》人も

306 うしと思《おも》ふものから人の恋しきはいづこをしのぶ心《こゝろ》な《成》・るらん

【校異】詞〇たいしらす—たいよみ人しらす（島）〇よみ人も—読人不知（貞）。

【拾遺集】恋二・七四〇。

うしとおもふ物から人の恋しきはいつこをしのふ心なるらむ　　読人不知

定恋二・七三一。詞〇読人不知—作者名ナシ。

題知らず

相手の薄情がうらめしいと思うけれども、そのような人が恋しいのは、相手のどこを思い慕う、私の心なのだろう。

【語釈】○うしと思ふものから―「うし」は人の薄情がうらめしい、憎い。「ものから」は逆接の確定条件を表す接続助詞で、…ものの、…けれども。○人の恋しきは―「人」は薄情な相手。その人が恋しいのは。○いづこをしのぶ心―「しのぶ」はひそかに思い慕う。「心」は自身の心。上代は、こらえる、我慢するの意の上二段活用の「忍ぶ」は、四段活用の「偲ふ」(上代は「シノフ」と清音)と明確に区別されていた。しかし、平安時代には「偲ふ」は濁音化して、「忍ぶ」と混同されて上二段活用の用例もみられるようになった。一方、「忍ぶ」は中世以降は四段活用が一般的となり、上二段活用は衰えた。語義は「偲ぶ」は思い慕う、賞美するの意、「忍ぶ」はこらえる、人目につかないようにするなどの意で区別がある。

【補説】恋の相手の薄情をうらめしく思いながらも、心ひかれる自分の心を不審に思っている。理性によって感情を抑制できないのが恋する人間の心である。これと同じ主意の歌に、

　忘れにしことをうしとは思へども心よわくもうちしのぶかな(時雨亭文庫蔵資経本恵慶集二九二)

うきをうしとおもはざるべきわが身かはなにとて人の恋しかるらん(続古今・恋五・一三七四　西行)

などがある。恵慶の歌は「にし」を詠み込んだ物名歌ではあるが、自分を忘れた恋人をうらめしく思いながら、思慕している。このほか、このような心情を直截的に「などうき人の恋しかるらん」(江帥集一八六)と表現した歌もある。なお、この歌は『拾遺集』では恋二のほか、恋五(九四四)に重出する。

【作者】底本の詞書は「だいしらず、よみ人も」とある。これと同じ形式の詞書は二四一、二五八、三〇四などにもあった。藤原俊成の『古来風体抄』(初稿本)には、

まことやいづれのころよりたれがいひそめける事にか、後撰には「題知らず、読み人も」と書き、拾遺には「題、読み人知らず」とかくなりと、近き世の故人など申すと聞きて、そのかみはさやうにも書き侍りしを、なほ古き本どもたづねみ侍りしかば、さまざまに書きたるさま、ただ女などの書き写すほどに、さやうなる事を、人の申しいでたるにこそとみえ侍れば、故後白川院の三代集書きてまゐらせよと仰せられしとき、後

撰をも拾遺抄をもみな古今の同じことに書きてたてまつり侍りになしなり。

とある。現存の『抄』で「題しらず、よみ人も」とあるのは、恋部の歌のみにみられる。

この歌の作者については、『定家八代抄』（一四二一）には「伊勢」とあり、歌の右傍に「撰入拾遺不知読人在端」という書入れがある。『抄』『集』ともに「読人不知」とあり、「伊勢」とする伝本はない。

【他出文献】◇定家八代抄一四二一。

307　恋ひわびぬ音《ね》をだに泣《な》かん声立《こゑた》てていづれなるらん覧おと無《なし》の里《さと》

【校異】歌○いつれ―いつこ（島）いつく〈「く」ノ右傍ニ「こィ」トアル〉（貞）○さと―たき〈右傍ニ「さとィ」トアル〉（貞）。
【拾遺集】恋二・七五九。
恋わひぬねをたになかむ声たてゝいつくなるらむをとなしの瀧
定恋二・七四九。歌○いつく―いつこ。○瀧―さと。

恋い慕っても思い通りにいかず、どうしようもなくなった。せめて声を上げて泣いて気を晴したい。それにしてもどこにあるのだろう、音のしない音無の里は。

【語釈】○恋ひわびぬ―「わぶ」は、上の動詞の表す動作などが思い通りにできないで、困惑し、やる気をなくしている意を表す。「恋ひわぶ」は恋しても思い通りにいかず、どうにもならなくなる。「こひわびぬしばしねなばや夢のまも見ゆればあひぬ見ねば忘（るる）」（神宮文庫蔵小野小町集、小町集Ⅱ九）。○音をだに泣かん―声を上げて泣く意の「音を泣く」に最小限のぞましいことを表す助詞「だに」を介在させた形。せめて声を上げて泣こう。三四八の［補説］参照。○おと無の里―『歌枕名寄』には「紀伊国」、『夫木抄』にも「おとなしのさと 紀伊」とある。『古今六帖』にも「恋ひわびぬねをだになかん声たてていづれなるらん音無の里」（一二九六）と、三〇七と同じ歌がある。『日本国語大辞典』は「音無の里」は音や声の聞えないという架空の里で、あたりはばからず泣ける里として用いられると説明している。『源氏物語』（宿木）にも「恋ひわびぬ」の歌を引いた「音なしの里求めまほしきを」という薫のことばがある。

【補説】忍ぶ恋に耐えられずに、悲しみを晴らすために声をあげて泣ける音無の里を探し求めている。これと同じような歌が「左兵衛佐定文朝臣歌合」に、

こひわびぬかなしきこともなぐさめむいづれなぐさの浜辺なるらむ

とある。この歌でも忍ぶ恋の悲しさを慰めようとして、「なぐさの浜辺」を探し求めている。第一句も同じ「こひわびぬ」で、窮した状態から抜けだせる場所を「いづれ」「なるらむ」と探し求めるという、歌の構造が類似している。「こひわびぬ」の歌は『抄』にはないが、『集』（恋五・九八八）には、

こひわびぬかなしきこともなぐさめんいづれながすの浜辺なるらん

と、探し求める場所が「ながすの浜辺」（古今六帖一九二四モ同ジ）になっている。いずれにしても、この歌も三〇七も類型的な構造をもった歌である。

なお、「音無の里」を詠み込んだ拾遺集時代の歌人の歌としては、

こほりみなみづといふ水はとぢつれば冬はいづくも音なしの里（榊原本和泉式部集七五）

音無しの里とはみれど声たててなくべきまでになれるわが恋（書陵部蔵輔親集、輔親集Ⅰ一九七）

などがある。これらは「音無の里」の実景を詠んだ歌ではなく、音が聞えないさまを「音無の里」で表している。

この「音無し里」を詠み込んだ歌は平安中期にみられるだけで、それ以降は全く詠まれなくなり、「音無しの滝」が詠まれるようになった。

【他出文献】◇古今六帖一二九六。

308

忍《しの》びて懸想《けさう》し侍りける人につかはしける　　元《もと》輔《すけ》

お《を》と無《なし》の川《かは》とぞつひ《ゐ》にながれける言《い》はで物思《おも》ふ人の涙《なみだ》は

【校異】詞○けさうし―けさうし〈右傍ニ朱デ「フミツカハシ」トアル〉（貞）。○つかはしける―ナシ（貞）○もとすけ―清原元輔（島）。歌○かは―たき〈右傍ニ「河ィ」トアル〉（貞）○つゐ―つひ〈「ひ」ノ右傍ニ「ゐィ」トアル〉（貞）○なかれける―なりにける（島）○人の―われか〈右傍ニ朱デ「人ノ」トアル〉（貞）。

【拾遺集】恋二・七六〇

しのひてけさうし侍りける女につかはしける　　清原元輔

をとなしの河とそつゐになりぬへきいはて物おもふ人の涙は

定恋二・七五〇。詞○女に―女のもとに。○清原元輔―もとすけ。歌○なりぬへき―流ける。

人に知られないようにひそかに想いを懸けていました人に詠んでやった

堪えていたが、音無川のように、とうとう流れてしまった。口に出さずに心のなかで思慕している人の涙は。

【語釈】○おと無の川と―「おと無の川」は『枕草子』の「河は」の段にも「河は　飛鳥川。…大井河。おとなし川。七瀬川」とあり、よく知られていたと思われる。『能因歌枕』に「豊前」、『和歌初学抄』に「紀伊　おとなしがは　人ノトハヌニ」とあり、『歌枕名寄』は「紀伊国」に三〇八の元輔の歌を例歌としてあげている。熊野川の上流部分の呼称という（日本国語大辞典）。音もたてずに静かに流れている川。「と」は格助詞で、状態を指示して下へ続ける。…として。…のように。音無の川のように。〇つひに―堪えに堪えてきたがとうとう。〇言はで物思ふ―口に出さずに物思いをしている。「川とみてわたらぬ中に流るるはいはで物思ふ涙なりけり」（後撰・恋二・六三六）。

【補説】心の中でひそかに思慕していた人が、堪えきれなくて流した涙を、音無川によそえ、「おと無の川」「言はで思ふ」などの語句や倒置表現を用いて、忍ぶ恋の思いを詠んでいる。「音無の川」を詠んだ歌に、

君こふと人知れねばや紀の国のおとなし川の音にだにもせぬ（古今六帖一五五一）

卯花を音なし河の浪かとてねたくも折らで過ぎにけるかな（続詞花・夏・一〇二）

たえだえに咲ける垣根の卯花やおとなし川のせぜの白浪（月詣集・四月付恋上・三〇四）

わが恋はおとなし河の浪なれや思ひかくれどきく人もなし（太皇太后宮大進清輔朝臣家歌合　敦頼）

などがあるが、「音無し川」を詠み込んだ歌は平安末期までで、鎌倉時代にはほとんどなくなった。これは三〇七の「音無し里」と同じような傾向である。

三〇八は現存の『元輔集』にはないが、『三十六人撰』（書陵部本）には元輔の歌三首をあげ、三首目に、

おと無のたきとぞつゐ（ひ）になりにけるいはでものおもふ人の涙は

とある。この「おと無のたき」とある本文は『抄』貞和本に一致するが、『抄』の底本や『集』の本文とは相違する。『伊勢物語』（八十七段）に「わが世をばけふかあすかと待つかひの涙の滝といづれたかけむ」という歌があり、涙を滝に喩える「なみだの滝」という表現も早い時期からあるので、貞和本本文も否定はできない。

【作者】清原元輔→三二。

【他出文献】◇三十六人撰↓［補説］

題不知　　読人不知

309 風寒《さむ》み声《こゑ》よわ《は》り行く虫《むし》よりも言《い》はでもの思《おも》ふ我ぞまされる

【校異】詞○題不知―たいよみひとしらす（島）。

【拾遺集】恋二・七六一。

風さむみこゑよはりゆく虫よりもいはて物おもふ我そまされる　　よみ人不知

定恋二・七五一。詞○詞書ナシ―題しらす。

題知らず

風が冷たくなって、鳴き声に勢いがなくかぼそい声の虫よりも、口に出していうこともなく物思いをしている私の方が苦しさが勝っている。

【語釈】○風寒み―風が冷たくなって。○声よわり行く―鳴き声に勢いがなくなっていく。「秋風に声よわりゆく鈴虫のつひにはいかがならんとすらん」（後拾遺・秋上・二七二　大江匡衡）。○我ぞまされる―『新大系』は「思慕の情を口に出して言うこともなく物思いに耽っている私の苦しさの方が勝っている」と解し、『和歌大系』は「私の方が人を恋う思いが強い」と解している。ここは「声よわり行く虫」と「言はでもの思ふ我」とを比べているのであり、第五句を「われぞかなしき」とする本文もあることを斟酌して前者の解にしたがう。

【補説】この歌は西本願寺本『忠岑集』（忠岑集Ⅱ四一）に第五句を「われぞかなしき」として、時雨亭文庫蔵承空本『忠岑集』（六五）に第一句を「露さむみ」としてみえる。第一句の「風さむみ」と「露さむみ」の相違は『抄』『集』では問題にならないが、後世の歌に「いまよりは庭のあさぢに鳴く虫の朝露さむく声よわるなり」（夫木抄五五七一）とあるので、「露さむみ」の本文も誤りとは言えない。

「こゑよわる」の語は水鳥、風などにも用いられているが、使用例の多いのは虫である。平安時代の用例には、

人はこず風に木の葉はさそはれぬ夜な夜な虫はこゑよわりゆく（天理図書館蔵伝為氏筆曾祢好忠集二五一）

つごもりがたに、暮れ行く秋をしませ給ひて

いかにせむをしめど秋は過ぎぬべし残りの虫は声よわりゆく（大斎院前の御集三七六）

秋のくれに

夜をかさねこゑよわりゆく虫の音に秋のくれぬるほどを知るかな（千載・秋下・三三一　公能）

やどさびて庭に木の葉の積るより人まつ虫もこゑよわるなり（秋篠月清集一二六三）

などとあり、九月の晦方、秋の終りごろの虫の鳴き声をいう。

【他出文献】◇忠岑集→［補説］。

天暦御時承香殿の前を上《うへ》の渡《わた》らせ給《たま》ひて、こと方《かた》へおはしましければ、奏して侍りける　徽子女御

310 かつ見つつ影離《かげはな》れ行く水の面《おも》にかく数《かず》ならぬ身《み》をいかにせん

【校異】詞○承香殿の前を―承香殿のまへを〈「のまへを」ノ左傍ニ見セ消チノ符号ガアリ、右傍ニ朱デ「ニ」トアル〉（貞）○うへのわたらせたまひて―うへとをらせたまひて〈「とを」ノ左傍ニ見セ消チノ符号ガアッテ、右傍ニ朱デ「ワタィ」トアリ、「たまひて」ノ「て」ノ左傍ニ見セ消チノ符号ガアリ、右傍ニ朱デ「タマヒタリケルニ」トアル〉（貞）○ことかたへ―ことかたに（島）ことかたに〈「こと」ト「た」ノ左傍ニ朱デ見セ消チノ符号ガアル〉（貞）○おはしましければ―をはしましければ〈「はしましければ」ノ左傍ニ朱デ見セ消チノ符号ガアル〉（貞）○奏て侍ける―奏せさせて（島）。奏せさせたまひける（貞）。歌○かすならぬみを―かすならぬをを〈「ぬを」ノ「を」ノ左傍ニ見セ消チノ符号ガアリ、右傍ニ「み」トアル〉（貞）。

【拾遺集】恋四・八八九。

天暦御時承香殿のまへをわたらせ給てことかたにをはしましければ
奏せさせ給ひける　　徽子女御
かつみつゝかけはなれゆく水の面にかく数ならぬ身をいかにせん

定恋四・八七九。詞○ことかた―こと御方。○をはしましければ―わたらせたまひければ。○奏せさせ給ひける―ナシ。○徽子女御―斎宮女御。

村上天皇の御代、徽子女王の住む承香殿の前を帝は通り過ぎなさって、他の御方の局にいらっしゃいましたので、帝に申し上げなさいました

一方では帝のお姿を見ながら、その一方では帝のお姿が遠ざかって行く。このように人数に入らぬ、はかない身をどうしたらよいだろう。

【語釈】○天暦御時―村上天皇の御代。○承香殿―後宮の七殿五舎の一つ。仁寿殿の北にあり、東西七間の身舎

の中央に馬道があって、東西に二分する。村上天皇の御代に承香殿を居所としたのは女御徽子女王であった。○渡らせ給ひて―「渡る」はある地点を通過する、通り過ぎる。村上帝が徽子女王の居所である承香殿の前を通り過ぎになって。○こと方―別の女性の所。○かつ見つつ―「かつ」は一方では…し、一方では…する意。一方では帝の御姿を見ながら。○影離れ行く―「影」は下の「水の面」の縁語。帝の姿。その一方では帝のお姿が遠ざかっていく。○水の面にかく数ならぬ身―「かく」はこのようにの意を表す副詞「かく」に文字・絵などをしるす「画く」を掛ける。「水の面に数かく」は『古今集』（恋一・五二二）の「ゆく水に数かくよりもはかなきは思はぬ人を思ふなりけり」の歌により、はかないことの喩え。→三〇三。

【補説】この歌は西本願寺本『斎宮女御集』（斎宮女御集Ⅱ一四六）に、

御殿ゐし給へりける夜、いかなることかありけむ、御かたをすぎつゝ、こと御かたにわたらせたまひければ

かつみつゝかげはなれゆくみづのおもにかくかずならぬみをいかにせむ

とある。また、『村上御集』（一〇三）にも、

おなじ女御、つぼねのまへをわたらせ給ひて、こと御方にわたらせ給ひければ

かつみつつかげはなれゆく水のおもにかく数ならぬ身をいかにせん

とある。

徽子女王の入内は天暦二年（九四八）の春ごろに予定されていたようである（村上御集六）が、延引して十二月に入内した。その後、康保四年（九六七）五月に村上天皇が亡くなるまで、徽子女王の後宮生活は続いたが、天暦八年九月十四日に父の重明親王が亡くなって以後は、徽子を取り巻く生活環境も変化した。三一〇の歌は徽子女王が入内した天暦二年十二月以後、女御となった天暦三、四年ごろの詠作と思われる。そのころ村上天皇の

後宮には、

右大臣藤原師輔女安子（藤壺、天慶三年〈九四〇〉入内、天暦四年五月冷泉天皇生、康保元年没）

源庶明女更衣計子（天暦二年理子内親王生）

左大臣藤原在衡女按察更衣正妃（天暦三年保子内親王生、天暦五年致平親王生）

藤原元方女更衣祐姫（天暦四年以前入内。康保四年七月出家）

代明親王女荘子女王（麗景殿、天暦四年女御。康保四年出家）

などがいた。なかでも女御安子は政治の実権を掌握していた師輔の後楯もあり、帝の信頼も厚く寵愛も格別で、王女御である徽子女王の矜持もむなしいもので、自己を「数ならぬ身」であり、はかない存在であると認識せざるをえなかった。

【作者】徽子女王→四四四。

【他出文献】◇斎宮女御集→［補説］。◇村上御集→［補説］。◇三。

311 題不知　読人不知

袂《たもと》よりおつる涙《なみだ》は陸奥《みちのく》の衣川《がは》とぞいふべかりける

【校異】詞○題不知―たいよみ人しらす（島）○読人不知―人も（貞）

【拾遺集】恋二・七七二。

たもとよりおつる涙はみちのくの衣の（「の」ハ見セ消チ）河とぞいふへかりける

定恋二・七六二。

題知らず

袂から流れ落ちる涙は、衣を伝わって、川のように流れ落ちるので、陸奥の衣川というべきだった。

【語釈】〇衣川―陸奥の歌枕。岩手県胆沢郡にある国見山の北側を流れる北股川と、南側を流れる南股川を合せて東流して平泉付近で北上川に注ぐ川。

【補説】この歌は袂から流れ落ちる涙を衣から連想した衣川によそえているところに興趣がある。『元真集』（二五九）の「音にのみ聞きわたりつる衣川袂にかかる心なりけり」は三一一の歌を知っていて詠んだものであろう。

衣川の名は延暦二十一年（八〇二）に胆沢城が築城されて鎮守府が移転して以来、都の一部の人々に知られるようになったが、明媚な風光や評判になるような景物もなかったようで、拾遺抄時代までに衣川を詠み込んだ歌をみると、その地に赴く親族や知人との離別歌であった。それらは、

①みなれにし人をわかれし衣川隔ててこひんほどのはるけさ（西本願寺本能宣集、能宣集Ｉ三三八）

②衣川みなれし人の別るれば袂までにぞ波はよせける（西本願寺本重之集三一五）

などの歌で、①の能宣の歌は家集では、直前に「陸奥国の将軍の下るに…」と詞書のある、鎮守府将軍源信孝（兼澄の父、兼澄は後に能宣の婿となる）が陸奥に下向する餞別の宴の歌の代作を頼まれた歌があり、それにつづいて「また女の母のくだるに、みなれたまへる人のたばむとてめすに」という詞書を付してある。この詞書は解し難いところがあるが、この歌も、能宣が親類縁者のひとりとして召しに応じたものであろう。②の重之の場合、子どもたちは陸奥に住んでいて、陸奥と都を往還していたので（抄・雑下・五三二）、このような離別の歌を詠む機会はあった。このように陸奥に関係のある人々に限って、衣川の名を詠み込んだ離別歌を詠んでいる。

その後、衣川が衣と関連のある名であることに注目して、涙川によそえて衣川を用いるようになったらしい。

このことは『類聚証』に、

涙川といふことは兼盛が人にかはりてよそへてやりけるなり

③　衣河きて渡るべきさまなればこひはひもせぬものにぞありける

源の当純が難にこたへて證にひく、麗景殿の女御のよみ給へる

④　こひわたるたもとぞぬるるおぼつかなそれをいふかも衣河とは

とある。『類聚証』自体は偽書であるが、その内容までも虚言として無視することはできないだろう。この記事にいう③の歌の作者とされる兼盛も陸奥に関係のある人物で、歌は、恋は衣を着て衣川を渡るようなもので、涙で袖が乾くことのないものだの意であろう。この歌について源当純が非難したことに対して、反證として麗景殿女御の④の歌をあげたという。④が麗景殿女御の歌であるという確証もないが、この歌は三一一に類似していて、ここに衣川を詠み込んだ歌が恋の歌として新しい展開をみることになる。

⑤君がかげ見えもやすると衣川波たちぬひに袖ぞぬれぬる（多武峯少将物語）

⑥袂にも袖にもあまる涙かな衣川とはこれをいふかは（真鍋本住吉物語上）

などの物語中の歌が、それに当り、機知を働かせて、袖や袂の涙を縁語の衣を名にもつ衣川によそえている。

（なかでも⑥は三一一に類似している）。

衣川は離別歌と恋歌とに詠まれているが、その周辺に元輔の、

盗人いりて侍りしまたの日、かいねりのきぬをつかはしたりし返りごとに

⑦あさからず思ひそめてし衣川かかるせにこそ袖もぬれけれ（時雨亭文庫蔵坊門局筆元輔集一二九）

という歌がある。これまでの歌では、涙は離別を悲しみ、愛する人を偲んで流すものであったが、元輔の歌では特殊な場面で、相手の行為に感涙しているものである。

拾遺抄時代までは「衣川」の名は、一部の陸奥関係者以外には、それほど関心をもたれなかったが、平安後期になると、永承六年（一〇五一）から康平五年（一〇六二）にかけて、十二年に及ぶ前九年の役によって、衣川や衣川関の名も都人に知られるようになり、衣川を詠み込んだ歌も、

永承五年十一月俊綱朝臣家歌合、水鳥

衣川つまなきをしの声聞けばまづわが袖のさえまさりける（夫木抄六九八二）

前参議教長家の歌合に、隔河恋

いもが住むやどのこなたの衣川わたらぬ折も袖濡らしけり（新後撰・恋三・一〇四六　藤原親盛）

身に近くなるとはすれど衣川ひとへにのみはえこそたのまね（永久百首一三九）

夜をさむみ岩間のこほりむすびあひていくへともなき衣川かな（永久三年内大臣家後度歌合一　藤原忠通）

夜とともに袖のみぬれて衣川こひこそわたれ逢瀬なければ（元永元年十月二日内大臣家歌合五九　信濃）

夜とともにしをるる袖や衣川みぎはによするもくづなるらん（保安二年関白内大臣歌合五一　源雅光）

など数多く詠まれるようになる。このうち、「夜をさむみ」の歌は「衣川」の題を詠んだもので、衣川が詠み込まれるのは当然であるが、それ以外の歌は「衣川」に特有の風光などを詠んだものでなく、「衣川」の「衣」と縁語関係にある「袖」「ひとへ」「いくへ」などの語との関係から詠まれている。名は広く知られるようになっても実体については、依然として知られていなかったのだろう。

312　涙川《なみだがは》いづる水上《みなかみ》はやければ塞《せ》きぞかねつる袖《そで》の柵《しがらみ》　貫《つら》之《ゆき》

紀　貫之

なみた河いつるみなかみはやけれは袖のしからみせきそかねつる

涙川の流れ出る上流の流れが速いので、塞き止めることができないでいる、袖の柵であるよ。

【校異】詞○つらゆき―紀貫之（島）。歌○いつる―をつる〈「を」ノ右傍ニ朱デ「イ」トアル〉（貞）。

【拾遺集】恋四・八八六。

定恋四・八七六。詞○紀貫之―つらゆき。歌○いつる―おつる。○袖のしからみせきそかねつる―せきそかねつるそてのしからみ。

【語釈】○涙川―涙の流れ出るのを川に見立てた語。あふれ出る涙。○いづる―『抄』の貞和本、『集』の定家本などに「おつる」とある。『貫之集』の本文も歌仙家集本『貫之集』（貫之集Ⅰ五四七）に、第二句を「おつるみなかみ」とあり、陽明文庫蔵本（五六二）、時雨亭文庫蔵承空本『貫之集』（八〇三）などには第二句を「いづるみなかみ」とあり、「いつる」「おつる」の二様がある。○水上―涙の川の上流。○袖の柵―涙を抑える袖を、涙川を塞きとめる柵に見立てた語。

【補説】涙が頻りに流れでて、袖でぬぐいきれないでいるさまを、「涙川」「袖の柵」などの見立てを用いて詠んでいる。

この歌の特徴的な表現として注目されるのは「袖の柵」の語である。『抄』成立ごろまでに、この語を用いた歌は三一二の貫之の歌以外では、

天のがはみをのみまさるはやき瀬にえこそせきあへね袖のしがらみ（新撰万葉集・下・恋・二四）

年ふかき人のわかれの涙川袖の柵思ひこそやれ（時雨亭文庫蔵承空本元輔集一一四）

などがあるにすぎない。この二首は貫之の歌とは異なり、恋の歌ではない。たとえば元輔の歌は大弐国章の妻が亡くなったときに詠み送った歌である（承空本には「大弐国章の朝臣なくなり侍りにける後に筑紫へつかはしし」と詞書にある）。このように恋に関係のない、特殊な場面で詠まれた歌である。これと同じようなことは「衣川」を用いた歌にもみられた（三一一の［補説］の⑦歌参照）。

貫之は「袖の柵」の語を一度しか使用していないが、この語は貫之の独創的な表現だったのだろうか。「袖の柵」の語は「袖」を「柵」にすることから生れた語である。そこで「袖」を「柵」にしている歌を探すと、

しがらみに袖をからめどせきとめずこぼるるものは涙なりけり（西本願寺本伊勢集一二七）

しがらみとおさふる袖をたのめどもあまるは夜半の涙なりけり（続後拾遺・恋一・六八二　伊勢）

など、伊勢の歌がある。これらの歌と貫之の歌との先後関係は明らかでないが、伊勢は成語化した「袖の柵」の語を解体して用いたとは考えられないので、伊勢の歌の方が先であり、それに依拠して貫之は「袖の柵」という表現を創造したものと思われる。なお、この語を用いた平安後期までの歌は少ないが、中世になると定家・家隆・慈円・寂蓮・源有房・後鳥羽院・俊成卿女・藤原雅経などが、この語を用いて詠んでいる。

【作者】紀貫之→七。

【他出文献】◇貫之集→［補説］。◇古今六帖一六三二、第二句「そこのみなかみ」。

万葉集の和せる歌の中　　順《したがふ》

313 涙川《なみだがは》＊底《そこ》のみくづとなりはてて恋しき瀬々《せゞ》に流れこそすれ

【校訂注記】底本ニ「そてのみくつ」トアルノヲ、島本、貞和本、『集』ナドニヨッテ改メタ。

【校異】詞○万葉集の―万葉集（貞）○和せる歌の中―和せるなかに（島）和せらるゝ中に〈「せらるゝ中に」ノ右傍ニ朱デ「侍ケル歌ノ中ニ」トアル〉（貞）○したかふ―源順（島）。歌○そての―そこの（島・貞）。

【拾遺集】恋四・八八七。

万葉集を和する歌中に　　　源　順

涙かはそこのみくつとなりはてゝ恋しきせゝになかれこそすれ

定恋四・八七七。詞○万葉集を―万葉集。○和する歌中に―和し侍ける歌。

万葉集の歌に追和した歌の中に

私は流す涙の川の底に沈む水屑となってしまって、恋しい折々にはあちこちの瀬を泣きながら流れていることだ。

【語釈】○和せる歌―二八八に記したように、『万葉集』の中の、他の人が作った歌に応えて歌を作ったとされる。いわゆる、追和したの意であろう。なお、［補説］参照。○底のみくづ―『抄』の島本、貞和本、『集』の具世本、定家本には「そこのみくづ」とある。「みくづ」は水中の塵芥の意から、つまらない身をいう。「そでのみくづ」の用例は『抄』の歌だけである。○恋しき瀬々―「瀬々」は「川」の縁語。「瀬」は川の浅瀬から転じて、物事に出会う時、場所をいう。恋しい折々。「うきてこそ流れいづれど涙川恋しきせぜにあはずもあるかな」（玉葉・恋一・一三五九　延喜御製）。○流れこそすれ―「流れ」に「泣かれ」を掛ける。

【補説】「袖の水屑」か「底の水屑」かの問題については、［校訂注記］に記したように、「袖の水屑」とあるのは、底本のみであるが、「底の水屑」の用例は、

梅津河ともす鵜舟のかがり火に底のみくづもかくれざりけり（時雨亭文庫蔵資経本恵慶集七〇）

かげみればあまつ星なりしかりとて底の水屑を照らすとはなし（異本長能集、長能集Ⅱ六六）
はるはまた秋になるべし大井河底の水屑の色も変らず（時雨亭文庫蔵承空本道命阿闍梨集一三）
宇治川の底の水屑となりながらなほ雲かかる山ぞこひしき（三奏本金葉・雑上・五八〇　忠快法師）
ひろせ河底の水屑も流れつつわれよりは猶沈まざりけり（別雷社歌合一五七　盛方）

など数多くあり、本文としては「底の水屑」が原型であった。

この歌の詠歌事情は「和せる歌」の語句をどのように考えるかによって決まる。『袋草紙』の清輔の説は二八八の［補説］に記したように、「和する」を「返歌儀歟」、「是を返たると見歌は間々あり」などと、返歌する意にとり、『万葉集』の歌に返歌したものと考えて、「涙川」の歌は『万葉集』の、

わぎもこがわれを送るとしろたへの袖ひつまでになきしおもほゆ（巻十一・二五一八）
おもひいでゝねをばなくともいちじるく人のしるべくなげきすなゆめ（巻十一・二六〇四）

などに返歌したものとみている。さらに「追勘、順和尋出所見也」として、経衡が『後撰集』に和した歌と書き混ぜられていた中から、「涙川」の歌の本歌として、

君こふるなみだのとこに満ぬればみをつくしとぞ我はなりぬる

という歌をあげている。この「君こふる」は『古今集』（恋二・五六七）の藤原興風の歌である。なお、『袋草紙注釈』（塙書房）には『新撰万葉集』に和したのではないかと疑われなくもないとある。仮にそうであれば、「涙川」の歌の本歌は、

人しれず下に流るる涙川塞きとどめてむ影やみゆると（新撰万葉集・上・恋・一一五）

という歌であったとも思われる。

【作者】源順→四七。

【他出文献】◇袋草紙→［補説］。

補7

題不知　　　　　　　　読人不知

手枕《たまくら》のすきまの風《かぜ》もさむかりき身はならはしのものにざりける

【校訂注記】コノ歌ハ底本ニナク、島本（三一七）、貞和本（三二〇）ニアルノデ、島本ニヨッテ補ウ。但シ、詞書ハ貞和本ニヨッタ。

【校異】詞〇題不知—題読人不知（島）。歌〇すきまのかせもさむかりき—すきまの風もさむかりき〈右傍ニ「カセタニサムクヲモホヘキィ」トアル〉（貞）〇ものにさりける—ものにそありける（貞）。

【拾遺集】恋四・九一一。

た枕のすきまのかせもさむかりき身はならはしの物にそ有ける

㊅恋四・九〇一。

題知らず

二人で身を寄せ合って寝たときも手枕のすきまを吹く風は寒く感じたが、人の身は慣れると変るものだったのだ。（独り寝の今はすきま風も寒く感じなくなった）。

【語釈】〇手枕—腕を枕にすること。［補説］に記すように共寝をする女が男のためにする。〇すきまの風もさむかりき—「すきまの風」は物のすきまから吹き込む風。また、すきまを吹く風。ここは後者。身を寄せ合って共寝をしていたときも、すきま風を寒く感じた。〇身はならはし—「身」は体だけではなく身分、身上をもいう。わが身は慣れによって変ること。独り寝や二人の間に気持ちの隔たりができてもすきま風を寒く感じなくなることをいう。

【補説】この歌の「手枕」の語は『万葉集』では、作者は柿本人麿から大伴家持まで、階層も宮廷貴族から東国の庶民まで、『万葉集』の全時代、諸階層に及んで用いられた。その用法は、「かなしい妹が手枕はなれ」、「妹（君・わぎもこ）が手枕まく」、「しきたへ（しろたへ）の手枕まきて」など、定型的な表現が多く、慣用句のように用いられている。

これほど盛んに用いられた語が平安時代初期にはほとんど使われなくなり、三代集には、『古今集』に一例（七五七）、『拾遺集』（九〇一）に「補七」の歌があるのみで、『抄』以前の私家集にも、次の三例があるにすぎない。

　さをしかのいる野のすすきはつをばないつしか妹が手枕に（「に」ノ右傍ニ「を」トアル）せし（時雨亭文庫蔵義空本柿本人麿集一七四）

　とほき妹と手枕やすくねぬる夜はにはとり鳴くな明けはすぐとも（時雨亭文庫蔵承空本赤人集一六七）

　夢とても人にかたるなしるといへば手枕ならぬ枕だにせず（西本願寺本伊勢集三二三）

このうち『赤人集』の歌は『万葉集』（巻十・二〇二一）に、

　遠妻と手枕かへてさ寝る夜は鶏（かけ）はな鳴きそ明けば明けぬとも

とある歌の異伝である。「手枕」の語が再び脚光を浴びるようになったのは、帥宮と和泉式部との間で交わされた贈答歌に愛を確かめあう鍵語《キーワード》として「手枕の袖」の形で用いられるようになってからである。

補七は『古本説話集』（巻上第二十八　曲殿姫君事）、『今昔物語集』（巻十九第五）などの話に取り入れられていて、神宮文庫蔵『小野小町集』（小町集Ⅱ六九）の巻末にも増補されている。これらの話でも、人間は境遇やおかれた環境に順応するものであったと詠嘆している。

この歌は中世の歌人たちに影響を与え、これを模し、あるいは本歌とした歌に、

　いとひこしすきまの風のならひとや手枕寒き夜半のひとり寝（実材母集六五三）

いもとぬるすきまの風ぞ猶寒きいつならひける心なるらん（宝治百首二五一八）
とへかしなすきまの風のさむしろに身のならはしも知らぬおもひを（延文百首一八八五）
ひとりのみぬるをならひの手枕にすきまの風はいとふ夜もなし（新続古今・恋五・一四七一　堯尋）
などがある。これは「補七」の歌が『二八要抄』や謡曲などにも引かれていることにもよるのであろう。

【他出文献】◇小野小町集。◇古本説話集、第五句「ものにぞありける」。◇今昔物語集。

314

五月夏至日に、懸想《けさう》して久《ひさ》しく成り侍りにける*に、をんなのこの夜《よ》をばうたがひなく思《おも》ひたゆみて、もの言《い》ひ侍りけるほどに、親《した》しきさまに成り侍りにければ、この女《をんな》いみじく恨《うら》みわびて、後《のち》にはさらに逢《あ》はじといひ侍りければ

能宣

明日《あす》知《し》らぬ命《いのち》なれども恨《うら》みお《を》かん*このよにのみはやまじと思へば

【校訂注記】◯「けるにをんなの」ハ底本ニ「けるにをん」ノ五字ヲ欠クガ、島本ニ「なり侍にけるをんな」、貞和本ニ「なりて侍けるをんなの」トアルノヲ参考ニシテ補ウ。◯歌ノ「このよにのみは」ハ底本ニ「このよ」ノ三字ヲ欠クガ、島本ニ「このよにのみは」、貞和本ニ「このよにてのみ」トアルノヲ参考ニシテ補ウ。

【校異】詞◯五月夏至日に―五月夏至日（島）五月の夏至日に〈「夏至日」ノ右傍ニ朱デ「コロィ」トアル〉（貞）◯このよをは―今夜をは（島）この月は（貞）◯うたかひなく―うたかひなく〈「うたかひ」ノ右傍ニ朱デ「カキリィ」トアル〉（貞）◯このをんな―をんなの（島）この女の（貞）。歌◯いのちなれとも―いのちなりとも（島）わかみなりとも〈「わかみ」ノ右傍ニ朱デ「イノチ」トアル〉（貞）◯うらみをかん―思をかん〈「思」ノ右

傍ニ朱デ「ウラミ」トアル〉（貞）。

【拾遺集】恋二・七六五。

けさうし侍ける女の五月夏至日なりけれはうたかひなくおもひたゆみてものいひ侍りけるにしたしきさまになり侍にけれはこの女いみしくうらみわひてのちさらにあはしといひけれは　大中臣能宣

あすしらぬいのちなから（「いのちなから」ノ右傍ニ「ワカミナリトイ」トアル）も恨をかむこのよにのみはやましとおもへは

定恋二・七五五。詞○なり侍にけれは―なりにけれは。○この女―ナシ。○のち―のちに。○いひけれは―いひ侍けれは。歌○いのちなからも―わか身なりとも。○このよにのみは―この世にてのみ。

想いを懸けてから長らく経ちましたときの、五月の夏至の日に、女が今夜は当然訪れて来ないものと油断していて（男に逢い）、親しくことばをかわすうちに、親密な間柄になってしまったので、この女はたいそう恨み歎いて、これからは決して逢わないつもりだと言いましたので

このはかない世に、明日死ぬかも知れない命であるけれども、あえて恨みごとを言い置こうと思う。二人の関係は現世だけでは終らずに、来世まで続くだろうと思うので。

【語釈】○五月夏至日―「夏至」は二十四節気の一つ。太陽が黄道上の九〇度の点を通過する時をいう。『八代集抄』には五月の夏至の日は「此日帰忌日にあたれば、不遠行と、拾芥にもあり」とあり、これを承けて『新大系』は外出を忌む日に当たっていたので、男は逢いに行かなかったと解している。一方、『日本国語大辞典』の「夏至」の項には『中右記』に「巳時許入日野。依夏至夜為方違也」（保安元年五月十八日の条）とあるのを用例として引いている。『和歌大系』は「夏至など二十四節気の夜は方違えする慣習」があると、『中右記』の記事を

例証に引き、女が方違えで留守だと考え、訪れなかったのであろうと解している。この他に『拾遺抄註』は夏至・冬至・歳旦には房事を禁じたからとする。これらの説については、あらためて［補説］において補足説明し、検証する。○この夜――夏至の日の夜。○うたがひなく思ひたゆみて―女は夏至の夜には当然男が訪れて来ないだろうと油断していた。『新大系』は「五月の夏至の日に当っていたので、逢いに行かなかったところ、非常に恨み歎いた」と大意を記しているが、女が恨み歎いたのは、男が逢いに行かなかったからではない。『和歌大系』は「今夜訪ねないのは当然だ、と思って油断して（待っているとは思わずに）、手紙ですませましたところ」と解している。「待っているとは思わずに」とあるのは「女が方違えで留守だと考え」ているからであるが、それでは男はどこに手紙を届けさせたのだろうか。女の所在を確認できなければ、手紙を届けることは不可能である。さらに問題になるのは、「手紙ですませ」たということは、それに該当する文がなく、「ものいひ侍りける」をそのように解したのであれば、これも問題になろう。○もの言ひ侍りけるほどに―『集』には「ものいひ侍りけるに」とある。どちらにしても、「もの言ふ」の語はことばを口に出す意が基本で、話をする、口をきく、ことばをかわして親しくなる、男女が契りをかわすなどの意に用い、手紙を出す意はないようである。ここは男と懇ろにことばをかわすうちにの意に解す。○いみじく恨みわびて―男と親密な関係になったものの、女には耐えがたいことがあって、男を恨み嘆いたのであろう。○このよにのみはやまじ―『抄』の貞和本、『集』の定家本は「このよにてのみやまじ」とある。この世だけでは終らないで、来世まで続くだろう。

【補説】詞書の「五月夏至」については、［語釈］に三つの説を記したが、説明を補足しながら検証する。

まず、『拾芥抄』に記すところは「帰忌日。四孟〈正・四・七・十〉在丑、四仲〈二・五・八・十一〉在寅、四季〈三・六・九・十二〉在子。其日不可遠行、帰家及移徙」（下・諸事吉凶日部）とあり、帰忌日は四季の初めの正月・四月・七月・十月は丑日、四季のまん中の二月・五月・八月・十一月は寅日、四季の末の三月・六月・九月・十二月は子日が当り、この日には遠出、帰宅、移動などを忌んだとある。この説明では帰忌日は月に

最低二度あるのに、帰忌日の語は古記録には以外に少なく、

①一代一度仁王会、参大内、従寺女方同出留一条、是依帰忌日也（御堂関白記・長和二年八月十九日戊寅）

②今日逍遥（道長宇治逍遥）不快、其故者、執柄人出洛隔宿之興、可択無忌之日歟。今日道空日并帰忌日（小右記・長和四年十月十二日己丑）

③子剋許入洛、今日依為帰忌日、不令帰東三条給、還御京極殿北殿也（殿暦・康和二年十一月二十八日庚寅）

などとある。①③は帰宅できずに余所に留まった例、②は遠出を忌むべき例である。道長や実資などは平常の帰忌日には何事も無く行動しているが、忠実は長治二年についてみると、「依物忌不出行」（二月十五日甲寅）、「今日依物忌不出行」（三月三日庚子）、「依物忌外人不来」（四月二十二日己丑）などとあり、帰忌日には外出していない。この説では夏至がいつも帰忌日になるとは限らないところが問題である。

次に二十四節気の夜は方違えする慣習であったという説については、『御堂関白記』『小右記』などからは確証は得られないが、平安後期の古記録類には、節分の方違えのことが、次のようにある。

今夕上皇御幸臥見、是依令違節分御也（中右記・永長元年正月三日）

雨降、為夏節分、向備中守政長朝臣八条宅（後二条師通記・永長元年四月六日）

今夜節分也。仍為避方角宿一条高倉小屋（中右記・承徳元年十二月二十四日）

今夕法王有御幸久我、是今夜夏節分也。仍為避方角有御幸歟（中右記・承徳二年三月二十七日）

為立春方違。余侍民部大夫俊基家立門、依夜行門之内引入車（殿暦・嘉承二年正月五日）

今夜依冬節方違、姫君相具向一条殿（殿暦・天永三年十月八日）

今夕依違御夏節分、院御于鳥羽。下官又為方違向日野（中右記・元永元年四月九日）

今夜為違秋節、行向法性侍座主堀川房（中右記・元永元年七月十二日）

今夜一条殿為令違冬節分給、令渡一条殿給、参御供（中右記・元永元年閏九月十四日）

依節分向為隆七条、鶏鳴帰亭（殿暦・元永元年十二月十八日）

今夜秋節分夜也。今夕宿西御方御所違秋節大炊御門東洞院也（中右記・元永二年六月二十二日）

天晴、今夜夏節分也、為違方角、巳時許入日野（中右記・保安元年四月一日）

今夜秋節分也。為違方忌宿観音堂北僧房（中右記・保安元年七月四日）

ここに挙げたように、四つの節分には方違えをする慣習があったが、他の二十四節気の方違えのことは、〔語釈〕に引いた『中右記』の夏至の記事以外は、古記録類には見当らなかった。したがって、『和歌大系』の説明は古記録類から裏付けることはできなかった。二十四節気に方違えの慣習があるというのは、別に確証があるのだろうか。『中右記』は他の古記録に比べて節分の方違えの記事が多い。それだけに夏至の方違えを一回のみ記していることは不審である。

『拾遺抄註』には「夏至、冬至、歳旦には禁房内之故、如此云へる也。各前三後二にも禁じたる也」という説がみえる。これは顕昭が同時代の医師から伝聞したことであろうと思われる。顕昭の時代よりも百年ほど後のものであるが、正応元年（一二八八）に書かれた丹波行長の『衛生秘要抄』にも「冬至夏至歳旦。此三日、前三後二、皆殺人大禁」とあるので、古くからの俗信であろうが、これは文献による検証は不可能である。

この歌は西本願寺本『能宣集』（能宣集I一一一）には、

かたらひ侍る女のもとにて、ちかごといたうし侍れば、いのち短かりなむといひ侍るに

あすしらぬ命なれどもちかひおかむこの世とのみは思はぬなかを

とあるが、時雨亭文庫蔵坊門局筆本『能宣集』（一五五）には、

つらかりける人のもとに

あすしらぬ命なれどもうらみおかむこのよにのみはやまじとおもへば

とあり、詞書のみでなく、歌詞も第三句、第五句などに相違がみられる。このうち歌は坊門局筆本と『抄』とは異同はないが、詞書は著しく相違している。能宣は正暦二年（九九一）八月、七十一歳で亡くなっているので、その後、十年も経ないうちにすっかり変ったことになるので、『抄』の歌は家集とは全く別の経路で伝えられてきたものと思われる。それゆえ、詞書にいうところを厳密に検証しようとしても、無理なことかも知れない。現段階では、帰忌日説でも方違え説でも夏至との関係に決定的なものはなく、存外、第三の夏至には房事を禁じたという俗信が、女の油断した理由かも知れない。

【作者】大中臣能宣→二一。

【他出文献】◇能宣集→［補説］。

題不知　　読人も

315 我ごとや雲の中《なか》にも思《おも》ふらむ雨《あめ》も涙《なみだ》もふりにこそふれ

【校異】詞○題不知—たいよみひとしらす（島）○読人も—読人不知（貞）。**歌**○雲のなか—くものうゐ〈「うゐ」ノ右傍ニ朱デ「ナカ」トアル〉（貞）。

【拾遺集】恋五・九六七。

我ことや雲の中にも（「の中にも」トアル右傍ニ「キノナカニ」トアル）思ふらむ雨も涙もふりにこそふれ

定恋五・九五七。

題知らず

私と同じように、雲も心の中でつらい思いをしているからだろうか、雨も涙も降りに降っている。

【語釈】○我ごとや―私と同じように。作者は涙が流れるほどつらい思いをしている。○雲の中にも思ふらむ―雲も心の中でつらい思いをしているからだろうか。雲を擬人化し、雲の心中を推量した。○雨も涙も―雨を雲の涙に見立てる。○ふりにこそふれ―同じ動詞を重ねた間に、格助詞「に」を入れて動作の継続や意味を強める「ふりにふる」という言い方に、「こそ」を入れてさらに強調した表現。降るがうえにも降る、降りに降る。

【補説】この歌は西本願寺本『伊勢集』（伊勢集Ⅰ一八二）、時雨亭文庫蔵資経本『伊勢集』（一八七）などに、詞書はなく、歌詞にも異同なくみえる。

歌の「雲の中にも思ふ」とある箇所を、『伊勢集全釈』（平成八年、風間書房）には「雲の中でもだれかがもの思いをしているのだろうか」と解し、「雲のなか」が、もし恋の相手方を暗示しているとすれば、高貴な人であろうといわれている。ここは「我―涙」、「雲―雨」と対応する関係とみて、［語釈］に記したように雲を擬人化したものと解した。

また、『新大系』には『古今集』（恋三・六三九　藤原敏行）に「明けぬとて帰る道にはこきたれて雨も涙も降りそぼちつつ」とある歌を参考にあげているが、『古今集』の歌の第五句は「降りそぼちつつ」であり、三一五と同じ「降りにこそ降れ」とあるのは「寛平御時后宮歌合」で「恋」の題で詠まれた歌の本文である。三一五の作者を伊勢とすると、敏行の歌との先後関係が問題になるが、確かなことはわからない。

【作者】『抄』には「読人不知」とあり、『集』は作者を人麿とする歌に続けてあるので、人麿の歌とみているようである。従って、『伊勢集』にあるものの、『抄』の撰者は伊勢の作とはせず、「読人不知」としたのであろう。

【他出文献】◇伊勢集→［補説］。

316
石上《いそのかみ》ふるとも雨《あめ》にさはらめや会《あ》はんと妹《いも》に言《い》ひてしものを

大伴方見《かたみ》

【校異】詞〇大伴かたみ―大伴宿祢像見〈「宿祢」ノ左傍ニ朱デ見セ消チノ符号ガアリ、右傍ニ朱デ「イ無」トアル〉(貞)。歌〇さはらめや―さはらめや〈「さは」ノ右傍ニ朱デ「ヲト」トアル〉(貞)〇あはん―あはん〈「あは」ノ右傍ニ朱デ「ユカ」トアル〉(貞)。

【拾遺集】恋二・七七五。

大伴方〈「方」ノ右傍ニ「像」トアル〉見
いその神ふるとも雨にさはらめや逢はむと人にいひてし〈「人に」ノ右傍ニ「イヒニイ」トアルガ、「いひて」ノ右傍ニアルベキモノデアル〉ものを

定恋二・七六五。詞〇詞書ナシ―題しらず。歌〇人に―いもに。

たとえ雨が降っても、それに妨げられようか、逢おうと、愛しい人と約束してしまったのだものね。

【語釈】〇石上―大和国山辺郡石上。現在の奈良県天理市石上町の石上神宮付近から西方一帯の地。「布留」は「石上」の隣接地であるが、「石上布留」と続けていわれたところから、「布留」と同音の「古る」「降る」「振る」などにかかる枕詞。〇さはらめや―「さはる」は妨げられる、さしつかえる、障害となるの意。〇妹―男が女を親しんでいう語。主として妻、恋人、長幼を問わず姉妹を呼ぶ称。〇言ひてしものを―「てし」は完了の助動詞「つ」の連用形に過去の助動詞「き」の連体形がついたもの。過去のある時点で動作・作用が完了していることを表す。「ものを」を「…から」と順接を表す接続助詞に解する説もあるが、平安時代には順接を表す用法はなかったといわれるので、詠嘆を表す終助詞ととる。

【補説】 この歌は『万葉集』（巻四・六六四）に「大伴宿祢像見歌一首」として、

石上　雫十方雨二　将関哉　妹似相武登　言義之鬼尾

（石上ふるとも雨にさはらめや妹に逢はむと言ひてしものを）

とある歌の異伝である。

愛する人と約束したので、たとえ雨が降っても妨げられることなく逢おうという、男の誠意と情熱が読む人の心を動かしたのだろうか、この歌は平安時代の初めから人々に親しまれていたようで『継色紙』にも『万葉集』と同文であり、『新撰和歌』（二六八）には、

いそのかみふるともあめにさはらめやあはんといもにいひてしものを

と、第四句が『抄』と同文であり、その後も『古今六帖』（四四三）『綺語抄』『袖中抄』（第四句「またんといもが」）などに撰収されている。また、後世には「あめにさはらめや」という特徴的表現に関心がもたれ、それを巧妙に摂取して、次のように詠まれている。

かきくもれたのむ宵の村雨にさはらぬ人の心をもみん（秋風抄・下・恋歌・二〇七）

わびつつもぬる夜の雨にたれかまたさはらぬものと人を待つらむ（新続古今・恋三・一二二九）

【作者】 大伴方見　像見とも。世系、生没等不詳。『続日本紀』によると、摂津少進で天平宝字八年（七六四）十月七日従五位下となり、神護景雲三年（七六九）三月に左大舎人助となった。宝亀三年（七七二）従五位上に昇る。万葉の歌人。『万葉集』に五首入集。勅撰集には『拾遺集』に二首入集。一〇七七は『抄』（雑上・四〇四）には大伴田村大嬢とある。

【他出文献】 ◇新撰和歌→［補説］。◇古今六帖→［補説］。◇継色紙→［補説］。

317　わびぬればいまはたおなじ難波《なには》な《成》るみをつくしても逢《あ》はんとぞ思ふ　読人不知

【校異】ナシ。

【拾遺集】恋二・七七六

わひぬれはいまはたおなし難波なる身をつくしてもあはむとそ思ふ

定恋二・七六六。詞○作者名ナシ―もとよしのみこ。

あなたへの思慕も思うにまかせずどうしようもなく困り果てているので、今となってはやはり身を捨てたも同じこと、難波の澪標のように、身を滅ぼしてもあなたに逢おうと思う。

【語釈】○わびぬれば―「わぶ」は三〇七の［語釈］参照。『宗祇抄』には「思のつもりてやるかたなきをいふなり」とある。契沖の『百人一首改観抄』には「とかくいひさはがれてわびはてぬればとなり」とあるが、恋しい思いがどうしようもなく、困り果てているの意に解す。○いまはたおなじ―「はた」は「また」と同じとみるものが多いが、「はた」は先行の事柄と類似の事柄を想定して、どちらかを選択する語。やはり。今となってはやはり同じである。「同じ」は何と同じであるかについて、①名は同じとする説。『応永抄』に「いまはあはずとも立にし名は同じ名にこそあれ」とある。②「身を尽くす」に同じとする説（百人一首改観抄など）。③その他。『和歌大系』には「(逢わずに焦がれ死にするのも、逢ったのが世に知られて破滅するのも)今ではもう同じだ」とする、などがある。この歌の中心は「みをつくしても逢はん」という作者の意思にあるので、②説とみる。○難波なるみをつくしても―「みをつくし」は「身を尽くし」に「澪標」を掛ける。「澪標」はもと船が往来できる深さの水の流れである「水脈」を船に知らせるために立ててある杭のことで、『万葉集』（巻十四・三四二九）にも「遠つあふみいなさほそえのみをつくしあれを頼めてあさましものを」と詠まれている。平安時代、『抄』以前で「難波」の景物として「みをつくし」を詠んだ歌は「難波潟なににもあらずみをつくし深き心のしるしばかりぞ」（後撰・雑一・一一〇三　大江玉渕女）と『抄』三一七の歌があるにすぎない。

【補説】この歌は『百人一首』にあり、遍く知られているが、平安時代の文献では、『元良親王集』（一二〇）に、詞書を「ことといできてのち、御息所に」としてみえ、『後撰集』（恋五・九六〇　元良親王）には「事出で来てのちに京極御息所につかはしける」と、御息所を特定しているところが、家集と相違するだけである。御息所を恋い慕いながら、思うようにいかずに困惑、懊悩して、今となってはわが身を捨てても逢おうと決断する歌である。

元良親王が恋する京極御息所は藤原時平女の褒子のことで、宇多法皇の御息所として出仕、承平元年（九三一）七月十五日に法皇が仁和寺御室で亡くなるまで仕えた。元良親王との密事が知られなければ、宇多法皇の晩年まで献身的に仕えた女性ということで終ったであろう。しかし、褒子と元良親王の密事のことは『元良親王集』の歌（三五、三六、六四～六六、一五三、一六六など）によって、人の知るところとなった。その時期は『元良親王集』に、

京極の御息所を、まだ亭子院におはしけるとき、懸想じ給ひて、九月九日にきこえたまける

世にあればありといふことを菊の花なほすぎぬべき心地こそすれ（三五）

とあって、亭子院にいたときである。そこで現存の史料によって、宇多法皇の御所の移徙についてみていくこととするが、法皇の御所は、『拾芥抄』には次の四箇所がみえる。

亭子院　七条坊門北、西洞院西二町、寛平法皇御所、元東七条后温子家。

河原院　六条坊門南、万里小路東八町云々、融大臣家、後寛平法皇御所、号六条院、本四町、京極西、東六条院。

中六条院六条北、東洞院西、寛平御所、此亭池龍相通云々。

宇多院土御門北、東洞院東、法皇御所、刑部卿源湛宅云々。

このほか仁和寺などを御所とされた。

宇多天皇は退位すると、昌泰元年（八九八）二月に累代の後院である朱雀院に移り、中宮温子も五条宮から移り、延喜二年（九〇二）まで御所とされ、その後は仁和寺に移り、延喜十年ごろから、亭子院を御所として用いている。延喜十七年に源融の子の昇が河原院（東六条院）を宇多法皇に進上し、ここが御所となった。延喜十八年二月二十六日に、醍醐天皇は六条院に朝覲行幸をしている。

延長二年（九二四）正月二十五日に宇多法皇は醍醐天皇の四十の賀を催し、二十六日には天皇が法皇の中六条院に行幸して拝謝の礼を行われた。このことから、延長二年から法皇は中六条院を御所とされていたと思われるが、『貞信公記抄』には、単に六条院に行幸されたとあり、『大日本古記録　貞信公記』には六条院に「河原院」と注記している。しかし、『河海抄』（乙女）には「延長二年正月二十六日乙丑、此日参入中六条院、々御此院」とあって、宇多法皇は中六条院を御所とされていたことが知られ、延長三年三月十一日には醍醐天皇が中六条院に行幸して、御息所褒子は従二位に叙せられた。その後は六条院（河原院）も利用されることもあったが、延長八年十一月に焼亡するまで中六条院を御所とされ、その後は仁和寺に移られて、承平元年（九三一）七月に仁和寺御室で亡くなった。

このように宇多法皇の移徙をたどると、亭子院を御所とされたのは延喜十年（法皇五十一歳）ごろから十七年ごろまでで、『大和物語』（六十一段）によると、御息所たちも御曹司に住まわれた。その後、河原院に移られたときは、褒子だけの御曹司を設けて移られたという。このころから褒子を格別に寵愛され、褒子は延喜二十年（九二〇）に雅明親王を生み、延長三年（九二五）年十二月には行明親王を生んでいて、褒子と法皇とは琴瑟相和す仲であった。この関係は中六条院に移ってからも続き、延長四年九月には法皇六十の賀を褒子が奉仕、宇多法皇が亡くなられたときには、褒子は哀悼歌を詠んでいる（後撰・哀傷・一四〇四）。亭子院在住以後の、法皇と褒子との仲を牢固なものにした背景に、褒子と元良親王との密事があったと思われる。その事を知った法皇は河原院へ移住することで破局を回避し、心機一転して新生活を始める契機とした。こうした解決策は、賜姓源氏から皇嗣となって践祚し、藤原氏や皇親の圧力で地位を危うくしながら、窮地を脱出してきた宇多法皇が身につけた処世術であったと思われる。

【作者】元良親王　陽成天皇第一皇子、母は主殿頭藤原遠長女。寛平二年（八九〇）生。天慶六年（九四三）七月二十六日に没す、五十四歳。『元良親王集』『大和物語』には修理君、平中興女、源昇女、御息所褒子、兵衛、中納言君など、多くの女性たちとの交渉がみえる。妻妃に神祇伯藤原邦隆女、醍醐帝第八皇女修子内親王、宇多天皇皇女誨子内親王などがいた。延長七年（九二九）十月十四日に修子内親王は元良親王の四十算を賀し、その時の屏風歌は醍醐天皇の命によって貫之が詠進している（抄・一一九参照）。弟の元平親王と「陽成院親王二人歌合」を行なった。延長五年九月二十四日に兵部卿克明親王が亡くなり、後任として兵部卿に任ぜられたと推定され、亡くなったときは三品兵部卿であった。『後撰集』以下の勅撰集に二十首入集。家集に『元良親王集』がある。

【他出文献】◇元良親王集→［補説］。◇後撰集（恋五・九六〇）。◇古今六帖一九六〇、もとよしのみこ。

318　しほみてば入《い》りぬる磯《いそ》の草なれや見《み》らく少《すく》なく恋《こ》ふらくの多《おほ》き

坂上郎女

【校異】歌〇みらく―みる日（島）。

【拾遺集】恋五・九七七。
しほみてはいりぬる磯の草なれやみるひ（「るひ」ノ右傍ニ「らく」トアル）すくなくこふらくのおほき
定恋五・九六七。**歌**○みるひ―見らく。

あの方は、潮が満ちてくると、海中に隠れてしまう磯の海草であろうか、逢うことは少なく恋い慕うときの多いことよ。

【語釈】○入りぬる磯の草―水中に入ってしまう磯の海草。逢うことの少ない恋人の喩え。○見らく少なく―『抄』の島本、『集』の具世本には「見る日少なく」とある。［補説］に掲げた『歌経標式』所収の歌も「みるひすくなく」とある。逢うことは少なくて。

【補説】この歌は『万葉集』（巻七・一三九四）に「藻に寄す」として、

塩満者　入流礒之　草有哉　見良久少　恋良久乃　大寸
（潮満てば入りぬる磯の草なれや見らく少く恋ふらくの多き）

とある、作者未詳の歌の異伝で、『万葉集』では寄物の題をもつ譬喩歌のなかにある。

恋する人を磯に潮が満ちてくると見えなくなってしまう海草に喩えられることを「…磯の草なれや」と軽く疑問をそえて言い、下句では「見らく少なく」「恋ふらくの多き」と、所謂「ク語法」を用いて、「見ること」と「恋すること」とを「少なく」「多き」という量的な対立関係で表して、恋しい人にはなかなか逢えず、恋しく思うことばかり多いと嘆いている。このことは『歌経標式』にも指摘されている。

『歌経標式』（雅体の十　新意体）には、

是の体、是れ古事に非ずして、亦是れ直語（真本ニ「旨語」トアルノヲ抄本ニ「直語」トアルノニ改メタ）にも非ず。或は相体する有り、或は相体

する無し。故、新意と曰ふ。孫王塩焼の恋の歌に曰ふ、

　旨保美弖婆一句伊利努留伊蘇能二句倶佐那羅旨三句美留比須倶那倶四句古不留与於保美五句

数々見ぬは、譬へば、潮の盈つる儀の如し。盈つる時に見えず、落つる時纔かに見ゆ。故、斂めて喩と為す。古に遠くして、直（「旨」トアルノヲ改メタ）を離る。故、新意と曰ふ。見る日少なく恋ふる夜大みは、是れ其れ相対す。是の体と古、直とは相似る。等しくして亦別き難し。消息を以てすべし。（日本歌学大系所収「真本」による）

とあって、「しほみてば」の歌は「新意体」の例歌としてあげられている。なかでも、「しほみてば」の歌では三句までが喩えになっていること、「見る日少なく」「恋ふる夜多み」が相対する、所謂、対となっているという指摘である。また、「しほみてば」の歌の原初的な本文は、

　しほみてば　いりぬるいその　くさならし　みるひすくなく　こふるよおほみ

であり、それが前掲の『万葉集』所収歌の本文のように変化して、平安時代には『古今六帖』『抄』などに伝えられ、その一方で、

　しほみてば　いりぬるいその　くさなれや　みるひすくなく　こふらくおほし

という本文も伝流して、その形を『新撰和歌』（二八〇）にとどめている。

　この歌について源俊頼は『俊頼髄脳』に「この歌は、ひが事とも申しつべし」として、潮の満干を問題にし、最後には「めでたくこそ聞ゆれ。この歌、いとしもなからむには、拾遺抄には入らましや」と記している。この俊頼説には、「此歌いとしもなからむには拾遺にいらましやと、あしくよめる歌をぞよくいひなす様にかき給へる、もろもろのひが事なり」という基俊の批判もあった（色葉和難抄巻一・いそのくさ）。

　これらとは別に『千五百番歌合』（二六七六）に、

たえはつるほどぞあらはに知られける夢ぢにだにも見らくすくなき

とある藤原公継の歌の判詞で、顕昭は、

左歌は、しほみてばいりぬるいその草なれや見らく少なくこふらくのおほき、と申す歌は万葉の歌のなかにぬきいでて、花山法皇、拾遺にいれさせ給ひて侍れば、世の末にもて遊ぶべき歌にこそ侍るめれ、見らく少なく恋ふらくの多きとはべる本歌は、なかなかにわざわざしく聞え侍るに、わづかに見らくすくなきの一句は、ききよくこそ侍れ。

と述べて、「見らくすくなき」の一句のみを聞きよい表現として評価している。藤原定家も、

満つ潮にかくれぬ磯の松の葉もみらくすくなく霞む春かな（拾遺愚草二一四六）

と「みらくすくなく」の表現を用いている。

【作者】 この歌の作者については『歌経標式』には、孫王塩焼の作とある。孫王塩焼（氷上真人塩焼とも）は新田部親王の子で、聖武天皇皇女の不破内親王と結婚。天平五年（七三三）三月従四位に叙せられ、中務卿、大蔵卿などを経て、天平宝字六年（七六二）正月四日参議、同十一月中納言に任ぜられる。天平宝字八年九月、恵美押勝の乱に連座して誅せられる。享年五十歳であった。塩焼王が亡くなって八年後に『歌経標式』は奏上されているので、浜成は塩焼王とは同時代人であった。『万葉集』には前掲のように作者未詳であり、坂上郎女作者説は『抄』になって現われたもので、確証はなく、塩焼王作者説の方が有力である。

【他出文献】 ◇万葉集→［補説］。◇歌経標式→［補説］。◇古今六帖三五八二。◇俊頼髄脳。

319　志賀《しか》の海人《あま》の釣《つ》りにともせる漁火《いさりび》のほのかに妹《いも》を見《み》るよしもがな

読人不知

【校異】歌○いもをみるよしもかな―みてしかけそこひしき〈右傍ニ朱デ「イモヲミルヨシモカナィ」トアリ、「イモ」ノ右傍ニ「人ィ」トアル〉（貞）。

【拾遺集】恋二・七六二。

みつのあまの釣にともせるいさり火のほのかにいもをみるよしもかな

定恋二・七五二。歌○みつのあま―しかのあま。

志賀の海人が夜釣りのために灯している漁火のように、ほんのわずかでも、愛しい人の姿を見る手立てがあったらいいなあ。

【語釈】○志賀―筑前国滓屋郡志賀村の志賀島。現在の福岡県粕屋郡志賀町志賀島。現在は陸続きになっているが、当時は博多湾の北部にあった島。『万葉集』では近江の志賀と区別して、「シカ」と清音であったことは、四可、之可、思香などの用字から知られる。○海人―『万葉集』には筑前の「志賀」を詠み込んだ歌は十首あるが、そのうち八首は藻刈り・製塩・漁撈に従事する「あま」が詠まれている。ここは漁撈に従事する海人。○漁火―夜、魚を捕るとき、魚を呼び寄せるために灯す篝火。「火」を古く「ほ（火）」といったことから、「いさりびの」の形で、「ほ」「ほのか」を導く序詞を構成する。○ほのかに―物の形がはっきりしないさま。かすかに。○よしもがな―「もがな」は自己の願望を表す「もが」に詠嘆の「な」が付いたもの。上代の「もがも」に代って平安時代以後に用いられた。

【補説】この歌は『万葉集』（巻十二・三一七〇）に、

思香乃白水郎乃　釣為燭有　射去火之　髣髴妹乎　将見因毛欲得

（志賀の海人の釣りし燭せる漁り火のほのかに妹を見むよしもがも）

とある歌の異伝である。

この歌について『八代集抄』には「しかのあまの釣に」に「序歌也」とある。おそらく「しかのあまの釣にともせる漁火の」までを「ほのかに」を導く序詞とみているのだろう。『新大系』には「瞬時の逢瀬を願う」と一首の要旨をまとめているので、「ほのかに」をわずかの意に解しているのだろうか。『万葉集』では「羇旅に思を発（おこ）す」として九十四首ある歌群中にあるので、旅先で詠んだ歌であり、「妹」は旅先で出会った女ともとれるが、「ほのかに妹を見る」とあるところからは、故郷に残してきた妻を偲んで詠んだものであろう。

この歌は『集』では七五二のほか、九六八に第四句を「ほのかに人を」として重出する。『抄』では、この歌の前後は、

『抄』		『集』	
二七一	くろかみに	九六六	くろかみに
三一八	しほみてば	九六七	しほみてば
三一九	しかのあまの	九六八 七五二	しかのあまの
ナシ		九六九	いはねふみ
三二〇	しるや君	七五四	しるや君
三二一	恋するが	七五三	恋するは

などとある。「しかのあまの」の歌は元来三一九（七五二）の位置にあるべき所を、『集』では「くろかみに」「しほみてば」「しかのあまの」「いはねふみ」（九六九。『抄』ナシ）の四首の『万葉集』の異伝歌を類聚するために移したものの、「しかのあまの」を元来の位置（七五二）に置き忘れたのであろう。

【作者】『集』（九六七）では、前歌が坂上郎女の作であるので、この歌も坂上郎女の作とみているが、重出する七五二では「よみ人しらず」としている。『万葉集』も作者未詳歌の歌群中にある。

【他出文献】◇万葉集→［補説］。◇定家八代抄九〇三、第四句「ほのかに人を」。

320　知《し》るや君知《し》らずはいかにつらからん我《(わが)》限《かぎ》りなく思《おも》ふ心を

【校異】歌○我かきりなく―わかゝくはかり（島・貞）。

【拾遺集】恋二・七六三
しるや君しらすはいかにつらからん我かくはかりおもふ心を
定恋二・七五四。

お分かりですか、あなたは。お分かりでないというならば、あなたの冷淡さがどんなにか恨めしく思われます。この上なくあなたを恋している私の心を。

【語釈】○知るや君―「我限りなく思ふ心を知るや君」を倒置した表現。あなたはご存じですか。○知らずは―知らないことは。○つらからん―「つらし」は相手の冷たい態度が耐えがたい、恨めしい。

【補説】この歌は時雨亭文庫蔵資経本『信明集』（一四六）に詞書なく、
しるやきみしらずやいかにつらからむわがゝくばかりおもふこゝろを
とあり、歌の上欄に「拾　読人しらす」とある。この『信明集』は二三ウに「哥百卅三首」（卅ハ卌ノ誤リ）とあり、丁をかえて五首を付載する。三二〇は付載の五首中にある。これらの歌は小歌稿群の一つであったようで、西本願寺本『信明集』にも、次に示すように、資経本と似たような小歌稿群がみられる。

資経本	西本願寺本
一四四　こよひこそしてのたをさも	三五　こよひこそしてのたをも
かへし　女	三六　しるやきみしらずばいかに
一四五　ほとゝぎすきゝわたるとも	かへし
一四六　しるやきみしらずやいかに	三七　ほとゝぎすなきわたるとも
一四七　みるめゆへあまにゝたれど	五八　みるめゆへあまにしたれど
一四八　うぐひすのなくねをきけば	四〇六一　うぐひすのなくねをきけば

この歌で注目されるのは、「…を知るや君」という倒置した句を第一句に用いていることである。この歌と同じように「知るや君」を第一句にもつ歌は平安時代には三二〇とその異伝と思われる信明の歌のみであるが、中世になると「知るや君」を第一句に用いた歌が詠まれるようになり、次のような歌がある。

知るや君末の松山こす波になほもこえたる袖のけしきを（秋篠月清集一五七）
知るや君星をいただく年ふりてわがよの月もかげたけにけり（秋篠月清集九四六）
知るや君しぢのはしがきここのそぢまたここの夜ぞこよひなるとは（桂大納言入道殿御集一三）
知るや君雲井にかよふほどもなく藐姑射の山にまたのぼるとは（季経集一〇三）
知るや君たれもみるめの心からおのれと浪に袖ぞしをるる（寂身法師集三四）

このように中世の一時期に、これらの歌が詠まれた理由は明らかでない。

【作者】この歌は『信明集』にあるが、『抄』の撰者の時代の『信明集』は、巻末に五首の小歌稿が追加・付載される以前の資経本系の『信明集』で、それには三二〇はなかったと思われる。『抄』の撰者は、『信明集』とは別の資料から、三二〇を撰収したのであろう。

【他出文献】◇信明集→［補説］。

321
恋するが苦《くる》しきものと知《し》らすべく人を我身《み》にしばしなさばや

【校異】歌○恋するか—恋するは（島・貞）。
【拾遺集】恋二・七六四。
恋するはくるしき物としらすへて人を我身にしはしなさはや
[定]恋二・七五三。歌○しらすへて—しらすへく。

恋することがどれほど苦しいものであるかを知らせるために、あの人をしばらく私の身と置き換えたいものだ。

【語釈】○知らすべく—「べし」は可能の意を表す。知らせることができるように。○人—恋している人。○我身にしばしなさばや—「ばや」は話し手の願望を表す。私の身にしばらく置き換えたいものだ。

【補説】この歌は『桂宮本叢書第二巻』所収の『深養父集』（五九）に、第一句を「恋すれば」としてある。
恋する苦しみをわかってくれない相手に、その苦悩を実感させるために、互いの身を取り替えたいという。「人を我身にしばしなさばや」という趣向が一首の眼目である。相手が恋の苦悩をわかってくれないというのは、片恋のためであろう。片恋の歌は『万葉集』にも、

ますらをや片恋せむと嘆けどもしこのますらをなほ恋ひにけり（巻二・一一七　舎人皇子）
ひぐらしは時となけども片恋にたわやめ我はときわかず哭く（巻十・一九八二）
旅にいにし君しも継ぎて夢に見ゆあが片恋の繁ければかも（巻十七・三九二九　坂上郎女）

などとあり、舎人皇子の歌には「舎人娘子こたへ奉る歌」として、

嘆きつつますらをのこの恋ふれこそわが結ふ髪の漬ちてぬれけれ（巻二・一一八）

という返歌がある。これと同じように、問答または問答歌と部類分けされたなかにも、

あが恋は慰めかねつまけ長く夢に見えずて年の経ぬれば（巻十一・二八一四）

まけ長く夢にも見えず絶えぬともわが片恋はやむ時もあらじ（巻十一・二八一五）

という、初期の贈答歌のような遣り取りをしている歌もある。しかし、恋する苦悩を訴えた歌はなく、古今集時代になって、

心がへするものにもが片恋は苦しきものと人に知らせむ（古今・恋一・五四〇）

という、三二一と同じ趣向の歌が現われ、『古今集』のほかに『新撰和歌』（二二六）にも撰収されている。また、『古今六帖』には「片恋」の標目が設けられて十一首（二〇一八〜二〇二八）が収集され、その最初に、

片恋は苦しきものとみこもりの神に愁へて知らせてしがな（二〇一八）

という歌がある。この「みこもりの神」は流水の分配をつかさどった「水分《みくまり》の神」のことで、この神に訴えて恋する苦しみを片恋の相手にも知らせてほしいという意であろう。これも三二一と同じように、恋の苦悩を相手に実感させたいという思いの歌である。

これらの歌と同じ趣向の歌は他にもあったようで、『源氏物語』の総角の巻で、弔問に訪れた匂宮を中の君が拒み通したために宮は帰京したが、その折の中の君のことを、「つれなきは苦しきものをと、一ふしを思し知らせまほしくて、心とけずなりぬ」と記している。この「つれなきはくるしきものを」の部分は、『源氏釈』（安元元年〈一一七五〉以前成立）に「いかで我つれなき人に身をかへてくるしきものと思ひ知らせむ」という歌を引いている。したがって、「いかで我」の歌も安元元年以前に詠まれたものとなるが、『源氏物語』成立時に「いかで我」の歌が世間に流布していたとは考えられない。すなわち、「いかで我」の歌と第四句の歌詞が異なる歌が、『千載集』（恋二・七一二）に、

いかでわれつれなき人に身をかへて恋しきほどを思ひ知らせむ
とある。作者は保元二年（一一五七）九月に亡くなっている徳大寺実能である。この実能の歌と『源氏釈』の歌との先後関係が問題になる。実能が『源氏釈』の歌の第四句のみをかえて詠んだのか、その逆に実能の歌の第四句をかえた歌が世上に流布し、これを『源氏釈』が取り入れて引いたとみるか、二通りの考え方ができる。実能の歌の技倆からすれば、後者と考えられる。

このように考えると、『源氏釈』が引いた歌は紫式部の時代にはなかったことになり、紫式部は「いかで我」とは異なる、それまでに知られていなかった歌に依拠して書いたことになる。

なお、『抄』三二一の歌を本歌として詠まれた歌が、久安六年（一一五〇）成立の『久安百首』に、

君にさはつらしと見えむ人もがな恋はくるしきものとしらせむ（一一七〇　上西門院兵衛）

恋するはくるしきものをいかにしてつれなき人に思ひしらせむ（三六四　顕輔）

などとある。これらも実能の歌とほぼ同じころの作で、このころ三二一に関心をもった歌人がいたことが知られる。

【作者】この歌は『深養父集』にあるが、『深養父集』には他人の作が多くあり、この歌も深養父の作とは考えられない。

【他出文献】◇深養父集→［補説］。

322　降《ふ》らぬ夜《よ》の心《こころ》を知《し》らで大空《おほぞら》の雨《あめ》をつらしと思ひけるかな　東宮女蔵人左近

【校異】詞○詞書ナシ—あめふれはえまてこすと申たりけるおとこの又の夜もまてこすなりにけれは（島）詞書ナシ〈歌ノ前ニ朱デ「アメノフラヌヨモコサリケルヲトコニ」トアル〉（貞）。○東宮女蔵人左近—春宮女蔵人〈「人」ノ下ニ朱デ「左近」トアル〉（貞）。

【拾遺集】恋三・八〇七。

小大君（右傍ニ「抄に春宮女蔵人左近」ト注記アリ）

ふらぬ夜の心をしらておほ空のあめをつらしとおもひけるかな

雨が降らない夜もあの方が見えないと、どんなにわびしい思いをするかもわからないで、今までは大空に降る雨を恨めしいとばかり思っていたことだ。

定恋三・七九七。詞○詞書ナシ—題しらす。○小大君—春宮左近。

【語釈】○降らぬ夜の心—雨の降らない夜に、通ってこない男を待つときのわびしい思い。○大空の雨をつらしと—大空に降る雨を恨めしいと思う。女は雨が男の来訪を妨げると思っていた。

【補説】この歌の詠歌事情は、［校異］に記したように、『抄』の島本、貞和本の朱筆書入れなどの詞書によって知りうる。また、流布本系書陵部蔵『小大君集』（小大君集Ⅰ一〇二）にも「雨ふるとて来ぬ人の、降らぬにも見えねば」と、島本の詞書を簡潔に表現したような詞書がある。

雨の降る夜は恋人の訪れもなく、雨を恨んで、わびしい思いをしながら夜を過ごしたことは、「月夜には来ぬ人待たるかき曇り雨も降らなむわびつつも寝む」（古今・恋五・七七五）とある歌からも知られる。「降らぬ夜の心を知らで」というのは、まだ順調に愛を育んでいる過程で、「月夜には来ぬ人待たる」というような経験さえもなかったのだろう。しかし、愛の結末は予測できないもので、男には別に通う女ができ、雨に関係なく訪れなくなった。女ははじめて男の多情な心を知り、愛を失うことにおののき苦悩しなければならない運命に目覚めたのであろう。「大空の雨をつらしと思ひけるかな」という自省と深い詠嘆が、外的なものから内的なものへ目を向けていく契機になる。

この歌は「ふるによりさはる心もうきものを雨のみつらくおもほえしかな」（西本願寺本中務集、中務集Ⅰ一四一）という歌と共通するものがある。「降らぬ夜の心」を知ったことで、小大君は精神的におおきく成長したものと思われる。

【作者】左近　小大君とも。世系、生没年未詳。三条天皇の東宮時代の女蔵人。天禄四年（九七三）に円融院の後宮に参入した媓子に仕え、そのころ媓子の弟の朝光と恋愛関係になり、その関係は十年ほど断続的に続いた。寛和二年（九八六）七月、居貞親王（三条天皇）が東宮に立つと、東宮の女蔵人として仕えた。この時期に実方、道信らと出会った。とくに実方との親密な関係は、長徳元年（九九五）九月、実方が陸奥守として赴任するまで続いた。家集には長保末年（一〇〇三）ごろの歌がある。三十六歌仙の一人。『拾遺集』以下の勅撰集に二十一首入集。家集に『小大君集』がある。詳しくは拙著『小大君集注釈』（貴重本刊行会）参照。

【他出文献】◇小大君集→［補説］。

323　　　　　　　　　　　読人不知

たらちねの親《おや》のいさめしうたたねはもの思《おも》ふ時のわざにぞ有りける

【校異】詞○詞書ナシ—たいよみひとしらす（島）。歌○たらちねの—たらちめの〈「め」ノ右傍ニ朱デ「ネイ」トアル〉（貞）○時の—をりの（貞）○わさにそ有ける—わさにさりける（島）。

【拾遺集】恋四・九〇七。

たらちねのおやのいさめしうたゝねは物おもふ時のわさにさり（「さり」ノ右傍ニ「ソアリイ」トアル）ける　人丸（右傍ニ「イ無作者」トアル）

㊀恋四・八九七。詞〇人丸―作者名ナシ。歌〇わさにさりける―わさにそ有ける。

親が制止したうたた寝は、もの思いをしているときにする行いであったよ。

【語釈】〇たらちねの―「母」「親」にかかる枕詞。〇親のいさめしうたたね―「うたたね」は八七参照。「うたたね」を親が制止した具体的な事例として、『源氏物語』（常夏）で、親の内大臣が娘の雲居雁のうたた寝姿を見て、戒めている場面がある。〇もの思ふ時のわざ―「わざ」はすること、行いの意。『類聚名義抄』には「行」「態」「事」に「ワザ」と訓みを付してある。もの思いをしていると、夜も安眠できず、ついうたた寝をしてしまうことをいう。

【補説】この歌は『古今六帖』（二〇七五）に作者を「こまちある本」、第五句を「わざにざりける」としてみえ、『夫木抄』（一六五五九）には作者を「伊勢」とする。ただし、現存の『小町集』『伊勢集』にはない。

この歌の「親のいさめしうたたね」という句は脳裏に残る印象的な表現で、［語釈］にも記した『源氏物語』の常夏の巻には、内大臣が昼寝をしていた姫君（雲居雁）に「うたた寝は諫めきこゆるものを、などか、いとものはかなきさまにては大殿籠りける。…女は、身をつねに心づかひして守りたらむなんよかるべき…」と戒めている。この内大臣のことばは三二三の歌によっている。また、総角の巻にも姫宮（中の君）のうたた寝の姿を見て「うたた寝の御さまのいとらうたげにて…ありがたくうつくしげなるを見やりつつ、親の諫めし言の葉も、かへすがへす思ひ出でられ給ひてかなしければ…」と大君が歎く場面でも、三二三の歌が利用されている。

中世には、三二三の影響を受けた歌として、

たちかへりなほぞ恋しきたらちねの親のいさめしうたたねの夢（壬二集一三一八）

ならふなと我もいさめしうたたねをなほ物思ふをりは恋ひつつ（拾遺愚草二五六〇）

今はただ親のいさめしうたたねの夢ぢにだにもあひみてしかな（新千載・恋二・一一六八・殷富門院大輔）

うたたねの夢にもうとくなりにけり親のいさめの昔がたりは（続拾遺・雑下・一二七二　源親長）

などがあり、多くの人々が記憶に留めていたことがわかる。

【作者】 作者については［補説］に記したように、小町説、伊勢説などがあるが、いずれも確証はない。

【他出文献】 ◇古今六帖→［補説］。◇夫木抄→［補説］。

324

女《をんな》の許につかはしける　　　能《よし》宣《のぶ》

言《こと》の葉《は》も霜《しも》にはあへずかれにけりこや秋はつるしるしなるらん

【校異】 **詞**○をんな—あきまてとたのめたりけるをんなのふ（「ゆ」ヲ脱スルカ）になりてふみつかはせとかへり事もせさりければ女〈「あ」ニ朱デ右合点、「は」ト「女」ノ間ニ朱デ鉤合点ガアリ、「あ」ノ右傍ニ朱デ「此詞イ無」トアル〉（貞）。

【拾遺集】 恋三・八五二。

女のもとにつかはしける　　　大中臣能宣

ことのはも霜にはあへすかれにけりこや秋はつるしるしなるらむ

定恋三・八四一。**詞**○大中臣能宣—よしのぶ。

女の所に送ってやった

あなたが愛情を契った言葉も木の葉のように耐えられないで枯れてしまい、疎遠な関係になった。これは秋が終るように、私にすっかり飽きてしまったことの証しであるだろう。

【語釈】〇言の葉―愛情を契った言葉。「葉」から草木の葉を連想させる。〇霜にはあへず―「あへず」は耐えられない、こらえられない。「秋さればおく露霜にあへずしてみやこの山は色づきぬらむ」（万葉・巻十五・三六九九）。〇かれにけり―「かれ」は葉が枯れる意の「枯れ」に、二人の関係が疎遠になる意の「離れ」を掛ける。「君もいひわれも契りしことの葉はかくしもかれんものとやは見し」（三手文庫蔵馬内侍集二〇〇）。〇秋はつる―「秋果つ」に「飽き果つ」を掛け、秋が終るように、すっかり飽きてしまったの意。〇しるし―はっきりと現れているもの。あかし。「證シルシ徵也」（類聚名義抄）。

【補説】この歌は西本願寺本『能宣集』（五一）に詞書を「かたらひ侍る人の、秋の末つかた音なく侍るに」としてあり、時雨亭文庫蔵坊門局筆本『能宣集』（一三四）には「春ころ、文などやる女、秋の末までたのめけるが、いかがおもひけ（「ひ」ト「け」ノ中間右傍ニ「なりに」トアル）む、かへりと（「こと」歟）もせざりければ」と、詳細な詠歌事情が記されている。

歌は詠まれた時節の霜枯れの現象や、その時節の「かれ」「秋」などの語を掛詞に用いて詠んでいて、手慣れた詠み口である。

「言の葉」が枯れるというのは詩的常套表現で、平安時代には、

しらけゆく髪には霜のおきな草ことのはもみな枯れはてにけり（時雨亭文庫蔵素寂本順集二四六）

身をわけて霜や置くらむあだ人のことのはごとにかれもてくかな（古今六帖六六七）

今こむといふことの葉もかれ行くによなよな露の何におくらむ（伝後土御門院宸翰本、和泉式部集Ⅲ八六）
ことのはのかれゆく人にあきのきくまづ朝霜にうゐやおきつる（彰考館文庫蔵本、伊勢大輔集Ⅰ一一〇）
などと詠まれている。

この歌に依拠した歌として「千五百番歌合」（二六〇五）に、

葦の葉のかれゆくみれば津の国のこや秋はつるしるしなるらん

という越前の歌があり、その判詞には「右歌は、拾遺に能宣歌、ことの葉も霜にはあへずかれにけりこや秋はつるしるしなるらん、已に撰集の古歌なり」として、「させるとが」のない左方に負けている。

【作者】 大中臣能宣→二一。

【他出文献】 ◇能宣集→［補説］。

題不知　　　　読人不知

325　杉《すぎ》立《た》てるやどをぞ人はたづねける松はかひなきものにざりける

【校異】 **詞**〇題不知―たいよみひとしらす（島）。**歌**〇やとをそ―かたをそ〈「かた」ノ右傍ニ朱デ「カト」トアリ、ソノ「カ」ノ右傍ニ「やィ」トアル〉（貞）〇人は―人も〈「も」ノ右傍ニ朱デ「ハ」トアル〉（貞）〇松はかひなきものにさりける―まつはかゐなきよにこそありけれ（島）まつはかひなきものにそありける〈右傍ニ「心のまつはかひなかりけりィ」トアル〉（貞）。

【拾遺集】 恋四・八七六。

杉たてるやとをそ人は（「は」ノ右傍ニ「モイ」トアル）たつねける心のまつはかひなかりけり（「心のまつはかひなかりけり」ノ右傍ニ「マツハカヒナキヨニコソアリケレイ」トアル）

定恋四・八六六。詞○詞書ナシ―題しらす。

題知らず

杉の木の立っている家を、あの方は訪ねていったのだった。今となっては、あの方が通って来るのを待つのは、かいのないことであった。

【語釈】○杉立てるやど―杉の木が立っている家。『古今集』（雑下・九八二）にある「わが庵は三輪の山もと恋しくはとぶらひきませ杉立てる門」とある歌によって、人の来訪を待っていることを表す。四七一参照。○人―歌の作者のもとに通っていた男。○松はかひなき―「杉立てるやど」の女を「杉」としたのに対して、作者自身を「松」といった。「松」に「待つ」を掛ける。

【補説】女は男の変心など思ってもみなかったが、男には新たに通う所ができた。当然ながら、いままでの二人の関係は疎遠になっていき、女は経験もしなかった待つ立場になった。「松はかひなきものにざりける」という下句には、祝賀の表徴である「松」に自身をなぞらえ、「松」を「杉」よりも品格のあるものとして、女としての矜持をのぞかせている。このような女であるから、待つことに耐えられず、「待つ」ことは何のかいもないことと思って男との関係を断っている。

この歌は『集』には下句が「心の松はかひなかりけり」とある。「心の松」の語は、『集』と同時代には高遠、道長が用いているが、『集』以前の用例はないようである。なかでも『大弐高遠集』（二四）に、

杉立てる門ならませばとひてまし心のまつはいかがしるべき

とある歌は『集』（恋四・八六六）の「杉立てるやどをぞ人はたづねける心の待つはかひなかりけり」という歌の影響を受けていると思われる。

326

思《おも》ふとていとしも人にむつれけむしかならひてぞ＊見《み》ねば恋《こひ》しき

【校訂注記】「しかならひてそ」ハ底本ニ「しかならひてみねは」ノ「てみ」ノ中間右傍ニ「そ」トアルノヲ補入トミテ補ツタ。

【校異】歌○いとしも人に―いとこそ人に〈「こそ」ノ右傍ニ朱デ「シモ」トアル〉（貞）○むつれけむ―なれさらめ〈右傍ニ朱デ「ムツレケムィ」トアル〉（貞）。

【拾遺集】恋四・九一〇。

おもふとていとこそ人になれさらめしかならひてそみね（「れ」ヲ見セ消チニシテ右傍ニ「ね」トアル）は恋しき

よみ人しらす

定恋四・九〇〇。

人を恋い慕うにしても、格別に人になついただろうか。そのようになれ親しんでは、会わないと愛しく思われてならない。

【語釈】○思ふとて―「とて」は逆接的に用いられて、…としても、…といっても。人を恋慕するにしても。○いとしも―「いと」を強めていう。格別に。特に。○むつれけむ―「むつる」はむつまじく思ってまつわりつく、なつく。○しか―叙述された内容を指示する。上代にもっぱら用いられ、中古以降は「さ」に交替し、「しか」は主に男性が用いた。ここは歌の上句に詠まれた内容を指示する。そのように。○ならひて―なれ親しんで。

【補説】この歌は『抄』と『集』ではかなりの違いがある。それは第三句の「むつれけむ」が貞和本では「なれさらめ」になり、それが『集』に受け継がれた形になっている。この本文だと「人とは親密にならないでいたい」の意で、思わざる事態になったときの精神的な打撃を最小にしようとしているようである。『抄』の「むつれけむ」でも同じような意識がみられるが、作者自身は明確に意識してはいないようである。歌の主旨は、あまり親密になり過ぎると、逢えないときには恋慕の情を抑えることができず苦悩するというのである。

この歌の作者はどういう人物であるか不明であるが、眼前のことに身を委ねるようなことはなく、慎重に行動する人物であり、男性であろうということは「しか」の［語釈］にも触れたが、ここであらためて「しか」の使用例をみると、『万葉集』には二十例ほどあり、大半は男性の歌であって、次の三首は女性の作で、

①このころは千歳や往きも過ぎぬるとわれやしか思ふ見まく欲れかも（巻四・六八六）

②路遠み来じとは知れるものからにしかぞ待つらむ君が目を欲り（巻四・七六六）

③勝間田の池はわれ知る蓮なししかいふ君が髭なき如し（巻十六・三八三五）

作者は①は大伴坂上郎女、②は藤原郎女、③は「婦人」とある。平安時代には女性の歌では「鹿」に「然か」を掛けた例が数首あるのみで、「然か」のみの例はない。このことから、三二六の作者は男性とみて誤りなかろう。

327　忘《わす》るるかいざささは我ぞ忘《わす》れなむ人にしたがふ心《こゝろ》とならば

【校異】 歌○我そ―われも（島・貞）。

【拾遺集】 恋五・一〇〇一。

わするゝかいさゝは我も忘なむ人にしたかふこゝろとならは

定恋五・九九三。**詞**○詞書ナシ―題しらす。○作者名ナシ―よみ人しらす。

あなたは私のことを忘れるというのか、さあ、それならば、私もあなたのことを忘れよう。あなたに従おうとしてきた私の心ということなら（そうすべきでしょうが）。

【語釈】○忘るるか―あなたは私のことを忘れたのか。○いざさは―「いざ」は人を誘ったり、自身が行動を起こそうとするときに用いる語。さあ。どれ。「さは」はそれならば。さあ、それでは。

【補説】この歌の主旨は下句の「人にしたがふ心とならば」をどうとるかで違いが生ずる。『新大系』は「あなたの意志に従う私の心ということであるならば」と解して、「従順さを逆手にとって、愛情の断念を告げたもの」とある。これに対して、『八代集抄』には「されども、我は其忘るゝ人にしたがひては、え忘るまじきとの心を含めたるうた也」とあり、忘れることができないとの否定的意志を含めた歌と解している。『和歌大系』も「あなたの心に従おう、と思ってきた私の心なら（そうしようと思うのにできない）」と、一首の余情を補足して解していて、『八代集抄』とほぼ同じである。

「いざさは我ぞ忘れなむ」と、自分自身を忘れようと促しているところに、内心は忘れたくないという気持ちが感じられ、別れることに未練があるようで、それ故、「人にしたがふ心とならば」という口実を設けているのだろう。この歌の「いざさは」という表現は、口頭語的であるためか、現存の韻文資料には平安時代の中ごろまでは、三二七以外は『東遊』（駿河舞）に、

七草の妹は　ことこそ良し　逢へる時　いざさは寝なむ　や　七草の妹は　ことこそ良し

とあるだけで、次に例示するように用例が多くなるのは院政期からである。

①もろともにいざさはゆかむ極楽の門むかひする所なりけり（頼政集六四九）

ねにたてていざさはこひん笛竹の一夜のふしも逢ふならぬかは（長秋詠藻五二九）

うちいでていざさはこひん宮城野のかりにもあへる契りありとや（壬二集九七二）

②来ぬもうしいざさは待たじ山里につもれる雪は友ならぬかは（散木奇歌集六六九）

住みわびぬいざさは我もかくれなむ世はうき物ぞ山の端の月（続後拾遺・雑下・一一八二　寂蓮）

住みわびぬいざさはこえん死出の山さてだに親のあとをふむべく（長明集九九）

あづまぢやたびのしの屋にけふ暮れぬいざさはやがて春をおくらむ（拾玉集四二九四）

このうち①の用例は修飾語と被修飾語との間に挿入した形で、これは音数上から納まりがよいためであり、散文であれば、修飾語の前におくこともできる。これに対して②の用例では、「いざさは」は前の状態・行為を承けて、それに対応する状態・行為を自身も行うように促すという構文になっている。例えば、第一首目の俊頼の歌では「待っていても相手が来ないのもつらいから」という状態を承けて、それに対応する「待たじ」という行為をとろうと、自身を促している。①は『東遊』の歌謡にみられた用法であり、②は三二七の歌のような用法である。

このように三二七は「いざさは」を用いた歌として先駆的位置にあり、院政期以後の歌に影響を与えている。

女《をんな》の許につかはしける　　平　忠依《たゞより》

328　逢《あ》ふことは心《こゝろ》にもあらでほど経《ふ》ともさやは契《ちぎ》りし忘《わす》れはてねと

【校異】 **詞**○平たゝより―平忠依〈「依」ノ右傍ニ朱デ「仲ィ」トアル〉（貞）。**歌**○ほと―とし〈「とし」ノ右傍ニ朱デ「ホト」トアル〉（貞）。

【拾遺集】 恋五・一〇〇〇。

女のもとにつかはしける　　たゝすけ（下ニ「忠依」トアル）

あふ事は心にもあらてほとふともさやは契しわすれはてねと

定恋五・九九二。詞〇たゝすけ―平忠依。

女の許に詠み送った

あなたと逢うことは、私の意志からでなく逢えないままで、たとえ時が経ってしまおうとも、そのように約束したであろうか、私のことをすっかり忘れてしまえと。

【語釈】〇心にもあらで―自分の意志からではなく。本意ではなく。〇ほど経とも―「とも」は「たとえ…としても」という仮定逆接の条件を示す。たとえ時間が経ってしまったとしても。〇さやは契りし―「やは」は反語の意を表す。そのように約束したであろうか。「さ」は「忘れはてね」をさす。〇忘れはてね―「忘れはつ」はすっかり忘れる。「ね」は確述の助動詞の命令形。すっかり忘れてしまえ。

【補説】この歌は『八代集抄』に「久しくあはざりしほどに、女の忘れたるによみ遣し歌なるべし」とある。男はやむをえない事情から逢瀬もままならずに、時が過ぎてしまったと言い訳し、「忘れはてね」とは契らなかったという。しかし、当時、男女の間では「忘る」は別れを意味した。女はそのような男から離れてしまったのである。このような事態に立ち至った女の歌をみると、

①忘らるる身を宇治橋の中絶えて人も通はぬ年ぞ経にける（古今・恋五・八二五）

よにあらんかぎりは、さらに忘れじなどいひたる人に

ほどふべき命なりせばまことにや忘れはてぬとみるべきものを（榊原本和泉式部続集四〇七）

とふ人もいまはあらしの風はやく忘れはてにし人にやはあらぬ（古今六帖四三五）

いとどしく日ごろへゆけば卯花のうきにつけてぞわすれはてぬる（小馬命婦集一三）

②わすらるる身のことわりと知りながらおもひあへぬは涙なりけり（異本系清少納言集、清少納言集Ⅱ一）

おなじ所なる男のかき絶えにしかば

いくかへりつらしと人を三熊野のうらめしながら恋しかるらん（静嘉堂文庫蔵松井本、和泉式部集Ⅳ一六九）

わすらるる人目ばかりを嘆きにて恋しきことのなからましかば（詞花・恋下・二七一）

など、二通りある。①は男ときっぱり別れた女の歌で、こちらの方は男の方が女に未練があって、とかく言い訳がましい歌を詠んでくる。②は別れた後も未練を断ち切れないでいる女の歌で、こちらは男の方がきっぱり別れているようである。忠依の相手の女は①に属し、きっぱりと別れようとしていたのだろう。

【作者】平忠依　『抄』の貞和本に校合のイ本には「忠仲」とあり、『集』の具世本には「たゝすけ」、『定家八代抄』には「平忠佐」とある。『勅撰作者部類』には「忠依五位隼人正。右中弁平希世男。至天延二年」とある。『尊卑分脈』の「仁明平氏」に希世の子として「従五下　拾作者」の忠依の名がみえる。

父の希世は『後撰集』の作者であるが、生年未詳。昌泰元年（八九八）秋に催された「亭子院女郎花合」の後宴の歌を詠んでいる。延喜九年（九〇九）九月二十七日の故藤原菅根の一周忌の法要に「蔵人左衛門尉希世」が使者として遣わされているので、この時は六位蔵人であったが、延喜十一年（九一一）六月十五日に宇多法皇が亭子院において酒を賜った侍臣のなかに「散位平希世」とあるので、蔵人を辞していた。延喜十五年四月十八日には斎院長官であり（西宮記所引御記）、その後、延喜十九年四月十七日に蔵人に補せられたときには従五位下で右兵衛佐、内蔵権助を兼任していた。延長六年（九二八）正月七日従四位下に叙せられて、五位蔵人を辞し、その後右中弁に任ぜられ、延長八年六月二十六日、宮中に落雷があり、震死した。このことを記した『日本紀略』には「従四位下行右中弁兼内蔵頭平朝臣希世」とある。享年は不詳であるが、一時期希世と並行して官位を同じくした藤原伊衡よりも年上であったとみると、亡くなった時は六十歳を過ぎていたと思われ、貞観十年（八六八）ごろの生まれであろう。忠依は『尊卑分脈』では希世の二男となっているので、希世の三十歳ごろの子とみると、寛平末年（八九七）ごろの誕生と推定される。忠依のことは古記録類にはみえず、わずかに『除目大成抄』（八雑色）に「天暦八　宮内少丞正六位上平朝臣忠依蔵人所雑色」とあるのみで、『尊卑分脈』に「至天延二年」とあるのを裏付ける史料もない。ちなみに、推定年齢では、天延二年には七十七歳である。

題不知　　　　読人不知

329 あふみなる＊打出《うちで》の浜《はま》のうちでつゝうらみやせまし猿人の心《こゝろ》を

【校訂注記】「うちてのはまの」ハ底本ニ「うちてのはまに」トアルノヲ、島本、貞和本ナドニヨッテ改メタ。

【校異】 詞○題不知―題読人不知（島）。**歌**○うちてつゝ―うちいてゝ（島・貞）○人のこゝろを―つらき心を〈「つら」ノ右傍ニ朱デ「人ノ」トアル〉（貞）。

【拾遺集】 恋五・九九一。

あふみなるうちいてのはまのうちいてつゝうらみやせまし人の心を

定恋五・九八二。**歌**○うちいての―打出の。

題知らず

近江にある打出の浜の名のように、うちいで（口に出して言い）ながら、恨むようなことをしたらどうだろう、あの人の薄情な心を。

【語釈】○打出の浜の―「打出の浜」は近江国の歌枕。現在の滋賀県大津市の琵琶湖畔の地名。『抄』の底本のみが「打出の浜に」とあり、他の『抄』『集』の伝本には「打出の浜の」とある。ここは［補説］に記すような理由からも「打出の浜の」の本文の方がよい。○うちでつつ―「うちづ」は「うちいづ」の約。口に出して言うの意。○うらみやせまし―「せまし」はサ変動詞「す」の未然形「せ」に助動詞「まし」が付いたもの。疑問表現に用いて、迷いやためらいを表す。恨むようなことをしたらどうだろう。○人の心を―相手のつれない心を。

【補説】つれない態度をみせる相手に、どのように対応したらよいか、迷い、とまどっている気持ちを詠んでいる。三二九の第二句は底本に「打出の浜に」とあるが、島本、貞和本、『集』の具世本、定家本などには「打出の浜の」とあり、それによって本文を改めた。三代集の読人不知の恋の歌で、地名を詠み込んだ句が同音の反復による序詞を形成している歌には、次のようなものがある。

(1)山科の音羽の山の音にだに人の知るべくわが恋ひめかも（古今・恋三・六六四）

み吉野の大川の辺の藤波のなみに思はばわが恋ひめやは（古今・恋四・六九九）

関越えて粟津の森のあはずとも清水に見えし影を忘るな（後撰・恋四・八〇一）

伊香保のや伊香保の沼のいかにして恋しき人をいまひとめみむ（拾遺・恋四・八五九）

(2)宇多の野は耳無山かよぶこ鳥呼ぶ声にだに答へざるらん（後撰・恋六・一〇三四）

大井河下す筏の水馴れ棹みなれぬ人も恋しかりけり（拾遺・恋一・六三九）

このうち(1)は比喩や修飾句を、格助詞「の」で連結する序詞であり、(2)は同音を含む体言で結びつけていく序詞である。古今集時代では藤原敏行、紀友則、壬生忠岑、紀貫之などが(1)の序詞を用いている。このような序詞の用法から、三二九の第二句は(1)の諸例のように「打出の浜の」とあるのがよい。

330 津国《つのくに》の生田《いくた》の池《いけ》のいくたびかつらき心《こゝろ》をわれに見すらむ

【校異】歌○いくたのいけの―いくたのうらの（島）いくたのもりの〈「もり」ノ右傍ニ朱デ「ウラ」、左傍ニ「池ィ」トアル〉（貞）。

【拾遺集】恋四・八九四。

つのくにのいくたの池（右傍ニ「モリ」トアル）のいくたひかつらき心を我にみすらむ

定恋四・八八四。

津の国の生田の池、その「いく」というように　いく度あなたはつれない心を私に見せるのだろうか。

【語釈】○生田の池―摂津の国の歌枕。「生田」は現在の兵庫県神戸市中央区を中心とする地域。生田の池は生田神社辺りの池という。歌では同音の反復で「いくたび」を導く序詞。ただし、三三〇の「生田の池」の本文については問題があるので、あらためて［補説］に記す。○つらき心―「つらし」は冷淡だ、思いやりがないの意。つれない心。

【補説】幾度となく薄情な心をみせる相手を恨めしく思って詠んだ。三二九の［補説］に記したように地名を含む句を序詞に用いた歌があり、三三〇も、そのような類型的恋歌である。

この歌で序詞を形成する「生田の池」は『歌枕名寄』（万治二年識語板）、『歌枕名寄』（静嘉堂文庫本）などには『抄』と同じ『集』の歌を例歌としてあげ、前者には「右歌異本生田浦云々、仍範兼卿類聚浦部載之」（後者にもほぼ同文がある）とある。「範兼卿類聚」とあるのは『五代集歌枕』のことのようで、同書の「十九　浦」には『歌枕名寄』の注記どおりに、

拾十四　つの国のいくたのうらのいくたびかつらき心をわれにみすらん　読人不知

とある。「生田の浦」の本文は『抄』の伝本にもみられ、島本は「いくたのうら」、貞和本も「いくたのもり」という本文の「もり」に朱で「ウラ」とある。

「生田池」は平安時代の和歌資料では、『抄』三三〇の底本、『集』の具世本、定家本にみえるのみであるが、これも確実な資料とはいえない。『平安和歌歌枕地名索引』（大学堂書店）には『郁芳三品集』（範宗集三七二）の歌を一首あげているが、この歌は『建保名所百首』の歌である。『建保名所百首』は建保三年（一二一五）十月に順徳院の命によって詠進されたもので、全国百箇所の名所を四季、恋、雑に割り当てて歌題とし、十二人の歌人が詠んでいて、「生田池」は秋の歌題としてみえる。この名所百首を契機として「生田池」が詠まれるようになったもので、『範宗集』は鎌倉時代の作品である。結局、「生田池」を詠み込んだ、確かな歌は平安時代にはなかったと考えられる。

これに対して、「生田浦」は平安時代の和歌資料に、

いくたびか生田の浦に立ち帰りなみにわが身をうちぬらすらん（後撰・恋一・五三二）

播磨なる生田の浦によをつくすあまの釣舟こがるればなど（古今六帖一二七七　人丸）

吹く風は生田の浦のいくたびかつらき心をわれにみすらむ（西本願寺本伊勢集三八八）

かひもなき生田の浦をあさりつつ涙ながらに帰る釣舟（海人手古良集四八）

いかさまにせよとかあまりかしまなるいくたの浦のいたくうらむる（小馬命婦集三二）

きみをおきて生田の浦に寄る波のしづ心やはあらんとすらん（西本願寺本斎宮女御集二三九）

などとある。このなかで『小馬命婦集』の「かしま」が摂津国の地名であるか、問題がなくはないが、平安時代には「生田浦」を詠み込んだ歌が一首ならずあり、その用法も伊勢の歌の「吹く風は生田の浦の」が同音の反復で「いくたびか」を導く序詞になっているのは三三〇と同じである。

上記のように、三三〇の「生田の池」は原型本文であるか疑わしい。『集』の定家本に「生田の池」とあるのは、定家自身が『建保名所百首』で歌を詠進しているので、何の疑義もたなかったものと思われる。いまは『抄』の底本に従って本文は変えず、問題があることを指摘するにとどめる。

【作者】貞和本には歌の前に朱で、「人ノモトヘツカハシケル」という詞書と「小野太政大臣」という作者名が記されているが、何らかの事情で混入あるいは書き入れられたものであろう。

331 葦根《あしね》はふうきは上《うへ》こそつれなけれ下《した》はえならず思《おも》ふ心《こゝろ》を

【校異】歌〇つれなけれ―かすならね〈右傍ニ朱デ「ツレナケレ」トアル〉（貞）〇えならず―えならぬ〈「ぬ」ノ右傍ニ朱デ「ス」トアル〉（貞）。

【拾遺集】恋四・九〇三。

あしねはふうきはうへこそつれなけれ下はえならすおもふ心を

㊁恋四・八九三。

葦の根が這い延びている泥地は（根は泥の中を這い回っていても）地面は何も見えないように、恋する人の心は、表面はさりげなくみえるが、内心はいうにいわれぬほど思い乱れていることだよ。

【語釈】〇葦根はふ―葦の根が這い延びている。〇うき―泥地。涅。〇上こそつれなけれ―「上」は表面、地面で、「つれなし」はさりげない、何ごともないさまをいう。地面は何も見えないので、何ごともないようである。

「あしのねの　うへはつれなき　にごりえの」（時雨亭文庫蔵桝形本忠岑集八七）。〇下はえならず―地面の意の「上」に対する「下」は地下の泥の中をいい、「えならず」は普通でないさま、一通りでないさまの意。葦の根が這い延びているさまとともに、心のなかはいうにいわれぬほど思い乱れているさまをいう。

【補説】 この歌は『古今六帖』（二六八八）にも歌詞に異同なくある。「葦根はふうき」を比喩に用いて、心中の恋情を詠んでいる。

この「葦根」という語は現存の資料のなかでは、時雨亭文庫蔵素寂本『順集』（四〇）に「…みのうきにのみありければ　こゝもかしこも　あしねはふ　したにのみこそ　しづみけれ…」とあるのが最古例で、『抄』成立のころまでには、順の歌以外に『抄』の三三一があるのみで、用例が漸次みられるようになるのは、勅撰集では『金葉集』（二例）からで、「あしねはふ」という形で詠まれることが多く、

あしねはふうき世わたるとせしほどにやがて深くも沈みぬるかな（基俊集九八）

あしねはふ　うき身の程を　つれもなく　思ひも知らず　すぐしつつ　ありへけるこそ　うれしけれ　…
（久安百首　一〇〇二　清輔）

かりにても人はしらじなあしねはふうきに年ふる下の心は（続古今・恋一・一〇一一　藤原実氏）

あしねはふ入江のをぶねさすがなほうきにたへても世をわたるかな（続古今・雑中・一六四六　円勇法師）

などとある。これらの歌では、葦の生えている沼地をいう「涅（うき）」に「憂き」を掛けている。

これに対して「葦の根」という語句は、三代集では『後撰集』に、その他『古今六帖』、家集などに、

したにのみはひ渡りつるあしのねのうれしき雨にあらはるるかな（後撰・雑三・一二三四）

なにごともいはれざりけり身のうきはおひたる葦のねのみなかれて（古今六帖一六八九）

うきにおふる葦のねにのみなかれつついきてよにふるここちこそせね（九条右大臣集一三）

などとある。これらの歌では、地下の泥のなかの「葦の根」のようすを詠んだり、「根」に「音」を掛けて、「う

きにおふる葦のねのみなかれて」という類型化した表現もあり、多様な展開がみられるようになる。すなわち、

①葦の根のうき身のほどと知りぬればうらみぬ袖も波は立ちけり（後拾遺・恋四・七七一　公円法師母）
②難波なる同じ入江の葦の根も憂身の方やしづみはてなん（続拾遺・雑上・一一二〇　藤原為綱）
③難波江やなににつけても葦の根のうき身のほどぞあはれなりける（玉葉・雑二・二〇九四　鷹司院按察）
④白波のよすればなびく葦の根のうき世の中はみるがかなしさ（続後撰・雑下・一二二七　読人知らず）
⑤蛍飛ぶ野沢にしげる葦のねのよなよな下にかよふ秋風（新古今・夏・二七三　摂政太政大臣〈良経〉）
⑥難波なるみつともいはじ葦の根の短き夜半のいざよひの月（続後撰・夏・二一八　知家）
⑦わが恋は難波ほり江の葦のねのみがくれてのみ年をふるかな（続後拾遺・恋二・七七一　慈鎮）

などの歌では「葦の根」は泥中の葦の根のようすを詠んだものでなく、葦の根の性質・状態などを表す語にかかる枕詞として用いられている。①②③④では葦の根が生えている泥と同音の「憂き」にかかる枕詞であり、⑤は葦の根の節（よ）と同音の夜にかかる枕詞、⑥は葦の根の節と節の間が短いところから、「短き節」と同音の「短き夜」にかかる枕詞、⑦は葦の根が水中に隠れているところから、人に知られないでしのぶさまをいう。このように「葦の根」の語は枕詞やときには序詞を構成する用法などもみられ、新たな展開をみせている。

しかし、『抄』には「葦の根」を用いた歌はなく、当時にあっては用例の稀有な「葦根」を用いた歌がみられる。『枕草子』の「五月ばかりなどに山里にありく」の段には、

草葉も水もいとあをく見えわたりたるに、上はつれなくて草生ひ茂りたるを、ながながとただざまに行けば、下はえならざりける水の、ふかくはあらねど、人などの歩むにはしりあがりたる、いとをかし。

とあり、文中の「上はつれなくて」「下はえならざり」の部分は三三一の歌の詞句を用いている。この歌を清少納言は『抄』によって知ったのか、あるいは『古今六帖』などによって知ったのか、明らかでないが、当時、広く流布していたと思われる。

【他出文献】◇古今六帖一六八八↓［補説］。

332　数《かず》ならぬ身は心だになからなん思《おも》ひ知《し》らずはうらみざるべく

【貞和本原状】貞和本ハ三三八「あしねはふ」ト三三九「うらみての」ノ間ニ、「イ」トシテ朱ノ小字デ、「カスナラヌミハコヽロタニナカラナム思シラスハウラミサルヘク」トアル。

【校異】ナシ。

【拾遺集】恋五・九九三。

かすならぬ身は心たになからなむおもひしらすはうらみさるへく

定恋五・九八四。

人数にも入らないわが身は、せめて物思いをする心だけでもなくてほしい。相手のつれなさを身にしみて感じなければ、恨むことがないにちがいない。

【語釈】○数ならぬ身―とるに足りない私の身。○心だになからなん―せめて心だけでもなくてほしい。○思ひ知らずは―「思ひ知る」は身にしみて感じるの意。ここは相手のつれなさを身にしみて感じることがないこと。

【補説】歌の作者は数ならぬ身のために、相手から正当に処遇してもらえないと意識し、そのような自身の立場に懊悩し、相手を恨まないですむように、せめて心がなかったらと思う。

元来、人は「数ならぬ身」であっても、人を愛し、恋する「心」や、物の情趣を解する「心」をもっていて、そのような「心」を制御できないところから、苦悩や恨みが生ずる。さらに、そのような苦悩や恨みを回避しようとして、「心」をさへも否定しようとする。しかし、それは実際にはかなわぬことであった。

平安中期ごろの「数ならぬ身」の人の歌には、

いでやなぞ数ならぬ身にかなはぬは人に負けじの心なりけり（源氏物語・竹河）

あはれ知る心は人におくれねど数ならぬ身にきえつつぞふる（源氏物語・蜻蛉）

など、思うに任せぬ「心」に苦悩するところがみられるが、平安末期になると、「数ならぬ身」でありながら、情趣の世界にひかれる「心」を肯定的にとらえ、

数ならぬ身にも心のありがほにひとりも月をながめつるかな（千載・恋三・八一九）

数ならぬ身にさへ花のをしければ春の心はのどけくもなし（月詣集・三月付羈旅・一七一）

などと詠まれるようになる。

【他出文献】◇古今六帖二一〇五、第五句「うらみざらまし」。

333　うらみての後《うち》さへ人のつらからばいかにいひてか音《ね》をも泣《な》かまし

【校異】歌○うらみての―うらみての〈右傍ニ朱デ「アヒミテノ」トアル〉（貞）○ねをも―ねをは（島）○なかまし―なくへき（貞）。

【拾遺集】恋五・九九四。

うらみても後さへ人のつらからはいかにいひてかねをは（「は」ノ右傍ニ「モ」トアル）なくへき（「くへき」ノ右傍ニ「カマシ」トアル）

定恋五・九八五。歌○うらみても―怨ての。○ねをは―ねをも。○なくへき―なかまし。

恨みごとを言った後までも、あの人がつれない態度のままであるならば、この上、あの人に何と言って、声を上げて泣いたものだろうか。

【語釈】〇うらみての後さへ―つれない相手に恨みごとをいった後までも。〇つらからば―相手がつれないならば。〇音をも泣かまし―「まし」は疑問表現に用いて、仮想の事態についてひかえめな判断やためらいを表す。…するとしたら、どうだろうか。…したものであろうか。声を上げて泣いたものだろうか。

【補説】いくら恨みごとをいっても、態度を変えることのない相手ならば、どうしたものだろうかと、思案にくれている。『八代集抄』に「もし恨みてのちにやまずして、彌つらからば、何事を云て、ねをもなかんとうらみかねてなげく心也」とある。つれない相手に心底の思いを素直に言っても、相手は素直に受け入れてくれるとは限らない。かえって、それが原因で二人の愛が破綻するかもしれない。恋はいつも危険な綱渡りのようなものである。次の三三四では、この慎重な態度とは対照的に、恨めしく思う気持ちを告白してしまう。われとわが身が原因であることを忘れてと思いながらも、相手のつれなさを恨まずにいられないのが女の気持ちであろうか。

【他出文献】◇如意宝集、第五句「ねをもなくべき」。

334

小野宮の大臣の許につかはしける　　閑院大君*

君をなほうらみつるかな海人《あま》の刈《か》る藻《も》にすむ虫の名《な》を忘《わす》れつゝ

【校訂注記】「閑院大君」ハ底本ニ「閑院大臣」トアルノヲ、島本、貞和本ナドニヨッテ改メタ。

【校異】詞○大臣―おほいまうち君（島）。

【拾遺集】恋五・九九五。

小野宮左大臣につかはしける　　閑院大君

君をのみ（「のみ」ノ右傍ニ「ナヲ」トアル）うらみつるかなあまのかるもにすむ虫の名をわすれつゝ

定恋五・九八六。詞○左大臣―おほいまうちきみ。歌○君をのみ―きみを猶。

小野宮の大臣に詠み送った

あなたのことをやはり恨んでしまうことだ。海人が刈り取る海藻に住んでいる虫の、われからという名のように、誰ならぬ、自分のせいであることを忘れたままで。

【語釈】○小野宮の大臣―藤原実頼。一〇五［作者］参照。○閑院大君―底本にのみ「閑院大臣」とある。ここは恋の歌で作者は女でなければならず、「閑院大臣」はあきらかに誤りである。これと同じ誤りは五三五の作者にもみられ、底本のみが「八条大君」を「八条大臣」と誤っている。○海人の刈る藻にすむ虫―『八代集抄』が指摘しているように『古今集』（恋五・八〇七）の「海人の刈る藻に住む虫のわれからと音をこそ泣かめ世をばうらみじ」を踏まえる。「虫」は海藻に付着しているワレカラ科の節足動物である割殻のこと。歌では、他の誰のせいでなく、われとわが身からの意を表す「我から」を掛けて詠まれる。『新大系』には「すべては我が身自身が招いた不運と諦観または達観することの表象となる」とある。

【補説】男のつれない行為も、われとわが身が原因であることを忘れて、相手を恨んでしまう気持ちを詠む。

『集』には、この歌に続いて、読人不知の、

海人の刈る藻に住む虫の名は聞けどただ我からのつらきなりけり

という歌があり、恋のつらさもわが身が招いたものと痛感している。

この歌は時雨亭文庫蔵『小野宮殿集』（九〇）には、詞書を「女のもとにをくる」として歌詞に異同なくみえる。また、『千歳之友帖』所載の『如意宝集』の断簡には、詞書を「清慎公のもとにつかはしける」、作者を「閑院大君」として、歌詞に異同なくみえる。さらに『古今六帖』（一八七四）には、

君はなほうらみられけり海人の刈る藻にすむ虫の名をわすれつつ

とあり、第二句が「うらみられけり」と相違している。

『抄』以前で「われから」を詠み込んだ歌は［語釈］にあげた、『古今集』（恋五・八〇七）の典侍藤原直子の歌のほかに、斎宮女御の、

しらなくに忘るるものはおぼつかな藻に住む虫の名にこそありけれ（西本願寺本斎宮女御集二一）

という歌があるくらいで、きわめて数が少ない。

【作者】 閑院大君　『後撰集』（恋三・七三五詞、雑三・一二四八作者）や、『大和物語』（百十九段）などにもみえる。『日本歌学大系別巻四』所収の『勅撰和歌作者目録』には「閑院少将　一　右京大夫源宗于女」とある。また、『後撰集』の高松宮家旧蔵本、日本大学図書館蔵冷泉為相筆本などには一二四九の「閑院大君」に「宗于朝臣女」という勘物がある。『大和物語』（百十九段）によると、陸奥守で亡くなった藤原真興と交渉があった。真興は『西宮記』（巻八受領赴任事）に「十九、九、廿　召陸奥守直（真ノ誤カ）興殿上自右青瑣門昇給綸旨禄」とあり、この日に禄を賜って赴任したので、亡くなったのは延喜の末年（九二二）ごろと推定される。閑院大君が藤原実頼と関係をもつようになったのは、真興の陸奥赴任後で、実頼が二十歳過ぎのころ（延喜十九年二十歳）であろう。

【他出文献】 ◇小野宮殿集→［補説］。◇如意宝集→［補説］。◇古今六帖→［補説］。

題不知

335 思《おも》はずはつれなきこともつらからじ頼《たの》めば人をうらみつるかな

読人不知

【校異】詞○題不知—題よみ人しらす（島）。

【拾遺集】恋五・九八二。

題不知

読人不知

思はすはつれなきこともつらからしたのめは人のうらみつるかな

定恋五・九七三。歌○人の—人を。

題知らず

恋しく思わないならば、あの人のそっけない態度も、つらく思うことはないだろう。私を愛してくれると、頼りに思うから、あの人を恨んでしまうことだ。

【語釈】○思はずは—恋しく思わないならば。○つれなきことも—「つれなし」はそっけない。ひややかだ。○つらからじ—薄情だと思わないだろう。つらくないだろう。○頼めば—「頼む」は頼りに思う。あてにする。あの人が私のことを愛してくれると期待する。

【補説】この歌は『古今六帖』の「うらみ」の項（二一〇〇）に、歌詞に異同なくみえる。『八代集抄』に「我思ふゆゑつれなきもつらし。我頼むゆゑ頼もしからぬがうらめしきぞかしと観じたる心也」とある。人を愛するとつらい思いをしなければならないことも、人から愛されようと期待すると人を恨むことになるということも、人を恋することで思い知った。このように作者は自身の恋愛を冷静に客観的にみつめている。『新大系』には「つらい恋愛の体験から、断念することが心身の安らぎの道と達観する」とある。作者が恋することを断念したかはさだかでないが、人を愛し、愛されるには、諸々の感情が複雑に交差することを実感している。
この歌も後世の歌人から注目され、影響を受けたと思われる歌として、
たのめばと思ふばかりにうき人の心も知らずうらみつるかな（続古今・恋四・一三〇二　中務卿親王）
たのめずはとはぬもさらにつらからじ思ふにたがふうらみをぞする（万代・恋五・二六一八　待賢門院左衛門佐）
たのめずはうき身のとがと歎きつつ人の心をうらみざらまし（待賢門院堀河集七四）
うしとてもたれをこの世にうらみましたのめばと思ふ人しなければ（玉葉・雑五・二五七六　左近中将具氏）
などがある。

【他出文献】◇古今六帖二一〇〇。

336　つらけれどうらむるかぎり有りければものは言《い》はれで音《ね》こそ泣《な》かるれ

【校異】歌○有けれは―ある物を〈「る物を」ノ右傍ニ朱デ「リケレハィ」トアル〉（貞）○ねこそなかるれ―ねをのみそなく〈「をのみそなく」ノ右傍ニ「こそなかるれィ」トアル〉（貞）。

【拾遺集】恋五・九八三。
つらけれとうらむるかきりありけれは物はいはれてねこそなかるれ
定恋五・九七四。

あなたのつれなさが辛く思われるが、口に出して恨みごとを言っても限度があるので、何も言えないで、おのずと声をあげて泣かれることだ。

【語釈】○つらけれど―「つらし」は相手の冷淡な振る舞いに対して、心苦しく思う。○うらむる―恨みごとを言う。○音こそ泣かるれ―声をあげて泣かれる。「ねこそなかるれ」は三代集では『拾遺集』に五例（うち二例は『抄』と共通）あるだけである。また、拾遺集時代までの私家集には『貫之集』『伊勢集』『藤六集』『信明集』などに各一例、『馬内侍集』には二例あり、すでに古今集時代から用いられていた。三四八［補説］参照。

【補説】相手のつれなさを恨んでも、何のかいもなく、泣くばかりであるという。この歌についても『新大系』には「これも体験に即して諦観する」とある。当時、相手のつれなさに対して、人々はどのように反応したのかをみると、次のような歌がある。

①つらからば同じ心につらからむつれなき人を恋ひんともせず（後撰・恋一・五九二）

②つらけれどうらみむとはたおもほえず猶ゆくさきを頼む心に（一条摂政御集八一）

つらけれどいざまた人をうらみみばかひなくならんさまのうければ（古今六帖二一二〇）

①は女性の歌であるが、「恋ひんともせず」と相手に対抗する姿勢がみられる。②の前者は男性の歌で、表面的には相手を信頼して頼りにしているように見せて、簡単には引き下がらない。どれも諦めなどしていない歌である。西本願寺本『宗于集』（六）には、このように何の反応も見せない女に対して、

うらむれど恋ふれど君がよとともに知らずがほにてつれなかるらん

と尋ねた歌があり、宗于も諦めることなく執拗に迫っている。②のじっと堪えて時期を待つ男たちと違って、三三六では最後に「ものは言はれで音こそ泣かるれ」と、困惑の果てに泣いているところが相違する。このことから作者は女性であろうと思われる。

【作者】貞和本には朱で「ィ花山法皇」という書入れがあるが、確かでなく、おそらく女性の作と思われる。

337　かぎりなく思《おも》ふ心《こゝろ》の深《ふか》ければつらきも知《し》らぬ物にざりける

【校異】歌○つらきもしらぬ—うきもしられ（「れ」ハ補入）ぬ〈右傍ニ朱デ「ツラキモシラヌ」トアル〉（貞）。

【拾遺集】恋五・九五二。

かきりなくおもふ心のふかけれはつらきもしらぬ物にそ有ける　よみ人しらす

定恋五・九四二。詞○詞書ナシ—題しらす。

あなたのことを愛している心が限りなく深いので、あなたの冷淡な振る舞いも、それと気付かないものだったよ。

【語釈】○思ふ心の深ければ—あなたを思慕する気持ちが深いので。「人知れず思ふ心の深ければいはでぞしのぶやそ島の松」（一条摂政御集四五）。○つらき—「つらし」は三三六［語釈］参照。

【補説】深く愛していれば、相手の冷淡さも気にならないという。このような歌は他に例もなく、この歌と類似の発想で詠まれた歌に、次のようなものがある。

ひたみちに頼めば人のつらくとも知らぬかほにてあらむとぞ思ふ（万代・恋四・二三七五　源高明）

この歌では「かぎりなく思ふ」の代わりに「ひたみちに頼め」とあり、思慕する相手が冷淡であっても、「知らぬかほにてあらむ」と意識して振る舞おうとしている点に相違がみられるが、一首の主旨には大きな相違はない。

338　うらみぬも疑《うたが》はしくぞおもほゆる頼《たの》む心のなきかと思《おも》へば

【校異】ナシ。
【拾遺集】恋五・九九〇。
うらみぬもうたかはしくそおもほゆるたのむ心のなきかと思へは
定恋五・九八一。

私が冷淡な仕打ちをしたのに相手が恨まないのも、私を頼みに思っているのか疑わしく思われる。相手は私を頼みにしていないのではないかと思うので。

【語釈】○うらみぬも―自分が冷淡な仕打ちをしていることを、相手が恨まないのも。○疑はしく―自分を「頼み」にしているか、疑っている。自分を信じているのか疑わしく。○頼む心のなきかと―相手が自分を頼りに思う気持ちがないのではないかと。
【補説】この歌について『八代集抄』に「伊勢物語に、こと心有てかゝるにやあらんと思ひ疑ひてと有」とある。この「こと心云々」は、『伊勢物語』二十三段で、女が河内の女に通う男を何も責めないで送り出したのを、男は女に「異心ありてかゝるにやあらむと思ひ」疑ったことをいう。これを承けて、『新大系』は「ひょっとして他の人に心を寄せていて、自分に対しては頼りとする気持がないのではないか」と解し、『和歌大系』も「あなたが私に恨み言をいわないのも、(他に好きな人がいるのかと) 却って疑わしく思われる」と注を施している。しかし、この歌で「疑はしくぞおもほゆる」といっているのは、『抄』三三五の歌の下句に「頼めば人をうらみつるかな」とあることを、愛する人間の行動の基準にして、恨まないのは頼む心がない(信じていないから)かと疑ったのであろう。この三三八は『抄』三三五を意識して詠まれたとも思えるが、そのように考えなくとも、『抄』のような配列であれば、容易に三三五との関連に気付くと撰者は予断したのであろう。歌の作者の意識の問題よりも、撰者の意図によるものである。

339　わたつみの深《ふか》き心はおきながらうらみられぬるものにざりける

【校異】 歌○おきなから―ありなから〈「あり」ノ右傍ニ朱デ「ヲキ」トアル〉(貞) ○ものにさりける―物にそありける(貞)。

【拾遺集】 恋五・九九二。

わたつ海のふかき心は有なからうらみら(「ら」ノ右傍ニ「ナ」トアル) れぬる物にそありける

定恋五・九八三。

私の、大海のような深い愛情は、誰にも心をとめているのに、恨まれてしまうものだったよ。

【語釈】 ○わたつみ―「海(わた)つ霊(み)」の意で、海を支配する神。海。大海。「海《ワタツミ》」(色葉字類抄)。○深き心―深い愛情。「深き」は「わたつみ」の縁語。○おきながら―「おく」は対象に心をとめる、気にかける。「おき」に「わたつみ」の縁語の「沖」を掛ける。○うらみられぬる―恨まれてしまう。「うらみ」に「わたつみ」の縁語の「浦見」を掛ける。

【補説】 この歌は『大和物語』（伝為家筆本五十二段）に、

これもうちのおほむ

わたつみのふかき心はおきながらうらみられぬる物にぞありける

と、斎院と宇多天皇との贈答歌に続いてあるので、宇多天皇の歌である。時雨亭文庫蔵『寛平御集』（八）には、一三ウ一行目に「霍公鳥をきこしめして」とあり、次に三行分ほどの空白があって、

わたつうみのふかきこゝろとしりながらくも（三字分空白）おるゝはわりなかりけり

とある。また、書陵部蔵『亭子院御集』（五〇六七六）には、「霍公鳥をきこしめしてィ」という細字書入れに続いて、

わたつうみのふかきこゝろとしりながらうらみらるゝぞわびしかりける

とある。この他、『古今六帖』（二一〇四）には、

わたつうみのふかき心はありながらうらみられぬる物にぞありける

とある。

これらを整理して示すと、次の通りである。

(1)わたつみの深き心はおきながらうらみられぬるものにざりける

①第三句「おきながら」…『抄』底本、島本、大和物語。

②第三句「ありながら」…『抄』貞和本、『集』具世本、定家本、古今六帖。

(2)わたつうみのふかきこゝろとしりながらうらみらるゝぞわびしかりける

①下句「うらみらるゝわびしかりける」…代々御集所収亭子院御集、書陵部本亭子院御集。

②下句「くも（三字分空白）おるゝはわりなかりけり」…時雨亭文庫本、書陵部蔵『奈良御集』合綴『寛平御集』。

これによると、三三九は四種の本文が伝えられているが、(2)の『亭子院御集』は(1)の『抄』『集』などとは別個に伝えられたもので、『抄』は『大和物語』あるいは『古今六帖』から撰収したのであろう。
この歌は『大和物語』五十二段にあるが、前段には宇多天皇と第三皇女君子内親王との、次のような贈答歌がある。

斎院より内に、
同じえをわきてしも置く秋なれば光もつらくおもほゆるかな
御返し
花の色をみても知りなむ初霜の心ゆきては置かじとぞ思ふ

この贈答歌で君子内親王は「同じ木の枝（連枝）でも日光の当り具合で霜の置きかたが違う」と、同じ姉妹でありながら、差別扱いをされる父君の御愛情も恨めしく思われると詠み送った。これに対して帝は「春になってどの枝にも美しく花が咲く、それによってもわかるでしょう。初霜は差別などして置かないと思いますよ」と応えている。君子内親王が枝、霜、光などの喩えを用いて、差別扱いを訴えたのに対して、帝は、まず、同じように花、霜の喩えを用いて応答した。この贈答歌に続いて、「これも内のおほむ」として、三三九の歌がある。この歌も、まさに君子内親王の歌に応えるような内容になっていて、さらに海を喩えにして同じように深い愛情をもって接しているのに、平等でないと恨まれてしまったと、無念な思いを詠んだのであろう。
【作者】『大和物語』『亭子院御集』などから、作者は宇多天皇とみられる。
宇多天皇　諱定省。光孝天皇第七皇子、母は桓武天皇の皇子仲野親王の女の班子女王。貞観九年（八六七）五月五日生。仁和三年（八八七）八月立太子、同じ日即位。菅原道真を重用して親政を行い寛平の治と呼ばれる。寛平九年（八九七）七月譲位、昌泰二年（八九九）十月仁和寺で出家。三十四歳。承平元年（九三一）七月十九日没。六十五歳。亭子院、寛平法皇、仁和寺法皇などと称される。「寛平御時菊合」「寛平御時后宮歌合」などを催し、「亭子院歌合」に出詠し、判を下している。また、『新撰万葉集』を撰進させた。家集に『亭子院御集』（寛平御集）があり、『後撰集』以下の勅撰集に十七首入集。

【他出文献】◇亭子院御集→［補説］。◇大和物語→［補説］。◇古今六帖→［補説］。

340
女の許にまかりけるを、もとの妻《め》のせいし侍りければ、言《い》ひつかはしける　　源　景明

風をいたみ思《おも》はぬ方《かた》にとまりする海人《あま》の小舟《をぶね》もかくや侘《わ》ぶらん

【校異】詞○許に―許へ（貞）○まかりけるを―まかり侍りけるを（貞）。

【拾遺集】恋五・九七三。

女のもとにまかりけるをもとのめのせいしければ　　源　景明

風をいたみおもはぬ方にとまりするあまのを舟もかくやわふらむ

定恋五・九六三。詞○せいしければ―せいし侍ければ。

新しくできた女のところに出掛けていたのを、本妻が制止したので、女のところに詠んでやった

風が激しく吹いて、思ってもいなかった所に停泊する海人の小舟も、今の私のように、落胆して歎くのだろうか。

【語釈】○もとの妻―本来の妻。正妻。「嫡《モトノメ》」（類聚名義抄）。○せいし侍りければ―「せいす」はしては

いけないと戒める、制止する。○風をいたみ―風が激しくて。風がひどくて。女の嫉妬の喩え。○思はぬ方―思ってもいなかった所。本妻の家に泊まったことをいう。「須磨の海人の塩焼く煙風をいたみおもはぬ方にたなびきにけり」（古今・恋四・七〇八）。○かくや侘ぶらん―「かくや」は今の自分のように。「わぶ」は思い通りにできないで、困惑、失意、落胆の気持ちを態度やことばで表す。

【補説】歌は、激しい風のために、思ってもいなかった所に停泊することになった海人の小舟を、新しい愛人の所に出掛けていたのを、本妻が制止したために本妻の家に足止めされるという予期しなかった結果になった作者自身に喩えている。このようにみると、まず、「風をいたみ」という第一句は本妻が嫉妬して妨害したことの喩えである。これと類似の詠歌事情をもつ、『後撰集』の歌（恋四・八六五）には、

人のむすめのもとに、しのびつつかよひ侍りけるを、親聞き付けていといたくいひければ、かへりてつかはしける　貫之

風をいたみくゆる煙の立ち出でても猶こりずまの浦ぞ恋しき

とある。こちらは親が別の女の許に通うのを咎めて妨害したので、それを「風をいたみ」といった。この歌でも貫之は「こりずまの浦ぞ恋しき」と諦めていない。

景明の歌について、稲賀敬二氏は『堤中納言物語』の「思はぬ方にとまりする少将」と密接な関係にあるとして、「景明の和歌の作歌事情の逆々をゆく一種のアイロニーを作意の背後に想定し、本物語の題は景明の歌から出ていると考える」と言われる（『堤中納言物語』日本古典文学全集、小学館。『中務』新典社など）。稲賀氏も言われているように、景明の伝記も明らかでなく、現段階ではこれを明確にすることはできない。

【作者】源景明→一四七。

題不知　　　　読人不知

341 つらしとは思《おも》ふものから恋しきは*心《こゝろ》にもあらぬ心《こゝろ》なりけり

【校訂注記】 底本ニ「こゝろもあらぬ」トアルノヲ島本、貞和本ニヨッテ改メタ。

【校異】 詞○題不知―たいよみひとしらす（島）。歌○こゝろにもあらぬ―心にもあらぬ〈右傍ニ「我にかなはぬィ」トアル〉（貞）。

【拾遺集】 恋五・九五六。

つらしとは思ふ物からこひしきは我にかなはぬこゝろなりけり（「こゝろなりけり」ノ右傍ニ「コヽロニモアラス」トアル）

定恋五・九四六。

題知らず

あなたの冷淡な振る舞いをつらいことと恨めしく思うものの、やはりあなたを慕わしく思うのは、自分の意思ではどうにもならない心であったのだなあ。

【語釈】 ○つらしとは―「つらし」は三三六［語釈］参照。相手の薄情な態度を心苦しく思う。○恋しきは―恋しく思われるのは。○心にもあらぬ―『集』には「我にかなはぬ」とあり、私の思い通りにならないの意。底本の「心もあらぬ」は思い遣りもない、思慮もないなどの意で、意が通じないので、島本、貞和本に「心にもあらぬ」とある本文に改めた。「心にもあらぬ」は自身の意志ではどうにもならない、思いもかけないの意。

【補説】 この歌の主意について、『八代集抄』に「つらしと思ひうんじながら、恋しきは、我心の我にかなわぬとなげく心也」とあるように、恋愛感情は自分の意志ではどうにもならないものであることを詠んでいる。

この歌と同じ「……と思ふものから恋しきは」という構文をもつ歌として、

うしと思ふものから人の恋しきはいづこをしのぶ心なるらん（抄・恋下・三〇六、集・恋二・七三一）

という歌があった。この歌では相手の薄情をうらめしく思いながらも、相手を思慕してしまうという上句までは同じであるが、下句では、自分の心は相手のどこを慕っているのかと反問している。この歌でも理性によって感情を抑制できない、恋する人間の心情を詠んでいる。

なお、三四一の「心にもあらぬ心なりけり」という表現に注目される。拾遺抄時代の歌人である藤原長能に、

いとふとは知らぬにあらず知りながらおもふにあらぬ心なりけり（流布本『長能集』、長能集Ⅰ三二）

という歌があるが、この歌は『後拾遺集』（恋二・七一三）には第四句は「心にもあらぬ」とあり、長能による改定か、後拾遺集撰者による改定か、明らかでないが、三四一の表現と一致していて関係があると思われる。これ以外では、

身にもにぬ身になりなむと思ふこそ心にもあらぬ心なりけり（拾玉集一四八）

という慈円の作があるにすぎないが、「心にもあらぬ―心なりけり」と、否定・肯定と対の形で同語を反復する技巧が、長能や慈円にも「知らぬにあらず―知りながら」「身にもにぬ―身」と同類の表現を生みだしていて、そこに歌の生理のようなものが感じられる。

342　わりなしやしひても頼《たの》む心かなつらしとかつは思《おも》ふものから

【校異】歌○しひて―しゐて〈「ゐ」ノ右傍ニ「ひィ」トアル〉（貞）。

【拾遺集】恋五・九五三。

わりなしやしひてもたのむ心かなつらしとかつはおもふ物から

われながら訳がわからないことだよ。相手が思ってくれることを一途に期待している私の心であったよ。相手が冷淡でつれないと一方では思っていながら。

定恋五・九四三。

【語釈】○わりなしや―「わりなし」は道理から外れたさま。筋道が立たない。訳がわからない。自分自身で訳がわからない、理屈にあわぬことをしている。○しひても頼む―相手が思ってくれることをむやみに期待する。○つらし―相手の冷淡な態度をつれないと思っている。

【補説】相手が冷淡であるとわかっていながらも、一途に相手の愛を期待している。理性と感情とが背離した状態でも恋に執着せずにいられないという心情である。この歌と同じように、つれなくとも諦めずに頼りにしているという主旨の歌としては、

つらしとも思ひぞはてぬ涙河流れて人を頼む心は（後撰・恋二・六五六　橘実利朝臣）

人心つらしと思ふ人なれど人をぞ頼む人のならひに（拾玉集三四五八）

などがある。この二首ともに三四二と同じように「つらし」「頼む」の語を用いているが、三四二との関係は明らかでない。

もの言《い》ひ侍りける女《をんな》の、のちにつれなく成りて、さらに会《あ》ひ侍らざりければ　　一条摂政

343　あはれともいふべき人もおもほえで身のいたづらになりぬべきかな

【校異】詞○のちに―後には（貞）○つれなく成て―つれなく侍て（島）。歌○人も―ひとの（島）人は（貞）。

【拾遺集】恋五・九六〇。

ものいひ侍りける女のゝちにつれなくてのみあはす侍りけれは　　一条摂政

逢す（右傍ニ「アハ」「レ」トアル）ともいふへき人はおもほえて身のいたつらに老（「老」ノ右傍ニ「ナリ」トアル）ぬへきかな

定恋五・九五〇。詞○つれなくて―つれなく侍て。○のみ―ナシ。○あはす―さらにあはす。歌○逢すとも―あはれとも。○老ぬ―成ぬ。

契りを交わした女が、その後、冷淡になって、決して逢わなくなったので

私が恋い焦がれて死んでも、ああ、かわいそうにと言ってくれるに違いない人がいるとも思われないで、私の身はむなしく死んでしまうだろうなあ。

【語釈】○もの言ひ侍りける―「もの言ふ」は、男女が情を通わせる、契りを交わす。○つれなく成りて―「つれなし」はそっけない、冷淡である。○あはれとも―「あはれ」は同情や哀憐を表す。気の毒だ。かわいそうだ。○いふべき人―言ってくれるに違いない人。具体的には『百人一首』の古注の『応永抄』には「此いふべき人のおもほえでとは公界の他人の事也」とあり、世間一般の人と解している。これに対して、香川景樹の『百首異見』は人を相手の人と解しているが、「あはれともいふべき人はつれなくなりていふべしともおもほえず」「さて、身はいたづらに成ぬべきといへり」とあり、「あはれ」ともいうべき人は、私につれなくなって、死に臨んでも「あはれ」と言うとも思われないと、独自の解釈をしている。○いたづらになりぬべきかな―「いたづらになる」

は死に至る、むなしく死ぬの意。「恋わびて身のいたづらになりぬともわするなわれによりてとならば」（西本願寺本元真集二三七）。

【補説】この歌は『百人一首』にあり、遍く知られているが、平安時代の文献には『一条摂政御集』の巻頭にあり、この歌の詠歌事情を、

いひかはしけるほどの人は、豊蔭にことならぬ女なりけれど、年月をへて、かへりごとをせざりければ、まけじと思ひていひける

として「あはれとも」の歌があり、次に「なにごとも思ひしらずはあるべきをまたはあはれとたれかいふべき」という女の返歌があって「はやうの人はかうやうにぞあるべき（「るべき」ノ右傍ニ「りける」トアル）。今やうのわかい人はさしもあらで上ずめきてやみなんかし」と、『伊勢物語』四十段に「昔のわか人は、さるすける物思ひをなんしける。今の翁、まさにしなむや」とある文を髣髴とさせるような措辞である。

家集と『抄』とでは詠歌事情に違いがある。家集によると、言い交した女は男と同等の身分であったが、長年の間、手紙を出しても返事がなかったので、負けまいと思って言ってやった歌であるという。これに対して、『抄』にいう詠歌事情では、恋人に冷淡にされて、恋い焦がれて死んでも、憐愍のことばを掛けてくれそうな人はいない孤独な身を切々と訴え、女の同情を引こうとしている。恋のためにむなしく死んでしまうというのも、純情な男めいているが、これも相手を意識した姿勢であり、恋の駆け引きであろうと思われる。

【作者】藤原伊尹　右大臣藤原師輔の長男、母は藤原経邦女盛子。延長二年（九二四）生。天慶四年（九四一）二月従五位下。侍従、左少将、左近権中将、参議、権中納言、権大納言を歴任、天禄元年（九七〇）右大臣、同年五月二十日摂政、翌年二年十一月に摂政太政大臣になったが、天禄三年十月に官を辞し、十一月に没した。四十九歳。天暦五年（九五一）撰和歌所が設置されて、別当となり、梨壺五人らと『万葉集』の訓読、『後撰集』の撰進にあたった。家集『一条摂政御集』は自身を卑官の大蔵史生倉橋豊蔭という人物に仮託して、北の方の恵

子女王、本院侍従、小弐命婦などとの歌の贈答を、歌物語的に仕上げたもの。『後撰集』以下の勅撰集に三十七首入集。

【他出文献】◇一条摂政御集→［補説］。◇百人一首。

題不知　　　　　　　　　　　　読人不知

344　世中のうきもつらきもしのぶれば思《おも》ひ知《し》らずと人や見るらむ

【校異】詞○題不知─題読人不知（島）。

【拾遺集】恋五・九四三。

世のなかのうきもつらきも忍れはおもひしらぬ（「ぬ」ノ右傍ニ「ス」トアル）と人やみるらむ

定恋五・九三三。歌○しらぬ─しらす。

題知らず

男女間の関係がいとわしく思われることも、恨めしく辛いことも堪え忍んできたので、情けなさもつらさも身にしみて感じていないと、相手は私のことをみているだろうか。

【語釈】○世中の─「世中」を人間社会、俗世間ととるか、男女間の情愛のありさま、男女の仲ととるか、二通りのとり方ができる。『新大系』には注はないが、大意では「世の中」とあり、前者の意にとっているようである。『和歌大系』には「男女の仲。相手との関係」とあり、後者である。ここは恋部の歌であるので、後者であろう。〇うきもつらきも―「うき」は、わが身を情けなく、厭わしく思うさま、「つらき」は相手が自分に冷淡だ、無情だと恨めしく、心苦しく思うさま。「身のうきを人のつらきとおもふこそ我とも言はじわりなかりけれ」（榊原本和泉式部集五五八）。「うき人のつらき心をこの川の浪にたぐへてはらへてぞやる」（貫之集五三九）のような例外もわずかながらある。〇思ひ知らず―「うき」ことも「つらき」ことも身にしみて感じることがない。三三二［語釈］参照。

【補説】 この歌の解釈には、いくつかの問題点がある。第一は第一句の「世中」の解釈、第二は「思ひ知らず」の解釈で、これは一首の主旨にも違いが生ずる。第一の問題点については［語釈］に記したので、ここでは第二の問題点についてみていく。この「思ひ知らず」については二通りの解がある。①は『新大系』のように「なさけしらず。情緒や人情を解しない」と解し、一首を「いやなことやつらいことを心中に秘めて平然とした態度をとっていたら、朴念仁や木石漢のような情け知らずの人間と誤解されるのではないかと嘆いている」という解釈である。②は『八代集抄』に「万堪忍すれば、思ひ知ぬと見るが、弥つらきと歎心也」とあり、憂さや辛さをすべて堪え忍んでいると、相手は私のことを身にしみて感じていないと見るのが、ますます辛いと歎いているという解釈である。『和歌大系』も②の説で、「思ひ知らず」以下を「憂さや辛さを感じない、鈍い人間だと」「あの人は見ているのであろうか（私がどんなに悲しんでいるか知らずに）」と解している。私見も、「思ひ知らず」を三三二の歌の「思ひ知らず」と同じように、相手のつれなさを身にしみて感じることがないの意とみて、なまじ堪え忍んだために本心を理解してもらえずに辛い思いをしているという男の嘆きを詠んだものとみる。

この歌の「世の中のうきもつらきも」という表現は早くから注目されて、

世の中のうきもつらきも告げなくにまづ知るものは涙なりけり（古今・雑下・九四一）

世の中のうきもつらきもとりすべて知らする君や人をうらむる（元良親王集三八）

世の中のうきもつらきも悲しきもたれにいへとか人のつれなき（古今六帖二〇九七）

世の中のうきもつらきも慰めて花の盛りはうれしかりけり（玉葉・雑一・一八八四　花山院）

などと、慣用句のように用いられていた。

伊　勢

345　さもこそはあひ見ることのかたからめ忘《わす》れずとだにいふ人のなき

【校異】 **歌**○あひ見る―あひみる〈「る」ノ右傍ニ「むィ」トアル〉（貞）。

【拾遺集】 恋五・九六一。

題不知　伊勢

さもこそはあひみることのかたからめわすれすとたにいふ人のなき（「き」ノ右傍ニ「さ」トアル）

定恋五・九五一。**歌**○あひみる―あひ見む。

いかにもあなたが言われるように逢うことが難しいけれども、せめて忘れはしないとだけでも言ってくれる人はいないことだ。

【語釈】 ○さもこそは―副詞「さも」を強めた表現。ある事態を肯定的に認める気持ちを表す。確かにそのように。いかにもそのとおりに。［補説］に示した『伊勢集』の詞書によれば、男の来訪も消息も絶えている状態で、男はこのことを言い訳したのであろう。○忘れずとだに―忘れはしないということばだけでも。

【補説】この歌は時雨亭文庫蔵資経本『伊勢集』（一六八～一七〇）には、

人のおぼつかなく侍しに
さもこそはあひ見ることのかたからめ忘れずとだにいふ人のなき
かへしは人
年ふれどいつも我こそ忘れずの浜千鳥とはなきわたりけれ
あふことのかたにおりゐるあしたづの巣になく声はきこえやはする
（以下省略）

とある。

歌は、男が訪れなくなったことに、一応、理解を示しながらも、せめて忘れてはいないと手紙だけでもと思うが、それさえもかなわぬことを嘆く気持ちを詠んだものである。

この歌の特徴的な表現は「さもこそは」という第一句である。三代集には『拾遺集』に伊勢の歌があるだけである。また、『抄』の時代までに、この句を用いた歌人には伊勢、源宗于、斎院女房進、同宰相、重之、藤原道綱母、和泉式部などがいる。このうち伊勢と源宗于とはほぼ同時期に活躍した歌人で、「さもこそは」の句を用いた歌をどちらが先に詠んだかは明確にできない。源宗于の歌は家集『宗于集』にはなく、宗于の没後に成立した『大和物語』にみえるだけである。この点、資料性に問題があるが、伊勢の歌は家集にもあり、『拾遺集』にも撰収されていて、信用性はある。

『新編国歌大観』の索引によれば、この句を用いた平安時代の歌は、この句を第一句に詠んでいて、次の二首のみが、第三句に詠んでいる。

夢にだにあふとは見えよさもこそはうつつにつらき心なりとも（二度本金葉・恋上・三六五　藤原実能）
もろ声にいたくな鳴きそさもこそはうき沼の池のかはづなりとも（六百番歌合一六七　藤原兼宗）

これは形式的には例外であるが、これらも倒置法を用いたもので、原則からは外れていない。このように考えると、「さもこそは」を用いた歌について、次のようなことが確認できる。

㈠「さもこそは」の句を用いた歌の基本的な構成は、

さもこそは………已然形（「こそ」を受けて結ぶ語は下に逆接の確定条件として続く）……

という定型をとり、已然形の部分は助動詞「む」「の已然形「め」である例が多い。

さもこそは深き谷には咲かざらめ色さへあさき一重山吹（榊原本和泉式部続集一八七）

さもこそは都のほかにやどりせめうたて露けき草枕かな（後拾遺・羇旅・五三〇　中納言隆家）

㈡㈠の型でないものは「こそ」を受けて結ぶべき語が下に「ど」「とも」「ながら」などの接続助詞を従えて、さらに下に続いている。

①さもこそは………ど……

さもこそは影とどむべき世ならねど跡なき水に宿る月かな（千載・雑上・一〇一二　藤原家基）

②さもこそは………とも……

さもこそはふみかへすともかけ橋の渡りそめけむあとはかはらじ（範永集五二）

さもこそは君がまもりのうせぬともかくやは獅子の果もあるべき（栄華・きるはわびしと嘆く女房）

③さもこそは………ながら……

さもこそはうき世の中といひながらかばかりものを思ふべしやは（教長集八四三）

さもこそはかりの宿りといひながらしばしだにゐて過すべしやは（月詣集・九月付雑下・八七七）

㈢さらに、㈡とも異なるものに、次のような例がある。

①さもこそは春になりぬと知り顔に霞の衣着ぬ山ぞなき（拾玉集一二〇五）

②さもこそは人の心はうぢ山のかひがひしくも濡るる袖かな（田多民治集一四四）

③さもこそはあきはてられし身にしあらぬいかにしぐるる袂なるらん（忠盛集一九〇）

①は「こそ」を受けて結ぶべき語は「知る」であるが、「知り顔」という名詞が、その役割を果たしている。②は「こそ」を受けて結ぶべき語は「憂き」であるが、類似の音を含む「うぢ山」という名詞が、その役割を果たしてる。③は「こそ」を受けて結ぶべき語は「あらね」の「ね」であるが、「ぬ」と連体形で受けている。これら三例は「こそ」を名詞（またはそれに準ずる連体形）で受けているという共通性がある。

このように「さもこそは」を第一句に用いた歌は係助詞「こそ」の結びの問題とも関連しながら、中世にかけて多様な変化をみせているが、現存の資料に限っていえば、この表現を最初に用いたのは伊勢であったと思われる。

なお、「さもこそは」の語義については個々の用例により相違がある。

【作者】 伊勢→三〇。

【他出文献】 ◇伊勢集→［補説］。◇如意宝集。

346　おほかたのわが身ひとつのうき中になべての世《よ》をも恨《うら》みつるかな《哉》　　読人不知

【底本原状】「うき中」ノ「中」ノ右傍ニ「から」トアル。

【校異】 歌○おほかたの―おほかたに（島）○うき中に―うきからに（島・貞）。

【拾遺集】 恋五・九六三。

おほかたの我身ひとつのうき（「うき」ノ右傍ニ「ツラキ」トアル）からになへての世をもうらみつるかな

定恋五・九五三。詞〇作者名ナシ—つらゆき。

一般的に言って、恋愛関係が思うようにいかないのは、わが身の不本意な状態が原因であるのに、世間のすべての事情が原因であると恨んだことだ。

【語釈】〇おほかたの—特殊な事から離れて、一般的な見地に立ってみる意を表す。世間一般の。一般的に。「おほかたの秋来るからにわが身こそかなしきものと思ひ知りぬれ」（古今・秋上・一八五）。〇わが身ひとつのうき中に—「わが身ひとつ」は私ひとり。私自身。「うき」はわが身を情けなく思うような不本意なさま。わが身の不運を嘆くような状態。「中に」は『抄』の島本、貞和本、『集』の具世本、定家本などには「からに」とある。「からに」は格助詞「から」に「に」が付いたもの。原因や理由を示す。…のために。…ばっかりで。私自身の不本意な状態のためにの意。〇なべての世—『和歌大系』は「世」を男女の仲の意とみて、「どの女との関係でも」と解す。「なべての世」を上の「わが身ひとつ」に対するものとみると、「世」は世間の意で、「なべての世」は世間一般の状態。

【補説】『八代集抄』には、この歌の主旨が「此歌は、思はれぬにても、忘らるるにても、身の上のうきからに、なべて世上までうらめしく覚る心也」とある。これを承けて『新大系』にも「相手に思われないのも忘れられるのも、よく考えて見れば、あらゆることは皆我が身が招いた不運…」とある。『抄』では、この歌の前に「逢ひ見むことの」難しさを詠んだ歌があるので、その流れからすると、この歌の作者の恋愛も思うように進展しておらず、その原因は作者の不本意な状態にあるように思われる。

この歌のように「おほかたの」の語句は第一句に詠まれるのが通例で、『抄』の時代以前では、

散りまがふ花（「花を」ノ「を」ヲ脱スル歟）をしむとおほかたの春さへけふに暮れぬべきかな（西本願寺本能宣集八四）

　ながれ行くみをしおもへばおほかたの海をみるにもうらみたえせず（古今六帖一七五九）

など、僅かの例外がみられるにすぎない。

　この歌と類似の発想の歌に、

　世の中は昔よりやは憂かりけむわが身ひとつのためになれるか（古今・雑下・九四八）

　明日香河わが身ひとつの淵瀬ゆゑなべての世をもうらみつるかな（後撰・雑三・一二三二）

などがある。特に後者は『抄』の歌と下句が同じである。

また、『源氏物語』には、この歌を引歌としている箇所が、次のようにある。

①柏木の巻頭部分で、衛門督（柏木）の感懐を、

　一つ二つのふしごとに、身を思ひおとしてしこなた、なべての世の中すさまじう思ひなりて…

と記しているが、「なべての世の…思ひなりて」の箇所は三四六を引いている（紫明抄、河海抄等）。

②早蕨の巻で、薫が弁の尼を呼び出して、世の無常を歎きあう場面で、弁は、

　なべての世を思ひ給へ沈むに、罪もいかに深くはべらむ

と胸中を訴えている。この「なべての世を…」の箇所も三四六を引いている（紫明抄、河海抄等）。

③宿木の巻で、匂宮が弾く琵琶を聴きながら、前栽を眺めていた中の君が、

「秋はつる野辺のけしきも篠薄ほのめく風につけてこそ知れ

　わが身ひとつの」とて涙ぐまるが、

と、歌を詠んで涙ぐむ場面があるが、「わが身ひとつの」の箇所は三四六を引いている（紫明抄、河海抄等）。

④東屋の巻で、連れ子の浮舟を溺愛している中将の君（常陸介の後妻）が中の君に浮舟のことを頼み、ついでに、長年の積る話をしたときに、

　わが身ひとつとのみ言ひあはする人もなき筑波山のありさまも、かく明らめ聞えさせて…

と話す場面がある。この「わが身ひとつとのみ…」の箇所は、前掲の「世の中は昔より…」という『古今集』の歌と三四六を引いている（紫明抄、河海抄等）。

このように三四六は『源氏物語』の宇治十帖に多く引かれているが、これは物語と歌の内容的性格に共通する所があるからだろう。

『俊頼随脳』には「物に心得たりと聞ゆる歌」として、「あまの刈る藻にすむ虫のわれからとねをこそなかめよをばうらみじ」（古今・恋五・八〇七）とともに選ばれている。

【作者】『抄』には「読人不知」とあるが、『集』の異本系統の北野天満宮本（恋五・九五二）、定家本などに作者を「貫之」とする。しかし、『貫之集』の諸本になく、貫之作と確定できる資料はない。

【他出文献】◇俊頼随脳→［補説］。

347　心《こゝろ》をばつらきものぞと言《い》ひお《を》きて変《かは》らじと思ふかほぞ恋《こひ》しき

【校異】歌〇いひをきて―いひながら（島）いひをきて〈「をきて」ノ右傍ニ朱デ「ナカラ」トアル〉（貞）。

【拾遺集】恋五・九五八。

こゝろをはつらき物そといひをきてかはらしとおもふかほそ恋しき

定恋五・九四八。

あの人は、（あなたの）心は薄情で恨めしく思われることだと、言い残して帰った、その時の気持ちはいまだに変っていないだろうと推測されるが、あの人の面影は恋しく思われることだ。

【語釈】〇心をばつらきものぞ―「つらし」は相手が自分に対して、薄情だと恨めしく思うさま。あなたの心は薄情で恨めしく思われることだ。〇変らじと思ふ―「変らじ」は何についていったのか、二つのとり方がありうる。①は、「よもやかはらじと思ふ俤」（八代集抄）ととる説。『新大系』も同じで、さらに「変る心に対して、面影は変らない」とある。②は、「心をばつらきものぞ」と言い残して去って行った人の心は変っていないとみる説（和歌大系）。私見も②で、「変らじと思ふ」の文を、言い残して帰ったときの（私＝作者に対する）気持ちは変っていないだろうと推測するの意に解する。〇かほ―相手の面影。

【補説】この歌の詠歌事情について、『八代集抄』には「契置し人に程へだてゝ、あはでよめるなるべし」とある。明言はしていないが、歌は女性の作であろう。

相手が「心をばつらきものぞ」と言ったのは、誰の心のことをいったのだろうか。『新大系』には「心をば…」について「相手が、人の心は移ろいやすいものだ、と弁解とも居直りとも付かぬ言葉を残して去ったのであろう」とある。しかし、「つらし」の語から、相手は歌の作者の心を「つらし」といったとみなければならない。このようにみると、無情なのは相手ではなく作者である。したがって、この歌も「無情な相手を諦めようとするのだが、ともすれば面影が偲ばれるのである」というようにはとらない。相手は作者の挙動に敏感に反応する神経質なところがあり、風刺的な物言いをする人物であろう。したがって、作者は逢っていても気まずい思いをし、相手に対する信頼も薄らぎ、冷淡な態度をみせるようになったものと想像される。逢瀬には侘しい思いをさせられた相手であり、今でもその性行は変っていないだろうと推測しながらも、逢わずにいると恋しさがつのるという、自身の心底を詠んだ歌であろう。

この歌の影響を受けた歌に、

心こそおもへばつらき物なれや心と物をおもふとおもへば（堀河院艶書合四八）

心をばつらきものとて別れにしよよのおもかげ何しのぶらん（拾遺愚草二五七三）などがある。このうち、藤原定家の歌は「恋不離身」の題で詠まれたもので、建保四年（一二一六）の「定家卿百番自家合」（一三二）、「定家家隆両卿撰歌合」（七九）などにも、第五句を「何したふらん」としてみえ、定家の自讃歌のひとつであった。

348　わが袖《そで》の濡《ぬ》るるを人のとがめずは音《ね》をだにやすく泣《な》くべきものを

【校異】歌○なくへきものを—なくへきをのを〈「をの」ノ「を」ノ右傍ニ「も」トアル〉（島）。

【拾遺集】恋四・九二七。
我袖のぬるゝを人のとかめすはねをたにやすくなくへき物を

定恋四・九一七。

人を恋い慕って流す涙で、私の袖が濡れているのを、人が怪しんで問いただすようなことがないならば、せめてだれにも気遣いなく声を出してだけでも泣きたいのに。

【語釈】○わが袖の濡るる—人を恋慕することの苦しさに流す涙で、袖が濡れている。○人のとがめずは—「とがむ」は気にかける、怪しんで問いただす。○音をだにやすく泣くべき—「だに」は下に実現することを望む表現を伴って、「せめて…だけでも」の意を表し、「やすし」は人から妨げられることなく、物事を行なうことができるさまをいう。

【補説】『八代集抄』には「恋の自由ならぬのみならず、ねをだに泣かぬとの歎きをよめるうた也」とある。『新大系』にも「恋が叶わぬばかりか、心中の思いも周囲を憚ってあらわにできないという嘆き」を詠んだ歌とみている。

この歌の「音をだにやすく泣く」という表現は他に例がない。声をたてて泣く意を表す基本的な表現には「ねをなく」「ねになく」などがあり、これらが時代的、系統的に、どのように展開したかをたどることは難しい。

①まず、時代的には『万葉集』時代は「ねのみなく」が基本的な表現で、これを強調するために助詞「し」「や」を加えた「ねのみしなく」「ねのみやなく」、さらに「ねのみしぞなく」が現れた。

②このうち、平安時代に引き続いて用いられたのは「ねのみなく」で、『古今集』（恋一・五三六）、『夫木抄』所収の「天慶二年貫之歌合」の歌（三〇六二）、『馬内侍集』（一六三）などのほか、「根のみ流れ」を掛けてあやめ草を詠んだ歌が実方と和泉式部にある。

③万葉時代に盛んに用いられた「音のみしなく」はみられなくなった。それにかわって、平安時代には「ねをなく」を基本的な表現とする「ねをぞなく」（万葉時代の用例は巻十四・三四八五の一首のみ）、「ねをやなく」「ねをこそなく」「ねをのみぞなく」などが用いられるようになる。

この表現の史的展開の大体は以上のようであるが、当面、問題になっている「ねをだにやすくなく」については、「ねをだになく」の用例が『抄』（恋下・三〇七、『集』恋二・七四九）にあるのみで、稀有である。この表現は、形式的にみれば「ねをなく」を基本的な表現としている。『抄』の時代までの「ねをなく」の使用例をみると、三例のうち二例は「ねをなく虫」（後撰・恋三・源重光）「ねをなきくらす空蝉」（後撰・夏・読人不知）などのように虫の鳴き声についていうのに用いられ、人に用いた例は平安中期の和泉式部の、次の一首である。

ねをなけば袖はくちてもうせぬめり猶うきことぞつきせざりける（榊原本和泉式部集三六九）

この「ねをなく」を強めた表現に「ねをぞなく」「ねをこそなく」があり、虫、鳥の鳴き声よりも、人に用い

ている歌が多くなってきたが、その中で、

さよふけて寝られぬをりはほととぎす君に聞かれぬねをぞなきぬる（西本願寺本伊勢集三七二）

という歌では、「ねをぞなく」の主格は作者であるが、例示に郭公を用いている。これと同じように鴬を例示に用いた「陽成院親王二人歌合」の、

寝覚めつつみをうぐひすのねをぞなく花さかりにし君を恋ふれば

という歌では「うぐひす」の「うく」に「憂く」が掛けてあり、「うぐひす」は単なる例示ではない。また、鳥の鳴き声を例示に用いているところからも、「ねをなく」はもとは鳥、虫などに用いるのが基本的な用法であったと思われる。鳥、虫の鳴くのを例示として人が泣くことを詠んでいる時代に、人が意思的に泣くことを「ねをだになく」と表現することは、「泣く」の表現史とからめて考えるべき問題である。

349　親《おや》にお《を》くれて侍りけるころ、を《お》とこのとひ侍らざりければ　伊勢

亡《な》き人もあるがつらきを思《おも》ふにも色《いろ》わかれぬは涙《なみだ》なりけり

【底本原状】「わかれ」ノ右傍ニ「かはか」トアル。

【校異】ナシ。

【拾遺集】哀傷・一三一二。

親におくれ侍りけるころおとこのとひ侍けれは　伊勢

なき人もあるかつらきをおもふ（「おもふ」ノ右傍ニ「ナケク」トアル）にも色わかれぬはなみたなりけり

定 哀傷・一三〇一。**詞**〇とひ侍けれは―とひ侍らさりけれは。

親に先立たれましたころ、男が訪れて来なくなったので
亡くなった人を追悼して流す涙も、生きている人がつれないことを思って流す涙も、色に区別がないのは涙であった。

【語釈】○親におくれて―［補説］に記すような、この歌の詠歌事情から、「親」は中務の父親の敦慶親王である。敦慶親王は宇多天皇の第四皇子で、延喜七年（九〇七）二月から同十年一月の間に中務卿になっている。また、式部卿になったのは、延長二年（九二四）六月以後である。『河海抄』には「ひかるきみときこゆ」の注に「亭子院第四皇子敦慶親王号玉光宮、好色無双之美人也」とある。延長八年二月二十八日に、四十四歳で亡くなる。○をとこ―源信明。→三六三［作者］。○亡き人も―「も」は同類の事柄を列挙する意を表す係助詞。ここは「あるがつらきを思ふにも」と同類であることをいう。亡くなった人を追悼して流す涙。○あるがつらきを思ふにも―「ある」はこの世にある人、生存している人。生きている人がつれないことを思って流す涙も。○色わかれぬは―色に区別がないのは。同じ色であるのは。

【補説】この歌は時雨亭文庫蔵資経本『信明集』（一〇五）、書陵部蔵三十六人集本『信明集』（信明集Ⅲ五三）、時雨亭文庫蔵資経本『伊勢集』などにあるが、『伊勢集』と『信明集』とでは相違がある。

①時雨亭文庫蔵資経本『伊勢集』四三二には、

　おやにお（「を」ヲ改メル）くれて侍けるころ、おとこのとひ侍らざりければ
　なき人もあるがつらきを思ふにも色わかれぬは涙なりけり

とあり、詞書、歌とも『抄』と一致する。

②『信明集』は歌に異同はないが、詞書に異同があるので、両本の詞書のみを示すと、

おなじ女のぶくなるころ、たえまがちなるに（右傍ニ「ヲ」トアル）うらみて（時雨亭文庫資経本）

なかつかさの君のぶくなるころ、おとこのかれがたなれば、女（書陵部本）

とあり、『伊勢集』と異なる詠歌事情が記されている。

このうち①は詞書の「をとこ」の語からも伊勢自身の人生に関わる出来事とは思われないので、②からみていくと、詞書が具体的なのは書陵部本の方であり、中務が喪に服すべき肉親の死は、［語釈］に記したように、延長八年（九三〇）二月二十八日に亡くなった敦慶親王の死であった。中務の正確な生年は不明であるが、彼女の名前から敦慶親王が中務卿であった時期で、敦慶親王室の均子内親王が亡くなった延喜十年（九一〇）以後であり、最も早くとも延喜十二年である。仮に延喜十二年生れとすると、敦慶親王が亡くなったときは十九歳であった。一方、信明は二十一歳であった。この二人が親密な関係になったのはいつごろからかは明らかでないが、『抄』三六三・三六四の贈答歌が詠み交わされたころ、二人は親密な間柄であった。詳しくは、その歌の［補説］に記すが、この贈答歌の信明の歌は中務が小野宮実頼邸に参上して召人のように仕え、信明は同じ邸内の侍所にいたときに詠まれたものである。その時期は延長六年（九二八）六月以後のことであった。このころ信明は実頼の存在によって中務の愛情に疑念を抱いていた。伊勢の歌の詞書に男（信明）が訪れて来なくなったとあるのは、そのような信明と中務との関係を伊勢は察知していたからで、そのような状態を案じた伊勢は、中務の亡き親を追悼して流す涙と信明のつれなさを思って流す涙とは、涙の色で区別できるものではないと、信明に詠み送ることで、来訪をうながしたものであろう。伊勢の歌は単なる代作ではないと思われる。

この歌では涙を「色わかれぬ」と表現しているのが印象的である。伊勢の歌と同じように涙の色は区別がつかないことや、「色わかれぬ」を直截に表現した「同じ色」「同じ涙」の語句を用いた歌には、

うれしきも憂きも心はひとつにてわかれぬものは涙なりけり（後撰・雑二・一一八八）

深さこそ藤の袂はまさるらめ涙はおなじ色にこそしめ（彰考館文庫蔵伊勢大輔集、伊勢大輔集Ⅰ一〇七）

薄く濃く衣の色はかはれども同じ涙のかかる袖かな（後拾遺・哀傷・五九〇　平教成）
うきせにもうれしきせにもさきにたつ涙は同じ涙なりけり（千載・雑中・一一一七　藤原顕方）
うれしきもつらきも同じ涙にてあふ夜も袖は猶ぞかわかぬ（新勅撰・恋三・七八七　皇嘉門院別当）
などがある。

【作者】伊勢→三〇。

【他出文献】◇信明集→［補説］。

屏風にみ熊野の《くまのゝ》かたをかける所　　兼盛

350 さしながら人の心をみ熊野の浦《くまのゝうら》の浜木綿《はまゆふ》いくへなるらん《覧》

【校異】詞○所―所を（島）ところに（貞）。

【拾遺集】恋四・八九九。

屏風にみくまのゝかたかきたる所に　　平　兼盛

さしなから人の心をみくまのゝ浦のはまゆふいくへ（「よ」ヲ見セ消チニシテ「へ」トスル）なるらむ

定恋四・八九〇。**詞**○所に―所。○平兼盛―かねもり。

屏風にみ熊野の図絵を描いた所に

あの人の心をそのままみたことだ。浜木綿の葉が幾重にも重なっているように、あなたの隔て心は幾重あるのだろう。

【語釈】○さしながら―「し」をサ変動詞の連用形とみる説があるが、「し」は助詞であろう。そのままであるさま。さながら。○み熊野の浦―歌枕。熊野灘に面した海岸。もとは伊勢国志摩郡あたりまでをさしたという。「み熊野」の「み」に見るの意の「み」を掛ける。○浜木綿―ヒガンバナ科の常緑多年草。関東以西の海岸の砂地に自生する。葉はオモトに似ているところから浜万年青（はまおもと）ともいう。浜木綿という和名は十数個の白い花が傘形に集まって咲くさまが「木綿」に似ているところからとも、白い葉鞘が「木綿」に似ているところからともいう。歌では葉が幾重にも重なり合って生長するところから、「百重（ももへ）」「幾重ね」「幾」を導く序詞を形成する。○いくへなるらん―この部分は相手が心の中で自分のことをどれほど思ってくれているか知りたいと思っていると解することもできるが、『八代集抄』に「いくへならん心のへだておほしと也」とあり、「補説」にあげる『落窪物語』の類歌などにも「へだてける」「思ひへだつる」などとあるので、相手が心の中で自分にどれほど隔て心をもっているか知りたいと思っていると解する。

【補説】この歌は『万葉集』（巻四・四九六）にある柿本人麿の「み熊野の浦の浜木綿百重なす心は思へどただにあはぬかも」という歌（『集』恋一・六六八ニモアリ）を本歌として詠まれた。高橋正治氏『兼盛集注釈』（平成五年、貴重本刊行会）には、「解説」で家集にはない歌として三五〇をあげ、その〈参考〉として『落窪物語』の、

へだてける人の心をみ熊野の浦の浜木綿いくへなるらむ

という歌をあげている。この歌と同じように、三五〇と一部表現を共有する歌に、

み熊野の浦の浜木綿ももかさね心はあれどあはぬ君かな　（西本願寺本兼輔集六八）

つらかりし人の心をみ熊野の浦辺に拾ふかひのなきかな　（越桐喜代子氏蔵恵慶集一〇三）

（注）『尊経閣叢刊恵慶集』（昭和十年三月）による。

み熊野の浦の浜木綿いくかさねわれより人を思ひますらん（古今六帖一九三五）
み熊野の浦の浜木綿いくかさねわれをば君が思ひへだつる（古今六帖二六三四）
忘るなよ忘ると聞かば三熊野の浦の浜木綿うらみかさねん（時雨亭文庫蔵承空本道命阿闍梨集九一）
いとどしく今はかぎりのみ熊野の浦の浜木綿いくへなるらむ（榊原本和泉式部続集四八二）

などがある。中世になると、「建保名所百首」の恋の題に「三熊野浦」が選ばれるなど、

日にそへて人の心をみくまののつらさかさなる浦の浜木綿（建保名所百首九一六）
みくまのの浦の浜木綿いくよへぬあはぬ涙を袖にかさねて（建保名所百首九二二）
みくまのの浦の浜木綿いくかへり春をかさねて霞きぬらん（洞院摂政家百首四二）
世をわたる人の心をみくまのの恨みがちなるあまのつり舟（宝治百首三五五七）

など、三五〇を本歌として詠まれたと思われる歌もある。

【作者】『抄』の諸本や『集』に、作者を平兼盛とするが、『兼盛集』になく、兼盛作と断定できない。

題不知　　　右近

351 忘《わす》らるる、身をば思《おも》はず誓《ちか》ひてし人の命《いのち》のを《お》しくも有る・かな《哉》

【校異】詞○右近―右近〈右傍ニ「少将季縄之女」ト注記ガアル〉（島）右近少将季縄母（貞）。歌○おもはす―うらみす〈右傍ニ朱デ「ヲモハス」トアル〉（貞）。

【拾遺集】恋四・八八〇。

右近少将季縄女（「女」ノ右傍ニ「母イ」トアル）

わすらるゝ身をは思はす誓ひてし人のいのちのおしくもあるかな

定恋四・八七〇。

題知らず

あなたに忘れられる私自身のことは何とも思わないで、神仏にかけて確かに約束したあなたの命が神罰のためになくなるのではないかと、惜しく思われることだ。

【語釈】○忘らるる身をば思はず―あなたに忘れられる私自身のことは何とも思わないで。○誓ひてし人―「誓ふ」は神仏にかけて固く約束する。「てし」は過去の動作の完了を確認する意を表す。確かに…した。○命のをしくも有るかな―「忘れじ」という誓願を破ったので、神罰のためにあなたの命がなくなることを惜しく思われる。

【補説】この歌は『百人一首』にあって、遍く知られているが、平安時代の文献では『大和物語』（為家本八十四段）にあり、詠歌事情は、

おなじ女、をとこのわすれじとよろづのことをかけてちかひけれど、わすれにけるのちにいひやりける、

わすらるる身をば思はずちかひてし人の命の惜しくもあるかな

返しはえ聞かず。

とある。『大和物語』には八十一段から八十五段まで、右近に関わる歌語りが連続してある。八十一段には「季縄の少将のむすめの右近」は后宮（醍醐天皇の中宮）に仕えていたころに藤原敦忠と愛し合うようになったが、中宮の所に参上しなくなって里にいたのに、敦忠からは音信もなかったので、右近は敦忠に、

忘れじとたのめし人はありと聞く言ひし言の葉いづちいにけむ

と詠み送ったという。この歌の第一、二句で右近は敦忠のことを「忘れじ」と言って頼みに思わせた人と詠んでいる。これは八十四段と同じ男女の設定で、三五一の相手の男は敦忠であろう（敦忠との関係については四五一参照）。

この歌について、『応永抄』に「かく契れる人の忘れゆくを恨みずして、なをその人を思ふ心、尤あはれにや侍らん」とあるように、不実な男を気遣う女の純愛を表したとみるか、女の怨み言、皮肉とみるか、異なった解釈がある。

この歌の作者は、『抄』の島本には右近に「少将季縄之女」と注記があり、『集』の具世本には「右近少将季縄女」とある。四五一では作者名は「左近少将季縄が女」となっている。『尊卑分脈』の南家真作流には、千乗（ちしげ）の子に「右近、穏子太后女房、歌人」と「歌人、同（後撰）集作者」とある二人の女がみえるが、その後に「或本此二人女子季縄女也云々」とあって、『後撰集』の作者である二人の女子の父親は千乗か、季縄か、明確でない。

まず、千乗は『日本三代実録』『弁官補任』などによると、貞観九年（八六七）正月十二日に侍従従五位下で右少弁に任ぜられ、貞観十一年正月七日に従五位上、元慶元年（八七七）正月七日には正五位下左中弁で、同三年十一月二十五日には左中弁で従四位下に昇進した。『尊卑分脈』には最終官位が「左中弁　木工頭　従四位下」とあるので、この後まもなく木工頭になり、清和、陽成、光孝の三朝に仕えて仁和末年ごろに亡くなったと推測される。その子の季縄は『尊卑分脈』に「右近少将、従五位上、世号交野羽林」とあり、鷹狩の名手であった。『西宮記』（巻十二・賀事）によると、延喜十六年（九一六）三月八日に正五位下で、右衛門佐であったことが知られるが、沈痾のため久しく籠居し（新古今集 哀傷）、延喜十九年三月に亡くなった。

一方、右近と敦忠が愛し合う関係になったのは、『抄』四五一詞書には「敦忠が兵衛佐にて侍りける時」とあるので、敦忠が左兵衛佐であった延長六年（九二八）六月から、同八年十二月右衛門佐に転じて、同九年三月十三日に左近権少将になるまでの間である。このころの敦忠は二十三歳から二十六歳であったので、右近もほぼ同年齢であったとみると、延喜六年ごろの誕生となる。したがって、右近は千乗の子ではなく、季縄の子であったことになる。

【作者】 右近　右近少将季縄女。延喜六年ごろの誕生。醍醐天皇の后宮穏子が中宮になった延長元年（九二三）四月二十六日以後に出仕、承平三年（九三三）八月二十七日に行われた穏子所生の康子内親王の裳着のころも仕えていた。『後撰集』『新勅撰集』『九条右丞相集』『元良親王集』などから、師輔、元良親王などとの関係が知られる。また、『大和物語』（八十五段）には桃園宰相君（師氏）がすむと大騒ぎになったが、虚言であり、右近から怨み言とも、嘲弄しているともとれる歌を詠み送っている。このほかにも『能宣集』『朝忠集』などにも右近の名がみえるが、具体的なことは定かでない。なお、時雨亭文庫蔵素寂本『順集』（四一）に、「応和二年正月に春宮の蔵人になり、月の中に式部丞になりうつれり、ふたたびよろこびあり、おもひをのべて右近命婦にやる」と詞書のある歌がある。この詞書によれば、順は右近命婦に任官の斡旋を依頼したことが知られる。『抄』（雑下・五〇六）にも「除目（の）後朝に命婦右近が許につかはしける」と詞書のある清原元輔の歌があり、元輔も順と同じように除目に任官されるように右近命婦に斡旋を依頼していた。この右近命婦を季縄女の右近とみる説もあるが、季縄女の右近とは別人であろう。また、「天徳四年内裏歌合」の右近、「応和二年庚申内裏歌合」の右近命婦、「康保三年内裏前栽合」の右近命婦などは、順、元輔が斡旋を依頼した右近命婦と同一人であろう。『後撰集』以下の勅撰集に九首入集。

【他出文献】 ◇古今六帖二九六七、貫之。◇百人一首。

女をうらみて、さらにまでこじと、誓言《ちかごと》をたてて後《のち》につかはしける

実方中将

352

なにせんに命《いのち》をかけて誓《ちか》ひけむいかばやと思《おも》ふを《お》りもこそあれ

【校異】詞○女を―をんなの〈「の」ノ右傍ニ朱デ「ヲ」トアル〉（貞）○までこし―までこし〈「まて」ノ中間右傍ニ朱デ「ウ」トアル〉（貞）○ちかことをたて丶―ちかひをたて丶〈「ひをたて丶」ノ右傍ニ朱デ「コトシテイ」トアル〉（貞）○実方中将―藤原実方（島）藤原実方〈「実方」ノ下ニ朱で「朝臣」トアル〉（貞）。歌○おりもこそあれ―おりもありけり（島）をりもこそあれ〈「こそあれ」ノ右傍ニ朱デ「アリケリ」トアル〉（貞）。

【拾遺集】恋四・八八一。

女をうらみていまはまうてこしとちかひてのちつかはしける

藤原実方朝臣

なにせむにいのちを懸てちかひけんいは丶やと思ふをりもこそあれ（「こそあれ」ノ右傍ニ「アリケレイ」トアル）

定恋四・八七一。詞○いまは―さらに。○のち―のちに。○藤原実方朝臣―実方朝臣。歌○いは丶や―いかはや。○こそあれ―有けり。

女を恨んで、決して女の所にはやって来ないつもりだと、神仏にかけて誓って後に詠んで送った

どうして命にかけても来るまいと誓ったのだろうか。行きたいと思い、そのために生きていたいと思う折もあると困るから（誓うべきでなかったのに）。

【語釈】○さらにまでこじ―副詞「さらに」は再びの意であるが、通例として、下に打消の語がある場合は、決して、全くの意に解する。決してここにはやって来ないつもりだ。○誓言をたてて―「誓言」は神仏にかけて誓

う言葉。「誓事《チカコト》」(色葉字類抄)。誓いの言葉をはっきりと口にして。○なにせんに—反語・詰問・後悔などの気持ちを含んで、どうして。なんのために。○いかばや—「行かばや」に「生かばや」を掛ける。「命をかけて」女の許には行かないと誓ったので、行くことは命を失うことになるが、女に逢うためには生きていたいと思う。○をりもこそあれ—折もあるといけないから。

【補説】 男(実方)は二度と女のもとを訪れまいと誓ったのに、時が経つと恋しさがつのり、女の許に「行き」たい衝動にかられる。「命をかけて」誓ったので、死を恐れないはずであるが、「生き」たいと思う。「いき」に「行き」「生き」という相容れない語を掛詞としているところが、一首の眼目である。一時の激情から「さらにまでこじ」と誓言をたてたものの、時が経過すると、自分でも意識しなかった内奥にひそむ感情に気付いて、男は後悔している。

この歌は『実方集』の現存諸本にある。ここには『抄』の時代に近いころに成立した流布本のなかで原型流布本を考えるうえで重要な書陵部蔵『実方集』(丙本五〇一—五七)によって示す(拙著『実方集注釈』解説「実方集の伝本」参照)。

ある女いかなることありけん、いまはさらにとはじなどちかひて、
かへりてほどのふるに、いかが思ひけん
なにせんにいのちをかけてちかひけんいかばやとおもふをりもありけり(八八)

『実方集』の諸本も、歌の第五句は「をりもありけり」とある。『抄』の「をりもこそあれ」は独自本文で、将来の不測の事態を危惧する気持ちを表し、「命をかけて」という強い意思とは齟齬するようである。

【作者】 藤原実方↓七九。

【他出文献】 ◇実方集↓[補説]。

題不知　　　　読人不知

353　ひたぶるに死《し》なばなにかはさもあらばあれ生《い》きてかひなく物を思《おも》ふ身は

【校異】 **詞**○題不知―たいよみひとしらす（島）。**歌**○かひなく―かひなき〈「き」ノ右傍ニ朱デ「ク」トアル〉（貞）。

【拾遺集】 恋五・九四四。

ひたふるにしなはなにかはさもあらはあれいきてかひなく（「く」ノ右傍ニ「キ」トアル）物思身は

定恋五・九三四。**歌**○かひなく―かひなき。

題知らず

一途に死ぬのであれば、何も構うことはない。それならそれでもよい、生きていて、何の甲斐もなく、物思いをしている身は。

【語釈】 ○ひたぶるに―いちずに。むやみに。○さもあらばあれ―不本意だが、そうであるならば、それでもよいと放任する気持ちで、ここは死んでもよいの意。○生きてかひなく―生きていて、何の甲斐もなく。○物を思ふ身は―物思いをしている身は。

【補説】 この歌は流布本系書陵部蔵『小大君集』（小大君集Ⅰ）には、

また

ひたぶるに死なばなかなかさもあらばあれ生きてかひなきもの思ふ身は（六四）

かへし

なくなれば（「なくれきは」ヲ改メタ）なげのあはれもいはるるをさはこころみにあくがれよたま（「にあくかれよたま」ハ「よあくるねたよ」トアルノヲ改メタ）

（六五）

とあり、男と小大君との贈答歌になっていて、男の歌の第二句は「死なばなかなか」とあって相違がみられる。

恋のために苦悩するくらいならば、いちずに死んでしまってもよいという男の歌の発想は、『万葉集』（巻十七・三九三四）にも、平群女郎の歌として

なかなかに死なば安けむ君が目を見ず久ならばすべなかるべし

とみえ、他に、

秋萩の枝もたわわに置く露の消えもしなましわれ恋ひつつあらば（人丸集一四七）

けふやわれ消えはてなましなかなかにのちを頼まん命しらぬを（小大君集Ⅰ三九）

などがある。「けふやわれ」の歌は男に代作を頼まれて小大君が詠んだもので、代作歌とはいえ、三五三と同じ発想の歌を詠んでいるところに、小大君の歌の傾向の一端が窺われる。

【作者】小大君と歌を贈答した相手の男の作。『小大君集』によると男は朝光であると思われる。

【他出文献】◇小大君集→［補説］。

354　思《おも》ひます人しなければ増鏡《ますかゞみ》うつれる影と音《ね》をのみぞ泣《な》く

よみ人しらず

【校異】ナシ。

【拾遺集】恋四・九二六。

おもひます人しなければますか丶み空なる（「空なる」ノ右傍ニ「ウツレルイ」トアル）かけとねをのみそなく

私のことをますますいとしく思ってくれる人がいないので、鏡に映っている姿のように、ひたすら泣くばかりである。

定恋四・九一六。詞○詞書ナシ—題しらす。歌○空なる—うつれる。

【語釈】○思ひます人しなければ—『八代集抄』に「見捨てし人の思ひますともなければ」とあり、『新大系』にも「私に対して愛情を増す人はいないので」と大意を記している。また、『和歌大系』には「私があの人を思う以上に、私を思ってくれる人とていないので。相手が思ってくれないことを一般化していった」とある。「思ひます人」は一般的には①自分のますますいとしく思っている人、②自分をますますいとしく思ってくれる人の二つの意味・用法があり、ここは②である。○うつれる影と—『新大系』『和歌大系』ともに、「と」を動作の共同者を示すとみて、「鏡に映る我が影と共に」、「鏡に映るわが身と二人で」などと解している。○音をのみぞ泣く—「音を泣く」を強めた語。ひたすら泣く。泣きに泣く。三四八［補説］参照。

【補説】ひとたびは愛されたものの、女は一段と深く愛されることを望んだ。しかし、男の気持ちはしだいに女から離れていきつつある。これがこの歌を詠んだ時の、女が置かれている状況であろう。

恋する女の声を出して泣く歌が『抄』の恋歌のなかにも、「恋ひわびぬ音をだに泣かん声立てていづれなるらんおと無の里」（三〇七）、「うらみての後さへ人のつらからばいかにいひてか音をも泣かまし」（三三三）、「つらけれどうらむるかぎり有りければものは言はれで音こそ泣かるれ」（三三六）などとある。これらの歌を参考にすると、三五四でも、女はわが身の不幸を思い、すでに泣いていて、鏡にはその泣き顔が映っていたと思われる。

このように考えると、「影と」の「と」は状態を指示して下へ続ける用法で、「鏡に映っている姿のように」、ひたすら泣くばかりであるというのであろう。

国用がむすめを藤原知光がまかり去《さ》りて後《のち》、鏡《かゞみ》を返《かへ》しつかはすとて、
書《か》き付《つ》けて侍りける　　　女《をんな》

355　かきたえておぼつかなさのますかがみ見《み》ずば我身のうさもまさらじ

【校異】 **詞**○まかりさりてのち—まかりさりて（島）○かゝみを—をきて侍けるかゝみを（貞）○かへしつかはす—とりにをこせて侍りければつかはす（貞）。**歌**○かきたえて—かけたえて（島・貞）○おほつかなさの—おほつかなさを〈「を」ノ右傍ニ朱デ「ノ」トアル〉（貞）○まさらし—まさらし〈左傍ニ「しられしィ」トアル〉（貞）。

【拾遺集】 恋四・九二五。
国用かむすめをともみつかまかりさりてかゝみをかへしつかはすと
て　　　女
かけたえておほつかなさをます鏡みすは我身のうさもまさらし
定恋四・九一五。**詞**○ともみつか—ともみつ。○まかりさりて—まかりさりてのち。○つかはすとて—返しつかはすとてかきつけてつかはしける。**歌**○おほつかなさを—おほつかなさの。○まさらし—しられし。

国用の女を藤原知光が離別した後で、鏡を返してやろうとして、書き付けてありました
中が絶えて、あなたの様子がわからず心もとなさが増すのですが、この澄みきった鏡を見ることがなけれ

ば、わが身のつらさも増すことはないだろう。

【語釈】○国用―『尊卑分脈』の藤原南家真作流によると、従四位下、右馬権頭季方の子で、母は未詳とある。また、武智麿公孫には、参議菅根の長男で従四位上、右馬頭季方の子とある。このように世系は二様あり、どちらが正しいかはにわかに決めかねるが、これらの問題についてはあらためて［補説］で取り上げる。○藤原知光―『尊卑分脈』には中納言文範の子に正四位下備中守にまでなった知光がいて、「実父美作守為昭」とある。この為昭は参議守義の子である。知光は生没未詳。永祚元年（九八九）正月十五日、正六位上で蔵人に補せられ（小右記）、長徳三年（九九七）正月の除目で摂津守に任ぜられたが、同年七月九日の除目で尾張守に交替させられる。その後、東宮大進、駿河守、右衛門佐、備中守などを歴任、寛仁二年（一〇一八）までは生存が確認できる。○まかり去りて―離別しまして。○かきたえて―『抄』の島本、貞和本、『集』の貞和本、定家本などには「かけたえて」とある。「かきたゆ」はふっつり途絶える、音さたがなくなるの意。『新大系』『和歌大系』は「影たえて」の本文によって、姿か見えなくなるの意に解しているが、問題があるようなので、あらためて［補説］で取り上げることとする。○おぼつかなさ―対象がはっきりつかめないで、気掛かりなさま。心もとないさま。○ますかがみ―よく澄んではっきりと映る鏡。「ますかがみ」の「ます」に「おぼつかなさ」が増す意の「ます」を掛ける。○うさもまさらじ―『抄』の貞和本に書入れられたイ本に「しられじ」とある。わが身のつらさをいっそう感ずることはないだろうの意。知光が置いていった鏡によって、離別することになった身の不運をいっそう感ずるようになるので、鏡を送り返すというのである。

【補説】国用の世系が明確でないことは［語釈］に記したが、世系を明らかにするためにも、まず、父の季方からみていく。季方の名が最初に史料にみえるのは、『醍醐天皇御記』の延喜二十年（九二〇）五月十五日の条に「掌客使民部大丞季方、領大使裴璆別貢物、進蔵人所」とある記事である。このとき季方が掌客使として他にどのような仕事をしたのか明らかでないが、このときは民部大丞であったので、正六位であったと思われる。承平二年（九三二）十月の大嘗祭に奉仕したときは中務少輔（従五位）であった（大嘗会御禊部類記）。その後、『九暦』の天慶二年（九三九）十月一日の条の逸文に、「六衛府佐以下執番奏簡参入、…右衛門佐藤原季方、右兵衛佐藤原真忠、…」とあり、旬宴に参入した人物のなかに「右衛門佐」としてみえる。このころには従五位になっていたらしい。天慶四年八月九日に岩清水、賀茂両社に臨時に遣わされた奉幣使のなかに「従五位上左近衛少将藤原季方」の名がみえ、爾後、左少将として諸史料にその名がみえる。なかでも天慶七年六月二十三日に右大臣実頼が重ねて上表したとき、勅使として季方を遣わして表を返されているが、そのときの季方の位署は「従五位上守右（左）近衛少将兼行近江権介藤原朝臣季方」とある。『近衛府補任第一』（続群書類従完成会）は『本朝世紀』の天慶八年八月二十日の条に「以去十五日所奏致仕表、差左近少将藤原季方返給」とある記事によって、季方に「罷年月日不詳」と注記し、天慶九年からは左少将の箇所に季方の名はない。これは前掲の「致仕表」を季方が奉ったと誤解したことによると思われる。この「致仕表」は季方のものではなく、「民部卿藤原忠文」のもので、季方は勅使として返表の役に当ったのである。『九暦』の天慶九年二月十七日の条の逸文に「懸物唐綾四云々、季方当科」とあり、殿上賭弓の負態で的を射当てて懸物を手にしているが、このときも左少将であったと思われる。また、このときの競射について『西宮記』には「相分前後五度射、依侍臣数乏、殿上々達部及四位等雖不参、…」とあり、先の二度の返表の使者のこととあわせ考えると、季方は朱雀帝の信任が厚かったと思われる。このころは初めて公の場に登場してから、二十七年ほど経っていた。

　ここで季方の兄弟の生年から、季方の生年を推定することにする。季方は『尊卑分脈』には①敏行の長男で伊衡の兄、②菅根の長男で元方の兄と二箇所にみえる。まず、敏行の子であれば、三男の伊衡が生まれた貞観十八年（八七六）よりも前の誕生となり、菅根の子であれば、二男の元方が生まれた仁和四年（八八八）よりも前の誕生となる。これによって季方が左少将であった天慶九年の年齢を推定すると、①では兄弟との年齢差を最小にしても七十歳過ぎになり、②では六十歳となる。季方の『尊卑分脈』に記す最終官位は、右馬頭、従四位上であるので、天慶九年以後にその官位に就いたことになるが、①の推定年齢では、その時まで生存しえたかさえ危ぶまれる。しかし、②の推定年齢では問題がない。したがって、季方は②の菅根の子であると断定して誤りなかろう。

次に季方の子の国用についてみていく。国用は『尊卑分脈』によると、式部省、蔵人を経て、最終官位は正五下、陸奥守であった。また、『勅撰作者部類』には「五位陸奥守。左馬頭藤原季方男。至永延二年」とあるに過ぎない。ここでは、まず、国用の名がみえる史料をあげる。

㈠(1)『親信卿記』天禄三年（九七二）十二月九日の条。

国用当調楽日、仍不能者、若当歟、随仰可問、仰云、如申可問、至于国用問当調楽日、并参不同可仰者、即申事由。

(2)同前、十二月二十七日の条。

不参大原野六人。清雅、国用朝臣等、無避進過状。須一度免給而已、…。

㈡『本朝世紀』正暦元年（九九〇）八月五日の条。

令擇取陸奥守藤原朝臣国用、蒙去永延二年九月十五日官符、交易貢進御馬十疋。但官符廿疋内。

㈢『北山抄』（巻十古今定功過例）

陸奥守維叙著任之後、前司国用所申請交替使主計頭忠臣著国。

（注）維叙が陸奥守であったのは正暦二年正月から長徳元年（九九五）正月に実方が任ぜられるまでの間であることなど、二一五の［補説］参照。

このほかに、

㈣『貞信公記』天慶二年二月十三日の条に「藤原惟修叙位、勤仕秩父御牧別当之上助国用也」とある記事の「国用」を季方の子の国用のこととみる説がある（北村杏子氏「仲文集にあらわれる「くにもち」について」平安文学研究、昭和57・6)。

(五)『御堂関白記』長和元年(一〇一二)閏十月二十七日の条に、大嘗会御禊の女御代などの車の行装について記した箇所に「六位十人、永信・懐信・行孝・国用・直方…」とある「国用」を季方の子の国用とみる説(『平安時代史事典』「藤原国用」隈地伸子氏執筆など)がある。これについては陸奥守の経歴のある国用が二十数年後にも六位であったとは常識的には考えられない。また、この時の国用の年齢を何歳とみているのだろうか。仮に季方三十歳のときに生まれたとすると九十五歳になっていたことになる。このような誤解の発端は『大日本古記録御堂関白記』の索引に「国用藤原、季方男」とあることによると思われる。これは『尊卑分脈』に藤原敏行の孫の季文の子で、右馬助で従五下まで昇った国用という同名異人であると考えられる。

これらのなかで(四)については検討する必要がある。この記事は季方の子の国用の名がはじめて史料にみえる天禄三年(九七二)十二月九日より三十二年も前のことで、季方の子の国用と同一人物とは考えられない。季方の子の国用と秩父御牧別当の惟修との関係を示す史料は他になく、この国用はまったく別人である。想定しうるのは、『尊卑分脈』の南家武智麿流の「真作孫」に「敏行—有快—季文—国用」とある「国用」であろう。この国用は『尊卑分脈』には「従五位下、右馬助」とある。

敏行は宇多天皇の寛平九年(八九七)従四位上に叙せられ、右中将から右兵衛督に転じているが、その後のことは明らかでない。この敏行の子の有快は弟の伊衡が貞観十八年(八七六)の誕生であるので、貞観十七年より前の誕生であった。その子の季文は有快三十歳ころの子であれば、延喜五年(九〇五)ごろの誕生となり、天慶二年には三十五歳ほどで、鎮守府将軍になっていたことになる。その子の国用は前記のように「従五位下、右馬助」であった。

この他に『御堂関白記』長和元年(一〇一二)閏十月二十七日の条には「六位十人…行孝・国用・直方…」とある。季文の子の国用は『尊卑分脈』には「従五位下、右馬助」とあるので、ここにいう六位の国用とは別人である。

このうえで㈠～㈢の史料についてみると、⑴⑵は十一月二十日の大原野祭に参らなかったという過怠を糾問されて、過状を進上している。「調楽日に当る」とあるので、十一月二十四日の豊明節会の遊びの調楽を行なっていたのであろう。このころの国用は式部省に所属し、式部丞であったかと思われる。

㈡から、永延二年（九八八）九月に陸奥守国用が官符によって交易貢進の御馬十疋を進ったとあり、永延二年陸奥守であったことが知られる。また、『勅撰作者部類』に「至永延二年」とあるのを「勅撰作者部類によれば没年は永延二年である」ととる説（北村氏）もあるので、国用が陸奥守であった期間を明確にしておかなければならない。

国用の前後の陸奥守は拙著『実方集注釈』（五五一頁）に記したように、為長、国用、維叙、実方の順に任じられていて、為長が天元三年（九八〇）十一月赴任、実方が長徳元年（九九五）正月十三日に任官したこと、国用は㈢の記事から陸奥守を秩満したことなどが判っているので、これらを基に任官年時を知ることができる。実方の前任の維叙は正暦二年正月から長徳元年正月まで陸奥守であったことは、㈢の（注）に記したとおりである。一方、国用の前任者の為長は天元三年七月一日の除目で陸奥守に任命されて十一月に赴任したと思われる。『小右記』寛和元年（九八五）四月二十四日の条に陸奥守為長の貢馬を叡覧されたことがみえるので、永観二年（九八四）に重任したことが知られる。さらに『為頼集』によると為長は陸奥で亡くなったようであるので、寛和二年に任期なかばで亡くなり、永延元年正月に国用が任命されたと考えられる。㈢の記事から国用は秩満まで在任しているので、正暦元年末まで陸奥守であったことになる。これによって国用の没年を永延二年とするのは誤りである。国用の生年を季方の三十歳ごろ、延喜十七年（九一七）とすると、陸奥守を秩満したのは七十四歳であったことになる。この後、間もなく亡くなったと思われる。

『仲文集』の「国用集」に相当する部分（この事については雑下五〇一の［補説］を参照）には、『抄』三五五

の歌と関連のある歌が、

同じ人、服なりけるに、婿の蔵人に

きたりとは聞くらむものを藤衣かけてあはれといふ人のなき（書陵部本三七）

返し

いまはとてかへししよりも藤衣きたりと聞くはいとぞかなしき（同　三八）

とある。詞書の「蔵人」は藤原知光のことで、この贈答歌は知光が国用女と別れた後に詠み交わされたものである。知光は円融院の恩寵によって蔵人に推輓され、永延三年（九八九）正月十五日に六位蔵人に任ぜられ、正暦三年四月九日まで、その地位にあった（『蔵人補任』続群書類従完成会）。一方、国用は永延元年正月から正暦元年末まで陸奥守として赴任していて、在京しなかった。したがって、この贈答歌が詠まれたのは、正暦二年正月から正暦三年四月九日までの間と考えることもできる。このころ知光も四十五歳になっていたと思われる。知光は蔵人任官を契機に受領となる道も開け、長徳三年（九九七）七月に尾張守になって以後、寛仁四年（一〇二〇）ごろに備中守を秩満するまで、中、下級官人として官途に就くことができた。こうした知光の動静を考慮すると、六位蔵人になったことで自信をえた知光が新たな後楯を求めて、国用女と離別したのではなかろうか。一方、国用は前記のように、陸奥から帰京した正暦二年には七十四歳ほどになっていたと推定され、知光の後楯にはなりえない地位・年齢であった。おそらく、苛酷な陸奥での慣れない生活に耐えられずに、帰京して間もなく老妻は亡くなったのであろう（前掲の贈答歌を国用の娘の喪中の作とみる説があるが、誰の喪中のときか明らかでない）。すでに娘は知光と離別していたので、「（藤衣を）きたりとは聞くらむ」と推定表現を用い、「あはれといふ人のなき」と知光の打算的な行為を揶揄し、皮肉まじりに詠み送ったのであろう。

三五五の歌は『抄』『集』などによると、作者は国用女である。『仲文集』の「国用集」に当たる部分には、

婿の知光たえて、置きたりける物の具どもはこぶに、鏡のとまりて

ありける、やるとて

かげみちておぼつかなさのますかがみ見ずはわが身のうきも知られじ（三四）

とあり、国用が代作したともとれる。この歌で問題になるのは第一句の「かげみちて」という本文で、『仲文集』の注釈類は御所本（五一〇〇）や歌仙家集本などの「かけたえて」に改めている。『仲文集全釈』（木船重昭氏 笠間注釈叢刊）には、本文を改めた理由は記されていないが、『藤原仲文集全釈』（片桐洋一氏ほか　風間書房）には「かげみちて」は月の光が満ちる意として使われるのに対し、「かげたえて」は『新古今集』（雑上・一五五二）の平忠盛の歌のように「人影が絶える」意として用いられているので、「かげたえて」の本文を採用すべきであろうとある。しかし、この説明も平安時代の中ごろに「かげたゆ」という言い方をしたという論拠にはならないので、簡単に本文を改めることは問題である。

「かげたゆ」という表現は平安時代には、三五五の歌の校異にある伝本にみえるのみで、「面影たゆ」の例が歌仙家集本『貫之集』（貫之集Ⅰ五三〇）に「かけて思ふ人もなけれど夕されば面影たえぬ玉かづらかな」とあるが、意義、用法が異なるので参考にならない。平安時代の和歌では、人影が絶えるさまをいう「かげたゆ」という表現はなく、水の面に映る姿を「かげ見ゆ」という表現を基本にして、その否定形に中間に「も」「だに」などを挟んで「かげもみえねば」（古今六帖一五四二）、「かげだに見えぬ」（忠岑集八七）などと表現している。問題の「かげたゆ」という表現は源頼政あたりから用いられるようになり（頼政集二四四）、中世には多くみられる。したがって、簡単に「かげたえて」の本文を採用すべきであろうとは言えない。『抄』の底本は「かきたえて」で、こちらは西本願寺本『斎宮女御集』（一二〇）、榊原本『赤染衛門集』（五九四）などにも用例があるので問題はない。それでは『仲文集』の「かけみちて」の本文をどのように考えたらよいだろうか。一つの解決策として「かけみちて」は「かけみえて」とあったのが原型本文で、「衣（え）」の草仮名を「知（ち）」の草仮名と誤読したことから生じた本文ではなかろうか。

【作者】藤原国用女　生没年等未詳。藤原知光と結婚したが、正暦二年（九九一）ごろに離別したと思われる。勅撰集には『拾遺集』に一首入集。

【他出文献】◇仲文集三四→［補説］。

題不知　　　　　　　　　　　　　読人不知

356 夢《ゆめ》にさへ人のつれなく見えつれば寝《ね》ても覚《さ》めても物をこそ思《おも》へ

【校異】詞○題不知―たいよみ人しらす（島）。歌○人のつれなく―人のつれなく〈右傍ニ朱デ「ツレナク人ノ」トアル〉（貞）。

【拾遺集】恋四・九二九

　　　　　　　　　　　　よみ人しらす

ゆめにさへ人のつれなくみえつれはねてもさめても物をこそおもへ

㊁恋四・九一九。詞○詞書ナシ―題しらす。

題知らず

現実だけでなく、夢の中でまであの人がそっけなく見えたので、寝ていても覚めていてもいつでも、つらい物思いをすることだ。

【語釈】○夢にさへ―現実だけでなく、夢の中でまで。○寝ても覚めても―寝ていても覚めていても。昼夜いつでも。「やど見ればねてもさめても恋しくて夢うつつとも分かれざりけり」（後撰・哀傷・一三八八）。〇物をこそ思へ―つらいもの思いをすることだ。「いかにねて見えしなるらむあかつきの夢より後は物をこそ思へ」（赤染衛門集一四〇）。

【補説】 現実だけでなく、夢のなかでも、相手が冷淡で、つらい物思いをすると嘆いている。

この現実だけでなく、夢の中でまでの意を表す「夢にさへ」という表現は、

うつつにはさもこそあらめ夢にさへ人めをよくと見るがわびしさ（古今・恋三・六五六　小町）

うつつにてつれなき人は夢にさへあふとはみえぬものにぞありける（経盛集八三）

思ひつつぬればなるべし夢にさへつらく見えつる今朝のわびしさ（玉葉・恋三・一五九一　盛明親王）

などと用いられている。

また、この歌の表現を意識して詠んだと思われる歌に、

おのづからまどろむ夢にいもをみてねてもさめても物をこそ思へ（拾玉集五六六）

なぐさむるかたもなくてややみなまし夢にも人のつれなかりせば（詞花・恋上・一九四　公能）

などある。

357　あふことは夢《ゆめ》のうちにもうれしくて寝覚《ねざめ》の恋《こひ》ぞわびしかりける

【校異】 歌〇わひしかりける―わひしかりける〈「わひし」ノ右傍ニ「カナシィ」トアル〉（貞）。

【拾遺集】 恋四・九三一。

あふことはゆめのうちにもうれしくてねさめの床そ（「床そ」ノ右傍ニ「コヒノ」トアル）おきうかりける

定恋四・九二一。歌○床そ―こひそ。○おきうかりける―わひしかりける。

逢えることははかない夢の中であってもうれしく思われ、眠りから覚めて夢にみた人を恋しく思うのはつらいことだ。

【語釈】○寝覚の恋―『抄』には本文に異同はないが、『集』は具世本に「ねざめの床」とある。歌合では十巻本は「ねざめののち」とある。以下、下句について、『八代集抄』には「覚ては夢に逢し人の恋しきが侘しと也」とある。眠りから覚めて、夢にみた人を恋しく思うこと。○わびしかりける―具世本は第四句に呼応して「おきうかりける」とある。このような表現は［補説］に記すように、平安前期に類例がある。

【補説】この歌は「陽成院親王二人歌合」の十巻本には「寝覚の恋」の題で、三番右に第四句を「寝覚ののちぞ」としてあり、二十巻本には『抄』と同文である。

歌は「夢のうち」と「寝覚」とを対応させ、それぞれに相応する感情を「うれし」と「わびし」と対応させている構造になっている。この歌合の題である「寝覚の恋」の語は歌語としては、『拾遺集』（恋三・八〇一）に、

夜とても寝られざりけり人知れず寝覚の恋におどろかれつつ

とあるが、語義は三五七が、［語釈］に記したように、朝になって寝覚めてから夢にみた人を恋しく思うのに対して、「夜とても」の歌では、もの思いのために眠れなかったり、眠りの中途で目を覚まして人を恋していることをいい、「寝覚」の語義としても、この方が一般的である。

この歌の第五句にかかわる表現として、寝覚めて後の心情を「わびしかりけり」と詠んだ歌には、

夢よ夢恋しき人にあひみすな覚めての後にわびしかりけり（拾遺・恋二・七〇九）

思ひつつ恋ひつつはねじあふとみる夢はさめてはわびしかりけり（玉葉・恋三・一五九二　道綱母）

こひこひてあふとも夢にみつる夜はいとど寝覚めぞわびしかりける（後拾遺・恋一・六四八、能宣集三一八）

などがある。また、［語釈］に記したように、「とこぞおきうかりける」という表現も、

はかなくて夢にも人をみつる夜はあしたのとこぞおきうかりける（素性集五五）

夢にても恋しき人をみつる夜はあしたのとこぞおきうかりける（古今六帖一三八八　貫之）

夢ならであふことかたきよのなかはおほかた床をおきずやあらまし（古今六帖一三八六　伊勢）

など、『素性集』や『古今六帖』の歌などにみられる。

【作者】陽成院の皇子の元良親王、元平親王の二人による歌合で詠まれた歌であるが、どちらの親王の作かは明らかでない。

【他出文献】◇陽成院親王二人歌合→［補説］。

358　忘《わす》れじよゆめと契《ちぎ》りし言《こと》の葉《は》はうつゝにつらき心《こゝろ成・》なりけり

【校異】歌○ゆめと―ゆめと〈「と」ノ右傍ニ朱デ「ニ」トアル〉（貞）○こゝろ成けり―心なりとも〈「とも」ノ右傍ニ朱デ「ケリ」トアル〉（貞）。

【拾遺集】恋四・九三二。

わすれしよ（「よ」ノ右傍ニ「と」トアル）夢とたのめしことのはゝ（「ゝ」ノ右傍ニ「ニイ」トアル）うつゝにつらきこゝろなりけり

定恋四・九二二。**歌**○たのめし―ちぎりし。

忘れないよ、決してと、男が言い交わした約束は夢のなかでのことで、現実では男の心は冷淡であった。

【語釈】○忘れじよゆめ―「ゆめ忘れじよ」を倒置したもの。「ゆめ」は下に打消の語を伴って、全く、決しての意を表す。また、「ゆめ」に「夢」を掛ける。○契りし―『集』の具世本は「たのめし」という独自本文であるが、「わすれじとたのめしものを年ふともかはる心とうたがふなきみ」（古今六帖二九五三）という例もある。○うつつに―現実では。第一句の掛詞「夢」に対していう。○つらき心―冷淡な心。無情な心。

【補説】この歌は『八代集抄』に「ゆめゆめ忘れじと契し詞は、誠につらき心成しよ。かく変ずればと也。ゆめ、現対していへり」とある。「忘れないよ、決して」と男が言い交したことばは夢のなかのことで、現実には裏切られて、男は冷淡になった。『八代集抄』にいうように、歌では夢と現実とを対比させ、はかない夢よりも頼りにならない男のつれなさを詠んでいる。

359　今《いま》はとはじといひ侍りける女のもとにつかはしける　　源　巨誠

忘《わす》れなん今《いま》はとはじと思《おも》ひつゝ寝《ぬ》る夜《よ》しもこそ夢《ゆめ》にみえけれ

【校異】詞○つかはしける―ナシ（島）○源巨誠―源巨城（島）かねすけ〈右傍ニ朱デ「源巨城ィ」トアル〉（貞）。

【拾遺集】恋三・八一〇。

いまはとはしといひ侍りける人のもとにつかはしける　　よみ人しらす（「す」ノ右傍下ニ「抄に兼盛」トアル）

わすれなむいまはとはしと思つゝぬる夜しもこそゆめにみえけれ

定恋三・八〇〇。詞〇人の―女の。〇よみ人しらず―作者名ナシ。

つれない態度をみせるようになった今は、あなたを訪ねまいと言いました女の許に詠んで遣った
あなたのことはきっと忘れよう、今は訪れまいと繰り返し思いながら眠ったのに、そのような夜に限って、
夢の中であなたのことを思い、あなたが夢に見えたことだ。

【語釈】〇今はとはじ―「今は」はこうなった今は。こうなった以上は。女が男につれない態度をみせたのだろう。この文のとり方は二通り考えられる。①「じ」を打消の推量を表すとみると、動作の主格は多く他称となり、『八代集抄』に「男の今は我をとはじと、女の疑ひていひしなるべし」というとり方になる。これに対して、②「じ」を打消の意志を表すとみると、主格は自称となり、「もう訪ねてくることはすまい」という『和歌大系』のようなとり方になる。〇いひ侍りける―この語句の主格も前項の①②とで相違する。①の場合は主格は女、②の場合は主格は男となるが、このどちらも下の「女のもとに」との続き具合がしっくりしない。〇忘れなん―『新大系』には「相手の女性が愛情を疑ったのに応じて、作者も愛情を断念しようと思った」とある。この前半部の説明は歌から読みとったものでなく、詞書を承けていったのだろうか。そうであれば、「今はとはじ」を①のように解していたことになろう。〇夢にみえけれ―万葉時代から、①相手のことを思っていると、その人が夢に現われる、②相手がこちらのことを思ってくれると、その人が夢に現われる、という俗信があった。「思ひつつ寝ればや人のみえつらむ夢と知りせば覚めざらましを」（古今・恋二・五五二）「うたた寝に恋しき人をみてしより夢てふものは頼みそめてき」（古今・恋二・五五三）「都人われを恋ふらし草まくらわれが旅寝の夢見さわがし」（流布本長能集一〇）。この部分についても『新大系』は「愛着が深くて忘れることができず、相手を夢に見たのである」と、①のとり方をしている。これに対し、『和歌大系』は「女が自分のことを思っているから夢に現わ

れた」とみている。このどちらかは一首をどうとらえるかによる。

【補説】この歌は、女がつれなくなって、男は女との関係を絶とうとしたときに詠まれた。「今はとはじ」は男の否定的意志を表すことばで、このような男の理性的な判断は眠るまでは明確で、「思ひつつ寝る」とあるので、男は女には逢うまいと繰り返し思いながら寝た。このときは理性で感情を制御できていたが、「…夜しもこそ」と強調しているように、その夜に限って夢のなかで変化がおきていた。それは緊張から開放された男の心に無意識におこった変化である。寝る前とは対照的に、理性で感情を制御できない状態である。眠入る時を境にして、男の心は主知から主情に変り、愛の断念から受入れる方に変っている。

【作者】『抄』は底本に「源巨誠」、島本に「源巨城」とあり、貞和本には「かねすけ」とある。『集』は「よみ人しらす」として、具世本には「抄に兼盛」と注記があるが、「兼輔」の誤りか。北野天満宮本には「源巨城」とある。源巨城は『後撰集』（恋一・五〇九）の詞書に「源のおほき」、『大和物語』百九段に「おほき」と仮名書きでみえ、「オホキ」と呼ばれたことが知られる。『後撰集』（恋四・八〇三、八〇四）に平中興女との贈答があり、『大和物語』百九段には源宗于女に牛を貸した話がある。『日本歌学大系別巻四』所収の『勅撰和歌作者目録』の「後撰和歌集目録」には「源おほき」に相当する人物として、

源宗城（オホキ）一　侍従、従四位下　宇多天皇第五皇子兵部卿敦固親王二男

とある（『日本歌学大系別巻四』による）。この人物は『本朝皇胤紹運録』では敦固親王の子の源宗成が相当する。源宗成は『二十一代集才子伝』には「宗城或云巨城者、宇多天皇之孫、二品兵部卿敦固親王之子也…仕至承平年中」とあり、『扶桑略記』第廿五の裡書の承平三年（九三三）五月十二日の条に「民部史生諸藤、殺害侍従源宗城朝臣并其母」とある。現存の諸資料を点綴すると上記のようになるが、「宗城」を「オホキ」と訓んだか疑義がある。『尊卑分脈』『勅撰作者部類』の伝本のなかには「宗城（サキ）」という書入れがあり、『後撰集』『大和物語』などの「おほき（巨城）」と「宗城」とは別人であったとも考えられる。

題不知　　　　　　　　　　　　　　　　読人不知

360　むば玉の妹《いも》が黒髪《くろかみ》今宵《こよひ》もか我なきゆかになびきいでぬらん 覧

【校異】詞○題不知―たいよみひとしらす（島）。歌○こよひもか―こよひもや（島・貞）○ゆか―ゆか〈右傍ニ朱デ「トコ」トアル〉（貞）。

【拾遺集】恋三・八一二。

むはたまのいもかくろかみこよひもやわかなきとこ（「とこ」ノ右傍ニ「ユカイ」トアル）になひきいつ（「つ」ノ右傍ニ「てぬ」トアル）らん

㊁恋三・八〇二。歌○いつらん―いてぬらん。

題知らず

愛しい妻の黒髪は、今夜も私のいない床から靡き出して、一人寝ているだろうか。

【語釈】○むば玉の―「ぬばたま」は烏扇の黒い実という。「黒」「夜」「髪」などにかかる枕詞。○妹―男性が妻や恋人、姉妹などを親しんでいう語。○今宵もか―『抄』の島本、貞和本、『集』の具世本、定家本などは「今宵もや」とある。○我なきゆか―『抄』は「ゆか」、『集』は「とこ」とある。「ゆか」は家の中で一段高く作って寝所などにしたところ。『万葉集』には「ゆか」の語はなく、寝所、寝床は「とこ」といった。「我」は「補説」に記すように、旅に出ている男である。○なびきいでぬらん―『集』の具世本には「なびきいづらん」とある。この部分を『新大系』には「私がいない寝床に靡き出していることだろうか」、『和歌大系』も「隣に私のいない寝床から、靡き出ていることだろう」とあり、ともに動詞「なびきいづ」に助動詞「ぬ」「らん」が接続したものとみているようである。この歌の元になった『万葉集』の歌は「靡けてぬらむ」とあり、これは「靡けて」に動詞「ぬ（寝）」、助動詞「らん」が接続したものである。黒髪をなびかせて一人寝る妻の姿は、［補説］に記した旅にある男が想像している、自分を待つ愛しい妹の寝姿である。ここは万葉歌をも参考にして、「床から黒髪を靡き出し、一人寝ているだろうか」と解する。

【補説】この歌は『万葉集』（巻十一・二五六四）に、

夜干玉之　妹之黒髪　今夜毛加　吾無床尓　靡而宿良武
（ぬばたまの妹が黒髪こよひもかわが無き床に靡けてぬらむ）

とある歌の異伝である。

『万葉集』で「黒髪」の歌をみると、「ぬばたまの黒髪しきて人の寝るうまいは寝ずて」とあるように、女の一人寝の姿を詠んでいる。また、旅に出ている男、あるいは、これから旅に出る男が、親愛する女の待つ姿を想像して、

置きて行かば妹恋ひむかも敷栲の黒髪敷きて長きこの夜を（巻四・四九三）
ぬばたまの黒髪敷きて長き夜を手枕の上に妹待つらむか（巻十一・二六三一）
夕さればとこうち払ひぬばたまの黒髪敷きていつしかと嘆かすらむぞ（巻十七・三九六二）

などと詠んでいるが、男が想像しているのは、日頃から見馴れてきた妻の床の上の寝姿であった。

【他出文献】◇古今六帖三一六四、第三句「こよひもや」、第五句「なびきいづらん」。

万葉集和歌　順

361　ひとり寝《ぬ》るやどには月の見えざらば恋しきことの*かず*はまさらじ

【校訂注記】○「こと」ハ底本ニ「とき」トアルノヲ、島本、貞和本ナドニヨッテ改メタ。○「かず」ハ底本ニ「かげ」トアルノヲ、島本ニヨッテ改メタ。

【校異】詞○万葉集和歌―万葉集をわせる歌（島）万葉集和せるうた〈「せるうた」ノ右傍ニ「し侍ケル中ニ」トアル〉（貞）○順―源順（島）。歌○かすは―かけは〈「け」ノ右傍ニ「すィ」トアル〉（貞）。

【拾遺集】恋三・八〇四。

万葉集に和せる歌　　　源　順

ひとりぬるやとには月のみえさらは恋しきことのかけはまさらし

定恋三・七九四。詞○源順―したかふ。歌○かけは―かすは。

万葉集の歌に追和した歌

愛する人の訪れもなくひとり寝をする家に、月が見えなかったならば、恋しく思うことの数が増すこともないだろう。

【語釈】○万葉集和歌―『万葉集』の歌に追和した歌の意か。三一三参照。○ひとり寝る―恋人の訪れもなく、ひとり寝をしている。「いとはれてわれやはわびてひとり寝る萩の下葉の色づけばなど」（古今六帖二一二六）。○恋しきことのかずはまさらじ―この部分の本文の異同は詳しくは［補説］に記すが、「ことの」は底本に「ときの」とあるのを、『抄』の島本、貞和本、『集』の具世本、定家本などに「ことの」とある本文に改めた。また、「かずは」は底本に「かけ」とあるのを、島本、貞和本に校合の「イ本」などに「かず」とある本文に改めた。

【補説】この歌の下句の本文は伝本により、次のような異同がある。

①底本　　（月の見えざらば）恋しきときのかげはまさらじ

②島本　（月の見えざらば）恋しきことのかずはまさらじ
③貞和本　（月の見えざらば）恋しきことのかげはまさらじ
　同校合イ本（月の見えざらば）恋しきことのかずはまさらじ

底本本文は、ここに書出した部分は当然のことであるが、「ひとり寝るやど」とは何の因果関係もない。貞和本本文も底本と同じ「かげはまさらじ」であるが、「恋しきことのかげ」と続けると、どういうことをいうのか理解にくるしむ。「恋しきこと」については「かげ」でなく、「かず」でなければならない。結局、問題のない表現は、島本と貞和本に校合のイ本の本文である。

この歌は源順の「万葉集和歌」という題のある三首のうちの一首である。この題詞については二八八の「補説」に記したので、再説はしないが、『袋草紙』では「順和万葉集」を万葉集の歌に返歌したものと考えて、「ひとり寝る」の歌は『万葉集』の、

たまだれのこすのまとをり独ゐてみるしるしなきゆふづく夜かも
ますかゞみあきよき月のうつろへばおもひはやまでこひこそまされ

（注）「たまだれの」の歌は『万葉集』（巻七・一〇七三）に第二句を「をすの間通し」としてある。また、「ますかゞみ」の歌と同じものは『万葉集』にはなく、「まそ鏡清きつくよのゆつりなば（「ゆつる」ハ「移る」ノ意）思ひはやまず恋こそまされ」という歌（巻十一・二六七〇）のことという。

などに返歌したものとある。さらに『袋草紙』には、

追勘、順和尋出所見也。
本歌　君コフルナミダノトコニ満ヌレバミヲツクシトゾ我ハナリヌル
和　ナミダ川ソコノミクヅト成ハテテコヒシキセゼニ流レコソスレ
本歌　ヒトリヌルヤドノヒマヨリイヅルツキナミダノユカニ影ゾウツラン

和　ヒトリヌルヤドニハ月ノミエザラバ恋シキコトノカズハマサラン
件歌等経衡ガ和後撰歌ト書マゼタリ。又本歌等非万葉歌。少以有不審。但於和歌者無相違。為之如何。
とあり、「ひとり寝る」の本歌として、
ひとりぬるやどのひまよりいづるつきなみだのゆかに影ぞうつらん
という歌をあげて、「本歌等非万葉歌。少以有不審」と記している。ここにいうように、この歌は万葉歌ではなく、出典は未詳であるが、これに似た歌が『新撰万葉集』（下・恋・三）に、
独寝　屋門之自隙　往月哉　涙之岸丹　景浮濫
とある。この歌も、第三句以下は「往く月や　涙の岸に　景浮かぶらん」と相違している。『夫木抄』には、
ひとりぬるねやのひまよりいる月や涙の浦にかげ浮かぶらむ（一一五〇七）
とあり、清輔の時代にもいくつもの異伝歌があったのだろう。この歌の方が、前掲の「たまだれの」「ますかゞみ」の歌よりも、順が追和した本歌にふさわしい。

【作者】源順↓四七。

【他出文献】◇袋草紙↓［補説］。

月《つき》のあかう侍りける夜《よ》、人待《ま》ちはべりける人のよみ侍りける　読人不知

362　ことならば闇《やみ》にぞあらまし秋の夜《よ》のなぞ月影《かげ》の人頼《だの》めなる

【校異】詞○つきのあかう―月あかく〈島〉○人まちはへりける―人まち侍ける〈「人」ノ右傍下ニ朱デ「ヲ」トアリ、「ち侍け」ノ左傍ニ朱デ見セ消チノ符号ガアッテ、右傍ニ朱デ「ツトテ」トアル〉〈貞〉○人の―ひとの

〈「ひとの」ノ左傍ニ朱デ見セ消チノ符号ガアル〉（貞）。

【拾遺集】恋三・八〇六。

月あかゝりける夜人をまちける人のよみ侍りける

ことならはやみにそあらまし秋の夜のなと月かけの人たのめなる

㊁恋三・七九六。**詞**〇月あかゝりける夜―月あかき夜。〇人をまちける―人をまち侍て。〇人のよみ侍りける―ナシ。**歌**〇なと―なそ。

月が明るく照っていました夜、人の訪れるのを待っていました人が詠みました

待人も訪ねて来ないので、同じことならば、闇夜であってほしい。秋の夜の月はどうしてこのように期待を抱かせて裏切るのか。

【語釈】〇ことならば―「こと」は「ごと（如）」と同根の副詞。「ことふらば袖さへ濡れて」（万葉・巻十・二三一七）のように、仮定条件句の上について、同じ…するならばの意を表す。平安時代には「なり」に接続した「ことならば」や、助詞「は」に接続した「ことは」の形で用いた。同じことなら。〇闇にぞあらまし―闇夜であってほしい。『八代集抄』には「忍びてくる人のためにくらくてこそあらまし」とあり、『新大系』も［大意］に「人目を忍んで訪ねてくる人を待っているのだから」とあるが、別の解釈もありうる。〇人頼めなる―「人頼め」は空しい期待ばかりをさせること。

【補説】この歌の解釈には、従来、［語釈］に記した『八代集抄』のような解釈のほかに、萩原宗固の『拾遺和歌集増抄』には「古今集恋五よみ人しらず、月夜にはこぬ人またるかきくらしあめもふらなんわびつゝもねん、とよめる歌のたぐいにや」とある。宗固の解釈は「月夜に訪れる人が待たれるが、どうせ来ないのであれば、闇

夜であればよい」というのであろう。
この歌を解する要点は、次の三点であろう。
①皎皎と明るく照らす月の夜に人が訪れることを待っている。→詞書
②待つ人は来なかった。→「ことならば」
③月夜に期待した思いは裏切られた。→「なぞ月影の人頼めなる」
この点から従来の諸説をみると、まず、①月夜に人を待つというのは、花・紅葉・月などを賞美するのを契機に人が訪れて来たことにもよるが、「月夜には待人が来る」という俗諺のようなものがあって、『古今集』（恋五・七七五）の「月夜には来ぬ人待たる」という成句が生まれ、『古今集』（恋四・六九二）の、
月夜よし夜よしと人に告げやらば来てふに似たり待たずしもあらず
という歌などが世に受容されるなどして、月夜に人を待つ歌は、
こぬ人をしたに待ちつつ久方の月をあはれと言はぬ夜ぞなき（陽明文庫本貫之集八〇）
わがやどのものとのみ見ば秋の夜の月よしとも人につげまし（時雨亭文庫蔵恵慶集二一）
月夜には来ぬだにもこそ待つと聞け来るをもかへすものにざりける（古今六帖三〇二七）
うらめしくかへりにけるか月夜にはこぬ人をだに待つとこそ聞け（玄玄集九　中務親王、公任集三四三）
あらじとは思ふものから月夜にはもしもやくるの心ありけり（彰考館文庫蔵嘉言集一六七）
などと詠まれた。月夜は人を待つにふさわしい状況である。したがって、待つ人が人目を忍んで訪ねて来る人ならば、はじめから月夜に待つことはしなかったはずである。このことから、『八代集抄』のような解釈には無理があろう。
②の「ことならば」は［語釈］に記したように、仮定条件句で下の「まし」に呼応している。この歌では「月夜に人を待っても訪れて来ないならば、月夜に待つ甲斐がないので、闇夜も同じことだ」として、「闇にぞあら

まし」と言ったのである。人目を忍んで訪れるので、闇夜ならば訪問しやすいからという理由ではない。これは①ですでに否定したことでもある。

③の「なぞ月影の人頼めなる」についても『八代集抄』には「月かげのたのみがひなくあかきぞ」とある。忍んで恋人の許を訪れる人が、皎皎と照る月夜が闇夜になることを期待したわけではなかろう。ここは、月夜には待人が訪れるという期待を抱いたのに、その期待が裏切られたことをいったのである。

このように『八代集抄』の説くところには納得しかねるところがある。この歌の「秋の夜のなぞ月影の人頼めなる」という句は、抱いていた期待が裏切られた後の作者の落胆、虚脱感を表している。「ことならば闇にぞあらまし」というのは、『古今集』の歌に「かき曇り雨もふらなむわびつつもねむ」とあるのと、同じであろう。

なお、『古今六帖』には、

ことならば闇にもあらなむ夏の夜のてる月影ぞ人だのめなる（夏の月　二九一）

ことならば闇にもあらなむ夏の夜はてる月影ぞ人だのめなる（人を待つ　二八二五）

という三六二を改作した歌があるが、歌の趣は異なる。

月あかき夜女《よをんな》の許につかはしける　源信明朝臣

363　恋しさは同《おな》じ心にあらずとも今宵《こよひ》の月《つき》を君見ざらめや

【校異】 **詞**○月―月の（貞）○あかきよ―あかく侍けるよ（貞）○源信明朝臣―源信明〈「明」ノ下ニ朱デ「朝臣」トアル〉（貞）。

【拾遺集】 恋三・七九七。

月のあかゝりけるよ女のもとにつかはしける　源信明朝臣
こひしさはおなし心にあらすともこよひの月をきみさらめや

定恋三・七八七。詞○月の―月。○源信明朝臣―源さねあきら。

月の明るい夜、女のもとに使いの者に持たせてやった

あなたが私を恋しく思っている気持ちは私のあなたに対する思いと同じではなくとも、今夜の月をあなたも私と同じように心ひかれて、見ないはずはなかろう。

【語釈】○恋しさは同じ心にあらず―あなたは私があなたを恋しく思っている気持ちと同じでない。信明は中務が実頼を愛していることを承知している。○君見ざらめや―あなたは見ないだろうか、見るにちがいない。『八代集抄』に「月は定めて見給はん。それだに我と同心ならば、満足ならんとふくめたる歌也」とある。王朝人は月を見ながら恋する者が自分と同じように月を見ていることを期待して、「よそにても同じ心に有明の月をみるやとたれにとはまし」（榊原本和泉式部集八八九）と詠んでいる。

【補説】この歌は時雨亭文庫蔵資経本『信明集』（一一四）に、詞書を「女小野宮にまゐりて候をきゝ（「ゝ」ノ右傍ニ「ケ」トアル）て、さぶらひにゐて、月のあかき夜人していひやる」として、歌詞に異同なくある。これによると中務が召人のような立場で小野宮実頼に仕えていた時期があったようである。時雨亭文庫蔵『小野宮殿集』には、実頼と中務の贈答歌群（六九～七五）があり、その中の七二・七三の贈答歌は『新古今集』（恋四・一二三四、一二三五）に、

中将に侍りける時、女につかはしける　清慎公
宵々に君をあはれと思ひつつ人にはいはでねをのみぞ泣く

返し　　　　　　　　　　　　　　　　　　　　読人しらず

君だにも思ひいでける宵々をまつはいかなるここちかはする

とある。「君だにも」の歌は『小野宮殿集』にも作者名はないが、前後の歌から中務の歌と考えられる。『新古今集』によると、この贈答歌の詠作時期は、実頼が中将であった延長六年（九二八）六月から承平元年（九三一）三月までの間ということになる。このころ実頼は二十九歳〜三十二歳、中務は十七歳〜二十歳ほどで、信明は延喜八年（九〇八）誕生説によると二十一歳〜二十四歳であった。『新古今集』にあるように、この贈答歌が実頼の中将時代の詠作であるという確証はないが、承平七年正月十七日に父公忠が五位蔵人を辞して、信明は六位の蔵人に補せられ、同年九月三日に右衛門権少尉を兼ねたというのが、知りうる最初の経歴で、これは資経本の詞書に「さぶらひにゐて」とあることとも齟齬しないので、ほぼ誤りなかろう。三六三で信明が「恋しさは同じ心にあらずとも」と詠んでいるのも、前記のような、実頼・中務・信明の三者の関係が背景にあってのことである。

なお、この歌はよく知られていて、『枕草子』の「成信の中将は」の段の末尾に、

月のいみじうあかき夜、紙のまたいみじう赤きに、ただ、「あらずとも」と書きたるを、廂にさし入りたる月にあてて、人の見しこそをかしかりしか。

とある文の「あらずとも」は信明の歌を引いたものである。

【作者】源信明　源公忠の子、母は未詳。『三十六人歌仙伝』によれば延喜十年（九一〇）生、『異本三十六人歌仙伝』によれば延喜八年生。承平七年正月十七日六位の蔵人に補せられ、同年九月三日に右衛門権少尉を兼ねた。その後、式部大丞、若狭守、備後守、信濃守、越後守などを経て、応和元年（九六一）六月正五位下に叙せられ、同年十月陸奥守、安和元年（九六八）十二月従四位下に昇り、天禄元年（九七〇）没。享年六十一（一説に六十三）歳。歌人として、村上天皇の名所屏風歌（中宮穏子七十の賀の屏風歌）、昌子内親王の裳着の屏風歌を詠進、歌人中務とは親密な関係にあり、多くの贈答歌を詠み交わしている。『後撰集』以下の勅撰集に二十二首入集、

家集に『信明集』がある。

【他出文献】◇信明集→［補説］。◇中務集。◇三。

かへし　　中務

364　さやかにも見るべき月を我はただ涙《なみだ》にくもるをり《お》ぞおほかる

【校異】歌○くもる―くる、（貞）。

【拾遺集】恋三・七九八。

返し　　中務

さやかにもみるへき月を我はたゝ涙にくもるおりそおほかる

定七八八

返歌

はっきりと見ることができる月を、私はひたすらあなたを慕って流す涙で目が曇り、見られない折が多いことだ。

【語釈】○さやかにも―「さやか」は明るくてはっきり見えるさま、曇りがないの意。○涙にくもる―『抄』の貞和本のみが「なみだにくる」とあり、涙で暗くなる、涙のために見えなくなるの意。「涙にくもる」は涙のために目がかすみくもるの意。平安中期までの使用例は、「涙にくる」は「雲の上も涙にくるる秋の月いかですむらむ浅茅生のやど」（源氏・桐壺）の例があるのみで、「涙にくもる」の方が優勢である。

【補説】中務の歌は、信明の「今宵の月を君見ざらめや」に対する応答というよりも、「恋しさは同じ心にあらずとも」と言ったことに対して、「私もあなたと同じ気持ちであなたを恋い慕っている」と応答したものであろう。『俊頼髄脳』には「歌の返しは、本の歌に詠みましたらば、いひいだし、劣りなば、かくしていひいだすまじとぞ、昔の人申しける」とあり、「返しよき歌」として、信明の歌と中務の返歌とをあげている。

なお、和泉式部の「さやかにも人は見るらんわがめには涙にくもるよひの月影」（榊原本和泉式部続集一三〇）という歌は、中務の歌と用語も同じで、「恋しさは同じ心にあらずとも」といった信明に対して、同じ心でないというのであれば、「さやかにも人は見るらむ」と皮肉まじりに応じたような歌である。

【作者】中務→六。

【他出文献】◇中務集。◇信明集。◇三。

月《つき》を見侍りて田舎《ゐなか》なるを《お》とこを思《おも》ひ出《い》でてつかはしける　中宮内侍

365 今宵《こよひ》君いかなる里《さと》の月《つき》をみて都《宮こ》にたれを思《おも》ひいづらん

【校異】詞〇ゐなかなる―ゐ中に侍ける（貞）〇おもひいてゝ―おもひやりて（貞）〇中宮内侍―中宮内侍馬（島）中宮内侍〈「宮」ト「内」ノ中間ノ右傍ニ朱デ「馬」トアル〉（貞）。

（注）貞和本ニハ詞書ノ「月をみ侍て」ノ右傍ニ朱デ「此詞無他本」トイウ書入レガアル。

【拾遺集】恋三・八〇二。

月をみ侍てゐなかなる男をおもひいてつゝつかはしける　中宮内侍

こよひ君いかなる（「かなる」ノ右傍ニ「ツレノイ」トアル）さとの月をみてみやこにたれを思ひ出らむ

定恋二・七九二。**詞**○み侍て―見て。○いてつゝ―いてゝ。○中宮内侍―中宮内侍馬

月を見まして地方にいる男を思い出して詠んで送ってやった

今夜はあなたはどこの里の月を見て、都にいる誰を思いだしているのだろうか。

【語釈】○田舎なるをとこ―地方官として赴任している男。［補説］に掲げた『玄玄集』によれば但馬守として但馬に下った高階明順のこと。○いかなる里―どこの村里。男が田舎で親密になった女の所にいると思っている。○都にたれを―都にいる誰のことを。都にも自分とは別の女がいることを暗示。

【補説】この歌は三手文庫蔵『馬内侍集』（一五五・一五六）には、

かたらふ人おほかるをとこのとほき所なりけるが、のぼると聞くが、またみるありと聞きて

こよひ君いかなる里の月を見て都にたれを思ひいづらん

返し

宿ごとに寝ぬ夜の月はながむれどともに見し夜の影はせざりき

とあり、『玄玄集』（八一）には、

あきのぶ但馬にありける、月を見ていひやる

今夜君いづれのさとに月を見て都に誰をおもひいづらん

とある。また、「宿ごとに」の歌は榊原本『道信集』（九四）に「宿ごとにありあけの月をながめしに君と見し夜のかげのせざりき」という類歌があり、それとの関係など、問題は複雑に絡み合っているが、このことについて

は拙著『馬内侍集注釈』（平成十年、貴重本刊行会。二〇四～二〇五頁）に記したので、ここには要点を記すと、
①まず、詞書の「田舎なるをとこ」は『玄玄集』によれば、中宮定子の母である道隆室貴子の兄の、高階明順である。明順は定子が中宮となった正暦元年（九九〇）十月五日に中宮大進に任ぜられ、馬内侍も同じころ定子に仕えたので、明順とは親密な関係になりうる立場にあった。
②明順は『権記』正暦四年正月二十四日の条に「但馬守明順」とあるので、このころ但馬守であった。前掲の家集にある「宿ごとに」の返歌は『道信集』にあり、道信が詠んだとも考えられる。この道信も永祚元年（九八九）三月但馬権守に任ぜられていて、「あきのぶ」「みちのぶ」という類似した名の二人が但馬に関係があり、二人とも馬内侍と歌を贈答した相手としてふさわしい。
③道信は赴任したとは考えられず、正暦五年七月に亡くなっているので、明順は道信の歌を借用して、一部、歌詞を変えて馬内侍に詠み返してきたともみられる。いずれにしても馬内侍と歌を詠み交わしたのは明順である蓋然性がおおきい。
ということになる。

歌は、月を見て恋しい人を偲ぶという、恋歌の類型な発想で、「いかなる里」「たれ」という疑問や不定の意を表すことばを用いて、男の多情を暗示している。

【作者】底本、『集』の具世本、定家本などに「中宮内侍」とあるが、『抄』の島本に「中宮内侍馬」とあり、『如意宝集』にも「中宮内侍むま」とある。『抄』雑上・三八二の［補説］に記すように「中宮内侍」と呼ばれる女房は二人いて、それを区別するために『抄』では、前記の「中宮内侍馬」のほかに「中宮内侍少将」という呼称を用いている。ここは正確には「中宮内侍馬」とあるべきところで、『馬内侍集』の作者の馬内侍のことである。

馬内侍は右馬権頭源時明女（中古歌仙三十六人伝）というが、時明の兄の致明の女で、時明の養女であろう。天暦八年（九五四）ごろの誕生か。初め中宮媓子に仕え、このころ藤原朝光、同道隆などと親密な関係にあり、

天元二年（九七九）六月に媓子が亡くなり、その喪があけた天元三年に斎院選子内親王のもとに出仕した。このころ、実方、公任、道長などの年下の貴公子たちと交渉をもつようになった。当時の斎院は選子内親王を中心として一つの文学圏を形成していた感があり、自由な雰囲気があったが、馬内侍の奔放な振舞いは神垣の内では許されなかったようで、斎院を去ることになったようだ。その後、正暦元年（九九〇）十一月に立后した道隆女の定子のもとに出仕した。おそらく道隆の慫慂によるものであろう。家集には宮の下命で詠んだ四首がある。晩年は北山の雲林院に身を寄せて、一生を終えた。歌人としては中古歌仙三十六人の一人で、『拾遺集』以下の勅撰集に三十五首入集。家集に『馬内侍集』がある。

【他出文献】◇馬内侍集→［補説］。◇如意宝集、中宮内侍むま。◇後。

366

京に思《おも》ふ人をおき侍りて、遥《はる》かなる《成》所《ところ》にまかりける道に、月のあかき夜　　読人不知

都《宮こ》にて見しに変《かは》らぬ月影をなぐさめにても明《あ》かすころかな《哉》

【校異】詞○人をおき侍て—人をゝきて（貞）○ところに—ところへ（貞）○月の—月（貞）。歌○あかす—すくす〈「すく」ノ右傍ニ「あかイ」トアル〉（貞）。

【拾遺集】恋三・八〇〇。

京に思ふ人をおきてはるかなる所にまかりけるみちに月あかゝりけれは　　よみ人不知

都にてみしにかはらぬ月かけをなくさめにてもあかすころかな

定恋三・七九〇。詞〇月―月の。〇あかゝりけれは―あかゝりける夜。

都に愛しく思う人を残して置きまして、遠く離れた所に下って行く道中に、月の明るい夜都であなたと一緒に眺めた月に変りない、この月を慰めにして、独り寝の夜を明かしている、このごろであるよ。

【語釈】〇思ふ人をおき侍りて―愛する人を留め置きまして。〇遥かなる所―都から遠く離れた所。男は遠国の地方官として赴任したのであろう。〇まかりける道に―下向した道中で。〇都にて見しに変らぬ―都であなたと一緒に眺めた月に変らない。〇明かすころかな―独り寝の夜を明かしている、旅の途中である。

【補説】愛しく思う女を都に置いて、遠く離れた地に地方官として赴任していく男の歌である。男は都で共に眺めた月と変ることのない道中の月を慰めにして、旅を続けている。男が赴く「はるかなる所」は、都からどれ程離れているのだろうか。「はるかなるところ」「はるかなる」などと書き記されているものに、

①筑紫に肥前といふところより、文おこせたるを、いとはるかなるところにて見けり（紫式部集一八詞書）
②はるかなるところなる人の、にくき事なむあると聞きしかば（相模集一六〇詞書）
③はるかなるほどにありし折、目にわづらふ事ありて…（相模集五二五詞書）
④伊予へくだるに都の方のはるかになりぬるを（彰考館文庫蔵嘉言集五七詞書）
⑤道貞くだるとて、道なれば、尾張にきて物語などして、かくはるかにまかることの心細きことなどいひて帰りぬるに（赤染衛門集一八五詞書）

などがある。まず、①は肥前からの手紙が都に届けられたが、紫式部はその手紙を「はるかなるところ」で見たというのである。この「はるかなるところ」は父為時の赴任先の越前である。②の「はるかなるところ」は夫公

資の任国である遠江国であり、③の「はるかなるほど」は公資の任国である相模国である。④は伊予に下ったときの感慨であり、⑤は橘道貞が陸奥守として下向する途中に尾張にいた赤染衛門のもとに立ち寄り、陸奥に赴くことを「かくはるかに」まかるといった。これらの国は『延喜式』によれば、伊予、相模、陸奥は遠国であるが、遠江、越前は中国であり、人によって遠近の感じ方に多少の違いがみられる。「はるかなるところ」「はるかなるほど」は『延喜式』にいう遠国に相当すると思われる。『延喜式』には遠国と行程とが「参考」に示したようにあり、これによると遠国は近い所でも七日、遠い所では二十五日かかっている（上りは調庸などを都に運搬するときの行程で、荷物のない下りの行程は上りの半分の日数である。旅の場合は下りの行程に近かったと思われる）。これほどの日数を男は月を慰めにして独り寝の夜々を明かしながら、任国への旅をしているのである。

（参考）遠国と行程

東海道　相模国 行程上廿五日 下十三日　武蔵国 行程上廿九日 下十五日　安房国 行程上卅四日 下十七日
　　　　上総国 行程上卅日 下十五日　下総国 行程上卅日 下十五日　常陸国 行程上卅日 下十五日
東山道　上野国 行程上廿九日 下十四日　下野国 行程上卅四日 下十七日　陸奥国 行程上五十日 下廿五日
　　　　出羽国 行程上四十七日 下廿四日 海路五十二日
北陸道　越後国 行程上卅四日 下十七日 海路卅六日　佐渡国 行程上卅四日 下十七日 海路四十九日
山陰道　石見国 行程上廿九日 下十五日　隠岐国 行程上卅五日 下十八日
山陽道　安芸国 行程上十四日 下七日 海路十八日　周防国 行程上十九日 下十日　長門国 行程上廿一日 下十一日 海路廿三日
南海道　伊予国 行程上十六日 下八日 海路十四日　土佐国 行程上卅五日 下十八日 海路廿五日
西海道　太宰府 行程上廿七日 下十四日 海路卅日
　　　　筑前国 去府行程一日　筑後国 行程一日　豊前国 行程上二日 下一日
　　　　豊後国 行程上四日 下二日　肥前国 行程上一日半 下一日　肥後国 行程上三日 下一日半

豊後国 行程上四日 下二日　肥前国 行程上一日半 下一日　肥後国 行程上三日 下一日半
日向国 行程上十二日 下六日　大隅国 行程上十二日 下六日　薩摩国 行程上十二日 下六日
壱岐国 海路行程三日　対馬国 海路行程四日

（注）行程は『和名抄』にもあるが、『延喜式』に拠った。

【他出文献】◇如意宝集。

題不知　貫之

367 照《て》る月《つき》も影水底《みなそこ》にうつるなり《成》似《に》たる事なき恋にも有るかな《哉》

【校異】歌○うつる成―うつりけり（島）やとりけり〈「やとり」ノ右傍ニ朱デ「ウツリ」トアル〉（貞）○にたる事―にたるもの（島・貞）○恋にも有哉―恋もするかな（島・貞）。

【拾遺集】恋三・八〇一。

題不知　紀貫之

てる月もかけみなそこにうつりけりわたることなき恋もするかな

㊜恋三・七九一。詞○紀貫之―つらゆき。歌○わたること―にたる物。

題知らず

空に照る月も影が水底に映って、二つの似た月があるようであるが、恋には似たものはなく、ただ苦悩に満ちた恋をすることだ。

【語釈】○影水底にうつるなり─底本の「うつるなり」は『抄』の島本、『集』の具世本、定家本などに「うつりけり」、『抄』の貞和本に「やとりけり」とあり、「うつりけり」の方が優勢であるが、平安中期の用法としては［補説］に記すように異例である。空に照る月の影は水底に映って見え、空と水底に似た月があるように見ている。○似たる事なき恋にも有るかな─「似たる事なき」は『抄』の島本、貞和本、『集』の定家本などには「にたるものなき」とある。この方が本文としてはよい。「似たるものなき恋」とはどういうことであろうか。上句は似たものがあることの例示として月をとりあげている。それと同じように恋にも「似たもの」があると思っていたがないというのである。

【補説】この歌は陽明文庫本『貫之集』（六六九）に、

照る月も影水底にうつりけりにたるものなき恋もするかな

とある。月の影も水底に映っているというのは、「にたるもの」を例示するための表現法である。月影が水底に映るという表現は極めて稀で、他に、

水底にうつれる月をかつみつつ空に心をやるにやあるらむ（三条左大臣頼忠前栽歌合九一）

という歌があるくらいで、月は、

水底にやどる月だにうかべるを沈むや何の水屑なるらん（拾遺・雑上・四四一　済時）
水底にやどれる月の影よりもありはてぬよのあはれなるかな（大斎院前の御集一二五）
水底にやどれる影もにごらねばさやけかるらし秋の夜の月（三条左大臣頼忠前栽歌合七二）
水の面にやどれる月ののどけきは並みゐて人の寝ぬ夜なればか（拾遺・雑秋・一一〇七　順）
水の面にやどれる月の影みれば波さへよると思ふなるべし（榊原本公任集四〇六）
くもりなく千歳にすめる水の面にやどれる月の影ものどけし（紫式部集八七）

などのように、「水底」や「水の面」に「やどる」といった。一方、影が「水底」に「うつる」のは、

水底に影をうつせる菊の花波のをるにぞ色まさりける（新勅撰・冬・三七八　延喜御製）
水底にうつる桜の影みればこの川づらぞたちうかりける（西本願寺本伊勢集六四）
水底に影しうつれば紅葉ばの色もふかくやなりまさるらん（陽明文庫本貫之集二六）
水底に影をうつして藤の花千世まつとこそにほふべらなれ（陽明文庫本貫之集六九六）
水底に影のうつれる青柳は波のよりけるいとところそみれ（時雨亭文庫蔵資経本中務集七三）

など、水辺の樹木や木の花などである。このように平安時代の中期以前には「水底にやどる」と「水底にうつる」とは区別されていた。このことから、三六七の第三句が「やどりけり」とある貞和本の本文は、『抄』の時代の表現法を反映した本文であるといえよう。

［語釈］に記した「似たるものなき恋」という表現はこの歌の主旨ともかかわる。この句については対照的な捉え方ができよう。『八代集抄』には「我恋はたぐひなしとの心也」とあり、『新大系』も「比類のない恋」ととっている。これは自身の恋をすばらしいものとする恋の讃歌である。これに対して、わが恋は苦渋に満ちたものであるという捉え方もできる。この歌の詠歌事情は家集からも明らかでないので、断定的なことは言えないが、水底に映る月影をみて、沈淪の身を歎いた歌のあることを思うと、私見は後者である。

【作者】紀貫之→七。

【他出文献】◇貫之集→［補説］。◇古今六帖三一二二。

368
善祐が流《なが》され侍りける時、ある女の言《い》ひつかはしける　　読人不知
泣《な》く涙《なみだ》世《よ》はみな海《うみ》と成りななむ同《おな》じ渚《なぎさ》に波《なみ》や寄《よ》すると

【校異】 **詞**○善祐―よしすけ（貞）○なかされ侍ける―なかされける（貞）○ある女―女（貞）○いひ―ナシ（島）○読人不知―読人不知〈右傍ニ朱デ「二条后ィ」トアル〉（貞）。**歌**○うみと―うみに（島）うみに〈「に」ノ右傍ニ朱デ「ト」トアル〉（貞）○なみやよすると―なみやよすると〈右傍ニ「なかれよるへくィ」トアル〉（貞）

【拾遺集】 恋五・九三五。
善祐法師なかされ侍ける時ある女の家につかはしける
なくなみたよはみな海となりなゝむおなしなきさに波やよすると（「波やよすると」ノ右傍ニ「ナカレヨルヘク」トアル）
定恋五・九二五。**詞**○ある女の家に―母の。○つかはしける―いひつかはしける。**歌**○波やよすると―流よるへく。

善祐法師が伊豆に左遷されました時、ある女が詠み送ってやった
あなたのことを思って泣く悲しみの涙で、この世の中はすべて海になってほしい。そうしたらあなたのいる伊豆の渚にまで、ここからも波が寄せていくと思うので。

【語釈】 ○善祐―世系・生没年未詳。藤原高子の御願によって建立された東光寺の座主。寛平元年（八八九）九月、皇太后高子の病臥について、善祐の子を身籠ったと噂されて、高子は皇太后を廃され、善祐は伊豆国講師に左遷された。○流され―九月二十二日に配流になる（扶桑略記）。○ある女―『抄』の貞和本には歌の作者の

「読人不知」に朱筆で「二条后」と注記がある。○同じ渚に—配流になった善祐のいる伊豆国の渚。○波や寄すると—涙の海の波が伊豆の渚まで寄せていくと思うので。貞和本書入れのイ本には「ながれよるべく」とあり、この本文では「伊豆の渚に流れ寄るように」の意。

【補説】二条后高子との情事が噂になり、善祐が伊豆国に左遷された事件で、都に留まった者が詠んだ歌である。この歌の詞書に関して『拾遺抄注』には「是は延暦寺の善祐阿闍梨なり。密通二条后之故、配流伊豆国云々。仍或本には此歌作者を二条后と書けり。然而多本読人不知とあり。此ことを不知人、付文字て、よしすけがながされけるときなど云けり」とある。顕昭は詞書に「よしすけ」とあることを問題にして、この事件の経緯を説明し、この事件を知らない者が詞書を付したので、「よしすけが流され云々」と書いたとみている。顕昭がいうように「よしすけが流され云々」とある詞書から、二条后の事件を想起する人は多くないだろう。たとえ想起しても、それを確認できる手掛かりは、詞書にも歌にも全くない。それに対して、「善祐が流され云々」とあれば、二条后の事件を想起する人は少なからずいたであろう。この点は顕昭の言う通りであるが、詞書の原形本文が「よしすけ」と仮名書きであったか、どうかは確認しようがなく、顕昭の言うこともにわかに信じられない。この歌に詞書を付した者が『抄』の編者と別人であったにしても、この歌が二条后事件と関係のある歌であることを『抄』の編者が気付かずに撰収したとは考えられないので、「よしすけ」は『抄』編纂の原資料には漢字表記であり、それによって元来の詠歌事情を伝えられると編者は判断したのであろう。

作者については、『抄』の詞書に「ある女の言ひつかはしける」とあって、さらに作者名に「読人不知」とある。これに対して『集』の定家本には「母のいひつかはしける」とあって、作者名の表記はないが、作者は善祐の母であることは明らかである。この『抄』の詞書、作者表記について、『和歌大系』には「高子の歌であることを暗示しているのであろう。恋の歌としては、その方がふさわしい」とある。『抄』では三六八以後に親子、夫婦の死別などを詠んだ歌が続いているので、三六八も親子の恩愛に中心をおいているとみることもできる。

この歌の作者の問題と関連するのは第五句の本文である。『抄』には「波や寄すると」とあり、『集』の定家本には「流れよるべく」とある。前者では左遷された善祐のいる伊豆の渚に涙の海の波が打寄せることで、善祐の存在を身近に感じることができる事を期待している。後者は涙の海を流れて伊豆の渚に漂着することができるようにと、離れ難い気持ちを表している。顕昭がいうように、この歌の作者を二条后と書いた本があったことは、『抄』の貞和本の書入れからも知られる。しかし、二条后以外にも作者名は特定できないが、左遷された善祐の近親者であれば、前者のような歌を詠んだであろう。ここで想起されるのは、『抄』雑下（五五九）にある橘敏延の母の歌である。配流になったわが子に対する沈痛な思いを詠んだ歌で、「胸の乳房を炎にて焼くすみ染めの衣」と母親の激情を抑制することなく表現している。三六八の歌でも「泣く涙世はみな海と成りななむ」という願いは敏延母のような激しさはないが、これを承けて「同じ渚に流れ寄るべく」と、わが子を離れ難く思う、悲痛な気持ちが誇大とも思われる表現を通して感じられ、このような恩愛の情は母なればこそと思われる。

『抄』と『集』とでは善祐に対する思いに少しばかり相違があり、それが母親をはじめとする近親者や、事件の一方の当事者である二条后などが作者に擬定される要因であろう。

【他出文献】◇古今六帖一七五〇、第一句「おしなへて」。

題不知

369　捨《す》てはてん命《いのち》を今《いま》は頼《たの》まれよ会《あ》ふべき事のこのよならねば

【校異】歌○たのまれよ—たのましよ〈「し」ノ右傍ニ「れィ」トアル〉（貞）○あふへき—あふへき〈「ふへき」ノ右傍ニ朱デ「ヒミム」トアル〉（貞）。

【拾遺集】恋五・九三七。

すてはてむいのちをいまはたのまれよ（「よ」ノ右傍ニ「ン」トアル）あふへき（「へき」ノ右傍ニ「ミム」トアル）ことのこのよならねは

よみ人しらす

定恋五・九二七。

題知らず

恋のために捨ててしまうような命を、思いが叶わない今となっては、せめてあてにしなさい。あの人に会うことができるのは、現世ではないので。

【語釈】○捨てはてん命―恋のために憔悴して捨ててしまうような命。○今は―思いが叶わない今となっては。○頼まれよ―この語については①「頼まれよ」を活用語の命令形とみれば、「頼まる」という基本形をもつ動詞の存在を想定しなくてはならない。②「頼む」に助動詞「る」が接続した語とみるという二つの考え方ができる。さら②については、「る」は平安時代には受身、自発、可能の意を表す場合には命令形がないといわれている。さらに可能の意を表す「る」は平安時代には多く打消の語とともに用いられ、不可能の意を表す用法のみであるという。このことから②と考えることはできない。したがって、①のように「頼まる」という動詞の存在を想定することになる。語義は期待することがある、あてにすることがあるの意であろう。○会ふべき事―会うことができるのは。

【補説】現世では会うことができなくとも、来世では会えるので、思い焦がれて捨ててしまう命を頼りにしなさいというのである。『八代集抄』には「此世に逢事は不叶身に成たれば、恋に捨果ん命を頼まれよ。来世にては逢べしと含て也」とある。

第一句の「捨てはてん」という語は、

なほ、尼にやなりなまし と、思ひ立つにも

すてはてんとおもふさへこそ悲しけれ君に馴れにし我が身と思へば（榊原本和泉式部続集五一）

世をそむかんと思ひ立ちけるころ

かくばかりうき身なれどもすてはてむと思ふになればかなしかりけり（千載・雑中・一一一九　空人法師）

などとあるように、この世を捨てて出家する意であるが、命をすっかり捨ててしまう意に用いたのは三六九が古い例であり、これを模した歌には、

後の世とちぎらば身をばすてはてんをしむ命もたれがゆゑなる（月詣集・四月付恋上・三七〇　源師光）

ほどもなき同じ命を捨て果てて君にかへつるうき身ともがな（拾遺愚草二八一・雑恋）

などがある。

うみたてまつりたりける御子《みこ》のかくれ侍りける又の年《とし》、郭公を聞《き》きて　　伊勢

370 死出《しで》の山越《こ》えて来《き》つらんほととぎす恋しき人のうへ語《かた》らなむ

【校異】 **詞**○たてまつりたりける―たてまつりたる〈「たる」ノ中間ニ補入ノ符号ガアリ、右傍ニ朱デ「リケ」トアル〉（貞）○かくれ侍ける―かくれ侍にける（島）かくれ侍て〈「侍て」ノ左傍ニ朱デ見セ消チノ符号ガアリ、右傍ニ朱デ「タマヒニケル」トアル〉（貞）○又とし―又のとし（島・貞）○郭公を―ほとゝきすのなくを（貞）○きゝて―きゝて〈「ゝて」ノ中間右傍ニ「侍」トアル〉（島）。

【拾遺集】 哀傷・一三一八

なみたのさはり（「な」ノ左傍ニ見セ消チノ符号ガアリ、右傍ニ「う」トアリ、「のさは」ノ右傍ニ「テマツ歟」トアル）たりけるみこのなくなり給て又のとしほとゝきすをきゝて　　伊勢

しての山こえてきく（「く」ノ右傍ニ「つ」トアル）らむ郭公恋しき人のうへかたらなむ

定哀傷・一三〇七。**詞**○なみたのさはり―うみたてまつり。○なくなり給て―なくなりての。**歌**○きくらむ―きつらん。

お生み申し上げた御子がお亡くなりになった翌年、郭公の鳴き声を聞いて

死出の山を越えて、この世にやって来たであろうほととぎすよ、あの世にいらっしゃる、いとしい御子についてのことを話してほしい。

【語釈】 ○うみたてまつりたりける御子―宇多天皇との間にもうけた御子。生没年など未詳。○かくれ侍りける又の年―この御子が亡くなった年齢は西本願寺本伊勢集（二五）には「やつにてうせたまひにけり」、歌仙家集本（伊勢集Ⅲ二五）も「やつにて」などとあるが、年時は未詳。「又の年」は「かへりくる年の五月」（資経本、歌仙家集本）、「又の年の五月五日」（西本願寺本伊勢集二七）などとある。○死出の山―冥途にあるという死後に越えて行かねばならぬ山。「人のもとより久しう心地わづらひて、ほとほとしくなんありつるといひて侍りければ／もろともにいざとはいはで死出の山いかでかひとり越えむとはせし」（後撰・雑三・一二四八　閑院大君）「おくれても越えけるものを死出の山先立つことをなになげきけん」（続古今・哀傷・一四〇〇　宣耀殿女御）。○恋しき人のうへ―「うへ」はその人や物事についてのこと。亡くなられたいとしい御子についてのこと。

【補説】この歌は『伊勢集』の三系統本にあり、詞書に小異はあるが、ここには西本願寺本（二六、二七）によって、三七一の平定文の歌とともに示す。

この帝につかうまつりて生みたりし御子は、五といひし年うせ給ひにければ、かなしいみじとは世の常なり。歎くものからかひなければ、世にあらじと思ふも心にかなわず、夜昼恋ふるほどに、このみつとつけたりし人のもとより

思ふよりいふはおろかになりぬればたとへていはむ言の葉ぞなき

さらに物もおぼえねば、返りごともせず。

又の年の五月五日郭公のなくを聞きて

死出の山越えてきつらんほととぎす恋しき人のうへかたらなん

家集と『抄』『集』との相違点は、家集では、御子のことを聞いた「みつとつけたりし人」（定文）からの弔問歌があり、それに返歌もしないまま過ぎて、翌年の五月五日に郭公の鳴くのを聞いて亡き御子を偲ぶ歌を詠むという展開になっているが、『抄』『集』では歌順が逆になっている。

伊勢が亡き御子を偲んで歌を詠む契機になっているのが、ほととぎすの鳴き声である。ほととぎすは「死出の田長」とも呼ばれ、

いくばくの田をつくればかほととぎす死出の田長をあさなあさなよぶ（古今・雑躰・一〇一三　敏行）

わさ苗も植ゑ時すぐるほどなれや死出の田長の声はやめたり（越桐喜代子氏蔵恵慶集六九）

（注）『尊経閣叢刊恵慶集』（昭和十年三月）による。

早苗植うる折にしも鳴く郭公しでの田長とむべもいひけり（栄華物語・御裳着）

などと詠まれ、勧農の鳥といわれた。一方、死出の山を越え、この世とあの世を往き来していて、あの世の事情

にも詳しい鳥と考えられ、伊勢の歌と同じように、

心地のなやましくおぼゆるころ、ほととぎすの鳴くを聞きて

郭公かたらひおきて死出の山越えばこの世のしる人にせむ（榊原本和泉式部続集一七九）

別れにし人はいかなるほととぎす死出の山路のものがたりせよ（赤染衛門集二八九）

人の亡くなりたりし所にて、ほととぎす待つ心詠みしに

ほととぎす鳴く声きかばまづとはん死出の山路を人や越えしと（時雨亭文庫蔵道命阿闍梨集四三）

などと詠まれた。これらの歌はほととぎすに死出の山の様子を尋ねるという発想で詠まれていて、伊勢の歌を意識しているところから、この発想の淵源に伊勢の歌があったとみられる。

【作者】 伊勢→三〇。

【他出文献】 ◇伊勢集→［補説］。

伊勢が許にこの事をとぶらひにつかはすとて　　平　定文

371　思《おも》ふより言《い》ふはおろかに成りぬればたとへて言《い》はむ言《こと》の葉《は》ぞなき

【校異】 **詞**○許に―許へ（貞）○平定文―平定文〈「定」ノ右傍ニ朱デ「貞」トアル〉（貞）。

【拾遺集】 哀傷・一三一九。

いせかもとにこのことをとひにつかはすとて　　平　定文

おもふよりいふはおろかになりぬへしたとへていはむことのはそなき

定哀傷・一三〇八。**歌**○なりぬへし―成ぬれは。

伊勢のもとに御子がなくなったことを弔問のために使の者を遣わそうとして心の中で深く思っているよりも、ことばで言うと不十分になるので、お悔やみを申しあげようにも適当なことばもない。

【語釈】○この事―御子が亡くなった事。○とぶらひ―死者を哀悼し、その喪にある人を見舞うこと。弔問。『集』には「とひ」とあるが、同じ意。○言ふはおろかに―表現が不十分なさま。言い尽くせない。○たとへて―「たとふ」は具体的に説明する。詳しく言う

【補説】すでに記したように三七〇と三七一とは家集の歌順と逆であり、家集の歌順の方が時間的な秩序からは整合性がある。家集一九には、女には「年ごろ、いふともなくいはずともなき男」がいたとある。関根慶子氏『伊勢集全釈』は、この部分を「言い寄るというわけでもなく言い寄らないというわけでもないような態度をとる男」と解している。この男は女に恋文を書き送って何年にもなるのに「などかみつとだにのたまはぬ」といったので、女はこの男に「みつ」という名を付けたという。また、天理図書館蔵定家等筆『伊勢集』などには、男が「などかみつとだにのたまはぬ」といったのに対し、女は「みつ」といったので、男は女に「みつ」と名を付けたとある。この「みつとつけたりし人」は西本願寺本二六にもみえるが、この箇所は天理図書館本、歌仙家集本『伊勢集』（伊勢集Ⅲ二五）などには「このみこになつけたりし人」とあり、男は亡くなった御子の名を付けたことになるが、この文はもとは「このみつとなつけたりし人」とあったと考えられる。この「みつ」と名を付けた男の話は『平中物語』にも、

この男の、こりずまに、言ひみ言はずみある人ぞありける。それぞかれをにくしとは思ひ果てぬものから、返り事もせざりければ、この奉る文を見給ふものならば、たまはずとも、ただ見つとばかりはのたまへとぞ

言ひやりける。されば、見つとぞ言ひやりける。男やる、

夏の日に燃ゆる我身のわびしさにみつにひとりの音をのみぞなく

またかへり事

いたづらにたまる涙のみづしあらばこれしてけてと見すべきものを

（以下略）

とある。「夏の日の」の歌は『伊勢集』（二一）にも、語句に異同はあるがみえ、「みつ」の挿話の男が平中であったことが知られる。

伊勢と平中の関係については、『伊勢集』には「いふともなく、いはずともなき」とあり、言い寄るというわけでもなく、また言い寄らないというわけでもく、ときどき恋文をよこすような関係とあり、『平中物語』にも「こりずまに言ひみ言はずみある」とあり、伊勢も嫌だと思いすててないものの、返事もしなかったりする関係であったとある。二人とも態度を明確にし兼ねている関係であったのだろう。

伊勢が時の帝（宇多天皇）に仕えて御子を生んだことは家集二二にみえる。伊勢は御子を桂の里に置いて、后宮温子に仕えていた。このような状態であるので、御子は親王宣下もなく、『本朝皇胤紹運録』にも記載されていない。西本願寺本『伊勢集』（二六）によると、御子は五歳で亡くなったとあり、時雨亭文庫蔵資経本『伊勢集』（二五）には「やつにてうせたまひて」と、八歳で亡くなったとあり、歌仙家集本と同じである。御子の誕生を宇多帝が退位した寛平九年（八九七）ごろとみると、亡くなったのは遅くとも延喜四年（九〇四）ごろであろう。

【作者】平定文　貞文とも。平中（仲）の呼称で知られる。祖父は桓武天皇孫茂世王、父は好風。生年未詳。貞観十六年（八七四）十一月に父好風とともに平朝臣の姓を賜わる。寛平三年（八九一）十二月内舎人に任ぜられ、右馬権少允、三河介、侍従、右馬助などを歴任して、従五位上左兵衛佐に至る。延長元年（九二三）九月二十七

日没。伊勢、閑院の御、在原棟梁女など、多くの女性との交渉から、色好みの評判をとり、多彩な平中説話が生まれ、平中を主人公とした『平中物語』が書かれた。延喜五年「右兵衛佐定文朝臣歌合」などを主催、『古今集』以下の勅撰集に二十八首入集。中古三十六歌仙の一人。

【他出文献】◇伊勢集↓［補説］。

372

中将兼輔朝臣の妻《め》の亡《な》く成り侍りての年《とし》、師走《しはす》に貫之がもとにまかりて、物語《ものがたり》し侍りけるついでに、昔《むかし》の上《うへ》など言《い》ひ侍りて　貫《つら》之《ゆき》

恋《こ》ふるまに年《とし》の暮《く》れなば亡《な》き人の別《わか》れやいとど遠《とほ》くなりなん

【校異】詞○中将―少将〈右傍ニ朱デ「中納言」トアル〉（貞）○朝臣の―朝臣（島）○めの―め（島・貞）○なく成侍てのとし―なくなり侍てのとしの（島）なくなりての〈右傍ニ朱デ「ニヲクレテ侍ケルトシノ」トアル〉（貞）○貫之かもとにまかりて―貫之か許にまかりて〈「許にまかりて」の右傍ニ朱デ「マウテキテ」トアル〉（貞）○むかしのうへ―むかしのひとのうへ（島・貞）○いひ侍て―いひいて侍けれは（島）いひ侍けれは〈「ひ」ト「侍」トノ中間ニ補入ノ符号ガアリ、右傍ニ朱デ「イテ」トアル〉（貞）。

【拾遺集】哀傷・一三二〇。

中将かねすけかめなくなりて侍りけるとしのしはすに貫之かまかりてものいひ侍りけるついてにむかしの人のうへなといひいてゝ侍りけれは　貫之

こふるまに年の暮なはなき人のわかれやいとゝとをくなるへく

定哀傷・一三〇九。詞〇中将―中納言。〇かねすけか―兼輔。〇貫之か―つらゆき。〇むかし人のうへなといひ、侍りけれは―ナシ。歌〇なるへく―なりなん。

中将兼輔朝臣の北の方が亡くなられての年、師走に貫之の所に出向いて、話をしましたついでに、亡くなられた北の方についてのことなどを言いまして

亡くなられた北の方を恋しく思っているうちに、年が暮れてしまったならば、亡くなられた人との別れはますます遠ざかることにきっとなるでしょう。

【語釈】〇中将兼輔朝臣の妻―「兼輔」は藤原兼輔。右中将利基の六男。母は伴氏。元慶元年（八七七）生。昌泰元年（八九八）讃岐権掾となり、右衛門少尉を経て、延喜二年（九〇二）正月従五位下に叙せられる。その後、内蔵助、蔵人、左少将、内蔵頭、蔵人頭、延喜十九年正月二十八日左権中将を兼任し、延喜二十一年正月三十日参議、延長五年（九二七）正月十二日権中納言に任ぜられ、同日五人を越階して従三位、同八年十二月に右衛門督を兼ね、承平三年（九三三）二月十八日没、五十七歳。賀茂川堤に邸宅を構えたところから、堤中納言と呼ばれた。従兄の三条右大臣定方と親しく、貫之、躬恒、是則、深養父などと交流があった。三十六歌仙の一人、『古今集』以下の勅撰集に五十五首ほど入集、家集に『兼輔集』がある。「中将」であったのは延喜十九年正月二十八日左権中将に任ぜられてから、延長五年正月十二日権中納言に昇って辞するまでの間。また、兼輔の妻としては従兄の藤原定方の女の中に「中納言兼輔卿室」と注記がある人物がいるが、亡くなった妻と同一人かは明らかでない。〇貫之がもとにまかりて―兼輔が貫之のところに出向いていったことを「まかりて」というのは敬語法から問題があると考えたからだろうか、『抄』の貞和本の朱筆書入れの本文は「貫之かまうできて」とあるが、『集』の具世本、定家本にも「貫之かまかりて」とある。〇昔の上など―「昔」は故人。「上」は三七〇［語釈］

参照。亡くなった北の方についてのことなど。〇恋ふるまに—亡くなられた北の方を恋しく思っているうちに。〇別れ—死別したこと。〇遠くなりなん—年が改まると、死別した日が年を隔てることになって遠く感じることをいう。「なん」は推量の意を強調して叙述する。きっとなるだろう。『集』の具世本には「なるべく」とあり、なるにちがいないの意。

【補説】この歌は『貫之集』（七七八）に、

かねすけの中将のめうせにける年のしはすのつごもりに、いたりてものがたりするついでに、昔を恋ひしのび給ふによめる

こふるまに年のくれなばなき人の別れやいとど遠くなりなん

とあり、西本願寺本『貫之集』（六〇六）もほぼ同じであるが、天理図書館蔵伝為氏筆本『貫之集』（二二）には、詞書が「左近少将兼輔と申しが、御きたのかた夏なむうせ給ひにける。しはすのつごもりにまうでたれば、物がたりなどし給ひて、恋ひしのび給ふによめる」とある。

家集によれば、北の方は兼輔が中将のときに亡くなったとする説と、少将のときに亡くなったとする説とがある。兼輔が中将であったのは［語釈］に記したように、延喜十九年正月二十八日（兼輔四十三歳）左権中将に任ぜられてから、延長五年正月十二日（五十一歳）権中納言に昇って辞するまでの間である。一方、少将であったのは延喜十三年正月二十一日（三十七歳）から、延喜十九年正月二十八日（四十三歳）左権中将に任ぜられるまでの間である。このどちらのときに北の方に先立たれたかは明らかでない。

『後撰集』（哀傷・一四二四、一四二五）には、

妻の身まかりての年のしはすのつごもりの日、ふるごと言ひ侍りけるに　兼輔朝臣

なき人のともにし帰る年ならば暮れゆくけふはうれしからまし

返し　　貫之

こふる間に年の暮れなば亡き人の別れやいとど遠くなりなん

とある。「なき人の」の歌は部類名家集本『兼輔集』（兼輔集Ⅲ八三）、時雨亭文庫蔵坊門局筆『兼輔集』（一〇二）などにあるが、『後撰集』がどのような資料から撰収したのか明らかでない。

【作者】紀貫之→七。

【他出文献】◇貫之集→［補説］。◇後撰集→［補説］。◇古今六帖二四五五。

むすめにまかりおくれて　　中《なか》務《つかさ》

373　わすられてしばしまどろむほどもがないつかは君を夢《ゆめ》ならで見む

【校異】詞○まかりをくれて—をくれて（貞）。

【拾遺集】哀傷・一三二三。

むまこにおくれ侍りて　　中務

わすられてしはしねらるゝほともかないつかはきみをゆめならてみむ

㊤哀傷・一三一二。詞○むまこ—むすめ。歌○ねらるゝ—まとろむ。

むすめに先立たれて

あなたを亡くした悲しさを忘れられて、しばしの間うとうとできる時があったらいいなあ、いつあなたを夢の中でなくてみることができようか、そんなことはできるはずがない。

【語釈】○むすめにまかりおくれて―「まかりおくる」は死別する意の謙譲語。先に死なれるの意。中務が子に先立たれたことは、『抄』（春・二二）に「子にまかりおくれて侍りけるころ、東山にこもりて」と詞書のある歌からも知られるが、［補説］に記すこととも関連があるので、併読願いたい。○わすられて―わが子が亡くなった悲しみを忘れることができて。○まどろむほどもがな―「もがな」はその状態が実現することを希望する意を詠嘆的に表す。うとうとと眠ることができたらいいなあ。○いつかは―反語として用い、いつ…か、そんなことはない。

【補説】この歌は時雨亭文庫蔵資経本『中務集』には「ため本しほちのもとへ十二首」と詞書のある歌群（二八二～二九三）の第二首目（二八三）にある。また、時代は下るが、『宝物集』（九冊本）には、

小野の宮の女御かくれ給ひにければ、年ごろまかりつきて、ありがたくおぼしたりし事をなげきてよみ侍りける

わすられてしばしまどろむ程もがないつかは君をまどろまで見ん

とある。まず、後者からみると、小野宮実頼女で女御であったのは、朱雀天皇女御の慶子と村上天皇女御の述子の二人がいた。慶子は実頼の長女で、天慶四年（九四一）二月入内、同年七月女御となり、天暦五年（九五一）十月に亡くなった。述子は実頼の三女で、天慶九年十一月入内して、同年十二月女御となり、ほぼ一年後の天暦元年十月に十五歳で亡くなっている。「年ごろまかりつきて」とある「年ごろ」をここ数年の意にとると、「小野の宮女御」はすでに退位した朱雀天皇の女御の慶子よりも、微妙なところではあるが、当帝の女御の述子ととる方がよさそうである。

一方、この歌を愛しい娘に先立たれたときに詠んだとみると、その娘とは誰のことであろうか。中務には「ゐどの」と呼ばれる女がいたことは資経本『中務集』（二二四）の詞書から知られ、『一条摂政御集』にも「とねぎ

みの母君はゐどの、なかつかさのむすめ」（六七）とある。また、時雨亭文庫蔵坊門局筆『元輔集』（九一）には「中務がむすめの中納言…」とあり、中納言と呼ばれる女がいた。この女は稲賀敬二氏『中務』（新典社）によると、井殿と伊尹との間に生まれた子で、伊尹が康保四年（九六七）正月に権中納言に昇ったころ、中務の娘という資格で保子内親王の許で「中納言の君」と呼ばれ、同年十二月に伊尹が権大納言になったので、「大納言の君」と呼ばれるようになったという。この説によれば「中納言の君」は中務の孫であるので、亡くなった中務の娘は井殿ということになる。なお、井殿が亡くなった年時についての正確な資料はなく未詳であるが、『宝物集』にいう「小野の宮女御」の没年よりも後のことである。稲賀氏（前掲書）は「述子の死、娘（井殿）の死の、いずれの時も、中務は悲しみを同じ歌で表現し、さらにその親しい人との死別の悲しみを、為基の出家に重ねあわせて、送ったのであろう」と、三七三の歌にまつわる、すべての資料に関連づけようとしている。中務ほどの歌人が、亡くなった愛娘の死の悲しみを、以前に詠んだ実頼の子の死を悼む歌を用いて表現したとは考えられない。『抄』の詞書によるかぎり、娘の井殿の死を悲しんで詠んだ歌であり、『宝物集』の記事は後世に伝承された話であろう。

【作者】中務→六。

【他出文献】◇中務集→［補説］。◇宝物集→［補説］。

　　むまごにお《を》くれ侍りて・

374　うきながら消《き》えせぬものは身《み》なり《成》・けりうらやましきは水のあはかな

【校異】詞○をくれ侍て―をくれて（貞）。**歌**○あはかな―あわかな（島）あはかも〈「も」ノ右傍ニ朱デ「ナ」〉

トアル〉（貞）。

【拾遺集】哀傷・一三二四。

うきなから消せぬ物は身なりけりうらやましきは水のあはかな

定哀傷・一三一三。詞○詞書ナシ―むまこにをくれ侍て。

孫に先立たれまして

つらい思いをしながら、この世にとどまっているのは、わが身であった。羨ましいのは水面にとどまることなく、はかなく消えてしまう水の泡だよ。

【語釈】○むまご―三七三の［補説］に記したように、中務には井殿が生んだ二人の孫がいた。○おくれ侍りて―二人の孫のうち、光昭は天元五年（九八二）四月二日に亡くなる。いま一人の大納言の君の没年は未詳。○うきながら―「うし」は思うようにならない、つらいの意。老いた自分が生き残り、若い孫に先立たれるつらさをいう。「うき」に水面に浮く意の「浮き」を掛ける。○消えせぬもの―この世にとどまっているもの。水面に残っているもの。○水のあはかな―「水のあは」は消えやすいもの、変りやすいものの喩え。「あは」は『抄』の島本に「あわ」とあるほかは「あは」とある。これについては、あらためて［補説］で取上げる。

【補説】中務が孫に先立たれたときに詠んだ歌である。この歌も時雨亭文庫蔵資経本『中務集』には、「ため本しほちのもとへ　十二首」とある歌群の最後に歌詞に異同なくみえ、前歌と同様、この歌が孫の死に際して詠まれたという詠歌事情は、家集のどこにもみられない。為基新発意に送ったというのは、再利用であって、第一次の詠歌事情ではない。三七三、三七四が中務が娘、孫に先立たれたときに詠んだ歌であることを、『抄』の撰者は何によって知りえたのだろうか。為基自身が中務から送られてきた歌がどのような詠歌事情で詠まれたものかを知っていたと断言できないので、『抄』の撰者に擬定されている公任と為基とが若いころから親密な関係にあったとはいえ、為基から得られた情報によって、詠歌事情を知りえたとは言えない。

この歌の「水のあは」という本文を「水のあわ」と表記した伝本があることは［語釈］に記した。「あは」と「あわ」とでは語意に違いがなかったのだろうか。

上代には色や味などがうすい、素気ないなどの意を表した「あは」という語が存在したことは、「淡海」（あふみ）が「淡海（あはうみ）」の約であると説明されているところから推定できる。この「あは」は漢字表記は「淡」で、『色葉字類抄』には「淡アハシ薄」とある。一方、あぶく、うたかたなどの意を表す「あわ」という語もあり、「沫蕩、此云阿和那伎」（書紀・神代上）、「沫アワ、水沫」（色葉字類抄）などとある。こちらは漢字表記は「泡」「沫」で仮名表記は「あわ」であった。この「淡」「泡」の二語は中世の古辞書でも『撮壌集』に「澹アハ」「泡アワ」、『運歩色葉集』に「淡アハ」「泡アワ」と区別してあげている。これらのことから、「水の泡」の仮名表記は原則的には「みづのあわ」である。このことを古写本によって検証してみると、「泡」は「あは」「あわ」の二通りの仮名表記が同一写本内にみられるなど、仮名表記の原則は遵守されていない。たとえば、『古今集』の古写本では祖本の古い基俊本、三条西家旧蔵志香須賀本などや、六条家本、清輔本（永治二年本前田本）などは「あは」が優勢であり、俊成本の永暦二年（一一六一）本は同じ俊成本の建久二年（一一九一）本よりも、定家本の嘉禄二年書写本系と同じ傾向で「あわ」が優勢である。「あは」で統一している建久二年本のような例外的なものはあるものの、「あは」優勢の六条家本の時代を経て、俊成から定家にかけて「あわ」に変ったとみられる。古辞書でも『類聚名義抄』は「泡アハ。ウカフ」、『色葉字類抄』は「沫アワ、水沫」とあって、「アハ」「アワ」の二様の仮名表記がみられる。『集』には「泡」の語が五例あるが、その表記は定家本系では「あは」が三例、「あわ」が二例である。このように「泡・沫」の仮名表記は、本来の「あわ」ではなく、「あは」優勢の時代から「あわ」の時代へと変っていったようである。

【作者】中務→六。
【他出文献】◇中務集。

題不知　　　　読人も

375　世中をかくいひいひのはてはてはいかにやいかにならんとすらむ

【校異】詞○題不知―たいよみひとしらす（島）○読人も―よみ人しらす（貞）。
【拾遺集】哀傷・一三二五。
世中をかくいひ〱の（「の」ノ右傍ニ「テイ」トアル）はて〱はいかにや〱ならんとすらむ
定哀傷・一三一四。詞○詞書ナシ―題しらす。○作者名ナシ―よみ人しらす。歌○いかにや〱―いかにやいかに。
（注）コノ歌ハ『集』ノ具世本ニハ雑上・五二〇ニ重出シ、定家本モ雑上・五〇七ニ重出シテイル。

題しらず
この俗世を、このように苦しく、つらいと不満を言い言いして、あげくのはてに、わが身はいったいどのようになるのだろうか。

【語釈】○世中―『新大系』に『抄』は「恋下の部立に収めており、男女の仲の意となる」とあるが、そのように限定せずに、俗世の意に解しても、前の歌とのつながりに不具合はない。○かくいひいひのはて―このようにああだこうだと言い言いして。○はてはては―あげくのはて。最後には。○いかにやいかにならん―いったいどのようになるのだろうか。不安な気持ちで将来を案じている。

【補説】 この歌は『宝物集二』に、

世中をかくいひいひて身のはてはいかにやいかに成らんとすらん

とある歌の異伝であろう。『宝物集』では歌の前に「誠に今生の身のはて、命のおはり、いかが覚束なからずも侍るらん」という文があり、この歌でも「はては」「いかにならんとすらん」と、「身のはて」の「おぼつかな」さを詠んでいる。歌の作者は、とどのつまりは仏法に帰依して、この世を捨てることができるか、不安な気持ちでいる。

この歌は『抄』には恋下の部立に収められているが、『抄』は哀傷の部立を設けず、恋下の三七〇以下の六首と雑下の五四八以下の三十二首と、二箇所にまとめてある歌が哀傷の部立に収められるべき歌である。

この歌の同語の繰り返しは韻律を整える効果だけでなく、読む者に強い印象を与えたようで、『源氏物語』の竹河の巻には、玉鬘があれこれと思案する箇所に、弘徽殿女御付きの女房が「むげにかく言ひ言ひのはてはいかならむ…」と思い悩む場面があるが、この「かく言ひ言ひのはてはいかならむ」は三七五の歌に依拠している。

また、『千五百番歌合』（二八九六）には、

ゆくすゑを知る人あらばとひてましかくいひいひてはてはいかにと

という讃岐の歌があり、下句は三七五の第二句から第四句までの歌詞とほぼ同じである。

【他出文献】 ◇宝物集→［補説］。

拾遺抄巻第九

雑上百二首

若菜《わかな》を御覧じて　　円融院御製

376 春日野に多くの年は積みつれど老いせぬ物は若菜なりけり

【校異】詞○円融院御製―円融院（島）。

【拾遺集】春・二二。

若菜を御らんして　　円融院御製

春日野におほくの年はつみつれと老せぬ物はわかななりけり

定春・二〇。

若菜をご覧なさって

長年、春日野で若菜を摘んできたが、わが身は年を積んで老いても、いくら摘んでも老いることがないものは若菜だったよ。

【語釈】○春日野―現在の奈良市街の東部、春日大社を中心とした広い範囲。平安時代の和歌では貫之が「春日野の若菜摘みにや白妙の袖ふりはへて人のゆくらん」（古今・春上・二二）と詠んで以来、若菜摘みを詠むことが圧倒的に多く、子の日の小松引きを詠んだ歌は院政期以後に多くなる。一六七参照。○積みつれど―「積み」に若菜の縁語の「摘む」と年数を重ねる意の「積む」とを掛ける。

【補説】この歌は時雨亭文庫蔵資経本『中務集』（一七四～一七六）、『円融院御集』（一～三）などにある。ここ、には詠歌事情を明確に把握するために、『中務集』と『円融院御集』とを対比して掲げる。

円融院御集

中務に、歌えりてまゐらすべきよし仰せられたりける、書きてまゐらせける奥に書きたりける

いまさらに老いのたもとに春日野の人笑へなる若菜をぞ摘む

これを、奥までも御覧ぜでおかせ給ひてけるに、又の年御覧じつけて、いとあはれなりける事をと、おどろかせ給ひて、むまごの光昭の少将を御使ひにて、つかはしける

春日野におほくの年はつみつれどおいせぬものはわかななりけり

御返し

年のつむわかれは同じかほなれどけふには似ずやならむとすらん

中務集

円融院の仰事にて、古歌たてまつりしに

いまさらにおいのたもとに春日野の人笑へなる若菜摘むかな

これを後に御覧じて、またの年の七日にしろがねの籠に若菜などして、むまごの少将を御使ひにて

春日野におほくの年はつみたれどおいせぬものは若菜なりけり

御返し

年つめどおなじさまなる若菜にも今日には似ずやあらんとすらん

これによると、円融院から歌を選んで献上するように求められた中務から、自身の詠歌を若菜に喩え、「人笑えなる若菜」と謙遜して詠んできた。円融院は巻末までご覧にならないで、中務の歌があるのに気付かれなかったが、翌年に見付けられて、「七日に、銀の籠に若菜などしてむまご」（資経本一七五）の蔵人少将光昭を使者として、返歌をおくられたのが「春日野に」の歌で、中務からは「年つめど」の歌を返歌として差し上げた。このとき使者となった光昭は天元五年（九八二）四月二日に亡くなっているので（小右記）、中務が撰歌、献上したのは、遅くとも天元四年である。

『抄』『集』の詞書からは、単に「若菜」を見て、「つむ」の掛詞によって、年を「つんで」老いる人間と、いくら「つんでも」春ごとに萌え出る若菜との、対照的な老若を詠んだことになる。しかし、実際の詠歌事情に即して解すると、若菜はいくら摘んでもすこしも年をとらないように、あなたの歌もいつになっても変ることなくすばらしいと、中務の歌を称賛したことになる。

【作者】円融天皇　諱は守平。村上天皇第五皇子、母は藤原師輔女安子。天徳三年（九五九）誕生。安和二年（九六九）即位。永観二年（九八四）譲位。その後円融寺に入り、寛和元年（九八五）出家。退位後は悠々閑々として、感興のおもむくままに管弦、競馬、蹴鞠や風流韻事に没頭された。「円融院扇合」「紫野子日御遊」「大堰河御幸」などの行事を催した。仁和帝とも。『拾遺集』以下の勅撰集に二十四首入集。家集に『円融院御集』がある。

【他出文献】◇円融院御集→［補説］。◇中務集→［補説］。

正月に人〳〵まできて侍りける、又の朝に公任朝臣の許につかはしける
中務卿具平親王

377 あかざりし君が匂《にほ》ひの恋しさに梅の花をぞ今朝《けさ》はをりつる

【校異】詞○侍ける―侍けるに（貞）○又の朝に―またのひあしたに（貞）○公任朝臣―公任の（貞）○許に―のかり（島）。

【拾遺集】雑春・一〇一四。

正月に人々まうてきたりけるに又の日のあしたに右衛門督公任朝臣のもとにつかはしける
中務卿具平親王

あかさりし君かにほひの恋しさに梅の花をそ今朝はおりつる

定雑春・一〇〇五。

正月に人々がやって来ました、その翌日の朝に右衛門督公任朝臣のもとに使者に持たせてやりました

名残のつきない貴殿の袖の匂いが慕わしく思われるにつけて、その香を思い出すよすがとして梅の花を今朝は手折ったことです。

【語釈】○人〳〵―公任のほかに為頼がいたことは『為頼集』から知られる。○つかはしける―具平親王が公任の許に詠んでやった。後掲の『公任集』も同じであるが、『為頼集』では公任が宮に詠んでやったことになる。○あかざりし君が匂ひ―当日公任は時節がら袖に梅の薫物をたきしめていたので、その匂いに託して、散会した後まで名残のつきないことをいった。［補説］にあげた公任の返歌の「袖に匂へる花の香」も、実際には袖にた

きしめた薫物の梅の香であるが、遊宴の名残にとりなしている。

【補説】この歌は『公任集』（一八、一九）には、贈答歌の形で、

中務の宮にて人々酒飲みしつとめて、宮の聞え給うける

あかざりし君が匂ひの恋しさに梅の花をぞけさは折りつる

返し

いまぞ知る袖に匂へる花の香は君がをりける匂ひなりけり

とある。また、『為頼集』（三一～三三）には、

正月十三日、ひとひ参り給へりしのち、左兵衛督の宮にまゐらせ給ふ

飽かざりし君が匂ひの恋しさに梅の花をぞけさは折りつる

宮

今もとる袖に移せる移り香は君が折りける匂ひなりけり

家あるじ

恋しきに花を折りつつなぐさめば鶯きゐむ梅ものこらじ

とある。『公任集』には詠歌年時を示すものはないが、『為頼集』には公任の官名表記が「左兵衛督」とあるので、公任が左兵衛督であった長徳二年（九九六）正月十三日の詠作であることが知られる。このことについて、拙稿「藤原公任の研究」（『山梨県立女子短期大学紀要』第四号、昭和45・3）で詞書の「左兵衛督」は公任をさすので、長徳二年正月の詠作であること、「飽かざりし」と「いまぞ知る」の歌の作者が逆になっているのは『為頼集』の錯誤であることなどを指摘した。歌の作者の相違については、『為頼集全釈』（平成六年、風間書房）には、「この贈答歌が公任から先に詠まれたものか、具平親王の側から発せられたものかは、いずれとも決し難いので、『為頼集』の詞書を尊重し、31番の公任の贈歌に対して32番の具平親王の返歌が詠まれ……後考を待ちたい」と

慎重に結論を保留している。『公任集』と『為頼集』だけにある歌ならば、いずれとも決し難いが、公任が編纂したとみられる『抄』に「あかざりし」の作者を具平親王としていることは軽視できない。

中務宮が遊宴の名残が尽きない気持ちを梅の花に託して詠んできたのに対し、公任も梅の花の移り香によって、宮に共感の気持ちを詠んでいる。このような贈答歌から、公任と宮とは親密な間柄で、為頼や宣方らを含めて、一つの交友圏をなしていたことが知られる。このうち宣方は長徳四年（九九八）八月二十三日に亡くなり、為頼も長徳四年十月末あるいは十一月初めに亡くなったものと思われる。『公任集』（五五九、五六〇）には、

花の盛りに藤原為頼などともなひて、岩倉にまかれりけるを、中将宣方朝臣、などかく侍らざりけん、後の度だにかならず侍らんと聞えけるを、その年中将も為頼もみまかりける。又の年、かの花の頃、中務卿具平親王のもとより

春くれば散りにし花も咲きにけりあはれ別れのかからましかば

返し

行きかへり春や哀れと思ふらん契りし人の又もあはねば

という中務宮と公任の贈答歌がある。ここでも前掲の『公任集』（一八、一九）と同じように、中務宮の歌に公任が応ずる形である。従って、『為頼集全釈』に言うように「31番の公任の贈歌に対して32番の具平親王の返歌が詠まれ」ということは、極めて私的な場合を除いては具平親王と公任の間ではなかったと思われる。また、具平親王と公任にとって親密な関係にあった宣方、為頼がともに長徳四年に亡くなったことは、時期を劃する出来事であったと思われる。公任がすでに編纂し終えた『拾遺抄』を公表したのも、このころであったと思われる。

【作者】具平親王　村上天皇第七皇子。母の荘子女王は公任の母の厳子女王の姉妹。康保元年（九六四）六月十九日誕生。公任より二歳年上。永延元年（九八七）中務卿、寛弘六年（一〇〇九）七月二十八日に四十六歳で没。六条宮、後中書王とも称す。和歌・作文・書芸・音楽など諸芸に堪能であった。公任とは人麿・貫之優劣論をた

たかわせたという（袋草紙）が、親密な関係にあったことは『公任集』からも推測される。中務宮邸は千種殿といわれ、その位置については『拾芥抄』には「六条坊門南、西洞院東」とあるが、「六条坊門北」（後拾遺抄注・二中歴等）と言われる。『拾遺集』以下の勅撰集に四十一首入集。家集『中務親王集』は伝寂然筆の断簡が伝存する。

【他出文献】◇公任集→［補説］。◇為頼集→［補説］。

378
　流《なが》されてまかり侍りけるとき、家《いへ》の梅花を見侍りて　菅家御
東風《こち》吹《ふ》かば匂《にほ》ひおこせよ梅花主《あるじ》なしとて春を忘《わす》るな

【校異】 **詞**○まかり侍けるとき―まかりくたりける時に（島）○見侍て―みて（貞）○菅家御―贈太政大臣（島）贈太政大臣菅原朝臣（貞）。**歌**○わするな―わするよ〈「よ」ノ左傍ニ朱デ見セ消チノ符号ガアリ、右傍ニ朱デ「ナ」トアル〉（貞）。

【拾遺集】 雑春・一〇一五。
　なかされてまかり侍りける時いゑの梅の花をみ侍て　贈太政大臣菅
こちふかはにほひおこせよ梅の花あるしなしとて春な忘そ（「な」ノ右傍ニ「を」、「そ」ノ右傍ニ「な」トアル）
定雑春・一〇〇六。**詞**○なかされてまかり侍りける―なかされ侍ける。**歌**○春な忘そ―春をわするな。

　流されて筑紫に下りましたとき、邸前の梅の花を見まして
東風が吹いたならば、花の匂いを筑紫まで送って寄こしなさいよ、梅の花よ、主人がいないとしても、花の

咲く春を忘れるなよ。

【語釈】○流されてまかり侍りけるとき―菅原道真は延喜元年（九〇一）二月一日に都を発って筑紫へ向った。二二七参照。○東風―東から吹く風。『類聚名義抄』に「暴風《ハヤチ》」とあるので、「チ」は風の意。○おこせよ―「おこす」はこちらへ人や物を送ってくる。よこす。大宰府まで匂いを送ってきてくれ。○主―邸の主人。道真自身のこと。○春を忘るな―『集』の具世本は「春な忘そ」。「な」は動作を禁止する意。終助詞「そ」と呼応して「な…そ」の形で、動作を禁止するよう懇願する意を表す。「…な」の方が強い語調である。「春」は梅の花の咲く季節から、花の咲くこと。

【補説】道真が左遷されて大宰府に出立するときに詠んだ歌である。『大鏡』（時平伝）には、

かたがたに、いとかなしくおぼしめして、御前の梅花を御覧じて、

　こちふかば匂ひおこせよむめの花あるじなしとて春を忘るな

とあり、『北野縁起』（上）には、

紅梅殿に愛せさせ給ひける梅を御覧じて、

　東風吹かばにほひおこせよ梅の花主なしとて春を忘るな

　梅の花主を忘れぬものならば吹きこむ風ぞことづてもせん

かやうの御歌ぞおほく書きとどめ給ひける。

とある。『大鏡』では歌の詠まれた場所が明確でないが、『北野縁起』には紅梅殿で愛翫の梅を見て詠んだとある。

『拾芥抄』には、道真の邸宅として、

菅原院勘解由小路南、烏丸西一町、菅贈太政大臣御所、或云、参議是善家也。

紅梅殿五条坊門北、町面、北野御子家、或天神御所。

天神御所高辻北、西洞院東、洞院南。

など、三ヶ所を載せている。菅原院と紅梅殿は『帝王編年記』（醍醐・延喜元年）にも、

菅原院勘解由小路南。烏丸西。　菅相公之家也…

紅梅殿五条坊門北。町尻西町面。　菅家御所也。筑紫御下向時、

東風吹者匂遠古世与梅乃花主無土天春於忘留奈

とあり、『北野縁起』と同様に、道真愛翫の梅の木は紅梅殿にあったことになっている。しかし、実際に紅梅殿で梅花を見て詠んだものであるか、疑念は残る。前掲の『北野縁起』には「東風吹かば」と「梅の花」の歌などを詠んだとあるが、「梅の花」の歌は『後撰集』（春中・五七）に、

家より遠き所にまかる時、前栽の桜の花に結ひつけ侍りける

桜花主を忘れぬものならば吹き来む風にことづてはせよ

とあり、『北野縁起』と『後撰集』所収歌とでは歌詞に小異がある。特に「梅の花」の歌の第一句が『後撰集』所収歌では「桜花」とある。道真が筑紫に出立したのは、『日本紀略』によると二月一日（グレゴリオ暦では二月二十七日）で、邸前に咲いていたのは梅の花であった。『後撰集』所収歌の第一句に「桜花」とあるのは、目前に咲いている桜の花ではなく、主人の道真がいなくなった後に咲くであろう桜の花に、吹き来む風に花の便りを伝えてほしいと呼び掛けたのであろう。『北野縁起』の二首は同じときに詠まれたので、同じ詩想になってもやむをえないという弁解が成り立つが、この二首から『後撰集』が後世に人口に膾炙した「東風吹かば」の歌でなく、「桜花」の歌を何故に撰収したのか理解しがたい。これは二首が同じときに詠まれた歌として記録されるようになったのは『後撰集』成立後のことで、道真が筑紫下向のときに「匂ひおこせよ」と呼びかけたのは、目前に咲く梅の花にではなく、これから咲く桜の花に対してであったと考えられる。このように考えると、『後撰集』所収の「桜花」の歌がまず詠まれ、「東風吹かば」の歌は後人よって、改作された歌ではないかと考えられ

る。
【作者】菅原道真↓二二七。
【他出文献】◇北野縁起↓［補説］。◇大鏡↓［補説］。

延喜御時の御屏風に、寺まうでしたる女の有る所　貫《つら》之《ゆき》

379　思《おも》ふことありてこそゆけ春霞道《みち》さまたげになに隔《へだ》つらん

【校異】詞○御時の―御時（島・貞）○御屏風に―屏風ゑに（島）○寺まうてしたる―寺にまてたる（島）○女の有所―所に（島）女あるところを（貞）○つらゆき―貫之〈下ニ朱デ「此名無他本」トアル〉（貞）。歌○なにへたつらん―たちわたるらん（島）たちなかくしそ〈「なかくしそ」ノ右傍ニ朱デ「ワタルラム」トアル〉（貞）。
【拾遺集】雑春・一〇二六。
延喜十五年斎院御屏風に霞をわけてやまてらにいる人ある所　貫之
おもふ事ありてこそゆけ春霞道さまたけに立わたるらん〈「わたる」ノ右傍ニ「カクス」、「わたるらん」ノ左傍ニ「ナカクシソイ」トアル〉
定雑春・一〇一七。詞○御屏風―屏風。○人ある所―人あり。○貫之―きのつらゆき。歌○立わたるらん―たちなかくしそ。

醍醐天皇の御代の御屏風に、寺院に参詣した女が描いてある所
心のなかで思い悩むことがあるからこそ山寺に詣でたのに、春霞は、救いを求めて山寺に入るのを妨げるよ

うに、立ちへだてているのだろうか。

【語釈】○延喜御時―醍醐天皇の御代。○御屏風―『集』には「延喜十五年斎院御屏風」とある。○寺まうでしたる女の有る所―西本願寺本『貫之集』には「女の寺詣に山ぢにつれて行」（四五）とある。「つれて行」とあるので寺詣は一人ではなく連れ立って出掛けた。○思ふこと―心のなかで悩むこと。『八代集抄』には「心ざす事」とあり、『和歌大系』も「固く決心した事（仏道修行のこと）」とある。家集の詞書から仏道に入るというような固い決意とはとれない。悩める心の救済を願っている。○道さまたげに―山寺への道を妨げるように。

【補説】この歌は陽明文庫本『貫之集』に「延喜十五年の春斎院の御屏風のわか、うちの仰せによりてたてまつる」という詞書のある歌群（四四～五〇）中に「女ども山寺にまうでしたる」（四五）という詞書を付してみえる。西本願寺本には、この歌群の詞書が「延木十五年閏二月二十五日に斎院御屏風歌、依勅奉之」とある。延喜十五年（九一五）閏二月に斎院であったのは、醍醐天皇皇女恭子内親王である。恭子内親王は延喜三年二月十九日に二歳で斎院に卜定され、延喜十五年四月三十日、母の更衣鮮子が亡くなったために五月四日退下している。醍醐帝が延喜十五年閏二月に屏風歌を召されたのは恭子内親王の裳着の祝として屏風を新調するためであったと思われる。

歌は女が山寺に参詣する道を見えなくするように霞が立ちこめている絵柄を詠んだものである。山桜などを立ちかくすものとして詠まれる霞を、立ちこめて寺へ行く道を遮ってかくし、あたかも山寺に入るのを妨げているようであるとみている。霞をこのように用いるのは意表を突いた趣向で、独自性がある。

【作者】紀貫之↓七。

【他出文献】◇貫之集↓［補説］。

380
故一条のおほいまうちぎみの家《いへ》の障子に　能宣
田子《たご》の浦《うら》に霞《かすみ》の深《ふか》く見《み》ゆるかな《哉》藻塩《もしほ》の煙《けぶり》立《た》ちやそふらん《覧》

【校異】詞○故一条―故二条〈「故」ノ左傍ニ見セ消チノ符号ガアル〉（貞）○障子―屏風（島）。

【拾遺集】雑春・一〇二七。
小一条のおほいまうちきみの家さうしに　能宣
たこの浦に霞のふ〈「ふ」ノ右傍ニ「タイ」トアル〉かくみゆるかなもしほの煙立やそふらむ
定雑春。一〇一八。詞○家―家の。

故一条の大臣の家の障子に
田子の浦に霞が深くたちこめてみえることだ。藻塩を焼く煙が立ちのぼって、それが一緒になっているのだろうか。

【語釈】○故一条のおほいまうちぎみ―藤原為光。正暦三年（九九二）六月十六日没。尊経閣文庫本『元輔集』（元輔集Ⅲ九八～一一二）には永観元年（九八三）八月に為光家の障子絵歌を詠んだことがみえ、同じ障子絵歌は西本願寺本『能宣集』（以下では単に『能宣集』という）にもある。○田子の浦―駿河国の歌枕。現在は静岡県富士市の富士川東岸の海浜をいう。後に富士山、前に駿河湾を望む位置にあるが、古くは富士川と興津川との間、蒲原・由比両町辺りの地。平安時代の歌では「浦浪」を詠むことが多い。○霞の深く―「ふかし」は霧・霞などが先が見えないほど立ちこめているさま。「山里はふかき霞にことよせてわけてとひ来る人もなきかな」（大斎院前の御集二三）。○藻塩の煙―古代の製塩法で、海藻を簀子に積み、海水を掛けて焼くときに出る煙。

【補説】この歌の詞書の「故一条のおほいまうちぎみ」とはだれのことか、異文もあり、明確とはいえない。『集』には「小一条のおほいまうちぎみ」とあるが、これに該当しうる人物は小一条大臣師尹、小一条太政大臣忠平である。師尹は『抄』五二一（『集』四九七）の詞書に「小一条左大臣」とあり、『後拾遺集』（雑一・八五二）の詞書には「小一条のおほいまうちぎみ」とある。一方、忠平は『抄』（四一五）の貞和本に「一条おほいまうちきみ」とあるが、『集』（定家本一一二八）には漢字表記で「小一条太政大臣」とある。もとあった本文が原型で、「故一条」と漢字を当てたとみると、「こ一条のおほいまうちぎみ」に当るのは師尹である。しかし、能宣が師尹家の障子絵歌を詠んだという資料はなく、能宣が詠んだのは「一条のおほいまうちぎみ」と呼ばれた藤原為光家の障子絵歌で、西本願寺本『能宣集』（一八三〜一九六）には「一条の太政大臣の家の障子の絵、国々の名ある所々をかかせ侍りて…」として十四ヵ所の名所を詠んだ歌がある。この史実に詞書を整合させると、「故一条のおほいまうちぎみ」は文字通り、亡くなった為光のことをいう呼称である。

『能宣集』にある為光家の障子絵歌で「たごのうら」を詠んだ歌（一八六）は、

あづまぢの田子の浦浪はるたてばきしのうへにさくはなかとぞみる

とあり、『抄』『集』などの「田子の浦に」の歌と相違する。三八〇は『抄』『集』以外の文献にみえず、『抄』の撰者が何を資料にして撰収したのか明らかでない。

田子の浦の藻塩の煙を詠んだ歌は、

田子の浦の藻塩の煙うちかすみのどけくみゆる春のそらかな（松平文庫本兼澄集一二二）

富士のねはそこととも見えず田子の浦の藻塩の煙空に霞みて（新続古今・雑上・一六一六　祝部成茂）

など、田子の浦の立ち上る藻塩の煙が空に霞んでみえる春の情景を詠んでいるが、藻塩の煙は田子の浦特有の景物ではなく、他の海辺にもみられる景物で、特に須磨の浦の藻塩の煙は屏風歌の絵柄に多くみられる。藻塩の煙を詠んだ歌には、

(イ)立ちわたる春の霞を須磨のあまはおのが藻塩のけぶりとやみる（重家集三二二）

ある所の月次の屏風歌、正月、須磨の浦もしほ焼く所

(ロ)須磨の浦の藻塩のけぶり春なれば浦に霞のなほや立つらむ（能宣集八二）

いつとなく藻塩の煙立つしまにたなびきそふる春霞かな（夫木抄一〇四八六）

など、二つの類型がある。(イ)は霞と藻塩の煙のまぎれを詠み、(ロ)は藻塩の煙に春霞が立ち添っているという、『抄』の歌と同じ情景を詠んでいる。『夫木抄』の歌は「読人不知」であるが、詞書によると「天喜元年八月頼家朝臣家越中国名所歌合」の歌であるので、『抄』の歌や(ロ)に掲げた能宣の歌の発想を模したものと考えられる。能宣の(ロ)の歌と『抄』の歌とは同じ発想の歌であるが先後関係は明らかでない。

【作者】大中臣能宣→二一。

381

正月叙位侍りけるころ、或る所《ところ》に人〳〵まかり集《あつ》まりて、子日の心《こゝろ》の和歌よむと言《い》ひ侍りけるに、*六位に侍りける時よみ侍りける

松ならばひく人今日《けふ》はあらましを袖《そで》の緑《みどり》ぞかひなかりける

【校訂注記】「六位に侍ける」ハ底本ニ「六位侍ける」トアルノヲ、貞和本ナドニヨリ「に」ヲ補ッタ。

【校異】詞〇或ところに—ナシ（島）〇こゝろの—ナシ（島）心を（貞）〇和歌—歌（島・貞）〇よむ—よまむ（島・貞）〇六位に侍ける時—六位にて（島）。歌〇あらましを—あらましに（島）ありなまし〈「りなまし」ノ右傍ニ朱デ「ラマシヲ」トアル〉（貞）。

【拾遺集】雑春・一〇三六。

正月叙位のころある所〻に人〻まかりあひて子日歌よまむといひ侍りけるに六位に侍りけるとき

大中臣能宣

松ならはひく人けふはありなまし袖のみとりそかひなかりける

正月の叙位がありましたころ、ある所に人々が集まってまいりまして、子日の題の歌を詠もうと言いました際に、六位でありました時で詠みました

松であるならば、今日の子日は引く人があるだろうが、松と同じ緑でも、緑の袖の身には引立ててくれる人もなく、何のかいもなかったことだ。

定雑春・一〇二七。詞〇ある所〻に―ある所に。〇子日歌―子日の歌。

【語釈】〇正月叙位侍りけるころ―正月七日の定例の叙位は、六日に行われた「叙位議」で叙位者を審議、決定したが、応和元年（九六一）から「叙位議」は五日に改められた（年中行事抄）。この「叙位議」のことも叙位といわれた。〇子日―二〇参照。〇六位に侍りける時―能宣は天禄元年（九七〇）十月に従五位下に叙せられているのでそれ以前である。能宣が六位であったことは、『伊勢公卿勅使雑例』に「応和元年閏三月十二日、…中臣正六位上行神祇大祐大中臣能宣」とみえる。〇ひく人―小松を根引く意の「ひく」に、贔屓にする意の「ひく」を掛ける。〇あらましを―『抄』の貞和本と『集』には「ありなまし」とある。「あらまし」よりも「ありなまし」の方が強調した表現となる。〇袖の緑―『衣服令』では、六位の袍の色は深緑であった。

【補説】この歌は現存『能宣集』の四系統のうち三系統にあり、詞書は次のようにある。

①二月子日おなじ所のをとこども、野辺にまかりて侍に、直物の除目に中文たてまつりてはべれど、えなるまじとうけたまはりて（西本願寺本能宣集三二）

②むつきのつかさめしはじまりたるあひだに、あるところにて、ねのひのうたよめと、やむごとなき人〳〵の、たまひければ（時雨亭文庫蔵坊門局筆本八六）

③ところにさぶらひはべりし時つかさめしのひえたまはらずと《き、》てはべりて、子日しはべるにつかはす（時雨亭文庫蔵能宣集下巻本一〇六）

このうち①によると、この歌が詠まれたのは二月の子日で直物の除目があり、能宣は申文を差し出していたが、叙位の選に漏れたという。②によると、正月の叙位議が始まった時分にある所で子日の歌を詠むようにと言われて詠んだとある。これらに対して、③の時雨亭文庫本の「ところ」は②と同じように「あるところ」のことで、そこに伺候していたときに司召に漏れたと聞いたとあり、詠歌時期を特定する手掛りはない。

それでは能宣が六位であった時期で、①、②に記されているような年はいつであろうか。

まず、①の二月の子日に直物の除目が行われたのは天禄元年二月十七日で、『日本紀略』には「二月十七日、戊子、於太政大臣職曹司、直物」とある。

次に②の正月の叙位議が子日に行われたのは、以下の年である。

(1)天暦九年（九五五）。『叙位除目執筆抄』には「天暦九正六叙位、執筆左大臣歟」とある。六日は「丙子」。

(2)天暦十年。『叙位除目執筆抄』には「天暦十正六叙位、執筆」とある。六日は「庚子」。

(3)天徳二年（九五八）。『叙位除目執筆抄』には「天徳二正六叙位、執筆師右輔大公臣」とある。六日は「戊子」。

(4)応和元年には叙位議の式日を五日に改めたが、五日は「庚子」であった。

なお、天徳三年正月六日は子日であったが、「正月六日壬子無叙位議」（日本紀略）とあるように叙位議はなかった。

①、②の詠歌事情をみると、②はその場に居合わせた高貴な人々に、昇叙されたい願いを歌によってそれとなく吐露したもので切実さは感じられない。それに対して、①では能宣自身が申文を差し出している。おそらく、

能宣が六位になってから十五年以上経っていると推定されるので、昇叙の願いは切実であったと思われる。このような事情から、①が本来の形であろうと考えられる。

【作者】大中臣能宣→二一。

【他出文献】◇能宣集→［補説］。

人にもの言《い》ひ侍る・と聞《き》き《ゝ》侍《はべ》りて、とひ侍《はべ》らざりけるをとこ《お》の許につかはしける
中宮内侍少将

382 春日野《かすがの》の《ゝ》をぎ《お》の焼原《やけはら》あさるとも《鞆》見えぬ無《な》きなをおほすなる《成》・か《哉》な

【校異】詞○きゝはへりて—きゝて（島・貞）○とひはへらさりけるおとこの—おとこのとはす侍けれは（島）○許につかはしける—ナシ（島）許に〈「に」ノ右傍ニ朱デ「ツカハシケル」トアル〉（貞）○中宮内侍少将—中宮内侍〈「少将」ノ左傍ニ朱デ見セ消チノ符号ガアル〉（貞）。歌○あさる鞆—あさるとも〈「る」ノ右傍ニ朱デ「レ」トアル〉（貞）。

【拾遺集】雑春・一〇二九。

人に物いひ侍りけるときゝてとはさりけるおとこのもとに　中宮内侍少将
春日野の荻の焼原あさるともみえぬなき名はあらしとそ思ふ

定雑春・一〇二〇。詞○物いひ侍りけると—物いふと。○中宮内侍少将—中宮内侍。歌○なき名は—なきなを。○あらしとそ思ふ—おほすなるかな。

私が別の男にねんごろにしていると噂に聞きまして、私を訪れなくなりました男の許に言ってやりました

春日野の冬枯れの荻を野焼きした後の野原を、探してもみつけられない若菜を生やすように、根も葉もない噂を私に負わせようとしているようだ。

【語釈】〇人にもの言ひ侍る―他の男と情をかよわせている。〇聞き侍りて―噂に聞いて。〇をぎの焼原―冬枯れの荻を野焼きしたあとの野原。「をぎ」に熾火の意の「おき」を掛ける。〇あさる―鳥獣が餌を探し求める意が原義。転じて、探し求める、探しまわる。「捜《アサル、モトム》」（類聚名義抄）。ここは探し求める意。「今日よりは荻の焼原かき分けて若菜摘みにと誰をさそはむ」（後撰集・春上・三　兼盛王）。〇無きな―「な」に「名」と「菜」とを掛ける。「無き名」は根拠のない評判。浮き名。〇おほす―負わせる意の「おほす」に菜を生やすの意の「生ほす」を掛ける。

【補説】この歌に類似の歌が三手文庫蔵『馬内侍集』に、詞書を「殿上にてなき名をいひたてければ」として、

燃えこがれをぎの焼野のくゆるうへに見えぬなき名をおほすなるかな（二〇七）

とある。この歌と『抄』の歌とはどのような関係にあるのか、歌の作者は馬内侍か、少将かなど検討を要する問題がある。これらの問題については拙著『馬内侍集注釈』（平成十年、貴重本刊行会）でも触れたので、ここには要点のみを記す。

まず、歌の作者名が『抄』では「中宮内侍少将」とあり、馬内侍の歌か疑義がある。『抄』『集』には「中宮内侍」の歌が他にもあり、それらの歌の作者名表記をみると、家集と本文の異同のある「かすがのの」の歌の作者名は「中宮内侍」「中宮内侍少将」とあるが、「中宮内侍馬」とするものはない。逆に家集と本文異同のほとんどない『抄』三六五の作者名は「中宮内侍」「中宮内侍馬」とあるが、「中宮内侍少将」とするものはない。このこ

とから「中宮内侍」と呼ばれる女房は二人いて、それを区別するために「少将」「馬」などの呼称を併記したものと考えられる。したがって、「春日野の」の歌は馬内侍の作であるとはいえない。

次に「燃えこがれ」の歌と「春日野の」の歌とはどのような関係にあるのか。この二首は上句が相違するので、別個の歌とみることもできる。しかし、別の歌とするには、発想があまりに類似しすぎているので、同一歌の異伝とみてよかろう。上句だけでなく、詠歌事情も異なるので、両首の伝承経路は相違していたと考えられる。このようにみると、「燃えこがれ」の歌の作者が中宮内侍という、馬内侍と同じ呼称であるところから、家集には馬内侍の歌と誤って増補されたものと考えられる。

歌は時節の景物の若菜摘みによせて、無実の噂を聞いて訪ねてこない男を恨んで、「なき菜を生す」に「なき名を負す」を掛けて詠んでいるところに一首の趣向がある。院政時代以前に「荻の焼原（野）」の語を用いたのは前掲の『後撰集』の兼盛王と中宮内侍少将の二人だけで、歌語としては目新しい語であったと思われる。

【作者】 少将内侍「中宮内侍少将」と表記されているので、一条天皇の中宮定子に仕えていた女房であるが、世系、生没年など未詳。一条朝には「少将」と呼ばれた女性が大勢いたが、中宮定子に関係がある者に「相尹の馬頭の女」がいる。『枕草子』の「五節の舞姫いださせ給ふに」の段では、正暦四年（九九三）十一月十五日の五節に十二歳で舞姫として奉仕しているが、定子の妹の淑景舎が出した舞姫であった。また、「淑景舎東宮に参り…」の段には「相尹の馬の頭の女少将」とある（この少将は五節の舞姫の相尹女の姉とする説もある）。この段は長徳元年（九九五）ころのことで、この「淑景舎東宮に」の段には馬内侍も登場するが、年齢差がありすぎる。現段階では、これ以上のことはわからない。

女の許に薺《なづな》の花につけてつかはしける　藤原長能

383　雪をうすみ垣根《かきね》に摘《つ》める唐薺《からなづな》なづさはまくのほしき君かな《み》

【校異】詞○つけて―さして（島）○藤原長能―長能（島・貞）。

【拾遺集】雑春・一〇三〇。

女のもとになつなの花につけてつかはしける　藤原長能

雪をうすみ垣ねにつめるからなつななつさはまてのほしき君かな

定雑春・一〇二一。歌○なつさはまての―なつさはまくの。

女の許に薺の花につけて送ってやった

雪が薄らとした状態になって、垣根で積んだ唐薺ですよ。その名のようになれ親しみたいと思うあなたです。

【語釈】○薺の花―「薺」はアブラナ科の越年草。春から夏にかけて茎の先に白い小花をつけ、三味線の撥のような三角形の実をつける。ぺんぺんぐさ。○雪をうすみ―降り積もっている雪を「うすし」と表現した例は長能の歌の後は、中世になって家隆が「雪をうすみ交野のみかり朝ふめばかくれもやらぬ雉子なくなり」（壬二集六）と詠むまでは用例を見出だせない。その後は初雪の歌に多く用いられている。○唐薺―「唐」は舶来のもの、唐風のもの。ここは美称。春の七草として親しまれているが、『万葉集』には用例がない。平安時代になっても前期には長能の他に曽禰好忠が用いているに過ぎないが、平安後期には春の七草として詠まれるようになった。こここは同音の反復によって「なづさふ」を言い出す序詞。○なづさはまく―「なづさふ」はなれ親しんでそばから離れない、まつわりつく、なじむの意。「まく」は推量の助動詞「む」の未然形「ま」に準体助詞「く」が接続した語。なじもうとすること。

【補説】「なづな」という、あまり馴染みのない景物に寄せて思いを陳べた歌である。上句は「なづさはまく」を言い出す序詞で、「なづさはまくのほしき君かな」という下句の表現とともに、修辞・表現とも上代的である。長能は古今集的な歌風から脱皮して新風をきり拓こうとした歌人であった。古今風にない素材・用語を用いて詠んだ曽禰好忠と長能の二人が「なづな」という新しい景物を詠んでいるのも興味深い。

この歌で、うっすらと積もっている雪を「うすし」と表現しているのも、上述のことと同じである。［語釈］にも記したが、この表現を用いたのは平安時代では長能ひとりであった。中世以後には、

くれたけの葉だれの雪はうすくしてかきほ寒けきけさのあさ風（伏見院御集一九一八）

今朝は猶まだ霜がれとみゆるまで初雪薄き浅茅生の宿（津守集二二九）

しがらきのとやまは薄き白雪のうづみも果てぬ松のむら立ち（夫木抄一三七八一　光経）

しぐれつる名残まだひぬ冬草に初雪うすし霜枯れの庭（嘉元百首一五五一）

などと詠まれるようになり、特に初雪を詠んだ歌に用いた例が多い。

【作者】藤原長能↓四一。

【他出文献】◇流布本長能集（長能集Ⅰ五二）、「女になづなの花につけて」。

384

天暦御時に大盤所の前《まへ》の坪《つぼ》に、鴬《うぐひす》を紅梅の枝につくりて据《すゑ》て立《たて》たりけるを見侍りて　　一条摂政

花の色はあかず見るとも鴬《うぐひす》のねぐらの枝に手《て》なゝふれそも

【校訂注記】「見る」ハ底本ニ「見ゆ」トアルガ、島本、『集』ノ具世本、定家本ナドニヨッテ改メタ。

【校異】詞○御時に―御時（島・貞）○紅梅の枝につくりてすへて―うめのえたにつくりすゑて（島）つくりて紅梅の枝にすへて（貞）○たてたりける―たてられたりける（島・貞）○見侍て―みて〈「みて」ノ中間右傍ニ「侍」トアル〉（島）みてよみ侍ける（貞）○一条摂政―一条摂政太政大臣（貞）。歌○見るとも―みゆとも（貞）○てなゝふれそも―てをなかけそも〈「をなかけそも」ノ右傍ニ朱デ「ナヽフレソモ」トアル〉（貞）。

【拾遺集】雑春・一〇一八。

天暦御時台盤所のまへに鳥のすを紅梅のえたにつけて立られたりけるをみて

一条摂政

花の色はあかすみるらん（「らん」ノ右傍ニ「トモイ」トアル）鴬のねぐらのえたにてなゝふれそも

定雑春・一〇〇九。詞○鳥―うくひす。歌○みるらん―見るとも。

村上天皇の御代に台盤所の前の坪庭に、紅梅の枝に作物の鴬を据えて立ててあるのを見まして

紅梅の花の色合はいつまでも飽きることなく美しいと思って見るとも、鴬がねぐらにしている枝に手を触れてはならないよ。

【語釈】○大盤所の前の坪―清涼殿と後涼殿を結ぶ渡殿の南にあった坪庭。「大盤所」は一九八参照。○鴬を紅梅の枝につくりて据ゑて―「うぐひすをつくりて紅梅の枝にすゑて」とある貞和本の方が整然とした文である。紅梅の枝に作物の鴬を据えた。『集』には、作物の鴬の巣を枝につけて立ててあったとある。○花の色―紅梅の花の匂いやかな色合。○手ななふれそも―「なな」は禁止の意を表す副詞「な」を重ねて強調したもので、「そ」を伴って用いる。「な…そも」は、動詞の連用形を「そ」で受け、さらに終助詞「も」を伴った形であろう。決

して手を触れるなよ。

【補説】この歌は『一条摂政御集』（一九四）には詞書がなく、「はな色はあかず見るとも鴬のねぐらの枝にてなゝふれそも」とある。これは一九三とともに『集』によって増補された歌である。『抄』がこの歌を何に依って撰収したのか明らかでなく、摂政伊尹の作であるという確証はない。

　この歌は『俊頼髄脳』には「文字のたらねば、よしなき文字を添えたる歌」の例歌としてあげられ、「てなふれそもといへる、な文字なり」とある。同じことは『悦目抄』にも「かなをあまさずと云は、物を三十一字にいひはてて、いま一字をかなたらずして、……してよなど、せんなき仮名を具する也。此歌のごとし。證歌云」として、この歌をあげて「此手なゝがわろきなるべし」とある。

【作者】藤原伊尹→三四三。

【他出文献】◇一条摂政御集→［補説］。

385

康保三年二月廿一日、梅の花《はな》のもとに御扆子《（い）》立《た》てさせ給《たま》ひて、宴せさせ給ひけるに、殿上のをのこども和歌《わか》つかまつりけるに　源のひろのぶ

を《お》りて見るかひも有るかな梅の花《はな》いま九重《こゝのへ》の匂《にほ》ひまさりて

【校異】詞○梅のはな—梅花（島・貞）○もとに—したに（貞）○御扆子—御倚子（島）御障子（貞）○つかまつりけるに—つからまつりける（島）○ひろのぶ—博雅（島）ひろのふ〈「のふ」ノ右傍ニ朱デ「雅」トアル〉（貞）。歌○いま—いま〈右傍ニ「けふイ」トアル〉（貞）。

【拾遺集】雑春・一〇一九。

康保三年二月廿二日梅花のもとに御障子たてさせ給て花の宴せさせ給に殿上のおのこともか歌つかうまつりけるに

源　広信朝臣

折てみるかひもあるかな梅の花けふこゝのへににほひまされは（「れは」ノ右傍ニ「リテ」トアル）

定雑春・一〇一〇。**詞**〇康保三年二月廿二日―おなし御時。〇御障子―御いし。〇花の宴―花宴。〇おのこともか―をのことも。〇広信―寛信。**歌**〇こゝのへに―こゝのへの。〇まされは―まさりて。

康保三年二月二十一日、庭の梅の樹の下に御屏子を立てさせなさって、花の宴をなさいました際に、殿上人たちが和歌を詠み申し上げましたときに

折って見る甲斐もあるほど見事だ、この梅の花は。今日、宮中で八重咲きではないが九重に咲く紅梅の色あいがひとしおまさって。

【語釈】〇二月廿一日―内宴が行われたのは二十一日であるが、後宴は二十二日に行われた。ここは後宴のことである。〇御屏子―天皇の座る後方に立てた衝立て。［補説］に引く『村上天皇御記』には「倚子」とある。〇殿上のをのこども―殿上の間に昇ることを許された人たち。四位、五位の中で昇殿を許された者と五位、六位の蔵人。〇をりてみる―手折って見る。〇九重の匂ひ―宮中の意の「九重」に、八重咲きの梅の花よりも華麗な花をいう「九重」を掛ける。「匂ひ」は梅の芳香を賞美した表現であるが、この日見たのは八重咲きの紅梅であるので、華やかに色づいたさまをいう。「主上余興未尽、被仰可御覧殿庭紅梅之由、起御座」（北山抄三拾遺雑抄内宴事）。

【補説】これは村上天皇の御代の康保三年（九六六）二月二十一日に行われた内宴（一八二参照）に続いて催された後宴で詠まれた歌である。この後宴については、『河海抄』（花宴）に「花宴事」として引く『村上天皇御記』に、

御記云、今朝立倚子於庭（梅）樹下、即就花下座、親王、公卿又移座同樹北辺、奏絃管、行盃酌、又召為平親王令候座、令伊尹朝臣折花、揷王卿頭、其後延光朝臣執盃立、各令詠和歌、巳刻入内、公卿等退出云々

とあり、後宴の大体の様子が知られる。

【作者】 この後宴で歌を詠んだ人物の名は資料には記されていない。作者として仮名書以外に、『抄』の島本に「博雅」、『集』の具世本に「広信」、定家本に「寛信」などと三通りの漢字表記がみられる。このうち、博雅と寛信は内宴で奏楽をした者たちのなかに「博雅朝臣笛、寛信朝臣和琴」とある。

博雅は克明親王の一男で、『公卿補任』によると天元三年（九八〇）九月十八日に六十三歳で亡くなっているので、延喜十八年（九一八）誕生。右馬頭、左中将などを経て皇太后宮権大夫となり、位階は従三位に昇る。琵琶の名手。天徳四年（九六〇）三月の「内裏歌合」で右方の講師を務め、応和二年（九六二）五月「内裏歌合」、康保三年閏八月「内裏前栽合」などに出詠している。

一方、寛信は敦実親王の子で、右馬頭、右京大夫などを歴任、正四位下に昇った。康保三年閏八月「内裏前栽合」に出詠している「右京大夫源博延朝臣」は、官職から寛信であるとみられる。『集』の具世本に「広信」とある人物は古記録・資料等にみえない。博雅、寛信ともに活躍した時期は重なり、いずれとも決し難いが、『勅撰作者部類』に寛信を作者として載せているので、ここはそれに従っておく。

内裏に御遊《あそび》ありける時　　参議藤原伊衡

386 かざしては白髪《しらが》にまがふ梅《むめ》の花今《いま》はいづれを抜《ぬ》かんとすらむ

【校異】 **詞**○内裏に―内裏（島）○参議―宰相（島）○伊衡―伊衡朝臣（貞）。**歌**○いまは―いまは〈右傍ニ朱

デ「ヒトモ」トアル〉（貞）。

【拾遺集】雑春・一〇二〇。

内裏の御遊侍ける時に　　参議藤原伊衡

かさしてはしらかにまかふ梅の花いまはいつれをぬかむとすらむ

定雑春・一〇一一。詞〇時に—時。〇参議藤原伊衡—参議伊衡。

内裏で帝が管弦の御遊をなさいました時

髪にかざしとして挿すと白髪と見まがう白梅の花だよ。かざしに挿した今はどちらを白髪として抜こうとするのだろうか。

【語釈】〇御遊—管弦の遊び。〇かざしては—「かざす」は草木の花や枝を折って髪や冠に挿す。一八二参照。〇今は—白梅をかざした今は。

【補説】白梅と白髪のまぎれを詠んでいる。この「御遊」は梅の花を賞美する時節に行われたものである。一八二には花宴に桜を挿頭にさしたことがあった。伊衡が内裏の管弦の遊びに召されたのは、近衛府の官人は舞楽をも職務の一部としたので、延喜十六年（九一六）三月に右近権少将に任ぜられて以後であろう。諸記録によって、延喜十六年以後に内裏で行われた「御遊」のうち、伊衡も列席したと思われるのは、次のようなものがある。

(イ)延喜十六年十月二十二日於南殿保明親王元服。「親王公卿各奏弦管、右近衛少将伊衡…依召参上。」（前田家蔵大永鈔本西宮記）

(ロ)延喜十六年十一月二十六日於清涼殿克明親王元服。「左右近府奏楽」（御遊抄。親王元服部類記八二十七日）

(ハ)延喜十九年二月二十六日於清涼殿代明親王元服。「暫令奏弦歌」（親王元服部類記）

(ニ)延喜二十一年十一月二十四日於清涼殿重明、常明、式明、有明親王等元服。「召和琴。命大臣弾弦歌」（御遊

抄）

(ホ)延長三年二月二十四日於清涼殿時明、長明親王元服。「長明親王　理髪伊衡。…聊奏弦歌」（御遊抄）

このなかで、白梅を挿頭にさす時期に適合するのは(ホ)である。(ホ)はグレゴリオ暦では三月二十六日に当り、梅の花も盛りを過ぎた時期になるが、三八五の梅花の宴が行われた康保三年（九六六）二月二十一日はグレゴリオ暦では三月二十日にあたり、(ホ)とほぼ同じころのことである。したがって、伊衡が詠んだのは(ホ)の時とみてよかろう。このほか、当時は定例どおり一月に内宴が行われていたので（一八二［補説］参照）、内宴の後宴で詠まれた蓋然性も大きい。前記(ホ)の伊衡が親王元服の理髪役を奉仕したときは従四位下で五十歳になっていた。このころならば白髪と白梅のまぎれもありうるので、内宴の後宴で詠まれたとしても、延長三年（九二五）ごろのことであろう。

白髪にまぎれる花としては桜、卯の花を詠んだ歌は数首あるが、白梅の花を詠んだ歌は伊衡の歌のみである。

【作者】藤原伊衡→一八八［語釈］。

春、花山に亭子の法皇御幸ありて、とく帰《かへ》らせ給《たま》ひければ　僧正遍昭

387　*まてといはばいともかしこし花《はな》の山しばしと鳴《な》かん鳥の音《ね》もがな

【校訂注記】「まてといはは」ハ底本ニ「まてゝはゝ」トアルガ、意ガ通ジナイノデ、『抄』ノ島本ヤ『集』ニヨッテ改メタ。

【校異】詞○花山に―花山〈「山」ノ右傍下ニ朱デ「ニ」トアリ〉（貞）○法皇―法皇〈右傍ニ朱デ「ノ帝」トアリ〉（貞）。歌○まてといはは―まてしはし〈「しは」ノ右傍ニ朱デ「トイハ」トアリ〉（貞）。

【拾遺集】雑春・一〇五二。

春花山に亭子法皇をはしましてとくかへらせ給ければ　　僧正遍昭

まてといはゝいともかしこし花の山しはしとなかん鳥の音もかな

定雑春・一〇四三。詞〇とく―ナシ。歌〇花の山―花山に。〇もかな―も哉。

春、花山に宇多法皇が御幸なさって、早々にお帰りになられましたので

お帰りになる法皇さまに、私がお待ちくださいと申しあげたならば、たいそう恐れ多いことだ。花山に「いましばらくお留まりください」と鳴く鳥の声があってほしい。

【語釈】〇花山―花山寺。元慶寺のこと。山城国宇治郡山科、現在の京都市山科区北花山河原町にあった。陽成天皇誕生を祈願して、遍昭が発願、開基した。〇亭子の法皇―宇多天皇。一一〇参照。〇とく帰らせ給ひければ―時雨亭文庫蔵『花山僧正集』(六)『遍昭集』(六)には「とくかへらせたまひなむとせし時」とあり、歌が詠まれた時間が微妙に相違する。底本では法皇が帰った後で詠んだことになるが、家集では法皇が帰ろうとしたときに詠んだことになる。〇まてといはば―「まて」はすぐに帰ろうとした法皇に「お待ちください」と引き止めること。〇しばしと鳴かん鳥の音もがな―「しばし」は「しばらく留まりなさいませ」と引き止めること。法皇に直に言えないので、そのように鳴く鳥があってほしいとの願望。「もがな」は六二［語釈］参照。

【補説】この歌は西本願寺本『遍昭集』(遍昭集Ⅰ六)に、

春、花山に亭子法王御かうありて、とくかへらせたまひなむとせしときに

まてといはゞいともかしこしはなやまにしばしとなかむとりのねもがな

とあり、時雨亭文庫蔵『花山僧正集』(六)にも「亭子」が「大師」とあり、「御こうありて」が「みゆきあり

し」とあるほかは、ほぼ同じようにある。宇多上皇が花山寺に詣でたのが在位中のことであれば、践祚した仁和三年（八八七）八月以後、遍昭が没した寛平二年（八九〇）正月以前のことである。この間に花山寺に行幸したことは資料によって確認できないが、宇多帝は信仰心厚く、「八、九歳之間、登天台山、修業為事、爾後、毎年往詣寺々」（扶桑略記寛平元年正月）と、自ら語っているので、花山寺に詣でたこともあったと思われる。

また、遍昭が亡くなったことを記した『扶桑略記』に「此僧正殊事先帝（孝光）、又殊仕当代云々」とあり、宇多帝は遍昭が亡くなったときには円仁のときの例にならって、勅使を遣わし、「令扶於元慶寺、弔故僧正遍昭遺室、并捨綿三百屯、調布百五十端、令修諷誦」と手厚く弔賻された。このことから宇多帝と遍昭の関係も推測できる。

歌に「しばしと鳴かん鳥の音もがな」とある「しばし」は擬声語であろうか。平安中期までは用例はないようであるが、末期には遍昭の歌を本歌にしていると思われる、

花留客

わがやどにしばしと鳥はなかねども花を見捨てて行く人ぞなき（林葉集一五八）

という歌がある。中世以降には「しばしとなく」鳥を詠み込んだ歌が、

①都人しばしとどめよ呼子鳥さてこそなれは名をあらはさめ（正治初度百首一五八九）
②かへるさをしばしと鳴かぬ鳥の音にあくるも待たぬしののめの道（建保四年内裏百番歌合）
③かひぞなきつぐる別れをしば鳥のしばしとなかぬきぬぎぬの空（永享百首八三四）

などとある。このうち②③は同じ鳥を詠んでいて、その名は③に「しば鳥」とあり、「にわとり」の異名である。また、時代は下るが小澤蘆庵は「しばしとぞ鳴く野辺の鴬」と、鴬の鳴き声を「しばし」と取りなしている。しかし、遍昭の歌の鳥が何をさしているか不明である。

【作者】遍昭→一二八。

【他出文献】◇遍昭集↓［補説］。◇古今六帖三〇四八。

388 北白河の山庄に花のおもしろく咲《さ》きて侍りける見るとて、人〳〵まうで来《き》たりければ

右衛門督公任朝臣

春来《はるき》てぞ人もとひける山里《ざと》は花こそやどの主《あるじ》なりけれ

【校異】詞○北白河の―小白河（島）○おもしろく―いとおもしろく（島）○侍ける―侍けるに（島）侍けるを（貞）○見るとて―ナシ（島）見に（貞）○人〳〵まうて―人〳〵まて（島）まうて〈「ま」ノ右傍ニ朱デ「人〃」トアル〉（貞）。

【拾遺集】雑春・一〇二四。

北白河山庄に花のおもしろくさきて侍りけるをみに人ゝまうてきたりけれは

右衛門督公任卿

春来てそ人もとひける山さとは花こそやとのあるしなりけれ

[定]雑春・一〇一五。詞○北白河―北白河の。○右衛門督公任卿―右衛門督公任。

北白河の山荘に花が趣深く咲いておりましたのを見ようとして、人々がやってまいりましたので

春がやって来て花見に人も訪れてきた山荘は、咲き誇る花こそがやどの主だったのですね。

【語釈】○北白河―鴨川以東、粟田口以北の東山の麓に接する地域を白川といい、白川以北を北白河、以南を南

白河と呼び、南限は九条辺ともいう（山城名勝志）。貴紳の別墅が多く、遊覧の地でもあった。『小右記』長和二年（一〇一三）二月四日の条には「小白川大皇太后宮大夫山庄」とある。○人々―殿上人たち。主に四、五位の人たちで、公任の交際圏から実方・道信などであろう。○人もとひける―自分だけでなく、人も訪れてきた。○花こそ―「花」を梅ととる説、桜ととる説とがある。○やどの主―人々が公任に会うためでなく、花を見るために山荘を訪れてきたことをいう。花をやどの主と詠んだ歌としては、躬恒の「ぬしもなきやどにきぬればをみなへし花をぞいまはあるじとは思ふ」（躬恒集二九〇）という歌があるが、「ぬしもなきやど」は住んでいた主が亡くなっていない邸のことで（四〇参照）、歌の趣は全く異なる。

【補説】この歌は公任の代表作と喧伝された。『公任集』（一）には「春白川に殿上の人々いきたりけるに」と詞書がある。日ごろ訪れて来ない人々が、山荘の主である公任に会いにきたのではなく、花を見にやってきたことを風刺して「花こそやどのあるじ」と表現しているところが一首の眼目である。また、日ごろ訪れる人もない山里に花の季節に人が訪れてくるという詩想の歌としては、元輔の「とふ人もあらじと思ひし山里に花のたよりに人目見るかな」（元輔集一七七、抄・春・三八）がある。

公任のもとを訪れてきた殿上人が誰であるかは明らかでないが、『夫木抄』（六四五）には、

咲きそむる山べの梅の香にめでば花のたよりと君やおもはむ　藤原道信朝臣

このうたは、前大納言公任卿北白川の家に、春の比、道信朝臣きたりけるに、花こそ宿のあるじなりけれとよみ侍りける返しと云々

と、公任の歌に対する返歌といわれるものがある。この道信の歌は『道信集』の現存諸本にはなく、『夫木抄』が何に依拠して撰収したか明らかでないが、公任の山荘を訪れた殿上人が道信のような公任と親交のあった者たちであったことは疑いなかろう。

公任の歌の「花」をめぐっては、拙著『公任集注釈』にも記したように、小松光三氏「勅撰和歌集名歌評釈―

春きてぞ人もとひける―」（『王朝』第五冊、昭和四十七年、中央図書出版）は、花は梅で、「人もとひける」の「も」を並列の「も」とすると「人」と並列関係にあるのは「鶯」であるとする。これに対して木越隆氏「公任集巻頭歌の一考察」（『和歌史研究会会報』47号、昭和47・10）は、花は桜で、「人」と並列関係にあるのは「われ」であるとする。『公任集』『抄』『集』などの配列順序から、花は「梅」と考えられるが、木越氏も指摘しているように、公任の編纂した『金玉集』では、春の歌二二首のうち、二一番目に位置しており、梅の歌群とは別の位置にある。また、『新撰朗詠集』でも「花付落花」の部類に入れており、桜としている。家集の現存本の配列によるかぎり、家集編者は梅の歌とみていたことになるが、本来の詠歌事情はともかくとして、『金玉集』を編纂したときの公任は桜の方がふさわしいと考えていたと言えよう。なお、白川山荘は父頼忠の没後、正暦元年（九九〇）以後に公任が伝領したが、『夫木抄』にいうように道信が返歌したのであれば、歌の詠作時期は正暦元年以後、正暦五年以前である。

なお、公任の歌の「山里」については小町谷照彦氏に「藤原公任の詠歌についての一考察」（『東京学芸大学紀要』第Ⅱ部門第二十四集、昭和48・2、後に「美的空間としての山里―藤原公任」として『古今和歌集と歌ことば表現』（岩波書店）所収の卓論がある。

【作者】藤原公任→一三〇。

【他出文献】◇公任集→［補説］。

上総よりのぼりまうで来《き》てのころ、源頼光が宅にて人〳〵酒飲《さけの》みし侍りけるついでに、花を見《み》侍りて　　長能

389
東路《あづまぢ》のの《ゝ》ぢの雪間《ま》をわけてきてあはれ都《宮こ》の花を見るかな

【校異】詞〇上総―上総〈「上」ノ右傍上ニ朱デ「源頼光」トアル〉（貞）〇まうて―まて（島）〇源頼光か宅―頼光家（島）源頼光か家〈「源頼光か」ノ左傍ニ朱デ見セ消チノ符号ガアル〉（貞）。歌〇わけて―たつね〈右傍ニ朱デ「ワケテ」トアル〉（貞）。

【拾遺集】雑春・一〇五八。

上総よりのほりてのころ頼光か家にて人ゝさけたへけるつゐてに

藤原長能

あつま路の野ちの雪間を分てきてあれは都の花をみるかな

[定]雑春・一〇四九。詞〇のほりてのころ―のほりて侍けるころ。〇頼光―源頼光。〇たへける―たうへける。歌〇あれは―あはれ。

上総から上京してまいったところ、源頼光の家で人々が酒宴をしましたときに、花を見まして

東国からの野中の道に降り積もった雪をかき分けて来て、感慨深い思いでうれしくも都の花を見ることだ。

【語釈】〇上総よりのぼりまうで来て―『抄』の貞和本の朱筆の書入れによると、上総から上京したのは頼光となる。『中古歌仙三十六人伝』によると、長能は正暦二年（九九一）四月二十六日に上総介になった。〇頼光が宅にて―「頼光」は清和源氏、満仲の嫡男。頼光の第宅は左京一条にあった。〇のぢ―野中の道。野路。この語を最初に和歌に用いたのは長能である。ここは近江国の歌枕の「野路」（現在の草津市）を掛ける。〇雪間をわけて―「雪間」は降り積もった雪の中とも、地上に積もった雪の消えている所ともとれる。前者の場合は、障害

物を押し分け、道を開きながら進むさまを表し、後者は雪のむら消えになっている所を通るようにして進むさまを表し、前者ほど難儀しない。四句の「あはれ」という語は道中の難儀を思ったときの感慨であろう。したがって、前者をとる。〇あはれ―花を見たときの感慨。難儀した道中や目前の見事な花を見た感動やうれしさなどを表している。

【補説】この歌は異本『長能集』（長能集Ⅱ一〇二）に詞書を「上総よりのぼり侍てのとしの春、頼光朝臣の家にて人々さけたべけるに」としてみえるが、流布本『長能集』（長能集Ⅰ七二）には「上総よりのぼりての春、のりまさが家にまかりて人々酒のみしついでに」とあり、酒宴を催した場所が「頼光朝臣の家」ではなく「のりまさが家」となっている。『長能集注釈』（塙書房）は、この歌が詠まれたのは長能が任を終えて帰京した長徳二年（九九六）ごろとみて、「のりまさ」には源則理があてはまるかとして、「正暦五・正・一三、式部丞、前大納言重光卿四男、正暦四年蔵人一九、六年叙」とある三巻本枕草子勘物をあげている。この勘物は陽明文庫本、大東急文庫本などには「源則理正月十三日式部丞、…正暦四年蔵人十九、六年叙中宮御給」とあり、式部丞になった年時が記されていない。現行の『枕草子』の諸註のなかには「正暦二年正月十三日式部丞」とするものが多い。いずれにしても長能が上総介として赴任する前に、内裏などで源則理に接する機会は数か月しかなく、長能との交渉を裏付ける資料もないので、帰京後に則理宅の酒宴に招かれたとは考えられない。この箇所が「のりまさ」とあるのは流布本『長能集』だけで、『抄』『集』ともに「頼光か家」とあり、頼光と長能との関係からも「頼光」とあるのがよい。

頼光と長能との関係については『長能集注釈』の付録の「藤原長能とその家集」には、

頼光との関係も一二三番の詞書の「但馬守」が異本では「但馬守頼光朝臣」とあるし、寛弘の末年には道綱が頼光の聟になっていたから、十分認められるものである。

とある。頼光が但馬守であったのは、『権記』の記事から、寛弘三年（一〇〇六）から寛弘七年末ごろまでであったと推測されるので、前掲の説明で、長能と頼光とは寛弘末には関係があったことは認められるが、長能が上総介の任を終えて上京したといわれる長徳二年ごろに頼光宅の酒宴に招かれるような親密な関係にあったことの説明にはならない。すでに拙著『実方集注釈』（平成五年、貴重本刊行会）の一一九、二六五などの［補説］に記したように、永観元年（九八三）末ごろに道綱は実方と競って源満仲の女に懸想し、道綱が手にいれた。この満仲の女は頼光の姉妹のいずれかで、この時から道綱を介して頼光と長能との関係が生じたものと思われる。長徳二年から十二年ほど前からの関係になる。

ここで一つ問題になるのは、上総介になった長能は重任しなければ、長徳二年春に帰京したと思われるが、それ以前に上京していたと思われる徴証がある。それは流布本『長能集』（長能集Ⅰ一四六）に、

院の殿上にて、四月二日庚申ありける、卯花にかきねをへだつといふ題を

卯の花のしげき垣根となるままにとなりに通ふ道ぞ絶えぬる

とある歌である。この詞書にいう「四月二日庚申」は正暦四年（九九三）四月二日のことで、「院」は花山院ととるのが妥当であるという今井源衛氏の説（『花山院の生涯』昭和四十三年、桜楓社）によると、このとき長能は上総から上京していたことになる。『長能集注釈』も今井氏の説を引きながら、「長能は花山院の出家後も院のもとに出入していた。正暦四年四月二日の庚申には、その殿上に候宿し、…」と、長徳二年以前に、上総に下っていた長能が在京していることに何の疑問もいだいていない。

それでは何故に長能は正暦四年四月二日に在京したのだろうか。きわめて単純に考えれば、

①長能は上総介の任を解かれたか、あるいは自ら辞任していた。

②熊野修業から帰京した花山院に呼び戻されて上京した、あるいは私用のために上京していた。

など、いくつかのケースが考えられるが、この問題を考えるうえで、

③今井氏が、正暦四年夏、庚申歌会の前後に催されたかといわれる東院歌合（萩谷朴氏は、正暦年間とする）

には長能は参加していないこと。

④『国司補任第四』（平成二年、続群書類従完成会）によると、正暦五年正月二十六日に従五位下平維敏が上総介に任ぜられていること。

などを考慮しなければならない。まず、③から①は考えられず、庚申歌会には一時的に上京したと考えられる。④から、長能は任期を終えずに正暦四年末以前に解任あるいは辞任したと思われる。その事情は全く不明というほかないが、花山院のたっての願いで庚申歌会に参加し、辞任を決意したのだろうか。その後は長らく散位として院に仕え、「寛弘二年正月二十七日叙従五位上治国」（中古歌仙三十六人伝）とあるように、上総介の功により従五位下に叙せられているので、解任ではなく、花山院の意向による辞任であったと考えられる。

【作者】藤原長能→四一。

【他出文献】◇長能集→［補説］。

春《はる》ものへまかりけるに、壺装束《つぼさうぞく》して侍りける女どもの、野辺《べ》に侍りけるを見侍りて、なにわざするぞと問ひ侍《はべ》りければ、野老《ところ》ほるなりといらへ侍りければ

賀朝法師

390 春《はる》の野にところ求《もと》むといふなればふたりぬ許《（ばかり）》見《み》でたりや君《きみ》

【校異】詞○まかりけるに―まかりけるみちに（島）まかりける道にて〈「道にて」ノ左傍ニ朱デ見セ消チノ符号ガアリ、右傍ニ朱デ「二」トアル〉（貞）○女ともの―をんなとも（島）○見侍て―みて（島・貞）○いらへ―いひ（島・貞）。歌○いふなれは―いひつるは（島）いふなるは〈右傍ニ朱デ「キ、ツルハ」トアル〉（貞）。

【拾遺集】雑春・一〇四一。

はるものへまかりけるにつほ装束して侍りける女とものゝ野部に侍けるをみてなにわさするそととひけれはところほるなりといらへ侍りけるに

賀朝法師

春の野にところ求むといふなるはふたりぬはかりみてたりやきみ

定雑春・一〇三二。詞〇いらへ侍りけるに―いらへければ。

春、いなかへ出掛けたときに、壺装束をしていました女たちが野辺にいましたのを見まして、何ごとをしているかと尋ねましたところ、野老を掘っていると答えましたので

春の野にところ（野老）を探し求めているというのであれば、二人で横になるほどのところ（場所）を見付けたかね、あなたがたは。

【語釈】〇ものへまかりけるに―「ものへまかる」は田舎にでかける。一九四参照。〇壺装束―女性が物詣でや旅行など、徒歩で遠出をするときの服装。垂れ髪は衣服の中に入れ、袿などの両褄を折って腰帯にはさみ、掛帯をして、市女笠をかぶった姿。〇野老―ヤマノイモ科の多年草。正月食用にしたり、ひげ根のついた根茎が老人の髭に似ているところから、長寿を祝うための飾りに用いた。「野老《トコロ》」（色葉字類抄）。〇ところ求む―野老の意の「ところ」に、場所の意の「ところ」を掛ける。〇ぬばかり―「ぬ」は体を横たえる、眠る意の動詞。体を横たえられるほどの場所。

【補説】野老をめぐる賀朝法師と女との贈答歌である。野老と所とを掛詞として、賀朝が法師にあるまじき卑猥なことを言って、女に悪戯をしかけた歌。賀朝法師は『後撰集』（雑二・一一六三）には、人妻に通っていると

ころを見付けられたときの歌がある。叡山の法師といっても賀朝には情事は格別のことであったようで、破戒無慙の僧というほどではないが、戒律に拘らずに自由に振舞う人物であったようだ。

野老を詠んだ歌は『源氏物語』（横笛）にも、朱雀院が女三の宮に筍、野老などの山菜に添えて詠み送った、

世をわかれ入りなむ道はおくるとも同じところを君もたづねよ

という歌があるが、歌の素材としては特異なもので、拾遺集時代に野老を詠んでいるのは実方、和泉式部で、両者ともに『源氏物語』と同じように、野老を贈答するときの歌である。野老を贈答品としてではなく、何かの比喩や例示に用いて詠んだ歌はなく、技巧的には場所の意の「ところ」を掛詞としている。

【作者】賀朝法師　世系、生没年未詳。『勅撰作者部類』には比叡山の僧とある。勅撰集には『後撰集』『拾遺集』に各一首入集。人妻に通うという、戒律を破る無慙な仏者であった。

返《かへ》し

391　春の野にほるほる見れどなかりけりよに所せき人のためには

【校異】詞○かへし―をんなの返し（島）返し読人不知（貞）。

【拾遺集】雑春・一〇四二。

かへし

春の野にほる〳〵みれとなかりけり世にところせき人のためには

定雑春・一〇三三。**詞**○作者名ナシ―よみ人しらす。

返歌

春の野で掘り起こし、掘り起こししながら、ところ（野老）を探したが二人で横になるところ（場所）はありませんでした。世間でたいそう厳格で、高潔な人とみられているお坊さまのためには。

【語釈】○ほるほる―野老を求めて野を掘ることを反復、継続するさま。掘り起こし、掘り起こししながら。○よに―程度のはなはだしいさまをいう副詞。「よ」に世間の意の「世」を掛ける。○所せき人―「所せし」はいかめしいの意。僧侶の威厳あるさまを揶揄した。「所」に野老の「ところ」を掛ける。

【補説】女たちに悪戯をしかけた法師の賀朝に対して、「よに所せき人」と皮肉まじりに揶揄して応答している。この「よに所せき人」について、『八代集抄』には、

世に所せきは、所狭き也。世を憚る心也。法師二人ねを憚る故、さやうの所せばき人のためのね所は、広き野べにもなしと也

とあり、現行の『新大系』も語釈に『八代集抄』を引き、大意の項には「世間の目を憚るような人のためには」とある。『和歌大系』にも、「（あなたのような）世間の狭い人のためには。「野老」をかける。ここは、女と寝たりするのは、世間に憚るべき法師の身のあなたのためには、といい返した」とある。「世間の狭い人」とは「世間に憚るべき法師の身」をいうのだろうか。この二書とも『八代集抄』の説にとらわれ過ぎているようである。

女たちは、法師は修行に専心して、俗人にない威厳を身につけた高潔な人物だというイメージをもっていたが、目前の賀朝は、法師にあるまじき卑猥なことを言って、悪戯をしかけてきたので、女たちも負けじとばかり、「あなたのように世間的にたいそう威厳のある高潔な方が」と皮肉まじりに揶揄して言ったものだろう。賀朝は思いも掛けなかった竹篦返しをされたわけである。

中納言敦忠まかりかくれてのち、比叡《ひえ》の西坂下の山庄に人〳〵まかりて、花《はな》見侍りけるに

一条摂政

392　いにしへは散《ち》るをや人のいとひけん今《いま》は花こそ昔恋《むかしこ》ふらし

【校異】詞○敦忠―藤敦忠（貞）。歌○ちるをや―ちるをそ〈「そ」ノ右傍ニ朱デ「ヤ」トアル〉（貞）○人の―人は〈「は」ノ右傍ニ朱デ「ノ」トアル〉（貞）○いとひけん―おしみけむ（島・貞）○いまは花こそ―はなこそいまは（島・貞）。

【拾遺集】哀傷・一二九〇。

中納言敦忠まかりかくれてのちひえの西坂本に侍りける山庄に人々まかりて花み侍りけるに

一条摂政

いにしへは散をや人のをしみけん花こそいまはむかしこふらむ（「む」ノ右傍ニ「し」トアル）

定哀傷・一二七九。詞○山庄に―山さとに。

中納言敦忠が亡くなられて後、比叡の西坂本にある敦忠の山庄に人々が出掛けて、花を見ましたときに

昔は花の散るのを主は疎ましく思ったが、主のいない今は花が主の生前を恋しく思っているようだ。

【語釈】○中納言敦忠まかりかくれて―敦忠が亡くなったのは天慶六年（九四三）三月七日。○比叡の西坂下―「西坂下」は正しく「西坂本」。西坂本は比叡山西山麓の雲母坂登山口付近一帯をさす古名で、現在の京都市左京区一乗寺・修学院付近という（日本歴史地名大系『京都市の地名』平凡社）。○山庄―敦忠の所有していた別荘。後掲の『一条摂政御集』には「小野殿」とある。比叡山の西から北西山麓一帯は「小野郷」と呼ばれ、平安時代には貴族の

山荘があった。五七二参照。○人のいとひけん―「いとふ」はきらう、疎ましく思うの意。「人」は山庄の主の敦忠。第四句の「花」に対応する。○今は―敦忠の亡くなった現在。第一句の「いにしへ」に対応する。

【補説】この歌は『一条摂政御集』（五〇）に詞書を「をのどのにてさくらのちるを見たまて」とし、第三句は「をしみけむ」とある。敦忠の死後に小野の山庄を訪れた藤原清正の歌が『後撰集』（哀傷・一四一六）にあり、当時は評判の山庄であった。

歌は敦忠の死を境にして、花と人との関係が逆転したことを詠む。「いにしへ」に対して「今」、「人」に対して「花」、「いとふ」に対して「恋ふ」という対応関係で一首を構成している。第三句「いとひけん」が『抄』の島本、貞和本、『集』の諸本などに「をしみけん」とあるが、前述のように一首の構成を把握すると、「恋ふ」に対応するのは「惜しむ」よりも「いとふ」であろう。

【作者】藤原伊尹→三四三。

【他出文献】◇金二〇、第三句「をしみけむ」。◇朗詠集五三九、第三句「をしみけむ」。◇深、第三句「をしみけむ」。

393　桜《さくら》の花咲《さ》きて侍りけるところに＊、もろともに侍りける人の、後の春ほかに侍りけるに、その花《はな》ををりてよみてつかはしける

読人不知

もろともにを《お》りし春のみ恋しくてひとり見《み》まうき花にも有るかな《哉》

【底本原状】歌ノ第三句「恋しくて」ハ底本ニ「恋しらて」トアリ、「ら」ノ左傍ニ見セ消チノ符号ガアッテ右傍ニ「く」トアル。

【校訂注記】「ところ」ハ底本ニ「ころ」トアルノヲ、島本、貞和本ナドニヨッテ改メタ。

【校異】詞○侍ける人の—み侍ける人の（島）○よみて—ナシ（島）。歌○花にも有かな—はなさくらかな（島）はなさくらかな〈「くら」ノ右傍ニ「かりィ」トアル〉（貞）。

【拾遺集】雑春・一〇四八。

さくらの花さきて侍ける所にもろともに侍りける人ののちの春ほかに侍りけるにその花をおりてつかはしける　　よみ人しらす

もろともに折し春のみ恋しくてひとりみまうき花にもあるかな（「花」ノ右傍ニ「サクライ　サカリイ」トアル）

定雑春・一〇三九。歌○花にもある—花さかり。

桜の花が咲いていました家に、一緒に住んでいました人が、翌年の春に他の所にいましたので、一緒にいた家の花を折って歌を詠んでやった

あなたと一緒に暮らして、二人で花を手折った去年の春のことばかりが恋しく思われて、一人では見たくない今年の花盛りである。

【語釈】○ところに—底本「ころ」は島本、貞和本、『集』の諸本に「ところ」とある。下文に「その花」とあり、花は時節を表すだけでなく、二人の生活の表徴であったので、「ところ」に改めた。○もろともに侍りける人—一緒に暮らしていました人。○後の春—その年の次の春。翌年の春。○ほかに侍りけるに—別れて他の所に住んでいた。○その花—一緒に住んでいた家の桜の花。○もろともにをりし—「をり」に一緒にいた意の「居り」と花を折る意の「折り」とを掛ける。○見まうき—「見まくうし」から転じた形容詞とする説もあるが、願望の意を表す「まほし」の類推によって、その否定形として生じた語とする説に従い助動詞とみる。…するのが

嫌いだ。見たくない。

【補説】花の時節、男は女とわが家の庭前の桜を手折ったりなどして賞美して過ごしたが、翌年の春には女は男の許を去って他所に移り住んでいた。その女の所に男は庭前の花の枝を折って、二人で見た去年の春のことばかりが恋しく思われ、ひとりでは見たいとも思わないと、花に添えて詠みおくってやった。この情況は物語的で、『伊勢物語』第四段で、梅の花盛りに他所に姿を隠した女を恋い慕った男が「月やあらぬ春や昔の春ならぬわが身ひとつはもとの身にして」と詠んだ世界に通ずるものがあり、花と男とに視点を合わせてみれば、人の世は変転するけれど、花は年々変ることなく咲くという、『和漢朗詠集』無常にみえる宋之問の「年年歳歳花相似　歳歳年年人不同」の詩句を連想させるが、この話の男の追慕と悲嘆は痛切である。

　この歌の成立と伝誦過程は明らかでないが、この歌のように、昔は一緒に花を見、今は離れてひとり花をみるという情況の歌には、

　もろともにをりし昔を思ひ出でて花見るごとにねぞなかれける（西本願寺本伊勢集一一〇）

　花の色をみるにつけつつもろともにをりし昔の人ぞ恋しき（西本願寺本能宣集一）

などがある。

394

　小野宮のおほいまうちぎみの家にて、池《いけ》のほとりの桜《さくら》の花を見《み》て　元輔

桜《さくら》花底《そこ》なる影《かげ》ぞを《お》しまるる沈《しづ》める人の春《はる》と思《おも》へば

【校異】詞〇いけのほとりのさくらの花―池辺桜花（島）〇みて―み侍て（島）。歌〇はると―はるかと（島）。

【拾遺集】雑春・一〇五七。

清慎公家にて池辺桜花よみ侍ける　　清原元輔

さくらはなそこなる影そおしまるゝしつめる人の春とおもへは

定雑春・一〇四八。詞〇池辺桜花―いけの辺のさくらのはなを。清原元輔―もとすけ

小野宮大臣実頼家で、池の辺の桜の花を見て

桜の花の池の底に映っている影が残念に思われる。それがおちぶれた私の春のようだと思うと。

【語釈】〇小野宮のおほいまうちぎみ―藤原実頼。一〇五［作者］。〇家―実頼の家は小野宮と呼ばれ、大炊御門南、烏丸西にあった。もとは文徳天皇の第一皇子惟喬親王の第宅で、親王は後年、愛宕郡小野に隠棲されたところから、その第宅は「小野宮」と呼ばれ、実頼が伝領した。〇底なる影―池に映っている姿。水面に映る影を水底に見えると表現した。〇沈める人―「沈む」は水面より下に没する意。官位の低い人。零落した人。

【補説】この歌は時雨亭文庫蔵坊門局筆『元輔集』（九）に詞書を「小野宮の太政大臣の家の池のほとりにて桜の花をゝしむ心よ（「む心よ」ハ補入）み侍りしに」とし、第五句を「はるかとおもへば」としてみえ、同文庫蔵承空本『元輔集』（七）には詞書を「小野宮の太政大臣の家の池のほとりにて桜の花を惜しむ和歌述懐をよみ侍」として、第五句は「はるかとおもへば」とある。

桜の花が池や川の水面に映っている様子を詠んだ、

みなそこにしづめる花の影みれば春のふかくもなりにけるかな（亭子院歌合三四　是則）

みなそこにうつる桜の影みればこの川づらぞたちうかりける（西本願寺本伊勢集六四）

などの歌には、自身の沈淪を訴え嘆くところは全くない。それに対して元輔の歌では池の底に映る花の影を「沈める人の春」の姿とみているが、それはあくまでも個人的な感慨である。元輔が実頼家でこのような歌を詠んだ

のは、期待した除目に漏れ、官位が停滞していたからであろう。萩谷朴氏（「清少納言の父元輔の閲歴」『国学院雑誌』昭和51・12）によれば、安和二年（九六九）に師尹、天禄元年（九七〇）に在衡が亡くなってから、新たな庇護者を求めて、小野宮家に急速に接近したという。元輔の歌で、確実に小野宮実頼と関係のあるものは、

康保四年（九六七）二月二十八日実頼月輪寺花見（時雨亭文庫蔵坊門局筆本元輔集一一。以下「坊門局筆本」と呼ぶ）

安和二年二月五日実頼家の子の日の遊宴に、実資の代詠（坊門局筆本三八）

安和二年十二月九日実頼七十賀の屏風歌（尊経閣文庫本、元輔集Ⅲ三五～五一）

小野宮家の花の宴（坊門局筆本一九、二〇）

小野宮実頼子の日を行う（坊門局筆本三三）

などで、詠歌年時のわかるものは康保～安和ごろのものであり、実頼も天禄元年五月十八日に没しているので、元輔が実頼の眷顧を蒙ったのは実頼晩年のきわめて短い期間であった。この三九四の歌は元輔の六十歳ごろ、官位は従六位上ぐらいで、民部省の判官であったころの詠作であろうか。

【作者】清原元輔→三二。

【他出文献】◇元輔集→［補説］。

395

延喜御時月令御屏風に　　凡河内躬恒

桜《さくら》花我やどにのみ有りと見《み》ばなきものぐさは思《おも》はざらまし

【校異】詞○御屏風に―御屏風（島）○凡河内躬恒―三常（島）みつね（貞）。歌○なきものくさは―なにもの

くさは〈「に」ノ右傍ニ朱デ「キ」トアル〉（貞）。

【拾遺集】雑春・一〇四七。

延喜御時月合（「令」ノ誤カ）御屏風哥

桜花我やとにのみありとみはなきものくさは思はさらまし

凡河内躬恒

定雑春・一〇三八。詞〇月合御屏風哥―月次御屏風のうた。〇凡河内躬恒―身つね。歌〇ありとみは―有と見は。

醍醐天皇の御代の月次の御屏風に

桜花はわが家の庭にだけある物だと思って見るならば、自分の所有しない珍品奇物はほしいとも思わないだろう。

【語釈】〇延喜御時―醍醐天皇の御代。四参照。〇月令御屏風―『躬恒集』によると「くさあはせ」の題で詠まれたものである。〇なきものぐさ―『新大系』は『八代集抄』に「何も無き事也」とあるのを引き、「無類のもの、無一物などを草に見立てた比喩か」として、大意には「自分は「なき物草」、何も無くて貧しいなどと思うことはないだろう」とある。「ものぐさ」は物の種類、物事の意。「なき」は所有していない、手元にないの意で、珍品奇物のこと。〇思はざらまし―欲しいと思わないであろう。

【補説】この歌は現存『躬恒集』には、「内御屏風和歌」とある歌群中にあり、書陵部蔵光俊本（躬恒集Ⅰ九九）、内閣文庫本（躬恒集Ⅱ三）、時雨亭文庫蔵承空本『躬恒集』（三）、西本願寺本（躬恒集Ⅳ三五〇）などに「草あはせ」、歌仙家集本には「草あはせするところ」（躬恒集Ⅴ三四）とある。底本の詞書には「月令御屏風」とあるが、この屏風歌の歌数・形態が比較的整っている書陵部蔵光俊本（九七～一〇五）には「はじめのねのひ」「はなつみ」「くさあはせ」「六月はらへ」「七月七日」「八月十五夜」「しはす」などの題で詠まれた歌がみえる。これによると、三九五の「くさあはせ」は三月尽日を詠んだ「けふくれてあすになりなば藤の花かけてのみこそ春をしのばめ」の歌の前にあるので、おそらく三月の行事として詠まれているのであろう。したがって、この「くさあはせ」は『和名抄』に「闘草　荊楚歳時記云五月五日有闘百草之戯闘草此間云久佐阿波世」とある、五月五日にいろいろな草を取り合せて優劣を競った物合せではない。

これは珍奇な物を取り合せて優劣を競った「種合」のことで、その具体的な様相は『今昔物語集』（巻二十八第三十五）にみえ、珍品奇物を探し求めたことを「世ノ中ニ難有キ物ヲバ、諸宮、諸院、寺々国々、京、田舎ト無ク、心ヲ尽クシ、肝ヲ迷ハシテ、求メ騒ギ合タル事、物ニ似ズ」と記している。なお、五一二参照。

【作者】凡河内躬恒→五。

【他出文献】◇躬恒集→［補説］。

396

ある人*のもとにつかはしける　　御導師浄蔵

霞立《た》つ山《やま》のあなたの桜《さくら》花思《おも》ひやりてや春を暮《くら》さむ

【校訂注記】「人の」ハ底本ニ「人」トアルノヲ、島本、貞和本ニヨッテ改メタ。

【校異】歌○春をくらさむ―はるをくらさん〈「を」ノ右傍下ニ朱デ「ヲ」トアリ、「ら」ノ左傍ニ朱デ見セ消チノ符号ガアル〉（貞）。

【拾遺集】雑春・一〇五〇。

御導師浄蔵ある人のもとにつかはしける

霞たつ山のあなたの桜花おもひやりてや春を過さむ

定雑春・一〇四一。詞〇御導師浄蔵―ナシ。〇作者名ナシ―御導師浄蔵。歌〇過さむ―くらさむ。

思いを掛けていた、ある女の許に詠んでやった

霞が立っている遥かに離れた山の彼方の桜の花、その花のようなあなたのことを思いやって春を暮らすのだろうか。

【語釈】〇ある人―浄蔵がひそかに思いを寄せている女性。〇山のあなたの桜花―山の遥か彼方に咲いている桜花。遠く離れた所にいる、思いを寄せている女性の比喩。〇春を暮さむ―貞和本の朱筆の書入れは校合本の原状などを正確に写し取ったものか疑問がある。現状からは「はるをヲくさん」という本文になり、意味不通の文となる。おそらく左傍の見せ消ちの符号は「さ」に付いていたのだろう。このように考えると、校合本の本文は「はるをヲくらん」となり、「春を暮さむ」に対して「春を送らん」（貞和本書入れ）「春を過ごさむ」（『集』具世本）という異文があったと考えられる。

【補説】容易に会えない女を、霞の立つ遥か彼方の山に咲く桜の花によそえ、ひそかに思慕の情を詠んでいる。浄蔵の女性関係については『大和物語』（百五段）を淵源として『今昔物語集』（巻三十第三）、『発心集』（第四・五）などにみえる。まず、『大和物語』（六十二段）には、「のうさんの君」が浄蔵と思いを交わして、歌を贈答した話がみえる。この「のうさんの君」は生没・出自など全く明らかでない。一〇五段は近江介平中興の女が物のけにとりつかれ、浄蔵が験者として加持祈禱をしているうちに、二人のことが世間で噂になったため、浄蔵が鞍馬に籠ったときに詠み交わした贈答歌から成る。『拾遺集増抄』などは三九六の詞書の「ある人」を、この平中興の女ではないかとみている。平中興の女が鞍馬の浄蔵に詠みおくった歌は『後撰集』（恋四・八三二）にも、

浄蔵鞍馬の山へなんいるといへりければ
平中興が女
すみぞめのくらまの山に入る人はたどるたどるも帰りきななん

とみえる。三九六がどういう女性に詠み送った歌か、全くわからないが、この歌は世間に流布したようで、この歌を意識して詠んだと思われる、

霞たつ山の桜はいたづらに人にもみえで春や過ぐらん（続千載・春下・一三三　花山院）

という花山院の歌がある。

【作者】「浄蔵」は一般的には「浄蔵大徳」「浄蔵貴所」「浄蔵定額」「大法師浄蔵」などと呼ばれている。『和歌色葉』の「名誉歌仙」にも「拾遺詞花静蔵貴所　善宰相清行息」とあり、「御導師浄蔵」の呼称は『抄』『集』に用いられているだけである。この呼称について『八代集抄』には「延喜帝念仏会に浄蔵師勅にて、梵唄をなせり。かやうの事にて御導師といふにや」とあるが、首肯しかねる。『政事要略』などによると、天暦四年（九五〇）十二月二十三日の御仏名について「御仏名竟夜也、暁御導師浄蔵錫杖之間、簾中調琴音、三礼之間蔵人頭雅信、自簾中以御衣一襲給之」とあり、浄蔵は仏名の導師として奉仕し、御衣を賜っている。こうしたことから、「御導師浄蔵」と呼ばれるようになったのだろう。父は参議三善清行、母は嵯峨天皇の孫。寛平三年（八九一）生。幼少より聡明で七歳で出家、十二歳で宇多法皇に召され、比叡山で受戒、玄昭らに師事。康保元年（九六四）十一月二十一日、東山雲居寺で入滅、七十四歳。顕密、悉曇、管弦、天文、医道など、諸道諸芸に通暁していた。法験著しい霊験譚や人間味あふれる逸話がある。勅撰集には『拾遺集』『詞花集』に各一首入集。

延喜御時に、南殿の桜《さくら》の散《ち》り積《つも》りて侍りけるを見て　　公忠朝臣

397
主殿《とのもり》の伴《とも》の御奴《宮つこ》心あらばこの春ばかり朝浄《ぎよ》めすな

【校異】詞○御時に―御時（島・貞）○ちりつもりて侍けるを―ちりつもりたるを（島）○見て―み侍て（島）。

【拾遺集】雑春・一〇六四。

延喜御時南殿にちりつみて侍りける花をみて　　源公忠朝臣

とのもりのとものみやつこ心あらはこの春はかりあさきよめすな

㊍雑春・一〇五五。

醍醐天皇の御代に、南殿の桜の花が散り積もってありましたのを見て

主殿寮の下部たちよ、もし花を愛でる雅び心があるならば、この春が終るまで、前庭の朝の清掃はしないでくれ。

【語釈】○延喜御時―醍醐天皇の御代。四参照。○南殿の桜―「南殿」は紫宸殿の別称。平安京内裏の正殿。南面して建ち、身舎の四方に廂があり、南廂には階段があって前庭に通じ、階段の左右に桜と橘が植えられた。「南殿の桜」は階段の左側にあった「左近の桜」のこと。○主殿の伴の御奴―「主殿」は「主殿寮」のこと。令制で宮内省に属し、宮中の掃除、灯燭、輿輦、湯沐などをつかさどった役所。主殿寮の下級官吏で内裏の清掃などに従事した者を「伴の御奴」という。○心―花を愛でる雅び心。○朝浄めすな―「朝浄め」は毎朝の庭掃除。春が終るまで、南殿の前庭の朝の清掃はしないでくれ。

【補説】この歌は時雨亭文庫蔵『公忠集』（五）に詞書を「なん殿のさくらのちりしに」としてあるが、『今昔物

語集』（巻第二十四　敦忠中納言南殿桜読和歌語第三十二）には歌の作者を敦忠とする説話がある。これを承けて『宝物集』（九巻本）には問題点をも指摘しながら、次のようにある。

殿守のともの宮つこ心あらば此春ばかり朝清めすな

此歌、世継并に宇治大納言隆国の物語には、小野宮殿実頼陣の座におはしけるに、南殿の花面白く散けるを見給ひて、只今土御門中納言の参られよかしと、たはぶれ給ひけるを、敦忠参り給へりければ、いまだ居も定り給はぬに、あの花はみ給ふか、おそし／＼との給ひければ、かく読み給へり。拾遺、金葉両集には源公忠とあり。又、公忠が集（に）あり。

これは『今昔物語集』の同話の梗概であるが、「拾遺、金葉両集」には源公忠の詠作であると異伝を書き留めている。ここにいう「金葉」は光長寺蔵本に「金玉」とあるのによるべきであろう。しかし、この「金玉」が公任の撰になる『金玉集』のことであるならば、この歌は『金玉集』の現存本のいずれにもなく、『宝物集』の誤りということになる。現存資料では、公忠の詠作とする『抄』『集』『公忠集』と、敦忠の詠作とする『今昔物語集』『宝物集』との両説があることになる。なお、『拾遺抄註』には「此歌ハ公忠弁ガ歌ニテアルヲ、ヨロヅノ書物語ナドニ、兼輔卿歌ト申シタル、僻ゴトナリ」とあり、兼輔作者説があったことになるが、信憑できない。鎌倉期の歌学書などにも作者を公忠とするものがあるが、前記以外の積極的な論拠があるわけではない。公任は『抄』で公忠の作としているが、『和漢朗詠集』（一三二・落花）では作者名を付していない。

この歌は散り積もった花をも掃き浄めることなく賞美しようという、花への愛惜を詠んでいる。『抄』三八にも類似の発想の歌があったが、花への愛惜はこちらの方が強い。

【作者】源公忠→六九。

【他出文献】◇公忠集→［補説］。◇『今昔物語集』。◇朗詠集一三二。

題不知　　　　　　　　　　読人不知

398 岩間《いはま》をも分《わ》けくる滝《たき》の水をいかで散《ち》りつむ花の塞《せ》き止《とゞ》むらん《覧》

【底本原状】第四句「ちりつむ花の」ノ「つむ」ハ「くる」トアル本文ノ左傍ニ見セ消チノ符号ヲ付シ、右傍ニ「ツム」トアル。

【校異】詞○題不知―たいよみひとしらす（島）。歌○いはまをも―いはまより〈「より」ノ右傍ニ「をもィ」トアル〉（貞）○せきと丶む覧―せきとなるらん〈「なる」ノ右傍ニ「トム」トアル〉（貞）。

【拾遺集】春・六八。

岩間をも分くる谷の水をいかて散つむ花のせきと丶む覧

定春・六七。詞○詞書ナシ―題しらす。○作者名ナシ―よみ人しらす。歌○谷の―たきの。

題知らず

岩の間をも分けるように流れてくる激しい流れを、流れに散り積もった花びらがどうして塞き止めているのだろう。

【語釈】○岩間をも分けくる―岩と岩の間を分けるように流れてくる。「谷川の岩間をわけてゆく水の音にのみやは聞き渡るべき」（歌仙家集本系統兼盛集二七）「松かげの岩間を分くる水の音に涼しくかよふひぐらしの声」（式子内親王集三三）。○滝―川の流れの速いところ。激流。○塞き止むらん―川に散った花が流れてきて岩間に積もっているさまを堰に見立てて、流れを塞き止めているといった。

【補説】作者は、岩間に流れ積もった花びらが激流を塞き止めているとみて、激流にそれとは対照的な片々たる花びらを対置させ、流されてきた花びらが岩間に積もって、逆に激流を止めているという逆転した関係に「いかで」と驚き訝しんでいる。この発想を用いた秋の歌に、

もみぢばの流れてとまるみなとには紅ふかき波や立つらむ（古今・秋下・二九三。時雨亭文庫蔵唐紙本素性集二五）

と、散る花に替えて紅葉ばを詠んでいる。

三月に閏月《うるふ》侍《はべ》りける年《とし》、八重《やへ》山吹をよみ侍りける　菅原輔昭

399 春風はのどけかるべし八重《やへ》よりもかさねて匂《にほ》へ山吹《やまぶき》の花《はな》

【校異】詞○三月に―三月（島）○やへ山吹―山吹（島・貞）○よみ侍ける―み侍て（島）よめる（貞）○輔昭―輔照（貞）。

【拾遺集】雑春・一〇六八。

三月のうるふ月侍けるとしやえやまふきをよみ侍ける　菅原輔昭
春風はのとけからまし八重よりもかさねてにほへ山吹のはな

定雑春・一〇五九。詞○三月の―三月。○侍ける―ありける。歌○のとけからまし―のとけかるへし。

三月に閏月がありました年、八重山吹を詠みました

三月が閏月で春が長いので、春風はゆったりと吹いているだろう。八重よりも多く幾重にも華やかに咲きなさい、八重山吹の花よ。

【語釈】○三月に閏月侍りける年―輔昭が生存したと思われる時期で三月に閏月があったのは天慶五年（九四二）、応和元年（九六一）、天元三年（九八〇）である。○のどけかるべし―「のどけし」はゆったりとしているさま。三月が二度あるので、春も長く風も当然ゆったりと吹いていて、慌しく花を吹き散らすことはないだろう。○かさねて―三月が重ねてあるように、八重咲きの花も、八重よりも多く幾重にも花弁をつけて。○匂へ―山吹は香は微かに漂う程度で、鮮やかな黄色の花が賞美された。「匂へ」は華やかな美しさ、つややかな美しさを発散させる意。華麗に咲きなさい。

【補説】この歌は天延三年（九七五）三月十日に行われた「一条大納言家歌合」（廿巻本標題）に「款冬」の題で、長能の「底清き井手の川べに影みえて今日さかりなり山吹の花」と番えられ、十巻本断簡では「勝」になっているが、廿巻本には勝敗は記されていない。この歌合が行われた天延三年以前で三月に閏月があったのは応和元年である。したがって、輔昭の歌は応和元年閏三月に詠まれたものである。これについて萩谷朴氏（『平安朝歌合大成二』）は、「本歌合は、新作旧詠取りまぜての歌合であった」といわれている。

この歌の表現で注目されるのは「にほふ」の語である。この語は、

山吹のにほへる妹がはねず色の赤裳の姿夢に見えつつ（万葉・巻十一・二七八六）

流れ行くかはづ鳴くなりあしびきの山吹の花にほふべらなり（西本願寺本貫之集七七）

ひとへづつ八重山吹はひらけなんほどへてにほふ花と頼まん（歌仙家集本系統兼盛集九五）

などと、万葉以来、「山吹」の美しさをいう常套的表現として用いられていた。

【作者】菅原輔昭　菅原文時の男。『尊卑分脈』に「大内記、従五位下」とある。天延三年三月「一条大納言家歌合」に「兵部大輔」、「三条左大臣頼忠前栽歌合」に「仁部の大丞」とある。『本朝麗藻』所収の藤原有国の「初冬感李部橘侍郎見過、懐旧命飲并序」という序文によって、天元五年（九八二）秋以前に亡くなったという。

『公任集』に仲文とともに登場する「すけあきら」は別人である（拙著『公任集注釈』解説七〇〇～七〇三頁参照）。

【他出文献】◇一条大納言家歌合（廿巻本）→［補説］。◇如意宝集。

補8　比叡山にすみ侍りけるころ、人の薫物《たきもの》をこひて侍りければ、侍りけるままに少《すこ》しを、梅花の散《ち》り残《のこ》りたる枝《えだ》につけてつかはすとて　如覚法師

春立《はるた》ちて散《ち》り果《は》てにけり梅《むめ》の花《はな》ただかばかりぞ枝《えだ》に残《のこ》れる

【校訂注記】コノ歌ハ底本ニナク、島本（四〇四）・貞和本（四〇七）ニアルノデ、島本ニヨッテ補ッタ。

【校異】詞〇比叡山―ひらのやま（貞）〇こひて―こひ（貞）〇侍けるまゝに―ありけるまゝに（貞）〇すこしを―すこし（貞）〇ちりのこりたるえだに―わつかにちりのこりて侍けるに（貞）〇つかはすとて―つかはしける（貞）。**歌**〇はるたちて―はるたちて〈「たちて」ノ右傍ニ朱デ「スキテ」トアル〉（貞）〇ちりはてにけり―ちりのこりたる〈「のこりたる」ノ右傍ニ朱デ「ハテニケル」トアル〉（貞）。

【拾遺集】雑春・一〇七二。

ひえのやまにすみ侍けるころ人のたきものをこひて侍りけるまゝにすこしをむめの花のわつかにちりのこりて侍る枝につけてつかはしける　如覚法師

春たち（「たち」ノ右傍ニ「スキ」トアル）て散はてにける梅の花たゝ香はかりそえたに残れる

定雑春・一〇六三。**詞**〇こひて―こひて侍けれは。**歌**〇春たちて―春すきて。〇香はかりそ―か許そ。

比叡山（の横川）に住んでいましたころ、人が薫物を所望してきましたので、手元にありましたので少しを、梅の花がわずかに散り残っておりました枝に添えて送ってやりました
春が過ぎてすっかり散ってしまった梅の花は、たったこれ程が、香だけが枝に残っていました。

【語釈】○比叡山にすみ侍りけるころ―『多武峯略記』（上第十一住侶）に「応和元年（九六一）十二月五日詣叡山横川、礼増賀上人、出家受戒、同二年八月登多武峯」とある。○人―流布本系書陵部蔵『小大君集』（小大君集Ⅰ三六）には「ある大徳」とある。○薫物―いろいろな香木を鉄臼でひいて粉にしたものを、蜜などを用いて練り合わせたもの。薫香。ここは後の文に「梅花」とあるので、梅花方のこと。○こひて―「こふ」は人に物を求める。所望する。○侍りけるままに―「ままに」は原因、理由を表す。手元にありましたので。○如覚法師―藤原高光の法名。○春立ちて―『集』の定家本に「春すぎて」とある。「春立ちて」は春になっての意。梅は春の景物であるので、「春立ちて散り果てにけり」という表現はしっくりしないと感じて、「春すぎて」、「春風に」（小大君集）などという第一句の本文が生じたのであろう。○かばかりぞ―これほど、この程度の意をいう副詞「かばかり」に「香ばかり」を掛ける。

【補説】この歌は時雨亭文庫蔵唐草装飾本『高光集』（四三）に詞書を「比叡の山に住み侍りけるころ、人の薫物をこひてはべりければ、梅花の枝にわづかに散り残りてはべりけるにつけて、つかはすとて」とし、第一、二句を「春すぎて散りはてにけり」としてみえる。また、『小大君集』には詞書を「たふのみねの君に、ある大徳の舎利会の香炉にいれんとて、梅花さぶらふなるすこし給はらんとましたりければ」とし、第一句「春風に」としてみえる。

如覚が「比叡山にすみ侍りける」時期は、［語釈］に掲げた『多武峯略記』によると、応和元年十二月五日か

ら同二年八月までであるので、この歌は応和二年の春の詠作ということになる。

この歌の詠歌事情は『小大君集』の詞書が具体的で詳細である。それによると、如覚に梅花方を所望した人物は比叡山の「大徳」である。『小大君集』の詞書にいう比叡山の舎利会は『三宝絵詞』には「四月、比叡山舎利会」とあるが、『師元年中行事』には三月の「撰吉日事」の項に「天台舎利会事…総持院。無定日。用山花盛時。」とあり、後年は三月の花の時に吉日を選んで行ったという。『小右記』によると五月に行われたこともあった。高光出家当時のことは資料にみえず明らかでないが、梅の散り残っていた三月に行われたのであろう。『小大君集』にいう「大徳」は高光に戒を授けた良源であるとも思われるが、確かでない。

『源氏物語』（梅枝）には、明石の姫君の裳着がせまったころ、見舞いに訪れた兵部卿宮が庭前の美しい紅梅を眺めていると、前斎院からといって、御文を持って参った場面がある。その手紙は「散りすぎたる梅のえだにつけ」てあった。この趣向は『河海抄』にいうように『高光集』や『抄』の如覚法師の歌を意識している。また、『源氏物語』（真木柱）にある帝の「九重に霞へだてば梅の花ただかばかりも匂ひこじとや」という歌の「梅の花ただかばかり」という表現も遡源すれば如覚法師の歌にゆきつく。高光の出家は当時の人々には衝撃的な事件であったので、高光についての関心は高く、この歌も人々によく知られていた。

【作者】藤原高光　藤原師輔の八男、母は醍醐天皇皇女雅子内親王。天慶三年（九四〇）誕生か。幼名まちおさ君。侍従、左衛門佐、右近少将などを務め、応和元年（九六一）正月七日従五位上に叙せられ、同年十二月五日比叡山の横川に登って良源のもとで出家、受戒。応和二年に多武峯に移り、増賀に師事。正暦五年（九九四）三月十日没。法名如覚、道名寂真。天暦十年「坊城右大臣師輔前栽合」に出詠、天徳四年「内裏歌合」に右方の方人として参加。三十六歌仙の一人。『拾遺集』以下の勅撰集に二十二首入集。家集に『高光集』がある。

【他出文献】◇高光集→［補説］。◇小大君集→［補説］。◇三、第一、二句「春すぎてちりはてにけり」。

延喜御時に藤壺《つぼ》にて、藤花の宴せさせ給ひけるに、殿上の男《をのこ》ども和《わ》歌《か》つかうまつりけるに

蔵人国章

400　藤の花宮《はなみや》のうちには紫《むらさき》の雲《くも》かとのみぞあやまたれける

【校異】 **詞**○御時に―御時（島・貞）○藤つほにて―藤壺の〈「の」ノ右傍ニ朱デ「ニテ」トアル〉（貞）○藤花の宴―藤の宴（島）○わか―歌（島）○蔵人国章―蔵人藤原国章（島）藤原国章〈「藤」ノ上ニ補入ノ符号ヲ付シ、右傍ニ朱デ「蔵人」トアル〉（貞）。**歌**○みやのうちには―みやこのうちは（島）。

【拾遺集】 雑春・一〇七七。

延喜御時に藤つほの藤花宴せさせ給けるに殿上のおのことも和歌つかうまつるに

蔵人藤原国章

藤の花みやのうちにはむらさきの雲かとのみそあやまたれける

定 雑春・一〇六八。**詞**○御時に―御時。○和歌―うた。○つかうまつるに―つかうまつりけるに。○蔵人藤原国章―皇太后宮大夫国章。

醍醐天皇の御代に藤壺で、藤花の宴を催しなさいました折、昇殿を聴された者たちが和歌を詠み申し上げましたときに

藤の花は宮中では瑞雲とされる紫の雲かと見まがうほどである。

【語釈】 ○延喜御時―醍醐天皇の御代。四参照。○藤壺―平安内裏の五舎の一つ。清涼殿の北、弘徽殿の西にあり、庭に藤が植えてあった。飛香舎とも。○藤花の宴―藤の花を見ながら、詩を賦し、歌を詠み、歌舞を演じた

りして宴を催すこと。醍醐天皇の御代の藤花の宴でよく知られているのは、延喜二年（九〇二）三月二十日に行われたものである。〇殿上の男ども―昇殿を聴された四、五位の者、および五、六位の蔵人たち。〇和歌つかうまつりける―「つかうまつる」は「作る」「行ふ」「為す」の謙譲語。和歌を詠み申し上げた。〇紫の雲―聖衆来迎の雲。吉兆を表す瑞雲とされる。後に高徳の天子が生れるときに立つとも、皇后の異名とも言われるようになった。藤の花の咲くさまを喩えていう。

【補説】藤の花の咲くさまを慶雲とされる紫雲に見立てて詠み、帝の御代を寿いでいる。

延喜二年三月二十日に行われた「藤花宴」のことは『西宮記』（巻八臨時宴遊、以下同ジ）、『河海抄』（宿木）所引の『醍醐天皇御記』に詳しくみえる。後者によると「左大臣殊仰右大将令献題目、飛香舎藤花和歌」とあり、右大将定国が歌題を献じて歌を詠んでいる。一方、四〇〇の歌の作者の国章が藤原元名の子の国章であれば、彼は延喜十九年（九一九）誕生であるので、時代があわない。これに関して『新大系』には「作者の藤原国章は年齢が合わない。村上天皇の御代、天暦三年（九四九）四月十二日の藤花宴に詠まれた歌か」とある。

ここで改めて国章が生存していた醍醐・朱雀・村上・円融朝に行われた藤花宴についてみておく。

(イ)延喜二年の後では、天暦三年四月十二日に飛香舎で行われた藤花宴がある。この宴は地下人和歌を献じ、公卿、侍臣で弦歌に堪能の者を召して奏楽を行うという盛大な催しで、この日のことは『西宮記』に詳しい。

(ロ)天暦三年の藤花宴のことを記した『西宮記』に注目すべき記事がある。それは当日の宴の次第を記した箇所に「次献題、大臣奏准延長例…」とあることである。この記事から、今回の藤花宴で先例として准えるような宴が延長年代に行われていたことである。この延長年代の藤花宴のことは史料には見出だしえないが、そのときの歌と思われるものが歌仙家集本『公忠集』（六）に、

　延長八年三月廿三日藤つぼの藤の賀に

色ふかくにほへる藤の花ゆへに残りすくなき春をこそ思へ

とあり、延長八年（九三〇）三月二十三日に藤壺で藤花宴が催されたことが知られるが、詞書の年時の部分は、時雨亭文庫蔵『公忠集』（五）に「延喜九年三月廿二日ふちつぼの」、書陵部蔵御所本『公忠集』（公忠集Ⅱ四）に「延喜八年三月廿二日藤の花がに」、西本願寺本『公忠集』（六）に「延喜八年三月廿日藤壺花に」などとあり、「延喜」とする写本が多い。しかし、延喜八年に藤花宴が催されたという史料はないが、延長年代に催されたことは前掲の『西宮記』の記事からも断定できるので、延長八年三月二十三日に催されたとする歌仙家集本にしたがってよかろう。

結局、現存資料から確認できる、国章の生存した醍醐・朱雀・村上・円融朝に行われた藤花宴は二回のみである。そこで、次の手順として国章の経歴などから検討する。

四〇〇の歌の『集』における国章の官職表記は定家本に「皇太后宮大夫」とある。国章は天元五年（九八二）三月五日に皇太后宮昌子内親王に請われて皇太后宮権大夫に任ぜられ、寛和元年（九八五）六月二十三日に亡くなっている。したがって、定家本の「皇太后宮大夫」は国章の最終官職であるので、問題はないが、これによって詠歌年時を決めることはできない。これに対して『抄』や『集』の具世本の官職表記は「蔵人」とある。国章の経歴については貞元二年（九七七）正月七日に従三位に叙せられ非参議に列せられるまでは不明な点が多い。現存資料で最初に国章の経歴について記した資料は『本朝世紀』天慶八年（九四五）十二月十日の条に、

有省試判事、及第者四人。藤原国章。同維香。大江遠兼。同澄影等也。

とある記事で、国章は二十七歳で省試に及第したことが知られる。これに次いで『西宮記』（巻三裏書）には、

同（天慶）十、二、十一、列見。此日大原野祭也。参社、参議忠文、師氏、外記史、史生、官掌召使等、申上入見参。又内記藤原国章依朱雀院仰、同入見参云々。

とある。「又…同入見参云々」という書き方から、内記国章は大原野祭の院使とは別に朱雀院の仰せで見参に入れたのである。おそらく省試に及第して間もなく国章は内記になったのだろう。その後の動静は不明であるが、

『北山抄』（巻十吏途指南）の「加階事」に、

応和預造宮賞之者、真材、時雨（明カ）、文実、国章、為輔、仲遠等、皆有治国賞云々。可尋勘。

という割注があり、応和元年（九六一）十二月二日に内裏造営の功によって加階したことがみえ、天延二年（九七四）に「前近江守」（親信卿記）とあることと考え合わせると、国章はいくつかの国守を歴任したことが知られる。

以上、知りえた国章の経歴によって、前掲の(イ)(ロ)の藤花宴についてみると、まず、(ロ)の藤花宴のときには国章は十二歳で、地位、年齢などから出席したとは考えられない。(イ)の藤花宴での詠作とすると、作者の官職名表記が『集』の定家本のように「皇太后宮大夫」であれば、問題にならないが、『抄』や『集』の具世本の「蔵人」とある官職名表記については、『蔵人補任』に国章の名がないので、別の角度からの検討を要する。前記のように、国章は天慶十年（天暦元年）には内記であったので、醍醐・朱雀・村上朝のころ、内記の職にある者が六位蔵人に補せられた例があるかを調査すると、延喜十九年には少内記であった二十八歳の正六位上藤原在衡が六位蔵人に補せられ、天慶四年にも国章の兄の少内記藤原文範が三十三歳で六位蔵人に補せられ、天慶九年には文章生の藤原扶樹、橘公輔が六位蔵人に補せられている。(イ)の当時、国章は三十一歳で内記（おそらく少内記）であったので、六位蔵人に補せられていた蓋然性は大きい。このことから、四〇〇の歌は天暦三年（九四九）四月十二日に飛香舎で行われた藤花宴で詠まれたとみてよかろう。なお、公任の代表作の一つである、

紫の雲とぞ見ゆる藤の花いかなる宿のしるしなるらん（公任集三〇七）

という歌は、この国章の歌を本歌として詠んだものであり、

ここのへに咲けるを見れば藤の花こき紫の雲ぞたちける（千載・春下・一一九　祐家）

という歌も国章の歌を意識して詠んでいる。

【作者】藤原国章　参議藤原元名の男。母は藤原扶幹女。延喜十九年（九一九）生。天慶八年十二月省試に及第、

内記となる。近江守、春宮権亮などを歴任、天禄三年（九七二）正月二十三日大宰大弐となる。貞元二年正月従三位に叙せられ、非参議となり、太宰大弐を兼官、天元五年三月皇太后宮権大夫、寛和元年六月に六十七歳で没す。勅撰集には『拾遺集』に四首入集。『元輔集』から二人の親交が窺い知られる。なお、［補説］参照。

百首歌中に　　源　重之

401　夏にこそ咲《さ》きかゝりけれ藤《ふぢ》の花《はな》松にとのみも思《おも》ひけるかな

【校異】ナシ。

【拾遺集】夏・八四。

百首の歌中に　　源　重之

夏にこそさきかゝりけれ藤の花まつにとのみも思けるかな

定夏・八三。詞○百首の歌中に―百首歌中に。○源重之―しげゆき。

百首歌のなかに

春から夏にかけてこそ咲くのであった、藤の花は。松にまとわりついて咲くとばかり思っていたことだ。

【語釈】○百首歌―冷泉院の東宮時代に詠進した百首歌。五五参照。○咲きかかりけれ―「咲きかかる」は花が咲きおくれて、次の季節にかけて咲く意と、物におおいかぶさって咲く意とを表す。夏については前者の意、松については後者の意。○松にとのみ―「松に咲きかかるとのみ」の意。藤の花は松にまとわりついて咲くとばかり。

【補説】この歌は西本願寺本『重之集』では百首歌の春二十首の最後（二四〇）にあるが、『集』では夏の部にある。藤は八代集では『集』だけが夏の景物で、他は春の景物である。この歌では『集』の撰者と歌の作者とは、藤の歌の部立について異なった認識をもっている。「夏にこそ咲きかゝりけれ」という表現が成り立つ前提として、藤は春に咲くという一般的な認識がある。その一般的認識との違いの発見を係り結び表現で強調したのである。

『抄』では四季部に藤の歌がなく、『抄』の撰者や『抄』成立時の人々が、どのように考えていたかはっきりしない。そこで私家集などで藤の歌がどのようにとり扱われているかを瞥見しておく。まず、百首歌を詠んでいる歌人の家集をみると、『好忠集』では「毎月集」といわれる部分では「三月終り」の歌群の最後から二番目（九一）に藤の歌があり、「好忠百首」では「春十首」の最後（三七九）にある。また、『恵慶集』の百首歌でも、『和泉式部集』の百首歌でも春の歌群の最後に藤の花の歌がある。これらに対して、『高遠集』には「月次」の標題のもと各月四首詠んだ歌群があるが、藤の花は四月の歌群にあり、夏の景物と考えられていた。

そもそも藤の花は実態としては、

春夏のなかにかかれる藤波のいかなる岸か花はよすらん（重之集八三）

いづかたに匂ひますらむ藤の花春と夏との岸を隔てて（千載・春下・一一八　康資王母）

暮れのこる春の日数に咲き初めてさかりは夏にかかる藤波（夫木抄二一三一　為相）

時わかぬ松のみどりは紫の藤咲く折や夏をしるらむ（顕綱集九七）

などと詠まれているように晩春から初夏にかけて咲いているので、春、夏のどちらの景物にもなりうる。ここで注目されるのは、高遠とほぼ同時代の公任に、

年ごとに春をも知らぬ宿なれど花咲きそむる藤もありけり（公任集五〇）

という歌があり、藤は春に咲きそめるとみて春の景物と考えており、公任の撰著の『和漢朗詠集』も「躑躅・藤・款冬」と続いて春の部立は終っていて、春の景物としている。おそらく長保・寛弘期ごろに春よりも夏の方に比重を置いた考え方が優勢になったのであろう。しかし、後世まで規範として継承されなかった。

また、松に藤がかっている大和絵の構図が歌にも詠まれるようになって、それが類型化したことが、「松にとのみ」と表現されるようになった。これらの前提のもとで「咲きかかる」を掛詞に用いて、四〇一の歌は成り立っている。

【作者】 源重之→五五。

【他出文献】 ◇重之集二四〇。

402　延喜御時飛香舎にて、藤花の宴ありけるに、人々和歌《わか》つかまつりけるに

小野宮大臣

薄《うす》く濃《こ》く乱《みだ》れて咲《さ》ける藤《ふぢ》の花ひとしき色はあらじとぞ思《おも》ふ

【校異】 **詞**○藤花の宴—藤花宴（島）○小野宮大臣—をの、宮のおほいまうち君（島）小野宮左大臣（貞）。**歌**○うすくこく—うすくこふ〈「ふ」ノ右傍ニ「くィ」トアル〉（貞）。

【拾遺集】 夏・八七。

延喜御時飛香舎に藤壺の花の宴侍ける時

小野宮太政大臣

うすくこくみたれてさける藤の花ひとしき色はあらしとそおもふ

［定］夏・八六。**詞**○飛香舎に—飛香舎にて。○藤壺の花の宴—藤花宴。○時—時に。

醍醐天皇の御代に藤壺で、藤花の宴があったときに、殿上人たちが和歌を献上いたしました際に濃淡色とりどりに乱れて咲いている、藤壺の前庭の見事な藤の花と同じような色の花は、他にはあるまいと思う。

【語釈】○延喜御時―醍醐天皇の御代。四参照。○飛香舎―藤壺。四〇〇参照。○藤花の宴―『集』の具世本には「藤壺の花の宴」とある。この本文によれば「藤壺主催の花の宴」ともとれる。○小野宮大臣―藤原実頼。一〇五［作者］参照。○ひとしき色―『八代集抄』には「深浅の色のひとしからぬ事を、藤壺の花にひとしき色は外にあらじの心をそへて読り」とある。『新大系』は大意に「この内裏の見事な藤の花に匹敵するような色の花は、外にはどこにもあるまいと思う」とあって、『八代集抄』の説明の後半に重点をおいた解釈であり、『和歌大系』は「ひとしき色」について特に説明はないが、第一、二句に「濃淡一つとして同じ花のない藤の見事さをいう」とあって、『八代集抄』の説明の前半に重点をおいた解釈のようである。「ひとし」は二つのものの程度、数量などが一つであるさま、同じであるさまを言い、「…とひとし」という言い方をすることが多い。この歌と同じように「ひとしき色はあらじとおもふ」という下句を用いた「わが折りてくらぶの山のもみぢばにひとしき色はあらじとぞ思ふ」（天暦九年閏九月内裏紅葉合）という歌がある。この歌では「…にひとしき色」と状態・比較の基準を表す助詞「に」を伴っている。四〇二も「藤の花（に）ひとしき…」というべきところを音数の関係から「に」を省略したとみると、他者と比較していったものと考えられる。

【補説】藤花宴の席上で、濃淡とりどりに咲く豊麗な藤花を、技巧や巧緻な表現で細部を描くのではなく、「薄く濃く」と対応する語を重ねて乱れ咲くさまを直截に詠み、他所には同じ色のものはないと見事さを強調している。

この歌は時雨亭文庫蔵『小野宮殿集』（七八）に詞書を「延喜御時飛香舎にてふぢのえんありしに」として、歌詞に異同なくみえる。この詞書の藤花宴を、醍醐天皇の御代の延喜二年（九〇二）三月二十日に飛香舎で行われた藤花の宴のこととすると、当時の実頼は三歳で、歌の作者としては幼なすぎる。『新大系』には「実頼は三歳で、歌を詠むのは無理か。村上朝の天暦三年（九四九）四月十二日の宴も盛儀であった」と、天暦三年の藤花宴の作であるかのような筆致である。『和歌大系』は踏み込んで、天暦三年四月十二日の藤壺での藤花宴のものかという。この藤花宴は藤壺を居所とした女御安子の後盾であった父師輔が経営して催したもので、このとき実頼は左大臣であった。はたして四〇二が、この藤花の宴で詠まれたものであろうか、これには疑義がある。

(イ)まず、天暦三年四月の藤花の宴のことを記した『西宮記』（巻八臨時宴遊）によると、天皇出御のことを記した部分には「未刻御出、有仰召右大臣（師輔）、次諸卿参上、次侍臣著座」とあり、当時左大臣であった実頼のことは全く記されていない。

(ロ)この日は地下人が序歌を献じた後、次々献歌したとあり、公卿が歌を詠んだかは明確でない。四〇二の詞書に「人々和歌つかまつりけるに」とあるが、この文は四〇〇の詞書に「殿上の男ども和歌つかうまつりけるに」とあった文と同じことをいったもので、当日歌を詠んだ「人々」は殿上人や昇殿を聴された蔵人たちであり、左大臣実頼が「殿上の男ども」に交じって歌を献じたとは考えられない。

(ハ)家集や『抄』の詞書に「延喜御時」とある本文を根拠もなくむやみに無視することはできない。

これらのことから天暦三年の藤花宴に詠まれた歌であると、軽軽には言えない。それではいつの藤花宴に詠まれたのだろうか。

すでに四〇〇の［補説］に記したように、醍醐天皇の御代には延長八年（九三〇）三月二十三日にも藤壺で藤花の宴が行われている。この時ならば、実頼は従四位下右中将で昇殿を聴されていて、「人々（殿上の男ども）」の一員として和歌を献じたとみて、なんら問題はなかろう。

色の濃淡をいう「うすくこく」という表現は、平安時代には菊の花や紅葉について用いたが、歌人では清原元輔に三首あり、梅の花、山桜に用いている。藤の花に用いたのは実頼の歌以外に村上天皇が詠んだ、

藤壺にて藤賀せさせ給ふとて

うすくこく若紫によりかけてみだるる花を見む人もがな（万代・春下・四五一）

という歌があるが、実頼の歌の方が先に詠まれたのであろう。

【作者】 藤原実頼→一〇五。

【他出文献】 ◇小野宮殿集→［補説］◇清慎公集。

郭公を聞《き》きてよみ侍りける　大伴坂上郎女

403　郭公いたくな鳴《な》きそひとりゐていの寝《ね》られぬに聞《き》けば苦《くる》しも

【校異】 詞〇き〻て—き〻侍て（島）〇大伴坂上郎女—坂上郎女（貞）。

【拾遺集】 夏・一二一。

郭公いたくな鳴そひとりゐていのねならぬにきけはくるしも　大伴坂上郎女

㊜夏・一二〇。歌〇いのねならぬ—いのねられぬに。

時鳥の鳴き声を聞いて詠みました

時鳥よ、あまりひどく鳴かないでおくれ、独り居て眠れないときに、お前の鳴き声を聞くとつらく思われる

から。

【語釈】〇郭公を聞きてよみ侍りける―『集』の具世本、定家本などには「題不知」の歌群中にある。〇いたくな鳴きそ―「いたく」は形容詞「いたし」の連用形。奈良時代から連用形の「いたく」はひどい、甚だしい、激しいの意を表すことが多く、平安時代には程度副詞「いたく」として独立した。ひどく、激しくなどの意のほか、下に打消、または禁止の語を伴って、それほど、たいしての意を表す。〇いの寝られぬ―「い」は眠ることの意の名詞で、「いの寝られぬ」のように助詞を介して「寝（ぬ）」に続く形で用いられる。奈良時代は「いのねらえぬ」の形でも用いたが、『集』の具世本の「いのねならぬ」という本文は他に例がない。

【補説】この歌は『万葉集』（巻八・一四八四）に「大伴坂上郎女歌一首」として、

霍公鳥　痛莫鳴　独居而　寝乃不所宿　聞者苦毛

（霍公鳥いたくな鳴きそ独り居ていのねらえぬに聞けば苦しも）

とある。第四句は「いのねらえぬに」と訓むのが一般的である。この歌は『古今六帖』（二六九五）には、第四句を「いのねられぬに」としてある。『万葉集』巻八は四季の雑歌と相聞とから成り、「夏雑歌」と「夏相聞」とで短歌四十三首、長歌一首と反歌二首、合計四十六首ある。なかでもほととぎすを詠み込んだ歌は三十四首で、他の歌材に比べて圧倒的に多い。大伴坂上郎女の歌も六首のうち、ほととぎすを詠み込んだ歌は四首ある。そのなかで注目されるのは、

何しかもここばく恋ふる霍公鳥鳴く声聞けば恋こそまされ（一四七五）

という歌である。この歌ではほととぎすの鳴く声を聞くといっそう恋情がつのるとある。これと同じようにほととぎすの鳴き声で妻への思慕の情を催すという、

あしひきの山霍公鳥ながなけば家なる妹し常に思ほゆ（一四六九　沙彌）

という歌もある。ほととぎすの鳴き声が恋情をつのらせるという歌は平安時代にも、

時鳥はつ声聞けばあぢきなくぬしさだまらぬ恋せらるはた（古今・夏・一四三　素性）

夏山に鳴く時鳥心あらばもの思ふわれに声な聞かせそ（古今・夏・一四五）

わが宿の花橘にほととぎす夜深く鳴けば恋ひまさるなり（西本願寺本家持集九〇）

などと詠まれている。このようなほととぎすの鳴き声は、独り居て眠れないときには苦しく思われるのであろう。このような思いは大伴坂上郎女の個人的な感慨ではなく、ほととぎすの鳴き声を聞くと苦しいので、ほととぎすのいない国に行きたいと詠んだ、

霍公鳥無かる国にもゆきてしかその鳴く声を聞けばくるしも（一四六七）

という弓削皇子の歌もある。ほととぎすだけでなく、

かむなびの岩瀬の森のよぶこどりいたくななきそわが恋ひまさる（一四一九　鏡王女）

きりぎりすいたくな鳴きそ秋の夜の長き思ひはわれぞまされる（古今・秋上・一九六　忠房）

などと、古来から人々は鳥や虫の鳴き声に恋情・慕情など、さまざまな思いを催させられてきた。

【作者】大伴坂上郎女→二七一。

【他出文献】◇万葉集→［補説］。◇古今六帖→［補説］。

坂上郎女につかはしける　　大伴田村大嬢＊

404　ふるさとのならしの岡《をか》の郭公言伝《ことづ》てやりきいかに告《つ》げきや

【底本原状】「郎女」ノ「郎」ハ「御」ヲ見セ消チニシテ、右傍ニ「郎」トスル。

【校訂注記】「大伴田村大嬢」ハ底本ニ「大鳥のたむらの御女」トアルノヲ島本ナドヲ参考ニシテ改メタ。
【校異】詞○坂上郎女―坂上大娘（島）坂上のおほむすめ〈「おほ」ノ右傍ニ朱デ「御ィ」トアル〉（貞）○大伴田村大嬢―大伴田邑か大娘〈「大」ノ左傍ニ朱デ見セ消チノ符号ガアル〉（貞）。歌○ならしのをか―ならしの里〈「里」ノ右傍ニ朱デ「ヲカ」トアル〉（貞）○ことつてやりき―ことつけやりき〈「け」ノ右傍ニ朱デ「テ」トアル〉（貞）○いかに―いかて（貞）。
【拾遺集】雑春・一〇八七。

坂上大女につかはしける　　大伴田邑方見〈「邑方見」ノ右傍ニ「村大娘」トアル〉

ふるさとのならしのおかの郭公事つてやりきいかにつけきや

定雑春・一〇七七。詞○坂上大女―坂上郎女。○大伴田邑方見―大伴像見。歌○ならしのおかの―ならしのをかに。

坂上郎女に詠んでやりました

古京のならしのおかに言伝てを託した時鳥は、どのように伝えたことだろうか。

【語釈】○坂上郎女―島本「坂上大娘」、貞和本「坂上おほむすめ」、『集』の具世本「坂上大女」などと表記は異なるが同一人物。父は大伴安麻呂、母は内命婦石川邑婆（おおば）。大伴宿奈麻呂との間に大伴坂上大嬢、大伴坂上二嬢（おといらつめ）を生む。坂上郎女は家持の叔母で、その女は家持の妻となった坂上大嬢である。○ふるさと―昔、何か特別なことがあった土地。古びて荒れた土地。古京。ここは具体的にどこの土地を指しているか不詳。○ならしの岡―奈良県生駒郡斑鳩町小吉田とも、同郡三郷村立野の坂上あたりとも諸説ある。この部分『集』の定家本に「ならしのをかに」とあり、坂上郎女はならしのおかに住んでいたことになる。○いかに―伝言の状態についての疑問を表す。どのように。

【補説】この歌は『万葉集』（巻八・一五〇六）に、

大伴田村大嬢与妹坂上大嬢歌一首

古郷之　奈良思乃岳能　霍公鳥　言告遣之　何如告寸八

（ふるさとのならしの岳のほととぎす言告げやりしいかに告げきや）

とある歌の異伝である。『万葉集』では田村大嬢が異母妹の坂上大嬢に送った歌とあるが、『抄』では田村大嬢が継母の坂上郎女に、『集』では大伴方（像）見が坂上郎女に、それぞれ詠み送ったことになっている。とくに『集』で大伴像見という親族でない人物が登場してくるのは唐突すぎるが、『集』の撰者がどのような異伝資料に基づいて像見としたのか明らかでない。

時鳥に言伝をするという歌は、平安時代にも、

やよや待て山郭公ことづてむわれ世の中に住みわびぬとよ（古今・夏・一五二　三国町）

おぼつかなわがことづけしほととぎすはやみの里をいかになくらむ（時雨亭文庫蔵素寂本実方中将集一〇一）

おほかたにかたらふよりもほととぎす思ふあたりの言伝てもがな（大斎院前の御集二七九）

などと詠まれている。なかでも実方の歌に「いかになくらむ」とあるのは「いかに告げきや」を言い換えたもので、四〇四を意識して詠まれている。

【作者】『集』の具世本に「大伴田邑方見」、定家本に「大伴像見」などとある。方見については三一六の「作者」参照。一方、『抄』の島本には「大伴田村大娘」、貞和本に「大伴田邑が大（「大」ノ右傍ニ朱デ見セ消チノ符号ガアル）娘」とあり、これらを参考にすると、作者は大伴田村大嬢である。

大伴田村大嬢は大伴宿奈麻呂の女、大伴坂上郎女を母とする大伴坂上大嬢の異母姉。生没年、閲歴など未詳。

『万葉集』にある、巻四・七五六～七五九、巻八・一四四九、一五〇六（『抄』四〇四）、一六二二、一六二三の八首は異母妹の坂上大嬢にあてて詠んだ歌である。

【他出文献】◇万葉集→［補説］。◇古今六帖二八六〇、「人って」、作者名ナシ。

題不知　　　読人不知

405　あしひきの山《やま》ほとゝぎす里《さと》なれてたそかれどきに名乗《なの》りすらしも

【校異】詞〇読人不知―輔親（島）大中臣輔親（貞）。

【拾遺集】雑春・一〇八六。

大中臣輔親

あし引の山郭公さとなれてたそかれ時になのりすらしも

定雑春・一〇七六。詞〇詞書ナシ―題しらす。

題知らず

山時鳥は、里にすっかり馴染んで、たそがれどきに、わが名を名乗るように忍び音で鳴いているらしい。

【語釈】〇読人不知―底本以外の『抄』『集』の諸本には「輔親」、または「大中臣輔親」と作者名がある。〇あしひきの―「山ほととぎす」にかかる枕詞。〇山ほととぎす―①鳥の「ほととぎす」の異名とする、②何の説明もなく「山にいる時鳥」と現代語訳しているもの、③山にいる時鳥、または山から出てきたばかりの時鳥のことで、すでに里に住みついた時鳥は「山ほととぎす」とは言わないなどという説明がなされている。○里なれて―人里になれて。○たそかれどき―「誰（た）そ彼」といぶかるころ。夕方の薄暗い時分。○名乗りすらし―「名乗り」は名を告げるの意。『江談抄』『俊頼髄脳』『今鏡』などによると、ほととぎすという名は「ホトトギス」という鳴き声に由来すると言われていたので、たそがれどきの時鳥の鳴き声を「ほととぎすだ」と名乗りしているらしいといった。

【補説】 この歌は時雨亭文庫蔵承空本『大中臣輔親集』の巻末に「ひとのしりていふうた」としてみえるが、後人による増補歌と思われる。『抄』の島本、貞和本、『集』以外では『後十五番歌合』『玄玄集』『今昔物語集』（巻二十四第五十三）などに輔親の作とあるのを信憑してよかろう。

歌は山から飛来した時鳥がようやく人里に馴染んで、夕暮のほの暗い時分に忍び音で鳴いているのを、「誰そ彼」と尋ねられて、「ホトトギス」と名乗りをしているらしいと機知的に詠んだものである。

王朝人は時鳥の生態をよく観察して、それを独特の表現で表している。時鳥は山から人里に飛来して、

卯の花の陰にかくれて今日までぞ山時鳥声はをしまむ（西本願寺本元真集一八〇）

橘の花のさかりになりにけりやまほととぎすき鳴けしば鳴け（流布本長能集、長能集Ⅰ七〇）

などと詠まれているように、橘や卯の花などの木陰に身を潜めている。里に来てもまだ「山時鳥」と呼ばれている時期で、しだいに人里の環境になれていくが、

蝉のはの薄ら衣になりゆくになどうちとけぬ山ほととぎす（天理図書館蔵伝為氏筆曾祢好忠集三八三）

ほととぎすまだうちとけぬ忍び音は来ぬ人を待つわれのみぞ聞く（新古今・夏・一九八　白河院）

あけばまづ人に語らむ時鳥まだ里なれぬ初音聞きつと（雅兼集二一）

時鳥まだ里なれぬ忍び音を聞きつるのみや人に劣らぬ（為忠家後度百首一六一　為忠）

などと、「まだうちとけぬ」「まだ里なれぬ」などと詠まれているころには忍び音で鳴き、人々はこれを初音と呼

んで、聞いたことを自慢してもいる。この時期を過ぎ五月一日になると時鳥は「里なれて」きて、

いつのまに里なれぬらむ時鳥けふをさつきのはじめと思ふに（行宗集一八）

里なれて今ぞ鳴くなる時鳥さつきを人は待つべかりけり（続後撰・夏・二〇〇　後嵯峨院）

などと詠まれている。この「里なる」という表現は平安時代になって使われるようになったもので、時鳥について用いた平安時代の用例は四〇五の輔親の歌のほかには、

槙の戸をあけてこそ聞けほととぎすまだ里なれぬ今朝の初声（重之子僧集一七）

と詠まれている。また、輔親の歌のように里なれた時鳥がたそがれどきに鳴くことを名乗りをすると詠んだ歌には、

雲井よりたそかれどきのほととぎすとはぬさきにも名乗りゆくかな（行宗集二〇五）

里なるるたそかれどきのほととぎす聞かずがほにてまた名のらせん（山家集一八一）

などがあり、この変容として「たれ」の音をもつ「かはたれどき」「たれその森」などの語を用いた、

ほととぎす寝覚ににほふ橘のかはたれどきに名乗りすらしも（夫木抄二六八六　藤原為家）

さよふけてたれその森のほととぎす名乗りかけても過ぎぬなるかな（夫木抄一〇〇二八　経家）

などという歌もあり、これらの歌は「たれ」という問いかけに、時鳥が「ホトトギス」と名乗って鳴いたという輔親の歌に依拠している。

【作者】 大中臣輔親→二四三。

【他出文献】 ◇輔親集→［補説］。◇後。◇今昔物語集。◇玄玄集一〇五。

406　いたづらに老《お》いぬべらなり成・おほあらきの森《もり》の下《した》なる草にはあらねど

【校異】詞○作者名ナシ―躬恒（島・貞）。歌○草にはあらねと―くさにあらねと〈「にあ」ノ中間右傍ニ朱デ「ハ」トアリ、「にあらねと」ノ左傍ニ「はならねとィ」トアル〉（貞）。

【拾遺集】雑春・一〇九一。

題不知　　　　　　　　　凡河内躬恒

いたつらにおいぬへらなりおほあらきの森の下なる草にはあらねと

㊟雑春・一〇八一。詞○凡河内躬恒―躬恒。歌○草にはあらねと―草葉ならねと。

生きているかいもなく役にもたたずに老いてしまいそうだ。大荒木の森の下に生えている草ではないけれど。

【語釈】○いたづらに―生きているかいもなく役にたたないさま。○老いぬべらなり―老いてしまいそうだ。「べらなり」は一三参照。○おほあらきの森の下なる草―「おほあらき」は本葬を行うまでの間、死者を仮に安置しておく場所をいったが、『万葉集』の歌では奈良県五条市今井町の荒木神社のある森のことという。平安時代以降は『五代集歌枕』『八雲御抄』などに「山城」とあり、京都市伏見区淀本町の与抒《よど》神社の近くの森という。「おほあらきの森の下草」は、『古今集』（雑上・八九二）の「大荒木の森の下草老いぬれば駒もすさめず刈る人もなし」の歌によって、誰からも相手にされない老いの身の喩えとされた。

【補説】この歌の作者は『抄』の底本以外は躬恒とする。『躬恒集』の現存諸本のうち、内閣文庫本（躬恒集Ⅱ二三〇）は勅撰集からの増補歌であるので除き、この他では書陵部蔵光俊本（躬恒集Ⅰ三〇四）は詞書なく、歌句は『抄』と同じである。時雨亭文庫蔵承空本（三二八）には第五句「草にあらねど」とあり、西本願寺本（躬恒集Ⅳ）は「ざうのうた」の歌群（五四〜五九）の二首目（五五）に、第三句「おはらきの」、第五句「くさならねども」としてある。歌仙家集本（躬恒集Ⅴ）は「雑歌」の歌群（一七八〜一八九）の九首目（一八六）に、第五句は貞和本書入れのイ本と同じ「草葉ならねど」とある。

平安中期以前で、「大荒木の森の（下）草」を詠み込んでいる歌人は、

壬生忠岑二首

(1)おほあらきの森の草とやなりにけむかりにだにきてとふ人のなき（後撰・雑二・一一七八）

(2)おほあらきの森の下草茂りあひて深くも夏に成りにけるかな（時雨亭文庫蔵伝為家筆忠岑集三。抄・夏・八六）

凡河内躬恒三首

(3)人につくたよりだになしおほあらきの森の下なる草の身なれば（後撰・雑二・一一八六）

(4)いたづらに老いぬべらなりおほあらきの森の下なる草にはあらねど（抄・雑上・四〇六。躬恒集Ⅰ三〇四）

(5)おほあらきの森の下なる陰草はいつしかとのみ光をぞ待つ（躬恒集Ⅰ九）

紀貫之一首

(6)おぼつかな今としなればおほあらきの森の下草人もかりけり（貫之集二四〇）

平兼盛一首

(7)夏深くなりぞしにけるおほあらきの森の下草なべて人かる（兼盛集九九）

などである。このうち(2)を除く他の歌は『古今集』（雑上・八九二）の歌を踏まえて詠んでいる。これら以外で「おほあらき」の地名を詠んだ歌人に能宣、長能、好忠、信明、道信などがいるが、好忠、道信、信明は『古今集』（雑上・八九二）の歌によらずに(2)の歌によって夏の草木の繁茂するさまを詠んで、新たな世界を創出して

いる。
【作者】凡河内躬恒→五。
【他出文献】◇躬恒集→［補説］。

407　あひ見ずて一日《ひとひ》も君にならはねばたなばたよりも我ぞまされる

【校異】詞○詞書ナシ—返し（貞）○作者名ナシ—貫之（貞）。歌○ひとひ—ひとひ〈末尾ノ「ひ」ノ右傍ニ朱デ「ヨイ」トアル〉（貞）。
【拾遺集】雑秋・一一〇五。

七夕後朝に躬恒かもとより歌よみておこせて侍りける返事に　紀貫之
あひみすて一日も君にならはねは七夕よりも我そまされる

定雑秋・一〇九四。詞○紀貫之—つらゆき。

あなたに逢わないで一日でも過ごすことになれていないので、一年間も逢わないでいることになれている織女星よりも、早く逢いたいと思う心は私の方がまさっている。

【語釈】○あひ見ずて—「あひ見る」は、男女が逢う。顔を合わせる。○たなばた—織女星。彦星の訪れを待っている。九〇の［補説］に掲げたように、貫之の七夕歌には彦星の待つところに織女星が天の川を渡って来るという中国風の二星会合伝説による歌もあるが、ここは和風化された二星会合伝説によっている。○我ぞまされる

―逢いたいと思う心は織女星よりもまさっている。

【補説】 この歌の作者は底本の配列によると「読人不知」、島本の配列によると「躬恒」となる。貞和本四一五には、

きみにあはでひとよ（「よ」ノ右傍ニ朱デ「ヒイ」。）ふたよ（「たよ」ノ右傍ニ朱デ「ツカイ」。）の（右傍ニ「二」）なりぬればけさひこぼしのこゝちこそすれ

という歌（貞和本の配列によると作者は躬恒となる）に続いて、

集此歌無。集詞書云、七夕後朝ミツネカモトヨリ哥ヨミテヲコセテ侍ケル返事ニ

という書入れがあり、貞和本四一六に、

返し　貫之

あひみずてひとひ（「ひ」ノ右傍ニ朱デ「ヨイ」トアル）もきみにならはねばたなばたよりもわれぞまされる

とあり、下句「たなば」の左傍に「集雑秋」とある。この歌は陽明文庫本『貫之集』には「七夕のあしたにみつねがもとより」と詞書を付して贈答歌（八三四・八三五）としてみえ、西本願寺本『躬恒集』（以下では略して『躬恒集』という）にも次のようにある。

なぬかのひのあした、みののかみにおくる

きみにあはでひとひふつかになりぬればけさひこぼしのここちこそすれ（一九五）

かへし

あひみずてひとひもきみにならはねばたなばたよりもわれぞまされる（一九六）

これによると、「あひみずて」の歌は貫之が美濃守（美濃介の誤りであろう）であったころの詠作となる。貫之は延喜十八年（九一八）二月二十九日に美濃介に任ぜられ、同二十二年一月三十日まで、その職にあった。貫之が美濃に下ったのは、延喜十八年七月八日ごろであろう。詠まれたのが七夕のころであったこともあろうが、恋

歌めかして詠んでいて、二人の親密な間柄が窺い知られる。躬恒には貫之の美濃赴任のときに、

美濃の介のくだるにおくる

ひとひだに見ねば恋しき君がいなば年のよとせをいかですぐさむ（躬恒集一四六）

と別れを惜しんで詠んだ歌もあり、貫之も翌年の七夕に躬恒のもとに、

あくる年のたなばたののちの朝に、躬恒がもとにおくれる

朝戸あけてながめやすらんたなばたの飽かぬ別れの空を恋ひつつ（貫之集八三六）

と詠みおくってきた。あたかも前掲の贈答歌の余韻がいまだ続いているような感じである。

【作者】紀貫之→七。

【他出文献】◇貫之集→［補説］。◇躬恒集→［補説］。◇古今六帖二七五五。

408

躬恒、忠岑等に問《と》ひ侍《はべ》りける　伊衡朝臣

白露は上《うへ》よりおく《を》をいかなれば萩《はぎ》の下《した》葉のまづもみづらん《覧》

【校異】詞○忠岑等に―たゝみねに〈「ね」ト「に」ノ中間ノ右傍ニ朱デ「ラ」トアル〉（貞）。

【拾遺集】雑下・五二五。

躬恒忠峯にとひ侍ける　参議藤原伊衡卿

白露はうへよりをくをいかなれは萩の下葉のまつもみつらむ

㊁雑下・五一三。詞○参議藤原伊衡卿―参議伊衡。

躬恒、忠岑の両人に尋ねました
白露は草木の上辺から置くのに、どういうわけで萩の下葉の方がさきに紅葉するのだろうか。

【語釈】○白露は上よりおく―「上」は植物の表面、上辺。露は秋の山野を千々に染めるものとして詠まれている。○萩の下葉のまづもみづらん―木の葉が紅葉する意の「もみづ」は、上代は語尾の「つ」は清音で四段活用であったが、中古以後は「つ」は濁音化し、ダ行上二段活用となる。「まづ」はまっ先に、初めにの意であるが、二通りのとり方ができる。第一は『新大系』のとり方で、「萩の下葉」に「初秋から黄色く紅葉する」と注を付け、「大意」の該当部分は「どうして萩の下葉が季節に先がけて紅葉するのだろうか」とある。これは「まづ」を何よりも最初にという意にとり、草木の中で萩の下葉が最初に紅葉すると解する説である。第二は、イよりもロを先にという意にとり、白露は上から置くのに上葉から紅葉せずに、下葉の方が先に紅葉するという解釈である。

【補説】この四〇八、四〇九、四一〇は伊衡、躬恒、忠岑の三人による問答歌で、『抄』『集』では、伊衡の発問に躬恒と忠岑が答える体裁になっている。この問答歌の全体については、四一〇の［補説］に記すが、ここでは『抄』の三首について、この問答歌を収める時雨亭文庫蔵承空本『躬恒集』（以下では『躬恒集』と呼ぶ）、時雨亭文庫蔵枡形本『忠岑集』（以下では『忠岑集』と呼ぶ）をみると、

忠岑集（一二三～一二四）
又忠岑とふ
しらつゆは上よりおくをいかなれば
萩の下葉のまづもみづらん
躬恒答ふ

躬恒集（二一八～二二〇）
忠峯、これひら、とひこたふ
しらゆきは上よりをくをいかなれば
萩の下葉のまづもみづらむ

さをしかのしがらみふする萩なれば
下葉やうへになりかへるらん
　　忠岑
秋萩はまづさす枝よりいろづくを
露のわくとはおもはざらなん

さをしかのしがらみふする萩なれば
下葉やうへになりかへるらむ
　　たゞみねこたふ
秋萩はまづさす枝よりうつろふを
露の心のわけるとぞ《な》みる《そ》

とある。『忠岑集』では、忠岑の発問に躬恒が答えたところまでは問題ないが、「秋萩は」は歌の内容から「しらつゆは」の歌に答えた歌であり、忠岑の発問に忠岑が答えたことになる。『躬恒集』は「しらつゆは」（「しらゆき」トアルノハ誤リ）の歌の詞書が明確でなく、「忠岑が伊衡の問いに答える」の意に解しても、歌の配列は伊衡の問いに躬恒と忠岑が答える形になっていて、詞書とは整合しない。この三首については、詞書に即応した整然とした配列になっているのは『抄』である。

萩が下葉から紅葉することは、すでに万葉集時代から、

①わがやどの萩の下葉は秋風もいまだ吹かねばかくぞもみてる（万葉・巻八・一六二八）
②秋風の日にけに吹けば露おもみ萩の下葉は色づきにけり（万葉・巻十・二二〇四）
③妻恋ふる鹿の涙や秋萩の下葉もみづる露となるらん（貫之集四一七）
④秋萩の下葉よりしももみづるはもとより物ぞ思ふべらなる（古今六帖三六五五　貫之）

などと詠まれ、古今集時代には歌人たちの共通認識であった。

ここで伊衡の発問内容とも関わりのある「まづ」についてみておく。〔語釈〕の項にも記したように「まづ」には二つの意義が考えられる。万葉集時代の「まづ」は、第一の「何よりも先に」「季節に先がけて」などの意で、

春さればまづ咲く宿の梅の花ひとり見つつや春日暮さむ（巻五・八一八）

春さればまづ鳴く鳥の鶯の言先立ちし君をし待たむ（巻十・一九三五）

あらたまの年ゆきかへり春立たばまづわがやどに鶯は鳴け（巻二十・四四九〇）

などのように、季節の到来を示す語とともに用いられることが多く、「季節に先がけて」の意であることが明確である。この意の「まづ」は平安時代になると、

春されば野辺にまづ咲く見れど飽かぬ花まひなしにただ名のるべき花の名なれや（古今・雑躰・一〇〇八）

春来ぬとまづつげがほに鶯のこだかき枝にふりいでつつ鳴く（元真集七八）

など、わずかに見られるにすぎず、第二の「イよりもロを先に」の意で用いた歌が多くなっていく。

露が置いて草木の葉が色とりどりに紅葉するという認識と、萩は下葉から色付くという認識とは相反しているにもかかわらず、現実には露の置く上葉よりも、露の置かない下葉が先に紅葉して、相反する認識が両立していることを伊衡は問題にして「いかなれば」と発問している。したがって、萩が季節に先立って紅葉するということは当面の問題ではなく、「まづもみづらん」は発問の前提である上葉よりも下葉が先に紅葉することをいう。

【作者】藤原伊衡→一八八［語釈］

【他出文献】◇忠岑集→［補説］。◇躬恒集→［補説］。◇古今六帖三六五一。

答《こた》ふ　躬《み》恒《つね》

409 小《さ》牡《を》鹿《しか》のしがらみふする萩なれば下《した》ばや上《うへ》に成り反《かへ》るらん《覧》

【校異】詞〇みつね―みつね〈「みつね」ノ下ニ朱デ「忠峯ィ」トアル〉（貞）。**歌**〇ふする―かくる〈「かくる」ノ右傍ニ朱デ「フスル」トアル〉（貞）〇うへに―うへ丶〈「丶」ノ右傍ニ「にィ」トアル〉（貞）。

【拾遺集】雑下・五二六。

答　　　　　　　　　　　　凡河内躬恒

さをしかのしからみふする萩なれは下葉やうへになりかへるらん

定雑下・五一四。詞○凡河内躬恒―みつね。歌○萩なれは―秋萩は。

答える

牡鹿がまつわりついてたおす秋萩は、下葉が上にひっくりかえしになるから、先に紅葉するのだろう。

【語釈】○小牡鹿―「さ」は接頭語。雄鹿のこと。○しがらみふする―「しがらむ」は絡みつける、まといつけるの意。「しがらみふす」は絡みつけて踏みたおす意。「さをしかのしがらみふする秋萩は玉なす露ぞつつみたりける」（是貞親王歌合二一）。○成り反る―ひっくり返る。

【補説】伊衡の発問に対する躬恒の応答である。「小牡鹿のしがらみふする萩」という表現は『古今集』（秋上・二一七）の「秋萩をしがらみふせて鳴く鹿のめには見えずて音のさやけさ」という歌を踏まえているといわれているが、［語釈］に掲げたように、すでに「是貞親王歌合」に全く同じ表現があり、四〇九との先後関係は明確ではないが、躬恒自身も「天の川ふねさしわたすさを鹿のしがらみふする秋萩の花」（西本願寺本躬恒集八五）と詠んでいる。

鹿は萩を好んで妻のように萩に寄り添い、まといついているとみて、『源氏物語』（匂兵部卿）にも「小牡鹿の妻にすめる萩の露にも…」とあり、「鹿の花妻」として『万葉集』以来、

(1)わが岡にさをしか来鳴く初萩の花嬬問ひに来鳴くさをしか（万葉・巻八・一五四一　大伴旅人）

(2)奥山にすむとふ鹿のよひさらず妻問ふ萩の散らまく惜しも（万葉・巻十・二〇九八）

⑶萩の枝を　しがらみ散らし　さをしかは　妻呼びとよむ（万葉・巻六・一〇四七）
⑷妻恋ふる鹿のしがらむ秋萩における白露われもけぬべし（貫之集六三〇）
などと詠まれている。特に⑶⑷では妻を恋うように鹿が秋萩に睦まじくまつわりつくさまを「しがらむ」と表現している。四〇九の「しがらみふす」は足に絡ませて踏み倒すさまをいうと解されているが、「しがらむ」の⑶⑷の用法から、鹿が萩にまつわりつきながら倒すさまをいうのであろう。また、鹿は萩を折り敷いて臥しなどしたことは、次の歌などから知られる。
さをしかの萩が花妻しがらみてふしみの野辺をよがれざりける（夫木抄四七六〇　季経）
秋の野の萩のしげみにふす鹿のふかくも人にしのぶころかな（新後撰・恋一・八一一　俊成）
秋萩の下にかくれてなく鹿の涙や花の色をそむらん（続千載・秋上・三九四　忠岑）
伊衡の発問に対する躬恒の応答は、萩を妻のように睦び、まつわりついて折り敷いて、臥しなどしている鹿の習性を、萩の上下の転倒と結びつけたもので、頓智を働かせた応答である。
【作者】凡河内躬恒→五。
【他出文献】◇歌仙家集本躬恒集（躬恒集Ｖ一六八）「これひらのあそむのとひこたふ歌」。◇時雨亭文庫蔵桝形本忠岑集一二四、「みつねこたふ」。◇古今六帖三六五二。

410　秋萩《はぎ》はまづさす葉《は》よりうつろふを露のわくとは思はざらなん南

忠《たゞ》岑《みね》

【校異】詞〇たゝみね―忠峯〈「峯」ノ右傍ニ朱デ「ミツネ」トアル〉（貞）。歌〇さすは―さすえ（島）さすは

〈「は」ノ右傍ニ「えィ」トアル〉（貞）。
【拾遺集】雑下・五二七。

947　［410］

壬生忠峯

秋萩はまつさすえよりうつろふを露のわくとは思はざらなむ

定雑下・五一五。詞〇壬生忠峯—たゝみね。

秋萩は先ずはじめに上に差し出た葉から色づくので、露が分け隔てをして染めているとは思わないでほしい。

【語釈】〇さす葉—『抄』の島本、『集』の諸本、時雨亭文庫蔵桝形本『忠岑集』（一一五）、時雨亭文庫蔵承空本『躬恒集』（二二〇）などには「さすえ」とあり、『抄』の底本の「さす葉」と同じ本文をもつのは西本願寺本『忠岑集』（忠岑集Ⅱ五六）、時雨亭文庫蔵承空本『忠岑集』（一四八）などである。「さす」は芽などが生え出る、枝・葉・茎などが伸び広がる意。〇露のわく—露が分け隔てをする。露が多く置くと色が濃く、少ないと色は薄くなる。「色々に薄くも濃くも置きわくる露と花とのなかのゆかしさ」（松平文庫本兼澄集五）。

【補説】紅葉との関わりで「さす葉」「さすえ」という表現を用いた歌は、平安時代には多くはないが、次のような歌がある。

①秋萩はまづさす葉よりもみづるを露の心のわけるとなみそ（古今六帖三六五四　興風）

　これより、檀のもみぢにつけて

②しばしこそ露深からぬ色ならめ西にさす枝は赤く見えなむ（女四宮歌合二五）

③あさなあさな霧へだつめるさを山の西にさす枝は露や置くらん（小馬命婦集二三）

②③は「さす枝」を用いた歌で、②は順の歌合判に対する作者の論難として詠まれた歌である。ともに「西にさ

す枝」とあるが、これは陰陽五行説では西を秋に配するところから生じた慣用的表現である。一方、①は興風の作とあるが、『興風集』の現存の四系統本にはなく、興風の作とはいえないものの、歌は四一〇の異伝歌と思えるほど酷似していて、何らかの関係があると思われ、「さす葉」が原型本文であったと考えられる。

この問答では相反する認識が両立していることが当面の問題であるので、忠岑の歌は伊衡の問いに対して正面から応答せずに、はぐらかしている感じである。

躬恒と忠岑の問答歌は桝形本『忠岑集』には九六〜一四五に、承空本『躬恒集』には二一八〜二五五にみえる。この歌群について『忠岑集』によってみると、

(イ)一二二までは躬恒と忠岑の二人の問答であるが、九六から一一八までは躬恒が歌の第五句に「いづれまされり」の語句を詠み込んで発問とし、それに忠岑が応答する形式である。

(ロ)これに対して躬恒集二一八からは伊衡が加わり、伊衡の発問に躬恒・忠岑が答える形式である。

四〇八・四〇九・四一〇の一組の問答歌は、(ロ)の形式の最初に位置している。この問答歌に続けて、『集』には伊衡の問いに躬恒が答える形式で四組の問答歌が撰ばれているが、これは歌の作者などが『忠岑集』とも『躬恒集』とも相違し、何を撰集資料にしたか明らかでない。

【作者】壬生忠岑→一。

【他出文献】◇桝形本忠岑集一二五、第二句「まづさすえより」。◇承空本躬恒集二二〇、第二句「まづさすえより」第四、五句「露の心のわけるとぞみる」（「とぞみる」ノ「ぞ」ノ右傍ニ「ナ」、「る」ノ右傍ニ「ソ」トアル）

嵯峨野《さがの》に住《す》み侍りけるころ、房の前栽を見に、女どものまうで来《き》たりければ、よみ侍《はべ》りける

遍昭

411
ここ《ゝ》にしもなにに《ゝ》ほふらん女郎花《をみなへし》人のもの言《い》ひさがにくき世《よ》に

【校異】 **詞**○侍けるころ―侍ける（島）○見に女ともの―女とものみに（島）女ともみに（貞）○まうてきたりけれは―まてきたりけれは（島）きたりけれは（貞）○よみはへりける―ナシ（島）。
【拾遺集】 雑秋・一一〇九。

嵯峨野にすみ侍けるころ房の前栽をみに女ともまうてきたりけれは
僧正遍昭
こゝにしもなにゝほふらん女郎花人の物いひさかにくきよに

定雑秋・一〇九八。**歌**○嵯峨野にすみ侍けるころ―ナシ。○前栽をみに―前栽見に。

嵯峨野に住んでおりましたころ、僧房の植込の花を見に、女たちがやってきましたので、詠みました
場所もあろうに、この僧坊に、どうして女郎花は華麗に咲くのだろう、人の噂がいとわしい世間であるのに。

【語釈】○嵯峨野に住み侍りけるころ―遍昭の嵯峨野の僧坊の所在やそこに住んでいた時期などは不明。○房―僧侶が住む所。ここは遍昭の居所。○前栽―庭先に植える草木。○ここにしも―場所もあろうに、この僧坊で。「しも」によって僧坊が女人禁制の場所であることを強調した。○にほふらん―「にほふ」は視覚的な美しさをいう。輝くように美しい。華麗である。○女郎花―僧坊を訪れた女性をよそえる。○人のもの言ひ―人の噂。風評。○さがにくき世に―「さがにくし」は意地が悪い、いとわしい。

【補説】この歌は西本願寺本『遍昭集』（遍昭集Ⅰ二三）には詞書が「嵯峨野に侍りし法師の方の前に、せざいの侍りけるを、女どもたちのとまりて見侍りしかば」とあり、時雨亭文庫蔵『花山僧正集』も、『抄』の詞書と

ほぼ同じである。遍昭は嘉祥三年（八五〇）三月、恩寵を蒙った仁明天皇の死にあい、三十五歳で出家し、元慶寺を創建、雲林院を付属されて官寺としたが、嵯峨野の僧坊のことは明らかでない。

歌は前栽を見に僧坊に立ち寄った女を女郎花によそえて、女性が立ち入ることを憚る僧坊に華麗な女たちがいることを、世間の人が悪い風評を立てると戯れて詠んでいる。遍昭は在俗のころは、容姿美麗、心操正直にして、身の才は人に勝れ（今昔物語集巻十九第一）、色好みの風評があり、小野小町との贈答歌や、五条の女に通じた話などがある（大和物語一六八、一七三）。「人のもの言ひさがにくき世に」とある下句から、在俗のときの世評を遍昭も自覚していたのであろうか。

遍昭には他にも女郎花を詠んだ、次のような歌がある。

さうざうしうはべしかば、馬にのりてものにまかりし道に、女郎花の見えしを、およびて折りしほどに馬より落ちて、落ちふしながら

(1)色をめで折れるばかりぞ女郎花われ落ちにきと人に語るな（西本願寺本遍昭集二四）

(2)花と見て折らんとすれば女郎花うたたるさまの名にこそありけれ（同二五。古今・雑躰・一〇一九　読人不知）

(3)秋の野になまめきたてる女郎花あなことごとし花も一とき（同二六。古今・雑躰・一〇一六　遍照）

これらの歌では「女郎花」に若く艶麗な女性を連想している。この三首は出家後に詠まれたものと思われるが、なかでも(1)は第一句を「名にめでて」として『古今集』（秋上・二二六）にも撰ばれている。女郎花の華麗な色に心を動かし手折ってしまったことを堕落したと戯れて詠んだもので、四一一に通じるものがある。

【作者】遍昭→一二八。

【他出文献】遍昭集→［補説］。

題不知　躬恒

412 秋《あき》の野の花のいろいろとりすべてわが衣手《ころもで》にうつしてしかな

【校訂注記】「あきの、の」ハ底本ニ「あきの、は」トアルノヲ、島本、貞和本ニヨッテ改メタ。

【校異】歌○とりすへて―とりすへて〈「す」ノ右傍ニ朱デ「ソ」トアル〉（貞）。

【拾遺集】雑秋・一一一〇。

秋の野の花の色々とりすへて我衣てにうつしてしかな　みつね

定雑秋・一〇九九。詞○詞書ナシ―題知らず。○みつね―よみ人知らす。歌○とりすへて―とりすゑて。

題知らず

秋の野の種々な花の種々な色をとりまとめて、私の衣の袖に移し染めたいものだ。

【語釈】○秋の野の―『抄』の底本に「あきの、は」とあるが、島本、貞和本、『集』の諸本、『躬恒集』の諸本など、底本以外は「秋の野の」とあるので、本文を改めた。○花のいろいろ―さまざまな花のさまざまな色。「秋の野に色々咲ける花みればかへらんほどぞいつと知られぬ」（西本願寺本公忠集四一）「ももしきに花の色々にほひつつちとせの秋は君がまにまに」（清正集三〇）。○とりすべて―「とりすぶ」はひとまとめにする、まとめる。『和歌大系』は底本とした定家本に「とりすへて」とあるのを「とりするて」と改めて、「摘んで手に取りそろえて」と解している。○衣手―袖。○うつしてしかな―「てしかな」は完了の助動詞「つ」の連用形「て」に終助詞「しか」が付いた「てしか」に、詠嘆の意を表す終助詞「な」が付いたもの。自己の動作の実現を願望する意を表す。色を移し染めたいものだ。

【補説】この歌は現存『躬恒集』に、

①秋の野の花のいろいろとりなべてわが衣手にうつしてしかな（書陵部蔵光俊本、躬恒集Ⅰ二六三）

②秋の野の花のいろいろとりなべてわが衣手にうつりてしかな（時雨亭文庫蔵承空本二八七）

③秋の野の花のいろいろとりすべてわが衣手にうつしてしかな（西本願寺本、躬恒集Ⅳ九九）

④秋の野の花のいろいろとりそへてわが衣手にうつしてしかな（歌仙家集本、躬恒集Ｖ二二四）

などとあり、各本は微妙な相違がある。このうち、③には「あき」と詞書がある。特に本文に相違があるのは、第三句で「とりなべて」「とりすべて」「とりそへて」と三様の表現がみられ、『抄』の本文と一致するのは③の西本願寺本である。『集』の定家本（一〇九九）には「とりすへて」とあるが、『和歌大系』は本文を「とりすゑて」と校訂して、脚注には「摘んで手に取りそろえて」と解し、「とりすべ（統）て（束ねて）とする説もある」とも記している。これに対して『新大系』は本文を「取り総べて」と校訂して、「取り揃えて」と解し、脚注には「取り据う」という解もあるとある。

この歌は、秋の野に千草の咲き乱れる華麗な色々を、そのまま衣服に染めようという趣向である。過ぎゆく季節を惜しんで、その季節の色を衣服に染めたことは、五五の［補説］に例歌をあげた。それは春の形見に桜色あるいは花色に染めた歌であったが、人々は秋にも同じ思いになったようで、『抄』より後の歌であるが、

衣手にうつしてをみん花の色を分けてぞきつる野ぢの朝露（和歌一字抄八〇九　源師光）

秋の野の千草の花の色々を心ひとつにそめてこそみれ（経盛家歌合二二　参河）

などとも詠まれていて、とくに後者は躬恒の歌を意識して詠んだものと思われ、「心ひとつにそめて」は躬恒の歌に「とりすべて…うつしてしかな」とあるのと同じ気持ちであろう。

【作者】凡河内躬恒→五。

【他出文献】◇躬恒集↓［補説］。

413
祓《はらへ》しに秋唐崎《あきからさき》にまかりて、舟《ふね》のまかりけるを見侍りて・
奥《おく》山に立《た》てらましかば渚漕《なぎさこ》ぐ舟木《ふなき》もいまは紅葉《もみぢ》しなまし《猿》
恵慶《京》法師《し》

【校異】 **詞**○はらへしにあき―秋はらへしに（島・貞）○からさきに―からさきへ（貞）○見侍て―みて（島）。**歌**○なきさこく―なきさこく〈「こく」ノ右傍ニ朱デ「ニテ」トアル〉（貞）。

【拾遺集】 雑秋・一一三七。

はらへしにあきからさきにまかり侍て
おく山にたてらましかはなきさゆく舟木もいまは紅葉しなまし
恵慶法師

定雑秋・一一二六。**詞**○侍て―侍て舟のまかりけるを見侍て。**歌**○なきさゆく―なきさこく。

祓をするために秋に唐崎に出向きまして、舟が通り過ぎていくのを見まして

渚を漕いでゆく舟を造った材木も、伐採されずに奥深い山に立っていたならば、いまごろはきっと紅葉しているでしょう。

【語釈】○祓しに秋唐崎に―「唐崎」は現在の滋賀県大津市坂本の琵琶湖に突き出た岬。平安中期には祓所として祓が行われた。「浜づらのかたに祓もせむと思ひて、唐崎へとてものす」（蜻蛉日記・中・天禄元年六月）。『源氏物語』（乙女）には五節の舞姫となった近江守良清の女は唐崎の祓、摂津守惟光の女は難波の祓と張り合って

退出したことがみえる。賀茂の斎院が退下したときに唐崎で祓をしたことが『今鏡』（志賀の禊）にみえる。〇立てらましかば―伐採されずにずっと立っていたならば。〇舟木―舟を造る木材。

【補説】 この歌は『恵慶集』にはなく、『抄』が何を資料にして撰収したか明らかでない。『俊頼髄脳』には「思ひがけぬ節ある歌」としてあげられ、「舟の漕ぎ出でたらむを見て、紅葉の歌詠まむといふことは、思ひもよらぬことなりや」とある。詞書からは湖上を一艚の舟が通り過ぎていく、雅趣ある光景が詠まれるものと期待させて、それを外して、舟→舟材→奥山の樹→紅葉とイメージを展じて、予想もできない趣向の歌を詠んでいる。

【作者】 恵慶法師→四〇。

題不知　　　躬恒

414 紅葉《もみぢ》ばの流《なが》るるときは竹川《たけかは》の淵《ふち》の緑《みどり》も色かはるらむ

【校異】 **歌**〇たけかはの―たけかはの〈「け」ノ右傍ニ朱デ「ニ」トアル〉（貞）〇色かはるらむ―いろかはりけり（島）。

【拾遺集】 雑秋・一一四二。　　凡河内躬恒

紅葉はのなかるゝ時は竹かはのふちの紅葉も色かはるらむ

定 雑秋・一一三一。**詞**〇凡河内躬恒―みつね。**歌**〇ふちの紅葉―ふちのみとりも。

題知らず

紅葉の落葉が流れるときは、竹川の淵の常緑の色も紅色に変ることだろう。

【語釈】○竹川―伊勢国多気郡斎宮村にある多気川。「貞元元年、初斎宮侍従のくりやに御坐するあひだ、八月二十八日庚申の夜、人々あそびに詠む、祝の心／神代より色もかはらで竹川のよよをば君ぞ数へわたらん」（西本願寺本順集二五七）。○淵の緑―深い淵の水の色。○色かはるらむ―常緑の竹川も紅葉の落葉が流れて、色が紅色に変るさまをいう。

【補説】この歌は西本願寺本『躬恒集』に「此十首は延喜十六年四月二十二日、私事につきて伊勢のさい〻にまかりたるとき、すなはち寮頭国中をつかひにて、国々の所々なを題してよませ給ふ」と左注のある歌群（躬恒集Ⅳ一五七～一六六）中に「たけかは」の題（一六二）でみえる。

西本願寺本『躬恒集』にいう「伊勢のさい〻」は斎宮のことで、このときの斎宮は柔子内親王（宇多天皇第二皇女）であった。柔子内親王（以下では略して「柔子」と呼ぶ）の生年、年齢などを記した資料はないので、周辺の人物の年齢等から推定することとする。

㈠『本朝皇胤紹運録』によると、柔子の生母は藤原胤子で、寛平八年（八九六）に亡くなっているので、同年かそれ以前の誕生である。

㈡柔子の姉妹についてみると、同母姉の均子内親王は延喜十年（九一〇）に二十一歳で亡くなっている（本朝皇胤紹運録）ので、均子内親王は寛平二年の誕生で、柔子は同年かそれ以後の誕生である。

㈢柔子は寛平四年十二月に内親王に宣下されているので（日本紀略）、寛平四年十二月以前の誕生である。

以上のことから、柔子の誕生は寛平二年以後、同四年以前ということになるが、凡のところ、寛平三年とみて大過なかろう。

柔子内親王は寛平九年八月十三日に斎宮に卜定された。時に推定年齢は七歳であった。昌泰元年（八九八）八月二十二日に鴨河で禊斎して即日野宮に入り、同二年九月葛野河で禊をして伊勢に群行した（推定年齢九歳）。このときの長奉送使は中納言国経であった（西宮記臨時五任寮官）。これ以後、延長八年（九三〇）十二月退下するまで、三十一年間の長きにわたり、禊斎して大神宮に奉仕した。

柔子内親王の斎王宮での私生活については明らかでないが、都と異なる生活環境に容易に順応できなかったのではなかろうか。延喜十三年（九一三）九月には病を患い、中納言定方らが伊勢に遣わされ、病悩の柔子内親王を労問され（推定年齢二十三歳）、同十四年十一月には病によって大神宮に奉幣されるという事があった。同十六年に躬恒が私事で斎宮柔子内親王（推定年齢二十五歳）のもとに参り、歌を進上した。躬恒は生涯を通じて宇多法皇と深い関係にあったので、病悩の身に苦しむ法皇の第二皇女の柔子内親王を慰撫しようという心遣いがあったからと推察される。

歌は、紅葉ばが流れると川の色が変るという発想によっている。同じような発想で詠まれた歌に、

紅葉ばの流れてとまるみなとにはくれなゐふかき波やたつらん（古今・秋下・二九三　素性）

この川はわたる瀬もなし紅葉ばの流れて深き色をみすれば（古今六帖一七四二）

などがある。四一四では、神代から色も変らない竹川の淵の緑の色が変るという、竹川という名によって成り立っている歌で、心より詞に重点がある。

【作者】凡河内躬恒→五。

【他出文献】◇躬恒集→［補説］。

亭子院大井に御幸ありて、行幸もありぬべき所なりと仰《おほ》せ給ふに、

ことの由奏《よしそう》せんと申《まう》して　　一条摂政

415
小倉《をぐら》山峰《みね》の紅葉《もみぢ》も心あらば今《いま》ひとたびのみゆき待《ま》たなん

【校異】 **詞**○大井―大井川（島）おほゐに〈「ゐ」ノ右傍ニ朱デ見セ消チノ符号ガアリ、「川」トアル〉（貞）○おほせ給に―おほせたまふに〈「たまふに」ノ右傍ニ朱デ「ラル、ニ」トアル〉（貞）○とまうして―とて（島）○一条摂政―一条太政大臣（島）一条のおほいまうちきみ〈「の」ノ左傍ニ見セ消チノ符号ガアリ、右傍ニ朱デ「摂政」トアル〉（貞）。**歌**○もみちも―もみちは〈「は」ノ右傍ニ朱デ「シ」トアル〉（貞）。

【拾遺集】 雑秋・一一三九。

亭子院御幸大井にありて行幸もありぬへき所なりとおほせ給にことのよしそうせんと申して

小一条太政大臣

をくら山みねの紅葉し色〈「色」ノ右傍ニ「心」トアル〉あらはいまひとたひのみゆきまたなむ

定雑秋・一一二八。**詞**○御幸大井にありて―大井河に御幸ありて。**歌**○紅葉し―もみちは。○色あらは―心あらは。

宇多法皇が大井に御幸なさいまして、天皇の行幸もあってよい（紅葉のすばらしい）所であると仰せなさいましたので、その仰せごとを天皇に奏上しようと申して

小倉山の峰の紅葉も私と同じように法皇のお気持ちをわかる心があるならば、見事なまま散らずに、もう一度帝が行幸されるまで待っていてほしい。

【語釈】 ○亭子院―宇多法皇の別称。一一〇参照。○大井に御幸ありて―「大井」は一般には「大堰」と表記されるが、資料には両様の表記がみられ、あえて統一しない。大井河（大堰河）は丹波山地に発し、京都盆地を南

流、鴨川を合流して淀川に注ぐ桂川のうち、嵐山の麓、渡月橋辺りの名称。秦氏が葛野に大堰を築いたことによる。古来、歌枕として知られ、歌では紅葉、井堰、筏などと取り合せて詠まれる。宇多法皇の大井川御幸は、史料によって三回あったことが確認でき、四一五が詠まれた御幸の年時については二説ある。○行幸もありぬべき所なりと―法皇の仰せごとを記したものはないが、『大和物語』(九十九段)に「行幸もあらんに、いと興ある所になんありける、かならず奏してせさせたてまつらん」と法皇の意向を太政大臣(藤原忠平)のことばを通して間接的に伝えている。○ことの由―法皇の仰せごとの内容。○一条摂政―「一条摂政」は伊尹のことであるが、伊尹は延長二年(九二四)の誕生で、法皇の大井川御幸に扈従したか疑義がある。『抄』の島本、貞和本に「一条太政大臣」(為光)とあり、『集』には「小一条太政大臣(忠平)」とある。三八〇参照。○峰の紅葉も―『抄』の貞和本、『集』の定家本には「みねのもみぢば」とあるほか、「みねの紅葉し」「紅葉のいろも」などとして諸書にある。○心あらば―帝に見せたいという法皇の気持ちをわかる心があるならば。

【補説】この歌は『百人一首』『百人秀歌』などにもあって遍く知られ、歌語りや逸話として『大和物語』(九十九段)、『大鏡』(昔物語)などにもある。

まず、順序として宇多法皇の大井川御幸が行われた年時についてみると、史料には次に記す三回がある。

⑴九月十日　法皇召文人、賦眺望九詠之詩(日本紀略　延喜七年)
九月十一日　天皇幸大堰河(同　前)

⑵十月十日　法皇幸西河、依召追従、右丞相(定方)、戸部(清貫)等又候(貞信公記抄　延長四年)
日本紀略・大鏡裏書などにもある。

⑶十月十九日　天皇行幸大井河、親王卿相皆以相従、太上法皇同以御行(幸カ)雅明親王供奉(扶桑略記　延長四年)
日本紀略・大鏡裏書などにもある。

このほか『古今著聞集』(遊覧)には昌泰元年(八九八)九月十一日の亭子院大井川御幸のことがある。四一五が詠まれた法皇の御幸は『新大系』には(1)の際かとあり、『和歌大系』は『貞信公記』を引いて(2)の時とする。『大和物語』には、帝の大井川行幸は、宇多法皇の大井川御幸から帰参した太政大臣が、帝に大井川行幸を勧めて実現したとあり、『抄』の詞書もほぼ同じである。このような経緯であれば、(1)では帰参して翌日に行幸となるので、やや性急すぎる。また、このときの忠平は右大弁、侍従で、歌の作者としては問題はないが、御幸を奉行する者としては官職、地位はふさわしくなく、『大和物語』に語られている役割を果たしたとは考えられない。これに対して(2)の延長四年には、忠平は左大臣で台閣の最上席にあり、それに次ぐ定方、清貫も扈従しているので、『大和物語』の話の太政大臣を忠平とみることも可能で、(1)より(2)の方が状況としてはふさわしい。

しかし、『大和物語』に語られているような経緯の真偽を確認できないので、それに重点をおいて御幸の年時を決めることはできない。いま一つの問題は、いわゆる「大井川行幸和歌序」との関係である。和歌序は貫之と忠岑の両人のものがあるが、行幸の年時について、貫之は「なか月のこゝぬかと昨日いひて、のこれるきくみ給はん、またくれぬべき秋ををしみ給はんとて…」(古今著聞集・遊覧)と記し、忠岑も「えんぎ七ねんていじのみかどの御とき、みゆきせさせたまひしわかのぞ」として「ななつのとし、ここのつのあきは、よろこびをのぶる十日」(時雨亭文庫蔵枡形本忠岑集八八)と記し、両者とも延喜七年九月十日のこととしているので、(1)のときである。

このように『大和物語』や『抄』の詞書に合わせようとすると、(1)(2)のどちらとも決められない。まして、四一五の忠平の歌の詠歌事情が、帝の大井川行幸を勧進することと無関係ならば、なおさら決めかねる。さらに『抄』の次の四一六の歌の詠歌事情とも整合させようとすると、収拾がつかなくなる。これは『抄』の四一五、四一六の詠歌事情が事実と相違している部分があるからであろう。

【作者】藤原忠平　太政大臣基経四男、母は人康親王女。元慶四年(八八〇)生。昌泰三年(九〇〇)参議とな

るが、叔父の藤原清経に譲り、延喜八年（九〇八）還任、中納言、大納言を経て、延喜十四年八月右大臣、延長二年（九二四）左大臣、その後、摂政、太政大臣などを経て、天慶四年（九四一）十一月関白太政大臣となる。天暦三年（九四九）八月没。諡は貞信公。小一条太政大臣と呼ばれる。「太政大臣殿東院前栽合」を主催。『後撰集』以下の勅撰集に十三首入集。

【他出文献】◇大和物語→［補説］。◇大鏡→［補説］。

其後、延喜帝王かの所に行幸ありける日《ひ》、あまたの歌よませ給ひける中に

貫　之

416　大井川川《がはかは》辺の松《まつ》にことゝはんかゝる行幸《みゆき》や有りし昔《むかし》も

【校異】詞○其後―その、ち（島）○延喜帝王―延喜ノ帝（島）延喜亭子〈「亭子」ノ左傍ニ朱デ見セ消チノ符号ガアリ、右傍ニ朱デ「ノ帝」トアル〉（貞）○行幸―みゆき（島）○給ける中に―給けるに（島・貞）。

【拾遺集】雑上・四六一。

おなし御時大井川行幸ありける時あまた人々うたよませ給けるに

大井河かはせの波に事とはむかゝるみゆきやむかしありしと

㊂雑上・四五五。**詞**○大井川行幸―大井に行幸。○ありける時―ありて。○あまた人々―人々に。○よませ―よませさせ。**歌**○かはせの波―かはへの松。○むかしありしと―ありし昔も。

其の後、醍醐帝が大井川に行幸なさいました日、数多くの歌を詠ませなさった中に

大井川の川辺に生えている松に尋ねよう、このように盛大な行幸は昔もあったであろうか。

【語釈】○其後―前歌を承けて、亭子院が大井川に御行された後。○延喜帝王―醍醐天皇。○かの所―大井川。○行幸ありける日―延喜七年九月十一日。『抄』『集』では、天皇は「行幸」、上皇は「御幸」と区別している。○あまたの歌よませ給ひける―醍醐天皇の大井川行幸のときに多くの歌を詠んだという資料はなく、九題の歌を貫之、忠岑、躬恒、頼基、是則、伊衡らが詠んだのは宇多法皇の御幸のときで、『抄』では事実が混乱している。○川辺の松に―『集』の異本の具世本に「かはせの波に」、北野本に「かはへの浪に」とある。「こととふ」対象としては千歳の松の方がよく、「こととふ」内容に「有りし昔」とあるのにも呼応している。○こととはん―「こととふ」は質問する、尋ねるの意。

【補説】この歌は『貫之集』にはない。詞書は前歌と関連するところがあるが、事実とは整合しないところがある。「其後」は宇多法皇の大井川御幸の後で、醍醐天皇が大井川に行幸したのは、前歌の［補説］に記したように、延喜七年九月十一日、延長四年十月十九日の二回ある。しかし、「あまたの歌よませ給ひける」のは貫之、忠岑の序によると延喜七年九月十日で、宇多法皇の御幸のときである。このような事実の混乱は、「大井川行幸和歌」は延喜聖帝の大井川行幸のときに詠まれたという誤った認識が先入観としてあり、それが前歌の詞書にいう延喜帝の大井川行幸の経緯と結びつけられたためである。

『日本紀略』の九月十日の条に「賦眺望九詠之詩」とあるのは詩だけではなく、「九詠之和歌」をも詠ませたのである。この行幸和歌の歌題は西本願寺本『躬恒集』（一一～二七）、『頼基集』（二一～二八）などによって知ることができる。貫之が詠んだ歌は家集にはないが、「鶴巣に立てり」の題で詠んだ歌が『古今集』（雑上・九一九）に、「泛秋水」の題で詠んだ歌が『新拾遺集』（雑上・一六七〇）にある。なお、四一六の詞書には歌題が記されていないが、歌の内容から「江老松」（入江の松老いたり）であったと思われる。

【作者】紀貫之→七。

延喜御時月令御屛風歌　躬恒

417 刈《か》りてほす山田の稲《いね》を数《かぞ》へつゝおほくのとしをつみてけるかな

【校異】詞○月令―月なみの（島）○御屛風歌―御屛風に（貞）。

【拾遺集】雑秋・一一三六。

延喜御時月令御屛風歌　躬恒

かりてほす山田のいねをほしわひてまもるかりほにいくよへぬらん

定雑秋・一一二五。詞○御屛風歌―御屛風のうた。歌○かりほ―かりいほ。

醍醐天皇の御代の月次の御屛風歌

刈取って稲架（さは）にかけて干す山田の稲の限りない稲束を数えながら、多くの稲を積んで、多くの年をとってきたことだ。

【語釈】○延喜御時―醍醐天皇の御代。四参照。○月令御屛風歌―『躬恒集』の諸本には「内御屛風和歌」「内御屛風の歌」などとある歌群中にある。○数へつつ―『集』には「ほしわびて」とあり、『和歌大系』には「稲が多くて干すのに困ってしまい」とある。『躬恒集』では、書陵部蔵光俊本（一〇五）、時雨亭文庫蔵承空本（九）などに「かぞへつつ」、歌仙家集本（四〇）に「かずへつゝ」、西本願寺本（三五六）に「かけそへて」とある。

「かぞへつつ」「かずへつつ」などの本文によると、いままで刈って干した数限りない稲束の数を数えながらの意。○としをつみて―穀物、特に稲をいう「とし」に年齢の意の「年」を掛ける。○つみて―「つむ」は稲を積む意と年を経る意の「つむ」を掛ける。

【補説】この歌は『躬恒集』の諸本に、「内御屏風和歌」「御屏風歌」などとある歌群中にあり、歌題は光俊本（躬恒集Ⅰ一〇五）に「しはす」、歌仙家集本（躬恒集Ⅴ四〇）に「いねほしたり」とある。

さらに『元輔集』にもあり、時雨亭文庫蔵坊門局筆本『元輔集』（二四四）には第三句が「かずへつゝ」とある以外は『抄』の底本に一致するが、尊経閣文庫蔵『元輔集』（Ⅲ三四）には「刈りてほす山田のいねのかずしらずつむべき秋ぞひさしかりける」とあって、第三句以下が相違する。

また、『集』には［校異］の項で示したように『抄』とは全く異なった本文でみえる。『抄』の貞和本には、「かそへつゝ」の右傍に「ほしわひて集」、「おほくのとしをつみてけるかな」の右傍に「まもるかりいほにいくよへぬらん集如此歟」などと後人の書入れがあるが、この書入れに用いた『集』の本文は、

かりてほす山田のいねをほしわひてまもるかりいほにいくよへぬらん

となり、『集』の定家本（一一二五）と一致する。このように『抄』と『集』の本文の著しい異同は何によるのであろうか。

『古今六帖』（一一二五）には、作者を躬恒として、

み山田のおくての稲をほしわびてまもるかりほにいくよへぬらん

という歌がある。この歌は『躬恒集』には、

秋の野にたかがりする所

①みやまだのおくてのかりをかりつみてまもるかりほにいくよねぬらむ（時雨亭文庫蔵承空本躬恒集一三九）

あきのゝにたかゝり

②みやまだのおくての稲を刈りほしてまもるかりね（右傍ニ「ほに」トアル）いくよへぬらん（西本願寺本、躬恒集Ⅳ一五四）

とあり、「延喜十七年承香殿御屏風」（承空本一三七詞書）の歌である。この二首と『古今六帖』の歌とは元は同一歌であった。おそらく『集』の撰者は『抄』四一七に差し替えて②の歌を撰んだか、あるいは同一歌の異伝と誤解したのではなかろうか。

【作者】凡河内躬恒→五。

【他出文献】◇躬恒集→［補説］。◇元輔集→［補説］。

題不知　　読人不知

418　かの見《み》ゆる池《いけ》辺にたてるそが菊のしがみさ枝の色《いろ》のてこらさ

【校異】詞○題不知―たいよみひとしらす（島）。**歌**○かのみゆる―かのをかの〈「をかの」ノ右傍ニ「ミユル」トアル〉（貞）○さ枝の―さ枝の〈「さ」ノ右傍ニ朱デ「カ」トアル〉（貞）○てこらさ―てこらき（貞）。

【拾遺集】雑秋・一一三一。

題不知　　読人不知

かのみゆる池へにたてるそか菊のしかみさ枝に色のてこらさ

定雑秋・一一二〇。**歌**○しかみ―しけみ。○さ枝に―さえたの。

題知らず

あの向うに見える池の畔に生い立っているそが菊の、茂みや小枝の色が色濃く映えてうつくしいことだ。

【語釈】○そが菊―黄菊の異名ともいうが、諸説ある。○しがみさ枝―『俊頼髄脳』に「しかみさえたといへるは、おのれといへるなり。みさえとはしもえだといへるなり」とある。俊頼は「しが―みさえだ」という語構成とみて、「しが」は代名詞「し」に格助詞「が」が接続したもので、自分の、おのれがの意で、「みさえ」は下枝の意と解した。しかし、これは「しがみ―さ枝」という語構成で、「しがみ」は『集』の定家本に「しげみ」とあるので、「しげみ」の誤りとみて、茂ったところと小枝の意に解する。○てこらさ―『奥義抄』（中釈。以下では書名を示す鉤括弧（『　』）は省略。）に「色のてこらさとはいろのてりこきさまとよめり」とあり、色濃く映えて美しいことをいう。

【補説】この歌には難解な語句・名称がある。主たる景物は「そが菊」である。これがどのような菊であるか、平安後期にはわからなくなっていて、現存資料のなかで最初にこのことに言及したのは俊頼髄脳である。

㈠①俊頼髄脳の説。俊頼は、

そが菊といへるは、承和のみかど、一本菊をこのみて、興ぜさせ給ひけり。……われもわれもといどみて、一本菊をつくりて参らせけるとぞ、人申す。さて、一本菊の名を承和の菊といへるなり。……そが菊は、黄なる菊を申すなりといへる人もあるにや。

と説明している。仁明帝が一本菊を愛好したところから、一本菊を承和菊といったとして、黄菊説にもふれている。

②奥義抄・袖中抄の説。袖中抄（第十二）には、

顕昭云、そが菊とは黄菊也。そがとは承和を云なしたる也。承和の御門黄なる色を好給ければ、黄なる色をば承和色と云。去ば黄菊をばそが菊と云。……奥義抄云、此歌は黄菊の一本菊にてありけるをみても詠めり

けん。

とあり、仁明帝が黄色を好まれたところから、黄色を承和色といったという。

㈡色葉和難集所引祐盛説。

祐盛云、…これは素娥菊といふ事なり。昔、女の菊になりたる事あり。蛾は女の通名なり。素はしろしとよむ。されば白き菊なるべし。……又或云、そわぎくといふは、岸のかたそばに生ひたる菊なり。

祐盛の説では素蛾菊の字を当てて、白菊のことという。「又或云…」とある説は、次項の説と関係あるか。

㈢古来風体抄・僻案抄の説。

むかひの岸にそがひに見ゆるとよめるにや。（古来風体抄上）

すべておひすがひなることをそがといへり。（僻案抄）

これらの説では「そがひ」「おひすがひ」の語義があいまいで、語構成からも疑わしい。このように諸説あるが、確定的な説はない。①②のような説があることは「承和」という表記が早くから用いられていたからであろう。いずれにせよ、この歌は晩秋の菊の花の華麗さを賞賛したものであろうが、「しかみ」「てこらさ」などの聞き慣れない用語の使用が理解の妨げになっている。


権中納言義懐の入道して後《のち》、むすめを斎院に養《やしな》ひ給ひける・が許《もと》より、東の院に侍りける・姉《あね》の許に、十月ばかりに侍りける

419　山がつの垣《かき》ほわたりをいかにぞとしもかれがれにとふ人もなし

【校異】詞○義懐―義懐〈「懐」ノ右傍ニ朱デ「チカ」トアル〉（貞）○入道してのち―入道のゝち（島）入道死

後〈「死」ノ左傍ニ朱デ見セ消チノ符号ガアリ、右傍ニ朱デ「シ侍ティ」トアル〉（貞）○あねの許に—あねかもとに（貞）○侍ける—つかはしける（島・貞）○作者名ナシ—入道娘（貞）。歌○山かつの—やまかつの〈「かつの」ノ右傍ニ朱デ「サトノ」トアル〉（貞）○かきほ—かきね（貞）。

【拾遺集】 雑秋・一一五四。

　権中納言義懐入道してのちむすめを斎院にやしなひ給ひけるかもと
　よりひかしの院に侍りけるあねのもとに十月はかりつかはしける
山さと（右傍ニ「カツ」）のかきねわたりをいかにそとしもかれ〳〵に（「に」ハ補入）とふ人もなし

定雑秋・一一四三。**詞**○むすめを—むすめの。**歌**○山さと—山かつ。○かきね—かきほ。

　権中納言義懐が出家して後、むすめを斎院で養育なさっていた、そのむすめの許から、東院に住んでいた姉の許に、十月ごろに消息がありました
山里に住む家の垣根の辺りを、霜枯れのころに、離れ離れになってしまって、どうしているかと訪れて来る人もいない。

【語釈】 ○権中納言義懐の入道—藤原伊尹の五男。花山帝の側近として帝を補佐し、寛和二年（九八六）六月二十三日、花山帝が退位、落飾すると、翌日、跡を追って出家した。四一参照。○斎院—義懐が出家したときの斎院は選子内親王。天延三年（九七五）六月、賀茂斎院に卜定、長元四年（一〇三一）退下。○東の院—『拾芥抄』によると、「近衛南、東洞院東一町」にあり、もとは東一条第といい、貞保親王の邸であったが忠平が伝領した。忠平は西隣の小一条殿に住んでいたので「東家」と呼んでいたという。ここに花山院は伊尹の女の九の御方と住んだ。○侍りける—便り、消息がありました。○山がつの垣ほわたり—「山がつ」は山里に住む身分の低

い人、また、その人たちの住む粗末な家。「垣ほ」は垣。山里に住む人の垣根の辺り。自分の住んでいる場所を謙遜していった。〇しもかれがれに—霜にあって草木が枯れようとするころに。「かれがれ」は、「枯れ枯れ」に途絶えがちなさまをいう「離れ離れ」を掛ける。

【補説】権中納言義懐が若い帝王に殉じて出家したときは三十歳で、藤原為雅女との間に生れた尋円は十歳、成房は五歳であり、他の子供たちも成人に達していなかった。父の出家は子供たちの人生におおきな影響を及ぼした。尋円は尋禅の弟子として僧籍に入り永延二年（九八八）四月得度受戒し、延円も跡を追うように三井寺に入った。四一九の詞書に登場する姉妹のうち、姉の方は叔母に当る伊尹の女の九の御方の住む東院に身を寄せ、妹の方は斎院選子内親王に養育されて紫野の斎院の御所にいた。

公任は義懐と花山帝在位時代から交渉があり、出家後の義懐の家庭のことにも関心をもち、よく承知していたと思われる。このような立場にいた公任であるから、姉妹の情報も入手しやすかったのだろう。歌は幼少から離れ離れになった妹が、安否をとうことも途絶えがちになった姉に、恨み言ともつかぬ思いを詠み送ったもの。ここにも政変が義懐一家の深刻な状況に陰をおとしていると公任は感じたことだろう。

【作者】中納言藤原義懐女　生没年未詳。母は藤原為雅女。父義懐の出家後は斎院選子内親王に養育された。勅撰集には『拾遺集』に一首入集。

内裏の御屏風に　　元輔

420　月影の田上川《たなかみがは》に清《きよ》ければ網代《あじろ》に氷魚《ひを》のよるも見えけり

【校異】詞〇内裏の—内裏（島・貞）。

【拾遺集】雑秋・一一四四。

内裏御屏風に　　　　　　　清原元輔

月かけのたなかみ河に清けれはあしろにひをのよるもみえけり

㊀雑秋・一一三三。

内裏の御屏風に

月の光が田上川に明るく照らしているので、夜でも網代に氷魚が寄ってくるのが見えるのだった。

【語釈】○内裏の御屏風―尊経閣文庫蔵『元輔集』（元輔集Ⅲ）に「天延元年九月、内の仰せにてつかうまつれる御屏風の歌」と詞書のある歌群（八二～九六）の中に「ふゆ、たなみのあじろ」の題（九三）でみえる。○月影―月の光。○田上川―滋賀県大津市田上町を流れ、黒津で瀬田川に注ぐ大戸川をいう。歌では網代、氷魚を詠み込むことが多い。○網代―氷魚を捕るための仕掛け。一三九参照。○よる―月の縁語の「夜」に氷魚が寄ってくる「よる」を掛ける。

【補説】この歌は［語釈］にも記したように、『元輔集』には天延元年九月（十二月二十日改元であるので厳密には天禄四年）に円融帝の仰せごとにより献進した屏風歌としてみえるが、この屏風が何のために新調されたのか明らかではない。また、歌仙家集本『公忠集』にも、

近江の守にてたちにありける比、殿上の人々たなかみの網代にきたりけるに、行きて酒などすゝむとて、かはらけとりて

月影のたなかみ川に清ければ網代にひをのよるもみえけり（一三）

流れくる紅葉の色のあかければ網代にひをのよるも見えけり（一四）

（注）西本願寺本公忠集（一三）には詞書に小異があり、「流れくる」の歌のみがある。

とある。このことについては、後藤祥子氏（『元輔集注釈』貴重本刊行会）が下句の趣向を同じくするところから、元輔の歌が行間に書き込まれたものが本行化して書写されたと説明されているのに従うべきである。これによって元輔は公忠の歌の下句をそっくりそのまま取り入れて詠んでいることが明白になり、両者の相違は夜でも氷魚を見ることができる状況を、どのように設定するかにあった。公忠は川を流れる紅葉ばの赤を明かるさとして設定したのに、元輔は川面を照らす月影を設定した。この二つを比較すると、月の明るさを取り入れた元輔の方は平凡である。公忠の歌では時節の光景である、流れる紅葉ばの赤を用いているところに工夫が見られる。これは独善的な発想ではなく、公忠の歌を模して、藤原惟成も一条摂政家の障子に「秋深みもみぢ落ちしくあじろ木は氷魚のよるさへあかく見えけり」（詞花・秋・一三七）と詠んでいる。

【作者】 清原元輔→三二。

【他出文献】 ◇元輔集→［補説］。◇公忠集→［補説］。

421

蔵人所に候ひける人の、氷魚《ひを》の使《つかひ》にまかりけりとて、京に侍りながらお《を》とし侍らざりければ

修*理

いかでなほ《を》網代《あじろ》の氷魚《ひを》に言問《ことゝ》はんなににによりてか我をとはぬと

【校訂注記】 底本ニハ作者名ハナイガ、『抄』ノ島本、『集』ノ具世本、定家本ナドニヨッテ「修理」ヲ補ッタ。

【校異】 詞〇候ける―侍ける（島）さふらひける（貞）〇つかひに―つかひにて（島）〇まかりけり―まかる（島）まかりにけり（貞）〇をと―をとも（島）〇侍さりければ―侍らさりけるに（島）。

【拾遺集】雑秋・一一四五。
　蔵人所に侍ひける人のひをのつかひにまかり侍らさりければ
いかてなほあしろのひをに事とはむなにゝよりてか我をとはぬと
修　理
定雑秋・一一三四。詞○まかり―まかりにけるとて。○侍らさりければ―京に侍なからをともし侍らさりければ。

　蔵人所に伺候していた者が、氷魚の使として出掛けたといって、京に居ながら訪れてきませんでしたので
なんとかしてともかくも網代の氷魚に尋ねてみよう、何が原因で、他の女に寄りついて、私の許を訪れてくれないのかと。

【語釈】○蔵人所に候ひける人―「蔵人所」は令外官司の一つ。嵯峨天皇の弘仁元年（八一〇）に設置された。職員は別当・頭、五位蔵人、六位蔵人、非蔵人、雑色、所衆、出納などがいて、役所は校書殿の西廂にあった。「蔵人所に候ひける人」は五位または六位の蔵人。○氷魚の使―平安時代、九月から十二月まで、山城国宇治、近江国田上から献上する氷魚を受け取るために遣わされた使者。○修理―底本に作者名を欠くが、島本に「修理」、貞和本に「内匠允葛原真行妹修理」とあり、『集』の具世本、定家本にも「修理」とあるので「修理」を補った。「修理」は『大和物語』八十九段にもみえ、御巫本、鈴鹿本には仮名書きで「すり」とある。○いかで―願望の意を表す。どうにかして。なんとかして。○なほ―ともかくも。○網代の氷魚―ここは相手の男をよそえる。○なにによりて―何に基づいて。何が原因で。何が理由で。「より」に氷魚の縁語の「寄り」を掛ける。
【補説】四二一は『大和物語』（八十九段）には

修理の君に右馬の頭すみける時、方のふたがりければ、方違にまかるとてなむえ参りこぬといへりければ、

これならぬことをもおほくたがふればうらみむ方もなきぞわびしき

かくて右馬の頭行かずなりにけるころ、詠みておこせたりける、

いかでなほ網代の氷魚にこととはむ何によりてか我をとはぬと

といへりければ、かへし、

網代よりほかには氷魚のよるものか知らずはうぢの人にとへかし

（以下略）

とある。『大和物語』では修理が「いかでなほ」と網代の氷魚を詠んだのが唐突に感じられるが、『抄』では詠歌事情が全く異なっていて、相手は氷魚の使の蔵人で、歌と密接な関係にある。この修理の歌は当時評判になったために歌語りが形成されたのだろう。

『延喜式』（巻三九　内膳司）によると、氷魚は九月から十二月三十日まで、山城、近江両国から貢進された。この「氷魚の使」のことは『西宮記』（巻五）には九月九日の宴の前に「遣氷魚使宇治田上、以所人遣、」とあり、「残菊宴」の次第を記した文中に、「漸献文、楽畢拝舞、若此間、可給氷魚采女一人持氷魚、一人執塩梅、…」とあって、この日、氷魚が供されている。この他にも氷魚を下賜されたことが、

①（延喜）十三年、召侍従奏見参、賜菊酒、右少将藤俊蔭、賜氷魚高坏、

②安和元年九月九日、賜侍従以上菊酒、于時蔵人為保、為勅使賜氷魚、即令内豎曳下、

③延長四年九月九日、初酒觴数行、賜供御下氷魚於殿上群臣、采女二人就御台盤下、一人取氷魚、一人取汁、

④十月。旬。…二献、庭立奏、夏此間給扇、冬賜氷魚、…賜氷魚儀、采女取氷魚盤立座前、座一人召内豎、内豎参進、公卿分取云々

などとみえる。①〜③は菊の宴、④は十月の旬に氷魚を賜わった記事である（西宮記・巻六）。

【作者】修理は、『抄』の島本に「藤原真行妹」という傍注があり、貞和本は作者名が「内匠允葛原真行妹修理」

とある。藤原真行は『尊卑分脈』には武智麿の子の恵美仲麿の曾孫に大蔵丞真行がいるが、別人と思われる。『大和物語』（九十段）には元良親王の誘いを断った修理の歌があり、『元良親王集』（一一七）にもみえるので、元良親王とほぼ同時代、醍醐・朱雀朝ごろの人物と思われる。

【他出文献】◇大和物語→［補説］。◇異本系統清少納言集（Ⅱ三七）、詞書ナシ。

422

ものねたみし侍りける女《をんな》、を《お》とこ離《はな》れ侍りて後に、菊《きく》のうつろひて侍りけるをつかはすとて　読人不知

老《お》い《ひ》の世《よ》にうき事聞《き》かぬ菊だにもうつろふ色は有りけりとみよ

【校異】詞○し侍ける—しける（島）○をんな—をんなを（島）女の〈「の」ノ右傍ニ朱デ「ヲ」トアル〉（貞）○おとこはなれ侍て後に—はなれてのち（島）をとこはなれ侍て（貞）○きくのうつろひて侍けるを—うつろひたるきくを（島）○読人不知—よみ人しらす（島）。**歌**○おひのよに—をいのよに〈「の」ノ右傍ニ「かィ」トアル〉（貞）。

【拾遺集】雑秋・一一三三。

ものねたみし侍ける女おとこはなれ侍てのちきくのうつろひて侍けるをつかはすとて　よみ人しらす

おいのよにうきこときかぬ菊たにもうつろふ色は有けりとみよ

定 雑秋・一一二二。**詞**○女—ナシ。○のち—のちに。**歌**○おいの—おいか。

何かと嫉妬しました女が、男が離れました後で、菊の花の色が変りましたのを使いの者に持たせて遣ろうとして

年老いても憂欝で厭わしいことを聞くことのない不老長寿の菊でさえも、花の色が変ることがあるのだったと見なさい。

【語釈】○ものねたみし侍りける女―「ものねたみす」は何かと嫉妬するの意。○をとこ離れ侍りて後に―女は男が離れました後に。詞書は女の側にたって書かれているが、島本は「をんなをはなれてのち」とあり、男の側にたって書かれている。○つかはすとて―「つかはす」の主語は女。島本では男。○うき事聞かぬ―『拾遺抄註』に「菊ハ不老ノ薬ナリ。サレバ老ノヨニウキコトキカヌトハ云也」とある。菊は不老長寿をもたらすという観念から、老いても、憂欝でいやだと思うことを聞くこともないというのである。○うつろふ色―花の色が変る。これは心の変ることをもいう。「かくばかり深き色にもうつろふをなほ君きくの花といはなん」（後撰・恋五・九六三　清蔭）。

【補説】詞書の「ものねたみし侍りける」者が伝本によって男か女か相違がみられる。『抄』の底本・貞和本、『集』の具世本などは女とし、『抄』の島本、『集』の定家本などは男としている。また、歌の作者は『抄』の底本・貞和本、『集』の具世本などでは女となり、『抄』の島本では男となる。『集』の定家本ではどちらにもとれ、『新大系』と『和歌大系』とでは読点の打ち方が違うのに、脚注をみるとともに女とみている。「ものねたみし侍りける」という文は人物の性格の説明だけでなく、嫉妬深さが二人の関係の破綻の原因であることをも暗示している。一方、不老長寿の菊でさえも心変わりすることがあるという歌の内容は、破綻の原因を作った者の弁明ともとれる。このように一首を捉えると、「ものねたみし侍りける」といわれる人物と歌の作者とは同一人となり、有機的に繋がる。なお、『抄』の貞和本には、朱で、

返シ
ウツロヘドキクハコサコソマサリケレハナヨリサキニカレシ心ヲ
と返歌が書入れられてあり、歌の後に墨で「此返哥集無」とある。

天暦御時に伊勢が家の集召《め》しければ、たてまつるとて　中務

423 しぐれつゝふりにし宿《やど》の言《こと》の葉《は》ゝかき集《あつ》むれどたまらざりけり

【校異】 詞○御時に―御時（島・貞）○家の集―集（島・貞）。

【拾遺集】 雑秋・一一五二。

天暦御時にいせか家の集めしければまいらすとて　中務

時雨つゝふりにしやとのことのはゝかきあつむれとたまらさりけり

[定]雑秋・一一四一。**詞**○御時に―御時。○めしければ―めしたりければ。**歌**○たまらさりけり―とまらさりけり。

村上天皇の御代に伊勢の家集をお召しになったので、献上しようとして

時雨が降りつづき、古びてしまった宿の言の葉は、あたかも時雨に散った紅葉が掻き集めても寄せ集めることができないように、集めて書きまとめようとするけれど、ご覧にいれるような出来栄えのものは集まらなかったことだ。

【語釈】 ○天暦御時―村上天皇の御代。二九参照。○伊勢が家の集―『伊勢集』のこと。○召しければ―村上天

皇が献上させた。〇しぐれつつふりにし宿—時雨が降りつづき、ふるびてしまった宿。「ふり」に時雨の縁語の「降り」と「古り」を掛ける。また、平安時代には「しぐれ」は木の葉を散らすものという認識が一般化した（一三六参照）ので、ここも時雨で木の葉が散るように、言の葉が散ったことを暗示した。〇言の葉—伊勢が詠んだ歌。〇かき集むれど—「かき集む」は取りまとめて一つにする意の「掻き集む」に、種々のことを集めて書きまとめる意の「書き集む」を掛ける。〇たまらざりけり—「たまる」は一ヶ所に集まる、寄り集まるの意。『集』の定家本には「とまらざりけり」とあり、『和歌大系』は「（人に貸したりして）私のもとに残らなかった。手もとに家集はありません」と解している。

【補説】この歌は時雨亭文庫蔵資経本『中務集』（一七二）に、

親の伊勢が歌召しありて、うら（「うち」カ）にたてまつりしおくに

しぐれつつふりにしあとのことのははかき集むれどとまらざりけり

と、歌詞に小異はあるがみえる。また『村上御集』（一二二）にもあるが、こちらは『集』から増補したものである。この歌は村上帝が伊勢の家集を献上させようとしたときの中務の返答である。中務の歌の「かき集む」という語は、家集の形成過程における材料の収集と記録の二つの重要な作業を一語で表している。しかし、実際の作業として、編纂の材料の収集は予定どおりにいかなかったことを、「たまらざりけり」の語句で表しているが、これはあくまで家集の内容についての中務の謙退の辞である。

また、『集』の定家本は第五句が「とまらざりけり」とあり、この本文によって家集を作ったが手元に残らなかったと解するのはいかがであろうか。手元に家集が残らなかったというのでは村上天皇の家集献上の勅命に対する返答にはならないだろう。仮に以前に編纂した家集が手元にないのであれば、いま一度家集を編纂して献上するであろう。それをもせずに手元にありませんでは済まされない。次の村上天皇の返歌からも家集は献上されていたことがわかる。中務の歌は伊勢の遺詠を編纂して献上したときの挨拶で、その内容が満足すべきものでな

いことを謙遜して言ったのである。中務は円融天皇から歌を選んで献上するように命ぜれたときも、自身の詠歌を若菜に喩えて、「人笑えなる若菜」と謙遜して詠んだことは三七六の［補説］に記した。なお、中務が献上した伊勢の家集と現存の『伊勢集』の三系統本との関係も残された問題としてある。

【作者】中務→六。

【他出文献】◇中務集→［補説］。◇村上御集、第五句「、（と）まらさりけり」。

御返し*　　　　御製

424　昔《むかし》より名高《なだか》き宿《やど》の言《こと》の葉《は》はこのもとにこそ落《お》ち積《つも》るといへ

【校訂注記】底本ニハ「御返し」ハナイガ、貞和本ニヨッテ補ッタ。

【校異】歌○やとの―やまの〈「ま」ノ右傍ニ「とィ」トアル〉（貞）○つもるといへ―つもるてへ（島）つもるらめ〈「らめ」ノ右傍ニ「てへィ」トアル〉（貞）。

【拾遺集】雑秋・一一五三。

返　　　　御製

むかしより名たかきやとのことの葉ゝ木のもとにこそおちつもるてへ

定雑秋・一一四二。**詞**○返―御返し。○御製―天暦御製。

御返事

昔から歌詠みとして有名な家の言の葉は、落葉が木のもとに落ち積るように、子の手元に留まるものだということだ。

【語釈】○御返し―『抄』の底本、島本にはないが、貞和本に「御返し」とあり、『集』にも「返」「御返し」などとあるので、貞和本により「御返し」を補った。○名高き宿―歌人として有名な家。中務が「ふりにし宿」と卑下していったのに対して褒称していった。○このもと―「こ」に葉の縁語の「木」と伊勢の子の中務をいう「子」を掛ける。

【補説】村上帝の返歌は『村上御集』（一二三）『資経本中務集』（一七三）などにもある。『八代集抄』には「名高き宿など勅をかうぶれるまことに規模なるべし」と、和歌の名門などといわれたことは名誉であるといっている。帝の歌は単に和歌の名門を賛美したのではない。中務が伊勢の家集を献上したときに優れた詠草は集められなかったと謙遜していったのに対して、さすがに歌の名門だけに献上された詠草は傑出したものであると賞賛したのである。

【作者】村上天皇→一九八。

【他出文献】◇資経本中務集、第五句「おちつもるらめ」。◇村上御集、第五句「おち積りけれ」。

小忌《をみ》にあたりて侍りける人のもとにまかりたりければ、女どもさかづきに日陰《ひかげ》を浮《う》かべて出《い》だして侍りければ　　能宣

425 有明《あけ》の心地こそすれさかづきに日陰《ひかげ》もそひて出《い》でぬと思《おも》へば

【校異】詞○をみに―をひに（貞）○まかりたりければ―まかりて侍けるに（島）まかりて侍ければ（貞）○女

とも―をんな（島）をんななん（貞）○うかへて―いれて（島）うかへて〈「うか」ノ左傍ニ朱デ見セ消チノ符号ガアリ、右傍ニ朱デ「ソ」トアル〉（貞）○侍けれは―侍けるに（貞）。

【拾遺集】雑秋・一一五九。

　おみにあたりたる人のもとにまかりたりけれは女ともさか月にひかけをうかへていたしたりけるに　　大中臣能宣

有明のこゝちこそすれさか月の（右傍ニ「にイ」）日かけもそひて出ぬとおもへは

定雑秋・一一四八。詞○うかへて―そへて。○けるに―けれは。○大中臣能宣―よしのぶ。歌○さか月の―盃に。

　小忌に召された人の許にうかがいましたところ、女たちが盃に日陰を浮かべて、簾の内から差し出しましたので

　有明のような気がしたことだ。盃に日陰を浮かべてあるのは、月に日影が添うように出てきたと思うと。

【語釈】○小忌にあたりて―「小忌」は大嘗会や新嘗会などに、斎戒して小忌衣を着て神事に奉仕する役。「あたる」は従事する、召さるの意。○日陰―植物「ひかげのかずら」の略。ヒカゲノカズラ科の常緑の羊歯植物。深緑色の紐状の茎は約二メートルにもなる。上代には大嘗会や神事に冠の掛物として用いた。○有明―月が空にありながら日が昇って夜明けになること。○さかづき―「づき」に「月」を掛ける。○日陰―日光の意の「日影」を掛ける。

【補説】この歌は西本願寺本『能宣集』（六三）、時雨亭文庫蔵坊門局筆本『能宣集』（二七八）などにあり、『抄』と類似の詠歌事情であるのは後者で、詞書は「しざうゐに、小忌たまはれる人の家の御簾のうちより、酒いだしはべるとて、かはらけに日陰をいれていだしはべるを、とりはべるとて」とあり、第四句は「ひかげのそひて」

とある。これに対して、前者は全く別の詠歌事情で、詞書は、

中納言朝成朝臣、蔵人頭にはべりし時、ある人を□（一字分空白）こせんとて、そのこといはせんによびはべるに、まかりたれば、ものなどのたうび侍りて女方にゆづりつけはべりて、いりての、ちものいはせ侍りて、簾のうちより、かはらけにひかげをいれてさしいだせり

とある。内容の把握しがたい文章であるが、大体のところは、蔵人頭の中納言朝成が能宣に用事を言い付けるために呼びつけたので、能宣は朝成宅に行き、そこで何か指示があり、朝成は応対を女房にまかせて奥に入ってしまい、その後も何かいって、簾の内から女房が日陰を浮かべた盃を差し出した、というのであろう。小忌とは関係がないが、肝心なことは、歌と結び付く、日陰をうかべた盃を差し出したことである。それを有明の月と日光とにとりなして詠んだところに、この歌の機知がある。

【作者】大中臣能宣→二一。

【他出文献】◇能宣集→［補説］。◇朗詠集四九〇。

恒佐の右大臣の家の屛風に、臨時祭のかたあるところに　　貫《つら》之《ゆき》

426　あしひきの山あ井にすれる衣をば神につかふるしるしとぞ思《おも》ふ

【底本原状】「山井」ノ二字ノ中間ノ右傍ニ「あ」トアルノヲ、補入トミルト「山あ井」トナル。

【校異】**詞**○恒佐の右大臣の家―恒佐大臣家（島）恒佐右大臣家（貞）○かたある―かたかきたる（島）かゐりあそひある〈「かゐり」ノ右傍ニ朱デ「カタ」トアル〉（貞）。**歌**○山あ井―やまゐ（島）やまあゐ〈「あ」ノ左傍ニ朱デ見セ消チノ符号ガアル〉（貞）○しるしとそおもふ―しるしとそみる（島）。

【拾遺集】雑秋・一一六〇。

右大臣恒佐家屏風に臨時祭のかたある所に

紀　貫之

あしひきの山ひにすれるころもをは神につかふるしるしとそ思ふ

㊄雑秋・一一四九。詞〇臨時祭のかたある所に―臨時祭かきたる所に。〇紀貫之―つらゆき。歌〇山ひ―山ゐ。

恒佐の右大臣家の屏風に、賀茂臨時祭の絵柄がある所に

山藍で染めた青摺りの袍を、神に奉仕することを示す印であると思って見ることだ。

【語釈】〇恒佐の右大臣―左大臣藤原良世の七男。延喜十五年（九一五）六月二十五日参議、承平三年（九三三）二月十三日大納言、承平七年正月二十二日右大臣。天慶元年（九三八）五月五日没、五十九歳。〇家の屏風―陽明文庫本『貫之集』（以下では『貫之集』と呼ぶ）に「おなじ（承平）七年右大臣殿屏風の歌」（三五五～三七三）とある屏風歌。時雨亭文庫蔵素寂本『貫之集』（三五六）には「おなじ七年一条の右大臣殿の屏風の歌」とある。〇臨時祭―『貫之集』（三七一）には「臨時の祭」の題でみえる。家集の配列から、この臨時祭は十一月の末の酉の日に行われた賀茂臨時祭である。宇多天皇の寛平元年（八八九）十一月二十一日に幣帛、舞人などを献じたのが最初で、昌泰二年（八九九）十一月に祭の使を遣してから恒例化した。この日、宮廷から勅使、舞人、陪従が参向し、東遊が奉納された。〇かた―絵柄。〇山あ井にすれる衣―「山あ井」は島本に「やまゐ」、『集』の定家本に「山ゐ」、『貫之集』に「山あゐ」、素寂本に「やまゐ」、とある。諸本の「やまゐ」「山ゐ」は「山藍」の約で、歌では「山井」に掛けて用いるので、「山あ井」は「山藍」のことであろう。山藍はトウダイグサ科の多年草で、その葉の液汁を青色の染料として用いた。『新大系』『和歌大系』ともに「山ゐにすれる衣」を小忌衣または小忌役の人の着る衣とするが、賀茂臨時祭について記した『政事要略』『西宮記』などには「小忌

王卿」や小忌役の人物の記述はない。臨時祭に山藍で摺り染めしたのは舞人、陪従が着用した青摺の布袍である。

【補説】この歌は『貫之集』によると、承平七年右大臣恒佐家で新調された屏風の、賀茂臨時祭の画面を詠んだ歌である。臨時祭では祭の使・舞人・陪従等の装束は定められていた。『政事要略』（賀茂臨時祭事）には、下賜される装束として、

使　蘇芳御下襲。縮線綾表御袴。（『江家次第』ニ半臂アリ）
舞人　竹文青摺袍。蒲萄染下襲。地摺袴。
陪従　椶櫚文青摺袍。柳色下襲。白表袴。

とある。また、「臨時祭装束」として、

其使四位装束　除表衣袙等之外、皆以御衣従殿上所給也。著魚袋浅履等。但衛府者可著闕腋袍。
舞人装束　青摺布袍。赤紐。地摺袴蒲陶染。下襲合袴糸草鞋。除袙之外。自殿上所給。
陪従装束　青摺布袍。赤紐。表袴。合大口。浅履。除袙之外、従殿上所給。

などとある。これらによって、臨時祭の使、舞人、陪従の装束の大体が知られる。
それでは貫之の歌にある「山あ井にすれる衣」は何を指しているのだろうか。前記の装束の中で山藍を用いているのは、舞人、陪従の青摺布袍である。これは『満佐須計装束抄』の「まひ人のさうぞくのこと」に、「青摺りは狩衣の尻長きに山藍といふものして、竹桐に鳳凰を摺りたり」とあるもので、小忌衣とは別のものである。一五六参照。

【作者】紀貫之→七。

【他出文献】◇貫之集。

427
祭の使《つかひ》にまかでける人のもとより、摺袴《すりばかま》摺りにつかはしたりけるを、
おそしといたう責《せ》め侍りければ
東宮女蔵人左近
限《かぎ》りなくとくはすれどあしひきの山井《ゐ》の水はなほ《を》ぞこほれる

【校異】詞○まかでける—まかりいてける（島）○いたう—ナシ（島）いたく（貞）○東宮女蔵人左近—春宮女蔵人左近〈「左近」ノ左傍ニ朱デ見セ消チノ符号ガアル〉（貞）。

【拾遺集】雑秋・一一五八。
祭使にまかりいてけるひひとのもとよりすりはかまつかはしけるおそしとせめけれは
東宮女蔵人左近小大君
かきりなくとくとはすれとあし引きの山ゐの水はなをそこほれる

定雑秋・一一四七。詞○祭使—祭の使。○いてけるひ—いてける。○すりはかま—すりはかますりに。○つかはしける—つかはしけるを。

祭の使として参向することになった人の所から、摺袴を摺るように使者を遣わしてきたが、仕上げが遅いとしきりに催促しましたので
できる限りすばやく氷を解かして摺ろうとしているが、山井の水はますます凍ってしまって仕上げることはできない。

【語釈】○祭の使にまかでける人—「祭の使」は神社の祭礼に奉幣のために宮廷から遣わされる使者。勅使が派遣される祭として著名なのは石清水臨時祭（三月）、賀茂祭（四月）、賀茂臨時祭（十一月）、春日祭（二月、十

一月）などである。『和歌大系』には「四月の賀茂祭の勅使」とあり、「解く」に「四月だから、氷はすっかり解けているはずだが、山井は遅い」とあって四月の賀茂祭の使者とする。この説ではこの歌が『集』で「雑秋」部に配置されていることと齟齬する。ここは賀茂臨時祭の使者である。「まかでける人」はすでに神社に参向したように受け取れるが、ここは使者として参向することになった人の意であろう。〇摺袴―青摺の袍に付属する袴。山藍で模様を摺り出した袴。祭の使や舞人などが着用した。『小右記』には「右近少将信輔春日祭使也、…送褶袴」（永観二年十一月一日）「摺袴送祭（大原野祭）使将監長能許」（永観二年十一月十八日）などとあり、春日祭や大原野祭などの使も摺袴を着用したことが知られる。〇責め侍りければ―摺袴を早く仕上げるように催促されたことをいう。〇とくとはすれど―「とく」に氷の縁語の「解く」と、すばやいの意の「疾く」を掛ける。また、「すれ」にサ変動詞「す」の已然形「すれ」と摺り染める意の「摺れ」を掛ける。すばやく氷を解かして摺ろうとしたことをいう。〇山井の水は―「山井」は山中に涌き水がたまって自然にできた井戸。「山井」に「山藍」を掛ける。

【補説】 この歌は書陵部蔵流布本系『小大君集』（小大君集Ⅰ一〇・一一）には、

源宰相左兵衛督、にはかにをみにさされて、その青摺を朝の間にせめられて、山井をかさぬるに、氷のつきたれば

かくばかりとくとはすれどあしひきの山井の水はなほぞこほれる

といふ、かの御上のとかくなんとあれば、

あしひきの山井にこほる水なればとくとも袖のほどぞ知らるる

とある。『抄』と詠歌事情を比較すると、いくつかの相違がある。なかでも大きな違いは、家集に「源宰相左兵衛督、にはかにをみにさされて」とある部分が、『抄』では「祭の使にまかでける人」とあることである。「をみにさされて」というのは四二五に「小忌にあたりて」とあるのと同じで、大嘗祭または新嘗祭に奉仕することで、

祭の使とは異なる。拙著『小大君集注釈』では『抄』を参考にして、賀茂臨時祭の使に任ぜられたときのこととみて、俊賢が祭の使となった年時は、近衛の少将であった寛和二年（九八六）八月から蔵人頭になった正暦三年（九九二）八月までの間であろうと記したが、これには再考の余地がある。

まず、賀茂臨時祭の使の装束に摺袴が必要であったかが問題である。賀茂臨時祭の使、舞人、陪従などの装束については四二六の［補説］に記したが、使は青摺の袍は着用せず、「平旦賜使御衣半臂、下重、表袴等、近年例去夕給之」（江家次第・賀茂臨時祭）とあるごとく、袴は表袴が官から支給された。ただし、祭の使に摺袴を遣わしたこともあったようで、『吏部王記』に「早旦差使、奉摺袴蔵人所云々」（天暦二年十一月二十八日の条）とある。しかし、これも官から支給されているので、私的に摺袴を用意する必要はなく、四二七の詞書に記されているようなことは、賀茂臨時祭の使についてはありえないことになる。

それでは別の祭の使であろうか。十一月には春日祭、大原野祭が行われ、奉幣のために使が遣わされた。その使が摺袴を着用したことは、［語釈］に記したように祭の使に摺袴を送った記事が『小右記』にあるところから知られる。しかし、この二社は藤原氏の氏神で、大原野祭の使は氏人で、春日祭の使も氏人であったので、源俊賢が祭の使になった蓋然性は小さい。

ここであらためて『小大君集』の詠歌事情を検討してみる必要がある。『小大君集』では依頼したのは「青摺」になっている。青摺の袍は臨時祭では舞人、陪従が着用したが、これも官から支給されているので、臨時祭のときではなく、別の神事で「青摺」が必要になったのだろう。

『満佐須計装束抄』によれば、青摺といわれるものには二通りあった。一つは「小忌を着ることは、束帯の上に青摺を着るなり。その摺り青くて梅、雉を摺る」とあり、他の一つは四二六の［補説］に記した舞人の装束である。ここは「をみにさされて」とあるところからも、前者の「青摺」であり、大嘗祭または新嘗祭に小忌人として奉仕することになっていた者に不測の事態が起こって、源俊賢が急遽代役に指名されたのであろう。この「青摺」の染色方法については一六五の［補説］を参照されたい。最後の仕上げに水に晒して水洗いしたので、「山井」の水が凍っていたのでは青摺はできあがらないことになる。

【作者】左近→三二二。

【他出文献】◇小大君集→［補説］。◇三十六人撰。

題不知　　　　　　　　　　　　　　　　　　貫《つら》之《ゆき》

428　独《ひとり》寝《ね》はくるしきものとこりねとや旅《たび》なる夜《よ》しも雪《ゆき》の降《ふ》るらむ

【校異】歌◯こりねとや―こりよとや（島・貞）。

【拾遺集】雑秋・一一六二。

ひとりねはくるしき物とこりねとや旅なる夜しも雪の降らむ　　紀　貫之

定雑秋・一一五一。詞◯紀貫之―つらゆき。歌◯こりねとや―こりよとや。

題知らず

独寝はつらいものであると知って、懲りなさいというのだろうか、ただでさえつらい旅の夜にとくに雪が降っているようだ。

【語釈】◯こりねとや―「ね」は完了の助動詞「ぬ」の命令形。命令の意を強める。懲りなさいと。◯旅なる夜しも―「旅」は自分の土地を離れて、一時、他の場所にいることで、自宅以外のところにいることをいう。

【補説】この歌は『貫之集』には詞書なく、「ひとりねはわびしきものとこりよとや旅なる夜しもゆきのふるらん」（六七九）とある。『八代集抄』には「古郷の女の独ねを思ひ遣折などの歌なるべし」とある。日ごろ、妻に独ねをさせながら、妻がつらい思いをしていることに想い到らなかった。その男に旅の夜、独寝のわびしさを経験させ、懲りよとばかりに雪が降っているようだという。

独寝はただでさえ人恋しい思いをさせる。まして、旅や冬の夜の独寝はなおさらで、

ひとりねのよはだのさむさしりそめて昔の人も今ぞこひしき（古今六帖二九一九）

ひとり寝のわびしき旅の草枕草のゆかりにとふ人もなし（西本願寺本元真集三二七）

ひとりねに夜数積れる冬の夜はいもがふところ恋しかりけり（高遠集一九〇）

などと詠まれている。四二八の歌では旅先での冬の寒い夜の独寝という、前掲の三首の各状況を一首のなかにみごとに設定して詠んでいる。

【作者】紀貫之→七。

【他出文献】◇貫之集→［補説］。◇古今六帖二七〇五、上句「ひとりねをわひしきものとこりよはや」。

法師に成り侍《はべ》らんとしけるころ、雪の降《ふ》り侍りければ、畳紙《たゝむがみ》に書《か》き
お《を》き侍りける　　　　少将高光

429　世中にふるぞはかなき白雪《しらゆき》のかつは消《き》えぬるものとしるしる

【校異】詞〇たゝむかみにかきをき侍ける―ナシ（島）たゝうかみにかきて侍ける〈「きて」ノ中間ニ朱デ「ヲ

キ」トアル〉（貞）。

【拾遺集】 哀傷・一三四四。

法師になり侍らんとしけるころゆきのふりけれはたとをみにかきを
きて侍りける　　　　　　　　　　　　　　　少　将藤原高光朝臣

世のなかにふるそはかなき白雪のかつは消えぬる物としらる丶

定哀傷・一三三二。**詞**○なり侍らんと―ならんと。○たとをみに―た丶うかみに。○少将―藤原高光。**歌**○しらる丶―しる〳〵。

法師になろうとしたころ、雪が降りましたので、（そのときの思いを）懐紙に書いて置きました

この俗世に生きながらえることははかないことだ。白雪のように降る一方ですぐに消えてしまう、はかない命だと知りながら。

【語釈】 ○法師に成り侍らん―高光は応和元年（九六一）十二月五日出家した。補七（三九九A）参照。○畳紙―陸奥紙、檀紙などを折り畳んで懐にいれ、歌を書き留めたり、鼻紙として用いた。懐紙。○ふる―年月を経る、年をとる意の「経る」に白雪の縁語の「降る」を掛ける。○かつは消えぬる―並行する二つの事実のうち、一方だけを抜き出していう用法。ここは雪が降る一方ですぐに消えてしまうの意。「消ゆ」は生命を失う、死ぬ意をもいう。

【補説】 この歌は俗世に生きることのはかなさを、眼前の降る雪に寄せて詠んだもので、時雨亭文庫蔵唐草装飾本『高光集』（五）には詞書を「世中はかなくのみおぼゆるころゆきのふる日」、第三句を「あは雪の」としてみえる。「あは雪」については一五七に記したが、辞典類では「あは雪」は漢字表記は「淡雪」で、春先に降る消

えやすい雪をいい、「あわ雪」は漢字表記は「泡雪」で、溶けやすい、やわらかな雪として、区別している。これに従えば、高光の歌が『抄』にいうように、出家しようとした応和元年十二月五日ごろの詠作であれば、「あは雪」という表記は誤りということになる。しかし、降る一方ですぐに消えてしまうさまをいう「かつきえて」の語句は、

かつきえて空にみだるるあは雪は物思ふ人の心なりけり（後撰・冬・四七九）

かつきえてはかなき世とは知りながらなほ降る雪やわが身なるらん（続詞花・雑下・九〇六）

などと、「あは雪」にも「雪」にも用いられていて、どちらか一方に決めかねる。

【作者】 藤原高光↓補八（三九九A）。

【他出文献】 ◇高光集↓［補説］。

しはすの晦日《つごもり》がたに、年の老《お》いぬることを嘆《なげ》き侍りて・よみ侍り・ける

貫之

430 むば玉のわが黒髪《くろかみ》に年*くれて鏡《かゞみ》の影《かげ》に降《ふ》れる白雪《しらゆき》

【校訂注記】 底本ニハ「くれは」ノ「は」ノ右傍ニ「て」トアルガ、島本・貞和本ニヨッテ「としくれて」ト改メタ。

【校異】 詞〇つごもりかたに—晦に（島）つもこりころに（貞）〇年のおいぬること—年ノ暮侍こと（島）〇なげき侍て—なけきて（貞）。

【拾遺集】 雑秋・一一六九。

しはすのつもこりかたにとしのおいぬることをなけきて
むはたまの我くろかみに年くれてかゝみのかけにふれるしら雪

定雑秋・一一五八。

十二月の晦日ごろに、年老いたことを嘆きまして詠みました
歳末になって、黒かった私の髪にも老いが加わり、鏡に映った姿には白雪が降っているようだ。

【語釈】○晦日がた―月末ごろ。○むば玉の―もとは黒・髪・夜など、黒いものや暗いものにかかる枕詞。そこから夜に関係のある夢・月などにもかかる。古くは「ぬばたまの」ともいう。○年くれて―底本は「年くれば」であるが、「は」に「て」とある傍書や諸本を参照して改めた。しかし、歌仙家集本『貫之集』（貫之集Ⅰ八一四）にも「としくれば」とあり、底本本文でも意は通じる。歳末になったことと、年老いた意をも表す。○鏡の影―鏡に映った姿。○降れる白雪―白髪を降る雪に見立てた。

【補説】この歌は『貫之集』に「しはすのつごもりがた身をうらみてよめる」と詞書のある歌群中（陽明文庫本八三八、歌仙家集本八一四）や、天理図書館蔵本『貫之集』（貫之集Ⅱ三五）に「身の上をよめる四首」と詞書のある中などにある。また、『八代集抄』に「古今物名に、かみや川、むば玉のわがくろかみやかはるらんと有て、おなじ下句にて入たり」とあるように、『古今集』（物名・四六〇）に「かみやがは」の題で、次のようにある。

うばたまのわがくろかみやかはるらむ鏡の影に降れる白雪

四三〇の歌を含む歌仙家集本の四首の歌の中には、
けふ見れば鏡に雪ぞ降りにける老いのしるべは雪にやあるらん（八一六）

という歌もあり、これも鏡に映った白髪を雪に見立てて詠んでいる。また、これに続いて、

宰相の中将のみもとに老いぬるよしを嘆きて

降りそめてとも待つ雪はぬば玉のわが黒髪のかはるなりけり（八一七）

返し　　兼輔朝臣

黒髪の色ふりかはる白雪の待ちいづるともはうとくぞありける（八一八）

とある贈答歌でも、同じ発想で老いを嘆いている。兼輔が宰相中将と呼ばれたのは延喜二十一年（九二一）一月三十日に参議に任ぜられて以後で、そのころの貫之は五十歳を超えたころであった。『抄』四三〇の歌も、このころの詠作であろう。延喜五年以前、貫之三十五歳ごろより前の作である物名歌を流用して、老いを嘆く述懐の歌としたのであろう。

なお、『貫之集』には「三条右大臣屏風の歌」と詞書のある歌群中（陽明文庫本、歌仙家集本トモ二〇〇）に、

むば玉のわがくろかみを年ふれば滝の糸とぞなりぬべらなる

という歌がある。この下句は滝の流れ落ちるさまを白い糸に見立てた表現を白髪の見立てに転用したもので、「降れる白雪」という表現の変容ともいうべきものである。

【作者】紀貫之↓七。

【他出文献】◇貫之集↓［補説］。

延喜二*十一年三月亭子院春日に御幸ありける時、国司和歌《か》廿首よみたてまつりけるなかに　　大和守藤原忠房*

431　めづらしきけふの春日《かすが》の八乙女《やをとめ》を神もうれしとしのばざらめや

【校訂注記】○底本ニ「廿年二月」トアルノヲ西本願寺本躬恒集（三二二）ナドニヨッテ改メタ。○底本ニ作者名ヲ欠クガ、島本、貞和本ニヨッテ補ッタ。

【校異】**詞**○春日に―春日（島）○御幸―行幸（貞）○国司―国のつかさ（島・貞）○和か―歌（貞）○よみて―ナシ（貞）。**歌**○やをとめを―たをとめは〈「た」ノ右傍ニ朱デ「ヤ」、「は」ノ右傍ニ朱デ「ヲ」トアル〉（貞）○うれし―あはれ（島）○しのはさらめ―おもはさらめ〈「おも」ノ右傍ニ朱デ「シノ」トアル〉（貞）。

【拾遺集】神部・六三二。

延喜廿年亭子院のかすかの御幸し給ひける時国のつかさ歌廿一首よみてたてまつりける中に

大和守忠房

めつらしきけふのかすかのやをとめを神もうれしとしのはさらめや

［定］神楽歌・六二〇。**詞**○かすかの―かすかに。○御幸し給ひける時―御幸侍けるに。○国のつかさ―くにの官。○歌廿一首―廿一首歌。○中に―に。○大和守忠房―藤原忠房。

延喜二十一年三月宇多法皇が春日社に参詣されたとき、国司の藤原忠房が歌を二十首詠んで献上したなかに

法皇の御幸のあった今日の、春日の八乙女の賞賛すべき神楽を奏する姿を、神もうれしく思って賞美されずにいられようか。

【語釈】○延喜二十一年三月―底本に「延喜廿年二月」とあるのを、［補説］に記す西本願寺本『躬恒集』など

の諸資料によって「延喜二十一年三月」に改めた。○亭子院―宇多法皇。一一〇参照。○春日―春日大社。奈良市春日野町に鎮座。神護景雲二年（七六八）に創祀されたと伝えられる。藤原永手によって、藤原氏の氏神と祖神が合祀された。藤原氏の権勢が高まると天皇の行幸、摂関の春日詣が行われるようになった。○御幸ありける時―延喜二十一年三月七日に宇多法皇は御息所藤原褒子を伴って春日社に参詣した（躬恒集ほか）。○国司―大和守藤原忠房。○和歌廿首よみてたてまつる―このとき忠房は名所和歌二十首を詠進。その歌を本歌として二十番の返歌を合わせ、夏の恋の二番を加えたのが「京極御息所褒子歌合」である。○めづらしき―『新大系』には語釈はないが、大意に「宇多法皇の珍しい今日の御幸のために」とある。「めづらし」はなかなか見る機会のない賞賛すべきさまの意で、神楽を奏する春日の八乙女のことをいったと解する。○八乙女―神社に奉仕して神楽を奏する八人の少女。『和歌大系』に「ここは御息所とお供の女房たちをいう」とある。御息所らを八乙女に喩えることは適切でないだろう。○しのばざらめや―「しのぶ」は賞美するの意。

【補説】亭子院が御息所褒子とともに春日社に参詣したとき、大和守忠房が献じた歌である。参詣した年時については確かな史料はなく、『大日本史料』は『類従本躬恒集』によって延喜二十一年二月七日のこととするが、西本願寺本『躬恒集』（躬恒集Ⅳ三三二）や「京極御息所褒子歌合」の十巻本日記などに、延喜二十一年三月七日とあるのに従って誤りなかろう。この日、忠房は和歌二十首を献じたとあるが、西本願寺本には、

法皇、六条の御息所春日にまうづるときに、大和守忠房朝臣あひかたらひて、この国の名の所を倭歌八首詠むべきよしかたらふによりて、二首おくる、于時延喜二十一年三月七日

とあり、躬恒が八首詠むということで、三月七日にまず二首（歌は家集には七首ある）を送ったという。この七首は歌合の廿巻本に作者名を「躬恒」としてみえる。

【作者】藤原忠房　信濃大掾是嗣男、母は貞元親王女。生年未詳。播磨権少掾　左兵衛権少尉、蔵人、左近将監などを経て、延喜元年（九〇一）七月に従五位下に叙せられ、左兵衛佐、左近少将、信濃権守などを歴任、延喜

二十年正月大和守となり、延長三年（九二五）正月従四位上に昇り、右京大夫を最後に延長六年十二月没。管弦の道に長じ、武徳楽を改作、胡蝶楽を作った。中古三十六歌仙の一人。『古今集』以下の勅撰集に十七首入集。

【他出文献】◇躬恒集→［補説］。◇京極御息所褒子歌合。

冷泉院御時大嘗会近江国和歌《か》　　元輔

432　とどこほる時《とき》もあらじを近江《あふみ》なるおものの浜《はま》のあまのひつぎは

【校異】詞○近江国和歌《か》―近江国の歌（貞）。歌○あらしを―あらしを〈「を」ノ右傍ニ「なイ」トアル〉（貞）。

【拾遺集】神部・六二〇。

おも（「も」補入）のゝはま　　兼盛
とゝこほる時もあらしなあふみなるおものゝはまのあまの（三字補入）ひつぎは

定神楽歌・六〇八。

冷泉院の御代の大嘗会の近江国の和歌

滞るときも全くないであろうよ、近江の国にある陪膳の浜の海人が毎日奉る貢物は。そのようにいつまでも絶えるときは決してないでしょう、皇位は。

【語釈】○冷泉院御時大嘗会―冷泉天皇は康保四年（九六七）五月二十五日践祚、十月十一日に紫宸殿で即位の儀を行う。「大嘗会」は天皇即位後はじめての新嘗祭。大嘗祭に供える新穀や酒料などを出すことを卜定された第一の国郡を「悠紀」、第二のそれを「主基」といい、両斎国から詠進される和歌を「大嘗会和歌」といい、地名が詠み込まれるのが特徴である。大嘗会の儀式は、即位が七月以前ならばその年の、八月以後ならば翌年の、十一月の下の卯の日（三卯あるときは中の卯の日）から始まる。冷泉天皇の大嘗会は安和元年（九六八）十一月二十四日に行われた。悠紀は近江、主基は播磨で、大嘗会和歌の作者として兼盛、能宣、元輔が知られる。〇おものの浜―現在の大津市膳所の旧名。〇あまのひつぎ―海人が毎日朝廷に奉った貢物の意の「海人の日次」に皇位を継承すること、また、皇位の意の「天つ日嗣」を掛ける。

【補説】近江の陪膳の浜で海人がとった供御が毎日貢進されることに寄せて、皇位の安定的継続を予祝した。

この歌は尊経閣文庫本『元輔集』に「れいぜん院の御ときのだい上ゑの歌」と詞書のある歌群中（元輔集Ⅲ一八二）に歌詞に異同なくある。また、この歌の作者は『集』の具世本、定家本などに兼盛とあるが、『兼盛集』にはなく、西本願寺本『兼盛集』には「いつれのみかどの御ときにかあらむ、たいざうゑの歌」と詞書のある歌群中（兼盛集Ⅱ一）に、

よろづよをもちぞさかえむあふみなるおものゝはまのあまのひつぎは

という第三句以下が全く同じ歌がある（この歌は歌仙家集本系統兼盛集一〇六にもある）。『元輔集』の大嘗会和歌のなかには、兼盛の歌に類似する歌が他にも、

鏡山むかしも見しをかくばかり行く末遠き豊の明かりは（元輔集Ⅲ一八一）

いにしへを見ずやありけむ鏡山行く末遠き豊の明かりは（兼盛集Ⅱ六）

などとある。これらの類似歌がどのような関係にあるのか、明らかでなく、四三二の作者も元輔か兼盛かを決める、決定的根拠はない。歌としては『兼盛集』の「よろづよをもちぞさかえむ」という第一、二句よりも「とどこほる時もあらじを」とある本文の方が明快である。

【作者】清原元輔→三二。

【他出文献】◇元輔集→［補説］。

延喜御時御屏風歌

貫《つら》之《ゆき》

433 松をのみ常磐《ときは》と思《おも》へば世《よ》とともに流《なが》れて水も緑《みどり》なりけり

【校異】詞○御時―御時の（貞）○御屏風歌―御屏風に（貞）。歌○ときはと―みとりと（島）○おもへは―おもふに（島）おもへは〈「へは」ノ右傍ニ「ふにィ」トアル〉（貞）○なかれて水も―なかれてみつも〈「れて」ノ右傍ニ「す泉ィ」トアル〉（貞）。

【拾遺集】賀・二九四。

延喜御時御屏風

紀貫之

松をのみみ（右傍に「と」）きはとおもへはよと丶もに流てみつもみとりなりけり

定賀・二九一。詞○御屏風―御屏風に。○紀貫之―つらゆき。歌○みきは―ときは。○おもへは―思に。○流て　みつも―なかす泉も。

醍醐天皇の御代の御屏風歌

松をばかり常緑であると思っていたら、絶えず流れていく水も松の影を映して変ることない緑であった。

【語釈】○延喜御時御屏風歌―「延喜御時」は醍醐天皇の御代。「延喜御時御屏風歌」は九（躬恒）、八八（貫之）、九〇（躬恒）、一一七（躬恒）などにもあったが、同一の屏風歌ではなかった。四三三は［補説］に記すように「延喜十八年承香殿御屏風歌」のなかの一首である。○思へば―『抄』の島本、『集』の定家本に「おもふに」とある。経験・知識などで知りえたことと、それとは異なる状態に接続する関係としては「おもふに」の方がよい。○世とともに―絶えず。○水も緑なりけり―画題が「川のほとりの松」であるので、川の水面に松の影が映って緑に見えるのである。

【補説】この歌は陽明文庫本『貫之集』には「延喜十八年承香殿御屏風の歌、仰せによりてたてまつる十四首」とある歌群中に「川の辺りの松」の題（一一八）である。西本願寺本『貫之集』にも「延喜十八年承香殿御屏風の歌、依仰献歌」とある歌群中に、「川辺の青柳松」の題（二七〇）でみえ、時雨亭文庫蔵素寂本『貫之集』にも「おなじ（延喜）十八年取行殿の御屏風の料の歌、仰せによりてたてまつる」（一一三）とあり、画題は「水のほとりの梅の花さける」とある。歌仙家集（貫之集Ⅰ一一三）に「延喜八年承香殿御屏風の歌…」とある「延喜八年」は延喜十八年とあるのが正しい。なお、承香殿は女御源和子のことであることは九の［補説］に記したので参照されたい。

歌は常緑の松と水の緑とを詠んでいるが、緑の松の影が水に映るさまを、

色のみぞまさるべらなる磯の松影見る水も緑なりけり（貫之集七五）

君が代のちとせの松の深緑さわがぬ水に影はみえつつ（流布本長能集、長能集Ⅰ七五）

千代をへて澄むべき宿の池水は松の緑に色ぞみえける（能因集一六〇）

などと詠んで、世の安寧や主の長命を予祝するのが、常套的な詠法であった。

【作者】紀貫之→七。

【他出文献】◇貫之集→［補説］。◇古今六帖一四六四、第四句「なかるる水も」。

題不知　　　　　　　　　　　　　読人不知

434
住吉《すみよし》の岸《きし》もせざらむものゆゑ《へ》にねたくや人にまつといはれむ

此歌者住吉明神託宣云々

【校異】詞○題不知―たいよみ人しらす（島）。左注○此歌者―此歌（島・貞）○託宣―御託宣（島・貞）。

【拾遺集】神部・五九九。

住吉のきしもせさらむ物ゆへにねたくや人にまつといはれむ

此歌住吉大明神託宣に

㊁神楽歌・五八七。左注○此歌―ある人のいはく。○託宣云々―託宣とぞ。

題知らず

あなたは住吉の岸の私の所に来もしないだろうのに、悔しいことに、私は岸の松のようにいつまでも男を待っているといわれるだろう。

この歌は住吉明神の託宣であるという。

【語釈】○住吉の岸―摂津国の住吉社の辺りの海岸。「岸」に「来し」を掛ける。○ものゆゑに―多く否定表現に付いて、逆接の確定条件を表す。…のに。…けれども。これを順接の確定条件に解しているものもある。○ねたくや―「ねたし」はしゃくにさわる、憎らしいの意。○まつ―松のように人を待って立っている。住吉の景物である松を掛ける。

【補説】この歌は『俊頼髄脳』『袋草紙』（希代歌）などにもあり、「すみよしの」の歌をあげて「託宣御歌云々」

とある。『俊頼髄脳』には「住吉明神の御歌とぞ申し伝へたる、ひが事にや」とある。また、『俊頼髄脳』には「よきふしに、優なる事ぐしたる歌」の例としてあげられている。「よきふし」とは、住吉の岸に生い立つ景物の松をみて、来もしないだろうのに、いつまでも男を待つ女を連想して詠んでいることをいい、住吉の縁語の「岸」「松」に、それぞれ「来し」、「待つ」を掛けている表現を「優なる事」といったのであろう。

なお、この歌は『古今六帖』（二八三六）に、

住吉のきしもせじとや思ふらんまつてふことの見えずもあるかな

とある歌と上句が類似しているが、歌の趣意は異なる。

住吉にまうでて《ゝ》よみ侍りける　安法法《々》師《し》

435 天下《あまくだ》る現人《あら》神のあ＊ひおひを思《おも》へば久《ひさ》し住吉《すみよし》の松

【校訂注記】「あひおひ」ハ底本ニ「おひあひ」トアルガ、意ガ通ジナイノデ『集』ノ具世本、定家本ナドニヨリ改メタ。

【校異】 **詞**○住吉に―すみよしといふことをしもの七字にをきて住吉に〈「すみよし」カラ「をきて」マデノ文ニハ、「すみよし」ノ右傍ニ朱デ「此詞無他本」トアル〉（貞）。**歌**○あひおひ―おひあひ（島）をひあひ〈「を」「あ」ノ右傍ニ、ソレゾレ「あィ」「をィ」トアル〉（貞）。

【拾遺集】 神部・六〇一。

住よしにまうでゝ侍りけるによみて侍りける　安保法師

あまくたるあら人神のあひおひをおもへは久し住吉の松

定神楽歌・五八九。詞○侍りけるによみて侍りける―ナシ。

住吉に参詣して詠みました

天上から下りてきた現人神である住吉の神が現われたときから、共に生え育ってきたことを思うと、命数の長久である住吉の松だよ。

【語釈】○現人神―仮に人の姿となって、この世に現われた神。また、姿を現して霊威を示す神ともいう。用例は住吉の神をいうものが多い。「住吉のあら人神にちかひてもわするる君が心とぞきく」（拾遺・恋四・八六九）「住吉のあら人神の久しきに松もいくたび生ひかはるらむ」（詞花・賀・一七一　大納言経信）。『伊勢物語』（一一七段）には「御神、現形し給ひて」と、住吉明神が姿を現したとある。○あひおひ―『抄』の底本、島本、貞和本などに「おひあひ」とあるが、『集』には「あひおひ」とある。「おひあひ」の語は他に例がない。「あひおひ」はともに生じともに生長すること。ここは住吉の神が天下ったときに生えたことをいう。「高砂、住江の松もあひおひのやうに覚え」（古今・仮名序）。

【補説】『古今集』においても、

我見ても久しくなりぬ住江の岸の姫松いくよ経ぬらむ（雑上・九〇五）

住吉の岸の姫松人ならば幾世か経しと問はましものを（雑上・九〇六）

などと、長命を歌われている住吉の松を、安法法師の歌では、住吉の神と相生の関係で結び付けて、その永劫性を強調して詠んでいる。

また、『源賢法眼集』には、

住吉にて

住吉のあまくだりけむその神のあはれあひおひの松をしぞ思ふ（四〇）

という歌がある。源賢は摂津法眼とも呼ばれ、住吉の地と関係ある人物である。この源賢の歌も安法の歌と同じように、この地に跡垂れた住吉の神を相生の松によって思い出している。

【作者】安法法師→八七。

【他出文献】◇朗詠集四二九。◇金六五。◇深。

436　我とはば神代《よ》のことも語《かた》らなむ昔《むかし》を知《し》れる住吉《すみよし》の松　恵慶《京》法師

【校異】**詞**〇詞書ナシ―同意を（貞）。**歌**〇我とはゝ―われといはゝ〈「れとい」ノ右傍ニ朱デ「カトハヽ」トアル〉（貞）。

【拾遺集】神部・六〇二。

我とはゝ神世の事もかたらなむむかしをしれる住吉のまつ　恵慶法師

定神楽歌・五九〇。**歌**〇かたらなむ―こたへなん。

私が尋ねたならば、神代の事も話してほしい、住吉明神が天下った昔の事を知っている、住吉の相生の松よ。

【語釈】〇神代のこと―神代のできごと。『八代集抄』には「神代の事は、此明神の日向の小戸の橘の檍原の潮よりあらはれて、此住吉浦に跡たれ給へる事をさしていふなるべし」とある。○昔を知れる―住吉の神が天下ったときの事を知っている。○住吉の松―住吉の神が天下ったときから生えている相生の松。

【補説】時雨亭文庫蔵資経本『恵慶集』（一二一）には詞書を「すみよしにまうでて、すみよしの松といふことをはてに人々よむに」としてある。この詞書は、前歌の『抄』の貞和本の詞書に「すみよしといふことをしもの七文字にをきて」とあったのと、同じ主旨である。安法法師の歌では、「すみよしといふことをしもの七文字に」おくとあるのに応じて「すみよしの松」とあり、恵慶の歌も「すみよしの松」とある。これによると、安法と恵慶とは連れだって住吉に参詣して、「住吉」あるいは「住吉の松」を第五句に詠み込んだ歌を詠んだことになる。

【作者】恵慶法師→四〇。

【他出文献】◇恵慶集→［補説］。

天暦御時に内裏にて為平親王の袴着《はかまぎ》侍りけるとき　参議小野好古

437　もゝしきに千歳《ちとせ》のことは多《おほ》かれどけふの君《きみ》にはめづらしきかな《哉》

【校異】詞○御時に―御時（島）御とき（貞）○内裏にて―ナシ（島）○親王の―親王（島）○はかまき侍ける　とき―着袴時（島）はかまき侍けるに（貞）○参議―ナシ（島）。歌○もゝしきに―もゝとせに（島）○きみには―きみには〈「には」ノ右傍ニ「はたぃ」トアル〉（貞）。

【拾遺集】雑賀・一一八二。

天暦御時内裏にて為平親王はかまき侍りけるに　参議小野好古

もゝしきに千とせのことはおほかれとけふのみゝにはめつらしきかな

定雑賀・一一七一。詞○為平親王―為平のみこ。○小野好古―好古。歌○みゝには―君はた。

村上天皇の御代に内裏で為平親王の袴着の儀式がありましたとき
宮中に千年も典例となってきたことはたくさんあるけれど、今日の親王は今までに例がなくすばらしいことであった。

【語釈】○天暦御時―村上天皇の御代。二九参照。○為平親王の袴着―「為平親王」は村上天皇の第四皇子。二一参照。「袴着」は幼児が初めて袴を着ける儀式。年齢は一定でなく、三、四歳から七歳頃に行ったが、歴代天皇や皇子は三歳で行った例が多い。為平親王は天暦六年（九五二）の誕生であるので、その袴着は天暦九年ごろに行われたと思われる。○千歳のこと―千年もの長い間、典例となっている行事、儀式。○めづらしきかな―「めづらし」は今までに例がなく称賛する価値があるさま。

【補説】為平親王の袴着の盛儀を寿ぐ歌である。為平親王は村上天皇の第四皇子であったが、『大鏡』（師輔伝）に「式部卿の宮（為平）こそは冷泉院の御次にまづ東宮にも立ち給ふべきに」と記されているように衆望もあった。また、後年、北野で子の日の遊びをした折には、『佐忠私記』（西宮記巻八裏書）に「雲上有識、或依天気、或有宮令旨、多追従」とあるように、村上帝や安子の心遣いも並々でなく、いかに鍾愛されていたかが知られる。この袴着も盛大に行われるように帝と安子の助力があったと想像される。

歌の作者の小野好古は、女が為平親王の伯父の藤原伊尹と結婚している関係で、袴着の儀に列したのであろう。歌詞に「千歳のこと」とあるのは、この袴着の儀式が千年先まで袴着のよき先例となることを意味する。これとよく似た歌として、『抄』一八五には藤原惟賢が詠んだ、

めづらしき千代の子の日のためしにはまづ今日をこそひくべかりけれ

という歌がある。

【作者】小野好古→一七九。

菅原《すがはら》の大臣の元服し侍りける夜《よ》、母《はゝ》がよみ侍りける

438 久方《ひさかた》の月の桂《かつら》もを《お》るばかり家《いへ》の風を吹《ふ》かせてしかな

【校異】詞○すかはらの大臣の—菅原みちまさか（島・貞）○元服し—かうふりし（島）元服し〈右傍ニ朱デ「カフリィ」トアル〉（貞）○侍けるよ—侍けるに〈「に」ノ右傍ニ朱デ「ヨ」トアル〉（貞）○はゝか—母（島）はゝの（貞）。

【拾遺集】雑上・四七八。

菅原の（二字分空白）元服し侍りける夜はゝのよみ侍りける

久かたの月の桂もおるはかり家の風をも吹せてしかな

[定]雑上・四七三。詞○菅原の□□—菅原の大臣。○元服し—かうぶりし。

菅原の大臣が元服しました夜、母親が詠みました

これからは秀才に合格して、月の桂も吹き折るほど高く、紀伝道の家としての菅家の名を高め、広めてほしい。

【語釈】○菅原の大臣—『抄』の島本、貞和本には「菅原みちまさ」とある。菅原氏出身の者で「大臣（おとど、

おほいまうちぎみ)」と呼ばれる人物は道真である。○元服し侍りける夜—道真の「献家集状」に「臣十五歳加冠」とある。承和十二年（八四五）の誕生であるので、元服は天安三年（四月改元、貞観元年、八五九）であった。○月の桂もをる—官吏登用試験に及第して文章生（進士）や文章得業生（秀才）になること。「月の桂」は古代中国の伝説で、月の中に生えているという桂の木。その桂の木を折るほど高くの意をも表す。○家の風—漢語「家風」を和語化した語。その家の者が専門とする業。ここは紀伝道の学者の家をいう。○吹かせてしかな—「吹く」は「家の風」の縁語。儒家としての菅家の名声を広める。「てしかな」は四〇一参照。

【補説】道真の元服は天安三年十五歳のときに行われたが、それより前、十一歳のときに父是善の門人の島田忠真に指導されて、「月夜見梅花」と題する詩をつくり、十四歳では「臘月独興」の題で詩をつくっているほど、勤勉家であった。そのような道真の早熟な才能を知る母親は紀伝道の学者の家である菅家の名声を高めることを期待した。

【作者】菅原道真母　伴氏とあるのみで、詳しいことは不明。貞観十四年（八七二）一月、道真二十八歳のときに亡くなる。『平安時代史事典』に歿年を延暦十四年（七九五）とするが、道真誕生前に歿したことになり誤である。

439

　ある人の賀し侍りけるに　　　　権中納言藤原敦忠

千歳《とせ》ふるしもの鶴《つる》をばおき《を》ながら久《ひさ》しき物は菊《きく》にざりける

【校異】詞○人の—人（島）。歌○きくにさりける—きくにそありける〈「く」ノ右傍ニ朱デ「ミ」トアル〉（貞）。

【拾遺集】雑賀・一一八六。

右大臣家つくりあらためてわたりはしめけるころ文つくり歌なと人
ゝよませ侍りけるに水樹多佳趣題
権中納言敦忠卿
千とせふる霜の鶴をはをきなから久しき物は君にそ有りける
（注）具世本ノ詞書ハ定家本一一七五ノ詞書デアル。具世本ナドノ異本系ハ定家本一一七五ノ歌ト一一七六ノ詞書ヲ脱シテ、一一七五ノ詞書ニ一一七六ノ歌ヲ続ケテイル。

定雑賀・一一七六。
ある人の賀し侍けるに
権中納言敦忠
ちとせふる霜のつるをはをきなからひさしき物は君にそありける

ある人の算賀の祝いをしましたときに
千年も生きながらえている純白の鶴をさし措き、霜が置きながらいつまでも長く咲いているのは菊であった。

【語釈】○千歳ふる―千年も生きながらえている。「ふる」時間が経過する。「ふる」に「降る」を掛けて、第二句の「しも（霜）」に続く。○しもの鶴―「しも」は羽毛の白いのを霜の白さに喩える。○おきながら―さし措いたままで。「おく」は霜の縁語で、霜が降ってとどまる意の「おく」を掛ける。○菊にざりける―『抄』の諸本は「きく」とあるが、『集』には「きみ」とある。「菊」は不老長寿の表徴。霜が置いてもなほ枯れることなく移ろいながら咲いている。

【補説】この歌は西本願寺本『敦忠集』（一三五）、時雨亭文庫蔵『敦忠集』（一二一）などに「ある人のがしける」と詞書があり、第一句「としをふる」、第五句「君にぞありける」とある。なお、時雨亭文庫本には「撰「拾」などと集付けがあるが、「としをふる」の歌（一二一）には集付けはない。

『抄』と『集』の本文を比べると、「菊にざりける」とある第五句が『集』には「君にぞありける」とある。『抄』では「千歳ふるしもの鶴」に対して「菊」が対置されているが、『集』では「君」が対置されている。賀の歌では長寿長命の鶴・松などにあやかって被賀者の長久を予祝するのが一般的な詠法である。『集』のように鶴と君とを対置して「久しきものは君にぞありける」というのは単純明快であるが、歌としては工夫がなくおもしろみに欠ける。

『抄』の歌と上句は同じで、下句は類似の表現をもつ歌が西本願寺本『忠見集』(忠見集Ⅰ一一六)に、

千歳ふる霜の鶴をばおきながら菊の花こそひさしかりけれ

とある。この歌は「州浜にすくへる鶴たてり」という詞書があり、「菊の賀せらるるまたのひ」(一一三詞書)の歌という。また、この忠見の歌は『夫木抄』(一二六一一)には、

天暦七年十月内裏菊合歌　　　　読人不知

千年ふる霜のつるをばおきながらきくの華こそひさしかりけれ

とあり、現存の「天暦七年十月二十八日内裏菊合」にも作者名を「なだ」として、中務の歌と番えられている。この歌と敦忠の歌との関係については萩谷朴氏も『平安朝歌合大成一』において、敦忠は天慶六年(九四三)に亡くなっているので、忠見の方が模したことになり、「これ程の晴儀の歌に、古歌を盗んだ歌を出したとすれば、歌人忠見の価値についても、これを撰んだ方人達の識見にも甚しい汚点が附せられることとなる。現存敦忠集にこの歌はないが、もし、拾遺集の詞書に誤りがないとすれば、敦忠自身がよんだ歌ではなく、忠見若しくはその父忠峯などに誂えた歌で」あると述べている。しかし、前記のように、この歌は『敦忠集』に小異はあるがみられる。敦忠は延喜六年(九〇六)の誕生で、ある人の算賀の歌を詠んだのは延喜二十一年に十六歳で元服して以後のことであろう。このころ忠岑は生存していたか疑わしい。また、忠見は前記のように天暦七年(九五三)の歌合には「なだ」という異名でみえる。このころようやく歌人として認められたものと思われ、敦忠が没した天

慶六年ごろは貴紳から代詠を頼まれるほど、歌人としての名は聞こえていなかったと思われる。結局、敦忠が算賀の歌を忠岑父子のいずれかに誂えたということはなかったと考えられる。前掲の忠見の歌は敦忠の歌を盗んだと非難されるようなものではなかろう。敦忠の歌に依りながら、千年も生きながらえている鶴よりも、霜が置いても枯れることなく移ろいながらも咲いている、不老長寿の表徴としての菊を強調しているのであろう。

【作者】藤原敦忠→二五七。

【他出文献】◇敦忠集→［補説］。

440　＊清和の七のみこの御息所の八十の賀、重明親王のし侍りける時の屏風に、竹に雪の降《ふ》りかゝりたるかたあるところに　　貫《つら》之《ゆき》

白雪は降《ふ》りかくせども千代《ちよ》までに竹《たけ》の緑《みどり》はかくれざりけり

【校訂注記】「清和の七のみこの御息所」ハ底本ニ「清和の女七親王」トアルノヲ、『貫之集』ニヨッテ改メタ。

【校異】詞○時の―とき（貞）○ふりかゝりたるかたあるところに―ふりかゝりたりける所（島）○つらゆき―貫之〈下ニ朱デ「ィ重之」トアル〉（貞）。歌○かくせとも―かゝれとも〈「ゝれ」ノ右傍ニ朱デ「クセ」トアル〉（貞）○かくれさりけり―かはらさりけり（島・貞）。

【拾遺集】雑賀・一一八七。

清和女七親王八十賀重明親王し侍りける時の屏風に竹に雪ふりかゝりたるかたある所に　　紀　貫之

白雪は降かゝれとも千世までに竹の緑そかくれざりける

定雑賀・一一七七。詞○清和女七親王八十賀―清和の女七のみこの八十賀。○重明親王し侍りける―重明のみこのし侍ける○紀貫之―つらゆき。歌○降か丶れとも―ふりかくせとも。○かくれさりけり―かはらさりけり。

清和天皇の第七皇子の母の御息所の八十歳の賀を、重明親王が催しなさいましたときの屏風に、竹に雪が降りかかっている絵柄のあるところに

白雪は降って覆い隠すけれども、竹は千年の後まで隠れないで青々とした姿をみせているのだった。

【語釈】○清和の七のみこの御息所―底本に「清和の女七親王」とあって、島本、貞和本、『集』も同じであるが、『本朝皇胤紹運録』には清和帝の皇女として孟子・包子・敦子・識子の四内親王がみえ、最も長命であったと思われる敦子内親王でも七十歳以下であったと推測されるので該当者はいない。［補説］に引く陽明文庫本『貫之集』（以下『貫之集』と呼ぶ）によると、「清和の女七親王」とあるのは「清和の七のみこの御息所」が正しく、この女性は清和天皇の第七皇子貞辰親王の母である御息所藤原佳珠子のことである。佳珠子は基経女、貞観十五年（八七三）十一月に清和帝の女御となる。『貫之集』にあるように、承平五年（九三五）に八十歳であれば、斉衡三年（八五六）の誕生となる。○重明親王―醍醐天皇第四皇子。延喜六年（九〇六）誕生。藤原忠平の女の寛子との間の子に斎宮女御徽子がいた。『古事談』に「東三条者重明親王旧宅也」とあるので、『貫之集』に「東三条のみこ」とあるのは重明親王のことである。○降りかくせども―『抄』の貞和本、『集』の具世本には「ふりか丶れとも」とある。白雪が降って覆い隠しているけれども。○千代までに―千年の後まで。いつまでも。「千代」の「よ」に竹の節と節との間をいう「よ」を掛ける。○かくれざりけり―『抄』の島本、貞和本、『集』の定家本、『貫之集』などは「かはらざりけり」とある。「かくれざりけり」は雪が覆い隠しているけれど、竹は隠れることなく青々とした姿を見せているの意で、「かはらざりけり」は雪が覆い隠しているけれど、竹の

と思われる。

葉は枯れることもなく青々としているの意で、［補説］に記すように、歌に詠まれた光景は両者では相違がある

【補説】この歌は『貫之集』に「承平五年九月東三条のみこの、清和の七のみこの御息所の八十賀せらるゝ時屛風の歌」と詞書のある歌群（三一八～三二二）中に「竹に雪のふりかゝれる」（三二二）の題で、第五句を「かはらざりけり」としてある。「東三条のみこ」の部分は時雨亭文庫蔵素寂本『貫之集』には「東三条のたいさうのみこ」（時雨亭文庫蔵承空本には「東三条大将のみこ」とあるが、これは「たいさう」を「大将」と誤認、書写したのだろう）とあり、これが「弾正の親王」という本文であれば、重明親王は延長八年（九三〇）十二月十七日の除目で弾正尹になり、承平七年（九三七）三月二十八日に辞任しているので、算賀の祝が催された当時の重明親王のことになる。

この歌の第五句を「かくれざりけり」「かはらざりけり」のどちらの本文をとるかで屛風絵の絵柄が変るように思われる。画題は「竹に雪の降りかかりたる」とあるので、画面は竹を主にして構成されていたと思われるが、「かくれざりけり」の本文では、雪に覆い隠されて白一面の世界のなかに、竹だけが青々とした姿を千代までも見せている図柄で、周囲の景との相対的な関係で把握されている。それに対して、「かはらざりけり」の本文では、竹も他のものと同じように雪に覆い隠されているが、竹の葉はいつまでも変ることのない緑であると、唯一、完全なものとして把握されている。『貫之集』（一二五）には雪と松とを取り合せて詠んだ、

白妙に雪の降れれば小松原色の緑もかくろへにけり

という歌もあるが、竹の緑は常磐の松をもしのぐ存在であった。

雪と竹を取り合せた歌は『抄』以前にはきわめて少数で、貫之はこの歌以外に一首、素性に一首があるに過ぎない。

みよしのの山より雪の降りくればいつともわかずわが宿の竹（貫之集五九）

植ゑてみる松と竹とのすゑの世は千とせゆきふる色もかはらず（素性集三二）

貫之の「みよしのの」の歌は詞書によると、延喜十五年（九一五）九月に右大将藤原道明の六十の賀を、清和天皇の第七皇子の母の藤原佳珠子が催したときの屏風歌で、その二十年後に佳珠子が四四〇の歌の被賀者になるという巡り合せになっている。

【作者】 紀貫之→七。

【他出文献】 ◇貫之集→［補説］。

題不知　　　　紀　貫之

441 流《なが》れくる滝《たき》の白糸《しらいと》絶《た》えずしていくらの玉の緒《を》とか成るらむ

【校異】 ナシ。

【拾遺集】 雑上・四五三。

なかれくる滝の白いとたえすしていくらの玉のをとかなるらむ

定雑上・四四七。**詞**〇詞書ナシ―題しらす。〇紀貫之―つらゆき。

題知らず

流れ落ちてくる白い糸のような滝の水はいつも絶えることがなくて、どれほど多くの白玉を貫く緒となることだろう。

【語釈】○滝の白糸―滝の筋状になって流れ落ちる水を糸に見立てた語。○絶えずして―間断なく。「絶ゆ」は糸の縁語。○玉の緒―「玉」は宝石の総称であるが、ここは水にちなんで真珠のこと。装飾とする多くの玉を貫き通す糸。

【補説】この歌の作者は、『抄』には作者名はないが、直前が貫之の歌であるので、作者名表記の通例では、この歌も貫之の作ということになり、『集』にも貫之の作とある。しかし、現存の『貫之集』の諸本や、『抄』以前の撰集類などにもなく、何に依って撰収したか明らかでない。それではどうして貫之の作とみなされたのだろうか。

その手掛かりは「滝の白糸」という表現にある。滝を詠んだ歌で、流れ落ちる水を「糸」「白糸」と詠んだ歌をみると、三代集では、『古今集』に一首（九二五、神退法師）、『後撰集』に二首（一〇八六、中務。一〇八七、忠平）であるが、『拾遺集』には次の七首があり、そのうち四首は貫之の歌である。

二二一（抄補五、貫之）　四四六（抄五〇八、中務）　四四七（抄四四一、貫之）　四四八（抄ナシ、貫之）
四四九（抄ナシ、公任）　五五五（抄ナシ、読人不知）　一〇〇四（抄ナシ、貫之）

また、『貫之集』には滝を詠んだ歌が十五首あるが、次にあげる歌には「滝の糸」を詠んでいる。

①春くれば滝の白糸いかなればむすべども猶あはにとくらん（四四）
②水とのみ思ひしものを流れける滝は多くの糸にぞありける（五二）
③流れよる滝の糸こそよわからじぬけどみだれて落つる白玉（六三）
④松の音ことにしらぶる山風は滝の糸をやすずげてひくらん（九四）
⑤流れくる紅葉ば見れば唐錦滝の糸して織れるなりけり（一〇三）
⑥糸とさへ見えて流るる滝なれば絶ゆべくもあらずぬけける白玉（一七八）

⑦いかにして数をしらまし落ちたぎつ滝のみをよりぬくる白玉（三三二）
⑧むば玉のわが黒髪を年ふれば滝の糸とぞなりぬべらなる（二〇〇）

このうち⑦の歌も滝を白い緒に見立てる意識がうかがえる。⑧では滝の流れ落ちる水を白糸に見立てた表現を、さらに白髪の見立てに転用したものである。このように滝の流れ落ちる水を「糸」「白糸」に見立てて詠むのは貫之の歌の表現の特徴である。

【作者】紀貫之→七。

屏風に

442　はるばる《く》と雲井をさして漕《こ》ぐ舟《ふね》のゆくするゑ遠《とほ》くおもほゆるかな　伊勢

【校異】詞〇屏風に―屏風に〈「屏」ノ上ニ補入ノ符号ガアリ、右傍ニ朱デ「或所ノ」トアル〉（貞）。歌〇こく―ゆく（島・貞）。

【拾遺集】雑賀・一一七一。

屏風

はる〳〵と雲ゐをさしてゆく鷹（右傍ニ「ユクフネイ」）のゆく末とをくおもほゆるかな　伊勢

定雑賀・一一六〇。詞〇屏風―屏風に。歌〇ゆく鷹―行舟。

屏風に

遥かに空のかなたをめざして漕いでゆく舟のように、行く先が遥かに遠く思われることだ。

【語釈】○屏風―西本願寺本『伊勢集』（六二。以下では西本願寺本と呼ぶ）には「五条の内侍のかみ御四十賀を清貫の民部卿のつかまつり給ふ屏風のゑに」と詞書のある歌群（六二～七三）中の七二に「はるばると」の歌がある。○雲井―雲のある所の意で空のこと。○漕ぐ舟の―『抄』の島本、貞和本、『集』の定家本は「ゆくふねの」とあり、西本願寺本に「こぐふねの」とある。この第三句までは次の「ゆくすゑ遠く」の序詞。○ゆくすゑ遠く―舟の行く先が遥かに遠く。被賀者の長寿を予祝する。

【補説】西本願寺本の詞書にいう「五条の内侍のかみ」は藤原満子のことである。その四十賀は延喜十三年（九一三）のことで、十月十四日に醍醐天皇から賀を賜ったが、藤原清貫が賀を催した月日は不明である。清貫が催した賀の屏風歌は『抄』には一八一、補六（一八一A）、五一六などにあり、その四十賀のことは一八一の［補説］を参照願いたい。四四二は西本願寺本には「わたつうみより舟漕がれていでたり」（七二）とある絵柄を詠んだ歌としてある。歌は「はるばる」「雲井をさして」「ゆくすゑ遠く」など空間的な広がりを表す語句を用いながら、被賀者である尚侍満子の時間的な長久を予祝している。なお、『抄』一三六も満子四十賀の屏風歌であるが、これは十月十四日に醍醐天皇から賀を賜ったときの屏風歌である。

【作者】伊勢→三〇。

【他出文献】◇伊勢集→［補説］。

天暦十一年九月五日、斎宮のくだり侍《はべ》りけるに、内裏より硯調じてたまはすとて

御製

443
思《おも》ふことなるといふなる鈴鹿山《すずかやま》越《こ》えてうれしきさかひとぞ聞《き》く

【校異】 **詞**〇五日―七日（島）〇斎宮の―斎宮（島）〇硯―御硯筥（島）すゝりのはこ（貞）〇調して―調て（島）〇たまはすとて―つかはすとて（貞）。**歌**〇うれしき―うれしく〈「く」ノ右傍ニ朱デ「キ」トアル〉（貞）。

【拾遺集】 雑上・五〇〇。

天暦十一年九月十五日斎宮のくたり侍けるにすゝりてうしてたまはすとて

おもふ事なるといふなるすゝか山こえてうれしきさかゐとそきく

定雑上・四九四。**詞**〇斎宮の―斎宮。〇すゝり―内よりすゝり。〇作者名ナシ―御製。

天暦十一年九月五日、斎宮が伊勢に下向しますときに、帝から硯を調達してお与えになろうとして願いが成就するという鈴鹿山を無事に越えると、そこがあなたの願いもかなえられる喜ばしい国境いでありますす。

【語釈】〇九月五日―『集』は具世本、定家本とも「九月十五日」とあるが、「五日」が正しい。次項参照。〇斎宮―楽子内親王。村上天皇第六皇女。天暦九年（九五五）七月十七日斎宮に卜定。天徳元年（九五七）九月五日群行（九暦、日本紀略）。〇硯調じて―硯をととのえて。『和歌大系』には「歌からすれば「すず（鈴）」の誤か」とある。『抄』の島本、貞和本には「硯筥」とある。〇思ふことなる―願いが成就する。「なる」に成就する意の「成る」と鈴鹿山の「鈴」の縁語の「鳴る」とを掛ける。〇鈴鹿山―三重県鈴鹿市にある。三重、滋賀両県境を南北にはしる山脈の南端にある鈴鹿峠付近の山々の称。斎宮の群行路としては仁和二年（八八六）の繁子内親王の群行以後に近江の垂水から伊勢の鈴鹿を経て多気宮に参入した。歌では「鈴」の縁語の「ふる」「なる」を掛詞として用いて詠まれる。〇越えてうれしきさかひ―『八代集抄』に「此山を越て、斎宮のおはすは王道成就なれば、越て嬉しき境と也」とある。〇さかひ―境界。国境。

【補説】この歌の解釈は諸書に相違がある。「思ふことなる」について、『新大系』は大意に「斎宮がいるのは、国家安泰の基であるから、天皇の私の思うことが成就する」とある。一方、『和歌大系』は「思事なるといふなる鈴鹿山」に「鳴らして祈ると、願いが成るといわれる鈴の名をもつ鈴鹿山」と注があり、「こえてうれしき境」を「願いの成就する神のいます地」と解している。これによると、「思ふこと」は斎宮の願いということになるが、斎宮のどのような願いか全く説明がない。楽子内親王は『本朝皇胤紹運録』に、長徳四年（九九八）に四十七歳で亡くなったとあるので、天暦六年（九五二）の誕生で、伊勢に群行した時は六歳であり、明確な願いをもっていたかわからないが、幼いながらも心に思うことがあったと考えられる。別れに際して父帝は「君が世をなが月とだに思はずはいかに別れの悲しからまし」（抄・別・二〇一）と詠んでいて、楽子内親王は長く斎宮の地位に留まることが父帝の治世が長く続くことであると自覚していたと思われる。このような楽子内親王の心の内を「思ふこと」といったのだろう。

【作者】村上天皇→一九八。

【他出文献】◇村上御集、「斎宮の御くだりに」。

円融院御時、斎宮のくだり侍りけるに、母《はゝ》の斎宮もろともに鈴鹿《すゞか》山
を越《こ》え侍《はべ》りける日《ひ》、よみ侍りける

斎宮女御

444　世にふれば又も越《こ》えけり鈴《すゞ》鹿《か》山《やま》昔《むかし》や今《いま》になりかはるらむ

【底本原状】 第五句「なりかはるらむ」ノ「は」ノ右傍ニ「へ」トアル。

【校異】 **詞**○侍けるに―侍ける時（島）○はゝの斎宮―はゝの前斎宮にはへりけり〈「り」ノ右傍ニ朱デ「ルカ」トアル〉（貞）○もろともに―ともに（島・貞）○すゝか山をこえはへりけるひ―くたり侍けるに鈴鹿山にて（島）すゝか山こえ侍けるに〈「すゝか山」ノ右傍ニ朱デ「クタリ侍トテ」トアル〉（貞）○よみ侍ける―ナシ（島）むかし思ひいてゝよみ侍ける（貞）。**歌**○むかしや―むかしの（島・貞）○なりかはるらむ―なるにやあるらむ（島・貞）。

【拾遺集】 雑上・五〇一。

円融院御時斎宮くたり侍けるにはゝの斎宮のもろともにすゝか山こゆとて　　斎宮女御

世にふれは又もこえけりすゝか山むかしのいまになるにやあるらむ

定 雑上・四九五。**詞**○斎宮の―前斎宮。○すゝか山こゆとて―こえ侍て。

円融天皇の御代、斎宮が伊勢に下向しましたときに、母の元斎宮が一緒に鈴鹿山をこえました日、詠みました

この世に生きながらえていて、またも鈴鹿山を越えたことだ。伊勢へ下った昔のことがいま目の前で行われているのだろうか。

【語釈】 ○円融院御時―円融天皇は安和二年（九六九）九月二十三日即位、永観二年（九八四）八月二十七日譲

位。この間に安和二年十一月十六日に隆子女王が斎宮に卜定されたが、天延二年（九七四）閏十月十七日に疱瘡のために亡くなったので、天延三年二月二十七日に規子内親王が卜定された。〇斎宮—規子内親王。村上天皇第四皇女、母は斎宮女御徽子女王。〇くだり侍りけるに—貞元二年（九七七）九月十六日群行。〇母の斎宮—徽子女王。〇もろともに—規子の群行に同行して徽子も伊勢に下った。西本願寺本斎宮女御集（二六二）にも「もろともにくだり給ふ、すずかやまにて」とある。〇世にふれば—「ふる」は「ふ」の連体形で、年月が経過するの意。「鈴鹿山」の「鈴」の縁語の「振る」を掛ける。〇昔や今になりかはるらむ—底本を除き『抄』の島本、貞和本、『集』の具世本、定家本などに「昔の今になるにやあるらむ」とある。西本願寺本は「昔の今になるにやあらん」。私自身が斎宮として群行した昔のことが、今代りに行われているのだろうか。

【補説】この歌は『斎宮女御集』の諸本にあるが、詞書は簡略な伝本が多く、それらに比べて詳しいのは時雨亭文庫蔵『斎宮女御集』の二本で、定家監督書写本には「伊勢へのちのくたりのたひむかしをおほしいてゝ」（一一五）、定家筆臨模本には「伊勢ののちの御くだりのたびむかしおぼしいでて」（五七）とある。

徽子が斎宮規子の群行に同行しようとしたところ、先例がなく留まるべきであるという宣旨が十七日にあったことが、『日本紀略』に「十七日、宣旨、伊勢斎王母女御相従下向、是无先例、早可令留者」とみえる。しかし、徽子はひそかに伊勢に下向した。時に斎宮規子は二十九歳であった。朱雀・村上・冷泉・円融朝の斎宮が伊勢に群行したときの年齢をみると、楽子内親王六歳、悦子内親王八歳、徽子女王十一歳、雅子内親王二十四歳などで、群行しなかった斎宮は卜定されたときの年齢をみると、輔子内親王十六歳、斉子内親王十七歳、英子内親王二十六歳で、年齢不明の隆子女王を除くと、全員が規子より年下で卜定され、群行している。このような事実からも、規子が同行を望んだというよりも、徽子の方に京を離れたいわけがあって同行したのだろう。

【作者】徽子女王　斎宮女御とも。式部卿重明親王女。母は太政大臣藤原忠平女寛子。延長七年（九二九）生。承平六年（九三六）九月十二日、八歳で斎宮に卜定され、天慶元年（九三八）九月十五日群行、天慶八年一月母

寛子が亡くなり、七月十六日退下。天暦二年（九四八）十二月入内して村上天皇の女御となり、翌三年に規子内親王が誕生。康保四年（九六七）五月二十五日に村上天皇が亡くなり、徽子は里邸に退出した。貞元二年九月十六日に規子内親王の群行に同行して伊勢に下り、永観二年（九八四）八月帰京。寛和元年（九八五）没。天暦十年「斎宮女御徽子女王歌合」などを主催。三十六歌仙の一人。『拾遺集』以下の勅撰集に四十五首入集。家集に『斎宮女御集』がある。

【他出文献】◇西本願寺本斎宮女御集↓［語釈］。◇神宮文庫本『小野小町集』（小町集Ⅱ六五）、詞書ナシ、第四・五句「むかしの今になるにやあるらん」。

題不知　　　　　　　　　　　　平　定文

445　引《ひ》き寄《よ》せばただには寄《よ》らで春駒《こま》の綱引《つなひ》きするぞなは*たつと聞く•

【校訂注記】「たつ」ハ底本「たゆ」ヲ島本、貞和本ニヨッテ改メタ。

【校異】歌○よらて―あらて〈「あ」ノ右傍ニ朱デ「ヨ」トアル〉（貞）。

【拾遺集】雑賀・一一九五。

平　定文

ひきよせはたゝにはよらて春駒のつなひきするそ名はたつときく

㊟雑賀・一一八五。**詞**○詞書ナシ―題しらす。**歌**○名は―なは。

題しらず

引き寄せようとすると、おとなしく寄ってこないで、春駒が引かれまいと逆らって綱引きになり、繕った縄が切れると聞いているように、互いに逆らっているうちに、二人のことが噂に立ったと聞くことだ。

【語釈】○ただには寄らで―「ただに」は真直ぐに、へだてなくの意。おとなしく寄ってこないで。「寄る」は綱、縄の縁語の「縒る」を掛ける。○春駒―春の野に放し飼いにした馬。気性が荒く、春の野を奔放に駆けまわっている。○綱引き―馬などが綱で引かれる方に寄るまいと逆らうこと。○なはたつ―底本に「なはたゆ」とあるが、『抄』の島本、貞和本、『集』の具世本、定家本などに「なはたつ」とある。「たつ」は「絶つ」と「立つ」の掛詞になっているので改めた。「なはたつ」は馬を引く縄が切れる意の「縄絶つ」に、評判になる、噂になる意の「名は立つ」を掛ける。

【補説】この歌は『抄』以前の現存の文献にはなく、何に依って撰収したか明らかでない。

平安中期以前に春駒を詠んだ歌は、

①霞立つ野をなつかしみ春駒のあれても君がみえわたるかな（小町集六三）

②あくがれてゆくへも知らぬ春駒の面影ならでみゆるよぞなき（馬内侍集一八八）

③春駒のすさむるよどの若草もつまにはしかぬものにぞありける（賀茂保憲女集一二）

④若草の野辺に生ひ立つ春駒はいづれの秋か牽かんとすらん（時雨亭文庫蔵資経本恵慶集一三）

⑤かくれぬもかひなかりけり春ごまのあさればこものねだに残らず（榊原本和泉式部集一七）

などがあるにすぎない。これらのなかで④⑤は屏風歌や百首歌に詠まれたもので、そのほかの歌は春駒の生態をよく捉えていて、激しい気性で奔放に駆けまわっている姿が髣髴としてくる。

春駒の生態を写し取りながら、それを比喩に用いているのが、『抄』の平定文の歌で、『六百番歌合』（三八）の判詞には「平定文歌に拾遺に、ただにはよらで春こまのつなひきするぞ名はたつときくと詠ぜるは、女によせて名はたつといへるなり」とある。
【作者】平定文→三七一。

446 我こそはにくくもあらめ我《わが》やどの花見になどか君《きみ》がきまさぬ　伊勢

【校異】歌○花見になとか―はなみにたになとか（島）はなみになとか〈「なとか」ノ右傍ニ「たにもィ」トアル〉（貞）。
【拾遺集】雑恋・一二七二。
たいしらす　伊勢
我こそはにくゝもあらめ我やとの花みにたにも君かきまさぬ
定雑恋・一二六一。

あなたは私をこそ憎んでいるであろうが、わが宿の花見にどうしてお出でにならないのですか。
【語釈】○我こそはにくくもあらめ―あなたは私をこそ憎らしく思っているだろうが。
【補説】この歌は『伊勢集』諸本にはなく、類歌が『麗花集』に、
人の見えはべらざりければ　人丸
我こそはにくくもあらめ我がやどのはなのさかりを見にはこじとや

とある。この歌ももとは『万葉集』（巻十・一九九〇）に、

吾社葉憎毛有目吾屋前之花橘乎見尓波不来鳥屋

（我こそは憎くもあらめゆがやどの花橘を見には来じとや）

とある歌の異伝であろう。万葉の歌は時雨亭文庫蔵義空本『柿本人麿集』（八一）、同承空本『赤人集』（一四五）、『古今六帖』（四二五九）などにもある。

歌は花、月、紅葉などにかこつけて人を誘う類型的発想で詠まれているが、伊勢にも、

われをこそ忘れもはてめむめの花咲きしぞとだにおもひいでなむ（西本願寺本伊勢集二二四）

という類似の発想で詠まれた歌がある。

【作者】この歌の作者は『抄』『集』に「伊勢」とあるが、確かな根拠はない。伊勢→三〇。

題不知　　読人不知

447 花の木《き》は籬近《まがきちか》くは植《うへ》ゑて見《み》じ散《ち》れば物思《おも》ふことまさりけり

【校異】詞○題不知―たいよみ人しらす（島）。歌○ちれは―みれは（島）。

【拾遺集】雑賀・一一九六。

花の木はまかきちかくはうへてみしうつろふ色に人そうこける（下句右傍ニ「チレハモノヲモフコトニサリケリィ」トアル）

読人不知

定雑賀・一一八六。歌○人そうこける―人ならひけり。

題しらず

花の木は籬の近くには植えて見るまい。花が散ると何かともの思いをすることは多くなることだ。

【語釈】○籬―柴や竹などを粗く編んで作った垣根。「籬末加岐一云末世　以柴作之言踈離也」（和名抄）。○物思ふことは―もの思いをすることは。花が散ることで、人々は心を煩わせ、世のはかなさを感じていた。○まさりけり―「まさる」は普段より多くなる、ふえるの意。

【補説】この歌は、「世の中にたえて桜のなかりせば春の心はのどけからまし」（古今・春上・五三　業平）「ことならば咲かずやはあらぬ桜花見るわれさへにしづ心なし」（古今・春下・八二　貫之）などと詠まれたころの、桜の花についての認識を背景にして、花の木を身近に植えることを忌避し、その理由を下句で説明的に詠むという構成になっている。ここまでは『抄』の本文による読解であるが、［拾遺集］に示した具世本、定家本には下句が「うつろふ色に人ならひけり」（定家本。具世本は第五句「人ぞうごける」とある）。この『集』の本文は『抄』の「散れば物思ふことまさりけり」という下句が、『妙』→異本『抄』→『集』と発展していく過程で生じたものであるのか、あるいは、『集』が別の歌から摂取したものであるのか、明確ではないが、「寛平御時后宮歌合（十巻本）」や『古今集』（春下・九二　素性）などに、『集』の下句と同文の下句をもつ、

花の木も今はほりうゑじ春立てばうつろふ色に人ならひけり

という歌があり、『集』の下句は、この歌の影響をうけているのであろう。この歌は『新撰万葉集』（上・春・四）、『素性集』の諸本などにも、第一句を「花の木は」としてみえ、『古今六帖』（四〇五四）にも第三句を「あぢきなく」としてあり、広く流布していたところから、「うつろふ色に人ならひけり」の下句をより適切な表現として採用したのであろう。

このように下句を改めると、当然のことながら歌意も変って、『八代集抄』（拾遺集・一一八六）に「花のうつろふに、人の心も習ふ間、目に近き所には植まじき也」とあるような意になる。

灌仏の童《わらは》を見《み》侍りて

448　唐衣《からごろも》たつよりおつる水ならでわが袖《そで》ぬらす物やなになる《成》

【校異】歌○物やなに成―ものやなになり（島）ものやなになる（貞）。

【拾遺集】雑賀・一一九九。

灌仏のわらはをみ侍りて

からころも立よりおつる水ならて我袖ぬらす物やなになる

定雑賀・一一八九。

灌仏の童を見まして

灌仏会に竜の口から灌がれる水ではなくて、私の袖を濡らすものは何なのだろうか。

【語釈】○灌仏―四月八日の釈迦降誕の日、仏像に香水などを灌いで行う法会。釈迦の降誕のときに梵天、帝釈が仏の体に香水を灌いで洗ったという故事（普曜経）によるとも、竜が天から降りてきて香湯を灌ぎ浴びせたという故事（摩訶利経・鹿野苑の古石刻図）によるともいう。儀式の内容からは後者と考えられていた。○童―『拾遺抄註』に「今童ト云ハ童女也」とあり、『新大系』『和歌大系』ともに布施を仏前に持参する童女とある。

『源氏物語』（藤裏葉）に「灌仏ゐてたてまつり、…御方々より童べ出だし、布施など、朝廷ざまに変らず、心々にしたまへり」とあり、この童女は御方々からの布施などを持参したと解しているが、この童女と『抄』の童とが同じ役割を果たしているとは言えない。どのようにして仏前に布施を持参したのか、明確な説明がなく信憑できない。〇唐衣―衣の縁語の「きる」「たつ」「かへす」などや、それと同音の語にかかる枕詞。〇たつよりおつる水―「たつ」は衣の縁語「裁つ」と同音の「竜」のこと。「水」は『西宮記』には「五色水」とある。灌仏会では二基の山形を立て、山形の穴から水を入れ、竜の口から誕生仏に水が灌がれるようにしつらえた。〇なになる―灌仏の水でなくて何であるか。

【補説】灌仏会に参列した者が童女を見て詠んだ歌であるが、この歌を理解するためには灌仏会の装束（鋪設）や作法について正確に理解しておく必要があろう。

『抄』成立以前に宮中で行われた灌仏会の装束（鋪設）の詳細を記しているのは『親信卿記』の天禄三年（九七二）と天延二年（九七四）の四月八日の条である。それによると『延喜式』（図書寮）に定められている金釈迦像、青竜と赤竜の二基の山形などがしつらえられている。『江家次第』によると、その位置は「青竜（北山）赤竜（南山）仏在中間」とあり、灌仏は杓（ひさご）で鉢の水を酌み、「入山形穴」れた。この灌仏の作法を『後二条師通記』（寛治七年四月八日の条）には指図を添えて記録している。それにも「執金銅杓汲水、山形穴入巽角欤、大裏艮角欤、」とあり、山形には穴があって、そこから水を入れると二基の山形の中間に置かれた誕生仏に竜の口から灌ぐようになっていた。歌に「たつよりおつる水」とあるのは、このことをいう。

詞書の「童」については〔語釈〕にも記したが、『源氏物語』は『抄』編纂以後のものであり、「朝廷ざまに変らず」とあるのがいつの時代のことを指しているのか明確でなく、作法などは参考にならない。灌仏会の作法も時とともに変化している。

まず、第一に布施は長保五年（一〇〇三）から銭を改めて紙を用いるようになったことである。寛平八年（八九六）の布施銭法では、親王并大臣は五百文、大納言四百文、中納言三百文、参議三位二百文、四位百五十文などで六位は七十文と定められていた。この布施銭法には女房のことは記されていないので、どの位の布施銭を奉ったのか明らかでないが、天暦十年（九五六）の灌仏会には北宮康子内親王は六百文の布施銭を奉っている。新しい定めで紙を用いるようになると、一位は八帖、二、三位は四帖、四、五位は二帖、六位は一帖となった（『北山抄』巻第一、灌仏事。『江家次集』巻第六、御灌仏事）。これを基にして北宮の布施を紙に直すとおおよそ八帖半になり、『抄』の時代と『源氏物語』の時代では布施物の重量が違って、仮に童女が布施物を持運んだとしても労力には相当の違いがある。

次に詞書の「童」はどのような役割の人物であろうか。灌仏会は内裏のほか、東宮并三宮でも行われたが、『抄』に詠まれた灌仏会はどこで行われたのだろうか。それによって童女の役割も違ってくると思われる。内裏の灌仏会は神事と重なると停止されることが多く、平安中期には内裏で灌仏会が行われることは少なくなって、東宮や中宮などで行われるようになったが、作法は内裏に準じていたと思われる。この童女のことを指すと思われる記述が『西宮記』に「置女房料、置御布施南方、入大筥蓋、女御、更衣、布施童女授女房、自女房付蔵人」とある。これによると王卿、侍臣、出居の順に布施を置いた後で、女御・更衣などの布施は童女から女房に授け、女房から蔵人に渡された。従って、内裏の灌仏会では童女が仏前に布施物を持参することはなかった。大体、内裏の灌仏会で女房が灌水するのは、王卿、出居などが退出した後で、蔵人が廂の御簾を下ろして、女房が水を灌ぎ、次に御簾をあげて御装束を撤去した。院政期になると、内裏に次いで山形などを中宮方に渡して灌仏があり、さらに女院方で行われることもあったが、そのときに童女がどのような役割をしたかは明らかでない。

それでは歌の主意はどこにあるのだろうか。それは下句をどのように解するかにある。『八代集抄』には「其水ならで我袖ぬらすは何ぞや。君にこそあれ」とあり、これを承けて『新大系』『和歌大系』などには「童女を思慕して流す涙を暗示する」とある。はたして、このような主意の歌であろうか。『拾遺抄註』には「彼水ナラデ童ヲ見テ、ソデヲ涙ニヌラスナリトヨム」とあり、思慕して流す涙とはいっていない。灌仏会の作法からは、童女が参列者から注視されるほど目立った動きはしていない。また、六歳前後の童女を見て思慕の涙を流したであろうか。歌の作者が布施法にいう童子であれば、童女を見て思慕することもありうるが、歌は童子の作とは思われない。第五句の「なになる」は、大人にまじって、晴の儀式に殊勝にふるまっている童女をみていじらしく思い、思わずも涙したことをいうのではなかろうか。あるいは、竜王と童女とから竜女成仏のことを連想したのであろうか。

修理大夫惟正が家に方違《かたゝが》へにまかりけるに、出《い》だして侍りける枕《まくら》に、*
つとめて帰《かへ》るとて書《か》き付《つ》け侍りける
少将義孝

449　つらからば人に語《かた》らん敷《しき》たへの枕《まくら》かはして一夜寝《ね》にきと

【校訂注記】底本ニ「まくらに」ノ「に」ヲ欠クガ、島本・貞和本ニヨッテ補ッタ。

【校異】詞○惟正か家―惟正朝臣家（島）惟正家（貞）○まかりけるに―まかりたりけるか（島）まかりたりけるに（貞）○いたして侍けるまくらにつとめてかへるとて―つとめてまかりかへるとていたしたりけるまくらに（島）いたして侍けるまくらにつとめてまかりかへるとて（貞）。**歌**○つらからは―つらからん〈「ん」ノ右傍ニ朱デ「ハ」トアル〉（貞）○かはして―ならへて〈右傍ニ朱デ「カハシテ」トアル〉（貞）。

【拾遺集】雑賀・一二〇〇。
修理大夫惟正家にかたゝかへにまかりたりけるにいたして侍りける
まくらにまかりかへるとてかきつけける　少将藤原義敬（右傍ニ「孝」トアル）

つらからす（「す」ノ右傍ニ「ハイ」トアル）人にかたらんしきたへのまくらかはして人よねにきと

定雑賀・一一九〇。**詞**〇惟正家―惟正か家。〇まかりかへるとて―ナシ。〇かきつけける―かきつけ侍ける。**歌**〇つらからす―つらからは。〇人よ―ひとよ。

修理大夫惟正の家に方違えのために出掛けましたとき、出されました枕に、翌朝早く帰ろうとして書き付けました

あなたがつれなくするならば、人に話すことにしよう、枕を交わして一夜共寝をしたと。

【語釈】〇修理大夫―内裏の造営や修理をつかさどった修理職の長官。従四位下相当。〇惟正―文徳源氏。相職三男、母は源当平女。延喜六年（九〇六）誕生。天慶八年（九四五）四月昇殿、安和二年（九六九）九月従四位下、天禄元年（九七〇）八月六日蔵人頭、天禄三年二月二十九日修理大夫、天延二年（九七四）二月七日参議となる。貞元二年（九七七）八月従三位、天元三年（九八〇）四月二十九日没。〇方違へ―陰陽道で、外出するときに、天一神《なかがみ》の巡行する所に出会わすと災いを受けるので、その方角を避けること。前夜に吉方《えほう》の家に宿り、一度方角を違えてから目的地へ行く。〇つとめて―早朝。〇つらからば―「つらし」は冷淡である、つれないの意。また、薄情な振る舞いがつらく思われるさまにもいう。〇敷たへの―「敷きたへ」は栲《たえ》で織った布が寝所の敷物に用いられたところから、「枕」「床」「袖」「衣」などにかかる枕詞。

【補説】この歌は『抄』の詞書によれば、方違えで泊った家の枕に戯れ書きした歌である。『義孝集』の現存最古の伝本といわれる時雨亭文庫蔵『義孝集』（冷泉家時雨亭叢書「平安私家集十」所収）には、

これただのすりのかみの家に、方違へにいきたるに、枕いだしたる、返すかみに
つらからば人にかたらむしきたへの枕かはして一夜寝にきと（一）

返し

あぢきなや旅の宿りを草枕かりならずして定めたりとか（一一）

とあり、『和歌大系』は「惟正女にいい寄っていた頃、女にあてた歌」とみている。『尊卑分脈』の惟正の子のところには女子はみえないが、時雨亭文庫蔵承空本『義孝集』（六〇）に

修理のかみ惟正、実資の少将をむこにとるべしと聞きて

みすのもりこたへだにせよ月たたばかのこともみなななりぬべしとか

とあり、実資の少将と結婚した惟正女がいる。実資が少将に任ぜられたのは天禄四年（九七三、十二月改元天延）七月二十六日、実資十七歳のときである。一方、義孝は天延二年（九七四）九月に二十一歳で亡くなっているので、実資の結婚は天禄四年または天延二年の初秋であった。実資と義孝の年齢からみて、実資と結婚した惟正女に義孝もいい寄っていたことになる。しかし、義孝は源保光女と天禄二年以前に結婚していて、年齢も実資より三歳年上であったので、惟正女にいい寄ったのは義孝の方が先であったと思われる。四四九の歌が詠まれたのは、おそらく天禄三年頃のことと思われる。まだ一条摂政が在世中で、端麗な容貌の十九歳の義孝は、若さゆえ高慢なところもあったのだろう、「つらからば人に語らん」と高圧的な物言いで、語ろうとしている内容も暴露的である。義孝と同じように、つれない女に詠み送った大江嘉言の、

つらからば名をだにたてんもろともにあひし思はば忍びつつあらむ（彰考館文庫蔵嘉言集一三四）

という歌と読み比べると、両者の違いがよくわかる。

【作者】藤原義孝　摂政伊尹の三男（四男説もある）、母は代明親王の女恵子女王。天暦八年（九五四）生。侍従、左兵衛権佐をへて、天禄二年（九七一）七月左近少将、同三年正月正五位下に叙せられ、天延二年（九七四）九月十六日没。兄の挙賢は右近少将であったので、兄の前少将に対して、義孝は後少将と呼ばれ、二人して疱瘡を煩い、同じ日の朝に挙賢が、夕べに義孝が打ち続き亡くなったので、時人は朝少将、夕少将と呼んだとい

う。中古三十六歌仙の一人、『拾遺集』以下の勅撰集に十三首入集、家集に『義孝集』がある。

【他出文献】◇義孝集→［補説］。

450

内に候ひける人を契《ちぎ》りて侍りける夜《よ》、おそくまで来《き》けるほどに、丑《うし》三《み》つと時奏《そう》しけるを聞《き》きて、女のいひつかはしける　　読人不知

[a]人心《ごころ》うしみついまは頼《たの》まじよ

と侍《はべ》りければ　　良岑致貞

[b]夢《ゆめ》に見《み》ゆとやねぞ過《す》ぎにける

【校異】詞a○内に候ける人を—内に侍ける人を〈「侍」ノ右傍ニ朱デ「候」トアリ、「人を」ノ右傍ニ朱デ「女ヲ」トアル〉（貞）○ちきりて侍けるよ—ちきりをきたりける夜（島）ちきり侍ける〈「侍」ノ右傍ニ朱デ「ヲキタリ」トアリ、「る」ノ下ニ補入ノ符号ガアリ右傍ニ朱デ「ニ」トアル〉（貞）○おそくまてきけるほとに—ほとに〈「ほ」ノ上ニ補入ノ符号ガアリ右傍ニ朱デ「ヲソクミエケル」トアル〉（貞）○時そうしけるを—奏し侍けるを（島）奏し侍けれは〈「れは」ノ右傍ニ朱デ「ルヲ」トアル〉（貞）。詞b○とはへりけれは—といへりけれは（島）申しけれは〈右傍ニ「トイヘリケレハ」トアル〉（貞）○致貞—宗貞（島・貞）。歌b○みゆとや—みゆやと（島・貞）。

【拾遺集】雑賀・一一九四。

うちに侍ふ人をちきり侍りけるよおそくまうてきけるほとにうしのときと申けるをきゝて女のもとにいひつかはしける　　良峯宗貞

人こゝろうしみついまはたのましよ夢にみるやとねそ過にける

定雑賀・一一八四。**詞**○侍ふ―さふらふ。○ちきり―ちきりて。○うしのときと―うしみつと。○申けるを―時申しけるを。○女のもとに―女の。**歌**○みるやと―見ゆやと。

（注）『集』定家本ハ『抄』ト同ジヨウニ、短連歌形式デ、「良峯宗貞」ハ付句ノ作者デアル。

内裏に仕えている女と逢うことを約束した夜、約束の時刻になっても参上できずにいたときに、丑三つと時刻を告げる声を聞いて、女が言って寄こした

[a]約束の時刻が過ぎ丑の三刻になってしまい、あなたのつれなさがわかったので、もうあなたを頼りにすまい。

とありましたので

[b]早く逢いたくてあなたを夢に見るかもしれないと思って寝過ごして、子の刻が過ぎてしまった。

【語釈】○内に候ひける人を―「を」は格助詞「に」「と」などと同じ意を表す。内裏に仕えている女と。○契りて侍りける夜―逢おうと約束しました夜。○おそくまで来ける―「まで来」は「まうでく」の転。「遅し」は実現するはずのときになっても、実現しないさま。約束の時刻になっても参上できないでいた。○丑三つ―丑の刻を四分したその第三刻。現在の午前二時から二時半ごろまで。○時申し―平安時代、宮中で夜間警衛の近衛府の官人が亥の一刻から寅の四刻まで、一刻ごとに時の簡《だふ》に杙をさして、時刻を告げた。○人心うしみつ―「人心」は人の愛情、宗貞の愛情。「うしみつ」は「丑三つ」に、男のつれなさを見た意の「憂し見つ」を掛ける。○良岑致貞―「致貞」は宗貞。遍昭の俗名。○ねぞ過ぎにける―「ね」に寝る意の「寝」と時刻の「子」とを掛ける。

【補説】この短連歌は時雨亭文庫蔵『花山僧正集』にも、「うちわたりにはべしとき、人にこむとたのめてよの

ふくるほどに、うしみつとそうするをきゝて、女本より」（九）としてみえ、『大和物語』（百六十八段）にも歌語りとしてみえる。遍昭の在俗時代のことは四一一の［補説］にも記したが、容姿美麗にして色好みの風評があり、『大和物語』によると妻が三人いたという。時刻を掛詞として用いて遅刻を詰る女に同じ手法で遅参の釈明をする宗貞には、いかにも色好みらしいところが窺える。

【作者】 b遍昭↓一二八。

【他出文献】 ◇遍昭集↓［補説］。◇大和物語百六十八段。

中納言敦忠が兵衛佐にて侍りける時に、しのびていひ侍《はべ》りけることの、世《よ》に聞《きこ》えて侍りければ

左近少将季縄が女

451 人知《し》れず頼《たの》めしことは柏木《かしはぎ》のもりやしにけん世《よ》にみちにけり

【校異】 **詞**○兵衛佐にて—兵衛佐に（島・貞）○いひはへりける—いひちきりて侍ける（島）ちきり侍ける（貞）○きこえて—きこえ（島）○左近少将季縄が女—左近少将季縄女〈「左」ノ右傍ニ朱デ「右」トアル〉（貞）。**歌**○たのめし—ちきりし（島）たのみし〈「み」ノ右傍ニ「めィ」トアル〉（貞）○みちにけり—ふりにけり（島）みちにけり〈「みち」ノ右傍ニ「フリ」トアル〉（貞）。

【拾遺集】 雑恋・一二三三。

中納言敦忠か左衛門佐に侍りける時にしのひていひちきりて侍りけることのよにきこえ侍りけれは

左近少将季縄女

人しれすたのめしことはかしは木のもりやしにけんよにふりにけり

1033　［451］

定雑恋・一二二二。詞○敦忠か—敦忠。○左衛門佐—兵衛佐。○侍りけれは—侍にけれは。○左近少将季縄女—右近。

中納言敦忠が兵衛佐でありましたときに、ひそかに口約束をしましたことが、世間に知られてしまいましたので

人に知られずひそかにあなたが言った頼みにさせた言葉は、漏れてしまったのだろうか、世間中に広まってしまった。

【語釈】○中納言敦忠—左大臣藤原時平三男。天慶五年（九四二）三月権中納言。二五七、三九二既出。○兵衛佐—『集』の具世本に「左衛門佐」とある。延長六年（九二八）六月九日左兵衛佐、延長八年十二月十七日右（一本「左」）衛門佐となる。○左近少将季縄が女—［補説］に引く『大和物語』にも「季縄の少将のむすめ右近」とあるが、三五一の［補説］に記したように、右近の父親は千乗（ちしげ）か季縄か問題になった。結局、季縄は従四位下左中弁藤原千乗男で、『尊卑分脈』には「右近少将、従五位上、世号交野羽林」とあり、鷹狩の名手であった。三五一［補説］ならびに［作者］参照。○頼めしこと—頼りにさせた言葉。当てにさせた言葉。○柏木の—柏の木には葉守の神が宿ると考えられていたところから、皇居守衛の任に当る兵衛府の官人のこと。「柏木の」で「守る」または同音の「漏る」にかかる枕詞のような働きをしている。○みちにけり—『抄』の島本、貞和本、『集』には「ふりにけり」とある。「みちにけり」では世間中に広まったの意。「ふりにけり」では「ふり」は「漏る」とともに雨の縁語で、世間に知れ渡ったことを比喩的にいった。

【補説】この歌は『抄』以前の文献にはみえないが、右近と敦忠との関係は『大和物語』八十一段、八十二段などにみえ、

季縄の少将のむすめ右近、故きさいの宮にさぶらひけるころ、故権中納言の君おはしける、たのめ給ふことなどありけるを、宮にまゐること絶えて、里にありけるに、さらにとひ給はざりけり。…御文たてまつりける。

わすれじとたのめし人はありときく言ひし言の葉いづちいにけむ

となむありける（八十一段）

とある。この話によると、右近が穏子に仕えていたころに敦忠と関係があったという。穏子は延長元年四月に中宮になっているので、敦忠の左兵衛佐・右衛門佐時代と一致する。また、前掲の物語に「たのめ給ふ」「わすれじとたのめし」などとある二人の関係も、四五一の詞書に「しのびていひ侍りける」「人知れず頼めしのと一致して、『抄』と『大和物語』の話の情報元は同じであったと思われる。

右近と敦忠の関係がいつまで持続したかは明確でないが、前掲の話には「宮にまゐること絶えて、里にありける」ころには、一時的に疎遠な関係になったが、破綻することなく続いたようである。右近はふたたび中宮穏子のもとに出仕し、承平三年（九三三）八月二十七日に催された穏子所生の康子内親王の裳着の屏風歌を詠進しているので、このころも皇太后穏子に仕えていたと思われる。『大和物語』八十三段には「うちの曹司にすみける時」に「頭なりけ」る人物と関係があったことがみえるが、これが敦忠のことであれば、承平五年三月八日に蔵人頭に補せられた後まで続いたことになる（『大和物語』は同一人物の話を類聚していて、八十三段も敦忠と右近の話ともとれる）。

【作者】 右近→三五一。

題不知　　　　　　　　　　　　読人不知

452　濡《ぬ》れ衣《ぎぬ》をいかが《い》着《き》ざらん世《よ》の人のあめの下《した》にし住《す》まんかぎりは

【校異】 **詞**○題不知―たいよみひとしらす（島）。**歌**○ぬれきぬを―ぬれきぬを〈「ぬ」ノ右傍ニ朱デ「此哥有上」トアル〉（貞）○かきりは―かきり（島）。

【拾遺集】 雑恋・一二二六。

ぬれきぬをいか丶きさらむ世のなかのあめの（「の」補入）したにしあらむかきりは

定雑恋・一二一五。**歌**○世のなかの―世の人は。○あらむ―すまん。

題知らず

濡れ衣をどうして着ないでいられようか、世間の人が天の下（雨の下）に住むかぎりは。

【語釈】○濡れ衣―根も葉もない噂。無実の浮き名。また、無実の罪。○いかが着ざらん―どうして着ないでいられようか。誰でも着ずにすますことはできない。○あめの下―「天の下」に「雨の下」を掛ける。「うきことをしのぶるあめのしたにしてわが濡れきぬはほせどかわかず」（小町集七三）。

【補説】 この歌も『抄』以前の文献にみえないが、下句が一致する歌が『大和物語』（四十四段）に、

のがるともたれか着ざらむ濡衣あめの下にし住まんかぎりは

とある。『大和物語』では「ゑしう」という大徳が験者としてある人の祈禱をしているうちに噂が立ち、山へ登ろうとしているときに詠んだことになっている。この歌は詩想も表現も『抄』の歌に酷似していて、何らかの関係があると思われる。特に、『抄』には四五〇、四五一、四五二と『大和物語』と関連があると思われる歌が続

いてある。作品として完成した『大和物語』との直接的な関係よりも、素材となった歌語りとの関係が想定される。

なお、［校異］に記したように貞和本には「此哥有上」という書入れがあり、貞和本四五六（底本四四七）の次に朱で「或本云」として、この歌が片仮名書きである。

453
つゝむこと侍りける女の、返《かへ》り事《ごと》をせずのみ侍《はべ》りければ、一条摂政
おほいまうちぎみ、石見潟《いはみがた》といひつかはしたれば、この女《をんな》

難波潟《なにはがた》なにかはつらきつらからばうらみがてらに来《き》ても見《み》よかし

【校異】 **詞**○かへりことを―返事（貞）○一条摂政おほいまうちきみ―一条のおほいまうち君（島）一条摂政（貞）○いひつかはしたれは―いひつかはしたりけれは（島）いひつかはして侍けれは（貞）○このをんな―をんな―を（島）。**歌**○なにはかた―いはみかた（貞）○つらからは―つらからん〈「ん」ノ右傍ニ朱デ「ハ」トアル〉（貞）。

【拾遺集】 雑恋・一二七三。

つゝむこと侍りける女のかへりことをせすのみ侍りけれは一条摂政
のいはみかたといひつかはしたりけれは　　女
なには（右傍ニ「イハ」「ミ」トアル）かたなとかはつらきつらからはうらみかてらにきてもとへかし

［定］雑恋・一二六二。**詞**○一条摂政の―一条摂政。○女―よみ人しらす。**歌**○なにはかた―いはみかた。○なとかは―なにかは。○とへかし―見よかし。

二人の関係を内密にしておかなければならない事情がありました女が、消息をしても返事をしないでばかりいたので、一条摂政が「石見潟」と言って遣ったところ、この女が

口に出して言わず心のなかで深く恨んでいるというが、どうしてつらいことがあろうか、つらく思うようならば、恨みがてら、浦見に来たらよいのに。

【語釈】○つつむこと侍りける女―男との関係を内密にしておかねばならない事情があった女。○一条摂政おほいまうちぎみ―「摂政おほいまうちぎみ」という呼称は例がない。摂政はもとは大臣または大臣経験者が任命されたところから生じた呼称か。島本の「一条のおほいまうち君」と貞和本の「一条摂政」とを合成したような本文である。藤原伊尹のこと。○石見潟―「つらけれど人にはいはず石見潟うらみぞ深き心一つに」（拾遺・恋五・九八〇）を引歌として、あなたが返事をくれないことを心のなかで深く恨んでいるといった。○難波潟―貞和本、『集』の定家本に「いはみがた」とある。底本には「なにはかた」の右傍に後人の「集云いはみかた云々尤相叶歟」という書入れがある。○なにかはつらき―どうしてつらいことがありましょうか。○うらみがてら―「うらみ」は「怨み」と「浦見」を掛ける。「がてら」は主たる目的にさらに別の目的を混ぜ加える意を表す。

【補説】この歌は『一条摂政御集』（一九）にもあり、それによると「つつむこと侍りける」とあるのは「つつむ人あるをり」とあり、女のもとには通ってくる男がいたので、思うようにも逢えず消息を送っても返事もこないという状況で、伊尹は女を怨んで「人にはいはず石見潟」と言って遣ったとある。

これを承けて女が詠んだ歌の第一句は、『一条摂政御集』にはもと「なにはかた」とあった「なには」を見せ消ちにして「いはみがた」とある。伊尹が言って遣った「いはみがた」を捉えて鸚鵡返しに「いはみがた」と詠み返したとみるのが一般的であるが、「なにはがた」は、

なにはがた　なにはにおふる　芦のねの　あしたゆふべに　あらはれて（時雨亭文庫蔵枡形本忠岑集八四）
なにはがたなにもあらずみをつくし深き心のしるしばかりぞ（後撰・雑一・一一〇三）
なにはがたなにからきよもおもひいでておぼつかなみに袖はぬるらん（時雨亭文庫蔵資経本安法法師集八七恵慶）
などのように、「なには」の「なに」と同音の「何」にかかる枕詞として用いられているので、女の歌も同じ用法で「なにはがた」と返歌したともとることもできる。但し、『一条摂政御集』と異なることが問題になる。

【他出文献】◇一条摂政御集→［補説］。

454

女《をんな》の許にまかりたりけるに、とく入《い》り侍《はべ》りにければ、朝につかはしける　　源　景明

梓弓《あづさゆみ》おもはずにして入《い》りにしをひきとゞめてぞふすべかりける

【校異】詞〇朝に―つとめて（島）あしたに（貞）。歌〇ひきとゝめてそ―ひきと、めてそ〈「ひ」ノ上ニ補入の符号ガアリ、右傍ニ「サモネタク」トシテ「集在此句」トアル〉（貞）。

【拾遺集】雑下・五八〇。

女のもとにまかりたりけるにとくいりにけれはあしたにいひつかはしける　　源　景明

あつさ弓おもはすにしていりにしをさもねたくひきと、めてそふすへかりける

定雑下・五六八。詞〇いひつかはしける―ナシ。

女の許に出かけていったところ、顔をあわせるなりすぐに奥に入ってしまったので、翌朝に遣わした

思いも寄らず、ことばも交わすことなく奥に入ってしまったのを、引き留めて共寝をすべきであった。

【語釈】○とく入り侍りにければ―「とく」は時間的に早いさま。会うなりすぐに奥に入ってしまったので。○朝に―翌朝に。○梓弓―弓の縁語の「ひく」「はる」「いる」「や」「つる」などにかかる枕詞。○おもはずにして―思いもよらない状態で。逢ったなら親しくことばを交わせると思っていたのに反して。○ふすべかりける―共寝をすべきであった。

【補説】この歌は『抄』の貞和本には第四句の頭に「さもねたく」を補入しているように、『集』では雑下の「旋頭歌」に撰収されている。『俊頼髄脳』には『抄』と同じように短歌の形でみえ、「ひたぶるに聞ゆる歌」の例歌としてあげている。「ひきとどめてぞふすべかりける」という下句に詠者の一途な思いをみての評であろう。

一首は『八代集抄』に「弓の縁語にてよめり」とあるように「いる」「引く」などの縁語を用いて構成しているが、稲賀敬二氏『中務』（日本の作家6　新典社）によると、枕詞「梓弓」の縁語として、矢の端の弓弦に番える「はず（筈）」を出して、「思はず」に続けていて、景明の歌は情趣よりも着想のおもしろさで勝負する傾向があるといわれている。

【作者】源景明→一四七。

読人不知

を《お》とこ侍り・ける女をせちに懸想《けさう》し侍りて・ある男《をとこ》のつかはしける

455　有り・とてもいく世《よ》かはふる唐国《からくに》の虎臥《とらふ》す野辺《のべ》に身《み》をも投《な》げてん

【校異】詞○侍ける―もたりける（島）ありける（貞）○女を―をんなの（貞）○侍て―侍て〈「侍」左傍ニ朱デ見セ消チノ符号ガアル〉（貞）○あるをとこの―ナシ（島）あるをとこの〈「あ」ノ左傍ニ朱デ見セ消チノ符号ガアル〉（貞）。歌○みをも―みをや（島・貞）。

【拾遺集】雑恋・一二三八。

おとこもちたる女をせちにけさうし侍りてあるおとこのつかはしける

読人不知

ありとて（「て」補入）もいくよかはふるからくにのとらふす野へに身をも（右傍ニ「ヤ」）なけなん（「なん」ノ「な」ノ右傍ニ「テイ」トアリ、左傍ニ「み」トアル）

㊂雑恋・一二二七。詞○読人不知―作者名ナシ。歌○なけなん―なけてん。

夫のいました女を心底から恋い慕いまして、ある男が詠んで遣った

生き長らえたとしても、どれほどの年月を生きられようか、（このように悩むなら）いっそのこと唐国の虎が臥すという野辺に身をも投げてしまおうか。

【語釈】○をとこ―夫。「夫一云乎度古」（和名抄）。○せちに―ねんごろに。いちずに。○有りとても―「有り」は、この世に生きている、生きながらえる。○いく世かはふる―どれほどの歳月を送れるか。○虎伏す野辺に身をも投げてん―薩埵太子（釈迦の前世の呼称）が餓えた虎を救おうとして、身を投じたという『金光明最勝王経』（捨身品）の故事による。薩埵太子の捨身飼虎の話は『三宝絵詞』にもあり、広く知られていた。

【補説】この歌の第三句以下の表現については、［語釈］に記した薩埵太子の捨身飼虎の故事を踏まえているとみる説があるが、『拾遺抄註』は、それを否定して、「トラフス野ベニミヲナゲムトハ、ヲソロシキ所ニミヲステムト云心ナリ。古歌ニ、人ヅマハモリカヤシロカヽラ国ノ虎フス野ベカネテ心ミムトモ読メリ」とある。文中に「古歌ニ」として引く歌は『古今六帖』（二九七八）にもある。

四五五の歌は第一、二句で長くも生きられないことを、第三句以下では虎の伏す危険な野辺に身を投げようということを詠み、この二つの部分は因果関係で結びついている構成になっている。この歌を模したとみられる大江匡房の、

おもふ人ある女のもとに

露の身の消えもこそすれ同じくは虎伏す野辺に身をやかへまし（江帥集二〇一）

という歌でも第一、二句で露のようなはかない身のなくなることを懸念し、第四句以下で虎伏す野辺に身を変えようと詠み、四五五と同じように、前後は因果関係で結びついている構成である。しかし、これでは世の無常が原因で虎伏す野辺に身を投ずることになり、詞書とは関係がない歌となる。実際は詞書にいうような人間関係のなかで懊悩することに耐えられないことが身を投ずる原因である。男は女の気持ちを動かし現状から脱却するために、虎伏す野辺に身を投じようとした。あえて危険極まりない状況に身を置くことで、女との愛に活路を見いだそうとしたのだろう。なお、『抄』の貞和本には、この歌に続いて、朱で「イ」として、

カヘシ

イニシヘノトラノタトヘニミヲナゲバサカトバカリハトハムトゾ思

という書入れがあり、歌頭ニ別筆で「集無」とある。この歌は異本系統の北野天満宮本（五〇九）には、

おとこ侍りける女をせちにけそ（さ）うし侍て男のいひつかはしける

いにしへの虎のたぐひに身を投げばさかとばかりは問はむとぞ思ふ

とあり、定家本（五〇八）にも本文に異同なくある。この歌も男の歌で、四五五の返歌ではなく、類似の詠歌事情で詠まれたもので、薩埵太子の故事に倣って身を投げ捨てたなら、つれない人も同情して返事をくれるかも知れないという意で、四五五に類似した歌である。

【他出文献】◇古今六帖九五三。

題不知　読人不知

456　いづことも心定《さだ》めぬ白雲《しらくも》のかゝらぬ山はあらじとぞ思《おも》ふ

【校異】歌〇いつこ―いつく（貞）〇心―ところ（島・貞）。

【拾遺集】雑恋・一二二八。

いつくとも心さためぬ白雲のかゝらぬ山はあらしとそおもふ

定雑恋・一二一七。**詞**〇詞書ナシ―題しらす。**歌**〇心―所。

題知らず

落ち着く先をどこと心に決めずに漂う白雲が、かからない山はあるまいと思う。

【語釈】〇いづこ―『抄』の貞和本、『集』は「いつく」とある。「いつく」の「く」は場所を示す接尾語で、上代に用いられ、平安時代になると「いづこ」が現われ、両者が併用された。不定の場所をいう。〇心定めぬ―

『抄』の島本、貞和本、『集』の定家本に「ところ定めぬ」とある。「心定めぬ」は落ち着く先を心に決めずに漂うさま。雲の動きを意思的なものとみての表現。「所さだめぬ」は落ち着く先も定めずに漂うさま。『八代集抄』には「いづくとも所さだめぬ」に「あだなる男の、こゝかしこ忍びありきして、あまたの人にあひかたらふをあざけりて、よめる心なるべし」とあり、「白雲」は多情な男の喩え。○かからぬ山―白雲がかからない山。多情な男が関わり合わない女の喩え。

【補説】この歌は［語釈］に引いた『八代集抄』の読みにしたがえば、「白雲」は男、「山」は女の喩えで、女から女へと浮かれ歩く多情な男を詠んだ歌である。

男を雲に、女を山によそえた歌に、

白雲のゆくべき山は定まらず思ふ方にも風はよせなん（後撰・恋六・一〇六五）

天雲のよそにのみして経ることはわがゐる山の風はやみなり（伊勢物語十九段）

などがあり、古今時代から類型的な発想であった。

なお、『源氏物語』（浮舟）に「いづくにか身をば棄てむと白雲のかからぬ山もなくなくぞ行く」とある匂宮の歌は、四五六によっているといわれるが、歌の内容は異なる。

*をんなのもとに文《ふみ》つかはしたりけるに、あだなる人の返しはせずと
・いひて侍りければ　　能宣

457　あだなりとあだにはいかが《ゝ》定《さだ》むらん《覧》人の心《こゝろ》を人《ひと》は知《し》るやと

【校訂注記】底本ニハ詞書ガナイガ、島本ニヨッテ補ッタ。

【校異】詞○をんなの―女の〈右傍ニ朱デ「此詞イナシ」トアル〉（貞）○返しはせす―かへりことをす（貞）。歌○いかゝ―いかに〈「に」ノ右傍ニ朱デ「カ」トアル〉（貞）○しるやと―しるやは（島）しるらん〈「らん」ノ右傍ニ朱デ「ヤハ」トアル〉（貞）。

【拾遺集】雑恋・一二二四。

大中臣能宣

あたなりとあたにはいかゝさたむらん人の心を人はしらはや（「らはや」ノ右傍ニ「ルヤハ」）

定雑恋・一二一三。歌○しらはや―しるやは。

女の許に手紙を持たせてやったとき、誠意のない人への返事はしないと口伝てに言ってきたので私に誠意がないと、いい加減に、あなたはどうして決めたのだろうか、人の骨柄を他人が分かるのだろうかと思っている。

【語釈】○あだなる人―誠意のない人。実意のない浮気な人。女が男に対して言ったことば。○返しはせずといひて侍りければ―返事はしないと口頭で伝えてきた。貞和本には「かへりごとをすといひて侍ければ」とある。この本文では、誠意のない男が返事をくれたと口伝に言ってきたの意となる。○あだに―いい加減なさま。○人の心を人は知るやと―前の「人」は作者、後の「人」は相手の女性。「人の心」は品性、人品、人柄の意。「知るやと」は『抄』の島本、『集』の定家本、西本願寺本『能宣集』（能宣集Ⅰ一九）に「しるやは」、貞和本に「しるらん」、具世本に「しらはや」などとある。「知るやと」は分かるのかと疑わしく思っているの意。

【補説】この歌に詞書があるのは『抄』の島本と貞和本である。西本願寺本（一九）には「人のもとに消息つかはせるにあだなる人のかへりごとはせじとことばにまうしたるに」と詞書があり、第五句は「人はしるやは」とある。また、時雨亭文庫蔵『能宣集下巻』(一二七)にも「人の本にさうそこいひつかはすに、あだなる人のはかへりごとせじといひはべれば」と類似の詞書がある(同文庫蔵坊門局筆『能宣集』には「たはぶれ事などいひやる人のあだなる人にはなどいひたれば」とある)。このうち『抄』に歌詞、詞書などが近いのは西本願寺本と冷泉家『能宣集下巻』である。

【作者】大中臣能宣→二一。

歌は「あだ」と「人」の二語を自分と人とで意味を異にして用いているところに趣向がみられる。

【他出文献】◇能宣集→[補説]。

読人不知

458 いかでかは尋《たづ》ねきつらむ蓬生《よもぎふ》の人もかよはぬ我やどの道《みち》

【校異】詞○詞書ナシ—たいよみひとしらす(島)題不知(貞)。

【拾遺集】雑賀・一二一四。

いかてかはたつねきつらむよもきふの人も通はぬ我やとのみち

定雑賀・一二〇三。詞○詞書ナシ—題しらす。○作者名ナシ—よみ人しらす。

どういうわけで尋ねてきたのだろうか、蓬の生い茂って誰も訪れて来なくなった、わが家への道を。

【語釈】○蓬生—蓬などの生い茂った所。荒廃した様子にいう。この語は「是貞親王歌合」に「蓬生に露のおきしく秋の夜はひとりぬる身も袖ぞぬれける」（三五）「秋風にすむ蓬生のかれゆけば声のことごと虫ぞなくなる」（四五）などとあるのが古い例で、『新撰万葉集』（下・夏・二二）、『元良親王集』（一三九）、『千穎集』（八五）などにも用例がある。これらは蓬の生い茂った場所をいい、草深い荒廃した邸の意に「蓬生」を用いたのは公任の「植ゑおきし花なかりせば蓬生を何に付けてか思ひ出でまし」（公任集三）が早い時期のものである。〇人もかよはぬ―人も訪れて来ない。

【補説】 この歌は『抄』には「読人不知」、『集』の定家本も「よみ人しらず」とあるが、時雨亭文庫蔵唐草装飾本『高光集』（三六）に詞書を「たうのみねにすみ侍るころ、人のとぶらひたる返事に」としてみえる。『新大系』に「藤原高光の作か」とあるように、作者については問題がある。それは『抄』の撰者として有力視されている公任の妻は昭平親王と高光の女とのあいだに生まれた姫君であるという特別な関係にあり、その公任が高光の歌を「読人不知」として撰集に収めることはなかったと考えられる。

この歌の「人もかよはぬ」という表現は『古今集』に、

ゆきふりて人もかよはぬ道なれやあとはかもなく思ひきゆらむ（冬・三二九　躬恒）

わすらるる身をうぢはしのなか絶えてひともかよはぬ年ぞへにける（恋五・八二五）

などとあるのが古い例で、『抄』以前には、

道遠み人もかよはぬ梅の花君には風やわきて告げつる（時雨亭文庫蔵素寂本順集五四）

草茂み人もかよはぬ山里にたがうちはらひつくるなはしろ（同前二〇六）

道とほみ人もかよはぬ奥山にさける卯の花たれとをらまし（天徳内裏歌合二三　忠見）

いたづらに散りやしぬらむ山高み人もかよはぬ山ぢさの花（近江御息所歌合一二）

などがある。これらの歌では、降雪、架橋の途絶えなど予想もしない事態が出来した場合や、道が遠い、山が高いなどの条件によって人の通行が不能になっている。四五八は『高光集』にいう詠歌事情ならば、「人のかよは

ぬ」は多武峯という地勢的な条件によるものである。しかし、「我宿の道」を一般的な住まいとみると、本来ならば通行不能な状態でないが、何らかの事情があって、長らく人の往来もなく荒廃した状態になったのだろう。そこに主人の不遇、零落を意識させて、

いまさらに訪ふべき人も思ほえず八重葎して門させりてへ（古今・雑下・九七五）

やへむぐら茂き宿には夏虫の声よりほかにとふ人もなし（後撰・夏・一九四）

我もふり蓬も宿に茂りにし門におとする人はたれそも（古今六帖三九五六）

などと類似の発想で詠まれた歌がある。

【他出文献】◇高光集→［補説］。

459

東三条にまかり出《い》でて、雨の降《ふ》りける日《ひ》　　承香殿女御

雨《あめ》ならでもる人もなき我やどを浅茅《あさぢ》が原《はら》と見るぞかなしき

【校異】詞○まかりいて丶雨―まかりいて丶あめ〈「丶」ト「あ」ノ間ニ補入ノ符号ガアリ、右傍ニ朱デ「侍ケルヨ」トアル〉（貞）○ふりけるひ―ふり侍けるに（貞）。

【拾遺集】雑賀・一二一五。

東三条にまかりいて丶あめのふり侍りけるひ　　承香殿女御

雨ならでもる人もなき我やとをあさちか原とみるそかなしき

定雑賀・一二〇四。詞○ふり侍りける―ふりける日。

東三条に宮中から退出して、雨の降った日
雨が漏るほかに、番人もいない我が邸を、雑草が生い茂り荒れ果てた所と見るのがかなしいことだ。

【語釈】〇東三条―『拾芥抄』に「二条南、町尻西、南北二町、忠仁公家、貞信公、大入道殿伝領」とあるように、藤原良房によって創設され、忠平、兼家に伝領された。この間、忠平女の寛子が重明親王を婿に迎えて御所としたところから、重明親王は「東三条のみこ」と呼ばれた。四四〇参照。〇承香殿女御―東三条邸と関係ある者で承香殿を居所としたのは重明親王女の徽子女王（斎宮女御）である。〇もる人―「もる」に雨の縁語の「漏る」と番をする意の「守る」とを掛ける。〇浅茅が原―丈の低い茅萱が生え茂ってい所。人も来ず雑草が生い茂り荒れ果てた邸をいう。

【補説】この歌は西本願寺本『斎宮女御集』（四一）に詞書を「あめふる日三条の宮にて」として、歌詞に異同なくあり、時雨亭文庫蔵定家筆臨模本『斎宮女御集』には詞書を「あめのふるに三条宮にて」として、第三句は「我宿は」とあるが、時雨亭文庫蔵藤原定家監督書写本には詞書を欠く。歌は東三条邸の荒廃を嘆いているところから、斎宮女御の父重明親王が亡くなった天暦八年（九五四）九月十四日以後の詠作である。西本願寺本、時雨亭文庫蔵定家監督本などには重明親王が亡くなった年の師走の作と思われる次のような歌がある。

また、しはすのつごもりに、いとあはれなるところに、などかく
のみはながめたまふときこえたまふ御返に
ながめつつあめもなみだもふるさとのむぐらのかどはいでがたきかな（西本願寺本一一四）

この歌でも東三条邸を「むぐらのかど」と詠んでいる。重明親王没後数か月にして「むぐらのかど」といわれるほど荒廃していたか疑わしい。まして歌が詠まれたのは冬のことで、葎の生い茂っている時期ではなく、それほど荒れ果てた感じではなかったと思われる。徽子が東三条邸を「葎の門」「浅茅が原」と詠んだのは、徽子の精

神的、経済的なより所であった重明親王の死によって、自身を取り巻く生活環境を荒寥としたものに感じたからであろう。

【作者】徽子女王↓四四四。

【他出文献】◇斎宮女御集↓［補説］。

春日祭の使にまかりて、かへりまうで来《き》てすなはち女のもとにつかはしける

一条摂政

460　暮《く》ればとくゆきて語《かた》らんあふことをとほちの里の住《す》みうかりしも

【校異】詞◯使にまかりて―使つかうまつりて（島）つかひにまかりて侍けるか（貞）◯かへりまうてきて―まかりかへりて（島）。歌◯あふことを―あふことの（島・貞）。

【拾遺集】雑賀・一二〇八。

春日使にまかりてかへりてすなはち女のもとにつかはしける　一条摂政

くれはとて（右傍ニ「ク」）ゆきてかたらんあふことのとをちのさとは（右傍ニ「ノイ」）住うかりしも

定雑賀一一九七。歌◯とて―とく。◯さとは―さとの。

春日祭の使者として奈良に下向して、帰って参ってすぐに女の所に詠んで使いの者に持たせた

日が暮れたならば早く出掛けていって話して聞かせよう。あなたに逢うには遠く離れた十市の里はとどまる気にはなれなかったことも。

【語釈】○春日祭の使―二月、十一月の上の申の日に行われた春日大社の祭礼に遣わされた勅使。藤原氏の中将、少将が任ぜられた。伊尹は左少将であった天暦二年（九四八）二月三日に春日祭の使となった。○まかりて―奈良に参向して。○すなはち―即座に。すぐに。○とほちの里―大和国の郡名。現在の奈良県磯城郡田原本町南部、橿原市北東部、桜井市南部を占める地域。『和名抄』に「十市止保知」、『色葉字類抄』に「十市トヲチ」、『抄』の底本は「とほち」、貞和本、『集』の定家本は「とをち」と表記されていて、平安時代に「トホチ」と「トヲチ」の両様がみられる。地名の「とほち」に遠い所の意の「遠路（とほち）」を掛ける。遠く離れた十市の里の意。春日祭の使者が十市に行くことはないが、春日大社が遠方であることを表すために、「十市」が詠み込まれた。

【補説】この歌は二十五歳で左少将に任ぜられて春日祭の使者となった伊尹が、二月五日に帰洛して還饗の事があった日に詠んだのだろう。『一条摂政御集』（三八）には「おきな、大和よりかへりて、女のもとにやる」としてみえ、この歌に女は「あふことのとほちの里のほどへしは君はよしのと思なりけむ」と返歌をしている。

「十市」の地名は『万葉集』にはみえないが、平安和歌には多く詠まれている。『抄』の時代の例としては、

　ここながら袖ぞ露けき草枕とをちの里の旅寝とおもへば（時雨亭文庫蔵素寂本実方中将集二五七）

　ここながらほどのふるだにあるものをいとどとをちの里と聞くかな（異本系清少納言集、清少納言集Ⅱ一〇）

　ちかのうらのかひこそなけれあふことはとをちのさとのここちのみして（大弐高遠集四〇一）

などがある。これらの歌では「十市」の地名に遠く離れている所の意の「遠路」を掛けて、遠く隔たっていることとを表している。これは伊尹の歌と同じ用法で、伊尹の歌は「十市」を詠み込む常套的詠法の最初の作といえよう。

なお、『古今六帖』（二八〇六）には「いつしかもゆきてかたらん思ふことといぶきの里のすみうかりしを」とい

う歌があるが、異伝歌といえる程の類似性はない。

【作者】藤原伊尹→三四三。

【他出文献】◇一条摂政御集→［補説］。

461　東《あづま》よりあるをとこまかりのぼりて、前々もの言《い》ひ侍りける女のもと*にまかりたりけるに、いかで急《いそ》ぎのぼりつるぞなどとひ侍りければ　読人不知
おろかにも思《おも》はましかば東路《あづまぢ》のふせやといひし野《の》辺に寝《ね》なまし

【校訂注記】「女のもと」ハ底本ニ「の」ヲ欠クガ、島本、貞和本ナドニヨッテ補ッタ。

【校異】詞○あるおとこ―おとこの（島）あるをとか〈「か」ノ右傍ニ朱デ「コ」トアル〉（貞）○まかりのほりて―ゝほり侍て（島）のほりて（貞）○前々―さまく〈「ま」ノ右傍ニ朱デ「キ」トアル〉（貞）○ものいひ侍ける―ものいひたり〈「たり」ノ左傍ニ朱デ見セ消チノ符号ガアリ、右傍ニ朱デ「ケル」トアル〉（貞）○まかりたりけるに―まかりたりけれは（貞）○いかて―いかに（貞）○のほりつるそなと―のほりつるそと（島）のほりたるそと（貞）○ゝひ侍けれは―ゝひけれは（貞）。

【拾遺集】雑賀・一二〇九。

あつまよりあるおとこまかりのほりてさきくものいひ侍りける女のもとにまかりたり（「たり」補入）けるにいかていそきのほりつるそなといひ侍りけれは　よみ人しらす
おろかにも思はましかはあつま路のふせやといひし野へにねなまし

定雑賀・一一九八。

東国からある男が京に上って来て、以前懇ろにしておった女の家にまいったところ、どうしていそいで京に上って来たのかなどと言いましたので

あなたのことを疎かに思っていたならば、上京の途次、東国のふせやという野辺で、きっと体を休めて横になっただろうに。それもしないでいそぎ上京したのは、あなたのことを思っているからだ。

【語釈】○もの言ひ侍りける―「もの言ふ」は言葉をかわす、契りをかわすの意。○いかで急ぎのぼりつるぞ―いまだ任期が終えていないのに上洛したのだろう。○おろかにも―「おろかに」はおろそか、粗略にの意。○東路のふせや―「東路」は京から東国に至る道筋、また、その道筋の国々。ここは信濃国のふせやのこと。『和歌童蒙抄』（第七・木部）に「その原は信濃国にあり。ふせやとはそのかたはらにある所なり」とある。『色葉和難抄』（第七）にも「ふせやとは信濃国にあるところなり」とある。現在の長野県下伊那郡阿智村にあったという。「ふせや」の「ふせ」に体を横たえる、寝かせる意の「ふせ」を掛ける。反実仮想法を用いているので、男はふせやで野宿していない。

【補説】東国に赴任した男は女を気遣って帰京して女の許を訪ねたところ、女は冷静な態度で急ぎ帰京した理由を尋ねた。予想に反した女の冷淡な態度に、男は信濃国の歌枕として知られる「ふせや」を詠み込んで応酬していて、詠歌事情は物語的である。

「ふせや」は「左兵衛佐定文朝臣歌合」で坂上是則が詠んだ「その原やふせやに生ふる帚木のありとてゆけどあはぬ君かな」という歌で知られ、これを本歌として帚木を詠み込んだ歌が多い。この「ふせや」を『綺語抄』

（中・居処部）には「ふせや　あやしきやをいふ」とあり、粗末な家のこととするが、『袖中抄』にいうように「ふせや」は布施屋のことであろう。布施屋は奈良時代から平安時代初期にかけて、調・庸を運搬する人や、労役に服する人、旅行者などのために設けられた無料の宿泊所で、信濃国の園原は東山道の通路で布施屋があったと思われる。

462

年月をへて懸想《けさう》し侍りける人の、つれなくのみ侍《はべ》りければ、まかりて、いまはさらに世《よ》にもあらじと言《い》ひ侍りてのち、久《ひさ》しくお《を》とづれず侍《はべ》りければ、このを《お》とこの妹《いもうと》に先《さき》〳〵もかたらひて文《ふみ》など通《かよ》はし侍りけるに、いひつかはしける

心《こゝろ》ありてとふにはあらず世《よ》の中《なか》にありやなしやの聞《き》かまほしきぞ

【校異】 **詞**○年月―月〈「月」ノ前ニ朱デ補入の符号ガアリ、右傍ニ朱デ「年ィ」トアル〉（貞）○人の―女の（島）人の〈「人」ノ右傍ニ朱デ「女」トアル〉（貞）○つれなくのみ―つれなく（島）○いまはさらに―さらにいまは（島）○よにも―よに（島・貞）○あらしと―あらしと〈「し」「と」ノ中間ノ右傍ニ朱デ「ナ」トアル〉（貞）○いひ侍てのち―いひてまかりかへりてのち（貞）○をとつれすはへりければ―をとつれ侍らさりければ（島）をとせすなりて侍けれは（貞）○いもうとに―いもうとの（島）いもうとのもとに（貞）○かたらひてふみなとかよはし侍けるに―かたらひなとし侍けれは（島）かたらひてふみなとかよはしければ（貞）。**歌**○きかまほしきぞ―きかまほしさに〈「さに」ノ右傍ニ朱デ「キソ」トアル〉（貞）。

【拾遺集】 雑賀・一二〇三。

とし月をへてけさうし侍りける人のつれなくのみ侍りけれはいまさらによにもあらしといひ侍りてのちひさしくをとつれす侍りけれはかのおとこのいもうとのもとにさき〳〵もかたらひてふみなとつかはしけれはいひつかはしける

こゝろ有てとふにはあらす世のなかに有やなしやのきかまほしきそ

定雑賀・一一九三。詞○いま—今は。○いもうとのもとに—いもうとに。○作者名ナシ—よみ人しらす。

長年の間私に思いを懸けておりました男が、冷淡にばかりしておりましたところ、わが家に出掛けてきて、いまは全くこの世には生きていたくないと言ってから後、長い間訪れることなく過ぎたので、その男の妹と以前から懇ろにして手紙などを遣り取りしていたので、ついでに男に詠んで送った

いまだに愛情があって手紙をしたわけではない。(別れるときに、生きていたくないと言ったので)、あなたがこの世に生きているか、どうかを聞きたいと思ったのだ。

【語釈】○つれなくのみ侍りければ—この句の主語は女。男に対してそっけなく振舞ってばかりいたので。○まかりて—女の許にまいって。『集』には、この語句がない。○いまはさらに世にもあらじ—「さらに」は否定表現を伴って、決して、全く。「じ」は男の否定的な意志。「世にあり」は世の中に生きている、生存している意。いまとなっては全くこの世に生きていたくない。○久しくおとづれず—男が女の許を訪れなかった。○心ありて—「心あり」は情がある、愛情がある。○ありやなしや—生きているか、どうか。「名にしおはばいざこととはむ都鳥わが思ふ人はありやなしやと」(伊勢物語九段)

【補説】長年、懸想してきた男につれなくしたところ、姿を見せなくなったので、男の妹を介して送った歌であ

る。「つれなくのみ侍りければ」とあるように、女が徹底して男に冷淡であったのは、二人の間にそうなるべき経緯があってのことだろう。その女が男の妹を介し、「心ありてとふにはあらず」と弁解がましい言い方で、男の安否を尋ねている。これは女の意地や虚勢であろうか、あるいは女の心の微妙な変化であろうか。『八代集抄』には「聊哀と思ふ心あるべし」とあって、後者とみている。『俊頼髄脳』は「思ひ離れたるやうにて、さすがねぢけたる歌」の例歌としてあげている。

463　かたらひ侍りける人の久《ひさ》しくお《を》とづれ侍らざりければ、筍《たかうな》をつかはすとて

君とはでいくよへぬらん色《いろ》かへ《え》ぬ竹のふるねのおひかはるまで

【校異】 **詞**○たかうなを―たかんな（島）たかうなゝと（貞）。

【拾遺集】 雑賀・一二〇四。

かたらひ侍りける人のひさしうをとせす侍りけれはたかうなをつかはすとて

君とはていく代へぬらむ色かへぬ竹のふるねのをひかはるまて

［定］雑賀・一一九四。**詞**○かたらひ侍りける―かたらひける。**歌**○いく代―いくよ。

親しく交わっていた人が長らく訪ねて来ませんでしたので、筍を送って遣ろうとして

あなたがお出でにならなくなってから、どれほどの時が経ったのだろうか、変ることがない竹が老いてなく

なり、新しい筍が生えてくるまでになった。

【語釈】○かたらひ侍りける人―「かたらふ」は親しく交わる、契りを結ぶの意。○いくよ―「幾夜」と「幾世」とを掛ける。「よ」は竹の縁語。○色かへぬ竹―常緑の竹。松とともに不変のものを表す。「色かへぬ松と竹との末の世をいづれ久しと君のみぞ見む」（抄・賀・一七三）「堀河院御時、竹不改色といへる心をよませ給うけるに／色かへぬ竹のけしきにしるきかな万代ふべき君がよはひは」（新勅撰・賀・四四九　忠実）。○ふるねのおひかはる―古い根が生えかわって、新しい筍が生えてくるまで。長い時間が経たことをいう。

【補説】夜離れが長く続いて今年生えの筍の時期になったことを、「色かへぬ竹の古根が生ひかはる」までと誇張して表現しているところが、この歌の趣向である。この独特の表現は、後世の歌人からも注目され、これを模して、

この里はいく世をへてかくれ竹のあまた古根のおひかはるらん（宝治百首三三四五　行家）

おひかはる竹のふるねぞあはれなるよよの昔を聞くにつけても（李花和歌集六三八）

などと詠まれている。

あるを《お》とこの許に松を結《むす》びてつかはしたりければ

464　なにせんに結《むす》びそめけん岩代《いはしろ》の松は久《ひさ》しきものとしるしる

【校異】詞○許に―もとに〈「に」ノ右傍ニ朱で「ヨリ」トアル〉（貞）。歌○そめけん―をきけむ（島）。

【拾遺集】恋二・七五二。

あるをとこのもとにまつをむすひてつかはしける
なにせむにむすひそめけむ岩代のまつは久しき物としる〳〵
定恋二・七四二。詞○もとに―ナシ。○つかはしける―つかはしたりけれは。○作者名ナシ―よみ人しらす。

ある男の許に松を結んで使いの者に持たせて遣ったところ
どうして契りを結びはじめてしまったのだろうか。あなたの訪れを待つのが、長寿の松のように長いことを、よくわかっていながら。

【語釈】○あるをとこの許に―貞和本の朱筆書入れ、『集』の定家本などによると、男から女に、松を結んで遣わしたことになる。○松を結びて―「松を結ぶ」ことは、もとは魂を結びこめて命の無事を祈願する古代の呪術であるが、のちに、男女が契りを結ぶことをいう。○結びそめけん―契りを結びはじめてしまったのだろうか。○岩代の―「岩代」は現在の和歌山県日高郡南部町岩代。牟婁の湯（現在の湯崎温泉）に至る途中にあり、有馬皇子の「磐白の浜松が枝を引き結び真幸くあらばまたかへりみむ」（万葉・巻二・一四一）という歌で知られる。「岩代の」で「松」を導く序詞。五一三参照。○松は久しきもの―松は長寿の表徴であること。「松」に「待つ」を掛け、あなたの訪れを待つのは長いものだの意。○しるしる―よく知りながら。

【補説】契りを結んだ男の訪れが途絶えがちになってしまったので、松を結んで歌を添えて送って遣った。女が松を結んで送ったのは、「語釈」にも記したように古代の呪術に基づいているが、松や草を結ぶ習俗は、

あしひきの山のかげ草結びおきて恋やわたらむ会ふよしをなみ（時雨亭文庫蔵資経本家持集三一三）

をとこ松を結びて
染めかへしいくしほ知らでいそのかみおもひ松葉を結び置くかな（流布本系書陵部蔵『小大君集』、小大君

集Ⅰ六七）などと恋の歌にも詠まれ、思いをかけていつまでも会える日を待っていることを詠んでいる。それらの歌では、未だ会えない二人の場合もあり、仲の途絶えた二人の場合もある。四六四は後者である。男の多情が原因で訪れが途切れてしまったが、そのような男と情を交したことを悔いながらも、どんなに長くとも会えるまで待ち続けようとしている。ここには徹底して男に冷淡であった四六二の歌の女性とは対照的に、一途に男を愛している女性の姿がみられる。

一条摂政の下臈に侍りける時、承香殿の女御の御方に侍りける女に、忍《しの》びてもの言《い》ひ侍りけるに、さらになとひそと言《い》ひ侍りければ、ほど経《へ》て契《ちぎ》りしことありしかばなんと言《い》ひにつかはしたりければ　本院侍従

465　それならぬことも有りしを忘《わす》れねどいひし許《（ばかり）》を耳《みゝ》に止《と》めけむ

【底本原状】「いひにつかはし」ノ「に」ハ底本ニハ「ひ」ト「つ」ノ中間右傍ニ「に」トアリ、補入シタモノトミル。

【校異】詞○摂政の―摂政（島・貞）○下臈に―いまた下臈に（島）太政大臣少将にて〈「太」ノ左傍ニ朱デ見セ消チノ符号ガアリ、右傍ニ朱デ「下臈ニ」トアル〉（貞）○承香殿の女御―承香殿（島）○さらに―さらにいまよりは（貞）○ありしかはなんと―ありしかはと（島）ありしかはなと（貞）○いひにつかはしたりけれは―いひつかはしたれは（島）いひつかはしける〈「し」ト「け」ノ間ノ右傍ニ朱デ「タリ」トアリ、「ける」ノ「る」ノ右傍ニ朱デ「レハ」トアル〉（貞）。

【拾遺集】雑恋・一二七四。

一条摂政下らうに侍りける時承香殿の女御御方に侍りける女にしのひてものいひ侍りけるにさらにならひそといひて侍りけれはちきりしことありしかはなといひつかはしたりけれは　本院侍従

それならぬこともありしをわすれねといひしはかりをみゝにとめけん

定雑恋・一二六三。詞○承香殿の女御御方に―承香殿女御に。○ならひそ―などひそ。

一条摂政伊尹が身分が低かったとき、承香殿女御の御許に仕えておりました女に人目を忍んで契りを交わしていたが、これ以上は決して訪ねて来ないでと言ったので（会いに行かないで）、しばらくして、もう訪ねないと約束したことがあったのでと、言ってやったところ

それとは違うこともあれこれ約束したことがあったのに、あなたは私が、きっと忘れてほしいと言ったことだけを、耳に止めたのだろうか。

【語釈】○一条摂政―藤原伊尹。天禄元年（九七〇）五月二十日摂政、同三年十一月一日没。○下﨟―身分の低い者。○承香殿の女御の御方―「承香殿」は平安内裏の後宮七殿の一つ。「御方」は住居、居所の敬称。転じて、貴人、特に、貴夫人や姫君の敬称。伊尹と同時代で承香殿を局とした女御は、村上天皇の女御の徽子女王。天暦二年（九四八）十二月入内、同三年四月女御。徽子が承香殿を局としたことは古記録などにみえないが、諸家集に「子日、承香殿御方に」（元真集一八六）「斎宮の女御うちにおはせしむかし、ある帯刀長承香殿の西の妻戸に立ちよれり」（重之集一八八）などとある。○侍りける女―本院侍従。○さらになとひそ―これ以上は決して訪れなさいますな。○契りしことありしかば―「契りしこと」はもう訪れないという約束。約束したことがあった

ので。○それならぬこと―それとはちがうこと。「それ」は女が「さらになとひそ」と言ったこと。○忘れね―「ね」は完了の助動詞「ぬ」の命令形で、確認、強調の意を表す。きっと忘れてくれ。「言ひかはしける女の、今は思ひ忘れねといひ侍りければ」（後撰・恋三・七八九詞書）。

【補説】この歌は『一条摂政御集』にも『本院侍従集』にもなく、『抄』が何を資料として選んだかは明らかでない。この二人の関係は、『抄』の詞書によると、藤原伊尹の「下臈に侍りける時」のことである。この「下臈に侍りける時」という設定は高位高官にまで昇った人物にのみ用いられる。『抄』『集』では、一条摂政伊尹のほかは、朝光、実資、頼忠について用いられている。

(1)大納言朝光が下臈に侍りける時、女の許に忍びてまかりて…（抄四六九、集一二〇一）

(2)右大将実資下臈に侍りける時、子日しけるに（集一〇二六）

(3)小野宮太政大臣家にて子日し侍りけるに、下臈に侍りける時詠み侍ける／三条太政大臣（集二九〇）

小野宮のおほいまうちぎみ後院にて子日し侍りけるに、人々歌詠み侍りけるに／三条太政大臣（抄一八六）

(1)は『小大君集』によると、朝光の少将時代のことである。(2)の元輔の「老いの世にかかる子の日はありきやとこだかき峰の松にとはばや」という歌が詠まれた年時は(イ)安和二年（九六九）二月五日（時雨亭文庫蔵坊門局筆『元輔集』）、(ロ)安和三年二月五日（歌仙家集本）、(ハ)安和二年二月二十五日（書陵部蔵御所本丙類）の三説ある。このなかで、(イ)の二月五日の干支は壬子、(ロ)の二月五日の干支は丙子であるが、(ハ)の二月二十五日の干支は壬申で、子日ではないので、(2)は(イ)安和二年、または(ロ)安和三年の二月五日に催された子日のことである。安和二年であれば実資は元服前で官位はなく、安和三年であれば、従五位下、侍従であった。したがって、(2)に「下臈に侍りける時、子日しける」とあるのに適合するのは安和三年三月五日である。(3)の歌はすでに一八六に記したように、(2)と同じ子の日のことであると考えられ、このときの頼忠は中納言であるので、『集』二九〇にいうように「下臈に侍りける時」とはいえない。結局、確かな用例としては(1)(2)の二例のみで、「下臈」は従五位で、侍従、兵衛権佐、少将などの官職にある時期をいうのであろう。このように考えると、四六五の詞書の「下﨟に」の部分が、『抄』の貞和本に「少将にて」とある本文も無視できない。伊尹の「下﨟に侍りける時」は、少将であった天暦二年（九四八）正月から天暦九年七月までの間のことである。

『抄』四六五の詞書にいうように、本院侍従が承香殿女御の徽子女王に仕えるようになったのは、精神的な支柱であった本院女御（朱雀院女御の藤原慶子）が天暦五年十月に亡くなった後とみるのが自然であろう。したがって、四六五は天暦五年十月から天暦九年七月までの間の事になる。ここで問題になるのは『本院侍従集』『一条摂政御集』などから知られる二人の熱愛と四六五との関係である。『本院侍従集』によると、本院侍従は藤原師輔の次男の兼通が十八歳であった天慶五年（九四二）ごろ、藤壺を居所としていた安子に仕えていた。この安子の兄の兼通と伊尹から熱愛されたので、身を引いて本院女御慶子の許に移ったが、兼通は追い掛けてきて思いを果たした。一方、伊尹も諦めずに、無謀にも女を盗み出してしまった。本院侍従は女御慶子のもとに身を寄せ、慶子亡き後は、前記のように承香殿女御の徽子女王に仕えるようになった。こうした経緯があって、『抄』四六五へと続くことになる。

『抄』の詞書にあるように、徽子女王に仕える本院侍従のもとに人目を忍んで伊尹が通うようになったのが、かりに天暦六年のこととすると、二人の関係は十年以上も前から続いていたことになり、四六五は二人の恋愛関係が終結に向かっていたころのことである。人目を忍んで通ってくる伊尹に侍従が「さらになとひそ」と言ったのは、兄弟二人の愛に揺動してきたわが身を顧みて、一時的にも心の安住を望んだからだろうか。伊尹を完全に拒絶したわけでなく、そうかと言って、伊尹との愛に耽溺することにも逡巡している。これに対して、伊尹もかつてのように激しく行動することなく会いには行かずにしばらくして、訪れないと約束したことを口実にして、伊尹の訪れは途絶えてしまった。「それならぬこともありし」と言って恨んでみても、二人の関係は元通りにならなかったのだろう。

【作者】本院侍従　兼通らの従姉妹。生没未詳。山蔭中納言の孫の為昭と結婚して則友を生む。朱雀天皇女御の本院女御慶子に仕え、天暦五年十月に女御が亡くなった後は、村上天皇女御の承香殿女御徽子女王に仕える。伊尹、兼通、朝忠などと交渉があった。本院の北の方（在原棟梁女）と混同された。『後撰集』に十七首入集。

ものへまかりけるに、浜《はま》づらに貝《かひ》の侍りけるを見《み》侍りて　　坂上郎女

466　わが背子《せこ》を恋《こ》ふるもくるし暇《いとま》有らば拾《ひろ》ひてゆかむ恋忘《こひわす》れ貝《がひ》

【校異】詞○ものへ―ものに〈「に」ノ右傍ニ朱デ「へ」トアル〉（貞）○まかりけるに―まかり侍けるに〈「る」ト「に」ノ中間右傍ニ朱デ「道」トアル〉（貞）。

【拾遺集】雑恋・一二五六。

ものへまかりけるみちにはまつらにかゐの侍りけるをみて　　坂上郎女

我せこをこふるもくるしいとまあらはひろひてゆかん恋わすれかい

㊀雑恋・一二四五。

帰京する道中に浜辺の道で貝があったのを見て

我が夫を恋い慕うのも苦しいことだ。暇があったならば、拾っていこう、恋のつらさを忘れさせてくれるという恋忘れ貝を。

【語釈】○ものへまかりけるに―「ものへまかる」は『抄』一九四「補説」に記したように、京から地方へゆく

ことを表した。ここは大宰府から京に帰る道中のこと。〇わが背子―「背子」は男性を親しんで呼ぶ語。二八二［語釈］参照。〇暇有らば―「暇」は時間的なゆとり。暇があったならば、恋の辛さを忘れさせてくれる忘れ貝を拾おうというのでは恋の苦しさを忘れたいという切実な思いが感じられない。『和歌大系』には「恋しさの途切れることがあれば（その時には）」とあるが、恋しさが途切れることがないと貝を拾わないというのだろうか、これもどういうことかわからない。作者は今すぐに恋の苦しさを忘れたいという切迫した情況ではないが、暇があったら是非とも忘れ貝を拾っておこうというのであろう。〇恋忘れ貝―「忘れ貝」に恋の語を添えた造語。「忘れ貝」は二枚貝の貝殻の片方とも、一枚貝のことともいうが未詳。恋の苦しさを忘れさせてくれるものと思われていた。

【補説】 この歌は『万葉集』（巻六・九六四）に、

同坂上郎女向京海路見浜貝（貝歟）作歌一首

吾背子爾　恋者苦　暇有者　拾而将去　恋忘貝

（わがせこに恋ふれば苦し暇あらばひりひてゆかむ恋忘れ貝）

とある歌の異伝である。詞書の「同」は前歌に「（天平二年）冬十一月大伴坂上郎女発帥家上道…」とあるのを承けて、天平二年（七三〇）十二月に大宰帥大伴旅人が上京するに先立って、坂上郎女が大宰府を発ち帰京する途上で詠まれた。一首は旅の途上で見た恋忘れ貝に触発されて、我が背子を恋する思いを詠んだもので、「恋忘れ貝」が中心になっている。この恋忘れ貝の語は『万葉集』では、坂上郎女の歌のほかに、

(1)暇あらば拾ひにゆかむ住吉の岸に寄るてふ恋忘れ貝（巻七・一一四七。新勅撰・雑四・一二七九）

わが袖はたもととほりて濡れぬとも恋忘れ貝取らずは行かじ（巻十五・三七一一）

(2)住吉に行くとふ道に昨日見し恋忘れ貝言にしありけり（巻七・一一四九）

手に取るがからに忘ると海人のいひし恋忘れ貝言にしありけり（巻七・一一九七）

などと詠まれている。⑴は坂上郎女の歌と同じように、恋の苦しさを忘れさせてくれることを信じ、「わが袖は」の歌では、難儀しても貝を拾って行こうという歌であり、⑵は恋忘れ貝が恋の苦しさを忘れさせてくれるというのは、ことばだけのもので、効験がないとする否定的な歌である。

平安時代には『古今六帖』に坂上郎女の歌（一八九七）と、⑴の「暇あらば」の歌が作者を「人まろ」として、

いとまあらばひろひてゆかんすみよしの岸にありてふ恋忘れ貝（一八九九）

と、歌詞に小異はあるが撰収されている。これに対して恋忘れ貝の効験を否定する⑵の歌には関心がもたれなかった。また、平安時代に「恋忘れ貝」を詠んだ歌には、次のような歌がある。

①わたつうみの波うちやまば浜にいでて拾ひおきらむ恋忘れ貝（西本願寺本躬恒集三四）

②月見れどなぐさめかねつ伊勢のうみの恋忘れ貝あらばおこせよ（彰考館文庫蔵嘉言集一四一）

③みやこ出でていきの松原音せずはいかでかよせむ恋忘れ貝（夫木抄一三七三六　公任）

④松山の松のうら風吹きよせば拾ひてしのべ恋忘れ貝（定頼集七五。後拾遺・別・四八六）

ここで注目されるのは、恋忘れ貝は住吉の浜の景物から伊勢の景物へと変っている（②）。また、公任父子は松の浦風が恋忘れ貝を吹き寄せるものとみている（③④）。これは住吉の景物であったころの名残りであろう。坂上郎女の歌は『抄』に撰収されたが、後世、影響を受けた歌はみられない。

【作者】坂上郎女→二七一。

【他出文献】◇万葉集→［補説］。◇古今六帖一八九七、第二句「こふれはくるし」、第四句「ひろひにゆかん」。

467　題不知　　　読人不知
住江《すみのえ》の岸《きし》に生《お》ふてふ忘《わす》れ草見ずやあらまし恋はしぬとも

【校異】島本ハコノ歌ヲ欠ク。歌○すみのえの—すみよしの（貞）○おふてふ—をひてう（貞）。

【拾遺集】恋四・八九八。
住吉のきしに生たる（「たる」ノ右傍ニ「テフイ」トアル）わすれ草みてをやみなむ恋はしぬとも　　よみ人しらず
定恋四・八八八。○みてをやみなむ—見すやあらまし。

題知らず
住吉の岸辺に生えているという忘れ草は摘まずにいようか、恋をしてその辛さのために死ぬようなことになっても。

【語釈】○住江—『抄』の貞和本、『集』の具世本、定家本などに「住吉」とある。「住江」は二三一参照。○忘れ草—ユリ科の多年草。薮萱草。愁いを忘れさせる草、人を忘れさせる草と信じられていた。「萱草　一名忘憂　和須礼久佐」（和名抄）。○見ずやあらまし—恋の憂さ、辛さが耐えがたくとも、それを忘れるという忘れ草を摘まずにいようか。○恋はしぬとも—「しぬ」にサ変「す」の連用形「し」に助動詞「ぬ」が付いた「しぬ」と「死ぬ」とを掛ける。恋をして恋死にしようとも。

【補説】忘れ草は『万葉集』にも、
①萱草わが紐に付く香具山のふりにし里を忘れむがため（巻三・三三四）

②萱草わが下紐に著けたれどしこのしこくさことにしありけり（巻四・七二七）
③萱草わが紐に著く時となくおもひ渡れば生けりともなし（巻十二・三〇六〇）
④萱草垣もしみみに植ゑたれどしこのしこくさなほ恋ひにけり（巻十二・三〇六二）
⑤わが屋戸の甍のしだ草生ひたれど恋忘れ草見れど生ひなく（巻十一・二四七五）

などと詠まれている。当時は物を忘れるための呪術的行為として下紐に結び付け、垣根に植えなどした。しかし、②④のように効き目がない場合もあった。「忘れ貝」と「恋忘れ貝」のように、平安時代になると「恋忘れ草」に対応して「忘（れ）草」という語も用いられるようになり、住吉や住江の岸の景物としても詠まれるようになった。

平安時代、「忘草」を詠み込んだ歌はいずれも恋の歌で、『古今集』に六首（うち一首墨滅歌）、『後撰集』に六首あるほか、私家集では、和泉式部の六首をはじめ、業平、小町、忠岑、貫之、宗于、素性、深養父、兼輔、伊尹、清少納言、公任、高遠などの家集にある。この他に『古今六帖』（第六・草）にも「わすれぐさ」として七首ある。これらのうち住吉、住江と関わりある歌は

住みよしとあまはいふとも長居すな人忘草生ふといふなり（時雨亭文庫蔵枡形本忠岑集一六〇）
忘草生ふとし聞けば住江の松もかひなくおもほゆるかな（村上御集三二）
忘草摘む人ありと聞きしかば見にだにも見ず住吉の岸（榊原本和泉式部集二四二）
うちしのびいざ住江に忘草忘れし人のまたや摘まぬと（時雨亭文庫蔵素寂本貫之集七）

など十五首ほどある。忘れ貝が伊勢の浜の景物になった（四六六参照）のに代って、忘草が住吉・住江の新たな景物となった。この他の「忘草」を詠み込んだ歌のなかには、

片時もみてなぐさめき昔より憂へ忘るる草といふめり（時雨亭文庫蔵伝阿仏尼筆本兼輔集一四）
忘草なにをか種と思ひしはつれなき人の心なりけり（時雨亭文庫蔵色紙本素性集二二）

思はむとたがよ頼めしことの葉は忘草とぞ今はなりぬる（深養父集五四）

などがあり、「忘草」は二人の愛を忘れさせ、断ち切る物という寓意が根本にあって、恋の憂えを忘れるだけでなく、愛慕する相手のことや、すべてのことを忘却してしまうものとして詠まれている。

やむごとなき所にさぶらひける女《をんな》のもとに、秋ごろ忍《しの》びてまからん
と、を《お》とこの言《い》ひつかはしたりければ

468 秋萩《はぎ》の花も植《う》ゑ《へを》おかぬやどなればしか立《た》ち寄《よ》らん所だになし

【校異】詞○やむことなき―無正（止カ）（島）○秋ころ―秋（島）○おとこの―ナシ（島・貞）○いひつかはしたりけれは―いひて侍けれは（島）。歌○花も―はなも〈「も」ノ左傍ニ朱デ見セ消チノ符号ガアル〉（貞）。

【拾遺集】雑恋・一二三四。

やむことなき所にさふらひける女のもとに秋のころしのひてまから
むとおとこのいひけれは
よみ人しらす
秋萩の花もうへをかぬやとなれはしか立ちよらむ所たになし

定雑恋・一二二三。詞○秋の―秋。

高貴な方のところに伺候している女の許に、秋ごろに人目を忍んでうかがおうと、男が使の者を遣わし
ていってやったところ

秋萩の花さえも植えて置かないわが家の庭であるので、鹿が立ち寄る所さえなく、あなたがおっしゃるよう

にお立ち寄りになる所ではない。

【語釈】〇秋萩―萩は秋の七草の一つで、秋に白や紅紫の小花が咲くところから、万葉時代から「秋萩」の形で詠まれることが多かった。特に鹿と組合せて詠まれ、鹿は萩を好んで寄り添い、まつわりついているとみて、「鹿の花妻」と言われた（四〇九参照）。〇しか―叙述内容を指示する副詞「然か」に「鹿」を掛ける。〇立ち寄らん所だになし―萩の花がないから鹿が立ち寄る所がないと、男を鹿によそえて、鄭重に男の来訪を拒絶した。

【補説】女は男の来訪を拒絶する言い訳として、「秋萩の花も植ゑおかぬやどなれば」と言っている。「も」は極端なものを挙げて、他を暗示する意を表す用法で、…さえもの意を表す。万葉時代から、秋の花のなかで萩は最も多く詠まれた、どこにでもある歌材である。そのような萩さえも植えてない、何の風情もない「やど」であると、卑下して言ったのである。ところで、この「やど」を女が仕える貴人の屋敷とみる説がある（和歌大系）。女の居所は「やむごとなき所にさぶらひける」と出仕先が記されているだけで、男が忍んで行く先も貴人の屋敷ということになるが、使用人の女が主人の屋敷の庭を「秋萩の花も植ゑおかぬやど」というであろうか。これが女の実家のことを言ったものであれば、謙退の辞をもって挨拶したことになる。

大納言朝光が下﨟に侍りける時、女の許に忍《しの》びてまかりて、暁《あかつき》にまかり帰《かへ》らじと言《い》ひ侍りければ

東宮女蔵人左近

469　岩橋《いはゞし》の夜《よる》の契《ちぎ》りも絶《た》えぬべし明《あ》くるわびしき葛城《かづらき》の神

【校異】詞〇朝光か―朝光（島）。〇女の許にしのひて―しのひてをんなのもとに（島）〇まかりて―まかりて

あそひて（貞）○あかつきに―あか月（島）○まかりかへらしと―かへらんと〈「ん」ノ右傍ニ朱デ「シ」トアル〉（貞）○いひ―し（島）○女蔵人―蔵人（貞）。

【拾遺集】雑賀・一二一二。

大納言朝光下らうに侍りける時女のもとにしのひてまかりてあか月にかへらしといひけれは

東宮女蔵人左近小大君

いはゝしの夜の契もたえぬへしあくるわひしきかつらきの神

定雑賀・一二〇一。詞○東宮女蔵人左近小大君―東宮女蔵人左近。

大納言朝光が身分が低かったころ、女の許に人目を忍んで出掛けて、暁になって帰らないつもりだと言ったので

あなたがお帰りにならないならば、顔を見られてしまうので、夜お会いする約束も、今夜かぎりで絶えてしまいそうだ。葛城の神のような醜い私には夜のあけるのがつらいことだ。

【語釈】○大納言朝光―藤原兼通の四男。母は有明親王女の能子女王。天暦五年（九五一）誕生。侍従、左中将、蔵人頭を経て、天延二年（九七四）四月、二十四歳で参議となる。同三年一月従三位兼中納言、貞元二年（九七七）四月二十四日に権大納言となり、十二月に左大将を兼ねる。この年の十一月八日に父の兼通が亡くなってからは官位の昇進も停滞し、長徳元年（九九五）三月に四十五歳で亡くなる。最終官位は正二位大納言であった。なお、朝光と小大君との関係は、朝光が天禄元年（九七〇）十月に右少将になり、同四年七月に左中将に転ずるまでの、少将時代からはじまった。○女―小大君。○忍びてまかりて―人目を避けて出掛けて行って。○まかり帰らじ―退出しないつもりだ。○岩橋の―「岩橋」は第五句の「葛城の神」の縁語。「岩橋の」の形で「絶え」

「中絶え」「なか」などを導き出す序詞を形成する。「葛城や久米路に渡す岩橋のなかなかにてもかへりぬるかな」（後撰・恋五・九八五）「葛城の山路に渡す岩橋の絶えにしなかとなりやはてなむ」（西本願寺本能宣集一七四）。○明くるわびしき葛城の神―「葛城の神」は一言主神。伝説によれば、葛城山と金峯山の間に岩橋を架けるように役行者に命ぜられたが、おのれの容貌の見苦しいのを恥じて、夜間しか働かなかったので、橋は完成しなかったという。わが身を葛城の神になぞらえて、葛城の神が夜の明けるのをつらく苦しく思ったことを、わが身のこととして詠んだ。

【補説】この歌は書陵部蔵流布本系『小大君集』（小大君集Ⅰ一二、一三）には、

人のもとに来ける人の、三年ばかりさらに見えざりけるを、見むとて、明日は明けはてて車はゐて来といひたりければ、あやしう久しきことと思へど、人をやりてぞゐて来とはいはせたりけるを、つととらへて、内へもえ入らで、見えて、いとねたければ、男は藤大納言とか

岩橋の夜の契りも絶えぬべしあくるわびしき葛城の神

返し、男

明けたてば見じとや思ふ葛城の神の夜にてやみぬばかりぞ

とある。この詞書は、自己を三人称化して、伝聞の話を書き留める形で書き進めてきて、最後に実在の人物名を出して、事実譚であることをほのめかした趣向である。これは朝光と関係のある歌に物語化の傾向がみられる流布本系『小大君集』の性格を表している。これに対して『抄』の詞書に近いのは『桂宮本叢書第一巻』所収『小大君集甲本』（一五）で、

あさみつの君しのびてくるころ、あかつきにとくいでね（「と」ヲ脱スルカ）い

ふを聞かで、けふはかくてあらむといへば
岩橋の夜の契りも絶えぬべしあくるわびしき葛城の神

とあり、簡略ではあるが、要を得た文である。

二人が交渉をもつようになった時期は『抄』には「朝光が下﨟に侍りける時」とあるが、『小大君集』（八八）の詞書によると、朝光の少将時代からであった。この二人の関係は十年間ほど断続的に続いたことは八九の詞書によって知られる。このころ朝光は重明親王の女と結婚していた（拙著『小大君集注釈』一五一〜一五二頁参照）ので、「三年ばかりさらに見えざりける」というような時期もあったのだろう。

この歌は『小大君集甲本』や『抄』によると、夜が明けると醜い容貌を見られるのがつらいので、夜が明けないうちに帰ってほしいと訴えたことになるが、これはあくまで口実で、実際は二人の忍ぶ仲が公然となるのを恐れたからであろう。歌の「夜の契り」は諸注に、夜に交わした二人の愛情とか、二人で交わした末永くとの約束などと解しているが、この歌が一言主神の故事によっていることを重視すれば、別の見方をすべきであろう。『俊頼髄脳』によると、役行者の架橋の願いを一言主神は承諾したが、「わがかたち醜くして、見る人、おぢおそりをなす。よなよな渡さむ」と約束した。「夜の契り」は一言主神の故事では、毎夜橋を渡すという約束のことで、恋人同士では、夜会うという約束になる。このような理解は歌人たちもしていて、たとえば藤原家隆は「葛城や渡しもはてぬ岩橋も夜の契りはありとこそ聞け」（壬二集三八五）と詠んでいる。また、『小大君集』の朝光の返歌も「夜がすっかり明けたなら、会わないつもりですか。あの葛城の神が夜の間姿を見せて終ってしまったように」という意で、家隆と同じように理解していたことがわかる。

小大君の歌は機知的傾向がみられるが、忍ぶ仲が露顕することをおそれ、困惑する女の微妙な心裡が窺われ、こうした歌が当代では好まれたようで、公任が撰んだ秀歌撰には小大君の代表作として収められている。

【作者】 左近→三二二。

【他出文献】◇小大君集→［補説］。◇前。◇三。◇深。◇金六四。

紀郎女にお《を》くり侍りける　　家持

470 久方《ひさかた》の雨《あめ》の降《ふ》る日《ひ》をたゞひとり山辺にをればむもれたりけり

【校異】詞○紀郎女に―紀めのもとに〈「め」ノ右傍ニ朱デ「郎女ィ」トアル〉（貞）○をくり侍ける―をくりける（島）をくりて侍ける〈「て」ノ左傍ニ朱デ見セ消チノ符号ガアル〉（貞）○家持―大伴家持（島）中納言家持（貞）。歌○むもれたりけり―うもれたりけり（島）。

【拾遺集】雑恋・一二六三。

紀郎女におくれて侍ける　　大伴家持

久かたのあめのふる日をたゝひとり山へにおれはむもれたりけり

定雑恋・一二五二。詞○おくれて―をくり。○大伴家持―中納言家持。

紀郎女に詠んでおくった

雨の降る日をたった独りで山辺にいると、世間から引き籠もっているようで、陰鬱な気分である。

【語釈】○紀郎女―『万葉集』（巻四・六四三）の題詞の下の割注に「鹿人大夫之女、名曰小鹿也。安貴王之妻也。」とある。これによると、別名を小鹿といい、紀鹿人の女、安貴王と結婚。家持とは交友関係にあり、『万葉集』には家持が紀郎女に詠み送った歌が十一首ある。○久方の―天（あま・あめ）に関係のある語にかかる枕詞。ここは「雨」の枕詞。○むもれたりけり―「むもる」は引き籠もりがちだ。世間に出ない状態から、はればれとしない、物寂しい、陰欝な気分をいう。

【補説】この歌は『万葉集』（巻四・七六九）に、

大伴宿祢家持報贈紀女郎歌一首

久堅之　雨之落日乎　直独　山辺尓居者　欝有来

（ひさかたの雨の降る日をただひとり山辺にをればいぶせかりけり）

とある歌の異伝である。第五句「欝有来」は「いぶせかりけり」と訓まれ、欝陶しい気分をいう。『抄』の「むもれたりけり」という表現は『抄』以前にはなく、『新編国歌大観』の索引によっても、中世に、

山里の春のながめの晴れぬまをむもれたりやととふ人もなし（建長八年百首歌合二九五　行家）

春山の谷のとかげにわがをれば霞たなびきむもれたりけり（隣女集二〇六）

という歌がみられるに過ぎない。このうち、行家の歌も春の長雨が降り続くころ、引き籠もっている山居に訪う人もないという、家持の歌と類似の趣向の歌であり、家持の歌を模したものと思われるので、当時、「むもれたりけり」という表現が用いられていたとは言えない。引き籠もる、はればれとしないなどの意を表す「むもる」の比喩的な用法は平安時代の中ごろに『源氏物語』などで盛んに使われたが、一時的なもので長くは続かなかったのではなかろうか。「いぶせかりけり」よりも「むもれたりけり」の方が情況・感情を包括的に表現している。

【作者】大伴家持　父は大納言大伴旅人。養老元年（七一七）生。養老二年誕生説もある。叔母大伴坂上郎女の女の坂上大嬢と結婚。天平十七年（七四五）一月従五位下、同十八年三月宮内少輔、同年六月越中守となり赴任、天平勝宝三年（七五一）七月に少納言に転任して帰京。兵部少輔、兵部大輔、右中弁を経て、天平宝字二年（七五八）六月因幡守となり任地に赴き、翌三年正月一日に因幡の国庁で催した饗宴で詠んだ歌（巻二十・四五一六）によって『万葉集』は終焉となる。その後、天平宝字六年信部大輔となり帰京、薩摩守、民部少輔、相模守、

左京大夫などを経て、宝亀十一年（七八〇）参議、天応元年（七八一）十一月従三位、延暦二年（七八三）七月中納言、同三年二月持節征東将軍となり、同四年八月、多賀城で死去。藤原種継暗殺に連座して除名されたが、延暦二十五年三月に従三位に復した。『万葉集』に長歌四十六首、短歌四三二首、旋頭歌一首、漢詩一首、漢文序三編などが収められている。『拾遺集』以下の勅撰集に六十二首ほど入集。家集『家持集』は平安時代の編纂。三十六歌仙の一人。

【他出文献】◇万葉集→［補説］

延喜御時中宮御屏風に　　　　貫《つら》之《ゆき》

471　いづれをかしるしと思《おも》はむ三輪《みわ》の山ありとしある《有》はすべて杉《すぎ》にざりける

【校異】詞○中宮―ナシ（島）○御屏風に―御屏風歌（島）。歌○しるしとおもはむ―しるしともみむ（島）○すきにさりける―すきにそありける（島・貞）。

【拾遺集】雑恋・一二七六。

延喜御時中宮御屏風に　　　　紀貫之

いつれをかしるしと思はむみわの山ありとしあるは杉にそ有ける

定雑恋・一二六六。詞○御屏風に―屏風に。○紀貫之―つらゆき。

醍醐天皇の御代の中宮の御屏風に

どれを目印しの杉と思えばよいのだろうか、三輪山にあるものはすべて杉であった。

【語釈】○中宮―醍醐天皇の中宮の藤原穏子。二参照。○御屏風―延長二年（九二四）五月の月次絵屏風。○しるし―目印。『古今集』（雑下・九八二）に「わが庵は三輪の山もとこひしくはとぶらひきませ杉立てる門」とある歌をふまえている。この歌によって三輪明神の依代である杉を「しるしの杉」という語が形成された。「雪のうちに見ゆる常葉は三輪山のやどのしるしの杉にぞありける」（西本願寺本躬恒集一五六）「三輪の山しるしの杉はありながらをしへぬ人はなくていく世ぞ」（御所本三十六人集甲本元輔集一四〇）。○三輪の山―大和国城上郡（現在の奈良県桜井市）にある山。大神神社には本殿がなく、三輪山そのものを御神体とする。○ありとあるは―「ありとあり」に強めの助詞「し」を入れた語。ある限りのもの。すべて残らず。「いづれともわきて折るべき枝ぞなきありとしあるは花の木なれば」（山田法師集二）。

【補説】この歌は陽明文庫本『貫之集』に「延喜二年五月中宮の御屏風の和歌廿六首」と詞書のある歌群中（一三九～一六〇）に「四月おほみわの祭のつかひ」の題（一四五）で、第四、五句を「見えとみゆるは杉にざりける」としてあり、西本願寺本『貫之集』には詞書を「延喜五年中宮御屏風歌」、題を「二月大神祭使」（二九七）とし、第五句は「すぎにぞありける」とある。両者とも、この屏風歌を詠進した年時を誤っていて、時雨亭文庫蔵素寂本『貫之集』（一四五）に「延長二年五月…」とあるのが正しいと思われる。延長元年（九二三）三月に東宮保明親王が急逝し、帝は傷心の穏子を気遣って、四月二十六日に中宮に冊立、穏子は七月二十四日に寛明親王を生んだ。翌年の三月十五日に内裏で保明親王の一周忌の法要が行われて、除服、ようやく華やいだ雰囲気がもどってきた。このとき穏子は四十歳で、このような時期に屏風歌の詠進があった。

画題の「四月おほみわの祭のつかひ」は、西本願寺本に「二月大神祭使」、素寂本に「四月をほうわのまつりのつかひ」、歌仙家集本に「四月おほらわのまつりのつかひ」などとある。歌仙家集本の「おほらわのまつり」の「ら」は「三」の草仮名が書写の過程で「良」の草仮名の「ら」と誤読、書写されたものであろう。素寂本の

「をほうわのまつり」の「う」も同じように誤読、書写されたもので、もとは「をほみわのまつり（大神祭）」とあったものと思われる。「神祇令」に大神祭は「季春鎮花祭」とあり、三月に行われたが、『延喜式』（内蔵寮）には「夏祭料」と「冬祭料」の規程の後に「右件祭、夏四月、冬十二月上卯」とあるので、平安時代には四月に夏祭が行なわれた。したがって、「四月おほみわのまつりのつかひ」とあるのが正しい。貫之の歌は三輪明神が「わが庵は三輪の山もと…」の歌を詠まれたことを前提にして、祭の使者が「しるしの杉」を目当てに三輪明神の鎮座する大神神社に参向するという趣向である。

「わが庵は」の歌は『古今集』には三輪明神の神詠であることは記されていないが、それから約二十年後の延長二年五月に屏風歌を詠進したときには、この歌は三輪明神の神詠であるとみられていた。また、この歌は歌詞にも変化がみられるようになり、貫之は『新撰和歌』には第一句を「わがやどは」として撰収している。それ以後は、次のように二種の歌がある。

(1)わがやどは三輪の山もと恋しくはとぶらひきませ杉立てる門（古今六帖一三六四　三輪の御）
　わがいほは三輪の山もと恋しくはとぶらひきませ杉立てる門（奥義抄・中釈　三輪明神）
　わが家は三輪の山もと恋しくはとぶらひきませ杉立てる門（和歌童蒙抄・第七　神女）
(2)恋しくはとぶらひ来ませちはやふる三輪の山もと杉立てる門（俊頼髄脳　三輪明神）
　恋しくはとぶらひ来ませわがやどは三輪の山もと杉立てる門（袋草子・上巻　三輪明神御歌）
　恋しくはとぶらひ来ませちはやふる三輪の山もと杉立てる門（和歌色葉・中　三輪明神）
　恋しくは来ても見よかしちはやふる三輪の山もと杉立てる門（綺語抄・下　三輪明神）

(1)は基本的には『古今集』の歌と同じもの、(2)は『古今集』の歌を第三、四、一、二、五句の順にしたもので（第一句に当る句が「ちはやふる」ともある）、この二種の歌が流布し、詠歌事情にも変化がみられるようになった。

【作者】紀貫之→七。
【他出文献】◇貫之集→［補説］。◇古今六帖四二七七、第二句「しるべともせん」、第四句「みえとみゆるは」。

稲荷《いなり》にまで来会《きあ》ひて、懸想《けさう》しはじめて侍りける女《をんな》の、異人《こと》にあひ侍りにければ、いひつかはしける　藤原長能

472　われてへば稲荷《いなり》の神もつらきかな《哉》人のためとは祈《いの》らざりしを

【校異】詞○まできあひて―まてあひて（島）まいりあひて（貞）○けさうしはじめて侍ける―けさうし侍ける（島）はしめてけさうしける（貞）○こと人にあひ侍にければ―人にあひにければ〈「人」ノ上ニ補入ノ符号ガアッテ右傍ニ朱デ「コト」トアリ、「にければ」ノ右傍ニ朱デ「ヌトキ丶テ」トアル〉（貞）○藤原長能―長能（貞）。歌○われてへは―われといへは（島・貞）○いのらさりしを―いのらさりしに（島）。

【拾遺集】雑恋・一二七七。

いなりにまうて丶けさうしはしめて侍りける女のこと人にあひてかへりけれは　藤原為長（右傍ニ「長能イ」トアル）

われといへはいなりの神もつらきかな人のうへ（「うへ」ノ右傍ニ「タメイ」トアル）とはいのらさりしを

定 雑恋・一二六七。詞○かへりければ―侍ければ。歌○人のうへ―人のため。

伏見稲荷に参詣に来て出会って、恋い慕いはじめていた女が、他の男と親密になってしまったので、詠んでやった

私にとっては稲荷の神も薄情なことをなさるものだよ、あの男のために、女と結ばれるようにとは祈願しなかったのに。

【語釈】○稲荷―山城国紀伊郡（現在の京都市伏見区深草）の稲荷神社。古くは上社、中社、下社の三社で、平安後期に五社となる。祭神は諸説あり、『二十二社註式』には上社は猿田彦命、中社は稲倉魂命（うかのみたまのみこと）、下社は大宮女命とある。二月の初午の日には稲荷社に詣でて、社木の杉を「験の杉」と称して持ち帰る風習があり、参詣する人々で賑った。「二月初午稲荷まうでしたる所／ひとりのみわが越えなくに稲荷山春の霞のたちかくすらん」（貫之集四）。○まで来会ひて―参詣に来て出会って。○あひ侍りにければ―恋仲になってしまったので。○われてへば―「われといへば」の約。私のこととして言うと。私にとっては。「われといへばつらくもあるかうれしさは人にしたがふ名にこそありけれ」（著聞集・和歌二〇二）。○人のため―「人」は女と恋仲になった男。

【補説】この歌は現存の『長能集』にはみられないが、詠歌事情と歌の内容とが四七二に類似している歌が『一条摂政御集』と『為頼集』に、次のように見える。

(1)『抄』（四七二）

(2)『一条摂政御集』（一六八）

稲荷にていひそめ給たる人、ことざまになりぬと聞き給て

我はなほ稲荷の神ぞうらめしき人のためとはいのらざりしを

(3)三手文庫本『為頼集』（四八）

いなりにまうでたりける女のもとに、文やりけるを、ほかざまになれりとききて

わがためは稲荷の神もなかりけり人のうへとは祈らざりしを

この三者は微妙なところに、類似と相違とがみられる。まず、詠歌事情からみると、(1)と(2)は男女が稲荷社に参詣し、そこで邂逅して、初めて言い寄った、あるいは、初めて恋い慕う関係になったという類似点がある。それに対して、(3)は稲荷詣をした女に手紙を送ったとあるのみで、二人の関係が曖昧である。このことは歌からも言えよう。(1)(2)では「稲荷の神もつらきかな」「稲荷の神ぞうらめしき」と心情を具体的に表現しているが、(3)では「稲荷の神もなかりけり」と、稲荷の神の霊験がなく願いが叶えられなかったことを言うのみで、詠者の心底の思いが表されていない。このような類似と相違から、(1)と(2)は密接な関係にあると言えよう。おそらく長能は伊尹の歌を利用して詠み送ったのであろう。

一方、『集』の具世本には作者を「藤原為長」として右傍に「長能ィ」とイ本の傍書がある。この具世本の作者名は、(1)と詠歌事情と歌の内容とが類似する歌が『為頼集』にあることを知っている者が書いたのであろう。この藤原為長は為頼の弟であり、為頼と書くべきところを取り違えて為長と書いたのだろう。『集』にはこの二人を取り違えた箇所が三三八にもあり、こちらは為長の歌を為頼の作としている。これらは『抄』『集』の撰者たちの関与しえないところで起こった錯誤であろう。

【作者】 藤原長能→四一。

【他出文献】 ◇梁塵秘抄・二句神歌、第一句「われといへは」、第五句「思さりしを」。

稲荷《いなり》のほくらに女《をんな》の手《て》して書《か》き付《つ》けて侍りける　　読人不知

473　滝《たき》の水かへりてすまば稲荷《いなり》山七日《なぬか》のぼれるしるしと思《おも》はむ

【校異】 詞〇ほくら―ほくら〈右傍ニ朱デ「御社ニ」トアル〉（貞）〇てして―てにて（島・貞）〇かきつけて

—かきて（島）かきつけ〈「け」ノ右傍下ニ朱デ「テ」トアル（貞）。**歌**○なぬか—七日（島）なのか〈「の」ノ右傍ニ朱デ「ヌ」トアル〉（貞）。

【拾遺集】 雑恋・一二七八。

いなりのおくに女のてにてかきつけ侍ける　　よみ人しらす

滝の水かへりてすまはいなり山七日のほれ（「のほ」ノ右傍ニ「コモ」トアル）るしると思はむ

[定]雑恋・一二六八。**詞**○おくに—ほくらに。○かきつけ—かきつけて。

稲荷の社殿に女の筆跡で書き付けてあった

滝の水が元通りに澄むように、夫が帰って来て以前と同じように住むようになったならば、稲荷に七日間、毎日参詣して祈願した効験だと思おう。

【語釈】 ○ほくら—神を祀る小さな社殿。また、神宝を納めておく倉。「宝倉保久良一云神殿」（和名抄）。○滝の水—『八代集抄』には「今の稲荷山の十七八町奥に、昔の稲荷の跡あり。そこに滝もありし跡ある也」とある。○かへりてすまば—「かへりて」は元通りにの意。水が元通りに澄むならば。「帰りて住む」を掛ける。○七日のぼれる—七日間、毎日、社に参詣して祈願すること。○しるし—効験。

【補説】 家を出て外に在り付いている男の妻が稲荷の神殿に書き付けた歌である。女は夫が以前のように帰って来て住むよう、七日間、毎日参詣して祈願した。稲荷詣では一日に七度参詣する「七度詣で」が効験があるとされ、『枕草子』の「うらやましげなるもの」の段には、

まろは七度詣でし侍るぞ。三度は詣でぬ。いま四度はことにもあらず。まだ未に下向しぬべしと、道にあひたる人にうちいひて、下り行きしこそ…

と、七度詣でをする女のことを書いている。四七三の歌では「七日のぼれる」とあるので、七日詣でのことで、七度詣でを七日続けるのが本式であるという。

稲荷に参詣する男女は、

稲荷こそ人の思ひはなすと聞け今はわが身はふるのやしろぞ（檜垣嫗集一）

稲荷詣で

うち群れて越えゆく人の思ひをば神にしまさば知りもしぬらん（歌仙家集本貫之集三九〇）

とよまれているように、稲荷明神が恋を成就させてくれると信じ、それを祈願した。四七二は稲荷の神に祈願した効験もなく、恋が成就しなかったことを嘆く男の作であり、それとは対照的に四七三は夫が戻るようにと一途に願う、敬虔な女の歌である。おそらく結果も対照的になったであろうと思われる。

【他出文献】梁塵秘抄・二句神歌。

つつのみたけといふ所《ところ》をよみ侍りける　紀《きの》　輔時《すけとき》

474　篝《かゞり》火《び》のところ定《さだ》めず見《み》えつるは流《なが》れつつのみたけば成りけり

【校異】詞〇つゝのみたけ―つゝみのたけ（島・貞）。〇すけとき―輔時（島）佐時（貞）。歌〇つゝのみ―つゝみの（島）つゝみの〈「ゝ」ト「み」ノ中間ニ補入ノ符号ガアッテ、右傍ニ朱デ「ノ」トアリ、「の」ノ左傍ニ朱デ見セ消チノ符号ガアル〉（貞）。

【拾遺集】物名・三九三。

つゝみのたけ　紀　輔時

かゝり火のところさためすみえつるはなかれつゝみのたけはなりけり

定物名・三八八。歌〇なかれつゝみの―なかれつゝのみ。

つつの御嶽という所を詠んだ

篝火があちこちに漂っているように見えたのは、舟が流れ流れしているときだけ篝火を焚いているのであった。

【語釈】〇つつのみたけ―島本・貞和本には「つつみのたけ」とあり、歌の本文も「流れつつみのたけば」とある。「つつのみたけ」は『歌枕名寄』には「未勘国上」に「管御嶽」として、輔時の歌を例歌として挙げている。契沖の『勝地通考目録』は「肥後」に「筒御嶽」を挙げる。一方、「つつみのたけ」は『歌枕名寄』には「伊勢国」に「林崎并鼓嶽」としてみえ、『類字名所外集』には、「伊勢」に「鼓嵩」として『歌枕名寄』と同じ例歌を挙げ、『勝地吐懐編』（一巻本）には、『日本後紀』大同二年（八〇七）十二月朔日の条に「太宰府言、於大野城鼓峯興建堂宇、安置四天王像、令僧四人如法修行」とある記事を掲げ、鼓嵩は筑前国御笠郡にあるとする。〇ところ定めず―場所を決めず。一ヶ所にとどまらずにあちこちに漂っている。〇ながれつつのみ―舟が流れ流れしているときだけ。

【補説】この歌は、物名と歌の本文異同とが切り離せない関係にある。まず、物名が「つゝのみたけ」、「つつみのたけ」の二通りあり、それに応じて歌の本文が相違してくる。これを整理して示すと、

(1)「つゝのみたけ」…『抄』底本。
　ながれつゝのみたけば…『抄』底本。

(2)つつみのたけ…『抄』島本、貞和本、『集』具世本、定家本。

1083　［474］

ながれつゝみのたけば…『抄』島本、貞和本、『集』具世本。

ながれつゝのみたけば…定家本。

これによると『集』の定家本は物名と歌の本文とが整合していないので措き、(1)(2)についてみると、(1)の歌の下句は、漢字を当てて示すと、「流れつゝのみ焚けばなりけり」となり、舟が流れ続けているときだけ篝火を焚いているのであったの意である。これに対して、(2)は「流れつゝみの焚けばなりけり」という本文となる。これに関して、契沖の『勝地吐懐編』には、［語釈］に記した「鼓嵩」の項に例歌として「かゞり火の所定めず見えつるはながれつゝみのたけばなりけり」の歌を挙げて、

拾遺抄には、つゝのみたけとあり。今案ずるに、これ然るべし。其ゆゑは、ながれつゝみのたけばなりけりといふみもじは、身歟心得がたし。ながれつゝのみといふは、上の所さだめずといふによくかなひてきこゆ。つゝのみたけは肥後なり。

とあり、「ながれつゝみの」の「み」は「身」かとしながらも心得難しといっているが、『八代集抄』にも「流れつつ身の火をたけば所さだめぬかと也」とある。「ながれつゝみの」の「ながれ」に「泣かれ」が掛けてあるとみれば、この本文でも十分に通用する。問題は『集』の定家本が物名の題とそれを隠した本文とが一致しないことで、これも「つゝみの」を「つゝのみ」と誤った単純な誤写かも知れない。

【作者】紀輔時　『尊卑分脈』所収の「紀氏系図」に、貫之の孫、『後撰集』撰者の時文の子に「輔時」がいるが、生没、官歴などは未詳。『拾遺集』に一首入集。

くまのくらといふ山寺《でら》に法師の籠《こも》りて侍りけるころ、住持の法師に
歌よめと言《い》ひ侍《はべ》りければ

475　身を捨《す》てて山に入《い》りにし我なればくまのくらはむこともおもはず

【校異】詞○山てらに—山寺にて（貞）○法師—安居に賀縁法し（島）安居に賀縁法師〈「縁」ノ右傍ニ朱デ「朝」トアル〉（貞）○侍けるころ—侍けるに（島）侍けれところに〈「れと」ノ左傍ニ朱デ見セ消チノ符号ガアッテ、右傍に朱デ「ル」トアリ、「に」左傍ニ朱デ見セ消チノ符号ガアル〉（貞）○住持の法師に—住持法師に〈「持法」ノ中間右傍ニ朱デ「ノ」、「に」ノ右傍ニ朱デ「ノ」ト、ソレゾレアル〉（貞）○作者名ナシ—住教法師〈「住教」ノ右傍ニ朱デ「賀朝」トアル〉（貞）。歌○おもはす—おほえす（島）。

【拾遺集】物名・三八六。

くまのくらといふやまてらに賀縁法師のこもり侍けるころ住ける法
師にうたよめといひけれは　　読人不知

身を捨て山に入にし我なれはくまのくらはむこともおほえす

定物名・三八二。詞○こもり—やとりて。○侍けるころ—侍けるに。○住ける—住持し侍ける。○いひけれは—いひ侍けれは。

くまのくらという山寺に、ある法師が籠っておったところ、その法師が寺の主の法師に歌を詠めと言いましたところ

俗世を捨てて出家し、山に籠った私ですので、熊が私の身を食うだろうなどということも、考えてもいませんでした。

【語釈】○くまのくらといふ山寺—「くまのくら」は契沖の『勝地通考目録』には丹波に「熊鞍多紀」とあり、

『勝地吐懐編』には「熊鞍」に「丹波多紀郡、延喜式云、丹波国多紀郡熊鞍神社」とあって、例歌として『集』物名から引いている。○法師―この法師は島本、貞和本、『集』などに「賀縁法師」とある。賀縁（賀延）は生没、出自など未詳であるが、『寺門伝記補録』に［補説］に掲げるような略伝がある。○籠りて―『抄』の島本、貞和本には「安居に…こもり」とある。「安居」は僧が陰暦四月十五日から七月十五日までの九十日間、一室に籠って修行に励むこと。○住持の法師―寺を主管する法師。寺の主の僧。貞和本には作者名に「住教法師」とあり、朱筆で「賀朝」という書入れがある。「賀朝」については改めて［作者］に記す。○身を捨てて―「身を捨つ」は濁世を遁れて出家すること。

【補説】「くまのくら」という山寺に籠っている法師の求めに応じて、主の僧が詠んだ歌である。第四句「くまのくらはむ」に寺の名を隠してある。山奥に隠遁した身であるので、熊に食べられるという俗人が怯怖するようなことは考えてもいないと、いかにも山寺の住持らしい。この住持に歌を求めた法師は［語釈］に記したように賀縁であるという伝本もある。賀縁の略伝は『寺門伝記補録』所収の「非職高僧略伝」に、

阿闍梨賀延松本坊龍華院

賀延　大僧正明尊之師也。正暦四年證徒避山之日、與慶祚共移于大雲寺。至長徳初入于三井。已而創龍華院居之。寛仁年時礼僧都教静。遂入壇灌頂。

とある。『大雲寺縁起』によると、智證の門弟が山を離れて大雲寺に入ったのは正暦四年（九九三）八月八日で、慶祚、賀延、忠增、源珠の四人が頭領で、賀延は山本坊に住した。『抄』は賀縁が三井寺にいたころに成立した。この賀延と同一人物か明らかでないが、『小右記』正暦元年九月八日の条に「寺家修理勾当賀延房」とある。これは円融法皇の命で実資が春日社に奉幣したときに長谷寺にも参り、宿泊した所である。また。前掲の略伝に「寛仁年時礼僧都教静。遂入壇灌頂」とあるのが、寛仁年間に入壇灌頂を受けたのであれば、教静が入寂した寛仁二年（一〇一八）八月二十七日以前のこととなる。しかし、教静の略伝には長保元年（九九九）三月二十九日

に入壇灌頂を受けた後に、「以大法、伝付賀延定喜等七人」とあるので、「寛仁」は「寛弘」の誤りで、寛弘ごろに入壇灌頂を受けていたとも考えられる。賀延の生没年は不明であるが、正暦四年に行動を共にした慶祚は寛仁三年十二月に六十七歳で入寂している（小右記）。慶祚は出自から考えて賀延よりやや年下であったと推測されるので、正暦四年には賀延は五十歳位であったと思われる。この推定によると、賀延は天慶七年（九四四）ごろの誕生となり、賀延が擧賢・義孝兄弟の極楽往生を夢にみたというのは、三十歳ごろのこととなる。。

【作者】歌を詠んだ住持は貞和本に「住教法師」とあり、その右傍に朱筆で「賀朝」とあって、「作者」は賀朝ということになる。

賀朝は興福寺本『僧綱補任』によると、康保二年（九六五）十二月二十八日に七十九歳で権律師に任ぜられ、翌年、十二月二十二日に律師となり、同四年正月九日に八十一歳で入寂した。この年、賀延は推定年齢二十四歳位であるので、賀延が夏安居のために賀朝の寺に籠もったのが二十歳前後とすると、両人の関係は一応成立する。

荒船《あらふね》の御社《みやしろ》　藤原輔相《のすけみ》

476　茎《くき》も葉もみな緑《みどり》なる深芹《ふかぜり》はあらふねのみや白くなるらん覧

【校異】詞〇すけみ―相見〈「見」ノ右下ニ「藤六也」トアル〉（島）相見〈「見」ノ右下ニ朱デ「藤六」トアル〉（貞）。歌〇なる覧―みゆらん（島）なるらん〈「なる」ノ右傍ニ朱デ「ミユ」トアル〉（貞）。

【拾遺集】物名・三八八。

あらふねのやしろ　藤原輔相

くきも葉もみなみとりなるふかせりはあらふねのみや白くみゆらむ

定物名・三八四。詞○やしろ―みやしろ。○藤原輔見―輔見。

荒船の御社

茎も葉もみな緑色である、土中深く根をはった芹は、洗うと根だけがどうして白くなっているのだろうか。

【語釈】○荒船の御社―『能因歌枕』には「上野国」に「あらふねの宮」とあり、契沖の『勝地通考目録』には「筑前」に「荒船御社」とある。『歌枕名寄』には上野国と筑前国とに「荒船御社」があり、例歌としてともに『抄』の輔相の歌を掲げている。○深芹―根が土中に深くはいっている芹のことという。○なるらん―貞和本の書入れ本文に「みゆらん」とあり、『集』の具世本・定家本も「みゆらむ」とある。

【補説】ここから物名歌を得意とした藤原輔相の歌である。「洗ふ根のみやしろ」の九音に「荒船の御社」を隠して詠んでいる。『八雲御抄』には「物名」として、

是はかくし題なり。物の名をかくしてよむ歌也。

くきも葉もみなみどりなるふかぜりはあらふねのみやしろくみゆらむ

藤六が多詠が中に是は尤得体。あら船の御社とかくせり。此外は五文字以下はむげにやすし。六字七字もすこしやすくも聞えず。是は九字のよくかくれたるなり。三四字をかくしてよくよみたるは多けれども、あまたの字はすぐなること事かたし。

とある。物名歌は隠す語の音数が多くなるほど難しく、九音の語を隠した輔相の歌は称賛されている。

【作者】藤原輔相　生没未詳。正四位下越前権守弘経男。贈太政大臣長良孫。『尊卑分脈』に「无官、号藤六」とあり、『勅撰作者部類』には「六位」とあるところから、通称の「藤六」は弘経の六男であるからとも、六位であるからともいう。歌人として活躍した時期については、書陵部蔵源順集（内題「続小草内和歌」）の巻末に

ある天暦十年（九五六）十二月十日庚申の夜に詠まれた三十五首の物名歌の詠歌事情について記した文中に「…ものいひて遊ぶべき人どもなし。…あはれ藤六があらましかば…」とあるので、天暦十年以前に他界した。一方、家集にある「くるみ」の題で詠まれた「雁のくるみねの朝霧はれずのみ思ひつきせぬ世の中のうさ」という歌が、『古今集』（雑下・九三五）に撰収されているところから、延喜初年（九〇一）ごろから歌人として認められていたとみる説もある。しかし、この説に対して、この歌は『古今集』には「題しらず」「読人しらず」とあること、同集巻十の「物名」に輔相の歌が一首も撰収されていないことなどから、輔相の歌ではなく、『藤六集』に混入されたもので、これによって輔相の活躍した時期を決められないという説もある。このように輔相が歌人として活躍した時期は明確でない。

輔相の父の弘経と同腹の兄弟に基経・高経・清経がいる。このうち基経は承和三年（八三六）誕生、弘経の弟の清経は承和十三年（八四六）誕生である。このことから弘経は承和五年～承和十二年の間に誕生したことになる。輔相は『尊卑分脈』では弘経の三人目の男子としてみえる。したがって、輔相は弘経三十歳前後に生まれたとすると、貞観十一年（八六九）～貞観十八年（八七六）の間に生まれたことになり、『古今集』が成立した延喜五年には、輔相は三十歳～三十七歳であったことになる。前記のように古今集時代には物名歌歌人として世に知られていなかったので、延喜五年に三十歳～三十七歳であったとみることは妥当であろう。いま少し限定して、貞観十五年（八七三）ごろの誕生とみて、歌人として認められたのは四十歳過ぎとすると、朱雀朝の承平三年（九三三）以後で、貫之が土佐から帰京したころである。このころから村上朝の天暦八、九年（九五五）まで活躍したものと思われる。

477
さはこのみゆ
飽《あ》かずして別《わか》れし人の住《す》む里はさはこの見ゆる山のあなたか

【校異】詞○さはこ—さはか（島）○みゆ—みゆる〈「る」ノ左傍ニ朱デ見セ消チノ符号ガアル〉（貞）○作者名ナシ—同人（貞）。歌○わかれし人—わかるゝひと〈「るゝ」ノ右傍ニ朱デ「レシ」トアル〉（貞）○この—かの（島）○あなたか—あなたに〈「に」ノ右傍ニ朱デ「カ」トアル〉（貞）。

【拾遺集】物名・三九二。
さはこのみゆ　　読人不知
あかすして別し人のすむさとはさはこのみゆる山のあなたか
定物名・三八七。

満足できることなくして別れた人の住んでいる里は、それはこの目の前に見える山の向うであろうか。
さはこのみゆ

【語釈】○さはこのみゆ—『歌枕名寄』には「未勘国下」に『抄』の歌を例歌として引いて、「佐波賀御湯」の項がある。契沖の『勝地通考目録』には「陸奥」に「佐波古御湯」としてみえ、『類字名所補翼鈔』にも「佐波古御湯」として、藤原師氏の「よとゝもになげかしき身を陸奥のさはこのみゆといはせてしがな」という歌を例歌として引いている。この歌は『夫木抄』（一二四九七）には「さはたのゆ　陸奥」として、歌の第四句の本文も「さはたのみゆ」とあり、『海人手古良集』（四三）には第二句「なべてけしきを」、第四句「さはこの身よと」とある。詳しい所在地は未詳。○飽かずして別れし人—充ち足りない思いで別れた人。名残がつきないままで別れた人。

【補説】第四句「さはこの見ゆる」に「さはこのみゆ」を隠す。この歌は『古今集』（雑上・八八三）に、

　飽かずして月の隠るる山もとはあなたおもてぞ恋しかりける

とある歌を意識して詠まれたものと思われる。見飽きない月が山のあなたに隠れたものとみて、山のあなたを恋しく思っているが、この歌の飽かずして隠れた月に、飽かずして別れし人を置き換えて、月と同じように、別れた人も山のあなたにいるのかと詠んでいる。

【作者】底本・島本に作者名はなく、貞和本に「同人」とあるので、輔相の歌とみていたと考えられるが、『集』は具世本・定家本ともに「読人不知」とある。

いぬかひのみゆ

478 鳥《とり》の子《こ》はまだ雛《ひな》ながら立《た》ちていぬかひのみゆるは巣守《すもり》成るべし

【校異】歌○すもり成へし―すもりなるへし〈「るへし」ノ右傍ニ「りけりィ」トアル〉（貞）。

【拾遺集】物名・三八七。

　いぬかひのみゆ

　鳥のこはまたひなゝから立ていぬかひのみゆるはすもりなるるへし

定物名・三八三。歌○なるへし―なりけり。

犬養御湯

鳥の子はまだ雛のままで、巣を飛び立って行った。巣に卵が残っているように見えるのは孵化しない卵であるにちがいない。

【語釈】○いぬかひのみゆ—『歌枕名寄』には信濃国に「犬養御湯」とあり、例歌として『抄』の歌を引いている。契沖の『勝地通考目録』も「信濃」に「犬飼御湯」とあり、『類字名所補翼鈔』にも例歌は引いてないが、「犬養御湯　信濃」とある。『八代集抄』にも「犬飼御湯　信濃也」と注記がある。○立ちていぬ—巣を飛び立っていった。巣立って行った。○かひ—卵、また、その殻。かいこ。○巣守—孵化しないで、いつまでも巣に残っていること。また、その卵。

【補説】「いぬかひのみゆ」という地名も文献によって確認することはほとんど不可能である。この地名から雛の巣立ちの場面を詠んでいる。「いぬかひ」の「かひ」に卵の意の「かひ」を連想し、それを掛詞にしているところが一首の要所であるが、巣立った後に残っている「巣守」を詠んでいるのは、生死を分けることになった苛酷な運命を見据えているようで、物名歌という制約を越えた歌である。

【作者】『抄』の諸本に作者名はないが、前歌と同じ輔相の作とみていたと考えられる。『集』も作者名はないが、前歌と同じ「読人不知」ということになる。

よどがは　　　　　　　　　　　　　　　　　　　貫《つら》之《ゆき》

479　あしひきの山辺にをれば白雲《しら》のいかにせよとかはるゝ時なき

【校異】歌○はるゝ、時なき—はるゝ、よもなき（島）。

【拾遺集】物名・三八四。

同　題　　　　　　　　　　　　紀　貫之

あしひきの山へにおれは白雲のいかにせよとかはるゝ時なき

定物名・三八〇。詞〇同題―ナシ。

淀川

俗世を逃れて、山辺に隠遁していると、この上どのようにしろというのだろうか、白雲が晴れる時もなく、心も晴れ晴れするときがない。

【語釈】〇よどがは―琵琶湖から流出した宇治川が桂川、木津川などと合流して大阪湾に注ぐ淀川水系の主流のうち、三川の合流点以西の呼称。〇山辺にをれば―山辺に庵を結び隠遁生活をしているのだろう。〇いかにせよ―この上どのようにしろというのだろうか。〇はるる―「はる」は雲が去り、天気がよくなる意と、心がはればれとなる意とを表す。

【補説】この歌は『貫之集』の現存本にはないが、『古今集』(物名・四六一)にあり、前歌の作者は「貫之」とあるので、この歌も通例に従えば「貫之」となる。また、『古今六帖』(五二七)にも撰収されているが、作者名はなく、前歌も貫之の作ではない。貫之自身が撰集に携わった『古今集』にしたがって、ひとまず作者を貫之とみておく、歌は俗世を厭い、山辺に隠棲していると、此処では白雲が晴れるときなく、心も陰欝であると、ままならないさまを詠んだもので、第四、第五句の「せよとかはるる」に「よどがは」を隠す。この歌の場合、結果的に物名を隠したようになったとも思われるが、これも『古今集』に「よどがは」という題詞があるので、貫之としては物名の歌として詠んだのであろう。

【作者】紀貫之↓七。
【他出文献】◇古今・物名・四六一。◇古今六帖五二七。

やまと　輔相《すけみ》

480 ふる道《みち》に我やまどはむいにしへの野中の草*は茂《しげ》りあひにけり

【校訂注記】「草は」ハ底本ニ「草葉」トアルノヲ、島本、貞和本、『集』ナドニヨッテ改メタ。
【校異】詞○すけみ―元輔（島）すけみ〈右傍ニ朱デ「イモトスケ」トアル〉（貞）。
【拾遺集】物名・三七九。

やまと
ふるみちに我やまとはむいにしへの野中の草はしけりあひにけり
定物名・三七五。

やまと
古い道に私は迷うことだろう。昔の道が通っていた野の中は草が重なりあうように茂ってしまった。

【語釈】○やまと―現在の奈良県。○ふる道―古い道。「ふる」に大和国の歌枕「布留」（現在の奈良県天理市石上町布留）を掛ける。「石上布留の中道なかなかに見ずはこひしと思はましやは」（古今・恋四・六七九　貫之）。○いにしへの野中の―「ふるみち」のこと。昔の野の中を通っていた道。○草は―底本の「草葉」は、「草は」

と改めなくとも意は通ずるが、［補説］に記すように、この歌に依拠して詠まれた和泉式部の歌に「草しげみ」とあるので、「草は」が原型本文であると考えられる。

【補説】この歌は書陵部蔵『柿本集』（人麿集Ⅱ五七九）に第四句を「野中のくさも」としてあるが、この歌を含む国名を隠題にした歌群は『人丸集』（人麿集Ⅰ）にはなく、後から追補されたもので、歌仙家集本系統の『柿本集』（人麿集Ⅱ）には、五七九の前に長文の詞書があり、それによると、人麿は「師走の廿よ日」（歌仙家集本、時雨亭文庫蔵清誉本人麿集』ナドニハナイ）に京近き所に下り、早く帰京しようとしたが、支障があって帰れずに、「この世にある国々を詠み、これを土産として都の「あるやむごとなき所」に奉ったとあり、それは「正月さへ二つある年」のこととある。人麿の生存時代で一月に閏月があったのは慶雲三年（七〇六）で、人麿の最晩年である。

また、人麿が詠んだ国々の歌は、「五畿内」とある五首の物名歌に続いて、東海道、東山道、北陸道、山陰道、山陽道、南海道、西海道など六十三箇国（筑後は歌を欠く）を詠んだ歌を追補している。

作者は底本・貞和本に輔相とあり、『集』も輔相の歌が一群をなしている中にあるので、輔相の作とみている。これに対して、『抄』の島本は作者を元輔とするが、現存の『元輔集』の諸本にはない。

この歌の「ふる道」「いにしへ」「野中」などの語から、先行歌が存在するのではないかと思われる。これらの語を用いた、『抄』成立以前の歌には、

なつくさのしげきにあとも見えぬかな野なかふるみちいづれともなく（俊成卿筆元真集九三）

いにしへの野中古道あらためばあらためられよのなか古道（古今六帖一〇八六）

などがある。特に後者は延暦十四年（七九五）に詠まれたもので、「ふる道」「いにしへ」「野中」の三語を用いた歌に与えた影響は大きかったと思われ、輔相の脳裏にもこの歌があったのではなかろうか。

この輔相の歌も後世に影響を与え、『源氏物語』（松風）で尼君が詠んだ、

もろともに都は出できこのたびはひとり野中の道にまどはん
という歌や、和泉式部の、
今よりはふるのの道に草しげみ忘れ行くにはさぞまどふらん（榊原本和泉式部集六三二）
という歌も輔相の歌によっていると思われる。
【作者】藤原輔相↓四七六。
【他出文献】◇人丸集↓［補説］。

なとりのこほり　　重之
481 あだなりなとりのこほりに下《お》り居《ゐ》るは下《した》よりとくる事を知《し》らぬか

【校異】歌〇こほりにおりゐるは―こほりのうゐにゐる〈「のうゐにゐる」ノ右傍ニ朱デ「ニヲリヰルハ」トアル〉（貞）〇しらぬか―しらねは〈「ねは」ノ右傍ニ朱デ「ヌカ」トアル〉（貞）。
【拾遺集】物名・三九〇。
なとりのこほり　　源　重之
あたなりなゝとりのこほりにおりゐるは下よりとくる事をしらぬか
定物名・三八五。**詞**〇源重之―しけゆき。**歌**〇ゝとりのこほりに―とりのこほりに。〇事を―事は。

名取の郡
鳥が氷の上に舞下りているのは、軽率なことだよ。氷が足下から解けることを知らないのだろうか。

【語釈】〇なとりのこほり―『和名抄』の「東山郡」に「陸奥国…名取奈止里」とあり、巻七「陸奥国」には「名取郡」として「指賀、井上、名取、磐城、余戸、駅家、玉前」の諸郷をあげている。現在の宮城県名取市、岩沼市一帯と仙台市の一部に当る。〇あだなりな―「な」は終助詞で、詠嘆の意を表す。無益なさまだよ。むだなさまだよ。〇下り居るは―舞下りて、そこにいる。〇下―足元。

【補説】この歌は『重之集』の現存諸本にはみえない。『和歌童蒙抄』（雑体）には「隠題歌」の例として、この歌をあげて、「これはなとりのこほりといふことをかくせり」とある。『俊頼髄脳』には、この歌について、これは、名取のこほりといへる所の名を隠して、よしなき氷の上に、鳥のおろかにゐる由を詠めるなり。これらはおもしろし。

と高く評価している。

【作者】源重之→五五。

さくなんざ　　　　如覚法師

482　紫《むらさき》の色にはさくなむさし野《の》の花のゆかりと人もこそ見れ

【校異】詞〇如覚法師―如覚（島・貞）。歌〇花のゆかり―くさのゆかり（島・貞）。

【拾遺集】物名・三六四。

さくなむさ

むらさきの色にはさくな武蔵のゝ草はゆかりと人もこそみれ

〔定〕物名・三六〇。歌〇草は―草の。

紫色には咲かないように、紫色に咲くと武蔵野の紫草と同類だと、人も見るかも知れないから。

さくなむざ

【語釈】〇さくなんざ―「石楠草《サクナムサウ》」（色葉字類抄）の転。「石楠草楠音南。和名止比良乃木。俗云佐久奈无佐」（和名抄）。前田家蔵浄弁筆『拾遺和歌集』（尊経閣叢刊「拾遺和歌集浄弁本」昭和十一年）には、第五拍の「さ」に濁声点があるが、これがいつ時代に付されたのか、明確ではなく、確証とはいえない。現存の諸資料では、観智院本『類聚名義抄』に「石楠草《トビラノキ》　俗云サクナンザ」とあるのが、現在知られる最古例である。石楠花（しゃくなげ）の異名。常緑の低木で、前年の枝先に花が咲く。〇花のゆかり―『抄』の島本、貞和本、『集』の定家本に「草のゆかり」、『集』の具世本に「草はゆかり」などとある。武蔵野は紫草で知られていたので、「草のゆかり」とあるべきところであるが、『撮壌集』に「石楠同和名石楠草」（草木部木類）とあるように、石楠草は木類であるので、「草のゆかり」ではなく、花の色が同じところから「花のゆかり」といったのだろう。

【補説】この歌は時雨亭文庫蔵承空本『義孝朝臣集』（三〇・三一）には、

よかはにてさくなんざをみて

むらさきのいろにはさくなむさしの丶くさのゆかりと人もこそみれ

かへし

さくら花山にさくなん里のにはまさるときくをみぬがわびしさ

とあるが（『清慎公集』に混入の『義孝集』も贈答歌になっている）、時雨亭文庫蔵の別の『義孝集』（冷泉家時雨亭叢書「平安私家集十」所収）には、「よかはにてさくなんざをよみし」（二六）という詠歌事情で、贈答歌ではなく、それぞれが独立して詠まれたことになっている。しかし、これも原型であるか疑わしい。「さくら花」の歌は、承空本（六八）には、

さくなんざをかくして

さくらはな（一字分空白）わにさくなむさとりのはまさるときくをみぬがわびしさ

と重出している（『清慎公集』に混入の『義孝集』一六〇にも承空本と同じ本文でみえる）。「さくら花」の歌は隠題の歌として義孝が詠んだもので、この位置にあるのが原型本の形であろう。

一方、「むらさきの」の歌は『高光集』にはみられないが、前掲の詞書によれば比叡山の横川で石楠草を見て詠んだとある。高光（如覚）は補八（三九九A）に記したように比叡山の横川の良源のもとで出家していて、横川で石楠草を実際に見たと思われるが、義孝は横川に登った徴証もなく、この歌の作者としては高光の方がふさわしい。また、『抄』の撰者として有力視されている公任と高光とは縁者で、公任の妻の母は高光女である。このような関係から公任は高光に特別な関心をもっていたと考えられるので、この歌を如覚の作とする『抄』は信憑してよかろう。「さくなむざ」を隠題として詠んだ歌は珍しく、義孝の周辺で家集を整備しようとしていた者が高光に「むらさきの」の歌があることを知って、これを義孝の「さくら花」の歌と関連があると思い、あるいは関連させて、『義孝集』に取り入れたのではなかろうか。

歌は『古今集』（雑上・八六七）の「紫のひともとゆゑに武蔵野の草はみながらあはれとぞ見る」とある歌に依っていると思われるが、この歌のほかにも四八二以前に、

武蔵野におふとし聞けばむらさきのその色ならぬくさもむつまじ（小町集八三）

武蔵野の草のゆかりに藤袴わか紫に染めてにほへる（西本願寺本元真集七〇）

などの歌がある。

【作者】藤原高光→補八（三九九A）。

【他出文献】◇義孝集→［補説］。◇清慎公集→［補説］。

かにひのはな　伊勢

483 わたつみのおきなかにひのはなれ出《い》でて燃《も》ゆと見ゆるは天《あま》つ星かも

【校異】歌○わたつみの―わたつうみの（貞）○あまつ星かも―あまつほしかも〈「ほしかも」ノ右傍ニ「いさりかイ」トアル〉（貞）。

【拾遺集】物名・三六二。

かにひのはな　伊勢

わたつみのおき中にひのはなれいて、もゆとみゆるは天つほしかも

定物名・三五八。歌○天つほしかも―あまのいさりか。

かにひの花

大海の遥かに離れた沖の真ん中に、火が離れ出て燃えていると見えるのは、空の星ですかね。

【語釈】○かにひのはな―「らん（蘭）」の「ん」のn音に母音iを添えて「らに」と表記するように、「かんひ」を「かにひ」と表記した。「かにひのはな」については次のような説がある。(イ)貞和本には「かにひのはな」の右傍に朱で「鴈靡花」と注記があり、『八代集抄』に「鴈緋花也」とある。「鴈緋」は『書言字考節用集』に「鴈緋《ガンヒ》本名剪紅紗花。今按本名為剪春羅者謬《レリ》宜考」とあり、『節用集大全』には「眼皮《ガンヒ》或書曰剪春羅《セ》

ンシュンラ。俗云ガンヒ、剪秋羅　俗云センヲウケ」とある。ナデシコ科の多年草で花色は深紅色。漢名は剪紅紗花。仙翁花（センノウケ）という呼称は嵯峨の仙翁寺から始めて出たところからの命名という。㈺鴈鼻。ジンチョウゲ科の落葉低木。初夏に新枝の先に萩に似た黄色の小花をつける。㈻フジモドキ。漢名芫花。ジンチョウゲ科の落葉低木。花は紫色で葉よりも先に、四月ごろに開く。従来は『枕草子』の用例をも含めて、㈹説が有力であった。〇わたつみ—大海。海。〇おきなか—岸から遠く離れた海の中。〇天つ星かも—「かも」は係助詞「か」に感動の終助詞「も」が付いたもの。

【補説】この歌は「宇多院物名歌合」に作者を友則として、貫之の、

片をかにひのはなれつゝ（「はなれつゝ」八十巻本二「はなはなに」トアル）みえつるはこのもかのもにたれか付けゝむ

という歌に番えられている。また、歌仙家集本『伊勢集』（伊勢集Ⅲ五〇四）にも「かにひの花」の題で、第五句を「あまのいさりか」としてみえる。この歌の作者が友則か伊勢かによって、歌合の成立年時も延喜五年（九〇五）以前か以後かという問題に影響してくる。

平安時代の文献にみられる「かにひのはな」は、四八三の歌以外に、西本願寺本『伊勢集』（四六五）に、

かにひの花につけて

花の色の濃きをみすとてこきたるをおろかに人は思ふらんやぞ

とあり、『枕草子』の「木の花は」の段にも、

かにひの花、色は濃からねど、藤とよく似て、春秋と咲くがをかしきなり

とある。これらのなかには、「色の濃き」「色は濃からね」と相互に矛盾する表現もあるので、これらの用例が同一の草木を対象としているか、どうかも問題になろう。

貞和本には「わたつみの」の歌（四九二）の次に、

おほそらにへたなかんひのはなれくもやまにをりゐは風もこそふけ

という歌がある。この歌を二行書きにした一行目の右傍上に朱で「イ無」とあり、二行目左傍上に「集無」とあるように、『抄』では貞和本の独自歌であり、『集』にもない歌である。

【作者】 伊勢→三〇。

【他出文献】 ◇宇多院物名歌合→［補説］。◇伊勢集→［補説］。◇古今六帖三九〇九、第五句「あまのいさり火」。

484　　をみなへしといふ事を句《く》の上《かみ》にお《を》きてよみ侍りける　　貫之

をぐら山みね立《た》ちならしなく鹿《しか》のへにけん秋をしる人ぞなき

【校異】 **詞**○くのかみに―かみに〈「か」ノ右上傍ニ朱デ「句ノ」トアル〉（貞）。**歌**○秋を―としを（島）。

【拾遺集】 雑秋・一一一三。

をみなへしといふことをくのかみにをきて　　紀貫之

をくら山みね立ならし鳴鹿のへにける秋をしる人のなき

定雑秋・一一〇二。**詞**○紀貫之―つらゆき。

「をみなへし」という五文字を各句の頭に一字ずつ置いて詠みました

小倉山の峰にしばしばやってきて妻を恋い慕って鳴く鹿が、どれだけ多くの年の秋をそのようにして過ごしたかを知る人はいないことだ。

【語釈】 ○句の上におきて―「をみなへし」の五文字を各句の頭に一字ずつおいて詠むこと。折句。「五文字あることを出して句毎の初の字におくなり」（新撰和歌髄脳）。○をぐら山―七七の［語釈］参照。○みね立ちならし―（いつもそこに立って、その地を平らにする意から）峰にしばしばやって来るの意。○なく鹿―鹿が妻を恋い慕って鳴いていると聞きなした。「妻恋ふる鹿ぞ鳴くなるをみなへしおのがすむ野の花と知らずや」（内閣文庫本躬恒集、躬恒集Ⅱ一四九）「嵐吹く山したとよみ鳴く鹿の妻恋ふるねに我ぞなきぬる」（時雨亭文庫蔵伝阿仏尼筆本中納言兼輔集八四）。○へにけん秋―長年過ごしてきた秋。

【補説】この歌は『古今集』（物名・四三九）に「朱雀院女郎花合の時に、をみなへしといふ五文字を、句のかしらに置きてよめる」として、歌には異同なくみえる。『平安朝歌合大成一』所収の「昌泰元年秋亭子院女郎花合」には、十一番の歌合に続いて、後宴で詠まれた歌が「をみなへしといふことを句の上下にて詠める」「これは上のかぎりに据ゑたる」「これはその日、みな人々よませ給ふ」などとあり、「をみなへし」の五文字を沓冠・折句・物名に詠み込んだことが知られるが、貫之の折句の歌は歌合の証本にも、『貫之集』にもなく、『古今集』によって確認できる。この歌が『古今集』に撰収されたことで、多くの人々の目に触れるようになり、この歌に依って、早くから、

　高砂の山の牡鹿は年をへて同じをにこそ立ちならし鳴け（順集一四五　藤原もろふむ）

　ゆく人をとどめかねてやうりふ山みねたちならし鹿もなくらん（一条摂政御集五一）

などと詠まれている。

【作者】紀貫之→七。

【他出文献】◇古今集→［補説］。◇古今六帖三六八八、つらゆき。

かやくき

485　なにとかやくきの姿《すがた》はおもほえてあやしく花の名《な》こそ忘《わす》るれ　輔《すけ》相《み》

【校異】詞○かやくき―かやくきのす（島）○すけみ―相見（島・貞）。

【拾遺集】物名・四〇八。

かやくきのす

なにとかやくきのすかたの（右傍ニ「は」）おもほえてあやしく花の名こそわするれ

定物名・四〇三。詞○かやくきのす―かやくき。歌○すかたの―すかたは。

かやくき

何とかという花の茎の形は自然に思い起こされるが、おかしなことに花の名前は忘れてしまった。

【語釈】○かやくき―『抄』の島本、『集』の具世本には「かやくきのす」とある。「かやくき」は「かやくぐり」の異名。「かやくぐり」はイワヒバリ科の小鳥。繁殖期の六、七月ごろに鈴のような美しい声で鳴き、笹薮や草叢をくぐり歩くところから命名された。「鵊加也久支」（新撰字鏡）。観智院本『類聚名義抄』には「く」に濁音の声点があるが、中世の古辞書や節用集には清音でみえ、第三拍が濁音であるのは、恵空編『節用大全』である。○くきの姿―「くき」は植物体の軸をなす部分。茎の形。茎の様子。○おもほえて―自然に思い起こされて。

【補説】この歌は『如意宝集』には歌のみがあり、『藤六集』（四）には「かやくき」の題でみえる。山口博氏「藤六集考」（『王朝歌壇の研究村上冷泉円融朝篇』所収）には、「多字の題名を詠む傾向にある輔相であれば、同歌の拾遺抄雑における題「かやくきのす」を良しとしよう」とある。すでに校異に示したように『抄』で「かやくきのす」

とあるのは流布本系統の島本のみであるので、これをもってもとの題を決めることはできない。また、輔相の物名歌の題名の字数の多寡で『抄』の題を決めているが、『藤六集』には四字の題もいくつかあり、字数の多寡だけで決め兼ねる。

「かやくき」は『和名抄』や『新撰字鏡』『類聚名義抄』『色葉字類抄』などの古辞書にもみえ、『風俗歌』（鸛）にも、

鸛《おほとり》の羽に　やれな　霜降れり　やれな　誰かさ言ふ　千鳥ぞさ言ふ　かやくきぞさ言ふ　蒼鷺《みとさぎ》ぞ　京より来てさ言ふ

とあり、その名は知られていたものの、『抄』以前でこの鳥を取り上げているのは輔相の外に能宣が屏風歌として、

かやく（濁音ニ校訂シテイルモノモアル）きのとくことたのむ花薄あだし鳥をばまねかざらなん（能宣集二一）

と詠んでいるに過ぎない。このような希少の題材を取り上げているのも輔相の物名歌の特色である。

【作者】藤原輔相→四七六。

【他出文献】◇藤六集→［補説］。◯如意宝集。

486　つぐみ

わが心《こゝろ》あやしやあだに春くれば花につくみとなど成りにけむ

【校異】詞◯作者名ナシ―よみひとしらす（島・貞）。歌◯なと成にけむ―なとなりにけん〈「と」ト「な」ノ間ニ補入ノ符号ガアリ、右傍ニ「てィ」トアリ、「に」ノ左傍ニ見セ消チノ符号ガアリ「ィ」トアル〉（貞）。

【拾遺集】物名・四〇九

つくみ

我こゝろあやなくあたに春くれははなにつくみとなとなりにけん

大伴黒主

㊮物名・四〇四。**歌**〇あやなく―あやしく。〇なとなりにけん―なとてなりけん。

つぐみ

私の心は不思議なことだよ、春になると、浮ついて花に心を寄せる身に、どうしてなるのだろうか。

【語釈】〇つぐみ―ツグミ科の小鳥。十月下旬ごろに大群をなして日本に渡来。低山や平地で木の実や虫を食べる。肉は美味で、古くから焼鳥にして食した。「鶫鳥　唐韻云鶫音東久美　漢語抄云鶫鳥都　弁色立成云馬鳥　鳥名也」（和名抄）。〇あやしや―『集』の具世本に「あやなく」、定家本に「あやしく」とある。「あやしや」は不思議なことだよ。「あやなく」はわけもなく、いわれがなくの意。〇あだ―誠意のないさま。移り気なさま。〇花につくみ―『八代集抄』に「花に執着する心なり。着也」とある。花に心を寄せる身。

【補説】この歌の作者は『抄』には読人不知とあるが、『集』の定家本には、

つぐみ

大伴黒主

わが心あやしくあだに春くれば花につく身となどてなりけん

さく花に思ひつくみのあぢきなさ身にいたづきのいるもしらずて

とある。後者は『古今集』仮名序に、「かぞへ歌」の例歌としてみえるもので、作者未詳の古歌であると思われるが、『色葉和難集』（巻一、いたつき）には「これは志賀黒主がつぐみをよめる歌なり」とあり、『三五記』にも「志賀黒主が家集には、此歌は、つぐみをかくしたる歌なりといへり」とあるが、「黒主が家集」については

他に所見もない。この二首は「つぐみ」の題で詠まれた物名歌として、「花につく身」「花に思いのつくみ」と同じ表現方法を用いているところから、同一人の詠作とみなされたのだろうが、黒主の作である確証はない。

ひぐらし　　　　つらゆき

487 杣人《そま》は宮木ひくらしあしひきの山の山彦《びこ》よび響《とよ》むなり

【校異】 **歌**○そま人―ひま人〈「ひ」ノ右傍ニ朱デ「ソ」トアル〉（貞）○よひとよむ―よひとよむ〈「よひ」ノ右傍ニ「声ィ」トアル〉（貞）。

【拾遺集】 物名・三七五。

　ひぐらし　　　　紀　貫之

そま人はみや木引くらしあし垣の山のやまひこよひとよむなり

定物名・三七一。**歌**○あし垣の―あしひきの。○よひとよむ―声とよむ。

樵は宮殿を造営するための用材を切り出しているらしい。山彦の呼び声が響いていることだ。

【語釈】 ○杣人―建物の造営、修理に用いる材木を切り出すことを職業とする人。樵。○宮木―宮殿、神殿などの造営に用いる材木。「宮材引く泉の杣に立つ民のいこふ時無く恋ひわたるかも」（万葉・巻十一・二六四五）。○よび響む―呼び声が響く。山彦の声を樵が木を切り出すときのかけ声に聞きなした。

【補説】この歌は『貫之集』にはないが、定家本『古今集』の巻末にある十一首の墨滅歌のなかにみえ、『古今六帖』（四〇〇八）にも作者を「貫之」、第四、五句を「やまの山人よるとよむなり」としてある。

歌は「宮木ひく」、「あしひき」の「き」「ひく」、「山のやまびこ」の「やま」など、同音ないしは類似音の反復によって、律動的に詠まれている。また、「山彦」を詠み込んで、それによって山奥での「杣人」の行為を類推している。このような「山彦」の用法は、興風の、

なげきこる斧の響きのきこえぬは山の山彦いづちいぬらん（興風集四二）

という歌に通ずる。興風の歌では木を切り出す斧の音が聞えないのは、山彦がいなくなったからだと、貫之の歌とは逆の状況を詠んでいる。『貫之集』には興風と交友関係にあったことを示す贈答歌があるので、四八七の貫之の歌と興風の歌とは関係があったことも予想される。

【作者】紀貫之→七

【他出文献】◇古今集→［補説］。◇古今六帖→［補説］。

488　　　　　　　　　　　　　　　　　　　　躬恒《みつね》

松《まつ》の音《ね》は秋の調《しら》べに聞《きこ》ゆなり高《たか》くせめあげて風ぞひくらし

【校異】詞〇題ナシ—同題（貞）〇みつね—みつね〈右傍ニ朱デ「或貫之」トアル〉（貞）。歌〇まつのね—まつのね〈「まつ」ノ右傍ニ朱デ「コト」トアル〉（貞）〇きこゆなり—きこえけり〈「えけり」ノ右傍ニ朱デ「ユナリ」トアル〉（貞）。

【拾遺集】物名・三七六。

まつのねは秋のしらへにかよふなりたかくせみあけてかせそひくらし

[定]物名・三七二。**歌**○かよふ―きこゆ。○せみあけて―せめあけて。

松風の音が秋の律の調子で聞えてくる。弦をきつく張った琴を風が弾いているらしい。

【語釈】○松の音―松の梢を吹く風の音。松韻。○秋の調べ―日本の伝統音楽である雅楽の律音階。○高くせめあげて―『八代集抄』に「柱（ことぢ）を押あげたる心也」とあり、これを承けて『新大系』も「琴柱を押し上げ、弦を締めて調子を高くする」と解している。

【補説】この歌の作者は『抄』に「躬恒」とあり、『集』には「貫之」とあるが、『貫之集』にはなく、西本願寺本『躬恒集』（四〇）に「ひくらし」の題で、歌詞に異同なくみえ、歌仙家集本（躬恒集Ⅴ一七二）には第一句が「ことのねは」としてある。この歌と類似の趣向の歌として、

松のねを風の調べにまかせてはたつたひめこそ秋はひくらし（時雨亭文庫蔵伝為家筆本忠岑集四五）

松のおとことにしらぶる山風は滝の糸をやすげてひくらん（陽明文庫本貫之集九四）

などがあり、第一句は「ことのねは」よりも「松の音は」とあるのが原型であろう。

【作者】凡河内躬恒↓五。

【他出文献】◇躬恒集↓［補説］。

489 とち、ところ、たちばな　輔相《すけみ》

思《おも》ふどちところもかへず住《す》みへなむたちはなれなば恋しかるべし

【校異】詞○ところ―ところかへ（貞）。

【拾遺集】物名・四二一。

とちところたちはな

おもふとちところもかへす住へなむ立はなれなは恋しかるへし

㊁物名・四一六。

とち、野老、橘

気の合った仲間たちと居所も変えないで、長い年月をそこに住み続けようと思うので、離れ離れになってしまったならば、恋しく思うにちがいない。

【語釈】○とち―トチノキ科の落葉高木。初夏に白色で紅色の斑点のある四弁の花を咲かせる。実は多量の澱粉を含み食用になる。○ところ―ヤマノイモ科のつる性多年草。鬼野老の別名。三九〇参照。○思ふどち―気のあった仲間。相思う者たち。万葉時代に多く用いられた語で、気の合った仲間が連れ立って野遊びや遊覧に出掛けたり、遊宴を催す場面に用いられ、平安時代になって、愛し合う同士の意に用いるようになる。詳しくは拙著『公任集注釈』（五四〇頁）参照。○住みへなむ―「住みへ」は上二段活用「住み経（ふ）」の連用形。そこに住んで長い年月をおくるの意。

【補説】この歌の題の「とち」は歌に詠まれることはきわめて稀で、「野老」も歌の素材となることは稀である。

輔相の物名歌では希少の題材を取り上げているのも特色であることを四八五に記したが、四八九では素材ばかりでなく、語彙、語法も稀なものである。［語釈］に記したように、「思ふどち」の語もその一つであり、「住みふ」という語もきわめて稀な語で、現行の辞典類には「住みふる」は立項されているが、「住みふ」は立項されていない。例えば『日本国語大辞典』は「自動詞上二段」として「すみふる（住古）」を立項して、江戸時代の『癇癖談』の「ここにとし月住ふりたるは、…」という用例をあげている。

ここで「すみふ」という語の歌に使われている用例を探すと、

①ふちせなく千代も八千代もすみへなむ君がいもせの中河の水（重家集四六一）

②わび人のすみふるやどは都鳥ことづてたえて年ぞへにける（古今六帖一二四六）

③心のみすめばすみふる柴の戸に入りにし日よりとふ人もなし（家経集四八）

などがある。②③の「すみふる」は連体形であるので、基本形は「すみふる（住古）」ではなく、「すみふ（住経）」である。また、①は「祝両人」の題で詠まれた歌であるので、「すみへ」は未然形と思われる。これらの用例から、輔相の歌の「すみへ」をも包括する「すみふ」という語の存在を確認することができたが、このようなきわめて希少な語を早い時期に輔相は和歌に用いていたのである。

【作者】藤原輔相→四七六。

490　春風のけさはやければ鶯《うぐひす》の花の衣《ころも》はほころびにけり

さはやけ

【校異】歌○はなのころもは—はなのころも丶（島）。

【拾遺集】物名・四一九。

さはやけ

春風のけさはやけれは鶯の霞の衣ほころひにけり

定物名・四一四。歌○霞の衣―花の衣。

さはやけ

春風が今朝は激しく吹いたので、鶯の花の衣である梅の花もつぼみが開いたことだ。

【語釈】○さはやけ―『八代集口訣』には「黄菜サハヤケ、順が和名集に、温菘といへる菘は、玉篇に思雄切菜名蕪菁也云々。タカナともウキナとも訓ず。菜をむして乾て置て、用次第に、常に食する也。たとへば乾菜といふ物の類也」とある。『和名抄』には「黄菜　崔禹錫食経云、温菘味辛、是人作黄菜常所噉者也。黄菜俗云王佐以、一云佐波夜介」とある。『日本国語大辞典』に「大根の若芽」として『和名抄』を引くが、『和名抄』の説明とはあわない。『八代集口訣』に「菘」は「タカナ」と訓ずとあり、『書言字考節用集』には「菘タカナ又云白菜」とある。これらを総合して考えると、葉野菜の保存食であろう。○はやければ―「はやし」は風が激しいさま。○鶯の花の衣―「花の衣」は花を衣に見立てた語。ここは梅の花を鶯が着る衣服に見立てた。○ほころびにけり―「ほころぶ」は衣の縁語。衣服の綻びに準えて、蕾を破って花が咲く意。

【補説】梅の花を「鶯の花の衣」と表現した例は他になく、このような巧緻な見立てを用いているところから、作者は非凡な才能をもった者と思われる。「けさ」とあるのは立春の朝とも解せるが、ここは「さはやけ」を隠すための措辞であろう。

【作者】『集』の配列によると「よみ人しらず」となるが、『抄』の配列によれば、輔相となる。藤原輔相→四七六。
【他出文献】◇如意宝集。

かのとゝいふ*ことをよみ侍り•ける　　恵慶《京》法師

491 さをしかのともまどはせる声するは妻《つま》や恋しき秋《あき》の山辺に

【校訂注記】底本ニ「所」トアルノヲ『抄』ノ島本、貞和本、『集』ナドニヨッテ「こと」ト改メタ。
【校異】詞○よみ侍ける―ナシ（島）。歌○声するは―こゑすなり（島）こゑするは〈「るは」ノ右傍ニ朱デ「ナリ」トアル〉（貞）○山辺に―やまへに〈「へに」ノ右傍ニ朱デ「サト」トアル〉（貞）。
【拾遺集】物名・四三三。
　かのとゝいふ事を　　恵慶法師
　さをしかの友まとはせる声するはつまや恋しき秋の山辺に
定物名・四二八。歌○声するは―声すなり。

　かのとということを詠みました
　さを鹿が友にはぐれて鳴く声がするのは、秋の山辺で、妻が恋しいからだろうか。

【語釈】○かのとといふこと―底本「所」を『抄』の島本、貞和本、『集』の具世本、定家本などによって「こと」と改めた。従って「かのと」は所の名ではなく、普通名詞で、十干の「辛」である。定家本は、この歌の前後に干支や十二支の名を隠題にした歌が配列されていることからも明らかである。○さをしか―雄の鹿をいう「をしか」に、接頭語「さ」が付いたもの。接頭語「さ」を冠して、語調を整えたり、情趣をおびた雅語的表現と意識させた。歌では『万葉集』から「さをしか」が用いられ（三十例）「をしか」は僅かに四例のみである。平安時代になっても、この傾向に変りはなく八代集では「さをしか」二十八例、「をしか」五例である。私家集では是則、能宣、朝光、定頼、小馬命婦、相模、基俊、頼政などに「をしか」（第二拍「し」は上代は清音、中世は清濁両用）を用いた歌がある。○ともまどはせる声―「まどはす」は見失わせる、仲間にはぐれるの意。一四三参照。○妻や恋しき―仲間にはぐれた雄鹿の鳴く声を妻を恋して鳴いていると聞きなした。

【補説】この歌は時雨亭文庫蔵資経本『恵慶集』（二八四）に「かのと」の題で歌詞に異同なくある。さを鹿が妻を恋して鳴く歌は『万葉集』以来、

秋去れば　山もとどろに　さお鹿は　妻呼びとよみ（万葉・巻六・一〇五〇）

あしひきの山より来せばさを鹿の妻呼ぶこゑを聞かましものを（万葉・巻十・二一四八）

さを鹿の妻をしのぶと鳴く声のいたらんかぎりなびけ萩原（古今六帖九三六）

などと詠まれてきた。また、「ともまどはせる」という表現は、一四三の［補説］に、千鳥・雁などの群鳥や雌雄の仲睦まじい鹿・鴛鴦などに用いることを記したが、ここに説明を補足しておく。まず、平安時代に「ともまどはせる」という表現を用いた歌人は、友則（千鳥、鹿）、実方（鴛鴦）、恵慶（鹿）などきわめて少数の歌人である。また、鹿について用いた歌として、

声たててなきぞしぬべき秋霧にともまどはせる鹿にはあらねど（後撰・秋下・三七二、友則集一八）

という例歌をあげておいたが、その他にも、

朝霧に友まどはせる鹿の音をおほかたにやはあはれとも聞く（源氏物語・椎本）

草ふかきかりばの小野をたちいでてともまどはせる鹿ぞなくなる（新古今・釈教歌・一九五六　素覚）

などという歌がある。なかでも『源氏物語』の歌は『後撰集』などにある友則の歌に拠っていると思われる。

【作者】恵慶法師→四〇。

【他出文献】◇恵慶集→［補説］。

つゝみやき　　　　読人不知

492　わぎもこが身《み》を捨《す》てしより猿沢《さるさは》の池《いけ》のつゝみや君は恋しき

【校異】詞〇読人不知―すけみ（島）。歌〇すてし―なけし（島）。

【拾遺集】物名・四一六。

つゝみやき

わきもこか身をなけしよりさる沢の池のつゝみや君は恋しき

定物名・四一一。歌〇なけし―すてし。

つつみやき

愛しいあのこが身投げをしてから、猿沢の池の堤を、帝は恋しく思いなさっているだろうか。

【語釈】〇つつみやき―『和名抄』に「和名豆々三夜木裏焼也」とあり、『西宮記』（巻一・二宮大饗）に「次楽舞、茎立、苞焼、蘇、甘栗、七八巡」とあり、『江家次第』にも「茎立、苞焼、蘇、甘栗等給之」と苞焼のことがみえるが、その調備故実は『四条流包丁書』の「包焼ノ事」に記すものとは別で、『拾遺抄注』には「魚ヲ裹テ焼クナリ」

とあり、魚肉などを木の葉や濡れた紙などに包んで温灰で焼いたものをいうようである。○わぎもこ―「わがいもこ」の約。男性が妻・愛人など親しい女性を呼ぶ語。わがいとしい人よ。ここは采女をいう。○身を捨てし―『抄』の島本、『集』の具世本に「身をなけし」とある。入水した。○猿沢の池―奈良市興福寺の南にある池。五五五参照。○池のつつみ―「つつみ」は堤防、土手。池の周囲の堤防。○君―帝。平城《なら》の帝。

【補説】この歌は猿沢の池に采女が身を投じたのを見た人麿が歌（『抄』五五五）を詠んだ事件によっている。この猿沢池采女入水譚は『大和物語』（百五十段）に詳しく、それによると、

奈良の帝に仕えていた采女は容貌端麗で殿上人など多くの男が求愛したが、応じなかった。それは采女が帝をお慕いしていたからであった。帝は一度は采女をお召しになったが、その後はお召しにならなかったばかりか、お召しになったことさえ思い出されることもなかった。采女は思慕の情おさえがたく、憔悴して生きていけそうもなく思い、猿沢の池に身を投じた。帝はそのことを御存知なかったが、奏上する者があって、知るところとなり、哀愍の情を催されて、池畔に行幸されて人々に歌を詠ませた。

とある。人麿の歌（五五五）は帝の行幸に供奉して詠んだことになっている。

この歌の作者は底本には「読人不知」とあるが、島本には「すけみ」とあり、『集』には作者名はないが、輔相の歌が連続している形になっている。『藤六集』には巻頭に、題、歌詞に異同なくあり、輔相の歌とみてよかろう。家集によると、輔相は「おしあゆ」「うるかいり」など料理名を題にして詠んでいる。

【作者】藤原輔相→四七六。

【他出文献】◇藤六集。

うるかいり

493　この家《いへ》はうるかいりても見《み》てしがな主《あるじ》ながらもかはんとぞ思《おも》ふ

輔相《すけみ》

【校異】歌○このいへは―みのいゐは〈「み」ノ右傍ニ朱デ「コ」トアル〉（貞）○かはん―あはん〈「あ」ノ右傍ニ「かィ」トアル〉（貞）。

【拾遺集】物名・四一七。

うるかいり

このゐえはうるかいりてもみてしかなあるしなからもかはんとそおもふ

定物名・四一二。詞○作者名ナシ―しけゆき。

うるかいり

この家は売るのかどうか、中に入って見たいものだ。もし売り物ならば、家主が住んでいる状態のままで買おうと思う。

【語釈】○うるかいり―「うるか」は中世の古辞書、近世の節用集類には「鰭《ウルカ》」とある。語彙部門は「畜類」とするものが多く、『温故知新書』は「食服」、『節用集大全』は「飲食門」である。これによるとはじめは「うるか」は魚の肢体「鰭（ひれ）」をいう語と考えられていたが、しだいに食物とみるようになったようである。『四条流庖丁書』には「コノワタ、鮎ノウルカ、ハララゴハ、若其時ノ始物ナラバ、少ハ上ルベシ」とあり、海鼠の腸や鮭の卵と同列に記されているので、鮎のはらわたのことであろう。また、『山内料理書』の「夏の仕立の事」の引物に「鮎　うるかに」とあり、「鮎の内あけにて煮る也」とある。これは『拾遺抄注』に「ウルカイリトハ、アユトイフ魚ヲニルニ、ハラノナカニ、ウルカトイフモノヲトリイデズシテニルヲ云ナリ」とあるのと同じ調理法であろう。『八代集抄』には「うるかいり」に「鯖煎」を当てているが、「いり」は「うるか」を取り出さないで、一部を残して調理するので、「入り」というのであろう。〇主ながらも―家主が住んでいる状態のままで。

【補説】この歌は『藤六集』（一八）に題に異同なく、歌詞は第四句が「ぬしもさながら」とある。歌は売家を見た男が詠んだのだろう。売主は夫に死別して生活に困窮し、持家を処分せざるをえなくなった女主人であろう。「主ながらもかはん」と戯れて詠んで、「うるかいりても」という第二句に「うるかいり」を隠した。

この歌の作者は『抄』には輔相とあるが、『集』の定家本には「重之」とある。この歌は『重之集』にはなく、定家本が何によって作者を「重之」としたか不明である。前歌の「つつみやき」とともに、平安時代の文献にもほとんど見掛けない「うるかいり」という料理名を隠題にしているところは、いかにも輔相らしい。

【作者】藤原輔相→四七六。

【他出文献】◇藤六集。

あしがなへ

494　津の国《くに》の難波《なには》わたりにつくるたはあしかなへかもえこそ見わかね

【校異】詞〇作者名ナシ―砂弥満誓〈右肩ニ朱デ「イ無」トアル〉（貞）。歌〇なへかも―なへかと〈「と」ノ右傍ニ朱デ「モ」トアル〉（貞）。

【拾遺集】物名・四二三。

あしかなへ

つのくにも（「も」ハ見セ消チ）のなにはわたりにつくるたはあしかなへかとえこそみわかね

定物名・四一八。

あしがなへ

津の国の難波のあたりで作る田は、生えているのが葦であるのか苗であるのかも見分けることができない。

【語釈】○あしがなへ―底に足が三本付いた釜。「鼎和名阿之賀奈倍三足両耳和五味之宝器也」（和名抄）。○津の国―摂津国の古称。現在の大阪府の西北部と兵庫県の南東部。○難波―摂津国の淀川の河口一帯。低湿地で葦が生い茂っていたので、歌では葦を景物として詠むことが多い。○あしかなへか―葦であるか、苗であるか。○えこそ見わかね―「え」は可能の意を表す副詞で、打消の意を表す「ね」と呼応して、不可能の意を表す。識別することができない。見分けられない。

【補説】この歌は『抄』の貞和本に作者を「砂弥満誓」とするほかは、『抄』『集』ともに作者名は記されていないが、歌の配列から輔相の歌とみられる。『藤六集』（九）にも「あしがなへ」の題で、第四句「あしかなへかと」とある。

「あしがなへ」については前掲の『和名抄』に「和五味之宝器」とあり、『宇津保物語』の「吹上（上）」の巻では、種松という長者の豪奢な生活ぶりを記したところに「白銀の足鼎、同じ瓶して、北の方ぬしのおもの炊ぐ」とあり、使用人には「二十石入る鼎どもを立てて…飯かしぐ」とあるので、同じ鼎でも足鼎は重宝なものとされていたようである。そのような「足鼎」を隠題にしているのは、「水車」「篳篥」などを隠題にしている輔相の傾向に合致している。

【作者】藤原輔相→四七六。

【他出文献】◇藤六集→［補説］。

いかるがにげ　　躬恒

495 ことぞともききだにわかずわりなくも人のいかるがにげやしなまし

【校異】ナシ。

【拾遺集】物名・四二五。

いかるかにげ

事そともきゝたにわかすわりなくも人のいかるかにけやしなまし

定物名・四二〇。

いかるがにげ

どのような事情があるかとも、聞いて物の理非を判断しようとさえもしないで、わけもなく人が怒ることだ。いっそのこと逃げてしまおうか。

【語釈】◯いかるがにげ―「にげ」の「け」の清濁は明確ではないが、［補説］に掲げた『文明本節用集』から濁音であるとみられる。『八代集抄』に「是斑鳩二毛なるべし。躬恒集に馬の毛よみし歌七首双べる中の一首也。毛は斑（ブチ）を云」とある。『躬恒集』の諸本のなかで、この部分の本文が整備されている歌仙家集本には「うまのけ」として、「つるぶち」（一五一）以下、「いかるがにげ」「ゆふかみ」「あしぶち」「かげぶち」「あを」「かすけ」など、七種の毛色と、それぞれの例歌がみえる。「いかるがにげ」がどのような毛色であるかは記載がなく、［補説］で改めてとり上げることとする。〇ことぞとも―どのような事情であるかとも。

【補説】 この歌は［語釈］に記したように、歌仙家集本に「うまのけ」としてある歌群中の一首である。この「いかるがにげ」はどのような毛色であろうか。まず、この語の語構成は「いかるが―にげ」であろう。「にげ」は『文明本節用集』に「騅ニゲ馬毛」とある。また、「にけのうま」の語は「騅馬ニケノウマ。鼠毛馬」（色葉字類抄）、「鼠毛馬ニケノムマ」（類聚名義抄）、「鼠毛馬ニケノムマ。或作二毛」（書言字考節用集）などと辞書類にみえる。「騅」は『和名抄』にも「騅音錐。漢語抄云騅馬鼠毛也蒼白雑毛馬也」とあって、鼠毛の馬である。源順の「馬毛名歌合」には「一くるしき二げ」という毛名がある。本居大平『馬名合解』には「一苦しき二」は『栄華物語』（月の宴）にある、当時の諺で、この諺を用いて「一苦しき二げ」といったものであると説明している。これによると、「一苦しき二」は毛名ではなく、「いかるがにげ」も毛名は「にげ」で、「いかるが」は御牧のあった地をいうと解することもできる。

【作者】 凡河内躬恒→五。

【他出文献】 ◇躬恒集→［補説］。

四十九日　　輔《すけ》相《み》

496　秋風の四方《よも》の山よりおのが《を》じしふくに散《ち》りぬる紅葉《もみぢ》かなしも

【校異】 **詞**〇すけみ―相見〈右傍ニ朱デ「イ無」トアル〉（貞）。**歌**〇山より―やまへに〈「へに」ノ右傍ニ朱デ「ヨリ」トアル〉（貞）〇をのかしゝ―ふくかしゝ〈右傍ニ朱デ「ヲノカシゝ」トアル〉（貞）〇かなしも―かなしな（島）かなしも〈「も」ノ左傍ニ「なィ」トアル〉（貞）。

【拾遺集】物名・四三七。

四十九日　　藤原輔相

秋風のよもの山よりをのかしゝ吹に散ぬるもみちかなしな（「も」ヲ見セ消チニスル）

定物名・四三一。詞○藤原輔相―すけみ。

四十九日

秋風が四方の山から思うままに吹いてくるので、散ってしまう紅葉がどうしようもなく哀れだ。

【語釈】○四十九日―『阿毘達磨倶舎論』によると、この世に生をうけたときを「始有」、生をうけている間を「本有」といい、生を終えてから次の生をうけるまで四十九日間あるとされ、この間を中陰と呼んだ。死亡後、四十九日まで、七日ごとに七回、初七日、二七日《ふたなぬか》、三七日《みなぬか》、四七日《よなぬか》、五七日《いつなぬか》、六七日《むなぬか》、七七日《なななぬか》（四十九日、満中陰とも）と続けて供養を行なった。○おのがじし―『八代集抄』に「おのがじゝは…おのれがほしいまゝといふ心なり。秋風の四方より、おのがまゝにふきて落葉するをおしむ儀也」とある。風が四方の山から思うままに吹きおろしてくることをいう。○かなしも―島本、『集』の具世本、定家本などに「かなしな」とある。「かなし」はなげかわしい、哀れだ。

【補説】物名歌の最後に「四十九日」という歌題を設けているところは、『抄』の編者に何らかの意図があってのことであろうか。四季の部立では時間的な秩序に従って配列されるが、恋部や雑部では時空が軸になっているとは限らないようである。『抄』の巻軸歌は、空也上人が市の門に書き付けた、

ひとたびも南無阿弥陀仏といふ人の蓮の上にのぼらぬはなし（雑下・五七九）

という歌である。ここには浄土信仰を普及させた実践的な宗教家の空也に対する深い思いがみられる。この物名歌の巻末歌の歌題である「四十九日」も、死者の供養、冥福を祈るという実践的な行為であることも注目される。
物名歌としては「おのが〈じしふくに散〉り」の〈　〉内に、「四十九日」が隠されている。

【作者】 藤原輔相→四七六。

拾遺抄巻第十

雑下八十三首

月を見侍《み》りて

497 世《よ》にふればもの思《おも》ふとしも無《な》けれども月にいくたびながめしつらん

中務卿具平親王

【校異】歌○よにふれは―よにふるに（島）。

【拾遺集】雑上・四三八。

月をみ侍て

中務卿具平親王

世にふるに物おもふとしはなけれとも月にいく度なかめしつらむ

定雑上・四三二。歌○物おもふとしは―物思ふとしも。

月を見まして

この世に生きていると、物思いをとくにするというわけではないけれど、ひと月に幾度も物思いにふけりながら月を見つめたことであろうか。

【語釈】○世にふれば―『抄』の島本、『集』は「よにふるに」とある。この世に生きているので。○もの思ふとしも無けれども―物思いをとくにするというわけでもないけれど。○月にいくたび―「月」は天象の「月」と暦の「月」とを掛ける。月に幾度もこの月を。○ながめ―「ながむ」の名詞形で、物思いにふけりながら見つめること。歌では「長雨」に掛けていう場合が多い。

【補説】この歌は『中務親王集』の断簡に、

月のあかゝりけるよよふくるまでおはしまして

よにふればものおもふとしもなけれども月にいくたびながめしつらむ

とあるという。『抄』『集』などよりも詠歌事情は詳細である。第一句「よにふれば」という本文は『抄』の底本、貞和本などと一致する。

歌は「AとしもなけれどもB」という構文で、これと同じ構文の歌として、

秋くればものおもふとしもなけれども萩の上こそ露けかりけれ（万代・秋上・八四七　花山院）

浦風にものおもふとしもなけれども波のよるにぞねられざりける（高遠集一七九）

などがあり、『抄』の時代の趣向であった。

【作者】具平親王→三七七。

【他出文献】◇中務親王集（断簡）→［補説］。◇後。◇朗詠集二六〇。◇玄玄集八。

小野宮のおほいまうちぎみの家の屏風に　貫之

498 思《おも》ふこと有りとはなしに久方《ひさかた》の月夜《つきよ》となればねられざりけり

【校異】詞○小野宮のおほいまうちきみの家の―小野宮左大臣家の（貞）○貫之―紀貫之（貞）。

【拾遺集】雑上・四三九。

清慎公家屏風に　　　　紀　貫之

思ふ事有とはなしにひさかたの月夜となれはねられさりけり

定雑上・四三三。詞○紀貫之―つらゆき。

小野宮の大臣の家の屏風に

もの思いをすることがあるというわけではないのに、月夜となると寝ることはできなかったことだ。

【語釈】○小野宮のおほいまうちぎみ―藤原実頼。一〇五［作者］参照。○思ふこと―物思いをすること。○久方の―天に関係のある「空」「月」「星」「日」などにかかる枕詞。

【補説】この歌は時雨亭文庫本素寂本『貫之集』に「天慶二年四月右大将殿の御屏風の歌」とある歌群（三七五～三九六）中に「女家にて月をみる」（三八七）という画題で歌詞に異同なくある。また、時雨亭文庫蔵承空本『貫之集』にも「屏風四帖、天慶二年四月右大将殿の御屏風歌」と詞書のある歌群中に「女の家にて月をみる」の画題で、歌詞に異同なくある。

天慶二年（九三九）には実頼は四十歳で、四十の賀の祝が催されたと思われるが、古記録などで確認できない。この年には実頼の父の忠平が六十歳で、その六十の算賀が催されたことは、『貞信公記抄』の天慶二年八月二十日の条に「中宮（穏子）為予法性寺有法事、…又四尺屏風四帖・沈香折敷六敷・銀器・同瓶子・地敷・於莚等被恵」とある。この算賀に屏風を調進するために、その経緯は明らかでないが、右大将実頼が貫之に屏風歌を依頼し、屏風が新調されたと考えられる。

【作者】紀貫之→七。

【他出文献】◇貫之集→［補説］。◇古今六帖三二一。

女にまかりおくれて侍りける《を》ころ、月《つき》を見侍《みはべ》りて　大江為基

499 ながむるにもの思《おも》ふことのなぐさむは月はうきよのほかよりや行く

【校異】詞○女に―めに（島）めに〈「め」ノ右傍ニ朱デ「女」トアル〉（貞）○つきをみはへりて―ナシ（島）月をみ侍てよみ侍ける（貞）。歌○なくさむは―なくさむ（島）。

【拾遺集】雑上・四四〇。

めにおくれて侍りけるころ月をみ侍て　大江為基

なかむるに物思ふことのなくさむは月はうき世の外よりやゆく

定雑上・四三四。

妻に先立たれましたころ、月を見まして

じっと月を見つめていると、物思いが慰められるのは、月はつらいこの世の外を巡っていくからだろうか。

【語釈】○女に―『抄』『集』の諸本のなかで「女に」と漢字表記になっているのは底本だけである。「女」を「め」の草仮名とみれば、妻の意となり、「をんな」の漢字表記とみれば、妻以外の女性も含まれることになる。諸本を参照して「め」の草仮名とみる。○まかりおくれて―「まかりおくる」は死別する意。○ながむるに―「ながむ」は物思いにふけりながら、じっと月を見つめる。○うきよのほかよりや行く―つらい世の中の外を通

ってゆくからだろうか。清く澄んだ月は人の生死に関わりなく、大空を運行していることをいう。

【補説】詞書によれば、為基が妻に先立たれたころ、月を見て詠んだ歌である。為基の歌では月をながめることで妻に先立たれた悲愴の心情が慰められるとあるが、それは月が憂き世の外を巡っているからだという。為基の「ながむるに…なぐさむは」という表現を意識して詠んだ歌に、

なぐさむとたれかいひけんながむれば月こそ物はかなしかりけれ（長秋詠藻一五一）

ながむるになぐさむことはなけれども月を友にてあかすころかな（山家集六四八）

などがある。

なお、『和歌大系』には「妻におくれて」について、「為基は参河守になった頃、若い妻に死別して無常を悟り、寛和二年（九八六）出家したという」とあり、『道済集』（四）に「参河入道の参川なりしほど、女のなくなりにけるに、京にのぼりて…」とあるのを引いている。このことについては『抄』（五六〇・五六一）に「思ひ侍りける女におくれ侍りて、嘆き侍りけるころ、詠み侍りける」と、類似の詞書を付した為基の歌があり、そこであらためてとり上げるので、五六一の［補説］を参照願いたい。

【作者】大江為基　参議斉光男、母は桜嶋忠信女。生没年未詳。『大江氏系図』『尊卑分脈』などから知られる官歴は三河守、摂津守、図書権頭などで、その任官時期は、永観元年（九八三）三河守、永延元年（九八七）摂津守になったと推定され、永祚元年（九八九）四月に摂津守の職を解かれ、図書権頭に任ぜられ、正暦元年（九九〇）ごろに出家した。公任とはいまだ六位のころから親交があった（拙著『公任集注釈』解説、七〇三〜七〇六頁参照）。赤染衛門とは親密な関係にあった。『拾遺集』以下の勅撰集に六首入集。

【他出文献】◇後。◇玄玄集二六、第三句「わするるは」。

法師にならんと思《おも》ひ侍りけるころ、月を見侍りて　　　少将高光

500　かく許《ばかり》へがたく見ゆる世《よ》の中にうらやましくもすめる月《つき》かな

【校異】詞○月を見侍て―ナシ（島）。

【拾遺集】雑上・四四一。

法師になり侍らむとおもひけるころ月をみ侍て　　　少将藤原高光

かくはかりえかたくみゆる世の中にうらやましくもすめる月かな

定雑上・四三五。詞○なり侍らむと―ならむと。○おもひける―思ひたち侍ける。○少将―ナシ。

法師になろうと思ったころ、月を見まして

これほど過ごしにくく思われる世の中に、うらやましいことに住みとどまって明るく澄んでいる月であるよ。

【語釈】○法師にならんと思ひ侍りけるころ―高光は応和元年（九六一）十二月五日出家。四二九、補八（三九九A）参照。○かく許へがたく見ゆる世の中―これほど過ごしにくく思われるこの世の中。○すめる―とどまっている意の「住める」と月が曇りなく明らかである意の「澄める」とを掛ける。

【補説】この歌は高光の歌のなかでもよく知られ、時雨亭文庫蔵唐草装飾本『高光集』（三五）には詞書を「村上の帝かくれさせ給へるころ、月を見て」として、歌詞に異同なくある以外に、小異はあるが、『金玉集』（六一）、『深窓秘抄』（九六）『和漢朗詠集』（七六五）、『栄華物語』（月の宴）などにみえる。詠作年時は『高光集』の詞書によると、恩寵を蒙った村上帝が亡くなった康保四年（九六七）五月二十五日ごろである。また、『栄華物語』（月の宴）には康保元年四月二十九日に中宮安子が亡くなったときの歌として、安子の死を高光の出家の

原因としている。村上帝、安子などの死は高光出家後のことで史実に反するが、高光出家の原因の一つに近親者の他界が考えられる。特に天徳四年（九六〇）五月四日の父師輔の死は年来の出家願望を実現する契機になったと思われる。

【作者】藤原高光→補八（三九九A）。

【他出文献】◇高光集。◇金六一、第一句「しばしだに」。◇深、上句「しばしだにへがたかりける世中を」。

冷泉院の東宮におはしましける時に、月を待《ま》つ心の歌、殿上のをのこどもよみ侍りける　　蔵人藤原仲文

501　有明《あけ》の月の光《ひかり》を待《ま》つほどにわがよのいたくふけにけるかな

【校異】詞○冷泉院の—冷泉院（島・貞）○時に—時（島）ころ〈右傍ニ朱デ「トキ」トアル〉（貞）○月をまつ心の歌—月まつ心（島）月まつ心の歌（貞）○よみ侍ける—よみ侍けるに（島・貞）。

【拾遺集】雑上・四四二。

冷泉院の東宮にをはしましける時月まつこゝろのうた殿上のおのことものよみ侍りけるに　　藤原仲文

有明の月のひかりを待ほとに我よのいたく深にけるかな

定雑上・四三六。詞○月まつ—月をまつ。○殿上の—ナシ。

冷泉院が東宮でいらっしゃった時に、月の出を待つ思いを詠む歌を、殿上を許された侍臣たちが詠みま

した
有明けの月の出るのを待っているうちに夜が更けるように、東宮の恩寵を待つうちに年をとってしまったことであるよ。

【語釈】○冷泉院の東宮におはしましける時に―冷泉院が東宮であったのは、天暦四年（九五〇）七月から康保四年（九六七）五月二十五日即位するまで。五五参照。○月を待つ心の歌―『和歌大系』に「心」は歌の趣旨、題の意とあるが、その場合は「月を待つといふ心をよみ侍りける」（後拾遺・羇旅・五二六）というように表現することが多い。○殿上のをのこども―東宮の昇殿を許された者。東宮の侍臣。○有明けの月の光を待つほどに―『八代集抄』に「身の威光あらんことを待程に」とあり、『新大系』に「東宮の恩寵を暗示する」、『和歌大系』に「東宮の即位を待つ心を暗示する」などとある。○わがよ―寿命、年齢の意の「世」に月の縁語の「夜」を掛ける。○ふけにけるかな―「ふく」は年を取る意と夜が更ける意とを表す。

【補説】この歌は後掲(イ)の『仲文集』では四三に、(ハ)の『仲文集』では四二に詞書を「春宮のくら人どころにて、月まつこゝろ」として歌詞に異同なくみえる。現存の『仲文集』については、旧稿（「家集の形成」『言語と文芸』昭和39・9）において三系統に分けらること、三系統本（括弧内は旧稿で用いた呼称）は次のように図式化でき、A、Cは仲文の歌、Bは国用（茂）の歌からなることなどを述べた。これによると五〇一はB内に位置しているので、国用の歌ということになる。

(イ)書陵部本（歌仙本）系統　A（1～32）B（33～53）
(ロ)西本願寺本三十六人集（類従本）系統　A（1～32）C（33～64）
(ハ)書陵部蔵本（図書寮本）（五〇一・一一八）　A（1～32）B（33～52）C（53～84）

（注）近時知られるようになった伝本で示すと、

(イ)は時雨亭文庫蔵資経本『仲文集』(歌数五十三首)

(ハ)は時雨亭文庫蔵定家監督書写本『仲文集』(歌数八十四首)。

三〇一は公任の撰著には仲文の作としてみえる。仲文は公任の父頼忠の恩顧を蒙り、頼忠の没後は公任とは主従のような関係であったので(拙著『公任集注釈』参照)、公任の撰著に仲文作とあるのは信憑できる。それでは仲文の歌が国用の歌のB群にあるのはなぜだろうか。このことについて片桐洋一氏は『藤原仲文集全釈』(平成十年、風間書房)の「解説」において、「有明けの」の歌は本来は『仲文集』になかったが、これほどの名歌が家集にないのはおかしいと考えた後人が『国用集』の混入部分であることを知らずに補ったと考えるべきだと述べている。このように考えると、この歌の現在の配列位置は偶然的なもので、この歌は現存『仲文集』の前後の歌とは脈絡のない歌ということになる。この歌の前後の詞書を(ハ)の書陵部本についてみると、四一「又、をとこ」、四三「をとこのうらむれば、また」と一つの歌群を成している。ところが四二は恋の贈答を分断するように、「春宮の蔵人所にて、月待つこころ」という全く異質な詞書である。この詞書の「春宮の蔵人所」は国用とは全く関係がなく、仲文についての説明である(国用については三五五の[補説]に私見を詳説したので参照願いたい)。

この歌は前掲の詞書によれば、仲文が「春宮の蔵人所」で詠んだことになっている。『三十六人歌仙伝』には「天暦□年補東宮蔵人」とある。冷泉院は天暦四年(九五〇)七月に東宮に立っているので、「□年」は早くとも四年である。このようにとると、仲文の東宮蔵人時代は天暦四年、仲文二十八歳から天徳二年(九五八)閏七月に三十六歳で内匠助になるまでである。歌に「わがよのいたくふけにける」とあるので、この歌は天徳初年ごろの詠作であろう。三十歳なかばになっても、思うように栄進できない身の不遇を嘆き訴えた歌である。

【作者】 藤原仲文 延喜二十三年(九二三)誕生。信濃守藤原公葛の子。天暦年間に東宮蔵人に補せられ、内匠助・蔵人を経て、康保四年(九六七)十月に従五位下に叙せられる。『三十六人歌仙伝』には康保五年(九六八)

正月任加賀守とあるが、『類聚符宣抄』（不待本任放還賜任符）によると、伊賀守に任ぜられている。その後、上野介を歴任して、貞元二年（九七七）正五位下に昇り、正暦三年（九九二）二月に七十歳で没した（拾芥抄）。公任の父の頼忠の恩顧を蒙り、公任にも仕えた。三十六歌仙の一人。『拾遺集』以下の勅撰集に五首入集。家集に『仲文集』がある。

【他出文献】◇仲文集→［補説］。◇金六八、「春宮のくら人所にて月まつ心を人々よみ侍りけるに」。◇深、第五句「ふけもゆくかな」。◇三。◇前。

参議玄上がめの、月のあかき夜《よ》門の前をまかり渡《わた》るとて、消息をいひ入れて侍りければ　伊勢

502　雲井にてあひかたらはぬ月だにもわがやど過《す》ぎて行くときは見ず

【底本原状】「月のあかき」ノ「の」ハ「月」ト「あ」ノ中間右傍ニアル。

【校異】詞○参議玄上かめの—玄上宰相のめの（島）参議玄上かめの〈「参議」ノ右傍ニ朱デ「宰相左衛門」トアリ、「か」ノ右傍ニ朱デ「ムス」トアル〉（貞）○月の—月（貞）○あかきよ—あかき〈「き」ノ右下傍ニ朱デ「ヨ」トアル〉（貞）○まかりわたる—わたる〈右傍ニ朱デ「マカリ」トアル〉（貞）○消息を—せうそく（島）。**歌**○行ときは見す—ゆくときはなし〈「とき」ノ右傍ニ朱デ「ヨヒ」トアル〉（貞）。

【拾遺集】雑上・四四三。

参議玄上かめの月あかき夜やとのまへをまかりわたるとて消息をいひいれて侍けるに　伊勢

雲井にてあひかたらはぬ月たにも我やとすきてゆくよひそなき

定雑上・四三七。**詞**○月―月の。○やと―かと。○まかりわたる―わたる。○消息を―せうそこ。○侍けるに―侍けれは。**歌**○よひそなき―時はなし。

参議玄上の妻が月の明るく輝いている夜、門前を通り過ぎようとして門の外から挨拶を言い入れましたので

空にあってお互いに親しく語らうことのない月でさえも、わが家を通り過ぎてゆくときはありません。それなのに、宮中で親しく言葉を交わしているあなたが、お立寄りにならないで通り過ぎて行くのは残念です。

【語釈】○参議玄上がめ―「参議玄上」は中納言藤原諸葛の五男、藤原玄上。延喜十九年（九一九）一月から承平三年（九三三）一月に亡くなるまで参議であった。「め」は妻。『抄』の貞和本には［校異］に記したように「参議」の右傍に「宰相左衛門」とあり、これが玄上の妻の呼称ともとれる。『尊卑分脈』には玄上の子の「輔仁」の母として「母安部氏」とあるが、これが詞書の「め」と同一人であるかは不明。○消息をいひ入れて―「消息」は口頭、文書などによる挨拶。門の外にいて挨拶を取り次がせて。○雲井―雲のある空の意と宮中の意とを表す。○あひかたらはぬ―互いに親しく語らうことのない。○行くときは見ず―『抄』の貞和本、『集』の定家本に「ゆくときはなし」、具世本に「ゆくよひぞなき」とある。この三つの異文は『伊勢集』の三系統本で、歌仙家集本『伊勢集』（伊勢集Ⅲ一二五）に「わたるとはみず」、類従本系統『伊勢集』（伊勢集Ⅱ一二六）に「ゆくときはなし」、西本願寺本『伊勢集』（伊勢集Ⅰ一二五）に「ゆくよひはなし」などとあるのに対応している。「行くときは見ず」は「わたるとはみず」に比べて不明確な表現であるが、通り過ぎて行くときはないの意であろう。

【補説】 玄上の妻が門前で挨拶をしただけで、通り過ぎて行ったことを、物言わぬ月を引き合いに出して、残念がっている。気心の知れた者同志の、節度を弁えた親密さがある。伊勢と玄上の妻との交友関係については他に所見なく不明である。玄上は『公卿補任』には延喜十九年（九一九）六十一歳とあるが、別に「斉衡三年（八五六）丙子生。六十四歳」ともある。以下では、玄上の子たちから玄上の妻について探っていくこととする。

玄上の子として『尊卑分脈』には三人みえる。

㈠輔仁（従五下、歌人　後撰集作者）。

㈡女子（延喜前坊妾）。

㈢女子（式明親王室。後配敦忠卿）。

また、『新儀式』（第五 殿上小舎人加元服事）には、

延喜□年、藤原近光於御前加元服。…盃酧之後、近光聴昇殿。其父参議玄上朝臣、相代於庭中拝舞。

とあり、系図にない「近光」という男子の存在が知られるが、これが輔仁と同一人であるかは明らかでない。

まず、㈡「延喜前坊妾」とあるのは前坊文彦太子（保明親王）の御息所となった子女である。保明親王は延喜三年（九〇三）十一月の誕生で、延喜十六年十月二十日十四歳で元服、この日、時平女仁善子が御息所として参入した。この間のことは『大鏡』（時平伝）に、

先坊に御息所まゐり給ふ事、本院のおとゞの御女ぐして三四人なり。本院のはうせ給ひにき。中将の御息所と聞えし、のちは重明の式部卿親王の北の方にて、斎宮女御の御母にて、そもうせ給ひにき。いとやさしくおはせし。…いま一人の御息所は玄上の宰相の女にや。その後朝の使、敦忠中納言、少将にてし給ひける。宮うせ給ひてのち、この中納言にはあひ給へるを、かぎりなくおもひながら、いかがみ給ひけん…「われは命短きぞうなり。かならず死なんず。その後、きみは文範にぞあひ給はん」とのたまひけるを…まことにさていますするぞかし。

とある。この記事には史実と相違するところがある。まず、「中将の御息所」は後に重明親王の北の方となり、斎宮女御を生んだとあるが、重明親王の北の方は忠平の次女の寛子で、東宮の御息所になったのは長女の貴子である。また、玄上の女が御息所として参入したときの後朝使は少将敦忠がしたとあるが、敦忠が少将になったのは保明親王の死後である。

時平女の仁善子に次いで延喜十八年（九一八）四月に忠平の長女貴子が十五歳で御息所として参入した。時に東宮十六歳であった。これ以前に仁善子は熙子女王を生んでいたが、皇子誕生のことはなかった。身分の低い玄上の女が御息所として参入したのも皇子誕生を期待されたものと思われる。従って、玄上の女の参入は延喜二十一年十一月に王子慶頼王が誕生する前で、東宮より一、二歳年上であったと思われる。このように推定すると、玄上の女の誕生は延喜元年ごろであろう。

もう一人の玄上の女は㈢「式明親王室。後配敦忠卿」とあるが、「後配敦忠卿」は保明親王の御息所になった女である。式明親王は『一代要記』によると、延喜十一年十一月五歳で親王宣下されているので、延喜七年の誕生である。『本朝皇胤紹運録』によると、玄上の女は式明親王の子の源親頼を生んでいるが、親頼の生年は不明である。この女は式明親王とあまり年齢差はなかったと思われ、延喜八年ごろの誕生であろう。

玄上の男の輔仁については年齢を推定できる手掛りはないが、いまひとりの「近光」は延喜年間に殿上で元服しているので、仮に元服した年齢を敦忠と同じ十六歳とみると、遅くとも延喜七年の誕生となり、二人の姉妹とはそれほど年齢差はなかったと推測される。玄上の士女の生年を延喜元年ごろから延喜八年までの間とみると、このころ玄上は四十六歳から五十三歳（斉衡三年生として計算）、玄上妻が最初の子を延喜元年に生んだときに二十五歳であったとすると、元慶元年（八七七）の誕生となり、伊勢とほぼ同じ年齢である。

また、子女がふたりとも醍醐帝の皇子の妻妾となっていること、男子のひとりは御前で元服、昇殿を聴されているなど、醍醐帝の恩顧を蒙っている。玄上が琵琶の名器「玄上」を醍醐帝に献上したことはよく知られているが、このことによって帝の恩顧を蒙ったとは思われない。玄上の位階をみると、寛平五年（八九三）一月従五位下、延喜四年（九〇四）一月従五位上、延喜九年一月正五位下、同十一年一月従四位下と昇進し、とくに醍醐帝になってからは昇進がはやくなっている。こうしたことを考えると、玄上の功績によるというより、妻によるところが大きかったと思われる。確証はないが、玄上妻は醍醐帝の後宮において重用されていたのではなかろうか。『伊勢集』の三系統本とも、詞書において玄上妻に尊敬表現を用いていることからも推測される。

【作者】伊勢→三〇。

【他出文献】◇伊勢集→［補説］。

屏風に　　　　貫《つら》之《ゆき》

503　常《つね》よりも照《て》りまさるかな山の端《は》の紅葉《もみぢ》をわけて出《いづ》る月影

【校異】詞○屏風に―屏風ゑに（島）屏風のゑ（貞）。

【拾遺集】雑上・四四五。

屏風絵に　　　　紀貫之

つねよりもてりまさるかな山のはの紅葉を分ていつる月かけ

㊍雑上・四三九。詞○屏風絵に―屏風の絵に。○紀貫之―つらゆき。

屏風に

いつもよりもいっそう明るく照り輝いていることだ、山の端の紅葉の間を分けるように出てくる月の光は。

【語釈】○屏風に―「延喜十四年十二月女四宮御屏風」のこと。○照りまさる―一段と光り輝く。○山の端の紅葉をわけて出る―山の端の林の中から出てくる月を、「紅葉をわけて」出てくるとみて、紅葉に照り映えた月の明るさを表現した。

【補説】この歌は陽明文庫本『貫之集』に「延喜十四年十二月女四宮御屏風のれうの歌、亭子院の仰せによりて奉る十五首」とある屏風歌（二九～四三）の「秋」と題する歌群中（四〇）にみえ、第三句は「秋山の」とある。時雨亭文庫蔵素寂本『貫之集』にも「おなじ十四年十二月（右傍ニ「十八日イ」トアル）女四の宮御屏風のれうの歌、亭子の院のおほせにて」と詞書のある歌群中（四〇）に、五〇三と歌詞に異同なくみえる（時雨亭文庫蔵承空本モ同ジ）。

紅葉も月も照り輝くものとして、二者を取り上げて、それぞれの輝きを対照、比較して、

入る月に照りかはるべき紅葉さへかねてあらしの山ぞさびしき（新千載・秋下・五六七　惟喬親王）

秋の夜のおぼろに見ゆる月よりは紅葉の色ぞ照りまさりける（時雨亭文庫蔵承空本躬恒集一二二）

などと詠まれている。この紅葉と月とを合わせて、一段と輝きをます月を詠んだのが五〇三の貫之の歌であるが、その先蹤に、月の桂の紅葉で秋の月は一段と輝きをましていると詠んだ忠岑の、

久方の月の桂も秋はなほもみぢすればや照りまさるらむ（古今・秋上・一九四、西本願寺本忠岑集一四）

という歌がある。

「山の端」は遠くから見て山の稜線が空に接しているところで、歌では月の出入りするときに詠まれることが多い。貫之の歌は山の稜線から姿を現した月を見て詠んだものである。月が紅葉を分けて出てきたというのは詩的想像力で、紅葉の赤が月に映えて月の輝きが増すとするのも巧智である。これを模して入る月と散る紅葉を、信明は、

散りぬべき紅葉の色も月影も山の端にこそとまらざりけれ（時雨亭文庫蔵資経本信明集三九）

と詠んでいる。

【作者】紀貫之→七。

【他出文献】◇貫之集→［補説］。◇古今六帖二九七。

題不知　　　　　　　　　　　　　　　　　　躬　恒

504　久方《ひさかた》の天《あま》つ空《そら》な《成》る・*月《つき》なれどいづれの水に影《かげ》なかるらん

【校訂注記】底本ノ「月なれは」ヲ島本・貞和本、『集』ノ具世本、定家本ナドニヨッテ、「月なれと」ト改メタ。

【校異】歌○水に―さとに（島）。

【拾遺集】雑上・四四六。

題不知　　　　　　　　　　　　　　　　　躬　恒
久かたの天つ空なる月なれといつれの水にかけなかるらむ
定雑上・四四〇。詞○題不知―詞書ナシ。歌○かけなかるらむ―影やとるらん。

題知らず
空にあって余す所なく照っている月であるけれど、自分の所以外のどの水に影を映していないのだろう。恩恵に浴することのないのは自分の所だけである。
【語釈】○題不知―書陵部蔵光俊本『躬恒集』（躬恒集Ⅰ）などには「水にやどれる月を」（二七一）と詞書があ

る。○天つ空―天空。空。○月なれど―底本に「月なれば」とあるが、『抄』『集』『躬恒集』の現存諸本に「月なれど」とあるので、改めた。○いづれの水に影なかるらん―「いづれ」は不定の物を表す代名詞。「影なかるらん」について、『八代集抄』には「かく普き光りのいづこに影なかるらんと也。然るに我は其光をうけぬ事よと也」とあり、どの水に影がないのだろう、自分の所以外のどの水に影を映していないのだろうの意に解している。一方、『集』の定家本の「影やどるらん」という本文では、どの水に影を映しているのだろう、自分の所には影を映していないの意となり、わが身の不遇を訴えた歌となる。述懐歌としては、この方がよい。「影」は月の光と、恩恵の意を表す。

【補説】『躬恒集』の諸本のうち、光俊本、時雨亭文庫蔵承空本（二九五）などには「みづにやどれる月を」と詞書がある。水に映る月をみて、恩恵に浴することのないわが身の不遇を詠んだ述懐歌である。この歌と表現の似ている歌に、

久方の空さへ澄める秋の月いずれの水にやどらざるらん（素寂本順集、順集Ｉ九一）

という歌がある。

【作者】凡河内躬恒→五。

【他出文献】◇承空本躬恒集二九五、第三句「月なれど」。◇躬恒集Ｖ一六九、「題しらず」、第三句「月なれど」。

三条のおほいまうちぎみ後院に住《す》み侍りけるころ、歌よみども召《め》し集《あつ》めて歌詠《よ》ませ侍りけるに、水上秋月といふことを詠《よ》ませ侍りける

に

式部大輔文時

505
水の面《おも》に月の沈《しづ》むを見《み》ざりせば我ひとりとや思《おも》ひはてまし

式部大輔菅原文時

【校異】詞○三条のおほいまうちきみ—三条右大臣〈右傍ニ朱デ「東三条太政大臣」トアル〉（貞）○すみ侍けるころ—すみ侍ける時（島）すみ侍けるにころ（貞）○めしあつめて—あつめて（島）○よませ侍けるに—よみ侍けるに（貞）○ことを—題を（島）○よませ侍けるに—ナシ（島）よみ侍ける（貞）○式部大輔文時—菅原文時（島）式部大輔菅原文時（貞）。歌○我ひとりとや—わかみのみとや（島）○おもひはてまし—おもひいらまし〈「いら」ノ右傍ニ朱デ「ハテ」トアル〉（貞）。

【拾遺集】雑上・四四八。

みつの面に月のしつむをみさりせは我ひとりとや思はてまし

㊈雑上・四四二。詞○式部大輔菅原文時—式部大輔文時。

三条左大臣殿が後院の四条邸に住んでおりましたころ、歌人たちを呼び集めて歌を詠ませましたときに、水の上の秋の月という題を詠ませましたので

水面に映る月が水底に沈んでいくのを見なかったならば、沈むのは自分ひとりかと思いこんだであろう。

【語釈】○三条のおほいまうちぎみ—「おほいまうちぎみ」は一八六参照。太政大臣藤原頼忠。一八六［作者］参照。○後院—天皇の譲位後の居所として用意された別邸。頼忠に関係のある後院としては四条第がある。○歌よみども召し集めて歌詠ませ侍りけるに—貞元二年（九七七）八月十六日に、大中臣能宣、平兼盛、清原元輔、源重之、源順、紀時文など、当代を代表する歌人を集めて催された「左大臣頼忠前栽歌合」をいう。○水上秋月

といふことを―この日の歌題は水上秋月、岸辺秋花、叢中秋虫の三題であった。〇水の面に月の沈む―水面に映る月が水底に沈んでいるように見えるさまをいう。「沈む」に沈淪、不遇を暗示。〇我ひとりとや―沈むのは自分ひとりかと。

【補説】 この歌合の行われた場所について、萩谷朴氏（『平安朝歌合大成二』）は『順集』（二四八）の詞書に「八月左大臣後院にて宴をなす夜の歌」とあることから、後院で行われたもので、それは四条後院である可能性が多いと考えられると言われながらも、「円融天皇が退位後の居処として予定せられた四条後院」を「廉義公頼忠の家と呼び得たか否かが問題となって残される」と言われた。

「四条後院」は現存の史料では、『日本紀略』の天元四年（九八一）七月七日の条に「天皇遷御四条後院、太政大臣四条坊門大宮第也、以之為後院」とある。しかし、円融院はここを後院として用いず、『日本紀略』の天元五年十二月二十五日の条に「遷幸堀川院、件院為後院、公家被造之」とあるように堀川院を後院とされたので、四条第は頼忠家が使用、天元五年五月八日には中宮遵子が四条第から入内した。詞書にいう「後院に住み侍りけるころ」は「三条左大臣頼忠前栽歌合」が催された貞元二年（九七七）八月ごろをいうが、このころ四条院は後院ではなかったと考えられる。四条第を後院と呼んでいるのは前記のように天元四年七月ごろで、『百錬抄』に「太政大臣以私家造進、為後院」とあるように、それ以前は頼忠が私邸として用いていた。おそらく、貞元二年（九七七）八月ごろも四条第は私邸であったと思われる。このころは兼通の女の媓子が皇后として円融帝に寵愛され、帝はしばしば兼通の堀川院に遷御され、内裏焼亡のときはそこを内裏として用いていた。頼忠が私邸を後院として造進しようとしたのは、天元元年四月十日に女の遵子が掖庭に入って女御となり、一方で、遵子に続いて兼家の女詮子も掖庭に入って女御となり、兼通の女の皇后媓子が天元二年六月に亡くなったことなどから、円融帝との結び付きを強固にしようとしたためであろう。貞元二年当時は太政大臣兼通が権勢を掌握していて、兼通を差置いて頼忠が後院を造進したとは考えられない。

『順集』などに「三条左大臣頼忠前栽歌合」が後院で行われたとあるのは、家集の成立時に四条第には前記のような経緯があったことによると考えられる。

紀時文の歌は歌合の十巻本には第一句が「水の上に」とある。「水の面に月の沈む」という表現を解するには、当日、「ともゆき」が詠んだ「水の上におちたる月の影深み底に沈める心あるべし」という歌や、済時の歌の「水底にやどる月だに浮かべるを」という表現などが参考になる。

【作者】菅原文時　父は道真の子の菅原高視、母は菅原宗岳女。昌泰二年（八九九）生。対策に及第して少内記、大内記、左中弁、文章博士、大学頭などを歴任、康保元年（九六四）七月式部権大輔となり、天延二年（九七四）正四位上。貞元三年（九七八）十月式部大輔に転じ、天元四年（九八一）正月従三位に叙せられ、同年九月八日没、八十三歳。漢詩文に優れ、作品は『本朝文集』『本朝文粋』などに収められている。勅撰集には『拾遺集』に一首入集。

【他出文献】◇三条左大臣頼忠前栽歌合→［補説］。

除目の後朝に命婦右近が許につかはしける　　清原元輔

506　年ごとにたえぬ涙《なみだ》や積《つも》りつゝいとゞ深《ふか》くは身《み》を沈《しづ》むらん《覧》

【校異】詞○除目後朝に―除目のつとめて（島）○右近―左近（島）左近〈「左」ノ右傍ニ朱デ「右」トアル〉（貞）○許に―かり（島）許へ（貞）○清原元輔―元輔（島）。歌○たえぬ―たえす〈「す」ノ右傍ニ朱デ「ヌ」トアル〉（貞）○ふかくは―ふかくは〈「は」ノ右傍ニ朱デ「ヤ」トアル〉（貞）。

【拾遺集】雑上・四四九。

除目後朝に命婦左近か許につかはしける　清原元輔

年ことにたえぬ涙やつもりつゝいとゝふかくは身をしつむらむ

㊟雑上・四四三。詞○除目後朝に―除目のあしたに。○清原元輔―もとすけ。

除目の翌朝に右近の命婦のもとに詠んで持たせてやりました

毎年の除目に任官できず、堪えきれずに流し続けた涙が積りに積って、ますます深くなり、その深みに身を沈めることとだろう。

【語釈】○除目―大臣を除く官職任命の政務的な儀式。春の県召の除目と秋の司召の除目とがあったが、京官・外官ともに任ずることが多い。ここは春の外官除目をいう。○後朝―翌朝。「除目のつとめて、かならず知る人のさるべきなきをりも、なほ聞かまほし」（枕草子・とくゆかしきもの）。○命婦右近―『抄』の底本以外は「左近」とある。『元輔集』（六）には「内の命婦」、時雨亭文庫蔵坊門局筆本『元輔集』（八）に「うちの右近」、西本願寺本『元輔集』（六）に「左近の蔵人」などとある。時雨亭文庫蔵素寂本『順集』（四一）にも任官の斡旋をした「右近命婦」のことがみえるので、村上朝の内裏女房であろう。なお、三五一［作者］右近参照。○たえぬ涙―任官できない悲しさに堪えられないで流し続けた涙。「絶えぬ」に「耐えぬ」を掛ける。○身を沈むらん―その深みに身を沈めることとだろう。不遇な境涯を送ることになることをいう。

【補説】毎年の除目に官職に就くことができない、わが身の不遇を知り合いの内裏女房に詠み送った歌である。この「命婦右近」の部分は異文が多く人物を特定することは難しいが、任官が叶うように助力を求めていた人物であろう。元輔の女の清少納言が『枕草子』（正月一日は）に「老いて頭白きなどが人に案内言ひ、女房の局などによりて、己が身のかしこきよしなど、心ひとつをやりて説き聞かするを」と書いている場面そのものが、元輔にも右近相手にあったのだろう。受領階級の人々にとっては、除目は四年先までの生活が保証されるかどうかの重要な機会である。一度任官の機会を逸して散位になると、強力な後楯となる権力者がいないかぎり官職にありつくのは難しかった。歌に「身を沈むらん」とあるのは、前途の望みもなく散位に甘んじなければならない身となることである。

【作者】 清原元輔→三二。

【他出文献】 ◇元輔集六、「つかさ給はらで除目のまたの日、うちの命婦につかはして侍りし」。

権中納言敦忠が西坂下の山庄の滝《たき》の岩《いは》に書《か》き付《つ》け侍りける　伊勢

507 音羽《おとは》川せきれて落《おと》すたぎつせに人の心の見えもするかな

【校異】 **詞**〇西坂下の―やましなの〈右傍ニ朱デ「ニシサカモトノ」トアル〉（貞）〇山庄―家（島）。**歌**〇せきれて―せきいれて（島・貞）〇見えもするかな―みえすもあるかな（貞）。

【拾遺集】 雑上・四五一。

権中納言敦忠西坂本山庄たきのいわにかきつけて侍ける　伊勢

をとは河せきいれておとす滝つせに人のこゝろのみえもするかな

㊜雑上・四四五。**詞**〇敦忠―敦忠か。〇西坂本―西さかもとの。〇山庄―山庄の。

権中納言敦忠の西坂本にある山荘の、滝の岩に書き付けました

音羽川の水を塞きとめて引き入れて落とした滝の趣向に、山荘の主の高雅な心が見られもすることだ。

【語釈】○権中納言敦忠―天慶五年（九四二）三月権中納言。同六年三月七日没。二五七［作者］参照。○西坂下の山庄―「西坂下」は正しくは「西坂本」。三九二［語釈］参照。比叡の西坂本にあった敦忠の山荘。小野殿。三九二参照。○音羽川―四明ヶ岳に源を発し、修学院離宮、林丘寺の南を西に流れて太田川に合流している。○たぎつせ―激しく流れる瀬。語構成は(イ)動詞「滾（たぎ）つ」に「瀬」のついたもの、(ロ)「滝」と「瀬」との間に助詞「つ」を介したもの、という二通りの考えがあり、発音も(イ)は「たぎつせ」、(ロ)は「たきつせ」と区別されていたとも考えられるが、動詞「たぎつ」にも清濁両形の共存を認める考えもあるので、一概にはいえない。○人の心―「人」はこの山庄の主である敦忠のこと。滝の結構に趣向を凝らした家主の敦忠の高雅な心。

【補説】この歌は『伊勢集』の三系統本にあり、詠歌事情もほぼ同じようであるので、西本願寺本（伊勢集Ⅰ四六八）によって示すと、

　ある大納言ひえ坂本に、おとはといふ山の麓に、いとをかしき家つくりたりけるに、おとはかはをやり水にせきいれて、滝おとしなどしたるをみて、やり水のつらなる石に書きつく

　　おとはがはせきれておとすたぎつせに人の心の見えもするかな

とある。この山荘を造営したのは三系統本に「ある大納言」とある。敦忠の最終官職は権中納言であるので、「大納言」とあるのは誤りということになるが、時平の子で最終官職が大納言であった者がいた。それは長男の保忠である。保忠のことは一八〇の［補説］に記したが、妻子はいなかった。保忠の四十の賀の祝には敦忠が屏風を新調して贈り、その屏風歌を伊勢に依頼している。このような三人の関係からすると、『伊勢集』に「大納言」とあるのを簡単に誤りと決めてよいだろうか。この山荘は世に「賢人大将」と呼ばれた保忠が造営し、保忠没後に敦忠が伝領したこともありえないことではない。

また、この歌は『和歌体十種』では「是体、詞標一片義籠万端」と説明されている「余情体」の例歌として、
　音羽川せきる丶水のたぎつ瀬に人の心の見えもするかな
とあり、第二句に小異がみられる。
この西坂本の山荘の景観は見事であったようで、敦忠の没後、山荘の主を偲んで人々が花見に訪れたことは三九二にあった。この山荘の風流とともに、伊勢の歌も後世まで知られ、それを意識して、
　音羽川せき入れし水に影とめて人の心を月に見るかな（続古今・雑中・一六七九　西園寺入道前太政大臣〈公経〉）
　さみだれに水しまされば音羽川せき入れぬ宿も落つる滝つせ（玉葉・夏・三六四　平経正朝臣）
　音羽川せき入れぬ宿の池水も人の心は見えけるものを（続詞花・雑上・七四二　仁和寺一宮母）
などと詠まれている。
【作者】伊勢→三〇。
【他出文献】◇伊勢集→［補説］。

508　君がくるやどに絶《た》えせぬ滝《たき》の糸《いと》はへてみまほしき物ぞ有りける　　中務
【校異】歌〇たきのいと―白糸〈「右傍ニ朱デ「タキノイトハ」トアル〉（貞）〇物ぞ有ける―ものにさりける（島）ものにそありける（貞）。
【拾遺集】雑上・四五二。

中務

君かくるやとにたえせぬ滝のいとはへてみまほしき物にそ有ける

あなたがおいでになる山荘の庭に、絶えることなく流れ落ちる滝の水は、糸を機に掛けてたいそう長く張ったような、長い水の糸筋を見たいものであった。

[定]雑上・四四六。

【語釈】○君がくる―「君」は山荘の主。「くる」に「来る」と糸の縁語の「繰る」を掛ける。○やど―山荘の庭。○絶えせぬ―絶えることがない。「糸」の縁語。○滝の糸―滝の流れ落ちる水を白い糸に見立てた表現。滝の流れ落ちる水を「糸」「白糸」に見立てて詠むのは貫之の歌の特徴的表現。四四一参照。「糸」に副詞「いと」を掛ける。○はへて―「延ふ」は糸や綱などを長く引き伸ばす、張る。「はへて」に糸を整えて機に掛ける意の動詞「ふ（綜）」の連用形に接続助詞の「て」が付いた「へて」を掛ける。「水引きの白糸はへて織る機は旅の衣にたちやかさねん」（後撰・羇旅・一三五六）。

【補説】この歌は中務が母の伊勢とともに西坂本の敦忠の山荘を訪れたときに詠んだ歌である。敦忠は天慶六年（九四三）三月七日に三十八歳で早生した。一方、伊勢の詠歌年時が知られる最晩年の歌は天慶元年に亡くなった勤子内親王を哀悼する贈答歌である（伊勢集Ⅰ四四七、四四八）。五〇七の伊勢の歌には山荘の主の高雅な心を称賛する気持ちがあり、山荘の主の敦忠の目に触れることを期待して滝の岩に書き付けたものと思われる。また、中務の歌にも「君がくる」と現在のこととして詠んでいるので、敦忠生前のことであろうと思われるが、敦忠の年齢と伊勢親子の年齢とを考えると、伊勢親子の山荘訪問は伊勢の最晩年に近いころのことと思われる。
　中務の歌は「語釈」にも記したように、滝の流れ落ちる水を糸に見立てて詠むところから、糸の縁語「くる」

「絶え」「はへて」などを用いているが、これらの縁語のなかで「繰る・来る」「延へて・綜（へ）て」などは掛詞としても用いられていて、その表現技巧に中務の若さと才知のほどが窺われる。

【作者】中務→六。

題不知　　読人不知

509　藻刈《もか》り舟《ぶね》今《いま》ぞ渚《なぎさ》にきよすなる汀《みぎは》の鶴《たづ》の声さわぐ成《は》り・

【校異】詞○題不知―たいよみ人しらす（島）。

【拾遺集】雑上・四七一。

題不知　　読人不知

もかり舟いさすみの江のわすれ草わすれて人のまたやつまぬと

定雑上・四六五。歌○いさすみの江のわすれ草わすれて人のまたやつまぬと―今そなきさにきよすなるみきはのたつのこゑさはくなり。

題知らず

藻刈り舟が仕事を終えて、ちょうど今、渚に近付いて来たようだ。汀の鶴の鳴きさわぐ声がしている。

【語釈】○藻刈り舟―海藻を刈り取るのに用いる小舟。「藻刈り舟沖漕ぎ来らし妹が島かたみの浦に鶴かけり見ゆ」（万葉・巻七・一一九九）。○渚にきよすなる―波うち際に近付いてきた。○声さわぐなり―鳴きさわぐ声がしている。

【補説】この歌は多くの歌論・歌学書にとりあげられている。その端緒は公任の『新撰髄脳』に「ことを数多ある中にむねとさるべきこと」としてあげているなかに、「詞異なれども心同じきをばなほ去るべし」としてこの歌をあげている。それ以後、『俊頼髄脳』にもこの歌の「渚」と「汀」は「文字は変りたれど、同じ心の病とするなり」とあり、同心病・文字病に言及した歌論・歌学書には、きまってこの歌がひかれている。このような難点がありながら、公任も『金玉集』（五〇）、『深窓秘抄』（七八）などに撰んでいるのは、上、下句の末に助動詞「なり」を用いた、流れるようなのびのびした声調にある。

この歌は眼前の景や屋内にいて五感によって感知した事柄から、視界外や確認できない屋外の状況を推測するという発想で詠まれ、多く「…らし（らん）…断定表現」の形をとる。このような発想は古くは、

深山にはあられ降るらしとやまなるまさきのかづら色づきにけり（古今・神遊びの歌・一〇七七）

神無月しぐれ降るらし佐保山のまさきのかづら色まさりゆく（寛平御時后宮歌合一二五）

雪降れば衣手寒したかまどの山の木ごとに雪ぞ降るらし（古今六帖七四一）

など、「読み人知らず」歌や歌謡的性格の歌にみられたが、後撰・拾遺抄時代になると、重之、好忠、公任などが、

みさごゐる荒磯波ぞさわぐらし潮焼く煙なびくかた見ゆ（西本願寺本重之集三一四）

河上に夕立すらし水屑せく梁瀬のさ波たちさわぐなり（天理図書館蔵曽禰好忠集一五七）

白山に年ふる雪やまさるらん夜半に片敷く袂さゆなり（公任集一九七）

と詠んでいる。この他の類例は拙著『公任集注釈』（二二八頁）を参照願いたい。

なお、『集』の具世本のみが、

もかり舟いさすみの江のわすれ草わすれて人のまたやつまぬと

という本文になっているが、これは書写の際に、「もかり舟」と書いたところで目移りして、次の歌の第二句以下を書き写したことに起因する誤りである。

【他出文献】◇金五〇。◇深。◇古今六帖一八四七。

510　大空《おほぞら》をながめぞ暮《くら》す吹《ふ》く風のお《を》とはすれども《鞆》目《め》にし見えねば　躬恒

【校異】 **歌**〇なかめそくらす―なかめてあかす〈「てあかす」ノ右傍ニ朱デ「ソクラス」トアル〉（貞）〇めにし―めには（貞）。

【拾遺集】 雑上・四五六。

題不知　読人不知

おほ空をなかめて暮す吹風の音はすれともめにも（「も」補入）みえねは

〔定〕雑上・四五〇。**詞**〇読人不知―みつね。**歌**〇なかめて―なかめそ。

大空をみつめながら物思いにふけって一日を過ごすことだ。吹く風が音はするが、目に見えないように、あなたからの便りはあっても、会うことはできないので。

【語釈】〇ながめぞ暮す―物思いながら見つめて日を過ごす。〇吹く風のおとはすれども目にし見えねば―「吹く風の」を「目に見えぬ」、また「音」にかかる枕詞とる説もある。風は皮膚感覚や聴覚的に存在を確認できる。ここはそのような風の特性を便りはあっても会えないことの比喩に用いた表現とみる。

【補説】この歌は内閣文庫本『躬恒集』（躬恒集Ⅱ二一四）には『拾遺集』からの増補歌としてあるので除き、それ以外の系統本をみると、書陵部蔵光俊本『躬恒集』（躬恒集Ⅰ二七二）、時雨亭文庫蔵承空本『躬恒集』（二九六）では前後の歌の配列は同じで詞書はなく、西本願寺本『躬恒集』（躬恒集Ⅳ四七）、歌仙家集本『躬恒集』（躬恒集Ⅴ一七九）ではともに「ざうのうた」と詞書のある七首の歌群中にあり、西本願寺本だけが第四、五句は「こゑはすれどもめにもみえねば」とある。

「吹く風」「音」「目に見えず」などの語を用いた歌には、

世の中はかくこそありけれ吹く風の目に見ぬ人も恋しかりけり（古今・恋一・四七五　貫之）

思へどもはかなきものは吹く風の音にも聞かぬ恋にぞありける（玉葉・恋一・一二四七　友則）

吹く風の音に聞きつつ桜花目にはみえでも散らす春かな（村上御集六）

などがあり、古今集時代の特徴的な詠み口であった。躬恒の歌はこれらの歌より複雑である。前掲の「大意」は男の立場で詠んだとみて、「風」は女の比喩と解した。しかし、これらを逆転させて、女の立場で、風を男の比喩として、男の訪れを待つ女の歌とみる別解も成り立つ。

【作者】凡河内躬恒→五。

【他出文献】◇躬恒集→［補説］。

ある所に、春と秋《あき》とはいづれかまさると問ひ侍りければ　　貫*之

511　春秋に思《おも》ひ乱《みだ》れてわきかねつ時につけつつうつる心《こころ》は

【校訂注記】底本ニ作者名ヲ欠クガ、島本、貞和本、『集』ノ具世本、定家本ナドニヨッテ補ッタ。

【校異】詞○春とあきとは―春秋（島）はるとあきと（貞）○いつれかまさると―いつれまさりたりと（島）いつれまされりと（貞）歌○こゝろは―心を〈「を」ノ右傍ニ朱デ「ハ」トアル〉（貞）。

【拾遺集】雑下・五二一。

ある所に春と秋といつれまさるとゝはせ給しによみてたてまつりける

紀　貫之

春秋におもひみたれて分かねつ時につけつゝうつる心は

㊀雑下・五〇九。詞○春と秋と―春秋。○いつれ―いつれか。○給しに―給けるに。

ある高貴な筋で、春と秋とはどちらの方が優っているかと尋ねられましたので

春が優っているのか、秋が優っているのか思い悩んで、どちらとも判定しかねた。春には春が優っていると思い、秋には秋の方がと思うように、その時々に応じて、心は移り変る。

【語釈】○ある所に―『集』の詞書には「とはせ給けるに」「よみてたてまつりける」など、敬語表現がみられるので、高貴な筋であろう。○春と秋とはいづれかまさる―春と秋とどちらがまさっている季節か。春秋優劣論である。○春秋に思ひ乱れて―春が優っているのか、秋が優っているのか思い悩んで。○わきかねつ―どちらとも判断しかねる。○時につけつつ―その時々に応じて。春には春、秋には秋がまさっていると思うように。○うつる心―心が変化する。

【補説】この歌は『貫之集』の諸本に詞書を、

あるところの春と秋といづれまされりととはせたまひけるによみてたてまつりける（陽明文庫本、歌仙家集

本は「いづれまされる」）

あるところに春と秋とはいづれまされりととはせ給へるによみてたてまつらする（時雨亭文庫蔵承空本）としてみえる。いわゆる春秋優劣論議の歌であるが、貫之は優劣を決めず、判定を留保している。この春秋優劣論の本格的なものとして「論春秋歌合」「黒主豊主歌合」「躬恒自歌合」などの名称で呼ばれている歌合がある。この歌合は「春・秋」「夏・冬」「恋・思」の三部の優劣問答から成り、その成立については、

㈠黒主、豊主の歌問答に、後に躬恒が判歌を付したとする説。

㈡躬恒が黒主、豊主に仮託して、自歌を合せて判を付したとする説。

の二説があるが、どちらの説も判歌は躬恒の自作と認めている。この春秋問答の部の躬恒の判歌は、「おもしろきことは春秋分きがたしただ折節の心なるべし」とある。貫之の歌は表現こそ異なれ、躬恒の歌に一首の構成も酷似していて、躬恒の歌を模倣したのではないかと思われる。

【作者】紀貫之→七。

【他出文献】◇貫之集→［補説］。

草合せし侍りける所に　　恵慶法師*

512　たねなくてなきもの草は生《お》ひにけりまくてふ事はあらじとぞ思ふ

【校訂注記】底本ニ作者名ヲ欠クガ、島本、貞和本、『集』ノ具世本、定家本ナドニヨッテ補ッタ。

【校異】歌○たねなくて―たつなくて〈「つ」ノ右傍ニ朱デ「ネ」トアル〉（貞）○まくてふ―まくてう〈「て」ト「う」ノ右傍中間ニ朱デ「トィ」、「う」ノ左傍ニ「ふィ」トアル〉（貞）。

【拾遺集】雑下・五三七。

くさあはせ侍けるところに　　恵慶法師

たねなくてなき物くさは生にけりまくといふことはあらしとそおもふ

定雑下・五二五。詞○侍ける―し侍ける。歌○まくといふ―まくてふ。

草合をしました所で

種がなくてなきもの草が生えてしまったことだ。種を播くことはなかったので、勝負に負けることはあるまいと思う。

【語釈】○草合―三九五の［補説］に記したように、「草合」には二種ある。一つは①左右に分かれていろいろな珍しい草を取り合せて優劣を競った草合。他の一つは②珍品奇物を取り合せて優劣を競った「種合」である。○なきもの草―「なき」は所有していない、手元にないの意。「もの草」は物の種類、物事の意で、珍品奇物のこと。草の名目に取り成して言ったもの。○まくてふ―「まく」に種の縁語の「播く」と勝負に負ける意の「負く」とを掛ける。

【補説】この歌は時雨亭文庫蔵資経本『恵慶集』（五七）に詞書を「あるところに方わけてくさあはせする歌」として、歌詞に異同なくみえる。また、同文庫蔵定家等筆本（五六）には詞書を「ある所にかたわきて草合するに」として、第四句は「まくといふ事は」とある。「くさあはせ（草合）」の用例は、『重之集』（一六一）、『大斎院御集』（一二九）、彰考館文庫蔵『輔尹集』（七）、『後拾遺集』（雑六・一二一四）などにもあり、これらは［語釈］に記した①に当るものであり、もう一つの②に当る珍品奇物を取り合せて優劣を競った「種合」のことは、『今昔物語集』（巻第二十八、右近馬場殿上人種合語第第三十五）に「今昔、後一条の院の天皇の御代に、殿上人・蔵人有る限り、員を尽くして、方を分かちて、種合せする事有りけり。…而る間、方人ども各々世の中に難有き物をば、諸宮の諸院、寺々国々、京、田舎となく、心を尽くし、肝を迷はして、求め騒ぎ合ひたる事、物に不似ず」とあり、種合のために珍品奇物を探し求めたことがみえる。この種合に相当する「くさあはせ」の用例としては、『恵慶集』や『抄』三九五を収める西本願寺本『躬恒集』（三五〇）に「くさあはせ」の題で詠んだ歌がある。

また、「なきものぐさ」の用例は『抄』『集』にある躬恒、恵慶の歌以外に『大斎院御集』（一二九、一三〇）に、

　　つれづれなる日、御前ざいの下草なと《ママ》りあつめてくさあはせして、
　　たいふのかたになきものぐさおほかり、草枯れて、くずのはのな
　　かりければ
　もりぬとぞ数置く露も思ふらしさくとてよせぬくずのわかし（右傍ニ「はカ」）を
　　うこが
　かずかずになきものぐさをおきつめば露さへもらずくずのうらはに

とある。「なきものぐさ」の意義については『日本国語大辞典』に「うきくさ（浮草）の異名」とあり、『八雲御抄巻三』にも「なき物ぐさと云、うき草歟、可尋」とある。これに対して『色葉和難集巻五』には「なきものぐさとは草あはせなり」とある。また、『八雲御抄巻三』には「萍　さ月のうき草と云り。…たねなしと云り」ともある。『重訂本草綱目啓蒙』には水草について「水萍　かがみぐさ　古歌、たねなし、なきものぐさ　倶に同上」とある。「たねなし」を「うきくさ」の異名とする説も恵慶の歌に依っているものと思われるが、平安時代に「たねなし」の名目があったことを確認できる資料はない。

平安和歌にみられる「なきものぐさ」は「うき草」説では解明はできない。顕昭は『拾遺抄注』で、

(1)「クサアワセ」について、「クサアハセトハ、闘草トカキ、カキネ草ニテカハセハジメタルコトヲ、雑物ニハシナシタルナリ」とあり、「くさあはせ」は、草の優劣を競う「草合」から発して、雑物を用いてするようになったものであると説いている。この文脈からは「クサアハセ」は「種合」であるというのが顕昭の主張ともとれる。

(2)「ナキモノ草」というのは、そのように呼ばれる草があるのではなく、「草合ヲナキモノグサト云フ。カタキノ方ニナキ草ヲ勝チトスレバ云歟」と説明している。

この顕昭の説で注意すべきことは「カタキノ方ニナキ草」を勝負を決めるものとみていることである。これは「なきものぐさ」の語構成を「ナキ－モノグサ」というように捉えることを示唆している。「ナキ」は手元にない、所持していないの意、「モノグサ」は物の種類、物事の意で、相手が所持していない物事をいう。それは珍品奇物のことである。この恵慶の歌では、「なきもの草」は種がなくても生えてきた珍しいものであり、顕昭流に言えば、草の名ではないので、具体的な名目などを言う必要はなかった。

このように「なきものぐさ」の語義を考えると、現在知られている用例は理解できそうである。たとえば『抄』三九五の「桜花我やどにのみ有りとみばなきものぐさは思はざらまし」という躬恒の歌は、『躬恒集』では「くさあはせ」をする屏風絵の絵柄を見て詠んだとある。絵は「我やどにのみ」ある「桜花」の枝を合せものに出して負けた人物が描かれていたのであろう。その画中の人物の心裡を詠んだ歌であるが、桜花が我が家の庭にだけあると思ってみるならば、自分の持っていないどんな珍品奇物もほしいとは思わないというのである。

【作者】恵慶法師→四〇。

【他出文献】◇恵慶集→［補説］。

513　なぞなぞものがたりし侍りける所に　曽禰善忠
わがことはえもいはしろの結《むす》び松千歳《ちとせ》を経《ふ》ともたれか解《と》くべき

【校異】詞○し侍ける所に―の所にて（貞）。
【拾遺集】雑下・五三八。
なぞ〳〵物かたりし侍りける所に　曽禰好忠
我事はえもいわしろのむすひ松千とせをふとも誰かとくへき
㊦雑下・五二六。詞○し侍りける―しける。

謎々をしました所で
我々の謎々にあなた方はとても答えを言えないでしょう。岩代の結び松のように、たとえ千年を経てもだれが解けるでしょうか。

【語釈】○なぞなぞものがたり―謎かけの問いと答えを歌で応酬する遊戯。謎々。「小一条殿の人々、なぞなぞがたりに」（時雨亭文庫蔵素寂本実方中将集六六）。○わがこと―『和歌大系』に「私の謎々の言葉」とある。我々の出した謎々。○えもいはしろの結び松―「えもいはしろ」に「えも言はじ」を掛ける。『和歌大系』に「えもいわれぬすばらしさで」とあり、前項の「わがこと」と呼応しているが、謎々の言葉がすばらしいから解けないということにならない。「えも」は否定・反語表現に用いて、とても…できないの意。とても答えられない。「いはしろの結び松」は『万葉集』（巻二・一四四）にある長忌寸意吉麿が結び松を見て有間皇子の死を哀しみ傷んで詠んだ「磐代の野中に立てる結び松情も解けず古思ほゆ」という歌を踏まえる。「いはしろ」は現在の和歌山県日高郡南部町岩代。

【補説】 この歌は天元四年（九八一）四月二十六日に催された「故小野宮右衛門督斉敏君達謎合」において、謎々語合を始める前に、左方から「青柳の薄様一重ねに書きて、松の枝に付けて」出された歌で、萩谷朴氏（平安朝歌合大成二）によれば、「謎の語と謎解きの歌とを記した冊子を提出するに当って、その草子に添えた歌」で「我が方の勝利を確信した名乗りの歌ともいうべきもの」であり、この歌の優劣は勝負には関わりなかった。ここで注意されるのは、この謎々語合のような特殊な場で詠まれた歌を『抄』に撰入していることである。現存する謎合は小野宮家とその眷属たちによって行われたものであり、実方などの「小一条殿の人々」の謎々語り、中宮定子の回想に出てくる謎々合など、『抄』を取り巻く文学的な環境のなかで流行した遊戯であるらしい。ここにも『抄』の撰者としての公任の存在が仄見えるようである。

【作者】 曾禰好忠→一九七。

【他出文献】 ◇故小野宮右衛門督斉敏君達謎合、第四句「ちとせをへても」。◇曾禰好忠集、「物語つくるところにてよめる」、第四、五句「ちとせはふともとけじとぞおもふ」。

野宮にて斎宮の庚申し侍りける時に、夜《よる》の琴《こと》松の風に入《い》るといふことを詠《よ》み侍りける　　斎宮女御

514　琴《こと》の音《ね》に峰《みね》の松風かよふなりいづれのをより調《しら》べそむらん

【校異】 詞○野宮にて斎宮の庚申―小野宮斎宮庚申〈「宮斎」ノ中間右傍ニ朱デ「ニテ」、「宮庚」ノ中間右傍ニ朱デ「ノ」トアル〉（貞）○し侍ける時に―し侍けるに（島）の侍ける時（貞）○よるのこと松の風にいる―夜

琴入松風（島・貞）〇いふこと―云題（島）〇よみ侍ける―よみ侍けるに（貞）。**歌**〇かよふなり―かよふなり〈「なり」ノ右傍ニ朱デ「ラシ」トアル〉（貞）。

【拾遺集】 雑上・四五七。

のゝみやにて斎宮の庚申し侍けるに松風入夜琴といふ題をもてよみ侍ける　　斎宮女御

琴の音にみねの松風かよふらしいつれのをよりしらへそめけむ

定雑上・四五一。**詞**〇のゝ宮にて―野宮に。〇題をもて―題を。

野宮で斎宮規子内親王が庚申の遊びをしましたときに、夜の琴松の風に入るという題を詠みました

琴の音に峰から吹き下ろす松籟が似通っているように聞こえる。山のどの尾根から、琴のどの緒から奏で出したのだろうか。

【語釈】 〇野宮―斎宮に卜定された女性が伊勢に下向する（群行）前に、初斎院に続けて一年間、潔斎のために入る、宮城外の浄野に造られた仮宮。跡地としては現在の嵯峨野宮町にある野宮神社がよく知られているが、場所は一定していなかったので、他にも跡地と考えられる所がある。〇斎宮―伊勢神宮に奉仕する未婚の皇女。一六四参照。ここは村上天皇第四皇女、規子内親王。四四四参照。〇庚申―中国の道教の信仰に由来する習俗。庚申の夜には人の体内にいる三尸という虫が抜け出して、その人の罪や悪事を天帝に告げるとされ、その夜は眠らずに夜を明かした。平安時代には、攤を打ち、作文、和歌、管弦などの遊びを行なった。規子内親王が野宮に入られたのは貞元元年（九七六）九月二十一日（日本紀略）で、庚申は十月二十七日であった。〇夜の琴松の風に入る―『抄』は底本のほか、島本・貞和本などに「夜琴入松風」とあるが、『集』には「松風入夜琴」とあり、

『順集』の和歌序にも「松の声夜の琴に入る」とある。この歌題は『李嶠百詠』に「月影臨秋扇、松風入夜琴、若至蘭臺下、還拂楚王襟」とある句によっているので、和歌序に「松の声夜の琴に入る」とあるのがよい。○かよふなり―『集』『金玉集』『前十五番歌合』などに「かよふらし」とある。「かよふ」は似通うの意で、松籟を琴の音と聞きなしたことをいうが、諸注は琴の音に松籟が響き合って聞える、合奏しているようだなどと解している。○をより―「を」は楽器の弦の意の「緒」と、山の尾根の意の「を（峰）」とを掛ける。○しらべそむらん―『集』や時雨亭文庫蔵藤原定家監督書写『斎宮女御集』（一〇六）や公任の撰著などには「しらべそめけむ」とあり、「しらべそむらん」は『抄』の独自異文である。「しらべそむ」の「しらぶ」を調律する意に解するものもあるが、松籟の響きについては適切でないので、演奏する、奏でるの意に解した。

【補説】この歌の詠歌事情は、時雨亭文庫蔵坊門局筆『源順集』（一六三）にある源順が書いた、この歌会の和歌序に詳しく、

はじめの冬、かのえさるの夜、伊勢のいつきのこの宮にさぶらひて、松の声夜のきむにいるといふ事を題にて奉るわかのぞ

伊勢のいつきの宮、秋野宮にわたらせ給ひて、冬山風さむくなりてのはじめ、はつかなぬかの夜、庚申にあたれり。ながなが夜をつくづくとやは明すべきと思ほしみだれ、うちにさぶらふおもと人、御階のもとに参れるまうち君たち歌詠ませ遊びせさせ給ふ。歌の題にいはく、松のこゐ夜の琴に入る。これにつけて聞けば、あしひきの山おろしに響くなる松の深緑も、むばたまのよはに聞ゆる琴のおもしろさも、ひとつにみなみだれあひ、ゆきかよひて、むべも昔の人の風松に入るといふことの調べをつくりそめ伝へおきけむとなむおぼえける。順が頭のふぶきは、夏も冬もわかぬ雪かとあやまたれ、心の闇は唐にも大和にも、すべてつきなく、御前の遺水に映れる残りの菊に思ひあはすれば、いづみばかりに沈める身ははづかしく、名に高ききぬがさをかをきてしれる（「しれる」ハ素寂本ニ「てれる」トアル）紅葉ばを見渡せば、かかるまどゐにさぶらふ事さへまばゆけれど、さも

あらばあれ、……今宵のこと、後の人もみよとて、書きしるして奉るは仰せごとにしたがふなり。

とある。これには歌題は「松の声夜の琴に入る」とあって、『集』とは一致するが、『抄』の「夜琴入松風」とは松風と夜琴とが逆になっている。琴の音と松風とを詠んだ歌をみると、この二通りの型がみられる。

(イ)琴の音に松風がかよふ型

琴の音にひびきかよへる松風はしらべてもなく蝉のこゑかな（寛平御時后宮歌合七五）

琴の音にかよへる松の風さむみひきつつふくるわがよなりけり（尊経閣文庫蔵元輔集一六七）

(ロ)松風に琴の音がかよふ型

松風の声にくらぶる琴の音をしぐるる蝉に調べざらめや（宇津保・春日詣）

ひく人はことごとなれど松風にかよふしらべはかはらざりけり（続詞花・雑上・七七〇　定頼）

松風の吹くにかよひて琴の音は秋の調べの身にもしむかな（永久百首六八七）

松風に大和琴の音ひびきあひて庭火の笛も空にすむなり（夫木抄七四七八　俊成）

このように偶然の相違とは思えないほど用例があるので、二通りの歌題が意識されていたと思われる。

【作者】徽子女王→四四四。

【他出文献】◇斎宮女御集。◇前、第三句「かよふなり」。◇三、第三句「かよふらし」。◇金五七、第三句「かよふらし」。◇深、第三句「かよふなり」。◇朗詠集四六九、第三句「かよふなり」。

515　松風のおと《を》にみだるる琴《こと》の音《ね》をひけば*ねのひの心地《こゝち》こそすれ

【校訂注記】「ひけは」ハ底本ニ「きけは」トアルガ、『抄』ノ島本、貞和本、『集』ノ具世本、定家本ナドニヨッテ改メタ。

【校異】詞○作者名ナシ―源順〈右傍ニ朱デ「イ無」トアル〉（貞）。歌○ねを―ねを〈「を」ノ右傍ニ朱デ「ハ」トアル〉（貞）○ひけは―ひける〈「る」ノ右傍ニ朱デ「ハ」トアル〉（貞）。

【拾遺集】雑上・四五八。

松風のをとにみたるゝ琴の音をひけはねのひの心こそすれ

定雑上。四五二。歌○心―心地。

松吹く風の音に入り乱れる、この琴の音をひくと、小松を根引いた子の日のようなすばらしい感じがすることだ。

【語釈】○みだるる―入りまじる。○琴の音をひけば―「ひけは」は底本に「きけは」とあるが、島本、『集』などに「ひけは」とある。「音」に「根」を、「ひく」に琴を演奏する意の「弾く」と子の日の小松を引く意の「引く」を掛けてあるので、この本文の方が下の「ねのひの心地」との続き具合が緊密であるので改めた。○ねのひ―正月の最初の子の日に野原に出て、千歳の齢を祈って小松を根引きした。後に若菜とともに行なった。

【補説】『斎宮女御集』の諸本にも、この歌は前歌に続けて収められていて、同じ歌会で詠まれたものである。前歌の［補説］に記した『順集』所載の「和歌序」には、

これにつけて聞けば、あしひきの山おろしに響くなる松の深緑も、むばたまのよはに聞ゆる琴のおもしろさも、ひとつにみなみだれあひ、ゆきかよひて、むべも昔の人の風松に入るといふことの調べをつくりそめ伝へおきけむとなむおぼえける。

とあり、「松風のおとにみだるる琴の音」は「むばたまのよはに聞ゆる琴のおもしろさも、ひとつにみなみだれ

あひ、ゆきかよひて」とあるのに相応する。また、松籟に乱れ紛れる琴の音から、子の日を連想するのは突飛であるが、それが成り立つのは「ねをひく」の掛詞による。

【作者】徽子女王↓四四四。

【他出文献】◇斎宮女御集↓［補説］。

五条の尚侍の賀の屏風の絵《ゑ》に、松の海《うみ》にひちたるかたあるところに

伊勢

516 海《うみ》にのみ浸《ひた》れる松の深緑《ふかみどり》いくしほとかは知《し》るべかるらむ

【校異】詞○五条の尚侍―五条内侍（島）五条内侍のかみ（貞）○賀の―ナシ（島）○屏風のゑに―屏風に（島）○松のうみに―海に松の（島）まつのうへに〈「へ」ノ右傍ニ朱デ「ミ」トアル〉（貞）○ひちたるかたある―ひたれる（島）ひたりける〈「け」ノ右傍ニ朱デ「タ」トアル〉（貞）○ところに―所（島）ところに〈「に」ノ右傍ニ朱デ「ヲヨミ侍ケル」トアル〉（貞）。**歌**○うみに―うへに〈「へ」ノ右傍ニ朱デ「ミ」トアル〉（貞）○ひたれる―ひちける〈「け」ノ右傍ニ「たィ」トアル〉（貞）。

【拾遺集】雑上・四六三。

五条内侍督の賀屏風のゑにまつのうみにひたりたるところ　伊勢

海にのみひちたる松のふかみとりいくしほとかはしるへかるらむ

［定］雑上・四五七。**詞**○五条内侍督―五条の内侍のかみ。○賀―賀の。○屏風のゑに―屏風に。○ところ―所を。

五条の尚侍の四十の賀の屛風の絵に、松の枝が海に浸っている絵柄のあるところに
つねに海にばかり浸っている松の梢の深緑色は、いく度潮水に浸して染めたかは判らないほどである。

【語釈】〇五条の尚侍の賀―「五条の尚侍」は藤原満子、宇多天皇女御胤子の妹。「賀」は延喜十三年（九一三）の満子の四十賀。一八一参照。〇ひちたる―「ひつ」は水に浸る。「つ」の清濁については諸説ある。〇かた―絵柄。〇いくしほ―「しほ」は染色のとき、布を染料に浸す度数を数える語。海の縁語の「潮」を掛ける。

【補説】この歌は西本願寺本『伊勢集』には「五条の内侍のかみ御四十賀を清貫の民部卿のつかまつりたまふ屛風の絵に」と詞書のある歌群（六二〜七三）に「松のするゑ海にいりたる所」（七一）の画題でみえる。この屛風歌は西本願寺本『貫之集』（二三）に「延喜十三年十月十四日尚侍四十賀屛風歌、依内裏仰奉之」と詞書のある屛風歌とは別に、清貫が主催した賀筵の折に調進された屛風歌であるが、それが詠まれた月日は不明である。また、清貫が満子の四十賀を催した事情については一八一の［補説］参照。

歌は松の深緑色の梢が海に浸っているさまを緑の染料に浸っているさまに見立てて詠んでいるが、このような発想は他に例がないようである。

【作者】伊勢→三〇。

【他出文献】◇伊勢集→［補説］。◇深養父集三五、第一句「浪にのみ」、第五句「いふべかるらん」。◇古今六帖三五一三、第二句「ひちたる」。

天暦御時に、名ある所々のかたを屛風にかかせ給ひて、人々に歌《うた》たてまつらせ給ひけるに、高砂《たかさご》

517 をのへなる松のこずゑはうちなびき波《なみ》の声にぞ風も吹《ふ》きける

【校異】詞○御時に―御時（島・貞）○屏風―屏風〈「風」ノ下ニ補入ノ符号ガアリ、右傍ニ朱デ「ノヱ」トアル〉（貞）○かゝせ給て―かゝせたまひて〈「せ」ノ下ニ補入ノ符号ガアリ、右傍ニ朱デ「サセ」トアル〉（貞）○うたゝてまつらせ給けるに―歌たてまつらせ給けるなかに（島）歌たてまつらせたまひけるに〈「たてまつらせ」ノ左傍ニ朱デ見セ消チノ符号ガアリ、右傍ニ朱デ「ヨマセ」トアル〉（貞）○たかさこ―ナシ（島）高砂を〈「を」ノ右下ニ朱デ「ヨメル」トアル〉（貞）○作者名ナシ―忠峯（島）忠峯〈「峯」ノ右傍ニ朱デ「見ィ」トアル〉（貞）。歌○ふきける―ふくなる（貞）。

【拾遺集】雑上・四五九。

天暦御時名ある所々のかたを屏風にかゝせ給て人々にうたたてまつらせ給けるにたかさこを　壬生忠峯

をのへなる松の梢はうちなびき波のこゑにそ風も吹ける

定雑上・四五三。詞○所々のかたを―所を。○屏風―御屏風。○壬生忠峯―忠見。

村上天皇の御代に、諸国の名所の絵柄を屏風に描かせなさって、人々に歌を詠んで献上させなさいましたときに、高砂

高砂の尾根に立つ松の梢はいっせいに靡いて、近くの波の音とともに風も吹いてくることだ。

【語釈】○天暦御時―村上天皇の御代。二九参照。○名ある所々―諸国の名所。○屏風にかかせ給ひて―名所絵屏風を描かせた。○高砂―播磨国の歌枕。また、普通名詞として山をいうと言われる。一〇一参照。○をのへな

る松―「をのへ」の「を」は山の尾根、小高い所の意、「へ」は「うへ（上）」の「う」が落ちた形という。山の頂。峰。「をのへなる松」は尾根に立つ松。高砂の景物。「かくしつつ世をや尽くさむ高砂のをのへにたてる松ならなくに」（古今・雑上・九〇八）。○波の声―高砂は海に近く波の音が聞え、「うち寄する波とをのへの松風とこゑたかさごやいずれなるらん」（素寂本系順集二二六）というように、波の音と松風とが競いあうように聞えた。

【補説】この歌の作者は『抄』の底本には作者名がなく、島本、貞和本に「忠峯」とあり、貞和本の朱筆書入れのイ本には「忠見」ともあった。『集』は具世本に「壬生忠峯」、定家本に「忠見」とあるが、この歌は『忠岑集』にも『忠見集』にもなく作者未詳である。『抄』と同じような詞書は『新古今集』（雑中・一六五五）にある中務の歌に、

天暦御時、屛風に国々の所の名をかかせ給ひけるに、あすかがは

さだめなき名には立てれど飛鳥河はやく渡りし瀬にこそありけれ

とみえる。時雨亭文庫蔵資経本『中務集』にも「村上先帝御屛風のゐに国々の名ある所をかかせ給ひてめし、に」と詞書のある歌群（一〜一〇）があるが、その中には「高砂」の題はない。中務と親密な関係にあった信明の『信明集』にも「村上の御時に、国々の名高き所々を御屛風の絵に描かせ給ひて」と詞書のある歌群（三〜一七）があるが、この中にも「高砂」の題はなく、「天暦八年中宮七十賀御屛風のれうの和歌」と詞書のある歌群（二六〜三四）のなかに「高砂」の題がみえる。天暦八年（九五四）に七十歳になる「中宮」に当る人物は村上帝の母儀の太皇太后穏子である。しかし、穏子は天暦八年正月四日に亡くなったので、算賀の祝は行われることはなかった。この二つの名所屛風について、増田繁夫氏は、両者は補完して一つの名所屛風になり、穏子七十賀の屛風として用意されたが、穏子の死去によって算賀は行われないで、用意された屛風は穏子の一周忌の法会に用いられたといわれる（「村上朝の名所絵屛風―屛風歌論二―」『大阪市立大学文学部紀要　人文研究』昭和56・

10)。

歌仙家集本『信明集』に「天暦八年中宮七十賀御屏風…」とある歌群の「高砂」の題の歌（三二）は、

住む鹿の鳴かぬときさへあやなくも声たかさごと聞きわたるかな

とある。この歌と五一七とは同じ絵柄を詠んだものか明確でないが、西本願寺本『忠見集』（九）に、

高砂、旅人ゆく、鹿立てり

高砂の鹿鳴く秋のあらしにはかのこまだらに波ぞ立ちける

とある歌は、信明の歌と同じ絵柄を詠んだものと思われる。

延喜御時屏風に　　　　貫《つら》之《ゆき》

518　雨ふると吹《ふ》く松風は聞《きこ》ゆれど池《いけ》の汀《みぎは》はまさらざりけり

【校異】詞○御時屏風に―御時御屏風に（島）御屏風に（貞）。歌○松風―秋風〈「秋」ノ右傍ニ朱デ「マツ」トアル〉（貞）。

【拾遺集】雑上・四六〇。

延喜御時屏風に　　　　紀　貫之

雨ふると吹松風はきこゆれと池のみきははまさらさりけり

定雑上・四五四。詞○屏風―御屏風。○紀貫之―つらゆき。

醍醐天皇の御代の屏風に

雨が降っているように、吹く松風の音は聞えるけれど、池の汀の水嵩は前よりも増すことはなかったのだった。

【語釈】○延喜御時―醍醐天皇の御代。四参照。○屏風―［補説］に記すように「延喜十八年承香殿御屏風の歌」とある。○雨ふると―「と」は状態を指示して下へ続ける。…として、…のように。雨が降っているように。
○まさらざりけり―池の水嵩は前よりも上がっていない。

【補説】この歌は『貫之集』（一一三）に「延喜十八年承香殿御屏風の歌、仰によりてたてまつる十四首」とある歌群（一一三〜一二六）中に「人の家の池のほとりの松の下にゐて風の音聞ける」と詞書のある歌（一二〇）である（時雨亭文庫蔵素寂本には「ひといけのほとりのまつのしたにゐてかぜのをときゝけり」とある）。

承香殿は『一代要記』に醍醐天皇皇子常明親王の母として「女御和子。光孝源氏。号承香殿女御」とある人物である。常明親王は延喜八年（九〇八）四月五日に三歳で親王となったとあるので、延喜六年誕生であり、源和子は遅くとも延喜五年には醍醐帝の後宮に入ったものと思われる。延喜十八年に承香殿和子が屏風を新調したのは、何のためであろうか。延喜十八年には所生の常明親王は十三歳で、いまだ元服前ではあったが、『西宮記』（十一裏書）によると、八月二十三日には、「第五皇子（常明）始参入、於中庭拝舞、召御前賜白褂一重、下殿拝舞出。右大将（道明）、右衛門督（清貫）、左兵衛督（仲平）、左中将恆佐朝臣并殿上侍臣等、扈従皇子直廬」とあり、この日はじめて参内、帝と対面した。このときの皇子の直廬の装束（鋪設）として屏風を新調したのではなかろうか。

この歌では松風を雨声に聞きなしているが、松風や落葉を雨声に喩える手法については小島憲之氏『古今集以前』（昭和五十一年、塙書房）や、三木雅博氏「聴雨考」（『中古文学』昭和58・5）などが、この貫之の歌などを例歌として、漢詩の表現によるものであること、また貫之の歌の特徴的な趣向であることを指摘している。この貫之の歌では雨は聴覚的に捉えられているが、「池の汀はまさらざりけり」とあるように視覚的には捉えられない。これと同じように視覚的に捉えられないことを「水はまさらじ」と表現した「立ちとまり見てをわたらむ紅葉ばは雨と降るとも水はまさらじ」（古今・秋下・三〇五）という躬恒の歌もある。これと類似の歌は公任父子にもある（拙著『公任集注釈』三九六頁参照）。

【作者】紀貫之→七。

【他出文献】◇貫之集→［補説］。◇古今六帖三九九。

519　官《つかさ》たまはらで歎《なげ》き侍《はべ》りけるころ、草子《さうし》を人の書《か》かせ侍りける奥《おく》に、書《か》き付《つ》け侍りける

紀　貫之

いたづらに世《よ》にふるものと高砂《たかさご》の松もわれをや友《とも》と見《み》るらん

【校異】詞○なけきはへりけるころ―なけき侍ころ（島）。歌○ともと―ともに〈「に」ノ右傍ニ朱デ「ト」トアル〉（貞）。

【拾遺集】雑上・四六九。

つかさ給はらてなけきけるころさうしを人のかゝせて侍りけるおくにかきつけて侍りける

いたつらに世にふる物とたかさこの松も我をや友とみるらむ

定雑上・四六三。詞○なけきける―なけき侍ける。○さうしを人の―人のさうし。○かゝせて侍りける―かゝせ侍ける。○かきつけて―かきつけ。○紀貫之―つらゆき。

官職につくことができず身の不遇を歎いておりましたころ、ある方が書かせました草子の末尾に、書き付けました

無為にこの世に生き長らえているものとして、高砂の松も私のことを仲間と思っているだろうか。

【語釈】○官たまはらで歎き侍りけるころ―貫之が官職につくことができずに不遇を歎いていたのは、土佐から帰京してから、天慶三年（九四〇）三月に玄蕃頭になるまでの間である。○草子を人の書かせ侍りける―『貫之集』には「大殿のもの書かせ給ふ」とある。○いたづらに―何もすることのないさま。無為に。○高砂の松―五一七参照。高砂の尾の上に立つ松は、「高砂の峰の松とや世の中をまもる人とやわれはなりなん」（歌仙家集本、貫之集Ⅰ八一五）と詠まれているように、無為に老いてひとり生きるわが身と同じように、老残孤独な存在とみられている。○友と見るらん―高砂の松も仲間とみているだろうか。「たれをかも知る人にせむ高砂の松も昔の友ならなくに」（古今・雑上・九〇九　藤原興風）。

【補説】この歌は陽明文庫本『貫之集』には、

つかさたまはらでなげくころ、大殿のもの書かせ給ふ奥によみて書ける

思ふこと心にあるをありとのみ頼める君にいかで知らせん（八九六）

いたづらに世にふる物と高砂の松もわれをやともとみるらん（八九七）

とある（歌仙家集本も同文）。詞書にある「大殿」は太政大臣忠平のことで、「もの書かせ給ふ」とあるのは、『袋草紙』の「採題和歌」に「承平子日時、貫之献序此例歟」とある「子日和歌序」のこととみる説もある。貫之は延長八年（九三〇）一月に土佐守となってしばらくして赴任、土佐から帰京したのが承平五年（九三五）二月十六日の深夜であった。この年は一月に閏月があったので、和歌序を献じた「承平子日」は、承平六年か七年の子の日であろう。

『貫之集』には官職につけず不遇を歎いて、五一九と類似の詞書のある、

つかさなくて歎くあひだに、正月のころ、坊城の左衛門のかみのもとに、大殿によきさまに申し給へと申し奉るついでに、これ奉り給へとて奉る

朝日さすかたの山風いまだにもてのうら寒みこほりとかなん（八五五）

かれはてぬむもれ木あるを春はなほ花のゆかりによくなとぞ思ふ（八五六）

という歌があり、そこでは忠平の子の師輔に、父忠平への取成しを頼んでいる。その日は時雨亭文庫蔵承空本に「正月のころをひはるのたつひ」とあるので、正月に立春のあった承平六年、または天慶二年（九三九）のいづれかの年であり、承平六年ならば「子日和歌序」を書いた時期と重なる。貫之は承平六年から天慶三年三月玄蕃頭になるまでの間は散位で不遇を歎く日々が続いていた。そのような日常を自嘲的に表現しているのが五一九の「いたづらに世にふる」という句であろう。

【作者】紀貫之→七。

【他出文献】◇貫之集→［補説］。

大江為基が家《いへ》に、売《う》りにまうできたりける鏡包《かゞみつゝ》みて侍りける紙《かみ》に、書《か》き付《つ》けて侍りける

読人不知

520 けふまでとみるに涙《なみだ》のます鏡《かゞみ》なれにし影を人にかたるな

【校異】詞〇いへに―許に（島）家の〈「の」ノ右傍ニ朱デ「へ」トアル〉（貞）〇まうて―まて（島）〇かゝみ

つゝみて侍けるかみに―鏡のしきに（島）かゝみに〈「み」ト「に」ノ間ニ補入ノ符号ガアリ、右傍ニ朱デ「ツヽミテ侍ケルカミ」トアル〉（貞）○かきつけて―かきて（島）。**歌**○けふまてと―けふのみと（島）けふのみと〈「のみ」ノ右傍ニ朱デ「マテ」トアル〉（貞）○なみたの―なみたを〈「を」ノ右傍ニ「のィ」トアル〉（貞）○なれにし―なれぬる〈「ぬる」ノ右傍ニ朱デ「ニシ」トアル〉（貞）○影を―かけと〈「と」ノ右傍ニ朱デ「ヲ」トアル〉（貞）。

【拾遺集】雑上・四七四。

大江為基か家にうりにまてきたりけるかみのつゝみかみにかきつけて侍りける　　読人不知

けふまてとみるに涙のます鏡なれにしかけを人にかたるな

定雑上・四六九。**詞**○家に―もとに。○かみの―かゝみの。○つゝみかみに―つゝみたりけるかみに。

大江為基の家に、売りにやってきた鏡が包んでありました紙に、書き付けてありました
この鏡が私の物であるのは今日までだと思うと、涙がいつもにまして流れることだ。このよく澄んだ鏡よ、貧しいありさまが恥ずかしいので、映し馴れてきた私の姿を人に語ることがないように。

【語釈】○大江為基―四九九［作者］参照。○売りにまうできたりける鏡包みて―『集』には「…きたりけるかゝみのつゝみたりける」とあり、文意は通じやすい。売りにやってきた鏡を包んでありました紙に。○けふまでと―この鏡が手元にあるのは今日までで後は買い手に渡ってしまうと思うと。歌の作者は鏡を売りにきた女である。○ます鏡―よく澄んではっきり映る鏡。真澄みの鏡。「ます鏡」の「ます」に「増す」を掛ける。○なれにし影―映し馴れてきた私の姿。○人―鏡を買う人。

【補説】 この歌は『今昔物語集』（巻二十四第四十八）では、天下飢饉の折に、三河守大江定基の所に鏡を売りにきた女が詠んだもので、定基は和歌を見てひどく涙を落とし、道心をおこしたころだったので、鏡を売り主に返して、米十石を車に積んで女に添えて送り届けたという。これとほぼ同じ話は『古本説話集』（上・第三十四）にもあり、類話が『古今著聞集』『十訓抄』『沙石集』などの説話集にみえる。これらの説話集の話は細部の相違から二類に分けられる。

(1)今昔物語集・古本説話集

①大江定基が鏡売りの女と出会った時期は今昔に「世中辛クシテ、露食物無カリケル比、五月ノ霖雨シケル程」とあり、古本説話集には「世のいたくわろかりける年、五月霖雨のころ」とある。

②歌の第一句は「ケフマデト」、第四句は「ナレヌルカゲヲ」とある。

(2)十訓抄・古今著聞集・沙石集

①大江定基が鏡売りの女と出会った時期は「志深かりける女のはかなくなりにければ、世をうきものに思ひ入りたりけるに、五月の雨はれやらぬころ」とある。

②歌の第一句は「けふのみと」、第四句は「なれにしかげを」とある。

③これら三書には「米十石」を車に積んで送ったことはみえない。

これを『抄』と比べると、主人公は『古本説話集』に「三河の入道」とある以外は「大江定基」と本名を記していて、『抄』とは異なる。歌詞は第一句は(1)が、第四句は(2)が『抄』と一致し、第一句、第四句とも『抄』に一致するものはない。このことから説話の生成・伝承と『抄』とは無関係であると言える。

公任は為基・定基（寂照）兄弟と昵懇の間柄で、二人の個人的なことも承知していた（拙著『公任集注釈』〈解説、七〇三～七〇七頁〉参照）。したがって、『抄』に書かれていることは極めて信憑性があると思われる。おそらく為基の逸話として伝承されたものが、弟の寂照が入宋して社会的にも関心がもたれ、名僧の聞えもあって、寂照の道心譚に変容したものであろう。

【他出文献】◇如意宝集。◇今昔物語集。◇古本説話集。

小一条左大臣まかりかくれて後《のち》、かの家に飼《か》ひ侍《はべ》りける鶴《つる》の鳴《な》き侍
・りけるを聞《き》き侍《はべ》りて　　小野宮大臣

521　お《を》くれゐて鳴《な》くなるよりは葦鶴《あしたづ》のなどて齢《よはひ》をゆづらざりけん

【校異】詞〇小一条左大臣―九条右大臣〈右傍ニ朱デ「小一条左大臣ィ」トアル〉（貞）〇のち―のちに（貞）〇かの家に―ナシ（島）かの坊城家に（貞）〇きゝはへりて―きゝて（島・貞）〇小野宮大臣―小野宮大いまうち君（島）小野宮左大臣（貞）。歌〇なとて―なとか（島）なとか〈「か」ノ右傍ニ朱デ「テ」トアル〉（貞）。

【拾遺集】雑上・五〇三。

小一条左大臣まかりかくれてのちにかの家にかひ侍つるのなき侍り（「つるのなき侍り」補入）けるをきゝて　　小野宮太政大臣

おくれゐてなくなるよりはあしたつのなとかよはひをゆつらさりけん

[定]雑上・四九七。詞〇のちに―のち。〇かひ侍つるの―侍けるつるの。〇きゝて―きゝ侍て。

小一条左大臣がお亡くなりになった後で、その家に飼っていました鶴が鳴きましたのを聞きまして

鶴が主人が亡くなった後まで生き残って、悲しそうに鳴いているよりは、生前にどうして千歳もある寿命を譲らなかったのだろうか。

【語釈】○小一条左大臣―『抄』の貞和本のみ「九条右大臣」とある。『抄』『集』の諸本に「小一条左大臣」とある本文による。「小一条」は近衛南、東洞院西の一町を占める藤原北家の名邸。基経・忠平・師尹・済時と伝領された。このうち、最終官職が左大臣であったのは師尹で、安和二年（九六九）十月十四日に亡くなった。○おくれゐて―主が亡くなった後まで残って。○葦鶴―葦の生えている所に棲む鶴の意で、鶴の歌語。○齢をゆづらざりけん―千歳も生きるという鶴の寿命であるのに、主の生前に譲らなかったのだろうか。

【補説】この歌は『清慎公集』（九一、時雨亭文庫蔵『小野宮殿実頼集』九三）には詞書に「小一条の右大臣」とある以外は『抄』にほぼ同じようにある。これは片桐洋一氏（『小野宮殿実頼集 九条殿師輔集全釈』風間書房）が言われているように『抄』から採歌したものである。主のいない邸に、飼われていた鶴が鳴いているのを、主の死を悼んでいると聞きなして、そのように悲しむのであれば、生前に寿命を譲ればよかったのにという。鶴の千歳の寿命を主に譲るという発想の歌には、

　うちまよふ葦辺に立てる葦鶴のよはひを君に波もよせなん（貫之集七一一）

　君といへば命をゆづる葦鶴は雲のなかをやおもひいづらむ（中務集八）

　波の間にすなごふみこみ鳴く鶴は君に千歳をゆづるべらなり（古今六帖二二五〇）

などがある。また、故人の飼育していた生物の鳴く声を詠んだ歌として、公任に、

　　故殿うせさせ給うて後、はなちたる鈴虫の、年経て鳴きければ

　いかでかはねの絶えざらん鈴虫のうき世にふるはくるしきものを（公任集九七）

という歌があり、鈴虫の生命力に感嘆する一方で、つらいこの世を生き延びて鳴くのは苦しいだろうと同情している。鶴と鈴虫の違いはあるものの、似たような体験をした公任であるから、五二一の歌を『抄』に撰んだのであろう。

【作者】この歌の作者については、『深窓秘抄』に「明元母」、『集』の異本系の天理乙本に「豊前守明光女」、北野天満宮本に「豊前守明元むすめ」などと異説があるが、『抄』『集』に「小野宮大臣」「小野宮太政大臣」とあるのに従ってよかろう。藤原実頼→一〇五。

【他出文献】◇深。

522

或所に読経し侍りける法師ばらの従僧して、小法師ばらのゐて侍《はべ》りける中に、簾《すだれ》の内《うち》より女《をんな》どもの、花をりてといひ侍りければ

寿玄法師

いなを《お》らじ露《つゆ》に袂《たもと》の濡《ぬ》れたらばもの思《おも》ひけりと人もこそ見《み》れ

【校異】詞○読経し侍ける—説経しける（島）○法師はらの—法師の（島）法師原の（貞）○従僧して—従僧の（島）○ゐてはへりける中に—ゐて侍けるに（島・貞）○をんなともの—ナシ（島）をんなの（貞）○花おりて—うのはなをとりて〈「うの」ノ左傍ニ朱デ見セ消チノ符号ガアリ、「と」ノ右傍ニ朱デ「ヲ」トアル〉（貞）○寿玄法師—従僧小法師（島）。

【拾遺集】雑下・五四四。

ある所に読経し侍ける法師の従僧はらのゐて侍ける中にすたれのうちより花おりてといひけれは

寿玄法師

いな折らし露にたもとのぬれつゝは物おもひけりと人もこれみれ

定雑下・五三二。歌○ぬれつゝは—ぬれたらは。詞○読経し—せ経し。○侍ける中に—侍けるに。○花おりて—花をゝりて。○いひけれは—いひ侍けれは。

ある所で読経していました法師たちの従者の僧をつとめて、小法師たちが控えておりましたところに、
　御簾の内から女どもが、花を折ってと言いましたので
いや花を折って差し上げることはすまい。花を折るときに露で袂が濡れたならば、物思いをして袖を濡らしているると人も誤解すると困るので。

【語釈】○法師ばら―「ばら」は人を表す語について、その仲間や階層の意を表す接尾語。たち。ども。○従僧して―「従僧」は高僧や住職などに随伴する僧。従者の僧をつとめて。○小法師―小さい法師。幼い法師。○花をりて―花を手折って（ちょうだい）。○もの思ひけりと―露で袂を濡らしたのを、物思いをしたために泣いたと誤解されることを恐れた。

【補説】この歌は『如意宝集』に、
　あるところに経供養し侍ける法師ばらの従僧して、小法師ばらのゐてはべりけるなかに、すだれのうちよりをむなどもの、うのはなをりてといひはべりければ　寿玄法師
いなをらじつゆにたもとのぬれたらばものおもひけりとひともこそみれ
とある。詞書の最初の一部に相違がみられるが、ほとんど『抄』と同じである。
　御簾の中の女たちの花を折ってほしいとの願いに対する寿玄法師の対応は、小法師とはいえ、いかにも仏子らしく、あらぬさまに誤解されることを忌避している。この歌と類似の発想で詠まれた歌には、
　秋の野を過ぎはべりけるに
濡れぎぬはあやなわれきつ女郎花わくる袂に露こぼれつつ（後葉・秋上・一六一　読人不知）

をりつれば袂にかかる白露にぬれ衣きする女郎花かな（堀河百首六二一　隆源）などがある。寿玄の場合、女郎花の花でもないのに格別に気をつかっているところが、余裕も遊び心もない、若い法師らしさがみられる。

【作者】寿玄法師　出自、生没年など未詳。天延二年（九七四）十二月の御仏名の導師となる。『拾遺集』に一首入集。

【他出文献】◇如意宝集→［補説］。

山里《やまざと》にまかりて侍りける暁《あかつき》に、ひぐらしの鳴《な》きはべりければ　右大将済時

523　あさぼらけひぐらしの声聞《きこ》ゆなりこや明《あ》けぐれと人のいふらむ

【校異】**詞**◯まかりて侍りける―まかりける（島）まかり侍ける（貞）。

【拾遺集】雑上・四七二。

山さとにまかりけるあか月にひくらしのなき侍りけるを　右大将済時卿

朝ほらけひくらしのこゑそきこゆなるこやあけくれと人のいふらむ

㊄雑上・四六七。**詞**◯山さとに―山寺に。◯なき侍りけるを―なき侍けれは。**歌**◯こゑそ―こゑ。◯きこゆなる―きこゆなり。

山里に出掛けておりました暁に、蜩が鳴きましたので

日の出前の夜のほのぼのと明けるころに、蜩の鳴き声が聞えてくる。これこそ明け暮れと人が言うのであろ

うか。

【語釈】○山里―この歌を収める時雨亭文庫蔵素寂本『実方中将集』（一七九）には「山さと」。『集』の定家本は「山寺」とあり、［補説］に掲げた『実方集』には「石山」とある。「ひぐらしのなく山里の夕暮は風よりほかにとふ人ぞなき」（小町集四三）。○暁―夜明け前のまだ暗いころ。○ひぐらし―セミの一種。「かなかな」と鳴く。晩夏から初秋にかけて、日暮や暁方に鳴いた。「ひぐらしの朝夕わかず鳴くなるを雲の林や近くみゆらん」（時雨亭文庫蔵花山僧正集三九）「ひぐらしの鳴く夕暮ぞうかりけるいつもつきせぬおもひなれども」（流布本長能集三九）。○あさぼらけ―日の出前の夜がほのかに明けるころ。○こや―これぞ（…なのだろうか）。これこそが。○明けぐれ―『拾遺抄註』に「アカツキニ、アケヌルヤウニテ、又クラクナルヲ云ナリ」とあるが、夜明け方の、まだ薄暗い時分をいう。

【補説】この歌は書陵部蔵『実方集』（丙本）には、

石山にて、暁にひぐらしの鳴くを聞き給ひて、小一条の大将

あさぼらけひぐらしの音ぞ聞ゆなるこやあけぐれと人はいふらん（一〇）

とのたまふを聞きて

葉をしげみとやまのかげやまがふらむ明くるも知らぬひぐらしのこゑ（一一）

とあって、『実方集』諸本のなかで『抄』の本文にもっとも近似している。「葉をしげみ」の歌は『新勅撰集』（夏・一八七）に詞書を「石山にて暁ひぐらしの鳴くを聞きて」として入集する。素寂本『実方中将集』（一七九、一八〇）では、二首ともに実方の歌であるが、丙本や時雨亭文庫蔵資経本『実方中将集』（二六、二七）では、小一条大将済時の歌に実方が唱和したことになっている。

『万葉集』、三代集などの歌では早朝・夕方のいずれの蜩の鳴き声を詠んでいるかをみると、鳴く時間帯を明記

した歌や、時間帯が明記されていなくともそれとなくわかる歌は夕方が圧倒的に多く、早朝の鳴き声を詠んだ歌は済時の歌以外はないようである。また、『集』時代の歌人の家集まで範囲を広げても、早朝の鳴き声を詠んだ歌は、

　　つとめて帰るに、空いみじうきりわたるに、ひぐらしの鳴きしに
　いとどしく霧ふる空にひぐらしの鳴くやをぐらのわたりなるらん（赤染衛門集二）
　ひぐらしはしばしな鳴きそあさがほの花見る心やすけくもなし（賀茂保憲女集八九）

などがあるにすぎない。このように蜩は夕方の鳴き声を詠んだ歌が多い。済時の歌は、蜩についての和歌的な常識をふまえて、蜩が日（夕）暮れならぬ「明け暮れ」に鳴いているという矛盾を、人は「あけぐれ」というのだろうかと、「明け暗れ」の語源を説明した趣向の歌になっていて、機知をはたらかせたユーモラスな詠み口である。

「あけぐれ」の語は『万葉集総索引』（正宗敦夫編）によると、『万葉集』には次の二例があり、

　吾妹兒爾　恋乍居者　明晩乃　旦霧隠　鳴多頭乃　哭耳之所哭　…（万葉・巻四・五〇九）
　明闇之朝霧隠鳴而去雁者言恋於妹告社（万葉・巻十・二一二九）

『時代別国語大辞典上代編』には「考」として、次のような補足的な解説がある。

　倭訓栞に「あけぐれ、文選に昧爽をよめり、あけやみともいふ、夜の明んとして、一しきり暗くなる時なり、鶴林玉露に天之将明、必倏暗而後明と見ゆ」とある。

ここに『倭訓栞』が引かれているように、「あけぐれ」の語が古辞書にみえるのは江戸時代からで、節用集には、

　遻《あけぐれ》欲明黒（節用集大全）　遅明《アケグレ》　昧爽《アケグレ》明暗相雑也（書言字考節用集）

などとあり、第三拍の清濁、語義などが知られる。

なお、この二首が詠まれた時期は、資経本には実方の歌の詞書に「それをむまかみといふ人」とあるので、そ

れを参考にすれば、永延元年（九八七）七月以後、正暦二年（九九一）九月以前の初秋に限定される。作者の済時は『抄』成立の数年前まで生存していて、この歌の詠歌年時も『抄』の成立時期に近いころであるが、私的な場で詠まれたもので、広く世に知られていたとは言えない。おそらく『抄』の撰者は流布本『実方集』によって撰収したものであろう。この流布本は実方によってまとめられた歌稿をもとにした自撰的性格の家集で、その成立時期は長徳四年（九九八）前後である（拙著『実方集注釈』解説「実方集の伝本」参照）。このような成立間もない『実方集』を撰集資料として用いることは、実方と親昵の友であった公任なればこそ可能であった。

【作者】藤原済時　父は小一条左大臣師尹、母は右大臣藤原定方女。天慶四年（九四一）生。天徳二年（九五八）従五位下となり、侍従、右中弁、蔵人頭などを歴任、安和二年（九六九）九月従三位、安和三年八月参議。中納言、権大納言と登り、永祚二年（九九〇）六月一日左大将を兼任、長徳元年（九九五）四月二十三日大将を辞し、同日没。最終官位は正二位按察使大納言。小一条大将と号す。長和元年（一〇一二）右大臣を追贈される。実方の養父。天徳四年「内裏歌合」に参加、康保三年（九六六）「内裏前栽合」、貞元二年（九七七）「三条左大臣頼忠前栽歌合」などに出詠。『拾遺集』以下の勅撰集に六首入集。

【他出文献】◇実方集→［補説］。

524　屏風の絵《ゑ》に、法師の舟《ふね》に乗《の》りて侍りける所に　　中納言道綱母

わたつみはあまの舟《ふね》こそ有りと聞《き》けのりたがへても漕《こ》ぎでけるかな《哉》

【校異】詞〇屏風のゑに―屏風絵（島）〇のりて侍ける―のりて侍（島）のりたるかたある（貞）。歌〇あまのふね―あまをふね〈「を」ノ右傍ニ「のィ」トアル〉（貞）〇こきてける―こきてたる（島）こきてける〈「き」

ノ右傍ニ「いィ」、「け」ノ右傍ニ「たィ」トアル〉(貞)。

【拾遺集】 雑下・五四二。

屏風の絵に法師のふねにのりてかへりける所に　大納言道綱母

わたつ海はあまの舟こそありときけのりたかへてもこきいてたるかな

[定]雑下・五三〇。**詞**〇屏風の絵―屏風。〇かへりける所に―こきいてたる所。〇大納言道綱母―右大将道綱母。

屏風の絵に、法師が舟に乗っておりました所に

海には海士が乗っている舟があると聞いているが、尼(海士)ではなく法師が乗っているのは、法の舟で衆生を済度すべしという仏の教えに違い、乗り間違えて漕ぎ出してしまったことだ。

【語釈】 〇屏風の絵に―この歌を収める時雨亭文庫蔵『傅大納言母上集』には前歌の詞書に「絵のところに」とあり、『麗花集』の断簡には「冷泉院御屏風の絵」とある。〇あまの舟―漁師の意の「海士」に「尼」を掛ける。〇のりたがへても―あま(海士・尼)ならぬ法師が舟に乗っているのを、乗り間違えてといった。「乗り」に「法」を掛ける。

【補説】 この歌は『傅大納言母上集』(三九)『麗花集』『如意宝集』などにあり、『麗花集』の二種の断簡には、

冷泉院御屏風のゑを女房たちうたよみはべりけるに、ほうしのふねにのりけるところ
ひろはたの宮すどころ
a わたつみのあまのふねこそありときけ

冷泉院の御屏風のゑに法しのふねにのれる所
ひろわたの宮すどころ
ふのとのゝはゝうへとあるはいかなる事にか
b わたつうみはあまのふねこそありときけ

のりたがへてもこぎでたるかな（藻塩草所載香紙切）

のりたがへてもこぎいでたるかな（山内家八幡切蔵）

（注）引用は「麗花集」（『久曽神昇博士記還念暦研究資料集』風間書房）による。

とあり、『如意宝集』には

（屛風のゑに法師のふねにのりたる）「かた侍けるに　中納言道綱母

わたつみはあまのふねこそありときけ　のりたがへてもこぎでたるかな」（小鏡帖所載）

とある。『麗花集』断簡にある作者の「広幡の御息所」は広幡中納言庶明の女で、村上天皇の更衣となった源計子のことである。計子の生没は不詳であるが、『本朝皇胤紹運録』には、天徳四年（九六〇）四月に十三歳で亡くなった理子内親王の母とあるので、天暦元年（九四七）には入内していた。その後、顕光と結婚した盛子内親王を生んでいる。この盛子内親王は『本朝皇胤紹運録』では、天暦三年誕生の規子内親王と、天暦六年誕生の楽子内親王の間に位置している。また、規子内親王が康保元年（九六四）三月に十六歳で裳著、康保二年三月には斎宮楽子内親王が十四歳で著裳料を賜り、同年八月に盛子内親王も裳儀を行なっていて、この三者の年齢関係から盛子内親王は天暦四、五年ごろの誕生である。康保四年五月二十五日に村上帝が亡くなられて、計子は広幡の里邸に下がったと思われる。計子は『拾遺集』にも二首入集、『村上御集』にも帝との贈答歌がある。『栄華物語』（月宴）には優美で思慮ある方と帝も思われていたことや、沓冠歌の御製を読み解き、「たきもの」を献上された逸話がみえる。機智に富んだ女性で、五二四の作者としてもふさわしい。

一方、道綱母は安和二年（九六九）七月に小一条左大臣師尹五十賀の屛風歌を詠進している。これは屛風を新調して献呈した頼忠が、道綱母の歌の力量を高く評価して、個人的に要請したために詠進したものと考えられる。これが評判になって、『麗花集』にいう冷泉院の御屛風の歌を献進したとも思われるが、公家の屛風歌を私人である道綱母が女房たちにまじって献進したか疑問である。以上、記したことは、この歌が「冷泉院の御屛風の絵」の絵柄を詠んだという『麗花集』の詞書を前提にしているが、『如意宝集』にも作者名が「中納言道綱母」とあるので、『抄』成立のころには、道綱母作者説が有力になっていたのであろう。

この歌は、海士（尼）の乗る舟に法師が乗ったので、乗り（法）間違えたと現代語訳したところで、理解できたことにはならない。「のりたがへて」とは具体的にどういうことをいうのかが問題である。『和歌大系』は、法師が「仏法に反して魚をとりに漕ぎ出している、の意をこめる」と解している。また、柿本奨氏（『蜻蛉日記全注釈』角川書店）は「極楽へ行くには法の海を法の舟に乗って渡ってゆくと信ぜられていたのにちなむことばのしゃれ。諧謔的な歌」といわれ、上村悦子氏の解釈もほぼ同じである。これも法師がきまりを間違えているとはどういうことか、説明できていない。法師は仏法（法の舟）によって、衆生を済度すべきであるのに、海士の舟に乗っていることを仏の教えに背いている（法をたがえている）といったのであろう。機智を働かせた諧謔的な歌で、広幡御息所の人物像と合致する詠み口である。

【作者】 作者を「広幡の御息所」とするものもあるが、『抄』『集』によると道綱母である。道綱母→六四。

【他出文献】 ◇麗花集→［補説］。◇如意宝集→［補説］。◇傅大納言母上集三九、「法師舟にのりたるところ」。

題不知　　読人不知

525　名のみして山はみかさもなかりけり朝《あさ》日《ひ》夕《ゆふ》日《ひ》のさすをいふかも

【校異】 詞○題不知―たいよみ人しらす（島）。

【拾遺集】 雑下・五五九。　紀　貫之

名のみして山はみかさもなかりけり朝日ゆふ日のさすをいふかも

定雑下・五四七。詞○紀貫之―貫之。

題知らず

山を三笠というのは名目だけで、山には傘もないのだった。朝日や夕日が射すのを、「さす」にちなみ傘というのだったよ。

【語釈】○名のみして―「三笠」という名目だけで。○みかさもなかりけり―「三笠山」という名から「御傘」「御笠」を連想するが、山には御傘もないのだった。○さすをいふ―陽が「射す」と傘を「差す」とを掛ける。

【補説】この歌については『俊頼髄脳』には「この歌心得がたし」として、「朝日夕日のさすをいふ」とある表現の理解しがたいことを問題にしている。この歌は「三笠山」という名ではあるが、山に傘がないという実際（実）との矛盾を、「さす」の掛詞によって説明しようとしたものである。これと似た構造の歌として、『抄』には、

別れ行く今日はまどひぬ逢坂は帰り来ん日の名にやあるらん（別・二〇四）

という歌があった。この歌も名と実との矛盾を根底にして、その矛盾を説明することで成り立っていた。これも『貫之集』にもないのに、『抄』『集』ともに貫之の作になっていた。この点、五二五は『集』のみが貫之の作としている。『抄』の時代には、このような理知的傾向を貫之の歌の特徴の一つとみていたのであろう。

【他出文献】◇朗詠集四九六。

天暦御時屏風の絵《ゑ》に、長柄《ながら》の橋柱《はしばしら》のわづかに残《のこ》りたるかたある所に

清　正

526　葦間《あしま》より見ゆるながらの橋柱《はし〲ら》むかしの跡《あと》のしるべなりけり

【校異】詞○屏風のゑに―屏風に（島）○なからのはしはしら―長柄橋のはしら（島）なからのはしのはしら（貞）○かたある―ナシ（島）○清正―藤原清正（島）藤原清忠〈「忠」ノ右傍ニ朱デ「正」トアル〉（貞）。歌○見―みゆる（島・貞）。

【拾遺集】雑上・四七三。

天暦御時御屏風の絵になからのはし〱らのわつかにのこれるところに

藤原清正

あしまよりみゆるなからのはし〱らむかしのあとのしるしなりけり

定雑上・四六八。詞○ところに―かたありけるを。歌○しるし―しるへ。

村上天皇の御代の屏風の絵に、長柄橋の橋桁が僅かに残っている絵柄がある所に

葦の茂っている間から見える長柄の橋の橋桁は、昔橋があった跡を知るたよりであった。

【語釈】○天暦御時―村上天皇の御代。○ながらの橋柱―摂津国の歌枕。「ながらの橋」は大阪市の淀川に架けられた橋。『日本後紀』の弘仁三年（八一二）六月三日の条に架橋のことがみえ、『文徳実録』仁寿三年（八五三）十月十一日の条に「摂津国奏言、長柄・三国両河、頃年橋梁断絶。人馬不通…」と損壊のことがみえ、損壊、再架されたようである。「橋柱」は橋桁。橋は朽ちても橋柱が残っていて、古いものの典型として詠まれたりし

た。○むかしの跡のしるべ―昔橋があった跡を知るたより。

【補説】この歌は現存の『清正集』にはない。村上天皇の時代の「名所屏風歌」は『信明集』『中務集』『忠見集』などにみえるが、「長柄橋」の題で詠まれた歌は次の二首で中務にはない。

心だにながらの橋はなからなんわが身に人はたとへざるべく（時雨亭文庫蔵資経本信明集五）

人知れず渡しそめけむ橋なれやおもひながらに絶えにけるかな（西本願寺本忠見集六）

これら二首は清正の歌と同じ絵柄を詠んだ歌であるか明確でない。

この五二六と同じように長柄橋の橋柱を詠んだ歌には、

思ふことむかしながらの橋柱ふりぬる身こそかなしかりけれ（一条摂政御集一一）

朽ちもせぬながらの橋の橋柱久しきことのみえもするかな（時雨亭文庫蔵坊門局筆兼盛集六九）

などがある。これらの歌では、昔のままの橋柱は古びても久しいものとされた。長柄橋の橋柱が賀意を表す屏風歌に詠まれる所以もそこにある。

【作者】藤原清正→三九。

527

明石《あかし》の浦《うら》のほとりを船《ふね》に乗《の》りてまかり過《す》ぎける時詠《よ》み侍りける　　源　為盛

よとともに明石《あかし》の浜《はま》の松原《ばら》は波《なみ》をのみこそよると知《し》るらめ

【校異】詞○うらのほとりを―うらを（島）○まかりすきける時―まかりけるほとに（島）○為盛―為憲（島）為盛〈右傍ニ朱デ「順」トアル〉（貞）。歌○はま―うら（島・貞）○松はらは―まつはらの〈「の」ノ右傍ニ「は」トアル〉（島）○しるらめ―みるらめ〈「み」ノ右傍ニ朱デ「シ」トアル〉（貞）。

【拾遺集】雑上・四七〇。

あかしのうらをふねにのりてまかりけるに　　　源　為盛

夜とゝもにあかしの浦の松原を波をのみこそよると知らめ

㊟雑上・四六四。**詞**○うらを─うらのほとりを。○為盛─為憲。**歌**○夜─世。○松原を─松原は。

明石の浦の汀を舟に乗って通り過ぎましたときに詠みました

絶えず、夜通し明るい、明石の浦の松原は、波が寄せてくるのだけをよる（夜）と思っているようだ。

【語釈】○明石の浦のほとり─「明石の浦」は播磨国の歌枕。現在の兵庫県明石市の瀬戸内海に面した海岸。○よとともに─つねづね。たえず。「よ」に「夜」を掛けて、一晩中、夜通しの意を表す。○明石の浜─「明石」に明るい意の「明かし」を掛ける。○よると─「よる」に「寄る」と「夜」とを掛ける。

【補説】舟中から見た明石の浦の松原に波の寄せる光景を、松、白波といった素材を活かして叙景的に詠むのではなく、夜通し明るい明石の浦ではいつが夜かわからず、波が寄ることだけで夜だと思っていると、掛詞の機能を働かせて詠んでいて、理屈のまさった歌である。

この歌の作者については、『抄』の島本、『集』の定家本に「源為憲」とある。為憲は筑前守源忠幹の子で、天禄元年（九七〇）に『口遊』を撰し、永観二年（九八四）十一月に尊子内親王に『三宝絵詞』を献じている。正暦二年（九九一）遠江守に任ぜられ、以後、美濃守、伊賀守などを歴任した。歌人として天禄三年（九七二）八月「規子内親王前栽歌合」に一首、長保五年（一〇〇三）五月「左大臣道長歌合」に三首あり、『玄玄集』に選ばれて一首入集。五二七が『集』の定家本に為憲作とあることによって、『勅撰作者部類』にも名をとどめている。

【作者】源為盛　『尊卑分脈』には該当する人物は見当らないが、『小右記』永延元年（九八七）六月十一日の条に「景斉・為盛朝臣来」、永祚元年（九八九）十二月二十八日の条に「中宮御仏名也。小進源為盛来告…」とあり、中宮（遵子）少進の源為盛なる人物がみえる。天元五年（九八二）三月十一日の中宮職司の除目には「少進正六位上藤原為政・少進正六位上藤原正信」（小右記）とあり、『后宮職補任』（大日本史料第一編之十九所載）も同じで、源為盛の名はみえないが、その後大進の源輔成が周防守となり（年時不明）、正信が永祚元年四月五日の除目で中宮大進に転じるなどの異動があって、源為盛も永延ごろに中宮少進に任ぜられたのであろう。その後のことなど未詳。
歌人、文人としての為憲の知名度に対して、為盛には『抄』以外に詠歌の実績はないが、為盛は公任の姉の遵子中宮の少進という職務上から、公任の知悉の人物であり、『抄』が公任の手になるものならば、作者名を誤ることはないだろうと思われ、為憲の作であると簡単に決めることは躊躇される。

528
橘の忠幹《たゞもと》が人のめに忍《しの》びて物《もの》いひ侍《はべ》りけるころ、遠《とほ》き所にまかり侍るとて、このをんなの許《もと》にいひつかはして侍りける
忠《たゞ》幹《もと》
忘《わす》るなよほどは雲井になりぬとも空《そら》ゆく月の巡《めぐ》りあふまで

【校異】詞○人のめ―人め〈「人」ノ右下ニ朱デ「ノ」トアル〉（貞）○まかり侍とて―まかるとて（島）○この―その（島）○いひつかはして侍ける―つかはしける（島・貞）○たゝもと―ナシ（島）忠元（貞）。

【拾遺集】雑上・四七五。

橘たゝもとか人のむすめにしのひて物いひ侍けるころとをき所へまかり侍とていひつかはしける

わするなよほとは雲ゐになりぬとも空ゆく月のめくりあふまて

定雑上・四七〇。詞○所へ―所に。○いひ―この女のもとにいひ。

橘の忠幹が人の妻に人目を忍んで思いをかわしていましたころ、地方に下ってゆこうとして、この女の許に詠んで遣りました

私のことを忘れないでくれ、二人の間は雲の彼方のように遠く隔たっても、空を渡って行く月が再び巡ってくるように、私が帰ってきて都で再会するまでは。

【語釈】○人のめ―「め」は妻。他人の妻。『集』には「人のむすめ」とある。○遠き所にまかり侍るとて―地方官として遠方にくだっていく。忠幹は天暦九年（九五五）には駿河介であったが、それ以前にも地方官として遠方の国に赴任したかは不明である。○ほどは―二人の間を隔てる距離。○雲井―雲のかかっているかなた。遠く離れた所。○空ゆく月の巡りあふまで―空を渡っていく月が再び巡ってくるように、私が帰って来て再び巡り会うまでは。

【補説】この歌は『伊勢物語』（十一段）に

昔、をとこ、あづまへ行きけるに、友だちどもに、道よりいひおこせける。

忘るなよほどは雲ゐになりぬともそらゆく月のめぐりあふまで

とあって、よく知られるようになった。問題は(イ)『伊勢物語』の歌の方が先か、(ロ)忠幹の歌の方が先かということである。『八代集抄』は(イ)の立場で、「此歌、伊勢物語なるを、忠幹今思ひあはせて用いたる也。業平よりはるかのちの人なれば也」とあり、忠幹が『伊勢物語』の歌を利用して、別離の挨拶をしたとみている。

(ロ)の立場は、『伊勢物語』は数次にわたる増補を経て現在のような形態になったもので、十一段は忠幹の歌を

用いて章段を増補したものであり、忠幹は天暦に駿河守（正しくは駿河介）になっているので、この段はもっとも遅い時期に増補されたとみている。
この忠幹の歌は『抄』には詞書と作者名とが記されているが、『集』には詞書だけで作者名表記がなく、『和歌大系』には「作者名表記のない書式は、伝承歌であるためか」とある。
この歌の特徴的な表現は、遠く隔たることを「ほどは雲ゐ」と表現していることで、これを模した歌は、
わかれゆくほどは雲井をへだつとも思ふ心は霧もさはらじ（西本願寺本斎宮女御集、斎宮女御集Ⅱ七四）
思ひ出でておなじ空とは月をみよほどは雲井にめぐりあふまで（新古今・離別・八七七　後三条院）
など、後代に多くみられる。

【作者】橘忠幹　従四位下長門守長盛の男。生年未詳。経歴もほとんど不明。『尊卑分脈』には「忠幹駿河守イ五下」とある。『朝野群載』（二十二）所載の天暦十年（九五六）六月二十一日付けの「駿河国司解」には「介橘朝臣忠幹、去年被殺害也」とあり、駿河介であった天暦九年に賊によって殺害された。勅撰集には『拾遺集』『続古今集』（羇旅・八八五）に入集。

【他出文献】◇伊勢物語→［補説］。◇時雨亭文庫蔵素寂本業平集一一二、「身のうれへ侍てあづまのかたへまかりてともだちのもとへいひをくり侍」。

529

題不知　　　　　　　　　　　　貫　之

年月《としつき》は昔《むかし》にあらず成りぬれど恋しきことは変《かは》らざりけり

【校異】歌〇成ぬれと―なりぬとも〈「ぬとも」ノ左傍ニ「ゆけとィ」トアリ、「とも」ノ右傍ニ朱デ「レト」ト

アル〉（貞）○恋しきことは―こひしき人は〈「人」ノ右傍ニ朱デ「コト」トアル〉（貞）。

【拾遺集】雑上・四七六。

題不知　　　　　紀貫之

年月はむかしにあらすなりゆけと恋しき事はかはらさりけり

定雑上・四七一。詞○紀貫之―つらゆき。

題知らず

年月は経過して昔のようではなくなったけれど、恋しいことは昔と変らないのだった。

【語釈】○題不知―『貫之集』には「第五　恋」に詞書がなくてある。○昔にあらず成りぬれど―年月が経って、昔のようでなくなったけれど。

【補説】この歌は『宗于集』以下の歌集にあり、小異はあるが、次のようにある。

年月はむかしにあらずなり行（「行」ヲ見セ消チニシ右傍ニ「ぬれ」トアル）ど恋しきことはかはらざりけり（西本願寺本宗于集二九）

年月はむかしにもあらず成りぬれど恋しき時はかはらざりけり（続千載・恋四・一五四〇　宗于）

年月はむかしにあらぬけふなれど恋しきことはかはらざりけり（陽明文庫本貫之集五九二、西本願寺本四一三）

年月はむかしにもあらぬけふなれど恋しきことはかはらざりけり（古今六帖二五六三　貫之）

このうち、『宗于集』は『集』四七一の貫之の歌を増補したもので、『続千載集』は増補された『宗于集』を編纂資料としているのだろう。これらの歌は、第二、三句は「むかしにあらず成りぬれど（なり行ど）」とある。これに対して、『貫之集』や『古今六帖』に貫之の作とある歌は、第二、三句が「むかしに（も）あらぬけふなれど」

とあって、『抄』『集』に貫之の作とある歌と相違している。現存の『貫之集』のなかで時雨亭文庫蔵承空本、同文庫蔵資経本などには「年月は」の歌はなく、現存『貫之集』とは異なる『貫之集』があったのか、それとも家集以外に撰集資料があったのだろうか。『抄』の撰者が何を資料として五二九の歌を撰んだのか疑問が残る。

【作者】 紀貫之→七。

【他出文献】 ◇宗于集→［補説］。◇貫之集→［補説］。◇古今六帖、貫之。→［補説］。

難波《なには》に祓《はらへ》しに或女《をんな》のまかりたりけるに、もと親《した》しく侍りけるを《お》とこの葦《あし》を刈《か》りてあやしきさまに成りて、道にあひて侍りけるに、女《をんな》、さ知《し》りげもなくて、年《とし》ごろあはざりつることなど、お《を》よそにいひつかはしたりければ、このを《お》とこの詠《よ》み侍りける

530　君なくてあしかりけりと思《おも》ふにはいとどなにはの浦《うら》ぞすみうき

【島本原状】 島本ニハ詞書ノ後ニ貞和本ノ女ノ返歌ニ当ル「あしからじ」ノ歌ガアリ、「きみなくて」ノ歌ハソレニ対スル返歌トシテアル。

【校異】 詞○なにはにはらへしに―なにはに侍しに〈「侍」ノ左傍ニ朱デ見セ消チノ符号ガアリ、右傍ニ朱デ「ハラへ」トアル〉（貞）○まかりたりけるに―まかりたるに（島）まかりけるに（貞）○もと―むかし（島）○したしく―むつましうしりて（島）したしう（貞）○あしをかりてあやしきさまに成て―あやしのさまにて葦をかりて（島）あしをかりてあやしきさまにて〈「にて」ノ間ニ朱デ補入ノ符号ガアリ、右傍ニ朱デ「ナリ」トアル〉（貞）○道にあひて侍けるに―あひて侍けれは（島）○をんな―ナシ（島）をんなの（貞）○さしりけもな

くて―さりけなくて（島・貞）○としころ―ナシ（島）○あはさりつることなと―ナシ（島）えあはさりけることをなと（貞）○をよそに―ナシ（島）おほよそに（貞）○いひつかはしたりけれは―いひつかはしける（島）○このおとこのよみ侍ける―ナシ（島）このをとこのをのこよみ侍ける（貞）。○作者名ナシ―読人不知（島）。

【拾遺集】雑下・五五二。

なにはに侍りしにある女のまかりけるにもとしたしく侍けるおとこのあしをかりてあやしきさまになりてみちにあひて侍けるにをんなさり（「り」補入）けなくてとしころへあはさりつるよしなとおほよそにいひつかはしたりけれはこのおとこのよみて侍ける

君なくてあしかりけりとおもふにもいとゝ難波の浦そ住うき

定雑下・五四〇。**詞**○侍りしに―はらへしに。○女の―女。○まかりけるに―まかりたりけるに。○をんな―ナシ。○としころ―としころは。○へ―え。○よしなと―事なと。○おほよそに―ナシ。○この―ナシ。○よみて―よみ。

難波に祓をするために、ある女が出掛けましたところ、以前親密な関係でありました男が葦を刈って、おちぶれて賤しい身形になって、道中で偶然に出会いましたとき、女は男を知っているようすも見せないで、あとになって、長年逢わないで過ごしてきた事情など、あらましをいってやったところ、この男が詠みました

あなたがいなくなってから、葦を刈って暮らすように、おちぶれて貧しくなったことを思うと、このような難波の浦に住むのはますますつらく思われる。

【語釈】○難波に祓しに―『河海抄』（巻九乙通女）に「辛崎難波七瀬の随一也」とあり、摂津の難波は近江の唐崎とともに公的な御祓のほか、私的な祓所としても知られていた。○あやしきさまに成りて―おちぶれて賤しい身なりになって。○さ知りげもなくて―島本、貞和本、『集』の具世本、定家本に「さりげなくて」とある。底本は、男を知っているようすも見せずにの意。「さりげなくて」は何げない態度での意で、男のおちぶれた様子に驚いた素振りも見せなかったことをいう。○およそに―貞和本、『集』の具世本などに「おほよそに」とあるが、島本、『集』の定家本にはない。底本の「およそ」はだいたいのところ。「おほよそ」もだいたいのところ、概略の意。今まで逢うことができなかった経緯のあらましをいってやった。○あしかりけり―「葦刈りけり」に「悪しかりけり」を掛ける。

返し

補9　あしからじよからんとてぞ別《わか》れけん何《なに》かなにはの浦《うら》にしもすむ

【校訂注記】底本ニナイガ、貞和本ニヨッテ補ッタ。但シ、島本ニハ五三〇ノ位置ニアル。前歌［島本原状］参照。

【貞和本原状】「うらにしもすむ」ノ「にしもすむ」ノ右傍ニ「はすみうきィ」トアル。

【拾遺集】雑下・五五三

返

あしからしよからむとこそ別けめなにか難波の浦は住うき

定雑下・五四一。歌○よからむとこそ―よからむとてそ。○別けめ―わかれけん。

返歌

別々に暮らした方が悪くはあるまい、その方が葦を刈って暮らすより良かろうと思って、別れたのだろう。それなのに、あなたはどうして葦刈りなどして難波の浦に住んでいるのですか。

【語釈】○あしからじよからんと―「あしからじ」は「悪しからじ」に「葦刈らじ」を掛ける。別々に暮らした方が悪くはあるまい、葦を刈って暮らすより良かろうと。

【補説】五三〇・補九は葦刈説話にみられる歌である。葦刈説話は『大和物語』(百四十八段)、『今昔物語集』(巻第三十「身貧男去妻成摂津守妻語第五」)、『宝物集』、『神道集』などにもあるが、本文、話の構造などに相違がみられる。平安時代の文献では『大和物語』の話がもっとも古く、話の概要は次のようなものである。難波に住む男女がおちぶれて別れ、女は京に上り、男のことを忘れずに宮仕えしているうちに、北の方を亡くした男に懸想されて妻になった。女は別れた男のことが忘れられず、難波に祓に出掛け、家のあった辺りを探したところ家はなかったが、葦を荷なった男に出会った。この男が前夫であった。男は女の顔も声も妻であると思い、みすぼらしい身を恥じて、葦を投げ捨てて家に逃げこんで竈の後に踞っていたが、探しにきた女の供人に見つけられて「きみなくて」の歌を書いて届けさせた。女は開けて見て声をあげて泣き、着ていた衣服に手紙を添えて送って帰った。「後にはいかがなりにけん知らず」として話は終り、最後に読人を記さず「あしからじ」の歌を載せる。

これに対して、『今昔物語集』の話では、女を妻にした主人が摂津守になって、任国に下ったときに、夫に随行した女は難波あたりで葦を刈る、おちぶれた男を見付けて、「あしからじ」の歌に衣を添えてやった。男は昔の妻であると思って、「きみなくて」の歌を書いて遣わし、姿を隠してしまったとある。『大和物語』『今昔物語集』は話の内容も詳細で、人物の感情、心理なども描かれていて、それぞれの時期の葦刈説話の様相をとどめている。これらに対して、『抄』『集』の詞書は歌が詠まれる経緯の説明だけである。しかし、「きみなくて」「あしからじ」の歌の作者、位置などをみると、『抄』の底本は『大和物語』と同じように男の「きみなくて」の歌だけで、『大和物語』によっているとみるより、歌語りの段階の話によっていると思われる。貞和本は女の「あしからじ」の歌を返歌として加えているが、これは『大和物語』の伝本のうち、作者が不明確であった「あしからじ」の歌を女の返歌とする御巫本、鈴鹿本、勝命本などの異本系統の影響であろうか。さらに島本では『今昔物語集』と同じように、女が「あしからじ」の歌を詠んだのに対し、男が「きみなくて」の歌を返した形になっている。このようにみてくると、『抄』の三本はそれぞれの時期の葦刈説話の変容の形をとどめていると思われる。

【他出文献】◇大和物語（第百四十八段）。◇今昔物語集（巻第三十第五）。

源重之が母《はゝ》のあふみのこふに侍《う》りけるに、孫《むまご》の東《あづま》よりまかりのぼりて、急《いそ》ぐことありてなん、えこの度会《たびあ》はでまかりぬるといひつかはしたりければ

おば《を》の女

531 親《おや》の親《おや》と思《おも》はましかばとひてまし我このこにはあらぬなりけり

【底本原状】底本ニハ歌ノ第五句ノ「りけり」ノ右傍ニ「るへし」トアル。

【校異】詞○はゝの―母（島）○あふみのこうに―近江に（島）○ありてなん―なむありて（貞）○えこのたひあはて―このたひえあはて（島）○いひつかはしたりけれは―いひて侍けれは（島）○をはの女―祖母（島）むはのをんな（貞）。**歌**○なりけり―なるへし（島）なりけり〈右傍ニ朱デ「ナルヘシ」トアル〉（貞）。

【拾遺集】雑下・五五七。

源重之か母のあふみのこふに侍けるにむまこのあつまよりまかりのほりていそく事ありてえこのたひあはてまかりぬる事とひにつかはしたりけれは

祖母

おやのおやと思はましかはとひてまし我子の子にはあらぬなるへし

定雑下・五四五。詞○まかりのほりて―よるのほりて。○ありて―侍て。○まかりぬる―のほりぬる。○事とひにつかはしたりけれは―こと〻いひて侍けれは。○祖母―をはの女のよみ侍ける。

源重之の母が近江の国府にいましたときに、孫が東国から京に上って参って、急用があって、この度は会わないで帰ると使いの者に言わせたところ

私を親の親と思うならば、きっと訪ねてたであろう。それなのに素通りしたのは、そなたは私の子の子ではないのだった。

【語釈】○源重之の母―『尊卑分脈』などの諸資料に母の記事はなく未詳。○あふみのこふ―『八代集抄』に「国府（コフ）也。栗本郡にある由、和名集にみゆ」とある。「こふ」は「こくふ（国府）」の転。「府《コフ》国之府也」（文明本節用集）。近江の国府は『和名抄』に「国府在栗本郡」とある。重之の母が近江の国府にいた事情は不明。○孫―重之の子の一人。『尊卑分脈』には重之の子として、有数、為清、為業、女子の四人がみえる。また、『重之集』には「ためきよ」「むねちか」の名がみえる。『尊卑分脈』には重之の弟に従五位下の「宗親」、為清の子に典薬允の「致親」の名がみえる。この宗親・致親は同一人物で、重之の子であろう。この他に『重之の子の僧の集』の作者である子がいるが俗名は未詳である。○おばの女―「おば」は「おほば」の約で、祖母。「祖母《オ》

バ」（類聚名義抄）。

【補説】これは重之の母が、上京の折に立ち寄らなかった孫に、皮肉をこめて詠みおくった歌である。しかし、『重之集』（六〇）には詞書を「むまごのよりこで京へいくを、うらみけるをんなにかはりて」とし、第五句を「あらぬなるべし」としてみえる。これによれば重之が母に代って詠んだことになる。第五句は断定的表現が強い推定表現に変っていて、祖母を疎んじた子に対する皮肉・非難が、いくぶんか軽い感じになっていて、祖母と父親との微妙な感情の違いがみられる。

また、『抄』と『集』で相違する点は、『抄』の「まかりのぼりて……えこの度会はでまかりぬる」という文脈が、定家本では「のぼりて……えこのたびあはでのぼりぬる」となっている。これによると、『抄』の本文では帰路に立ち寄らなかったことをいい、『集』では上京の途中に立ち寄らなかったことになる。公的な用件で上京したのであろうから、上京の途次に立ち寄らないことは非難するに当らないが、用事を済ませた後で素通りしたことは咎め立てされても致し方ない。このようにみると、『抄』の方が諧謔的に皮肉を言いたくなった、祖母の心の機微が自然なものとして受け取れる。

なお、この歌は『無名草子』では和泉式部が孫の「なにがし僧都」のもとに詠み送ったことになっている。

【作者】重之母　生没年未詳。従五位下源兼信と結婚、重之を生む。『拾遺集』に一首入集。

【他出文献】◇重之集→［補説］。

天暦御時に一条摂政蔵人頭にてさぶらひけるときに、帯を賭《か》けて碁《ご》をあそばしけるに、負《ま》けたてまつり侍《はべ》りて、御数多《おほんかずおほ》くなりにければ、帯返《かへ》し給《たま》ふとて

御製

532

白波《しらなみ》のうちやかへすと思《おも》ふまに浜《はま》のまさごの数《かず》ぞまされる

【校異】 **詞**○御時に—御時（島・貞）○一条—一条〈「一」ノ右上傍ニ朱デ「小」トアル〉（貞）○あそはしけるに—あそはしける（島）○まけたてまつりはへりて—まけたてまつりて（島・貞）○おほんかず—かす（島）○なりにけれは—なり侍けれは（貞）○帯かへしたまふ—帯かへし給はす（島）をひかへしたまふ〈「ひか」ノ間ノ右傍ニ朱デ「ヲ」トアル〉（貞）。**歌**○おもふまに—思まに〈右傍ニ「まつほとにィ」トアル〉（貞）○かすそまされる—かすそつもれる（島）かすそまされる〈「まさ」ノ右傍ニ朱デ「ツモ」トアル〉（貞）。

【拾遺集】 雑下・五六四。

天暦御時廉義公蔵人の頭にてさふらひける時帯をかけてこをあそはしけるにまけたてまつり侍りて御かすおほくなり侍にけれはおひかへし給とて

御製

白浪のうちやかへすとおもふまにはまのまさこの数そまされる

定雑下・五五二。**詞**○廉義公—一条摂政。○さふらひける時—侍けるに。○こを—御こ。○あそはしけるに—あそはしける。○侍りて—ナシ。○侍にけれは—侍けれは。○おひ—おひを。**歌**○おもふまに—まつほとに。○まされる—つもれる。

村上天皇の御代に一条摂政が蔵人頭としてお仕えしていたときに、帯を賭物にして囲碁をなさいましたところ、伊尹殿は負けまして、帝はお勝ちになった数が多くなりましたので、帯をお返しなさろうとして

白波が打ち返してくるかと思っているうちに、揚げ石が浜辺の砂のように、前よりも数が増えたことだ。

【語釈】○天暦御時―村上天皇の御代。二九参照。○一条摂政―藤原伊尹。三四三［作者］参照。○蔵人頭―蔵人所で非常置の別当に次ぐ、常置の最も重要な職。四位の殿上人から二人任ぜられた。伊尹は天暦九年（九五五）八月から天徳四年（九六〇）八月二十二日に参議に任ぜられるまでの間、蔵人頭であった。○御数―帝が勝った回数。○帯返し給ふとて―賭物として出した伊尹の帯を返そうとして。○白波―白石をもつ伊尹を喩える。○うちやかへす―「うちかへす」は寄せて来てはもとに戻っていく。「白波のうちかへすとも浜千鳥猶ふみつけて跡はとどめむ」（貫之集六六六）。「うつ」に碁をして遊ぶ意の「うつ」を掛けて、白石をもつ伊尹が賭物を取り返すために打ち返してくることをよそえる。○浜のまさご―浜にある砂。数の多い喩えにいう。「浜」に囲碁で取った相手の石をいう「はま」を、「まさご」の「ご」に「碁」を、それぞれ掛ける。○数ぞまされる―碁の揚げ石の数が前にもまして数多くなった。

【補説】この歌は『一条摂政御集』（五六八）には、

村上の帝笛を賭けて、御碁つかまつらせたまて、いたう負けたまければ、笛を返し給ふとて、上の御

白波のうちやかへすとおもふまに浜のまさごの数ぞまされる

とあり、『古事談』（巻六醍醐天皇負囲碁懸物御製）には、

一条摂政蔵人頭之比、帯ヲ懸物ニテアソバセシケルニ、奉負テ御数オホク成ケレバ、詠一首和歌。

白浪ノウチヤカヘストオモフマニ浜ノマサゴノカズゾツモレル

とある。これについて『一条摂政御集注釈』（昭和四十二年、塙書房）は家集でも村上帝が勝ったととってもよいが、「帝に敬語のないのが難点である」とあり、『古事談』については「白浪ノ」の歌は「伊尹の作となる」とある。『古事談』の話で明白なことは、「白浪ノ」の歌は勝者の作であり、白石を持っていた者が敗者であるとい

う事である。従って、「白浪ノ」の歌を伊尹の作とみると、白石を持って負けたのは帝で、文中の「奉負テ」の主語は帝ということになる。これでは誤った敬語法を用いていることになり、敬語がないこと以上に大きな難点である。この文章では「奉負テ」の主語は伊尹で、「詠一首和歌」の主語は帝ととるのが、帝に敬語が用いられていないという問題は残るが、無難な読みである。

なお、この話の「醍醐天皇負囲碁懸物御製」という題目から、負けたのは帝であると即断することはできない。そもそも、この題目は話の内容を総括したものであるか、疑義がある。題目によると、醍醐天皇と伊尹とが囲碁をしたことになるが、醍醐天皇は延長八年（九三〇）九月二十二日に譲位、同月二十九日に亡くなったときには伊尹は七歳で、まだ仕官していない。このように『古事談』の話の内容と題目との間に齟齬があり、この話の題目は信用できない。

【作者】村上天皇→一九八。

【他出文献】◇一条摂政御集→［補説］。◇古事談→［補説］。

尚侍馬《むま》が家《いへ》に権中納言実資が童《わらべ》にて侍《はべ》りけるとき、小弓射《い》にまかりたりければ、もの書《か》かぬ草子《さうし》を賭物《かけもの》にして侍《はべ》りけるを見侍《はべ》りて　小野宮大臣

533　いつしかとあけて見《み》たれば浜《はま》千《ち》鳥《どり》跡《あと》あることに跡《あと》のなきかな

【校異】詞○尚侍むまかいへ―内侍馬か家（島）馬内侍家（貞）○権中納言実資か―中納言実資（島）○わらへにて―わらはに（島）わらはにて〈「わ」ノ右傍上ニ朱デ「マタ」トアル〉（貞）○はへりけるとき―侍けれなと〈「れな」ノ左傍ニ朱デ見セ消チノ符号ガアリ、右傍ニ朱デ「ル」トアル〉（貞）○まかりたりけれは―まかりた

りけるに（島）○はへりけるを―侍けれは（島）○見はへりて―ナシ（島）みてよみ侍ける（貞）。

【拾遺集】雑下・五六五。

内侍馬か家に右大将実資わらはに侍りける時こうちにまかりたりけれは物か丶ぬさうしをかけ物にて侍けるをみ侍て　清慎公小野宮

いつしかとあけてみたれははま千とりあとある事にあとのなきかな

㊐雑下・五五三。詞○実資―実資か。○かけ物にて―かけ物にして。○清慎公―小野宮太政大臣。

内侍馬の家に、権中納言実資が童でありましたときに、小弓を射に行きましたところ、何も書いてない冊子を賭物にしてありましたのを見まして

賭物の冊子に何が書いてあるか早く見たいと思って開けてみたところ、冊子を賭物にする先例はあるが、冊子に何も書いてないのは例のないことだ。

【語釈】○尚侍馬―『抄』の底本以外には、島本、『集』に「内侍馬」、貞和本に「馬内侍」とある。「尚侍」は内侍司の長官で、「内侍」は内侍司の三等官、または、内侍司の女官の総称。「馬」の呼称をもつ者で「尚侍」であった人物は資料にはみられない。ここは「内侍馬」とあるのがよい。この「内侍馬」（以下では「馬内侍」と呼ぶ）は源時明女の馬内侍とは別人である（拙著『馬内侍集注釈』解説参照）。○権中納言実資―実資は長徳元年（九九五）八月二十八日に権中納言に任ぜられ、長徳二年七月二十日に中納言に転じた。『抄』の成立時期を考えるうえで参考になる。○童にて―実資は天徳元年（九五七）誕生、安和二年（九六九）十三歳で元服しているので、童の時期は安和二年以前である。○小弓射に―この部分『集』には「ごうちに」とある。「小弓」は弓長の短小な弓で、正月または二月に行われた賭弓や的射などに用いた。『大斎院前御集』（六〇）には子の日の遊

びに小弓を射たことがみえ、『源氏物語』の「若菜上」にも「春惜しみがてら、月のうちに小弓持たせて参り給へ」とあり、『小右記』寛弘二年（一〇〇五）四月四日の条には「左府設饗射、射是春事、及夏未有事也。違期興也。識者計之奇歟」と、夏に弓の遊びをしたことを問題にしている。○もの書かぬ草子―何も書いてない草子。○いつしかと―これから起こることについて、待ち望む意を表す。早く。何を待ち望んだかについては、賭物の草子の内容ととる説（新大系、和歌大系）、馬内侍の筆跡ととる説（『小野宮実頼集全釈』風間書房）とがある。一般的には書家でもない者が自身が書いた草子を賭物にすることはなかったと思われる。○浜千鳥―浜辺にいる千鳥。歌では「あと」にかかる枕詞。○跡あること―「あと」は先例。先例のあること。草子を賭物にすることは先例があることをいう。○跡のなきかな―「跡」は筆跡。草子に何も書いてないことをいう。また、先例のないことの意をも表す。

【補説】この歌は時雨亭文庫蔵『小野宮殿集』（九四）に、

内侍馬が家に、さねすけわらはにて侍ける時に、ゆみいにまかりたりければ、ものか丶ぬさうしをかけものにして侍けるを見侍て

いつしかとあけて見たれば浜千鳥あとある事にあとのなきかな

とある。これに対して『清慎公集』（九二・九三）には、

なしいのかみむまが家に、権中納言実資がわらはにて侍りける時、ゆみいにまかりたりければ、ものかかぬさうしをかけものにして侍りけるを見侍りて

いつしかとあけてみたれば浜千鳥あと有る事に跡のなきかな

返し

とどむともかひなかるらむ浜千鳥ふりぬる跡はともに消えつつ

とあり、「ないしのかみむま」（『抄』の底本の独自本文）、「権中納言実資」、「ゆみい」など、『抄』と同じである。『抄』に「小弓射に」とある部分は『集』に「ごうちに」とあって、『小野宮実頼集全釈』にも「女性の内侍馬の家で、弓射が行われたことには疑問がある」とある。しかし、これはいかがなものであろうか。次に掲げるような例もある。

①子日なるに院の内ながら子日して、小弓など射れば、扇いろいろにして賭け物にいだすとて包みたる紙に
（大斎院前御集六〇）

②御弘徽殿、有小弓事、兼日被取別前後方、依召参入、弘徽殿東廂有此事。（小右記・寛和元年正月十日）

③今日関白於皇太后宮有小弓・蹴鞠之興、…宮忽令経営懸物事給云々。（小右記・万寿二年二月二十八日）

これらは女性たちの御所で小弓の遊びをおこなった記事であるが、弓を射たのは男たちであることは、例えば②では前以て射手を前方、後方と決めていたことからも知られる。馬内侍家での競射も、実資と馬内侍が競い合ったわけではない。この小弓の遊戯を行ったのは［語釈］に記したように、実資が安和二年（九六九）十三歳で元服する前のことであるが、相手をしたのは馬内侍家に仕えていた男であろう。前掲③で皇太后が急遽奔走して懸物を手配したように、賭物は馬内侍が経営したのであろう。

この事件は『抄』『集』に依って知れわたり、後世これを模した小弓の遊びをしたことが、『後葉集』（雑二）に、

新院位におはしましける時、中宮の御かたにて、小弓御遊びありけるに、懸物にさうしのかたつくりたるが、物書かぬを出されたりけるに、かきつけられたりける　関白前太政大臣

これを見ておもひも出でよ浜千鳥あとなき跡をたづねけりとは（五三一）

返事　右兵衛督公行

浜千鳥あとなき跡を思ひいでて尋ねけりともけふこそはみれ（五三二）

などとある。これによっても『集』の「ごうちに」より『抄』の「小弓いに」の方が原型本文であったと考えられる。

なお、時雨亭文庫蔵『小野宮殿集』の本文は、前掲の『清慎公集』に「ないしのかみむま」「権中納言実資」とある部分が「内侍馬」「さねすけ」とあり、これが家集の原型本文であるか、問題である。

【作者】藤原実頼→一〇五。

【他出文献】◇清慎公集→［補説］。◇袋草紙。

534　題《だい》知《し》らず　　　　よみ人知《し》らず

なき名《な》のみたつ田《た》の山《やま》の麓《ふもと》にはよにもあらじの風《かぜ》も吹《ふ》かなん

【校異】詞○たいしらす―題読人不知（島）。**歌**○ふかなん―ふけなん〈「け」ノ右傍ニ「かィ」トアル〉（貞）。

【拾遺集】雑下・五七三。

なき名のみ立田の山のふもとにはよにも嵐の風も吹なむ

定雑下・五六一。

題しらず

身に覚えのない噂ばかりが立つ竜田山の麓にある住居では、決してこの世に生きていまいと思うので、わが身を吹き飛ばす嵐も吹いてほしい。

【語釈】○なき名―根拠のない評判。身に覚えのない噂。○たつ田の山―奈良県生駒郡三郷町に属する。生駒山地の信貴山の南、大和川の北岸にあたる山地一帯。古代には大和と河内とを結ぶ要路（竜田越え）があった。「たつ田の山」の「たつ」に知れわたる、噂になる意の「立つ」を掛ける。○麓―作者の住まいのある所。○よにもあらじ―どんなことがあってもこの世に生きていまいの意。「あらじ」に「あらしの風」の「あらし」を掛ける。『和歌大系』は本文を「世にもあらし」とし、「俗世にはいまい」と解していて、本文とは整合しない。

【補説】この歌は『集』では三条太政大臣頼忠家の紙絵を詠んだ為頼の歌（『抄』五三九）に続いてあり、同じ紙絵を詠んだ為頼の歌ととれるが、全く別の詠歌事情で詠まれた歌である。散佚前西本願寺本『人麿集』（一九四）には第四句を「よにあらしといふ」としてあり、時雨亭文庫蔵義空本『柿本人麿集』（三一六）には『抄』と同じ歌詞でみえる。

三代集において「なき名」の語を用いているのは恋の歌で、関係のない人と恋仲であるという評判が立つことをいう。それらのなかで注目されるのは、

陸奥にありといふなる名取川なき名取りては苦しかりけり（古今・恋三・六二八　忠岑）

あやなくてまだきなき名の竜田川渡らでやまむものならなくに（古今・恋三・六二九）

なき名のみ竜田のやまの青つづらまたくる人も見えぬところに（拾遺・恋二・六九九）

木幡河こはたがいひしことの葉ぞなき名すすがむたきつ瀬もなし（拾遺・恋二・七〇六）

などと、「所の名」を用いて詠んでいる歌である。これに関連して『俊頼髄脳』には「なき名とりたらむ折、歌詠まむと思はば、…これらを心えて、かやうに詠むべきなり」として、『抄』五三四、五三五などの歌をあげている。これらは「所の名」の一部に「なき名」と関係のある語を掛詞として詠んでいる。

【他出文献】◇柿本人麿集。

高尾《たかを》にまかり通《かよ》ふ法師に、ある女《をんな》の名たち侍《はべ》りければ、少将滋幹《しげもと》
が聞《き》きつけて、まことかと言《い》ひ遣《つか》はしたりければ

八条大君*

535　なき名《な》のみ高尾《たかを》の山《やま》と言《い》ひ立《た》つる人は愛宕《あたご》の峰《みね》にやあるらむ

【校訂注記】「八条大君」ハ底本ニ「八条大臣」トアルノヲ、島本、貞和本ナドニヨッテ改メタ。

【校異】 **詞**○名たち―なたちて（島）○しけもとか―しけもと（島）重基か（貞）○いひ―ゝひに（島）。**歌**○人は―きみは（貞）。

【拾遺集】 雑下・五七四。

たかをにはへりける法師のある女に名たち侍けれは少将重元かきゝ
つけてまことかといひつかはしけれは

八条大君

なき名のみたかをの山といひたつる君はあたこのみねにやあるらむ

[定]雑下・五六二。**詞**○はへりける―まかりかよふ。○法師の―法師に。○ある女に―ナシ。○侍けれは―侍ける を。○重元―しけもと。○いひつかはしけれは―いひつかはしたりけれは。○八条大君―八条のおほいきみ。

高尾に行き通う法師に、ある女の浮き名が世間に知れわたりましたので、少将滋幹が聞きつけて女のもとに、噂はほんとうかと確かめに人を遣わしたところ

高尾に通う法師とのあらぬ噂ばかりを声高に言い立てる人は、愛宕の峰ならぬ仇敵であるのだろうか。

【語釈】○高尾―山城国葛野郡の高雄山麓一帯をいう。平安初期から密教の聖地とされ、高雄山寺があり、後に神願寺と合併して神護寺となった。○まかり通ふ―「行き通ふ」の謙譲語。通って行きます。○名たち―「名た

つ」は世間に知れわたる、浮き名が立つ。○ある女―歌の作者。○少将滋幹―藤原滋幹。父は国経、母は在原棟梁女。『今昔物語集』（巻第二十二第八）には、時平が国経から若くて美貌の北の方（滋幹母）を譲り受けた話がある。その当時の三者の年齢は、時平は三十ばかり、国経は八十に及び、北の方は二十に余る程とある。国経が延喜八年（九〇八）六月に八十一歳で亡くなり、その翌年の四月に時平も三十九歳で亡くなっているので、国経が八十に及んでいたころの話とするには無理があり、時平の三十歳ごろとあるのによるべきであろう。このように考えると、滋幹母が滋幹を生んだのは昌泰元年（八九八）ごろであろう。『勅撰作者部類』には「五位左少弁。大納言藤原国経男。延長六年右少将、承平元年卒」とあり、推定生年によると、三十四歳でなくなったことになる。○まことか―噂はほんとうかと滋幹が女に確かめたことば。○高尾の山と言ひ立つる―「高尾の山」は高尾に行き通う法師を暗示し、「高」に声が大きい意の「たかし」の語幹「高」を掛ける。高尾の法師との浮き名を声高に言いたてる。○愛宕の峰―高尾の山の西にある愛宕山の峰。「愛宕」の「あた」に仇の意の「あた」を掛ける。

【補説】高尾に密教修業に通う法師と噂になった女と、その女に「まことか」と訊ねた滋幹との関係が明確でないと、この歌を正確にとらえることはできない。私見では、歌の作者の「八条大臣」は「作者」の項に記すように「八条大君」とあるのがよい。この大君は八条大納言国経の第一女で、滋幹とは異母姉弟である。したがって、滋幹が「まことか」と訊ねたのは義姉のことを案じたからである。ここでは『抄』に第四句が「人は愛宕の」とある点に注目すべきである。『集』には「君は愛宕の」とあって明らかに相違する。「人」は自分とは対立する他人、世間の人をいうが、「君」は女から男をいうときは親愛の情や軽い敬意がこめられている。この歌では「人」は悪い噂を言い立てる世間の人で、「君」は作者に好意を持っている人をいう。このように「人」と「君」とを区別して解すると、滋幹は「君」に当り、それを仇敵とはいわないだろう。したがって、第四句が「人は」とある『抄』の本文が原形で、『集』は滋幹を作者に想い懸けている者とみて、「君」という本文を取り入れたものであろう。

【作者】『抄』に「八条大臣」とあるが、『抄』島本、貞和本、『集』具世本などには「八条大君」、『集』定家本に「八条のおほいきみ」とある。滋幹の周辺で「八条」と呼ばれる人物は、『尊卑分脈』によれば、国経である。これによると、「八条大君」は国経の第一女ということになり、滋幹には異腹の姉であろう。

536　御嶽《みたけ》に年老《としお》いてまうで侍《はべ》りとて　元《もと》輔《すけ》

いにしへも登《のぼ》りやしけん吉野《よしの》山山《やま》より高《たか》きよはひなる人

【校異】詞○はへりとて―侍て（島）侍とて（貞）。歌○よはひなる人―よはひある人（貞）。

【拾遺集】雑下・五七五。

みたち（右傍ニ「け歟」トアル）へとしおひてまうて侍とて　清原元輔

いにしへものほりやしけむ吉野山やまよりたかきよはひなる人

定雑下・五六三。詞○みたち―みたけ。○侍とて―侍て。○清原元輔―もとすけ。

金峯山に年老いて参詣するということで

昔もきっと登っただろうか、金峯山に。その金峯山よりも高い年齢の人が。

【語釈】○御獄―大和国吉野郡の金峯山。現在の奈良県吉野郡の吉野山から山上ヶ岳までの一連の山並みの総称。ここには金峯山寺があり、修験道の修行地であった。平安中期には弥勒信仰が高まり、御獄詣が盛んになった。

【補説】この歌は時雨亭文庫蔵坊門局筆『元輔集』(二〇二)に詞書を「四月ついたち御獄にまうではべて、吉野山のわたりにて」、第四句を「みねよりたかき」としてある。同文庫蔵定家等筆『兼澄集』(一〇、一一)にも、

元輔ともろともに御獄にまうでて侍りしに、元輔

いにしへものぼりやしけむ吉野山山より高きよはひなる人

といひ侍りしかば、兼澄

かへりてもことぞともなき身にしあれば吉野の山に山ごもりなむ

とあり、兼澄が同道したことが知られる。

元輔の最晩年は寛和二年(九八六)正月二十六日に肥後守に任ぜられて下向し、正暦元年(九九〇)六月に任地で没している。したがって、元輔の御獄詣は肥後赴任以前、元輔七十九歳以前のことである。元輔と同道した兼澄とは、天元三年(九八〇)閏三月晦日から四月一日の早朝にかけて、能宣邸での歌会に同席したことが、田坂順子氏(「源兼澄試論」『平安文学研究』第七十三輯昭和60・6)によって明らかにされている。元輔は天元元年に任地の周防から帰京しているので、二人が相知るようになったのは、早くとも天元二年ごろであろう。御獄詣は四月朔日ごろのことであるので、天元二年から寛和元年四月まで(元輔七十二歳から七十八歳まで)の間のことであろう。

【作者】清原元輔→三二。

【他出文献】◇元輔集→[補説]。◇兼澄集→[補説]。

雨《あめ》の降《ふ》る日《ひ》、大原川をまかり渡《わた》りけるに、ひるのつきはべりければ

禅慶法師

537　世《よ》の中《なか》にあやしき物は雨降《あめふ》れど大原川《おほはらがは》のひるにぞありける

【校異】 **詞**○まかり―ナシ（島・貞）○わたりけるに―わたり侍けるに（島）○ひる―蛭（島）○つきはへりければ―あしにつきて侍ければ（島）つきたりければ（貞）○禅慶―禅慶〈「禅」ノ右傍ニ朱デ「恵」トアル〉（貞）。**歌**○ひるにそありける―ひるにさりける（島）。

【拾遺集】 雑下・五六二。

あめのふる日おほはら河をまかりわたるにひるのつきたりければ　恵慶法師

世のなかにあやしき物は雨ふるにおほ原河のひるにそありける

定雑下・五五〇。**詞**○あめの―雨。○わたるに―わたりけるに。**歌**○雨ふるに―雨ふれと。

雨の降る日に、大原川を渡って行きましたときに、蛭が吸い付きましたので

この世の中でよく分からないのは、雨が降るけれど大原川が干上がって、湿地にすむ蛭が吸い付くことだ。

【語釈】 ○大原川―高野川の上流、大原を流れる辺りという（『京都市の地名』日本歴史地名大系）。○まかり渡りけるに―渡って行きましたときに。○ひる―蛭。環形動物の一つ。体の前、後端に吸盤があり、湿地などにすみ、人畜などについて血を吸う。○あやしき物―普通と違うところがある物。よくわからない物。○大原川のひる―「ひる」は干上がって水がなくなる、乾く。動物の「蛭」を掛ける。

【補説】 湿地に生息する「蛭」と同音で、蛭の生息に適さない乾燥した状態を表す「干る」とを掛詞にして、雨が降っても干上がっている大原川に、湿地にすむ蛭がいて吸い付くと、機知を働かせた趣向の歌である。「世の中にあやしき」という誇大な物言いも新奇である。

【作者】 禅慶法師　『大日本史料』(第二編之一)の正暦二年(九九一)閏二月十八日の条に「園城寺伝法血脈」によって、余慶付法の弟子十八人をあげているなかに「禅慶　天元三(九八〇)―三―三」とあり、『同(第二編之六)』の「寛弘五年雑載」には「園城寺伝法血脈」によって「禅慶　寛弘五(一〇〇八)十二廿六卒、六十五」とある。これによれば天慶七年(九四四)の誕生である。この禅慶は園城寺関係の僧で、その生活圏は歌の舞台である大原川の近くである。また、禅慶は『抄』成立のころは五十五歳位で撰者と同時代の人物である。おそらく撰者は禅慶の歌を彼の周辺の者から伝え聞いて撰んだのであろう。このように考えると、『抄』の撰者は寺門派と関係があった人物であろうと思われる。

なお、『集』は作者を恵慶法師とするが、この歌は現存『恵慶集』になく、『集』の撰者が何を根拠にして恵慶の作としたか明らかでない。

みちのくにに、名取《なとり》の郡《こほり》の黒塚《くろづか》といふところに、重之《しげゆき》が妹《いもうと》はべりと聞《き》、き侍《はべ》りて言《い》ひ遣《つか》はしける

平　兼盛

538　みちのくの安達《あだち》の原《はら》の黒塚《くろづか》に鬼《おに》こもれりと聞《き》くはまことか

【校異】 **詞**○みちのくに、―みちのくにの(島)みちのくに(貞)○こほりの―こほり(島・貞)○くろつか―くろかは〈「かは」ノ右傍ニ朱デ「ツカ」トアル〉(貞)○ところに―ところにて〈「て」ノ左傍ニ朱デ見セ消チノ符号ガアル〉(貞)○はへり―あまたすむ(島)あまた侍(貞)○き、はへりて―き、て(貞)○平兼盛―ナシ〈次ノ行トノ間ニ朱デ「兼盛」トアル〉(貞)。**歌**○みちのくの―みちのくに〈「に」ノ右傍ニ朱デ「ノ」トアル〉(貞)○くろつかに―くろかはに〈「かは」ノ右傍ニ朱デ「ツカ」トアル〉(貞)。

【拾遺集】 雑下・五七一。

みちのくになとりのこほりのく（「と」ヲ見セ消チニシテ右傍ニ「く」トアル）ろつかといふ

所に重之かいもふとあまたありときゝてつかはし侍りける　　　平　兼盛

みちのくのあたちの原のくろつかにおにこもれりときくはまことか

㋣雑下・五五九。**詞**○こほりの―こほり。○つかはし侍りける―いひつかはしける。○平兼盛―かねもり。

陸奥国の安達の原の黒塚という所に、鬼がこもっていると聞いたが、それはほんとうだろうか。

陸奥国にある名取郡の黒塚という所に、重之の妹が住んでいると聞きまして、詠んでやりました

【語釈】 ○名取の郡―陸奥国の郡名。現在の宮城県中部の地名。「名取奈止里」（和名抄）。○黒塚―福島県二本松市の東部、安達原の一部の名称。鬼女伝説で知られる。○鬼こもれり―「鬼」は古くは死者の霊魂をいう。「こもれり」は隠れすんでいる。

【補説】 この歌は『大和物語』（五十八段）に、

同じ兼盛、みちの国にて、閑院の三のみこの御むこにありける人、黒塚といふ所にすみけり、そのむすめどもにおこせたりける、

みちのくの安達の原の黒塚に鬼こもれりと聞くはまことか

といひたり。（以下略）

とある。この文中の「閑院の三のみこ」については、清和天皇の第三皇子貞元親王とする説と、閑院貞元親王の第三子とする説がある。前者は閑院と呼ばれた第三皇子の意に解しているが、貞元親王の呼称とみるには無理がある（南波浩氏『大和物語』日本古典全書、朝日新聞社）。また、後者は『本朝皇胤紹運録』などの系図類には

貞元親王の子としては源兼忠、源兼信の二人だけで、第三子のことは記載がないことが問題である。また(イ)「三のみこの御むこ」には、(ロ)「三のみこの御女」(御巫本・鈴鹿本等)、(ハ)「三のみこの御むすこ」(為氏本、勝命本等)という異文があり、問題は多岐にわたる。いま、仮に「三のみこ」を兼信とすると、(ロ)は兼信の女、即ち、重之の姉妹で、(ハ)は兼信の男の重之となり、(イ)は該当者は不明である。

『抄』の詞書には「重之が妹はべり」とあり、前記の(ロ)の本文に一致する。兼盛の陸奥国下向が事実ならば、『大和物語』が成立したと思われる天暦六年(九五二)以前であるが、高橋正治氏の「平兼盛年譜」(『兼盛集注釈』平成五年、貴重本刊行会)には、天慶九年(九四六)従五位下に叙せられる前に陸奥国に下向したかとある。まず、この点を確認しておくこととするが、それには重之の年令などをおさえておく必要がある。

重之ははやく伯父兼忠の猶子となったが、兼忠は天徳二年(九五八)七月一日に五十八歳で亡くなっている(公卿補任)ので、延喜元年(九〇一)の誕生である。また、貞元親王は延喜九年に薨去しているので、重之の父の兼信は延喜二年から延喜九年の間に誕生したことになるが、妹がいたのであれば、遅くとも延喜八年には誕生していたとみなければならない。いま兼信の誕生を最も早い延喜二年として、重之が兼信二十五歳のときの子とすると、重之は延長四年(九二六)の誕生となり、兼信の誕生を最も遅い延喜八年として、前と同じように考えると、重之は承平二年(九三二)の誕生となる。一方、兼盛の陸奥下向を天暦初年ごろとすると、このときの重之の年令は十六歳から二十二歳までのいずれかとなり、重之には兼盛から求愛されるような年令の女はいなかったが、妹は重之の一歳下との仮定であるので、最も早い誕生では二十一歳になっていて求愛の対象となりうる。

以上は『抄』と『大和物語』とを整合させようとしてきたが、『抄』は『大和物語』のように形成された鬼女伝説の一部を摘出したものではなかろう。『抄』の撰者は『大和物語』の冒頭部の人物を説明した文章から、それが重之であることを考証して、詞書を書き記したとは思われない。『抄』と『大和物語』とが共有する歌は、文献としての『大和物語』を前提に考えるよりも、両者の情報元が同じであったとみた方がよかろう。この歌の場合、『抄』のような伝承の方が先に成立していたとも考えられる。

【作者】平兼盛→一一。

【他出文献】◇大和物語→［補説］。

539　三条おほいまうちぎみの家にかゝせ侍《はべ》りける、旅人《たびゝと》の盗《ぬす》人にあへるかた侍りけるところに

藤原為頼

盗《ぬす》人のたつたの山《やま》に入《い》りにけりおなじかざしの名《な》をやのこさん

【校異】詞○三条―三条の（島）○おほいまうちきみ―右大臣（貞）○家に―家の（島）許に家に（貞）○かゝせはへりける―かへのゑに（島）かゝせ侍けるかみ絵に（貞）○あへる―あひて侍ける（島）○かた―かたをかきて（島）○藤原為頼―藤為頼（島）。歌○なをやのこさん―なをやなかさむ（島）なをやのこさん〈「をやのこさん」ノ左傍ニ「にやけかれんィ」トアリ、「のこ」ノ右傍ニハ朱デ「ナカ」トアル〉（貞）。

【拾遺集】雑下・五七二。

廉義公か家のかみへに旅人のぬすひとにあへるところに　藤原為頼

ぬす人の立田の山に入にけりおなしかさしの名をや流さむ

定雑下・五六〇。詞○廉義公か家の―廉義公家の。○あへるところに―あひたるかたかける所。歌○名をや流さむ―名にやけがれん。

三条太政大臣頼忠家に描かせてありました紙絵に、旅人が盗人に出会った絵柄がありましたところに

盗人がでる竜田山に迷い込んでしまった。山中にいる私も同じ仲間だという悪い評判を後世まで言いはやされるのだろうか。

【語釈】○三条おほいまうちぎみ―「おほいまうちぎみ」は一八六参照。三条太政大臣藤原頼忠。公任の父。一八六［作者］参照。○かかせ侍りける―『集』には「廉義公が家のかみゑ」とある。「かみゑ」は絹布に描いた絵に対して紙に描いた絵。一枚ずつ切り離した紙に描いたもので、屏風絵・障子絵、絵巻などには言わない。○たつたの山―五三四参照。「たつたの山」の「たつ」に姿を現す意の「立つ」を掛ける。○おなじかざし―「かざし」は草木の花やその小枝を頭に挿したもの。祭では舞人や陪従などはそれぞれ同じ花のかざしを挿したところから、「同じかざし」の形で、同類、仲間の意。「わがやどとたのむ吉野に君しいらば同じかざしをさしこそはせめ」（後撰・恋四・八〇九　伊勢）。○名をやのこさん―善悪いずれの場合でも、名（名声・評判）を後世まで言いはやされることで、『抄』の島本、『集』の具世本の「名をや流さむ」は評判を世間に広めること、『抄』の貞和本のイ本、『集』の定家本の「名にやけがれん」は悪い評判によって傷がつくことをいう。

【補説】この歌は『為頼集』（六五）には詞書を「屏風絵に、盗人たたかひたるかた書きたるが、ただの人ともみえぬに」、第五句を「名にやけがれん」としてある。『抄』『集』と比べて相違があり、為頼自身の手稿をもとに編纂したものとは思われない。

頼忠家の紙絵には旅人が盗人に出会った絵柄が描かれていたが、その場所が竜田山であると特定したのは為頼であろう。為頼の想像力の根底には「風ふけば沖つ白波たつた山よはにや君がひとりこゆらん」（古今・雑歌下・九九四）という歌があった。この歌については『俊頼髄脳』に「白波といふは盗人をいふなり。竜田山をおそろしくやひとりこゆらむと、おぼつかなさに詠める歌」とある。これは『後漢書』霊帝紀の白波賊の故事から盗賊を「白波」と呼んだことによる解釈で、為頼も立田山は盗賊のでる山と認識していたようである。

歌の「おなじかざし」の語についても異説がある。『六花集註』には「カザシトハ山ダチハ木ノ枝折リテタテ丶其陰ニカクレテ人ヲ待ユヘニカザシト云也」とあり、『八代集抄』にも「かざしとは盗人などの身を隠さんために柴などにて、かざしゐるをいへり」とある。これを承けているのが『新大系』で、『和歌大系』には「同じ竜田山の木の下に身をおくことをいう」とある。この為頼の歌の影響を受けたと思われる、

　　不偸盗戒

越えじただ同じかざしの名もつらしたつたの山の夜はのしらなみ（新勅撰・釈教歌・六一五　法眼宗円）

という歌の「同じかざし」は仲間、同類の意であり、為頼の歌も、この意で通じる。

このほか紙絵に描かれた旅人はどのような人物であったかも判然としない。『為頼集』の詞書には「ただの人ともみえぬ」とある。『為頼集』では、この人物は盗人と戦っているので、単に高貴な身分の人ではないだろう。また、同じ山中にいて盗人の仲間と誤解されて立場や名声に傷がつくことを懼れているので、盗人と対極にある、検非違使のような役人か、修行僧ではなかろうか。僧侶の受持すべき十戒のなかには不偸盗も含まれている。歌の末句に「名をやのこさん」「名をや流さむ」などと悪い噂のたつことを危惧しているのも、旅人の立場を暗示している。

【作者】藤原為頼　堤中納言兼輔孫、藤原雅正男、母は右大臣藤原定方女。紫式部の伯父にあたる。安和二年（九六九）八月十三日に春宮少進、天禄元年（九七〇）一月に従五位下に叙せられる。その後、左衛門権佐、丹波守などを歴任して従四位下まで昇り、正暦三年（九九二）十二月に摂津守となり、長徳二年（九九六）三月太皇太后大進を兼ね、同四年十一月ごろに亡くなった（拙著『公任集注釈』六七五頁参照）。早くから公任の父の頼忠の恩顧を蒙り、公任、中務卿具平親王などとも親交があった。『拾遺集』以下の勅撰集に十一首入集、家集に『為頼集』がある。

【他出文献】◇為頼集→［補説］。◇如意宝集、第五句「なをやながさむ」。

同《おな》じ絵《ゑ》に、あをむま引《ひ》けるところに、あしのはなげなる馬《むま》のかたかけるところに

恵慶法師

540　難波江《なにはえ》のあしのはなげのまじれるは津《つ》のくにがひの駒《こま》にやあるらん

【校異】詞〇おなしゑに―同絵に（島）同絵に〈「絵」ノ右傍ニ朱デ「所」トアル〉（貞）〇ひけるところに―引所に（島）ひけるところに〈「ひ」ノ下ニ朱デ補入の符号ガアリ、右傍に朱デ「キ」トアル〉（貞）〇あしのはなけなるむまのかたかけるところに―ナシ（島）。歌〇はなけの―はなけに（貞）。

【拾遺集】雑下・五四九。

廉義公家紙之（「之」ノ右傍ニ「え歟」トアル）にあをむまひきける所にあしのはなむけのむまのかたかけるところを

恵慶法師

難波江のあしの花けとみえつるは津のくにかひの駒にや有らむ

定雑下・五三七。詞〇紙之―かみゑ。〇ひきける所―ある所。〇はなむけの―はなけの。〇むまのかたかけるところを―むまのある所。歌〇花けと―はなけの。〇みえつるは―ましれるは。

廉義公の家の紙絵に、白馬を引き渡す儀式の場面に、葦花毛の馬の絵柄を描いてあるところに

青馬に葦花毛の馬が混じっているのは、摂津の国の牧で飼育された馬であろうか。

【語釈】〇同じ絵―五三九と同じ廉義公の家の紙絵のこと。〇あをむま引けるところに―正月七日に行われた白馬の節会に、左右馬寮の官人が青馬二十一疋を庭中に引き渡す、白馬渡のこと。古くは「青馬」と表記されていたが、村上天皇の天暦ごろから「白馬」と表記するようになった。しかし、「アヲウマ」という訓みは変らなか

った。〇あしのはなげなる馬―『和名抄』に「驄音聡。漢語抄云驄青馬也。黄驄馬葦花毛馬也。日本紀私記云美太良乎乃宇万青白雑毛馬也」とあり、黄色の毛の混じった葦毛の「黄驄馬」を葦花毛馬といった。ちなみに、葦毛は白毛に黒や褐色などの毛の混じったもので、葦のところどころ芽生えたさまに似ているところから名づけられたという。〇難波江―大阪付近の海の古称。津が設けられて大陸往来の船の停泊地となっていた。歌では葦を景物として詠み込んだものが多い。〇津のくにがひ―摂津の国の牧で飼育されたもの。

【補説】廉義公の家の紙絵に描かれていた葦花毛の馬を詠んでいるが、この紙絵が白馬の節会を描いたものであるか、問題がないわけではない。家永三郎氏『上代倭絵全史』（墨水書房）には「藤原頼忠家の紙絵に『あを馬ある所に葦の花毛ある所』を画いたものがあったと云ふ。これは白馬節会の画ではなからうが…」とある。家永氏は『集』の詞書に「廉義公家の紙絵に青馬ある所に…」とあるのによって、このように推断されたが、『抄』の詞書には「あをむま引きけるところ」とあり、白馬の節会の絵柄が描かれていたとみられる。

歌は白馬の節会を描いた紙絵に葦花毛の馬が混じっていたのを見て、葦→難波→津と連想を働かせて詠んだ。当時、白馬の節会に引き渡された馬の毛色は何色であったのだろうか。「あをうま」を「青馬」と表記していた時期は「青岐馬見太万閇」（貞観儀式・七）とあり、『万葉集』（巻二十・四四九四）に七日の侍宴の為に大伴家持が詠んだ「水鳥の鴨の羽の色の青馬を今日みる人はかぎりなしといふ」という歌の青馬も「鴨の羽の色」と形容されているので、光沢のある青色、馬の毛名でいえば「青驪馬久路美度利能宇麻」であった。それが「あをうま」を「白馬」と表記するようになってからは、青馬を白馬にかえたとも、あるいは、極白色は青色に見えるとして、もともと白色の馬であったともいわれる。

「あをうま」を詠んだ歌には、

①降る雪に色もかはらでひくものをたれあを馬と名づけそめけむ（時雨亭文庫蔵坊門局筆兼盛集一一三）

②霞立つ春のなぬかに引く駒は野辺のわか菜に色ぞかよへる（二条太皇太后宮大弐集四）

③くれ竹のあを葉の色の駒なめてよよのためしを雲井にぞひく（新撰六帖三二　為家）

などとある。これらは「白馬」と表記するようになってから詠まれたものであるが、①は白色の馬であるものの、②③は青色の馬であり、表記と馬の毛色とは一致しているとは言えない。

『和名抄』の馬の毛名をみると白色の馬はなく、青白雑毛の葦花毛の馬、蒼白雑毛の葦毛の馬（騅）などがあり、後者の葦毛は源順の「馬毛名歌合」では「難波の葦毛」ともいわれている。これらのことから、「白馬」と言っても蒼白雑毛の葦毛の馬を引き渡したのではなかろうか。

【作者】この歌は現存の『恵慶集』にはみえず、『抄』が何を根拠に恵慶の作としたか明らかではない。しかし、廉義公は公任の父の頼忠のことで、公任が頼忠の紙絵の作者を誤ることは考え難いので、信憑してよかろう。恵慶→四〇。

かぶり柳《やなぎ》を見侍《はべ》りて　　　　藤原仲文

541　かは柳《やなぎ》いとは緑《みどり》にあるものをいづれか緋《あけ》の衣《ころも》なるらむ

【校異】詞○かふりやなき―かうふりやなき（島）かはやなき（貞）○見はへりて―みて（貞）。歌○いつれか―いつれか〈「か」ノ右傍ニ朱デ「ノ」トアル〉（貞）。

【拾遺集】雑下・五六三。

かうふりやなきをみ侍りて

河柳いとはみとりにある物をいつれかあけの衣なるらむ

㊂雑下・五五一。詞○み侍りて―見て。○藤原仲文―仲文。

かうぶり柳を見まして

かうぶり柳と言っても、川辺の柳の枝葉は（六位の袍の）緑色であるのに、どれが（五位の袍の）緋色であろうか。

【語釈】〇かぶり柳―淀川沿いの摂津国島上郡冠村（現在の高槻市大冠町）にあったという。契沖『勝地通考目録』にも「冠柳嶋上郡冠村」とあり、『類字名所補翼鈔』には「冠柳」の項に『宇津保物語』の「かうぶり柳」の例をあげている。「かうぶり柳」の「かうぶり」は初めて従五位下に叙せられる、所謂、叙爵の意で、それを連想して詠まれている。底本の「かぶり」は「かうぶり」と同義であるところからの呼称である。〇かは柳―歌では、水辺に自生するネコヤナギをいう場合と、川辺の柳の意で用いられる場合とがあり、平安時代以降はほとんどが後者である。〇いと―柳の芽吹いた細く長い枝を糸に見立てた語。「わがやどの柳の糸も春くれば深緑にもなりにけるかな」（時雨亭文庫蔵承空本忠見集五八）。〇緑―緑は六位の袍の色。〇緋の衣―緋色の袍。令制では従五位は浅緋、正五位は深緋と区別されていたが、緋色は五位の者が着用した袍の色である。

【補説】この歌は時雨亭文庫蔵資経本『恵慶集』（五〇）に詞書を「かうぶりやなぎ」、第二句を「いとはみどりも」としてみえる。時雨亭文庫には他に上巻のみの定家等筆本（これを江戸初期に烏丸光広、中院通村、小堀政一、松花堂昭乗などが書写したものが、下巻に相当する桐越本とともに複製されている）があり、詞書は「かうぶりやなぎ」（四九）であるが、第一句は「あをやぎの」とある。

平安時代に「かうぶり柳」を最初に詠んだ歌は『宇津保物語』（菊の宴）にみえる（契沖が『類字名所補翼鈔』の「冠柳」の項にあげた歌である）。三月十日ごろ、正頼一家が上巳の祓えのために難波に出掛けたとき、「かうぶり柳にいたり給ひて、大宮」が、

名にしおはば朱のころもはとき縫はで緑の糸をよれる青柳

と詠んでいる。それから後に恵慶、公任らが詠んでいる。『公任集』には天元三年（九八〇）または四年の三月晦日ごろに十五、六歳の公任が、旅の万事を託された藤原為頼らと粉河寺に参詣の途次に、一行はかうぶり柳を題に詠んでいる。このとき公任は始皇帝から大夫の位を授かった松の故事を想起して、

から国の昔のことにくらぶれば松におとらぬ柳なりけり

と詠んでいる。公任の歌は『宇津保物語』の大宮や恵慶のように「かうぶり柳」という名称から、五位の袍の色である緋色を連想し、六位の袍の色である緑色をしている柳の実態との相違に感興を催して詠むという類型的な発想から脱却している。公任らの一行のなかでは、きんさだの中将の、

むかしより朱の衣は名のみして柳色なる年をふるかな

という歌は恵慶らと同じ発想で詠まれている（拙著『公任集注釈』五〇一頁〜五〇五頁参照）。

【作者】『抄』は前歌と同じ恵慶の作とみて、作者を記してない。『集』の具世本には「藤原仲文」、定家本に「仲文」とあるが、『仲文集』になく、何を根拠に仲文としたか明らかでない。恵慶→四〇。

【他出文献】◇恵慶集→［補説］。◇如意宝集。

能宣《よしのぶ》がもとに車《くるま》のかもを請《こ》ひにつかはしたりけるに、はべらずと言《い》ひて侍《はべ》りければ

仲文

542　かをさして馬《むま》といふ人ありければかもをもを《お》しと思《おも》ふなるべし

【校異】詞○かもを―かも（島）○はへらす―なし（島・貞）○いひてはへりけれは―いひ侍けれは（島・貞）

○仲文―平仲文（貞）。**歌**○いふ人―いふ人も（貞）。

【拾遺集】雑下・五四七。

よしのふかもとに車のかもをこひにおこせて侍けれは侍らすといへりけれは　　藤原仲文

かをさしてむまといふ人もありけれは鴨をもおしとおもふなるべし

定雑下・五三五。**詞**○よしのふかもとに―能宣に。○おこせて―つかはして。○侍けれは―侍けるに。○いへりけれは―いひて侍けれは。**歌**○いふ人も―いふ人。

能宣のところに氈の借用を頼みに人を遣わしたところ、ありませんと返事がありましたので

中国に鹿を指して馬であるといった人がいたが、貴殿も鴨を鴛鴦（氈を貸すのを惜しい）と思っているに違いない。

【語釈】○車のかも―『八代集抄』に「かも」は「釭（カリモ）」の中略とある。「かりも」は車の轂（コシキ）車の輪の中央にある部分で、中を車軸が通っている）が車軸と摩擦して摩損するのを防ぐために、轂の穴に通してある鉄製の筒のこと。これに対して『拾遺和歌集増抄』には「或人云かもは氈字にや」として、『和名抄』に「氈和名賀毛席撚毛為席也」とあるのを引いている。『新大系』は二説をあげて、いずれとも断定をひかえているが、『和歌大系』は釭のこととする。獣の毛で織った敷物（氈）は代用品もあり、これがないと車が用をなさないという物ではないが、釭がないと車は用をなさない。しかし、釭は一時的な貸借ではすまないもので、これを取り外して貸与するのも簡単なことではないので、「かも」は「氈」のことであろう。○請ひ―頼み求めること。借用を頼むこと。○かをさして馬といふ人―「か」は鹿のこと。『史記』の秦始皇本紀に、趙高が謀反を企てて、二世皇帝

に鹿を贈って馬だと言い、それに対する臣下の反応をみて、自分に同調するかどうかを探ったという故事。○かもをもをし―「かも」に「鴨」と車の「氈」を、「をし」に「鴛鴦」と「惜し」とを、それぞれ掛ける。

【作者】『能宣集』によれば、作者は「友文」であるが、友文のことは全く不明である。「なかぶみ」の訛伝か。公任と仲文との関係から、『抄』に仲文とあるのは信憑できよう。藤原仲文→五〇一。

【他出文献】◇能宣集。

返《かへ》し　　能《よし》宣《のぶ》

543 なしといへばをしむかもとや思《おも》ふらんしかやむまとぞいふべかりける

【校異】ナシ。

【拾遺集】雑下・五四八。

返　　大中臣能宣

なしといへはおしむ鴨とや思らむしかやむまとそいふへかりける

定雑下・五三六。

返歌

氈がないと言うと、貸すのを惜しんでいるのかも知れないと思うだろうか。鹿を馬と言った故事にならって、あなたのように氈を貸すのが惜しいと言えばよかったかなあ。

【語釈】○なし―氈が無い。○をしむかもと―「をし」に惜しむ意の「惜し」と「鴛鴦」を、「かも」に助詞「かも」と「鴨」とを掛ける。○しかやむまとぞ―『俊頼髄脳』には隠題について説明した箇所で、「むまや」は普通のことばでいうと「いまや」であると、この歌を引いて説明している。これに従えば「しかやむまとぞ」は「然（かし）や今とぞ」ということになるが信憑しがたい。

【補説】この贈答歌は『能宣集』（四三六、四三七）に、詞書を「友文が車のかもやあるとこひにおこせて侍しに、なしと云ひ侍しかば」、友文の歌の第二句を「むまといふ人も」、第四句を「かもをゝしとも」とし、能宣の歌には異同なくある。『能宣集』には能宣の相手は「友文」とあるが、「友文」のことは前歌の［作者］に記したように全く不明である。一方、仲文は公任の父の頼忠の恩顧をこうむり、家司のような立場で頼忠家に仕えていた。頼忠の三条殿の北隣に住み、頼忠の没後は公任に仕えた。このような公任と仲文の関係から、『抄』に仲文と能宣との応答歌とあることは信憑してよかろう。また、仲文は機知を働かせ、掛詞の表現機能を駆使して、戯笑的な歌を軽妙に詠んでいて、五四二の歌の作者にふさわしい。

歌は氈の借用を頼んできた仲文と氈がないと返答した能宣との、趙高の故事を踏まえた応答歌である。五四三の能宣の返歌も、仲文の「馬」「鹿」、「鴨」「鴛鴦」と動物名を重ねる趣向を承けて詠んでいるが、第四句の「しかやむまとぞ」はわかりにくい。［語釈］に記したような、『俊頼髄脳』の説もあるが、趙高の故事のように「鹿を馬というべきであった」という意であろう。『和歌大系』には「あの故事のように釭を貸すと嘘をいうべきであったかなあ」と解している。

【作者】大中臣能宣→二一。

【他出文献】◇能宣集→［補説］。

大隅守《おほすみのかみ》桜嶋忠信が侍《はべ》りける時、郡《こほり》の司《つかさ》に頭白《かしらしろ》き翁《おきな》の侍《はべ》りけるを召《め》し
からがへんとし侍《はべ》りけるに

544
老《お》いはてて雪《ゆき》の山《やま》をばいただけどしもと見るにぞ身《み》は冷《ひ》えにける

【校異】 **詞**○おほすみのかみ―大隅守に（島）大隅守にて〈「て」ノ左傍ニ朱デ見セ消チノ符号ガアル〉（貞）○忠信か―たゝのふと〈「と」ノ右傍ニ朱デ「カ」トアル〉（貞）○時―時に（島）とき〈「き」ノ右傍下ニ朱デ「ニ」トアル〉（貞）○こほりのつかさに―こほりのつかさ〈「さ」ノ右傍下ニ朱デ「ニ」トアル〉（貞）○からかへん―かんかへん（島）○しはへりけるに―し侍けるにおきなのよみ侍ける（島・貞）。

【拾遺集】 雑下・五七六。

おほすみのかみさくらしまのたゝのふかくにゝ侍ける時郡司にかしらしろきおきなの侍りけるをめしひかんとしけるにこのをきなのよみ侍ける

老はてゝ雪の山をはいたゝけと霜とみるにそ身はひえにける

このうたにてゆるされにけり

［定］雑下・五六四。**詞**○めしひかんと―めしかんかへんと。○しけるに―し侍ける時。○この―ナシ。**左注**○ゆるされにけり―ゆるされ侍にけり。

大隅守に桜嶋忠信が就任していました時、郡司に頭髪が真っ白い翁がおりましたのを呼び出し、罪過を問い糾そうとしましたところ

すっかり老いてしまって頭に雪の山をいただいているが、霜を見ると体が冷えてくるように、刑罰の笞を想

像するだけで恐ろしくて身震いします。

【語釈】〇大隅守桜嶋忠信—康保三年（九六六）一月少外記、同四年十月大外記となり、安和元年（九六八）十一月に外従五位下に叙せられ、十二月豊後権介に遷る（外記補任）。その後、「落書」（『本朝文粋』所収）により、大隅守に任ぜられる。〇郡の司—国司の下にあって郡の政務に当った役人。郡司には地方豪族が任用されることが多く、国司は在地における郡司の力を利用しなければ、国を支配できないこともあった。この郡司も国司の意向を無視して、職務を果たさなかったのであろう。〇かうがへん—島本に「かんがへん」、『集』の定家本に「めしかんがへん」とある。「かうがふ」は罪を問いただす、吟味して処罰する。〇雪の山—雪が降り積もっている山を、白髪に喩えた。〇しもと見る—「霜と」に刑罰の具であるむちの意の「笞（しもと）」を掛ける。〇身は冷えにける—霜の寒さで体が冷える意と刑罰を受ける恐怖で身震いする意とを掛ける。

【補説】腐敗した官吏社会を諷刺的に描いた「落書」によって大隅守になった忠信が、年老いた郡司を処罰しようとしたが、その郡司の詠んだ歌に心動かされ、郡司は歌の徳によって許される。この歌は『俊頼髄能』、『今昔物語集』（巻第二十四「大隅国郡司読和歌語第五十五」）、『古本説話集』などにもある。『今昔物語集』などでは、召し出した郡司の老いた姿を見た忠信は罪過を糾す前から何とかして罪をゆるしてやろうとする。歌も郡司が自発的に詠んだのではなく忠信が思いあぐねて詠ませたことになっていて、歌徳説話というより、結末にいたるまでは郡司の狡猾さと忠信の恩情に重点が置かれている感じである。その点、『抄』などでは、話は簡略であるが歌徳が強調される形になっている。

【作者】大隅国の郡司。詳細不明。

神明寺の辺に無常の所《ところ》まうけて侍《はべ》りけるが、おもしろく侍《はべ》りければ

元＊輔

545
惜《を》しからぬ命《いのち》やさらにのびぬらんをはりの煙《けぶり》しむる野辺《のべ》にて

【校訂注記】底本ニ作者名ヲ欠クガ、島本、貞和本ニヨッテ補ッタ。

【校異】詞○おもしろく―いとをもしろく（貞）○はへりければ―みえければ（島）。歌○のへにて―のへにて〈「のへ」ノ右傍ニ朱デ「ヤマ」トアル〉（貞）。

【拾遺集】雑上・五〇八。

神明寺の辺に無常の所まうけて侍けるかいとおもしろきところにて侍りければ

清原元輔

おしからぬいのちや更にのひぬらむをはりのけふりしむる野へにて

定雑上・五〇二。詞○無常の所―無常所。○いとおもしろきところにて侍りければ―いとおもしろく侍ければ。

神名寺の辺に無常所を設けて在住していましたが、風情がありましたので

いつ死んでも惜しくはない命が、さらに延びるであろう。荼毘の煙の染みついた野辺にいても、周りが趣深く感じられるので。

【語釈】○神明寺―『今昔物語集』（巻十二・第三十五）に「京ノ西ニ神明ト云フ山寺有リ、其ニ睿実ト云フ僧住ケリ」とみえ、正確な所在地は未詳であるが、文中に公季が瘧を煩い、睿実に祈禱させようとして神明寺に出掛けたところ、寺の近くの賀耶河（紙屋川）の辺りで発作が始まったとあるので、紙屋川の上流（現在の天神川

の千束より上流）にあったと思われる。『小右記』には「神名寺」と表記されている。〇無常の所―後藤祥子氏は『兼好法師家集』の用例などから、寺域内に心静かに臨終を迎えるために設けた庵室のようなものと考えられている。〇おもしろく―無常所の植込などが趣深いさま。〇をはりの煙しむる野辺にて―『拾遺抄註』に「ヲハリノケブリトハ、シニテ後、トカクスルヒノ煙ナリ」とあり、荼毘の煙のこと。「しむる野辺」は『抄』の貞和本の朱筆書入れに「しむるやま」という異文がある以外は、『集』も『抄』の底本と同じであるが、後掲の『元輔集』には「しむるやど」とある。

【補説】この歌は時雨亭文庫蔵坊門局筆『元輔集』（一七一）に

おなじ山ざとにはべりしころ人〳〵とぶらはんとてまうできてものなどいひはべりて

をしからぬいのちやさらにのびぬらむおはりのけり（「り」ノ右傍ニ「本」トアル）しむるやどにて

とあり、『抄』の詞書とは全く異なる。『抄』にいう「神明寺の辺」にいた元輔を兼澄が訪れたときの歌が時雨亭文庫蔵定家等筆『兼澄集』（四〇）に、

八月つごもりがたにしまう（「しまう」ハ「神明」カ）といふ寺に元輔がもとにとぶらひにまかりて、夕暮の前栽のいとおもしろくはべしかば

かへるさのものうき秋の夕暮にいとども招く花薄かな

とある。この『兼澄集』の詞書によって、『抄』に「おもしろく侍りければ」とあるのは、無常所の前栽がたいそう趣深かったことをいったものと知られる。

五四五の下句「をはりの煙しむる野辺にて」とはどういうことだろうか。後藤氏『元輔集注釈』（貴重本刊行会）には「火葬の煙がしみる宿、といえば最期を迎えるべき住まい」「つまり無常所のこと」とある。『新大系』は「無常所」を火葬場、墓地と解して、「死者を弔うさまを見て後世を思い、その功徳によって命が延びた」と

いう説と、別に「趣深い景色を見て、延命するとも」という説をあげている。『八代集抄』『和歌大系』などは後者の説である。心静かに臨終を迎えようとして設けた無常所で暮らしていると、今までとは全く違った価値観、感覚で物事をみるようになったとみて、［大意］に記したように解した。

元輔が神名寺の寺域内に無常所を設け、そこに逗留するようになった時期はいつごろであろうか。元輔は寛和二年（九八六）正月の除目で肥後守に任ぜられて任地に下向し、正暦元年（九九〇）六月に任地で亡くなっているので、寛和二年以前である。また、天延二年（九七四）正月に周防守となり、赴任した。秩満は天元元年（九七八）正月であるが、貞元二年（九七七）に一時的に帰京した。『桧垣嫗集』から、周防守の後（天元元年以後）に筑前守として赴任したと考える説（萩谷朴氏「清少納言の父元輔の閲歴」『国学院雑誌』昭和51・12）もあるが、確証はなく、天元二年以後には都での詠歌活動がみられるので、在京したものと考える。結局、元輔が晩年、神名寺に無常所を設けたのは天元元年から寛和二年までの八年間、特に住持の睿実が円融天皇の邪気を降伏し、藤原公季の疫病を除きなどして、「況復験力掲焉、降伏怨家、除癒病悩。国王大臣、貴仰聞経。遠近親疎、無不随喜」（大日本国法華経験記・巻中）といわれるほど、名声が高まった天元・永観ごろであろうと思われる。なお、元輔の歌の後に貞和本には

或本云、ツカサ申シケルニイマタバムト侍ナガラエタマハラザリケルコロ

人ノトブラヒニツカハシテ侍ケル返事ニ

フルユキヤハナトサキテハタノメケムナドカワガミノナリガテニスル

ハナノイロハイマモカハラデサクナレドムカシチギリシカゲゾコヒシキ

という朱筆の書入れの二首がある。この二首は元輔の歌を補入しようとしたものであろうが、このうち前者は『貫之集』（八〇二）にもあり、二首とも元輔の歌か疑わしい。

【作者】 清原元輔→三二。

【他出文献】◇元輔集→［補説］。

つかさ申《まう》しけるに賜《たま》はらざりけるころ、人のとぶらひにつかはしける

源　景明

546 わび人《びと》は憂《う》き世《よ》の中《なか》にいけらじと思《おも》ふことさへかなはざりけり

【校異】詞○まうしけるに―ナシ（島）○たまはらさりけるころ―たまはらさりけるに（島）たまはらさりければ（貞）○とふらひに―とひに（島）とふらひをこせて侍けれはかへりことに（貞）○つかはしける―つかはしたりけれは（島）○源景明―景明（貞）。歌○わひゝとは―わひ人は〈「は」ノ右傍ニ「ノ」トアル〉（貞）。

【拾遺集】雑上・五一一。

つかさ申に給はらて人のとふらひおこせて侍りけるかへりことにいひつかはしける

源　景明朝臣

わひ人はうき世の中にいけらしとおもふ事さへかなはさりけり

定雑上・五〇五。詞○給はらて―たまはらざりけるころ。○おこせて侍りける―おこせたりける。○かへりことにいひつかはしける―返事に。

中文を申請したのに官職に付けなかったころ、ある人の見舞いに返事として遣わした

官職に付けない不遇なわが身は、辛いこの世に生きていたくないと思うことさえ、かなわないことであった。

【語釈】○つかさ申しけるに―官職に任命されることを望んで中文を申請すること。○賜はらざりける―官職につけなかった。○わび人―時勢に合えず失意の生活をしている人。除目で任官されずに不遇な生活をおくる人。○いけらじ―「生く」の命令形に動作の存続の意を表す「り」が付いた「いける」に、否定的意志を表す「じ」が付いたもの。生き続けたくない。生きていたくない。

【補説】作者の源景明の官歴は不明なことが多く、この歌が詠まれた具体的な詠歌事情は明確でない。景明の祖父源正明は参議、正四位下を最終官位として天徳二年（九五八）三月に亡くなっている。享年は『公卿補任』には六十六歳とあり、「寛平五年癸丑生」とあるのと合致する。是忠親王が三十七歳のときの子である。景明の父の兼光の誕生を正明二十五、六歳ごろとみると、延喜十八年（九一八）ごろとなる。同様に景明の誕生を兼光二十五、六歳ごろとみると、天慶五年（九四二）ごろとなる。

西本願寺本『中務集』（中務集Ⅰ二一〇）に、

同じところにて、かげあきらかはらけとりて
常にかくうらみてすぐす春なれど梅にやこりずのちもまたれむ

という景明の歌がある。この歌の前の歌群では、中務の邸の北に和泉守順朝臣の邸が垣を隔ててあり、其処に中務邸の者が忍び込んで梅の実を盗んだと、いいがかりをつけていると聞いた中務が、梅の実を順邸に送ってやるという事件があって、それを契機に歌の応答が繰り返されている。景明の歌も、その延長線上にある。「常にかく」の歌は「除目に官職を得られないことを嘆いて過ごすのは春の常であるが、梅の実のことに懲りることなく、後の年の春に期待しよう」という意であろう。この梅の実の盗難事件は順が和泉守の任を終えた天禄年間のこととみる説（稲賀敬二氏『中務』新典社）によれば、景明三十歳ごろのことである。この歌と『抄』五四六とはともに、除目に官職を得ることができないことを詠んでいるが、こちらは他人ごととは言え、楽天的で切迫した思いはない。このことからも五四六は景明にとって、与えられた最後の機会であると自覚していた三十歳過ぎの除

目のことであろう。

除目に任官の望みが叶えられないことは、受領たちの多くが経験することで、五一九には貫之の「官たまはらで歎き侍りけるころ」の歌があったが、それらと相違するのは「いけらじと思ふことさへかなは」ないという思いにある。それが作者の心からの思いであるか、どうかは問わない。他人の力を借りずに自身で意志決定できることさえも叶わないという深刻な状況にあると詠んでいるところに独自性がある。この歌の前にあるのは元輔の作であるが、猟官に奔走させられた元輔が無常所で静かに死を待つのとは対照的である。

【作者】源景明→一四七。

547
二条太政大臣右近番長紀清忠《きよただ》を召《め》し寄《よ》せて、歌詠《よ》ませ侍《はべ》りけるに、
美濃掾のぞみ侍《はべ》りけるがかなはず侍《はべ》りけるころに侍りければ　清《きよ》忠《ただ》
限《かぎ》りなき涙《なみだ》の露《つゆ》に結《むす》ばれて人のしもとはなるにやあるらん

【校異】詞〇二条太政大臣―二条のおほいまうち君の（島）三条右大臣〈「三」ノ右傍ニ朱デ「二」トアル〉（貞）〇右近番長―右近のつかひのおさ（島）左近のつかさにておさ〈「さにて」ノ左傍ニ朱デ見セ消チノ符号ガアリ、右傍ニ朱デ「ヒノ」トアル〉（貞）〇紀きよたゝを―清忠を（島）ゝへきの清忠〈「忠」ノ右傍下ニ朱デ「ヲ」トアル〉（貞）〇めしよせて―めして（島）めして〈「て」ノ右傍ニ朱デ「ヨセテ」トアル〉（貞）〇よませはへりけるに―よませ侍けるに〈「侍」ノ左傍ニ朱デ見セ消チノ符号ガアリ、右傍ニ朱デ「サセタマヒ」トアル〉（貞）〇美濃掾―身の（島）もの（貞）〇のそみはへりけるか―ゝそみ侍けるに（島）ゝそみ侍けれか〈「れか」ノ左傍ニ朱デ見セ消チノ符号ガアリ、右傍ニ朱デ「ルニ」トアル〉（貞）〇かなはすはへりけるころに―かなはす

（島）かなはさりけるころにて（貞）〇きよたゝ―佐伯清忠（島）左近衛番長伯清忠（貞）。**歌**〇つゆに―露の〈「の」ノ右傍ニ朱デ「ニ」トアル〉（貞）〇むすはれて―むすほれて（島）むすはれて〈「はれて」ノ右傍ニ朱デ「ホヲレテ」トアル〉（貞）。

【拾遺集】雑上・五〇九。

右大臣道兼左近番長佐近清忠をめして歌よませ給けるにみのかなは
ぬ事をよみて（「て」ハ見せ消チ）侍りて
かきりなき涙の露にむすほれて人のしもとはなるにやあるらむ

定雑上・五〇三。**詞**〇右大臣道兼―二条右大臣。〇佐近―佐伯。〇よませ給けるに―よませ侍けるを。〇みのかなはぬ事を―のそむこと侍けるか、なひ侍らさりけるころにて。〇よみ侍りて―よみ侍ける。**歌**〇むすほれて―むすはれて。

二条太政大臣道兼が右近番長紀清忠をお呼び寄せなさって、歌を詠ませましたとき、美濃国の掾になりたいと望んでいましたが、望みもかないませんでした頃でしたので

不遇を歎いて止め処なく流れる涙が露のように凝り固まって霜となるのであろうか。そのように、望みもかなわないわが身も人の下位に身をおくことになるのだろうか。

【語釈】〇二条太政大臣―『抄』の島本に「二条のおほいまうち君」、貞和本に「三条右大臣」、『集』の具世本に「右大臣道兼」、定家本に「二条右大臣」とある。道兼の邸の町尻殿は「二条北、町東」（拾芥抄）にあったところから「町尻」「二条」の呼称で呼ばれた。道兼は正暦五年（九九四）八月右大臣、長徳元年（九九五）四月二十七日関白となり、五月八日没、五月二十五日薨奏、この日正一位太政大臣を贈られた。したがって、「右大

臣道兼」「二条右大臣」は右大臣時代の呼称、「二条太政大臣」は長徳元年五月二十五日に太政大臣を追贈されて後の呼称である。○右近番長―令制で左右兵衛府に各四人置かれ、令の規定以外の大舎人寮、近衛府などにも置かれ、配下の職員を統率して内裏の諸門の警護、宮中の警備、行幸・行啓の供奉などに従事した。「つがひのをさ」とも。○紀清忠―島本、『集』などに「佐伯清忠」とある。○美濃掾のぞみ侍りける―「掾」は令制で国司の四等官の第三位。美濃は上国で（延喜式・民部上）、掾は一人であった（職員令）。○露に結ばれて―「結ぶ」は露などが固まる、凝結するの意。「に」は格助詞で、状態を指示して下へ修飾的に続ける用法で、…として、…のようになどの意を表す。○人のしもと―「しも」は地位の下の意の「しも」に「霜」を掛ける。

【補説】任官の望みが叶えられない身の不遇を歎いている。「露」が「霜」となることについて『八代集抄』には、「大戴礼云、露陰陽之気也。陰気勝、則凝而為霜云々」とある。歌にも、

草のうへにそこら玉ゐし白露を下葉の霜とむすぶころかな（好忠集三〇一、新古今・冬・六一九）

秋深みよなよな月のさえさえて霜とは露やむすぼほるらん（為忠家後度百首四三三　顕広）

などと詠まれている。五四八では自然現象とは異なり、涙が露に変り霜となるところから、地位が人の下になるとして、不遇の身を訴嘆する。

五四七の影響を受けたと思われる歌に、

心のみむすぼほれたる露の身はしもとなりての後や消えなむ（続詞花・雑下・八七三　公行）

みな人のしもとなれとや露の身を草の末葉に結び置けむ（長秋詠藻一五九）

たまくらによわりなはてそきりぎりす涙の露はしももむすばず（新和歌集・秋・二五三　源親行）

などがある。

【作者】『抄』の底本には紀清忠とある。紀清忠の名は長徳二年（九九六）十二月十九日の著鈦政で、鈦を著すべき獄囚のなかにみえるが（西宮記臨時十一成勘文事）、これは別人であろう。五四七の作者は島本に「佐伯清忠」、貞和本

に「左近衛番長伯清忠」、『集』の具世本に「佐近清忠」、定家本に「佐伯清忠」とあり、佐伯清忠説が有力である。このほかに、『集』の哀傷（一三二五）にある「みな人の命を露にたとふるは草むらごとにおけばなりけり」とある歌は、定家本には作者を「すけきよ」とある。この歌を収める『宝物集九冊本』（二）には作者を「佐伯清正」とする。この「佐伯清正」も「清忠」とは一字異なるが、同一人であろう。このように内部徴証からは、作者は佐伯清忠となる。これを裏付けるものとして、『勅撰和歌作者目録』（日本歌学大系別巻四』所収）の「拾遺和謌抄目録」には「佐伯清忠　一」とあり、『勅撰作者部類』にも「清忠佐伯六位・拾遺雑一」と、佐伯清忠を作者としている。佐伯清忠については出自、生没などは不詳で、左近衛番長であったことしか判らない。

548

女《むすめ》にまかりお《を》くれてまたの年《とし》の春《はる》、桜《さくら》の花盛《はなざか》りに、家の花《はな》を見《み》ていささかに懐《こゝろ》を述《の》ぶといふ題を詠《よ》み侍《はべ》りける

小野宮太政大臣

桜花《さくらばな》のどけかりけり亡《な》き人《ひと》を恋《こ》ふる涙《なみだ》ぞまづは落《お》ちける

【校異】 **詞**○まかりをくれて―まかりをくれて〈「れ」ト「て」ノ中間ニ補入ノ符号ガアリ、右傍ニ朱デ「侍」トアル〉（貞）○またのとしのはる―またのとし〈「し」ノ下ニ補入ノ符号ガアリ、右傍ニ「ノハル」トアル〉（貞）○さくらのはなさかりに―桜花さかりに（島）さくらのはなのさかりに（貞）○家のはな―家のさくら（島）○いさゝかに―いさゝか（島）○こゝろを―おもひを（島）○よみはへりける―ナシ（島）○小野宮太政大臣―小野宮のおほまうち君（島）をのゝ宮左大臣（貞）。**歌**○なきひとを―なきひとの〈「の」ノ右傍ニ「ヲ」トアル〉（貞）。

【拾遺集】 哀傷・一二八五。

むすめにまかりおくれて又のとしのはるさくらの花さかりにいへの花をみていさゝかに思ひをのふといふ題をよみ侍りける　清慎公

さくら花のとけかりけりなき人をこふる涙そまつはおちける

定哀傷・一二七四。詞〇清慎公―小野宮太政大臣。

むすめに先立たれて翌年の春、桜の花盛りのころに、「家の花を見ていささかに懐を述ぶ」という題を詠みました

桜の花は散る気配もなくのんびりと咲いている。それなのに、亡くなったむすめをいとしく思う涙が、まず流れ落ちたことだ。

【語釈】〇女にまかりおくれて―「まかりおくる」は死別する意の謙譲語。先立たれる。小野宮実頼の女としては、朱雀天皇女御の慶子、村上天皇女御の述子のほかに、左大臣源高明の北の方がいた。高明室は天暦元年（九四七）五月二十一日に、述子は天暦元年十月五日に、慶子は天暦五年十月九日に、実頼より先に亡くなった。諸注は、この女を述子のこととみているが、明確な徴証があるわけではない。〇小野宮太政大臣―藤原実頼。一〇五の［作者］参照。〇のどけかりけり―慌ただしく散るようすもなく穏やかなさま。〇落ちける―花は落ちないで、涙がこぼれ落ちたことだ。

【補説】この歌は『清慎公集』（九四）には、詞書、歌詞など『抄』とほぼ同文でみえ、『抄』から採歌したと考えられる。時雨亭文庫蔵『小野宮殿集』（九五）には詞書がやや簡略化されてある。

歌は娘を亡くした父親の嗚咽も、激しい感情の吐露もない。桜は「のどけかりけり」とあり、こぼれ落ちるのは花ではなく涙であると、心情は抑制され、冷静に詠まれている。その構成も第二句までは自然を、第三句以下

で人事を詠むという対照的で、整然とした構成になっていて、実頼の実直で几帳面な性格が窺われる。
なお、『続古今和歌集』（哀傷・一三九九）には、

女御述子かくれての春花をみて　　清慎公

みるからに袂ぞ濡るる桜花空よりほかの露やおくらん

という歌があり、『新千載和歌集』（哀傷・二一八一）にも詞書を「女御うせ給うての比」としてみえ、このうち、『続古今和歌集』には前掲のように「女御」に「述子」と注記がある。しかし、「みるからに」の歌は五五一の［補説］に記すように『清慎公集』には北の方が亡くなったときの詠歌としてみえる。

【作者】藤原実頼→一〇五。

【他出文献】◇清慎公集→［補説］。

549　面影《おもかげ》に色《いろ》のみ残《のこ》る桜花《さくらばな》いくよの春《はる》を恋《こ》ひんとすらん　　兼盛

【校異】歌○いろのみのこる―いろのみゝゆる〈「ゝゆる」ノ右傍ニ朱デ「ノコル」トアル〉（貞）。

【拾遺集】哀傷・一二八六。　　平兼盛

おもかけに色のみみゆる桜花いく世の春をこひむとすらむ

定哀傷・一二七五。歌○みゆる―のこる。

亡き人が思い出されるものとして、華やかな色ばかりが残っている桜花。その花のような方を、これから先、どれほど多くの年の春、慕い続けていこうとするのだろうか。

【語釈】○面影―思慕する人や亡くなった人の、思い出や想像の中に現われる顔つきや姿。○色―桜の花の色。○桜花―亡くなった女御の喩え。○いくよの春―どれほど多くの年の春。計り知ることができない、長い年月の春。この句の平安時代の用例は僅かで、「霞たつ山田のそらの松が枝はいく世の春にあへるいろぞも」（西本願寺本斎宮女御集一九二）「散る花になほあかずとて鶯のいく世の春を鳴きてへぬらん」（時雨亭文庫蔵資経本中務集一二六）などのほか『宇津保物語』（蔵開）、彰考館文庫蔵『嘉言集』（一五）などにある。いずれも計り知ることができない長い年月の意で、「む」「らむ」と呼応し、述懐、回想する場面に用いられることが多く、特に賀意を表すとは言えないようである。中世には用例も多く、用法も多様化している。平安時代にほとんどない類似の「いく世の秋」の句も中世には「月」と組合せて多くみられる。

【作者】五四九は『兼盛集』にはないが、兼盛作を否定する論拠もない。平兼盛→一一。

550　花《はな》の色《いろ》もやども昔《むかし》の庭《には》ながら変《かは》れる物は露《つゆ》にぞありける　　元輔

【校異】歌○にはなから―はるなから（島）庭なから〈「庭」ノ右傍ニ「それィ」トアル〉（貞）○かはれる物―かはらぬもの〈「らぬ」ノ右傍ニ朱デ「レル」トアル〉（貞）○つゆにそありける―つゆにさりける（島）。

【拾遺集】哀傷一二八七。

花の色もやともむかしの庭なからかはれる物は露にぞ有ける

清原元輔

定哀傷・一二七六。歌〇庭—それ。

桜の花の華やかな色も庭の植込みも、昔の庭のままで、昔と変っている物は亡き人を悼む涙の露が置いていることとだった。

【語釈】〇やど—庭先。前庭。植込みのある所。また、邸。〇庭ながら—『抄』の島本に「はるながら」、『集』の定家本に「それながら」とある。「ながら」は接尾語で、名詞・副詞について、…のまま、…（の）までの意。「それながら」はそのまま、そっくりの意。〇露—亡き人を悼んで流す涙の喩え。

【補説】この歌は『元輔集』の現存諸本にはない。［語釈］に記したように「庭ながら」の部分は『集』には「それながら」とあり、この本文によって、「やど」を小野宮邸とみて「繁栄を誇る豪勢な邸宅」と解するものもある。しかし、『抄』の本文は「庭ながら」であるので、「やど」は植込みと解した。

【作者】清原元輔→三二。

551　桜花《さくらばな》にほふものゆゑ《へ》露《つゆ》けきはこのめもものぞ思《おも》ひ知《し》るらし

能《よし》宣《のぶ》

【校異】歌〇ものゆへ—ものから（島）ものから〈「から」ノ右傍ニ朱デ「ユヘ」トアル〉（貞）〇このめも—こ

のめも〈「め」ノ右傍ニ朱デ「ハ」トアル〉（貞）○、のそ―ものを（貞）○おもひしるらし―思ひしるらし〈「ひしるらし」ノ右傍ニ「なるへしィ」トアル〉（貞）。

【拾遺集】哀傷・一二八八。

さくら花にほふ物から露けきはこのめも物をおもひしるらむ　　大中臣能宣

定哀傷・一二七七。歌○おもひしるらむ―思ふなるへし。

桜の花が華麗に咲いているものの、湿っぽいのは私ばかりでなく、木の芽も人の死の悲しみを身にしみて感じているのだろう。

【語釈】○にほふ―桜の花が淡紅白色に美しく咲いていることをいう。○ものゆゑ―逆接の確定条件を表す。…けれども。○露けきは―湿っぽい感じがするさま。実際に露が置いているだけでなく、見る者の亡き人を思い出して流す涙を暗示する。○このめ―桜の木の芽の「木の芽」に自身の目の意の「この目」を掛ける。○ものぞ思ひ知るらし―この部分、貞和本に書入れのイ本には「ものを思なるべし」とあり、『集』の定家本と同じである。「ものぞ」は人を失った悲しみをいう。「思ひ知る」は理解する、身にしみて感じる意。

【補説】この歌は西本願寺本『能宣集』（能宣集Ⅰ二〇三）に、

小野宮のおほいまうちぎみの北の方のかくれ侍りて、前なる桜を見はべりて、歌よめとはべりしかば

さくら花にほふものから露けきはこのめもものぞおもひ知らるる

とあり、実頼の北の方を追悼して詠まれたもので、詠歌事情は『抄』と相違する。

兼盛、元輔の歌は詠歌事情を記した資料が他になく、五四八の実頼の歌と一括して撰ばれているので、実頼女の追悼歌会で詠まれたものとして問題にされなかったが、能宣の歌の詠歌事情が『抄』と相違することが、資料によって明らかになったので、兼盛、元輔の歌の詠歌事情についても、別の面から検証する必要がある。

そこで、兼盛、元輔、能宣などと実頼との関係を示す資料を家集・撰集から探し求めると、次のようなものがある。

①小野宮大臣五十の賀の屏風歌　天暦三年　『抄』一七五（元輔）、一七六（兼盛）の二首があるが、これらは別の機会に詠まれた歌である（『抄』の賀部参照）。

②月輪寺の花見　康保四年二月　時雨亭文庫蔵坊門局筆平兼盛集一三、西本願寺本能宣集一一一、一一二。西本願寺本元輔集九。

③小野宮大臣七十の賀の屏風歌　安和二年十二月　『抄』一七七（能宣集一二五。一一五〜一二四ニモアル）、一七八（歌仙家集本元輔集一五八）。

④小野宮大臣家屏風歌　年時未詳　『抄』二二六（兼盛）。

このなかで実頼女の女御追悼歌会のあった天暦二年（九四八）に近い資料は①であるが、これらの歌は賀部の各歌の［補説］に記したように、実頼とは無関係の歌で、元輔、兼盛の官歴からも実頼との関係を裏付けるものはない。この三人が実頼の恩顧を蒙るような関係になったのは、康保四年（九六七）二月の月輪寺の花見に三人揃って扈従した数年前ごろからであろう。それは後に記す実頼の北の方追悼歌会が行なわれた康保二年二月に近いころである。このように資料からは女御述子が亡くなったとき、兼盛、元輔、能宣らが追悼の歌を詠むような関係になかったと考えられる。

ここで改めて、実頼、兼盛、元輔、能宣の歌をみると、実頼の歌だけが桜花の捉え方に相違がみられる。実頼は眼前の散る気配もない桜の花を「のどけかりけり」と詠み、そのはかない桜よりもはかなく逝った人を思って、「まづは落ちけり」と花よりも涙がこぼれ落ちることを詠んでいる。歌では桜花と人間とを対比して、桜よりも人間のはかなさが詠まれている。これに対して兼盛らは桜花の色と露とを対立的に捉えるのではなく、一体化した景とみている。このような桜花の捉え方は、前に記した『続古今和歌集』などに撰ばれている実頼の「みるからに」の歌に通じている。その歌は『清慎公集』（一〇〇）には、

同年二月二十六日、看旧庭難抑悲恋兼盛元輔能宣等伺候云々

みるごとに袂ぞぬるゝ桜花そらより外の露やおくらん

とある（時雨亭文庫蔵『小野宮殿集』（一〇一）には「看旧庭難抑悲恋」の部分が「看菅伯等悲恋」とある）。この歌は康保元年（九六四）四月十一日に亡くなった実頼室の能子（藤原定方女）を偲んで、翌年の二月二十六日に実頼が兼盛、元輔、能宣らと自邸の桜を見ながら詠んだものである。この歌の詞書のように、『抄』五四九〜五五一も兼盛、元輔、能宣らが実頼邸の桜を観て詠んだ歌である。特に能宣の歌は前掲の『能宣集』にも実頼の北の方が亡くなったときの詠作とあり、能宣の歌だけが女御追悼歌群に紛れ込んだとは考えられないので、兼盛、元輔の歌も北の方追悼の歌会で詠まれたものと思われる。これらの歌にも五四八の実頼の歌のように「女にまかりおくれて…」という詞書があったとみると、その「女」を「をんな」と訓むと女御となるが、「め」と訓むと北の方となり、きわめて誤解の生じやすい表記である。このような誤解が原因で、北の方追悼歌が女御追悼歌と誤って撰ばれたのであろう。このことは、次の延光の歌によって一層明確になる。

【作者】 大中臣能宣→二一。

【他出文献】 ◇能宣集→［補説］。

このことを聞《き》き侍《はべ》りて　　　源　延光朝臣

552
君《きみ》まさばまづぞをらまし桜花風《さくらばなかぜ》のたよりに聞《き》くぞかなしき

【校異】詞○きゝはへりて―きゝ侍てのちに（貞）○源延光朝臣―源千古（島）。

【拾遺集】哀傷・一二八九。

このことをきゝ侍てのちに　　　延光朝臣

ゆめのうちの花に心をつけてこそこの世の中はおもひしらるれ

定哀傷・一二七八。詞○延光朝臣―大納言延光。歌○ゆめのうちの花に心をつけてこそこの世の中はおもひしらるれ―君まさはまつそおらまし桜花風のたよりにきくそかなしき。

この歌会のことを後から聞きまして

亡き方がいらっしゃったならば真っ先に手折られたことでしょう。追悼の花見会のことを噂に聞いたのは悲しいことだ。

【語釈】○このこと―亡き方を偲ぶ歌会のこと。○聞き侍りて―後日聞いて。○をらまし―花を折って賞美したい。○風のたより―風聞。噂。「風」は花の縁語。

【補説】小野宮邸で催された故人を偲ぶ歌会のことを後で聞いた延光が追和した歌である。延光が追悼の歌を寄せたことについて、『新大系』『和歌大系』ともに、延光妹の厳子女王は実頼の子の頼忠と結婚し、実頼家とは親しい関係にあったことを理由として挙げている。

頼忠は延長二年（九二四）の誕生で、延光は延長五年の誕生であるので、実頼女の述子が亡くなった天暦元年

（九四七）には頼忠二十四歳、延光二十一歳である。また、厳子女王所生の長女遵子の誕生は天徳元年（九五七）のことで、この時の頼忠は三十四歳であった。このような年齢関係から、天暦元年以前に頼忠が厳子女王と結婚していたか疑わしい。延光が追和したのが前記のような理由であるならば、この会は述子を偲ぶ会ではなかったと考えられる。この会が北の方能子を偲ぶ会であれば、延光追和の理由として、一応、前記のような理由を挙げることもできるが、それだけでは故人と延光の関係としては十分とは言えない。故人能子は藤原定方の女で、醍醐天皇の女御として従四位下に昇ったが、醍醐帝の死後、実頼の北の方となった。一方、延光の母も定方の女で、延光は嬰児のときから定方家で養育され、長じて十年、初めて母の喪のことを聞いたと父母の供養の願文に書いているように、延光十歳の承平六年（九三六）三月に母が亡くなった。能子は延光の伯母に当る間柄であり、これが追悼の歌を追和した主たる理由であろう。これによって五四九〜五五二の歌群が実頼の北の方を偲ぶ歌会に詠まれたものであることが明白になった。

【作者】源延光　中務卿代明親王男、母は右大臣藤原定方女。延長五年誕生。天慶九年（九四六）正月従四位下、同年十一月に源姓を賜る。蔵人頭、右近権中将などを経て、康保三年（九六六）九月参議、天禄元年（九七〇）八月権中納言に任ぜられ、従三位に叙せらる。天延三年（九七五）正月権大納言となり、貞元元年（九七六）六月、病のために出家、亡くなる。村上天皇の信任厚く、名臣と言われた。故実に通暁し、歌人としても「天徳四年内裏歌合」に方人として参加、「応和二年内裏歌合」、「康保三年内裏前栽合」などに出詠、『拾遺集』以下の勅撰集に五首入集。

中宮かくれ給《たま》ひての年《とし》の秋《あき》、御前の前栽に露《つゆ》のおきたるを《を》、風《かぜ》の吹《ふ》き靡《なび》かしたるを御覧じて　天暦御製

553
秋風《あきかぜ》に靡《なび》く草葉《くさば》の露《つゆ》よりもきえにし人をなにに《ゝ》たとへん

【校異】詞○中宮―天暦御時中宮（島）○かくれたまひてのとし―かくれ給てのち又のとし（島）かくれたまひての〈「て」ト「の」ノ間ニ補入の符号ガアリ、右傍ニ朱デ「ノチ」トアル〉（貞）○御前の前栽―前栽（島）○つゆのをきたるを―露のをけるを（貞）○なひかしたる―なひかす（島）なひかしける（貞）○天暦御製―御製（島）村上御製（貞）。歌○あきかせに―秋風の〈「の」ノ右傍ニ朱デ「ニ」トアル〉（貞）。

【拾遺集】哀傷・一二九七。

中宮かくれさせ給てのあき御前ゝ載（栽ノ誤カ）露のをきたるをかせのふきなひかしけるを御覧して

天暦御製

秋風の（「の」ノ右傍ニ「ニイ」トアル）なひく草葉の露よりも消えにし人をなにゝたとへむ

定 哀傷・一二八六。詞○かくれさせ―かくれ。○あき―年の秋。○御前ゝ載―御前の前栽。歌○秋風の―秋風に。

中宮が亡くなられてその年の秋、御前の植込の草葉に露が置いてあり、風が吹きそよいでいるさまをご覧になって

秋風にそよぐ草葉に置く露よりもはかなく消えてしまった人を、何に喩えればよいのだろうか。

【語釈】○中宮―村上帝の中宮は藤原師輔の女の安子である。天徳二年（九五八）十月二十七日中宮。○かくれ給ひての年の秋―康保元年（九六四）四月二十九日亡くなる。島本のみが「かくれ給てのち又の年」とある。○吹き靡かしたる―風が吹いて草木の先端を揺り動かしている。○靡く草葉の露―風に吹かれて靡く草葉に置く露はこぼれやすいところから、はかない物の例示。○きえにし人―亡くなってしまった人。中宮のこと。

【補説】 この歌は『村上御集』には、巻末の撰集からの増補部に、詞書・歌詞に異同なくみえる。

中宮安子は皇女選子の出産の喜びと引替えに、それが原因で亡くなった。その様子は『栄華物語』（月の宴）に詳しく記されていて、『大鏡』（円融院）にも「女十宮うみたてまつり給ふたび、かくれさせ給へりし御なげきこそ、いとかなしくうけたまはりしか。村上の御日記御覧じたる人もおはしますらん。ほのぼの伝へうけたまはるにも、およばぬ心にも、いとあはれにかたじけなくさぶらふな」とある。ここにいうように『村上御記』には、

今日巳刻終于同寮。時年三十八。在后位七載。夫栄耀無常、運命有限、何処避之。誰人永存。然而弘仁以来、無為正妃之皇后。当時殞命之者。今配偶之後廿有五年。共衾裯、同枕席、多過春秋。况聞嬰孩児子比肩恋哭。先言涙下。何日何時敢慰心腹乎。…

と、悲嘆にくれる村上帝の心情が記されている。とりわけ「栄耀常無シ、運命限リ有リ、何ノ処ニカ之ヲ避ラム。誰ノ人カ永ク存セム」とある部分は、五五三の歌に通ずるものがある。

【作者】 村上天皇↓一九八。

【他出文献】 ◇村上御集。

554

冬、親《おや》の喪《さう》にあひて侍《はべ》りけるほうしのもとに遣《つか》はしける　躬恒

紅葉《もみぢ》ばや袂《たもと》なるらむ神無月《かみなづき》しぐるるごとに色《いろ》のまさるは

【校異】 **詞**○さうに―喪家に（島）さうさうに（貞）○ほうし―孝子（島・貞）。**歌**○まさるは―まされる〈「る」ノ右傍ニ朱デ「ハ」トアル〉（貞）。

【拾遺集】 雑秋・一一五一。

おやのさうにあひて侍りける法師のもとにつかはしける　　躬恒

紅葉ゝやたもとなるらむ神無月時雨ることに色のまされは

定雑秋・一一四〇。詞○おやの—冬おやの。

冬、親の喪に服していました法師の許に詠んで遣りました

紅葉ばは喪中の人の袂でありましょうか、十月に時雨が降る度ごとに紅葉も濃さを増し、悲しみの涙を流す度ごとに袂がいっそう赤くなることだ。

【語釈】○喪にあひて—「喪」は人の死または喪のこと。○ほうし—仏教語「法」の字音仮名遣いは「ホフ」で、正しくは「ほふし」であるが、古くから「ほうし」「ほっし」などと書かれた。島本、貞和本には「孝子」とある。○紅葉ばや袂なるらむ—赤く色づいた紅葉の葉は、喪中の人の袂なのだろうか。「紅葉ば」を「袂」によそえる。○しぐるるごとに—「紅葉ば」については時雨が降るごとにの意。「袂」については「しぐれ」に涙を暗示して涙を流すたびごとにの意。○色のまさるは—色がいっそう濃くなることだ。

【補説】この歌は現存『躬恒集』の諸本にあり、勅撰集から増補された内閣文庫本（躬恒集Ⅱ）以外で、詞書が詳しいのは書陵部蔵光俊本（躬恒集Ⅰ二六八）、時雨亭文庫蔵承空本『躬恒集』（二九二）で、ともに「おやのおもひ侍りける人につかはしける」とあり、『抄』『集』の詞書にあるように「人」を「ほうし」と特定していない。

この歌は［語釈］に記したように、「紅葉ば」と「袂」とを取り上げて、二つの異質にみえる物の同類性、共通性をあげて結びつける構造である。親を失って悲嘆にくれている人の袂は「紅の涙」のため紅色になる。それを紅葉ばが時雨が降るたびに濃い紅色になっていくのと同類の現象とみて、袂と紅葉ばとを結びつけている。これと同じように「…や……らむ」という構造の歌に、

あふことや涙の玉の緒なるらんしばし絶ゆればおちて乱るる（玄玄集一〇四　平公誠）

わが袖の涙やにほの海ならんかりにも人をみるめなければ（千載・恋四・八五五　上西門院兵衛）

などがある。

五五四の躬恒の歌は『古今集』（哀傷・八四〇）に、

母が喪ひにてよめる

神無月時雨に濡るる紅葉ばはただわび人の袂なりけり

とある歌と詠歌事情も喪中のことで類似し、歌の素材・用語なども同じであり、五五四は「神無月」の歌を前記のような構造を用いて再構成して弔問の歌としたものであろう。

この歌を読み解くために明確にしておかなければならないことがいくつかある。まず、「紅葉ば」はどのような色と認識されていたのだろうか。『類聚名義抄』には「黄葉《モミヂバ》」「紅葉《モミヂバ》」などとあり、『色葉字類抄』も「黄葉」「紅葉」に「モミチ」の訓を付している。これらによると、「紅葉ば」は黄色または紅色に色づいた草木の葉をいう語であったが、やがて「紅葉ば」は赤いものという認識が一般化して、「朱」にかかる枕詞としても用いられるようになった。したがって、『抄』成立以前は黄色か紅色かは歌の詠まれた時期によって判断することになる。五五四の場合、『抄』の詞書に「冬」とあり、歌詞に「神無月」とあるので、その時節の「紅葉ば」を詠んだ歌をみると、

①秋山はからくれなゐになりにけりいくしほ時雨ふりて染めけむ（左兵衛佐定文朝臣歌合　暮秋）

②紅の時雨なればやいそのかみふるたびごとに野辺の染むらん（貫之集三一六）

③風に散るもみぢの色はかみな月からくれなゐのしぐれこそすれ（西本願寺本躬恒集一三九）

などとある。その詠歌時期は①は「暮秋」の題で詠まれ、②は冬の歌群中にあり、③は歌詞に神無月とあり、暮秋か冬の歌であり、「紅葉ば」は「からくれなゐ」（深紅色、濃い紅色）であった。したがって、五五四の歌の

「紅葉ば」も濃い紅色である。

次に「袂」についてみると、前に記した、この歌の構造から「袂」も紅色に染まることになる。「袂」または「袖」が紅色になると詠んだ歌を載せる諸歌集の注釈では、歌に「紅の涙」または「血の涙」の語がなくとも、それらで袖や袂が紅色に染まったと解している。このような解釈が成り立つのは、その前提として「紅の涙」や「血の涙」などの語があり、その語の表現機能、内容などが一つの観念として共有されているからである。「紅の涙」の語は、古今集時代では伊勢の歌に見られるのが古い例である。まず、伊勢は西本願寺本『伊勢集』（四六二）に「七条后失せ給ひて」と詞書のある長歌において、「…寄らむ方なく　悲しきに　涙の色の　くれなゐに　我らがなかの　時雨にて　秋の紅葉と…」と、尽きせぬ悲しみに流す涙の色を紅色と詠み、さらに西本願寺本（二八〇）には「こくは」を詠んだ物名歌ではあるが、

　くれなゐのなみだし濃くはみどりいろの袖もみぢても見えましものを

と詠んでいる。この紅の涙はどのような悲しみのために流すのか明確でないが、『抄』の時代、『宇津保物語』（あて宮）には、あて宮の入内が決まると、思いを寄せていた仲澄、仲頼らが悲嘆にくれ、悶絶して、

　臥しまろびからくれなゐに泣き流す涙の川のたぎる胸の火

　今はとてふりいづる時はくれなゐの涙とまらぬ物にぞありける

と詠んでいて、「紅の涙」は恋慕しても愛がかなえられないときに流す涙でもあった。このような場面で紅の涙を流したことは、「紅の涙」の語を用いてはいないが、古今集時代から、

　くれなゐに袖ぞうつろふ恋しきや涙の川の色にはあるらん（貫之集六一四）

　くれなゐに袖をのみこそ染めてけれ君をうらむる涙かかりて（後撰・恋四・八一〇　よみ人しらず）

　いかばかりもの思ふときの涙川からくれなゐに袖の染むらん（古今六帖二〇八三）

　しのぶれど涙ぞしるきくれなゐに物思ふ袖は染むべかりけり（道済集一七〇）

などとあり、恋の歌に用いた例は時代が下がるに従って多くなって、用例の大半を占めるようになる。

喪中の歌の例としては、五五四と同じように喪中の僧を弔問したときの贈答歌が『赤染衛門集』（四八四・四八五）に

親なくなりたりし僧をとひたりしにいひたる

いかにぞととふにぞいとどくれなゐの涙の色のかずはまされる

とありし返しに

墨染めの色は常にてくれなゐの涙やしほのかずはまされる

とあるに過ぎない。なお、現代人は「紅の涙」も「血の涙」も区別なく使っているが、「血の涙」の平安時代の用例は一例のみで、漢語との関係だけでなく「紅の涙」とは微妙な相違があったと考えられる。

【作者】凡河内躬恒→五。

【他出文献】◇躬恒集→［補説］。

猿沢《さるさは》の池《いけ》に采女《うねべ》の身投《みな》げて侍《はべ》りけるを見侍《はべ》りて　柿本人丸

555　吾妹子《わぎもこ》が寝《ね》くたれ髪《がみ》を猿沢《さるさは》の池《いけ》の玉藻《たまも》と見《み》るぞかなしき

【校異】詞〇うねへのみなけてはへりけるを―みなけ侍ける采女を（貞）〇見はへりて―みて（島・貞）〇柿本人丸―人丸（島・貞）。

【拾遺集】哀傷・一三〇〇。

さるさはの池にうねへの身をなけたるをみて　柿本人丸

わきもこかねくたれかみをさる沢の池のつゝみ（右傍ニ「タマモ歟」トアル）とみるそかなしき

定哀傷・一二八九。詞○身を—身。○柿本人丸—人まろ。歌○つゝみと—たまもと。

猿沢の池に采女が身投げをしました遺体を見まして

いとしいあの子の寝乱れた髪を、猿沢の池に漂う藻のように見るのは悲しいことだ。

【語釈】○猿沢の池—奈良市興福寺の南にある。もとは興福寺南大門前の放生池として設けられた。○采女—宮中で天皇の食事などに携わった女官。諸国の郡司の子女で、容貌端麗な者が選ばれた。○吾妹子—男性が妻、愛人など親しい女性を呼ぶ語。ここは采女をいう。○寝くたれ髪—多く女性について、寝乱れてしどけなくなるのを「寝くたる」という。「寝くたれ髪」は寝みだれた髪。○玉藻と見る—「と」は状態を指示して下に続ける用法で、…のようにの意。

【補説】この歌は現存『人丸集』諸本、『大和物語』などにあり、散佚前西本願寺本『人丸集』（二二九）には「さるさはの池に身をなげたるうねべをみてよめる」と詞書があり、時雨亭文庫蔵義空本などにもほぼ同様の詞書がある。『抄』の成立と『人麿集』の成立とは近接しているが、先後関係などは明らかでない。この歌に詠まれた猿沢池采女入水譚は『大和物語』（百五十段）に詳しくみえ、その話の概要は四九二の［補説］に記したが、その話のなかで帝の行幸に供奉した人麿が詠んだ歌が五五五である。

この歌の「寝くたれ髪」について、『和歌童蒙抄』（巻四）には、

ねくたれ髪とはつとめてなど、ねおきたる髪とぞ聞えければ、身投たらん人の髪にはたがひたるやうにこそ聞ゆるは、僻事を思にや。唯髪の乱れたるを云べきか。

とあり、身投げをした者の髪をいう語として適切かどうか問題がある。また、ただ髪の乱れているさまを言った

とみても、髪の乱れは池の玉藻に見立てたことで表現されている。それではなぜこの語を用いたのだろうか。「寝くたれ髪」という語は『万葉集』にはなく、『人麿集』の歌を除けば、時雨亭文庫蔵承空本『小町集』(九七)に「しどけなき寝くたれ髪を見せじとやはたかくれたるけさの朝がほ」とあるのが古い例と思われる。また、『枕草子』の「関白殿二月二十一日に」の段には「殿おはしませば、寝くたれの朝顔も時ならずや御覧ぜむと引き入る」とあり、「寝くたれの朝顔」という語もみえる。この「寝くたれ髪」や「寝くたれの朝顔」の語は人に見られたくないものとされている。これに対して人麿の歌では「寝くたれ髪」が「池の玉藻」に見立てられることを悲しんでいて、「寝くたれ髪」には負のイメージがない。平安中期以後の歌でも「寝くたれ髪」は、

いとどしくみだれて物を思ふかな寝くたれ髪をみつる今朝より（経衡集一六七）

わかき人の、朝顔を折りて、御らむぜよといひたりしかば

たとふべきかたこそなけれわぎもこが寝くたれ髪のあさがほの花（江帥集四六八）

などと、女性の魅惑的な姿をいう語として肯定的に評価されている。人麿の歌でも、生前の端麗な采女の容貌を「寝くたれ髪」の語で表徴したのではなかろうか。また、「吾妹子」という語も人麿の立場にふさわしい表現とは言えないので、この歌は人麿が奈良の帝の立場にたって詠んだものであろう。

【作者】柿本人麿↓九三。

【他出文献】◇人麿集↓［補説］。◇大和物語↓［補説］。◇三。

題不知　　　　読人不知

556　心《こゝろ》にもあらぬ憂《う》き世《よ》の墨染《すみぞめ》の衣《ころも》の袖《そで》の濡《ぬ》れぬ日ぞなき

【校異】詞〇題不知―たいよみ人しらす（島）。歌〇あらぬ―あらて（島）〇うきよの―うきよに（島・貞）〇ころもの―ころもの〈「の」ノ右傍ニ「ハィ」トアル〉（貞）。
【拾遺集】哀傷・一三〇一。

題しらず　　　よみ人しらす

こゝろにもあらぬうき世にすみそめて衣の袖のぬれぬ日ぞなき

定哀傷・一二九〇。詞〇詞書ナシ―題しらす。歌〇すみそめて―すみそめの。

思うに任せぬ、このつらい世に住み、墨染の衣の袖が涙に濡れない日はないことだ。

【語釈】〇心にもあらぬ―気が進まない。思い通りでない。〇憂き世の―『抄』の底本以外の伝本や『集』の諸本に「うきよに」とあり、この本文の方がよい。〇墨染の衣―薄墨色に染めた衣服。喪服。また、僧衣。「墨染」に「住みそめ」を掛ける。

【補説】この歌は最愛の人を失った者が心にそまぬ憂き世にとどまって服喪するさまを詠んだものであろう。
『奥義抄』には「盗古歌證歌」の項に、

古今　あしひきの山辺にいまは墨染の衣の袖のひるときもなし　　無名
拾遺　心にもあらでうき世に墨染の衣の袖のぬれぬ日ぞなき　　同

とある。「あしひきの」の歌は『古今集』（哀傷・八四四）に「女の親のおもひにて山寺に侍りけるを、ある人の弔ひつかはせりければ返事によめる」と詞書があり、時雨亭文庫蔵伝阿仏尼筆本『兼輔集』（二四）には「おやのおもひにて山寺にこもれるに、いづくにぞと人のたづねたりける返事に」とある。この歌でも「墨染」に「住み初め」が掛けてあり、二首は類似している。しかし、山寺と違って心にそまぬ憂き世にとどまって喪に服する悲しみの方が深刻である。

服《ぶく》ぬぎ侍《はべ》りとて　　貫《つら》之《ゆき》

557 藤衣《ふぢごろも》祓《はら》へて捨《す》つる涙川岸《なみだがはきし》よりまさる水《みづ》ぞ流《なが》るる、

【校異】詞○はへりとて—侍とて（島・貞）。歌○きしより—きしより〈「より」ノ右傍ニ「にもイ」トアル〉（貞）○なかるゝ—かなしき〈右傍ニ朱デ「ナカルヽ」トアル〉（貞）。

【拾遺集】哀傷・一三〇二。

服ぬき侍りて　　紀　貫之

藤ころもはらへてすつる涙かはきしよりまさる水そなかるゝ

㊫哀傷・一二九一。詞○侍りて—侍とて。○紀貫之—ナシ。

喪服を脱ぎますということで

喪が明けて、河原で祓えをして喪服を脱ぎ捨てると、喪服を着たときに増して涙は川のように流れ出て、川岸から溢れるほど流れることだ。

【語釈】○服ぬぎ侍り—「服ぬぐ」は喪があけて喪服を脱ぐ。「喪葬令」に服喪の期間は、父母及び夫の為に一年、妻、兄弟姉妹、嫡子の為に三月と定められていた。○藤衣—麻布で作った喪服。もとは藤や葛などのつる性植物の繊維で織った布の衣をいった。〇祓へて捨つる―除服の際には祓えをして喪服などを河原に流した。〇涙川―涙の流れるのを川に喩えていう語。〇岸よりまさる―「岸」に喪服を着た意の「着し」を掛ける。

【補説】 除服の際には河原に出て、祓えをして喪服などを流したことは『公任集』（二五六）にもみえ、拙著『公任集注釈』に『蜻蛉日記』の例をあげて記したので参照願いたい。ここにはその後知りえたことを追記しておく。

古記録にも除服の記事が簡略な内容ながらあり、こちらは事実の記録であるから、いろいろな場合の除服記事がみられる。まず、物忌と除服とが重なったときに、どのようにして除服したのだろうか。道長の場合は、

除服。依物忌、冠・直衣等令持重義朝臣、送河原令禊、午後光栄朝臣禊之。（御堂関白記長和二年六月十一日）

とあり、本人は外出せず、着用していた冠、直衣だけを河原に持ち出して祓えをしている。これに対し藤原忠実の場合は、除服の三日前から「依物忌不出行」と記しているように外出していないが、当日は、

雖物忌依除服、出二条末、時戌、陰陽師家栄、祓後参宮并北政所。（殿暦康和五年十月二十五日）

とあり、河原まで出掛けている。これも陰陽師に勘えさせてからの行動であろう。

服についての事は陰陽師や暦博士に勘申させて決めた。除服の場合には喪が明けたころに吉日を選んで決めたが、そうでない場合もあった。懐平の女の御匣殿が亡くなったときに実資は安倍吉平朝臣を招いて、次に記すように自身と子の資平の着服・除服の日時を勘えさせている。

早旦招吉平朝臣、令勘着服・除服日時、今日酉四點、坤方着服、六日乙卯ミ四點除服、陽明門末、時刻出西門、少南進帯之。資平為余子、…実亦資平妹也。今日午四點着服、六月十二日除服。是同吉平所勘也。（小右記長和四年四月三日）

乙卯、ミ四刻出河頭陽明門末、除服。（四月六日）

この場合のように着服と除服の日時を一緒に決めるのは例外的である。これは服喪すべき親族関係にないが、実

は姪と言ってよい関係で、内々の着服であったこと、実資も祭の雑事を行う立場にあったので、それに支障なく除服できる必要があったことなどから、着服のときに除服の日時まで勘申させたのである。

除服には祓えをして喪服などを流したが、祓えをした装束などを下級の者などに与えたこともあったようである。『小右記』の寛仁二年（一〇一八）五月二十一日の条には「巳剋出河頭除服、給公兼宿祢鈍色直衣、指貫」とあり、除服した後の直衣・指貫を下部に与えている。藤原忠実の『殿暦』の康和二年（一一〇〇）六月十九日の条にも「寅時許渡四条、是為除服也。未除服以前ニ服車并物具授頼救、申時出一条末、陰陽師泰長」とあり、こちらは除服前に車・物具などを授けている。このように古記録類から除服の実態を知ることができる。

ところで、『奥義抄』には五五七も五五六とともに「盗古歌證歌」の項に、

拾遺　ふぢごろもはらへてすつる涙川きしよりまさる水ぞながるる　貫之

玄々　ふぢごろもながす涙の川水はきしにもまさるものにぞありける　道綱母

とある。道綱母が詠んだ歌は『蜻蛉日記』にもあり、五五七の歌と発想、掛詞の技法が同じで、きわめて類似していて、時代的には貫之の歌の方が先で、それを道綱母が模倣したとみられるところであるが、貫之の歌は『貫之集』の諸本にみえず、『抄』『集』でも作者を貫之とするのは『抄』の諸本と『集』の具世本で、貫之の歌か疑義がある。従って、貫之の歌が先行すると断言しかねる。

【作者】紀貫之の作か疑義がある。紀貫之→七。

恒徳公の服ぬぎ侍《はべ》りとて　道信朝臣

558　限《かぎ》りあれば今日《けふ》ぬぎ捨《す》てつ藤衣《ふぢごろも》果《は》てなき物は涙《なみだ》なりけり

【校異】詞○恒徳公―一条太政大臣（島）恒徳公〈右傍ニ朱デ「一条太政大臣ィ」トアル〉（貞）○ぬきはへり―ぬく（島）ぬき侍（貞）。

【拾遺集】哀傷・一三〇四。

恒徳公服ぬき侍とて

藤原道信朝臣

かきりあれはけふぬきすてつ藤ころもはてなき物はなみたなりけり

定哀傷・一二九三。詞○恒徳公―恒徳公の。

恒徳公の喪服を脱ごうとして

服喪の期間には限度があるので、喪があけた今日は喪服を脱いでしまった。しかし、涙はいつまでも流れて、とどまるところを知らないことだ。

【語釈】○恒徳公―藤原為光の諡。右大臣師輔の九男。斉信、道信らの父。天慶五年（九四二）生。正暦二年（九九一）従一位太政大臣、正暦三年六月十六日薨去、正一位を追贈される。○服―父為光薨去の折の喪服。○限りあれば―「限り」は一定のきまり。令制では、父の服喪は一年という規定があった。○今日―為光の一周忌の法事は正暦四年六月十三日に行われた（小右記目録）。○藤衣―喪服。五五七参照。○果てなき物―尽きることがない物。第一句の「限りあれば」に対応。

【補説】この歌は『道信集』、書陵部蔵流布本系『小大君集』などにもある。『道信集』は伝本によって、詞書が、

こどの丶御ぶくぬぎしひ、大僧都のもとに（島原松平文庫本、道信集Ⅰ六三）

殿の御ぶくぬぐひ（書陵部蔵乙本、道信集Ⅱ一六）

との丶御ぶくぬぎたまふに（書陵部蔵甲本六八）

殿の御ぶくぬぐ日、かへりて上の御もとに（書陵部蔵丙本三一）

などと細部に相違はみられるが、喪が明けた日の詠作である点は一致している。また、『小大君集』（四六）にも、

おなじ人服ぬぎ給うし時

限りあれば今日ぬぎすてつ藤衣涙のはてぞ知られざりける

とあり、詠作年時については『道信集』と同じであるが、第四、五句が『道信集』の諸本や『抄』などと相違している。この歌は［語釈］にも記したように上句の「限りあれば」に対して、下句の「果てなき物」が対応する構成になっていて、これがこの歌の原型であろう。

小大君は記憶や手元の備忘録のようなものを資料として、家集を編纂したと考えられるので、「涙のはてぞ知られざりける」という下句は、小大君の記憶していた本文であると思われる。この句の「涙のはて」という表現は『抄』の時代には他に例がなく、この表現が多くみられるようになるのは院政期以後である。したがって、「涙のはて」という独自の表現は小大君が創出したものといえよう。『壬二集』（三一三六）には父の喪に母の喪が続いたときに、

かぎりあらばまたもや脱がん藤衣とふに涙のはてぞしられぬ

と詠んだ歌がある。この歌の下句は小大君の歌に類似していて、何らかの関係があると思われる。

道信の歌は『抄』に収められて人々の目に触れたようで、和泉式部の「限りあれば藤の衣はぬぎすてて涙の色を染めてこそきれ」（和泉式部続集八五）という歌は、道信の歌をふまえている（拙著『小大君集注釈』八九頁参照）。

【作者】藤原道信　法住寺太政大臣藤原為光男。母は一条摂政藤原伊尹女。天禄三年（九七二）生。藤原兼家の養子となり、寛和二年（九八六）十月に兼家女の詮子の居所である凝花舎（日本紀略には淑景舎）において元服、従五位上に叙せられる。右兵衛佐・左近少将などを経て左近中将、従四位上に至る。正暦五年（九九四）七月十

一日没。公任・実方らと親交があった。中古三十六歌仙の一人。『拾遺集』以下の勅撰集に四十八首入集。家集に『道信集』がある。

【他出文献】◇道信集→［補説］。◇小大君集→［補説］。◇深。◇後。

としのぶが流《なが》され侍《はべ》りけるときに、流《なが》さるゝ人《ひと》は重服の装束をしてなんまかると聞《きゝ》き侍《はべ》りて、母《はゝ》がもとよりその衣《きぬ》ども調じてつかはすに、その衣《きぬ》に結《むす》び付《つ》け侍《はべ》りける

559　人なしゝ胸《むね》の乳房《ちぶさ》を炎《ほむら》にて焼《や》くすみ染《ぞめ》の衣着《ころもき》よ君《きみ》

【校異】詞○ときに—とき（島）○装束をして—装束して（島）○きゝはへりて—きゝて（島）○はゝか—はゝの（島・貞）○そのきぬとも調て—そのきぬして（島）○つかはすに—つかはすとて（貞）○そのきぬに—ナシ（島・貞）○むすひつけはへりける—むすひつけてつかはしける（島）母〈右傍ニ朱デ「ムスヒツケテ侍ケル」トアル〉（貞）。

【拾遺集】哀傷・一三〇五。

としのふかなかされける時なかさるゝ人は重服をしてなむまかると
きゝてけか《マヽ》もとよりきぬをむすひつけて侍りける
人なしゝむねのちふさをほむらにてやくすみそめのころもきよきみ

定哀傷・一二九四。詞○重服をしてなむ—重服をきて。○けか—はゝか。○きぬを—きぬに。

敏延が配流に処せられましたときに、流される人は重服のときの喪服を着て、配所に赴くと聞きまして、母親のもとからその喪服をこしらえて遣わそうとして、その衣に結び付けました歌

あなたを育てあげた胸の乳房を炎にして焼いた炭で染めた墨染の衣を、着なさい、あこよ。

【語釈】○としのぶ―『新大系』に「未詳」、『和歌大系』に「生没年種姓未詳」とある。具世本には「としのふ」の右傍に「敏延」とある。この人物は安和の変に連座して土佐に流された者で、『日本紀略』に橘繁延とある者のことで、拙稿「藤原師尹論」（『山梨県立女子短期大学紀要』第二七号　平成6・3）に「繁延は『扶桑略記』では敏延となっており、『改元部類記』（応和四年七月十日の条）、『拾遺集』（哀傷・一二九四）などによれば、敏延が正しいようである」と記しておいた。○重服の装束をして―「重服」は重い服喪。また、そのときに着用する喪服。令制では父母、夫などの喪を重服とする。官人の場合、喪服は黒橡色か鈍色であった。流罪に処せられた者が重服を着ることを定めた規定は未詳。○人なしし―「人なし」は成人させる、一人前にする意の動詞「人なす」の連用形。○胸の乳房を炎にて―胸の乳房を炎にするというのは、胸中のわが子に対する激しい愛情をいう。類似の表現に「かた恋をするがの富士の山よりもむねのひのまづ燃えまさるかな」（宇多院物名歌合）「おもひせく胸のほむらはつれなくて涙をわかすものにざりける」（蜻蛉・中・天禄元年十二月）などがある。○焼くすみ染―「すみ染」の「すみ」に薪炭の「炭」と衣の染色の「墨」を掛ける。○君―対称の代名詞。親愛の情をこめてわが子に呼び掛けた。吾子（あこ）よ。

【補説】この歌の詞書にみえる敏延は出自未詳、応和四年（九六四）七月には中務少輔であり（改元部類記）、安和二年（九六九）三月にも従五位下中務少輔であった（大神宮諸雑事記一）。事件は安和二年三月二十五日に起こった。詳細は前記の拙稿に譲り、要点のみ記すと、左馬助源満仲、前武蔵介藤原善時等が、源連、橘敏延、蓮茂、藤原千晴らが謀反を企てていると密告したために追捕され、勘問されて、四月一日に敏延を土佐国に、二

日には千晴を隠岐国、蓮茂を佐渡国に配流することが決まった。敏延は二十日に怠状をたてまつり、四月二十六日に配流された（大神宮諸雑事記一）。五五九はこのときに母親が詠んだものである。「名例律」には、流人について「妻妾従へよ。父祖・子孫随はむと欲はば聴せ」とあるが、母親のことは見えない。

母親の歌は事変に連座して配流になったわが子に対する沈痛な思いを詠んだものであるが、「胸の乳房を炎にて焼く」と、母親の激情を抑制することなく表現しているところは、平安和歌には類がない。なお、『延慶本平家物語』（巻八・安楽寺由来事付霊験無双事）には、菅原道真母の作として、

ほどこしし胸の乳房を薪にて焼くすみぞめの衣きよきみ

という類歌がある。

【作者】 橘敏延母　世系・生没年等未詳。

560

思《おも》ひ侍《はべ》りける女《をんな》にをくれ侍《はべ》りて、嘆《なげ》き侍りけるころ、詠《よ》み侍《はべ》りける　大江為基

藤衣《ふぢごろも》あひ見《み》るべしと思《おも》ひせばまつにかかりてなぐさみなまし

【校異】 **詞**〇おもひはへりける―思ける（島）〇をんなに―めに（貞）〇をくれはへりて―をくれて（島）〇なけき侍けるころ―なけきける（島）ナシ（貞）〇よみはへりける―よめる（貞）。**歌**〇あひみるへし―あひみるへし〈「へ」ノ右傍ニ朱デ「マ」トアル〉（貞）〇なくさみなまし―なくさめてまし（島・貞）。

【拾遺集】 哀傷・一三〇六。

おもふめにをくれてなけくころよみ侍りける　大江為基

藤ころもあひみるへしとおもひせは松にかゝりてなくさめてまし

定哀傷・一二九五。

　恋い慕っていました女に先立たれまして、悲嘆にくれていましたころ、詠みました

　藤衣を着たら、亡き人に会えるはずだと思うならば、松にかかる藤のように、再会を期して待つことに専念して心を慰めていよう。

【語釈】○思ひ侍りける女―愛しておりました女。貞和本に「め」とあり、『集』に「おもふめ」とある。「女」は妻のこと。○おくれ侍りて―先立たれまして。○藤衣―五五七参照。ここでは藤の花をよそえている。○あひ見るべし―会うことができるにちがいない。○まつにかかりて―藤は松に這いかかるものというのが和歌的常識であった。「まつ」に「待つ」を掛ける。「かかる」はかかわる、一所懸命になる。待つことに懸命になって。「あふことをいまやとまつにかかりてぞ露の命のとしもへにける」（続古今・恋四・一二九五　平兼盛）「春もすぎ夏くれぬともふぢの花まつにかかりて千代もへぬべし」（高遠集三四〇）。

【補説】五六一の［補説］参照。

561　としふれどいかなる人かとこふりてあひ思《おも》ふ妹《いも》に別《わか》れざるらん

【校異】歌○としふれと―うらやまし（島）○とこふりて―とこふりし（島）とこふりて〈「ふり」ノ右傍ニ朱デ「ナレ」トアル〉（貞）○あひおもふ―あひおもふ〈「おもふ」ノ右傍ニ朱デ「ミル」トアル〉（貞）○いもに

―ひとに（島）。

【拾遺集】哀傷・一三〇七。

年ふれといかなる人にとこふりてあひ思ふ人にわかれさるらむ

定哀傷・一二九六。歌〇人に―人か。

長い歳月を暮らしてきても、いったいどのような人が夫婦として一緒に暮らして、互いに愛しあっている人と死別しないことがあろうか。

【語釈】〇としふれど―島本のみが「うらやまし」とあるが、これは余情として表されるもので、表現としても稚拙である。長年連れ添ってきても。〇とこふりて―「とこふる」は夫婦が長年一緒に生活する。『和歌大系』は「常ふる」という動詞を想定して「この先永遠に。『床古りて』をかけ」てあるという。「とこ（常）」という語素は名詞およびこれに準ずる語句の上に、直接あるいは「つ」を介して付くというのが、一般的な説明で、「常ふる」という用例は上代にもない。

【補説】この二首は大江為基が妻に先立たれたころに詠んだという四九九と同じときの詠作であろう。大江為基の歌は『抄』に三首撰ばれているが、三首とも妻に先立たれたことを詠んだ歌である。四九九の［補説］に記したように、為基が妻に先立たれたことについて、『和歌大系』は『集』雑上・四三四の脚注に「為基は参河守になった頃、若い妻に死別して無常を悟り、寛和二年（九八六）出家したという」とあり、『道済集』（四）に「参河入道（為基）の参河なりしほど、女のなくなりにけるに」とある部分を引いている。『道済集』には参河入道に「為基」という注はなく、この「参河入道」を為基ととることには問題がある。『公任集』（五一三）には「みかはの入道のたうに渡るかどで、しら川にしたりける…」とあり、この「みかはの入道」は為基の弟で入宋した定基（寂照）のことである。さらに『玄玄集』（四三）に「わづらふころ、参河入道をよびて戒受けたるに…」とある「参河入道」も拙著『小大君集注釈』に記したように定基のことである。また、妻と死別した三河守は「無常を悟り、寛和二年出家したという」とあるが、為基は三河守の後に摂津守となり、永祚元年（九八九）四月に図書権頭に転じている。為基は公任が未だ参議になれないでいた正暦二年（九九一）九月以前に出家しているので（拙著『公任集注釈』）、『道済集』の「参河入道」には当らない。なお、定基が三河守在任中の永延二年（九八八）四月に出家したであろうことも前記の拙著を参照願いたい。

定基が参河守であったころに女に死別して発心したという話は『今昔物語集』（巻十九第二）以外に、『続本朝往生伝』、『発心集』、『今鏡』など諸書にある。その女は、

①本ヨリ棲ケル妻ノ上ヘニ、若ク盛ニシテ形チ端正也ケル女ニ思ヒ付テ、極テ難去ク思テ有ケルヲ、本ノ妻強ニ此レヲ嫉妬シテ、忽ニ夫妻ノ契ヲ忘レテ相ヒ離ニケリ。然バ、定基此ノ女ヲ妻トシテ過グル間ニ、相具シテ任国ニ下ニケリ（今昔物語集）

②三河守になりたりける時、もとのめを捨てて、たぐひなく覚えける女をあひ具してくだりける程に、国にて女病を受けて、つひにはかなくなりにければ…（発心集第二・三河聖人寂照入唐往生の事）

などとあり、①のように妻と離別した後に妻としたとも、②のように妻とは別の愛人であったとするものがある。

一方、為基が妻に先立たれたことは『続本朝往生伝』の為基伝にもみえず、『抄』以外にこのことを伝える資料はない。しかし、公任と為基とは、公任が元服して栄爵をえた天元三年（九八〇）三月以後、為基が三河守に任命されたと思われる永観元年（九八三）以前から、親交があった間柄で、『抄』が公任の手に成るものであれば、『抄』に為基が妻に先立たれたとあることは信憑できよう。その時期は、前記のように為基は永祚元年（九八九）四月以後、正暦二年九月以前に出家しているので、そのころであり、出家の動機が妻の死である蓋然性も大きい。

【作者】大江為基→四九九。

題《だい》知《し》らず　　読《よみ》人知《し》らず

562 うつくしと思《おも》ひしいもを夢《ゆめ》に見《み》て起《お》きてさぐるになきがかなしさ

【校異】詞○たいしらす—題よみひとしらす（島）。歌○、なしさ—かなしさ〈「さ」ノ右傍ニ「きィ」トアル〉（貞）。

【拾遺集】哀傷・一三一三。

題不知　　読人不知

うつくしとおもひし人も（「人も」ノ右傍ニ「イモヲ」トアル）夢にみておきてさくるになきかかなしさ

定哀傷・一三〇二。歌○人も—いもを。○なきか—なきそ。○かなしさ—かなしき。

題知らず

いとしいと思っていた亡き妻を、夢の中で見て、目を覚まして傍らを探しても、居ないのが悲しいことだ。

【語釈】○うつくし—奈良時代には、親子・夫婦間で、年上から目下の者に対する愛情を表す。いとしい。かわいい。○いも—男が女を親しんでいう語。妻や恋人、姉妹にいう。○さぐる—手などで触って、存在を探す。確かめる。

【補説】この歌は『万葉集』（巻十二・二九一四）に、

愛等　念吾妹乎　夢見而　起而探尓　無之不怜

（うつくしと思ふわぎもをいめに見て起きて探るに無きがさぶしさ）

とある歌の異伝である。『万葉集』の注釈類には、この歌の下句を『遊仙窟』に「驚覚攪之、忽然空手、心中悵怏、復何可論」とあるのを踏まえているとある。『和歌童蒙抄』（第四）には、

うたたねに恋しき人を夢にみておきてさぐるになきぞわびしき

陳皇后長門賦曰、忽寝寤而夢想、夢魂若君之在傍、惕寐覚而無見兮、魂匡々若有已。このこころに能かよひたり。

とある。また、『俊頼髄脳』には「をこがましきことある歌」の例歌としてあげている。『万葉集』では「正述心緒」の部類にあり、この歌の前後は恋の歌である。この歌を恋の歌として、上句に類似表現をもつ、

うたたねに恋しき人を見てしより夢てふものは頼みそめてき（古今・恋二・五五三　小町）

と比べると、下句は稚拙な内容で、俊頼が「をこがましきことある歌」と評価したのも致し方ない。しかし、亡き人を偲ぶ歌としてみた場合、俊頼の評価も違ったのではなかろうか。

【他出文献】◇万葉集→［補説］。

右兵衛佐のぶかたがまかりかくれ侍《はべ》りにけるに、親《おや》のもとにつかはしける　　堀川大臣

563　ここにだにつれづれになくほとときすまして*ここひの森《もり》はいかにぞ

【校訂注記】底本「こゝゐ」ヲ島本、貞和本ニヨッテ「ここひ」ト改メタ。

1269　［563］

【校異】詞○右兵衛佐―兵衛佐（島）左兵衛佐〈「左」ノ右傍ニ朱デ「右」トアル〉（貞）○のふかたか―のふかた（島）○まかりかくれ―（五字分空白）れて（島）まかりかくれて（貞）○はへりにけるに―侍けるに（島・貞）○大臣―おほいまうち君（島）左大臣（貞）。歌○こゝにたに―（三字分空白）たに（島）○つれ〳〵に―つれ〳〵に〈「に」ノ右傍ニ朱デ「ト」トアル〉（貞）○まして―して（島）○もりはいかにそ―（三字分空白）かにそ（島）。

【拾遺集】哀傷・一二九三。

右兵衛佐信能まか（「よ」ヲ見セ消チニシテ右傍ニ「まか」トアル）りかくれにけるおやのもとにつかはしける　　堀河右大臣

こゝにたにつれ〳〵になく郭公さしてこゝゐの森はいかにそ

定哀傷・一二八二。詞○信能―のふかた。○かくれにける―かくれにけるに。○堀河右大臣―右大臣。歌○さして―まして。

右兵衛佐惟賢が亡くなってしまいましたときに、親のところに遣わしました

私の所でさえ、しんみりと悲しげに鳴いている、郭公よ、まして亡き子を追慕する親のもとでは、どんなか悲しげに鳴いていることかと思いまして。

【語釈】○右兵衛佐のぶかた―『大日本史料第二編之三』は長徳四年（九九八）十月十二日に行われた宣方の七々日の法要のことを記した条に、『拾遺集』の歌を藤原顕光の弔歌として引いているので、「右兵衛佐のぶかた」を宣方のこととしている。しかし、この歌は長徳三年に成立したといわれる『抄』にもあり、宣方説は成り立たない。この「のぶかた」は一八五の作者に「右兵衛佐藤原信賢」とあり、その「作者」の項に記したように、藤原伊尹の二男の「惟賢」が正しい。○まかりかくれ侍りにける―惟賢の没年は未詳であるが、生存が確認できる康保三

年（九六六）二月以後、重光がこの歌を詠み送った伊尹が亡くなる天禄三年（九七二）十一月以前の間である。
○ここ―私の所。作者の重光の所。○つれづれに―しんみりとして寂しいさま。もの寂しげに。○ほととぎす―ここいの森の景物。亡き子を追慕、哀悼する人の喩え。○ここひの森―諸説あるが、山城国の歌枕。「ここひ」に「子恋ひ」を掛けて、子を慕う親の喩え。「子こゐの森」と表記されることが多い。「コヽヒノモリハ所名也。在山城モリ也。人ノコヲコウルニヨソヘテヨム也」（拾遺集註）。

【補説】この歌は『一条摂政御集』（五二）によると、子に死別した藤原伊尹に源重光が送った弔歌である。「ここひの森の郭公」という、新しい歌材を詠み込んでいる。「ここひの森」は『和歌初学抄』に「山城」、『五代集歌枕』に「伊豆歟」、『八雲御抄』に「伊豆」、『歌枕名寄』に「伊豆」、『夫木抄』に「山城又伊豆或美作」などとあり、伊豆とする説が有力であったが、契沖の『勝地吐懐編』には『後拾遺集』（雑三・九九六）の藤原兼房の歌を例にあげて、

古々井杜　　伊豆

五月やみこゝゐの杜の郭公人しれずのみ鳴きわたるかな

此歌の詞書に、静範法師、伊豆の国に流されてとあるによりて、伊豆と推して定むるにはあらずや

とあり、『契沖全集』（岩波書店刊）に校合された三手文庫本には、前掲の文に続いて『夫木抄』の恵慶の歌を引き、

こと書の下にこゝゐのもり山城又伊豆或美作と注せり。さしも名高からぬ所なるに、その国のこゝゐのもりといはざれば、山城にて、人みな知れる故なるべし。

とある。これによると契沖の説も「未勘国」（勝地通考目録）から山城へと変ってきている。

この歌枕は平安時代には、

①ほととぎすこゝゐの杜に鳴く声は聞くよそ人の袖も濡れけり（後拾遺・雑三・九九七　大弐三位）

②思ひやるこゝゐの森のしづくにはよそなる人の袖もぬれけり（抄・五六四　元輔）

　人しれぬこゝゐの森の夕露にぬるらん袖を思ひこそやれ（続詞花・哀傷・四〇六　仁和寺一宮母）

③神無月いつもしぐれは悲しきをこゝゐの森もいかがみるらん（三手文庫蔵為頼集六〇）

　人の親の思ふ心やいかならむこゝゐのもりの秋の夕暮（時雨亭文庫蔵資経本恵慶集一九三）

などと詠まれている。これによると①「郭公」を景物として詠み込み、その悲しげな鳴き声に子を亡くした親の悲痛な心情を表している。また、②雫、露を詠んで、亡き子を偲び悲泣する涙によそえて、③時雨、紅葉、夕暮など秋の悲哀感を表す語を詠み込んで、亡き子を慕う親の痛切な悲しみを思いやっている。五六四参照。

【作者】この歌の作者は、貞和本に「堀川左大臣」、『集』の具世本に「堀河右大臣」、定家本に「右大臣」とあり、これに該当するのは藤原兼通で、顕光も長徳二年七月右大臣になった後は、該当する。しかし、『一条摂政御集』（五二）の詞書に「のぶかたのきみうしなひたまたるに、ちじの大納言とのちのよには聞えし重光の君」とあって源重光の詠作である。重光は伊尹室の代明親王女の恵子女王の兄で、故人の伯父に当るので、この歌の作者にふさわしい人物であるが、重光邸は「一条北、大宮東」（日本紀略・永観元年三月二日）にあり、「堀河」ではない。この歌の『抄』『集』の作者名表記には何らかの錯誤があると思われる。前掲の詞書に重光を「ちじの大納言とのちのよには聞えし」とあって、重光が致仕大納言になった正暦三年（九九二）八月以後に詞書は書かれたものである。伊尹が亡くなってから約二十年後である。その間、この歌がどのような状態で伝えられてきたのか不明であるが、この歌の作者についての異同が生じたのも、この間であろう。

　重光は代明親王男。母は右大臣藤原定方女。延長元年（九二三）生。承平八年（九三八）正月従四位下、侍従、右中将、左中将を経て、康保元年（九六四）三月参議、宮内卿、右衛門督、検非違使別当などを兼官、貞元二年（九七七）四月中納言、天元五年（九八二）正月正三位に昇り、正暦二年（九九一）九月権大納言となる。同三年八月二十八日、権大納言を伊周に譲り、致仕。長徳四年七月十日亡くなる。七十六歳。舞楽「重光楽」を作り、天徳三年（九五九）八月「内裏詩合」には右方の方人として列席。『後撰集』以下の勅撰集に四首入集。

【他出文献】◇一条摂政御集。

順《したがふ》が子《こ》亡《な》くなり侍りけるころ、とひにつかはしける　元《もと》輔《すけ》

564 思《おも》ひやる*ここひの森《もり》のしづくにはよそなる人の袖《そで》も濡《ぬ》れけり

【校訂注記】底本「こゝゐ」ヲ島本、貞和本ニヨッテ「ここひ」ト改メタ。

【校異】詞〇なくなり侍けるころ—なくなりて（島）なくなり侍にけるころ（貞）〇とひにつかはしける—ナシ（島）とふらひにつかはしける（貞）。歌〇おもひやる—おもひやれ〈「れ」ノ右傍ニ朱デ「ル」トアル〉（貞）〇そてもぬれけり—袖そぬれける〈「そ」ノ右傍ニ朱デ「モ」、「る」ノ右傍ニ朱デ「リ」トアル〉（貞）。

【拾遺集】哀傷・一三一四。

順か子なくなりて侍りけるころとひにつかはしける　清原元輔

おもひやるこゝゐの森のしつくにはよそなる人の袖もぬれけり

定哀傷・一三〇三。

順の子が亡くなりましたころ、弔問に遣わした

亡き子を愛しく思って流すあなたの悲しみの涙を思いやると、他人の私の袖までも涙で濡れたことだ。

【語釈】〇順—『後撰集』撰者の一人、源順。四七［作者］参照。〇子亡くなり侍りけるころ—「順集」による

と、応和元年（九六一）七月と八月に子を亡くしたとある。〇しづく―ここいの森の木の葉からしたたる水滴。涙の喩え。〇よそなる人―森の外にいる人。当事者以外の人。他人。

【補説】 この歌は時雨亭文庫蔵坊門局筆本『元輔集』（九四）に詞書を「したがふが子なくなしてはべし、とぶらふとて」としてある。相次いで子女を亡くした順を、元輔が弔問した歌である。順が愛子を亡くしたことは時雨亭文庫蔵素寂本『順集』（二一五）には、

　応和元年七月十一日に四つなる女子をうしなひつ。同じ年の八月六日に又五つつなる女子をうしなひつ。無常のおもひ、事につきておこる。悲しびの涙乾かず。古万葉集のなかにさみまぜいが詠みける歌のなかに、

　世中を何にたとへむといへることばをとりて、かしらに置きて詠める歌十首

とある。亡くしたのは女児二人とあるが、西本願寺本『順集』には八月六日に亡くなったのは「いつつなるをのこご」とある。順は悲痛に耐えず、沙弥満誓の「世の中を何にたとへむ朝開き漕ぎいにし船の跡無きがごと」（万葉・巻三・三五一）という歌の第一、二句を頭において、十首の歌をよんでいる。順五十一歳のときのことである。『尊卑分脈』には順の子として、内蔵助になった貞の名を載せるのみで、他に子女がなかったようで、晩年に近いころに愛育した子女を失った精神的打撃は計り知れないものがあったと推測される。

　元輔は『後撰集』の編纂と『万葉集』の訓読事業とに参加して順と相知り、時期的には愛子を亡くしたときより後のことであるが、元輔の弟の元真が亡くなったときには、順は弔慰の歌を詠み送っている（素寂本順集三五）。元輔の弔問歌は、五六三の重光の歌と同じように歌枕の「ここひの森」を詠み込んで、亡き子を追慕する親の喩えに用い、森の木の葉から滴る雫を涙に見立てている。元輔の歌は重光よりも先に詠まれたもので、「ここひの森」を詠み込んだ、詠作年時が知られる歌のなかでは最初の歌である。この元輔の歌に順は、

　朽ちはててなきこのもとは君がとふ言の葉みるもまづぞかなしき（坊門局筆本元輔集九五）

と返歌している。

【作者】清原元輔→三二。
【他出文献】◇元輔集→［補説］。

子《こ》にまかりおくれて詠《よ》み侍りける

565 なよ竹《たけ》のわがこのよをば知《し》らずして生《おほ》し立《た》てつと思ひけるかな　兼盛

【校異】詞○兼盛―重之（島）。
【拾遺集】哀傷・一三一五。

こにをくれて侍りけるによめる　平兼盛

なよ竹のわかこのよをはしらすしておほしたてつとおもひけるかな

定哀傷・一三〇四。詞○をくれて侍りけるに―をくれて。○よめる―よみ侍ける。

子に先立たれまして詠みました

なよ竹のような、幼い、わが子の寿命を知らないでいて、養い育てたと思っていたことだ。

【語釈】○なよ竹の―「なよ竹」はなよなよとした竹、若竹。「なよ竹の」の形で、竹の節の意の「節（よ）」と同音、または同音を含む「世」「夜」「齢」などの語にかかる枕詞。○わがこのよ―「わがこ」に「我が子」と幼子、幼児の意の「若児」を掛ける。「よ」は竹の縁語の「節」に、命、寿命の意の「世」を掛ける。○生したてつ―「生し立つ」は養育する、育て上げるの意。「生す」は竹の縁語。

【補説】この歌は西本願寺本『重之集』に「みちのくにて子のかくれたるに」と詞書のある歌群（二一〇～二一四）中（二一二）に、第二句を「おのがこのよを」としてみえる。また、時雨亭文庫蔵砂子料紙本輔親集（一四一～一四四）には、

しげゆきがこみちのくになるがなくなりて、いみじうかなしびていひあつめたる
ことのはにいひおく事もなかりけりしのぶぐさにはねをのみぞなく
とあるかへし
かりそめのわかれならねばしのぶぐさしのぶにつけてつゆぞおく覧
又しげゆき
なよたけのこの行すゑをしらずしておほしたてつとおもひけるかな
かへし
たけのこのおひまさるべきよをすててときはならずもかれにけるかな

とある。このうち「ことのはに」の歌は『重之集』（二一一）にもある。

これらの資料から五六五は重之の詠歌に間違いなかろう。重之には京にも田舎にも子がいたが（家集一五三）、特に陸奥国の子のことはほとんど情報はなく、子が亡くなった年時などは未詳である。

ここで注目すべきは、五六五の作者の重之に返歌をした輔親は言うまでもなく、重之自身も『抄』が成立した当時はいまだ生存していたにもかかわらず、『抄』の撰者は五六五は兼盛が子に死別したときに詠んだものとしていて、作者、詠歌事情とも誤っていることになる。『抄』の撰者が公任であれば、このような誤りをするであろうか、疑問の残るところである。『兼盛集』の現存諸本には、この歌はないが、公任が『抄』を編纂した当時、兼盛の歌とする、信憑ずべき資料があったのだろうか。

【作者】源重之→五五。

【他出文献】◇重之集→［補説］。◇輔親集→［補説］。

妻《め》の亡《な》くなり侍《はべ》りて後《のち》に、子《こ》も又亡《な》くなり侍りにける人をとひにつかはしたりける　　よみ人しらず

566　いかにせんしのぶの草《くさ》も摘《つ》みわびぬかたみと見えしこだになければ

【校異】詞〇めの―め（島・貞）〇なくなりはへりて―なくなりて（島）〇のちに―のち（島・貞）〇こも又―こも（島）またこも（貞）〇なくなり侍にける―うせ侍にける（島）なくなりて侍ける〈「て」ノ左傍ニ朱デ見セ消チノ符号ガアッテ、「侍」ト「け」ノ右傍中間ニ朱デ「ニ」トアリ、「る」ノ右傍下ニ朱デ「ヲ」トアル〉（貞）〇人を―人を〈「を」ノ左傍ニ朱デ見セ消チノ符号ガアリ、右傍ニ朱デ「ノ」トアル〉（貞）〇とひに―とふらひに（島・貞）〇つかはしたりける―つかはしたりけれは（島）つかはすとて〈「はすとて」ノ左傍ニ朱デ見セ消チノ符号ガアリ、右傍ニ朱デ「シタリケレハ」トアル〉（貞）。

【拾遺集】哀傷・一三二一。

めなくなりてのちに子もまたなくなりにける人をとひにつかはしけれは　　よみ人しらす

いかにせむしのふの草もつみわひぬかたみとみえしこたになけれは

定哀傷・一三一〇。詞〇また―ナシ。〇つかはしけれは―つかはしたりけれは。

妻が亡くなりまして後に、子もまた亡くなってしまいました人を弔問する使いの者を遣わしました

どうしようか。亡き人を思い出す手がかりも掴みかねているのに、形見と思っていた子までが亡くなったので。（偲ぶよすがもなく寂しいことでしょう）。

【語釈】○とひにつかはしたりける―弔問に使いの者を遣わした。○しのぶの草―『八代集抄』に「しのぶは堪忍の心也」とあるが、「しのぶ」はひそかに思い慕う意。亡き妻を思い出すよすが。○摘みわびぬ―「摘む」は草の縁語。妻を思い出す手がかりを掴み兼ねている。○かたみ―亡くなった人を偲ばせる物の意の「形見」に草や花などを摘んで入れる竹かごの「筐《かたみ》」を掛ける。○こだに―「こ」は亡くなった子の「子」に、竹や蔓などで編んだ入れ物の総称である「籠（こ）」を掛ける。

【補説】妻を失った傷心がいまだ癒えないうち、妻を偲ぶよすがであった子までも亡くした人を弔慰するために詠み送った歌である。『八代集抄』に「後撰に「何に偲ぶの草をつまゝし」とよめるに同心にて」とあるのは、『後撰集』（雑二・一一八七）に、

　結びおきしかたみの子だになかりせば何にしのぶの草を摘ままし

とある兼忠朝臣母の乳母の歌である。歌は「しのぶ草」を核として「摘む」「筐《かたみ》」「籠（こ）」などの縁語を掛詞にして構成している。

前掲の［大意］は詞書を底本本文にしたがって解したものであるが、詞書の「つかはしたりける」の部分は、『抄』の島本、『集』の定家本に「つかはしたりければ」、『集』の具世本に「つかはしければ」などとあり、これらの本文によると、歌は弔問を受けた者の返歌となる。この方が歌の第一句に「いかにせむ」とあるのとも合致する。この句は、妻も子も亡くして思案にくれている、当事者の心境を表していると解した方が、理解しやすい。今は本文を改めずに、底本本文に拠って［大意］を記しておいた。

567
子《こ》ふたり侍《はべ》りける人の、ひとりは春《はる》みまかり、いまひとりは秋亡《な》く
なり侍《はべ》りにけるを、人《ひと》のとぶらひ侍りければ

春《はる》は花《はな》秋《あき》は紅葉《もみぢ》と散《ち》りぬれば立《た》ちかくるべきこのもともなし

【校異】島本ニハナシ。詞○こふたり―二人のこ（貞）○ひとりは―一人（貞）○はへりにける―侍ける（貞）。歌○ちりぬれは―ちりぬれは〈「ぬれは」ノ右傍ニ朱デ「ハテヽ」トアル〉（貞）○たちかくる―たちかへる（貞）○このもともなし―このもとそなき〈「そ」ト「き」ノ右傍ニ朱デソレゾレ「モ」「シ」トアル〉（貞）。

【拾遺集】哀傷・一三二二。

子ふたり侍りける人の一人ははるまかりかくれいまひとりはあきな
くなりにけるを人のとひ侍けれは

春は花秋は紅葉と散はてゝ立かへるへき木の本もなし

[定]哀傷・一三一一。詞○とひ侍けれは―とふらひ侍けれは。歌○立かへるへき―たちかくるへき。

子どもが二人おりました人で、ひとりは春に亡くなり、もうひとりは秋に亡くなってしまいました人を、
ある人が弔問しましたところ

春は花、秋は紅葉が散るように、春と秋とに子どもが亡くなったので、身を寄せることができる子の所もありません。

【語釈】○春は花秋は紅葉と―春と秋に亡くなった子を、それぞれの季節の代表的景物である花と紅葉によそえた。「と」は状態を示して下に続ける。…のように。…といったふうに。○立ちかくる―貞和本と『集』の具世

本に「たちかへる」、『集』の定家本に「たちかくる」とある。「立ちかくる」は物陰に隠れる意。「たちかへる」はもとの状態にかえる、昔にかえるの意。〇このもと—木の下。「こ」に子供の意の「子」を掛ける。

【補説】この歌は西本願寺本『伊勢集』（伊勢集Ⅰ四五八）に、詞書を「春秋子をなくなして思なげく」、第三句を「ちりぬれば」としてみえる。花、紅葉という春、秋の情趣を代表する景物に、春秋と続いて亡くなった子をよそえていて、どんなにかわが子を鍾愛していたか、また、亡き子が何物にも替え難い存在であったことが知られる。

この「春は花、秋は紅葉」という単純明快な表現は、馬内侍に承け継がれて、

春は花秋は紅葉とさそはれて人も立ち寄る衣手の森（馬内侍集一四一）

と詠まれ（この歌が中務集にあるのは馬内侍集の断簡が竄入したものであろう）、公任も、

春の花秋の紅葉もいろいろに桜のみこそひと時は見れ（栄華物語・木綿四手）

と詠んでいる。さらに俊成も馬内侍の歌を模倣して、

春は花秋は紅葉となぞやこの四方の山辺よ人さそふらん（長秋詠藻五五四）

と詠んでいる（拙著『馬内侍集注釈』参照）。

【作者】『抄』は「よみ人知らず」であるが、『伊勢集』（西本願寺本、島田良二氏蔵伝飛鳥井雅子筆本など）にある。伊勢→三〇。

【他出文献】◇伊勢集→［補説］。

こぞ秋女《あきむすめ》にまかりお《を》くれて侍《はべ》りけるに、孫惟章《むまごこれのり》がのちの春《はる》兵衛佐に
まかりなりて侍りける慶《よろこ》びを、人つかはしたりけるに

皇太后宮権大夫国章

568　かくしこそ春《はる》のはじめはうれしけれつらきは秋《あき》のを《お》はりなりけり

【校異】島本ニハナシ。詞○こそあき—去年の秋（貞）○まかりをくれてはへりけるに—まかりをくれて〈「て」ノ下ニ補入ノ符号ガアリ、右傍ニ朱デ「侍ケルニ」トアル〉（貞）○むまこ—むまこの（貞）○まかりなりて—なりて（貞）○侍ける—侍けるを（貞）○よろこひを—よろこひ（貞）○人—ナシ（貞）○つかはしたりけるに—つかはしたりけれは〈「つ」ノ右傍上ニ朱デ「イヒ」トアリ、「たりけれは」ノ左傍ニ朱デ見セ消チノ符号ガアッテ、右傍ニ朱デ「侍ケル」トアル〉（貞）○皇太后宮権大夫国章—皇太后宮大進国章〈「大進」ノ右傍ニ朱デ「権大夫」トアル〉（貞）。歌○つらきは—つらきは〈「き」ノ右傍ニ朱デ「サ」トアル〉（貞）。

【拾遺集】雑下・五五六。

いにしとしのあきむすめにおくれて侍りけるにむまこれよりかのちの春兵衛佐にまかりなりて侍りけるよろこひを人のいひつかはして侍りけれは　藤原国章

かくしこそ春のはしめはうれしけれつらきは秋のをはりなりけり

[定]雑下・五四四。詞○いにしとしのあき—こその秋。○むまこれよりか—むまこの。○まかりなりて—なりて。○人の—人〳〵。○いひつかはして—いひつかはし。○藤原国章—皇太后宮権大夫国章。

昨年の秋に娘に先立たれて悲しんでいましたとき、孫の惟章が翌年の春に右兵衛になりました慶事の祝いを、人が言ってやりましたときに

このように慶事があったからこそ、春の始めは嬉しかった。つらいのは娘が亡くなった去年の秋の終りであった。

【語釈】〇女―源惟正室。惟章の母。〇惟章―父は参議源惟正、母は従三位藤原国章女。『尊卑分脈』に「左少将、従五上、左兵佐」とあり、『小右記』によると、天元五年（九八二）六月二日、兄の遠理と神名寺において出家した。〇兵衛佐にまかりなりて―『公卿補任』によると、天延元年（九七三）七月二十六日に惟正が修理大夫を辞し、「即以惟章任右兵衛佐」とあるが、「兵衛佐」の右傍に「少将ィ」とあって、このどちらであるかを確認する考証はあらためて［補説］に記す。〇春のはじめはうれしけれ―詞書に「惟章がのちの春兵衛佐にまかりなりて侍りける慶び」とあるのに呼応する。〇つらきは秋のをはりなりけり―詞書に「秋女にまかりおくれて侍りける」とあるのに呼応する。

【補説】この歌の詠作年時は惟章が兵衛佐に任命された時である。これについては［語釈］の項に記したように、天延元年七月二十六日の除目で惟章が任官したのは右兵衛佐であるか、右少将であるか、明確でないので、これを決定できる補足資料を必要とする。そこで、その前後の資料を精査すると、『親信卿記』の天延二年十一月一日の条に、朔旦冬至の番奏に従事した左右少将、衛門佐、兵衛佐の六人の名が「番奏左近少将道隆、…左兵衛佐崇信、右兵衛佐惟章、」とある。番奏は少将は道隆と実資で、惟章は兵衛佐としてみえる。これは前年七月の除目で父惟正が修理大夫を辞して惟章が手にした官職である。一方、惟章が少将であった時期は、惟章の出家について記した『小右記』の天元五年（九八二）六月三日の条に「左近少将惟章・右近将監遠理密到神名寺、以叡実令剃頭」とあるので、出家する直前まで左近少将であったことが知られる。

　これらの資料から、惟章が兵衛佐に任ぜられたのは天延元年七月二十六日であったことが確認できた。また、このことから娘が亡くなったのは除目の前年、天禄三年（九七二）の秋のことになる。ここで問題になるのは、惟章が兵衛佐に任官したときを、詞書に「のちの春」、歌に「春の始めは」とあることで、これは事実と齟齬している。しかし、これは単純な過誤ではなかろう。

それではなぜ惟章の任官を春のこととしたのだろうか。おそらく国章は、春は万物が生気に溢れた季節で、秋は草木凋落し、悲哀の情の尽きない季節と考えて、春秋の対照的な季節感に慶事と弔事とを対応させる構成で一首をまとめようとしたのだろう。そのために七月の任官の慶賀を春の事として詠んだものと思われる。

【作者】 藤原国章→四〇〇。

題《だい》知《し》らず　　　よみ人知《し》らず

569 鳥辺山谷《とりべやまたに》に煙《けぶり》の燃《も》えたらばはかなく見《み》えしわれとしらなむ

【校異】 島本ニハナシ。**歌**〇もえたらは―もえたゝは（貞）。

【拾遺集】 哀傷・一三三六。

鳥へ山谷に煙のもえたらははかなくみえし我としらなむ

㊅哀傷・一三二四。**詞**〇詞書ナシ―題しらす。**歌**〇もえたらは―もえたゝは。

題知らず

鳥辺山の谷に火葬の煙が燃えていたならば、はかなげに見えた私が亡くなったのだと思ってほしい。

【語釈】 〇鳥辺山―『拾遺抄註』に「トリベ山ハ阿弥陀峯ナリ。ソノスソヲバ鳥辺野トイフ。無常所ナリ」とある。鳥辺山は阿弥陀ヶ峰をいい、鳥辺野はその麓、北、西、南に扇形に開けた裾野を広くさした（日本歴史地名大系『京都市の地名』平凡社）という。平安時代には葬墓地として知られた。〇煙―火葬にする煙。〇燃えたらば―貞和本、

『集』定家本に「もえたたは」とある。本文としては「もえたたは」の方がよい。

【補説】 この歌に関係のある話が『今鏡』（打聞）や『今昔物語集』（巻三十一第八）などにある。『今鏡』には、燈火の炎の上に恋する女の幻影を見た男が、このようなことが起こったならば、燈芯の燃え残り（燼《ほそくず》）をかき落として飲ませることだと言われているので、燼をかき落として女に飲ませようとしたが、忙しさに紛れて失念したために女は病に罹り、この歌を書き残して亡くなったという話がある。この話の類話が『今昔物語集』の話で、こちらは話の主人公の男は六条顕季の父である藤原隆経で、女はその愛人の小中将であり、女が男に返した文も「鳥辺山」とあるだけである。この話は『抄』と時代も離れすぎ、両者は全く無関係である。それに対して『今鏡』の話は『今昔物語集』の話のように結末に教訓的な言辞はなく、伝承された話を書き留めたもので、人の死につながる大きな過失さえおかしてしまう生身の人間の姿が描かれている。『抄』の撰者は、このような伝説に関心を持っていたことは四五〇～四五二、五三〇などからも知られるので、この「鳥辺山」の歌も伝承された話から採取したものと思われる。

【他出文献】 ◇今鏡・打聞。◇更級日記。

570

忠連が房の障子の絵《ゑ》に、法師の死《し》にてはべる屍《かばね》を、法師の見《み》はべりて泣《な》きたるかたをかきて侍るところを、山《やま》に登《のぼ》りて侍りけるついでに見《み》はべりて

相方朝臣

契《ちぎ》りあれば屍《かばね》なれどもあひぬるをわれをばたれかとはんとすらん

【校異】 島本ニハナク、貞和本ハ歌ヲ欠ク。**詞**○忠連―忠蓮（貞）○しにて―死て（貞）○侍ところを―侍を

〈「侍」ト「を」ノ中間ニ朱デ「所」トアル〉（貞）〇侍ける―侍（貞）。

【拾遺集】哀傷・一三四〇。

忠連南山の房にゐにし人を法師のみ侍りてなきたるかたかきたるをみて

契あれはかはねなれともあひぬるを我をはたれかとはむとすらむ

定哀傷・一三二八。詞〇忠連―忠蓮。〇房にゐに―房のゐに。〇作者名ナシ―源相方朝臣。

忠連の房の障子絵に、法師の亡くなりました屍を、別の法師が見まして泣いている絵柄を描いてありましたところを、延暦寺に参詣しましたついでに見まして

前世からの因縁があったので、亡骸ではあるけれども会うことができたが、亡くなった後の私を、だれが訪ねてきて弔ってくれるだろうか。

【語釈】〇忠連―『権記』長徳四年（九九八）十二月十六日の条に、延暦寺の阿闍梨に補せられた僧のなかに忠連の名があり、比叡山延暦寺の僧であること以外は未詳である。〇房―僧坊。『集』に「南山の房」とある。南山坊は、『門葉記』（七十二 無動寺）に「南山坊　当房在本堂南、是相応和尚御本坊也。……自爾以降、代々為当寺検校之本坊（以下略）」とある。〇障子の絵―衝立障子、襖障子などに描かれた絵。『集』には「絵」とのみある。〇山に登りて―「山」は比叡山延暦寺。延暦寺に参詣して。〇契り―前世からの因縁。宿縁。〇屍―詞書の「法師の死にてはべる屍」のこと。

【補説】比叡山の無動寺にある忠連の房の障子絵を見た源相方が、画中の法師の立場で詠んだ歌である。詞書にみえる「忠連」の経歴は不明なところが多く、『権記』長徳四年三月五日の条に、内記史生国珍の位記

偽作に連座した清水寺の僧忠蓮（『集』定家本の表記も「忠蓮」）と同一人とみる説（和歌大系）によると、比叡山に移ったのは、同年末に延暦寺の阿闍梨に補せられたころであろう。一方、歌の作者の源相方は「作者」の項に記すように、長徳四年の夏に遍満した疫癘のために亡くなったのではないかと推測される。この推測が正しいならば、忠連が比叡山に移住したときには相方は生存していなかったことになる。結局、忠連の叡山移住と相方の叡山参詣の時期が明確にならないと確かなことは言えないが、長徳四年末は『抄』の成立上からも注目すべき時期である。五七〇の詠歌事情は『抄』の成立と関連があり、「補考『拾遺抄』の成立時期付編者」において再説する。

【作者】 源相方　左大臣重信男。母は中納言藤原朝忠女。生没未詳。正暦三年（九九二）六月以前に伊賀、備後の国司を歴任、長徳元年（九九五）十月に昇殿を聴されたときは播磨守であった。同二年八月五日に権左中弁に任ぜられ（小右記）、『権記』の同四年三月十九日の条に「権左中弁」とあるのが最後の記事で、『小右記』長保元年（九九九）八月二十一日の条に「故権左中弁」とあるので、長徳四年の夏に遍満した疫癘のために亡くなったと推測される。寛和二年（九八六）十月十日、円融法皇が大井河で三船の遊びをされたとき、公任とともに三船を兼ね、面目を施す。勅撰集には三首入集。

昔《むかし》見侍《はべ》りしひとびと《〳〵》おほく亡《な》くなり侍《はべ》ることを思《おも》ひつらねて

為頼朝臣

571　世《よ》の中《なか》にあらましかばと思《おも》ふ人亡《な》きがおほくもなりにけるかな

【校異】 島本ニハナク、貞和本ハ五七〇ノ歌カラ五七二ノ詞書マデヲ脱スル。

【拾遺集】 哀傷・一三一〇。

むかしみえ侍りし人ゝ、おほくなくなりたることをなけくをみ侍て

為頼

世のなかにあらましかはとおもふ人なきはおほくもなりにけるかな

定哀傷・一二九九。詞○みえ侍りし―見侍し。○為頼―藤原為頼。歌○なきは―なきか。

前から面識のありました人々が大勢亡くなりましたことを、あれこれと思い続けて

この世に生きていてほしいと思う人で、亡くなった人が多くなってしまったことだ。

【語釈】○見侍りしひと―「みる」は面識があるの意。○おほく亡くなり―悪疫の流行によって公卿・殿上人が大勢亡くなったことをいう。『公任集』『為頼集』などによれば長徳元年（九九五）のことである。○思ひつらねて―いろいろと思い続けて。○あらましかば―仮に生きていたならば。この次に「よからまし」という文が省略されている。○亡き―亡き人。

【補説】この歌は『集』『公任集』『為頼集』『栄華物語』『和漢朗詠集』『玄玄集』『古本説話集』などの諸書にもみえ、『源氏物語』『狭衣物語』などにも引かれている。それらのなかで詳しい詠歌事情を伝えるのは『為頼集』『公任集』などで、次のようにある。

(1)為頼集（二五～二七）

小野宮の御忌日に法住寺にまゐるとて、おなじほどの人のおほくまゐりしを思ひ出でて

世の中にあらましかばと思ふ人なきがおほくもなりにけるかな

小おほぎみ、これをききて

あるはなくなきは数そふ世の中にあはれいつまで生きんとすらん

常ならぬ世はうき身こそかなしけれその数にだにいらずと思へば

(2)公任集（二一九）

また の年、法性寺の御八講の日、為頼

世中にあらましかばと思ふ人なきがおほくも成りにけるかな

この歌の詠歌事情に関しては拙稿「公任集考」（『言語と文芸』昭和45・3）において、『為頼集』の詞書にいう「小野宮の御忌日」は実頼の忌日で五月十八日であること、この日は法性寺の東北院において仏事が営まれており、為頼の歌は長徳二年（九九六）五月の詠作であることなどを明らかにした。また、『公任集』の詞書については拙著『公任集注釈』（二五五〜二五六頁）に記したが、「法性寺の御八講の日」が五月十八日の小野宮実頼の忌日に当るか疑問がある。小野宮御忌日に法華経を供養した年はあるが、八講を行なった年は古記録類に見出せない。『小右記』『権記』などによると、長保元年（九九九）八月十四日に法性寺で法華八講が行なわれているが、これは為頼の没後のことで、為頼とは関係がなく、結局、『公任集』二一九の詞書にいうように、「世の中に」の歌は「法性寺の御八講の日」に詠まれたというのは家集の編者の錯誤であろうと思われる。

『為頼集』に「法住寺」とあるのは「法性寺」の誤りで、法性寺の寺域内にある東北院は小野宮家の氏寺で、『小右記』によれば、実頼や齊敏（実資の実父）の忌日には仏事が行なわれ、公任の父の頼忠の七七忌の法要も行なわれた。実頼の忌日の仏事が行なわれた五月という月は、長徳元年においては疫癘が猛威をふるったときで、中納言源保光など多くの知己を失った為頼らには哀惜の情おさえがたく、無常を観ぜずにはいられなかった。為頼の歌は、その心情を技巧を弄せずに率直に詠んでいる。

なお、『公任集』の伝本のうち、益田本（二二〇）には、

返し

常ならぬ世はうき身こそ悲しけれその数にだにいたらじとおもへば

と、為頼の歌に対する公任の返歌がある。このような贈答歌になっているのは『集』（哀傷・一二九九、一三〇〇）で、それを資料にして『公任集』は巻末に為頼との贈答歌（五六一・五六二）を増補している。

【作者】藤原為頼↓五三九。

【他出文献】◇為頼集↓［補説］。◇公任集↓［補説］。◇朗詠集七五〇、第四句「なきはおほくも」。◇後。

572

藤原為雅《ためまさ》の朝臣普門寺にて経供養《くやう》し侍《はべ》りける又の日、これかれもろともに帰《かへ》り侍りけるついでに、小野に立ち寄《よ》り侍《はべ》りけるに、花《はな》のおもしろく侍《はべ》りければ、ひとびと《〱》歌詠《うたよ》み侍《はべ》りけるに　右近大将道綱母

薪樵《たきゞこ》ることはきのふに尽《つ》きにしをいざ斧《をの》の柄《え》はここに朽《く》たさむ

【校異】島本ニハナク、貞和本ハ詞書ヲ脱スル。校異ナシ。

【拾遺集】哀傷・一三五〇。

為雅朝臣普門寺にて経供養し侍て又日これかれもろともに返侍けるついてにをのにまかりて侍けるに花のおもしろかりけれは　右大将道綱母

たきゝこることはきのふにつきにしをいまはをのゝえはこゝにくたさ（「さ」ハ補入）む

定哀傷・一三三九。**詞**〇右大将道綱母―春宮大夫道綱母。**歌**〇いまは―いさ。

藤原為雅朝臣が普門寺において経供養をしました翌日、この人もあの人も一緒に洛内に帰りましたついでに、小野に立ち寄りました際に、桜の花が見事でありましたので、人々が歌を詠みましたとき

経供養も昨日で終りましたので、今日は、この小野で花を眺めながら時の経つのを忘れて過ごしましょう。

【語釈】○藤原為雅の朝臣―文範の男。道綱母の姉と結婚。丹波守、備中守などを歴任して、位階は正四位まで陞り、長保四年（一〇〇二）二月以前に没する。○普門寺―山城国愛宕郡岩倉（現在の京都市左京区岩倉長谷町）にあった寺院。○経供養―書写した経文を仏前に供えて法会を行うこと。時雨亭文庫蔵『傅大納言母上集』には「千部の経供養」とある。○小野―山城国愛宕郡小野郷。『大日本地名辞書』によると、現在の京都市左京区上高野、修学院から八瀬・大原にかけての地域を比定している。ここには南淵年名の小野山荘などがあった。『小右記』によると円融院は東山の花見の折に民部卿文範の小野山庄に立ち寄り、公任の父の頼忠も観音院を訪れたときに文範の「山居」に寄っている。また、実資は高遠、実方らをともない小野山庄に出掛けたこともあるが、だれの山荘かは記されていない。岡一男氏（『道綱母』）は普門寺の帰路に立ち寄った「小野」は民部卿文範の小野山荘とみている。○薪樵ること―「法華経」の提婆達多品にある、釈迦が前世で阿私仙に「採菓汲水、拾薪設食」というように仕え、法華経を習得したという故事を詠んだ「法華経をわが得しことは薪樵り菜摘み水汲み仕へてぞ得し」という歌を唱えながら、五巻の日に薪を背負い、水桶を担った者が衆僧の後について行道すること。法華経供養をしたことをいう。○斧の柄はここに朽たさむ―「斧の柄朽つ」は、中国の晋の王質が山中で仙人の囲碁を見ているうちに、斧の柄が朽ちてしまうほど長い年月が過ぎたという『述異記』の爛柯の故事から、長い年月を過ごす、遊びにふけって時のたつのを忘れるの意。「斧」に地名の「小野」を掛ける。

【補説】この歌は『蜻蛉日記』巻末の歌集や『傅大納言母上集』『枕草子』（「小原の殿の御母上とこそは」の段）などにある。詠歌事情が『抄』に近いのは『傅大納言母上集』で、時雨亭文庫蔵本（三九）には、

こためまさのあそむの千部の経くやうするにをはして返給に、を
の殿の花いとをかしかりければ、くるまひきいれて、かへり給に
たきぎこることはきのふにつきにしをいざをのゝえはここにくたさむ

とある。為雅が経供養をしたのは身内の忌日の法会のときであろう。まず、考えられるのは父文範の忌日の法会である。文範は長徳二年（九九六）三月二十八日に亡くなっていて、忌日は花の季節で詠歌事情に適合するが、歌の作者である道綱母は長徳元年五月に亡くなっているので、文範の忌日ということはありえない。次に考えられるのは道綱母の姉妹である為雅の妻の忌日である。しかし、この妻の没年などは不明なために確言はできない。歌は法華経習得の故事や爛柯の故事などを用いて、経供養を無事に終えた為雅を労う気持ちを詠んでいる。なお、『抄』の作者名が「右近大将道綱母」とあるのは、道綱が右大将となった長徳二年十二月二十九日以後の呼称であり、『抄』の成立時期を示す徴証として注目される。なお、「補考『拾遺抄』の成立時期付編者」参照。

【作者】藤原道綱母→六四。

【他出文献】◇蜻蛉日記巻末歌集。◇傅大納言殿母上集→［補説］。◇枕草子「小原の殿の御母上とこそは」の段。

法師になり侍《はべ》らんとて出《い》で侍りけるを《お》りに、家に書《か》き付《つ》けて侍《はべ》りける

大内記慶滋保胤

573　憂《う》き世《よ》をばそむかば今日《けふ》もそむきなん明日《あす》もありとは思《おも》ふべき身《み》か

【校異】島本ニハナシ。**詞**○おりに―をり（貞）○かきつけて―かきをきて（貞）。**歌**○そむきなん―そむきて

む〈「て」ノ右傍ニ朱デ「ナ」トアル〉（貞）○おもふへきみか―おもふへきかは〈「かは」ノ右傍ニ「身かィ」トアル〉（貞）。

【拾遺集】 哀傷・一三四二。

法師にならむとてい（「い」ノ右傍ニ「ゐ」トアル）侍ける時に家にかきつけて　大内記慶滋保胤

侍ける

うき世をはそむかはけふもそむきなむあすも有とはたのむへきかは

定哀傷・一三三〇。**詞**○い侍ける―いてける。○大内記慶滋保胤―慶滋保胤。**歌**○たのむへきかは―たのむへき身か。

法師になろうとして家を出ました折に、家に書き付けておきました

無常な世の中を捨て出家するならば今日にも出家した方がよいだろう。明日も命があると思うことができるわが身であろうか。

【語釈】 ○法師になり侍らんとて―保胤は寛和二年（九八六）四月二十二日出家（日本紀略）。○憂き世をばそむかば―「憂き世」はいとうべきこの世。無常な世の中。「そむく」は「世をそむく」の形で、俗世間から離反する、出家するの意。○今日もそむきなん―今日にでも出家した方がよい。

【補説】 慶滋保胤の道心については『続本朝往生伝』に「自少年之時、心慕極楽、及子息冠笄纔畢。寛和二年遂以入道」とあり、保胤自身も自著『日本往生極楽記』の序に「予自少日念弥陀仏。行年四十以降、其志弥劇。口唱名号。心観相好。行住坐臥暫不忘。…」と記している。

歌は出離は明日を待つことなく行うべきであることを詠んでいて、『宝物集』（二）でも善女の話のなかで「明

日を待つことなく、つとめおこなひ給べき」であるとして、心ある人の例歌として、この保胤の歌をあげている。

【作者】慶滋保胤　もと賀茂氏。賀茂忠行男、母は未詳。菅原文時に師事、文章生、近江掾、少内記を経て、大内記、従五位下に至る。永観二年（九八四）十二月再び内御書所に覆勘として出仕、寛和二年（九八六）四月二十二日出家、如意輪寺に住む。源順、兼明親王らと交友があり、具平親王の師であった。詩文の才に富み、応和三年（九六三）三月「善秀才宅詩合」に参加、貞元二年（九七七）八月に「三条左大臣頼忠前栽歌合」に出詠。長保四年（一〇〇二）十月如意輪寺で没した。『池亭記』『日本極楽往生記』などを著し、詩文は『本朝文粋』『類聚句題抄』などに収められている。勅撰集には『拾遺集』に一首入集。

あさがほの花《はな》を人のもとにつかはすとて　　道信朝臣

574　あさがほをなにはかなしと思《おも》ひけん人《ひと》をも花《はな》はさこそ見《み》るらめ

【校異】島本ニハナシ。**詞**○道信朝臣―道綱朝臣（貞）。**歌**○あさかほを―あさかほゝ（貞）○ひとをもはなは―はなをわれをは〈「はなを」ノ「を」ノ右傍ニ朱デ「モ」トアリ、「はなをわれをは」ノ左傍ニ朱デ「人ヲモハナハ」トアル〉（貞）。

【拾遺集】哀傷・一二九四。

あさかほの花を人のもとにつかはすとて　　藤原道信朝臣

あさかほをなにはかなしとおもひけん人をも花はさこそみるらめ

定哀傷・一二八三。

朝顔の花を人の許に遣ろうとして

朝顔をどうしてはかないと思っているのでしょうか。朝顔の方が人間の命をもはかないと思って見ているでしょう。

【語釈】○あさがほ―「槿」の字を当てるので、「むくげ（木槿）」の異名ともとれるが、はかない喩えとしては朝顔のことである。○はかなしと思ひけん―朝顔の花は「世の中をなににたとへむ夕露も待たで消えぬる朝顔の花」（順集一二〇）「おきて見むと思ひしほどにかれにけり露よりけなる朝顔の花」（好忠集一九一）などのように、露と対比させて、はかないものとして歌に詠まれている。○さこそ―朝顔のようにはかない。

【補説】この歌は『公任集』『道信集』には次のようにある。

(1)公任集（三五八、三五九）

女院にてあさがほを見給ひて

あす知らぬ露の世にふる人にだに猶はかなしと見ゆる槿

道信の少将

朝がほを何はかなしと思ふらん人をも花のさこそ見るらん

(2)道信集（時雨亭文庫蔵色紙本一七、一八）

殿上にて、これかれよのはかなさをあはれ（「あはれ」ハ「あ」れ」ヲ改メル）がりいひて、あさがほのはなをみて

あさがほを（「ほを」ハ「を」、」ヲ改メル）なにはかなしとおもふ覧ひとをも花はさこそみるらめ

公任中将

あすしらぬつゆのよにふる人よりもなほはかなしとみゆるあさがほ

『公任集』と『道信集』とでは歌順が逆になっていて、詠まれた場所も相違するが、詠歌事情はほぼ同じである。この歌は正暦三年（九九二）六月に父の為光を失った道信が八月三日に復任して間もないころに、公任らと殿上に会し、世の無常を語り合って、詠みかわしたものである（拙稿「藤原公任の研究」『山梨県立女子短期大学紀要』第四号、昭和45・3）。公任の歌は朝顔を人間よりもはかないものとして詠んでいるが、道信の歌は朝顔よりもはかない人の世の無常を詠んでいる。これは一見機知的にみえるが、道信の実感を吐露したものと思われる。

なお、道信の歌は『古今集』にある藤原惟幹の、

身まかりなむとてよめる

露をなどあだなるものと思ひけむわが身も草に置かぬばかりを（哀傷・八六〇）

という歌を踏まえていると思われる。また、小大君の

おのがまだ消えぬに消ゆるころなれば露こそ人を露と見るらめ（小大君集五三）

散るをこそあはれと見しか梅の花花や今年は人をしのばむ（後拾遺・雑三・一〇〇五）

などの歌は、道信の歌の影響を受けている（拙著『小大君集注釈』九八頁参照）。

【作者】藤原道信→五五八。

【他出文献】◇道信集→［補説］。◇公任集→［補説］。◇朗詠集二九四、道信少将。第五句「いかがみるらむ」。◇玄玄集、「世のなかはかなくみえけるころ」。

世《よ》の中《なか》の心細《こころぼそ》くおぼえ侍《はべ》りければ、源《みなもと》の*きんただの朝臣《あそん》のもとに詠《よ》みてつかはしける

貫《つら》之《ゆき》

575
手《て》にむすぶ水に浮《う》かべる月影《つきかげ》のあるかなきかの世《よ》にこそありけれ
　この歌《うた》を詠《よ》み侍《はべ》りてのころ、いくほどなくてみまかりたりとなん家集に書《か》き付《つ》けて侍《はべ》る

【校訂注記】「きんたた」ハ底本ニ「きよたゝ」、貞和本ニ「清忠」トアルノヲ、『集』ノ具世本・定家本、『貫之集』ナドニヨッテ改メタ。

【校異】島本ニハナシ。**詞**○おほえはへりけれは—おほえけれは（貞）○あそんのもとに—朝臣許に（貞）。**歌**○うかへる—やとれる（貞）。**左注**○うたを—歌（貞）○よみはへりてのころ—よみ侍てのち（貞）○いくほとなくて—ほとなく（貞）○みまかりたり—みまかりにけり（貞）○家集—家の集（貞）○はへる—侍ける（貞）。

【拾遺集】哀傷・一三三四。
　よのなか心ほそうおほえつねならぬこゝちせられけれは公忠朝臣のもとによみてつかはしけるこのあいたやまひしておもくなりけり　紀　貫之
てにむすふ水にうつれる月かけのあるかなきかの世にこそ有けれ
この歌よみ侍てほとなくなくなり侍にけるとなむ家集にかきつけて侍りける

定哀傷・一三二二。**詞**○おほえ—おほえて。○せられけれは—し侍けれは。○やまひして—やまひ。**歌**○うつれる—やとれる。**左注**○なくなり侍にける—なくなりにける。○かきつけて侍りける—かきて侍。

　余生が不安に思われたので、源公忠朝臣のもとに詠んでやった
手に掬った水の面に映る月の姿のように、あるのか、ないのかはかない一生であったことだ。

この歌を詠みましたところ、どれほどもなくて亡くなられたと貫之の家集に書き記してあります。

【語釈】○世の中の心細く―「世の中」は人間の一生、生涯、寿命の意。「心細く」は頼りなく、不安であるさま。○きんただ―底本に「きよたゞ」、貞和本に「清忠」とあるが、貫之と関係ある人物に該当者はいない。『集』の具世本に「公忠朝臣」、［補説］に引く『貫之集』にも「源公忠」とあり、「きよたゞ」は「きんただ」の誤りであろう。○手にむすぶ―手に掬う。○水に浮かべる月影の―水面に映っている月の姿は実体のないものの喩え。手中の水は漏れると映った月影も消えてしまうところから、「あるかなきか」を導く序。○家集―『貫之集』のこと。

【補説】この歌は陽明文庫本『貫之集』（九〇二）に、次のようにある。

世間心ぼそくつねの心ちもせざりければ、源公忠朝臣のもとに、この歌をやりける、このあひだ病おもく成りにけり

手に結ぶ水にやどれる月影のあるかなきかの世にこそ有りけれ

後に人のいふを聞けば、この歌は返しせんと思へど、いそぎもせぬ程にうせにければ、おどろき哀がりて、かの歌に返し詠みて、

愛宕にてず経して、河原にてなむ焼かせける

これは貫之の最後の歌と言われるものである。はかない人生を「手にむすぶ水に浮かべる月」に喩えているところに貫之らしさをみて、藤岡忠美氏（『紀貫之』講談社学術文庫）は「死の床にあった彼の脳裏に浮かんだのは、

結ぶ手のしづくににごる山の井の飽かでも人に別れぬるかな

逢坂の関の清水に影みえて今や牽くらん望月の駒

のどちらの旧作だったのだろうか」と言われ、木村正中氏（新潮日本古典集成『土佐日記　貫之集』）も、

「関の清水」に映る「望月」の「影」や、「むすぶ手のしづくに濁る山の井」の歌想も、懐かしく内に秘められていよう。

と、藤岡氏と同様の読解をしている。一方で藤岡氏は「手にむすぶ」の歌について、

この話にはどうも説話化された要素があるように思われてならない。「手にむすぶ」の辞世風の歌にしても、貫之らしさをねらった作り物の感がつきまとう。

と、率直な感想を記され、この歌よりも家集九〇一（後撰・春下・一四六）の「またもこむ時ぞと思へどたのまれぬわが身にしあればをしき春かな」という歌を、「最後の歌として選ぶのが最も確かなことになるのではあるまいか」と言われている。左注にいうように、公忠が供養のために返歌を詠んで、愛宕で誦経し、それを河原で焼かせたというのは、あまりに出来過ぎている印象がする。

「手にむすぶ」の歌は「あるかなきか」のはかなさを「水に浮かべる月影」に喩えているが、これについて、後世の『宝物集』（九冊本）には、

維摩経の十喩にも、此身水にやどる月のごとし、芭蕉のごとし、夢のごとしなど申したためれば、諸行を空と観じて、仏法を宝とおぼすべき也。維摩経の十喩の心、むかし今の歌にもよみて侍るめり。少々申すべきなり。

手に結ぶ水にやどれる月影のあるかなきかの世にも住かな　紀貫之

（以下略）

とあって、貫之の歌を「水にやどる月」の喩えの例歌としてあげている。いうまでもなく『維摩経』方便品の十喩には「此身如水月」はなく、公任以後に維摩経十喩を詠んだ歌のなかにでてくる。しかし、鳩摩羅什訳『維摩経』の弟子品、観衆生品などには「如水中月」の喩えがみられる。このことから、公任は維摩経十喩の一つとして「此身如水月」の喩えを取り入れたが、その契機になったのは貫之の歌であったと思われる（拙著『公任集注

釈』三三六～三三九頁参照）。公任は貫之の「手にむすぶ」の歌に仏典の「如水中月」の喩えの影響をみていたのではなかろうか。

【作者】 紀貫之→七。

【他出文献】 ◇朗詠集七九七。第二句「水にやとれる」。◇古今六帖二四五八。第二句「水にうつれる」。

576　沙弥満誓

世《よ》の中《なか》を何《なに》にたとへんあさぼらけ漕《こ》ぎゆく舟《ふね》の跡《あと》の白波《しらなみ》

【校異】 島本ニハナシ。**詞**○ナシ―題不知（貞）○沙弥満誓―砂弥満誓（貞）。

【拾遺集】 哀傷・一三三九。

世のなかを何にたとへむ朝ほらけこきゆく舟のあとの白波　沙弥清撰満誓イ

定哀傷・一三二七。**詞**○詞書ナシ―題しらす。○沙弥清撰―沙弥満誓。

この世の中を何に譬えることができるだろうか、夜がほのぼのと明けるころ、漕ぎ出して行く船の跡に立つ白波のように、はかなく消えるものだ。

【語釈】 ○世の中を何にたとへん―この世の中を比喩で示そうとしたもの。○あさぼらけ―夜のほのぼのと明けるころ。単なる時間的表現ではなく夜明けごろの明るさをも表す。○跡の白波―舟が航行した跡の白波。すぐに消えるところから、はかないものの例示。

【補説】この歌は『万葉集』（巻三・三五一）に、「沙弥満誓一首」として、

世間乎　何物尓将譬　旦開　榜去師船之　跡無如

（よのなかを何にたとへむ朝びらき漕ぎいにし船の跡なきがごと）

とある歌の異伝である。公任は『新撰髄脳』で「昔のよき歌」としてあげたほか、『金玉集』『深窓秘抄』『和漢朗詠集』などにも撰んでいる。また、『古今六帖』（一八二二）にも撰ばれているが、いずれも第五句は『抄』と同じように「あとの白波」とある。「跡無如」を「あとの白波」と翻案したことで多くの支持をえたと思われる。それは『万葉集』の訓読に携わった源順などの功績であろうか。航跡を「白波」と詠んだ先行歌としては、『古今集』（恋一・四七二）にある藤原勝臣の、

白波の跡なき方に行く船も風ぞたよりのしるべなりける

という歌があるにすぎない。

なお、五六四の［補説］に記したように、源順は愛子二人を相次いで亡くしたとき、満誓の歌の第一、二句を頭において十首の歌を詠んでいる。

【作者】満誓　家系・生没年未詳。俗姓は笠朝臣麻呂。大宝四年（七〇四）正月従五位下、慶雲三年（七〇六）七月美濃守、以後、尾張守を兼任、養老元年（七一七）十一月従四位上、同四年十月右大弁となる。同五年五月元明天皇の不予により出家して満誓と称した。同七年観世音寺建立のために、造筑紫観世音寺別当として筑紫に下る。大宰府にあった大伴旅人と親交を持ち、天平二年（七三〇）正月に催された旅人邸の梅花宴に列する。『万葉集』に短歌七首があり、勅撰集には『拾遺集』に一首入集。

【他出文献】◇万葉集→［補説］。◇新撰髄脳。◇金四九。◇深。◇朗詠集七九六。◇古今六帖一八二二。

577 山寺《やまでら》の入相《いりあひ》の鐘《かね》の声《こゑ》ごとに今日《けふ》も暮《く》れぬと聞《き》くぞかなしき　　よみ人知《し》らず

【校異】島本ニハナシ。校異ナシ。
【拾遺集】哀傷・一三四一。
　題不知　　よみ人しらす
山寺のいりあひの鐘のこゑ（「けふ」ヲ見セ消チニシテ右傍ニ「こゑ」トアル）ことにけふも暮ぬときくそかなしき
定哀傷・一三二九。

　山寺の夕暮時に撞く鐘の音を毎日聞くたびに、今日もまた暮れてしまったと思って聞くのは悲しいことだ。

【語釈】○山寺―山寺の語は「戒仙が深き山寺に籠り侍りけるに」などと散文には用いられていたが、歌に用いるようになったのは、『抄』の歌が最初のようである。○入相の鐘―「入相」は夕暮れ、日没のころ。「入相の鐘」は日没のころに寺で撞く鐘。この時間は寺で「日没（にちもつ）」の勤行が行われた。「夕暮の入相の声、ひぐらしの音、めぐりの小寺の小さき鐘ども、われもわれもとうち叩き鳴らし、前なる岡に神の社もあれば、法師ばら読経たてまつりなどする声を聞くにぞ、いとせむかたなくものはおぼゆる」（蜻蛉日記・中・天禄二年六月）。○声ごとに―鐘の音を聞くたびごとに。
【補説】歌は、山寺の入相の鐘の音を聞きながら、一日一日が速く過ぎるのを歎いている。『抄』成立以前に、入相の鐘の音を詠んだ歌に、
　鳥の道わづかにかよふ奥山に入相の鐘のかすかなる声（千穎集八三）

見るままに心細くもくるるかな入相の鐘も撞きはてぬめり（山田集四）
かけてだに思ひやはせし山深くいりあひの鐘にねをそへむとは（蜻蛉日記・中・天禄二年六月）

などがある。これらの歌と「山寺の」の歌との先後関係はわからないが、「山寺の」の歌は『抄』に撰ばれて、当時の人々から注目されるようになった。和泉式部は帥宮が出された十題のなかの「夕暮れの鐘」の題で、

夕暮は物ぞかなしき鐘の音を明日も聞くべき身としらねば（榊原本和泉式部集三五五）

と詠んでいる。これは敦道親王と関係をもつようになり、長保五年（一〇〇三）十二月に南院入りして以後、敦道親王が亡くなった寛弘四年（一〇〇七）十月以前の秋の詠作であろう。詠作時期をこのように考えると、和泉式部の歌は、『抄』の「山寺の」の歌に最初に反応をみせた歌といえよう。その後、『源氏物語』において、亡き六条御息所の邸で娘の女宮が山寺の入相の鐘を聞く場面に、「下つ方（下京）の京極わたりなれば、人げ遠く、山寺の入相の声々にそへても音泣きがちにてぞ過ぐしたまふ」（澪標）とある、「山寺の入相の声々」の部分は『抄』の歌に依拠しているといわれる。これと同じように「総角」の巻で、大君の死後も宇治にこもった薫が十二月の月を簾を巻き上げて見る場面で、「向かひの寺の鐘の声、枕をそばだてて、今日もくれぬとかすかなるを聞きて」とある文の「今日もくれぬ」は『抄』の歌を引いている。

このほか『抄』の歌を踏まえて、

山寺に入相の鐘を聞き侍りて
入あひの遠山寺の鐘の声あな心ぼそわが身いくよぞ（基俊集九二）
入相の鐘の音こそかなしけれけふをむなしくくれぬと思へば（隆信集四二三）

などと詠んでいる（隆信の歌は物名歌）が、新鮮味に欠ける。これらの歌よりも、同じく入相の鐘を取り入れながら、

山ちかき入相の鐘の声ごとに恋ふる心の数はしるらん（枕草子・清水に籠りたりしに）

山里を春の夕暮きてみれば入相の鐘に花ぞちりける（能因集八四）

などと詠んだ歌の方が、晩鐘のもの哀しげな響きを基調として、新たな叙情性を展開させていて注目される。

なお、『玄玄集』（七四）には、御形宣旨の作として、

おほ寺の入相の鐘の声ごとにけふもくれぬと聞くぞかなしき

という歌があり、時雨亭文庫蔵承空本『御形宣旨集』（一八）にも、

おほてらのかねの声のきこゆるゆふくれもあはれにて

とみえる（同書の解題に掲載の時雨亭文庫蔵擬定家本『御形宣旨集』の巻末部分の写真によると、第一句が「おほそ（「そ」ノ右傍ニ「て歟」トアル）らの」とある）。

おほそ（「そ」ノ右傍ニ「て」トアル）らのいりあひのかねの声ことにけふもくれぬときくそかなしき

『公任集』には御形宣旨との贈答歌が二組あり、そのうちの一組は花山院が退位された寛和二年（九八六）の十二月の仏名に詠み交わされたものである。このように御形宣旨は公任の知悉の人物であり、「おほてらの」の歌が御形宣旨の真作であるならば、第一句以外は全く同じ「山寺の」の歌を何故に「よみ人しらず」として撰んでいるのであろうか。『抄』成立当時、御形宣旨は出家していたが、そのことと関係があるのだろうか。『朝光集』（一一八）には、「みあれのせんじ尼になりたるに、しきみの枝の虫ついたるにつけていひやる」と詞書のある朝光と御形宣旨との贈答歌がある。朝光は長徳元年（九九五）三月に亡くなっているので、それ以前に御形宣旨は尼になったことが知られる。公任は「おほてらの」の歌を御形宣旨の作であると知りながら、いまは隠棲して心静かに暮らしている御形宣旨のことを思って、第一句を「山寺の」と改作して、「よみ人しらず」として撰んだのではなかろうか。

【作者】『抄』『集』ともに「よみ人しらず」とするが、作者は「御形宣旨」である。御形宣旨は生没年未詳。右大臣源能有の孫の右大弁相職の女（二中歴）。母未詳。『高遠集』（九三）によると、花山院の東宮時代の宣旨で

あった。高遠、公任、朝光などと歌を詠み交わしている。勅撰集には『新古今集』以下に五首（『玉葉集』異本歌を含む。『拾遺集』の「よみ人しらず」歌を除く）入集。家集に『御形宣旨集』がある。

【他出文献】◇御形宣旨集。◇朗詠集五八五、作者名ナシ。

578　行《おこな》ひし侍《はべ》りける人《ひと》の苦《くる》しくおぼえ侍《はべ》りければ、え起《お》き侍《はべ》らざりける後夜に、をかしげなる小法師のつきおどろかすとて詠《よ》み侍《はべ》りける　　ちられ

年《とし》を経《へ》てはらふ塵《ちり》だにあるものをいまいくよとてたゆむなるらむ

【校異】島本ニハナシ。**詞**◯ちられ―作者名ナシ（貞）。**歌**◯としをへて―としをへて〈右傍ニ朱デ「アサユフニ」トアリ、サラニ「ユフニ」ノ右傍ニ「ことにィ」トアル〉（貞）。

【拾遺集】哀傷・一三五二。

おこなひし侍りける人のくるしくおほえ侍けれはおき侍らさりける
よのゆめにおかしけなるほうしのつきおとろ（「の」ヲ見セ消チニシテ右傍ニ「ろ」トアル）かし
てよみ侍りける

あさ夕（「夕」ノ右傍ニ「コトイ」トアル）にはらふちりたにある物をいまいくよとてたゆむなるらむ

定哀傷・一三四一。**詞**◯おき侍らさりける―えおき侍らさりける。**歌**◯あさ夕は―あさことに。

勤行をしておりました法師が、体の痛みが耐えがたく思われましたので、起きることができませんでした後夜の勤行に、かわいらしい小法師が体をゆすって目を覚まさせようとして詠みました

何年もかけて掃除しても、まだ掃除すべき塵さえあるのに、あとどれほど生きられると思って、修行を怠っているのであろうか。

【語釈】○行ひし侍りける人―「行ひ」は勤行のこと。六時、すなわち、晨朝《じんじょう》・日中・日没《にちもつ》・初夜・中夜・後夜《ごや》に念仏、誦経などの勤めを行った。○苦しく―痛みが激しくて心身が安定しないさま。○後夜―夜半から明け方までのあいだに行う勤行。○をかしげなる小法師―かわいらしい小法師。○つきおどろかす―ゆすって目を覚まさせる。○年を経てはらふ―何年もかけて掃除する。「としをへて」は貞和本に書き入れのイ本は「あさごとに」とあり、『集』の定家本に一致する。この歌を所載する『俊頼髄脳』、『袋草紙』（希代歌）、『宝物集』なども「あさごとに」とある。「あさごとに」の本文であれば、上句は「毎朝掃除をしている塵でさえ、怠ければ溜まるというのに」の意で、一日たりとも修業を怠けてはならないことを戒めたことになる。

【補説】「をかしげなる小法師」は仏の化身で、その仏の化身が詠んだ歌である。『俊頼髄脳』には、

これは拾遺抄の歌なり。おこなひしける人の、あからさまに寝ぶりいりたりければ、枕がみにうつくしげなる僧のゐて、つきおどろかして詠めるとしるせり。

また、『宝物集』には「明日をまつ事なく、つとめ行」うべきであると説き、『抄』五七三の保胤の歌や公任の「思ひ知る人もありける世の中をいつをいつとて過ぐすなるらん」（拾遺・哀傷・一三三五）という歌とともに、五七八を「心ある人みな、かくぞ詠みて侍めれ」としてあげる。『宝物集』の説くところからも、一首の主旨は明確である。したがって、第一句の本文は「年を経て」よりも「あさごとに」の方が、歌の主旨にも合致している。

【作者】底本には歌の作者名を記す位置に「ちうれ」とあり、詠んだ小法師の名ということになるが、貞和本・『集』にはない。前掲の『俊頼髄脳』には「うつくしげなる僧」、『袋草子』には「小僧」が詠んだ歌とある。

僧・小僧とあるが、作者は仏の化身である。

579
市《いち》の門《かど》に書《か》き付《つ》け侍りける

ひとたびも南無阿弥陀仏《なもあみだぶ》といふ人《ひと》の蓮《はちす》の上《うへ》にのぼらぬはなし

空也法師

【校異】島本ニハナシ。詞○いちのかと—市門（貞）○法師—聖人（貞）。

【拾遺集】哀傷・一三五五。

西（［西］ノ右傍ニ［市］トアル）門にかきつけて侍りける　　空也上人

一たひもなもあみたふつといふ人の蓮のうへにのほらぬはなし

㊂哀傷・一三四四。詞○西門—市門。歌○なもあみだぶつ—南無阿弥陀仏。

市の門に書付けました

一度でも弥陀の名号を唱えた人が、極楽浄土の蓮の葉の上に上がらないこと（極楽往生しないこと）はない。

【語釈】○市の門—貞和本に「市門」とある。『拾遺抄註』には「詞云、イチカドニカキツケテ侍リケル、市門ハ七条猪隈ナリ。七条町トイヘル僻事也。市屋アリ、…ソノ小路ノ末ヲバ、フルクハ市門トイヒケル。今ハ北小路トイヒケル。件市ニ石卒都婆アリ、空也上人ガタテタル也。其ソトバニ、此歌ヲ書付云々」とある。七条猪隈は東市の南側外町（次頁図のB）に当る。○南無阿弥陀仏といふ人—「南無」は梵語ナマスの音写。帰依、信従、敬礼の意。「南無阿弥陀仏」は阿弥陀仏に帰依するの意。浄土教では「六字の名号」ともいい、これを唱えることによって、浄土に生まれることができると説いた。○蓮の上―極楽浄土にある蓮の葉の上。また、極楽。

【補説】この歌は空也の一周忌に書かれたという源為憲の「空也誄」や『日本往生楽記』など、『抄』の成立時期に近い文献には記載されていない。詞書によると空也が市の門に書付けた歌である。この歌を記載する文献には歌が書付けられた場所が「市門」(袋草紙)、「市の柱」(古今著聞集)などとある。この市は左京の東市で、北は七条坊門小路、南は七条大路、東は東堀川小路、西は大宮大路に囲まれた四町で、それぞれの外側に二町からなる外町があった。歌を書付けた「市門」は『拾遺抄註』に「七条猪隈ナリ」とある。『正応五年古図』(『平安京提要』三六〇頁所載)には、猪隈小路に「南市門通」と記されているので、市門は猪隈通の南にあった。『拾遺抄註』は続けて「市屋アリ。市マツリアル所ナリ。著鈦祭ナリ」とある。東市屋は『拾芥

東市町図

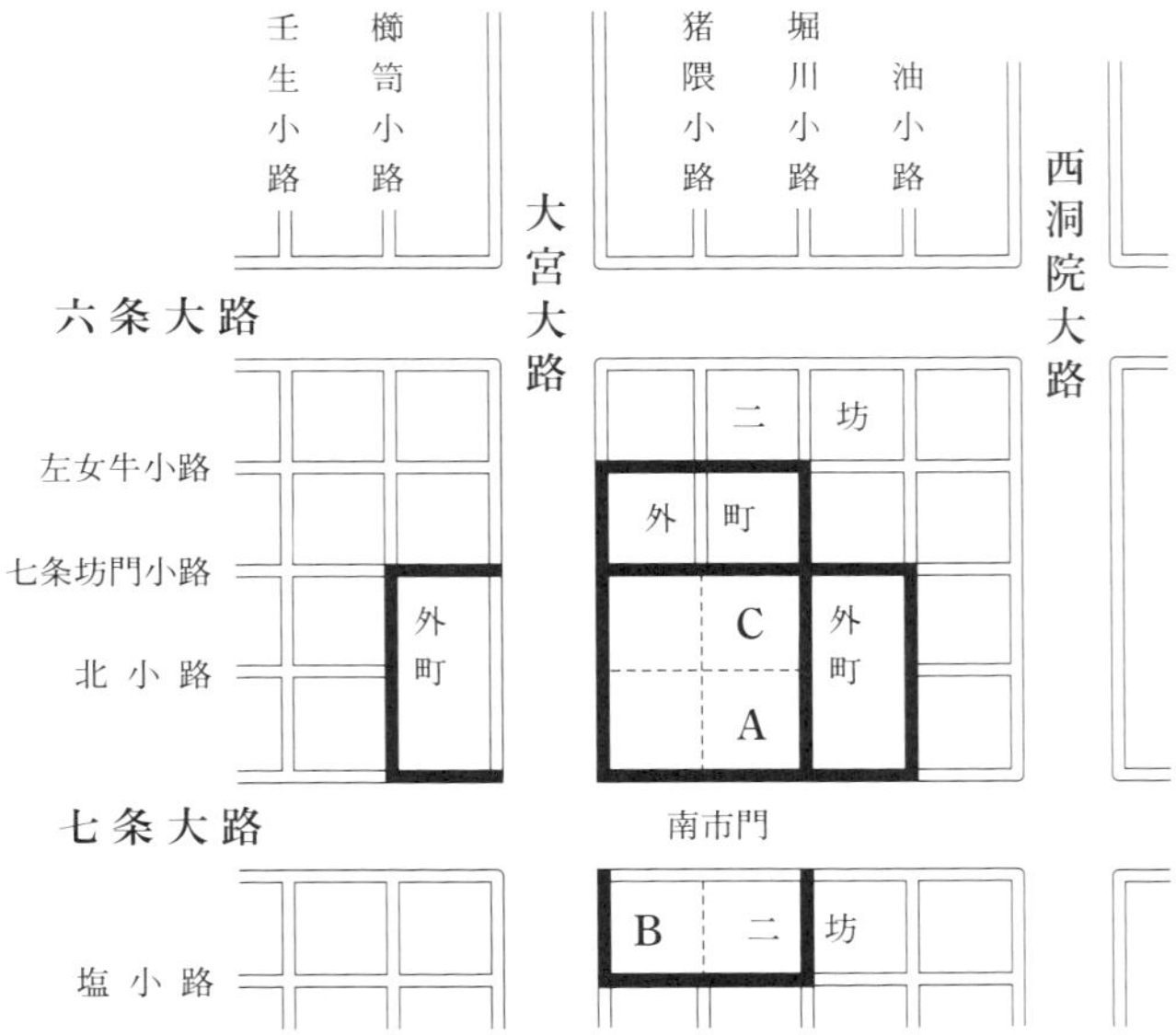

A　(七条二坊五町)「市堂　空也上人開基。市司」
B　(八条二坊一町)「石塔婆　空也上人建立」
C　(七条二坊六町)「市姫大明神社」

抄』（第十九・宮城部）に「七条坊門南、猪隈東」とあり、七条二坊六町（図のC）にあったことになるが、東京図には七条北、北小路南、堀川西、猪隈東にあり、ここは七条二坊五町（図のA）である。『正応五年古図』には、東市屋（C）には市姫大明神が鎮座していて、その南の五町（A）には空也上人の市堂と南半町に「市司」がある。また、『拾遺抄註』には市に空也上人が建てた「石卒都婆」があり、それに歌を書付けたとある。その石卒塔婆があったのは『正応五年古図』では八条二坊一町（B）である。空也というと、頭に鹿角のついた杖をつき、鉦を敲き、阿弥陀の名号を唱えて民衆を教化する姿や、口から六体の小仏像を吐き出している像（六波羅密寺蔵）などを想起する人が多いだろう。寺院を離れ、各地を抖擻して、民衆に称名念仏を勧め、民間に浄土信仰を普及させた空也の功績は大きかった。空也の歌が『抄』の巻軸歌に撰ばれたのは、実践的な宗教家の空也を当時の人々が高く評価していたからであろう。

【作者】空也　法名光勝。延喜三年（九〇三）生。出自未詳。尾張国の国分寺で出家、沙弥となり、自ら空也と名乗る。諸国の霊迹に詣で、道を開き、橋を架け、井戸を掘り、曠野に亡骸があれば、火葬した。天慶元年（九三八）入京、弥陀の名号を唱えて民衆を教化し、「市聖」あるいは「弥陀聖」と呼ばれた。天暦二年（九四八）夏、叡山に登り、天台座主延昌について受戒。天暦五年京畿に疫病が流行、高さ一丈の十一面観音像を刻し、寺を建てて安置し、西光寺と号した。また、金字大般若経の書写を発願、応和三年（九六三）秋に完成、供養を行なった。天禄三年（九七二）九月十一日、西光寺において亡くなる。享年七十。歌は『拾遺集』以下の勅撰集に三首入集。

補考　『拾遺抄』の成立時期付撰者

一

『拾遺抄』の成立時期について考察するにあたって、どのような形態の『拾遺抄』を対象にするか、明確にしておかなければならない。まず、『拾遺抄』の歌数からみていくと、底本とした書陵部蔵本（四〇五・一一二）には各巻の部立名の次に「春五十五首」のように歌数が記されている。下記の表では、最初の欄にその歌数を示した。それに続いて底本の各部立の実数、校訂本の歌数を示した。なお、この欄に「補入」とあるのは、底本にないが校合に用いた島根大学本・貞和本にある歌を補ったもので、全部で九首ある。補入歌がある巻では、その巻の歌数と補入歌の歌数を記した。例えば、「春」の巻では校訂本は五十四首、補入歌が一首あることを示す。この表から明らかなように、底本の各巻の部立名の次に記されている歌数は実数と相違するものが多く、何らかの事情で齟齬が生じたのであろう。

	春	夏	秋	冬	賀	別	恋上	恋下	雑上	雑下	合計
巻頭に書かれている歌数	五五	三二	四九	三〇	五一	三四	六五	七四	一〇二	八三	五七五
実数	五四	三二	四七	三〇	三〇	三四	七五	七三	一二一	八三	五七九
校訂本の歌数	五四 補入一	三二	四七 補入二	三〇 補入二	三〇 補入一	三四	七五	七三 補入一	一二一 補入一	八三 補入一	五八八
抄目録	五五	三二	四九	三〇	三一	三四	七五	七四	一二三	八二	五八四

ここで問題になるのは、校訂本のようなものが、古い『拾遺抄』の形態に近いものになりえているか、どうかである。平安時代に近いころの『拾遺抄』を知る手がかりとしては、『拾遺集』の古写本の集付け（北野克氏『算合本拾遺集の研究』参照）や、三好英二氏（『校本拾遺抄とその研究』）が取り上げられた「拾遺抄目録」がある。前者については平田喜信氏に「拾遺集集付と拾遺抄」（『平安中期和歌考論』所収）がある。三好氏によると、「拾遺抄目録」（以下では「抄目録」という）から知られる『拾遺抄』の形態は、前掲の表の「抄目録」の欄のようなものである。この表で校訂本と「抄目録」とに違いのあるのは冬・雑下であるが、冬は書陵部本と同じで雑下だけがいずれの本とも異なっている。その原因を説明することはほとんど不可能である。例えば、「抄目録」と校訂本との差異は、「抄目録」に記載されている雑（雑上、雑下）に撰収されている歌人の歌数を校訂本と照合してみると、「抄目録」には「貫之…雑廿二」とあるが、校訂本は一九首で三首の相違があり、「読人不知」の歌は「抄目録」に三〇首とあるが、校訂本は一一首で一九首少ない。この二つの照合結果だけでも、「抄目録」と校訂本とは著しい相違があって、容易に両者の違いの原因は解明できないのが現状であるので、これ以上深入りしないでおく。

次に校訂本の九首の補入歌は、平安時代に近いころの『拾遺抄』にも、校訂本と同じ位置にあったかを確認しておく。まず、「抄目録」によって確認できるものからみていくと、秋部の「補二」の歌は「抄目録」に「安貴王一首秋」とあるので、同じ位置にあったとみられる。同じく、雑上部の「補八」の如覚法師の歌も、「抄目録」には「如覚法師二首雑」とあり、雑上部四八二にも如覚法師の歌があるので、これも同じ位置にあったとみられる。

この他の七首については、定家自筆天福本を透写した高松宮本、久曽神昇氏によって複製された藤原定家筆『拾遺和歌集』、静嘉堂文庫蔵伝為秀筆『拾遺和歌集』などに付された集付けによってみると、「補一」「補三」「補四」「補六」などには歌頭に「少」とあり、「補七」には高松宮本に「少下」、静嘉堂本に「下　十二」とあって、これらも同じ位置にあったとみられる。

残る「補五」「補九」はいずれの本にも集付けがなく、『拾遺抄』には、この二首は無かったことになるが、この二首は『拾遺集』にもある。『拾遺集』は『拾遺抄』を全面的に受容して成立したので、その編纂に用いられた『拾遺抄』には「補五」「補九」の二首も含まれていたとみられる。

平安時代の『拾遺抄』の形態についてみてきたが、それは校訂本のようなものであったと言えよう。歌数は補入歌九首を含めて五八八首である。以下では、これを対象にして成立時期と撰者についてみていく。

二

『拾遺抄』の成立事情については平安末期より明らかでなく、『拾遺集』との先後関係や撰者については諸説が提唱され、帰するところを知らぬ状況であったために、それらの基礎的な問題の解決に多くの先学の努力が注がれてきた。特に『拾遺集』との先後関係は、それぞれの作品の評価と密接にかかわる問題であるために、その解明が急がれたが、堀部正二氏「拾遺抄及び拾遺集の成立についての考察」（『中古日本文学の研究』所収）、三好英二氏（『校本拾遺抄とその研究』）によって、抄先出説が提唱され、平田喜信氏「拾遺抄・拾遺集先後問題の再検討」（『大妻女子大学文学部紀要』第二号）の検討をへて、この問題も解決をみつつあると言ってよい。

これらのなかで、『拾遺抄』の成立時期にも関わりのあるのは、次の五項目である（堀部正二氏と三好氏とでは小異がある）。

(1)『抄』一一三（以下、『抄』の歌番号は本書の歌番号による）で藤原高遠を「左兵衛督」と呼んでいる。高遠は長徳二年（九九六）九月十九日から寛弘元年（一〇〇四）十二月まで左兵衛督であったので、『抄』の成立年代もこの約八年間にあると思われる。但し、貞和本一一六に「右兵衛督」とあるのによれば、正暦元年（九九〇）正月十一日以前の官職名に従ったことになる。

(2)『抄』一三〇、一五二、三八八では、公任を「右衛門督」と呼んでいる。公任が「右衛門督」であったのは長徳二年九月から長保三年（一〇〇一）までであるから、『抄』の成立年代も、この間約五年内にあると思われる。これについても、貞和本一六一に「右兵衛督」とあるのが「左兵衛督」の誤写であれば、長徳元年七月以前のこととなる。

(3)『抄』九六で義懐を「修理大夫」と記している。義懐が修理大夫であったのは永観元年（九八三）十二月から長徳四年十月までであるので、『抄』の成立は長徳四年十月以前となる。

(4)『抄』五三三で実資を「権中納言」と記し、島根大学本には「中納言」とある。実資は長徳元年八月二十八日に権中納言に任ぜられ、同二年七月二十日に中納言、長保三年八月二十五日に権大納言になったので、『抄』はそれ以前の成立となる。

(5)抄六四、五二四の歌の作者に「中納言道綱母」とあり、二六八、五七二には「右（近）大将道綱母」とある。道綱は長徳二年四月二十四日に中納言になり、同十二月二十九日に右大将を兼任、長徳三年七月十三日に大納言に転じ、長保三年七月十三日まで右大将を兼ねた。したがって、中納言で右大将を兼任したのは長徳二年十二月二十九日から長徳三年七月十二日までで、その間に『抄』が成立したことになる。

この五項目の条件を満たすのは長徳元年八月から長徳三年七月までで、その間に『抄』は成立したことになる。これは人物の「官位表記」（正確には官職表記）から帰納された結果であるが、官職表記のみに依存することについての批判もあるので、別の角度からも検討する必要があろう。

三

ここでは『抄』の成立時期に関わりのある歌を取り上げて検討していく。まず、『抄』三七七には、次のような歌がある。

正月に人々まできて侍りける、又の朝に公任朝臣の許につかはしけ

る　　　　　　　　　　　　　　　　　　　　中務卿具平親王

あかざりし君が匂ひの恋しさに梅の花をぞ今朝はをりつる

この歌だけではなに一つ判らないが、この歌は『公任集』によると、宮の歌に公任が、

いまぞ知る袖に匂へる花の香は君がをりける匂ひなりけり

と返歌したとある。さらに『為頼集』（三手文庫蔵本三一～三三）には、

正月十三日、ひとひ参り給へりしのち、左兵衛督の宮にまゐらせ給ふ

飽かざりし君が匂ひの恋しさに梅の花をぞけさは折りつる

宮

今もとる袖に移せる移り香は君が折りける匂ひなりけり

家あるじ

恋しきに花を折りつつなぐさめば鶯きゐむ梅ものこらじ

とあり、「飽かざりし」の歌と「いまぞ知る」の歌の作者が『抄』や『公任集』とは逆になっている。これは『為頼集』の錯誤であろうが、重要なことは『為頼集』にいう「左兵衛督」は公任を指していることである。これによって、これらの歌の詠歌年時は長徳二年（九九六）正月であると知られる。これは『抄』の官職表記から帰納された『抄』の成立時期と齟齬しない。

次に『抄』五二三を取り上げてみていく。

山里にまかりて侍りける暁に、ひぐらしの鳴きはべりければ　　　　　　　右大将済時

あさぼらけひぐらしの声聞ゆなりこや明けぐれと人のいふらむ

まず、この歌の典拠になったのはどのようなものであろうか。堀部正二氏は『抄』所収の歌のみえる私家集について簡単に触れているに過ぎないが、三好英二氏は「撰収考」の節を設けて、私家集との撰収関係をみている。

しかし、前掲の済時の歌については、済時に私家集がないために全く触れていない。この済時の歌は『実方集』にある歌で、書陵部蔵の『実方集』（丙本一〇、一二）には

石山にて、暁にひぐらしの鳴くを聞き給ひて、小一条の大将

あさぼらけひぐらしの音ぞ聞ゆなるこやあけぐれと人はいふらん

とのたまふを聞きて

葉をしげみとやまのかげやまがふらむ明くるも知らぬひぐらしのこゑ

とあって、『実方集』諸本のなかで、『抄』の本文にもっとも近似している。実方は長徳元年一月に陸奥守に任命されたが、前年から流行した疫癘のために、四月二十三日に養父済時を失った。そのために陸奥下向が遅れ、九月二十七日になってようやく罷申を行ない、下向したのは九月末か十月初めであろう。陸奥下向に先立って、実方は手元にあった原実方集に当る歌稿（特に亡き済時と詠み交わした歌を含む丙本のごときもの）を、無二の友である公任に托したと思われる。『抄』五二三の歌は『拾遺集』四六七にもあり、『抄』から撰収したことは明らかであるが、『新大系』の「他出文献一覧」の該当箇所には「実方集」はあげられていない。この事実からも、済時の歌は実方と公任の特別な関係によって『抄』に撰収される事になったと言えよう。陸奥に下向する実方が五二三の歌を含む歌稿を公任に托した長徳元年九月末は、官職表記から帰納された長徳元年から長徳三年七月までという『抄』の成立時期に含まれている。また、前記の事から『抄』が公任によって編纂された蓋然性は大きい。

四

次に『抄』の撰者についてみていく。堀部正二氏は『抄』の撰者は公任を擬するのが妥当であろうとし、その理由として、『十五番歌合』『金玉集』『深窓秘抄』『和漢朗詠集』などの公任の撰著と密接な関係にあることを多方面から吟味されている。また、三好英二氏は、

①『抄』は公任の撰著と密接不離な関係にあること。
②公任の秀歌とする歌と『抄』の採択関係は、きわめて密接な関係にあること。
などをあげて、公任の撰集態度ならびにその秀歌論から考察して、『抄』を公任の撰と推定するのは至極合理的であると結論されている。

以上に記した堀部、三好両氏の説は基本的には誤りないが、検討すべき問題が残されているように思われる。そのなかには『抄』の成立時期ともかかわってくる問題もある。まず、『抄』一四〇にある、

屏風の絵に
ふしづけし淀のわたりを今朝見ればとけん期もなく氷しにけり

という兼盛の歌を取り上げてみていく。この歌は『集』二三四にも『抄』と同じ詞書、作者で見え、『和歌大系』の脚注には「長能集・一三九に見える」とあり、『新大系』には「藤原長能の詠作か。花山院歌合歌（長能集）。」とある。問題はこの先にある。『長能集』にいうように「花山院歌合」の歌であれば、それはいつ催された歌合であるかを考究すべきであった。『長能集』によると、「花山院歌合」は某年八月三日（長能集Ⅱ）と九月九日（長能集Ⅰ）と二回開催を企てたが実現しなかったようで、萩谷朴氏『平安朝歌合大成』には、『長能集』（流布本・桂宮本。桂宮本は異本系）のほかに『和泉式部集』『道命阿闍梨集』（桂宮本）および『小右記』（寛弘二年八月五日の条）などを資料にして、寛弘二年（一〇〇五）八月五日に花山院から仰せ出された歌合が、紆余曲折の後、九月九日を最終的な期日として準備されたものの、九月九日にも何らかの支障を生じて和歌のみを提出せしめて事は終ったものとある。従って、歌合として現存しているわけではない。この「ふしづけし」の歌が寛弘二年八月に花山院が企図した歌合のために長能が詠んだものであれば、『抄』の成立時期を長保以前とする説と齟齬する。萩谷氏も指摘されているように、この歌合に長能が提出した歌のなかには、天延三年（九七五）の「一条中納言歌合」に詠んだ「底清き井出の川瀬に影見えて今盛りなる山吹の花」という旧作も含まれており、「他の各歌の放

漫な用語修辞と共に、頗る緊張を欠いた態度であるといわねばなるまい」と言われている。しかし、「ふしづけし」の歌が長能の詠作であるならば、花山院を補佐して『集』を撰進したといわれる長能が、自作の詠歌事情・作者について、誤ったまま撰収されることを黙止したことになる。これらの事を整合させて把握するには、「ふしづけし」の歌は九条右大臣師輔家の屏風歌として兼盛が詠んだもので、それを何らかの事情があって長能が流用したとみなければならない。

この他に『抄』五二七の歌の作者も問題になる。この歌の作者は諸伝本により、二説ある。

為盛説	為憲説
『抄』底本 『集』異本・堀川具世本	『抄』島根大学本 『集』異本・天理図書館甲本、同乙本 『集』定家本

この表を一瞥すると為憲説の方が有力であると思われる。為憲は源忠幹の子で、『口遊』を撰し、尊子内親王に『三宝絵詞』を献じている。歌人としても天禄三年（九七二）八月「規子内親王前栽歌合」、長保五年（一〇〇三）五月「左大臣道長歌合」などに出詠し、『玄玄集』にも一首入集していて、よく知られている。これに対して、為盛なる人物は歌人としては勿論のこと、『尊卑分脈』にみえる何人かの為盛も時代的に適合する者はいない。為盛のことを知るには古記録などを丹念に調べる以外に手立てはない。

まず、『小右記』永延元年（九八七）六月十一日の条に「景斉・為盛朝臣来」、永祚元年（九八九）十二月二十八日の条に「中宮御仏名也。小進源為盛来告…」とあり、中宮（遵子）少進の源為盛なる人物の存在が知られる。天元五年（九八二）の中宮職司の除目には「少進正六位藤原為政・少進正六位藤原正信」（小右記）とあり、『后宮職補任』（大日本史料第一編之十九所載）も同じで、源為盛の名はみえないが、永延ごろには中宮少進に任ぜられていたのであろう。その後のことは未詳であるが、為盛が公任の姉の遵子中宮の少進であったということは、公任の身近にいたよく知っていた人物で、公任が『抄』を編纂するに当って、五二七の作者が為盛である事を誤ることはなかったと思われるので、このことからも『抄』の撰者は公任であると言えよう。

次にあげる『抄』一三九も公任の関与が考えられる歌である。

寛和二年清涼殿の御障子の絵に網代をかける所に　　読人不知

網代木にかけつつ洗ふ唐錦ひをへて寄する紅葉なりけり

この歌は『抄』『集』のほか『能宣集』「寛和二年内裏歌合」などにもあり、詠歌事情と作者については、資料によって相違がみられる。この歌の詞書については一三九の［補説］に記したように、清涼殿の弘廂にある宇治の網代を描いた墨絵の布障子に、歌を書き入れたのではないことを明確にしておくべきである。

それにしても、網代の墨絵をみて何者かが詠んだ歌に、公任は何故に「寛和二年」という詠歌年時まで書いて『抄』に撰収したのだろうか。この歌は『抄』と『集』にいう詠歌事情、作者とは別に、「寛和二年内裏歌合」には「網代」の題で能宣が詠み、惟成の歌に番えられて廿巻本では能宣の勝になっていて、『能宣集』にも「うちの御歌合に」とある歌群中にみえる。

『能宣集』「寛和二年内裏歌合」によれば、歌合で能宣が詠んだ歌に間違いはない。このことについて、増田繁夫氏『能宣集注釈』には、この歌は『拾遺集』二一六に作者不明とするのは、障子（屏風）の絵に書かれた歌を資料としたためかもしれない、また、この歌合の後に障子が作られたか、この障子のために詠んだ歌を歌合に出詠したのであろうかなどとある。ここで増田氏がいう「障子（屏風）」は、『拾遺集』二一六の詞書にいう「清涼殿の御障子」のことであることを確認したうえで私見を述べると、この「障子（屏風）」は南面は「荒海の障子」、北面は「宇治の網代」の図が描かれていたが、その図には歌は書かれていなかったようである（南面の荒海の障子には「手長足長」の図が描かれ、歌は書かれていない。『鳳闕見聞図説』所載の「手長足長図」参照）。清涼殿の網代を描いた屏風には、歌合の前後に関わりなく歌を書いたとは考えられないので、増田氏の想定はいずれもありえないことになる。その一方で、『抄』一三九の作者は「読人不知」とあり、極論すれば、『抄』の撰者に公任を擬することが可能かということにもなるが、この歌の詠まれた経緯をたどると説明がつくようである。

公任は「網代木に」の歌は能宣が宇治の網代を描いた障子絵をみて詠んだものであることを知っていた。その後、「寛和二年内裏歌合」では、二十一歳の公任は左方の講師の役であった。従って、十四番「網代」の題で、左方の能宣の「網代木に」の歌が右方の惟成の歌に番えられたときにも能宣の歌を読みあげている。公任自身は歌人としては十八番「雪」の題で、能宣の歌と番えられて勝っている。萩谷朴氏によると、「寛和二年内裏歌合」は兼日兼題の撰歌合として催され、旧作や代作も許容されたという。従って、屏風絵を詠んだ能宣の歌があっても、問題にならなかったのだろう。しかし、公任は『抄』を編纂する際に、屏風絵を詠んだ能宣の旧作を読人不知としながらも、能宣作であることを暗示するために「寛和二年」という詠歌年時を書いたのではなかろうか。

このようにしてみると、『抄』撰者としての公任の存在は大きな意義があったと考えられる。

五

次に『抄』の撰者に公任を擬することに問題となる歌をみていく。『抄』雑下五六五には、

子にまかりおくれて詠み侍りける　　兼盛

なよ竹のわがのよをば知らずして生し立てつと思ひけるかな

という歌がある。『抄』の詞書によれば、兼盛が子に先立たれたときに詠んだ歌である。これは伝本によって異同はなく、『抄』の島根大学本のみが作者を重之とする。この歌は西本願寺本『重之集』には「みちのくににて子のかくれたるに」と詞書のある歌群中にある。また、時雨亭文庫蔵砂子料紙本『輔親集』には、

しげゆきがこみちのくになるがなくなりて、いみじうかなしびていひあつめたる

ことのはにいひおく事もなかりけりしのぶぐさにはねをのみぞなく

（中略）

又しげゆき

なよたけのこの行するゑをしらずしておほしたてつとおもひけるかな

かへし

たけのこのおひまさるべきよをすてゝときはならずもかれにけるかな

とある。これらの資料から五六五は重之の歌であることが明白である。『抄』が成立した当時、五六五の作者の重之や、それに返歌をした輔親もいまだ生存していたにもかかわらず、『抄』は作者、詠歌事情とも誤っていて、『抄』の撰者が公任であれば、このような誤りを冒すはずがないと思われる。

次に取り上げるのは、『抄』雑下五七〇にある、

忠連が房の障子の絵に、法師の死にて侍る屍を、法師の見侍りて泣きにたるかたをかきて侍るところを、山に登りて侍りけるついでに見はべりて　　相方朝臣

契りあれば屍なれどもあひぬるをわれをばたれかとはんとすらん

という歌である。これは源相方が比叡山に登ったとき、忠連の房の障子絵に、法師の屍を別の法師が見て泣いている絵柄があったのを見て詠んだ歌である。この忠連は『権記』長徳四年（九九八）三月五日の条に、内記史生国珍の位記偽作に連座した清水寺の僧忠蓮と同一人とみる説（和歌大系『拾遺集』）によると、忠連は長徳四年十二月十六日に延暦寺の阿闍梨になっている（権記）。ここで問題になるのは相方は長徳四年の夏に遍満した疫癘のために亡くなったと推測される（拙著『公任集注釈』八八頁参照）ことである。この推測によれば、忠連が比叡山に移住した長徳四年十二月には相方は生存していなかったことになる。相方はかって公任とともに三船を兼ね

たことがあり、公任熟知の人物である。忠連の叡山移住と相方の叡山参詣の時期が明確にならないと確言はできないが、現在知りうるところからは、公任が冒すはずのない誤りがみられることになる。

　さらに、忠連が叡山に移住したのが長徳四年十二月十六日以降であれば、この歌の詠歌年時もそれ以降となり、今までみてきた『抄』の成立時期とも齟齬があり、重大な問題になる。そこで、この歌が『抄』の原型本になかったのではという疑いも生ずるが、相方の歌は「抄目録」に「相方一首雑」とあるので、平安時代の『抄』にもあったことは確実である。また、忠連は『権記』にいう延暦寺の阿闍梨になったときより前に叡山に移住していたのではないかとも思われるが、これも史実に合わない。すなわち、『権記』長徳四年三月五日の条には、帝が未断の囚人を勘申させるように仰せられたとあり、このことは当時検非違使別当であった公任にも関わることで、公任は書状で、軽犯未断の囚人、強盗の嫌疑者や闘乱に関与して拘禁している十三人も加えて赦免されて差支えないとして、「亦清水寺僧忠蓮、内記史生国珍偽作位記之事、所令召候、事旨非重過、殊可原放歟。…」と、忠連の処置についても記している。この時点で忠連は位記偽作の件に連座して拘禁されていたので、未だ叡山の僧ではなく、叡山に移住してはいなかった。

　この歌は公任によって編纂された『抄』にあったことになるが、公任が編纂した『抄』の原型本にはなく、長徳四年三月五日の件で相方の歌を想起して補入したのではなかろうか。未だ『抄』が流布する前であったために、「拾遺抄目録」とも齟齬することはなかったのだろう。このように考えないと、今までの想定された『抄』の成立時期と食違うという問題は説明できない。

　以上、『抄』の成立時期と編者についてみてきたが、成立時期については『抄』の官職表記ばかりでなく、撰収資料にも、長徳三年（九九七）七月以前成立説を補強できるものがあった。編者については公任ならば冒すはずのない誤りもあったが、『抄』の公任編纂説を全面的に否定するほどのものではなかった。そのなかで『抄』雑下五七〇の歌については、問題は完全に解決されたとは言えないままである。

あとがき

平成十一年（一九九九）三月に停年退職したが、その時には日本古典文学会監修の『私家集注釈叢刊』の刊行が始まっていて、『小大君集注釈』（平成元年刊）、『実方集注釈』（平成五年刊）、『馬内侍集注釈』（平成十年刊）など、平安私家集の注釈を相次いで執筆し、平成十六年に『公任集注釈』を執筆、続いて『和歌文学大系』の『中古歌仙集』所収の『大納言公任集』を担当して、その解説に「歌人公任の生涯」として、簡略ながら公任についての私見を述べ、『公任集注釈』と併せて、公任研究の輪郭をまとめ終えたと思った。しかし、何か遣り残しているように感じた。それは公任の編纂と言われている『拾遺抄』を念入りに読んだことが無いことに気付き、『拾遺抄』を精読しないかぎりは公任の全体像を把捉できず、公任研究は完成しないと思った。

これが『拾遺抄』の注釈を行なうに至たった、個人的な動機であるが、もう一つの理由があった。それは平成十二年八月二十九日に亡くなった畏友平田喜信氏との約束である。勤務校を停年退職する前年、当時、横浜国立大学教育学部に勤務していた平田氏に請われて、非常勤講師として集中講義を担当した。その時に、二人とも退職した後で何か一緒に研究しようと約束した。その対象としては、二人か関心のあった『拾遺集』、『和泉式部集』などを考えていたが、具体的なことまで話は進んでいなかった。平田氏が亡くなった今、私にできることは『拾遺抄』の注釈を書くことで、それに専念することで約束を果たそうと思った。これが『拾遺抄注釈』を書くもう一つの理由であった。

『拾遺抄』の注釈を始めるに当っては、三好英二氏『校本拾遺抄とその研究』（昭和十九年、三省堂）、片桐洋一氏『拾遺抄』(昭和五十二年、大学堂)などがあり、基礎的研究が整備されていた。これらを利用させていただいて『拾遺抄』の読解を始め、次第に資料を入手して、問題点を解決することにした。特に貞和本は朱筆の書入れが多く、活字本では判明しない箇所があるので、『静嘉堂稀覯書之六』(昭和五十年)所収の『貞和本拾遺抄』を入手した。これには朱筆の箇所がカラーで復刻されているので、この上なく便宜であった。

『拾遺抄注釈』は平成十七年二月十六日に執筆を開始している。その後の進捗状況は以下の通りである。

春部〜冬部は平成十八年十二月二十八日に第一稿終了。

賀部は平成十九年二月二十二日に第一稿終了。

別部は平成十九年八月十一日に第一稿終了。

恋部上、恋部下は平成二十二年十一月八日に第一稿終了。

雑部上は平成十九年六月十一日に第一稿終了。

雑部下は平成二十一年三月七日に第一稿終了。

(部立によっては、第一稿を書き終えた月日が部立順と相違しているのは、諸般の事情から部立順に書き進めなかったためである)。

第一稿を書き終えた後は、これに手を加えていった。順次、完成稿ができあがり、巻第七「恋部上」も見直しを終えて、上巻(当初は『拾遺抄注釈』は上、下二巻の予定であった)を完成させるところまできていた。

そのようなとき、平成二十三年二月十三日二十三時四十分ごろ、私には全く記憶はないが、家人によると、意識障害のために立川市にある災害医療センターに救急搬送された。そこでの診察では脳に出血なく、脳梗塞はみられず、「一過性脳虚血発作痙攣等による意識障害である疑いはあるが、原因ははっきりしない」という診断であった。入院して二日経たころに、譫言で原稿のことを呟いていたらしい。このとき無意識のうちに注釈の仕事は続けられないのではと思っていたようである。この病院では意識が戻るまで診療を受け、二月二十二日まで入院していたが、リハビリのため武蔵村山病院に転院することになった。リハビリのために時間的余裕があったので、家人に『拾遺抄注釈』の原稿を持ってきてもらい、暇をみては読み返しながら加筆修正していた。そうこうしているうちに、退院を目前にして、三月十一日十四時四十六分に三陸沖を震源とする東日本大震災に遭遇した。その被害は想像を絶するほど甚大なものであったことを後刻知ったが、その時はあまりに揺れが激しく、原稿を抱えながら病室で無事を念じていた。この時も『拾遺抄注釈』は未完のまま終わるのではないかという不吉な思いが、再び脳裏に閃いた。三月十四日に退院して、遅れを取り戻すために「恋部下」「雑部上」「雑部下」の付箋を貼付してある歌を早急に検討して、平成二十三年七月に、「春部〜恋上部」の原稿を完成し、引き続き、十月七日に恋下部、翌平成二十四年一月二十一日に雑上、三月一日雑下を終え、一応、全巻を完成した。執筆を始めた平成十七年二月から、七年経過していた。その後も「主要語句索引」を作成する過程で手を加えなどした。振返ってみると、精神的にも肉体的にも不安定な状態が続いたなかで、漸く出来上がった思いがする。ここまでが『拾遺抄』の注釈部分の成立の経緯である。

今までは「貴重本刊行会」などから依頼されて執筆する場合がほとんどであったが、今回の『拾遺抄注釈』は、これを公刊していただける出版社を自身で探す以外に無かった。平成二十年五月の中古文学会春季大会に書籍販売に出店していた数社の方に、『拾遺抄』の注釈を執筆中で公刊してくださる出版社を探していることを話したところ、五月末になって、笠間書院の相川晋氏から、注釈の概要を知らせてほしいという手紙をいただいた。そこで『拾遺抄注釈』の執筆の目的、執筆要領や具体的な事例をとりあげた見本原稿を含む企画書を作成して送ったところ、七月十七日に笠間書院から出版していただけるとの知らせが届いた。これも相川氏が熱意をもって素早く話を進められた結果であった。

本書を出版することは営業的には無理、無謀なことと思われたが、笠間書院前社長池田つや子氏にご快諾いただき、橋本孝氏をはじめとして編集実務を担当された方々には並々ならぬご尽力をいただいた。また、校正には久保井妙子氏の協力をいただいた。ここにお世話になった皆様に深甚なる謝意を表する次第である。

平成二十六年六月吉日

索引

和歌初句索引
人名索引
主要語句・事項索引

和歌初句索引

一、配列は歴史的仮名遣いによる五十音順とした。
一、底本になく、他の伝本によって補った「補一」「補二」のように示した歌は、検索の便宜のために、凡例に記したような方法で、「補一（五一Ａ）」のように示した。
一、数字は本書の歌番号を示す。ただし、短連歌の場合は、前句をａ、付句をｂとして、それぞれの歌番号の下に記した。

あ行

か行

さ　行

た　行

な行

は行

ま行

や行

わ行

人名索引

一、『拾遺抄』所収の和歌の作者名と詞書中の人名の索引である。
一、人名は名前で立項し、原則として訓読みとし、僧侶の名、訓読みの不明な女子などは音読みとした。
一、人名のふりがなは歴史的仮名遣いにより、配列は現代仮名遣いによる五十音順とした。
一、数字は本書の歌番号である。はじめに作者名のある歌番号を掲げ、「詞」以下に詞書中に出てくる歌の歌番号を掲げた。なお、作者として疑問のある歌は歌番号に＊印を付した。
一、和歌の作者のうち問題のあるものは、［作者］の項で検討を加え、その結果、作者名を改めたものがある。例えば、六の作者は「読人不知」とあるが、中務の歌と認められるので、作者を中務として、「六（読人不知）」と示し、「読人不知」を「中務」と改めたことがわかるようにした。

あ行

赤染衛門《あかぞめゑもん》　二二四
赤人《あかひと》　二九七
安貴王《あきのおほきみ》　補二（八九A）
朝忠《あさただ》　一六四、二三五
朝光《あさみつ》（あさてる）　詞四六九
敦実親王《あつざねしんわう》　詞＊二一
敦忠《あつただ》　二五七、四三九、詞二九、六八、三九二、四五一、五〇七
有時《ありとき》　二六七
安子《あんし》　詞二一〇、五五三
安法《あんぽふ》　八七、四三五
伊勢《いせ》　三〇、六七（読人不知）一一〇、一一一、一二二、一五六、一八一、補六（一八一A）、一八八（伊衡）、一九二、三四五、三四九、三七〇、四四二、四四六、四八三、五〇二、五〇七、五一六、五六七（読人不知）、詞三七一、四二三
一条摂政《いちでうのせっしゃう》　→伊尹《これまさ》
一条大臣《いちでうのおほいまうちぎみ》　→為光《ためみつ》
一品宮《いっぽんのみや》　→資子内親王《ししないしんわう》
右衛門《うゑもん》　二二二
右近《うこん》　三五一、四五一
右近命婦《うこんのみゃうぶ》　詞五〇六
右大臣《うだいじん》　→師輔《もろすけ》
宇多院《うだゐん》　三三九（読人不知）、詞四二、五〇、一一〇、一八四、三八七、四一五、四三一
馬内侍《うまのないし》　三六五
馬内侍（内侍馬）《うまのないし》　詞五三三
恵慶《ゑきゃう》　四〇、四六、八三、八九、九六、一〇八、一二四、一三一、一五四、二二四、四一三、四三六、四九一、五一二、五四〇、五四一
衛門赤染女《ゑもんあかぞめのむすめ》　→赤染衛門《あかぞめゑもん》
延喜帝王《えんぎのみかど》　→醍醐天皇《だいごてんわう》
婉子内親王《ゑんしないしんわう》　詞＊一三
円融天皇《ゑんゆうてんわう》　三七六、詞九八
乙麿《おとまろ》　二九六
小野宮太政大臣《をののみやのだじゃうだいじん》　→

実頼《さねより》　三五九
巨誠《おほき》　三五九
女四内親王《をんなしのみこ》　→勤子内親王《きんしないしんわう》
穏子《をんし》　詞二、二七、一二七、一七三、一八八、四七一

か行

懐子《かいし》　詞一六六
戒秀《かいしう》　二一五
賀縁《がえん》　詞四七五
楽子内親王《がくしないしんわう》　詞一六四、二〇一、四四三
景明《かげあきら》　一四七、二九二、三四〇、四五四、五四六
笠女郎《かさのいらつめ》　三〇〇（読人不知）
佳珠子《かずこ》　詞四四〇
方見（像見）《かたみ》　三一六
賀朝《がてう》　三九〇、四七五
兼家《かねいへ》　詞一四八、二六八
兼輔妻《かねすけのつま》　詞三七二
懐平《かねひら》　詞九六
兼盛《かねもり》　一一、六五、七七、一一八、一三三、一三七、一四〇、一四八、一五五、一五八、一六二、一七一、一七六、一九〇、二二六、二二九、三五〇、五三八、五四九、五六五
兼盛子《かねもりのこ》　詞五六五
閑院大君《かんゐんのおほいきみ》　三三四
観教《くゎんけう》　一二五
菅家《くゎんけ》→道真《みちざね》
寛祐《くゎんいう》　一三二
規子内親王《きしないしんわう》　詞四四四、五一四
徽子女王《きしぢょわう》　三一〇、四四四、四五九、五一四、五一五、詞三一〇、四四四、四六五
北宮《きたのみや》→康子内親王《こうしないしんわう》
紀郎女《きのいらつめ》　詞四七〇
恭子内親王《きょうしないしんわう》　詞＊一五、三〇、一二二
清蔭《きよかげ》　詞九五
御製《ぎょせい》→村上天皇《むらかみてんわう》
清正《きよただ》　三九、二一八、五二六
清忠《きよただ》→すけきよ
清正女《きよただのむすめ》　二九一
清貫《きよつら》　詞一八一
居貞親王《きょていしんわう》　詞七九
公誠《きんざね》　五七
勤子内親王《きんしないしんわう》　詞六三
公忠《きんただ》　六九、一八〇、三九七、詞五七五
公任《きんたふ》　一三〇、一五二、三八八、詞三七七
公頼《きんより》　詞二一六
空也《くうや》→こうや
九条右大臣《くでうのうだいじん》→師輔《もろすけ》
国章《くにあきら》　四〇〇、五六八
国章女《くにあきらのむすめ》　詞五六八
国用女《くにもちのむすめ》　三五五、詞三五五
九君《くのきみ》　詞二一五
小一条左大臣《こいちでうのさだいじん》　→師尹《もろただ》
康子内親王《こうしないしんわう》　詞四四、六九
恒徳公《こうとくこう》　→為光《ためみつ》
空也《こうや》（くうや）　五七九
五条尚侍《ごでうのないしのかみ》　→満子《まんし》
惟成《これしげ》　三〇三
惟正《これまさ》　詞四四九
惟叙妻《これのぶがめ》　詞二一五
是則《これのり》　五〇、六三、一五三（読人不知）
惟章《これのり》　詞五六八
伊衡《これひら》　三八六、四〇八
伊尹《これまさ》　三四三、三八四、三九二、四六〇、詞一七九、四五三、四六五、五三二

さ行

斎院《さいゐん》→恭子内親王《きょうしないしんわう》、選子内親王《せんしないしんわう》
斎宮《さいぐう》→楽子内親王《がくしないしんわう》、規子内親王《きしないしんわう》
斎宮内侍《さいぐうのないし》　二七、一七三
斎宮女御《さいぐうのにょうご》→徽子女王《きしぢょわう》
坂上郎女《さかのうへのいらつめ》　二七一、四〇三、四六六、詞四〇四
前斎宮《さきのさいぐう》→徽子女王《きしぢょわう》
前斎院《さきのさいゐん》→婉子内親王《ゑんしないしんわう》、恭子内親王《きょうしないしんわう》、宣子内親王《せんしないしんわう》
左近《さこん》　三二二、四二七、四六九
左近少将季縄女《さこんせうしゃうすゑなはのむすめ》→右近《うこん》

定国《さだくに》　詞八六
定文《さだぶん》　三七一、四四五、詞一、五、二六、一四六
信明《さねあきら》　三六三
実方《さねかた》　七九、三五二
実資《さねすけ》　詞五三三
誠信《さねのぶ》　詞一六九
実頼《さねより》　一〇五、一八九、二四〇、四〇二、五二一、五三三、五四八、詞七四、一七五、一七七、一八六、三三四、三九四、四九八
実頼女《さねよりのむすめ》　詞五四八
三条太政大臣《さんでうのだじゃうだいじん》→頼忠《よりただ》
重明親王《しげあきらしんわう》　詞四四〇
重光《しげみつ》　五六三
滋幹《しげもと》　詞五三五
重之《しげゆき》　五五（順）、六一（読人不知）、一三五、一六三（読人不知）、四〇一、四八一、詞一三三
重之妹《しげゆきのいもうと》　詞五三八
重之子《しげゆきのこ》　詞五三一
亶之母《しげゆきのはは》　五三一
資子内親王《ししないしんわう》　詞九八
順《したがふ》　四七、五八、七八（読人不知）、一一五、一六九、二八八、三一三、三六一、
順子《したがふのこ》　詞五六四
修子（脩子）《しうし》　詞三二
寿玄《じゅげん》　五二二
勝観《しょうくゎん》　二五二
承香殿女御《じょうきゃうでんのにょうご》→徽子女王《きしぢょわう》
昌子内親王《しゃうしないしんわう》　二一七
少将内侍《せうしゃうのないし》　三八二
浄蔵《じゃうざう》　三九六
少納言命婦《せうなごんのみゃうぶ》　二一一
少弐命婦《せうにのみゃうぶ》　四五、詞一九八
如覚《じょかく》→高光《たかみつ》
菅原大臣《すがはらのおとど》→道真《みちざね》
輔昭《すけあきら》　三九九
相方《すけかた》　五七〇
すけきよ　五四七
祐挙《すけたか》　三
佐忠（藤原）《すけただ》　一四九
佐忠（三善）《すけただ》　詞一七〇
輔親《すけちか》　二四三、四〇五（読人不知）
輔時《すけとき》　四七四
すけなか→助縄《すけなは》
助縄《すけなは》　詞一九一
輔相《すけみ》　四七六、＊四七七、＊四七八、四八〇、四八五、四八九、四九〇、四九二（読人不知）、四九三、四九四、四九六
修理《すり》　四二一
修理大夫義懐《すりのだいぶよしかね》→懐平《かねひら》
清和七親王御息所《せいわのしちのみこのみやすどころ》→佳珠子《かずこ》
盛明親王《せいめいしんわう》　五六
禅慶《ぜんきゃう》　五三七
宣子内親王《せんしないしんわう》　詞＊一三
選子内親王《せんしないしんわう》　詞四一九
善祐《ぜんゆう》　詞三六八
贈皇后《ぞうくゎうごう》→懐子《かいし》
荘子女王《さうしぢょわう》　詞三二
贈太政大臣《ぞうだじゃうだいじん》→道真《みちざね》
素性《そせい》　四
孫王塩焼《そんわうしほやき》　三一八（坂上郎女）

た行

太皇太后《たいくゎうたいこう》→昌子内親王《しゃうしないしんわう》
醍醐天皇《だいごてんわう》　七一、詞四一六
高明《たかあきら》　詞七八
高遠《たかとほ》　一一三
高光《たかみつ》　補八（三九九A）、四二九、四八二、五〇〇
忠信《ただのぶ》　詞五四四
忠平《ただひら》　四一五（一条摂政）
忠房《ただふさ》　四三一
ただまさの妹の更衣《ただまさのいもうとのかうい》　詞一五九
忠見《ただみ》　六六（読人不知）、七三（忠岑）、一五九（読人不知）、二二八、二六四（読人不知）
忠岑《ただみね》　一、二〇、二六、八六、四一〇、詞四〇八
忠幹《ただもと》　五二八
忠依《ただより》　三二八
田村大嬢《たむらのおほいらつめ》　四〇四
為尊親王《ためたかしんわう》　詞二一五
為長《ためなが》　二二五
為平親王《ためひらしんわう》　詞四三七

為雅《ためまさ》　詞五七二
為光《ためみつ》　詞一四二、三八〇、五五八
為基《ためもと》　四九九、五六〇、五六一、詞二一四、五二〇
為基妻《ためもとのつま》　詞四九九、五六〇
為盛《ためもり》　五二七
為頼《ためより》　五三九、五七一、詞二一八
弾正親王《だんじゃうのみこ》→為尊親王《ためたかしんわう》
弾正親王内方《だんじゃうのみこのないほう》→九君《くのきみ》
中宮《ちゅうぐう》→安子《あんし》、穏子《をんし》
中宮内侍《ちゅうぐうのないし》→馬内侍《うまのないし》、少将内侍《せうしゃうのないし》
仲算《ちゅうさん》　一七二
中将更衣《ちゅうじゃうのかうい》→修子《しうし》
忠連《ちゅうれん》　詞五七〇
経臣《つねおみ》　一一六
恒佐《つねすけ》　詞七、四二六
経基《つねもと》　二四四、二九九
貫之《つらゆき》　七、一〇、一八、二九、四二、五二、五三、六八、七四、七六（読人不知）、八八、九一、九四、九五、一一二、一一四、一一九、一二七、一二九、補三（一二九A）、一三六、一三八、補四（一四四A）、補五（一四四B）、一六〇、一九一、*二〇〇、二〇四、二〇八、二一六、二三〇、二八五、三一二、三六七、三七二、三七九、四〇七（読人不知）、四一六、四二六、四二八、四三〇、四三三、四四〇、四四一、四七一、四七九、四八四、四八七、四九八、五〇三、五一一、五一八、五一九、五二九、五五七、五七五、詞三七二
亭子院《ていじゐん》→宇多院《うだゐん》
亭子法皇《ていじのほふわう》→宇多院《うだゐん》
天暦帝《てんりゃくのみかど》→村上天皇《むらかみてんわう》
東宮《とうぐう》→居貞親王《きょていしんわう》、保明親王《やすあきらしんわう》
東宮女蔵人左近《とうぐうのにょくらうどさこん》→左近《さこん》
敏延《としのぶ》　詞五五九
敏延母《としのぶのはは》　五五九
友則《とものり》　一四三（貫之）
具平親王《ともひらしんわう》　三七七、四九七
共政《ともまさ》　詞二一三
知光《ともみつ》　詞三五五

な行

中務《なかつかさ》　六（読人不知）、二二、八一、九八、三六四、三七三、三七四、四二三、五〇八
中務子《なかつかさのこ》　詞二二
中務孫《なかつかさのまご》　詞三七四
中務女《なかつかさのむすめ》　詞三七三
永手《ながて》　一七（長平）
仲文《なかぶみ》　五〇一、五四二
長能《ながよし》　四一、八五、一〇七、三八三、三八九、四七二
済時《なりとき》　五二三
西宮右大臣《にしのみやうだいじん》→高明《たかあきら》
二条右大臣《にでうのうだいじん》→道兼《みちかね》
二条太政大臣《にでうのだじゃうだいじん》→道兼《みちかね》
入道式部卿親王《にふだうしきぶきゃうのみこ》→敦実親王《あつざねしんわう》
入道摂政《にふだうせっしゃう》→兼家《かねいへ》
女蔵人三河《にょくらうどみかは》→三河《みかは》
仁和帝《にんなのみかど》→円融天皇《ゑんゆうてんわう》
能子《のうし》　詞二四〇
惟賢《のぶかた》　一八五（信賢）、詞五六三
信賢《のぶかた》→惟賢《のぶかた》
延光《のぶみつ》　五五二

は行

八条大君《はちでうのおほきみ》　五三五
玄上妻《はるかみのつま》　詞五〇二
光《ひかる》　詞一九一
肥前《ひぜん》　詞二一三
人麿《ひとまろ》　八〇（読人不知）、九三、一五〇、二四六、二四八、二六〇、二六一、二七二、二八一、二八四、三〇一（乙麿）、五五五
弘景《ひろかげ》　詞二一七（ひろかず）
広縄《ひろなは》　六二（ひろつな）
広庭《ひろには》　八
寛信《ひろのぶ》　三八五
備後《びんご》　詞二一〇、二一一

藤壺《ふぢつぼ》→安子《あんし》
文時《ふみとき》　五〇五
文元（乾）《ふみもと》　二
遍昭《へんぜう》　一二八、一三四、三八七、
　四一一、四五〇b
堀川大臣《ほりかはのおほいまうちぎみ》→重光《しげみつ》
本院侍従《ほんゐんじじゅう》　四六五

ま行

雅正《まさただ》　詞二一八
満子《まんし》　詞一八一、五一六
満誓《まんぜい》　五七六
御形宣旨《みあれのせんじ》　五七七（読人不知）
三河（参河）《みかは》　二一二
道兼《みちかね》　詞一三一、五四七
道真《みちざね》　二二七、三七八、詞二二五、
　四三八
道真母《みちざねのはは》　四三八
道綱母《みちつなのはは》　六四、二六八、五二四、
　五七二
道信《みちのぶ》　五五八、五七四
満仲《みつなか》　二二〇、詞二一九
躬恒《みつね》　五、九、一五、一六、三五、
　五四、五九、八二（読人不知）、
　八四（読人不知）、九〇、一一七、一二一、
　一二三、二六六（読人不知）、二七五、
　三九五、四〇六（読人不知）、四〇九、
　四一二、四一四、四一七、四八八、四九五、
　五〇四、五一〇、五五四、詞四〇八
命婦右近《みやうぶうこん》→右近命婦《うこんのみやうぶ》
命婦少弐《みやうぶせうに》→少弐命婦《せうにのみやうぶ》
致貞《むねさだ》→遍昭《へんぜう》
致平親王《むねひらしんわう》　詞一六六
村上天皇《むらかみてんわう》　一九八、二〇一、
　二一三、四二四、四四三、五三二、五五三、
　詞一七一
元方《もとかた》　二八
元輔《もとすけ》　三二、三六、九七、一四二、
　一五七、一六六、一七五、一七八、二一九、
　三〇八、三九四、四二〇、四三二、五〇六、
　五三六、五四五、五五〇、五六四
元良親王《もとよししんわう》　三一七（読人不知）
百世《ももよ》　二四七
師輔《もろすけ》　一八二、詞七七、一七九
師尹《もろただ》　詞五二一

や行

家持《やかもち》　四七〇
保明親王《やすあきらしんわう》　詞五二
保忠妻《やすただのつま》　詞一八〇
保胤《やすたね》　五七三
湯原王《ゆはらのおほきみ》　九二
陽成天皇《やうぜいてんわう》　詞一一九
義孝《よしたか》　四四九
好忠《よしただ》　一九七、二八二、五一三
嘉種《よしたね》　詞二〇七
嘉種妻《よしたねのつま》　二〇七
義懐《よしちか》　詞四一、四一九
義懐女（姉）《よしちかのむすめ》　詞四一九
義懐女（妹）《よしちかのむすめ》　四一九
能宣《よしのぶ》　二一、七〇、一〇二、一〇六、
　一三九（読人不知）、一六一、一六五、
　一六七、一六八、一七〇、一七七、二〇九、
　二五六、二六五、三〇五、三一四、三二四、
　三八〇、三八一、四二五、四五七、五四三、
　五五一、詞五四二
好古《よしふる》　一七九、四三七
頼忠《よりただ》　一八六、詞一九〇、二二五、
　五〇五、五三九
倚平《よりひら》　二二一
頼光《よりみつ》　詞三八九
頼基《よりもと》　一七四

ら行

麗景殿女御《れいけいでんのにょうご》→荘子女王《さうしぢょわう》
冷泉院《れいぜいゐん》　詞一一、五五、一五五、
　四三二、五〇一

主要語句・事項索引

一、本書の校訂本文により、詞書、歌の中から主要な語句を、語釈、補説から事項や人名などを選び出した索引である。

一、項目の表記は歴史的仮名遣いにより、配列は現代仮名遣いの読みによる五十音順とした。

一、項目の数字は本書の歌番号である。また、語釈、補説から選び出した事項には歌番号の上に＊印を付した。

一、語釈、補説から選び出した人名の読みなどは人名索引に準じたが、名前には（　）内に氏を補って、一般語句の後にまとめて示した。

あ行

か行

さ行

た行

な行

ま行

著者略歴

竹鼻　績（たけはな・いさお）
昭和８年　長野県に生まれる
昭和32年　東京教育大学大学院（修士課程）修了
昭和51年　山梨県立女子短期大学教授
現在　山梨県立大学名誉教授

著書『今鏡全訳注』（講談社学術文庫）
『歴史物語講座第四巻今鏡』（共著）
『小大君集注釈』（平成１年）
『実方集注釈』（平成５年）
『馬内侍集注釈』（平成10年）
『公任集注釈』（平成16年）
『古語大辞典』（小学館）共編

現住所　東京都多摩市一ノ宮４－14－５

拾《しゅう》遺《い》抄《しょう》注釈

2014年９月20日　初版第１刷発行

著者　竹鼻　績

装幀　笠間書院装幀室

発行者　池田圭子
発行所　有限会社　笠間書院
東京都千代田区猿楽町2-2-3［〒101-0064］
電話 03-3295-1331　Fax 03-3294-0996
NDC分類：911.137　振替00110-1-56002

ISBN978-4-305-70714-7　組版：キャップス　印刷／製本：モリモト印刷

ⓒTAKEHANA 2014
落丁・乱丁本はお取りかえいたします。
出版目録は上記住所までご請求下さい。
http://kasamashoin.jp